U0469788

国家哲学社会科学成果文库

NATIONAL ACHIEVEMENTS LIBRARY
OF PHILOSOPHY AND SOCIAL SCIENCES

西方前沿文论阐释与批判（上）

朱国华　等　著

科学出版社

内 容 简 介

本书旨在以文明互鉴为指导原则，对当代西方文论进行全面而系统的考察，为中西之间的即时平等学术对话寻求支撑。全书有选择地呈现了西方近 30 年的重要前沿文论，并进行了具有批判性和学理性的阐释。全书分上、下两卷，上卷展现了当代西方文论最重要的分支——批判理论的发展动向和代表性理论，下卷从“伦理转向”“实证主义转向”“后人类转向”三个方向，呈现了西方文论近 30 年的主要变革。本书既注重“新”，致力于呈现和阐释西方当代文论的新发展，更新当代中国文艺学研究的理论话语；也注重“融”，致力于对当代西方文论进行跨学科审视和探究，也致力于通过中国视角、中国经验、中国学术话语来批判性地转化和融合其中的优秀部分，并以之来分析文学文本和文化现实。

本书不仅适合文艺理论和美学等专业的研究者、学习者和爱好者阅读，并且由于当代文论的跨学科性质，也适合哲学、艺术学、社会学、政治学、人类学、心理学、传播学、教育学等领域的读者阅读。

图书在版编目(CIP)数据

西方前沿文论阐释与批判：上下卷 / 朱国华等著. —北京：科学出版社，2023.6

（国家哲学社会科学成果文库）

ISBN 978-7-03-075001-3

Ⅰ. ①西… Ⅱ. ①朱… Ⅲ. ①文艺理论-西方国家-现代-选集 Ⅳ. ①I0-53

中国版本图书馆 CIP 数据核字(2023)第 037056 号

责任编辑：王 丹 宋 丽 / 责任校对：贾伟娟

责任印制：赵 博 / 封面设计：黄华斌

科学出版社 出版

北京东黄城根北街 16 号

邮政编码：100717

http://www.sciencep.com

北京中科印刷有限公司印刷

科学出版社发行 各地新华书店经销

*

2023 年 6 月第 一 版 开本：720×1000 1/16

2025 年 4 月第三次印刷 印张：72 1/4 插页：4

字数：1 140 000

定价：398.00 元（上下卷）

《国家哲学社会科学成果文库》出版说明

为充分发挥哲学社会科学优秀成果和优秀人才的示范引领作用，促进我国哲学社会科学繁荣发展，自 2010 年始设立《国家哲学社会科学成果文库》。入选成果经同行专家严格评审，反映新时代中国特色社会主义理论和实践创新，代表当前相关学科领域前沿水平。按照“统一标识、统一风格、统一版式、统一标准”的总体要求组织出版。

全国哲学社会科学工作办公室

2023 年 3 月

总　序

《西方前沿文论阐释与批判》即将杀青。作为主要责任人，我似需照例略缀数语，置诸卷首。考虑到各编已有相关主编撰写了长篇导论，相关具体内容就不必赘述，以免架床叠屋。但本书卷帙浩繁，凡百万余言。一编在手，难免有茫无头绪之叹。本人忝为主事人，还是需要对著书的缘起、叙事的安排，以及写作的目的等，稍做交代。

本书是我于 2014 年获得立项的国家社会科学基金重大项目“当代西方前沿文论研究”成果的一部分，当然也是核心部分。这个课题题目的确定，是我跟沪上几位中青年学者集体讨论之后的结果。他们是上海大学的曾军教授、复旦大学的张宝贵教授、当时在上海师范大学执教的刘旭光教授，以及我的同事王峰教授、王嘉军教授等。幸运获得立项之后，我们就开始召集同道，共商大计。我们的最初方案是尽可能全面、系统、立体地展现世纪之交前后半个世纪西方前沿文论的全景图。我们原计划出版四卷本的论文集、两卷本的译文集、一部研究生教材；最后，还要建成一个持续更新的数据库。我们的终极目的是希望利用全球化与互联网的有利条件，尽可能将西方文论的最新研究成果予以某种程度的汉化，或至少保持某种程度的信息同步化。我们其实也有较好的平台条件，我们华东师范大学中文系是国内中文学科公认的学术重镇，尤其重要的是，中国文艺理论学会及其会刊《文艺理论研究》挂靠在本系。由于本人直接参与学会与期刊的运作，因此有机会结识了从事西方文论研究的大量中青年优秀人才。事实上，我也邀请了不少这些年轻的朋友加盟了我们的研究团队。

但限于诸多主客观原因，我们还是放弃了那些过于宏大的计划。一方面，张宝贵教授认为，译文集虽然耗费了原定主编阎嘉教授的不少心力，但由于版权等因素，不得不忍痛割弃；至于研究生教材的方案，似乎显得过于激进，因为前沿文论毕竟还是需要一定时间的检验和积淀；数据库如果没有流动资金的支持，也很难充分展开。另一方面，在论文集方面，我们又根据当下西方文论的某些新进展，当然也随着研究队伍的变化——少部分朋友因故退出，同时愿意加盟的新鲜面孔又接踵而至——更新了项目的蓝图。我们原来的设计包含以下四个子课题：一是当代西方文论的伦理维度；二是西方批判理论文论的新面向；三是实证主义文论前沿分析；四是社会理论视野下的西方文论新发展。考虑到事件理论与后人类理论异军突起、如火如荼，成为西方文论新的生长点，我们不得不对此予以特别的关照。这样，四卷本就成了六卷巨册：课题完成的时候，相关成果已经达到了200余万字的宏大篇幅。在科学出版社的建议之下，我们从实际出发，将原书稿的篇幅精减一半，大体上分为上、下两卷，上卷侧重于西方批判理论的新面向，事件理论也被放置其中，作为批判理论的一个向度或介乎宏观与微观之间的一个中观理论加以论述；下卷则处理西方文论的“三大转向”，即伦理转向、实证主义转向和后人类转向。

组织这么多人力来完成这样的写作任务，究竟有何学术意义呢？我们可以首先对我们规划设计的提出背景稍做交代。20世纪90年代以来，西方文论表面上进入相对停滞的时期，实则酝酿着重大变化。尽管近些年来中国学界在西方新兴理论学说诸如生态理论、后殖民主义、女性主义和新媒介文学等领域的研究成果已经相当丰硕，但是在整体理解上仍囿于语言学转向、结构主义以及文化批评的范式，文论教材的视野更是基本止步于20世纪90年代，缺乏新的问题意识和概念工具，对一些正在发生中的理论事件难以做出及时的回应。在教学上，我们很难找到能够系统反映当代西方文论近30年来的发展的文论教材与文论精读材料。在科研上，我们也每每发现国内对当代西方文论前沿发展之翻译和引介的稀缺，有的间或有所翻译和引介，却在对其理路和范畴的理解等诸多层面上普遍存在着消化不良的问题。在《文艺理论研究》的编辑工作中，我们尽管会不时收到一些有关当代西方前沿文论研究的优秀投稿，但其比例不高，仍有为数不少的文章还在重复着较为陈旧的研究方法和理论资源。有鉴于此，我们以《文艺理论研究》编辑部的三位同人——除本人外，另两位是本刊副主编王峰教授以及编辑部主任王嘉军教授——为课题组的骨干成员，一起商讨、拟定了这一选题，并成功入选。我们认为我们的研究目的在于对当代西方前沿文论进行整体观照，不仅重视一些业已产生重大影响的学说和值得注意的思潮，而且特别关注赖以塑造当代文论之理论内涵和实践功能的新范式。相信这一研究能够提升中国学界的西方文论研究水准，并对哲学、社会学、传播学等相邻学科产生积极的影响，通过将研究成果转化为学科知识，促进西方文论在国内的传播、接受和思考，为实现理论创新、提升我国文学研究的总体理论水平做出新的贡献。我们也希望，借助于这一研究，借助于对这些成果的系统化甚至精致化，以及借助于对研究对象的批判性阐释和挪用，集中推出一批优秀的青年学者。不消说，参与本书写作的许多青年学者，如今已经进入重点大学或科研机构任教，或者由中级职称晋升为高级职称，由青年专家成为知名教授。

本书的主要研究对象为当代西方前沿文论。那么，何谓“文论”？本书的“文论”概念从其核心意义来说，首先指文学理论。鉴于当今理论呈现出跨学科、多领域的特点，本书也将根据研究对象的实际面貌兼涉文化、艺术及美学理论。何谓“前沿”？本书对于“前沿”文论的入选原则秉持两个思路：其一，从时段来说，主要关注近 30 年来西方文论的最新发展及研究成果；其二，从我国实际出发，主要选择已在西方学界产生较大影响而在我国尚未引起充分关注和研究的理论（由于本课题开展于 2014 年，在这近十年的研究和打磨中，其中一些当时还鲜为人知的理论家也逐渐得到了国内同行的引介和研究）。就国别而言，本书的研究对象主要涵盖英、美、德、法、意等国家的文论。由于理论的专业化程度越来越强，我们就舍弃了文学家这个群体的文学理论观点。考虑到与后现代社会相呼应的后理论具有越来越明显的跨学科、碎片化的特征，如果我们继续像以前那样采用诸如现象学、马克思主义、结构主义、精神分析学之类的理论方法来描述勾勒西方前沿文论，必然会力不从心。因此，我们试图突破原有的叙事框架，根据当代西方理论力场本身的图景，也就是根据客观存在的重大思潮转向来构建诸种理论星丛。此外，对于“前沿”概念的界定，我们仍须做三点说明。第一，本书并不严格拘泥于“近 30 年”这个时段划分。因为对于某些具体研究对象来说，必须回溯到更早的时段才能更好地梳理其理论脉络，呈现其理论全貌，确保研究的完整性，例如对精神分析理论的伦理转向研究即是如此。所以，本着尊重研究对象的客体优先性的精神，我们首选并立足于近 30 年来的西方文论，但对早于这个时段且仍对当代文论持续产生重大影响的理论，本书亦将保持关注。第二，对于当下国内关注度较高、研究相对集中透彻且取得较大成果的领域，如生态批评、女性主义、空间理论，以及叙事学或符号学这些偏重形式分析的文论，本书并不设专题展开，而是希望将精力集中到目前研究较为薄弱的领域，从整体上推动我国西方文论研究的均衡发展。第三，本书充分考虑我国的社会状况和文化语境，择取对于我国文学研究更具启发性和适切性的理论，而不求面面俱到。本书诸卷的结构，并未全盘照搬西人成果，而是立足本土研究现实和问题域来进行具体设计，并对其进行批评性阐释和拓展。

本书旨在以文明互鉴为指导原则，对当代西方的文化实践与理论实践进行全面而系统的考察，为中西之间的即时平等对话寻求文献与理论资源上的支撑。当代中国与当代西方的文化与文艺实践之间，已经具有了共时性，许多新的经验、新的问题、新的方法、人文社会科学的新成果，对于我们理解和发展中国当代的文化实践，具有理论上的借鉴意义。因此，本书对于研究内容的选择，首要的尺度是“当代性”，这意味着我们想要在纷繁多样的西方前沿文论中选择具有“当代性”的部分。理论的当代性在我们这里有两个层面的内涵：首先，当下人类命运共同体正在共同面对的问题与经验正在被反思和理论化，由此产生了诸多新的文论思想。这些理论的新面向，由于直接关注当下正在发生着的新经验，由此是“当代的”。其次，中国的文论研究，应当立足于当下中国的社会实践及文艺实践之中遇到的诸种问题，批判性地阐释和转化对于当下中国的文化实践与批评实践有参考意义的当代西方理论。简言之，本书的目标在于：立足当代中国的当下需要，通过本土视角、语境和思想资源，对当代西方文论进行批判、阐释、转化和拓展。

本书分为上、下两卷，每一卷又分为第一、第二、第三编，因而一共有六编。上卷以当代西方批判理论的最新成果为研究对象，涵盖了当下西方文论最重要的一些新议题，诸如文学场、感性分配、事件思想、诸众理论、竞速学等直接应答新经验的新理论。上卷的撰写者们大多数是这些最新议题的直接翻译者、研究者与对话者。上卷所呈现出的成果，既是对当代西方文论的地图式呈现，也是地标性概括，更是镜像式反思。下卷以伦理转向、实证主义转向和后人类转向这三个转向为轮廓，以思潮史的方式，对当下正在发生的文化现实在理论上加以折射，致力于点、线、面结合的梳理与研究。其中广泛涉及了他者问题、创伤问题、动物问题、诗性正义、公共生活、科学主义、认知诗学、后人类、数字人文等等议题，早已超出了文学理论的领域，但却是对当下人类新经验、新实践的直接反映。下卷以既撷菁又别裁的方式对这些议题进行了全面的呈现、阐释和批判。

本书放弃了呈现西方当下文论全景图，勾画“文论思潮史”甚或编年史的宏大叙事目的。本书的写作所要处理的巨大技术困难在于：不以单一的理论话语来对当代西方文论进行逻辑架构，而是敞开学术交融与交叉阐释的视野，从而使得其中的多元性、互文性和开放性获得充分的呈现。为了解决这一难题，本书采用了一种开放式的架构，即把话题、人物和思潮理解为一个三棱镜，让它们透过阐释和批判的目光，折射出历史、理论与文本多重维度的光辉，同时还力图使研究呈现出历史、理论和文本的穿透性，从而建立起多层次的研究路径。我们不想用某种学科眼光对研究对象进行理论规训，而是着眼于其中的思想创发点和学术增长点，并对其进行批判性延伸和拓展。因此，本书的每一编都是一个星丛，是许多独异思想的交相辉映，是诸种新思想的撒播与延异。

本书虽然着眼于西方前沿理论，但却不是一味趋新逐异，而是出于明确问题意识的批判性阐释。当代中国已经越来越深入地进入现代性和全球化进程当中，对于这一进程所牵涉的许多问题，我们还没有明确的和足够的理论回应。在这方面，当代西方一些活跃的理论家的探索可供我们借鉴。他们不但已经自觉地为当代文艺的发展寻找出路，而且还对全球化、审美政治、现代技术、自然科学与人文学科的冲突与融合等诸多问题展开了广泛研究，而这些问题也是我国当前思想情境的重要组成部分。本书在把握当代西方文论的基本动向和辨明其理论价值的基础上，对其进行了较为深入的阐释和拓展，并力图通过本土视角和本土经验，将这些前沿理论批判性地转化为本土资源，从而促进我国学术界对相关重大理论问题的思考。

本书的内容有两个根本特点：一是“新”；二是“融”。从“新”的角度来说，我们有选择地呈现和阐释了近 30 年来的西方文论新发展。求“新”的目的，是为了求“变”，是为了助推当代中国文艺学学科的知识更新。就西方文论近 30 年来的发展态势来看，基本上每隔十年便会发生大幅度的研究范式转型，相应地，也会出现理论知识的大规模新陈代谢。呈现和阐释这种新陈代谢，并且用它来应答新语境、新经验，更新当代中国文艺学研究的理论话语，是本书预设的理论目标。从“融”的角度来说，当代学术正日益突破单一学科的学科规训，朝着跨学科的路向发展，本书着眼于当代西方文论的前沿动态，密切关注其中的伦理转向、政治转向、语言论转向和社会文化转向，不可避免地也会涉及哲学、伦理学、政治学、社会学、心理学、语言学等多种学科在文论领域的构成性作用。厘清这些学科的交互作用所呈现出的新形态，反思这些理论是如何融合起来的，以及思考如何让理论成为无界之思，却又尊重文学、艺术和经验的客体优先性，将是对当下中国的文论研究大有裨益的事情。

本书集腋成裘，积土成丘，它的阶段性成果多已作为单篇的学术论文发表过，本书因此也是中国当代文论研究的前沿成果的汇集，成果的许多部分广为转载，不断引起热议。本书的推进过程，是一个不断开疆拓土、冲锋陷阵的过程，在许多次专题会议上，中青年学者一呼云集，诸多会议论文最终聚沙成塔。成果推进过程中所呈现出的前沿性与先锋性，也吸引了更多的青年学者投身于当代西方前沿文论研究，引领了近几年来西方文论研究的风潮，推动了理论议题与理论话语的更迭。希望本书的出版，能够对增进文明互鉴、推进外国文论的本土化、更新文论研究范式、建构中国自主知识体系、建构具有中国特色的文论话语体系，做出应尽的贡献。

朱国华

2023年2月

目　　录

第二编 批判理论的新面向（下）

第三编 专题：批判理论中的事件向度

CONTENTS

第一编　批判理论的新面向（上）

导论　后理论时代的批判理论新进展

作为西方文论前沿理论的重要一维，批判理论在20世纪后半叶直到21世纪的前20年时间，不仅获得了长足的发展，而且发生了极大的变化。导致这一变化的原因非常复杂，既有西方社会在20世纪的几次剧变，也有在这一过程中理论思想自身的裂变。不过，唯一不变的应该是批判理论的思想家都努力从马克思主义那里汲取思想的营养，并致力于展开对西方资本主义社会出现的新情况、新问题的关注与反思。

一、批判理论的兴起及其之后

“反思现代性”是批判理论生生不息的强大动力。如果说19世纪末现代主义兴起时，大家对社会现代化和人类未来发展的看法多少还有着乐观与悲观并存、礼赞与批判同在的特点的话，那么，随着20世纪两次世界大战的爆发，人文思想界对现代性的怀疑、批判、否定和反思便成为一以贯之的主题。其标志性的事件在于历史学家斯宾格勒的《西方的没落》正在第一次世界大战（后文简称“一战”）进入尾声时出版，这时，对于人类历史及其未来的悲观失望情绪弥漫于整个西方人文学界。科学技术及其背后的科学主义成为反思的对象。尽管胡塞尔的现象学素以“面向事物本身”而著称，其学术话语中已经将世事纷争高高地悬置（一战中，胡塞尔的一个儿子战死，另一个儿子头部中弹），但是当胡塞尔在晚年提出了“生活世界”的概念时，我们仍不难发现他试图克服现象学的科学主义倾向的努力。1933年，希特勒上台，胡塞尔因为犹太人身份而被剥夺了参与学术活动的权利，但他仍不顾年老体弱和政治风险去作哲学演讲，《欧洲科学的危机和先验现象学》便是其第二次演讲的成果。解释学传统在20世纪的发展也是一样，伽达默尔曾指出，“当我们今天在哲学本身内开始把解释学独立出来，真正说来我们乃是重新接受了实践哲学的伟大传统，这种传统曾被上世纪的科学垄断精神所压倒。在我的小书《科学时代的理性》书名中，理性这个概念所表示的，是知识和真理的整个为科学的方法意识所不能把握的半圆状态”[①]。此外，本雅明对机械复制时代的艺术作品的冥想、海德格尔对技术的存在之思、哈贝马斯对作为意识形态的科学技术的批判不一而足。反思现代性的另一个主题是对资本主义的批判。如果说一战中俄罗斯苏维埃联邦社会主义共和国作为第一个社会主义国家获得了胜利的话，那么随着第二次世界大战（后文简称“二战”）的结束，新的社会主义运动也伴随着民族独立和民族自决的热潮而在全球蔓延。与此同时，直接从马克思主义那里汲取精神营养的左翼思潮成为西方人文思潮中不可忽视的一脉。不用说卢卡奇、葛兰西等人直接与国际共产主义运动紧密相关，也不用说法兰克福学派被视为西方马克思主义的杰出代表，对西方资本主义的失望和对苏联社会主义的向往使得大批知识分子急速地“向左转”，形成了奇特的“红色的三十年代”现象。二战结束之后，来自中国的“毛主义”又继续对20世纪后期的西方左翼思潮产生了很大的影响，阿尔都塞、詹姆逊、德里克、安德森……都曾一度是“毛主义”的痴迷者，这也使得批判理论继续保持了强大动力。

促使批判理论发生重大转型的还有一个重要原因，就是1968年发生的“五月风暴”，“在世界体系的历史上，它是伟大的、具有构成性的事件之一”[②]。在法国，在马尔库塞的“新感性”、萨特的“存在主义”、托洛茨基的“不断革命”等理论的影响下，一场规模浩大的学生运动爆发了。这场运动起因于民众反对美国对越南的武装干涉，激化于欧洲各国内部复杂的社会矛盾，而爆发于大学生对法国大学教育体制的极度不满。受之影响，欧洲各国也随即爆发了学生运动，甚至一度达到革命的临界点。其实，1968年只是整个20世纪60年代反叛浪潮的缩影。从学生运动来说，1964年美国加州大学伯克利分校的学生发起了“言论自由运动”；1965年美国密歇根大学发起了反对越南战争的运动（随后，哥伦比亚大学、哈佛大学、耶鲁大学等名校的学生也积极响应，形成遍及美国全国的学生反战运动）；1966年，联邦德国、法

①〔德〕伽达默尔：《作者自序——为〈科学时代的理性〉中译本而作》，《科学时代的理性》，薛华等译，国际文化出版公司，1988，第3页。

②〔美〕伊曼纽尔·沃勒斯坦：《变化中的世界体系：论后美国时期的地缘政治与地缘文化》，王逢振译，中央编译出版社，2016，第70页。

国、英国等国也出现了反对越南战争的学生运动，并在 1967 年达到高潮。美国、法国、联邦德国、英国、意大利、爱尔兰、澳大利亚和加拿大等西方主要国家相继出现以青年为主体的文化革命浪潮。1968 年 4 月，美国哥伦比亚大学的学生因抗议学校为越南战争服务的研究项目和种族主义政策，与军警发生冲突，并引发全国性的抗议运动；1968 年 5 月，法国爆发“五月风暴”，1000 多万名学生、专业人士、工人走上街头，引发全国性的罢课、罢工；1968 年 3—10 月，英国学生罢课、上街，抗议越南战争；1968—1969 年，意大利的学生和工人运动掀起高潮，出现“火热之秋”；1968—1969 年，北爱尔兰的学生要求民主，引发内战；1970 年 5 月，美国的学生反战运动达到高潮，全国罢课学校的数量达 900 余所，一半以上的高校教师和学生参加了这一运动。20 世纪 60 年代的学生运动导致的文化后果极其严重。这场学生运动一方面以民主、自由为口号，反对越南战争，反对旧的教育制度；另一方面则以性解放、文化革命为旗帜反对现代文明，颠覆传统伦理道德。从某种意义上说，波澜壮阔的学生运动也仅仅是整个欧洲 60 年代时代精神的缩影，在这个“漫长的 60 年代”（Long Sixties），出现了一系列新事件、新思潮、新主义、新运动，如“布拉格之春”、新左派运动、反战运动、黑人民权运动、反主流文化运动（又称“青年文化运动”）、学生运动、女权运动、环境保护运动，以及流行音乐兴起、家庭和社会关系变化、性观念革命、社会价值观改变、后现代思潮兴起等等。

20 世纪 60 年代也对西方文学理论的格局产生了重大影响。以法国的“五月风暴”为例，正当学生运动如火如荼之时，结构主义大师巴特却态度暧昧，从而引发“结构不上街”的批评，并成为结构主义不支持“五月风暴”的身份标记。随后，格雷马斯、福柯、列维-斯特劳斯等人纷纷遭此厄运，被戴上“结构不上街”的帽子。结构主义由此“一蹶不振”，德里达的解构主义也从内部瓦解了“结构”，从此开始进入“后结构主义”时代。德国也不安宁，60 年代末期的学生运动一方面把法兰克福学派推向辉煌的顶点，但另一方面也使之处于瓦解的边缘。面对学生运动，马尔库塞对学生全力支持，阿多诺与学生尖锐对立，哈贝马斯则持相对温和的批判态度，这种立场上的分歧也促成了法兰克福学派内部的分化。1969 年，阿多诺去世，哈贝马斯接任社会研究所所长职务，但在学生和政府的双面夹击下，法兰克福学派的代表人物纷纷离开，就连哈贝马斯也于 1971 年去了慕尼黑。1968 年对于英国的伯明翰学派也有影响。革命的风暴既给他们带来了无比的兴奋与乐观，但随之而来的失望也使他们进入反思的状态。也是在这一年，霍尔接替霍加特担任伯明翰大学当代文化研究中心的第二任主任，伯明翰学派进入新的历史阶段。60 年代以后，另一重大的思潮变迁来自"后"学的兴起。尽管"后现代"这个词最早可追溯到 1870 年，"后现代主义"也早在 1934 年就已出现，但直到 60 年代之后，才开始被人们普遍接受，并在 80 年代之后成为全球性的文化浪潮。与"后现代"相呼应的，诸如"后工业社会""后马克思主义""后女性主义""后殖民主义"共同推动了"后"学时代的来临。

进入 21 世纪之后，曾经令人欢欣鼓舞、意气风发的批评理论的时代似乎已经远去，即便是在中国，那个曾经为文学、美学和文化而热血沸腾的 80 年代也早已成过眼云烟。理论激情的消失是否真是"理论之死"的表征？在伊格尔顿 2003 年出版的《理论之后》中，他开篇写道：

> 文化理论的黄金时期早已消失。雅克·拉康、列维-施特劳斯、阿尔都塞、巴特、福柯的开创性著作远离我们有了几十年。R. 威廉斯、L. 依利格瑞、皮埃尔·布迪厄、朱莉娅·克莉斯蒂娃、雅克·德里达、H. 西克苏、F. 杰姆逊和 E. 赛义德早期的开创性著作也成明日黄花。从那时起可与那些开山鼻祖的雄心大志和新颖独创相颉颃的著作寥寥无几。他们有些人已经倒下。命运使得罗兰·巴特丧生于巴黎的洗衣货车之下，让米歇尔·福柯感染上了艾滋，命运召回了拉康、威廉斯和布迪厄，并把路易·阿尔都塞因谋杀妻子打发进了精神病院。看来，上帝并非结构主义者。[①]

"理论之后"的批判理论是否仍然保持其批判的本色，并拥有理论创新的活力？这是我们展开批判理论新进展研究时需要深入思考的问题。本卷所涉及的主要是布迪厄、巴迪欧、朗西埃和奈格里这几位批判理论思想家。

① 〔英〕特里·伊格尔顿:《理论之后》，商正译，商务印书馆, 2009, 第 3 页。

二、权力的文化逻辑：布迪厄的社会学诗学

布迪厄（1930—2002）出生于法国一个叫作贝亚恩的偏远乡镇，这个地方接近西班牙与法国之间的边境，具有独特的地方方言与文化。对于布迪厄来说，出生在这样的地方，对他具有宿命般的哲学意义。无论是在社会空间还是在学术场域中，布迪厄都把自己定位为陌生人，也就是定位为与任何主流话语和合法化体制格格不入的局外人，即使他本人后来成了法兰西学院的教授，成为他所反对的体制的一个构成要素，他仍然感到一种强烈的不自在，并把成就了他个人辉煌的这些体制推上了手术台，以揭露其对不平等的掩盖事实。推动其批判热情的来源，不仅仅是他将自己的出生地所强加的被支配经验转化为对支配者的高傲拒绝，而且还在于他将这种经验普遍化和客观化，在社会世界的广阔范围内到处寻求结构上同源的社会行动者，如被法国殖民者压迫的阿尔及利亚人、被资产阶级压迫的工人阶级、被男权主义压迫的女人，甚至是在统治集团内部属于被支配者的知识分子等等，并使自己成为他们的代言人。

1956 年从巴黎高等师范学校毕业后不久，布迪厄应征入伍，并被派赴阿尔及利亚。他一面在阿尔及尔大学任教，一面从事田野考察。此后，阿尔及利亚就一直是他的学术根据地。60 年代初之后，布迪厄就走上了学术场的金光大道。这不仅仅是因为一系列阿尔及利亚的研究使他在学术界崭露头角，还因为他运用人类学研究方法来分析法国当代文化，取得了丰硕成果。特别是《继承人》一书，它对法国教育制度的尖锐批判，使布迪厄获得了社会知名度，该书与萨特、加缪、勒菲弗尔、马尔库塞和阿尔都塞等人的著作一样，成为“五月风暴”中造反学生们的精神武器之一。60 年代起，他就领导一大批非常优秀的年轻社会学家一起从事探索性、前沿性、批判性的调查研究，初步形成了具有鲜明特色的社会学流派。1970—1981 年乃是布迪厄的关键转折时期，他的整个实践理论思想体系大厦的主体部分在这个时期趋于完成。尤其是《实践的逻辑》与《区隔：一种趣味判断的社会学批判》的出版，使得布迪厄无可争辩地获得了法国社会学的领袖地位。1981 年，布迪厄继阿隆之后获得法兰西学院社会学教授的教席，从而使自己的学术生涯达到顶峰。1993 年，他获得法国国家科研中心授予的金质学术奖章。他得到的

最后一枚奖章是 2000 年英国皇家学院颁发的代表国际人类学界最高荣誉的赫胥黎奖章。

布迪厄逝世后，西方媒体普遍以较大篇幅报道了这则消息，称他为继承了伏尔泰、左拉、萨特传统的批判性知识分子，并给予他极高评价。显然，布迪厄是 20 世纪末影响最大的思想大师之一。20 世纪 90 年代以来，在众多的学术索引数据中，他的学术引证率始终位居最前列。作为社会学领域的不朽者，布迪厄被认为在超越客观主义与主观主义、宏观研究与微观研究、理论研究与经验研究，以及结构与行动等种种双重对立中做出了重要的贡献。尽管布迪厄宣称他没有兴趣建立某种形而上学的元话语，他只是提供一整套社会学思想范畴的批判工具和实践操作的可能程序，然而，他的确以“社会学的社会学”的元科学立场，凭借自己渊博的知识，将这套话语系统令人咋舌地运用在极为广泛的领域。毋庸置疑，布迪厄已经像其前辈马克思、韦伯或涂尔干一样，成为社会学蜡像馆甚至思想家、哲学家殿堂中的一尊永恒的塑像。

文学艺术是布迪厄文化理论著述中的重点之一。他一般说的“知识分子”或“符号生产专家”，首先是指作家艺术家，因为知识分子的起源，在布迪厄看来，就是从法国以作家左拉为代表的“德雷福斯派”的反叛运动所开始的，而《艺术的法则：文学场的生成和结构》或《文化生产场：论艺术和文学》中所论述的文学场或者艺术场，对于布迪厄而言，其实即是整个文化生产场的典范说明，也就是说，对文化的其他领域具有相同或相似的意义。从某种意义上说，就文化或者美学问题，布迪厄的运思策略的独特性是基于一个十分复杂的悖论。一方面，艺术本身，尤其是以现代主义为范本的艺术，在布迪厄那里并没有一种超验的性质，也谈不上有什么救赎的效用。他别样的激进之处表现在他对文学艺术的祛魅读解中。他揭示了某种艺术品转凡为圣的社会炼金术，揭示了被我们视为当然的艺术视界如何掩盖阶级压迫和不平等关系，并通过教育体制对此进行不断的文化再生产乃至社会再生产。另一方面，布迪厄又实际上在相当程度上非常服膺于他所攻击的艺术魔术背后所包含的艺术经验。正是基于对美学现代性经验的认同，他才会延伸出追求自主性的诉求，并试图以追求文化自主性作为纠合同道成立知识分子国际性组织的思想公分母，作为政治实践中谋求有所作为的突破口。

如果我们了解了存在于布迪厄理论内部的这种张力，我们就可以看到，布迪厄对文学艺术的论述明显分为逻辑上相关的两个部分：第一部分是他的早期研究，即以《区隔：一种趣味判断的社会学批判》《艺术之恋：欧洲艺术博物馆及其观众》《摄影：中等品位的艺术》等著作为代表的社会学美学，主要通过文化商品尤其是艺术品的社会使用的研究，以及艺术品对于消费者或者使用者的意义，去揭示文化的区隔行使着将社会阶级的区隔加以合法化的功能，并指出文化实践一方面调节了诸阶层之间的对立关系，另一方面又掩饰着社会不平等的事实,而这一切是通过教育体制的再生产手段加以推行的。第二部分，也就是本书所处理的部分，是以《艺术的法则：文学场的生成和结构》和《文化生产场：论艺术和文学》等作品为代表的文艺社会学。这一部分发展了"文化生产场"的概念，并由此论述了文化生产场的根本性质、它的结构、它在社会世界中的位置，以及它获得相对自主性的发生过程。如果说美学社会学是出乎其外的，即由社会学的视野来透视文学/艺术/文化的内部的景观，那么这一部分在很大程度上可以认为是入乎其内的，它主要结合 19 世纪法国文学场、艺术场的生成来探讨文化生产场的发生发展规律和一般结构，并深入文学艺术的形式、流派、艺术理论等内部要素，特别是结合福楼拜和马奈的个案研究，并由"为艺术而艺术"的艺术自主性的发明推论出普遍性知识分子形象的发明,从而为乌托邦想象指明一种现实的解放力量。我们认为，重点在于讨论文化商品消费的社会学美学与主要研究文化商品生产的文艺社会学一起，构成了一个结构完整、逻辑严密的社会学诗学的体系，尽管布迪厄本人声称他反对任何构建体系的理论野心。

第一编第一章主要是从文学场的概念入手，对布迪厄的文学理论进行初步论述。布迪厄运用文学场的阐释框架，以及习性、资本等相关理论工具，旨在试图超越文学研究中的种种二元对立，从而以某种关系主义认知模式摆脱本质主义思考。在达到高度分化性的现代社会，理解文学事实就意味着将它置于特定的场域结构之中，结合文学行动者的性情系统、社会轨迹以及所携带的文化资本来加以探究。文学场是一个围绕着文学的幻象组织起来的颠倒的体系，其发生的内部标志是文学自主性的确立，外部标志是与支配着社会世界的日常逻辑相决裂。"为艺术而艺术"的美学革命以及文学场的生成首先意味着一种艺术观的发明，其次意味着一种全新的生活方式的发明，最后还意味着文学家和知识分子形象的发明。就文学场的内部结构而言，出现了纯粹生产和大生产的双重对立，占据统治利益的前者总是能够把符合自己利益的写作原则强加为文学场的合法原则。在圣化作家与新锐作家之间，存在着符号斗争。新锐作家引发的文学革命的成功是美学因素与外部条件两种历史相遇或契合的结果。文学场中符号斗争的基础是对文学幻象的集体性误识，这种执着使得像杜尚以小便器为艺术品那样的艺术激进主义行为能够具有社会炼金术的功效，也就是被确认为艺术经典。该章在结尾处评介了布迪厄文学观的积极意义，但也指出，布迪厄的文学社会学除了无法摆脱任何一种社会学固有的局限之外，还忽视了文学存在的历史传承性，排除了对于前资本主义文学作为参照系统的考虑。此外，布迪厄还明显具有现代主义的偏见，看不到文学消费者文化游击战的可能性。

三、非美学：巴迪欧的激进左翼思想

巴迪欧（1937—），法国人，当代西方著名哲学家，国际左翼思想阵营的代表人物，其以“数学本体论”和“事件哲学”闻名于哲学界，政治上具有鲜明的马克思主义立场，是西方马克思主义向后马克思主义转向的关键人物之一。巴迪欧的哲学与当代主流哲学相当不同，他坚决反对阐释学、分析哲学、后现代哲学中的哲学终结论，以全新的思想姿态，重启哲学形而上学的可能性，宣告了“哲学终结论”的终结。通过《存在与事件》《世界的逻辑》等重要著作，巴迪欧重构了哲学中事件、主体、真理的关系形态，陆续提出了“哲学条件论”、“事件—真理”以及“真理的实存及内在性”等诸多富有价值的命题。多数评论者认为他将“真理”重新置入哲学研究的核心位置，将欧洲大陆的思辨哲学带入了新阶段。同时，也因为他的哲学具有反观念论的特征，并且在唯物主义和实在论之间进行某种隐秘的结合，所以也有学者认为他是后大陆哲学的重要代表。不管怎样，学界已经注意到巴迪欧给哲学界带来的新鲜空气，影响并改变着时代思想的某种走向，其思想价值贡献是不可忽视的。

奠定巴迪欧哲学史地位的著作是其写于20世纪80年代的《存在与事件》。借助该书创造的概念范畴，巴迪欧获得了全新的思想工具，并在90年代进入著述高产期。他这一时期的作品都集中在较为具体的研究领域，如艺术、政治、伦理学、数学等。他为此提出了最能体现其思想风格的观点，即“哲学条件论”——哲学的存在需要四项条件（或前提），分别为科学、艺术、政治和爱。因此，我们可以明确一点，要考察巴迪欧的艺术思想，就应当从“艺术作为哲学的条件”这一命题出发。国内学界所熟知的“非美学”概念，正是对这一命题的具体论述和深化。20 世纪 90 年代末，巴迪欧的哲学有一个较大的转变，这一转变的结果就是《存在与事件》的续篇《世界的逻辑》的出版，这标志着巴迪欧哲学系统的成熟。不仅如此，《世界的逻辑》还发展了巴迪欧的艺术论。如果说“非美学”讨论的哲学和艺术真理的关系是“哲学条件论”的构成部分，那么“非美学”之后产生了新的问题——“艺术真理如何在世界中实存”，这意味要去思考艺术真理和世界、艺术真理和其他真理之间的关系问题，一种新的艺术和哲学的关系形态由此浮出水面。

我们主要从“非美学”和“新艺术哲学”两个层面来考察巴迪欧的艺术思想。这两个层面的关联也是明晰的——“非美学”是建立“新艺术哲学”的前提，是创造新概念范畴的必经之路；“新艺术哲学”也必须在“非美学”的基础上得以理解和深化。这就与传统的、学院派的艺术哲学大不相同。巴迪欧的理论目的不是用哲学概念去解释艺术现象，也不是将艺术作为哲学系统的构成部分，而是使艺术和哲学保持各自的独立性，艺术是真理的生产者，哲学则生产能够容纳艺术真理的概念。通过哲学构筑的概念空间，艺术真理和其他真理程序获得共存，在诸真理显现于世界的过程中，形成改变世界实存逻辑的力量。为了详细讨论巴迪欧的“非美学”及其延伸思想，我们的研究将从以下三个层面展开。

第一，首先简述巴迪欧事件哲学的原理，对哲学条件论进行讨论分析，揭示从事件到真理的形式化进程。其次，巴迪欧通过提出“数学本体论”取代“诗学本体论”，完成了诗与哲学的“解缝”，确立并区分了诗（艺术）与哲学是两种相互独立的真理形式。最后我们将以“勋伯格事件”为例来具体阐明巴迪欧对艺术真理的形式化进程的思考。巴迪欧作为一位原创性哲学家，有一整套独有的概念体系，他对许多现实问题的思考和创见均脱胎于此。我们若要对其艺术论进行专门考察，就需要从其思想立场和哲学原理入手。

第二，评析巴迪欧的“非美学”思想，讨论艺术和哲学的新关系。“非美学”的思想基础是“艺术作为哲学的条件”，这是对《存在与事件》中所谈到的哲学思想的延伸和发展。通过讨论“非美学”思想的缘起及其意义，从而说明艺术在“非美学”中是作为真理的教育方式而存在的。为此，巴迪欧才能从“非美学”中发展出一种文本批评的方法，这集中体现在他对贝克特文本的阅读上——发现文本中的“事件”，以事件所指涉的“真理”为基础，揭示文本独有的美学风格，以及构造适合文本自身的批评范畴。

第三，指出“非美学”作为一种艺术理论，有其局限性和过渡性。“非美学”的最终指向是一种新的艺术哲学。在这种艺术哲学中，通过建立共有的思想空间，哲学不只是考察艺术本身，而是思考艺术和其他哲学真理程序的关系，即艺术和科学、政治、爱的关系。这些关联不仅反映了艺术在世界中的实存状态,也是思考艺术真理如何对世界的实存法则产生影响的前提条件。我们将讨论巴迪欧著作中存在的艺术与科学、政治的两个关联性命题：一是艺术无限性的数学根源。数的无限性的介入，打破了艺术与人的有限性的浪漫主义关联，为一种基于世界之无限性的新唯物主义艺术奠定了基础。二是政治理念的诗学问题（共产主义的诗学）。艺术不仅有助于政治真理的表达，更能够实现对新的政治主体的塑造，从而推动世界的实存逻辑的变革。这两个独特的命题正是巴迪欧艺术哲学思想的直接性产物。

巴迪欧的“非美学”的主要目标是探讨艺术与哲学的新关联。“非美学”的前提是：哲学不生产具体的真理，这是艺术的任务。所谓具体的真理，是指被艺术揭示的、被意识形态掩盖的实在或真相。这一基本论断首先明确了艺术创造对于思想（哲学）的重要意义。艺术创造为思想提供了起点，因为艺术中的真理是思想的具体对象，通常以事件的形态出现。这种基于偶然性的事件真理包含了从特殊性到普遍性的全部潜能，是思想能够构造一般性范畴的基础。其次，这一基本论断明确了艺术家和批评家工作的相互独立性。艺术家创造艺术真理，只需要与艺术领域的法则打交道，与其他外在法则无关。因此，对于世界的整体法则，艺术的创造似乎就具有某种意料不到的颠覆性效果。批评家则更像是扮演了哲学家的角色，批评家发现艺术中的真理，用一般语言表述出来，揭示其对世界的普遍性意义。这同样也是一种创造，只不过这是对概念和表述方式的创造。简而言之，艺术家是在美学层面（特殊性）工作，而批评家则是在世界层面（普遍性）工作，两者的共同活动构成了对世界实存法则的总体性冲击。

“非美学”思想的发展，必定会转向艺术与世界的关系，即艺术在世界中的实践问题。就巴迪欧自身而言，在“非美学”之后，他就开始着力思考艺术和其他真理程序的关系。艺术和政治、科学、爱的活动在哲学构建的思想空间中呈现出更为复杂的关联。巴迪欧的艺术思想有一种唯物主义的立场：对艺术的研究并不限于孤立的审美领域，而是将艺术置入“世界”范畴中进行考察；任何真正的艺术活动都不仅要服从审美的内在目的，还要服从改造世界的外在目的。当然，成功的“改造”是基于“真理”的实践，所以艺术与其他真理程序必定会在这一目的上相遇。艺术变革可能会因本领域的真理事件而发生,同时也会因来自其他领域的真实观念的冲击而改变自身的法则。这些领域的变革会推动世界的变革，而世界变革的本质是世界逻辑法则的改变。所以，巴迪欧实际上阐明了一种新的艺术哲学观：艺术哲学不是以艺术现象为思辨对象，并最终回归哲学概念本身，而是以艺术真理为对象，考察艺术真理如何在世界中发生，产生何种效应，以及如何冲击世界之实存法则的学问。

四、感性分配：朗西埃的平等主义美学

朗西埃（1940—）是法国当代著名哲学家、美学家。他出生于阿尔及利亚首都阿尔及尔，1942 年随父母迁居法国马赛，二战结束时迁居巴黎。他毕业于法国著名的高等院校巴黎高等师范学校，在校读书期间，他曾参加法国当代著名哲学家阿尔都塞的“读《资本论》”研讨班，在研讨班结束后，其论文被收进阿尔都塞的名作《读〈资本论〉》中，因此名声大噪。但是，他在 1968 年法国发生“五月风暴”时加入了以毛主义思想为指导的乌尔姆圈子，积极参加学生运动。随着运动的结束，他与在运动中无动于衷的老师阿尔都塞决裂，并出版了批判老师的著作《阿尔都塞的教诲》。之后不久，在福柯的邀请下，他加入了风暴之后筹建的新型实验大学——巴黎第八大学，与巴迪欧、巴利巴尔、米勒等著名人物成为同事。在往后的岁月里，其他同事都逐渐离开了巴黎第八大学，只有朗西埃一直在这里待到了退休，成为巴黎第八大学的荣休教授。朗西埃早年的博士论文主要围绕工人运动展开，是比较扎实的档案研究，这就是后来的《人民的舞台》等著作,《无知的教师》也受益于早年的档案研究。随后，朗西埃一直都以介入政治的知识分子形象出现，

其有关政治的主要著作为《歧义》及《政治的边缘》，但是从《无声的言语》《词语的血肉》等著作开始，朗西埃就彻底转向了文学和美学研究，直到世纪之交，他开始涉足电影研究，出版了《电影寓言》，同时开始进行各类艺术评论，最后结集为《图像的命运》等著作。其美学思想的特点主要体现为与早年的政治研究相关联，因此，将平等作为起点而非目的成为他的平等主义美学的核心特征。

朗西埃的美学理论大致可以分为以下三个基本的问题域。

第一个问题域主要侧重于早期政治理论与美学理论的融合，也就是审美政治的问题。朗西埃在这个问题域中提出的主要概念包括三个：首先是感性分配（le partage du sensible），他利用 partage 在法文中同时包含“分享”和“分配”的双重含义，以及 aesthetics（美学）的古希腊语词源 aisthesis（感性），指出审美的过程包含了彼此之间确认为相互关联的共通体的一个部分（分享），但也被划分为不同的部分（分配），也就是用另一种方式来解释了审美在政治过程中所起到的稳定社会结构、稳固社会秩序的作用。其次是艺术体制理论，朗西埃用三个并不能完全按照历史对应关系建构的范畴来讨论艺术的政治功能，即艺术的伦理体制、艺术的再现体制和艺术的美学体制。艺术的伦理体制在朗西埃的语境中是一笔带过的，是一种古老的体制。他的重点在于艺术从再现体制到美学体制的转换，这个转换被他看作一种平等化的过程，这种平等化体现在文学、艺术等多种艺术形式的题材和规格的变化之中。最后是解放的观众理论，观众在布莱希特和阿尔托的理论当中都被当作需要教育的对象，观众需要别人告诉他们去打破“第四堵墙”，但朗西埃坚持认为不需要这些先锋戏剧家以权威的姿态来告诉观众该如何观看，观众应该以自己的方式来理解戏剧，用自己的体验来诠释戏剧，这才是真正地调动起了观众，也就是解放了观众，而依照布莱希特和阿尔托的理论，观众会被进一步愚蠢化。朗西埃的这一理论明显地承袭早年档案研究有关无知教师的理论，是这一服务于政治的话语在艺术领域的体现。

第二个问题域主要侧重于文学方面。朗西埃带有所有法国理论家的特点，即特别偏爱法国文学作品。他对文学的理解可以明显地看出一个基本的倾向，即都是后来艺术体制理论的雏形。在朗西埃重视文学研究的时期，艺术体制理论尚未成形，所以他所提出的由美文时代到文学时代的转变可以被看作后来的再现体制到美学体制的转型。朗西埃用这个作为基本的分析框架，重点分析了福楼拜的《包法利夫人》，他指出女主人公爱玛正是因为对自己生活的不满，而成为一个渴求打破艺术和生活界限的人，这是对小说中的等级秩序的挑战，而福楼拜之前的小说更多地遵循等级秩序的划分，朗西埃抨击的重点是古典主义对等级地位的强调。除了福楼拜以外，他还对塞万提斯和巴尔扎克等小说家进行了分析，基本的思路是一致的。但是他对马拉美的关注则更倾向于继承德里达的分析，即重点强调象征主义诗人将词语与物进行了分离，这样也符合了朗西埃的基本预设，即在文学时代，由于这种分离，现实生活中的等级秩序不再反映在文学作品当中。除了以上按照文学体裁进行的两种平等主义分析之外，朗西埃还提出了新的文学性理论，他所谓的文学性指的是词语是没有“父亲”的，与现实生活没有指涉关系，这样就可以被任何人利用，这就构成了文学最本真的政治潜能。但是，朗西埃对柏拉图的《斐德若篇》中关于文字流传的思考明显受到了德里达的影响，但是他更多地强调了文学性的维度，可以说是对文学性的一种政治化解读。

第三个问题域主要是朗西埃发生于世纪之交时期的研究转向。他将更多的精力投向了当代艺术评论以及电影评论。但是朗西埃的评论基本模型并没有发生变化，仍然是以平等主义作为其核心理念。他在分析贝伦斯的设计的时候完全遵照分析马拉美时的模型，不过用新的“类型”（type）作为其主要出发点，但是仍然归结为用抽象的方式来消除现实世界中的等级秩序，从而建构一个平等化的趋势。这一趋势，在朗西埃看来，还充分地体现在抽象派艺术当中，没有了可以一一对应的人物关系，抽象艺术在政治上是指向平等的。除此之外，这种平等主义理念还被运用于电影中，按照同样的逻辑，电影包含了主观可以剪裁贯彻导演意图的部分，也包括了用镜头记录的导演无论如何也无法改变的具有抵抗性的部分，正是后面这个部分的抵抗特性使得被再现的内容天然具有了平等化的趋势，因为有一部分内容无论如何都不能随意被安排，也就无法按照特定的等级秩序来再现，这正是电影技术在政治上的潜在力量。从整个法国电影理论的谱系来看，朗西埃不可避免地受到了德勒兹电影哲学的影响，所以他的电影理论可以被看作在德勒兹的电影哲学之上进行了自己理论框架内的阐发。

朗西埃与巴迪欧一样成为法国当代思想界的重量级人物，这一方面得益于早年朗西埃在巴黎高等师范学校积累的名声，最终表现为其论文被收入《读〈资本论〉》中，另一方面得益于他在博士论文写作期间的档案研究，这引发了马克思主义历史学家汤普森对他的关注并邀请他前往英国举办讲座，所以早年朗西埃的政治批判是对“五月风暴”的无政府主义思想和毛主义思想的最好诠释。但是从对文学的讨论开始，朗西埃开始从早期针对阿尔都塞和布迪厄的批判角色转变为一个从事理论发明的建构角色，这就有了他的整个美学体制理论。但是朗西埃的体制理论有明显的问题，即以历史分期概念的面貌展现的其实不过是三个逻辑概念，并没有必然的承继关系，而且对美学的诞生在平等化过程中所起到的作用的分析看似很新颖，但实际上却无法在艺术史上得到充分的证明。另外，朗西埃的全盘分析不具有任何意义上的普遍性，尽管他也引用了一些中国文学的材料，比如《浮生六记》，但是由于他的艺术体制和平等化理论完全不适用于中国从庄子时代就建构起来的齐物话语，所以中国学者在对其理论的接受上需要采用批判的态度。最重要的是，朗西埃较近的著作，如《消失的线》等，都偏向于对自己美学及文学理论的阐发和重复，几乎没有新颖的内容出现，这也是需要研究者仔细甄别的。所以，虽然朗西埃如今的地位如日中天，但是相比于巴黎高等师范学校的前辈们，如福柯、德里达、布迪厄等，他仍然难逃被历史迅速遗忘的宿命，其本身的创新动力的缺乏会使得他在不久之后迅速凋零。

五、奈格里的诸众-艺术论

奈格里（1933—），意大利著名的马克思主义理论家、政治哲学家，曾任教于意大利帕多瓦大学，是20世纪60年代意大利“工人主义”（workerism）运动和70年代“后工人主义”（post-workerism）运动和“自治主义”（autonomism）运动的领军人物之一。通过这些运动，奈格里与其意大利同伴提出了诸如“拒绝工作”“社会工人”“非物质劳动”等概念，并且重新激活了“诸众”、“普遍智能”、“自我价值增殖”（self-valorization）等概念。

除了马克思主义的理论和实践，奈格里还因为对斯宾诺莎的研究而蜚声欧洲，创作了三本关于斯宾诺莎研究的论著：《野蛮的异端》（1981）、《颠覆性的斯宾诺莎》（2004，主要收录1985—1998年的文章）、《我们时代的斯宾诺莎：政治与后现代性》（2013，主要收录2005—2009年的文章）。

奈格里真正获得世界声誉是因为他与哈特于2000年出版的合著《帝国》，之后与哈特合作的《诸众》（2004）、《大同世界》（2009）、《宣告》（2012）和《集会》（2017）都对理论界产生了举足轻重的影响，为相关学者反思全球秩序和反抗潜能提供了新的概念和理论武器。

奈格里对马克思理论的发展主要是基于其对《1857—1858年经济学手稿》（简称为《大纲》）的解读。在传统马克思主义看来，劳动必然从属于资本，因此唯一的主体只能是资本，而奈格里通过对《大纲》的阅读看到了这样一种趋势：生产领域内出现了两个独立的变量和主体，那就是劳动和资本。"机器论片段"就是在20世纪60年代从《大纲》中选译出来的，被维尔诺称为"圣经式文本"——一旦遇到什么困难或瓶颈，他们就会从这一文本寻求灵感。

奈格里认识到，不能将工人阶级视为剥削的客体，视为资本主义统治的装置所构成的消极主体，而应该视为自我构成的积极主体，并且有能力根据自己的需求和欲望去筹划新社会的主体。正是这种主体主义观念让奈格里无法接受阿尔都塞的结构主义马克思主义。

正是在列宁主义和意大利的工人主义的烛照下，奈格里通过对《大纲》的解读发现了一个不同于以往的马克思——强调工人革命主体性的马克思。但这里的列宁是写作《国家与革命》的列宁，是强调砸碎旧的国家机器的列宁，因为在奈格里看来，真正的共产主义就是工作或者资本主义劳动关系的终结。

对斯宾诺莎的解读在奈格里思想的发展过程中有着同样重要的意义，让其"革命实践的现象学"有了更为深厚的哲学基础；同样关键的是，斯宾诺莎赋予了奈格里后来的作品以不同于其他马克思主义者的精神气质——生命的轻盈与欢快。

在法国，从20世纪60年代开始，除了德勒兹和马泰隆，当时法国斯宾诺莎研究的重镇就是阿尔都塞学派，代表人物如马舍雷和巴里巴尔。事实上，奈格里的《野蛮的反常》在出版的第二年就已被翻译成法语，并由德勒兹、马舍雷和马泰隆分别作序，可见法国思想界对这本书的重视。在蒙塔格看来，这些哲学家（马舍雷、巴里巴尔、莫劳、德勒兹、奈格里、阿尔都塞、马泰隆）尽管各有不同，但是他们都认为斯宾诺莎是他们的同代人，斯宾诺莎作品的晦涩难懂在某种程度上也反映了他们理解当下的艰难。

在奈格里看来，斯宾诺莎并非一位单纯的先驱者，最终被吸纳进马克思的思想体系中；相反，斯宾诺莎与马克思彼此成全，对奈格里所产生的影响可谓难分伯仲，因此我们可以将奈格里称为斯宾诺莎式的马克思主义者或者是马克思式的斯宾诺莎主义者。斯宾诺莎、马基雅维利和（《大纲》而非《资本论》的、强调主体要素即活劳动的、超越马克思的）马克思构成了与霍布斯-卢梭-黑格尔相对的另类现代性思想代表群体。这种另类就表现为前一群体拒绝中介性与超验性思想，拒绝原子式和占有式的个人主义、契约理论以及主权学说——这些都是现代性的根本特征。

正是借助对马克思和斯宾诺莎的另类解读，奈格里获得了认识和改造当下世界的新概念，如诸众、情动或情感（affectus）、内在性、共同概念、权力和力量、构成（constitution）、民主、欲望（cupiditas）以及爱，只有理解这些概念，我们才能明白斯宾诺莎后来发展出的一系列哲学概念和对子，如情感劳动、生命政治与生命权力、内在性与超越性、制宪权/创制力量（constituent power）、宪定权/被构成的权力（constituted power）。

需要强调的是，"权力"和"力量"对应的拉丁文分别是 potestas 和 potentia，对应的意、法、德语分别是 potere 和 potenza，pouvoir 和 puissance，以及 Macht 和 Vermogen，唯独在英语中只有 power 这一个词。在奈格里看来，权力意味着中央集权化的、中介性的超验性统治的强力，而力量则是直接性的、真实的构成力量——虽然有的研究者并不认为斯宾诺莎有这样一种区分。斯宾诺莎拒绝一切中介性，因此也拒绝了黑格尔式的辩证法。奈格里正是通过斯宾诺莎彻底抹去了自己思想中的黑格尔残余，从而拒绝一切关于官僚制、先锋党或国家的学说。这与他的自治主义理论和实践是一脉相承的。

正是这些概念让奈格里得出了"帝国与诸众"这样一个对子，我们可以将其视为"资本与劳动"这个对子的发展。伴随着资本主义生产与交换的全球化，跨国企业取得了巨大的社会权力，从而导致民族国家的主权有所衰落。在马克思看来，资本这一概念就已经预设了世界市场。资本必然要打破一切有形与无形的边界，颠覆旧有的生产关系，驯化或者推翻有所抵抗的政治权力，保证商品、金钱与劳动力的流通可以畅行无碍。可以说，从现代资本主义国家确立开始，帝国就开始成形，帝国主义可以说是帝国的前史，为帝国的最终证成添砖加瓦，而帝国是在资本与工人的对抗中产生的。

在奈格里看来，斯宾诺莎哲学中的存在由人的活动、交往和联合所构成，正是从这种本体论中产生了斯宾诺莎提出的作为绝对民主的政治学：只有当所有人参与到对自己的治理中，并且不转让自己的自然权利时，民主才是绝对的，这与作为政体的民主截然不同。这种政治绝不能脱离经济：只有当屈从从生产关系中被消除，生产能力（活劳动）基于自己的意志去决定生产关系时，自由和民主才真正成为可能，艺术才真正成为可能——从诸众的生命政治劳动中生发出来的艺术。

因此在奈格里的诸众-艺术论中，劳动与生产占据着核心位置。当活劳动作为诸众欲望的体现去展开活动时，就是在创造美，这就是艺术活动。奈格里考察了生产组织方式与劳动形式变化与艺术形式变化之间的关系，并借此对艺术形式的发展进行分期，对艺术进行了历史唯物主义的分析。

奈格里是当代西方马克思主义者中非常具有原创性的思想家，其提出的诸多概念如“帝国”“诸众”“非物质劳动”“共同性”“生命政治生产”等已经广为流通，成为认识当下全球化资本主义世界的重要范畴，在哲学、政治学、美学等领域产生了深远影响。

就艺术理论而言，奈格里从物质基础尤其是生产方式的角度来理解艺术形式的变迁。例如，在他看来，1848—1870 年的现实主义时期对应于技术工人的革命斗争的特定阶段；1871—1914 年的印象派时期对应于劳动分工的加剧以及工人的去技术化；1917—1929 年的表现主义时期对应于劳动的抽象化；1929—1968 年的艺术由大众艺术家生产；之后 1968 年成为一个关键分水岭，这是生命政治生产的时期（劳动正在变为生命政治劳动），这种生产形式不仅生产客体，而且也生产生命形式和社会关系即主体。换言之，这种生产有可能让主体的自我价值增殖，从而让生产过程成为艺术生产过程。正是在这个意义上，奈格里提出了“诸众即艺术”。但生命政治劳动如何真正摆脱资本家的掌控，从而成为自由的艺术实践，这是奈格里所没有讨论的。另外，这种生产方式的决定论也有庸俗唯物主义之嫌。虽然我们并不承认艺术具有自身的自主性，但艺术实践是由多种因素（如艺术家、收藏家、拍卖行、思想家等）共同决定的，将艺术实践和劳动实践相等同也有消除艺术活动的特殊性之嫌，我们可以说奈格里的艺术是一种“非-艺术”。

在一定意义上，奈格里的“艺术等于活劳动”的命题与拉斯金-莫里斯的论题颇为接近，但我们究竟应该如何区分艺术劳动和非艺术劳动？这是奈格里没有处理的问题。

第一章
文学场的逻辑：布迪厄的文学观

要讨论当代西方思想家，对于治文学的人来说可能有着更便利的条件。因为当代许多西方哲人在提出一个个自成一格的话语系统的同时，总是不约而同地倾向于把文学或艺术当成自己的“殖民地”。伊格尔顿不无讥讽地说：“当哲学转向实证主义的时候，美学就可以用来拯救思想了。被物化的、被算计的合理性所驱散的强大的主题已经无家可归，到处流浪，试图寻找蔽身之所，现在终于在艺术的话语中发现了一处。”[①]这当然是事情的一方面，但另一方面从策略的角度来看，至少对于我们即将要讨论的布迪厄来说，文学艺术之所以容易成为思想家所关注的宠儿，可能还是因为作为精神现象，文学艺术具有更普遍的可通约性。一种理论，倘若能在对文学艺术的分析中站得住脚，在其他领域中也许就显得不言而喻了。更何况文学艺术在人类社会中又有类乎广告效应那么强大的影响力。

尽管主要身份是社会学家的布迪厄在原则上反对建立一种普遍性元话语[②]，然而，他的确在事实上创造了一整套话语系统，并将它令人咋舌地运用在农业、教育、法律、科学、阶级、政治、宗教、体育、语言、住房、婚姻、国家制度等极为广阔的领域里，而他特别留意的对象之一，似乎是文学艺术。他不仅在许多著作中屡屡提及文学艺术，而且还专门写了几部专著，如《区隔：一种趣味判断的社会学批判》《艺术之恋：欧洲艺术博物馆及其观众》《艺术的法则：文学场的生成和结构》《文化生产场：论艺术和文学》等。要介绍

---

① Eagleton T, *The Ideology of the Aesthetic*, Wiley-Blackwell, 1990, p. 312. 全书此类外文引文，如无特别说明的，均为笔者遵照外文原文自译，特此说明。

② 布迪厄说：“我从未要求自己生产一种有关社会世界的一般性话语，更不用说生产一种以关于这个世界的知识为分析对象的普遍性元话语。”〔法〕皮埃尔·布迪厄、〔美〕华康德：《实践与反思——反思社会学导引》，李猛等译，中央编译出版社，1998，第 211 页。

布迪厄的文学理论，我们可能会有一种浩浩茫茫不知从何处说起的慨叹，因为布迪厄几乎没有遗漏文学社会学的任何一个重要领域，但是，正如上述书名所暗示的那样，“文学场”显然是布迪厄文学理论中的一个关键词。正是借助于文学场的概念，布迪厄的文学理论才得以更为清晰地表述出来。所以，不妨让我们从文学场开始说起。

第一节　文学场的起源

一、为什么是文学场?

布迪厄自认独擅胜场并得到了一些学者赞同的学术闪光点之一是，他超越了主观主义与客观主义、唯心主义与唯物主义、经验研究和理论研究、内部阅读与外部阅读、存在主义与结构主义等之间的二元对立。[①]具体到文学研究领域，一方面，布迪厄认为，主观主义或本质主义的文学分析方法，诸如浪漫主义者基于卡理斯马意识形态，将作者视为独创者；新批评派之类的形式主义者沉迷于文本的形式之中，将陌生化等形式因素视为文学性的一般特质；实证主义者相信经验数据的科学性，把赖以统计的分类范畴当成文学事实的自在范畴；萨特在传记材料中寻求作者的个人特性，并将它与文学作品中所呈现的特性混为一谈；弗洛伊德或荣格借助于俄狄浦斯情结或集体无意识来解释文学的本质；福科则拒绝在话语场之外发现文学发生的解释原则……凡此种种，都不同程度地把文学观念、文学实践和文学作品当作理所当然的现实加以接受，而完全忽视了这种现实在人的头脑中赖以形成的社会语境和历史条件。另一方面，一些马克思主义者如卢卡契或者以发生学结构主义者自称的戈德曼，则完全无视文学自身相对独立的形式特性，无视作家作为能动者在文学生产中对文学意义的塑造，而将作者简化为某个社会集团的无意识代理人，将文学的发生和发展简化为政治经济力量的直接作用。

布迪厄超越二元对立的理论工具是场域、资本和习性（habitus，或译“惯

---

① 加恩海姆和威廉斯在20世纪80年代初将布迪厄的文化社会学介绍到英国媒介研究与文化研究领域里来的时候十分看重这一点，见 Robbins D, *Pierre Bourdieu, V. Ⅲ*, Sage Publications, 2000, pp. 201-202.

习”）诸概念。[①]就文学而言，布迪厄使用了文学场或者文化生产场的概念。一方面，文学场在作为元场域的权力场中居于被支配地位，也就是说，归根到底，还是要受到政治经济因素的制约；另一方面，文学场可以被描述为独立于政治、经济之外，具有自身运行法则，且具有相对自主性的封闭的社会宇宙。这说起来有点类似于阿尔都塞对经济基础和上层建筑之间关系的表述，但是，对于布迪厄来说，文学场的隐喻不仅仅是文学与宏观的社会世界之间的互动关系的一个阐释工具，更重要的是，它还是超越上述二元对立、反对本质主义文学观的一种叙事框架，同时也是理解文学的本质、文学作品的形式与内容、文学家的文学观与创作轨迹、文学史的发展与变革、文学的生产和消费等等几乎所有重大文学理论问题的一个多棱镜。当然，还需要提上一笔的是，他的文学场理论主要关注的文学事实是近世以来逐渐获得文学自主性的文学现象，换句话说，前资本主义的文学实践基本上不在他的考察范围之内。

① 所谓场域，“可以被定义为在各种位置之间存在的客观关系的一个网络（network），或一个构型（configuration）。正是在这些位置的存在和它们强加于占据特定位置的行动者或机构之上的决定性因素之中，这些位置得到了客观的界定，其根据是这些位置在不同类型的权力（或资本）——占有这些权力就意味着把持了在这一场域中利害攸关的专门利润（specific profit）的得益权——的分配结构中实际的和潜在的处境（situs），以及它们与其他位置之间的客观关系……”（〔法〕皮埃尔·布迪厄、〔美〕华康德：《实践与反思——反思社会学导引》，李猛等译，中央编译出版社，1998，第133、134页。）“场”实际上就是权力斗争所发生的场所，或者说，一切场均为权力场。场是一个游戏和竞争的空间，其中活动的行动者和群体的位置、权力的取得与其所占有的资本具有对应关系，也就是说，一个行动者拥有的资本数量越多，他在场中获得的权力也就越大，其地位也越高；反之亦然。所谓资本，是指“积累的劳动（以物化的形式或‘具体化的’、‘肉身化的’形式），当这种劳动在私人性，即排他的基础上被行动者或行动者小团体占有时，这种劳动就使得他们能够从具体化的或活的劳动的形式占有社会资源”。（〔法〕皮埃尔·布迪厄：《文化资本与社会炼金术——布尔迪厄访谈录》，包亚明译，上海人民出版社，1997，第189页。）资本的形式很多，但大致说来可以分为三类：经济资本、文化资本（如一个人的修养谈吐、藏书、文凭、职称）和社会资本（如一个人作为某个团体的成员所获得的声誉）。布迪厄有时又将它们的合法化形式称为符号资本（symbolic capital），符号资本虽说最终由经济资本转换而来，但已摆脱了那种精于计算的赤裸裸的利益形式，从而为占有符号权力获得了合法化根据。所谓习性，是指“知觉、评价和行动的分类图式构成的系统，它具有一定的稳定性，又可以置换，它来自于社会制度，又寄居在身体之中”。（〔法〕皮埃尔·布迪厄、〔美〕华康德：《实践与反思——反思社会学导引》，李猛等译，中央编译出版社，1998，第171页。）场与习性存在着互动关系：一方面，场塑造着习性的基本倾向或面貌；另一方面，习性又有助于把场建构成“一个充满意义的世界，一个被赋予了感觉和价值，值得你去投入、去尽力的世界”。（〔法〕皮埃尔·布迪厄、〔美〕华康德：《实践与反思——反思社会学导引》，李猛等译，中央编译出版社，1998，第172页）。对此三个概念较为清楚的阐述，可见〔法〕皮埃尔·布迪厄、〔美〕华康德：《实践与反思——反思社会学导引》，李猛等译，中央编译出版社，1998，第131-186页。

二、什么是文学场?

那么，布迪厄何以能够声称他超越了非此即彼的二元对立的思维模式?这就需要我们从内部规定性上来了解文学场的一般结构。跟其他任何场域一样，文学场首先可以被视为一系列可能性位置空间的动态集合。占据这些位置的行动者，比如作家或者批评家，在文学场这一游戏空间中的实践活动与其拥有的资本具有对应关系。在文学场中，行动者所拥有的最重要资本就是文化资本、符号资本或者文学资本。文化资本既可以表现为行动者被合法认同的某些信誉指数，如一个作家被选入某一级别的作家协会、被授予某种荣誉头衔、其作品发表于某一权威文学杂志、获得某一重要文学奖、被选入某部作品选或者被收入教材之中从而被经典化，也可以表现为身体化形式或物质化形式，如一个人的修养谈吐、藏书、文凭、职称等等。行动者文化资本的构成及其数量决定了他们在文学场上的地位,即统治地位或者被统治地位;与此同时，也决定了他们的文学观，比如捍卫或者颠覆文学场主流话语的基本立场。换句话说，文学家所打出的艺术旗号甚至他们自身的艺术风格，作为根据文学场的自主逻辑所随机发明的策略，实际上在一定程度上乃是文学家所据文学场位置的客观反映。文学行动者的文学观与自己在文学场结构中的位置之间的对应关系就表现在他们总是力图将自身的优势合法化为文学场中的普遍性话语。

为了避免机械决定论的危险，布迪厄还强调行动者的习性的调节作用。这就是说，行动者在场域中的位置并不直接支配他的立场，实际上，作家在实践中的具体行动方案首先根据的是某种感知图式和评价系统，即经由一系列社会轨迹筛积、凝聚而成的某种性情倾向。正是布迪厄称为习性的这种性情系统，决定了行动者的“实践感”。其次，行动者还根据与游戏中自己的位置相联系的特定形式的利益来做出自己的行为选择。这一切用布迪厄自己的话说就是:“被卷入文学或艺术斗争中的行动者和体制的策略，亦即其根据位置所采取的立场（或者是特有的，如风格；或者不是特有的，如政治的或者伦理的立场），依赖于它们在场的结构中所占据的位置，也即依赖于业已体制化了的或还没有体制化的（‘名声’或者认同）特定符号资本的分布；并且通过构建其习性（这些习性对于它们的位置具有相对自主性）的性情的调节，还依赖于维持或者改变这一分布结构，因而将游戏的现存规则永久化或者对它进行颠覆等构成其利益的程度。”①

这样，布迪厄就可以以某种关系主义的逻辑声称他摆脱了本质主义，并且这种关系主义又没有堕落为另一种新形式的相对主义：如果我们问文学的本质是什么，他就会回答说，这要看在一个特定时空的文学场中占据统治地位的行动者对于文学的合法定义是什么；如果我们问文学家的观念和生产究竟是取决于集体无意识、童年的个体经验、文学形式的变革压力，还是其阶级出身、社会的经济状况，他就会回答说这要看文学家在文学场中所处的位置、他与其他文学家的结构关系、他的习性对文学场的建构方式（亦即对此游戏的赋值限度），以及文学场与社会空间尤其是权力场的关系。实际上，所有上述思路并没有被他抛弃，我们在下文的部分分析中可以看到，它们在他的文学社会学中通过被重新整合到文学场之中而“借尸还魂”了。

三、文学场的发生

我们在上文中已经讨论了文学场作为一般场域的游戏规则，即文学场作为可能性空间，行动者所拥有的资本倾向于使他占据一定的位置，并在由场域所塑形的一定习性的调节和特定利益的召唤下，表现出某一立场或者行动策略。换句话说，文学行动者如作家、批评家、报刊文化记者或者出版商等的文学观或文学选择与其所立足之位置具有结构性对应关系。但是，必须指出，文学场不能化约为一般场域的运作规律，与其他场域一样，它具有自身特殊的历史，也具有自身特殊的逻辑。布迪厄把文学场的特殊逻辑称为“颠倒的体系”（economy，或译经济）：“因此，至少在文化生产场中最具有充分自主性的部分——在那里唯一被瞄准的受众是其他生产者（正如象征主义诗歌一样），就像‘负者获胜’的流行游戏一样，实践的体系是基于对全部普通体系的基本原则的系统颠倒，包括商业（它排斥对利润的追求，并且拒绝确保在投资与金钱收益之间的任何对应）、权力（它谴责荣誉和暂时的伟大），甚至是体制化的文化权威（缺少任何学院训练或者圣化也许会被认

① Bourdieu P, *The Field of Cultural Production: Genesis and Structure of the Literary Field*, ed. Johnson R, Columbia University Press, 1993, p. 183.

为是个优点)。”[①]

既然与支配世人的日常逻辑相敌对，不言而喻，文学场的发生和成熟显然经历了一个相当漫长的历程，也就是一点一滴地与社会世界相决裂的历程。布迪厄以大量笔墨描述了法国文学场的形成过程，具体地说，即是以波德莱尔、福楼拜等人为代表的追求艺术自主性、反对政治经济力量干涉文学的过程。19世纪中叶以来，文学领域对于权力场的结构的从属性表现在两个方面：一方面是通过市场、文学作品的销售额、改编成戏剧的票房收入或者报纸等产业文学，受制于商业逻辑；另一方面是通过沙龙，从而受制于政治势力。[②]波德莱尔和福楼拜对于“为艺术而艺术”文学观的诉求，是通过与资产阶级世界断裂，特别是与资产阶级的文学体制决裂开始的。通过拒绝家庭、拒绝前途和拒绝社会，波德莱尔确立了此岸世界的受难是彼岸世界得救的条件这一类似于宗教的文学场内部运动的模式；而福楼拜则通过自己的文学实践，通过对当时文坛的一种双重拒绝，确立了一种“为艺术而艺术”的张扬艺术自主性的第三种立场。

具体地说，在福楼拜时代，法国文坛大致可以分为两派。一派是“社会艺术派”，以蒲鲁东、乔治·桑等人为代表，反对唯美主义，强调文学的社会、政治功能，接近现实主义。这些人不乏工人阶级或外省的背景，与其社会地位一致，在文学场中处于被支配的位置。另一派是“资产阶级艺术派”，他们主宰着当时最走红的艺术类型——戏剧，享有优厚的物质利益和崇高的社会地位，其中有些人如小仲马还拥有法兰西学院院士的头衔。他们张扬厚重的浪漫主义，重视文学的道德价值。福楼拜所标举的“为艺术而艺术”多少是有些奇怪的艺术主张。他不喜欢资产阶级艺术的道德约束，以及对一些体制（如政府、法兰西学院、报纸等）的热衷，也看不起社会艺术的粗俗。这种双重拒绝用福楼拜自己的话来说就是：“所有人都以为我热爱现实，而实际上我

---

① Bourdieu P, *The Field of Cultural Production: Genesis and Structure of the Literary Field*, ed. Johnson R, Columbia University Press, 1993, p. 39.

② 布迪厄说：“沙龙不仅仅是具有相同思想的作家和艺术家可以见到那些当权者的地方，它们还是具有合法性的一些体制，通过它们，那些当权者对知识分子世界施加控制。至于沙龙的宾客，则起着真正的议会休息室的作用，控制着不同的符号的或物质酬劳的分配。”参见 Bourdieu P, *The Field of Cultural Production: Genesis and Structure of the Literary Field*, ed. Johnson R, Columbia University Press, 1993, p. 196.

却讨厌它。正是因为我憎恶现实主义，我才动手写了这本书[《包法利夫人》]。不过我也以同等的程度鄙视理想主义的虚假招牌，它在现如今只是个空虚的骗局。"[①]福楼拜一方面反对资产阶级，另一方面又漠视公众或者"群氓"的阅读期待。纯粹的眼睛拒绝看到形式之外的东西，作家应该无视任何事物的实体性内容，应该对政治或社会的各种具体情势无动于衷，艺术家的道德就是对社会的道德信条置若罔闻，只遵守艺术内部的特殊法则。显然这种艺术观与文学场的任何一极——不论是支配的一极还是被支配的一极——都大相径庭："'为艺术而艺术'是一个有待制造的立场，缺乏权力场的任何对应物，并且也许不需要或者并不必然被认为需要存在。"[②]

四、美学革命与知识分子的发明

因此，波德莱尔、福楼拜等人带来了一场美学革命，艺术的目的在于艺术自身，而形式才是文学追求的最终目的。布迪厄以福楼拜的《包法利夫人》为例对此进行了相当精彩的分析。《包法利夫人》作为一部文学史杰作，在当时是无法归类的。它同时具有浪漫主义精致的风格、现实主义琐碎平庸的人物，以及通奸这种资产阶级轻歌舞剧所擅长的娱乐性题材，让诗和散文杂交，为粗鄙的现实赋以抒情的风格，用史诗的笔触去描摹凡人俗事——这种把文学的形式置于至高无上地位的做法，一方面固然可以被理解为对文学场诸个对立面进行调停的一种努力；另一方面，其古生物学家式超然客观的态度，又使得那些总是想在文学里证明什么的人大失所望。与马奈把上流社会的绅士和淑女与流氓无产者画在同一画布上一样，福楼拜以诗（这一最高级的文学形式）的语言去描绘引车卖浆者之流，描写其灰色贫乏的生活。当他在道德、价值、情感上保持中立——对此布迪厄称之为超脱、无情、玩世不恭甚至虚无主义——的同时，他诉诸形式以最高的权力。

但是，纯粹美学的发明不仅仅是指向文学文本，也不仅仅是一种艺术观

---

① Bourdieu P, *The Rules of Art: Genesis and Structure of the Literary Field*, trans. Emanuel S, Stanford University Press, 1996, p. 79. 参阅〔法〕皮埃尔·布迪厄:《艺术的法则：文学场的生成和结构》，刘晖译，中央编译出版社，2001，第 95 页。

② Bourdieu P, *The Rules of Art: Genesis and Structure of the Literary Field*, trans. Emanuel S, Stanford University Press, 1996, p. 76. 参阅〔法〕皮埃尔·布迪厄:《艺术的法则：文学场的生成和结构》，刘晖译，中央编译出版社，2001，第 92 页。

的发明，它还具有更为深远的意义。实际上，它还是一种全新的生活方式的发明，亦即所谓的波希米亚生活方式（Bohemian lifestyle）。波希米亚人是指居住在巴黎塞纳河左岸的一批文学无产者，这些受过一定程度教育的数量庞大的青年人不能被资产阶级主流社会所吸纳，他们缺乏稳定富足的谋生手段，缺乏社会保护，因此只好选择不需要高级文凭和高贵身份的文坛——因为文坛的基本特点是不需要类似于经济场中的经济资本一类的东西，是一个前沿可渗透性很强、不确定和低章程化的所在——作为自己栖身的场所，并利用自己所拥有的文化资本，将资产阶级对他们的拒绝转化成一种艺术家的特权，将一贫如洗的物质生活转化成高尚的精神生活的标志，将放浪不羁的越轨生活转化成反对资产阶级的严肃刻板伪道德的生活艺术，从而建立起一个与日常社会世界断裂开来的另类小世界，在这个小世界中，只有文学作品中才会存在的拒绝功利的生活旨趣成为其无上法则。①正是由于波希米亚人在一定程度上成为生活趣味的制定者或者生活时尚的发明者，诉诸形式的美学革命才可能找到其受众，才可能合法化，从而超越社会艺术与资产阶级艺术，成为文学场上的支配性法则。

最后，借助于纯粹的凝视，美学革命还带来了文学家和知识分子形象的发明。作为将全身心献身于艺术的全职的艺术的人格化，文学家不营物务，因而得以超越物务；无心于事物的功利价值，因而能够看清事物的“无用之用”，即美学价值。左拉在德雷福斯事件中的成功的政治干预创造了一个文学家和知识分子的神话。通过“我控诉”的声明，左拉将文学场内部的自主性原则强行推行到政治场：因为只有能够独立于政治、经济和道德强制的文学家才有可能与特定的政治、经济以及道德立场相决裂，才可能使自己的话语具有客观性和纯粹性，因而才可能以正义、真理和全人类良心的名义来进行社会批判，尽管在布迪厄看来，这只不过是文学家把自己在知识分子场域中的特殊语境加以普遍化而已。②必须指出，这种知识分子与“为天地立心，

---

① 对此类生活生动有趣的描述，可参见〔英〕威廉·冈特:《美的历险》，肖聿、凌君译，中国文联出版公司，1987 年。

② 此段请参阅 Bourdieu P, *The Rules of Art: Genesis and Structure of the Literary Field*, trans. Emanuel S, Stanford University Press, 1996, pp. 129-131. 参阅〔法〕皮埃尔·布迪厄:《艺术的法则：文学场的生成和结构》，刘晖译，中央编译出版社，2001，第 159-162 页。

为生民立道，为去圣继绝学，为万世开太平”的中国古代士大夫的理想是大相径庭的：与标榜独立性并与权力场相决裂的现代知识分子相比，后者在主观意识上与统治阶级是合谋的。这就是时刻不忘忠君爱国的屈原和杜甫被认为是中国古代文学史上最伟大的宗师，而敌视资产阶级的波德莱尔和福楼拜却成为资本主义法国的文化巨人的原因。

第二节　文学场的结构

一、文学场的符号秩序

“为艺术而艺术”的文学观被确认为文学领域的合法信念乃是文学场得以建立的一个明显标志。一个文学场的自主性越强，外部因素就越是需要通过对文学场内部的重新塑形才能发挥作用。这在文学场的结构上就表现为两极对立的极端化。一极就是标举“为艺术而艺术”的先锋派文学，布迪厄又称之为“为了生产的生产”、“纯粹生产”或者“限制生产”，其受众就是生产者的同行，也同时是其竞争者；另一极是从属于政治、经济等外部因素的“社会艺术”或“资产阶级艺术”，布迪厄称之为“为了受众的生产”或“大生产”。一方面，前者因为挑战既定的社会准则和文学常规、蓄意冒犯流行的社会趣味、拒绝普通读者的阅读期待，而注定不可能在短时期里获得经济回报，也不可能得到社会的符号资助，因而可能会陷入生活的全面困顿。但是，经济资本的匮乏则可能暗示了文化资本的增值，文学受难者的形象则可能预示了未来得到拯救的希望。因此，假如波德莱尔起初穷困潦倒，被资产阶级主流话语拒之门外，但后来却得到更崇高的圣化地位这样的故事成为一种文学成功的范式，成为一切后来雄心勃勃的文学觊觎者可资继承的符号遗产，那么，渴望成为新时代的波德莱尔的先锋派以捍卫文学纯洁性的名义在文学场中的斗争就必然会获得胜利。另一方面，“为了受众的生产”旨在迎合受众的阅读趣味，无论其预想的受众是资产阶级还是普通的民众，它由于满足了受众的阅读快感而得到当下的经济回报，这就是畅销文学的写作模式。由于它看起来像是“圣殿里的商贩”，因而它得到的经济资本越多，相应所得到的文化资本也就越少，换句话说，它必然在文学场中处于被支配地位。

文学场的这种双重结构说来简单，其实还可以细分为更多的次场的结构对立。比如说，在限制生产场，存在着已经得到圣典化的先锋派作家与正在谋求文学场合法承认地位的先锋派作家之间的对立；在大生产场，存在着拥有丰厚的物质利润与符号利润、与官方意识形态保持一致的作家与居于边缘、以人民大众代言人自居、表现下层百姓姿态情趣的作家之间的对立，布迪厄谈到的是资产阶级艺术与社会艺术之间的对立。但这种对立并不是布迪厄关注的重点。此外，这种双重对立还可以表现为文类的对立，比如 19 世纪中叶以来法国诗歌与戏剧的对立，前者拥有文化资本，却极度缺乏经济资本，而后者刚好相反。小说则居于两者之间。[①]最后，这一对立也体现在出版社之间，比如只雇用了十几个人、主要出版先锋派作品的法国午夜出版社与拥有 700 名雇员、主要出版畅销书与已有定评的文学名著的罗贝尔·拉封出版社之间的对立。[②]布迪厄好像没有提到批评家的类似对立，不知道是因为他认为这不够重要，还是因为他找不到相关经验材料。这使他的理论疆土在这方面看上去还有进一步可精耕细作的空间。

无论如何，这种对立都是不对称的，占据统治地位的先锋派总是能够把符合自己长期利益的写作原则强加给文学场的合法原则，其影响所及便是迫使文学场中的所有行动者，包括“为了受众的生产者”，总是强调自己作品的艺术性，强调自己与权力场保持哪怕是表面上的距离。

需要说明的是，文学场的结构及其运作规则既不违背马克思的经济决定论，即经济是社会世界的最终决定动因，也不违背社会能量守恒定律。一方面，文化资本作为时间、精力、激情甚至金钱等的长期投资，只有行动者拥有一定的经济基础才有可能收回成本并使自己增值，换句话说，经济基础是使文学行动者免于经济压迫的条件[③]；另一方面，与那些畅销文学迅速流行，

① 关于布迪厄绘制的 19 世纪末的法国文学场表格，请参阅〔法〕皮埃尔·布迪厄:《艺术的法则: 文学场的生成和结构》，刘晖译，中央编译出版社，2001，第 151 页。

② Bourdieu P, *The Rules of Art: Genesis and Structure of the Literary Field*, trans. Emanuel S, Stanford University Press, 1996, pp. 143-146. 参阅〔法〕皮埃尔·布迪厄:《艺术的法则: 文学场的生成和结构》，刘晖译，中央编译出版社，2001，第 176-180 页。

③ 戈蒂耶跟他的一位朋友说: “福楼拜比咱们都要精明……他有本事一生下来就有了钱，钱这玩意儿对于任何一个想要进入艺术领域的任何地方的人来说，可是缺不得的。” 转引自 Bourdieu P, *The Field of Cultural Production: Genesis and Structure of the Literary Field*, ed. Johnson R, Columbia University Press, 1993, p. 68.

并随着语境条件的变化迅速淡出、迅速贬值的情形相反，起初遭遇冷眼的先锋派文学可能会伴随着外部条件的变化及其对文学场结构的影响而成为经典，甚至被选入大学教材，成为书店中长盛不衰的常备书，也就是说，先锋派文学最终可能会获得经济上优厚而经久的利益，其拥有的文化资本也可能最终会转化成可观的经济资本。

二、文学场的符号斗争

文学场的双重结构决定了它的存在形式表现为永无休止的符号斗争。布迪厄说:“如果说场域的历史是为了争夺垄断权力以强制推行合法的感知和评判范畴的斗争史，这种说法并不充分。斗争自身创造了场域的历史；通过斗争，场域被赋予了一个时间性的维度。”[①]我们可能会以为布迪厄谈论的斗争是纯粹生产者与大规模生产者之间的斗法，但实际上布迪厄主要讨论的是希望得到圣化地位的新锐先锋派与已经得到圣化的先锋派之间的文学角逐，斗争的目的在于争夺更多的符号资本，从而获得垄断文学合法定义的权利，或者说祝圣文学行动者的权利。

对于这两派文学家，布迪厄借用韦伯的宗教社会学术语，将已经得到经典地位的先锋作家与希望获得经典地位的作家分别称为牧师类型作家和先知类型作家。牧师类型作家以正统自居，强调文学历史的连续性，强调当下文学法则的合法性和神圣性，倾向于将现时凝固为永恒，将当初自己领导的符号暴动所带来的断裂视为历史性的断裂，也就是不言而喻的断裂，而拒绝文学新锐对自己合法化了的断裂进行全新的再度断裂。先知类型作家则以预言者的身份强调新一轮文学革命的必要性，并挑战既定的符号秩序。他们在标榜自己回溯到文学本源、成为文学真理的唯一合法守护者的同时，以自己的种种话语实践和文学行动力图将文学场上现行的游戏规则宣判为无效，并发明出有利于自己场上位置或者符号资源的新的区隔原则，最后将此原则强加为文学场上的普遍性话语和合法信念。新锐先锋派最常采用的策略就是种种文学命名活动，通过新的命名标签，他们得以重新组织文学系谱，从而将得

① Bourdieu P, *The Field of Cultural Production: Genesis and Structure of the Literary Field*, ed. Johnson R, Columbia University Press, 1993, p. 106.

到经典化地位的先锋派作家区隔为历史和传统，也就是贬入退出话语场的正在消逝的过去之中，最终构建出全新的现实，也就是将自己在文学场中被支配的位置置换为统治性位置。

文学革命的成功是两种历史相遇或契合的结果。就文学场自身的逻辑而言，首先，文学场的发生本来就是从上文已经描述的双重拒绝开始的，波德莱尔的反叛的示范意义在于，从他以后，文学对于既定法则的颠覆已经变成了一种体制化的范式[①]，从此以后，文学造反已经不可避免地成为文学场上一再发生的历史宿命。其次，新的美学因素向文学场的进军，在事实上也使得经典文学黯然失色："先锋派的颠覆行为，使得现行惯例——美学正统的生产规范和评价规范——丧失了信誉，并使得根据这些规范生产的产品已经落伍、过时，这种颠覆行为从对于圣化作品的印象的厌倦之中获得了客观的支持。"[②]我们可以看到，尽管布迪厄在总体理论上拒绝了俄国形式主义者的文学理论，但是在这里实际上又将其阐释文学史变革的动因的"陌生化"理论资源挪为己用。最后，经典先锋派不仅常常不能摆脱对于使自己成名的那种创作方式的迷恋，而且，当他们获得了巨大的符号财富和经济资本之后，他们创新的原动力可能会停滞不前，因而也就可能会偏离文学真理的纯洁的源头，而新锐先锋派正好处在他们未发迹时的结构位置上：新锐作家除了对于文学的真诚信念之外，一无所有。当他们"衣带渐宽终不悔，为伊消得人憔悴"般为文学付出全部青春和热情时，他们也就积累了足够的符号资本，从而为异日取代其先辈先锋派作家准备好了条件。

但是新锐先锋派的文学业绩只是为促使先辈先锋派文学作品的社会衰老提供了潜在的可能性，美学革命的成功最终还要依赖于外部条件的变化，也

① 布迪厄说："每次成功的革命将自身合法化，但是也同样将革命合法化，即便是反对它所强加的美学形式的某种革命。所有那些自 20 世纪初以来致力于强加新的艺术统治的人的论证和声明，总是用某种概念加上什么'主义'来标明自身，它们证明，革命倾向于将自身强加为进入场域存在的模式。" Bourdieu P, *The Rules of Art: Genesis and Structure of the Literary Field*, trans. Emanuel S, Stanford University Press, 1996, p. 125. 参阅〔法〕皮埃尔·布迪厄：《艺术的法则：文学场的生成和结构》，刘晖译，中央编译出版社，2001，第 155-156 页。

② Bourdieu P, *The Rules of Art: Genesis and Structure of the Literary Field*, trans. Emanuel S, Stanford University Press, 1996, p. 253. 参阅〔法〕皮埃尔·布迪厄：《艺术的法则：文学场的生成和结构》，刘晖译，中央编译出版社，2001，第 301 页。

就是经济、政治甚至技术等语境的变换。只有经历了上述语境条件的变化，如教育体制的变化或者新的消费阶层的形成，才能为建基于新的美学趣味之上的文化产品生产出大量潜在的新的接受者，而只有当这些文化接受者的数量大到足以构成具有购买力的市场的时候，新锐先锋派的文化使命才能完成：先知才会成为牧师，异端才会变成正统，而其宣布的新的感知图式和评介系统才会成为君临文学场的合法规范。

三、信念的生产和文化炼金术

争夺文学场合法定义的符号斗争在具体策略上常常是通过诸如标榜什么主义这样的实践上的分类工具来制造差异，并由此获得远离文学场现有位置的新位置。虽然从原则上来说，差异是无限的，但是如果每个文学行动者都以标新立异作为自己进入文学场的条件，如果只有发动新的文学运动才是唯一有效的符号筹码，如果文学场的合法定义被越来越快地刷新，那么，文学场具有相对稳定性的内部结构必然变得弱不禁风，文学无政府主义必然大行其道，而赖以制造差异的符号资源必然有竭泽而渔之虞。

布迪厄尽管没有得出黑格尔的艺术终结论那样的悲观结论，但是他的确分析了种种文学革命在形式上带来的这种现象。“纯诗”的革命使命是摧毁传统上构成诗歌特点的那些东西，即诗体的形式，如十四行诗体或者亚历山大诗体，以及押韵或者修辞格，甚至还要摧毁在诗歌的艺术表现中最拿手的那些方面，如抒情。至于小说，“小说的历史，至少从福楼拜以来，也可以用爱德蒙·德·龚古尔的话来说，被描述为‘杀死小说性’的长期的努力，也就是说，清除似乎定义了小说的所有方面：情节、行动、英雄”[①]。文学不断寻找新的区隔原则来表现自己的活力，其逻辑结果并不仅仅是刺激过多使文学失去了传统意义上的活力或者吸引力，也就是失去了受众；而且文学在形式上越来越变成了对文学的反思，亦即文学形式变成了文学内容，而“纯小说”使得小说家和批评家之间的界限趋于消失，因为小说家成了自己小说的理论家。这就使得像马拉美这样的文学家提出了如此可怕的问题：“像文学这

---

① Bourdieu P, *The Rules of Art: Genesis and Structure of the Literary Field*, trans. Emanuel S, Stanford University Press, 1996, p. 241. 参阅〔法〕皮埃尔·布迪厄:《艺术的法则：文学场的生成和结构》，刘晖译，中央编译出版社，2001，第 288 页。

样的东西存在吗？”

布迪厄对此的回答是，对于文学的“幻象”（*illusio*，这个词他始终是用斜体表现的）是存在的。实际上，文学场就是围绕着对于文学的幻象而被组织起来的。处在文学场之中的全部行动者，不管是支配者还是被支配者，其唯一相同之处即是对于这一游戏的信念的集体性执着，而文学场上永无宁日的符号斗争的功效在于对此幻象进行了无意识的持续再生产。幻象作为游戏的利益和筹码，既是游戏的产物，也是游戏的条件：“执着游戏、相信游戏及其筹码的价值的某种形式，使得此游戏值得人们不辞劳苦地玩，这乃是游戏得以运作的基础。在幻象中的行动者的共谋，是使他们彼此对立的竞争的根源，以及制造游戏本身的竞争的根源。”①

这里的行动者就不只是指作为作品的物质生产者的文学家，而且还涉及一个信仰圈、一套体制，或者用贝克的术语说——一个艺术世界②，包括批评家、出版商、文学史家、学院、报纸、教育系统、政府有关文化主管部门、各种学术委员会等权威机构等等。正是因为这个信仰圈的集体性信念或者说误识，一些即使是作家一时心血来潮创造出的文字游戏也有可能化腐朽为神奇，被确认为艺术经典。这方面最极端的例子来自艺术界，例如杜尚著名的小便器。杜尚的本意是对于个体创造性的嘲弄，通过在小便器上签名并作为艺术品展出，他激进地批判了资本主义艺术体制。在杜尚之前，还没有人寻求区隔可以达到消解社会生活与艺术实践，从而消除艺术形式特性的程度。但是，正如比格尔所指出的那样：“今天，如果有位艺术家在火炉烟囱管上签了名，并展出了它，那么，这位艺术家肯定不是否定了艺术市场，而是顺应了它。这样的顺应并没有否定其个体创造性的观念，反倒是确认了这一观念。先锋派扬弃艺术意图的失败可以解释这一点。自从历史上的先锋派对于作为体制的艺术的抗议本身被当成艺术来接受，新锐先锋派的抗议姿态就变成非

---

① Bourdieu P, *The Rules of Art: Genesis and Structure of the Literary Field*, trans. Emanuel S, Stanford University Press, 1996, p. 229. 参阅〔法〕皮埃尔·布迪厄:《艺术的法则：文学场的生成和结构》，刘晖译，中央编译出版社, 2001, 第 275 页。

② 关于“艺术世界”的有关概念，可参见 Becker H S, *Art Worlds*, University of California Press, 1982. 这里布迪厄对贝克的观点显然有所借鉴，但是他在作为一般理论的体系上又予以排斥。

本真的了。"[①]美学家或艺术史家通过解释杜尚实际上并不是"随便做"，从而收买了达达主义者的美学理想，并维护了艺术幻象。[②]布迪厄通过这个艺术个案揭露了崇拜艺术家创造力的艺术幻象如何使一个签名具有化铁为金的魔术般的神奇作用，以及如何使它可以对公众进行有效欺骗与权利的合法滥用："艺术家把自己的名字写在一个现成品上面，从而生产了一个其市场价格与生产成本不相称的物品，这种物品被集体性授权进行一场魔术表演。如果没有整个传统为艺术家的姿态做好准备，没有神父和其信徒的界域根据这一传统赋予它意义与价值，这一表演将一钱不值。"[③]

四、美学性情、社会区隔与符号反抗

对文学幻象的批判必然还会涉及对美学性情的批判。何谓美学性情？布迪厄说："美学性情是一种将日常紧迫性中立化和排除实践目的的普遍化能力，一种没有某一实践功能的实践的持久倾向和才能，它只有被建构在摆脱了紧迫性的世界经验之内，并通过其自身即是目的的活动的实践，诸如学术训练或者对于艺术品的沉思，才能奏效。换言之，它预先注定了与作为这个世界的资产阶级经验基础的世界的距离。"[④]这一美学性情的基本特征就是强调形式高于功能，强调表征模式高于表征对象。它要求人们对于客体尤其是艺术品进行纯粹的凝视，比如说，在阅读小说的时候不应该过多地关注故事的情节，也不应该不加节制地投入任何个人感情，更不应该混入任何道德义愤或政治立场，而只应该欣赏小说的形式维度。换句话说，读者不应留意故事叙述了什么，而应注意故事是如何被叙述的。

秉有这种美学性情被资产阶级美学家假定为人与生俱来的天赋才能：我们相信热奈特能读懂普鲁斯特的叙事话语，而我们芸芸众生则如读天书，是

① Bürger P, *Theory of the Avant-Garde*, trans. Shaw M, University of Minnesota Press, 1984, pp. 52-53.

② 可以看看迪基的艺术理论对杜尚的把戏进行的艺术论证，见〔美〕M·李普曼编:《当代美学》，邓鹏译，光明日报出版社，1986，第 101-117 页。另可参见〔比〕蒂埃里·德·迪弗:《艺术之名：为了一种现代性的考古学》，秦海鹰译，湖南美术出版社，2001，第 137-189 页。

③ Bourdieu P, *The Field of Cultural Production: Genesis and Structure of the Literary Field*, ed. Johnson R, Columbia University Press, 1993, p. 81.

④ Bourdieu P, *Distinction: A Social Critique of the Judgement of Taste*, trans. Nice R, Routledge and Kegan Paul, 1984, p. 54.

因为热奈特是慧根人，而我们却天生是智短汉。但实际上，一方面，美学性情是历史的产物，它对于文化习性的建构只有在文化生产场中才能得以形成，也才能发挥作用。[①]换句话说，形式的解读并不是自古以来唯一正确的合法阅读。另一方面，也是更重要的一方面，社会学调查显示，美学性情首先与教育水平密切相连，其次与社会出身相关。作为一整套感知图式和欣赏系统，美学性情预设了人对于编码了的文学作品的代码的实践把握。只有一个人拥有了这样的解码技术，一部文学作品对于他而言才可能具有意义和旨趣。但是这样的文化能力，只有超越了生活直接性并受到一定程度教育的人才可能拥有，也就是说只有拥有足够的（由经济资本转化而来的）文化资本的人才可能具备这样的条件。布迪厄揭露了克里斯玛意识形态是如何掩饰真相并骗取文化资本欠缺者的认同的："自然趣味的意识形态貌似有理的特性及其功效归于这一事实：正如产生于日常阶级斗争的全部意识形态策略一样，它将真实的差异自然化，将文化习得模式中的差异转化为自然的差异。"[②]

这样，美学性情通过将自身自然化和合法化，将诉诸功能的自然趣味与诉诸形式的自由趣味区隔开来，将前者区隔为粗俗和卑下，将自身区隔为优雅和高尚，并无视其赖以构建的经济条件，将其隐含的阶级对立和人类不平等转化为得到被支配阶级认同的文学趣味的区隔；因而，文学实践与其他文化实践一样，在调节各社会阶级之间的对立关系的同时，还作为一种符号暴力，掩饰着社会不平等的事实，从而充当着将社会阶级的区隔加以合法化的功能，而教育系统则强化了对此社会不平等关系的再生产。

马克思曾经指出，哲学家的任务不仅是解释世界，而且还要改变世界。这里我们可以看出，布迪厄很大程度上是马克思的信徒。他的文学社会学既是对资本主义文学历史与现实的系统解释，也是旨在批判资本主义社会的一种话语实践。实际上，在他看来，由于知识分子属于统治阶级中的被统治阶级，与广大被压迫阶级有着结构上的对应性，因此他们能够理解后者的困境，并有可能成为其代言人。布迪厄把自己的任务界定为反对种种社会不平等和

① 参见 Bourdieu P, *Distinction: A Social Critique of the Judgement of Taste*, trans. Nice R, Routledge and Kegan Paul, 1984, p. 84.

② Bourdieu P, *Distinction: A Social Critique of the Judgement of Taste*, trans. Nice R, Routledge and Kegan Paul, 1984, p. 68.

符号控制，就文学或者文化领域而言，他强调通过捍卫文化生产场的自主性来抵制权力场的殖民。在《关于电视》等著作中，他不无忧虑地看到隐含在大众媒介中的商业逻辑对于文化生产场无孔不入的渗透，看到在文化生产场上居于被支配一极的那些“特洛伊木马”们借助于外部资源来调节内部的符号斗争，从而试图将从属于政治经济资本的文化标准强加给文化生产场的合法原则，对此，他具体的应对策略不是让人们重温左拉或者萨特的个人英雄主义的政治干预，而是呼吁开创一种新型的政治参与方式。他提出，在为统治者服务从而屈从于经济压力或者国家体制的权威，以及成为象牙塔中的知识分子或者独立自主的旧式小生产者这两难选择之外，还可以尝试成为集体性知识分子。文化生产者首先立足于作为一个群体独立存在，保卫住自己的自主性，也就是成为自主的主体，然后，在此基础上的社会参与或者政治干预才可能是有效的。由此，正如伊格尔顿说的那样，任何文学理论都是政治的，我们对于布迪厄的文学社会学不仅仅可以加以政治阐释，而且它本身的价值指向在意识层次上就是政治的。

第三节　对反思性文学社会学的反思

尽管我们已经用相当长的篇幅介绍了布迪厄的文学社会学，但必须指出，布迪厄的文学观不仅仅停留于此，他的理论视域实际上比我们上文所提到的要宽阔得多。布迪厄不仅仅讨论作家在文学场中的位置与其文学实践之间的对应关系，而且还将这套分析模式引入文学批评中，例如对福楼拜的《情感教育》的分析。正如《文化生产场：论艺术和文学》一书的英译者约翰逊所指出来的：“布迪厄的文化场理论可以说具有一种激进的语境化（contextualization）的特性。”[①]在考虑文本的因素时，布迪厄把它放到作家的策略、社会轨迹及其文学场的客观位置中加以考察，从而指出形式自身也是历史地、社会地被建构的；而且，在考察文学场的自在结构时，他不仅研究占主导地位的作家，还

① Bourdieu P, *The Field of Cultural Production: Genesis and Structure of the Literary Field*, ed. Johnson R, Columbia University Press, 1993, p. 9.

注意到了居次要地位的作家，有时甚至是一些今天被遗忘的作家；他不仅研究作为生产者的作家，而且注意那些赋予文学场以合法性的人或部门，诸如阅读大众、出版商、批评家、报纸、政府文化部门，特别是教育系统；此外，他不仅研究文学场自身，而且将它置于权力场的背景下进行探讨，从知识分子在统治阶级位置上的结构从属性得出文学家必然与社会世界保持距离的基本立场，从而将文学社会学引入政治实践领域，也就是引入社会批判的维度。最后而非最不重要的是，在布迪厄的文本中还有一种反思性或者说自我指涉性，他不断质疑自身的逻辑前提。

布迪厄以场的独特视角来透视文学现象，为文学研究带来了焕然一新的景观。文学场概念的创设，比之许多过于宽泛因而显得大而无当的理论术语（如时代、环境、种族三因素决定论，俄狄浦斯情结，集体无意识，意识形态，能指的自由游戏，编码和解码等等）似乎更有可能实现宏观理论和微观经验事实的结合。布迪厄将文学场理解为一个处在不断变化之中的权力场也具相当程度的理论概括力，特别是文学史上出现或真或假的美学变革的时候尤为如此。布迪厄将含义复杂的“资本”“习性”等概念引入文学场内，在使得这种文学分析趋于科学性、实证性的同时，又没有丧失它作为一种文学分析方法所应该具有的活力。这部分归因于布迪厄的一些理论术语的弹性。例如，他在谈到习性和策略时说：“习性包含了对一些没有主观意图的客观意义的悖论的解决。它是诸多套‘招数’（moves）的根源，这些招数在客观上可以被组织为策略——而非真正策略意图的产物——至少必须预先假定这些策略被理解为其他可能的策略之中的一种。”[①]这样，福楼拜“为艺术而艺术”的观点，无论是精心筹划的结果，还是无意使然，都不影响上述分析的言论。此外，布迪厄又多次不厌其烦地强调文学场的自主性及其自身的逻辑，强调文学场的不可化约性，即文学场的斗争并不直接是毫不掩饰的权力斗争，而是貌似过滤了现实利益的符号斗争，而作为符号斗争，它们必须遵循文学的内部规律。也就是说，权力的作用形式必须首先接受文学场的形塑，采取文学场特有的符号系统。例如，福楼拜时代的文学场受政治场的影响，在很大程度上是由沙龙这一中介机制所实现的。在具体研究福楼拜时，

① Bourdieu P, *The Logic of Practice*, Stanford University Press, 1990, p. 62.

布迪厄把福楼拜作品中的风格、人物描写、艺术观，与福楼拜本人的习性或性情，福楼拜在文学场、权力场上所占据的位置，以及其拥有的经济资本、符号资本等联系起来考察，并力图揭示其对应关系甚至因果关系。这种独辟蹊径的分析方法，避免了庸俗社会学将自己的研究对象降格为自己理论的图解的粗暴做法，又比之形式主义者就形式而谈形式，将文学研究画地为牢，不越文学之雷池一步的狭窄眼光，视野无疑要开阔了许多。

但自古以来不可能存在能将一切问题通盘解决的一种主义或方法。从一个文学研究者的观点来看，布迪厄从社会学的角度切入文学，这是他的长处，可以发现许多被人们忽视的事实，但这也同时构成了他的局限。我们认为对文学的社会学关注是必要的，但却不是充分的，原因如下：第一，社会学固然可以阐释许多文学现象，但有时候从其他方面来阐释同一现象可能效果要更好一些。第二，虽然布迪厄的确非常尊重文学的自在特征，但是这种尊重是建立在文学的社会性基础上的，他不能摆脱对于社会学理性理论传统的影响，当他强调利益是行动的驱动原因的时候，他只能看到文学的幻象，看到文学的某种专断性，却看不到文学自身的价值，看不到文学对于人的精神品格的真实的塑造力量。[①]布迪厄的确是找到了一些文本，进行了有趣的甚至可以说深刻的分析，但是，假如要对更多的文学文本进行类似于细读式的文本分析，他的文学场理论可能会变成屠龙之技，因为像《情感教育》那样可以看到权力场与艺术场结构的小说，以及像《献给艾米莉的玫瑰》那样具有所谓反思性的小说此类碰巧契合布迪厄文学理论的著作在浩如烟海的文学作品中毕竟很难说有什么代表性。第三，布迪厄尽管坚持文学的历史性，反对那些先锋派所宣称的断裂幻象，但是他仅仅坚持的是文学场的历史，也就是说，布迪厄无视自古而今文学存在的历史传承性，排除了对于前资本主义文学作为参照系统的考虑，这可能会使他的观点失之片面。更不必说，布迪厄无法摆脱其理论视野是从一个发达资本主义社会的文学现实出发这一事实，他的理论是否适用于与之共同点未必很多的异常复杂的中国历史与现实，至

① 同样的道理，比格尔批评布迪厄针对阶级区隔的分析忽略了围绕文学功能定义、文学评价标准讨论的理性内容。见 Collier P and Geyer-Ryan H, eds., *Literary Theory Today*, Polity Press, 1990, p. 29.

少是一个很大的疑问，已经有不少学人对此进行了有益的探讨。[①]最后，尽管他力图采用客观化的视角，但是，当他指出文化资本的不平等分布使得广大被统治阶级丧失了消费合法文学的机会的同时，他实际上未经批判就站在一个把现代主义文学合法化的立场上，暗自同意了高雅文学把通俗文学区隔为低劣的逻辑。一方面，他虚构了一个将通俗文学的解码过程均质化的消费主体，看不到消费者之间未必不重要的个体差异；另一方面，他又无视通俗文学对于高雅文学的抵抗效能及其意义，特别是对于受众在欣赏文学作品时所投入的感情深度，又基于其批判过的美学性情，予以符号排斥。关于这些方面，我们如果读读巴赫金、塞都、费斯克，特别是英国伯明翰学派的作品，则会不无裨益。以上可能我们的批评对于任何一种文学社会学都显得难免苛刻，但是，我们坚持这样的批评，旨在说明布迪厄的文学社会学的有效性必须限制在一定范围之内，从而在阅读的同时保持布迪厄本人所提倡的警醒和反思立场。

任何一本有着发人深省之见地的著作都是不可简化的。这就是读 1000 本研究《庄子》的书也替代不了去读《庄子》原著的原因。但人们总是倾向于简化，原因是这是一条多快好省地接触思想大师的捷径。布迪厄著作等身，即使是专论文学场的著作《艺术的法则：文学场的生成和结构》被译成中文后也有 400 余页。但在本章中，他的话语被简化成一万几千字——其中还包括对他隔靴搔痒甚至也许是荒谬可笑的批评——因此，误读，甚至是严重的曲解是完全可能的。但介绍布迪厄的文学社会学的目的不过是让读者有“过河拆桥”的兴趣，让读者产生越过拙文去直接聆听布迪厄的愿望。布迪厄的著作在中国正在引起越来越多的学人的兴趣，假如本章能引起学人对于推动布迪厄著作更为深入的译介和研究的志趣，那么本章内容即使被人忘却或被人指摘，也算是得其所哉了。

① 参见 Hockx M, ed., *The Literary Field of Twentieth-Century Century China*, University of Hawaii Press, 1999.

第二章
基于“非美学”的突破与转向：巴迪欧的艺术哲学

引　言

巴迪欧在 1988 年出版了可能是他著述生涯中最重要的一本书《存在与事件》。他起初对这本书是充满信心的，认为自己可以凭借此书在法国哲学史上占据一席之地。但现实是，理论界对该书反响冷淡，书评寥寥。巴迪欧把书寄给康吉莱姆，后者的感想是：“我没有发现此书的用处。”[①]康吉莱姆是当时哲学界的重要人物，其如此态度恐怕也代表了圈内的主流看法。巴迪欧意识到有必要写一篇纲要性的文章，一方面向知识界介绍自己的哲学思想，另一方面向时代的主流哲学宣战，这直接促成了《哲学宣言》的诞生。此书为他之后的理论工作设定了方向，也让我们看到了艺术在其哲学体系中的重要位置。

自 20 世纪 90 年代起，巴迪欧进入了著述高产期，他通过阐发《存在与事件》的基本思想，一方面与时代主流意识形态展开论争，另一方面向人们展示自己的哲学规划和抱负。他在这一时期抛出了最能体现其思想风格的观点，即哲学条件论——哲学以科学、艺术、政治和爱为其存在的条件。其中“艺术作为哲学的条件”正是我们所熟知的“非美学”思想的基础。“非美学”思想根植于《存在与事件》，大体上和巴迪欧的哲学发展保持平行关系。20 世纪 90 年代末，巴迪欧的哲学有了一个较大的转向，其标志是《存在与事件》的续篇《世界的逻辑》的出版。《世界的逻辑》发展了巴迪欧的艺术论。如果

---

① Badiou A, *Pocket Pantheon: Figures of Postwar Philosophy*, trans. Macey D, Verso, 2009, p. 190.

说“非美学”讨论的哲学和艺术真理的关系是哲学条件论的构成部分，那么“非美学”之后则产生了新的问题——“艺术真理如何在世界中实存”，这意味要去思考艺术真理与世界以及与其他真理之间的关系问题，一种艺术和哲学关系的新形态浮出水面。

本章主要从“非美学”和“新艺术哲学”两个层面来考察巴迪欧的艺术思想。“非美学”层面需要解决的问题是：艺术如何成为哲学的条件，即艺术真理和哲学真理的关系是怎样的？“新艺术哲学”关注的问题是：艺术真理和哲学的条件真理（政治、科学、爱）的关系如何，以及艺术真理在世界之中如何具有一种变革实存性逻辑的能力？当然，这两个层面之间的关联也是明晰的——“非美学”是建立“新艺术哲学”的前提，是创造新的概念范畴的必经之路；“新艺术哲学”也必须以“非美学”为基础才能得以推进与深化。巴迪欧的“新艺术哲学”并不是将艺术作为哲学系统的一部分，而是强调艺术与哲学各自的独立性，并思考两者基于真理的关联。艺术是真理的生产者，哲学则生产能够容纳艺术真理的概念。通过哲学构筑的概念空间，艺术真理和其他真理程序获得共存，在诸真理显现于世界的过程中，形成改变世界实存逻辑的力量。因此，巴迪欧艺术哲学的最终指向是，通过新的艺术实践使一种新的文化形式和新的生活方式的创造成为可能，从而使开启一个新世界的构想变得可能。

第一节　事件与真理：巴迪欧的哲学原理

一、哲学的定义：捕获真理

巴迪欧对现时代的哲学有一个基本判断：我们这个时代对哲学的最大偏见是认为哲学在今日已走向终结。“今天的哲学家应该自称为所谓的‘哲学家’。他们中的大多数人实际上都说哲学是不可能的，已终结，并把自身指派到别处去了。”[①]那么，在今天要做一个真正的哲学家，就应当与“哲学终结论”保持距离。通过审视“哲学的现状”，巴迪欧将阐释学、分析哲学、后现

① Badiou A, *Manifesto for Philosophy*, trans. Madarasz N, State University of New York Press, 1999, p. 27.

代思想视为“哲学终结论”的三大鼓手，是“现代智术”的主要代表。受柏拉图的启发，巴迪欧力图发起哲人和智术师的当代争论。当代哲学的重建需要一种柏拉图式的思想姿态：反对智术，捍卫哲学。现代智术的特点是：“语言游戏、解构、弱思想、根本的异质性、延异和差异、理性的毁灭、断片化的主张、话语简化为碎片——所有这些主张都采用了一种智术的思路，并将哲学推进了死胡同。”[①]现代智术用语言和意义的问题取代了真理的问题，并成为智术阵营所共享的信念。巴迪欧指出，真正的哲人要应对智术师的挑战，就应当回到柏拉图那里，树立起现代柏拉图主义的旗帜，用科学、艺术、政治、爱的四种真理程序构成“反智术组合”。哲学真理是对程序真理进行把握和操演的结果，程序的真理发端于环境中的事件。可见，巴迪欧的真理观与当代主流哲学非常不同，他认为真理和事件相关，事件则无法被纳入语言和意义的范畴。“事件”概念正是巴迪欧在“语言”和“意义”范畴之外寻找到的重建哲学的基石，也是他反驳“哲学终结论”，在当代世界重新定义哲学的前提。

对于“哲学是什么”的问题，巴迪欧曾写过一篇名为《哲学的定义》的文章，收录在《条件》一书中。该文章提出了最能体现巴迪欧思想特色的论点——哲学条件论：“哲学是由诸真理类型或真理的普泛程序（generic procedure）构成的条件所规定的。”[②]这些条件类型分别为科学、艺术、政治、爱，这四个条件也被称为四种真理的普泛程序。何谓“普泛程序”？首先，“普泛”是对真理的本质特性的描述。在本体论的意义上，巴迪欧将真理等同于集合论中的不可构造集，“普泛程序”这一术语来自美国数学家科恩的“脱殊集”（generic set），指真理的无限性和不可构造性。从一般意义而言，将真理视为普泛的，其理由并不难理解：

> 如果真理不是一个脱殊集，而只是特殊的存在，仅与人性的特殊部分相宜，那么这样的真理就不是真理。有人认为根本就不存在真理，只存在一些断言、消息或者意见，所有一切都是特殊的，这是有可能的。这是一种可能性。或许这正是今日的主导观念。依我

① Badiou A, *Conditions*, trans. Corcoran S, Continuum, 2008, p. 20.

② Badiou A, *Conditions*, trans. Corcoran S, Continuum, 2008, p. 23.

之见，这一主导观念之所以可能，是因为真理的观念对资本主义是无用的。这是一个与利益和承诺无关的观念。它不一定有吸引力，因为它是普泛的。它不是为了你或你的家庭。它是为了所有人。[①]

真理不是特殊的，不是为了某一个人或某一类人，而是为了所有人：首先，真理必须具有普遍性的伦理意涵，必须是脱离了特殊利益纠葛的、为共同利益而存在的观念。其次，“程序”是对真理形成过程的描述。巴迪欧认为真理是过程性的产物，其产生过程可以被理性把握，因而与任何超验的神秘经验都无关。任何真理都发端于事件，事件对于其所在的环境是一种“例外”，少数个体识别出了事件的独特意义，忠诚于事件，致力于事件效应的发挥，最终通过事件成为真理主体。真理概念和事件、主体是紧密联系的。至于为什么只有四种真理程序，其原因是真理事件在人类的活动领域是极为稀少的，在既有的经验事实中，我们只能在科学、艺术、政治、爱的领域中发现事件的存在。通过哲学条件论，巴迪欧明确了哲学的本质与任务：哲学不生产真理，而是捕获真理。四种真理程序——科学、艺术、政治、爱是真理的生产者，而哲学只是为这些真理提供可理解的概念框架，以及一个可使之共存的逻辑空间。简而言之，哲学只生产真理的逻辑概念，而不生产真理本身，因为真理来自事件，事件来自真理程序，哲学本身并无事件。“哲学为真理的统一时刻提供接触的模式，一个能使普泛程序得以共存的概念场。……哲学虽然不生产真理，但生产真理的关联，即可供思考的真理关联。”[②]这些论述中的“真理”一词，原文使用的是 truths，与巴迪欧提及的哲学真理（Truth）相对应。巴迪欧区分了两种真理：一种是“小真理”（truths），与“真实”“真相”相关，指构成哲学的条件的诸多真理；另一种是“大真理”（Truth），指哲学建构的一个操作范畴。“此范畴既表明‘这里有’小真理，又表明这些小真理在其多元性中可共存，这种多元性是哲学所欢迎和庇护的。大真理同时设计出事物的多元态（存有的异质真理）和思想的统一性。”[③]这即是说哲学

---

① Badiou A, *The Subject of Change: Lessons from the European Graduate School*, ed. Rousselle D, Atropos Press, 2013, p. 16.

② Badiou A, *Manifesto for Philosophy*, trans. Madarasz N, State University of New York Press, 1999, pp. 37-38.

③ Badiou A, *Conditions*, trans. Corcoran S, Continuum, 2008, p. 11.

真理（Truth，即大真理）的操作对象是条件真理（truths，即小真理），哲学不干预条件真理的生产，而是构造一个使其共存的空间，保存其多元性的特点，并把自身编织进条件真理构成的系统之中。因此，巴迪欧把哲学比作“真理之钳”，其功能在于捕获真理。

哲学条件论表明哲学不直接生产真理，而是生产关于真理的概念范畴，因此哲学需要从科学（以数学为代表）和艺术（以诗歌为代表）那里学习经验。“作为知识的虚构，哲学模仿数学；作为艺术的虚构，哲学模仿诗歌。”[①]哲学向数学学习“论证”的范式。哲学思维采用了数学演证过程中的一系列关系范式，如定义、证明、反证、结论等，从而保证其在概念范畴的组织过程中的连贯性和清晰性。在这一点上，巴迪欧承继了笛卡儿、斯宾诺莎哲学的数学主义，通过代数化或几何化的推理和运思，确保了哲学思维的可靠性。哲学向诗歌学习“主体化权力”的范式。这一范式指诗的“隐喻、想象力以及令人信服的修辞”[②]。巴迪欧认为数学是哲学辩证法的中介要素，但是仅依靠数学思维范式并不能完全实现对条件真理的操作。当哲学遭遇到真理程序中不能处理之物时，诗歌的隐喻、想象以及修辞术就能够弥补数学范式的不足。借助诗歌的力量，可以将哲学大真理提到辩证法演绎的中止处，产生一个使真理得以实现的主体化场所。所以巴迪欧说，在柏拉图的哲学著作中同样存在着想象、神话、隐喻等元素，这是他向其对手智术师和诗人学习的结果。应该说，数学和诗歌是巴迪欧用来处理主客体的范畴性关联的两种主要手段。哲学可以模仿数学和诗歌进行概念性的知识生产，却不能取代两者作为真理程序的功能。

二、从诗学本体论到数学本体论

巴迪欧在哲学和哲学的构成条件之间进行了严格划分，他认为哲学不能将自身等同于一种真理程序，或者让真理程序来替代自己的工作，总之不能佯装去从事真理的生产，否则会将自身带入某种灾难性的困境。这种状况被他称为哲学和其条件的“缝合”（suture）：“哲学把自己的功能分派给它的一个或另一个条件，将整个思想转手给一种普泛程序。……每当哲学表现出与

---

① Badiou A, *Conditions*, trans. Corcoran S, Continuum, 2008, p. 23.

② Badiou A, *Conditions*, trans. Corcoran S, Continuum, 2008. pp. 12-13.

某一条件相缝合时，哲学就被搁置起来。由此，哲学无法自由地建构其独有的空间，标示着四项条件之新奇性的事件名将在这空间中被刻写，并且用一种区别于所有条件的思想实践来宣告它们的同时性和时代诸多真理的某种可构造的状态。”①

巴迪欧用“缝合”概念解读了19世纪至今的哲学史。在他看来，我们目前所熟知的几种哲学类型，实际上都是哲学和其条件缝合的产物。实证主义哲学是哲学与科学缝合的产物，马克思主义哲学是哲学与科学、政治双重缝合的产物，德国浪漫主义时期以来的诗化哲学是哲学与艺术缝合的产物，巴迪欧甚至还发现在列维纳斯的伦理学那里，存在着哲学与爱的缝合。这些缝合式哲学的共同特点是，哲学的条件取代了哲学的思想任务，条件构造的概念和价值系统都是单一的，会严重阻碍其他程序真理的生产。在实证主义哲学那里，科学成为衡量政治、艺术、伦理等领域的真理的最高标准；浪漫派哲学认为诗就是哲学，哲学就是诗，诗的真理就是最高的真理。在这些哲学类型中，多元真理是难以共存的，因为哲学无法在缝合状态中去发展出使多元真理共存的概念空间，哲学也由此失去独立性，沦为条件的附庸，成为可有可无之物。

如果是哲学和其条件的缝合导致了哲学的艰难处境，那么重建哲学的第一步就是要“解缝”。巴迪欧认为现时代的哲学亟待解决的最大难题是“哲学与诗的解缝”。为什么不是哲学和科学、政治的解缝，而是诗呢？理由似乎很简单，即实证主义和教条化的马克思主义尽管在今日依旧存在，但其发展模式已经僵化，其影响力主要存在于体制和学院之中。思想自身已经从内部发起了对两种缝合式哲学的批判，人们逐渐意识到真正的哲学另有存在形态。但是诗和哲学的缝合却从未得到认真的审视和反思，我们的“常识”依然认可诗和哲学之间存在着天然的联系。在哲学和科学、政治缝合的时代，也就是在实证主义倡导哲学的科学化、教条马克思主义主张哲学的政治化的时代，哲学难以履行自己的职责。但是却有这么一个短暂的时期——巴迪欧称之为“诗人时代”——诗歌在当时发挥了哲学功能，开拓了一个独特的思想空间，

---

① Badiou A, *Manifesto for Philosophy*, trans. Madarasz N, State University of New York Press, 1999, pp. 61-62.

这是最为接近哲学所能建立的使多元真理共存的空间。有六位诗人代表了这个时代的主要思想成就：荷尔德林、马拉美、特拉克尔、佩索阿、曼德尔施塔姆、策兰。这些诗人之所以能走出哲学的缝合状态，是因为他们通过诗歌的创作实现了“去客体化”，即消除了“存在”对客体“表象性”的依赖，打开了一条通向“存在”的道路，揭示了时代之真实意义，表达了现代人最为深刻的生存经验。巴迪欧认为海德格尔提升了诗人时代的成就，但却走得过远，造成了哲学和诗歌的缝合，使其哲学呈现出一种诗学本体论的取向。从巴迪欧对诗学本体论的讨论上看，我们可以举出三个要点：第一，诗表现了时代本质的无方向性。启蒙时代以来的哲学具有明确的方向性，如科学与理性的乐观精神、历史的进步观念、千禧至福论等等，但现时代的真实状态却是无序的、矛盾的和混乱的。诗寻求此在的踪迹或极限，通达存在者之根源，用隐喻的方式揭示了时代的真实本质。第二，诗的言说的“无对象性”。诗的表现方式与科学认识不同，它已脱离了主体-客体的概念范畴。对存在之把握必须超越主客之分的认识论框架。存在与“无”同一，而“无”无法通过对象化来认识和把握。[①]第三，知识与真理的区分或认知与思想的区分。这背后显示着海德格尔思想的基本结构，即“存在学差异”下的存在者与存在的区分。科学研究的对象是存在者，而不触及存在，因此对存在者的研究可以获得知识，其基本思维是逻辑；对存在本身的探究可把握真理，其基本方式是作诗、谢恩与运思。[②]如果要进行哲学和诗歌的解缝，则要宣布诗人时代的结束，并且对海德格尔的哲学进行全面反思。

巴迪欧对海德格尔哲学的批判把我们引向了他独有的哲学命题：用“数学本体论”取代“诗学本体论”[③]。在我们看来，这种批判并不是对海德格尔本体论哲学的否定，而是一种改造或者推进。巴迪欧说：“毫无疑问，我们应该感激海德格尔，因为他将哲学与存在的问题再一次结合起来。我们也感激他命名了忘却这一问题的年代，一种开端于柏拉图的历史，正是对哲学自身历史的忘却。”[④]巴迪欧延续了海德格尔哲学的历史主义本色，但试图修改

① 〔德〕海德格尔:《路标》，孙周兴译，商务印书馆，2011，第133页。

② 〔德〕海德格尔:《路标》，孙周兴译，商务印书馆，2011，第364页。

③ Badiou A, *Being and Event*, trans. Feltham O, Continuum, 2005, p. 10.

④ Badiou A, *Theoretical Writings*, eds. & trans. Brassier R, Toscano A, Continuum, 2004, p. 39.

后者关于“思即为 poesis（诗/创制）”的命题，重新将哲学之思从“诗”转回“科学”。他选择的是最纯粹的“科学”——“数学”。他认为在本体论研究中以数学来取代诗歌的位置有充分的理由：时代本质的无方向性可以通过数学概念来呈现；数学作为一种思，具有无对象性本质，能够完美地表现“无”（或“空”）；数学独有的言说获取的不是知识，而是纯粹的真理，因为数学的真理只接受数学法则的检验，任何经验知识都不能加以妄断，正如存在之真理不可能受制于存在者之诸科学的法则一样。也就是说，诗与存在的“天然”关系，不仅数学也具备，甚至还会更加清晰、更为合理地进行呈现。诗对存在的言说，在海德格尔那里走向了一种民族性的语言偏至——认为古希腊语和德语最有益于哲学价值的彰显。数学不仅能够超越这种狭隘的民族主义界限，数学语言的内在普遍性还会克服真理创制论的相对主义困境，加之近代数学对实无限的研究，致使依托于“人之有限和神之无限”的神学思想的崩坏，实现了“无限性的凡俗化”[①]。数学本体论将会扫清哲学中最后的神学残余。可见，在巴迪欧看来，将数学作为本体论研究的基础性语言，无疑更胜于诗歌。

用数学本体论取代诗学本体论，是巴迪欧解除哲学和诗歌的缝合关系的重要手段，其意义不只是倡导一种新的形而上学研究，而是将哲学从本体论的重负下解放出来，彻底地摆脱被缝合的命运，开启一条思想的新路径。他在《存在与事件》中的这一表述是极为重要的：“如果‘数学本体论’这一命题的建立是本书的基础，那这绝不是本书的目标。不管该命题多么激进，它所要做的一切只是要限定哲学的正当空间。当然，它本身是数学（康托尔、哥德尔和科恩之后）和哲学（海德格尔之后）在当前的累积状态中所促成的元本体论或哲学论题。但它的功能却是引入现代哲学的特殊主题，尤其——因为数学是存在之为存在的看护者——解决‘什么不是存在之为存在’的问题。”[②]本体论研究归属于数学，而非哲学。数学思考存在本身，但能让我们辨识出什么是“非存在”（non-being）才是哲学的任务。或者换一种说法，哲学之思的首要对象是作为“非存在”问题的“事件”及其增补（“真

① Hallward P, *Badiou: A Subject to Truth*, University of Minnesota Press, 2003, p. 4.

② Badiou A, *Being and Event*, trans. Feltham O, Continuum, 2005, p. 15.

理”和“主体”）。巴迪欧的哲学基础根源于此。

三、从事件到真理：以“勋伯格事件”为例

我们通常把巴迪欧的哲学称为“事件哲学”，这是因为事件是他哲学思考的起点，与事件概念紧密相随的还有形境、主体、真理等概念。概念之间的演进和联系构成了巴迪欧哲学系统的基本逻辑框架。我们将对这些基本概念的内涵和关联进行简要说明和分析，从而展示巴迪欧哲学的基本面相，并通过“勋伯格事件”来说明艺术事件到艺术真理的发展过程，这能让我们对巴迪欧如何处理哲学和艺术的关系有一个初步认识。

事件总是发生在一个特定的环境之中，巴迪欧把这个特定的环境称为situation，中文有“环境、情势、境遇”等译法，考虑到这一概念的数学本体论性质，本章译为“形境”。巴迪欧将一个“形境”视为集合论意义上的一个集合。集合论创始人康托尔曾对“集合”有一个朴素的定义：“一个集合是我们直觉中或理智中的，确定的，互不相同的事物的一个汇集，被设想为一个整体（单体）。”[①]确切地说，这不是一个严谨的定义，其中存在的问题已被其他数学家指出。在巴迪欧所接受的公理集合论中，集合是不能被定义的。所以我们可以推知，将“形境”等同于一个集合，“形境”是无法被定义的。虽然无法定义，但并不妨碍巴迪欧对“形境”的结构本身进行分析。一个无穷集的结构就是一个形境的本体论结构，因为巴迪欧把“形境”表述为“被展现的多元”（presented multiplicity），即一个无穷集合，由无穷多的元素构成。“形境”在逻辑上先于“形境”中的物和关系而存在，事件的存在与这些物和关系相关，因此事件必定总是发生在“形境”之中。然而，事件发生在“形境”中却是对“形境”固有结构的破坏。确切而言，事件发生在“形境”结构的断裂处。对于这一点，巴迪欧借用集合论的形式语言给予了解释。在本体论层面，面对一个“形境”及其元素有两种基本操作方式：呈现（presentation）和再现（representation）。呈现对应集合 A 和其元素的“$\in$”关系，再现对应集合 A 的幂集 $p(A)$ 和其子集的“$\subset$”关系，如表 1-2-1 所示。[②]

---

① 转引自董延闿：《基础集合论》，北京师范大学出版社，1988，第 3 页。

② Badiou A, *Being and Event*, trans. Feltham O, Continuum, 2005, p. 102. 此处根据原表进行了简化。

表 1-2-1　呈现与再现

形境（situation）——集合 A		形境状态（state of situation）——幂集 p（A）	
	元素（element）		子集（subset）
结构（structure）	呈现（presentation）	元结构（metastructure）	再现（representation）
	$\in$		$\subset$

“形境”和“形境状态”的区别，以及呈现和再现的差异性关系，正是事件概念的发源处。依据幂集公理，p（A）>（A），即一个集合的幂集总是大于该集合。设集合 A 有 n 个元素，其幂集 p（A）含有的子集个数则为 2^n，得出 $2^n>n$。可见 p（A）的基数总是大于 A 的基数。巴迪欧由此得出了“形境”的“溢点法则”（Theorem of Point of Excess）。“溢点法则”表明：总是存在一个 p（A）中的元素 x 不是集合 A 的元素。“溢点法则”产生于同一形境的两种不同的操作结构中，即“呈现”和“再现”。该法则说明了在“形境”中存在一个异常的多（X），称为“事件场”（evental site）。巴迪欧由“溢点法则”推及出事件的数学表达式：

$$e_x = \{x \in X, e_x\}$$[①]

说明如下：设一个“形境”为 S，则 $X \in S$ 为事件场，e_x 为事件场 X 中的事件。事件 e_x 在“形境” S 中有两种来源性构成：一是事件场 X 中的要素 x，二是事件自身 e_x。这一表达式简洁地说明了事件的本质性结构：事件发生在一个特定“形境”的特殊状态下，事件自身并不是该“形境”的构成要素，因此“形境”中的知识无法识别事件，只能将其视为一种异常。巴迪欧对事件概念的集合论表述方式尽管复杂，但表达的基本思想却是明确的：事件发生在“形境”之中，却不属于“形境”，因此，事件无法被该“形境”认识和理解。对事件的认识总是超出了“形境”的知识范围，是真理的可能性开端。这即是说，通过“形境”既定的秩序（知识）无法识别事件，事件总是隐匿其中。“形境”对事件的这一种结构性抑制，被巴迪欧称为“事件的存在

① Badiou A, *Being and Event*, trans. Feltham O, Continuum, 2005, p. 179.

禁令”[①]。因此，事件就不是本体论研究的对象。巴迪欧把这一任务交给了哲学。事件是真理的可能性开端，这成为巴迪欧哲学最为基本的设定。“形境”中事件场的存在标示着“形境”的形式结构与知识秩序的不稳定性。事件作为一种激进的偶然因素，从事件场中迸发出来，为颠覆和改变“形境”提供了一种可能。通过事件而被带入“形境”的全新之物就是“真理”。“真理”之“新”总是挑战我们的固有认知，并推动我们形成对事物的新认知。不过，作为真理先行者的事件在发生之后极易消逝，难以判定，难以把握，那么我们该如何认识它，并通过对它的思考，将真理带到世界中来？为此，巴迪欧需要引入另一个概念：主体。

巴迪欧的主体概念与认识论中作为经验的组织机制不同，它既不是一个实体，也不是某种先验结构，而是行动的产物。当某个事件发生后，我们决定按照事件的奇异性去改变生活、去行动、去斗争、去成为不同的自己之时，才能从日常个体转变成为主体。因此，主体总是稀有的。事件与主体的稀有性也决定了能够被称为真理的东西的奇缺性。主体对待事件的不同态度影响了真理在现实环境中的显现强度。因此，在《存在与事件》中，巴迪欧如此界定主体：“我把真理从中得以支撑的普泛程序的任何局部构型称为主体。”[②]主体作为真理过程的构成部分，并不是某种实体或者先验的结构机制。在图 1-2-1 中[③]，我们能较为清楚地看到主体和事件、真理的关系。

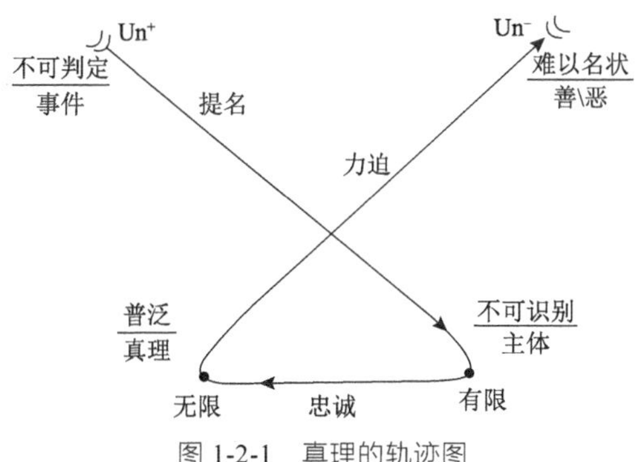

图 1-2-1　真理的轨迹图

① Badiou A, *Being and Event*, trans. Feltham O, Continuum, 2005, p. 184.

② Badiou A, *Being and Event*, trans. Feltham O, Continuum, 2005, p. 391.

③ Badiou A, *Conditions*, trans. Corcoran S, Continuum, 2008, p. 121.

第一，主体与事件的“相遇”开启了两个环节：“打赌”和“提名”。真理程序发端于事件，事件发生于既定的“形境”，具有不可判定性。不可判定性是指对事件的陈述不可证实也不可证伪。事件并不属于“形境”，利用“形境”的知识系统无法有效地评价事件。因此，“关涉事件提名的每一个陈述都具有本质上的不可判定性”①。那么如何克服不可判定性，实现“事件之名”向“真理进程”的跳跃呢？这需要对“事件”进行“打赌”。“打赌”就是把握住“事件确已发生”的陈述，对其“不可判定”的内容进行决断，即将不可判定性从对事件的陈述中减除，剩下陈述的“确定性”。“打赌”是一种决断：没有任何知识的参照和经验的借鉴，更没有可供沿袭的路径，主体要面对着彻底的“空无”进行选择和创造。这与帕斯卡尔的“信仰赌博”相关。在巴迪欧看来，“信仰赌博”的意义并不在于它能解决现代人的“信仰”难题，而在于为个体提供了在遭遇“事件”时如何选择的依据。当事件在“形境”中发生时，由于其不可判定性，主体会遭遇帕斯卡尔的“抉择”：要么相信事件确已发生，要么相信没有任何事件发生。但如何去选择并不是随意的，而是有一个基本的原则。“因此在一场得失机遇相等的博弈中，当所赌是有限而所赢是无限的时候，我们的命题便有无限的力量。这一点是可证的；而且假如人类可能达到任何真理的话，这便是真理。”②换言之，如果我们用事件赢得事件，没有多大意义，若是能赢得真理，才会有下注的兴趣。帕斯卡尔的“信仰赌博”为我们提供了从主体的有限性通达真理的无限性的途径：有限的存在者若能获得无限的真理，是因为他能就“事件”下注，冒险一搏。

主体对事件的接触还包括“提名”（nomination）。“提名”就是给事件命名。给事件的“提名”紧随主体的“打赌”之后，是主体在事件的激发下开始构筑真理进程的重要一步。事件本身是“无名”的，因为“形境”的语言排斥事件。事件之名通常与“旧形境”（事件场所在的“形境”）没有关涉，它的作用在于能指涉一个“新形境”（被真理改变后的“形境”）。因此，事件之名是主体从虚无中创造出来的，这如同诗的命名的力量，是一种纯粹的创造，是直接对空无的表达，是没有对象指涉的语言的运用。对于主体而言，

---

① Badiou A, *Conditions*, trans. Corcoran S, Continuum, 2008, p. 123.

②〔法〕帕斯卡尔:《思想录》，何兆武译，商务印书馆，1986，第112页。

尽管事件之名在最初显得十分空洞，但却蕴含着无穷的魔力。它驱使主体不断地投身于对事件之名的内涵的发掘中，实现对事件内涵的陈述，如同“法国大革命”“无产阶级革命”“十月革命”等事件名称对现代性政治主体及其行动理论的影响。

第二，当主体触及事件时，已经引发了对事件的“忠诚”（fidelity）。忠诚包含两个环节：调查与关联。“忠诚”并非简单是一种道德热诚，而是能充分体现主体能动性的一个持续不断的过程。“忠诚区分并收集与事件之名相联系的变化，是一种后-事件的准状态。”[①]“忠诚”过程中总是存在一个操作者，操作者就事件的发生展开调查，融入真理进程的构造环节，成为真理的主体。由此而言，主体坚持事件之名以及肯定事件的陈述还只是一种消极的接受，只有当其抵达对事件的“忠诚”状态时，才成为能动者。主体对环境进行“调查”，抽取出与事件相关的要素，为构筑真理的内容做准备，其指导原则不是对知识的兴趣，而是突破和创造的激情。“调查”的结果分为“与事件有关”和“与事件无关”两类，前者为积极的要素，构成对事件的肯定陈述，后者为消极的要素，构成对事件的否定陈述。“关联”的原则取决于操作者的意志。巴迪欧认为由调查和关联构成的“忠诚”的实践原则是一种“纯粹的选择”，即没有任何知识的参照和基础性原则的指引。这是由于事件包含的真理超出了环境既有的知识法则。通过调查和关联，主体认识到真理是一个无限的集合：通过事件之名，不断地审视、收集、重组环境中的积极要素，累积构筑真理的材料，这一过程是没有极限的。显然，主体无法通过环境的知识“完现”无限的真理，而只有通过自己的行动参与到真理的构筑中去，让自己成为真理的有限的局部构造。可知，忠诚于事件，不仅是对主体在认知上的要求，更是在行动上的要求。

第三，主体通过“力迫法”生产出真理的细节性知识，“力迫法”的极限标示了“真理伦理”的存在。主体对事件的“忠诚”使真理的构成向无限敞开。若将真理等同于一个无限集合，其子集就是无限的；若将真理抽象为一种概念或观念，那么对之进行的陈述和阐释也是没有尽头的。真理的本质就是无限。但巴迪欧认为，若假设一个真理已完成，则可称其为“普泛的”。如

---

① Badiou A, *Being and Event*, trans. Feltham O, Continuum, 2005, p. 508.

此，我们就得到了真理的观念，如“革命政治”观念。在 1792 年的法国大革命之后，一系列“革命政治”事件出现，但我们仍然没有一个标准的政治公式可涵盖它们。把“革命政治”视为政治中的普泛真理，并用来囊括那些已发生的事实，是由于我们能假设它已完成并赋予其观念的统一性。但我们何以能假设一个真理进程是“已完成的”？这就是主体“力迫”的力量。“力迫”（forcing）概念，借自数学家科恩的“力迫法”，巴迪欧在《存在与事件》中亦有专题讨论。将一个数学概念转化为哲学概念，巴迪欧强调的是“力迫”的强大构造力。真理的本质是一个无限的、非统一的、无法最终完成的过程。但我们的思维为了把握真理的形式观念，就去“假设”真理是一个完满的概念。这种“假设”就是主体的虚构能力。主体作为真理进程中的局部构造，能够“力迫”出真理的“完善”进程，即能实现真理的普泛性的总体化。“我把真理的普泛存在的预期性假设称为力迫。力迫就是一个已完善的真理的强虚构。以这一虚构为开端，我能够力迫出全新的知识细节，甚至无须验证这些知识。”[①]因为正是“力迫”出的知识具有可靠性，才会产生真理的伦理问题：真理何以会成为一种恶？真理的有限主体容易被构造真理的全部知识细节的冲动所诱惑，去言说关于真理的一切。然而，在环境中必定总是存在一个“实在点”（real point）抵制着这种朝向普遍化的潜能。“力迫”是有极限的。主体不可能毫无遗漏地将环境中的每一个点加以识别和命名，并完全纳入真理的逻辑系统中。在“力迫”的极限处总是存在难以名状（unnameable）之物，抗拒着真理的命名冲动。如果能够意识到这一点，由于主体的节制，真理就会成为“善”，否则就会成为“恶”之根源。“通常人们说恶是谎言、无知或致命的愚蠢。恶的状况其实更像是一个真理的过程。恶之所以存在，是因为在不可判定之处有一个真理的公理，在不可识别之处有一条真理的道路，在普泛之处有一种预期，在难以名状之处有一种强迫的提名。”[②]换言之，恶并不是无知、愚昧以及人性的诸多弱点，相反是一种求真意志的无所约束。存在一种真理的伦理正是对真理构造潜能的抑制，这对于我们世界的意义是

① Badiou A, *Infinite Thought: Truth and the Return to Philosophy*, trans. Feltham O, Clemens J, Continuum, 2004, p. 65.

② Badiou A, *Infinite Thought: Truth and the Return to Philosophy*, trans. Feltham O, Clemens J, Continuum, 2004, p. 67.

不言而喻的。这表明真理是多元化的共存，没有任何一种真理可以取代其他真理成为终极真理。极端的科学主义、审美主义、极权主义政治以及迷狂的爱情都是真理脱离其伦理节制的产物。

我们可以用一个艺术的例子——“勋伯格事件”来说明巴迪欧的“真理生成轨迹”，借此我们不仅可以把握艺术事件的哲学意义，还能为理解艺术史的变革提供一种视角。巴迪欧偏好现代艺术，勋伯格事件是他惯常提及的例子，但往往省却了很多细节。我们需要做一番回顾。勋伯格的无调性主义和十二音作曲法并不是一开始就得到世人认同和接受的。在 20 世纪初，他的作品还被人们视为“噪声”。1903 年，《升华之夜》的首演成功是勋伯格音乐革新的开端性事件。若用巴迪欧的语言来表述，《升华之夜》是当时音乐环境中的一个事件场，可以在环境中认出它的存在（毕竟首演获得了一定成功），却并不能得到理解（引起评论界的非议甚至愤怒）。这无法理解之物，正是《升华之夜》所包含的无调性主义的事件性要素。勋伯格回忆称，当人们抱怨他的音乐时常说：“‘如果他一直能用这样的风格创作就好了！’我的回答也许令人吃惊。我说，我从未终止过我最初使用的风格和方法。区别在于我现在写得比以前更好；它更集中、更成熟。”[①]人们欣赏的《升华之夜》，是受德国晚期浪漫主义影响的作品，而在勋伯格本人心中，却是他的无调性音乐探索的起点。勋伯格接下来的创作就完全“偏离”了众人对他的期待。《古雷之歌》，第一、第二弦乐四重奏，以及《月光下的皮埃罗》等一系列作品的陆续公演，引来观众强烈的质疑和非议。但他依然忠诚于最初的信念，逐渐将自己的作曲法理论化，并以此为基础写作了《勋伯格和声学》（1911）。此书正是在“无调性主义”下进行“调查”和“联系”的产物。勋伯格在书中策略性地回避了无调性的问题，全力关注和声问题。他要表明的是：“我完全没有轻视古典主义的音乐大师们，我对他们有深厚的敬意，对他们的名作的熟悉和了解的程度至少和我的敌对者相当；我对作曲技巧绝不是一知半解，我可用新的、有启发性的方法加以解释。……正由于我对前人的忠诚，我能告诉人们，现代和声不是由一个不负责任的傻瓜发明的，而是从大师们的和声和作曲技巧

① 〔奥〕阿诺德·勋伯格：《勋伯格：风格与创意》，茅于润译，上海音乐出版社，2011，第 3 页。

中发展而成的。"[①]

《勋伯格和声学》为勋伯格赢得了许多支持者和追随者。更重要的是，通过此书，他将无调性主义深深植入了当时的音乐环境中，并在不知不觉中积蓄着改变环境的力量。1914 年，一战爆发，经过数年的沉寂，在 1924 年，勋伯格终于公开了著名的"十二音作曲法"。简单看来，十二音是对无调性的抛弃，因为十二音依然强调音的连续性，那么必然会产生调性。实际上无调性是作为事件之名而出现的，是空洞的能指，是真理在环境中的首次现身，是勋伯格决定偏离传统，义无反顾地走向真理之路的决定性动机。没有"无调"之名，没有对其内涵的持续创造，也就没有十二音。这如同法国大革命和现代平等主义政治观念，或者俄国十月革命与社会主义政治制度，离开了后者，前者就仅仅是一场哗变和暴动。勋伯格的无调性主义若没有十二音，就是一场标新立异的叛离，而不是现代音乐和声法革新的起点。因此，无调性只是事件之名，是真理有力的支撑，用以标示真理的发端，而十二音却是真理的内容，是主体"力迫"真理的知识性产物。十二音是一种知识，是无调性音乐的组织技法，可以被人们学习和传授。正是如此，勋伯格及其追随者才能通过自己的创作活动，让真理在环境中现身，他们的作品成为无数的主体位点，作曲者作为能动者参与其中，构成了艺术真理的主体。但十二音并不能代表勋伯格及其门徒创作活动的全部成就，真理是无限的，无法完形，但我们依然见证并理解了勋伯格所传达的艺术真理，原因何在？因为通过无调性主义事件，十二音作曲的主体及其持续性的创造使某种新奇之物已发生，改变了现在的作曲观念，改变了我们对音乐的认识。不得不说，这新奇之物正是我们所追寻的勋伯格事件的真理。还有一点需要指出，晚年勋伯格的创作并没有严格按照他的作曲原则，即他并未用十二音作曲法来排斥古典主义和浪漫主义的作曲方式。他的理由是每一个作曲家都会改变风格以适应其创作的目的。显然，勋伯格知悉真理的伦理，知道十二音的极限，在音乐的无限宇宙中，古典主义与浪漫主义的经典如同他开启的现代主义音乐一样都是不可磨灭的。

---

①〔奥〕阿诺德·勋伯格:《勋伯格: 风格与创意》, 茅于润译, 上海音乐出版社, 2011, 第 23 页。

第二节　"非美学"：艺术作为哲学的条件

一、"非美学"思想的缘起

在哲学条件论的基本思想下，巴迪欧将艺术看作哲学得以存在的重要条件之一，并以此提出了一种哲学和艺术的新关系形态："非美学"（inaesthetics）。这一概念首次出现在《非美学手册》一书中，其定义为："我把'非美学'理解为诗与哲学的一种关系，即主张艺术自身就是真理的生产者，无须要求艺术成为哲学的对象。与美学的思辨相对立，非美学描述由某些艺术品的独立存在而产生的严格的、内部的哲学效果。"[①]"非美学"的确有否定"美学"（aesthetic）的意味。美学研究有一个前提，即艺术应成为哲学思辨的对象；在观念层级上，艺术真理隶属于更高的哲学真理。因此，在哲学思辨和艺术作品之间存在一种认识论意义上的主客体关系。然而，在"非美学"之中，这种主客体关系并不存在，非美学关注的是艺术如何生产真理，以及某些艺术作品为何具备哲学效果的问题。依据巴迪欧的定义，"非美学"指涉一种哲学与艺术的新关系类型。那么"旧类型"有哪些呢？巴迪欧以"真理问题"为中介，概括了三种经典模式：教化型（didactic schema）、浪漫型（romantic schema）、古典型（classical schema）。

首先是教化型，发端于柏拉图，其核心论点是"艺术不能成为真理，或所有的真理都外在于艺术"[②]。柏拉图在《理想国》中指出，艺术模仿是对事物影像的模仿，而不是事物实在本身，因此艺术模仿与真实相距甚远。但巴迪欧对柏拉图模仿论的解读是不同的："与其说艺术是对事物的模仿，不如说是对真理效果的模仿。"[③]艺术自身虽然不能生产真理，但通过模仿真理的效果，可以成为再现和传播真理的工具。确切地说，艺术的功能在于对真理的撒播而进行的教育。"教化型"的本质正是由艺术、哲学、教育三要素构成：

① Badiou A, *Handbook of Inaesthetics*, trans. Toscano A, Stanford University Press, 2005, p. i.

② Badiou A, *Handbook of Inaesthetics*, trans. Toscano A, Stanford University Press, 2005, p. 2.

③ Badiou A, *Handbook of Inaesthetics*, trans. Toscano A, Stanford University Press, 2005, p. 2.

哲学认识和把握真理，但哲学思考并非一件易事，也不太可能成为大众乐于接受的形式。相反，艺术通过模仿真理的效果，凭借激发情感和传达直观形象，可以较为顺利地将真理传播给大众，实现公共教育的目的。因此“教化型”艺术观强调对艺术的控制，衡量艺术的标准来自艺术传播所引发的公共效应，并受哲学观念的规制。

与“教化型”相对的是“浪漫型”。“浪漫型”主张艺术能独立追求真理，是真理的“道成肉身”（incarnation）。巴迪欧就“浪漫型”艺术观做了一个类比，将哲学比作已消隐的天父，将艺术比作天父之子耶稣基督。艺术就是哲学荣耀的、绝对的主体，是无限真理的具体实现。这一神学类比表明，在“浪漫型”艺术中，艺术已成为最高真理的担当，不再需要臣服于哲学之下，甚至于哲学还需要借助艺术来实现自身。巴迪欧说，艺术作为真理的真实主体，如同拉库-拉巴尔特和南希对浪漫派艺术的称谓——“文学的绝对”。这亦是他们二人共同编著的德国浪漫派文论集的书名。书中收录的第一个文本是耶拿浪漫派的思想宣言《德意志唯心主义最早的系统纲领》（简称《纲领》）。我们可以从《纲领》中获知两个重要信息。其一，艺术与哲学一样也是一种思想形式，并且是最高的形式。艺术之思与真理的亲近关系已超越了哲学，艺术或诗成为真理的最高形式。其二，出现了一种崭新的诗教观：“如此，则诗歌获得了一种更高的尊严，它到最后会重新成为它起初所是之物——人类的导师；因为再没有什么哲学、历史；当其他科学和艺术门类湮灭，唯有诗歌艺术将存留。与此同时，我们常常听到，大众人群必须拥有一个感性宗教。不仅仅是大众，哲学家也需要这个宗教。理智与心灵之一神教，想象力与艺术之多神教，这就是我们所需要的。”[①]哲学，尤其是启蒙时代以来的理性哲学，应该交出大众的教育权，并让自身也接受诗的教化。《纲领》将诗歌作为真理之言说的最高形式以及力图取代哲学实施人类普遍教育的雄心已显露无遗，这成为浪漫派艺术的本质性特征。

当然，并不是所有时代的思想家都曾纠结于艺术和哲学的关系问题。在笛卡儿、斯宾诺莎、莱布尼茨等大哲人那里，我们并没有看到柏拉图式的和

---

①〔法〕菲利普·拉库-拉巴尔特、〔法〕让-吕克·南希：《文学的绝对：德国浪漫派文学理论》，张小鲁等译，译林出版社，2012，第 17 页。

浪漫主义式的焦虑。由此，巴迪欧认为，艺术和哲学之间还存在着一种较为和睦的关系类型，即介于“教化型”和“浪漫型”之间的“古典型”。首先，与“教化型”相似，“古典型”主张艺术不能产生真理，其本质是模仿，既定领域为表象，与真实无涉。其次，虽然艺术无力于真理，但并不意味着艺术要臣服于哲学的权威。相反，“古典型”艺术观认为，艺术的真正目的不是致力于真理的生产。如同亚里士多德将艺术视为某种与可靠知识完全不同的东西，回避了柏拉图的质疑，他用“卡塔西斯”（katharsis）概念指出了艺术特有的功能，既非追求或生产真理，也非将其认作一种认知形式，而是把它当成一种对灵魂的“治疗”。巴迪欧把“卡塔西斯”理解为“治疗”，而不是我们通常说的“净化”，原因是亚里士多德的“卡塔西斯”的含义并不明确。根据罗念生先生在《卡塔西斯笺释》一文中的研究，“卡塔西斯”在古希腊文中大致有两类意思：一是指宗教的净罪礼，即“净化”；二是指希波克拉底学派的医学术语，指用自然力或药力把有害之物排到体外，即“宣泄”[①]。后者与巴迪欧所取“治疗”之义相合。这就可以理解巴迪欧为何将弗洛伊德和拉康的艺术论视为“古典型”的代表。“古典型”艺术观不涉及艺术与哲学在真理问题上的纠纷，这是两者能和睦相处的重要原因。“古典型”艺术观依然涉及“教育”问题，但与“教化型”和“浪漫型”不同（前者是哲学真理的教育，后者是艺术真理的教育），是一种以培养和调控社会道德为目的的公共服务。

巴迪欧的“非美学”正是基于以上三种类型提出的。纵观西方艺术史，无论是雕塑、绘画、音乐还是文学，“教化型”“浪漫型”“古典型”都有其卓越代表。在现时代，“教化型”“浪漫型”“古典型”已各自趋于饱和并穷尽了自身。这体现为“教化主义因艺术的束缚状态和历史实践在为大众服务中达到饱和。浪漫主义通过在海德格尔修辞工具中的纯粹许诺（总是回溯到诸神回归的假想）而饱和。古典主义最终因自我意识授予其欲望理论的详尽描述而饱和”[②]。这就是说，“教化型”在苏联斯大林模式的文艺政策下、“浪漫型”在海德格尔神学式的祈望中、“古典型”在精神分析理论中各自穷尽了自

① 罗念生:《罗念生全集》(第八卷)，上海人民出版社，2007，第 159 页。

② Badiou A, *Handbook of Inaesthetics*, trans. Toscano A, Stanford University Press, 2005, p. 7.

身，耗尽了可能性。那么是否会有新类型诞生呢？巴迪欧首先否定了现代先锋艺术作为一种新类型的可能性，认为其只是一种“教化-浪漫”的混合。他表示新类型是存在的，不过唯有思想才能先行触及它的可能性，这就是“非美学”。

二、“非美学”思想释义

如果说在当代艺术哲学的环境中，“教化型”“浪漫型”“古典型”的发展都各自达到饱和，那么对第四种模式的存在可能性的探讨是否可能呢？从方法上来看，巴迪欧讨论新类型的第一步是否定性地延续前三种类型的概念框架，由于其前三种类型通常被视为“美学”领域，因此他采用了一个带有否定性前缀的“非美学”概念来称谓新类型。新类型的提出是基于真理的两个范畴：一是内在性（immanence）——“艺术严格地与它产生的真理共同延展”；二是独有性（singularity）——“这些真理不在别处，仅在艺术中被给予”[①]。所谓内在性，指真理内在于艺术，是艺术本身所固有的，由艺术活动所生产，不是从外在被“给予”的；而独有性指艺术真理的独一无二性，仅属于与之相关的艺术作品。这是说艺术所生产的普遍性观念只与艺术领域相宜，不能流通或适用于政治、科学、伦理等领域。在“教化型”“浪漫型”“古典型”“非美学”中，艺术和真理的内在性及独有性的表现各有差异，如表 1-2-2 所示。

表 1-2-2　艺术与真理的关系类型

真理的范畴	教化型	浪漫型	古典型	非美学
内在性	×	○	×	○
独有性	○	×	×	○

注：符号×表示否定，○表示肯定

如前所述，在“教化型”中，真理外在于艺术，是哲学的认识对象，而不是艺术的产物，因此不具有内在性；但艺术可以模仿真理的效果，用形象的方式展示真理，因此具有独有性。在“浪漫型”中，艺术就是无限真理的

① Badiou A, *Handbook of Inaesthetics*, trans. Toscano A, Stanford University Press, 2005, p. 9.

有限显现，因此是内在的，但如同浪漫派诗学所称，诗的真理是最高的真理。诗或艺术展示的真理并不仅仅停留在艺术之中，而是可以统摄与贯通其他领域的绝对真理，所以“浪漫型”的艺术真理并不具有独有性。“古典型”认为艺术与真理无关，所以两者皆无。按此逻辑可以推导出，新类型“非美学”的存在需要主张艺术真理既是内在的又是独有的。这是巴迪欧惯用的对角线（diagonal）思维方式。[①]如果“非美学”在思辨层面具有可能性，那么接下来的任务则需要从艺术经验层面进行阐明。巴迪欧首先尝试重新定义“艺术真理”概念：艺术真理是由“艺术事件引发的艺术构型，（通常，事件是一组作品，一种独特的作品之多），并且通过作为主体位点的作品形式的偶然性得以展开”[②]。该定义完全是用他独有的哲学语言写成。从字面义看，艺术真理由三要素构成：艺术事件（artistic event）、艺术构型（artistic configuration）、主体位点（subject points）。艺术真理就是艺术主体对艺术构型中的事件忠诚的结果。

那么什么是艺术构型？巴迪欧的解释是：所谓“构型不是一种艺术形式、风格或艺术史中的一段‘客观的’时期，也不是一种‘技术性’机制，而是一种由事件引发的可辨别的序列，构成一个近乎无限的作品混合体。当谈论它时，这样说就合乎情理了：它生产了——从所谈及的艺术的严格的内在性角度——这个艺术的一种真理，一种艺术真理”[③]。艺术构型实际上是由众多的艺术作品构成的作品群，它们具有相似的风格特征，我们可以轻易地识别出来。巴迪欧关于艺术构型的灵感来自罗森。他在罗森对“古典风格”的研究中看到了“风格类型”可以作为艺术真理的别名。罗森认为“古典风格”始于海顿，而莫扎特、贝多芬则以数学般的严密性证明了伴随“海顿”之名所发生的事件的意义，他们共同遵循着某种创作原则，用令人惊叹的作品构建出新的音乐宇宙。[④]罗森的研究为巴迪欧定义艺术真理提供了某种经验例证，但我们不能就此忽视后者在哲学层面所做的努力。从更形式化的角度来看，艺术构型接近于集合论中一个由特殊计数规则构造出来的无穷集，艺术

① Badiou A, *Being and Event*, trans. Feltham O, Continuum, 2005, p. 2.

② Badiou A, *Handbook of Inaesthetics*, trans. Toscano A, Stanford University Press, 2005, p. 12.

③ Badiou A, *Handbook of Inaesthetics*, trans. Toscano A, Stanford University Press, 2005, p. 13.

④〔美〕查尔斯·罗森：《古典风格：海顿、莫扎特、贝多芬》，杨燕迪译，华东师范大学出版社，2014。

作品作为集合中的元素在数量上趋于无限。比如说，依循古典主义作曲原则所写出的作品数量在理论上是不可数的，即便是在古典主义被浪漫主义取代主流位置后，只要“古典”的创作理念存在，其作品就不会完结。就此而言，艺术构型无论是在形式上还是在内容上，都与真理概念分享着相似的无限性与永恒性。

不过，巴迪欧没有将艺术构型直接等同于艺术真理，而是认为“构型”生产了“真理”。但是当我们严肃对待古典主义音乐时，必然要谈论这种音乐的“构型”，即铸就“古典风格”的作曲原则，并且往往将之视为古典音乐的真理本身。那么“构型”就与“真理”同一了。这是令人感到费解的地方。我们需要对巴迪欧的“真理”概念做一个区分——真理的观念与真理的过程。在他的哲学语境中，真理的观念是对普遍性的形式法则的“命名”，必须以真理的过程为基础。换而言之，他更关注真理的演进过程，而不是“真理之名”，离开了前者，后者就是空洞的。真理始终是一种过程性的存在，无法脱离事件的发生与主体的参与。[①]由此，我们需要从过程性的角度来理解巴迪欧的艺术真理。任何真理都发源于事件，艺术真理也不例外。艺术事件对当前艺术环境会造成强有力的冲击，形成绝对的突破，开启新的艺术构型。艺术事件就是新旧构型交替的机缘（chance）。“机缘”是一种偶然性，难以预测，无法持存。事件发生后，会迅速消失，但会留下踪迹（trace）。捕捉踪迹并将其固定下来，是主体对事件的忠诚。由此，在“艺术事件”引发新的“艺术构型”的过程中，艺术主体需要承担延续过程的任务。这即是说，“事件”是一个以偶然性形式现身的具体的普遍性，但需要主体的介入才能抓住这种偶然性，并将其中的普遍性固定下来，否则事件背后的“真理”就始终处于不可见的状态。按此逻辑，巴迪欧认为，在艺术构型中，艺术主体是具体的艺术作品，而不是其他。艺术构型中作品的数量是巨大的，并且通过风格上的相似性保持着某种连续性，因此艺术作品又被称为该构型的主体位点。这是一个充满违和感的论断。通常我们认为艺术家是艺术主体，是有意识的、充满能动性的个体。但是巴迪欧的主体与“意识主体”没有必然联系，尽管有

① Badiou A, Žižek S, *Philosophy in the Present*, ed. Engelmann P, trans. Thomas P, Toscano A, Polity Press, 2009, p. 49.

时他也将“个体的人”称为主体，那只是因为能够从“个体”那里辨识出事件与真理的存在。巴迪欧的确有理由认为艺术的主体是作品，而不是作者。比如《荷马史诗》，其作者是匿名的。在由《荷马史诗》所开启的古希腊艺术构型中，我们只能将文本作为主体，通过文本来追溯事件，确认真理。当然最主要的原因则是，巴迪欧将真理过程视为一个“无主体性的主体过程”。“无主体性”是他对阿尔都塞的科学无主体性思想的继承，但继续保留了“主体”概念，并将主体作为真理过程的局部性构成，最终揭示出真理的“非人”特征。所以在非美学的设想中，艺术主体不再是艺术家，而是艺术构型产出的具体作品。

艺术事件、艺术构型、主体位点三要素的构成关系，实际上是巴迪欧从事件到真理的哲学形式的具体实现。“勋伯格事件”的例子同样适用于此处：如果说在现时代，“无调性音乐”名义之下的十二音作曲法已是音乐领域的一个“真理”，那是因为存在着大量以此为原则而写成的作品，即存在一个“无调性”的构型。同时，在“无调性”音乐以前，已存在一个古典主义的抑或浪漫主义的调性音乐的构型，无调性音乐便产生于对这些创作体系的突破。这种突破之所以能够成功，原因在于能够捕捉到音乐无调性创作的可能性（即事件），并成为忠诚于事件的艺术主体。勋伯格的作品以及忠诚于十二音作曲法的大量作品，也就成为无调性音乐构型中的主体位点。可以看到，巴迪欧已经解决了艺术真理要同时具备内在性（仅在艺术作品之中）与独有性（不能贯通其他领域）的问题，提出了哲学和艺术的关系的新类型。

新类型的理论意涵实际上由以下三个具体问题构成：

（1）艺术的当代构型是什么？

（2）以艺术为条件的哲学会如何？

（3）教育的主题会发生什么变化？

这三个问题不仅分别向艺术和哲学提出了理论任务，还表明了“非美学”的理论意图，为我们准确把握和评价巴迪欧的“非美学”思想留下了线索。

第一个问题是艺术真理的问题。在我们这个时代，艺术真理以艺术构型的形态出现，除了巴迪欧所列举的“十二音作曲法”“散文化小说”“诗人时代”等，显然还存在更多的艺术构型，要全面认识我们时代的艺术创造和贡献，对各种艺术构型的检视和研究是一项重要的理论工作。

第二个问题是面对艺术真理，哲学何为的问题。哲学的真理概念是空洞的，必须以具体的真理为思考对象和行动对象，离开具体的真理，哲学研究难免会脱离现实，沦为学院内部的争吵。作为哲学构成条件之一的艺术，是哲学不可忽视的真理发生领域。哲学必然以艺术构型为思想对象，发展出能让多元真理共存的真理范畴。这是哲学家不可回避的任务。

第三个问题关涉“教育”，可看作是前两个问题的“合题”，其重要性不言而喻。艺术和哲学以教育的目标结成联盟，是“非美学”思想的最终指向。“非美学”认为“教育”的核心问题是真理和知识的关系问题。艺术生产真理，哲学则让艺术真理在环境中显现出来。这意味着哲学要在真理和意见、真理范畴和知识系统之间做严格区分。真理存在于意见之外，与意见对立，两者无法相容。意见来自环境的知识系统，真理若要在环境中实存，需要对知识系统进行突破、颠覆乃至重建。“非美学”的“教育”正是通过艺术的真理生产以及哲学的概念化操作，在既有的知识系统中引入某种全新之物，向意见和常识发起挑战。这是一个为新事物确证，并以此革新我们的认知的过程。

如果将“非美学”作为一种艺术批评方法，那么正好和“非美学”的教育观相合。从巴迪欧对荷尔德林、马拉美、兰波、策兰、佩索阿、贝克特等人的研究中，可以看到他试图在思想、艺术与哲学三者之间建立一种生产性的互动关系：不是用“哲学”来阐释“艺术”，将艺术作为哲学命题的印证，而是以艺术文本为考察对象，重新规定哲学的思考方向。哲学概念的生产只有在思想结束其文本的历险后才能进行。巴迪欧的文本实践包含一种揭示文本真理的教学技法。这种技法以抓住文本之“新”为目标，因而具有反常识性的阅读特征。

三、“非美学”的文本批评

在巴迪欧的文学文本批评中，最能体现“非美学”思想的范本是他对爱尔兰作家贝克特的研究。巴迪欧曾表示自 20 世纪 50 年代与贝克特“相遇”之后，他至今一直居住在后者的世界中。[①]贝克特对巴迪欧的哲学观点的形成有重要影响，主要在于前者文本的含混性与新奇性为后者提供了思想耕植

① Badiou A, *On Beckett*, trans. Toscano A, Power N, Clinamen Press, 2003, p. 37.

的土壤。巴迪欧对贝克特文本的阅读非常细致和独特，亲和度很高，以至于我们有时难以分清两人是谁在言说谁。

巴迪欧阅读贝克特文本的第一步是反思"常识"。我们所熟知的贝克特是一位荒诞派的剧作家，一位与虚无相伴的思想者，这几乎成了一种文学常识，被写入不同的西方现代文学的教科书之中。英国学者艾斯林的《荒诞派戏剧》（1961）将贝克特的剧作描述为表现了"人类存在的荒诞处境"，具有相当大的影响力。艾斯林对"荒诞"的定义主要采纳了存在主义哲学的观点："荒诞是指意义的亏空……切断了人的宗教、形而上学和超验的根基。人已迷失，他的一切行为都变得无意义、荒谬、毫无用处。"[①]可以说，我们关于"荒诞派文学"的知识都极大地受惠于存在主义的哲学。巴迪欧在青年时期也没有摆脱存在主义思想的魔力，同样认为贝克特是"一位荒诞的、绝望的、空虚的、难以传达的、有着永恒孤独的作家——总之，是一个存在主义者"[②]。后来，当他反思青年时代对贝克特的"误读"时，认为自己总是用"被遗弃的存在、绝望、虚无"等概念去理解贝克特，并没有把握住贝克特作品的真义。因此，他表示只有告别存在主义，才有可能去接近真实的贝克特。

面对贝克特的文本，如果不从存在主义的角度出发，那该如何着手？巴迪欧的方式是回到文本本身，发现文本的"不寻常"之处。贝克特文本的不寻常之处，首先体现在诸多文本作为一个连续性整体的不协调性上。由此，巴迪欧发现在贝克特的创作生涯中存在一个断裂，以此划分为两个不同的阶段，即以创作于1959—1960年的《是如何》为分界线，标示了贝克特作品的主题性转变：从前期作品的"唯我论"转向了后期"发生了什么"（事件的范畴）——即置身于"相异性""遭遇""他者"的形象之中。[③]贝克特1959年之前的代表作品有长篇小说《莫菲》（1938）、《瓦特》（1953）；著名的三部曲《莫洛伊》、《马龙之死》、《无名的人》（1951—1953）；剧本《等待戈多》（1952）、《终局》（1957）。巴迪欧认为贝克特前期作品中呈现出两种本体论（或存在论）的定域——封闭的场所和开放的场所。"封闭的场所"在其作品中具体表现为

① Esslin M, *The Theatre of the Absurd*, Methuen, 2001, p. 23.
② Badiou A, *On Beckett*, trans. Toscano A, Power N, Clinamen Press, 2003, p. 38.
③ Badiou A, *On Beckett*, trans. Toscano A, Power N, Clinamen Press, 2003, p. 16.

环境的封闭性：环境中一切事物都是司空见惯的，可以列举和陈述，如《马龙之死》中的卧室、《瓦特》中诺特先生的房子、《终局》中那个限定了人物的房间。“开放的场所”指作品人物漫游的空间，如小说《莫洛伊》中主人公莫洛伊为寻找母亲而游历的空间、《被驱逐的人》中的城市和街道等。两种场所最终统一为“大地和天空”的意象，称为“灰黑”（grey black），作为对“存在”的一种隐喻，其内涵是：在其中任何行动都是没有效力和意义的，环境中的人物永远无所作为。[①]可知，在这一环境中，人物的“主体性”就是一个问题。巴迪欧认为贝克特前期作品中的“主体”是“唯我论”（solipsistic）的，因为“我思”的三重性——主体的言说、倾听以及追问都是在“自我”之中进行的，并不关涉“自我”之外的情境。于是，在贝克特前期的作品中，我们看到了一种摇摆于“存在之灰黑的中立性”和“主体无限的孤独”之间的独特现象，“主体”与“环境”之间并不发生任何介入关系：因为一切都是在重复，没有“事件”发生。由此，贝克特前期的作品就呈现出一番独有的景象：无法被理性完全透视的世界，让人陷入了无意义的言说、难以交流、不断自我疏离的永恒的孤独之中。这是对没有“事件”的世界景象的描绘，是对日常生活的本质性抽象。也可以看到，贝克特前期作品的确有与存在主义相亲近的因素，不过这并不是故事的全部。

以《是如何》为分隔线，贝克特实现了创作上的一次重大转型，因为无论是作品的美学风格还是思想风格都发生了巨大的变化。在美学风格上，后期贝克特摒弃了早期作品中的叙事和描写功能，这也造成了我们在文体上难以定位后期贝克特的多数作品。以《是如何》为例，此文本的文体和语言让人感到不安，一种自然惬意的阅读变得不再可能。巴迪欧在面对这一奇怪文本时指出，贝克特将文本段落按照乐章中的基本音乐单位进行切割和布置，目的是把握住非延续性的主体形象：“主体在思想中被捕获，发生在一种主题性的网络中：在文本间的缓慢变动、复奏、循环、重现（等等）下的相同语句的重复。”[②]即是说，巴迪欧认为贝克特采用了一种奇特的文本形式，并不简单是标新立异，而是有着思想上的严肃考虑。这正是前面我们提到的贝克

① Badiou A, *On Beckett*, trans. Toscano A, Power N, Clinamen Press, 2003, p. 6.

② Badiou A, *On Beckett*, trans. Toscano A, Power N, Clinamen Press, 2003, p. 16.

特的思想转向：从以自我为中心的“唯我论”转向了“事件”和“他者”。《是如何》的叙事者是一个在泥水中爬行的人，他通过回忆“皮姆”将自己的生活划分为三个阶段：遇见皮姆之前、和皮姆在一起的时候、皮姆离开之后。在遇见皮姆之前，叙事者在黑暗的泥沼中孤独地爬行。皮姆出现之后，叙事者被皮姆抛弃在后面，停止了行动。皮姆离开之后，他似乎又返回了先前的孤独，不过这次他是静止不动的。显然，皮姆的出现改变了叙事者的生活，而皮姆的偶然出现就是发生在叙事者爬行生活中的“事件”。贝克特在《是如何》中将情节简化到了极点，并采用“异常”的语言形式，其目的就是要使文本表达的思想和文本使用的语言严格区分开来，使文本关于事件的思想脱离于表述事件的语言。文本中大量出现的重复的、乏味的叙述显然是不传达什么“意义”的。因此，如果依照传统的文学批评，过分专注于《是如何》的语言形式，就会陷入贝克特构造的意义迷宫之中，而忽视了文本表达的“事件”。从此来看，《是如何》本身就是关于事件思想的隐喻，文本中的语言和意义的迷宫如同我们的生活世界，当某一事件发生时，我们本能地去寻找该事件的意义，而不是超越意义范畴去面对事件所带来的某种真实，而这真实终究是反意义和反表达的。

贝克特后期作品关注的是“事件”，即某种真实的变化，那么巴迪欧就需要一种与之相配的阅读方法。值得注意的是，巴迪欧阅读贝克特的原则是通过贝克特的文本来确立的。不仅如此，贝克特的创作也影响了巴迪欧对“事件”的哲学认识。这一现象完美诠释了巴迪欧的“非美学”思想——艺术作为哲学的前提性条件。在阅读方法上，巴迪欧没有采取 20 世纪文学批评理论的主流形式，如社会批评、心理学批评、阐释学等，因为这些主流形式在面对贝克特的作品时都遭遇了挫折。巴迪欧的方式是一种思想式的审视，即去探究文本表象之后的思想意义。贝克特在语言方面的“创新”使其走向极简化和无深度性，呈现出对“习惯性”阅读的抵制，使得我们与文本总是存在某种距离。他的后期作品，无论是戏剧、散文还是小说，都具有一系列特征，如极端缺乏情节、没有明确的人物形象、词汇量贫瘠、毫无修辞技巧等，这显然是他在创作上的“刻意为之”。其目的是提醒我们唯有放弃自身的阅读习惯，进入文本去做一番历险，才能接近文本的真义。唯有在文本之中，我们才能找到与文本相合的阅读方式。由此，巴迪欧发现了一个事实：贝克特的作品自行规定了一种全新的美学风格。贝克特的所有创作都是致力于美或美的事物的发现，这体现为他创造了一种“远离自然”的独特的语言风格。[①]比如，“精馏”（rectification）指将短语从句子中离析出来，类似于一种词语蒙太奇；“膨胀”（expansion）指语句中突然出现的抒情式表达，像对延绵的记忆进行诗意的切割；“宣言”（declaration）指散文书写中的“涌现”功能；“变格”（declension）用以表达灾难临近的舒缓节奏和韵律；“中断”（interruption）是戏剧常用的原则；“延展”（elongation）是对短语变形式的具体呈现。这些概念对于我们而言显得陌生且奇怪，但它们却是贝克特独特的美学风格的基础，并归属于贝克特的一个思想原则：“分离”（separate）。“分离原则”是一种“思想的减法”：“如果你希望严肃地致力于‘思考人性’，那么首要的就是悬置起非本质或可疑的事物；必然要将人性化简为不能再分割的诸种功能。”[②]那么贝克特是如何在创作中践行这一原则的呢？首先是其作品中的“人物”越来越淡化和模糊。特别是在 20 世纪 60 年代后期的作品中，随着对叙事和描写功能的抛弃，贝克特也废止了塑造“人物”形象。他将“人物”简化为“人性”的三种本质功能：①在既定轨道中行动的人——前行；②停滞不动的人——存在；③做独白的人——言说。“前行、存在、言说”成为贝克特追问“普泛人性”（generic humanity）的开端，而这三个关键词是从康德哲学的三个问题转化而来的：我能知道什么？我能做什么？我们可以期望什么？贝克特的表述为：“我能去哪儿，如果我能前行；我能成为谁，如果我能存在；我能说什么，如果我能发出声音……”[③]从这三个问题出发，贝克特的创作逐渐走向了一种范畴性表述，呈现出“极简主义”的风格。

通过贝克特的文本自身原则来阅读贝克特，巴迪欧确认贝克特是致力于“事件”书写的作家。在对《看不清，道不明》的分析中，巴迪欧逐步揭示了贝克特如何通过文本表达“事件真理”的思想[④]：

（1）将对环境的“审视”作为出发点，这是一种“看得清”的

---

① Badiou A, *On Beckett*, trans. Toscano A, Power N, Clinamen Press, 2003, p. 42.

② Badiou A, *On Beckett*, trans. Toscano A, Power N, Clinamen Press, 2003, p. 44.

③ Badiou A, *On Beckett*, trans. Toscano A, Power N, Clinamen Press, 2003, p. 2.

④ Badiou A, *On Beckett*, trans. Toscano A, Power N, Clinamen Press, 2003, pp. 58-59.

状态，因为人们对其所在的环境时常认为是很“熟悉”的。

（2）当环境中发生事件时，利用“分离原则”，会发现事件对于环境近乎一种“噪声”，因为事件是“意外”现身的，干扰了对环境单调的、重复的“审视”状态。

（3）这时，心灵（主体）被唤醒了。思想警惕起来，开始注意事件的效应。

（4）心灵（主体）对事件的首要反应不是去“理解”（如何阐释的问题），而是试图“命名”事件（如何言说的问题）。

（5）要表达事件或命名事件，就要从日常语言法则中抽身而出。这是语言的诗意创作（难以说清），是对事件（难以看明）的特性的表达。

（6）对事件的命名产生了“希望的微光”。这是思想的开端，是打破对环境的“审视”习惯的起点。

希望和开端，标示着主体在事件的效应下迎接“真理”的可能性。真理的临近是由“事件”的明确发生和主体创造语言对事件进行命名而构成的。因此，贝克特不是表达虚无和绝望的作家，他并非要着意表现无意义的世界和人类存在的荒诞性，他的文本中充满了不稳定的因素。“希望的微光”表达的就是事件真理对于主体以及环境的意义。贝克特的文本要传递给我们的或许是：在死寂的世界中，主体应该要有命名事件的欲望、坚持事件的勇气以及思考事件的自由，最终，真理的到来会改变主体以及主体所在的环境。

以上论述或许会引发如下质疑：贝克特的文本思想与巴迪欧的事件哲学如此一致，难道不是后者用自己的哲学对前者做了刻意解读的结果吗？毕竟我们经常看到哲学家对艺术文本的解读与其哲学观点是高度吻合的。其实很多时候，情况不是我们所想象的那样。如果哲学家的哲学体系已确立，再拾起已有的概念透镜去观察艺术，对于思想本身是没有增益的，因为你很难从艺术中发现概念之外的东西。没有新事物引发的感知与经验，思想就很难有进展的可能性。确切而言，对艺术文本的哲学关注只有在哲学思想成熟之前才有实质性意义。因为哲学需要借助文本经验生产出概念。巴迪欧对贝克特文本的阅读便属于这一层次。在其“非美学”所构想的哲学和文学的关系中，生产概念是哲学的主要任务，但哲学不是凭空捏造，而是通过抓住文学中“具体的真实”来开展工作。当哲学家仔细审读伟大的文学作品时，并不期望从中发现自己已知的东西，而是希望与未知之物相遇。这种思想与“异己者”的相遇，正是哲学在文学中的历险。就此而言，巴迪欧与他的老师阿尔都塞一样，都是“真正的唯物主义者”，他们不是从既有的观念出发，而是卸下包袱，轻装上阵，搭上一班不知目的地的列车去寻找“奇遇”。他们对现实世界保持了最大的热情与好奇，渴望在这个无限的实在领域中与一切陌生的事物相遇。①所以，我们或许并不太关心巴迪欧是否“误读”了贝克特，我们更关心他在与贝克特的“相遇”中发现了什么新东西。巴迪欧的确通过贝克特完善了他的事件哲学。但我们今天之所以回顾他对贝克特的研究，不是为了熟悉他的哲学命题，而是要学习他如何借助文学文本来生产自己的哲学。如他所言，人人都可以成为哲学家，但前提是要先成为哲学家的学生。这亦是对“非美学”的教育主题的呼应。

第三节　一种新的艺术哲学：“在世界中”的艺术

一、新艺术哲学的逻辑基础

从巴迪欧整个思想体系来看，“非美学”提出哲学处理艺术真理的一种新模式，首要目的是构建哲学，而不是提出某种艺术理论。因此，“非美学”作为一种艺术批评方式显然是不够充分的，应当注意到这一概念的有限性、多元性及其过渡性的特征。首先，“非美学”只能体现巴迪欧艺术思想的一个方面，不能反映其总体规划。巴迪欧没有将“非美学”视为自己艺术思想的一个总结，而仅仅是其哲学思想发展过程中的一个重要阶段。我们也没有看到巴迪欧用“非美学”去穷尽艺术品的真理及其内涵，因此不能将“非美学”思想视为一个标准的、完善的艺术研究模式。其次，非美学的过渡性体现在它为一种艺术哲学的新范式奠定了基础。我们注意到，在“非美学”之后，

① Althusser L, *Philosophy of the Encounter: Later Writings, 1978-1987*, eds. Matheron F, Corpet O, Verso, 2006, p. 291.

巴迪欧对艺术的认识有了一些新变化。在《非美学手册》中，巴迪欧指出艺术真理是艺术构型的产物，但在《世界的逻辑》中，他通过“表象的逻辑”（logic of appearing）重述了艺术真理的主题：艺术真理借助“主体化”中的主体和积极的创作行为在既定的艺术构型中创造一个新世界。[①]他对艺术的思考完成了一种跨越：从界定艺术与哲学的单一关系到考察艺术与世界的多元关系，前者是“非美学”的内容，哲学要在特定的环境中思考艺术真理的构型问题；后者则指向了一种艺术哲学的新范式，哲学不是去追问艺术的本质，而是去思考艺术“在世界之中”[②]的实存状态。进而言之，哲学不能只满足于考察艺术真理的单一化程序，而是要去面对艺术和其他真理程序更为复杂的关联问题，因为艺术和科学、政治、爱之间的关系才能够构成艺术真理的实存问题。

我们认为巴迪欧从“非美学”走向一种新的艺术哲学，有一个理论基础作支撑：哲学能够为四种真理程序提供一个共存的概念空间，真理程序在其中形成交互性影响，即艺术、政治、科学、爱的真理通过哲学相互影响、相互关联，最终产生出能够推动世界变革的效能。这一设想不完全是我们根据文本所做的推演，巴迪欧自己就已经有一个较为清晰的表达。在一次于1998年进行的访谈中，他认为自己的哲学体系包含了两个重要板块。

其一，哲学对每个独特的真理程序的普遍性的确认：“……哲学不创造真理，但在对真理的辨识和相容性、它们的共存性以及对其所在时代的评价中，起到一个特定的作用——我没有说是仅有的作用。”[③]这实际上是真理程序的特殊性与哲学一般性的关系问题。通过哲学创造的概念范畴，各种不相容的真理在新的层级上获得了共存的可能，并且该时代的诸多真理的存在也能得到综合性的审视和评价。如果不借助哲学范畴的一般性，我们似乎难以在时代的科学发现、艺术创造、政治革新、心性气质的突变中找到可以沟通的共性，也就无法评估这些新事物的集合效应对我们时代的意义。

其二，真理程序（即哲学的四项条件）间的“相互关联的并置”

① Badiou A, *Logics of Worlds: Being and Event, Vol 2*, trans. Toscano A, Continuum, 2009, pp. 79-89.

② Badiou A, *Logics of Worlds: Being and Event, Vol 2*, trans. Toscano A, Continuum, 2009, p. 36.

③ Badiou A, *Ethics: An Essay on the Understanding of Evil*, trans. Hallward P, Verso, 2001, p. 139.

（interconnected juxtaposition）问题："真理程序不是单方面没有关联，它们相互间完全独立，每一个都遵循自己的路径。它们构成一个网络，相互交叉。……这些是相互关联的问题；真理程序在其关联和交叉中相互呼应。"①这是指条件之间的交互性关联和影响。例如，在科学的发现与突破中包含着政治策略的法则；爱的真理也通常借助艺术形式来揭示自身。条件之间的交互性关系依然需要通过哲学来揭示，但这与上面说的哲学处理真理的共存性有所不同："所以我在处理这问题时是重于分析性的，非常笛卡儿式。我已将程序相互分离开，检视它们的类别、它们的数字性等等，但我也清楚地意识到在一个特定环境中，在奇异性的领域中，情况看起来并非那么显然。……毕竟，一种文化，在其能被哲学思考或辨识的意义上而言，是一种奇异的相互贯通的真理程序的构型。"②笛卡儿式的哲学分析可以揭示真理程序运作的一般结构，但涉及真理程序间的关联性时，则需要新的方法。

在某种意义上，巴迪欧正是带着这一问题来着手《存在与事件》的续篇《世界的逻辑》的写作。《存在与事件》将"存在"（being）视为非一致性的"多"，事件作为本体论"形境"所不能识别的"复多"成为真理的开端。因此，《存在与事件》是在本体论层面思考真理的存在形式。《世界的逻辑》所要处理的问题是，存在作为非一致性的"复多"如何显现为一个一致性的世界，并且真理如何在世界层面而不是在本体论层面向主体显示自身。因此，《世界的逻辑》关注的问题是真理的实存。"存在"和"实存"分别构成了巴迪欧哲学的两个基本论题，言说"存在"的形式化语言是数学集合论，"实存"则是范畴论。为什么要选择范畴论来作为《世界的逻辑》的基本理论方法？这是因为事物在世界中的实存就是在世界中的表象，而表象的"纯粹本质不是由存在的形式，而是由关系的形式构成的。……人们可以合理地把'逻辑'称为关系的形式理论。由此可见，表象的思想是一种逻辑。甚至可以认为，说某一事物的表象和说它'由一种逻辑所构成'是相同的意思。事物在其中表象的世界正是一个所有多元相互连接展开的逻辑的世界"③。范畴论正是

---

① Badiou A, *Ethics: An Essay on the Understanding of Evil*, trans. Hallward P, Verso, 2001, pp. 139-140.

② Badiou A, *Ethics: An Essay on the Understanding of Evil*, trans. Hallward P, Verso, 2001, p. 140.

③ Badiou A, *Second Manifesto for Philosophy*, trans. Burchill L, Polity Press, 2011, pp. 31-32.

对结构和结构之间的关系的研究，因而成为巴迪欧研究表象逻辑的首要语言。因此，我们可以看到《世界的逻辑》为考察真理程序之间的关联性提供了方法论的支撑。正如《存在与事件》是“非美学”的哲学基础，《世界的逻辑》为一种新的艺术哲学提供了理论基础。这是一种不同于“非美学”的新的艺术哲学关系模式。在“非美学”中，哲学和艺术的关系是单一的，即思想本身与单一的真理程序的思辨关系；在新的艺术哲学关系模式中，哲学和艺术的关系是多元化的，哲学需要面对艺术在世界中的实存，即艺术和其他真理程序（科学、政治、爱）之间的逻辑现象学关系。

因此我们认为，通过哲学可以建立起时代诸多真理共存与相互呼应的空间，这对于艺术的意义十分重大。这表明艺术不是孤立地存在，而是与其他条件真理并置，在思想的操作下，发生交互性影响。艺术和哲学的关系问题也由此被扩展，不仅在“非美学”中哲学将艺术视为自身得以存在的前提条件，更成为在哲学空间中艺术与其他条件的关联性问题。简而言之，哲学成为艺术与科学、政治、爱等真理程序相互影响的中介条件。这表明哲学不是单方面地受益于艺术，同时也回馈艺术。巴迪欧也由此开启了一种艺术哲学的新范式。从此出发，我们才能理解巴迪欧在《肯定主义者的艺术宣言第三纲要》中的基本观点与最终意图。

《肯定主义者的艺术宣言第三纲要》开篇就指出了艺术的使命问题：“艺术的使命，在其所有的形式中，都反对艺术的当前潮流，趋向不连续的多元，再次拾起那狂放不羁的、非道德的，以及一旦成功——在根本上非人的、肯定的活力。”[①]围绕这一问题，巴迪欧提出的当代艺术的十五条原则，这既是对其艺术思想的一个总体概括，又为读者打开了全新的视野。在这十五条原则中，第一到第八条的内容几乎就是对他的“非美学”思想的重述，其中包括反对浪漫主义的有限性美学，以及重申了艺术真理、艺术主体、艺术构型等思想，但是从第九到第十五条，我们发现他在“艺术与世界”的关系范畴中对“非美学”思想进行了增补。简而言之，巴迪欧针对当代世界状况，提出了艺术的任务和使命问题，但这不是从艺术自身（自律性）出发的推论，

---

① Badiou A, “Third sketch of a manifesto of affirmationist art”, In *Polemics*. trans. Corcoran S, Verso, 2006, p. 134.

而是借助哲学空间中真理程序的合力而得出的判断，即对我们时代的艺术、政治、科学和爱的真理进行统合思考的结果。

试看第九条原则的内容："当代艺术的唯一准则就是不能成为'西方的'，如果民主意味着遵守西方政治自由的观念，那它也不应该成为民主的。"[①]"西方的"也指涉"帝国的"。当代艺术不能成为"西方的艺术"，也就不能成为"帝国的艺术"。但如何成为"非帝国的艺术"？或者说破坏世界之实存逻辑的艺术事件怎样才能发生？尽管事件的发生总是偶然的，但巴迪欧似乎设定了一个真理事件会促成另一个事件发生的可能性，即如果要促成艺术真理事件的发生，可以从其他几种真理程序中汲取力量，比如说科学和政治。试看第十条原则："就以下这种意义而言，非西方的艺术必然是一种抽象的艺术：它是从一切特殊性中抽象出来的，并把这种抽象行为形式化。"[②]当代艺术要反对浪漫主义的形式主义，就要创造一种新的知觉抽象。科学尤其是数学可以帮助艺术实现这一任务。"毕竟，这一条路径曾被文艺复兴时期的人们采用，也被 20 世纪之初的画家们所采用：他们转向了几何学。我们也应该转向几何学，这将带来巨大的变化。"[③]同样，第十一条原则的内容是："现在的和即将到来的艺术的抽象，不考虑任何特殊的公众。这种艺术和一种无产者的贵族主义相联系：做应该做的，不考虑人的因素。"这表明了当代艺术应该向政治借鉴一种伦理原则：不屈服于任何人，不考虑任何人的特殊利益，只按照自身的原则去行动。"无产者的贵族主义"映现了一种面向所有人且接受所有人评判的艺术品格。无产者不是利益化的特殊群体，而是人类类属的成员，指向了普遍人性。贵族主义不是"按照平均、多数、相似、模仿来进行算计"的商业与民主原则，而是特行独立的创造精神。两者的结合则可能构成一种对帝国文化进行支配的挑战。这类艺术的典型是法国戏剧导演维特兹言及的

① Badiou A, "Third sketch of a manifesto of affirmationist art", In *Polemics*. trans. Corcoran S, Verso, 2006, p. 146.

② Badiou A, "Third sketch of a manifesto of affirmationist art", In *Polemics*. trans. Corcoran S, Verso, 2006, p. 146.

③ Badiou A, "Third sketch of a manifesto of affirmationist art", In *Polemics*. trans. Corcoran S, Verso, 2006, p. 147.

戏剧艺术，即“每一个人的精英主义”[①]。巴迪欧将现今反帝国的政治学视为政治真理的发源地。如果艺术想成为反帝国的，就应当从政治的真理程序中学习策略。

巴迪欧认为当代艺术若要实现非帝国化，就应该吸取其他真理程序的经验，在自身中形成一种突破，创造一种全新的、不同于帝国艺术的真理。这也为反抗帝国本身创造了一种可能性，这就是艺术另一重要任务——如何开启一个新世界的问题。他把这一任务交给了哲学，只有在哲学建立的思想空间中，艺术才能与世界保持恰当的观照距离，才能认识到科学、政治以及爱中存在的不能被纳入世界既定法则的真理，艺术必须思考这些真理对自身的意义，这是艺术观念革新的根源，也是艺术创造对世界法则构成挑战的可能性所在。因此，在这样的艺术哲学模式中，全面思考艺术与科学、政治、爱的真理关系就是一个重要论题。在接下来的论述中，我们分别从艺术与科学（数学）、政治（解放政治）的关系出发，讨论巴迪欧艺术哲学中的两个重要问题：一是浪漫主义有限性的终结问题；二是共产主义的诗学问题。

二、浪漫主义有限性的终结问题

巴迪欧在《当代艺术的十五条论纲》中指出，当代艺术的重大问题是如何避免成为“形式主义的浪漫”（formalist-Romantic）。这一名称并不指涉一种新的艺术风格，而是指形式主义和浪漫主义的“混杂”：“一方面是对新形式的绝对渴望，总是渴求新形式，如同无限的欲望。现代性就是对新形式的无限渴望。另一方面，痴迷于身体、有限性、迷恋性、残酷和死亡。在这两者之间有一种相互抵触的张力，就像是形式主义和浪漫主义的一个合题。这是当代艺术占主导地位的潮流。”[②]更为具体地说，这是后现代艺术的特征。后现代艺术一方面继承了现代艺术对形式创新的要求，另一方面则强调身体、欲望、语言，倒退至浪漫主义的主张中。因此，当代艺术要对抗后现代的艺术观念，其关键是如何反对浪漫主义。

---

① Badiou A, “Third sketch of a manifesto of affirmationist art”, In *Polemics*. trans. Corcoran S, Verso, 2006, p. 147.

② Badiou A, “Fifteen theses on contemporary art”, https://www.lacan. com/frameXXIII7.

现时代的浪漫主义是一种思维和行动的方式："驻足于实际且真实的绝壁，却用主观的方式（阴郁的热忱、狂热的虚无主义、战争的膜拜……）行动并始终保持着浪漫。"[①]如果说现代化是世界不断祛魅的合理化过程，那么20世纪本该是无神论艺术的世纪，是艺术褪去神秘外衣践行唯物主义价值观的世纪，然而，我们却看到了美学现代性中潜藏的一次"反动"——浪漫主义复归式的"乡愁"。艺术成了神秘主义、有神论的最后庇护所。浪漫主义依然是我们时代的艺术所隐秘遵循的思维形式。如何走出浪漫主义筑造的思想场所，终结一切"有神论"的神话，让艺术精神重归现代性的唯物主义传统？巴迪欧认为关键在于结束有限性的主题，因为它是"浪漫主义思辨姿态在当代的主要残余"[②]。但方法源头或许并不在艺术领域中，而是在科学的理性主义传统之中，在现代数学思想关于无限性的伟大探索之中：艺术现代性必须和数的现代性融合，让数的"无限"的真理穿透浪漫主义艺术的"有限"阴霾，让艺术重塑无限性的信念，重新审视"上帝之死"的主题，把有神论从最后的艺术庇护所中驱赶出去。

巴迪欧把数的现代性视为第一现代性："第一现代性之名并不归属于普鲁斯特和乔伊斯，而属于波尔查诺、弗雷格、康托尔、戴德金和皮亚诺。"[③]戴德金与康托尔通信后不久，就提出了著名的"戴德金分割"原理，定义了数学中的无理数，"通过永久地将数字从连续性中分离出来，至少是在算数领域，戴德金在1872年成为西方首位现代主义者"[④]。巴迪欧认为戴德金的贡献在于其朴素集合论，并且与康托尔更为完备的集合论相呼应。"朴素"与能够概括事物和思想的诸多假设的"多"的理论相关，"朴素的"正是"哲学的"意思。数的现代性革命实际上是哲学现代性的一种发端。但以往这一点并未得到重视，至少没有进入20世纪大多数哲学家的思想视野中。现象学、存在主义、分析哲学等都在不同程度上否定了数的现代性具有的哲学意义。在数的现代性中，有三个极为重要的主题，分别为：无穷（无限）、零、一。

---

① Badiou A, *The Century*, trans. Toscano A, Polity Press, 2007, p. 153.

② Badiou A, *Conditions*, trans. Corcoran S, Continuum, 2008, p. 97.

③ Badiou A, *Number and Numbers*, trans. Mackay R, Polity Press, 2008, p. 13.

④ Everdell W S, *The First Moderns: Profiles in the Origins of Twentieth-Century Thought*, The University of Chicago Press, 1997, p. 30.

巴迪欧想借此触发第二次现代性，让思想返回到这些主题上，实现哲学领域的革新：消解“一”的总体性，奠定以“零”为基础的本体论以及对无限性的传播。[①]就无限性问题来说，戴德金的处理方式就具有重要的哲学意义：“戴德金是一个真正的现代人。他明白无限比有限更简单，是存在（being）最一般的属性，这一种关于主体地位的直觉是从帕斯卡尔那里借取的激进后果。”[②]戴德金是通过无限来定义有限的，因为在他看来无限性比有限性更易为思想所把握，这无疑倒转了西方思想中有限和无限的位置，特别是动摇了基督教神学的基础。基督教神学相信我们无法认识无限（即上帝），只能以一种有限的形式存在，通过信仰向上帝靠近，这是一种有限渴念无限之永恒的痛苦形式。这一形式在美学上的表现正是浪漫主义的反讽思维。

数学的现代性为何未能引发哲学的现代性？或者更具体地说，数学关于无限性的思想为何未能进入现代哲学的视野？巴迪欧认为，自柏拉图时代起，数学在西方哲学中就具有构成性的意义，但到了现代却发生了分离。其中的缘由要追溯到浪漫主义哲学那里，特别是黑格尔对浪漫主义的影响。黑格尔创造了哲学的历史主义，哲学的概念只有通过其时间性来理解，即通过概念的辩证演化的过程来理解。从数学思维中获得的概念是非时间性的，是具有绝对确定性的观念。浪漫主义一旦接纳了哲学的历史主义，就会将数学思维从哲学中分离出去，认为数学空洞的抽象最终是与真理无关的，真理是历史的产物。“也可以说，德国浪漫主义哲学应历史主义的需求生产了哲学方法和思想技术，确立了这一观点，即真实的无限性只有作为有限实存的历史性的视域结构来显示自身。”[③]除了历史主义的原因，巴迪欧发现黑格尔通过讨论“无限”的概念贬抑了数学在哲学中的地位，并促成了两者的对立。在柏拉图的哲学中，数学具有突破意见的力量，作为意见和智慧（辩证法）的中介形式而存在。黑格尔在关于数学的思考中，也注意到了柏拉图赋予数学的地位，然而他和柏拉图的分歧在于：柏拉图的数学范型是几何和代数，是具有图形和数字的客体，因此数学被他称为“技术”，“指有确定客体的一种思想活动。

---

① Badiou A, *Number and Numbers*, trans. Mackay R, Polity Press, 2008, p. 15.

② Badiou A, *Number and Numbers*, trans. Mackay R, Polity Press, 2008, p. 32.

③ Badiou A, *Conditions*, trans. Corcoran S, Continuum, 2008, p. 97.

其活动的领域是单一的，对意见的突破是局域化的”[①]。数学和哲学的关系是一种并置关系，数学作为哲学思考可供选择的条件而存在。黑格尔则认为数学的基础是真正无限的概念，与特殊的客体领域无关。数学的无限性与哲学的无限性似乎具有相同的概念内涵，但哲学的无限性概念显然比数学更为高级，属于概念辩证法的完成阶段。简单说来，就是数学尽管在应用真正无限的概念，但却不能用观念证实其应用，只有哲学的辩证法才能真正把握住无限性概念。因此在黑格尔那里，数学和哲学之间存在一种对抗关系。对于哲学，数学是要被“扬弃”之物，数学是“无用的”。黑格尔之后的浪漫主义能够将数学和哲学进行彻底的分离，正是因为接受了黑格尔认为哲学和数学研究的是同一个东西的信念。在浪漫主义思维所主导的现代哲学中，数学也就淡出了哲学的视野，或者不再成为哲学研究的严肃对象了。

巴迪欧的工作就是要克服浪漫主义在数学和哲学之间造成的分裂，恢复数学和哲学的并置关系，其关键所在是分解浪漫主义的有限性主体和让无限性局域化（即将对无限的本质性探讨交回给数学），并确立一种唯物主义的无限性信念。这一思想行为引发的后果是全方位的。由于浪漫主义的有限性与无限性概念之间存在着一种相互规定的辩证关系，因此我们在消解其有限性概念时，同时也消解了其无限性的神学式信仰：“一方面，在死亡的符号下存在着一种有限性的伦理感伤，这是通过时间性先行假定了无限性，并且不能够将自身从神圣的、不确定的和防御性的关于一个上帝的临近的许诺的表现中解放出来……另一方面，一种冷漠的多元本体论能够经受住黑格尔带来的分裂和贬抑；它把无限性世俗化且散播开来，并借助这种散播把握我们人类，通过排除掉一（One）的每个守护者的形象而推进一个世界的前景。”[②]这即是说，如果能够确立起数学本体论以及通过数学重新思考无限性及其现实影响，那么我们就能够终结浪漫主义的有限性感伤，驱逐寄生在无限性中的“上帝”。巴迪欧的最终目的正是要用当代的无神论来宣告“上帝已死”。宣告“上帝已死”，正是分解有限性的主题，由三部分构成：宗教的上帝、形而上学的

① Badiou A, *Conditions*, trans. Corcoran S, Continuum, 2008, p. 108.

② Badiou A, *Conditions*, trans. Corcoran S, Continuum, 2008, pp. 110-111.

上帝以及诗意的上帝。[①]我们关注的重点是“诗意的上帝已死”的问题。巴迪欧在这一问题中设定了如下意图：让数学的无限性思想进入艺术（诗歌）之中，进而扫清艺术中的浪漫主义有限性残余，消除其无限性的宗教幻象，最终在艺术中确立一种唯物主义的无限性信念。

巴迪欧认为要在艺术（诗歌）中消除浪漫主义的有限性思想，就应该规定艺术的任务是致力于世界的祛魅，将“诗意的上帝”推向终结。于是，诗歌成为拉库-拉巴尔特所说的一种“生成的散文”；也如同佩索阿的异名作者卡埃罗所说的“韵文的散文”，即一种无形而上学的形而上学符号。对于上帝抑或诸神，卡埃罗断言，他们既非生，也非死，他们平和地沉睡着，与我们毫无关系。[②]从中我们可以看到巴迪欧设想的“没有上帝的诗歌”会是怎样的一种艺术。它或许会是一种理智的艺术，表达出如同数学一般的简单清晰的思想；或许会是一种在上帝消失的世界中的悲剧艺术；或许会是布莱希特倡导的唯物主义戏剧，毕竟巴迪欧给予了他极高的评价：“作品的去神圣化……消除了艺术家身上的光环……在这个层面上，20 世纪毫无疑问是首次将自己确立为无神论艺术的对象，即一种真实的唯物主义艺术，这正是布莱希特——或许他是最直接发现问题所在的艺术家——成为这个世纪的几个关键性人物的原因。”[③]总之，这样的艺术不会是海德格尔预示的最后之神回归的艺术。一种无神论的艺术，“必须切除失去和回归的中介，从内部净化语言。那是因为我们并没有失去什么，就没什么东西回归。真理的时机是一种增补”[④]。尽管我们可以捕捉到这种无神论艺术的些许踪迹，但其具体的形态仍显得晦暗不明。

但我们知道一种非浪漫主义的艺术观念会是怎样的，它不会将艺术作品看作无限观念的有限显现，也不会将艺术家的地位神圣化，而是强调作品的积极的有限性与创作行动的无限性的分离。艺术品的有限性不是对无限性的

① Badiou A, *Briefings on Existence: A Short Treatise on Transitory Ontology*, trans. Madarasz N, State University of New York Press, 2006, p. 29.

② Badiou A, *Briefings on Existence: A Short Treatise on Transitory Ontology*, trans. Madarasz N, State University of New York Press, 2006, p. 30.

③ Badiou A, *The Century*, trans. Toscano A, Polity Press, 2007, p. 154.

④ Badiou A, *Briefings on Existence: A Short Treatise on Transitory Ontology*, trans. Madarasz N, State University of New York Press, 2006, p. 31.

显现，而是展示“自身的积极的有限性”[①]。艺术的无限性也不借助艺术作品，而是在艺术的创造行为中实现。这即是说有限性仅限于作品，而无限性依赖于创造行为。比如，在以古典主义为主导的艺术创作环境中，具体的艺术作品是有限的，这是因为如果无法从作品本身达及真实的无限性，那么无数作品的诞生也只是在重复性的法则中构成量的无限性，一种虚假的无限性，并且依然停留在有限之中。真正的无限性是对重复性的突破和超越。通过创造行为打破古典主义的风格框架，如创造出一种浪漫主义的风格，进入新的量的无限性序列之中。同样，当现代主义打破浪漫主义的序列之时，艺术创作又进入下一个量的无限性序列。以此推之，我们发现，所谓艺术的真实的无限性，实际上就是不断打破有限性序列的过程，是对有限性法则的否定；对于艺术所在的世界而言，这是一种超越性逻辑。巴迪欧如此界定艺术的无限性，其理论依据是现代数学对无穷的研究性突破，其根本目的则是将艺术和世界联系起来，有限性指向了艺术所在的此世界，无限性根植于世界之外的真实域，使艺术创造具有超越此世界之实存法则的可能性。可见，艺术创造不仅具有推动艺术领域革新的意义，也具备改变我们所在世界之逻辑图像的可能性。

三、共产主义的诗学问题

巴迪欧最为鲜明的政治观点莫过于他对“共产主义”观念的坚持。因为从现实的反抗运动中，他发现解放政治作为一个完整的真理进程不能与共产主义的理想相分离。在当今世界，无论是在西方还是在东方，群体性的反抗运动频繁发生，但这些运动极少具备政治性，原因是反抗群体缺乏有效的组织，也缺乏稳定的目标和持久的价值诉求，往往呈现为一种反政府的纯粹暴力。巴迪欧十分看重世界范围内的人民政治运动，特别是 2010 年北非和阿拉伯国家发生的一系列事件。他认为这是具有历史意义的、区别于纯粹暴力的反抗运动。但对运动进行反思后，他发现其依然只具有“前政治性”。这些运动找不到属于自身的政治形式，因为它们缺乏一种可以共享的理念（idea）。理念的缺乏使得这些运动无法催生出强大的、有效的政治组织，而组织问题

① Badiou A, *The Century*, trans. Toscano A, Polity Press, 2007, p. 159.

显然是最重要的政治问题。“回到阿拉伯世界的历史性造反，特别是埃及和突尼斯……这些反抗并没有生产出一种观念，在此基础上，对造反的忠诚能被组织起来。因此从纯形式化的立场来看，阿拉伯世界中的优柔寡断在19世纪的欧洲几乎已被见证。”[①]造反运动无法为自身画上一个完美的句号，即便是使当前的政府垮台，也无法建立起新政权。不仅如此，由于观念的缺乏，他们对运动的自我理解也出现了问题，运动中的政治真理被掩盖在西方强大的意识形态霸权之下。“从一开始，西方强权者以及依附它们的媒体，就有了一个预先准备好的回答。按照其说法，在阿拉伯国家激起的造反欲望是‘自由’，其意义是由西方人赋予的——即为在不受约束的资本主义固定框架下的‘意见自由’（‘自由企业’）和一个建基于议会代议制的国家（‘选举自由’，即在实践上无法分辨的现有体系的不同管理者之间进行选择）。基本上，我们的统治者和主流媒体都给出了对阿拉伯世界造反运动的简单解释：它们所表达的可被称为一种对西方的渴望。”[②]阿拉伯世界的反抗运动与1848年的欧洲革命有相似性，这些革命都没有使国家和社会发生质的变化。但不同的是，马克思和恩格斯发现了欧洲革命背后的观念性缺失，他们起草了伟大的《共产党宣言》。巴迪欧采取了同样的方式，提出了“共产主义”的设想。

巴迪欧把共产主义称为最高理念。对于理念，他有如下说明：“我将‘理念’称为个体（他自身）对世界的表征，建基于他与一个真理过程的合并而且必然成为忠诚的主体类型之上。理念是使个体，即人类的生活，以真实来引导自己。或换一种说法：理念是个体和真理主体之间的中介（在此处用‘主体’指涉在世界中为后事件性的身体定位）。”[③]共产主义是解放政治的最高理念，具有政治、历史、主体三个要素。共产主义的理念在三要素之间运作。政治要素指共产主义是一个政治真理过程，“是一种具体的、独特的时间序列，新的思想和新的集体的解放实践在其中兴起、持续以及最终消亡”[④]。

---

① Badiou A, *The Rebirth of History: Times of Riots and Uprisings*, trans. Elliott G, Verso, 2012, p. 47.

② Badiou A, *The Rebirth of History: Times of Riots and Uprisings*, trans. Elliott G, Verso, 2012, p. 48.

③ Badiou A, *Second Manifesto for Philosophy*, trans. Burchill L, Polity Press, 2011, p. 105.

④ Badiou A, *The Communist Hypothesis*, trans. Macey D, Corcoran S, Verso, 2010, p. 231.

这与巴迪欧将任何政治真理都视为一个完整的实践进程相关。历史要素指一个政治真理序列必定要在人类世界中实现出来，获得一种在时空中的可见形式，这体现为政治的历史性模式。主体要素最为关键，指共产主义理念将个体转变为主体的过程，即一种通过参与真理过程的主体化（subjectivation）。巴迪欧对个体和主体进行了区分，人类的个体不能称为主体，只有当个体参与到真理过程中，成为真理过程的一部分，才能称为主体。共产主义的理念具备一种将个体转化为解放政治的主体的可能性，或者说每一个从事解放政治事业的个体都受到了共产主义理念的引导,经历了一个政治主体化的过程。不仅如此，成为真理主体的个体会意识到他被纳入一种大写的历史（History）中，一种不同于当前历史进程的新历史之中，他的行动将会成为一种历史性的转折和创造。政治、历史、主体三个要素之间的关联性影响了构成共产主义理念的本质，因此共产主义就不是一个抽象的概念，而是一种过程性的“运转”（operation）。“共产主义理念构成了个体的政治主体的转变，同时也是他或她（主体）的历史投影。”[①]由此可见，在巴迪欧的共产主义理念中，主体要素是政治要素和历史要素的联结点，具有至关重要的意义。巴迪欧引用拉康的“三界说”，将政治真理指涉为实在界，将历史要素指涉为象征界，将主体化过程指涉为想象界。共产主义作为真理之实在，无法“如实”地在历史的象征叙事中被投影出来，因为实在是不可象征化的。那么共产主义在历史中的具体呈现（即历史上的共产主义运动）实际上是依靠主体的想象性操作完成的，“共产主义理念凭借个体的主体化将政治真实的碎片投射在历史的象征叙事之中。在此意义上，这样的说法是恰当的：理念是（正如所料！）意识形态化的”[②]。正是从这一点上，我们发现巴迪欧的共产主义理念不仅是一个政治真理的问题，还是一个诗学问题，因为主体的想象功能将政治真实与历史象征编织起来，成为一种意识形态的虚构（fiction），这与文学艺术有着天然的联系。

共产主义理念虽然是一种意识形态的虚构，但是却为了确立解放政治的终极信念，意在反对资本主义的国家意识形态，试图在封闭的意识形态环境

---

① Badiou A, *The Communist Hypothesis*, trans. Macey D, Corcoran S, Verso, 2010, p. 237.

② Badiou A, *The Communist Hypothesis*, trans. Macey D, Corcoran S, Verso, 2010, pp. 239-240.

中创造一种超越的可能性。然而，现实政治凭借自身的运动无法实现这一目标，这如同我们无法指望群众运动自行产生出终极信念，而是应当首先确立起终极信念来引导运动，使之具备一种真正的政治意义。确立终极信念的问题就是虚构的问题。巴迪欧引用了美国诗人史蒂文斯的诗句“终极信念必定在一种虚构之中”①，并指出“今日最重要的政治问题是关于一种新的虚构的问题。……真理进程也是一种新的虚构的过程。因为发现了新的伟大的虚构就是拥有一种终极信念，政治的信念”②。然而寻找一种新的虚构充满了不确定性。这种不确定性需要由忠于事件的主体的行动来消除，而行动所依靠的品质是勇气，发源于主体对未来的信念与期待：“或许。我们希望，我们不得不如此希望：发现我们新的虚构的可能性是可能的。”③如果说巴迪欧对共产主义理念的哲学分析是一种理论性虚构，那么也同样存在着对共产主义理念的诗学性虚构。

当巴迪欧用诗歌来表达自己的政治信念和勇气之时，我们已经发现政治真理的顶端是与艺术的非凡创造相联系的。在他的论述中，一种可以具体展开的共产主义的诗学问题被发掘出来，这是真理政治的美学问题，可以从共产主义理念运作的两个方面加以描述。

其一，理念引导个体成为主体。在历史上的共产主义运动中，存在着一种以“个人崇拜”为伪装的“英雄主义”。巴迪欧列举了共产主义运动的群英谱：斯巴达克斯、闵采尔、罗伯斯庇尔、卢维杜尔、布朗基、马克思、列宁、卢森堡、毛泽东、格瓦拉等。共产主义理念通过一种英雄主义，激发、引导个体参与到真理进程中，在个体转变为主体的过程中起到了重要作用。个体生活的历史是最为平凡的、日常化的历史，没有任何决断和选择性时刻，它在家庭、工作、财产、宗教、风俗习惯等要素的中介作用下成为国家历史的构成部分。英雄的历史与之相异，它是非凡的、独特的历史。英雄的历史开端于一种“例外”的抉择性时刻，是与个体平凡生活的决裂，并在真理的感

① Stevens W, “Asides on the oboe”, In *The Collected Poems of Wallace Stevens*, Knopf, 1971, p. 250.

② Badiou A, “Politics: A non-expressive dialectics”, https://blog.urbanomic.com/sphaleotas/archives/badiou-politics.pdf.

③ Badiou A, “Politics: A non-expressive dialectics”, https://blog.urbanomic.com/sphaleotas/archives/badiou-politics.pdf.

召下用生命进行新的历史创造。因此，英雄的行动总是呈现出反常、反习俗的性质。英雄是其时代中最早参与到真理进程中的非凡个体，是稀少的，也是孤独的。但是，他并不止步于此，他试图向众人分享他的所得，把真理之光引入日常生活之中，激发更多的庸常个体奔赴真理之所在。借用柏拉图的洞穴隐喻，英雄就是从洞穴之外带回真理的少数人，他们再一次返回洞穴，只是为了与众人分享真理，并组织一场“大逃亡”。不得不承认，共产主义运动需要一种英雄主义，但对于英雄主义的表现和传达形式，文学艺术远胜于伟大的政治学说。共产主义理念要被群众运动所接受，首要的问题不是理念的哲学问题，而是理念的经验可分享性，这是一个诗学问题。

其二，“每一个事件都是一个惊喜。……此问题可以按如下方式表述：我们怎样为这一惊喜做好准备”[①]。对于解放政治，在资本主义国家制度中，每一次群众的抵抗、起义、造反性事件都是解放政治开启真理进程的一次机会，即“一个惊喜”。然而，关于我们该如何面对这些机会，共产主义理念在此发挥了巨大的作用：“为了预见（至少是意识形态或理智上的）新的可能性，我们必须拥有一个理念。”[②]因为理念关涉可能性的“新奇”（newness），关涉可能性的形式可能。理念总是坚持“新奇”的真理是历史可能的。简而言之，在理念的指引下，我们能够预见事件开启的可能性意义，并在现实的政治运动中把握住事件之下的“惊喜”。例如，一次偶然爆发的群众性反资本主义运动如果拥有共产主义理念，就会让运动摆脱无组织、无目标的状态，从而进入真正的政治和历史的意义序列。但这种预见是理智性的，依靠观念的确立和理性的思考。如巴迪欧所述，共产主义理念为我们提供的事件预见是“远离国家”或“国家的消亡”[③]。但是，对于以引导群众运动为目标的共产主义，这是不够的。因为“远离国家”并没有传达出事件的可能性的全部内涵。试想，在每一次反抗运动中，其最直接的动力因素不是理念，而是属于“身体”范畴的内容，如需求、情感、本能等。如果理念不能对“身体”进行规范，那么就无法引导运动的走向。身体是美学长期关注的领域，是美学和政

① Badiou A, *The Communist Hypothesis*, trans. Macey D, Corcoran S, Verso, 2010, p. 255.

② Badiou A, *The Communist Hypothesis*, trans. Macey D, Corcoran S, Verso, 2010, p. 256.

③ Badiou A, *The Communist Hypothesis*, trans. Macey D, Corcoran S, Verso, 2010, p. 256.

治的交叉点。共产主义理念应该引导审美实现对身体的解放，并最终为全面的政治解放做好准备。更重要的是，艺术作品可以“虚构”出世界，这是一个具有无限可能性的世界，一个由真理引导的世界。“虚构的世界”不仅构成了对当下世界的批评视域，还成为一种可欲求的世界。这是艺术基于真理事件之可能性的乌托邦，也是一种现实的乌托邦。

共产主义理念的诗学问题不仅向政治提出了艺术审美的问题，还向艺术提出了政治使命的问题，可以表述为：一种以共产主义理念为主导的艺术创作可能吗？其形态是什么？历史上，从政治角度提出文艺创作的新要求，其结果似乎不能令人满意：在政治上合格的作品缺乏艺术价值，而具有艺术价值的作品在政治上又往往是成问题的。还有一种质疑“共产主义”之真实存在的声音，将共产主义视为一种远离现实的乌托邦，存在于遥远的未来，与当前毫无相干，艺术想象无法触及它，任何宣称是为了共产主义的艺术作品，其形态和价值观都依然是来自现实的变形。这种质疑并非没有合理性，因为在共产主义文艺运动中，共产主义往往被看作一个具体社会、国家形态、历史阶段的价值形态（按巴迪欧的话说，即把共产主义处理成一个“形容词”），并且把社会主义视为共产主义的必然过渡，这使得任何以共产主义观念为主导的艺术创作都成为对现行意识形态的肯定，使得艺术从属于政治目的，丧失了创作的独立性。那么以共产主义理想为主导的艺术创作真的是不可能的吗？并非如此，在巴迪欧对共产主义理念的分析中，我们看到了一种可能。共产主义的理念是由政治真理、历史象征、主体化构成的，而不是一种简单的价值观或行动原则。政治真理的关键是政治事件，历史象征是对事件效应的表现，主体化展示了一种个体的英雄主义。从此来看，共产主义的艺术作品不仅是可能的，而且也会拥有伟大的艺术典范。它会是关于事件的艺术、无名英雄主义的艺术、开启新的历史时刻的艺术。正如巴迪欧所言：“现在的艺术，以及那即将到来的艺术，应该有如数学论证一样牢靠，有如黑夜伏兵一样令人惊讶，有如星星一样崇高。”①

① Badiou A, *Polemics*, trans. Corcoran S, Verso, 2006, p. 147.

结　语

巴迪欧通过哲学条件论，重构了艺术和哲学的关系，并由此提出“非美学”的概念：哲学不生产具体的真理，这是艺术的任务。所谓具体的真理，是指被艺术揭示的、被意识形态掩盖的实在或真相。这一基本论断，首先明确了艺术创造对于思想的重要意义。艺术的创造为思想提供一个起点，因为艺术中的真理是思想的具体对象，通常以事件的形态出现。这种基于偶然性的事件包含了从特殊性到普遍性的全部潜能，是思想能够构造出真理范畴的基础。其次，这一论断明确了艺术家和批评家在工作上的相互独立性。艺术家创造艺术真理，只需要依循艺术领域的法则，无须遵循其他外在法则。因此，对于世界的整体法则，艺术创造必然具有颠覆性，而对于艺术批评家而言，则更像一个哲学家的角色，发现艺术中的真理，用更靠近一般性的语言表述出来，揭示其对世界的普遍意义。这同样也是一种创造，只不过是对概念和表述方式的创造。简而言之，艺术家是在美学层面（特殊性）工作，而批评家则是在世界层面（普遍性）工作，两者的活动共同构成了对世界之实存法则的总体性冲击。在“非美学”之后，巴迪欧开始着力思考艺术和其他真理程序的关系。艺术真理和政治、科学的真理在哲学构建的思想空间中呈现出更为复杂的关联。巴迪欧向我们揭示了一个很重要的观点：只有基于真理的变革才是真实的。艺术创作可能会因本领域的事件而发生变革，也会因其他领域的真实观念的冲击而改变形态，政治甚至科学亦然。这些领域的变化会推动世界的变革，而世界变革的本质是世界逻辑法则的改变。正如巴迪欧的两部主要著作《存在与事件》与《世界的逻辑》的基本主题是关于“变易”的思想，他的艺术哲学思想无疑也在这一主题之下。所以，巴迪欧实际上向我们提出了一种新的艺术哲学观：艺术哲学不是以艺术为思辨对象，并最终返归至哲学概念本身，而是以艺术真理为对象，考察艺术真理如何在世界中发生，产生何种效应，以及如何冲击世界之实存法则的学问。这显然不是我们所熟知的艺术哲学，与以身体和语言为焦点的当代美学亦有很大差异，可以说巴迪欧以“事件与真理”及“主体与世界”为架构的艺术哲学思想正是其最为独特的贡献。

参考文献

〔德〕韩炳哲：《爱欲之死》，宋娀译，中信出版社，2019。

蓝江：《忠实于事件本身：巴迪欧哲学思想导论》，北京师范大学出版社，2018。

刘小枫：《海德格尔与中国》，华东师范大学出版社，2017。

刘阳：《事件思想史》，华东师范大学出版社，2021。

〔德〕吕迪格尔·萨弗兰斯基：《荣耀与丑闻：反思德国浪漫主义》，卫茂平译，上海人民出版社，2014。

〔美〕亚历克斯·林：《解读艺术：巴迪欧》，安丽哲译，重庆大学出版社，2021。

Althusser L, *Philosophy for Non-philosophers*, Bloomsbury, 2017.

Badiou A, *Manifesto for Philosophy*, trans. Madarasz N, State University of New York Press, 1999.

Badiou A, *Handbook of Inaesthetics*, trans. Toscano A, Stanford University Press, 2005.

Badiou A, *Being and Event*, trans. Feltham O, Continuum, 2005.

Badiou A, *Conditions*, trans. Corcoran S, Continuum, 2008.

Badiou A, *Logics of Worlds: Being and Event, Vol 2*, trans. Toscano A, Continuum, 2009.

Badiou A, *Second Manifesto for Philosophy*, trans. Burchill L, Polity Press, 2011.

Badiou A, *The Rebirth of History: Times of Riots and Uprisings*, trans. Elliott G, Verso, 2012.

Badiou A, *The Subject of Change: Lessons from the European Graduate School*, ed. Rousselle D, Atropos Press, 2013.

Badiou A, *The Age of the Poets*, ed. Bosteels B, Verso, 2014.

Badiou A, *What Is Philosophy?* Atropos Press, 2015.

Badiou A, *Happiness*, trans. Bartlett A J, Clemens J, Bloomsbury Publishing, 2019.

Badiou A, *The Immanence of Truths: Being and Event Ⅲ*, trans. Reinhard K, Spitzer S, Bloomsbury Publishing, 2022.

Pfeifer G, *The New Materialism: Althusser, Badiou, and Žižek*, Routledge, 2015.

Watkin W, *Badiou and Indifferent Being: A Critical Introduction to Being and Event*, Bloomsbury Publishing, 2017.

Watkin W, *Badiou and Communicable Worlds*, Bloomsbury Publishing, 2021.

第三章
朗西埃平等主义美学

引　言

法国当代著名美学家朗西埃1940年出生于阿尔及利亚首都阿尔及尔，后随父母于1942年迁回法国马赛，并于二战结束时迁居巴黎。他1960年考入巴黎乌尔姆大街赫赫有名的巴黎高等师范学校，曾参与阿尔都塞的“读《资本论》”小组。“五月风暴”到来之后，朗西埃积极参与了巴黎高等师范学校毛主义分子的抗议活动，但也导致了其与阿尔都塞决裂。在风暴结束之后，朗西埃进入巴黎第八大学哲学系，开始了独立的学术生涯。朗西埃的兴趣十分广泛，在不同时期的关注焦点常常发生变化，对于哲学、劳工史、文学都有着广泛的研究，21世纪以来则将大部分注意力放在艺术学、美学和电影学上，在国际学术界的影响力与日俱增，成为当下最炙手可热的文艺理论家和美学家之一。

第一节　从政治到美学

平等是朗西埃学术生涯中最关注的问题，也是朗西埃思考政治和美学问题以及批判其他理论家的主要理论武器。朗西埃的研究分为两个明显不同的方向：一方面是“对社会史和文化社会学的批判导向了对社会科学写作及知识诗学观念的更为广泛的反思”，它还最终促成了对“文学的现代观念和民主及知识形式之间的联系的研究”[①]，如《无声的言语》《词语的血肉》

① Rancière J, *The Philosopher and His Poor*, Duke University Press, 2004, p. 222.

等；另一方面，“社会学对不平等的祛魅以及‘理想国普遍主义’（republican universalism）所宣扬的充满争议的德性”①迫使朗西埃重新关注平等问题，实际上，他这里所指的就是另一些直接关于平等问题的作品，如《无知的教师》等。不难发现，以平等为核心的政治问题始终围绕着朗西埃，但是却生发出从美学角度进行切入的新路径，这一路径可以说确立了朗西埃在 20 世纪 80 年代之后的主要研究方向，因此《无知的教师》是对《无产者之夜》《哲学家及其穷人》的直接继承，而新开辟的道路路径则是将文学、艺术甚至电影研究与平等问题关联起来。虽然朗西埃对“书写的政治”的关注源自他对 19 世纪工人档案的研究以及他在巴黎第八大学期间开设的相关课程，而对艺术和电影的关注则是源于一些朋友和杂志向他约稿的偶然②，但是，正是对这些问题的思考促成了朗西埃美学体系的形成。然而，朗西埃所谓的美学并非传统意义上的美学。在朗西埃的语境中，aesthetic 一词具有两种意义：从广义上来理解，它指的是政治角度的审美，也就是说“政治首先是对感觉/感受材料的分配”，这里的 aesthetic 涉及的内容是可感觉的（perceptible/sensible）材料；从狭义上来理解，则指的是“与再现体制相对的特殊的艺术体制”③。前者可以看成朗西埃对古老的“感性”（古希腊语为 aisthesis）意义的回归，而后者则是朗西埃自己所创造的对美学的一种全新理解，一种识别艺术的体制，与传统意义上的美学学科紧密相关。

一、感性的分配

朗西埃就像许多伟大的哲学家一样，“是个伟大的概念发明者”④，以他对政治的重新解释来看，为了避免使用通常意义上的“政治”概念，他将之拆分成了三种内涵，并且完全打破了词语的原意，分别进行了重新定义，并将其联合起来构成一个概念体系，对任意单独词语的理解都会造成误解，而这三个术语所表达的政治观念又与朗西埃的美学观念息息相关。他利用法语

① Rancière J, *The Philosopher and His Poor*, Duke University Press, 2004, p. 222.

② Rancière J, “From politics to aesthetics?”, *Paragraph*, Vol. 28, No. 1, 2005, p. 19.

③ 关于朗西埃语境中 aesthetic 的两种含义，可参见：Rancière J, “Literature, politics, aesthetics: Approaches to democratic disagreement”, *Substance,* Vol. 29, No. 2, 2000, p. 12.

④ Citton Y, “The ignorant schoolmaster’: Knowledge and authority”, In Deranty J-P（Ed.）, *Jacques Rancière: Key Concepts*, Acumen Publishiing Ltd., 2010, p. 26.

中的阴阳性区分将一般意义上的“政治”一词拆分为“政治事务”（la politique，英译：politics）和“政治”（le politique，英译：the political）两个词。以这种细微的差别为基础，朗西埃做了进一步阐发，他认为“如果‘政治’（le politique）被作为哲学思索的对象，那么就其作为不同的派别为了权力和此种权力的实施所进行的斗争这个通常含义来说，无疑这个中性的形容词显然体现出与名词‘政治事务’（la politique）之间的差异。我们谈论的是‘政治’而不是‘政治事务’，这就意味着我们谈论的是法、权力和共同体的原则而不是政府要弄的花招”[①]。在朗西埃看来，“政治”（le politique）更偏向于哲学层面，所以被他称为“哲学性的形容词”，而“政治事务”（la politique）更侧重于具体的行动，即“政府所要的花招”，因此被他称为“通俗的名词”。他的最终目的是要对这两个词进行重新解释，但他也并非如重造巴比伦花园一般，而是从这两个词的词典意义所包含的“优点”出发。他认为，“政治事务”的优点在于“它所揭示的是一种行动”，而“政治”则是“把共同生活的迫切要求作为对象”[②]。但是，问题是通俗意义上的“政治”是来自政府的行动而非来自民众的行动，他的切入口也正是从颠覆这个意义开始的。

在一次访谈中，朗西埃曾明确地表示他所定义的“政治”是用来代替我们通常意义上所说的政治。他认为，“政治”就是两种异质过程的对峙，第一种过程是“统治”（governing），“它会形成共同体的共识，也会造成对地位等级和功能分配的划分。我建议将之称为‘治安’（policy）”；第二种过程是“平等”，“它包括一系列的实践，导致这种实践的是认为每个人都是平等地预设以及去验证这一预设的尝试，‘解放’仍然是对这一系列实践的合适称谓”[③]。

那到底什么是治安呢？朗西埃解释道：“治安的第一因（premium movens）就是声称自己就是共同体本身，把统治的技巧变成社会秩序的自然法则”[④]。也就是说，朗西埃从通俗意义上的“政治”一词中分离出一种治理社会的含

① 〔法〕雅克·朗西埃：《政治的边缘》，姜宇辉译，上海译文出版社，2007，第 3 页。为统一本书术语翻译，引文依照原文略有修改。

② 〔法〕雅克·朗西埃：《政治的边缘》，姜宇辉译，上海译文出版社，2007，第 3 页。

③ Rancière J, “Politics, identification, and subjectivization”, *October*, No. 61, 1992, p. 58.

④ Rancière J, “Politics, identification, and subjectivization”, *October*, No. 61, 1992, p. 59.

义并将之命名为“治安”，但是治安并不仅仅停留在一系列的政治程序或治理手段的基础上，它的重点在于将自身合法化。

关于第二个过程，朗西埃表示：“我们可以将解放的过程称为‘政治’（politics）”[①]。因此，所谓的第二种过程是平等、解放，也就是政治，这三者在朗西埃的语境中是同一的。政治并不是要穷人拿起武器与富人作战，而是要打破富人的统治或曰治安，也就是让穷人意识到这种治安没有建立在任何不容置疑的合法性基础之上，因此他们不应该被排除在政治之外，不应该成为匿名者，而应该主动地参与进去，要求平等的身份，这就是朗西埃式政治最本质的含义。

治安的本质不是对人们的压迫和控制，其本质在于对感性（le sensible/the sensible）的分配；或者说正是治安决定着感性该如何分配。对于感性的分配，朗西埃在《感性的分配：美学与政治》一书中给出了定义，他认为感性的分配指的是“对份额和位置的安排，而这一安排又体现在空间、时间以及活动的形式上，这些决定着大众的参与行为，以及个人与他者在分配（partage）中被区别开的行为”[②]。正是在这一意义上政治与美学被关联起来，如果说美学在其发明者鲍姆加登看来就是感性学的意思的话，那么美学天生就是与通俗意义上的政治相关的，因为美学与感性的分配直接相关，也就与朗西埃所谓的治安直接相关，那么在朗西埃看来，美学的政治就是“划分时间和空间、可见的和不可见的、声音和噪声，而这些又变成作为经验形式的政治中的位置和赌注（l'enjeu）”[③]。必须注意的是，朗西埃再一次使用了法语语言技巧来建构自己的术语，他所说的感性分配（partage du sensible）中的“分配”包含了双重意义：一方面指的是共享（sharing），另一方面指的是分隔（separating）。[④]所谓的“共享”，意味着什么可以被大家共同看见、听见，“分隔”则意味着什么不可以被某些人看见，而什么又不可以被某些人听见。那么，干扰和打破这种既定的感性分配的就是朗西埃意义上的政治或曰民主，

① Rancière J, “Politics, identification, and subjectivization”, *October*, No. 61, 1992, p. 59.

② Rancière J, *Le Partage du Sensible: Esthétique et Politique*, La Fabrique Éditions, 2000, p. 12.

③ Rancière J, *Le Partage du Sensible: Esthétique et Politique*, La Fabrique Éditions, 2000, pp. 13-14.

④ Deranty J, *Jacques Rancière: Key Concepts*, Acumen, 2010, p. 95.

所以他说："政治的本质就是歧义（dissensus）。"[①]朗西埃所说的政治本质就在于不同的声音，就是对既有感性分配的挑战和扰乱。

二、艺术的三种体制

朗西埃美学思想的核心部分是艺术体制理论，他从艺术体制的转换中发现了平等化的趋势，因此，美学本身被看作平等化的表征，这与传统意义上的美学自律可谓是背道而驰，但这也就是朗西埃美学理论打破常识的独特之处。

20世纪有几个用于思考艺术创造的范式非常流行，包括现代性、先锋派以及后现代性，但是朗西埃认为这三个术语无法有效地解释当代艺术的发展，更无法有效地阐发美学与政治之间的关系问题，于是他提出了自己的艺术体制理论。那么到底什么才是体制（régime）呢？朗西埃解释道："要建立艺术的大厦，就是要定义某种识别艺术的体制，也就是说要定义实践、可见性的形式以及可理解性的模式之间的关系，以判断它们的产品是属于艺术（l'art）还是某种技艺（un art）。"[②]也就是说所谓的艺术体制指的是负责将艺术与非艺术区分开来的一种机制。朗西埃之所以选择这样一个带有浓厚政治色彩的词语必然是深思熟虑的，其本身也正是为了提醒读者他分析的基础是什么，这个基础无疑就是其政治内涵，即一种平等主义的民主思想。朗西埃认为在西方历史上识别艺术的体制总共可分为三类：形象的伦理体制（régime éthique des images）、艺术的再现体制（régime représentatif des arts）以及艺术的审美体制（régime esthétique des arts）。

首先，形象的伦理体制是朗西埃美学话语中的第一种体制，同时也是相对意义最小的一种，它只是体制理论的开端，是为了体系的完整而造就的前艺术体制。朗西埃之所以用形象的伦理体制而非艺术的再现体制，是因为这一时代根本就不存在所谓的艺术。[③]比如说古希腊神祇的雕塑对于我们而言是艺术品，但是对于雕刻者以及同时代的人而言则是宗教性的存在，是对神

---

① Rancière J, *Dissensus: On Politics and Aesthetics*, ed. & trans. Corcoran S, Continuum, 2010, p. 38.

② Rancière J, *Malaise dans L'esthétique*, Galilée, 2004, p. 43.

③ Tanke J, "Why Rancière now?", *The Journal of Aesthetic Education*, Vol. 44, No. 2, 2010, p. 7.

灵的再现，是用来朝拜的对象，或者只是各种机构和节日庆典的装饰品。[①]他所提出的这种体制又回到了对柏拉图的一贯批判之中，在柏拉图的城邦中不存在艺术而存在着各种各样的技艺，那么就出现了基于真实知识的模仿，这类模仿有着确定的实用目的，比如说制作椅子被看作对于理念的模仿，而椅子被制作出来可以满足人们的日常使用需求，同时还出现了另一种仅仅模仿外表的拟仿（simulacre），这种拟仿是一种虚假的模仿，且没有实际的作用，比如说诗歌拟仿众神的各种生活，这时候对于外表形象的拟仿就需要对儿童和成人有所教益。该体制所关心的主要问题不在于形象是否与现实构成相似关系，也就是不支持再现和模仿，认为这些导致了城邦居民的变坏，因此这种体制所关注的焦点在于形象本身在伦理方面是否起到了有益于个体及集体的作用，正是艺术所带来的负面效应使得诗人不得不被赶出城邦。

其次，亚里士多德打破了形象的伦理体制，而创造了艺术的再现体制。艺术的再现体制源于亚里士多德的诗学理论，但是从朗西埃的引证中可以看出其主要的分析文本则是遵从亚里士多德诗学理论的法国古典主义。作为古典主义诗学源头的亚里士多德认为，喜剧模仿（mimesis）低劣者的行动，而悲剧模仿高贵者的严肃行动[②]，正是他确立了可再现的主题以及不同等级的个体与不同再现方式之间的对应关系，因此社会中的个体在再现中也高下有别，各归其位，不得随意僭越。在整个古典艺术时代，要识别一项技艺是不是艺术需要证明它是否包含了故事（l'histoire），而判断的标准就是模仿。古典艺术以模仿为基石，建立了它与创制（poiesis）以及感觉（aisthesis）的三方关系，这三者的平衡共同组成了识别艺术的再现体制。[③]所谓“再现”（représentatif）指的就是“模仿”，但却不意味着原原本本地照搬生活世界，因为不是任何人或事都能被再现，只有重要的、高贵的人或事才有资格成为再现的主题。例如，中世纪以及文艺复兴时期的绘画以宗教画与神话画为主，而其主题都是神或接近神的人，若要再现人类也只能是古典神话中高贵的英雄、宗教画中的圣徒或者委托画家创作肖像画的君王或贵族，并且这些上层

---

① Rancière J, *Dissensus: On Politics and Aesthetics*, ed. & trans. Corcoran S, Continuum, 2010, p. 175.

②〔古希腊〕亚里士多德:《诗学》，陈中梅译，商务印书馆，1996，第 47 页。

③ Rancière J, *Malaise dans L'esthétique*, Galilée, 2004, p. 16.

社会的统治阶级雇主们也期望在这些作品中看见高贵的存在以及将自身以高贵的方式被再现出来，这就是“创制”、“感觉”与“模仿”之间的平衡模式，保证这一平衡的是“人的本质”（nature humain）。朗西埃认为，人的本质就是社会本质，也就是等级秩序，因此，不同阶级的人对应着不同的本质，表现在艺术上即生而有别的天赋与感受能力。因此，艺术的再现体制可以说是不平等的阶级社会在艺术中的缩影，其积极的意义在于，不再以伦理维度作为考量艺术品的标准，相似性或曰再现的精确性逐渐成为新的标准。

最后，美学的出现摧毁了艺术的再现体制，德国古典美学为艺术提供了哲学话语，使得艺术可以被思考，同时也就使得识别艺术的标准变成是否符合被思考的话语，因而不再依靠“模仿”和“故事”来确认一件作品是不是艺术，所以也不必遵循再现的等级秩序，从此“创制”、“感觉”与“模仿”之间的平衡模式也被打破，由此建立起一种新的艺术识别体制，即艺术的审美体制。因此，美学不应该被理解为要对艺术作品取而代之的话语，相反，美学的作用正是对艺术进行识别。从德国浪漫主义美学开始，尤其是从谢林开始，艺术被看作“意识”与“无意识”过程的统一，这一理论使得艺术不再被看成是人的意识的产物，而被看作非人为的自然产物。[①]正是在此基础上形成了艺术与生活之间的边界被打破的现状。

艺术与生活之间之所以混淆了边界正是源于艺术的审美体制的建立。边界的模糊最初体现在绘画题材的改变上：再现体制的三方关系被打破意味着普通的人和事也可以被美的艺术所再现。因此，以宗教画成名的西班牙画家穆里洛也得以在绘画中再现最低贱的边缘人——乞丐。这些生活中微不足道的人只有在艺术的审美体制中才能被选为艺术的主题，因为他们都可以在美学话语中被思考，并被认为具有成为艺术的资格，思考能够取代了模仿成为定义艺术的准则，也就意味着美的因素在判断标准中的衰落。根据朗西埃自己的说法，在艺术的审美体制中，美本身已经不是一个判断的标准，或者已经变得无足轻重，没有法则能决定事物是否或为什么是美的。

在识别艺术的三种体制中，从艺术的再现体制到审美体制的转换是朗西埃关注的焦点，他通过这种方法将文学、艺术的发展描述为一种平等化过程，

---

① Rancière J, *Malaise dans L'esthétique*, Galilée, 2004, p. 19.

或者用朗西埃自己的说法就是“美学革命”，这场革命的核心总结起来包括四个基本要点：第一，拒绝主题、风格的高下之别，这一点最初体现在浪漫主义和现实主义的文学作品之中；第二，反对如亚里士多德那样将情节（action）看得高于生活，这一点尤其明显地体现在雨果的浪漫主义作品之中；第三，就目的和手段以及原因和结果方面而言，拒绝传统的理性框架；第四，从存在论的角度打破艺术与非艺术、美的艺术与工艺美术之间的区分，这一点更鲜明地体现在20世纪的现代主义艺术和当代艺术之中。[①]这种体制转换的主要意义在于艺术或美学正是在这种转换中与政治关联起来，因为从艺术的再现体制到审美体制“意味着一种平等，虽然严格地说，并不是政治平等，但却促进了共同地貌的重塑，以及可能的分配的重塑。正是基于此，为艺术而艺术才具有了政治意义”[②]。

但是，如果用艺术史的具体实例来考量朗西埃的理论就可以轻松地发现他的理论脆弱得简直不堪一击。朗西埃的研究者们大多注意到了这个问题，因此为了保留这种理论的阐释力，基本上都采用了一种策略来维护朗西埃的这一理论框架，即非时间性或曰非历史化。朗西埃表示这三种体制指的并不是“历史时代”，而是定义着三种功能。[③]换句话说，这三种体制原本是历史范畴，而在朗西埃的解释中却变成了逻辑范畴，指涉三种不同的艺术类型，从而规避了这一问题。

三、解放的观众

马利克和菲利普认为朗西埃所讨论的美学政治问题包括两个目的：第一是描述“创制”和“感觉”与社会中等级秩序的脱节；第二是描述创制方与感觉方之间的等级秩序的打破。[④]由此观之，第一种类型的客体就是艺术体制的转变，朗西埃要从历史角度勾勒出文学和艺术的平等化，其最终是为了解释过去及当下艺术中已经广泛存在的平等，然而，仅仅阐释一种平等化的

---

① Rancière J, “From politics to aesthetics?”, *Paragraph,* Vol. 28, No. 1, 2005, p. 14.

② Rancière J, “A few remarks on the method of Jacques Rancière”, *Parallax*, Vol. 15, No. 3, 2009, p. 122.

③ Dasgupta S, “Art is going elsewhere: And politics has to catch it: An interview with Jacques Rancière”, *Krisis*, Vol. 9, No. 1, 2008, p. 73.

④ Malik S, Phillips A, “The wrong of contemporary art: Aesthetics and political indeterminacy”, In Bowman P (Ed.), *Reading Rancière*, Continuum, 2011, pp. 114-115.

趋势是远远不够的，正如马克思的箴言“问题在于改变世界”，因此，他还发展出其美学理论的另一个维度，也就是第二种类型的问题，即“解放的观众”（spectateur émancipé）。在《解放的观众》中，朗西埃从戏剧观赏角度出发描绘了自己心目中的观众形象，但是他所谓的观众并非仅仅是戏剧的观众，而是剧场景观（theatrical spectacle）的观众，按他自己的话说，可以是诗歌的读者，也可以是戏剧、舞蹈、哑剧、行为艺术的观众。事实上，“观众”一词从来都与朗西埃的整体美学理论息息相关，无论是《无声的言语》还是《美学的政治》，他在论述再现体制时都必然涉及三位一体的统一，即作者、被再现角色和观众之间的统一。[①]因此，虽然“观众”一词最初出现在朗西埃对戏剧的论述中，但是在朗西埃语境中，它绝不仅仅是一个戏剧或电影术语，而是一个不可或缺的美学范畴术语。

朗西埃提出所谓的“解放的观众”同样是源自论辩，对象是两位著名的剧作家：布莱希特和阿尔托。布莱希特强调要通过各种表现手法制造“间离”效果来打破观众与剧中人物之间的共鸣，让观众脱离入戏的状态。在他的眼中，观众就仿佛在锁孔中偷看，这种纯粹的消极性让观众沉浸在虚幻的故事之中。他在莫斯科看过梅兰芳的表演之后就非常推崇中国的戏曲，并认为中国戏曲的动作、服装等等与德国的史诗戏剧一样都体现了一种陌生化的效果，而不是要求观众产生一种共鸣的效果，在他看来，共鸣的效果应该越少越好，或者说根本就是多余的，“我衡量高超水平的演技只看你们在完成演出时，用得共鸣手段越少就越好，而不是象以往那样，按照你们能够引起多少共鸣”[②]。斯坦尼斯拉夫斯基就是太着重于如何让演员沉浸于角色的情感之中以便让观众产生共鸣，而布莱希特认为这样做会让演员过早地疲惫，从而不能维持，因此他希望演员能够像中国的戏曲演员那样观看自己的动作，表现出一种惊奇，让一切变得自然流露。他认为现代的演员所要做的就是“要让观众感到惊异”[③]。

与之相似，阿尔托的戏剧理论认为：“如今戏剧仅仅使我们进入某些傀儡

---

① “三位一体”的详细论述可参见：Rancière J, *Mute Speech: Literature, Critical Theory, and Politics*, Columbia University Press, 2011, p. 47.

②〔德〕贝托尔特·布莱希特：《布莱希特论戏剧》，丁扬忠等译，中国戏剧出版社，1990，第 187 页。

③〔德〕贝托尔特·布莱希特：《布莱希特论戏剧》，丁扬忠等译，中国戏剧出版社，1990，第 217 页。

的内心中，使观众成为看热闹的人……我们的敏感性已经磨损到如此地步，以致我们迫切需要一种戏剧来使我们——神经和心灵——猛醒。”[①]所以，他提出了“残酷戏剧”的概念，但是它指的并不是血腥、暴力抑或是肉体的痛苦：“我说的残酷是指事物可能对我们施加的、更可怕的、必然的残酷。我们不是自由的。”[②]他的论述让残酷变成了一种形而上的宗教神秘力量，因此其意义也暧昧不明，但是他想要具体运用到戏剧中的手法和观念却是明晰的，其核心就在于通过灯光、色彩、音响以及演员超越常规的肢体表演带给观众以震惊的感受，让观众仿佛置身于暴风雨之中，让观众从麻木中惊醒并且感到精神振奋的生命力量。布莱希特和阿尔托的共同点在于他们认为一定得打破所谓的“第四堵墙”，正是这堵墙让观众与舞台隔离开，他们的理论就是要让观众更加积极地参与到戏剧的演出中，而不是被动地坐在观众席上消极地观看，仿佛从锁孔中偷窥一般置身事外。

这种打破常规的前卫戏剧观念在朗西埃看来与他们所积极反对的老套戏剧观念并不存在本质差异。他认为，无论是布莱希特还是阿尔托，他们的观念当中都有一系列相互对立的预设：观看/理解、表象/真实、消极/积极。朗西埃质问道：“如果不是预设了积极、消极之间的根本对立，怎么能宣称坐在座位上的观众是消极的呢？如果不是预设观看就是从影像和表象中寻找快乐，并且忽视了剧场以外的真理和现实的话，又怎么会将凝视与消极性等同呢？”[③]换句话说，布莱希特和阿尔托看似要让观众积极地参与到戏剧中来，实际上只不过是传统观众没有达到他们预设的标准，他们的观点与传统戏剧理论唯一的不同就是标准的不同。其危害在于，他们的观点看似是让观众积极地参与进来，实际上是在不断地用他们深刻的理论让观众意识到自己对戏剧一无所知，而他们作为戏剧家则诲人不倦地教育普通的观众要参与到戏剧中来，如果观众仍然只是坐在座位上，那么他们就是消极的、被动的，且没有真正理解戏剧。从朗西埃的逻辑来看，布莱希特将自己看作教师，将观众看作需要接受他教育的学生，他是真理的占有者，而观众只是被动的受教育

① 〔法〕安托南·阿尔托:《残酷戏剧——戏剧及其重影》，桂裕芳译，中国戏剧出版社，1993，第 80 页。

② 〔法〕安托南·阿尔托:《残酷戏剧——戏剧及其重影》，桂裕芳译，中国戏剧出版社，1993，第 76 页。

③ Rancière J, *The Emancipated Spectator*, Verso, 2009, p. 12.

者。但是，这一批判几乎可以说适用于任何先锋派艺术家的理论，他们在寻找一种新的艺术手法及其理论的时候，必然构成对当下创作形式的挑战，而这种挑战必然预设了教师与学生之间的二元对立关系，但是，朗西埃的这一批判只不过是其一贯的平等主义理论的衍生品，割裂地看待其单个理论或批判是没有意义的。

朗西埃自己勾勒出了一个新的形象，即"解放的观众"，他认为，一个完全解放了自我的观众应该是这样："她观察、选择、比较、阐释。她将所看见的与在其他地方、其他舞台上看见的一系列事物联系起来。她用前人诗歌中的元素谱写自己的诗……观众们像演员、剧作家、导演和舞蹈家一样观看、感受和理解事物。"[①]也就是说，"解放的观众"应该是积极地将自身的感觉和经验带入戏剧，将眼前所看见的与自己联系起来，这是一种抽象层面的参与。解放的观众虽然与布莱希特或阿尔托的理想观众不同，但也不同于传统的观众，他们不是被带入导演和剧作家精心设计的情节及角色之中，而是要从自己的生活出发来阐释戏剧。朗西埃要做的正是要打破剧作家、导演对于作品意义解释权的垄断，用他自己的话来说就是"想把观众从被动态度中拉出来，并将之改变为一个共同世界中的积极参与者……这就与实施愚蠢化的学校教师没有分别"[②]。他认为这种"愚蠢化"（stultification）是"智力解放"的对立面，而智力解放正是对智力平等的证实（verification）[③]，这种愚蠢化理论最早出现在其早期著作《无知的教师》之中，后者的副标题正是"智力解放五讲"[④]。"无知的教师"理论既是"解放的观众"理论的起源，同时也是比后者更为深化且广泛的理论框架，"解放的观众"可被理解为这一政治哲学理论框架结出的果实。

朗西埃认为，人们在接受教育的过程中总会遇到教师，他将之称为解释者（explicator），他们的职责就是进行解释，将不懂的东西解释给学生听。但是，朗西埃却挑战了这种看似颠扑不破的真理，他认为这种来自教师的解

---

① Rancière J, *The Emancipated Spectator*, Verso, 2009, p. 13.

② Rancière J, *The Emancipated Spectator*, Verso, 2009, p. 11.

③ Rancière J, *The Emancipated Spectator*, Verso, 2009, p. 10.

④ Rancière J, *The Ignorant Schoolmaster: Five Lessons in Intellectual Emancipation*, trans. Ross K, Stanford University Press, 1991, p. 7.

释所隐藏的潜台词就是“你们什么都不懂，你们必须得听我的”，而朗西埃认为这样的教学是危险的，教师教得越多，就越让这些学生意识到自己的无知和无能，正是这种对无知和无能的自我认同打消了他们自主学习的积极性，让他们变得懒惰，让他们觉得自己很愚蠢，他将这种过程称为“愚蠢化”。因为即便他们按照教师所教授的不断学习，也永远不会超过教师，最多变得和教师一样而已。只有无知的教师才能与学生保持真正的平等：你不懂的我也不懂，我并不能教你，这样不会让你形成对无知的自我的认同。

不过我们也必须意识到西顿关于《无知的教师》的论文中所说的一点，即朗西埃的《无知的教师》反对的就是教师授课的“解释”，然后研究这本书的作者作为教师又在给自己的学生授课，这太矛盾了。[①]总之，朗西埃的不可靠论述使得他的理论的可信度备受争议，如果《无知的教师》中提出的智力解放是不可靠的或乌托邦式的理论架构，那么所谓“解放的观众”也同样是空中楼阁，因为它们的内核一致，即智力是平等的，甚至是绝对平等的。

第二节　书写的政治

文学在朗西埃的整个美学框架及分析论证中占有绝对重要的地位，也许从一开始他所关注的并不是所谓的纯文学，而是 19 世纪的工人写作，这也与他在巴黎第八大学期间授课的内容息息相关，他对美学等内容的关注则是近 20 年来的转变。因此，文学的政治学，或者从更宽泛的角度来说是书写的政治学，基本上奠定了朗西埃成熟时期的整个思想框架。

一、书写政治的两个维度

朗西埃的书写政治理论包含着两个维度：一个是“无声的言语”，另一个是“象形文字”。由于朗西埃是一个喜欢制造概念的哲学家，所以这两者都较为晦涩，需要详细的分析。“无声的言语”是朗西埃独创的术语，他论述“无

① Citton Y, “The ignorant schoolmaster: Knowledge and authority”, In Deranty J (Ed.), *Jacques Rancière: Key Concepts*, Acumen Publishing Group, 2010, p. 25.

声的言语”这个概念主要是从论述“文学性”入手的，他最初在《哲学家及其穷人》中提到了这个风行于20世纪的著名概念“文学性”，而且是在批判柏拉图的时候提到了这个词，或者更确切地说，此时的朗西埃更关注的是言说与书写之间的区分，关于这一区分以及前者对后者的压制就是德里达解构主义理论的核心，也就是所谓的反逻各斯中心主义，但是朗西埃绝对没有重蹈德里达的逻辑的意思，但是这一点的确是其逻辑的出发点，因为他从“书写”中解读出了一些新的元素，他认为：“书写是无声的话语（discourse）……它们不知道如何回答问题，不像活生生的对话（discourse）。”[①]书写既不知道自己的读者是谁，也不知道自己会流向何方，谁都可以阅读它，没有人规定它该向谁诉说，也没有人规定它不能流入绝不该拥有它的人手中，即便是那些“没有逻各斯的人”。朗西埃之所以会产生这样的思想，是源于《斐德若篇》之中苏格拉底一段关于“蝉鸣”的话，它触及了朗西埃的政治理论所经常批判的内容——闲暇：

> 那些蝉正在我们头上歌唱，它们的习惯向来就是这样，到正午大热时就唱，我想它们的眼睛在朝你和我看着，若是它们看见我们俩象普通人一样，在正午时就丢下话不谈，只管睡觉，垂下头懒洋洋地让它们的音乐催眠，它们会有理由瞧不起我们，以为不知哪里来了这两个奴隶，找到这泉水旁边来睡午觉，象羊子一样！但是如果它们看见我们谈话，我们的船走过它们象走过莎林仙女们一样，不受它们的清歌诱惑，它们也许要佩服我们，因而就把神们赐给它们的那套迷人的法宝传给我们咧。[②]

这一段话中存在着明显的对立：同样是拥有闲暇时间，可是奴隶们只会用来睡觉，而哲学家则用来谈论、对话以及思考，仿佛对话成了区别奴隶和哲学家的一种标准。这一段话的内容可以看作是对亚里士多德“人是有逻各斯（指语言）的动物”的另一种阐释。奴隶没有逻各斯，也就是说他们是没有语言的动物，他们不是真的不说话，而是说出来的话没有意义，因而不具

---

① Rancière J, *The Philosopher and His Poor*, Duke University Press, 2004, p. 40.

②〔古希腊〕柏拉图：《柏拉图文艺对话集》，朱光潜编译，人民文学出版社，1963，第140页。

有参与政治的资格和权力，所以当我们谈话的时候才能够被认为是懂得利用闲暇的人。

对于这一点，朗西埃解释道，通常意义上的自由对话“制造着区分而不是带来混同”[①]。他的意思是，自由的对话只有某些特定的人或者说有权力、有资格的人才能说，而那些没有资格的平民（demos）之间的谈话是不被人注意的噪声，是没有理性的话语，所以他才说制造着区分而不是带来混同，所谓的混同就是一种不分等级秩序的平等。他此处针对的对象仍然是亚里士多德，后者认为参与政治的人必须拥有逻各斯，而朗西埃认为“亚里士多德把言语（speech）与声音（voice）相互对立起来，前者是政治能力的表现，而后者是动物性快感和痛苦的表达”[②]。所以如果从声音语言的角度来考虑，那么只能是遵从亚里士多德的理论，但是如果从书写所带来的没有固定读者、固定观众、固定听众的政治场景来看，言语和声音就都变成了没有差别的文字，可以被任何人所书写，表达任何人的意见。事实上，朗西埃并不是这一番言论的发明者，它最初也是出自柏拉图《斐德若篇》中的苏格拉底之口：“……文字好象有知觉在说话，但是等你想向它们请教，请它们把某句所说的话解释明白一点，它们却只能复述原来的那同一套话。还有一层，一篇文章写出来之后，就一手传一手，传到能懂的人们，也传到不能懂的人们，它自己不知道它的话应该向谁说，和不应该向谁说。”[③]但是，苏格拉底的语境是为了向斐德若说明“文字写作的一个坏处”，而朗西埃正是在苏格拉底以为的坏处中看见了解放的力量，这种力量就是“无声的文字”（mute letter）。所谓“无声的文字”，有时候他也称之为“无声的言语”（mute speech），指的就是苏格拉底语境中的“书写”。这种书写正是因为不知道该向谁说，也不知道自己的听众是谁，所以才具有解放的意义，因为这也就意味着主体的地位和阶级可以被忽视，而文字本身变得无差别，所有人都可以利用这种无差别的文字，从而为朗西埃从高尼的日记写作中看见的那种解放的力量奠定了基础。朗西埃认为所谓的文学性就是这种“无声的文字”的可获得性（availability）[④]。只有

① Rancière J, *The Philosopher and His Poor*, Duke University Press, 2004, p. 42.

② Rancière J, “A few remarks on the method of Jacques Rancière”, *Parallax*, Vol. 15, No. 3, 2009, p. 121.

③〔古希腊〕柏拉图:《柏拉图文艺对话集》，朱光潜编译，人民文学出版社，1963，第 170 页。

④ Rancière J, “The politics of literature”, *Substance*, Vol. 33, No. 1, 2004, p. 15.

在这种“无声的文字”或“无声的言语”面前，人们才不会被分成三六九等，不会存在某些人发出的是声音而某些人发出的是噪声这种荒谬的区分逻辑，因为在面对这些没有生命也没有主体的文字时，人人都是平等的，社会的区隔不会被带入这些纯文字的区隔之中。

朗西埃曾表示：“它可以是无主的言语（orphaned speech），缺乏一个身体来陪伴它并验证它，相反，它也可以是一个象形文字（hieroglyph），将理念承载于身体之上。”[①]我们一般意义上理解的“书写”，即文字的书写，就是朗西埃所说的“无主的言语”，此处使用了一个形象化的比喻，仿佛它是个孤儿（orphan），没有父母，也就是说没有规定的作者和规定的读者或听众，它可以任意地流传。这一观念就涉及朗西埃对“文学性”这一概念的重新解释。

雅各布森曾经在《现代俄国诗歌》中说：“文学科学的对象不是文学，而是‘文学性’，也就是说使一部作品成为文学作品的东西。”[②]他的这句著名的口号为划定文学的疆界做出了不可磨灭的贡献，也就是说，他试着回答了“文学是什么”这一难题。朗西埃完全没有沿着以上有关文学性讨论的思路，可以说为这一问题开辟出了一条崭新的道路，区别在于，雅各布森的文学性在很大程度上是反政治的，可是朗西埃讨论文学性的角度却是政治的。

朗西埃在回答“什么是文学性”这一问题，或者说“什么是其理论语境中的‘文学性’”这一问题时，曾经回答道：“我所说的‘文学性’指的是被写下的词语的状态，它的流通不再遵照合法化的体系，这种体系规定了词语的发出者和接收者之间的关系。我在此指的是柏拉图所定下的一种对立，即来自教师并在学生心中播种的‘活生生’的词语与来回游荡不知道该向谁倾诉的被写下的、无声的词语之间的对立。”[③]他要表达的就是上文所提到的无主的言语，书写是没有主人的，它可以被任何人占有，正是这种占有使得原来词与物的一一对应关系被打破，这也就是朗西埃所说的“词语的越界”

---

① Rancière J, *Mute Speech: Literature, Critical Theory, and Politics*, Columbia University Press, 2011, p. 36.

② 转引自〔俄〕鲍·艾亨鲍姆:《“形式方法”的理论》，见〔法〕茨维坦·托多罗夫编选《俄苏形式主义文论选》，蔡鸿滨译，中国社会科学出版社，1989，第 24 页。

③ Rancière J, “Literature, politics, aesthetics: Approaches to democratic disagreement”, *Substance*, Vol. 29, No. 2, 2000, pp. 7-8.

(excess of word)，这里“越界”指的就是不遵循词语的法度或句法规则，在某种程度上来说就是什克洛夫斯基的“陌生化”或者布莱希特的“疏离”，这也就是“文学性”的意思。事实上，朗西埃自己也曾表示所谓的“词语的越界”就是他所理解的“文学性”[①]。

无论他所使用的术语如何变迁，似乎他所讨论的范围都没有超出俄国形式主义所划定的范围，但事实上，根本性的差别就在于朗西埃的“文学性”具有强烈的政治意味，以至于文学本身并不是朗西埃关注的重点，他绝非文学内部研究或形式主义的拥趸，甚至于他根本不在乎所谓的文学理论。因为朗西埃自己就曾在别人将他的《无声的言语》与孔帕尼翁的《理论的幽灵》之间进行比较时说，他没有涉及“文学理论”。他所谓的“文学性”是与更为古老也更广泛的象征性的分配 (symbolic partitioning) 问题相联系的，而且“文学性”之所以重要，是因为它关乎他所谓的“感性分配”，即对语言、时间和空间的分配。[②]

然而，之所以“文学性”会关乎政治，正是因为文字是越界的，文字不知道主人是谁，所以它可以向所有人诉说，这就涉及朗西埃所谓的具有积极政治意义的新场景的制造。这样的场景制造在朗西埃看来有两个著名的案例。

第一个案例发生在 1832 年的法国，当时的检察长在审问平民布朗基从事何种职业时，后者回答说：“无产者。”检察长随即反驳道：“这不是一个职业。”布朗基也反唇相讥：“这正是我们大多数人的职业，因为他们被剥夺了政治权力。”[③]在这个案例中，无产者显然是故意误用了“无产者”这个词来作为自己的身份认同。布朗基使用这个词的时候不再顾及这个词在合法化的体系中应当如何来使用，而是采用了一种全新的陌生化的使用方式，即用之指称一个职业，在这样做的过程当中，他巧妙地捕捉到了那些流浪的词语，即那些无主的词语，并且将之收为己用，这就是词语的越界，即词语超过了原有的规定用法。

第二个案例则发生在法国“五月风暴”期间，经历过这一历史事件洗礼

---

① Rancière J, Panagia D, “A conversation with Jacques Rancière”, *Diacritics*, Vol. 30, No. 2, 2000, p. 115.

② Rancière J, “Literature, politics, aesthetics: Approaches to democratic disagreement”, *Substance*, Vol. 29, No. 2, 2000, p. 8.

③〔法〕雅克·朗西埃:《政治的边缘》，姜宇辉译，上海译文出版社，2007，第 56 页。

的朗西埃自然对之印象深刻。在“五月风暴”期间，学生们曾高喊着“我们都是德国犹太人”的口号。单从字面意义上来理解，这种说法是十分可笑的，一群法国学生竟然自称是德国犹太人。之所以会如此，是因为“五月风暴”的领袖科恩-邦迪就是德国犹太人，在科恩-邦迪被捕以及被驱逐的时候，学生通过这样的方式表明自己的政治态度和政治主张，即像科恩-邦迪那样选择游行、示威、暴动，要求挺进索邦。

这两个案例都是词语对日常使用方法的偏离，因此在某种程度上与传统意义上的“文学性”有一定的关联，但是朗西埃却赋予了它们更多的政治内涵，用朗西埃自己的话来说即“这就是政治歧义出现的地方”①。朗西埃认为，无论是布朗基称自己的职业为“无产者”还是“五月风暴”中的学生们称自己为“德国犹太人”，他们都是在通过词语的越界来达到政治主体化的目的。②不过，这还只是“文学性”的一个方面，另一个方面表现在朗西埃对《包法利夫人》的解读上。

朗西埃所要说的“象形文字”实际上是一种解读的方式，即万事万物都可以被看作一些符号，它们都指向了一些隐藏的内容，这些内容可以被充分地阐释。对于这一点，朗西埃用雨果的著名小说《巴黎圣母院》来进行说明。《巴黎圣母院》虽然是一部伟大的著作，但同时也是一部非常奇特的著作，这种奇异性甚至可以说是一种缺陷，它的叙事从来都不是连贯的、一气呵成的，中间夹杂了雨果自己对于艺术尤其是建筑艺术的诸多感受，其中的许多篇章就仿佛是一部有关哥特式建筑的艺术史或者艺术批评史，对此，雨果也并非没有事先预见到别人的责难，所以他在书中提到，“可能另有读者不认为研究隐藏在本书里的美学和哲学思想乃无益之举，他们在阅读《巴黎圣母院》时，乐意在小说底下爬梳出并非小说的东西”③。也许在雨果看来，这本小说根本就不是一本小说，其功能甚至可以说是一篇檄文。所以，单从雨果自己的论述也可以看出，《巴黎圣母院》的主角既不是美丽天真的爱斯美拉达，也不是丑陋但善良的卡西莫多，而是那座古老的哥特式建筑“巴黎圣母院”，那座

① Rancière J, “Literary misunderstanding”, *Paragraph*, Vol. 28, No. 2, 2005, p. 98.

②〔法〕雅克·朗西埃:《政治的边缘》，姜宇辉译，上海译文出版社，2007，第56-57页。

③〔法〕雨果:《巴黎圣母院》，施康强、张新木译，译林出版社，1995，第9页。

在幽暗的角落里刻着一行希腊文写就的单词——“命运”(ANATKH)——的神圣建筑。

雨果的批评者普朗什认为:“在这本奇特又畸形的书中,人与石头混于一处并且形成了一个单一的整体。穹庐下的人就像是墙上的苔藓或者椽木上的地衣。在雨果先生的笔下,石头有了生命而且仿佛带有人类的感情。这种想象一开始令人眩晕,让人以为这是思想领域的扩展以及通过智力生活对物质的征服。但是人们会很快发现,物质只不过是人被石化了。”①但是,朗西埃正是从普朗什对雨果的批评中发现了新的内容。朗西埃提到,“雨果的句子将石头激活,让它说话和行动”,从石头中演绎出人物的形象,这些都说明了一种等级秩序的崩塌,即诗学体系或曰再现体系的崩塌。这种崩塌意味着“语言的‘物质部分’,即它们庄严且神奇的力量,取代了‘精神部分’,即使得那些词语从属于思想表达以及行动逻辑秩序的句式”②。简单地说,朗西埃所说的崩塌就是一种故事的故意中断,也就是一种前后相续的逻辑链条的中断,叙事被莫名其妙地插入有关建筑术和印刷术的讨论中,故事本身出现了明显的断裂,而这些以逻辑因果链条为基础的故事是发轫于亚里士多德的诗学体系的核心,经由新古典主义三一律的颂扬变成了法国的正统文学形式,一直主宰着浪漫主义之前的法国文学。因此,这种雨果式节外生枝的石化语言被认为是极其不合适的。但是,朗西埃正是从这种不和谐之中发现了对既有新古典主义秩序的挑战。也就是说,故事在雨果的《巴黎圣母院》中已经不处于主要地位,这本小说的主角也变成了石头,即巴黎圣母院本身。这一点也并不能算是朗西埃的过度阐释,因为雨果自己在《巴黎圣母院》中就提到,这几章都是失而复得的,而且“一气呵成,一次成型”,绝不是临时嫁接的,而且还表示“嫁接和焊接上去的成分都长不活”③。这也说明雨果知道这几章内容与主要故事之间的突兀,但是仍然冒着被批评家和历史学家批评的勇气将之完整地呈现出来,他必然是带着自身对于小说写作的严肃思考才决定的。

① Rancière J, *Mute Speech: Literature, Critical Theory, and Politics*, Columbia University Press, 2011, pp. 42-43.

② Rancière J, *Mute Speech: Literature, Critical Theory, and Politics*, Columbia University Press, 2011, p. 43.

③〔法〕雨果:《巴黎圣母院》,施康强、张新木译,译林出版社,1995,第8页。

事实上，除了雨果的小说被朗西埃进行了这样的解读以外，巴尔扎克的小说也是如此，《乡村教士》便是如此，这一本小说在朗西埃的早期著作中比较受关注，他在《词语的血肉》与《无声的言语》中都提到了这本并不太出名的小说。

《乡村教士》是一部关于宗教救赎的小说，主人公维罗妮克本是一位废铁收购站老板的女儿，她的父母极其节俭且精明，所以她的家境比较殷实，后来她嫁给了当地的一名银行家格拉斯兰，后者贪图的只不过是她家的巨额嫁妆，因此可怜的维罗妮克根本没有享受过爱情的滋润。不幸的婚姻生活使得她最终与一名上进的制陶工产生了私情，后者为了与她私奔杀死了一个土财主及一个女仆，最终被判死刑，但是即便到死他也没有供出共犯是谁，虽然检察官们都推测出了这个人的存在。对此心有愧疚的维罗妮克开始了漫长的赎罪生涯，她借助夫家的财富以及自己的积蓄不断地从事慈善事业，并在此过程中渐渐成为圣母一样的人物，也成为上层社会的社交核心。待她的丈夫最终因为破产而病逝后，她带着剩下的所有财产回到情夫的家乡，开掘荒地，修建水渠和灌溉系统，让一个贫瘠的地区变成富饶之地。这一切都被看作她对自己罪行的忏悔，除此之外，她为了赎罪开始了不为人知的苦修，这也最终剥夺了她的健康。在临终之时，她决心向世人昭告她的罪行，并向主教忏悔求得最后的宽恕。这部小说被收录在《人间喜剧》之中，单从立意和手法上看，都谈不上出色，之所以被朗西埃看中，正是因为维罗妮克所从事的慈善事业具有充分的阐释空间。

维罗妮克所要做的在朗西埃看来，正是一种圣西门式的实业，她通过开荒、挖掘水渠，给村子带来集体的富裕，上到镇长，下到百姓，所有的人都统一在这位精神领袖的周围。在这里，没有邪恶，即便是穷凶极恶的杀人犯也会为自己的罪行忏悔，积极地担任护林员职责。朗西埃不无讽刺地说，那位教士已经把维罗妮克变成了“承包商”[①]，还把那位给维罗妮克出谋划策的教士称为“这种新‘基督教’（即圣西门主义——引者注）的工程师-教士”，他们联手在这一片贫瘠的土地上铭刻的正是一种时代的精神和理念，即圣西门主义，这就是朗西埃所说的“生活之书”，这一切都作为一本书在诉说着这

① Rancière J, “The politics of literature”, *Substance,* Vol. 33, No. 1, 2004, p. 16.

个时代。[①]这种在万事万物的声音中铭刻着历史的书写方式，正预示着再现体系的崩塌。再现体系之所以会崩塌，是因为词语与世界中的物体一一对应的状况消失了，世界中的万事万物变成了一个个在发出声音的象征符号，“象征使得万事万物说话，象征把意义赋予每一样事物”[②]。朗西埃的这种说法只是后来的艺术体制理论的雏形，所以他意识到了不同主题、不同事物渐渐地在小说中获得了相等地位，变成无差别的主题，正是这一点打破了词与物的一一对应关系。朗西埃从文学中感受到了这种普遍存在的手法，并将之看作一种平等化的趋势，是对再现体系的挑战。

二、小说的政治

作为法国现实主义文学的代表，福楼拜不喜欢着墨于重大的历史事件，而是专心于日常生活中的小事、俗事。所以，无论从哪个角度来说，福楼拜的写作方式都明显是远离政治的，即便是接触政治也很难想象生活优渥的他会倾向于民主制。但是，朗西埃所要证明的却是福楼拜的作品与民主之间存在着难以割断的紧密联系。

福楼拜的创作除了已经被经典化的小说以外，还有大量的书简也得到了完整的保存，他在这些书简中透露了许多他关于文学的看法，其中最主要的观点，也是被朗西埃所借用并加以阐发的重要观点，就是文笔（style）理论。[③]

福楼拜被看作现实主义小说家，而且他对于客观描写的忠实是其鲜明的特征，但是这绝不意味着他是照搬现实、复制现实的作家。朗西埃之所以会对福楼拜的文笔理论感兴趣，主要在于他从中发现了政治性因素：“文笔是一种观看事物的绝对方法。文笔的这种绝对化也许会在事后与非政治的或精英主义的观点变得一致。但是在福楼拜的时代，它只能被理解为一种激进的平等主义原则，破坏着整个再现体系，即写作艺术的陈旧体制。”[④]这里的“文笔”指的是一种写作的技艺，这种技艺带着福楼拜独特的风格，正是对于文

① Rancière J, *Mute Speech: Literature, Critical Theory, and Politics*, Columbia University Press, 2011, p. 105.

② Rancière J, *Mute Speech: Literature, Critical Theory, and Politics*, Columbia University Press, 2011, p. 107.

③ 本节所谓“文笔”是福楼拜的一种文学观点，其英文和法文均为 style，英文的 style 多翻译为“风格”，而法文的 style 除了“风格”以外也可以翻译为“文风、文笔”等。

④ Rancière J, “The politics of literature”, *Substance,* Vol. 33, No. 1, 2004, pp. 13-14.

笔的关注使得福楼拜并不在乎真实世界的复杂关系原则，从而使得真实世界能够以一种平等的方式被呈现出来，也正是在这个意义上它被理解为导致平等主义的因素。关于这一点，福楼拜的一些观点可以作为佐证："我认为的好书，我愿意写的，是一本不谈什么的书，不受外在牵连，全仗文笔内在的力量，就像地球全无支撑，却在空中运行，书中几乎没什么主题，至少是没有明显的主题，如果可能的话。最好的作品，素材也最少，而表达却更贴近思想，文字更加贴切，甚至隐没在思想里，这才是真的美。"[①]由此可以看出福楼拜对文笔的推崇已经上升到了本质的层面，换句话说，在福楼拜看来，文笔的重要性远远大于主题、素材，而主题和素材往往正是指向现实生活或者说是源自现实生活的再现。朗西埃认为，福楼拜践行这一文笔理论的方法正是排除主观意志的介入，采用一种纯粹客观的写作方式，也就是说作者的态度不再直接浮现在文本之中，而是将上帝隐藏在细节之中。[②]福楼拜对文学形式的看重远远大过对于文学内容的看重，又加上在小说之中对作者意志的排斥，这一切更加说明福楼拜是一个非政治化的作家，只有直接涉及当下生活的作家才有可能被看作介入性的作家。但是，这并不是朗西埃论述福楼拜小说中蕴含的政治的方法。朗西埃讨论的福楼拜的政治有着自己鲜明的特色，他在很大程度上规避了通常可能会出现的误解。

第一，朗西埃讨论福楼拜的小说政治时并不涉及他自己的政治观点。朗西埃认为："不论福楼拜会如何看待普通人以及政府的共和体制，他的文章总是对民主的体现。"[③]朗西埃的这一做法有力地规避了福楼拜本人的政治观点的瑕疵，福楼拜是一个反对民主政治的绝对精英主义者，并且对民主感到恐慌，这种恐慌是对于标准丧失、等级秩序丧失的恐慌，似乎民主所带来的平等和无差别是他不能忍受的，不同阶级的人坐在同一条板凳上造成了空间政治的混乱。就这一点而言，朗西埃的平等主义政治哲学必然是福楼拜的对立面，但是由于朗西埃从一开始就避开了对于作者本人态度的讨论，因此问题就转向了对文本本身的解读。

---

① Rancière J, *Mute Speech: Literature, Critical Theory, and Politics*, Columbia University Press, 2011, p. 115.

② Rancière J, *Film Fables*, trans. Battista E, Berg Publishers, 2006, p. 8.

③ Rancière J, "The politics of literature", *Substance*, Vol. 33, No. 1, 2004, p. 12.

第二，朗西埃谈论福楼拜的小说，并不是从小说本身所隐含的政治立场出发的，而是在形式层面谈论其小说的政治，即在“文笔”的层面谈论。文笔作为一种形式层面的范畴，并不直接涉及当下的政治问题，而且就通常意义上来理解，文笔作为一种文学自律化的手段，其在政治上应该是保守的，即文学变成了精英们的语言游戏。但是朗西埃对此也有回应：“文笔在现代可能是精英主义的，但在当时却是民主的。”[①]朗西埃一再认为文笔与民主紧密相连的原因是：“福楼拜是一个时代的典范作家，在那个时代里万事万物都处于相同的水平之上，而且任何事物都必须被描述。一波存在者与事物的潮水、一波虚浮的身体泛滥于小说之中。这波潮水有一个政治名称，叫作民主。”[②]其实，简单地说，福楼拜对于各种各样生活中琐碎之事的描述，就是朗西埃所说的存在者与事物的潮水，这可以说是福楼拜小说的特色，因为他不会主动跳出来宣告自己的观点，因此只能通过细微处的描述才能达到窥见细节中的上帝的目的。如果从朗西埃的思想成熟期的理论框架来看，福楼拜所处的就是艺术的审美体制的时代，而其对立面则是艺术的再现体制。从福楼拜的书信中，我们的确可以看出朗西埃的这一说法并不过激，福楼拜在1854年1月29日致高莱的书信中表示：“我认为，任何东西，任何题材，都可以做成艺术品。”[③]因为在福楼拜看来，小说的核心在于“文笔”，文笔作为内驱力可以驱动各式各样的题材和东西，有了文笔才有了艺术品，所以一件作品是不是艺术品已经不再局限于其所再现的内容是不是对应着社会中更加高贵的和伟大的人物或时间。

总而言之，由于福楼拜提出的文笔理论将小说的重心放在了文笔这一形式要素之上，因此内容方面的要素便获得了解放。所以，朗西埃赋予了文笔以非常重要的意义，他认为：“文笔推翻了再现原则的核心，即体裁的原则以及必须合乎规范性的原则。”[④]朗西埃除了在文学理论的层面谈及福楼拜的政治以外，还从福楼拜的小说入手进行了有趣的解读。

爱玛是福楼拜的《包法利夫人》中的女主角，她的结局是一个悲剧：因

---

① Rancière J, “The politics of literature”, *Substance*, Vol. 33, No. 1, 2004, pp. 13-14.

② Rancière J, “Literary misunderstanding”, *Paragraph*, Vol. 28, No. 2, 2005, p. 97.

③〔法〕福楼拜:《福楼拜文学书简》，丁世中译，北京燕山出版社，2012，第29页。

④ Rancière J, *Mute Speech: Literature, Critical Theory, and Politics*, Columbia University Press, 2011, p. 116.

为债台高筑，而且接连被情人抛弃，她最终选择用砒霜结束了自己年轻的生命。爱玛之所以选择死亡正是因为她对于不合乎自己身份的事情的向往，她不能忍受这种普通人的生活，可以说她是咎由自取：“她学会了挥霍，糜费，纵欲，撒诳，她过一种千疮百孔的生活。从前服役于爱，如今爱服役于她。从前是混淆在一起，如今不见高尚，不见雅致，更不见欢悦，只是赤裸裸的物感暴露出来。”[①]因此，她的肉欲和物欲都是导致她最终沉沦的原因。这种观点可以说是对这本小说十分正统的解释方法，但朗西埃却独辟蹊径地分析了爱玛的死因。

首先，朗西埃认为，最主要的原因是爱玛混淆了文学和艺术的边界。朗西埃认为，爱玛本是农家女，她在少女时代曾在修道院里学习城里人的种种姿态风仪，但她同时也成天沉溺于浪漫主义小说带来的幻象之中，在这些小说的熏陶之下，爱玛变得不切实际，开始憧憬一种高贵的、奢侈的生活方式：她会购买漂亮的窗帘、奢华的家具、各式各样小巧玲珑的摆件，总之，她想将艺术带入自己的生活，朗西埃说这就是“日常生活的审美化”。所以在朗西埃看来，爱玛“把文学错当了生活”[②]。也就是说，浪漫主义小说中的那些才子佳人的生活被包法利夫人引入了爱玛原本贫寒且平庸的现实生活之中。

其次，朗西埃进而指出，在福楼拜看来，爱玛“把文学错当了生活”事实上有着深层次的内在原因，即她实际上“混淆了两种艺术”或“混淆了两种生活”：“这意味着他们仍然被困于陈旧的诗学之中，这种旧诗学的特点在于行动的联合，其角色有着伟大的目标，这种诗学所带来的感觉与人物的品质息息相关，其高贵的激情与日常经验相对，等等”，所谓新诗学则是一种“平等主义的诗学”[③]。朗西埃的意思是，爱玛的意识是一种古老的诗学意识，即认为人天生分为三六九等，那些有品位的人，比如罗道夫那样的贵族，天生就拥有漂亮的外表，浑身散发出迷人的魅力，他的地位要高于爱玛的丈夫夏尔。包法利夫人看似是被物欲所支配，实际上是被一种根深蒂固的等级观念所支配，她不是简单地向往着不同的生活，而是向往着高贵典雅的贵族生

---

① 李健吾:《福楼拜评传》，广西师范大学出版社，2007，第 109 页。

② Rancière J, “Why Emma Bovary had to be killed”, *Critical Inquiry*, Vol. 34, No. 2, 2008, p. 234.

③ Rancière J, “Why Emma Bovary had to be killed”, *Critical Inquiry*, Vol. 34, No. 2, 2008, pp. 242-243.

活，艺术就成为区分高贵生活和普通生活的标准。这种生活就是浪漫主义小说中所反映的那种生活，爱玛并不能适应一种平凡琐碎的生活，即新诗学所代表的小说中描绘的那种平凡的生活。

最后，虽然爱玛带有这种陈旧的诗学体制的高低贵贱的等级观念，但是作为作者的福楼拜本人的诗学观念却是一种新的诗学观念，即以文笔为核心的诗学观念。文笔的真正意义在于对平凡的事物以绝对的方式来看待，即能够把非艺术的题材当成艺术来描写，如果爱玛能够领会到这一点，她就会“享受着大众‘那神秘的无精打采’，也就是说，享受着感官的和谐，即脱离任何功能和故事以及人物感情和事物性质的感官和谐”①。正是福楼拜与爱玛之间在诗学理念上的本质性差异，使得福楼拜最终“杀死”了她。用朗西埃的话来说就是，“爱玛的死是一种文学上的死亡。她作为一个失败的艺术家被判刑，因为她错误地处理了艺术与非艺术的对等关系。艺术必须得与生活审美化脱离开”②。朗西埃实际上是从象征层面上对这个故事进行了新的阐述，爱玛的死被看作新文学形式对旧文学形式的胜利，即被看作两种体制之间的断裂。

三、诗歌的政治

除了以小说闻名的福楼拜，朗西埃最为青睐的法国作家就是19世纪诗人马拉美了。马拉美是与魏尔伦、兰波齐名的前期象征主义三巨人之一。在象征主义诗人中，马拉美以晦涩难懂著名，但是马拉美及其他象征主义诗人的诗论可以为理解象征主义诗歌尤其是马拉美的诗歌理念提供契机。查德威克认为象征主义包含两个维度，这一说法对于我们理解何为象征主义颇有启发。

一方面，象征主义“可以定义为表现思想和情感的艺术，这种表现既不是直接将思想和情感描述出来，也不是通过与具体的意象进行明显的比较而给它们以限定，而是暗示出这些思想和情感是什么，并且通过使用不加解释的象征符号，在读者心里将它们重新创造出来”。另一方面，“具体意象不是用作诗人身上独特的思想感情的，而是用作一个广阔且笼统的理想世界的象

① Rancière J, “Why Emma Bovary had to be killed”, *Critical Inquiry*, Vol. 34, No. 2, 2008, p. 241.

② Rancière J, “Why Emma Bovary had to be killed”, *Critical Inquiry*, Vol. 34, No. 2, 2008, p. 240.

征符号，而真实世界只是对于理想世界的一种不完美的再现”[①]。查德威克在此提到的所谓“理想世界”，就是柏拉图意义上的理念世界，即处于洞穴中的人们背后的那个世界。马拉美的诗论对此做了最好的诠释，他曾经表示：“当我说：‘一朵花！’这时我的声音赋予那湮没的记忆以所有花的形态，于是从那里生出一种不同于通常的花萼的东西，一种完全是音乐的、本质的、柔和的东西：一朵在所有花束中找不到的花。”[②]理念本身的形而上学性质使得象征主义诗歌从一开始就具有了深厚的哲学维度，因此这一特点也构成了象征主义诗歌晦涩难懂的诸多原因之一。

越是晦涩难懂的诗人，越会引起哲学家的巨大兴趣，更何况马拉美自身就带着柏拉图主义的深刻烙印，因此对马拉美感兴趣的哲学家绝非只有朗西埃一人，布朗肖与德里达都是马拉美的阐释者和传播者，马拉美在他们的解读之下，逐渐被看作开创了现代主义和先锋派先河的伟大作家，这是因为马拉美对纯粹语言进行了不懈追求，并且对诗歌形式进行了不断的革命。在所有这些人的解读中，德里达在《撒播》中对马拉美的解读很可能直接影响了朗西埃。

德里达在《撒播》中提到了马拉美的短篇散文作品《模仿》，他表示在阅读这一作品时发现，马拉美在文中提到的哑剧是一场无声的独白，但是它却什么也没有模仿，“在他用姿势书写之前什么都没有”[③]，德里达此处提到的“姿势”是指哑剧演员的手势、动作，而在此之前的书写则是德里达致力于批判的逻各斯。所以德里达才对马拉美的这个作品评价道：“我们由此进入了一个文本的迷宫，其中镶嵌着许多的镜子。哑剧没有预先定好的剧本可以遵循，也没有从别处得来的计划。”[④]德里达在这里所使用的镜子比喻是为了说明再现在镜子与镜子之间反复延宕以至于无限，找不到意义最初的起源，也没有现实作为再现的真实性的依据，他正是通过这种方式来阐释其反逻各斯中心的解构主义哲学。虽然德里达把马拉美解读成反逻各斯中心主义诗人，但是

---

①〔英〕查尔斯·查德威克：《象征主义》，郭洋生译，花山文艺出版社，1989，第3-4页。

②〔法〕马拉美：《诗歌的危机》，见袁可嘉等编译《现代主义文学研究》（上卷），中国社会科学出版社，1989，第349页。

③ Derrida J, *Dissemination*, trans. Johnson B, The Athlone Press, 1981, p. 194.

④ Derrida J, *Dissemination*, trans. Johnson B, The Athlone Press, 1981, p. 195.

事实上，马拉美自身追求的是柏拉图式的理念世界，从某种意义上说，他是一个柏拉图主义者。尽管德里达否认这一点，认为马拉美在其诗人的外衣下空空荡荡，但是，德里达的阐释也并不错，或者说象征主义诗人在追求“纯诗”的过程中都必然会走向反逻各斯中心主义，因为他们所追求的语言的纯粹性最终会导致能指的狂欢和所指的永远延宕。布朗肖在评论马拉美的诗歌时就曾提到：“被视为独立物的诗歌是自足的，是一种仅为其自己而创造的语言之物，即词语单子，除了词语的本质，无任何东西在其中得到反映，也许它是一种实在，是一种特殊的存在，具有尊严，具有特别的重要意义，但是是一种存在，正因为此，它并不更为接近存在，接近避开一切决定和一切实存形式的东西。”[①]在瓦雷里看来，诗人们要做的就只是“避开眼前的事物，从象征走向象征，用象征来激起某种特殊的情感”[②]。从象征到象征的说法非常类似于德里达所使用的关于有镜子的房间的比喻，意义就在镜子的再现到再现之间不停地延宕。这种封闭的、与外在事物无关的文本被德里达称为“非指涉的”（non-referential）或者“不及物的”（intransitive）文本，意思就是与现实世界无涉，只停留在纯粹的语言层面，用布朗肖的话来说就是“词语具有使事物消失的能力”[③]。朗西埃正是从这一点出发来谈论马拉美的政治。

朗西埃很早就开始关注马拉美的诗歌，在《词语的血肉》中他就曾着力讨论象征主义诗歌，后来干脆撰写了一整本书来专论马拉美，这就是《马拉美：塞壬的政治》，就他讨论的内容来看，除了分析马拉美的诗歌和诗论以外，他最终的着落点都在于对其政治观点的探讨。朗西埃自己对此也并不讳言，他认为自己与传统所理解的马拉美不同，马拉美的诗歌一般被看作“语言的纯粹自我确证”，这也是布朗肖、德里达与象征主义诗人们一致认同的结论，朗西埃虽然并不否认这一点，但是他只把这一点作为推论的基础，他认为：“马拉美在描绘扇子、如瀑布般一泻而下的头发及花冠和星座的运动时，所带来的不仅是审美愉悦。他使得它们变成生活的形式，变成参与人类经验的政

①〔法〕莫里斯·布朗肖：《文学空间》，顾嘉琛译，商务印书馆，2003，第 24 页。

②〔法〕瓦雷里：《论诗》，见黄晋凯、张秉真、杨恒达主编《象征主义·意象派》，中国人民大学出版社，1989，第 75 页。

③〔法〕莫里斯·布朗肖：《文学空间》，顾嘉琛译，商务印书馆，2003，第 25 页。

治宗教神圣化的策略。”[①]一言以蔽之，朗西埃是从政治的角度重新解读马拉美的，而他所采用的策略就是通过“不及物性”来入手。他所谓的“不及物性”是他从德里达处借来讨论马拉美的术语，意思是：“文本由封闭的词语组成，在词语的封闭之中囊括了意义或者意义的缺失，其对立面则是作为交流方式的工具性语言。”[②]虽然朗西埃的表述比较晦涩，但是如果结合起象征主义的诗论来看则比较清晰，即从词语到词语的过程使得意义只停留在能指的层面，而不指涉外在的真实世界，而作为交流方式的语言则需要指涉外在的世界，因此是工具性的，从而也就是非纯粹的语言，马拉美的诗歌要追求的就是用纯粹的语言所撰写成的纯粹的诗歌。

一方面，朗西埃所要谈论的政治必然不是作者的政治，即不是萨特意义上的“介入”，因为马拉美的诗歌是不及物的，根本无法指涉当下的现实。朗西埃在《词语的血肉》中说：“在‘诗人的政治’的标题下，我们指的并不是观点、经验以及这个或那个诗人的政治派别，也不是对这个或那个文本的接受或政治解读。对于这一点，我们感兴趣的是：诗学话语的现代观点与政治主体性之间的联系在本质上的必然性是什么？”[③]朗西埃注意到，在马拉美的诗论中，暗示（suggestion）和影射（allusion）占据着重要的地位，马拉美自己曾提到过：“能揭示在成熟和本色状态中的容貌、大海和雄伟建筑的美与效力的不是描写，而是诱发，暗指[④]（allusion）和暗示（suggestion）。”[⑤]朗西埃曾经指出：“影射，从其词源上来说，是一种游戏/戏剧（play）——既指剧场的表演，也指掷骰子打赌。暗示就是面对着观众的这种游戏/戏剧的运动。”[⑥]换句话说，朗西埃知道马拉美的诗歌具有游戏的性质，即一种只停留在能指之间的游戏，这种游戏与真实世界以及意义源泉无关，所以他的路径

---

① Rancière J, “Literature, politics, aesthetics: Approaches to democratic disagreement”, *Substance,* Vol. 29, No. 2, 2000, p. 22.

② Rancière J, *Mallarmé: The Politics of the Siren*, trans. Corcoran S, Continuum, 2011, p. 58.

③ Rancière J, *The Flesh of Words: The Politics of Writing*, trans. Mandell C, Stanford University Press, 2004, p. 9.

④ allusion 一词在本书中译为“影射”，引用他人引文内容时则遵照原文。

⑤〔法〕马拉美:《诗歌的危机》，见袁可嘉等编译《现代主义文学研究》(上卷)，中国社会科学出版社，1989，第 346-347 页。

⑥ Rancière J, *Mallarmé: The Politics of the Siren*, trans. Corcoran S, Continuum, 2011, p. 13.

必然不是从文本本身出发。正是这种能指的狂欢才带来了积极的政治意义，朗西埃认为："文字因为不及物性和自我指涉性而流通，使得任何人都可以利用它。"①这实际上为那些没有资格阅读这些作品的人提供了可能性，它们不再属于特定的人、特定的阶级，而是因为自我指涉性和不及物性变得封闭，从而与现实世界无涉，或者说"为艺术而艺术"，这可以说是朗西埃对传统观点的挑战，即否认先锋文学对于下层百姓而言是没有意义的。

另一方面，朗西埃的不及物性还指的是不指涉传统，即与传统手法的断裂，这并不只是意味着马拉美在《骰子一掷，不会改变偶然》中表现出的纯粹的形式特征，同时还包括马拉美的诗歌不指涉传统的象征手法，或者说他革新了象征的含义。朗西埃采用了最擅长的手法，即从形式层面去寻找突破，并将之纳入他已经逐渐形成的关于再现到审美的理论转换之中，但是在研究马拉美的时候，他尚且没有完全形成这种思想，但是就像他对福楼拜的论述一样，其分析显然已经具备雏形。美国著名批评家威尔逊曾经指出象征的两种方式来说明马拉美诗歌难懂的原因，他表示："因为象征主义的'象征'与一般所言的象征稍有不同，不是那种以十字架代表基督教，以星与条纹代表美国之类的象征，甚至与但丁（Dante）笔下的象征也不同。我们日常熟悉的象征是约定俗成的、稳定的，《神曲》（*Divina Commedia*）里的象征就是这一类，合乎逻辑而又确切可知。但象征主义的象征则通常是随意选取的，由诗人决定象征物要象征的概念是什么——也可以说是这些概念的一种掩饰。"②朗西埃的观点非常相似，他认为："比喻和象征首先都不是再现抽象理念或将之串联起来的具体形象。比喻首先是僭越（displacement）；'象征'从词源上意味着相符或相类似的符号。……比喻或象征与再现的时代相关联，再现时代的特点在于固定性：太阳和荣耀、狮子和勇气、老鹰和尊贵、蛇与诡计。"③所谓的僭越就是打破传统的象征所带来的固定化和模式化特征，这一切都被朗西埃归于再现的时代，即文学中的主题、题材、人物的再现手法与现实生活中的等级秩序一一对应的时代，而马拉美创造了一种有别于过去

① Rancière J, *Mute Speech: Literature, Critical Theory, and Politics*, Columbia University Press, 2011, p. 94.

②〔美〕埃德蒙·威尔逊:《阿克瑟尔的城堡: 1870 年至 1930 年的想象文学研究》，黄念欣译，江苏教育出版社, 2006, 第 15 页。

③ Rancière J, *Mallarmé: The Politics of the Siren*, trans. Corcoran S, Continuum, 2011, p. 12.

时代的新的美，而“塞壬就是这种新的美的象征，一种美丽的才智的力量，处于其对立面的则是‘漂亮的男孩子’，其原型由柏拉图的《斐德若篇》传给亚里士多德，再由亚里士多德到贺拉斯，然后由贺拉斯到布瓦洛，最后由布瓦洛到所有其他人”[①]。朗西埃在这里论述的从柏拉图到布瓦洛的整个谱系就是古典主义的诗学谱系，同时也就是他所反复提到的艺术的再现体制的传统，即源自亚里士多德的《诗学》的整个文学体制，但是此时的朗西埃尚未勾勒出艺术的三元体制理论来加以解释。马拉美笔下的塞壬象征突破了艺术的再现体制所赋予的传统解释，而变成一种新的象征，这种象征要从诗歌本身的角度来理解，由此割断的就是艺术的再现体制下的一一对应关系。

总而言之，朗西埃赋予了马拉美打破艺术的再现体制的重要使命，他认为：“马拉美拒绝承认观念模型（idea-model）的再现艺术，而是为诗歌保留了模仿的地位：诗歌不再模仿模型，而是明显地追随理念（Idea）的运动，这种观念被看作自身喷发的运动。”[②]他在这里指明的是，马拉美对于传统的反叛就在于对再现艺术的挑战，而他所追求的又是非客体化的理念在诗歌中被唤起。

四、文学的元政治

所谓的书写的再现体制事实上就是艺术的再现体制在文学中的对应说法，即朗西埃经常使用的“美文”（belles lettres）。美文的特点在于模仿，就是指文本与现实世界具有一一对应关系，这也就是说主题必须对应一定的体裁，不同的人物应当用不同的语言表达来描述，即修辞必须得体等等，这一切无疑都是来自亚里士多德。亚里士多德的《诗学》中衍生出三个基本的古典诗学术语，首先是 inventio，指的是“对主题的选择”；其次是 dispositio，主要作用在于“安排各个部分”；再次是 elocutio，意思是“给话语带来必要的修饰”，事实上就是指修辞。在亚里士多德所肇始的美文时代，判断诗歌的标准在于故事性，诗的价值和缺陷都在于其故事性，这里所说的诗是指亚里士多德语境中的诗，并非马拉美意义上的诗，因此指的是广泛意义上的文学

---

① Rancière J, *Mallarmé: The Politics of the Siren*, trans. Corcoran S, Continuum, 2011, p. 12.

② Rancière J, *Mallarmé: The Politics of the Siren*, trans. Corcoran S, Continuum, 2011, p. 52.

和艺术。这一点在后来的艺术体制理论中也得到了继承。从雨果开始，巴尔扎克、福楼拜、马拉美、普鲁斯特等人以各种方式颠覆的就是这种体系，即再现的体系。朗西埃在《无声的言语》中为这种体系总结出了四个原则。

第一是“虚构原则”（Principle of Fiction）。虚构原则本身还包括两个方面：第一个方面是“组成诗歌的虚构必须包含理念的连贯性”；第二个方面是“虚构必须在一个具体的时空中被呈现并被理解”①。对于这一点，朗西埃举出堂吉诃德的例子来作为反证，在他眼里，《堂吉诃德》是旧的再现体系崩塌的征兆，因为堂吉诃德的世界已经不是那个被精心虚构的骑士世界。堂吉诃德是一个可笑的人物，也是美文体系崩塌时的矛盾人物，他本人就象征着新旧两种体系之间的尖锐对立。

第二是“体裁原则”（Generic Principle），它指的是“诗歌的本质——史诗和讽刺诗、悲剧和喜剧——首先与它所再现的本质相连”②。这里要阐明的意思在于，伟大的人物适合用悲剧和史诗这种高贵的体裁来展现，而卑微的人物则应该使用讽喻诗或喜剧的体裁来展现。这一点与他在艺术的再现体制中根据绘画所讨论的内容没有本质性区别，但是在文学中体现得更加明显，因为亚里士多德正是在论述文学的时候才导致了这一观点的发轫。

第三是“得体原则”（Principle of Decorum），这条原则意味着“虚构必须与文体修辞（elocutio）保持完全的和谐”，朗西埃甚至认为法国的古典主义诗学正是建立在这一条原则之上，而不是建立在三一律或卡塔希斯之上。③朗西埃在其他地方所一再引用的司汤达的著作《拉辛与莎士比亚》可以最好地解释这条原则，司汤达在书中关注的核心问题就是法国关于拉辛与莎士比亚戏剧的论争，即“遵照地点整一律和时间整一律，是不是就能创作出使十九世纪观众深感兴趣、使他们流泪、激动的剧本”④。这一点之所以对再现体系十分重要是因为它直接决定了文学作品的目标是一部分人的愉悦，贵族阶层对于华丽辞藻的喜好使得文学作品也必须得遵循他们的品位，而作品一旦违背了这一原则，将会被看作是不得体的。

---

① Rancière J, *Mute Speech: Literature, Critical Theory, and Politics*, Columbia University Press, 2011, p. 44.

② Rancière J, *Mute Speech: Literature, Critical Theory, and Politics*, Columbia University Press, 2011, p. 45.

③ Rancière J, *Mute Speech: Literature, Critical Theory, and Politics*, Columbia University Press, 2011, p. 45.

④〔法〕司汤达:《拉辛与莎士比亚》，王道乾译，上海人民出版社，2006，第16页。

第四是现实性原则（Principle of Presence[Actualité]），这条原则可以这样来定义："为再现的理论大厦带来规范的是言语行为的重要性，即言语操演（performance）的重要性。"[①]对于这一点，朗西埃在论述柏拉图的《斐德若篇》时就已经提到过，即在再现体系之中，统治阶层和知识精英们拥有将语言变成现实的能力，朗西埃在此借用了日常语言学派著名语言哲学家奥斯汀对于言语行为的分析，即借助权力，语言并不一定是对真实的描述，而会使得某种语言的表达带来事实的诞生或改变，即伴随着语言而形成新的现实，这被奥斯汀称为述行话语（performative utterance）。

美文时代的种种一一对应关系，在文学的时代都被一一打破。朗西埃也针对美文时代再现体系的四条原则指出了在文学时代出现的基本原则：第一，为了反对虚构的重要性，朗西埃发现了语言的重要性，这主要体现在他对马拉美的发现上；第二，为了反对体裁原则，他发现了反体裁原则，即所有被再现的主题之间是平等的，这主要体现在他对擅长描写日常琐事和平庸的人的福楼拜的发现上；第三，为了反对得体原则，他发现了无关乎被再现主题的无差别文笔原则，这自然是对福楼拜的文笔理论的发现；第四，为了针对述行话语理论，他找到了以书写为核心的新模型，这一点最初来自对雨果的"石头之书"的解读。[②]但是，朗西埃想要指明的是，从美文时代到文学时代的这种转变绝不仅仅是两种对立语言状态之间的对立，也不只是两种写作形式之间的差别，若是如此，朗西埃的论述就没有超过以往对于古典主义之后文学分期的论述。朗西埃将之上升到了形而上学的高度，他认为，美文与文学的对立是"两种连接意义和行动的方式之间的对立，两种构造可说的与可见的之间的关系的方式之间的对立，两种使得词语拥有构建一个共同世界的力量的方式之间的对立"[③]。这也就是他的艺术体制理论中所说的划分什么可见、什么不可见的方式之间的对立，或者用其后期的政治哲学术语来说，就是治安与政治之间的对立。因此，朗西埃在此处所讨论的问题都可以被归结为文学的政治问题。必须指出的是，朗西埃在论述这个问题时对这个问题

① Rancière J, *Mute Speech: Literature, Critical Theory, and Politics*, Columbia University Press, 2011, p. 48.

② Rancière J, *Mute Speech: Literature, Critical Theory, and Politics*, Columbia University Press, 2011, p. 50.

③ Rancière J, "The politics of literature", *Substance*, Vol. 33, No. 1, 2004, p. 13.

进行了重新诠释。

一方面，他所讨论的文学已经并非我们通常所理解的文学，就好像他所理解的文学性也并不是雅各布森所说的文学的本质一样。朗西埃的观点似乎回到了 18 世纪甚至之前人们对于文学的理解，即一种有关于阅读的状况。对于文学的理解，朗西埃关注的侧重点在于其社会政治方面，即不再被局限于特定阶层阅读的状况，更为极端的是，他甚至还激进地表示："文学这种写作艺术专门针对那些不该阅读的人。"[①]他在此处显然是以爱玛和维罗妮克等小说人物为参照，但是他要传递的观念却类似于他对政治的观念，即他把政治看作"无分者之分"，即没有权力参与政治的人参与到政治中来；同样地，他的文学观就是没有资格阅读文学的人阅读文学作品也是一种僭越。

另一方面，他对政治的理解也不同于人们通常意义上的理解，但是在谈论文学的时候他并没有直接使用《政治的边缘》和《歧义》中所梳理的有关于政治、治安、政治事务的三种观念，而是采用了一种新的解释方法。朗西埃一直强调的是，文学的政治绝对不是作家的政治，也不是文学作品中所流露出的政治观点或态度，而是其使用的手法扰乱了感性的分配，在审美体制中的艺术都是流浪的孤儿，作者并没有对之进行解释的权利。[②]的确，他所引证的对象如福楼拜和马拉美都是以艺术自律作为自己的准则的作家，如果从他们的作品中包含的政治观点或者作家本人的政治态度两个角度来看，这些作品中根本就不存在所谓的政治。所以，他表示"'文学的政治'就是文学以文学的形式（as literature）干预政治（do politics）"[③]。可是他却没有解释如何才是以文学的形式来干预政治，不过他在一篇访谈中曾经论及文学该如何干预政治的问题，他提到："文学不是要实施政治行动，它并不创造行动的集体形式，但是它会有助于对经验形式的重塑。"[④]这种重塑包括两个基本的方面：其一在于"使得新形式的政治主体化变得可以被思考"；其二在于打破表面的政治平等而触碰真实的平等。由此观之，朗西埃又回到了他所说的政

① Rancière J, "The politics of literature", *Substance*, Vol. 33, No. 1, 2004, p. 15.

② Dasgupta S, "Art is going elsewhere: And politics has to catch it: An interview with Jacques Rancière", *Krisis*, Vol. 9, No. 1, 2008, p. 74.

③ Rancière J, "The politics of literature", *Substance*, Vol. 33, No. 1, 2004, p. 10.

④ Rancière J, "A few remarks on the method of Jacques Rancière", *Parallax*, Vol. 15, No. 3, 2009, p. 122.

治与治安之间的对立上，即重塑我们什么可见、什么可听、什么可读等等，即在感觉层面制造一种重新的分配，在艺术体制理论成熟之后，他称之为“感性的分配”。但是，在此之前，他仍然称之为“元政治”（meta-politics）。所谓元政治，指的就是“通过别的方式来尝试履行政治的任务，以及建构共同体的形式”[①]。这里之所以说是“别的方式”，主要是因为通常的方式是采用阶级斗争、夺取政权、建立政治体制等方式，而朗西埃所要讨论的不是这些通常意义上实际操作层面的政治事务，而是一种形而上的政治哲学，即他将文学的诞生看作现代政治体制形成的基础，或者说把文学革命看作政治革命的开端，正是文学的革命（后来扩展到艺术革命以及审美革命）所带来的平等化为法国浩浩汤汤的政治革命创造了感性层面的基础。

第三节　影像的命运

朗西埃曾经在中国接受采访的时候说：“我原来是搞哲学理论的，后来迷路了，就闯到电影里面来了。所以，我只是一个闯入者。”[②]无论朗西埃是否基于偶然的原因而涉足艺术和电影批评，但可以确定的是他最近的研究重心几乎完全地脱离了原本的书写政治学研究以及政治哲学研究而走向了美学研究，在美学研究中，影像研究又成为其新宠。近 30 年来，朗西埃出版的著作《电影寓言》《影像的命运》《美学中的不满》《解放的观众》《贝拉·塔尔：其后的时代》《美感论》均以绘画、设计、摄影和电影为主要论述对象。

一、从艺术到设计

文学和艺术的政治问题始终是一个复杂且存在争议的问题，但是，对这一问题最感兴趣的往往是马克思主义者，因为马克思主义者通常将文学和艺术都看作是政治的，尽管具体的策略和谈论的途径各有不同。20 世纪初，布莱希特、阿多诺、本雅明与卢卡奇之间关于这个问题进行了激烈的辩论，而

---

① Rancière J, “A few remarks on the method of Jacques Rancière”, *Parallax*, Vol. 15, No. 3, 2009, p. 122.

② 殷罗毕：《朗西埃：真实在现实打破之处》，《晶报》2013 年 6 月 2 日。

争论的焦点就是以布莱希特和“蓝骑士”（the Blue Rider）为代表的现代主义艺术。但是，争论的模式仍是相同的，即源自“为艺术而艺术”的阿多诺与强调现实主义、类似于萨特介入文学观的卢卡奇。朗西埃对这个问题的解释对于理解前人的论争有着相当有益的借鉴作用，他认为介入艺术与“为艺术而艺术”代表着两种美学政治态度，即“艺术变成生活（devenir-vie）的政治以及抵抗形式（la forme resistante）的政治”[①]。对此朗西埃进一步解释道，第一种理论“将审美经验的形式与他者的生活形式等同”，朗西埃的意思是介入性艺术将艺术看作生活的先锋，艺术中勾勒出的自由和平等的蓝图将成为现实中的典范，这也就是萨特所说的“伟大的事业”。在朗西埃看来，这一理念发轫于将美学政治化的席勒，席勒的同时代人最大的爱好就是谈论政治，可是他却不合时宜地想与人讨论艺术，于是只好从康德美学出发来谈论政治。在《审美教育书简》第三篇中，席勒在政治和艺术之间建立起了隐喻性对应关系，政治家被看成艺术家，公民被看成材料，国家被看成艺术品。[②]在席勒看来，审美的自由游戏与趣味判断的普遍性要定义的是一种新的自由和平等，与革命政府以法律形式施加的不同：这种自由和平等不再是抽象的而是可以感觉到的。审美经验是一种前所未有的中枢，建构着感觉经验的秩序在其中被取消。这也是为何它承载着一种个体和共同体的“新的生活艺术”的承诺，一种新的人性的承诺。[③]这也就是朗西埃所说的在艺术中所找到的政治承诺（promise politique）。

布莱希特干预社会现实的态度与萨特的介入文学是一致的。但是，朗西埃却十分反感这种批判艺术，他认为无论是布莱希特的艺术观还是萨特的艺术观都隐藏了一个共同点，即把自己看作智者，用批判艺术的形式来点破愚民的意识形态魔障。朗西埃认为：“被剥削者很少需要别人来跟他们解释剥削的法则。被统治者之所以被统治着也并不是因为他们不了解当前的现状，而是因为缺乏改变现状的信心。”[④]

第二种艺术政治理论的代表则是阿多诺，朗西埃认为这种理论“与前者

---

① Rancière J, *Malaise dans L'esthétique*, Galilée, 2004, p. 62.

②〔德〕弗里德里希·席勒:《审美教育书简》，冯至、范大灿译，上海人民出版社，2003，第 34 页。

③ Rancière J, *Diessensus: On Politics and Aesthetics*, Continuum, 2010, p. 176.

④ Rancière J, *Malaise dans L'esthétique*, Galilée, 2004, p. 65.

相反，它将政治的期望封闭在隔绝自身的艺术所带来的审美经验之中，亦即在对艺术的形式完全转变为生活形式的抵抗之中”[①]。在这种理论中，艺术不再引导生活，而是与生活隔离开来，形成审美自律，或者说形成“避世”的艺术，与介入的艺术截然相反。但是，这种艺术形式的政治就在于这种“避世”的态度或者说抵抗的态度。20世纪早期卢卡奇面对刚刚兴起的德国表现主义热潮表现出了令人费解的排斥感，他认为：“表现主义是一种建立在非理性基础上的神话……会成为法西斯主义的一部分。”[②]虽然卢卡奇完全不在乎希特勒也同样将表现主义看作堕落的艺术，但他的艺术品位仍然停留在马克思所钟情的现实主义的阶段，甚至连塞尚的印象主义都不能够被他认可。阿多诺（也译作阿道尔诺）强烈地反对卢卡奇的这种落后的艺术观，他认为：“艺术并不通过照相般地或者‘从某个特定角度’反映现实来提供有关现实的知识，而是通过揭示出被现实的经验形式所掩盖的事物，而要做到这一点就得依靠艺术自身的自律地位。”[③]阿多诺从与霍克海默合著的《启蒙辩证法》开始对资本主义的文化工业展开无情的批判，文化工业正是艺术的抵抗对象，是一种媚俗的日常生活审美化。在阿多诺看来，“拙劣的作品则常常要依赖于与其他作品的相似性”，“在文化工业中，这种模仿最终变成了绝对的模仿”，而这样的同一性从根本上说是“对社会等级秩序的遵从”[④]。阿多诺还认为，文化工业不但从内部驱逐了真理，而且还用谎言建构了真理。[⑤]文化工业的产品不再将自己标榜为艺术，反而明目张胆地为大众在闲暇（free time）时提供虚假的“自由”（freedom），因此大众的闲暇糅合着空洞的快感被整合进了工业的生产体系之中，形成一种自欺欺人的和谐。阿多诺认为只有艺术带来的快乐才是真正的快乐，因为“艺术之所以是社会的，正是因为它对社会的批判”[⑥]。

---

① Rancière J, *Malaise dans L'esthétique*, Galilée, 2004, p. 62.

② Adorno T, et al., *Aesthetics and Politics*, Verso, 2007, p. 17.

③ Adorno T, et al., *Aesthetics and Politics*, Verso, 2007, p. 162.

④〔德〕马克斯·霍克海默、西奥多·阿道尔诺：《启蒙辩证法》，渠敬东、曹卫东译，世纪出版集团、上海人民出版社，2006，第117-118页。

⑤〔德〕马克斯·霍克海默、西奥多·阿道尔诺：《启蒙辩证法》，渠敬东、曹卫东译，世纪出版集团、上海人民出版社，2006，第121-122页。

⑥ Adorno T, *Aesthetic Theory*, trans. Hullot-Kentor R, Continuum, 2002, p. 225.

但是，这一理论倾向本身仍然不能得到朗西埃的认同，他并不认同这种将艺术与现实分开来的艺术政治，因为如果信奉这一理论模型的话，那么当代艺术将变得难以理解。戴维斯认为批判艺术就是萨特和布莱希特式的介入型艺术和阿多诺式的避世型艺术这两种表面上对立的艺术形式两相调和的地方[①]，不过伴随着时间的流逝，曾经激进的批判艺术在当代已经转型为四种新兴的艺术类型，正是这种转型使得已有的两种批判艺术以及艺术政治理论变得失去了现实性。第一类被朗西埃命名为“游戏”（jeu），也就是一种双重的游戏。比如，查尔斯·雷的作品《旋转木马》既可以被看作对娱乐工业的嘲讽，也可以被看作游戏的积极力量。第二类被他称为“存货清单”（inventaire），这种艺术品变成了“历史遗迹的存货清单”[②]，各种各样异质的物品被并置在一起但不再作为产生冲击的批判艺术，而是作为一种对历史的见证，艺术家也由创作者变成了收藏者，如 2000 年在巴黎现代艺术博物馆举办的展览“看那：头脑中的世界”，这个展览是为了记录刚刚过去的 20 世纪，生活中各式各样常见的物品都被拿出来展览，既有不同年份、不同国家的电话号码本，也有过去百年间各种人物的照片，甚至还有矿泉水瓶子的收集。第三类被称为“遇见”（rencontre）或者“邀请”（invitation），观众会被邀请参与到艺术展览中来。例如，观众在走过波尔坦斯基的电话本装置时，会被邀请拿起架子上的电话本并且坐下来阅读，也可能接下来又会从多米尼克的一堆被展示的平装书中拿出一本并坐下来阅读。这可谓是法国当代美学家、艺术批评家和策展人伯瑞奥德的《关系美学》中所强调的通过艺术来填补“社会联结的缺失”[③]。第四类则被称为“神秘”（mystère），这一点被看作象征主义的核心理念，同时也就意味着是马拉美诗学的核心理念。朗西埃举出的例子是 2002 年纽约古根海姆博物馆的展览“移动的图像”，这个展览的主旨在于指出 20 世纪 70 年代批判艺术自律的激进艺术与当代艺术之间的连续性。威尔拉在黑暗的房间内的四面墙上投射了火焰和洪水，缓缓行进的仪仗队、都市漫步、死寂的夜晚（viellée mortuaire）以及船只启航，象征着

① Davis O, *Jacques Rancière*, Polity Press, 2010, p. 153.

② Rancière J, *Malaise dans L'esthétique*, Galilée, 2004, p. 77.

③〔法〕尼古拉斯·伯瑞奥德:《关系美学》，黄建宏译，金城出版社，2013，第 39 页。

诞生、生活、死亡和重生。[①]

对于批判艺术的这种当代转型，朗西埃并不持有乐观的态度，他认为这些艺术类型都包含了一种“不确定性”（indécidabilité）。他认为这种不确定性来自艺术形式与生活形式及政治可能性的结合，而这种结合要么以艺术特殊性的消失为代价，要么以政治的消失为代价。[②]这种不确定性导致批判艺术不能再像布莱希特时代那样针对当下进行强烈的干预，当代艺术的这种干预显得苍白又无力。之所以会出现这样的状况，是因为共识社会的形成，在这种社会之中，如伯瑞奥德的关系美学等观念就会大行其道，艺术被看作社会中的行动者之间的联系纽带，以及人与世界之间的关系纽带。但是，朗西埃的艺术政治理论强调的是歧义（dissensus），恰恰与共识背道而驰，他对于艺术政治的论述应当从拼贴（collage）的角度来论述，朗西埃认为拼贴应当是前面提到的两种艺术政治以外的第三种政治。[③]这种观点在朗西埃对“设计的表面”的论述中被清晰地表达出来。

朗西埃在《设计的表面》这篇文章中分析了两位来自完全不同领域的人物：一位是为德国通用电器公司设计工业产品的德国建筑师、工程师兼设计师贝伦斯；另一位则是法国极负盛名的象征主义诗人马拉美。前者可以说是德国现代主义设计的鼻祖，也是德国工业同盟的成员，他为德国通用电器公司设计了大量的电灯泡、电水壶等等工业产品。他所从事的设计行业毫无疑问只不过是人们日常生活的一部分，按照布迪厄的术语来说，他设计的产品应当隶属于受经济场逻辑支配的大众文化生产场，贝伦斯的设计理念就是追求统一的功能主义的视觉效果。[④]与此相反的是，马拉美是一位追求纯粹理念的象征主义诗人，也是一位追求诗歌的不及物性的诗人，他无疑完全隶属于纯文学领域，即文学场，遵循着与经济场完全相反的逻辑。除了表面的这一点以外，如果从艺术和设计的历史来看，还有一个疑问在于，贝伦斯所反对的新哥特式风格的始作俑者是拉斯金和莫里斯，他们所发起的新工艺美术运动使得日常生活中也可以有各种华丽繁复的装饰，而他们自身又隶属于赫

① Rancière J, *Malaise dans L'esthétique,* Galilée, 2004, pp. 74-84.

② Rancière J, *Malaise dans L'esthétique,* Galilée, 2004, p. 84.

③ Rancière J, *Malaise dans L'esthétique,* Galilée, 2004, p. 67.

④ Rancière J, *The Future of Images*, trans. Elliott G, Verso, 2007, p. 92.

赫有名的唯美主义运动，与拉斐尔前派交往甚笃。马拉美作为象征主义诗人在审美自律的基本出发点上无疑与唯美主义者有着相同的创作理念，这一点又与贝伦斯提倡的简洁流畅的功能主义理念背道而驰。总之，这两者被认为是处于天平的两端，但是朗西埃的目的正是要在这看似完全相悖的两者之间寻找联系。

朗西埃认为，在这位功能主义的设计师与象征主义诗人之间存在着一个共同点，那就是他们都以“类型”（type）的观念为各自创作的基石。贝伦斯为了反对德国当时流行的新哥特风的华丽设计,创造出了一种流线型的设计，他将之称为“类型”。以“类型”为基础的设计理念强调的是突出与现实生活紧密相关的功能化的线条，去除繁复的雕饰，或者说是一种“对于纯粹的崇拜”[①]。与此相类似的是，马拉美也强调与贝伦斯相同的理念“类型”。马拉美的诗学所追求的是在诗歌之中展现出一种具有普遍性的图示（scheme），即事物本质的理念。这一柏拉图式的理念思想使得马拉美并不追求“各式各样的花朵”，而是追求“一朵在所有花束中都找不到的花”[②]或者说就是花的理念。正是这一点，让朗西埃意识到了他与贝伦斯的追求的一致性：“在马拉美和贝伦斯之间，在这位纯粹的诗人与功能主义的工程师之间，存在着这种独特的联系：同样的流线型形式的理念，以及与这些形式相契合的同样的功能——即确定共同存在的新的肌理（texture）。”[③]贝伦斯并不在意市场，而是要以“类型”为中心设计一系列的图样来生产标准化的产品，提高生产的效率。马拉美则是要通过抽象建立起一个完全独立的新的想象的世界。正是这一点使得他们两人之间形成了隐秘的联系。

但是，论证这两者之间的相似点本身并不是朗西埃的最终目的。朗西埃的目的在于指出马拉美的象征主义虽然被看作审美自律的重要组成部分，但同时也与日常生活中的普通物品的设计遵循着同样的逻辑。朗西埃认为原本被看作形式游戏的象征主义诗歌事实上是在遵循着一种表面上的逻辑，在这种表面之上所有的东西，无论是图像符号、语言符号还是线条等等，都变得

① Rancière J, *The Future of Images*, trans. Elliott G, Verso, 2007, p. 93.

②〔法〕马拉美:《诗歌的危机》，见袁可嘉等编译《现代主义文学研究》（上卷），中国社会科学出版社, 1989, 第 349 页。

③ Rancière J, *The Future of Images*, trans. Elliott G, Verso, 2007, p. 97.

平等，都是作为从日常生活世界之中抽象出来的形式化的存在，甚至可以说是作为柏拉图式理念而存在。

朗西埃认为："现代美学革命造成了双重原则的断裂：既是社会秩序与艺术秩序相互勾连的平行主义的废除，也意味着不再存在高贵和低贱之别，什么都可以成为艺术的主题。这同时也是对将模仿的实践和日常事物的形式和客体区分开的原则的废除。"[①]他要说明的是，现代美学革命造成的结果是艺术中的主题以及手段和素材的平等化，这种平等化意味着艺术正在变得生活化，日常生活中的物品可以进入艺术之中，这本身并不是格林伯格所想的一种审美自律的体现，也就是说，波普等艺术形式所带来的并不是现实生活与艺术的相互隔离，而是相互接近。正如朗西埃所说的，"不存在自律艺术与他律艺术之别"[②]，马拉美作为纯艺术的代表，与贝伦斯遵循着相同的理念，都是从现实生活中抽象出新的形式，并以此来构建自己的世界，无论是工业品世界还是艺术世界。

一言以蔽之，图画设计的"表面"在朗西埃的语境中包含着三个方面的含义：第一，它指的是"所有事物都可以成为艺术的平等基础"；第二，它指的是"词语、形式和事物之间相互交换身份的表面"，如马拉美的《骰子一掷，不会改变偶然》，为了捕捉一种纯粹的偶然性，完全放弃了规律，字的大小和排列完全不遵照任何的规律，从而形成了一种看上去完全偶然的空间分布；第三，它指的是"相等的表面，在这个表面上纯粹艺术的表达和应用艺术的图示都平等地以形式的象征主义书写为基础"[③]。这一点意味着朗西埃回到了美学革命的基础，即一种源自文学的解读方式，所谓的象征主义书写指的是万事万物被当作一种有待解读的无声的言语。

二、电影寓言

自从 1998 年开始，朗西埃不断地在《电影手册》杂志上发表电影批评论文，这也逐渐成为他新开辟的一个论战阵地，根据格努的说法，朗西埃"对电影的兴趣可追溯到 20 世纪 70 年代，只不过是最近才将之作为研究的

---

① Rancière J, *The Future of Images*, trans. Elliott G, Verso, 2007, p. 106.

② Rancière J, *The Future of Images*, trans. Elliott G, Verso, 2007, p. 106.

③ Rancière J, *The Future of Images*, trans. Elliott G, Verso, 2007, pp. 106-107.

对象”[①]。朗西埃本人也对此表示了赞同，20 世纪 50 年代和 60 年代作为学生的他对风行巴黎的迷影（cinephilia）非常着迷。[②]70 年代刚好也是《电影手册》企图在方法上超越阿尔都塞主义的时候，可以说与朗西埃有着相似的思想历程。除此之外，朗西埃也成为原本在《电影手册》杂志社供职的法国电影批评家和理论家达内自己创办的刊物《交通》的重要撰稿人。[③]在其学术生涯之中，朗西埃是如此频繁地奔走于历史、政治和美学之间，始终进行着“跨学科”的学术实验（或者按照他自己的说法是“非学科”的），有人认为他的学术生涯存在着一个从历史学、政治学到美学的学术兴趣转向，但是他自己对于这一点却表示否认，他认为美学一直都是他研究的核心，虽然这一美学并非传统意义上的美学，而更接近于感性学的概念，但是毋庸置疑的是，21 世纪以来朗西埃的研究基本上只停留在文学、艺术、摄影和电影之上，并且不停地在这些文本之间转换。康利在一篇研究朗西埃的文章中曾经提到：“朗西埃的追随者开始怀疑他是不是写得太快了，以至于已经超过了他们吸收的速度。”[④]但是，深究之后不难发现的是朗西埃虽然在不同学科之间不断转变，但是他的学术策略都遵循了其基本的理论模式，即源自文学研究的审美体制和感性分配理论。然而必须指出的是，与艺术、设计和摄影直接套用其美学理论不同，朗西埃的电影研究突破了他本人已经形成的艺术体制理论的藩篱，有了新的发展，这一发展与电影这一媒介的特性有着紧密的联系。

2001 年朗西埃将自己平时撰写的大量电影批评文章中的一小部分选出并编辑出版，命名为《电影寓言》，但是他所谈论的内容基本上跟作为文学体裁的寓言没有丝毫的关系。用朗西埃自己的话来说，“寓言”指的是“通过小心地设计阴谋（noeud）和结局来安排必然的和逼真的情节，以便使得角色从幸运走向不幸或者反过来”[⑤]。换句话说，朗西埃用“寓言”一词的古义想要表达的就是自亚里士多德以来被法国新古典主义发扬光大的古典主义诗

---

① Guénoun S, “An interview with Jacques Rancière: Cinematographic image, democracy, and the ‘splendor of the insignificant’”, *Contemporary French and Francophone Studies*, Vol. 4, No. 2, 2000, p. 251.

② Tanke J, *Jacques Rancière: An Introduction*, Continuum, 2011, p. 110.

③ Tanke J, *Jacques Rancière: An Introduction*, Continuum, 2011, p. 110.

④ Conley T, “Savouring the surface: Rancière between film and literature”, In Davis O (Ed.), *Rancière Now: Current Perspectives on Jacques Rancière*, Polity Press, 2013, p. 143.

⑤ Rancière J, *Film Fables*, trans. Battista E, Berg Publishers, 2006, p. 1.

学，也就是他在文学和艺术研究中所发现的艺术的再现体制的基本特征。但是，这并不是电影这一新艺术形式的全部特点，电影艺术也绝对不会是艺术再现时代的新杰作。朗西埃认为，电影是构想于 19 世纪、诞生于 20 世纪的新艺术，也就是美学思想影响之下的新技术，不可能又回到再现时代的窠臼之中去。[①]他曾明确地表示："电影是美学时代新艺术形式的典范，这种艺术不再被转换为建立在同化、恐惧和怜悯之上的情节，而是直接地被赋予了一种充分的感性形式。"[②]

朗西埃在《电影寓言》的开篇就引用了著名的电影理论家和批评家爱泼斯坦在《你好，电影》中的话："电影是真实的。故事是虚构的。"[③]爱泼斯坦的这句话将电影与故事或曰虚构对立起来，这句话特别引起朗西埃的关注，是因为它点明了朗西埃所要指出的电影的另一个特点：真实性。用朗西埃本人的话来说，电影在刚刚发明之时最大的特点就在于它的忠实性，电影忠实地记录着这个世界，记录着生活中一个又一个微小的事件和瞬间，没有掺杂任何的人类情感。波德莱尔曾经认为这是艺术衰亡的征兆，因为艺术家的创造性不再被运用于艺术之中。朗西埃却并不这么认为，虽然他也并没有像本雅明在《机械复制时代的艺术作品》中那样去给电影和摄影赋予一种解放人类的历史地位。他仍然按照他所擅长的理论路径出发，电影的这种特点正是他在福楼拜的小说中发现的主题、体裁的无差别性，即福楼拜认为无论什么主题、什么人物都不是关键，关键在于文笔，有了文笔，无论是生活中多么琐碎的小事都可以被写入小说。电影也是如此，摄影机记录的世界与人的眼睛所看见的世界是不一样的，人的眼睛有着明显的视域和聚焦，会选择性地观看，甚至在观看的过程中必然会以自身对于眼前事物的概念图示为基础，但摄影机却会无差别地记录下所有的事物，不存在预先设定的观念，也就不存在导演的主观意图，所以电影才被爱泼斯坦看作纯粹真实的记录。

然而，爱泼斯坦的论述忽略了电影的内在矛盾性。朗西埃对电影的关注就在于它体现着一种矛盾：亚里士多德的诗学理论所代表的再现时代要求叙

---

① Tanke J, *Jacques Rancière: An Introduction*, Continuum, 2011, p. 110.

② Rancière J, *Film Fables*, trans. Battista E, Berg Publishers, 2006, p. 24.

③ Rancière J, *Film Fables*, trans. Battista E, Berg Publishers, 2006, p. 1.

事把罪犯引向被捕或者被揭发，可是美学时代中的电影中却并不是如此，“它要悬置镜头，打断情节的推进以及秘密的最终揭露”[①]。朗西埃认为在这种情况下我们所体验到的就是所谓的“清空时间”（empty time），这指的并不是叙事的中止，而是逻辑的反转，或者说是“事件本质的变换”。朗西埃想要强调的问题的关键不只是叙事的中止，而是“新的行动，美学时代的情节通过对时间的处理而与古老的叙事情节相决裂。在美学时代的情节里，是清空时间，即漫步中流逝的时间或者顿悟时停顿的时间——不是计划、目标的实现或失败的时间——使得叙事充满力量”[②]。电影的寓言或曰电影的故事、虚构就是在这个意义上被打断或曰被挫败，故事不能按照线性的节奏被揭露出来，虽然后现代小说家卡尔维诺的叙事也包含了这一特征，但是其打断叙事的方式却是不一样的。朗西埃举出了德国表现主义电影大师弗里茨·朗的名作《M 就是凶手》中的一个场景作为例子，当警察在凶手的家中进行搜查、寻找证据以及等待犯人的时候，镜头却展现出凶手就像一个普通的群众一样在大街上徜徉，游荡在街边的商店之中。又比如凶手在被审问的时候，所有的审判人员竟都是各式各样的地下罪犯。在审问的过程中，一个妓女站起来指责凶手罪恶滔天，以及他的所作所为完全忽视了一个母亲在自己的孩子被杀之后会多么伤心，他感受不到。事实上，这里从法庭到审判人员的发言虽然都不是真实的，但却是有板有眼的，是对社会秩序的模仿，而这种模仿以一种戏仿的形式出现，那颤抖的声音、激愤的态度都是对现实世界中法庭的模仿，而这群模仿者通常都是法庭上的被告——一群乌合之众。叙事并不急于马上进行到接下来的环节，朗西埃认为这不只是一个叙事中止的问题，也让人联想起阅读雨果小说的经验，即叙事被突然中止，然后插入了与故事完全不相关的关于巴黎圣母院的建筑的讨论，但是朗西埃所要说明的是一个诗学问题，是对亚里士多德以来的再现体制的打破。按照坦科的说法就是，“对于朗西埃而言，其核心观点在于每一部电影都是电影寓言奇怪逻辑的结果，电影寓言——它的故事、剧本、事件的时间顺序的安排——一次又一次地被镜头、场景、图像、声音、被悬置的时刻以及从文学寓言到电影寓言翻译过

---

① Rancière J, *Film Fables*, trans. Battista E, Berg Publishers, 2006, p. 49.

② Rancière J, *Film Fables*, trans. Battista E, Berg Publishers, 2006, p. 50.

程中打破了叙事联系的瞬间所挫败（contrairee）”[①]。也许朗西埃要说明的是，这种模仿既是对现实世界逻辑的效仿，也是对现实世界逻辑的颠覆。

所以，朗西埃才从隐喻的层面上说：“移动影像（moving images）推翻了亚里士多德式的等级秩序……电影重新唤起了古老的模仿秩序，因为它从根本上颠覆了模仿的问题——即柏拉图对影像的斥责，以及感性的复制与理性的模式之间的对立。爱泼斯坦说，被机械的眼睛看见的及被转写的素材与精神是平等的：一种可感觉到的非物质的素材由波浪和微粒组成，它们消除了具有欺骗性的外表和物质的现实之间的对立。”[②]他的这一段话总结起来包括两个基本点：第一，电影毕竟是导演的产物，这是其不同于爱泼斯坦的一点，因此必然包含了虚构的成分，也许体现这一成分的手段是剧本或者蒙太奇等等；第二，即便电影是一种虚构的产物，它也同时是一种真实的记录，它可以像福楼拜的小说一样无差别地记录现实生活中各种微观的事件和事物。正是这种矛盾性塑造了电影的特殊性，同时也使得电影有别于过往的非此即彼的艺术形式，超越了艺术的再现体制和审美体制的单纯划分而成为包含了两方面特点的新艺术形式，所以寓言指的是电影的虚构部分，而被挫败的又指的是无差别地真实反映挫败了虚构的寓言，因此朗西埃认为“电影的寓言就是被挫败的寓言”[③]。朗西埃用茂瑙的电影《塔度夫》对此进行了说明，《塔度夫》改编自莫里哀的著名戏剧作品《达尔杜夫》（又译为《伪君子》），但是《塔度夫》则是一部诞生于20世纪20年代的默片，虽然说茂瑙在影片中加入了字幕来展现人物的对话，但是朗西埃关注的则是如何把莫里哀原著中通过语言表现出来的人物的虚伪转换成无声的镜头中塔度夫的虚伪。朗西埃通过对于茂瑙电影中所使用的“影子”的具体分析指出，在展现“虚伪”这样的主题时，影像必须得戳穿自己的谎言，必须得表现出比自身更多的内容，即展现的是真实，影射的却是虚伪，这被他称为“慕理镇效应”（Moonfleet Effect）。一言以蔽之，电影具有艺术的审美体制与艺术的再现体制的双重特征，并且形成了一种新的矛盾体制，虽然朗西埃并没有进行重新命名，但是

① Tanke J, *Jacques Rancière: An Introduction*, Continuum, 2011, p. 112.

② Rancière J, *Film Fables*, trans. Battista E, Berg Publishers, 2006, p. 2.

③ Rancière J, *Film Fables*, trans. Battista E, Berg Publishers, 2006, p. 11.

电影所反映出来的特点已经超越了前两者，而只有电影这一独特的艺术类型才具有这种双重特征。事实上，朗西埃把这一双重特征的发端向前推进到了德国浪漫主义美学时代，并指出黑格尔、荷尔德林、谢林等人在《先验观念论的体系》中所强调的有意识和无意识的统一正是这种双重性统一的发端，用朗西埃自己的话来说就是："电影因为拥有导演的有意识的眼睛与镜头的无意识的眼睛这双重的力量，所以是对谢林和黑格尔有关艺术在原则上是有意识和无意识统一争论的具体体现。"[①]正是因为这个原因，奥利弗认为朗西埃的核心议题就在于"电影作为艺术形式的特点在其技术装备诞生之前就已经存在"[②]。

总之，《电影寓言》确立了朗西埃的基本电影观，但是它本身并不是一部关于电影史的著作，正如坦科曾经戏仿地指出，朗西埃的这本书就是一种戏仿，将不同时间、不同地点发表的文章按年代进行排序，但同时也是以一种蒙太奇的方式具有欺骗性地将其编排在一起，构成一个新的文本。[③]这本书甚至很难被定义为一部有关电影哲学的著作，而更多地可以被看作是对于一系列电影导演以及电影理论家的回应，戈达尔就是其中之一。

朗西埃与戈达尔在思想上有着共同的起源——"五月风暴"。戈达尔作为"五月风暴"的积极参与者，也曾是阿尔都塞主义和毛主义的拥趸（戈达尔曾经在《中国姑娘》中引用阿尔都塞论述戏剧的内容），逐渐地从当年的反叛者变成了如今的电影大师，这一经历多少与同时代一起成长的朗西埃以及巴迪欧等人相似。朗西埃对戈达尔的批评主要集中在他的八集系列片《电影史》中，这部系列片是给历史上的经典片段加上理论文本以及旁白等等进行剪辑而成，戈达尔在其名字上采用了一语双关的用法，histoire 在法文中既可以指"故事"也可以指"历史"，也正是因为这个原因，黄建宏在翻译的时候将戈达尔的这部名作翻译为《电影史（事）》。

戈达尔的这一工程是一种混合的电影，其中有理论的文本和电影的片段以及声音的混杂，这种混杂正是朗西埃在多个地方所追求的混同，朗西埃将

① Guénoun S, "An interview with Jacques Rancière: Cinematographic image, democracy, and the 'splendor of the insignificant'", *Contemporary French and Francophone Studies*, Vol. 4, No. 2, 2000, p. 252.

② Davis O, *Jacques Rancière*, Polity Press, 2010, p. 141.

③ Tanke J, *Jacques Rancière: An Introduction*, Continuum, 2011, p. 114.

之称为“大并置群”（grande parataxe）。但是，戈达尔的并置被看作具有更深刻的意义，它体现了在福柯的《词与物——人文科学考古学》中被分开的语言和图像又被重新地融合在一起，朗西埃在整个学术生涯中都坚持认为“问题不在于把词语与视觉图像对立起来”,而在于要反思和颠覆逻各斯对图像的绝对权力，而戈达尔的这部电视系列片正好反映了一种新时代的混杂[①]，其中就蕴藏着颠覆的可能性。朗西埃将之称为“影像-构句”（image-phrase）。戈达尔的这种混乱可以说是类似于艺术中的拼贴，其意义又牵涉出朗西埃的另一组二元对立的概念：辩证蒙太奇与象征蒙太奇。

所谓辩证蒙太奇，指的是异质性元素在同一个表面之中，但是它们之间的关系是紧张的、对立的，处于矛盾之中。朗西埃举出了哈特费尔德的艺术作品来说明这一问题，他的作品被称为摄影蒙太奇（photo-montage），比如将资本主义的金币放在希特勒的喉咙之中。几十年之后的罗斯勒在其作品《把战争带回家》中则将越南战争的照片与幸福家庭的照片并置在一起。这些不相关的元素之间不存在任何的类似关系,它们之间的关系是冲突的和紧张的，从而制造出强烈的政治气氛。所谓象征蒙太奇，虽然同样是将异质性元素并置在一起形成大并置群，但是它们之间存在着隐藏的关系，都统一在“神秘”之中。这种蒙太奇手法最早可以追溯到马拉美的诗歌中所运用的意象之间的关系。戈达尔的电影就属于后者，他在截取不同的经典电影的片段时通常会以隐含的联系为纽带,比如说在他所讨论的希区柯克的电影中,他截取了《深闺疑云》中的牛奶杯以及《惊魂记》中装着被偷窃的钱的钱包，这些元素在各自的文本中都是作为悬疑性元素而存在的,并非作为线性叙事的必要环节，而是作为制造紧张气氛的工具，因此这两个镜头被当作相类似的内容组合在一起。然而，正如坦科所说，对于朗西埃来说，希区柯克最重要的特点恰恰是在于他遵守的是再现的传统。[②]

罗布森认为“戈达尔拆散了希区柯克的叙事是为了建构因对图像的迷恋而激发的蒙太奇”,而导致这一点的原因,在朗西埃看来,是两个问题的纠缠：第一，戈达尔意义上的好莱坞电影工业化取代了某种乌托邦的视域，这对于

① Rancière J, *The Emancipated Spectator*, Verso, 2009, p. 97.

② Tanke J, *Jacques Rancière: An Introduction*, Continuum, 2011, p. 137.

他而言是20世纪的特征；第二则是电影的“背叛”，为了讲述故事，机械的力量被用来建立现象之间的联系。换句话说，“戈达尔对于希区柯克的镜头的利用是为了把图像从对故事的服从之中解放出来。在发现不同的故事、叙事、电影、绘画、摄影、音乐等等之间看不见的各种关系的过程中，戈达尔的碎片使得电影扮演着发现与交流的角色，同时也是这个角色因为被故事工业奴役而被这些电影所放弃”[①]。希区柯克的电影是一种工业化的电影，是对故事工业的服从，而戈达尔的纪录片从中抽取的片段则打破了原有的叙事，形成了新的并置群，这是在虚构的基础上构建纪录片的真实，但是这种并置的手法却是象征主义的手法，而非辩证蒙太奇。这也就是说，戈达尔自己也走上了一条错误的道路，他以一种亚里士多德诗学式的方式重新组建起故事或虚构，这一点被罗布森称为“以蒙太奇的方式构建了反蒙太奇”[②]，原本用来打破线性叙事的手段却最终沦为新的叙事手段，这正是朗西埃所着力批判之处。虽然戈达尔的电视系列片更类似于纪录片的性质，但是它的最终结果却变成了新的虚构，而在朗西埃看来，由蒙太奇构建的虚构本身是一种政治上的倒退，被记录者自己没有说明的是，以哈特费尔德的批判的辩证蒙太奇为代表的异质性元素的并置才是具有积极的政治意义的，因为它恰好反映了朗西埃最关注的核心话题——歧义。

结　　语

从本质上说，朗西埃的平等主义美学包含着一个基本的理论核心，即通过高雅艺术来发掘平等的潜在可能性。正如本章分析指出的，朗西埃采用了两个维度的理论来解决这一理论难题。一方面，他通过寻找日常生活与高雅艺术相互融合的最初起源来解决所谓艺术自律与他律的基本问题，他消解了丹托所谓的艺术终结论，因此也回避了丹托的艺术定义中所隐含的精英主义

① Robson M, “Cinemarxis: Rancière and Godard”, In Bowman P (Ed.), *Rancière and Film*, Edinburgh University Press Ltd., 2013, p. 143.

② Robson M, “Cinemarxis: Rancière and Godard”, In Bowman P (Ed.), *Rancière and Film*, Edinburgh University Press Ltd., 2013, p. 146.

意识。艺术正变得生活化，生活也正变得艺术化，这几乎就是日常生活审美化理论的重述，而朗西埃从中发现的是一种源自德国浪漫主义美学诞生时期的平等化趋势，当代艺术中的平等只是一贯平等的延续，所以说朗西埃是一位寻找连续性而非福柯式断裂的哲学家。另一方面，他通过“制造场景”，即塑造一系列的僭越者形象，来挖掘和鼓舞底层工人阶级勇敢向上的信心，这一连串的名字包括高尼、爱玛、维罗妮克等等，在朗西埃的美学理论中，带有这种特征的人可以被统称为“解放的观众”，而引导这种观众产生的人则被称为“无知的教师”。因此，高雅艺术的鉴赏既不像加塞特所说的不属于大众，也不像丹托所说的需要一个艺术界,解放的观众可以通过自己的经验去感受、去体验，以形成自己的独特理解，但是，朗西埃的理论策略也由此得以体现。

然而，对于一群连温饱都无法保障，并且需要通过拼命工作才能维持生命的无产阶级群众而言，想让他们通过对艺术、文学等等的觊觎来变成活生生的僭越者，以改变区隔的现状，无异于痴人说梦。但是，朗西埃的理论之所以存在正是因为他并不孤单，他的理论可以被看作布迪厄的区隔理论的补充，即当我们需要寻找改变的力量时该如何来应对，这正是朗西埃式乌托邦的最终意义所在。

参考文献

〔美〕阿瑟·丹托:《艺术的终结》，欧阳英译，江苏人民出版社，2005。

〔美〕阿瑟·丹托:《艺术的终结之后：当代艺术与历史的界限》，王春辰译，江苏人民出版社，2007。

〔美〕阿瑟·丹托:《美的滥用》，王春辰译，江苏人民出版社，2007。

〔美〕阿瑟·丹托:《寻常物的嬗变——一种关于艺术的哲学》，陈岸瑛译，江苏人民出版社，2012。

〔意〕安东尼奥·葛兰西:《狱中札记》，曹雷雨等译，中国社会科学出版社，2000。

〔西〕奥尔特加·加塞特:《艺术的去人性化》，莫娅妮译，译林出版社，2010。

〔法〕巴尔扎克:《人间喜剧》（第十九卷），王文融等译，人民文学出版社，1994。

〔英〕保罗·威利斯:《学做工：工人阶级子弟为何继承父业》，秘舒、凌旻华译，译林出版社，2013。

〔德〕鲍里斯·格洛伊斯:《走向公众》，苏伟、李同良等译，金城出版社，2012。

〔古希腊〕柏拉图:《理想国》，王扬译注，华夏出版社, 2012。
〔法〕弗朗索瓦·多斯:《从结构到解构: 法国 20 世纪思想主潮》(上、下卷)，季广茂译，中央编译出版社, 2004。
〔德〕汉娜·阿伦特编:《启迪: 本雅明文选(修订译本)》，张旭东、王斑译，生活·读书·新知三联书店, 2012。
〔德〕黑格尔:《美学》(第一卷)，朱光潜译，商务印书馆, 1979。
〔法〕居依·德波:《景观社会》，王昭凤译，南京大学出版社, 2006。
〔法〕利奥塔:《非人: 时间漫谈》，罗国祥译，商务印书馆, 2000。
〔法〕利奥塔:《后现代状态: 关于知识的报告》，车槿山译，南京大学出版社, 2011。
〔法〕路易·阿尔都塞:《哲学与政治: 阿尔都塞读本》，陈越编译，吉林人民出版社, 2003。
〔法〕路易·阿尔都塞:《读〈资本论〉》，李其庆、冯文光译，中央编译出版社, 2008。
〔法〕路易·阿尔都塞:《保卫马克思》，顾良译，商务印书馆, 2010。
〔法〕路易·阿尔都塞:《来日方长: 阿尔都塞自传》，蔡鸿滨译，上海人民出版社, 2013。
〔法〕罗兰·巴特:《明室——摄影纵横谈》，赵克非译，文化艺术出版社, 2003。
〔法〕马克·昂热诺等:《问题与观点: 20 世纪文学理论综论》，史忠义、田庆生译，百花文艺出版社, 2000。
〔英〕迈克·费瑟斯通:《消费文化与后现代主义》，刘精明译，译林出版社, 2000。
〔英〕特里·伊格尔顿:《审美意识形态》，王杰等译，广西师范大学出版社, 2001。
〔英〕特里·伊格尔顿:《理论之后》，商正译，商务印书馆, 2009。
〔美〕W. J. T. 米歇尔:《图像理论》，陈永国、胡文征译，北京大学出版社, 2006。
〔德〕沃尔夫冈·韦尔施:《重构美学》，陆扬、张岩冰译，上海世纪出版集团, 2006。
〔法〕雅克·朗西埃:《政治的边缘》，姜宇辉译，上海译文出版社, 2007。
〔法〕雅克·朗西埃:《歧义》，刘纪蕙等译，麦田出版社, 2011。
〔法〕雅克·朗西埃:《影像的宿命》，黄建宏译，典藏艺术家庭股份有限公司, 2011。
〔法〕雅克·朗西埃:《图像的命运》，张新木、陆洵译，南京大学出版社, 2014。
〔古希腊〕亚里士多德:《诗学》，陈中梅译注，商务印书馆, 1996。
〔古希腊〕亚里士多德:《政治学》，颜一、秦典华译，中国人民大学出版社, 2003。
〔德〕伊曼纽尔·康德:《判断力批判》，邓晓芒译，人民出版社, 2002。

Chambers S A, *The Lessons of Rancière*, Oxford University Press, 2012.
Conley T, "A fable of film: Rancière's Anthony Mann", *Substance*, Vol. 33, No. 1, 2004.
Conley T, "Cinema and its discontents: Jacques Rancière and film theory", *Substance*, Vol. 34, No. 3, 2005.
Foucault M, "Omnes et singulatim: Towards a criticism of political reason", In Faubion J (Ed.), *Power: Essential Works of Michel Foucault 1954-1984, Vol. 3*, trans. Herley R,

Allen Lane, 2000.

Guenoun S, Cassidy R, "Jacques Rancière's Freudian cause", *Substance*, Vol. 33, No. 1, 2004.

James I, *The New French Philosophy*, Polity Press, 2012.

Kritzman L D, *The Columbia History of Twentieth-Century French Thought*, Columbia University Press, 2006.

Rancière J, *The Nights of Labor: The Workers' Dream in Nineteenth-Century France*, trans. Drury J, Temple University Press, 1989.

Rancière J, *Courts Voyages au Pays du Peuple*, Seuil, 1990.

Rancière J, *The Ignorant Schoolmaster: Five Lessons in Intellectual Emancipation*, trans. Kristin Ross, Stanford University Press, 1991.

Rancière J, *Les Noms de L'histoire: Essai de Poétique du Savoir*, Seuil, 1992.

Rancière J, *The Names of History: On the Poetics of Knowledge*, trans. Melehy H, University of Minnesota Press, 1994.

Rancière J, *La Mésentente: Politique et Philosophie*, Galilée, 1995.

Rancière J, *La Chair des Mots: Politiques de L'écriture*, Galilée, 1998.

Rancière J, *La Parole Muette: Essai sur Les Contradictions de la Littérature*, Hachette, 1998.

Rancière J, *Le Partage du Sensible*, La Fabrique, 2000.

Rancière J, *La Fable Cinématographique*, Seuil, 2001.

Rancière J, *L'inconscient Esthétique*, Galilée, 2001.

Rancière J, "Ten theses on politics", *Theory & Event*, Vol. 5, No. 3, 2001.

Rancière J, "Prisioners of the infinite", *Counter Punch*, No. 30, 2002.

Rancière J, "The aesthetic revolution and its outcomes: Emplotments of autonomy and heteronomy", *New Left Review*, No. 14, 2002.

Rancière J, *Le Destin des Images*, La Fabrique, 2003.

Rancière J, *Les Scènes du Peuple*, Horlieu, 2003.

Rancière J, *Short Voyages to the Land of the People*, trans. Swenson J, Stanford University Press, 2003.

Rancière J, *Malaise dans L'esthétique*, Galilée, 2004.

Rancière J, *Aux Bords du Politique*, Gallimard, 2004.

Rancière J, *Le Maître Ignorant: Cinq Leçons sur L'émancipation Intellectuelle*, Fayard, 2004.

Rancière J, *The Philosopher and His Poor*, ed. & trans. Parker A, Oster C, Drury J, Duke University Press, 2004.

Rancière J, *Disagreement: Politics and Philosophy*, trans. Ross J, University of Minnesota Press, 2004.

Rancière J, *The Flesh of Words: The Politics of Writing*, trans. Mandell C, Stanford University

Press, 2004.

Rancière J, "Who is the subject of the rights of man?", *The South Atlantic Quarterly*, Vol. 103, No. 2/3, 2004.

Rancière J, *La Haine de la Démocratie*, La Fabrique, 2005.

Rancière J, *Chronique des Temps Consensuels*, Seuil, 2005.

Rancière J, *Mallarmé: La Politique de la Sirène*, Hachette, 2006.

Rancière J, *The Politics of Aesthetics*, trans. Rockhill G, Bloomsbury Academic, 2006.

Rancière J, *Film Fables*, trans. Battista E, Berg Publishers, 2006.

Rancière J, "The ethical turn of aesthetics and politics", *Critical Horizons*, No. 7, 2006.

Rancière J, "Thinking between disciplines: An aesthetics of knowledge", *Parrhesia*, No. 1, 2006.

Rancière J, "Democracy, republic, representation", *Constellations*, Vol. 13, No. 4, 2006.

Rancière J, "What does it mean to be un?", *Cotinuum: Journal of Media & Cultural Studies* 21, No. 4, 2007.

Rancière J, *Le Philosophe et Ses Pauvres*, Flammarion, 2007.

Rancière J, *Politique de la Littérature*, Galilée, 2007.

Rancière J, *On the Shores of Politics*, trans. Heron L, Verso, 2007.

Rancière J, *Le Spectateur Émancipé*, La Fabrique, 2008.

Rancière J, "Aesthetic separation, aesthetic community: Scenes from the aesthetic regime of art", *Art & Research: A Journal of Ideas, Contexts and Methods*, Vol. 2, No. 1, 2008.

Rancière J, "The aesthetic dimension: Aesthetics, politics, knowledge", *Critical Inquiry*, No. 36, 2009.

Rancière J, *Et Tant Pis Pour Les Gens Fatigués*, Editions Amsterdam, 2009.

Rancière J, *The Future of the Image*, trans. Elliott G, Verso, 2009.

Rancière J, *Aesthetics and Its Discontents*, trans. Corcoran S, Polity Press, 2009.

Rancière J, "Do pictures really want to live?", *Culture Theory & Critique*, Vol. 50, No. 2-3, 2009.

Rancière J, "Notes on the photographic image", *Radical Philosophy*, No. 156, 2009.

Rancière J, "A few remarks on the method of Jacques Rancière", *Parallax*, Vol. 15, No. 3, 2009.

Rancière J, *The Emancipated Spectator*, trans. Elliott G, Verso, 2009.

Rancière J, *Dissensus: On Politics and Aesthetics*, trans. Corcoran S, Continuum, 2010.

Rancière J, *Chronicles of Consensual Times*, trans. Corcoran S, Continuum, 2010.

Rancière J, *The Politics of Literature*, Polity Press, 2010.

Rancière J, *The Aesthetic Unconscious*, Polity Press, 2010.

Rancière J, *Les Écarts du Cinéma*, La Fabrique, 2011.

Rancière J, *Bela Tarr, le Temps D'après*, Capricci Editions, 2011.

Rancière J, *Aisthesis*, Galilée, 2011.

Rancière J, *Althusser's Lesson*, trans. Battista E, Continuum, 2011.

Rancière J, *Mallarmé: The Politics of the Siren*, trans. Corcoran S, Continuum, 2011.

Rancière J, *Mute Speech: Literature, Critical Theory, and Politics*, trans. Swenson J, Columbia University Press, 2011.

Rancière J, *Staging the People (Vol 1): The Proletarian and His Double*, trans. Fernbach D, Verso, 2011.

Rancière J, *Staging the People (Vol 2): The Intellectual and His People*, trans. Fernbach D, Verso, 2012.

Rancière J, *La Méthode de L'égalité*, Bayard Jeunesse, 2012.

Rancière J, *Figures de L'histoire*, Presses Universitaires de France, 2012.

Rancière J, *La Leçon d'Althusser*, La Fabrique, 2012.

Rancière J, *La Nuit des Prolétaires*, Fayard, 2012.

Rancière J, *Aisthesis: Scenes from the Aesthetic Regime of Art*, trans. Paul Z, Verso, 2013.

Rockhill G, Watts P, *Jacques Rancière: History, Politics, Aesthetics*, Duke University Press, 2009.

Robson M, *Jacques Rancière: Aesthetics, Politics, Philosophy*, Edinburgh University, 2006.

Stamp R, Bowman P, *Reading Rancière*, Continuum, 2011.

Tanke J J, *Jacques Rancière: An Introduction*, Continuum International Publishing Group, 2011.

Ulary G, "What is the aesthetic regime?", *Parrhesia*, No. 12, 2011.

第四章
奈格里的诸众-艺术论

引　言

奈格里于 1933 年在意大利的帕多瓦出生。他的父亲参与组建过博洛尼亚的共产党，后于 1936 年被法西斯主义者杀害，而奈格里则由身为小学老师的母亲抚养长大。奈格里长大后就读于帕多瓦大学，在大学期间，他先后去过巴黎高等师范学校、牛津大学、图宾根大学和慕尼黑大学等机构访学。在 1958 年获得博士学位的前两年，他已经成为帕多瓦大学的一名教授。

奈格里于 1958 年加入意大利社会党（1963 年退出），在政治和学术上都非常活跃。在 20 世纪 60 年代和 70 年代，奈格里帮助成立并且主编了议会外左派的四本杂志：《红色笔记本》、《工人阶级》（1963—1966）、《反击计划》（1967—1968）和《红》（1973—1979）。这些杂志聚集了当时很多重量级的思想家如卡奇亚里、潘齐埃里、特龙蒂等。奈格里于 1963 年在工人中组织成立了《资本论》阅读小组。这时奈格里的学术兴趣也从国家理论和法哲学转向了更为政治化的研究和运动。

奈格里在 1969 年参与组建了"工人力量"组织，这个组织将工厂内的男性工人视为革命的主体，并且将传统的政党和工会视为最为重要的组织，该组织于 1973 年解体。后来出现了更为松散、更为去中心化的组织，即"自治"组织，我们所知道的自治主义就是源于对该组织实践的理论抽象。

虽然意大利的马克思主义者在"工人力量"（也称为"工人主义"）时期就已经开始关注工人的主体性和自发性，但在自治主义时期，无论是在理论上还是实践上，都有所发展。但 1977 年的抗议运动和游行示威因其影响被政府所压制，奈格里也被指控为幕后黑手，被迫流亡法国，意大利的马克思主义运动也陷入低潮。20 世纪 60 年代以来的激进运动在意大利由此终结。

在巴黎，奈格里受阿尔都塞之邀在巴黎高等师范学校讲授马克思的《大纲》，正是通过对《大纲》的解读，奈格里发现了另一个马克思——超越马克思的马克思，从而让他对无产阶级的主体性有了更深的认识。这也影响到了他后来的写作。正是在巴黎，哈特见到了奈格里，从此两人开始了合作。

1978 年意大利极端组织“红色旅”对当时的意大利总理莫罗的暗杀让意大利政府宣布国家进入紧急状态，很多自治主义马克思主义者被逮捕，奈格里被指认为恐怖主义运动的幕后操纵者（后来证明他并不是），并于 1979 年被判入狱。1983 年，奈格里因为当选激进党的国会议员被释放，但是马上又被剥夺了议会豁免权，被宣布再度入狱后开始流亡法国，长期任教于巴黎第八大学和德里达组建的国际哲学学院，就这样，奈格里在法国滞留了 14 年。奈格里于 1997 年与哈特共同完成《帝国》的手稿，然后决定回国服刑，最终于 2003 年出狱。

在奈格里的诸众-艺术论中，劳动与生产占据着核心位置。当活劳动作为诸众欲望的体现去展开活动时，就是在创造美，这就是艺术活动。奈格里考察了生产组织方式与劳动形式的变化和艺术形式的变化之间的关系，并借此对艺术形式的发展进行分期，对艺术进行了历史唯物主义的分析。

奈格里是当代西方马克思主义者中非常具有原创性的思想家，其提出的诸多概念如“帝国”“诸众”“非物质劳动”“共同性”“生命政治生产”等已经广为流通，成为认识当下全球化资本主义世界的重要范畴，在哲学、政治学、美学等领域产生了深远影响。

第一节　对马克思与斯宾诺莎的再解读

奈格里在 20 世纪 60 年代就开始关注《大纲》，通过对《大纲》的阅读，他看到了这样一种趋势：生产领域内出现了两个独立的变量和主体，那就是劳动和资本。《机器论片段》就是他在 20 世纪 60 年代从《大纲》中翻译出来的，并被维尔诺称为“圣经式文本”——一旦遇到什么困难或瓶颈，他们就会从这一文本中寻求灵感。

正是在法国流亡期间，奈格里受阿尔都塞之邀，在巴黎高等师范学校对《大纲》进行了细致的解读，但这远不是学院式的研究，我们必须将这种解读进行语境化，并结合 20 世纪 70 年代西方资本主义的变化：1968 年的“五月风暴”运动、美国在越南战争中的失败、工人力量的发展、石油危机、美元与黄金脱钩等。①这些都是奈格里解读《大纲》时的现实考量，因为在 1857 年马克思写作《大纲》时也爆发了金融危机。奈格里的这本书是 1977—1978 年讲座的成果结集，在思想上还存在着深刻的自治主义烙印，如拒绝工作和工人自治，但最为关键的是，通过《大纲》，奈格里发现了另一个马克思，既不同于第二国际所理解的马克思，也不同于西方马克思主义所解读的马克思。

在为中文版的《大纲》所写的序言中，奈格里说：“革命性的力量认识到，资本主义统治的局限在于其总是与生产力相对立，现在则是与智力劳动——这一认识使得他们努力克服这一点。”②所谓智力劳动，就是普遍智能或大众智能，关于这一点我们会在后面继续讨论，这里我们要问的是：奈格里所说的生产力是什么？

一般我们将生产力定义为劳动工具、劳动对象和劳动者三要素，但随着科技的发展，机器体系在生产中所起的作用越来越大，而劳动者本身则成为可有可无的存在，也就是说，科学技术成了第一生产力，在经济社会的发展中占据了中心地位。但奈格里不能接受这种彻底客观主义的结论，因为工人阶级作为劳动力，其使用价值是创造性的；工人阶级是财富的源泉。工人阶级的本质是价值的创造者，这一本质包含在持续不断的斗争中。这些斗争一方面造成了资本的发展，另一方面造成了阶级构成的增强、工人阶级的需要和快乐的扩大，以及在再生产过程中必要劳动价值的提升。③

随着资本主义社会的发展，工人进行自我再生产所需要的价值有所提升，工人的生命形式变得越来越完全，其结果势必是利润率的降低，工人要求更

---

① Casarino C, Negri A, *In Praise of the Common*, University of Minnesota Press, 2008, p. 61.

②〔意〕奈格里:《〈大纲〉：超越马克思的马克思》，张梧等译，北京师范大学出版社，2011，中文版序言第 3 页。

③〔意〕奈格里:《〈大纲〉：超越马克思的马克思》，张梧等译，北京师范大学出版社，2011，第 100 页，译文有改动。

多的工资，这种要求不只是经济性的，也是直接政治性的，这就产生了奈格里所强调的对抗的逻辑：工人与资本的对抗。这样工人就不再是被动的客体，而是成了积极的主体。虽然资本不断想要去控制工人，去实现自己的价值增殖，但是工人的劳动却不只是简单的商品，它是与死劳动相对立的活劳动，这种劳动“是活的、造形的火；是物的易逝性，物的暂时性，这种易逝性和暂时性表现为这些物通过活的时间而被赋予形式”[①]。所谓造形就是赋予形式（forming-giving），也就是说，在没有外在权力束缚的情况下，人们可以通过自己的劳动去改造外在世界，就像手工艺人通过自己的技艺去改变一块木材或一团泥土那样。在这种改造过程中，自由真正得到体现，对象化的世界与人的主体不再相互对立。但是在资本主义生产关系中，工人不得不出卖自己的劳动力，从而让自己所生产出的产品与自己相对立——这就是卢卡奇所揭示的产品异化，工人生产得越多，自己就变得越贫穷；社会产品越丰富，工人就越空洞，与螺丝钉无异。

但奈格里并没有陷入卢卡奇的弥赛亚主义以及其生产资料批判所开启的悲观主义传统中去。这里我们要岔开一下，去看看意大利马克思主义与“西方马克思主义”的区别，从而揭示意大利政治的独特性。

在青年马克思那里，异化一共存在四种样态：工人同自己的劳动产品相异化；工人同自己的劳动相异化；人同自己的类本质相异化；人同人相异化。青年卢卡奇的物化主要指的是第二种异化，即人自己的活动、人自己的劳动、作为某种客观的东西、某种不依赖于人的东西、某种通过异于人的自律性来控制人的东西，同人相对立。[②]

我们知道，这种对立境遇的根本原因就是商品拜物教，即原本人与人的关系表现为物与物之间的关系。物本是人类劳动的成果，是人类类本质的对象化，但是随着商品经济的发展，物与物形成了一个凌驾在人类之上的幽灵般的世界。这个世界有其内在的客观自律性，即价值规律，人类只能遵守，不能逾越。以客观自律性为中介，现代市民社会（即资产阶级社会）这个第二自然由

---

①〔德〕马克思、〔德〕恩格斯：《马克思恩格斯全集》（第三十卷），中共中央马克思恩格斯列宁斯大林著作编译局译，人民出版社，1995，第 329 页。

②〔匈〕卢卡奇：《历史与阶级意识》，杜章智、任立、燕宏远译，商务印书馆，1999，第 150 页。

此产生，这个社会如第一自然一样，有其自身铁的不可更改的自然规律。卢卡奇这里其实是在解剖古典经济学思想，揭开这种经济学背后的迷魅。

另外，卢卡奇通过韦伯的视角认识到，随着现代技术的发展，工业体系日益成熟和完善，合理化日益加强，工厂（包括企业）也成了一个自律性的体系。尤其是随着泰勒制的推广，工厂内部的操作日益理性化。但这种理性化是以工人被摧残为结果的，这种摧残不只是对他们身体的损害，同时也是对他们灵魂的物化。以泰勒制为代表的工厂制度可以说是对理性化原则的彻底贯彻，结果却是最彻底的非理性——这就是韦伯所说的形式合理性导致实质非理性。

这种现象的前提是什么？那就是工人身份的转变：他们已不再是人，而是资本家从市场上买回来的劳动力商品和消费品。资本家消费工人的什么呢？那就是他们的活劳动、体力和精神，或者说，是他们的劳动时间。活劳动必须要结合死劳动即生产资料，才可能产生价值，死劳动必须抓住活劳动。这种生产彻底发挥形式的合理性，将原本手工业时代完整的劳动过程分解为抽象合理的局部操作，将生产过程机械化、碎片化，使之更合乎理性，更便于计算，更易于管理。其结果自然是工人意识的机械化，如《摩登时代》中的卓别林。如卢卡奇所说，随着对劳动过程的现代“心理”分析（泰勒制），这种合理的机械化一直推行到工人的“灵魂”里：甚至他们的心理特征也同他们整个人格相分离，同这种人格相对立的被客体化，以便能够被整合到合理的专门系统里去，并在这里归入计算的概念。[①]

工厂内的时间完全失去了其质的要素，变成了纯粹的量，以便于计算和操控。时间变成了一个可量化的连续统一体，或者用本雅明的话说，现代资本主义的时间成了同质空洞的时间。现代社会的无意义盖出于此。

这里卢卡奇提到，随着劳动过程越来越合理化和机械化，工人的活动也越来越多地失去自己的主动性，变成了一种直观的态度，从而越来越失去意志。于是卢卡奇引进黑格尔主义，他用无产阶级取代了黑格尔的绝对精神，这个无产阶级来自历史，并在历史中真正把握到其阶级意识。无产阶级作为历史同一的主客体，无疑具有犹太教的弥赛亚主义意味，关于这一点卢卡奇在新版导言中也做了坦白，承认自己是以救世主自居的乌托邦主义者。

---

①〔匈〕卢卡奇:《历史与阶级意识》，杜章智、任立、燕宏远译，商务印书馆，1999，第152页。

这里我们可以看到卢卡奇自身的二律背反：一方面，他根据韦伯的理性化理论，深入分析工人在工厂内的碎片化和机械化，并指出这种境况造成了工人灵魂的彻底扭曲，可以说这是一种生产力批判；另一方面，卢卡奇却试图借助于无产阶级革命这一外部弥赛亚事件来解放无产阶级的身体和灵魂，打破原有的生产关系。但如何确保彻底被扭曲的工人从事这种弥赛亚式的革命行动呢？那就要通过作为先锋队的革命党的意识灌输。换句话说，工人还要接受教育才能自我觉悟。但卢卡奇在前面论述道，工人自己就可以认识到其主客体同一的历史地位，是自我觉悟还是接受教育灌输，这是卢卡奇没有解决的问题。

继承并发展了卢卡奇商品—形式批判的法兰克福学派同样也落入了意识形态批判的窠臼中，在告别政治经济学的同时也告别了工人阶级，从此无可摆脱的悲观主义也一直笼罩着法兰克福学派——除了马尔库塞，因为他在20世纪60年代就已发现《大纲》的价值，并走出了悲观主义与弥赛亚主义救世论的困境。

哈特指出，是列宁为奈格里阅读马克思提供了新的视角，并为马克思主义学术探索提供了新的主题。[①]这新的主题和视角就是主体主义思想。这种思想在奈格里1976年出版的《列宁33讲》中得到了体现。奈格里认识到，不能将工人阶级视为被剥削的客体，视为资本主义统治的装置所构成的消极主体，而应该视为自我构成的积极主体，并且他们有能力根据自己的需求和欲望去筹划新社会的主体。正是这种主体主义观念让奈格里无法接受阿尔都塞的结构主义马克思主义：

> 马克思的思想远非落脚在“无主体的过程”中，相反，其发展的结果是落脚在对革命主体所进行的组织现实中。政治经济学的真正结果必然是主体性的扎根。[②]

正是在列宁主义和意大利的工人主义的烛照下，奈格里通过对《大纲》的解读发现了一个不同于以往的马克思——强调工人革命主体性的马克思。

---

① Hardt M, “Into the factory: Negri’s Lenin and the subjective caesura”, In Murphy T, Mustapha A-K (Eds.), *The Philosophy of Antonio Negri, Volume One: Resistance in Practice*, Pluto Press, 2005, p. 13.

② Hardt M, “Into the factory: Negri’s Lenin and the subjective caesura”, In Murphy T, Mustapha A-K (Eds.), *The Philosophy of Antonio Negri, Volume One: Resistance in Practice*, Pluto Press, 2005, p. 28.

但这里的列宁是写作《国家与革命》的列宁，是强调砸碎国家机器的列宁，因为真正的共产主义在奈格里看来，就是工作或者资本主义劳动关系的终结。或者说，这是资本主义生产关系的消灭，而非单纯地消灭资本家。

但怎么去消灭资本主义生产关系呢？这就涉及了所谓的过渡问题。

我们在前面说过，随着生产力的发展和机器体系的确立，工人的劳动在财富创造的过程中所起的作用越来越小，也就是说，社会上的巨大财富都是通过机器体系得以生产出来的：科学、巨大的自然力、社会性群众劳动都体现在机器体系中，并同机器体系一道构成“主人”的权力。[①]也就是说，社会财富的增长主要是通过对自然力和社会协作力的应用：

> 资本的伟大的历史方面就是创造这种剩余劳动，即从单纯使用价值的观点，从单纯生存的观点来看的多余劳动，而一旦到了那样的时候，即一方面，需要发展到这种程度，以致超过必要劳动的剩余劳动本身成为普遍需要，成为从个人需要本身产生的东西，另一方面，普遍的勤劳，由于世世代代所经历的资本的严格纪律，发展成为新的一代的普遍财产，最后，这种普遍的勤劳，由于资本的无止境的致富欲望及其唯一能实现这种欲望的条件不断地驱使劳动生产力向前发展，而达到这样的程度，以致一方面整个社会只需用较少的劳动时间就能占有并保持普遍财富，另一方面劳动的社会将科学地对待自己的不断发展的再生产过程，对待自己的越来越丰富的再生产过程，从而，人不再从事那种可以让物来代替人从事的劳动，——一旦到了那样的时候，资本的历史使命就完成了。[②]

这段话正印证了“资本是其自身的掘墓人”这一论断，但这是不是必然性的逻辑（资本的逻辑）呢？是不是一种科学客观的目的论呢？当然不是。奈格里指出，共产主义是将劳动作为社会生产的组成部分，并使主体得以解放的社会。主体开始建构自身，就是为了去除它自身及其全部对抗性和霸权，

①〔德〕马克思：《资本论》（第一卷），中共中央马克思恩格斯列宁斯大林著作编译局译，人民出版社，2004，第487页。

②〔德〕马克思、〔德〕恩格斯：《马克思恩格斯全集》（第三十卷），中共中央马克思恩格斯列宁斯大林著作编译局译，人民出版社，1995，第286页。

但它只缺少一种要素：认识。[①]注意，这里奈格里强调的是让主体解放，而不是传统马克思主义所谓的解放生产力。因为解放生产力恰恰意味着劳动的增多和规训的加强，而主体的解放则意味着将工人从劳动中解放出来，让个性的劳动也不再表现为劳动，而是表现为活动本身的充分发展。如此才真能实现人的自由和生命的丰富性与多样性。这种解放，在奈格里看来，已具备了物质基础，关键是认识到自己被剥夺者的地位。如黑格尔所言，主人的真理在奴隶那里。当奴隶认识到这一真理时，主奴辩证法就会发生作用。但奈格里拒绝了辩证法，也拒绝了卢卡奇的主客体同一。在奈格里看来，最终的对立因素就是资本和劳动的对立，归根结底就是作为活劳动的工人阶级生命与作为死劳动的资本之间的对立。对抗取决于工人阶级对自己的活劳动力量的运用，正是活劳动孕育着他们筹划新社会的潜能。只有活劳动才能实现工人的自我价值增殖。所谓自我价值增殖是相对于资本的自行增殖而言的，这是工人在生产过程之中以及之外所独立发展出的丰富性和力量，而共产主义就由两个要素构成：一个是对工作的拒绝，这就打破了资本所强加的统一性；另一个是自我增殖过程所建立的"丰富和独立的多样性"[②]。

自我价值增殖这个概念的德语为 Selbstverwertung，出自《大纲》，既包括预先存在的价值的保存，也包括这一价值的倍增。[③]这是资本的属性。但是在奈格里看来，与资本的价值自行增殖相对应的是无产阶级主体性的自我强化过程，是外在于资本并且自主发展出来的生命形式和社会形式。在奈格里所属的意大利自治主义思想中，这个概念和"出走"（exodus）、"普遍智能"和"制宪权/创构力量"等概念具有同等关键的意义："自我价值增殖是一个社会过程，在资本主义社会内部这个过程构成了对抗资本主义的另类的和自主的集体性主体性。"[④]正是基于这个概念，在《帝国》中，两位作者写道：

---

①〔意〕奈格里：《〈大纲〉：超越马克思的马克思》，张梧等译，北京师范大学出版社，2011，第 204 页。

② Cleaver H, "Introduction I", In Negri A (Ed.), *Marx beyond Marx: Lessons on the Grundrisse*, trans. Cleaver H, Ryan M, Viano V, Autonomedia, 1989, pp. xxv-xxvi.

③〔德〕马克思、〔德〕恩格斯：《马克思恩格斯全集》（第三十卷），中共中央马克思恩格斯列宁斯大林著作编译局译，人民出版社，1995，第 270 页。

④ Virno P, Hardt M, *Radical Thought in Italy*, University of Minnesota Press, 1996, p. 264. 关于这个概念也可见 Negri A, *Marx beyond Marx: Lessons on the Grundrisse*, trans. Cleaver H, Ryan M, Viano V, Autonomedia, 1984.

真正的事件只有当政治得到肯定之时才会出现，这意味着“开端”（genesis）的完成，主体间的协作性集合即自我价值增殖和无产阶级对生产的管理成为创构力量。[①]

自我价值增殖和怠工就成了同一主体的两种形象——或者不如说，它们是雅努斯的两张面孔，是走向主体构成的必经之路。[②]自主的集体主体性由此确立，这就是奈格里通过另一个马克思所找到的革命的主体。

对斯宾诺莎的解读在奈格里思想的发展过程中有着同样重要的意义，让其“革命实践的现象学”有了更为深厚的哲学基础，同样关键的是，斯宾诺莎赋予了奈格里后来的作品不同于其他马克思主义者的精神气质——生命的轻盈与欢快。

但我们不禁要问，一个从事工人运动的马克思主义者为什么会对17世纪的书斋哲学家产生兴趣？更何况作者当时还身处囹圄。难道奈格里只是把斯宾诺莎作为自己的道德楷模，好让自己更容易忍耐监狱里的时光？

当然不是。在奈格里看来，斯宾诺莎并非一位单纯的先驱者，最终扬弃在马克思的思想体系中，相反，斯宾诺莎与马克思彼此成全，对奈格里所产生的影响等量齐观，因此我们可以将奈格里称为斯宾诺莎式的马克思主义者，或者是马克思式的斯宾诺莎主义者。

事实上马克思主义者对斯宾诺莎的重视由来已久。早在第二国际时期，普列汉诺夫就认为马克思主义本质上是“一种斯宾诺莎主义的变体”，这一点甚至得到了恩格斯的首肯。在《自然辩证法》中，恩格斯就称赞从斯宾诺莎到伟大的法国唯物主义，始终坚持从世界本身的角度说明世界。当阿尔都塞被人指控为结构主义者时，他的自我辩护是他更多的是一名斯宾诺莎主义者。

从20世纪60年代开始，除了德勒兹和马泰隆，当时法国斯宾诺莎研究的重镇就是阿尔都塞学派，如马舍雷和巴里巴尔。事实上，奈格里的《野蛮的反常》在出版的第二年就已被翻译成法语，并由德勒兹、马舍雷和马泰隆分别作序，可见法国思想界对这本书的重视。在蒙塔格看来，这些哲学家（马

---

① Hardt M, Negri A, *Empire*, Harvard University Press, 2000, p. 411.

② Negri A, “Twenty theses on Marx: Interpretation of the class situation today”, In Makdisi S, Casarino C, Karl R (Eds.), *Marxism beyond Marxism*, Routledge, 1996, p. 160.

舍雷、巴里巴尔、莫劳、德勒兹、奈格里、阿尔都塞、马泰隆）尽管各有不同，但是他们都认为，斯宾诺莎是我们的同代人，其作品的艰难在某种程度上也反映了对当下进行理解的艰难。[①]

虽然阿尔都塞并没有系统论述过斯宾诺莎[②]，但在奈格里看来，阿尔都塞所确立的斯宾诺莎主义是马克思主义的有益补充，其所确立的马基雅维利—斯宾诺莎—马克思的哲学谱系是反抗现代性的另类路线。当阿尔都塞为自己的结构主义辩解的时候，他总是辩解说，所谓的结构主义其实是斯宾诺莎主义。

> 我们不是结构主义者，但我们给人的印象却似乎是结构主义者；为什么会产生这样奇怪的误会，使批评家们写了连篇累牍的文章，我们现在可以把原因说清楚。问题就在于我们对斯宾诺莎怀有特别强烈的感情，而这种感情又特别容易引起误解。[③]

虽然阿尔都塞在自我批评时也提到在《读〈资本论〉》一书时，自己与结构主义的“调情”超过了可容忍的限度，但是诸多术语如“结构”“结构因果性”与其说是结构主义的，不如说是来自马克思本人以及阿尔都塞在采取理论迂回策略时所发现的斯宾诺莎。这一点也为安德森所察觉：在阿尔都塞和他的学派的著作里，出现了一种对马克思作品同样大胆却又各具特色的重新组合。著作的语言虽没有那么清晰，但实质上却席卷一切地把所有马克思主义以前的哲学重新吸收进了马克思主义。这一次，马克思的祖先被定为斯宾诺莎。[④]同时安德森也注意到，早在第二国际时期，普列汉诺夫就认为马克思主义本质上是“一种斯宾诺莎主义的变体”，这一点得到了恩格斯的首肯。[⑤]

---

① Montag W, *Bodies, Masses, Power: Spinoza and His Contemporaries*, Verso, 1999, p. xv.

② 阿尔都塞关于斯宾诺莎的论文，见 Montag W, Stolze T, *The New Spinoza*, University of Minnesota Press, 1997.

③ 俞吾金、陈学明:《国外马克思主义哲学流派新编·西方马克思主义卷》，复旦大学出版社，2002，第 477 页。

④〔英〕佩里·安德森:《西方马克思主义探讨》，高铦等译，人民出版社，1981，第 83 页。

⑤ 王荫庭:《“马克思主义非现代斯宾诺莎主义”辨》，《安徽大学学报（哲学社会科学版）》1983 年第 3 期。

这种从世界本身说明世界的原则就是我们将要探讨的内在性（immanence）原则，这种原则拒绝超验性的上帝或者理念，是唯物主义的先驱。但我们要问的是，这与奈格里的革命实践现象学又有什么关系？生命的轻盈与快乐又来自哪里？

奈格里的《野蛮的反常》就是在这样一种哲学和理论场域中产生的。奈格里在这本书的注释中坦言，如果没有德勒兹的相关研究，就没有他的这本著作，而德勒兹也成为他最重要的对话者之一。

在奈格里及其译者兼合作者哈特看来，奈格里关于斯宾诺莎的著作如果放在法国哲学语境中来看，那就是它们提供了一种权力的解剖学。这里我们要搞清楚两种权力观念：一种权力是阿甘本所强调的主权权力，这是压制性的、超越性的权力；另一种权力就是奈格里从斯宾诺莎著作中解读出来的“权力的他者”，这是与原本的社会组织方式彻底不同的、颠覆性的、不可控制的力量。事实上，奈格里坚持这两种权力形式的区别与对抗是认识斯宾诺莎的当代相关性的核心观念。[①]

这两种权力形式在斯宾诺莎那里用拉丁文表达是 potestas 和 potentia，对应的法语是 pouvoir 和 puissance，德语是 Macht 和 Vermogen，意大利语是 potere 和 potenza，而对应的英语只有 power，同样，对应的汉语也只有“权力”，因此为了区分起见，我们将强制性的超越性 potestas 翻译为“权力”，而将内在性的 potentia 翻译为“力量、潜能、潜力”等。

一般都认为斯宾诺莎是自由主义的鼻祖，他强调的是社会契约和自然权利论，但是奈格里却通过他的唯物主义解读（20 世纪 70 年代对笛卡儿的解读也是如此，因为主题关系，这里不做论述[②]），呈现出了另外一个斯宾诺莎。

首先就是反霍布斯的斯宾诺莎。我们知道霍布斯为了终结“人与人是狼与狼的关系”的自然状态，要求诸众把每个人的权力都让渡出去，交给一个

---

① Hardt M, “The anatomy of power”, In Negri A (Ed.), *The Savage Anormaly : The Power of Spinoza's Metaphysics and Politics*, trans. Hardt M, University of Minnesota Press, 1991, p. xi.

② Negri A, *Political Descartes: Reason, Ideology and the Bourgeois Project*, trans. Toscano A, Mandarini M, Verso, 2006.

超越性的主权者，这样整个国家才能获得安宁，生命才能得到保障。不管霍布斯自己有没有意识到，他作为一个哲学家和充满恐惧的小市民，客观上都从理论层面表达出了中产阶级的实际诉求。这种诉求在《利维坦》中比比皆是。最根本的当然是自我保存（self-preservation）的权利。主权者在民约法的层面上具有干涉人民的权力，因为主权者就是人民在自然状态下让渡全部权力的产物。主权者是人民的代表，而人民不可能反对自己的代表，但是主权者也受到自然法的约束，虽然这种约束非常空洞。从这个意义上说，国家或主权者必然要取代宗教或者教皇。从自然状态到国家状态的理论中压根就没有教会存在的必要。但是我们要注意的是，恰恰是历史中的教会建制形式构成了国家理论的基础，教会法学派的宪政思想可以说是世俗国家宪政理论的前驱，如果没有教会宪政思想，世俗国家的宪政可以说是无从想象的。从这个意义上说，霍布斯的哲学是一种神学政治。

这种神学政治正是以上帝的超越性地位来保证的，这就是君权神授的真正意义所在。为了颠覆这种绝对主义君主制，就必须颠覆上帝的超然地位。这正是斯宾诺莎的内在性哲学所要完成的任务。斯宾诺莎否定神外在于世界，相反，神就是自然，就是万有，同时，神也不具有人格，没有意志、目的或欲望。换言之，神在斯宾诺莎那里成了可有可无的东西。这就是斯宾诺莎被指认为无神论者的原因，这样世界的解释就要依靠世界本身。于是，

> 斯宾诺莎否定了这样一个幻象，那就是人类个体是“国中之国”，存在于自然的秩序之外，是自己的欲望与思想的主人，这一点直到我们的时代才为人所理解。这里斯宾诺莎颠倒了两个等级秩序：一个是思想统治身体，另一个是思想统治感情。这种主体观念也是某种迷信系统的中心思想，这种迷信决定了人们不只要服从教士和暴君，同时还要把顺从当自由，把命令当欲望。[①]

霍布斯正是要通过超验性的理念去统治作为身体与情感的诸众，把他们变成齐一的人民，这正是现代性对多元性与独一性的否定，以及对生命多样

① Montag W, Stolze T, *The New Spinoza*, University of Minnesota Press, 1997, pp. xvi-xvii.

性和自由的否定。斯宾诺莎否定了自然权力转让说，相反，权力本身是由诸众（multitudo）构成的（constituted），因此“权力应该从属于诸众的力量。政治构成（constitution）[①]总是由对权力的反抗所推动”[②]。政治构成总是由诸众的生命和力量所塑造的，而诸众就是斯宾诺莎的政治主体，与霍布斯的“人民”概念截然不同。在霍布斯那里，人民是个体主义的原子，与主权权力相对立，受到后者的庇护，但又时刻受到后者的威胁，而在斯宾诺莎这里，主权权力从属于诸众的力量，因为诸众摆脱了他们的原子性，组织起自己的集体，发展了自己的社会性。总之，这种政治从属于对幸福的欲望（而非单纯的活命），让自己的存在变得幸福、快乐。

> 主体性力量的发展，在其摧毁神学幻象的过程中，历史性地拒绝了一切神话，收集了自己的存在所积累、生产的东西，意在创造一种更伟大的人类社会性，并且进行重新组织和认识。这个过程直到诸众力量可以完全依靠自己，并取得自己的绝对自主性和生产性的时候，才会结束。[③]

也就是说，只有当诸众完全掌握了自己的生产能力和政治构成能力，从而能够完全进行自我管理的时候，超越性的主权权力才会像上帝那样，成为多余的东西。斯宾诺莎继承了亚里士多德“人是政治的动物”这一观念，认为人的社会性是人之发展与幸福所必需的，而社会性的终极体现就是民主政体，其中每个人都要参与到对每个人的治理中去。斯宾诺莎的意义就在于其对于“作为实践的集体性构成”的论述。

> 如果没有相互的帮助，人们很难维持他们的生活，也很难涵养他们的心灵。所以，我得出如下结论：只有在人们拥有共同的法律，有力量保卫他们居住和耕种的土地，保护他们自己，排除一切暴力，

① 这是奈格里的核心概念，也极难翻译，有时指的是宪法，有时又意指政治性的组织或构成，特此说明。

② Negri A, *The Savage Anomaly: The Power of Spinoza's Metaphysics and Politics*, trans. Hardt M, University of Minnesota Press, 1991, p. 226.

③ Negri A, *The Savage Anomaly: The Power of Spinoza's Metaphysics and Politics*, trans. Hardt M, University of Minnesota Press, 1991, p. 227.

> 而且按照全体的共同意志生活下去的情况下，才谈得到人类固有的自然权利。[①]

这里的“共同意志”与卢梭的“公意”也有所不同，后者也是超越性的概念，要对众意实施专政，而共同意志则是出于诸众的社会性需求和欲望，是诸众实现自己幸福的必经之路。更为关键的是，在形成共同体的时候，诸众要保持自己的自然权利，因为“依据自然的最高权利，每个人皆得生存。因之,依据自然的最高权利……每人各自辨别什么对自己是善的或者是恶的，每人各自按照自己的意思寻求自己的利益……为自己的仇恨进行报复……并且各自努力以保持自己之所爱而消灭自己之所恨”[②]。人的本质就是欲望（cupiditas）和冲动（appetitus）。但我们不禁要问，怎样才能保证每个人的意志无所冲突，从而形成公共意志呢？

这里奈格里认为我们首先要打破某些神话，这就有赖于反市场的斯宾诺莎。我们都知道，荷兰在 17 世纪是发达的资本主义国家，其市场和资本主义生产方式世界领先，于是在这个世纪，

> 一方面是新柏拉图主义各种形式的重构，从亨利·摩尔到基督教唯灵论，另一方面却是机械主义思想。两种理论取向都表征出了新的具有决定意义的现象：市场。[③]

这里奈格里可以说采取了症候式的阅读或者回溯式的唯物主义解读，那就是读出当时的人没有意识到却又真实存在的东西——市场。市场是流通与交换的领域，每个人在其中都是逐利者，这就造成了彼此之间利益相冲突的局面。在黑格尔看来，市场就是霍布斯所提出的自然状态——为了各自的利益，一切人反对一切人。黑格尔的解决方式是通过伦理国家的普遍利益来对市场的个人价值进行整合，让个体性消失在国家的普遍性之中。

斯宾诺莎也看到了市场的神话、对进步的乐观主义、理性指导和每个

---

①〔荷〕斯宾诺莎:《政治论》，冯炳昆译，商务印书馆，1999，第 18 页。

②〔荷〕斯宾诺莎:《伦理学》，贺麟译，商务印书馆，1983，第 199 页。

③ Negri A, *The Savage Anomaly: The Power of Spinoza's Metaphysics and Politics*, trans. Hardt M, University of Minnesota Press, 1991, p. 217.

人利益的最大化。这是市场的乌托邦，为后来斯密的思想奠定了基础。也就是说，市场才是幸福的保证，就像天堂才是救赎的归宿一样。但斯宾诺莎与这种思想进行了决裂。“市场就是迷信，是破坏人类创造性的迷信，它为了反对生产力而创造恐惧：是走向构成行为与解放的障碍。”[①]这里的生产力要从人的生产能力角度来理解，所谓生产能力就是人进行生命活动所具有的潜能，这种潜能取决于人的社会化程度，取决于人在历史发展过程中所获得的力量与知识。换句话说，市场作为乌托邦和神话权力，起到的作用是削弱人的力量，让人的潜力作为附属性力量屈从于市场机制以及与之相伴随的国家机器。这样问题就转化为前一部分所提出的资本与劳动之间的对抗。

作为生产能力和劳动力的人则要认清这种新生的资本主义生产方式，从而通过对自己的创造力与多样性的肯定，让自己从属于自己的共同体。这一切不是个人可以完成的任务，单个人必须要结合成集体，进行自我组织和管理，其结果就是：

> 生产力除了自己，不屈从于任何存在，更为关键的是，屈从在生产关系中被消除了：取而代之的是，生产力基于其自身的认识，通过自身的力量，去决定生产关系。[②]

这是共同意志的前提，既是对个体独特性的保证，也是集体性的完成。这就是奈格里所发现的斯宾诺莎主义：革新的快感、欲望的蔓延、作为颠覆性的生命。[③]

这里的快感、欲望和颠覆性虽然与尼采和法国的尼采主义者不无关系，但奈格里与他们的根本区别就在于对构成和集体性的强调，这是多元性的生命的集体构成和自我组织，而不是个体性的生命冲动和权力意志。

---

① Negri A, *The Savage Anomaly: The Power of Spinoza's Metaphysics and Politics,* trans. Hardt M, University of Minnesota Press, 1991, p. 219.

② Negri A, “Reliqua desiderantur”, In Montag W, Stolze T (Eds.), *The New Spinoza*, University of Minnesota Press, 1991, p. 223.

③ Negri A, *Subversive Spinoza*, ed. & trans. Murphy T S, et al., Manchester University Press, 2004, p. 97.

第二节　帝国与诸众，生命权力与生命力量

伴随着资本主义生产与交换的全球化，跨国企业获得了巨大的社会权力，从而导致民族国家的主权有所衰落。在马克思看来，资本这一概念就已经预设了世界市场。资本必然要打破一切有形与无形的边界，颠覆旧有的生产关系，驯化或者推翻有所抵抗的政治权力，保证商品、金钱与劳动力的流通可以畅行无碍。可以说，从现代资本主义国家确立开始，帝国就开始成形，帝国主义可以说是帝国的前史，为帝国的最终证成添砖加瓦，而帝国是在资本与工人的对抗中产生的。

从工厂手工业到泰勒制和福特主义的机器大工业，再到后福特主义与后泰勒制的信息化与自动化生产，这些生产方式的演变也造成了国家形式的变化。在当前的后现代生产方式下，民族国家主权衰落，危机由此出现。为了应对这种危机，一个超越性的至大无外的帝国出现了。哈特与奈格里强调，民族国家主权的衰落并不代表主权本身的衰落，相反，新的帝国开始行使主权。但与帝国主义阶段有所不同，帝国没有中心，这是一个去中心化和去辖域化的统治装置。这个装置"就是命令的调控网络，去对杂交的身份、灵活的等级制和多元交换进行管理"①。

我们知道，在后现代生产方式中，伴随着跨国公司的自由流动，作为劳动力的员工，其身份变得越来越多元化，原本企业内部森严的等级制也慢慢柔化，企业内部也日趋民主。同时，交换的广度与深度也越来越可观，其结果就是劳动力的自我价值增殖也日益强大。这些都要归功于非物质劳动（immaterial labor）的生产。

"非物质劳动"是一个重要概念，很多自治主义理论家都对这个概念有过论述，维尔诺与拉扎拉托的论述最具有代表性。所谓非物质劳动，是与生产实物的劳动相对应的，这种劳动所生产出的商品不再以可见实体的形式表现出来，而是以信息、符码、文化、知识以及服务等形式表现出来。其出现的

① Hardt M, Negri A, *Empire*, Harvard University Press, 2000, p. xii.

契机就是生产的自动化与信息化。在这种后现代生产方式中，普遍智能或大众智能对资本的依赖性日益降低，他们通过自身的协作以很少的生产资料就可以创造出巨大的价值，如产品的创意或情感的服务等。更为关键的是，价值的创造不再从属于生产过程，例如，创意的生产很可能是在休闲过程中的灵光一现，或者是众人在闲谈过程中碰撞出的火花。于是我们可以看出，非物质劳动事实上打破了劳动时间与非劳动时间的界限，对于从事文化产业或创意产业的人来说，并没有工作时间与休闲时间之分。随之而产生的就是，生产不再是产品的生产，同时也是社会关系的再生产和主体的生产。于是，

> ……非物质劳动的“原材料”就是主体性以及主体性在其中寄寓并进行再生产的“意识形态”环境。主体性的生产已不再仅仅是那种（维护商业关系再生产的）社会控制工具，并且变得具有了直接的生产性，这是因为我们的后工业社会的目的在于建构消费／沟通者——并且还要使他们变得“积极”。[①]

所谓“积极”就是努力去成为主体，不是像卢卡奇所说的，在生产过程中“工人的活动越来越多地失去自己的主动性，变成了一种直观的态度，从而越来越失去意志”[②]，而是要把自己的生命（体力和脑力）全部投入生产过程中。这意味着生命过程与生产过程的同一。这样原本僵硬的等级制势必要松动，非物质劳动的环境不无民主色彩，管理形式也日趋多元化和人性化。

更为关键的是，这种劳动除了非物质的特征之外，还往往是合作的成果，是普遍智能的产品，因为没有哪个人可以宣称某个主意是他的个人发明，因为观念就像语言一样，是众人在交往与协作的过程中共同创造的。非物质劳动与普遍智能就创造了越来越多的共同财富或者共同性。财富就以共同性表现出来。

但这并不是没有界限的。

资本让劳动力变得“积极”，其目的只是自身价值的增殖，并不是劳动力的自我价值增殖——虽然客观上确实促进了这一过程，而“沟通生产的过程

①〔意〕莫利兹奥·拉扎拉托:《非物质劳动》，见罗岗主编《帝国、都市与现代性》，江苏人民出版社，2006，第148页。

②〔匈〕卢卡奇:《历史与阶级意识》，杜章智、任立、燕宏远译，商务印书馆，1999，第154页。

倾向于直接变成自我价值增殖过程”[①]，于是资本必然要剥夺创造出来的共同性。维尔诺指出，当今大都市的关键特征就是物质生产与语言交往的完全同一。这种同一性解释同时也促进了增长，但这种同一性并不是什么解放性因素。与那些后现代主义的胡说八道相反，劳动与语言交往的重合加剧，而非削弱了主导性生产模式的背反性。[②]

所谓主导性生产模式的背反性，就是生产力的社会化与生产关系的私人占有之间无法解决的矛盾，但在后现代生产模式下，体现生产力的巨大财富不再是机器体系，而是大众智能，是劳动者之间的相互交往与协作。一方面，这种非物质劳动的生产变得越来越积极和自主，以至于具备了摆脱资本主义生产关系的可能与趋势；另一方面，超越性的资本主义生产关系不可能就此罢手，面对这种危机，资本主义的国家形式也产生了变化。原本进行调节、起中介作用的市民社会消失了，国家权力直接渗透到生产过程中，对生产进行调节与规训，这就是福柯所说的社会管制化。

在国际层面上，随着跨国资本的大肆活动以及背后军事力量的支撑，民族国家的边界日益模糊，民族国家的主权日渐衰落，帝国就这样证成了。帝国是资本主义面对新危机所采取的最后的形式——全球管控社会，这是对新的劳动主体和生命形式进行组织和管理所采取的方式。

管控社会（society of control）是德勒兹提出的概念。德勒兹认为，在20世纪下半叶，规训社会不再是主导范式，取而代之的是管控社会。统治方式的变化与生产工具的演变存在内在的关联：

> 古老的主权社会使用简易机械——杠杆、滑轮、时钟；不过晚近的规训社会就以使用能源的机器来装备自身了，其消极危险是熵，积极危险是蓄意破坏（sabotage）；管控社会通过第三种机器进行运转，即信息技术和电脑。它的消极缺陷是信息阻塞，积极危险就是盗版或电脑病毒。[③]

---

①〔意〕莫利兹奥·拉扎拉托:《非物质劳动》，见罗岗主编《帝国、都市与现代性》，江苏人民出版社, 2006, 第148页。译文有改动。

② Virno P, “Labor and language”, https://www.generation-online.org/t/labourlanguage.htm.

③ Deleuze G, *Negotiations*, trans. Joughin M, Columbia University Press, 1997, p. 180.

德勒兹强调，技术的发展与资本主义的发展是紧密相关的，但是他没有阐明技术背后的“权力意志”。对此，马克思一针见血地指出：“可以写出整整一部历史，说明1830年以来的许多发明，都是作为资本对付工人暴动的武器而出现的。”①对此布雷弗曼根据翔实的资料证明，机械化程度的提高并不必然伴随着对工人劳动技能要求的提高，在机械化的初级阶段，这两者之间是呈正相关关系的，但当机械化发展到一定程度之后，二者就呈负相关关系了。机械化程度越高，对工人的技能及其对他们的培训的要求就越低。“相比过去单干的工人，现在的每个工人所需要知道和懂得的不是更多，而是更少了。”②工人被去技能化(de-skilled)，从专业工人变成了大众工人(mass worker)，成了可以被随意替换的无关紧要的劳动力。这是对付工人最有效的方法，属于规训社会的情形。

在管控社会中，随着社会工人的出现，劳动过程也日益社会化，劳动本身就成了社会再生产，成了交往与协作，对此德勒兹有着非常历史性的认识：

> 资本主义不再买进原材料，也不再卖出成品。它试图卖出的是服务，想要买进的是行动。这是不再以生产为中心的资本主义，而是以产品为中心，也就是说专注于销售或者市场。因此这是蔓延性的，工厂也让位给了商店。③

德勒兹想说的是，伴随着西方发达国家后工业化的是第三世界的工业化，即第三世界国家进行生产，而第一世界国家进行销售和指导。换言之，后福特主义出现的原因一方面是本国工人的斗争与对抗，另一方面却是世界体系的分工等级，没有第三世界的世界工厂地位，第一世界的后工业化则是不可想象的。西方与东方、非物质生产与物质生产，两者相辅相成，但哈特和奈格里恰恰忽视了这一点。

---

①〔德〕马克思:《资本论》(第一卷)，中共中央马克思恩格斯列宁斯大林著作编译局译，人民出版社，2004，第501页。

② Braverman H, *Labor and Monopoly Capital: The Degradation of Work in the Twentieth Century*, Monthly Review Press, 1998, p. 138.

③ Deleuze G, *Negotiations*, trans. Joughin M, Columbia University Press, 1997, p. 181.

我们且将目光集中在西方。依据两位作者的判断，在帝国内，第三世界的生产也具备了第一世界的特征，那就说明在全球范围内，所有从事非物质劳动的生产者都日益具有自主性，而这种自主性来自内在性空间，与超越性的全球管控社会相对抗。这个对抗的主体就是诸众。于是我们就有了一个终极的对子：帝国与诸众。

在《诸众》一书的序言中，两位作者说，自《帝国》至《诸众》，他们的写作历程和霍布斯从《论公民》（1642）到《利维坦》（1651）的写作历程正好相反。这个逆转的过程显现出了两个历史时期的巨大差异。在现代性的晨曦中，霍布斯的《论公民》界定了与新兴资本主义相适应的社会主体性质和公民形式。这个新的阶级自身无法维持社会秩序，它需要一种政治权力凌驾其上，那是一种绝对的威权，一个地上之神。霍布斯在《利维坦》中描述了欧洲随后将要建立的民族国家的主权形式。今天，在后现代的曙色里，我们首次在《帝国》中尝试着勾画了一种新的全球主权形式；现在，在这本书中，我们将探讨大众这个兴起的全球阶级形式的性质。也就是说，霍布斯因新生社会阶级的需要而不得不呼唤一个君主，一个利维坦，而哈特和奈格里则看到了新的主权形式即帝国的到来，他们需要召唤新的阶级，这个阶级依然是全球范围内的。只是他们不再像传统马克思主义者那样，呼唤全世界无产阶级团结在共产党的领导之下，而是相信大众有能力自主地形成社会。①

哈特和奈格里梳理了两种相互对立的现代性。第一种是发端于人文主义的对内性的颂扬，即内在性，以及中世纪神学中的超验力量。前者内在的力量包括欲望、力量与爱。内在性的发现，让人拒绝了超验的权威性，知识也由超验的上帝转为内在的经验，人类内在的欲望和力量成了推动历史的原动力。这一人文主义的革命肇始于司各脱，在斯宾诺莎那里达至极盛。但如此革命的现代性，必然会激起反动势力的镇压，他们不能回到中世纪的神权统治中去，便转而发明新的超验工具，以建立庞大的权力体系从而支配新生力量。这便是与内在性相对立的另一种现代性——超验主义，笛卡儿—康德—

①〔美〕迈克尔·哈特、〔意〕安东尼奥·奈格里：《〈大众〉序言：共同的生活》，见罗岗主编《帝国、都市与现代性》，江苏人民出版社，2006，第 54-55 页。译文有改动。

黑格尔的形而上学便是这种超验工具的体现，而作为超验工具核心的政治哲学，用一个超验的自然法权规训人的欲望，于是作为警察、财产仲裁人和公意化身的主权国家就这样驯服统治了民众。欧洲现代性的历程便纠缠于这种内在与超验的对峙中。如两位作者所言，危机界定了现代性本身，而危机就源于内在的、建设性的、创造性的力量同试图恢复秩序的超验力量之间一刻也未曾间断的冲突。①

这正是对反现代性的斯宾诺莎思想的发展，在这里，两位作者试图发现另类现代性（altermodernity），从而去构建一个反帝国（counter-empire）。

> 事实上，在斯宾诺莎那里，内在性空间与民主的政治秩序的空间就已经完全重合。内在性平面是独一性力量得以实现，以及新的人性的真理在历史上、技术上和政治上得以确立的地方，因为不再有任何外在的中介，所以诸众就成了独一性。②

诸众与帝国的对立根本说来就是活劳动与死劳动（资本）的对立，毕竟，“资本成了世界”③，资本是对象化劳动，诸众与帝国的对立就成了内在性力量与异化出去的权力之间的对立。

与帝国主权相对应的诸众是否就是阿甘本所说的赤裸生命呢？在维尔诺和奈格里看来，阿甘本的“赤裸生命”概念具有神秘化和失败主义色彩，赤裸生命不过是资本主义生产关系所要捕捉的劳动力或者说无产阶级。④作为劳动力的无产阶级并不是消极面对超越性权力的，相反

> 在各种生命形式的发展中，我们发现我们自己是身体的复合物，同时，我们认识到，每一个身体本身——分子、欲望、生命形式、创造性——也都是复合物。在我们每个人体内都存在魔鬼或天使——这是根本的基础，是这种复合物的零基准。给肉身以驱动力

① Hardt M, Negri A, *Empire*, Harvard University Press, 2000, p. 76.

② Hardt M, Negri A, *Empire*, Harvard University Press, 2000, p. 73.

③ Hardt M, Negri A, *Empire*, Harvard University Press, 2000, p. 386.

④ 分别见两人的采访：Virno P, “General intellect, exodus, multitude”, https://www.generation-online.org/p/fpvirno2.htm; Henninger M, “From sociological to ontological inquiry: An interview with Antonio Negri”, *Italian Culture*, Vol. 23, No. 1, 2005, pp. 153-166.

并且赋予它形式的是创造力。这种创造力贯穿于各种单一性之中，空间的杂交与自然的变形编织在一起——这种创造能力，也就是改变生存模式和形式的权力。①

这里的“权力”其实应该翻译成“力量”或者“潜力”，这就是作为复合物的生命所具有的潜能。这些复合物就是综合了人、自然与机器的赛博格（cyborg），是不可被化约的现代性的他者——野性。诸众就是帝国内新的野蛮人。那这些野蛮人的创造性力量从何而来？

那就是生命政治的生产。意大利自治主义思想家有一个传统，那就是，只要有一个思想家提出一个概念,其他思想家就不加说明地进行引用和发挥，以便让这一概念更具生命力。通过“帝国三部曲”，我们可以看到，两位作者除了发展各自的思想之外，对其他自治主义思想家思想的借用也是十分明显的，如拒绝劳动、普遍智能和非物质劳动等概念。所谓生命政治的生产与非物质劳动并无根本区别，只是前者更加强调生产与生命的同一性，以及生产过程中主体性的再生产。

这里我们首先要指出两位作者对福柯的“创造性误读”。在福柯那里，生命政治（bio-politics）与生命权力（bio-power）几乎可以互换，这一权力形式与规训权力构成了现代社会的一体两面，但是基于对德勒兹的管控社会的解读，两位作者却将规训权力与生命权力指认为两种社会的权力形式，即现代规训社会与后现代管控社会（表现为无所不在的生命权力）。但伴随着生产方式的转变，科学、交往和语言在生产中越来越占据核心地位，非物质劳动的生产处于霸权地位，于是生产就打破了体力劳动与脑力劳动的界限，也就是说，在生产过程中，社会生产与生命再生产混为一体，生命权力便发生了转变，成为主动性的生命力量：

生命力量所指的就是精神生命和身体生命所具有的生产能力。今天的生产力完全是生命政治的；换句话说，它们同时贯穿并且构

① 〔美〕麦克尔·哈特、〔意〕安东尼奥·奈格里：《全球化与民主》，见〔美〕斯坦里·阿罗诺维茨主编《控诉帝国：21 世纪世界秩序中的全球化及其抵抗》，广西师范大学出版社，2004，第 181 页。译文有改动。

> 成了整个生产领域和再生产领域。当再生产的全部环境都被吸纳到资本主义统治中去的时候，或者说，当再生产与构成再生产的生命关系成为直接生产性的时候，生命力量就成了生产的主体。[①]

虽然两位作者用的也是 bio-power，但是我们可以看到，这与福柯的用法发生了颠倒，因此我们将其翻译为"生命力量"，这种力量或潜力就是直接转变为生产的力量；而将压制性的、对生命进行剥削的权力翻译为"生命权力"。其实奈格里在一次采访中澄清了这个问题："我认为有必要对生命政治的概念进行区分，从这个概念中区分出两种不同的和对抗性的方面或趋势：一方面，生命政治变成生命权力（biopotere），作为机构去控制生命；另一方面，生命政治作为生命力量（biopotenza），作为制宪权/创构力量的潜能。换句话说，在作为生命力量的生命政治中，是生命（bios）创造了权力，而在作为生命权力的生命政治中，是权力创造了生命，也就是说，试着终结或者废除生命，将自己确立为对抗生命的权力。"[②]

正是基于斯宾诺莎对权力的区分，生命政治也"一分为二"，一方面像福柯所说，是对生命进行规训和调控的生命权力；另一方面，对生命权力的反抗也是存在的[③]，反抗的来源不是生命本能或权力意志，而是来自活劳动的生命力量，是作为潜能而存在的重新开始、创造另一个世界的能力，其根本的物质基础却来自马克思的论述：

> ……资本的权力在增长，社会生产条件与实际生产者分离而在资本家身上人格化的独立化过程也在增长。资本越来越表现为社会权力，这种权力的执行者是资本家，它和单个人的劳动所能创造的东西不再发生任何可能的关系；但是资本表现为异化的、独立化了的社会权力，这种权力作为物，作为资本家通过这种物取得的权力，与社会相对立。由资本形成的一般社会权力和资本家个人对这些社会生产条件拥有的私人权力之间的矛盾，越来越尖锐地发展起来，

① Hardt M, Negri A, *Empire*, Harvard University Press, 2000, p. 364.

② Casarino C, Negri A, *In Praise of the Common*, University of Minnesota Press, 2008, p. 148.

③ Negri A, Dufourmentelle A, *Negri on Negri*, trans. Debevoise M B, Routledge, 2004, p. 64.

并且包含着这种关系的解体，因为它同时包含着把生产条件改造成为一般的、公共的、社会的生产条件。这种改造是由生产力在资本主义生产条件下的发展和实现这种发展的方式决定的。①

在马克思看来，资本发展的最终结果就是作为社会权力的社会资本与社会劳动之间所存在的对立，前者表现为生命权力（以及作为其表象的帝国主权），后者表现为生命力量（及其拥有者诸众）。

在后现代生产方式下，诸众不同于无产阶级，也不同于人民，因为它是一个包纳性概念，既不要求工人阶级的领导地位，也不要求人的生命形式整齐划一，相反，诸众包纳一切非剥削阶级。在全球生产体系下，劳动者之间的等级制日益消失，协作、交往在分工中所起的作用越来越大。这种诸众也是多样性与独一性的保证。在生命政治的生产中，生命本身成了劳动的关键要素，其自我价值增殖过程让生命变得更加强大和自主，以至于不再需要资本以及生命政治的中介，这是内在性发展的必然逻辑。

生命权力是伴随着优生学、统计学等现代技术和知识的发展而产生的，因为这些科学要对人口进行识别和规划，让生命变得健康有用，使生命形式整齐划一，统一在超越性的主权之下。任何不正常的人都要受到隔离或惩罚，优生学意味着人口的理性化。但在奈格里看来，生命政治却是优生学的反面：它是让诸生命形式得以繁荣的意志——自然与文化并无区别。②也就是说，自然总是人为的，是杂交的，并没有纯粹的自然。优生学及其背后的哲学理念是基于对自然以及相应的等级秩序的肯定，为了维持自然秩序，那些不合规矩的生命形式自然要得到控制、压制甚至是消灭。生命政治则是基于活劳动的内在潜能，是对生命的肯定，是对杂交性生命（诸众）的承认。

在劳动力全球化的当下，在当今的生产母体（matrix）中，劳动的制宪权/创构力量可以经由以下要素得到表达：人的自我价值增殖（世界市场上的平等公民权）；协作（交往、创建语言以及控制交往网络的权利）；政治权力

①〔德〕马克思:《资本论》(第三卷)，中共中央马克思恩格斯列宁斯大林著作编译局译，人民出版社，2004，第 293-294 页。

② Negri A, Dufourmentelle A, *Negri on Negri*, trans. Debevoise M B, Routledge, 2004, p. 65.

或者社会的组构，其基础自然是全体需求的表达。[1]

自我价值增殖过程可以不断丰富劳动者的主体性，让劳动者的心灵与身体在劳动过程中都得到强化，从而使他们不再是一个个可有可无的机器配件。换言之，在这一过程中，劳动者将机器或其他生产资料内化到了自己的主体性中，成了多功能、多形态的生命体——赛博格。协作所产生的巨大社会生产力也前所未有，这尤其表现在传播与语言创意等方面。这两方面都是诸众可以自主控制的——起码他们有此潜力，但是制宪权转化为宪定权或者对社会进行组构却不是那么容易的事，这就涉及了“过渡”问题。

阿甘本在《牲人》中就对奈格里的制宪权观念提出了批判：

> 制宪权与主权权力的区别问题自然是非常关键的。但是制宪权既非来自宪定秩序，也并非仅限于确立这种秩序——也就是说，制宪权是自由实践——这样一个事实，就制宪权与主权权力的区别没有说出任何内容。如果我们对主权的原初禁令结构所进行的分析并无错误，那么奈格里在其广阔的制宪权现象学分析中，并没有找到任何标准，来将主权权力与宪定权分离开来。[2]

在阿甘本看来，两者根本无法截然分开，主权权力作为潜能性而存在，就像制宪权一样。这里我们可以看到施米特的超验性思想的影响：诸众作为赤裸生命只能无助、无告地面对主权权力，制宪权不可能属于他们。奈格里正是基于活劳动，以及生命感性活动的潜能，发现了诸众“自由实践”的能力，这种制宪权不是主权者意志的体现，而是诸众的生命力量的体现。

作为社会权力的资本不断要去对生命进行度量和分割，从而让他们得到更好的规划与控制，以便创造出更多的价值——当劳动力商品化的时候，作为劳动力载体的生命必然要被抽象出来，劳动变成抽象劳动，与自己的生命相对立，这是人们好逸恶劳的根本原因。但是随着生产方式的转变，个人的活劳动以及因交往和协作而产生的社会活劳动日益积聚起打破资本操控的潜能。换言之，活劳动就像那团变化无形的活火一样，变得不可捉摸，从而也

---

① Hardt M, Negri A, *Empire*, Harvard University Press, 2000, p. 410.

② Agamben G, *Homo Sacer*, trans. Heller-Roazen D, Stanford University Press, 1998, p. 43.

就不可能为资本所彻底俘获。

在奈格里看来，在后现代生产方式中，“劳动成了情动（affect），或者说，劳动在情动中创造价值，如果我们把情动定义为‘行动的力量’（斯宾诺莎语）的话”[①]。换言之，原本的物质性劳动渐趋边缘化而创造出巨大财富，从而使处于霸权地位的成为情感劳动（affective labor）。这既是劳动，也是生命过程；既是财富的创造，也是自我价值增殖和主体性的生成。这种劳动虽然从属于资本主义，但是却日益具备了脱离资本的趋势，因为资本无法对其进行衡量，从而进行有效控制。在情感劳动中，生产也就是再生产。于是生命政治就预设了社会再生产的语境。这种再生产与权力机制一起整合生产与流通。[②]

换句话说，在生命政治的生产中存在两种机制：一种是作为操控装置的生命权力，其目的是对生命过程进行规划和管控，从而攫取更多的剩余价值；另一种则是内在于生命的情感劳动，源于自我价值增殖的生命力量。

如此一来，劳动就日益呈现出另一种双重性：一方面是绝对的贫穷，因为它被剥夺了一切财富；另一方面，马克思认识到贫穷正是人类活动的起点，是普遍可能性的形象，从而也是所有财富的源泉。[③]

那么什么是真正的财富？金钱还是商品？不，这些都只是桥梁，是通向真正财富的中介。真正的财富应该是人们所追求的快感、欲望、能力与需求，而这一切都蕴含在人类所创造的共同财富里。下面奈格里所引《大纲》里的这段话是最好的说明：

> 事实上，如果抛掉狭隘的资产阶级形式，那么，财富不就是在普遍交换中产生的个人的需要、才能、享用、生产力等等的普遍性吗？财富不就是人对自然力——既是通常所谓的“自然”力，又是人本身的自然力——的统治的充分发展吗？财富不就是人的创造天赋的绝对发挥吗？这种发挥，除了先前的历史发展之外没有任何其

① Negri A, “Value and affect”, trans. Hardt M, *Boundary 2*, Vol. 26, No. 2, 1999, p 79. 词语 affect 是生命政治生产的核心要素，既有服务业与文化产业所需要的情感之意，也有去引导他人的影响之意。

② Negri A, “Value and affect”, trans. Hardt M, *Boundary* 2, Vol. 26, No. 2, 1999, p. 83. 关于情感劳动，见 Hardt M, “Affective labor”, *Boundary* 2, Vol. 26, No. 2, 1999, pp. 89-100.

③ Hardt M, Negri A, *Multitude*, Penguin Press, 2005, p. 152.

> 他前提，而先前的历史发展使这种全面的发展，即不以旧有的尺度来衡量的人类全部力量的全面发展成为目的本身。在这里，人不是在某一种规定性上再生产自己，而是生产出他的全面性；不是力求停留在某种已经变成的东西上，而是处在变易的绝对运动中。①

如此才可能真正让生命去体验“生成的无辜”，去发展自身的多样性，而不是固着于一种身份——雇佣工人，劳动力、财富也并不是占有，而是在历史的发展过程中人类生命所获得的能力——生命力量。这种力量是制宪权的来源，是创造另一个世界的潜能。

第三节　生命的主体化与共同财富

在资本主义体系内，资本的任务就是不断去吸收劳动力的力量，就像吸血鬼一样。它想方设法去对诸众进行规训与调节，让其臣服于自己的管理与统治。在帝国内，诸资本之间也联合起来，形成社会资本——这就是形式上扬弃了生产资料私有制，与诸众的活劳动所形成的社会劳动相对立。

但是在生命政治生产的语境下，情感、信息、语言、服务等活动取代了传统的劳动，处于霸权地位，生产与再生产浑然不分，其结果就是社会工人在劳动过程中也经历了自我价值增殖。换言之，工人的主体性在生产过程中也得到了丰富，而这种主体性的生产正是基于交往、协作与关怀所形成的共同体。工人不再是彼此隔离、内心空洞的机器部件，相反，他们把劳动对象和劳动资料内化了，让自己的主体性更加混杂，而这种杂交性因为产生于共同体，主体之间具备了相互交流的能力，可传达性（交往性）成了劳动的重要规定性，于是生产空间就成了维尔诺所说的公共空间，工人不必等到进入政治空间才能表达自己的意愿，生产空间就直接是政治空

①〔德〕马克思、〔德〕恩格斯:《马克思恩格斯全集》(第三十卷)，中共中央马克思恩格斯列宁斯大林著作编译局译，人民出版社，1995 年，第 479-480 页。译文有改动。亦可见 Hardt M, Negri A, *Multitude*, Penguin Press, 2005, p. 149;〔意〕奈格里:《〈大纲〉: 超越马克思的马克思》，张梧等译，北京师范大学出版社，2011，第 198 页。

间。哈特和奈格里纠正阿伦特，认为经济要素必然会导致政治要素，这些经济要素包括：

> 在共同世界中，独一性的多样性之间的协作、对语言与交往的关注、生产共同性的过程以及结果所产生的连续性，就是我们使用“生命政治”（biopolitical）来命名这种生产形式的原因，因为经济能力和行动本身就直接是政治性的。[①]

其结果就是，工人的主体性是如此丰富，他们具备了自我组织和自我管理的能力，于是不再需要任何代表性的中介机构。马克思的“教育者本人也要受教育”便不再有效，因为在生命政治的生产过程中，并不存在教育者，每个人都在劳动过程中受到教育，其源泉正是因交往与协作所产生的共通感（common sense）[②]。换言之，每个人既是教育者，也是受教育者。而且，在这种过程中，人与人之间真正是共在的关系，个人的主体性也不是肆意妄为、目无他人的“主权个体”，而是处于共同世界的交互主体性。

最为关键的是，工人在生产过程中不再从属于资本的管理，他们不再是可变资本，而是活劳动，这样工人便可以摆脱资本，从而摆脱资本家和工厂主的专制。摆脱工厂的统治，即摆脱劳动规训是摆脱政治权力的基础。

等到条件成熟了，社会中已有的因素完全可以对社会进行重构，让一个更民主的社会成为现实。但这如何可能？

随着工人自我组织和自我管理能力的提高，工人的自主性成为工人最为重要的武器和能力。面对资本主义制度，工人大可以出走，去开辟新的共同性。这里的“出走”来自《旧约》中的《出埃及记》（*Exodus*）：摩西在上帝的指引下，将备受压迫的以色列人带出埃及，去往那“应许之地”。这既是对工作（即雇佣劳动）的拒绝，也是对资本主义生产关系的拒绝。在《帝国》中，两位作者也以巴特尔比以及库切的主人公迈克尔·K为例，去阐明一种拒绝的政治。但两位作者拒绝了阿甘本对巴特尔比的解读，认为这还只是空

---

① Hardt M, Negri A, *Commonwealth*, Belknap Press of Harvard University Press, 2009, p. 174.

② 这不是葛兰西所批判的“常识”，因为这种常识是资产阶级为了维护其统治而采取的自上而下的灌输和操纵，我们所说的“共通感”更类似于康德的观点，只是没有康德的先验色彩，因为它来自内在性平面，即来自工人的生命政治的劳动过程。

洞的拒绝，是孤独的逃离，其结果只能是自杀——死路一条。真正的拒绝应该创造出新的生命形式和全新的共同体。这可以说是一种战术：在面对强大敌人的时候，避免直接对抗，以退为进。也就是说，出走拒绝了夺权的模式，它通过引退的方式，让原本的政治和生产过程失效（inoperative），从而开创新的社会秩序。对此维尔诺写道："我用'出走'一词，用来意指从国家空间的大规模脱离，是普遍智能与政治行动的联合，是走向知识公共空间的运动。"①

这里所谓的知识（intellect）不是书本上的科学学说，而是来自劳动者的生活与生产过程中口耳相传的、活生生的经验性常识。我们可以将普遍智能与政治行动的联合理解为生命政治的生产，正是这种生产形式让"出走"具有了强大的生命力，从而不必对死劳动依依不舍。但我们也不难看出这种主张的理想化色彩，毕竟，在全球资本主义的环境下，天下资本一般黑，既然帝国至大无外，也就不可能有应许之地让出走的移民可以重新开始。换言之，要么让诸众从属于资本，要么让资本从属于诸众。于是哈特和奈格里提出了另外一种策略：再占有（reappropriation）的权利。所谓再占有，就是重新占有生产资料，而在生命政治生产的语境下，最为重要的生产资料是知识、信息、交往和情感，对这些资料的占有也就意味着自我控制和自主管理。

但两位作者似乎还遗忘了一个问题，那就是在经济金融化的当下，财富以金融的形式进行流通，而生命政治的生产无疑要从属于金融的命令。这种忽略与他们对民族国家主权衰落的过度强调不无关系，金融资本以及跨国公司的自由流动背后离不开主权国家强大的军事支持，换言之，主权国家在某些方面有所衰落，在另外某些方面所起的作用却日益重要。如果忽视这个问题，落入乐观主义的幻象就必不可免，不管我们多么需要乐观精神。

换言之，直到今天，所有的资本主义民族国家存在的主要目的就是保护金融、资本以及最为根本的私有财产。私有财产是自由的保证，这种观念可谓根深蒂固。但两位作者提醒我们，现代革命的口号除了"自由"之外，还有"平等、博爱、团结"等。但是在历史的发展过程中，平等和团结等观念

---

① Virno P, "Viruosity and revolution", In Virno P, Hardt M (Eds.), *Radical Thought in Italy*, University of Minnesota Press, 2006, p. 197.

越来越被忽视，而自由越来越被等同于私有财产的占有。政治人变成经济人，国家也从君主的统治变成了财产的统治。马克思认为，货币本身就是共同体，它不能容忍任何其他共同体凌驾于它之上，换言之，原本的“有机共同体”必然要分崩离析，其结果自然就是资本和交换价值的统治。于是生命也成了可以衡量、可以待价而沽的商品。对生命过程的控制也就在所难免，生命权力应运而生。如此，活劳动（内在于劳动者）与对象化劳动（为资本家所占有）分离，劳动者生产得越多，就异化得越厉害。

两位作者从马克思对私有财产的批判转向了身体现象学。我们知道，青年马克思在《巴黎手稿》中对作为异化劳动的私有财产进行了深刻的批判，如果说类本质等概念还有形而上学意味的话，那么身体现象学则摆脱了唯心主义和超越性的色彩。在洛克的传统中，私有财产的根本排他性来自人对自己身体拥有的排他性，“土地和一切低等动物为一切人所共有，但是每人对他自己的人身享有一种所有权，除他以外任何人都没有这种权利”[①]。

但是现象学的传统——从胡塞尔到梅洛-庞蒂——告诉我们，身体与他者处于关系之中，并没有所谓“独立的我的身体”，也没有身体与心灵的分离，我们的生命就是我们的身体，而我们的身体处于与他者的身体以及外在自然的相互影响的关系之中，或者说，我们与他人处于共同世界之中。现象学是一种内在性哲学，身体现象学就否定了超越性的私有财产以及相关法律——有科学家或者研究机构会对个体的基因进行注册，如此一来，个体就不再是自身基因的所有者，这也对身体的“向来我属”性提出了新的质疑。两位作者指出，福柯的主体性思想在某种程度上也是梅洛-庞蒂的现象学的发挥：

> 身体反抗生产出主体性，但这不是在孤身一人或独立的情况下，而是在与其他身体进行互动的机制中生产出来的。这种通过反抗与斗争而生产的主体性，在我们的分析过程中，会显得愈发关键，因为这不只是对现存权力形式的颠覆，同时也是对另类的解放机构的构成。[②]

---

①〔英〕洛克:《政府论·下篇》，叶启芳、瞿菊农译，商务印书馆，1964，第18页。

② Hardt M, Negri A, *Commonwealth*, Belknap Press of Harvard University Press, 2009, p. 31.

我们认为这又是两位作者对福柯的创造性误读，因为在福柯那里，很难说有他者的地位，福柯的尼采主义让他更关心自我的反抗，而两位作者却用斯宾诺莎对诸众和共同性的强调统合了尼采。但我们要问的是，这种解放的构成如何可能？我们的身体如何能再占有我们所创造的共同性（财富）？

在生命政治生产的语境下，如前所述，劳动者的主体性变得日益丰富，而作为私有财产的资本变得越来越可有可无，因为劳动者本身有潜力生产出自己的共同体。如斯宾诺莎所说，没人能够决定一个人的身体的能力如何。他将贫穷与力量连接起来，形成一个能够生产出共同体的机制。[①]共同的力量能够将孤独与虚弱转变为团结与爱，这种共同力量来自每个人，每个人都有能力去共同组构一个真正的民主政体，实现每个人对每个人的自主治理，因为

> 人要保持他的存在，最有价值之事，莫过于力求所有的人都和谐一致，使所有人的心灵与身体都好象是一个人的心灵与身体一样，人人都团结一致，尽可能努力去保持他们的存在，人人都追求全体的公共福利。由此可见，凡受理性指导的人，亦即以理性作指针而寻求自己利益的人，他们所追求的东西，也即是他们为别人而追求的东西。所以他们都公正、忠诚而高尚。[②]

这种社会性或亚里士多德所说的政治动物的政治性是公民汇聚一处、协同行动、追求共同利益的基础，也是政治体的基础。但是正因为私有财产的统治，社会堕落为自然状态，一切人与一切人为敌，这才有了占有式个人主义以及政治性的衰落。斯宾诺莎的“反常”就在这里，他在现代性没有展开的时候就彻底否定了这种现代性。马克思认识到，在现代社会，正是人的生命的商品化，让原本丰富的感性活动从属于资本的统治，变得虚弱、肮脏和丑陋。只有将劳动从私有财产的统治中解放出去，才可能创造出多元的生命形式和宜于栖居的世界。

这种解放的可能性就潜藏在历史的发展过程中，对此阿伦特有明确的认识：个人财富的占有活动与积累的社会化过程一样，终究不会尊重私人财产。

---

① Hardt M, Negri A, *Commonwealth*, Belknap Press of Harvard University Press, 2009, p. 53.

②〔荷〕斯宾诺莎：《伦理学》，贺麟译，商务印书馆，1983，第 184 页。

因此，主张任何意义上的私有都会妨碍社会“生产力”的发展，从而应当排除对私人所有权的考虑以及促进社会财富不断增长的看法，其实不是马克思的独创，而恰恰存在于这个社会的本性当中。①

这一观念在21世纪正体现了其正确性和现实相关性。在洛克时代，共同性表现为“土地和一切低等动物”，即外在自然，历史上很多世俗和宗教思想家都会强调这种“天然共同性”，但是洛克以及其财产思想的继承者黑格尔却提出了另一种观念：劳动确立财产所有权。在后者看来，财产能够使一个人区别于其他人，在他自己（他的意愿）与他人之间划出界线，并被认可为理性的存在。财产的社会背景是绝对根本的。社会必须承认人是行动者，而人对他们的财产的持有必须与公民社会规则相一致。②也就是说，财产是人进行自我确证的前提，是个人意志与自由的表现，但是青年黑格尔却认识到，一方面人类个性的主体性和自主性都得到了很大发展；另一方面，另外一个人为的、进行社会中介且同样自主的系统也随之出现了，两者之间的冲突日益加剧。卢卡奇认为，这就是黑格尔所认识到的现代市民社会的根本问题，也是其自己的历史哲学的根本问题。③这个社会中介的自主体系就是私有财产和资本所发展出的资本主义生产关系。

但这些现代思想家都有一个根本性的迷思，那就是认为劳动都是出于私利的目的，从而劳动的结果必然是私有财产所保证的社会承认，但是波兰尼通过人类学家的研究指出：

> （a）获利动机对人而言并不是“自然”的。
>
> （b）劳动之后期望得到报酬并非人的“本性”。
>
> ……
>
> （d）劳动通常所依靠的激励并不是获利，而是互惠、竞争，对工作的享受以及社会认可。
>
> ……
>
> （f）经济体系，从原则上说，是嵌入在社会关系之中的；物质

① 〔美〕汉娜·阿伦特：《人的境况》，王寅丽译，上海人民出版社，2009，第44页。

② 〔英〕彼得·甘西：《反思财产：从古代到革命时代》，陈高华译，北京大学出版社，2011，第172页。

③ Lukács G, *The Young Hegel*, trans. Livingstone R, Merlin Press, 1975, p. 317.

货品的分配是通过非经济动机来保证的。

……

（h）互惠和再分配这两种经济行为的原则不仅适用于小的初民共同体，也适用于大的、富有的帝国。[①]

那我们关于人的自私自利的神话、劳动痛苦的神话都从何而来？波兰尼的答案是：劳动力的市场化。只是从 19 世纪开始，从劳动力、自然和货币的市场化开始，经济从社会中脱嵌，获得独立地位，劳动才彻底变成痛苦的营生。这就源于资本的拜物教——卢卡奇指出，青年黑格尔已经模糊地认识到了这个问题。[②]洛克等人的思想无疑是物化意识，即他们把资本主义社会中人与人的关系和人所表现出来的特性理解为“永恒的人性”，并建立起他们各自的哲学人类学。

但是在后现代生产方式下，实质吸纳业已完成，再没有所谓的自然共同性，有的只是生命政治生产所创造出的巨大的共同财富。在这一过程中，劳动者的自我价值增殖强化了主体性和自主性，劳动者之间的协作与交往日益成熟，以至于作为中介的社会关系变成阻碍生产力发展的要素，成为“必须脱掉的斗篷”。在这种交往过程中，每个人都为共同财富添砖加瓦。如此一来，个人生命的自我确证就不再源于对共同财富的分割，而是源于对共同性的贡献，因为在强化共同性的时候，个体摆脱了雇佣工人的身份，不再为了工资而生产，而是参与到共同善之中，让自己的潜能也得到全面发展。

只有摆脱了私有产权即资本主义的生产关系，劳动才可能成为创造性活动，摆脱个体在劳动时所表现出的对财富的贪婪、对他人的敌意以及懦弱，因为在生命政治生产的过程中，共同财富与个人财富互为前提。真正的欲望应该是斯宾诺莎式的对公共福祉的追求，而真正的生命是摆脱了财产中介的创造性劳动。生命政治事件就存在于共同性生产的创造性行动中。这种创造性行为的确有其神秘之处，但这就是每天源自诸众的奇迹。[③]

---

①〔英〕卡尔·波兰尼：《大转型：我们时代的政治与经济起源》，冯钢、刘阳译，浙江人民出版社，2007，第 230-233 页。

② 见 Lukács G, *The Young Hegel*, trans. Livingstone R, Merlin Press, 1975, p. 337.

③ Hardt M, Negri A, *Commonwealth*, Belknap Press of Harvard University Press, 2009, p. 176.

第四节　帝国时代的诸众与艺术

从根本上来说，非物质劳动弥合了体力劳动与脑力劳动之间的差异，而劳动过程也逐渐与交往过程同一。所谓交往，就是通过知识、情感、思想、图像、声音和语言等生产资料所进行的生产模式。其结果就是，交往的生产过程也逐渐成为直接的价值增殖的过程。[①]这里拉扎拉托借鉴本雅明的文学生产论，用审美模式来解释后现代的经济生产方式，因为这种生产的产品不再是有形的物件，而是无形的文化或意识形态，或者说“意义”——这是生产与再生产的重合，于是就有了作者、传播与受众的审美模式问题。

但这里的作者无疑被“去主体化”和“去中心化”了，因为作者不可能再是个人，而是资本组织下的诸众以及他们之间的交往与协作，或者说作者就是非物质劳动本身，而受众既是消费者也是沟通者。或者说，正是受众的交流完成了产品的生产过程，在这个意义上，受众参与了意识形态产品的生产，他们不再是潮流或者意识形态的被动接受者。如果没有听众，一场音乐会就不可能存在。虽然传播过程受到资本主义再生产的调控，但是作为大众的受众一方面参与了产品的生产，另一方面，他们将产品内化，从而可以将这些意义产品再度传播出去，最终让大众智能得到强化。如此循环往复，创造性就寓于诸众的消费与沟通（传播）过程中。作者创造出生命形式，这些形式在受众的消费与传播过程中得到衍生和发展，新的创造性便应运而生。于是作为管理者的资本家成了可以有无的存在，首创精神不再源自他们，而是源自作者与受众的交往。

以时尚为例。所谓时尚就是上层社会与底层社会进行区分，从而进行自我标榜的手段，其目的在于区隔。也就是说，上层社会创造出某种风尚，而底层社会群体只能够被动模仿，这就是工业社会的情形。拉扎拉托指出，在后工业社会，作为消费者的大众不再是消极的接受者，在非物质劳动的语境

---

① Lazzarato M, “Immaterial labor”, In Virno P, Hardt M (Eds.), *Radical Thought in Italy*, University of Minnesota Press, 1996, p. 145.

下，体力劳动与脑力劳动浑然不分，于是受众也可能成为作者的组成部分，参与到作品的创作过程中。

奈格里的艺术观与拉扎拉托的观点并无本质区别，都是从劳动形态的转变来看待艺术形式的变迁，而他关于艺术的论述主要以通信的形式表现出来。[①]正如托斯卡诺所指出的，奈格里很早就介入艺术，例如通过揭示艺术的生产特性，让艺术摆脱审美或市场驱动的神秘化，以此让制作艺术的实践去神秘化。这种对艺术的“解构”可以说揭示了艺术背后的活劳动和人类劳动实体。[②]艺术与劳动这对原本在现代美学观念里相互排斥的范畴就被统合在了一起。[③]

在奈格里和意大利自治主义思想家那里，当下劳动的主导形态已经从工业劳动转变为非物质性的智识劳动和情感劳动。随着资本主义的发展，自然与文化的界限也彻底被打破，没有了所谓自然的东西，万事万物就都成为人类劳动的成果。在奈格里看来，劳动正如我们所看到的，已经变得具有非物质性、认知性和感受性，且正处于转变的过程中，变成政治性的生命（bios），变成生命政治劳动，变成再生产生命形式的活动。从现在开始，它具有了新的属性。[④]行动的主体也变成了以非物质劳动者为代表的诸众。就现代时期的艺术和劳动关系来说，奈格里做了如下历史分期：①1848—1870 年，工人运动处于崛起状态，专业工人形象占据主导地位，在美学上现实主义居于主导地位；②1871—1914 年，工人发展出自治的意识形态，在美学上表现主义居于主导地位；③1917—1929 年，俄国十月革命获得胜利，表现主义和抽象化取得主导地位，这种抽象化源于劳动的抽象化；④1929—1968 年，在福特

① 见 Negri A, *Art and Multitude*, trans. Emery E, Polity Press, 2008. 其中收录了奈格里 1988—2001 年的九封信和 2008 年的一篇演讲稿。该书意大利语版出版于 1990 年，原版本只收录了七封信。据奈格里，他出版这本书主要是出于经济考量，因为他在法国流亡期间没有正式的工作许可。见 Toscano A, “The sensuous religion of the multitude: Art and abstraction in Negri”, *Third Text*, Vol. 23, No. 4, 2009, pp. 369-382. 尽管如此，该书也并非权宜之作，而是作者严肃思考的产物，值得我们认真对待。

② Toscano A, “The sensuous religion of the multitude: Art and abstraction in Negri”, *Third Text*, Vol. 23, No. 4, 2009, pp. 369-382.

③ 关于艺术和劳动的关系，见 Beech D, *Art and Labour: On the Hostility to Handicraft, Aesthetic Labour and the Politics of Work in Art*, Brill, 2020。虽然该书提到了奈格里，但是并没有分析奈格里关于劳动与艺术的论述。

④ Negri A, *Art and Multitude*, trans. Emery E, Polity Press, 2008, p. 115.

主义生产方式下大众工人形象占据重要地位，大众艺术得到发展；⑤1968 年至今，社会工人形象或诸众占据主导地位，艺术审美与劳动领域难以分离。

艺术作为创造性的活动也不再是天才的灵感所造就的带有光晕的存在，艺术就是诸众的活劳动本身。

> 美是什么呢？当不断被美的可能所革新时，艺术又是什么呢？艺术，如我们所说，就是劳动，是活劳动，因此也就是独一性的发明，是独一性的形象与物体的发明，是语言表达以及符号的发明。在其最初的运动中，存在着行动着的主体的潜能，主体有能力去深化知识，从而再造世界。只有当符号和语言将自己转化为共同体，它们被吸纳进一个共同的筹划中时，这种表现性行动才能达到美和绝对的状态。美就是独一性的发明，这种独一性到处蔓延并且将自身呈现为主体的杂多性所包含的共同性。正是这些主体参与了构建世界。美并非想象的行动，而是行动的想象。艺术从这个意义上说就是诸众。①

在这段引文中奈格里清晰地辨析了美、艺术、独一性和劳动的关系。所谓独一性，是与个体和同一性相区别的概念，这个概念具有三方面的内涵：①独一性从外部来说指向他者的杂多性；②独一性从内部来说是分化的或多元的；③独一性在历史中构成了杂多性，也就是说独一性是一个生成的过程。②这是一个能够自由表现自身意志，同时又不陷入个人主义窠臼的主体形式，而真正的美和艺术必然来自这里。从这个意义上说，艺术不一定非要有终端产品即艺术品，相反，艺术就体现在劳动行为中。这与福柯所说的存在审美化有着表面上的近似性，但奈格里是从劳动形式的角度来谈艺术，而福柯只是从个体的行为方式角度来谈论超越日常的审美行为。正如奈格里所说，艺术不是天使的作品，而是对所有人皆是天使的肯定和再发现。③艺术远不是什么个人天才或情感的表现或者外露，艺术从来就是诸众性的。在

① Negri A, *Art and Multitude*, trans. Emery E, Polity Press, 2008, p. xii.

②〔美〕迈克尔·哈特、〔意〕安东尼·奈格里:《也论解释世界还是改造世界——对哈维批评的回应》，王行坤译，《上海文化》2016 年第 2 期。

③ Negri A, *Art and Multitude*, trans. Emery E, Polity Press, 2008, p. 47.

奈格里看来，所谓“艺术地行动”就“意味着建构新的存在；意味着让全球空间反观自己，让其转而重视独一性的存在”[①]。艺术就是诸众的创造性实践。因此有论者将奈格里意义上的艺术称为“非-艺术”：诸众的生命及其事件性的经验将以“非-艺术”的形态成为艺术。艺术将在实践主体诸众化以及实践方式非制度化的意义上以“非-艺术”的方式发生。[②]

在后现代生产方式（非物质劳动或者生命政治劳动占据主导地位）中，诸众成为怪异的、不可度量的、不可通约的存在，任何想要捕捉他们劳动的努力都是徒劳的，他们的实践既是政治的（在阿伦特的意义上），也是艺术-美学的（在创造新的感性的意义上）。

结　语

从严格意义上说，奈格里没有独立的艺术理论，其艺术理论与其社会理论和政治理论是一个有机整体，因为在奈格里看来，在1968年之后的世界，随着生产方式特别是劳动形态的转变，艺术不再是一个独立的领域（虽然它曾经在19世纪被视为独立的、更高的领域[③]），而是由诸众的活劳动所构成，正如世界由人类的活劳动所构成。

但是奈格里的诸众是否能够成为有行动力的主体，从而真正将活劳动用于自由自主的活动，这也是有待检验的论题，起码这个论题在当下是个难题——正如奈格里和哈特所指出的，诸众的集体实践“通常都是短暂的，在许多国家遭受了失败，在一些国家中取得的成果荡然无存。我们还需要更多的东西；而且，正如各种激进分子会告诉你的，我们迫切需要对政治组织进行创造性和创新性思考”[④]。

---

① Negri A, “Art and culture in the age of empire and the time of the multitudes”, trans. Henninger M, *SubStance*, Vol. 36, No. 1, 2007, pp. 47-55.

② 赵文：《诸众与非-艺术：一种生命政治的阐释》，《新美术》2014年第10期。

③ 关于艺术观念的变迁，可见〔英〕雷蒙·威廉斯：《关键词：文化与社会的词汇》，刘建基译，生活·读书·新知三联书店，2005，第17-20页。

④ 见〔美〕迈克尔·哈特、〔意〕安东尼奥·奈格里：《〈帝国〉出版20周年回顾》，杜云飞译，《马克思主义与现实》2020年第2期。

奈格里的艺术理论无疑挑战了传统马克思主义关于经济基础与上层建筑的划分，也挑战了艺术的相对自主性或完全自主性观念，对艺术进行了去神秘化，为我们认识当下的艺术生产提供了新的视角。奈格里从资本主义的生产方式特别是劳动形式的变迁角度，来说明无产阶级形象的转变（从专业工人到大众工人，再到社会工人或诸众），以及艺术生产的转变，这无疑贯彻了唯物主义的研究方法。但是将艺术还原为诸众的活劳动，是否会忽视艺术实践自身的规则？我们究竟应该如何区分艺术劳动和非艺术劳动？或者说，艺术是否只是自由自主的劳动（这与拉斯金-莫里斯的论题不谋而合）？这是奈格里没有解决的问题。

参考文献

〔美〕汉娜·阿伦特:《人的境况》，王寅丽译，上海人民出版社，2009。

〔英〕卡尔·波兰尼:《大转型：我们时代的政治与经济起源》，冯钢、刘阳译，浙江人民出版社，2007。

〔英〕雷蒙·威廉斯:《关键词：文化与社会的词汇》，刘建基译，生活·读书·新知三联书店，2005。

〔匈〕卢卡奇:《历史与阶级意识》，杜章智、任立、燕宏远译，商务印书馆，1999。

罗岗:《帝国、都市与现代性》，江苏人民出版社，2006。

〔英〕洛克:《政府论·下篇》，叶启芳、瞿菊农译，商务印书馆，1964。

〔德〕马克思:《资本论》(第一卷)，中共中央马克思恩格斯列宁斯大林著作编译局译，人民出版社，2004。

〔德〕马克思:《资本论》(第三卷)，中共中央马克思恩格斯列宁斯大林著作编译局译，人民出版社，2004。

〔德〕马克思、〔德〕恩格斯:《马克思恩格斯全集》(第三十卷)，中共中央马克思恩格斯列宁斯大林著作编译局译，人民出版社，1995。

〔美〕迈克尔·哈特、〔意〕安东尼奥·奈格里:《〈帝国〉出版20周年回顾》，杜云飞译，《马克思主义与现实》2020年第2期。

〔美〕迈克尔·哈特、〔意〕安东尼奥·奈格里:《也论解释世界还是改造世界——对哈维批评的回应》，王行坤译，《上海文化》2016年第2期。

〔意〕奈格里:《〈大纲〉：超越马克思的马克思》，张梧等译，北京师范大学出版社，2011。

〔英〕佩里·安德森:《西方马克思主义探讨》，高铦等译，人民出版社，1981。

〔荷〕斯宾诺莎:《伦理学》，贺麟译，商务印书馆，1983。
〔荷〕斯宾诺莎:《政治论》，冯炳昆译，商务印书馆，1999。
赵文:《诸众与非-艺术:一种生命政治的阐释》，《新美术》2014年第10期。

Agamben G, *Homo Sacer*, trans. Heller-Roazen D, Stanford University Press, 1998.

Beech D, *Art and Labour: On the Hostility to Handicraft, Aesthetic Labour and the Politics of Work in Art*, Brill, 2020.

Casarino C, Negri A, *In Praise of the Common*, University of Minnesota Press, 2008.

Deleuze G, *Negotiations*, trans. Joughin M, Columbia University Press, 1997.

Hardt M, Negri A, *Empire*, Harvard University Press, 2000.

Hardt M, Negri A, *Multitude*, Penguin Press, 2005.

Hardt M, Negri A, *Commonwealth*, Belknap Press of Harvard University Press, 2009.

Lamarche P, Rosenkrantz M, Sherman D, *Reading Negri: Marxism in the Age of Empire*, Open Court, 2011.

Lukács G, *The Young Hegel*, trans. Livingstone R, Merlin Press, 1975.

Negri A, *Marx beyond Marx: Lessons on the Grundrisse*, trans. Cleaver H, Ryan M, Viano M, Autonomedia, 1984.

Negri A, *The Savage Anomaly: The Power of Spinoza's Metaphysics and Politics*, trans. Hardt M, University of Minnesota Press, 1991.

Negri A, Dufourmentelle A, *Negri on Negri*, trans. Debevoise M B, Routledge, 2004.

Negri A, *Subversive Spinoza*, ed. & trans. Murphy T S, et al., Manchester University Press, 2004.

Negri A, *Political Descartes: Reason, Ideology and the Bourgeois Project*, trans. Toscano A, Mandarini M, Verso, 2006.

Negri A, "Art and culture in the age of empire and the time of the multitudes", trans. Henninger M, *SubStance*, Vol. 36, No. 1, 2007.

Negri A, *Art and Multitude*, trans. Emery E, Polity Press, 2008.

Toscano A, "The sensuous religion of the multitude: Art and abstraction in Negri", *Third Text*, Vol. 23, No. 4, 2009.

Virno P, Hardt M, *Radical Thought in Italy*, University of Minnesota Press, 1996.

第二编　批判理论的新面向（下）

导论：概念的“星丛”与理论的“地堡”——批判理论的勃兴与新一代批判理论的走向

一、批判理论四家：瓦蒂莫、维利里奥、阿甘本、南希

批判理论是当代理论家、思想家对20世纪以来人类社会文化发展进行批判性思考的理论成果。20世纪中期以来，霍克海默、阿多诺、本雅明、马尔库塞、哈贝马斯、鲍德里亚、列斐伏尔、赫勒、杰姆逊、阿尔都塞、威廉斯、伊格尔顿等批判理论家，立足现代社会发展的审美文化现实，通过文学、艺术、美学与大众文化研究，对当代西方资本主义社会文化发展做出了深入的理论分析和批判，产生了一大批重要的理论成果。批判理论是当代文化理论中持续时间较长、学术成果丰富、实践影响广泛的理论思潮。从批判理论产生的那一天开始，它就一直坚持高举高打，其思想的旗帜性和理论的先锋性精妙地镶嵌在现代文化多元发展的社会轨迹上，形成了诸如英国伯明翰学派、德国法兰克福学派等多种理论派别，毫无争议地成为当代文化研究的理论高地。

在严格的概念和内涵上，所谓“批判理论”是一种复合性的理论形态，无论是英国伯明翰学派，还是德国法兰克福学派，抑或是欧洲各种文化批判理论的代表性人物，他们都没有赋予文化批判理论某种一致的内涵和稳定的内容，文化批判理论的边界和对象本来就是宽泛而多样的，其中蕴含着文化、社会、政治与审美等多种思想的叠加和互动，更展现出复杂的理论图景。

从文化批判理论的创始人霍克海默和阿多诺等人开始，文化批判理论可以说就不安分于哪一种固定的理论模式，同时更对传统的哲学、美学与文化理论报以严重质疑甚至理论上的不满。当年，霍克海默和他的哲学同伴曾经雄心勃勃，他们的理想是以批判理论为核心对分崩离析的资本主义社会文化做出透析式的阐释。比如，霍克海默曾说道：

> “理论”是什么？这个问题对当代科学来说似乎相当容易回答。对大多数研究者来说，理论是关于某个主题的命题总汇；这些命题之间紧密相联，有几个是基本命题，其他命题由基本命题推出。与派生命题相比，基本原理的数目越少，理论就越完善。理论的真正有效性取决于派生的命题是否符合实际。如果经验与理论相互矛盾，其中之一必须重新加以检查。不是科学家未能正确地进行观察，就是理论原理出了毛病。因此，就其与事实的关系而言，理论永远是一个假说。如果理论的缺陷在我们加工材料的过程中开始显现出来，我们就必须准备改变理论。[①]

从批判理论的发展来看，应该说霍克海默等人的理论努力得到了较为可观的收获，其中一个最为明显的表现就是，在整个20世纪思想文化发展过程中，批判理论成为对西方资本主义社会文化介入最深、分析批判最为全面的理论思潮。按伊格尔顿在《理论之后》中的观点，这些批判理论家的辉煌时代或许已经过去，但并不意味着他们曾经的理论事业也成为过眼烟云，而是在人类思想文化发展中留下了重要的理论遗产。

当然，批判理论也在发展，特别是自20世纪晚期以来，当代西方文化批判理论展现出了新的面向和历史图景，“新一代批判理论家”不断涌现，“新一代批判理论”的勃兴更使当代文化批判理论展现出与众不同的理论脉络与思想姿态。我们在这里所重点关注的几位理论家可以说是“新一代批判理论家”的代表，他们是瓦蒂莫、维利里奥、阿甘本、南希。为什么说他们是“新一代批判理论家”？他们新在何处？这固然有将他们与以往的批判理论家加以对比阐释的缘由，但更主要的还是从他们的批判理论的理论特征、思想标识以及所代表和引领的当代批判理论的走向而言的。这些“新一代批判理论家”有共同的特点，比如他们的学术背景和理论体系较为复杂，在哲学基础和理论观念上呈现出更加复杂的特征，这在符合文化批判理论思想多元、触角多样的理论前提下，更让这些“新一代批判理论家”增添了思想上的神秘和理论上的混杂特征。

---

①〔德〕马克斯·霍克海默:《批判理论》，李小兵等译，重庆出版社，1993，第181页。

对于当代文化批判理论，至少在文艺学、美学和批评理论研究中，瓦蒂莫、维利里奥、阿甘本、南希的名字多少有些“陌生”，他们不像霍克海默、阿多诺、本雅明、德里达、哈贝马斯、马尔库塞、鲍德里亚等文化批判理论家那样“家喻户晓”，但他们也绝不是文化批判理论研究中的“小字辈”，他们的理论思想有较为明显的新潮和前卫的意味，但在哲学、美学和批评传统上也具有承先启后的价值，这一点可以从他们的理论和思想发展的轨迹中体现出来。

瓦蒂莫（1936—　）是意大利著名哲学家，也是后现代理论的代表人物，通常也被认为是反基础主义者、后形而上学家。他最主要的学术贡献在于提出了“虚弱的思想”，并将“虚弱的思想”运用到基督教神学、伦理学以及政治领域之中，从而开创性地拓展了批判理论的思想版图。瓦蒂莫高中毕业后进入都灵大学跟随意大利著名哲学家帕莱松学习哲学。毕业后，瓦蒂莫前往德国海德堡大学跟随伽达默尔从事哲学研究。1964 年，瓦蒂莫返回都灵大学担任助理教授，主要从事理论哲学的教学工作。1969 年，瓦蒂莫正式成为全职教授，并逐渐在意大利学术界崭露头角。尽管在大学期间瓦蒂莫并不热衷于从事严肃的哲学研究，不过在毕业的时候，他仍然出色地完成了一篇有关亚里士多德的毕业论文。在获得学士学位后，瓦蒂莫听从导师的建议开始了自己的尼采研究。在研究过程中，瓦蒂莫逐渐接触到并对海德格尔的思想产生了浓厚的兴趣。随着瓦蒂莫将学术视野转向尼采和海德格尔，他在意大利获得了美学领域之外的声誉（包括批评界）。进入 20 世纪 90 年代后，由于瓦蒂莫经常在美国做客座教授，美国的许多学者也逐渐开始对瓦蒂莫的思想产生兴趣，其中就包括怀特以及罗蒂等被汉语学界所熟知的思想家。此外，瓦蒂莫与法国理论界也有相当频繁的互动，德里达、吉拉尔、南希等都与之有过深入的学术对话。

维利里奥（亦译为维希留，1932—　）是法国当代著名的哲学家、建筑学家、艺术评论家、战争研究专家。在成为一名哲学家之前，青年维利里奥曾从事建筑设计工作。1963 年，维利里奥与法国建筑师巴夯共同成立了“建筑原则”小组，宣传建筑中的“倾斜功能”（oblique function），并设计了若干建筑作品，代表性作品是位于法国纳维尔的圣伯尔纳德教堂。从 1975 年出版《地堡考古学》开始，维利里奥离开专门性的建筑领域，走向更为广阔的哲学著述领域，具体而言，涉及战争（《地堡考古学》《战争与电影》）、媒体（《视觉机器》《极惰性》）、艺术（《过度的艺术》《无边的艺术》）、政治（《速度与政治》《恐慌之城》）等诸多领域。在诸多学术跨界研究中，维利里奥一直感兴趣的是"速度"问题，"速度"的本体论地位在维利里奥于各领域的研究之中都呈现了出来，他进而提出了"竞速学"这一重要术语和理论观念。在欧美学界，维利里奥已经与鲍德里亚、巴迪欧、朗西埃等一起，被视为 20 世纪后半叶以来最为重要的法国思想家。在法国国内，维利里奥已被视为 20 世纪"最具原创性的思想家之一"。英国学者阿米蒂奇称他为"当代最重要的法国文化理论家之一"。法国学者库赛特将他列为"与美国的理论运动紧密关联"的法国思想家之一。在英国学者科尔曼所编的《电影、理论和哲学》一书中，他和杰姆逊、德勒兹等一起，成为编者所选定的 20 世纪的"关键思想家"。

意大利哲学家阿甘本（1942— ）是当今最具挑战性的思想家、哲学家和激进的政治理论的领军人物之一，他的著作在英美思想界对众多学科领域中的当代学术研究产生了深刻的影响。阿甘本 1942 年生于罗马，他以薇依的政治思想研究为主题的博士论文完成了法学和哲学博士学业的学习。在博士后学习阶段，阿甘本于 1966 年夏天和 1968 年参加了由海德格尔主持的关于黑格尔和赫拉克利特的研讨会。他曾在意大利的马切拉塔大学和维罗拉大学等高校任教，是巴黎国际哲学学院的规划负责人并教授哲学。他也是美国多所大学的客座教授。2001 年的"9·11"事件后，他因拒绝了美国移民部门要求旅客入境美国所要提交的"生命政治的文身"而引发了一场争论。阿甘本与巴迪欧、奈格里、朗西埃以及齐泽克等一起都成为研究包括福柯、德里达和德勒兹在内的那一代哲学家的最有影响力的思想家。另外，阿甘本还是本雅明著作的意大利译本的翻译工作的主持者，同时也是当代欧陆哲学和批判理论中最为重要的也最有争议性的人物之一。他著述宏富，其文化批判理论的内容涉及了从《圣经》批判、关塔那摩湾到反恐战争等广泛话题，涵盖了诸如欧陆哲学、诗学、大屠杀文学、《圣经》的文本批评、电影研究、中世纪文学、法哲学、政治哲学、语言哲学、哲学史以及艺术和美学等诸多不同的领域。

法国哲学家南希（1940— ）是德里达之后至今仍活跃在法国哲学舞台上的哲学家。南希生于法国南部吉伦特省的克特朗市，1962 年毕业于索邦大学哲学系，1973年在法国著名哲学家与现象学家利科的指导下获得哲学博士学位，1987年在法国著名哲学家格拉奈尔的指导下获得国家博士学位，1964年获得哲学教师资格，于1964—1968年在法国的科尔马担任高等文学教师，1968年之后一直任职于斯特拉斯堡大学，于1988年成为斯特拉斯堡大学哲学系教授，2002年退休并成为荣誉教授。自1974年起，南希曾作为客座教授或访问学者先后在柏林自由大学、加州大学尔湾分校、加州大学圣迭戈分校、加州大学伯克利分校、墨尔本大学参与教学和研究。南希独特的生命经历和思考方式对当代知识界具有强烈的吸引力，他的思想在世界范围内也引发了越来越广泛的讨论。

二、“新一代批判理论”的美学精神

从他们的理论发展和思想轨迹中，我们也可以看出当代批判理论所展现出的不同的理论走向。首先，在理论内容上，批判理论是一种文化理论，在传统的意义上，批判理论更多地指向传统意义上的哲学、美学和文化（艺术）。在霍克海默、阿多诺、本雅明、马尔库塞、鲍德里亚等理论家那里，批判理论在美学和艺术研究中曾一路走高，形成了大众文化、媒介文化、消费文化等几个非常关键的研究领域，也是几个重要的思想燃爆点。从其发展来看，“新一代批判理论”虽然也关注美学和艺术、大众文化，但很显然，相关学者的批判理论研究已经不再局限于美学和艺术，而是更加关注当代思想文化裂变和价值更迭过程中文化批判理论的多元走向。比如，在瓦蒂莫的虚无主义理论中，他的“虚弱的思想”观念蕴含了哲学、解释学、大众媒介研究等多种理论思想，也包含了对尼采、海德格尔、伽达默尔等众多理论家的思想重读。在他的文化批判理论中，“存在论差异”的产生以及被遗忘等复杂的文化理论问题被融汇到了形而上学意义上的解释学和艺术问题的探讨之中，从而产生新的理论阐释方向；南希的文化批判理论也充满了思想的包孕性特征，南希的思想广泛继承了西方古代哲学尤其是德国哲学的传统，对文学、政治、自由、基督教、绘画、生命技术及身体等问题，都有独具特色的解构式阅读，由此为我们开辟了通往存在之思的哲学道路，也体现出当代批判理论复杂的思想态势。

其次，这些“新一代批判理论家”思想锐利，角度独特，在思想的锋芒和理论的先声夺人方面迈出了更大的一步。在这方面，笔者用“概念的‘星丛’与理论的‘地堡’”来概括他们的思想特征。“星丛”是本雅明提出的文化批判理论研究中的一个重要概念，在《德国悲剧的起源》中，本雅明用“星丛”概念来概括文化、批评与宗教研究对象的分布格局与感知方式，“星从”也隐喻了当代思想图景中某种概念的集合性与思想高密度所引发的理论把握方式的变革。阿甘本曾经强调，对于本雅明来说，“术语是思想的专有元素，对每个哲学家来说，术语本身就把他的体系的核心包围起来”[①]。本雅明的“星丛”的概念和术语就有这样的特征。

“星丛”是各个星座非稳定的集合体，各个星座既保持独立，又存在非关系性的联合，但具有永恒和自由存在的特征，这种“星丛”式的分布格局和存在形态恰似社会文化思想中某些概念、术语间的语境叠加和类属关系。“星丛”不是简单的群星汇集，但具有众星闪烁遥相呼应的气势，“迢迢牵牛星，皎皎河汉女”，“星丛”的确立预示着思想的聚合与裂变。概念的“星丛”也不是哪一个人或哪一个理论家所代表或预示的理论方向，而是无数个理论概念和术语的非关系性的复合。文化批判理论向来不缺乏概念，甚至可以说是在不断地“生产”概念术语，但文化批判理论不是为“生产”概念而“生产”概念，恰似宇宙的“星丛”决定着群星的分布格局一样，无数个批判理论的概念和术语也构成了“新一代批判理论家”思想阐发的原点和归宿。“向……在”“与……在”“‘出—离’—‘回撤’”“速度”“竞速学”“极坏政治”“赤裸生命”“创制”“潜能”“虚弱的思想”“敞开区域”等等这些概念虽然有些佶屈聱牙，其内涵更是显得有些无从把握，但它们的背后都有某种深刻的哲学、美学和文化意蕴，“概念的‘星丛’”使解析“新一代批判理论家”的思想充满了挑战，但其中的理论张力意味深长。

“地堡”的概念最近几年被引入文论与美学界。法国当代著名哲学家、建筑学家维利里奥 1975 年出版了《地堡考古学》，提出并贡献了“地堡”的概念。饶有兴趣的是，维利里奥还是一名艺术评论家和战争研究专家，“哲学、建筑、艺术、战争”这几个词语放在一起，所指的是一位与文学理论研究有关的学者，会令人产生何等奇妙的感受？维利里奥对二战期间欧洲纳粹德国

---

①〔意〕阿甘本:《潜能》，王立秋等译，漓江出版社，2014，第 373 页。

所建造的用来防御盟军登陆欧洲大陆西线的军事设施“大西洋壁垒”展开了专门的探究，并结合当代电影与当代艺术对这一军事“地堡”的隐喻叙事，从文化批判的角度提出了当代“防御管理学”和“知觉后勤学”的问题。维利里奥的研究让人感觉到“新一代批判理论家”不仅对文化工业、大众文化、青年亚文化、影视文化等传统文化形式感兴趣，更有让批判理论在多个领域闪转腾挪以达到跨界融合、自由行走的本事。军事和战争意义上的“地堡”是一个具有防御机制属性的处所，属于所谓“战争后勤学”的研究范畴。维利里奥的文化批判理论研究告诉我们，在传统战争中，“地堡”意义重大，但像“大西洋壁垒”这样作为防御处所的“地堡”并不是纳粹德国建立“大西洋壁垒”的唯一目的，其根本目的是通过一种“知觉”层面的“后勤”，塑造安全的“神话”，通过“地堡”式的“恐惧的管理”，达成纳粹德国国内的共同体构建，所以，在这个意义上，“地堡”是军事、战争和政权的“防御共同体”，“防御共同体”不仅仅是为了应对打仗和战争，更主要的是作为文治武功、长治久安的管理战略。但事实证明，这何其难也？所以，这是一个悖论，只要“地堡”存在，就有战争的隐患，再坚固的地堡都有被摧毁与再造的那一天。理论的“地堡”也是如此。无论是传统理论还是批判理论，最终在发展中都要面临有效、失效、被质疑、被否定乃至被遗忘的命运。历史的车轮滚滚向前，批判理论的发展更加看重理论“地堡”的发展速度，而这“速度”本身也是维利里奥所关注的问题，维利里奥曾说：“昨天是速度与政治，还有未来主义、法西斯主义和统一市场的涡轮推进式资本主义，而今后更多的是速度与大众文化，因为如果是‘时间就是金钱’，那么普遍存在的媒体光速便是感动被驯服大众的力量。”①事实是，“新一代批判理论家”所建造的理论“地堡”仍然免不了受到“媒介光速”的挑战，但其锐利的思想锋芒更让我们对当代社会与文化发展保持着充分的警醒，这不能不说是他们的理论贡献。

再次，“新一代批判理论”孕育了新的美学范式和文化批判精神。“新一代批判理论家”试图打破传统的理论范式提出新的美学构想，并在这方面取得了值得关注的理论成绩。例如，阿甘本打破了传统的三个美学范式，转而指出只有对现在的美学进行解构，才能在当代美学理论范式的坍塌中窥见美

①〔法〕保罗·维利里奥:《无边的艺术》，张新木、李露露译，南京大学出版社，2014，第4-5页。

学理论范式变革的最核心价值。正像很多学者已经关注的那样，阿甘本的美学范式理论表现出一种介于“反美学”和“非美学”之间的特征，他认为艺术是一种呈现真理的创制活动而非有目的的实践行动，这种“反美学”和“非美学”的理论范式创制特征，将是我们理论阐释的关键。阿甘本还从西方艺术创作与审美欣赏、艺术家与观看者之间的矛盾关系着手，提出我们应当批判康德式的无利害关系的审美判断，通过“潜能”来观照现代艺术危机问题，以期对现代艺术进行深入的理解和研究，这些思想都在当代批判理论中引起了较大关注。南希提出的“出—离”—“回撤”的美学观也与传统美学范式不同，他广博的理论为后来的研究者提供了丰富的思考资源，然而，也正是他所关注的问题的广泛性为我们更深入的研究带来了一定的困难。在某种程度上，这也是“新一代批判理论家”给我们提出的共同的理论难题。

最后，“新一代批判理论家”的研究在社会、文化、美学和政治的层面上表现出更加丰富的意义与价值。批判理论是一种文化理论，它的方法论思想和美学精神走向在霍克海默的《批判理论》中曾有明确的理论阐释，霍克海默从哲学角度提出了批评理论基本的哲学方法和主张，即在哲学上深入反思唯物主义的方法论基础，在方法论上反逻辑实证主义或逻辑经验主义，在文化上强调以资本主义社会中的经济生活研究代替哲学思辨，走向对资本主义文化逻辑的批判。可以说，“新一代批判理论家”对传统批判理论的方法论主张有所继承，比如瓦蒂莫的反基础主义、后形而上学思想，维利里奥的“地堡考古学”、“速度”本体论，阿甘本的“生命政治”思想，以及南希的“出—离”—“回撤”美学思想，都在方法论层面上对传统批判理论有所继承。在美学精神上，“新一代批判理论家”无疑走得更远，他们的思想具有多元化的发展趋向，他们不完全依赖美学和艺术研究，但在他们的批判理论中，美学和艺术研究也占有重要的一席之地；在审美政治研究的层面上，他们没有像马尔库塞等人那样信奉审美与形式的政治，而是更看重文化与伦理的政治；在文化生产与理论建构层面上，他们的文化批判理论体现了当代资本主义文化转型过程中知识生产、知识建构与价值观念的变化与更迭，充分展现了当代文化批判理论所面临的复杂语境，同时也凸显了当代文化批判理论研究的问题意识；从价值趋向上看，“新一代批判理论”重视当代资本主义社会的矛盾现状和危机分析，但不利用矛盾，不“消费”危机，特别是关于当代西方资本主义社会的历史与现状的判断更有积极的参考价值。以往我们谈资本主义社会的历史与文化，以及文化批判理论时，总是被一种“矛盾论”和“危机论”所裹胁，好像文化批判理论所置身和投身的资本主义社会的文化总是危机不断、矛盾重重，但这么多年过去了，单是从“矛盾论”和“危机论”本身出发，相关学者并没有提出对当代社会文化发展更有说服力的阐释框架和理论模式。美国学者哈维曾经总结资本主义社会的 17 个矛盾，他强调：“如果危机是资本重构出新形态的过渡和混乱阶段，则危机也是寻求改造世界的社会运动可以提出深刻的问题，并据此行动的阶段。”[①]对于文化批判理论也是如此。走出片面的“危机论”与“矛盾论”阐释框架，直面问题本身，丰富理论思考，恐怕更有理论上的参考价值。

三、“新一代批判理论”如何面对“理论之后”

“理论之后”本身是当代批判理论研究中需要关注的问题。2003 年，英国学者伊格尔顿（1943—　）出版著名的《理论之后》，对当代西方文论，特别是 20 世纪 60 年代以来的文化理论的兴衰发展进行了整体剖析批判，提出了“理论之后”的观念，受到了国内外文论界的极大关注，甚至引发了当代西方文论关于“理论之后”“后理论”“反理论”思潮的讨论。

“新一代批判理论”正在蓬勃发展，但另一种理论声音却提出理论开始走向没落，那么，“新一代批判理论”该如何面对“理论之后”的问题呢？

对于当代西方文论中的“反理论”思潮，伊格尔顿提出的问题其实并不是一个让人耳目一新的话题。在伊格尔顿的《理论之后》出版之前，当代西方文论中的“反理论”思潮就已经开始萌发，那么，为什么伊格尔顿提出的“理论之后”的观念还会如此引人注目呢？伊格尔顿提出的“理论之后”观念实际上是进一步将西方文论中的“反理论”思潮推向深入。在此之前，“反理论”思潮已经影响了欧美各国的伦理学、哲学、美学、文学等人文学科多个领域，并引发了巨大的思想动荡；而随着“反理论”思潮的兴起，左派文化在西方学术体制及学术机构内的格局与地位也曾随之变化，直到今日，仍未

---

① 〔美〕大卫·哈维：《资本社会的 17 个矛盾》，许瑞宋译，中信出版集团，2016，第 4 页。

改观，在这种情况下，伊格尔顿提出的“理论之后”在强化了当代西方文论的“反理论”思潮之外，正揭示了它是西方当代理论发展中的一个重要的理论动向，是认识和把握当代西方文论发展格局的一个观察角度。

就伊格尔顿在《理论之后》中所提出的问题而言，伊格尔顿所谓的“理论之后”并不是一种“理论”，也不是一种稳定的、有明确思想指涉的理论观念，而是一种理论发展的趋向，预示了一种理论发展的转折。伊格尔顿在接受英国年轻的批评家博蒙特访问时称：“我想我说的‘理论之后’的‘理论’应该被理解成带引号的和以大写字母‘T’开头的‘理论’，我也曾试着在书中指明这一点。”[①]所谓以大写字母“T”开头的“理论”，指的就是当代西方的各种文化理论，特别是后现代主义理论以来的各种文化理论，这说明伊格尔顿的“理论之后”是有所指向的，并不是泛指所有的人文学科理论。特别需要指出的是，伊格尔顿所说的“理论之后”不一定指的就是我们大家都很熟悉的“文学理论”。所以，在《理论之后》中，伊格尔顿对欧美后现代主义文化理论研究，特别是对文化理论中的性研究、通俗文化研究与后殖民文化研究进行了辩证分析。

此外，在“新一代批判理论”发展中如何看待这个“理论之后”的“后”呢？笔者认为，这是我们把握伊格尔顿以及当代西方“反理论”思潮的重要之处。在我们看来，伊格尔顿提出的这个“理论之后”虽然与当代西方文论中的“反理论”思潮有一定的关联，但这个“理论之后”的“后”与“反理论”思潮中的“反”并不是一个概念。“理论之后”的“后”可以是伊格尔顿对当代西方文化理论未来发展趋势的判断，包括性别理论、后殖民理论、后现代理论等，充满了一定的理论自嘲成分，也有揶揄的味道，但不一定就是“理论已死”的蕴含，更没有绝对的“反对”理论意味，这一点我们可以从伊格尔顿在完成《理论之后》的写作情况的角度来说明。如果我们再认真检视伊格尔顿的批评理论，不免生出疑惑，感觉《理论之后》在伊格尔顿的批评理论中多少有些“孤单”和“另类”；除了《理论之后》，伊格尔顿的其他大部分批评理论著作仍然是指向“理论”的。特别是在2003年伊格尔顿出版《理

---

①〔英〕特里·伊格尔顿、〔英〕马修·博蒙特：《批评家的任务：与特里·伊格尔顿的对话》，王杰、贾洁译，北京大学出版社，2014，第247页。

论之后》之后的十几年中，伊格尔顿出版了大量著作，包括《甜蜜的暴力：悲剧的观念》（2003）、《持异议者》（2003）、《神圣的恐怖》（2005）、《英国小说导论》（2005）、《人生的意义》（2007）、《如何读诗》（2007）、《陌生人的麻烦：伦理学研究》（2008）、《理性、信仰与革命：对有关上帝的争论的反思》（2009）、《批评家的任务：与特里·伊格尔顿的对话》（2009）、《论邪恶：恐怖行为忧思录》（2010）、《马克思为什么是对的》（2011）、《文学事件》（2012）、《文学阅读指南》（2013）、《文化与上帝之死》（2015），他仍然保持着高产高效的“理论”研究状态，这说明理论研究仍然是他的主要研究内容。不过，与他以往的著作和研究内容相比，伊格尔顿更突出了文学批评方面的研究，包括几部谈文学问题的专著，如《甜蜜的暴力：悲剧的观念》（2003）、《英国小说导论》（2005）、《如何读诗》（2007）、《文学事件》（2012）、《文学阅读指南》（2013）等。这些著作中的理论特别是以往的文化理论方面的内容比较淡化，文本批评的色彩与内容明显加强，这也是伊格尔顿在提出“理论之后”观念之后的新的研究方向。

博蒙特在与伊格尔顿的访谈中问伊格尔顿的文学批评工作是不是已经到达终点或陷入僵局。伊格尔顿的回答是否定的，并透露他将写一部重要的“纯”文学理论著作。[①]随后伊格尔顿出版了《文学事件》与《文学阅读指南》等。但是，仔细阅读后，我们可以发现，《文学事件》与《文学阅读指南》并不是我们所期待的所谓“纯”文学理论著作。所以，在出版《理论之后》之后，伊格尔顿的理论研究走向仍然是模糊的，在这个层面上，我们既要重视伊格尔顿提出的“理论之后”的观念，但同时，无论是对伊格尔顿本身，还是对当代批判理论的未来发展，我们都不能因为是伊格尔顿或者其他理论家提出“理论之后”的观念，就武断地认为“理论不再”。毕竟，当代社会的文化和生活还在继续，批判性的文化和生活在继续，批判理论也在继续。

四、补充性的说明

最后，我们仍然要交代一下本编的内容和体例。本编重点选取瓦蒂莫、

---

①〔英〕特里·伊格尔顿、〔英〕马修·博蒙特：《批评家的任务：与特里·伊格尔顿的对话》，王杰、贾洁译，北京大学出版社，2014，第270页。

维利里奥、阿甘本、南希四位文化批判理论家进行重点研究。对他们的批判理论思想，国内外学界的研究起步较晚，相关研究正在推进之中。我们期望，通过我们的研究，在这些批判理论家的思想研究方面添砖加瓦。在内容方面，我们的研究主要体现了如下几方面的特色：一是在整体理论扫描与宏观思想把握方面力争做到完整、全面、深入。二是在现有研究的基础上，继续拓宽、拓深对这些批判理论家的关键主题研究，如瓦蒂莫的“虚弱的思想”理论、维利里奥的“地堡考古学”“知觉后勤学”“剧场政治”理论、阿甘本的“创制”“潜能”思想、南希的“出—离”—“回撤”思想等。三是对这些批判理论家的集中的美学专题研究，这仍然是本书的重要组成部分。这些批判理论家尽管思想路径各异，理论研究内容涵盖较广，但都包含了对美学、艺术问题的思考，特别是就电影、当代艺术等相关问题的专题讨论，他们的批判理论观念得到了有效呈现，他们的关键概念得到了进一步阐释，这也是我们研究的关键内容。四是对这些批判理论家的相关理论思想的开创性研究。本书中所涉及的这些批判理论家的思想，其中有些内容是在学界首次提出并予以充分关注的，如对维利里奥的处女作《地堡考古学》的研究，“地堡考古学”到底蕴含何种意涵？维利里奥在“大西洋壁垒”研究的历史难题面前如何通过某种新的视角得到新的理论结论？我们的研究庶几可以作为一个起点，为今后进一步拓深、拓宽维利里奥研究夯实基础。对于南希的思想研究，我们也力图做出突破，从其学术生涯来看，南希总是处在学术运动的中心，同时如其思想所体现出的“出—离”—“回撤”特征一样，他将自己放置在学术活动的边缘，时刻处于“出—离”—“回撤”的状态，我们的研究围绕他的思想的“出—离”—“回撤”的可能性和价值展开，具有一定的研究难度，但我们也相信，我们的研究可以为学界的相关研究提供一定的参考。另外，像阿甘本和瓦蒂莫，对于他们的有关思想的研究，我们试图做出新的开拓，并努力拓展以往的研究成果。

当代文化批判理论的发展方兴未艾，把握当代西方前沿文论，并在现代和后现代历史发展视野中对当代西方最新文论发展进行定位与定性，这项工作充满了诱惑与挑战。面对现代性的社会发展，瓦蒂莫曾经提出这样的设想：“让哲学（因为在此我愿意保留在这个范围内）来确定我们是否正生活在现代或后现代时代，或者更一般地说确定我们在历史中的位置。”[①]在对当代西方批判理论的考察中，我们深深体会到了这种理论设想的难度，同时也感到当代文化批判理论研究价值不菲，责任重大。我们的研究不可避免还存在不足之处，我们期望更多的学者加入这一队伍中来，也期望学界方家提出批评建议！

①〔意〕詹尼·瓦蒂莫:《现代性的终结——虚无主义与后现代文化诠释学》，李建盛译，商务印书馆，2013，第55页。

第一章
瓦蒂莫虚无主义文论研究

引　言

瓦蒂莫是意大利著名哲学家、美学家、批判理论家。瓦蒂莫曾跟随伽达默尔从事哲学研究，本科毕业后开始从事尼采研究。在研究过程中，瓦蒂莫逐渐接触并对海德格尔的思想产生了浓厚的兴趣。随着瓦蒂莫将学术视野转向尼采和海德格尔，他在意大利获得了美学之外（包括批评界）的声誉。进入 20 世纪 90 年代之后，美国的许多学者也逐渐开始对瓦蒂莫的思想产生兴趣，其中就包括怀特以及罗蒂等被汉语学界所熟知的思想家。此外，瓦蒂莫与法国理论界也有相当频繁的互动。

作为后现代理论家中的代表人物，瓦蒂莫通常被认为是反基础主义者与后形而上学家。他最主要的学术贡献在于提出了“虚弱的思想”，并将“虚弱的思想”运用到基督教神学、伦理以及政治领域之中。本章第一节将在瓦蒂莫和利奥塔的相互对照中，展开对瓦蒂莫现代性与后现代理论的探究：一方面，利奥塔与瓦蒂莫显然是站在同一立场之上的；另一方面，瓦蒂莫注意到利奥塔在寻求自己的理论正当性的时候，借助的仍然是现代性元叙事的手段。本章第二节会从论述瓦蒂莫的“虚弱的思想”开始，并指出借由对“辩证法”与“差异思想”的融合，“虚弱的思想”将会呈现出不断反复的运动轨迹，亦即时刻对可能出现的整体性（统一性、系统性与结构性）思想的虚弱化。

第一节　后现代主义与虚无主义

19 世纪末，虽然虚无主义还未在欧洲大陆彻底蔓延开来，但尼采仍以一种"先知"式的口吻说道："我所叙述的是接下来两个世纪的历史。我描述的是即将到来的而且不会再改变的事情：虚无主义的到来。"[①]严格意义上，尼采并非首位深入思考虚无主义问题的哲学家，如果我们将虚无主义定义为由"无"的概念所主导的一系列思想、信念和行为，那么对虚无主义的系统性研究甚至可以追溯到高尔吉亚的《论自然或不存在》。但不可否认的是，虚无主义之所以能够成为当代哲学的重要议题，或者如加缪所说，虚无主义第一次被人们所意识到，很大程度上要"归功"于尼采对它的全面分析。在尼采的描述中，虚无主义意味着那些长久以来被视为意义来源的永恒价值的自我消解。一个显而易见的结论就是，当人们无法用那些"伟大的价值和理念"来锚定自己的存在，而不得不重新将目光投向"沉疴遍地"以及矛盾丛生的现实时，生存的无意义便会作为一种心理状态浮现出来：没有目标，也寻找不到"为何之故"的答案。这一被卡尔称为"存在主义"或者价值论的虚无主义内涵，如今得到了最为广泛的接受：技术快速变革所导致的不安与困惑、宗教和与之相关的传统价值的衰落所引发的迷失感，以及发达国家高居不下的自杀率似乎表明，虚无主义已经超出了理论的范畴而成为迫在眉睫的现实问题。

就在虚无主义对西方文化"大肆破坏"的同时，另外一种被称为"后现代主义"的思潮也开始逐渐占据人们的视野。例如，德国哲学家潘维茨在《欧洲文化的危机》中就直接将后现代视为欧洲传统价值呈现出虚无主义式衰落的时代。罗森在 2000 年的一次访谈中，把后现代视为虚无主义的一种表现形式，或者说，二者都是启蒙或者现代性的消极后果。虽然潘维茨与罗森的解决方案各有侧重，但大体上都依赖于传统价值（古典价值以及现代性启蒙）的恢复或者恪守。与潘维茨、罗森不同，虽然瓦蒂莫也意识到了当代人类所

① Nietzsche F, *The Will to Power,* trans. Kaufmann W, et al., Vintage Books, 1967, p. 3.

面临的困境，但是他却并没有将希望寄托在某种“重建性的工作”之上。因为，在瓦蒂莫看来，无论是对古典价值的恢复，还是对现代性方案的固守，似乎都面临着不可解决的问题。

首先，就重建古典价值的方案而言，瓦蒂莫在《现代性的终结》中指出，支持这一方案的哲学家无非是想恢复一种没有被虚无主义所颠覆的存在观念，即存在是稳固的而非生成的。在瓦蒂莫看来，这种方案的缺陷一方面在于它错误地以为回到西方现代文明的起源是可能的，而忽略了现代世界早已与古典价值并不相容的事实，更不用说经济政治全球化所带来的巨大冲击足以使任何以单一价值为基础构建整个价值系统的企图化为泡影；另一方面，这种立场的缺陷在于它坚信那些曾经由相同的起源所引发的问题或许会不再出现：“这是个更为严肃的问题，因为‘返回’巴门尼德可能意味着我们要从头再经历一遍，除非我们坚持一种虚无主义式的信念，即从巴门尼德到现代性之间的进程完全是由一种任意性所导致的。”①此外，拉古-拉巴特在《海德格尔、艺术与政治》中的观点也表明，对古典价值的推崇和效仿非但不能解决现代性的危机，甚至还有可能引发极其危险的后果。比如，纳粹德国的政治模式就来自对古希腊精神的效仿。②

其次，就固守（或在一种修正的意义上恢复）现代性的方案而言，瓦蒂莫援引本雅明的观点指出，“进步”的观念早已脱离了现实，只是以“教条”的形式伪装成为历史的必然。甚至康德自己也曾对现代性的方案产生过质疑。在著名的自由与必然的二律背反中，康德指出，如果宇宙中只有因果律的话，那么经过无限推演之后，我们就会发现，最初那个因的产生变得不可思议，因此必须在此设立自由因。但是，如果以上结论成立，那么自然的必然性必将受到自由的损害，因为在必然的前提下，没有任何东西不可以被溯源。这

① Vattimo G, *The End of Modernity: Nihilism and Hermeneutics in Post-Modern Culture*, trans. Snyder J R, Polity Press, 1988, p. 6.

② 在西贝尔伯格看来：“国家社会主义的政治模式是一种总体艺术（Gesamtkunstwerk），因为，正如戈培尔博士所深知的，总体艺术是一种政治计划，拜罗伊特的庆典（Festspiel）之于德国，犹如酒神节之于雅典乃至整个希腊。”（转引自〔法〕菲利普·拉古-拉巴特：《海德格尔、艺术与政治》，刘汉全译，漓江出版社，2014，第 77 页。）拉古-拉巴特也指出：“在德国与古希腊人展开的竞相模仿中……寻找着另一个希望，一个不同于这个在现代的欧洲经罗马渗透而改头换面的、垂垂老矣的希腊。”（参见〔法〕菲利普·拉古-拉巴特：《海德格尔、艺术与政治》，刘汉全译，漓江出版社，2014，第 91 页。）

一根源性的矛盾使得“康德意识到，如果这个结论是正确的，那么现代方案就是自相矛盾的，现代理性既不能使人掌控自然，也不能带来人所渴望的自由”[①]。不过即便如此，康德仍旧未曾放弃对现代理性的疗救，在他看来，出问题的并不是理性本身，而是对理性的误用。因此，康德给出了自己的解决方案，即通过将实践理性（道德）和纯粹理性（知性）相统一的方式，来使得科学和道德并行不悖。但是这种方式似乎并不能让人满意：一方面，康德没有告诉我们二者如何在意识中相结合；另一方面，道德与知性的统一需要绝对的公共意志作为保障，然而一旦涉及具体而有限的对象的时候，公共意志就是自利且有限的。[②]因此，瓦莱里在《精神的危机》中痛心疾首道：“事实是清楚的、无情的。有几千名年轻的作家和艺术家死了。一种欧洲文化的幻想已经破灭，知识已被证明不能拯救一切；科学已在其精神的抱负中受到致命的打击，其应用之残忍等于让它蒙受了耻辱。”[③]这时人们似乎才意识到，科学乃至以科学为根基的现代性方案本身存在着难以弥合的裂痕与难以消除的危机。

总之，在古典价值遭到现代性的祛魅之后，现代社会虽然将启蒙与进步视为最高的目标[④]，但之后的历史却表明，现代性内在的矛盾最终将不可避免地瓦解启蒙与进步的正当性并导向一种价值虚无主义。在此前提下，瓦蒂

---

①〔美〕米歇尔·艾伦·吉莱斯皮:《现代性的神学起源》，张卜天译，湖南科学技术出版社，2012，第 340 页。

② 比如，在利奥塔看来，正是这一难以解决的矛盾导致了现代性叙事的合法化危机，并进一步暴露了现代性叙事之中的“虚无主义萌芽”。利奥塔指出，现代性叙事的虚无主义萌芽主要表现为“思辨的机制与知识之间模糊的关系”（Lyotard J-F, *The Postmodern Condition: A Report on Knowledge*, trans. Bennington G, Massumi B, University of Minnesota Press, 1984, p. 38）。这种模糊的关系主要体现在：一方面，思辨的机制要求知识必须在某种辩证法中完成自己的合法性证明，但这也就意味着，现代科学话语就不能被当作知识来看待。因为，作为现代社会根本现象的科学所依赖的指称性话语，如生命机体或者物理现象等本身并不具有严格意义上的“思辨性”，即无法通过“扬弃”自身而获取知识层面上的合法性。另一方面，思辨性的叙事同时又为科学话语提供了作为知识的正当性：“一种科学陈述当且仅当它发生在普遍的生成过程中时才是知识。”（Lyotard J-F, *The Postmodern Condition: A Report on Knowledge*, trans. Bennington G, Massumi B, University of Minnesota Press, 1984, p. 38.）但是，在进一步深究后，利奥塔发现这种普遍性本身是被预设的，缺乏具有稳固基础的元叙事。

③ Valéry P, *Oeuvres: Tome 1*, Gallimard, 1957, p. 26.

④ 例如，康德在《世界公民观点之下的普遍历史观念》中就将人类历史看作“大自然一项隐蔽计划”的实施，进而以义务的方式规定了每个时代的责任就在于在启蒙中继续进步，因为“人性本来的天职恰好就在于这种进步”，参见〔德〕康德:《历史理性批判文集》，何兆武译，商务印书馆，1990，第 27 页。

莫认为想要解决由现代性（甚至西方文明）自身发展所引发的价值危机，就需要尝试走出现代性（而非挪用现代性的逻辑，以克服的方式提出一种“新”的基础价值），并“在一定的限度内，接受我们的存在中的虚无特性”[①]。在瓦蒂莫看来，这“似乎是唯一能够让我们在晚期现代社会或者后现代社会的生存中，不会患上或者极低可能患上神经症（neurosis）的生活态度”[②]。然而，这里所谓“一定的限度”指的又是什么呢？瓦蒂莫在《现代性的终结》中给出了如下的答案：我们必须要在现代性消解与历史终结的意义上，亦即必须在“新”“进步”“克服”这些与现代性紧密相关的概念的集体失效中，接受我们的存在中的后现代主义与虚无主义特征。

一、历史的终结与后现代的悖论

1. 现代性的消解和历史的终结

按照吉莱斯皮的考证，现代性“是自培根和笛卡儿时代以来欧洲思想所特有的自我理解的一部分”[③]，主要表现在“克服亚里士多德主义科学稳固以及权威的地位，用以方法为指导的、诉诸合作以及长期科学进步的观念来代替它；克服古代艺术以及文学作为永恒、完美范式的观念，以艺术体现了他们时代（现代）的创造性精神的观念来代替之”[④]。简而言之，对古典科学权威与艺术权威的“克服”，以及对“进步”和“原创性或者新”的追逐构成了“现代性”的重要基础。然而，多个世纪以后，当人们通过技术为自然确立秩序的能力达到非常高的水平后，历史学家逐渐意识到，由培根赋予“新与进步”的那种意义似乎逐渐失去了其往日的光辉：尽管“新的结论”仍然层出不穷，但所有这些新的知识在人类的支配与规划中变得越来越不“新”。就此而言，西方的历史似乎进入了盖伦所谓的“后历史”（post-histoire）阶段，即进步已经成为某种常规而非知识领域的革命。以二战后西方的“消费

① Vattimo G, “Apologia del nichilismo”, *Belfagor*, Vol. 36, No. 2, 1981, p. 216.

② Vattimo G, “Apologia del nichilismo”, *Belfagor*, Vol. 36, No. 2, 1981, p. 216.

③〔美〕米歇尔·艾伦·吉莱斯皮:《现代性的神学起源》，张卜天译，湖南科学技术出版社，2012，第 11 页。

④ Wallace R M, “Preface”, In Blumenberg H（Ed.）, *The Legitimacy of the Modern Age*, trans. Wallace R M, The MIT Press, 1985, p. xviii.

社会”为例，瓦蒂莫对“后历史”做出了进一步的证明。在瓦蒂莫看来，在消费社会中，“新”与“进步”已经被广泛地用于各种事物之上，比如形态持续更新的服装、工具以及建筑。但是，这些事物的更新只是为了满足人们的心理需求，并不具有任何革命性的或者让人震惊的价值。也就是说，在消费社会中，一切似乎都在更新，一切却又没有什么改变。

这样的进步除了导向无休止的进步之外，似乎并无任何其他目的可言，在某种程度上，我们甚至可以说它“消解了历史向前运动的真正意义，消解了‘新’作为与先于它的东西有着本质的区别的真正含义”[①]。这是因为随着基督教信仰的世俗化，救赎的历史观念逐渐由对月下世界完美状况的探索转换为对进步的历史的探索。因此，一旦进步失去了其最终的目的，成为商品自我标榜的口号，那么历史也就失去了其前进的动力，成为停滞不前且自我重复的社会文化现象的集合。哲学家最先意识到这一点：海德格尔毫不留情地将技术世界称为缺乏历史感的图像时代；在极为注重历史的马克思主义阵营内部，出现了以阿尔都塞为代表的群体与历史哲学决裂的情形。当然，更为重要的是，在瓦蒂莫看来，随着历史在哲学中遭到拒绝，历史书写实践和历史编纂方法论意识中出现了瓦蒂莫所谓的“真正”（vera e propria）的历史消解的现象。

一方面，这种历史的消解首先意味着历史整体性的崩溃，比如，以重大的（政治的、军事的或者理论的）历史事件为主要内容的历史不再被视为历史书写的唯一形式，日常生活的种种层面也被纳入了历史纪录的范围之内；与此同时，在一些更为激进的历史观念中，历史书写甚至完全被修辞与意识形态要素所左右，也就是说，以往被人们信以为真的历史并非所谓的“真相”，而是撰写者精心选择与编织的结果。因此，如果说真正的历史并不像先前历史书写那样具有统一性和连贯性，而是一种由我们根本无法把握或者还原的诸现实所构成的东西的话，那么先前历史观念所传递的那种整体性就是虚假的整体性。本雅明对把握历史整体之不可能性的证明，在瓦蒂莫看来，几乎就等于宣告了历史本身的不可能。

---

① Vattimo G, *The End of Modernity: Nihilism and Hermeneutics in Post-Modern Culture*, trans. Snyder J R, Polity Press, 1988, p. xx.

另一方面，这种历史的消解也意味着历史之历时性的消失。归功于信息技术的快速发展，我们能够越来越多且越来越全面地获取信息。这样的结果就是，信息的快速传播与增殖使这个世界变得前所未有得复杂与多元（历史编纂者再也无法写就具有普遍性的历史），所有的东西都仿佛被置入了一个相同的共时平面之内（这一以当代性和共时性为主导的世界最终呈现出一种“去历史化”的特征）。历史之历时性的消解对于瓦蒂莫而言，“也许是当代史和现代史区分最为明显的特征”[①]。

一言以蔽之，当现代性所标举的“新”不再意味着实质性的进步，而只是伪装成为“新”时，围绕着启蒙与进步所展开的具有统一性的历史进程不仅失去了最为核心的驱动力，而且也将“分裂”成为无数的“（在详细记录和分类的意义上的）历史”，而这正是后现代作为历史终结的经验的真正含义。

2. 后现代的悖论

信息传播之下的社会秩序的调整、历史编纂中形式与内容的改变共同构成了瓦蒂莫所谓的历史终结的经验或者后现代的生存状况。这种新的历史境况自然也为人文科学提出了新的课题。显然，以瓦蒂莫和利奥塔为代表的后现代主义支持者倾向于以一种积极与乐观的态度去接受所谓的“后现代状况”，对于他们而言，后现代完全可以被视为脱离压抑的思想传统的一次契机。但是对于另外一些仍然试图通过“重建”某种普遍信条来恢复传统社会文化秩序的理论家来说，情况似乎完全是相反的。以阿佩尔为例，在科技全球化的背景下，他认为当今对伦理学的思考陷入了佯谬的困境。一方面，科技所带来的新的生活形式迫切需要一种新的伦理学（与旧的伦理学不同，新的伦理学不再是一种区域性的道德规范，而是一种普遍的伦理学）与之相匹配；另一方面，在这个被科技所主导的时代，“主体间有效性”的观念又被科学排斥到了“非理性”的领域，而且被“‘科学的’哲学揭露为教条的或者意识形态的”[②]。在普遍伦理学既是必要的又是不可能的困境之下，阿佩尔并没有

① Vattimo G, *The End of Modernity: Nihilism and Hermeneutics in Post-Modern Culture*, trans. Snyder J R, Polity Press, 1988, p. 10.

②〔德〕卡尔-奥托·阿佩尔:《哲学的改造》，孙周兴、陆兴华译，上海译文出版社，2005，第248页。

消极地将伦理学束之高阁，而是在客观科学（存在）与主观价值判断（应该）的对立与冲突之间看到了辩证法介入的可能性：

> 摆在眼前的这一问题的佯谬特征，首先可以尖锐化为一个黑格尔意义上的矛盾，即可以把它刻画为当代两大哲学思潮的真实对抗，从而可以把它刻画为那种辩证法背后的驱动力，这种辩证法能够为我们的问题提供一个具有启发作用的揭示和阐明。[①]

但与黑格尔的做法所不同的是，在充分借用康德、维特根斯坦以及皮尔士的思想资源后，阿佩尔为当代伦理学寻找到了一个先验基础，即“先验语言游戏”。显然，在阿佩尔看来，问题的关键仍然是“理解”。维特根斯坦已经向我们证明了私有语言的不可能，这就导致了任何一种陈述——包括“价值中立”的科学陈述——都必然运作在一个共同体内部，也必然依赖普遍的认可。因此，一种对人类实践起着指导性作用的伦理学，首先构成了科学话语的基础。虽然对伦理学优先性的强调在某种程度上减轻了“佯谬”困境的尖锐性，但是如何建立一种普遍的“理论学”以适应科技全球化的大趋势仍然迫在眉睫。为此，阿佩尔提出了自己的“理想交往共同体”概念。用阿佩尔自己的话来说，“实现理想交往共同体的任务也意味着扬弃阶级社会，用交往理论的话来说，也意味着消除人际间对话的一切由社会条件决定的不规则性”（换言之，阿佩尔所希望的是一种唯一规则下的语言游戏）[②]。不过，这一被瓦蒂莫称为“保守的浪漫主义”式的宏大构想似乎也面临着难以解决的问题。阿佩尔自己承认道：“作为具有某种知识或技能的‘专家’，他们具有一种权威，这种权威即使在他们未被同类（例如地球上面临‘杀虫剂’威胁的居住者）所承认时也能发挥作用。作为某个受压迫阶级或种族的一员，他们相对于社会特权阶层而言先天地具有一种道德特权，即一种还要在游戏规则方面实行平等的权利……”[③]在绝对的自由、平等、无限制的交流无法实现的情况下，阿佩尔为我们提供了“理想交往共同体”的世俗化版本，即“实

---

①〔德〕卡尔-奥托·阿佩尔：《哲学的改造》，孙周兴、陆兴华译，上海译文出版社，2005，第248页。

②〔德〕卡尔-奥托·阿佩尔：《哲学的改造》，孙周兴、陆兴华译，上海译文出版社，2005，第322页。

③〔德〕卡尔-奥托·阿佩尔：《哲学的改造》，孙周兴、陆兴华译，上海译文出版社，2005，第317页。

在交往共同体"。后者的首要任务就是"保证人类的生存"，而前者将作为一个理想而存在。至于是否能够实现这一理想，阿佩尔并没有做出保证，他只是将这一伟大而艰巨的任务交给了"心理分析"和"意识形态批评"，同时他也没有告诉我们二者究竟如何才能兼容一切经验分析的和规范分析的社会学。

显然，从利奥塔的视角来看，无论如何阿佩尔的"理想交往共同体"都是不可能实现的，因为尽管二者都在一定程度上受到了维特根斯坦的"语言游戏"的影响，但阿佩尔倾向于从一种"普遍的"或者"超验的"规则来理解语言游戏，而利奥塔则更强调语言游戏内部和不同种类语言游戏之间的冲突。此外，二者的不同还表现为，阿佩尔所试图构建的是一种单一的透明化社会整体，但利奥塔则认为"正在到来的社会并不属于牛顿的人类学（如结构主义或系统理论），它更属于语言粒子的语用学。语言游戏有许多不同的种类，这便是元素异质性。语言游戏只以片段的方式建立体制，这便是局部决定论"①。根据《后现代状态：关于知识的报告》中的相关论述，我们可以看到，阿佩尔所依赖的仍然是现代性的元叙事。它指的主要是将"众多且异质的事件"置于同一个大写标题之下的叙事手段，尽管不同类型的叙事的侧重点略有不同甚至互有冲突。例如，在基督教的叙事中，原罪是通过爱得到救赎的；在解放的启蒙叙事中，无知和奴役是由知识和"平均主义"消除的；在思辨的叙事中，普遍理念的实现依靠的是具体的辩证；在资本主义的叙事中，贫穷的状况可以通过技术和工业的进步得到真正的改善。但大体上"它们都将事件提供的材料置于一段历史的进程中，而这段历史的终点称为自由，即便自由是难以企及的"②。

"难以企及"间接地指出了元叙事的"假定性"。很快，随着现代性的发展，思辨的信条、议会制的自由主义、经济自由主义等元叙事框架都在"奥斯维辛""五月风暴""资本主义经济危机"等事件之后变得"几乎不再可信

①〔法〕让-弗朗索瓦·利奥塔:《后现代状态：关于知识的报告》，车槿山译，生活·读书·新知三联书店，1997，第2-3页。

② Lyotard J F, "Universal history and cultural differences", In Benjamin A (Ed.), *The Lyotard Reader*, Basil Blackwell Ltd., 1989, p. 315.

了”，或者说被“驳倒”（confuted）了。[①]对于利奥塔而言，这就是后现代到来的时刻。但与此同时，利奥塔也提醒我们后现代并不完全等于元叙事的“衰落”，因为关于“元叙事衰落”的叙事同样也属于一种“元叙事”，相较于解放的元叙事，它甚至有着更悠久的历史（比如在柏拉图主义和赫西俄德的宇宙构想中，关于衰落的元叙事就已经存在了）。因此，为了能彻底地与元叙事划清界限，利奥塔的后现代主义理论并未止步于揭露“元叙事”的衰落，而是以“衰落”为契机，从文化多样性或者差异性的角度提出了自己建设性的意见。简而言之，在元叙事遭到普遍质疑的今天，人们没有必要且没有可能再按照一种普遍的或者超越性的元叙事框架来理解自身以及他人[②]，因此，回退到区域性叙事是应对元叙事衰落的唯一可行的方案：经过必要的修改（mutatis mutandis），区域性叙事包含的正当化机制将能够赋予不同的文化共同体以正当性和“流通性”（信息的传递方式、地点和时刻的认同、文化传统中自然元素的使用等），进而对抗“帝国主义及其危机对特定文化的毁灭性影响”[③]。

然而，利奥塔诉诸“差异性”的后现代方案也并非毫无问题。在哈贝马斯看来，利奥塔看似激进的后现代主义并不能掩盖他的观点中所暗含的逻辑问题：如果利奥塔倾向于质疑所有的元叙事，那么至少需要一个确定无误的标准来证明所有合理的标准都失效了，否则这样的质疑就是无效的且不正当的；如果没有这样的标准，那么利奥塔就无法使他的理论避免“自我指涉”的尴尬，也无法保证自己所做的各种区分（比如现代性元叙事和区域性叙事）的意义。因此，利奥塔对现代性或者元叙事的指控不仅是不充分的，而且也曲解了现代性的真正意义。那些在利奥塔眼中足以驳倒元叙事的灾难与社会

---

① Lyotard J F, “Universal history and cultural differences”, In Benjamin A（Ed.）, *The Lyotard Reader*, Basil Blackwell Ltd., 1989, p. 315.

② 正如利奥塔所说：“在一个未开化的社会里，没有任何东西可以引导它把自己辩证地变成一个开明社会。说它是人类的（社会），已经预示着普遍性，就是承认问题已经得到了解决；人文主义者预设了普遍历史的概念，并将其中的特定共同体描述为人类共同体普遍发展的不同时刻。大体上（grosso modo），这也是应用于人类历史的伟大思辨叙事的公理，但真正的问题是有没有人类历史。”（Lyotard J F, “Universal history and cultural differences”, In Benjamin A（Ed.）, *The Lyotard Reader*, Basil Blackwell Ltd., 1989, p. 321.）

③ Lyotard J F, “Universal history and cultural differences”, In Benjamin A（Ed.）, *The Lyotard Reader*, Basil Blackwell Ltd., 1989, p. 320.

运动，对于哈贝马斯而言，其实只是对当代人们的生存境况的错误描述，或者说是“对晚期资本主义、技术和大众社会中所存在的混乱的消极理解”①。在《现代性的哲学话语》中，哈贝马斯甚至直接将那些企图抛弃现代性解放蓝图的后现代主义立场称为新保守主义或者无政府主义，因为后者“摒弃了自启蒙运动以来一直被用来证明各种改革的合理性的观念，这些改革标志着西方民主国家的历史……放弃这样一种（即使不是超然的，至少是‘普遍主义的’）观念，在哈贝马斯看来，似乎背叛了自由主义政治的核心社会愿景”②。换句话说，尽管现代社会存在着各种各样的问题，但是哈贝马斯仍然对现代性总体规划充满信心，认为只有保留解放的理念，利用批判的手段，才能解决各种社会问题，弥合社会的分裂与分歧。

与哈贝马斯的观点相近，瓦蒂莫也注意到了利奥塔的理论中自相矛盾的地方：“在我看来，那些能够驳倒元叙事的事件只有当被包含在另外的正当化元叙事中时才能获得这样的能力。单凭它们自身，是无法驳倒任何东西的。”③当然，指出利奥塔的观点中的不一致，并不意味着瓦蒂莫接受了哈贝马斯的提议，相反，在瓦蒂莫看来，只有意识到利奥塔后现代理论中的矛盾之处，并“准备一个不被元叙事的消解所消解的、解决正当化问题的方案，我们才能回击哈贝马斯的反对意见”④。换言之，对于瓦蒂莫而言，利奥塔将后现代描述为将那些具体事件作为对元叙事的“反驳”，仍然属于现代性的元叙事模式，即后现代是一个“新”的“克服”现代性的时代。在此前提下，瓦蒂莫认为将后现代的正当性问题与尼采、海德格尔的理论联系在一起可能是最为合适的选择：

> 在尼采、海德格尔和后现代主义之间建立联系的第一个决定性的步骤在于，我发现了为什么后面这个术语（后现代）使用了“后”这个前缀——因为“后”表达了明显不同却又密切相关的意思（至少根据我的解释是如此），这是尼采和海德格尔建立与欧洲思想的

① Vattimo G, “The end of (hi) story”, *Chicago Review*, Vol. 35, No. 4, 1987, p. 20.

② Rorty R, “Habermas and Lyotard on postmodernity”, *Praxis International*, Vol. 4, No. 1, 1984, pp. 32-33.

③ Vattimo G, “The end of (hi) story”, *Chicago Review*, Vol. 35, No. 4, 1987, p. 23.

④ Vattimo G, “The end of (hi) story”, *Chicago Review*, Vol. 35, No. 4, 1987, pp. 23-24.

> 遗产之间的关系时所采取的态度。两位哲学家都以激进的方式对这种传统提出了质疑，但同时又拒绝提出一种方法来批判地“克服”这种传统。对于这两位哲学家来说，拒绝的原因是，任何要求克服的呼声，都将受到欧洲思想传统中所铭刻的进步逻辑的束缚。①

因此，与利奥塔稍有区别的地方在于，瓦蒂莫眼中的尼采与海德格尔在处理历史与形而上学的问题时，并未一劳永逸地将自己所反对的立场视为某种过时的、已经被抛在身后的过去，而是清醒地认识到，我们并不能轻易地将自己从传统或历史中剥离，而是必须要在相当长的时间之内经受历史所流传给我们的东西，但同时我们也要对自己所继承的思想遗产保持足够的警惕和持续的质疑。对于瓦蒂莫而言，这是解决后现代正当性问题的唯一途径，当然，这也是我们对瓦蒂莫虚无主义思想展开讨论的切入点。

二、虚无主义视域下的后现代

在将后现代社会与虚无主义关联在一起时，瓦蒂莫主要参考的是尼采在《偶像的黄昏》中的相关论述，即真实世界最终变成了寓言。对于尼采来说，真实世界（或者说超感性世界、彼岸世界）变成寓言的根本原因在于，人们逐渐意识到真实世界是无法到达的虚构和幻想，由此，人们抛弃了真实世界以及与之共生的虚假世界。与尼采的本意有所出入的是，寓言在瓦蒂莫那里成为真实与非真实对立消解的结果，也就是说，虚无主义、寓言一致指向的是现实世界中基础价值崩溃的局面，亦即现实世界成为一个寓言。显然，我们并不能就此认为瓦蒂莫“误读”了尼采，因为废除既有的真实与表象的对立，既为尼采最终克服和替换那充满矛盾的“敌视生命”的哲学创造了条件，也有可能意味着这个世界不再需要任何可以充当基础价值的东西，甚至包括尼采所强调的“生命”。有鉴于这两种立场在尼采的著作中都有所体现，而且尼采在《“真实的世界”最终如何变成了寓言》中也并未给我们提供一个明确的结论，瓦蒂莫以更为激进的方式解读尼采自然是毫无问题的。在明确了这一前提后，接下来的问题就是，后现代社会为何成了一个不辨真假的“寓言

---

① Vattimo G, *The End of Modernity: Nihilism and Hermeneutics in Post-Modern Culture*, trans. Snyder J R, Polity Press, 1988, p. 2.

世界”？

首先，这要归功于信息技术的发展。信息的高速流转与增殖、大众媒介的出现使得“真实与表象”之间的边界不断地消融。对于多数人来说，真实已经不是某种由实际的经验所填充的概念，相反，真实仅仅意味着从各种渠道所接收到的数据而已。例如，人们倾向于认为一个自己从未涉足过的国度是真实的，然而这种真实感却不是建立在亲身经历的基础上，而是通过其他旅行者、旅游公司以及导览手册所获得的，类似的情景在日常生活中可谓比比皆是。可以说，当代人类的生活始终是在一种“混合的图景”（quadro di mescolanza）中展开的：“我们这个时代的特点是，我们生活的很大一部分时间被图像、符号和信息占据，它们明确地呈现出自己的样子：我们花了很大一部分时间看电视，看报纸，听声音的传播和交流，这些在极大地扩展了我们对世界的体验的同时，有人可能会说，它们也在一种半明半暗的状态下冲淡了自身，在这种情况下，真实和表象之间的边界被侵蚀，进而变得不确定。”①

其次，在理论的层面，随着马克思主义对意识形态的批判，弗洛伊德对个体无意识层面的发掘以及尼采对永恒价值的“人性的、太人性的”本质的揭露，真实与表象之间的界限逐渐变得模糊。或许有人会提出反对意见，认为：一方面，批判理论运用批判理性对意识形态的分析，可以帮助我们分辨真实与谎言；另一方面，至少自然科学在努力地建构一个客观的、中立的知识系统，借助于自然科学的确定性，我们也能够有效地区分真实和表象。但在瓦蒂莫看来，在当下的语境中，无论是批判理性还是科学知识，都不能作为有效的依据。因为，就批判理性而言，它所借助的“理性确定性”、“概念证据”或者说“内在的真理经验”已然遭到了尼采的质疑。至于自然科学这一点，许多论者已经证明科学话语仍然要受制于传统和历史，而且只有在既定的学科框架、社会形势以及文化范围之内才是有效的。

最终，以上各种要素结合在一起便构成了瓦蒂莫所谓的“理性危机”。对于瓦蒂莫而言，当尼采石破天惊地宣布“上帝已死”之时，似乎就已经预示了这样一种“危机”的到来。根据瓦蒂莫的理解，尼采这一断言并不是对“上

① Vattimo G, “Apologia del nichilismo”, *Belfagor*, Vol. 36, No. 2, 1981, p. 214.

帝的不存在”的肯定，而是对西方形而上学所觊觎的否定。在这种意义上，尼采的虚无主义哲学毫无疑问与后现代的生存经验是相匹配的，因为它预示了 20 世纪晚期以来西方社会中正在发生着的现实的虚构化。[①]对于瓦蒂莫而言，意识到这一点是极为重要的，因为它是帮助人们远离弗洛伊德所谓的“文明的不适”或者神经症的决定性步骤。

当然，出于谨慎的考虑，我们仍有必要指出，瓦蒂莫所谓的“克服”指的并不是在对现代性反思之后，发现人们生活在一个价值崩溃、缺乏确定性的时代，并试图重建一种新的稳价值体系以求赋予社会以秩序。相反，当尼采指出虚无主义的必然性，即“我们的生活中不再有一个中心、一个基础、一个基本意义，……这种状况是我们努力建立和证明的这样一种基础的后果”[②]时，我们就必须清醒地意识到任何企图寻求确定性以及重建“最高价值”（即用一种新的稳定的意义结构替代已经失却的传统价值），从而为人们提供宽慰的做法都只是在不断重蹈历史的覆辙，因而是无效的。与之相对，根据尼采的论述，我们只有彻底地摆脱历史的沉重负担，成为“不忠于自己记忆”的虚无主义者，才能够获得快乐的、非压抑的生活方式。

1. 尼采：“历史病”及其疗治

众所周知，尼采对历史并非持一种完全否定的态度。相反，在他看来，历史与非历史的东西对个体、民族以及文化的健康同等重要。历史意识的形成，或者用尼采的话来说，学会了理解“曾是”（es war/it was），将人们从童年无知但幸福的遗忘状态中唤醒。但是如果这样的历史意识超出了一定的限度，那么它就会成为尼采所谓的“历史病”（historical malady）：历史病本质上是一种“消耗”，因为过度的历史知识和过度的历史研究使得人们失去了创造力，其最极端的表现形式是一个“根本不具备遗忘力量、注定在任何地方都看到一种生成的人，这样一个人不再相信他自己的存在，不再相信自己，看到一切都在运动的点上分流开去，迷失在生成的这种河流中：他将与赫拉

① Vattimo G, “Apologia del nichilismo”, *Belfagor*, Vol. 36, No. 2, 1981, p. 215.

②〔美〕凯伦·L. 卡尔:《虚无主义的平庸化——20 世纪对无意义感的回应》，张洪学、原雪梅译，社会科学文献出版社, 2016, 第 56-57 页。

克利特的真正学生一般，最终几乎不再敢抬一下手指”[1]。

因此，尽管历史是人类这种生物的关键构成部分，但是不能遗忘也无力去超越其生成的过程使得历史的负担越来越重，人们不得不佝偻着身躯艰难前行。就此而言，在 19 世纪，或者按照瓦蒂莫所说，在晚期现代社会的开端，欧洲文明所呈现出的衰退迹象显然和过于沉重的历史负担是密切相关的：“过度的历史意识毒害了 19 世纪的人类，使得真正新的历史难以诞生。特别是这种过度的历史意识阻碍了 19 世纪的欧洲文明发展自己的特定风格，因此要求它从过去成为它的巨大的戏剧面具和服装仓库中衍生出它的艺术、建筑、时尚等形式。”[2]

不过，这倒并不意味着人们就无法与过去建立一个良性的关系，或者说无法“逃离衰退的现代性”。在尼采看来，像动物那样几乎不用依靠追忆去生活是可能的，而其中的关键就在于我们是否能拥有一种“非历史（ahistorical）的视域”：“每一个活物都只能在一个视域之内是健康的、强壮的和能生育的；如果它不能在自己的周围划出一个视域，并且又过于 selbstisch（自私自利），不能在一个异己的视域中把自己的目光封闭起来，那么，它就会衰损或者匆匆地过早衰落。”[3]正如历史知识有限的人和博学者之间的强烈对比所表现出来的那样：前者虽然视域狭隘，判断中充满了不义，经验中满是失误，但却挺立在不可战胜的健康和精力充沛之中；后者则无力摆脱所谓的“正义”和“真理”的网络，因而显得虚弱和病态。在进一步参照了非历史的动物的境况（视域极度狭小，但是却能够没有伪装和厌倦地幸福生活）后，尼采认为正是非历史感受力的差异导致了上述两类群体呈现出完全不同的生存状况。因此，在尼采看来，无论是从“健康”的层面还是从“人性”角度考虑，非历史感受力与历史知识或者历史意识相比显然都是更重要的和更原初的。

至于如何才能进入这种非历史的视域中，尼采并未充分展开论证，只是在结尾处简单地将克服历史病的任务赋予了艺术和宗教这种“永恒化力量”。以艺术为例，对于彼时的尼采而言，艺术之所以能够让人忘记生成并开展创

---

①〔德〕尼采：《不合时宜的沉思》，李秋零译，华东师范大学出版社，2007，第 140 页。

② Vattimo G, *The End of Modernity: Nihilism and Hermeneutics in Post-Modern Culture*, trans. Snyder J R, Polity Press, 1988, p. 166.

③〔德〕尼采：《不合时宜的沉思》，李秋零译，华东师范大学出版社，2007，第 142 页。

造活动，是因为它只是一种积极的虚构形式，或者说它只是一个民族、共同体施展自己塑造力的方式之一。但与此同时，艺术中所体现的塑造力则仍然需要服从于"爱"与"绝对信仰"[①]——这种被后期的尼采视为极端衰弱征兆的概念。似乎是意识到了上述方案中的问题，尼采最终放弃了"求助于永恒化力量"的方案，转而通过激进化"现代性内在的趋势"的方式来摆脱现代性的束缚。对于瓦蒂莫而言，这种激进化主要体现在"《人性的，太人性的》一书一开始就提议对文明的更高价值进行批判，即通过'化学'还原的方式，将这些价值还原为各种构成性的、未被升华的元素"[②]。也就是说，直到《人性的，太人性的》，尼采才逐渐放弃以更高的价值或者以"克服"逻辑对抗历史哲学所导致的历史病的思路，转而以瓦解历史哲学所依赖的基础来摆脱历史的束缚。

具体而言，尼采的"化学"还原指的是去探寻一个事物是如何从其对立面产生的，比如真理/理性/逻辑是如何从谬误/非理性/非逻辑中产生的。当然，尼采并不是从根本否认诸如真理、理性和逻辑存在的意义，而是质疑这些"更高的价值"被形而上学所赋予的正当性，因为尼采发现，在正当化的过程中，形而上学只是简单地否认了"此事物从彼事物中产生，直接从'物自体'的核心和本质出发，为种种获得高度评价的事物设定一个神奇的本原"[③]。"设定"与"神奇"共同表明，所谓的"本原"无非只是"虚构"的产物。瓦蒂莫则将这一虚构的过程概括为"从事物到心灵印象，从心灵印象到表达个体灵魂状态的词语，从表达个体灵魂的状态到社会习俗强加的'正确'的词语，

---

① 尼采指出："在进行历史学的推算时，每次都有这么多的错误的、粗糙的、非人性的、悖谬的、粗暴的东西显露出来，以至于充满虔敬的幻想情调必然烟消云散，而一切想要生活的东西都只能在这种情调中生活：唯有在爱中，唯有在爱的幻想的荫庇下，也就是唯有在对完善的东西和正确的东西的绝对信仰中，人才去创造。人们如果强迫一个人不再无条件地爱，就把他的力量连根斩断了：他必定枯萎，也就是变成不诚实的。在这样的作用中，历史学就与艺术相对立：唯有当历史学容忍被改造成艺术作品、因而变成纯粹的艺术作品时，它才也许能够保持本能，或者甚至唤起本能。"（〔德〕尼采：《不合时宜的沉思》，李秋零译，华东师范大学出版社，2007，第 196 页。）

② Vattimo G, *The End of Modernity: Nihilism and Hermeneutics in Post-Modern Culture*, trans. Snyder J R, Polity Press, 1988, pp. 167-168.

③〔德〕尼采：《人性的，太人性的：一本献给自由精神的书》，魏育青等译，华东师范大学出版社，2008，第 16 页。

从这个神圣化（canonized）的词语再到事物”[①]。

因此，如果尼采在《人性的，太人性的》中通过“概念和感觉的化学”所得出的虚无主义结论即“传统的真理信念中暗含着一种自我消解的冲动”是可信的话，那么不依赖于现代性的“克服”逻辑走出现代性似乎就是可能的。这是因为，对本原所固有的修辞特征的揭露同时也摧毁了这样一种信念，即本原是一切事物得以成为自身的稳定基础。后者对于现代性的“启蒙”计划而言，无疑是至关重要的，甚至可以说，“只有当新颖性、进步和发展代表了更完整、更清晰的基本原则时，才能被认为是有价值的”[②]。以法国大革命和文艺复兴为例，大多数西方文化中所发生的革命都在将自身视为“革新”的同时，又声称自己是对某种“基础原则”的恢复，以之作为自身正当性的来源。因此，随着本原和基础的观念遭到尼采的解构，当“革命”“新”“进步”失去了其意义与重要性的来源时，这些左右了西方世界多个世纪的观念与价值也就不再具有约束性的力量。由此，我们有可能以一种非现代性意义上的“克服”来对现代性的衰退做出回应，正如尼采在《朝霞》中所揭示的那样：

> 从前，追寻事物起源的知识探索者总是相信，他们的发现对于所有行动和判断都无比重要；他们甚至总是预先假定，人的拯救必须以对事物起源的洞见为前提。但是现在，我们看到，事情刚好相反，我们越是接近事物的起源，事物对我们就越是变得索然；确实，如果我们在追根溯源的路上走得太远和太靠近事物本身，我们曾经赋予事物的所有评价和趣味都会开始丧失它们的意义。我们对事物的起源洞见的越多，这些事物呈现给我们的意义就越少。[③]

对于瓦蒂莫而言，对本原的“接近”而非占有、超越与克服在体现了一

① Vattimo G, “Verwindung: Nihilism and the postmodern in philosophy”, *SubStance*, Vol. 16, No. 2, Issue 53: Contemporary Italian Thought, 1987, p. 9.

② Vattimo G, “Verwindung: Nihilism and the postmodern in philosophy”, *SubStance*, Vol. 16, No. 2, Issue 53: Contemporary Italian Thought, 1987, p. 10.

③〔德〕尼采：《朝霞》，田立年译，华东师范大学出版社，2007，第83页。

种更为激进的虚无主义立场的同时，既不会导向彻底的不可知论，也不至于成为现代人神经症的诱因。相反，意识到起源的“索然”最终会使得“那些离我们最近的事物，那些就在我们身边和在我们内部的事物，却逐渐在我们眼前展现出早期人类梦想不到的色彩、美、魅力和丰富意义”[①]。在瓦蒂莫看来，起源的无意义与现实的丰富多彩的对比，清晰地表明在基础与真理的观念消解的时代，我们最应该转变的是思考的内容，亦即跳出一种探求真实与虚假的对立的局限，转而“审视形而上学、道德、宗教和艺术的‘错误’建构的形成过程，也就是说，那些构成了财富，或者更简单地说，构成了现实本质的整个‘犯错’（erring）的组织（tissue）”[②]。所有这些错误都将被视为一种无根的“漫游”，它们的唯一作用，在瓦蒂莫看来，是最低限度地保证我们能够理解自身所处的历史与文化传统。

的确，在某种意义上，我们可以看到，瓦蒂莫又回到了尼采在《历史对于生活的利与弊》中所提出的设想，即历史要服务于生活、行动与实践。但与《历史对于生活的利与弊》所给出的答案不同的是，在尼采中后期思想的指引下，瓦蒂莫认为，在后现代的境况中，思想者的任务不再是寻求类似于宗教与艺术的“非历史视域”与“超历史力量”来试图让历史服务于生活，而是具有“一种良好的气质，一个坚定、宽容，其实乃是快乐的灵魂，一种这样的心情：无须防备隐患及其突发，表达时不带怨恨和愤懑”[③]。也正是在这种乐观的虚无主义态度而非尼采所谓的“复仇精神”中，瓦蒂莫找到了将尼采、海德格尔以及后现代主义关联在一起的理论支点，即海德格尔的“扭转”（Verwindung）概念。

2. 海德格尔：对形而上学的“扭转”

海德格尔的思想通常被认为是对20世纪文化（尤其是现代科学和技术的层面）的严肃且消极的批判。饶是如此，瓦蒂莫却依然认为海德格尔思想

---

①〔德〕尼采：《朝霞》，田立年译，华东师范大学出版社，2007，第83-84页。

② Vattimo G, *The End of Modernity: Nihilism and Hermeneutics in Post-Modern Culture*, trans. Snyder J R, Polity Press, 1988, p. 170.

③〔德〕尼采：《人性的，太人性的：一本献给自由精神的书》，魏育青等译，华东师范大学出版社，2008，第51页。

对当代哲学最大的价值在于，他将“哲学悲观主义”与“反现代主义”综合在一起的同时，“又将它们转换成为一种完全不同的态度，而这种态度的名字就是扭转”[①]。瓦蒂莫注意到，在名为《形而上学之克服》的文章中，海德格尔首次使用了“扭转”这个术语。颇为矛盾的是，尽管该文冠以“形而上学之克服”的标题，但海德格尔得出的结论却是，完全克服形而上学（即主宰了从巴门尼德到尼采的西方文化且导致了当代文明中“异化”现象的“客观化”哲学）是不可能的。对此，海德格尔是这样解释的：“在思考存在的历史时，这个标题（《形而上学之克服》）仅仅是为了帮助我们理解这种思考而已。”[②]事实上，海德格尔自己也注意到“克服”可能会引发误解，因为对形而上学的克服并不能真正地帮助我们摆脱形而上学。在瓦蒂莫看来，这不只是心理习惯的问题（我们就生活在形而上学或者哲学传统中），也不只是缺乏非形而上学语言的问题。在更为根本的层面上，心理习惯与语言的困境最终都将归结为：“形而上学不可能被简单地克服，因为克服它就意味着使它的方法和结构永久化。”[③]

因此，虽然海德格尔用的是 Überwindung（克服）一词，他想要表达的却是 Verwindung（扭转）的意思。正如斯坦博所说的那样：“当某件事在被 Überwunden 的意义上被克服时，意思是它被击败并被抛在了后面。这不是海德格尔想要表达的意思。当一件事情在‘扭转’的意义上被克服了时，是说它被合并（incorporated）了。例如，当一个人‘克服’了一种痛苦的状态后，其实他并没有摆脱这种痛苦，而是已不再全神贯注于它，并已学会与它共存。因此，要克服形而上学，就意味着要结合形而上学，也许带着希望，但不是肯定，把形而上学提升到一种新的现实中去。”[④]除了斯坦博所提到的“合并”“共存”等含义之外，瓦蒂莫指出，Ver-这个词缀表明 Verwindung 还包含了“变形”（distortion）、“扭动”（twisting）的含义。尽管，在海德格尔那里这个含义是非常边缘的，但对于瓦蒂莫而言，当我们用这个术语来描述现代与后现代的关系时，“变形”与“扭动”却是极为关键的义项。然而，究竟在何

① Vattimo G, “Optimistic nihilism”, *Common Knowledge*, Vol. 1, No. 3, 1992, p. 38.

② Heidigger M, *The End of Philosophy*, trans. Stambaugh J, Harper & Row, Publishers, 1973, p. 84.

③ Vattimo G, “The end of (hi) story”, *Chicago Review*, Vol. 35, No. 4, 1987, p. 25.

④ Heidigger M, *The End of Philosophy*, trans. Stambaugh J, Harper & Row, Publishers, 1973, p. 84.

种意义上我们可以将后现代称为对现代性的“变形”和“扭动”呢?

瓦蒂莫认为我们需要参照海德格尔后期著作中的主要论点，即通过追忆(recollection)来展开对形而上学的拆解(destruction)。值得注意的是，如果形而上学意味着对存在的遗忘,那么海德格尔并不是要在追忆中再现“存在”。相反，追忆仅仅指的是在形而上学传统中，聆听存在无声的道说。对于瓦蒂莫而言，这种无声的道说并不意味着神秘主义式的顿悟，相反，它指的是存在之“事件”,即存在本身是无法被通达的,或者无法被思想所穿透的“东西”,它“单向”地决定了我们的经验内容，并由此开启了形而上学的时代。因此，“无声的道说”在此暗示了一种既相互冲突又相互关联的存在-事件的结构：我们只能通过事件理解存在，但我们通过事件又无法抵达存在。最终，如果追忆是可能的,那么它必然在利用形而上学思考存在时,不像形而上学那样,将存在者当作存在，并以此为基础建构思想的体系，而是清醒地意识到存在的不在场和非基础特征。正是在这种意义上，我们可以说，追忆使形而上学“扭动”和“变形”：尽管和形而上学说着同样的语句，但是前者朝向的是不在场的且已失去的存在，而后者则朝向的是在场的、能被把握的存在。

当我们将“扭动”和“变形”的意义运用至后现代主义与现代性的关系中时，我们就会发现，后现代主义在绝大多数时刻都可以被视为一种对过去或者传统的“自由恢复”：“这种恢复，无论是在建筑还是在其他的艺术领域(比如小说)，都并不是受我们的时代和过去的某个时代之间的类比的启发——虽然这种类比可以证明唤起这些形式的合理性，以便为今天的艺术找到足够的例子。过去的形式和文体特征不是由一种基础性的冲动所唤起和复活的；它们只是修辞性例证的来源，而不是为了更充分地理解和表达现状的基础。”①毫无疑问，瓦蒂莫对后现代的描述回应了尼采在《人性的，太人性的》中所说的“良好的气质”，即虽然发现形而上学、宗教、道德所“神圣化”的“价值”只是冲动、兴趣升华后的产物，但是并不简单地拒绝这些价值，而是对其报以“有限的”尊重。与此同时，这种对传统“有限的”尊重也是海德格尔在《技术的追问》中提到的思想的虔诚(pietas/piety)所要表达的东西。

借助于海德格尔后期的“追忆”思想，瓦蒂莫阐明了对传统形而上学思

① Vattimo G, “The end of (hi)story”, *Chicago Review*, Vol. 35, No. 4, 1987, p. 26.

想进行“扭转”的含义。借此，如果我们重新审视利奥塔的后现代方案的话，就会发现他的理论仍然依赖于一种与“元叙事”具有相同分量的“反元叙事”。正如瓦蒂莫所指出的那样，“通过含蓄但强烈地将规范性归因于那些‘驳倒了’形而上学的事件，利奥塔呼吁尊重和关注业已发生的事情，认为这将被视为理论和思想的决定性指示”[①]。与之相比，瓦蒂莫的立场显然更为激进，因为他明确地用“扭转”“追忆”“虔诚”取代了利奥塔理论中仍旧依稀可见的基础思想。尽管利奥塔所依赖的“基础”仅仅是“重大的历史事件”，但对于瓦蒂莫而言，只要这些事件仍然要求某种一致性，仍然具有示范性的力量，那么它就依旧是基础性的，依旧具有回到形而上学的可能，依旧是在对现代性元叙事的否定中恢复现代性的克服逻辑。

当然，这并不意味着瓦蒂莫否认利奥塔所罗列出的那些事件的事实性。换言之，“奥斯维辛”与经济危机的确是真实发生过的，但这并不足以使其成为后现代理论的“基础”。站在彻底的后现代立场之上，瓦蒂莫坚持认为没有什么东西是可以充当理论基础的。这也是瓦蒂莫与哈贝马斯的分歧所在，后者尽管看到了利奥塔理论的内在矛盾，但是他的回应却是在另外一些“令人信服的具有理论指示性质”的事件的基础上建构自己的理论。为了确保自己不至于构建出一种新的基础性思想，在利用“扭转”“追忆”消解后现代理论中那些属于形而上学特征的东西之时，瓦蒂莫并未提出任何新的、确定的后现代的正当化方案。“在某种意义上，甚至就没有可替代的方案”，瓦蒂莫如此说道。[②]

三、小结

正如在本节中我们一直强调的那样，过去的思想遗产并不会因为我们的支持或者反对而得到完全的再现或者彻底消失，而我们对后现代的支持与反对也必然要诉诸历史或者传统的力量，“只有我们明确地认识到这一事实，并把它作为我们反思的主题，而不是假装它现在已经完全成为我们过去的一件事，也就是说，只有我们一遍又一遍地明确地讲述历史终结的故事，我们才

① Vattimo G, “The end of (hi)story”, *Chicago Review*, Vol. 35, No. 4, 1987, p. 27.

② Vattimo G, “The end of (hi)story”, *Chicago Review*, Vol. 35, No. 4, 1987, p. 28.

能改变它那仍然是形而上学的意义”[①]。因此，如果我们只是假定后现代的出现标志着元叙事已经得到了彻底的清算和消解，那么（的确如哈贝马斯所说）我们就并未对当下的境况提出任何合理性的批判。然而，如果我们接受海德格尔的观点，即现代性的终结或者说形而上学的终结属于存在的历史（the history of Being），那么我们就仍然可以保留某种原则或者标准，服务于合理性的批判。[②]于是，在瓦蒂莫看来，真正能够赋予后现代主义正当性的仍然是历史、传统，以及被我们所继承的“价值”，但在接受这些东西的过程中，我们必须始终要在一种扭转和追忆的机制中，不断削弱它们的力量。或者借用瓦蒂莫自己的话说，“后形而上学的‘逻辑’和‘伦理’——更不用说政治了——可以建立在扭转和追忆的概念之上。似乎从一开始就很清楚的是它们提供给我们的消极标准，但为了与存在和思想的扭转（verwindend）本质相对应，我们必须积极地拆解所有仍然活在我们的哲学、心理学、伦理学、文化中的形而上学的残余物”[③]。

显然，这项工作将是漫长且艰难的。这不仅仅是因为历史或者传统存在于人们生存境况的方方面面，从而拥有无与伦比的强制力，而且更为重要的是，在拆解既有“价值”的过程中，我们或多或少地“仍然害怕古老的压抑和恐惧，因此仍然渴望强大的、使人宽慰的价值，需要一位强大的父亲展示他的力量”[④]。正如尼采在《漫游者和他的影子》中所说，长久以来，道德、宗教与形而上学这些有意义但却错误的东西，像锁链一样束缚着人们，打破枷锁并获得一种快乐自由的生活方式是必要的，但与此同时，任何积极的行动也都有可能被其对立面所吸收而成为新的锁链。于是，当尼采说道“现在还是没有到所有人都允许与那些牧羊人有同样经历的时候”[⑤]，我们就需要

① Vattimo G, “The end of (hi) story”, *Chicago Review*, Vol. 35, No. 4, 1987, p. 28.

② 尽管这样做可能会引发一系列的矛盾，比如“存在的历史”似乎也是一种元叙事，但是与哈贝马斯和利奥塔所不同的是，海德格尔的存在论思想并不能为这种元叙事提供任何基础性的力量。至少在瓦蒂莫的理解中，存在的事件性是对任何基础性的永恒结构的消解，正如海德格尔在《物》中所说的那样，我们越是穷尽一切试图再现存在，或者说越是竭力消除与存在之间的距离，我们就离存在越遥远。于是，随着人们关于存在的历史的经验不断丰富，存在本身就会越来越趋近于彻底的空无。

③ Vattimo G, “The end of (hi) story”, *Chicago Review*, Vol. 35, No. 4, 1987, p. 30.

④ Vattimo G, “Apologia del nichilismo”, *Belfagor*, Vol. 36, No. 2, 1981, p. 217.

⑤〔德〕尼采：《人性的，太人性的：一本献给自由精神的书》，魏育青等译，华东师范大学出版社，2008，第 777-778 页。

意识到，如果虚无主义意味着对价值——也就是尼采所谓的“有意义的错误”的拒绝，那么在完成对所有的价值的拆解之前，在成为真正的或者完全的虚无主义者之前，我们就仍然需要“采取行动”（prendere delle iniziative）。换言之，只有当我们成为尼采所谓的“完全的虚无主义者”时，当然也仅仅是在我们最终不再需要元叙事的意义上，我们才能真正地宣称那些元叙事被“驳倒”了。在此之前，“就虚无主义而言，在我们身上发生的是这样的事实：我们开始成为，而且能够成为完全的虚无主义者（che noi cominciamo ad essere, a poter essere, nichilisti compiuti）”①。

第二节　虚弱的思想与解释学

1979 年，在一篇名为《辩证法和虚弱的思想》的文章中，瓦蒂莫首次使用了“虚弱的思想”（pensiero debole）这一表达方式。之后的一次访谈中，瓦蒂莫谈及用“虚弱的思想”命名自己理论的原因时说道，“虚弱的思想”的出现在很大程度上和 20 世纪七八十年代在意大利境内出现的以“红色旅”（Red Brigades）为代表的“不合理的和极具破坏力的”革命运动有关。在这些革命运动中，革命者高举着“虚无主义”的大旗，以恐怖主义式的残忍手段宣泄着对既有社会体系的不满。然而，在瓦蒂莫看来，一个虚无主义者绝不仅仅意味着“试图通过纯粹和简单地摧毁所有现有的制度和价值观来转变整个系统”②。即便在 19 世纪的俄国，它曾一度和革命的或者恐怖主义的行动相关联，我们也很难将恐怖分子的形象和屠格涅夫的《父与子》当中的人物或者尼采对虚无主义的描述联系在一起。因为屠格涅夫笔下的虚无主义者只是传统信仰的否定者，他们“相信科学理性，认为自己有能力认识自然和它的法则”③，而尼采所谓的真正的虚无主义者会将最高价值的贬黜视为走向更为快乐的生活的机遇和起点，而非恐怖主义与政治暴力。在这一前提下，作为暴力对立面的“虚弱”自然也就成为瓦蒂莫思考的一个重要方向。正如

---

① Vattimo G, *La Fine della Modernità*, Garzanti Editore s. p. a., 1985, p. 27.

② Vattimo G, “Apologia del nichilismo”, *Belfagor*, Vol. 36, No. 2, 1981, p. 214.

③ Vattimo G, “Apologia del nichilismo”, *Belfagor*, Vol. 36, No. 2, 1981, p. 215.

瓦蒂莫在访谈中所说的那样，“在那些年，我觉得‘虚弱’是唯一可能的解放形式，这是很合乎逻辑的”①。可以说“虚弱的思想”的提出，首先要解决的就是暴力问题。当然，这里所说的解决暴力问题，绝不只是以暴力的行动去消灭恐怖主义。对于作为哲学家而非暴力执法者的瓦蒂莫而言，关键是在更为根本的思想层面消解暴力发生的可能性。然而，又是什么思想层面的东西催生了暴力呢？在深入的思考之后，瓦蒂莫发现，暴力体现了一种形而上学的残余，二者之间的关联源于一个事实，“即某物是以一种简单的、专横的方式呈现的，在它面前，你只能说‘是的，确实如此，事情就是这样’，在它面前，你只能低头服从”②。显然，我们如果想要在思想层面消除暴力的根源，那么就需要对形而上学进行“彻底的”（radical）批判。

一、虚弱的思想

1. 虚弱的思想的理论背景

对于瓦蒂莫而言，正是这种“彻底的”或者激进的决心使“虚弱的思想”有别于那些将自身限制在某一特定的范围之内，并对形而上学进行批判的哲学。比如，20世纪广为流传的科学主义就认为“一个人不应该再研究形而上学，而应该研究认识论、方法、逻辑，甚至只是分析语言”③。然而，令人遗憾的是，这些哲学不仅无法和自然科学区分开来，甚至与那种用“精神科学”来为形而上学辩护的立场也颇为接近。结果就是，发生于哲学中的这种自然科学的转向，“作为形而上学的影子以及形而上学的关联物，不仅重新思考了关于自我认知的形而上学，而且还带来了一种明显的形而上学残余物，这种残余物在实证主义中的表现是，它只是将真理轨迹从传统的形而上学转

① Vattimo G, “Philosophy as ontology of actuality: A biographical-theoretical interview with Luca Savarino and Federico Vercellone”, *Iris: European Journal of Philosophy and Public Debate,* Vol. 1, No. 2, 2009, p. 327.

② Vattimo G, “Philosophy as ontology of actuality: A biographical-theoretical interview with Luca Savarino and Federico Vercellone”, *Iris: European Journal of Philosophy and Public Debate,* Vol. 1, No. 2, 2009, p. 330.

③ Vattimo G, “Philosophy as ontology of actuality: A biographical-theoretical interview with Luca Savarino and Federico Vercellone”, *Iris: European Journal of Philosophy and Public Debate,* Vol. 1, No. 2, 2009, p. 119.

移到了自然科学或人文科学”[①]。

面对科学主义的消极后果，20 世纪 60 年代，许多哲学流派开始了对科学主义入侵的抵制。在瓦蒂莫看来，它们的抵抗方式就是用一种新的“基础性话语”取代科学主义，以便在作为基础的形而上学的残垣断壁之上重建知识体系：“一旦感觉到知识出现了‘凝固化/结晶化’（cristallizzato），哲学就承担起解决这一‘危机’的任务，并动员起来，试图在一个新的维度上来改变局面，修补各个学科，特别是人文科学的知识：结构主义和现象学。”[②]也就是说，20 世纪 60 年代，对抗科学主义的主要方案是：其一，诉诸没有主体、中心和目的的结构；其二，试着以一种非实体化的、具有更强流动性的、正在形成的主体性为基础构建整个知识体系。当然，除此之外，彼时围绕着马克思主义理论的探讨也可以被视为这一趋向中的重要构成部分：马克思主义的重要性从经济与政治领域转移到了“个体生存”范畴，其中，作为主体的人始终处于一个朝向自我实现的过程。总之，无论是在结构主义、现象学还是在人们对作为哲学家的马克思的“再发现”（riscoperta）中，“主体和客体都试图逃避还原性的形而上学、严苛的主体主义或科学的客观主义，每个人都试图重新定义自己，但都与形而上学图式（metafisica schematica）保持距离”[③]。

然而，结构主义、现象学与马克思主义的重建计划并未持续多久，以后结构主义为代表的新的哲学浪潮就逐渐兴起了。对于新兴的哲学立场而言，后结构主义或者新的主体哲学中仍然残留着大量的形而上学残余：它们只是改变了外观，但是总体化的主张仍然以“总体还原”的方式在它们之中运作。借助否定性的视角，20 世纪 70 年代的哲学家主张，作为基础的形而上学的危机并不是外部的偶然性危机，因此不能通过重建或者替换基础来解决。当然，他们宣布放弃真理的做法在瓦蒂莫看来也是成问题的。因为对真理的放弃并未使 70 年代的哲学彻底地摆脱形而上学，相反，“对任何

---

① Vattimo G, “Philosophy as ontology of actuality: A biographical-theoretical interview with Luca Savarino and Federico Vercellone”, *Iris: European Journal of Philosophy and Public Debate*, Vol. 1, No. 2, 2009, p. 120.

② Vattimo G, Rovatti P A（Eds.）, *Il Pensiero Debole*, Giangiacomo Fcltrinelli Editore, 1995, p. 7.

③ Vattimo G, Rovatti P A（Eds.）, *Il Pensiero Debole*, Giangiacomo Fcltrinelli Editore, 1995, p. 7.

形而上学基础的明确放弃总是被试图维护综合的能力，也就是理性的归纳力量所消解”①。

在这样的理论背景下，瓦蒂莫最终另辟蹊径地选择以尼采的相关思想作为切入点。当然，这并不是因为尼采最终解决了形而上学或者暴力的问题，而是因为尼采对形而上学的探讨可以使我们真正地思考形而上学的暴力以及解决方案。首先，瓦蒂莫注意到，尼采一针见血地揭露了形而上学的暴力特性，即后者总是通过强力来夺取最富饶的土壤，也就是《人性的，太人性的》中尼采所谓的“真实世界”。然而，随着尼采对形而上学的“揭露”（unmasking），或者说，当我们逐渐认识到所有的基础价值只是某种“功能”而非真正的“起源”时，另外一个棘手的问题也随之出现（主要体现在尼采后期的著作中），即形而上学的信念被削弱，因而不再有任何东西可以限制“生存的冲突本质”（conflictual nature of existence），强者和弱者为了获得统治权的斗争将只能诉诸自我强加的力量（对于海德格尔而言，尼采的“权力意志”之所以属于形而上学，恰恰就体现在这个地方）。换言之，尼采的虚无主义一方面揭示了形而上学的暴力，使其不再成为可能，但与此同时，对形而上学的揭露本身不仅有可能使得生存成为一种“力量”的游戏，而且在某种意义上“揭露”仿佛意味着尼采的虚无主义结论能够提供比形而上学“终极”更为真实的“东西”，即重塑一种我们必须对其保持臣服的暴力结构。

显然，如果快乐生活是尼采对虚无主义较为积极的预期的话，那么暴力、冲突与斗争则在某种程度上反映了虚无主义之中的一些消极甚至反动的因素。对于瓦蒂莫而言，尽管积极与消极、快乐与冲突的对立体现了尼采思想的复杂性，但这也意味着追随着尼采的思路，我们最终触及了在形而上学时代未被思考的东西。因为在形而上学的暴力系统中，所有的疑难与矛盾最终都将被消解为“事情就是这样的”“这是上帝的意志”，乃至于沉默，而只有当形而上学得到彻底的质疑之时，那些被压抑和忽视的问题才将真正地出现在我们的视野中。因此，在某种意义上，正是这些“不可避免的初步问题”使得瓦蒂莫对形而上学的批判比其他哲学家甚至尼采都更为彻底：“在尼采所开辟的道路上，通过比尼采更清楚地解决二者关系的问题，寻求

① Vattimo G, Rovatti P A (Eds.), *Il Pensiero Debole*, Giangiacomo Fcltrinelli Editore, 1995, p. 7.

并最终找到了二者之间的‘可思考’的联系。”[①]这也是瓦蒂莫“虚弱的思想”的理论起点。

由此，在原版《虚弱的思想》一书的序言（由瓦蒂莫和洛瓦蒂共同撰写）中，瓦蒂莫认为通过“虚弱的思想”这一标题，他想表达的是：

> （1）尼采（也许还有马克思）在主体内外都发现了形而上学的立论依据（这一立论依据同时也说明了形而上学所依赖的基础是可信的）与某种支配关系之间存在着关联。人们应该认真对待这一发现。
>
> （2）不立即将这一发现变格（declinare）为一种通过揭露和祛魅而实现解放的哲学，而是提出一种新的、更友好的观点，以一种更放松的且没有形而上学压力的方式去审视这个充满了表象、话语以及“符号形式”的世界，并将这些表象、话语以及“符号形式”视为一种可能的（而非必然的）存在经验。
>
> （3）然而，这并不意味着我们要本着“歌颂拟像（德勒兹）”的精神去审视这个世界，因为这一视角最终会让表象、话语以及“符号形式”与形而上学本体（ontos on）具有相同的地位。相反，根据海德格尔的 Lichtung（澄明）一词的含义，我们应该在一种半明半暗中去阐明（因此，也是“推理”）自己的思想，去审视这个世界。
>
> （4）同时，我们也应该正确地理解“语言与存在的同一”这个观点（这是解释学从海德格尔那里借用过来的，而且解释学对这一观点的表述通常也是成问题的）；不能认为在这一观点的启发下，我们就可以恢复被形而上学所遗忘的原初的、本真存在方式，相反，它只是告诉我们，我们只能与作为痕迹、记忆以及完成的（consumato）且弱化的存在相遭遇。[②]

从上述描述中，我们可以清晰地看到，如果虚弱的思想只满足于对形而

---

① Vattimo G, “Metaphysics, violence, secularization”, In Borradori G（Ed.）, *Recoding Metaphysics*, Northwestern University Press, 1989, p. 49.

② Vattimo G, Rovatti P A, “Premessa”, In Vattimo G, Rovatti P A（Eds.）, *Il Pensiero Debole*, Giangiacomo Feltrinelli Editore, 1995, p. 9.

上学的揭露与自身的虚弱化，那么它至多也就是尼采思想的注脚之一，或者说与一般意义上的相对主义没有多大的区别。因此，真正使得"虚弱的思想"能够成为当代欧洲大陆哲学不可忽视的构成部分的原因，就在于它创造性地利用海德格尔的存在论，对经历过尼采批判的形而上学以及宗教传统进行了又一次的解构和过滤。正如达戈斯蒂尼所说："虚无主义的气质是一种冰冷的激情，是发自内心激情的无激情，而虚弱的思想似乎是对任何激情（或任何冷漠）温和而有计划的否定。"①这也是瓦蒂莫与以德勒兹为代表的法国哲学家的最大分歧。对于瓦蒂莫而言，在尼采、海德格尔完成对形而上学的揭露之后，我们所要做的并不是轻易地宣称我们战胜了那些统治的信念，并用生命、活力论等概念填充形而上学倒塌之后的空白，而是要在海德格尔的存在论视域中，将所有这些揭露与重建视为存在的"事件"，并赋予所有这些思想以相同的地位。

借此，瓦蒂莫认为，虚弱的思想可以对两种主要的当然也是颇为偏激的立场做出回应：一方面是辩证法对整体（也是综合）的坚定信念；另一方面是差异哲学最终对原则上无法达到的起源的渴望。也就是说，虚弱的思想首先包含着两个重要的"相对主义"特征，即多元和不完整：在共时的层面（认识论）上，多元意味着差异的解放，许多声音、方言得以被倾听；在历时的层面（历史主义）上，不完整意味着不存在一个终极的真理。但是，虚弱的思想又不仅仅止步于此。在达戈斯蒂尼看来，虚弱的思想并非彻底的相对主义哲学话语，它所寻求的恰恰是在尼采与海德格尔的基础之上对相对主义的"超越"："实际上，真正使得哲学话语在瓦蒂莫的意义上显得特别虚弱的原因不在于认识到真理是多元的和不完整的，而是察觉到这一认识本身也是多元的和不完整的。"②

因此，从表面上看，虚弱的思想的确批判了辩证法和差异（哲学）中所暗含的形而上学冲动，但与此同时，瓦蒂莫也认为，虚弱的思想并不是对辩证法和差异的"克服"："虚弱的思想并没有完全将辩证法和差异置于身后，

① D'Agostini F, "The strong reason for weak thought", In Vattimo G (Ed.), *The Responsibility of the Philosopher*, trans. McCuaig W, Columbia University Press, 2010, p. 2.

② D'Agostini F, "The strong reason for weak thought", In Vattimo G (Ed.), *The Responsibility of the Philosopher*, trans. McCuaig W, Columbia University Press, 2010, p. 4.

它们在海德格尔的‘曾在’意义上构成虚弱的思想的过去，也就是在遣送（sending/*invio*）和命运的意义上参与虚弱的思想的构成。”[①]“曾在”、“遣送”和“命运”共同表明了虚弱的思想以某种迂回的、非线性的方式诉诸差异和辩证法，并与之交织在一起，或者说“它们是我们在思考中时时刻刻、此时此刻所遭遇的参照点”[②]。这也就决定了，我们不能将辩证法和差异当作虚弱的思想的“起点或者起源”。在瓦蒂莫看来，似乎只有那些强力的、具有演绎能力的思想才会想方设法地锚定自己最初的步骤。不过，这并不意味着虚弱的思想可以回避“开端”的问题。然而，与那些意在追问起源以及黑格尔式的历史主义形而上学体系不同，如果说虚弱的思想确实存在着开端的话，那么它的开端“有一种经验的特性，而不假设其来自纯粹的经验或者对历史和文化语境的纯粹化”[③]。

换言之，虚弱的思想总是从一种受到历史文化制约的、日常的、现实的经验出发，并且对其“保持忠诚”。这是因为历史文化的、语言的视域是我们获得经验的唯一方式，我们不可能通过还原和悬置的方式为经验提供任何先验的条件，“即使是充实话语的逻辑（因为话语确实有逻辑，它的发展并不是任意的）也被铭刻在由控制程序组成的境况中，这些控制程序是在一种不纯粹的模式中被反复给予的，这里的不纯粹的模式和我们在历史和文化经验条件中发现的不纯粹模式是一样的”[④]。在瓦蒂莫看来，“虚弱的思想”的产生就是伴随着这种不纯粹的方式，也就是说，“虚弱的思想”总是不断地被已有的东西所“污染”。由此，“虚弱的思想”既没有一个稳定、先在的起源，也不是一种维特根斯坦意义上的“私人语言”。唯其如此，我们才能理解“差异”、“辩证法”与“虚弱的思想”的真正关系。

---

① Vattimo G, Rvoatti P A（Eds.）, *Weak Thought*, trans. Carravetta P, State University of New York Press, 2012, p. 39.

② Vattimo G, Rvoatti P A（Eds.）, *Weak Thought*, trans. Carravetta P, State University of New York Press, 2012, p. 39.

③ Vattimo G, Rvoatti P A（Eds.）, *Weak Thought*, trans. Carravetta P, State University of New York Press, 2012, p. 39.

④ Vattimo G, Rvoatti P A（Eds.）, *Weak Thought*, trans. Carravetta P, State University of New York Press, 2012, p. 40.

2. 虚弱的思想的内涵

在瓦蒂莫看来，虚弱的思想继承并发展了辩证法，并将其和差异的思想进行了结合，这主要体现在两个方面：就其内容来说，虚弱的思想重新思考了形而上学的存在观并尝试着消解它的基础；就其形式来说，虚弱的思想的合法性并不诉诸某种稳定的存在结构或者逻辑原则，而是建立在“扭转”思想的基础之上，其自身也必须避免成为某种指导性的原则或者基础性的思想。最终，在经历了自身的虚弱化后，瓦蒂莫承认，由于缺乏“本真的方案”（authentic project）[①]，虚弱的思想不可避免地成为纯粹寄生性的东西。不过，这也并不意味着虚弱的思想本身是无价值的，如果我们坚持以海德格尔的存在论差异为前提，即任何存在者都只是被存在带入在场状态，那么我们就不能将任何建构某种基础性原则的思想以及科学称为本真的思想。换言之，在瓦蒂莫看来，似乎所有的思想都具有寄生的特点，虚弱的思想只是坦率地承认了这一点而已。然而，承认自己的寄生性并拒绝了形而上学或科学思考模式之后，虚弱的思想又该如何展开“思”呢？

瓦蒂莫指出，与“科学的计算和技术的组织化”的虚假严苛性不同，虚弱的思想将“只依赖于一种陈旧的、极具审美特色的工具，这就是所谓的‘直观’”[②]。在瓦蒂莫看来，直观的重要性丝毫不亚于所谓的“第一原则”或形而上学的“真理”，只不过后者一直被形而上学严格的逻辑特性所束缚。然而，正如德里达用绝对的差异替换绝对精神那样，单纯用“直观”取代“第一原则”或者“真理”显然并不能有效地完成对后者的虚弱化。为此，瓦蒂莫再度回到海德格尔那里，并试图以海德格尔对传统真理概念的“拆解”，为“直观”的思考模式提供一种非形而上学的“根据”。

在《论真理的本质》中，海德格尔首先质疑了流俗真理概念的准确性。因为一旦我们将真理定义为“真实的东西”，而真实又代表了现实的话，那么我们将很难解释为何假的东西也具有现实性。因此，与其说真理所蕴含的真

① Vattimo G, Rvoatti P A（Eds.）, *Weak Thought*, trans. Carravetta P, State University of New York Press, 2012, p. 48.

② Vattimo G, Rvoatti P A（Eds.）, *Weak Thought*, trans. Carravetta P, State University of New York Press, 2012, p. 48.

实与现实是客观存在的，不如说我们所谓的真实仅仅意味着事物与我们陈述的真理命题之间的符合。流俗的真理概念往往止步于此，“即便是在人们以一种引人注目的徒劳努力去解释这种正确性如何发生时，人们也是把这种正确性先行设定为真理的本质了”[①]。显然，要想使真理概念得到有效的澄清，那么接下来我们还需要去质问这一真理命题是如何形成以及被普遍接受的。在海德格尔看来，真理命题首先依赖于表象，即对事物的言说。这一表象性的陈述之所以是可能的，原因首先就在于陈述与物之间的关系的实行，或者更为原始的“行为”的实行，而“一切行为的特征在于，它持留于敞开之境而总是系于一个可敞开者之为可敞开者”[②]。

在此，“行为”充当了中介，使得表象者与表象之间建立了关联。这也就决定了作为过渡的中介本身并不能成为真理。我们仍需考虑使表象得以可能的更为原始的东西，即可敞开者之敞开。这也就意味着，只有可敞开者“自行敞开”并进入敞开之中，表象才是可能的。“自行”一词首先就否定了形而上学对客体的暴力筹划，并进一步指向了与此相对的一种自由状态。不过，自由并不是绝对的放任，而是“让存在者成其所是”，使之自行“绽出/站出”，而非通过预先的筹划，将其带入某个假定的抽象概念（比如“主体”）之中。事实上，如果参考“理论”（theory）一词的本义（即观看、注视，而非合理化、原则、方法），我们就不难理解自由、绽出、解蔽的真理概念为何先于命题符合且描述了更为本真的真理经验。换言之，真理的本质在于自由，意味着理论的对象，或者说观看的对象，并不是由主体所强行带入自己的视野中，而是自行进入某种无蔽的场所之后被看到的。这一点同样可以借助理论所包含的场面/场所/景观（spectacle）的义项来理解。

当然，在存在论差异的语境中，真理必然不会只包含解蔽、自由、绽出。为了区别于可见的存在者，存在必然早已隐匿了自身。这种非真理性的隐匿对于海德格尔而言，显然是更为根本的。也就是说，作为解蔽的真理如果可能的话，它必然依赖于遮蔽的非真理。恰恰也是这种根本性的非真理与真理的共属一体性，消解了整体性的真理吁求。由此，一般意义上真理便被降格

①〔德〕马丁·海德格尔:《海德格尔选集》，孙周兴译，上海三联书店，1996，第217页。

②〔德〕马丁·海德格尔:《海德格尔选集》，孙周兴译，上海三联书店，1996，第219页。

了，且成为某种衍生的、差异的、复数的、不完整的“东西”。需要注意的是，海德格尔对自由作为真理本质的揭示并不意味着他意在取消形而上学真理观念的合法性，并以一种更为正确的真理取而代之。正如瓦蒂莫所说，自由“不应该在形而上学的意义上被理解为对起源的通达，……被降格为符合的证据（evidence）”[①]。我们仍然需要时刻意识到存在与存在者之间的差异的先行性使得存在从来都不是一个可以被锚定的起点，而“真理的本质乃是自由”也仅仅描述了存在者之为存在者的状态，而非揭示了形而上学真理的在场。

因此，理解真理必须在“遣送”“命运”“追忆”“纪念”“虔诚”的意义上进行，在有限的经验之中倾听真理的吁求，倾听自由的吁求。在这种意义上，自由就具有了最普通的意义，即“我们所居有的自由以及我们作为社会成员的自由”[②]。以维特根斯坦的语言游戏为例，瓦蒂莫进一步指出，如果语言的游戏意味着对游戏规则的遵守（在符合的意义上）是可能的，那么必然存在着一个敞开的区域，在其中不同的个体、组织和时代之间的对话得以进行。无论是“游戏的实际效用（哪怕这些规则仅仅是用来保证社会的稳定和有序，从而抵抗自然的敌意）”还是“先验的原-规则”都不能成为规则得以成立的依据，规则只能形成于对那些曾在之物的无条件尊重之中[③]，也就是尊重与辨认所有曾经向我们言说但又转瞬即逝的个体、组织和传统所留下的遗迹。在这种敞开之中，消解于每个个体之中的历史意义就不单纯地意指独一的个体、文化和传统，而是在最普遍意义上成为每个人的财产。

不可否认的是，对“真理”的“扭转”，或者尝试走出传统真理观念的做法并不能使虚弱的思想成为一种完全不同于传统形而上学的哲学。海德格尔所面对的语言传统问题，依然无法通过对强力思想的虚弱化得到彻底的解决。然而，是否只以类似于“无限他者”这一至高无上的概念重构形而上学才意味着和形而上学的完全决裂？德里达在《暴力与形而上学：论埃马纽埃尔·勒

① Vattimo G, Rvoatti P A (Eds.), *Weak Thought*, trans. Carravetta P, State University of New York Press, 2012, p. 49.

② Vattimo G, Rvoatti P A (Eds.), *Weak Thought*, trans. Carravetta P, State University of New York Press, 2012, p. 49.

③ Vattimo G, Rvoatti P A (Eds.), *Weak Thought*, trans. Carravetta P, State University of New York Press, 2012, p. 49.

维纳斯的思想》一文中已经告诉了我们答案：如果不是首先辨认出他者，我们又能如何同他者一道呢？也就是说，如果他异性是绝对的，那么它将是不可被认识的、不可被言说的，甚至是不可被直接感知的，这一无限他者除了使我们再度想起《旧约》中那个可怖的上帝之外，并没有任何实际的意义。

从这一角度出发，对形而上学问题的唯一有效的回应似乎就是在彻底的否定与肯定之间，寻求一种被称为“微弱”的平衡：既非对他异性的排除（形而上学），亦非对他异性的无限肯定（他者神学）。这也就意味着，一方面，我们要在对最高价值的否定中，承认它们作为唯一的历史对我们产生了不可替代的影响；另一方面，我们也要意识到，不同的个体、群体与社会之间差异的形成并非基于某种不可动摇的神圣信念，而是基于在不同的“虔敬者”群体之中所形成的多样的、可变的“共识”。因此对于瓦蒂莫而言，只有在一种总体的“虚弱”中，他异性、差异以及自由才能得到充分的表达。因此，尽管瓦蒂莫自己也认为虚弱的思想自身包含了不可解决的问题（比如总体的“虚弱”或多或少地仍然包含了暴力的因素），但这似乎并不妨碍它成为一种思考哲学的有效方式。在瓦蒂莫看来，虚弱的存在论是一种新的存在论的意义就在于“这种运作于‘命运’之中”的新存在论（虚弱的存在论）不仅传递（忙碌、宣传、兜售自己的观点或信仰）某种效果，更重要的是它传递“那些特定的但是从未成为世界性的痕迹、元素：在克利的天使脚下那些被历史的胜利者所累积起来的废墟”[①]。

面对上述所提到的“收集”“解释”“传递”的任务，甚至德里达所谓的“债务”[②]，瓦蒂莫认为，解释学“这一在海德格尔那里和哲学同义”[③]的学科，或许是我们能借用的唯一理论工具。然而，为何是解释学而非其他呢？

---

① Vattimo G, Rvoatti P A (Eds.), *Weak Thought*, trans. Carravetta P, State University of New York Press, 2012, p. 51.

② 查拉图斯特拉说：“我被破碎的了旧诫碑和只刻了一半的新诫碑包围着，我在那里等待。等待着我的重新坠落，我的死亡时刻的来临……”（转引自〔法〕雅克·德里达：《书写与差异》，张宁译，生活·读书·新知三联书店，2001，第 49-50 页），德里达从中看到了我们所负担的债务，这种债务迫使我们必须去坠落成为铺垫，要求我们必须劳作和附身以便“刻出那新诫碑并将它带到山谷里去，阅读它并使之被阅读”（〔法〕雅克·德里达：《书写与差异》，张宁译，生活·读书·新知三联书店，2001，第 50 页），进而传递那些“帮着我把它抬到山谷里去并铭刻入血肉人心的我的兄弟们”的信息。

③ Vattimo G, Rvoatti P A (Eds.), *Weak Thought*, trans. Carravetta P, State University of New York Press, 2012, p. 50.

瓦蒂莫在2011年出版的《解释学的共产主义：从海德格尔到马克思》中对这一问题做出了详细的回答："因为它（解释学）不是一种形而上学的理论——后者声称自己描述了稳定的存在结构，思想可以用某种柏拉图式的上升来捕捉它——只有偶然的历史动机可以支配，以获得某种合理的有效性。"[①]当然，这里瓦蒂莫并不是泛指所有的解释学，而指的是那种"激进的"与虚无主义和"形而上学的终结"联系在一起的解释学。

在瓦蒂莫看来，这样的解释学首先必然要遵从尼采在《权力意志》中所给出的忠告："……恰恰没有事实，而只有阐释。我们不能确定任何'自在的'事实（Factum）：有此类意愿，也许是一种胡闹罢。你们说'一切都是主观的'：但这已经是解释了，'主体'不是任何给定的东西，而是某种虚构的东西、隐蔽的东西。"[②]其次，它也必须与海德格尔的存在论一道，将形而上学的变迁看作存在的历史，后者必须被解释为一个绝对者、真理和基础不断虚弱化的过程。在这种意义上，所谓的解释学就既不是对某种客观现实的发现，因为"客观的发现"中必然包含着"人性的，太人性的"要素，当然，它也不是一种充满主观色彩的无政府主义，而只是对当下历史境况充满"偏见的介入"（an interested involvement），或者更为确切地说，就是"虚弱的思想"，因为它放弃了形而上学传统对因绝对而过分强大的真理的偏执。由此，虚弱的思想只能是对"弱者的思考"（thought of the weak），因为弱者的对立面——统治阶层——毫无疑问将会维护和放任亟待被质疑的秩序。

也正是在这一点上，瓦蒂莫将自己称为"虚弱的思想家"，并区别于那些在晚期现代（后现代）社会中为形而上学实在论进行辩护的哲学家。在瓦蒂莫看来，这些哲学家非但没有对它们的辩护对象之中所包含的原理、教条有所质疑，而且还进一步地将后现代社会所凸显的政治层面的差异转换为文化的差异，或者说将后现代的政治、实践的潜能消解为无伤大雅的趣味问题。"虚弱的思想家"始终着眼于政治层面的斗争。但是，这种斗争必须同时以虚弱的思想作为指导，而非无政府恐怖主义，因为只有前者才能否定克服形而

---

① Vattimo G, Rvoatti P A (Eds.), *Weak Thought*, trans. Carravetta P, State University of New York Press, 2012, p. 95.

②〔德〕尼采:《权力意志》, 孙周兴译, 商务印书馆, 2007, 第362页。

上学的可能性，并帮助我们适应一种无需基础价值的生存境况："虚弱的思想允许哲学（通过解释学）回应形而上学的消解（终结），并寻求新的目标和志向。"[①]于是，哲学在当今的任务就不是对永恒的思考，而是将人类引向对自身历史的解释。因此，虚弱不仅不是思想的失败，相反，它是在形而上学终结时代思想任务进行转变的方向，以及对转变了的思想的最佳描述。在这种意义上，瓦蒂莫认为虚弱的思想乃是"虚弱的强力思想"（strong theory of weakness），即哲学要不断地虚弱任何可能的客观、永恒的结构。但虚弱的思想并不会成强力的思想（即将所有的思想置于虚弱的标题之下）。这种不可能性并不由瓦蒂莫的许诺保证，而是由如下的状况推导出来："总会有主体有待精神分析，总会有信仰需要世俗化"[②]，当然也总有弱者需要从强者的支配中获得解放。

最终，不可避免地，"解释学的虚弱"会被指责为"相对主义"（即虚弱的思想支持了一种没有真理的政治）。但瓦蒂莫对此却并不以为然："与许多人的想法相反，后现代主义所支持的解释相对主义并未暗示观点的逐步积累，而是在说我们不可能一劳永逸地宣布一种解释高于其他解释。虽然一种特定的解释可能比其他解释更可取，但这种偏好将不依赖于任何外部的、能够保证其客观性的东西，而只取决于对其前提即产生它的历史的积极回忆。解释学的虚弱的思想的相对主义不可能是绝对的，因为在其本质上，这是一种反对一切绝对主义的思想，包括绝对的相对主义，后者将不可避免地转化为政治压迫（寂静主义）。"[③]这也是20世纪80年代解释学成为一种"通行语言"（koiné）时，瓦蒂莫会迅速予以批判的原因。

二、解释学的批判

在《超越解释》的序言以及第一章中，瓦蒂莫为读者描述了兴起于20世纪80年代的学术潮流，即解释学的宽泛化（generalization）。在这一趋势

---

① Vattimo G, Zabala S, *Hermeneutic Communism: From Heidegger to Marx*, Columbia University Press, 2011, p. 97.

② Vattimo G, Zabala S, *Hermeneutic Communism: From Heidegger to Marx*, Columbia University Press, 2011, p. 97.

③ Vattimo G, Zabala S, *Hermeneutic Communism: From Heidegger to Marx*, Columbia University Press, 2011, p. 106.

中，除了海德格尔、伽达默尔以及利科之外，诸如哈贝马斯、罗蒂、泰勒、德里达以及列维纳斯等也都被冠以解释学家的名号。许多人相信解释学已经成为哲学甚至欧洲文化的通行语言。但是，不同哲学理论在解释学的名义之下达成和解所付出的代价就是，解释学作为一种特殊的理论丧失了其应有的边界。其中一个重要的原因在于，这些哲学家的理论似乎共享了“没有事实，只有解释”这一原则。尽管不同的理论流派对这一原则的理解千差万别，但是巧合的是，以此为前提或者结论的理论之间却呈现出了维特根斯坦意义上的“家族相似”，或者按照瓦蒂莫更为审慎的说法就是“家庭感、共同的气氛”[①]。

以卡西尔和海德格尔为例，尽管二者可以在“没有事实，只有解释”或者“真理的经验就是解释的经验”的原则上达成一致，但毫无疑问的是，这种表面上的相似并不能真正消弭他们之间的根本性差异。换言之，虽然卡西尔与海德格尔都将修辞当作真理经验的唯一形式，但卡西尔只是将形而上学的首要原则换了一个现代的名称而已。事实上，卡西尔意义上的真理仍旧在符合的机制中运作。与此相对，海德格尔则在更为原始的意义上指出，只有在自由状态之下，符合的真理观念才得以形成。因此，在瓦蒂莫看来，解释学的宽泛化不仅仅使得这一名称失去了它的哲学严格性，在某种意义上，它甚至将近代解释学引向了对形而上学完全挪用的危险之中。因此，虽然现代解释学一开始就致力于保证解释的权利，但我们也不能忽略其特有的哲学含义而匆忙地将那些包含相似论点的著作也划归于解释学的范畴之中。因为，“在任何情况下，转化的权利都包含了重构给定事实历史形式——著作或者哲学——的自由”，但与此同时，我们仍然需要“尽可能严格地参照其内在的合法性”[②]。当代解释学之所以变成了具有“超市文化”（不加区别地被摆上理论的货架）特色的学科恰恰是因为其失去了哲学的精确性。要想恢复这一精确性，对于瓦蒂莫来说，就要回到解释学的虚无主义或者海德格尔存在论的基础之中，或者说走向解释学的虚无主义激进化（radicalización nihilista de la

① Vattimo G, *Beyond Interpretation: The Meaning of Hermeneutics for Philosophy*, trans. Webb D, Polity Press, 1997, p. 1.

② Vattimo G, *Beyond Interpretation: The Meaning of Hermeneutics for Philosophy*, trans. Webb D, Polity Press, 1997, p. 2.

hermenéutica）。[①]不过，在进一步阐述瓦蒂莫的策略之前，我们需要首先对解释学“宽泛化”问题稍做回顾，以便更好地理解瓦蒂莫的解释学思想。

三、解释学的宽泛化

尽管瓦蒂莫对解释学“宽泛化”的讨论是极为分散的，但大体上我们仍然可以从其文本中归纳出两条线索：其一，作为哲学学科（discipline）的解释学的“宽泛化”，即超越“古老的神学”和“语文辅助科学”的传统而追求一种普遍性；其二，作为理论流派（school）的解释学的“宽泛化”，即取代结构主义成为新的文化通行语言。

1. 走向普遍性的解释学

瓦蒂莫用 explosión（爆裂、爆炸）这个稍显夸张的词语描述了解释学在施莱尔马赫的推动下所发生的变化：解释学摆脱特殊的《圣经》注释学和法律解释学而成为具有普遍性的一般解释学。众所周知，传统解释学多注重解释的技巧，即解释《圣经》文本的能力，但在施莱尔马赫看来，解释是要服务于理解的。因此，不仅仅是在注释经书时解释者要顾及受众的理解能力，而且在更为普遍的布道环节，牧师的措辞也要符合听众的理解能力。由此，对于施莱尔马赫来说，“凡是没有出现直接理解的地方，也就是说，必须考虑到误解可能性的地方，就会产生解释学的要求”，但由于“陌生性的经验和误解的可能性乃是一种普遍的现象”，解释学也就不再只适用于那些古老的、令人费解的或者说重要文本的解读，而应该被扩展至任何需要交流、沟通以及信息传递的地方，即任何需要使用语言的地方。[②]在这种意义上，瓦蒂莫认为“在我们这个世纪（指 20 世纪——笔者注）的哲学中达到顶峰的，把‘语言的’特征扩展到所有经验的过程，在施莱尔马赫的学说中已经有了它的前提”[③]。最好的证明就是，伽达默尔在《真理与方法》中所提出的重要结论，

---

① Starling R M, *La Construcción Estética de la Subjetividad en la Ontología de la Actualidad de Gianni Vattimo*, Universidad Complutense de Madrid, 2010, p. 1.

② Vattimo G, *Más Allá del Sujeto: Nietzsche, Heidegger y la Hermenéutica*, trans. Vítale J C G, Paidós, 1989, p. 86.

③ Vattimo G, *Más Allá del Sujeto: Nietzsche, Heidegger y la Hermenéutica*, trans. Vítale J C G, Paidós, 1989, p. 86.

即“能被理解的语言就是存在”，明显超出了经验解释学的范畴。[①]

随后，在出版于1883年的《精神科学导论》中，狄尔泰对形而上学的抽象总体性进行了反思，并试图参照科学的方法论范式，建立一门包含所有人文学科的、以实际经验为内容的“精神科学”。由此，狄尔泰进一步扩展了解释学的关涉范围，即从理解的对象“精神世界”延伸至“世界整体”：“对狄尔泰来说，原先把解释学当做一种方法去探讨‘精神世界’已经过于狭小了，他主张建立一种‘系统组织的解释学’，要把应用于生命理解的概念和范畴扩展到对它们所包含的整个世界的理解，通过对生命世界的分析和阐述来说明人类生命的本质和意义。他还强调，语言原来就是生命的一种表达，现在语言还应当是解释世界和解释生命的工具，我们通常所说的‘世界观’也受到语言解释的影响，因此，世界观也从属于这种系统的解释学。正是在这个意义上，狄尔泰是从广义的语言应用上探讨了解释学的作用和意义，从而把解释学当做了哲学本身的一个过程。”[②]总之，尽管在理论建构的过程中，狄尔泰未能在内在经验的确定性和个人心理生活的相对性之间找到一个平衡点，但这并不妨碍其为后来在伽达默尔那里接近完成的解释学的宽泛化奠定坚实的一步。当然，伽达默尔在《真理与方法》中建构自己的解释学方案时，并没有直接着眼于“语言”与存在的维度，而是以审美和艺术这种特殊的领域作为讨论起点。饶是如此，我们仍然能够看到伽达默尔在这一部分中不断地将审美、实践、共识、趣味与艺术的历史语境结合在一起，并对“审美意识”这一概念提出了明确的批判。

何为审美意识呢？瓦蒂莫总结道：“审美意识是这样一个术语，它概括了20世纪早期由各种新康德派哲学所阐述的审美经验概念。自然对象或人工产品的审美性是与纯粹的静观态度相关的，是由意识所精心挑选的，它并不预

---

① 然而，作为《真理与方法》的意大利文译者，瓦蒂莫认为这种惯常的翻译方式不仅陷入了一种同义反复，而且也暗示了存在着某种神秘的、超越了存在的语言。因此，瓦蒂莫更倾向于将这句话翻译为“El ser, que puede ser comprendido, es lenguaje”，即“存在，能被理解，就是语言”，并指出在两个逗号的帮助下，这句话“不仅指作为理解对象的存在是语言，而且意味着整个存在就其可以被理解而言，和语言是同一的”（Vattimo G, *Más Allá del Sujeto: Nietzsche, Heidegger y la Hermenéutica,* trans. Vítale J C G, Paidós, 1989, p. 87.）。

② 谢地坤：《狄尔泰与现代解释学》，《哲学动态》2006年第3期，第17页。

设一种与对象有关的理论和实践立场。"[①]伽达默尔用“抽象”一词概括了这种审美意识的“缺陷”。对于他而言，虽然康德首先否认了审美中存在认识和真理并将其限制在“趣味判断”的范围之内，但真正促使审美进入某种“真空”状态的推动者是席勒。后者将作为中介的艺术教育提升为作为教育目的的艺术，并主张通过审美的教化来构建一个“反对一切限制，也反对国家和社会所给予的道德约束”[②]的“理想王国”。不过，席勒的创举并未实现对康德的感性世界和道德世界的克服，甚至还衍生出另外一个难以调和的理想和（现实）生活的对立。因为“理想王国”所能带来的自由仅存在于想象中，而“假象的东西终究要被识破，虚构的东西要成为现实的，属巫术的东西要失去其巫术性，属幻觉的东西要被看透，属梦幻的东西，我们由之而觉醒”[③]。

最终，“艺术领域就由被抽象视为‘审美性’的维度所建构，审美性的意义无非只是一种特定社会趣味的结晶化而已，后者对美的欣赏仅仅是一种恋物癖，它切断了（艺术）与所有效果历史（Wirkungsgeschichte，即历史现象或者历史流传物等所产生的影响和效果）和存在的参照关系”[④]。美术馆和博物馆的兴起为伽达默尔的这一判断提供了现实的依据：不同年代、创作者、风格流派的艺术作品被并置在一起恰好体现了无历史根基的审美。在此基础上，观看者对艺术作品的理解就仅仅是一种“撇开了一部作品作为其原始生命关系而生根于其中的一切东西，撇开了一部作品存在于其中并在其中获得其意义的一切宗教的或世俗的影响”[⑤]的抽象活动。

为了消除审美意识的抽象性所带来的不良后果，伽达默尔转而强调了一种具有连续性和构成性的审美经验。不过，他并非想用经验去滋养贫瘠而抽象的审美意识，相反，“理解”的介入从根本上消解了审美意识的合法性基础：艺术作品取决于我们对它的“理解”而非审美意识的先行区分，换言之，我们只有理解了艺术作品，它对于我们而言才是一件艺术的创造物，才能成为

① Vattimo G, *The End of Modernity: Nihilism and Hermeneutics in Post-Modern Culture*, trans. Snyder J R, Polity Press, 1988, pp. 122-123.

②〔德〕汉斯-格奥尔格·伽达默尔：《真理与方法》，洪汉鼎译，上海译文出版社，1999，第 106 页。

③〔德〕汉斯-格奥尔格·伽达默尔：《真理与方法》，洪汉鼎译，上海译文出版社，1999，第 107 页。

④ Vattimo G, *The End of Modernity: Nihilism and Hermeneutics in Post-Modern Culture*, trans. Snyder J R, Polity Press, 1988, p. 123.

⑤〔德〕汉斯-格奥尔格·伽达默尔：《真理与方法》，洪汉鼎译，上海译文出版社，1999，第 109 页。

此在自我理解的组成部分。虽然伽达默尔承认自我理解具有有限性，但在更为广阔的经验层面上，最终那些人类理解难以企及的东西也将作为限制，进一步深化人类认知。由此，自我理解运动对于伽达默尔而言，始终呈现出一种连续性。因此，作为自我理解方式之一的审美经验也必然是连续的。伽达默尔认为，当艺术走出审美意识的抽象的束缚，并成为连续性的历史经验之后，我们需要恢复艺术从康德以来被剥夺的认识功能与真理要求。

在此起到关键作用的是“经验”，格朗丹指出了经验对于伽达默尔解释学真理概念的重要性：尽管真理摆脱了任何个人的支配，但在被动的意义上，真理又通过“生发事件”（Geschehen）给予我们启示。因此，经验/生发事件便扮演了黑格尔意义上“中介”的角色，只不过在伽达默尔那里“中介”意味着无条件、无目的的“视域融合”而已。由是观之，真理是不会受制于任何主观性的他在，艺术作品只是作为真理的生发事件被呈现给观赏者。观赏者不对事件产生任何影响，只是被动地为真理事件所影响、所改变。反过来，我们也可以说，如果观赏者在遇到艺术作品时经历了改变，那么我们就可以将艺术当作真理的经验。通过这样一种辩证式的回溯行动，艺术领域乃至解释学的真理便被置于与命题符合以及遵循方法无关的前科学领域。借此，伽达默尔希望能够有力地回应把真理限制在自然科学领域的流行观念。不过，在瓦蒂莫看来，这种将艺术经验简单等同于某种真实的历史经验的做法是有问题的，尤其是当伽达默尔将充满不透明性甚至拒绝对话的现代艺术也强制性地带到辩证法对话中并力图使其成为人们自我理解的一部分之时，我们会发现艺术作品自身的特殊性似乎消失了。

这样的结果就是，《真理与方法》虽然开始于对艺术经验或者说审美经验的探讨，但最终却将扩大了的解释学范畴延伸至了语言/世界与美的同一。这倒不是说伽达默尔从艺术经验走向了美的形而上学，而是说艺术之所以在伽达默尔看来是一种真理的经验，是因为它属于一种语言的经验，因而也就是“一种属于生机勃勃的传统或民族精神网络集体中的理性和逻各斯”[①]。在此，我们可以看到那种真理的“共识概念”似乎成了伽达默尔解释学的必然结论

① Vattimo G, *The End of Modernity: Nihilism and Hermeneutics in Post-Modern Culture*, trans. Snyder J R, Polity Press, 1988, p. 134.

之一。这一点尤其体现在伽达默尔对修辞学的探讨中。在伽达默尔看来，修辞学从一开始就是和科学的论证与说教相对立的，以“集体意识和传统”为内容的说服力领域“不仅不在科学进步的面前退让”，而且重申了自己对科学的权利。[①]但是，修辞学并不是通过逻各斯/共通语言程序将科学话语转换为集体意识和日常语言，而是强调了“科学所表达的意义的某种特定的贫困化，以及……所有科学理论所具有的修辞层面”[②]。

事实上，在伽达默尔那里，修辞学之所以能够扮演如此重要的角色就在于它是语言性的。因此，它超出了一般意义上的“巧舌如簧”或者“能言善辩”，而意味着严肃的辩证对话。这一切无疑暗示了修辞学和真理之间某种深刻的联系，在格朗丹看来，真理只有在辩证法中（或者按照柏拉图所说，只有在辩证法的终点）才能够被直观。最终，真理的获得需要回到逻各斯/集体意识，正如伽达默尔在《真理与方法》中所阐明的那样：“真、善、美的经验就是一种出现在每个个体意识中的直觉经验……语言就是这种经验的所在。”[③]在瓦蒂莫看来，集体意识、程序性要素在真理的归属问题上所体现出的优先性，能够帮助我们更好地理解海德格尔对人道主义的批判，因为它“首先反对任何对意识的特殊强调，因而怀疑现代形而上学的主体——这种不信赖首先来自尼采以及他对意识证据的终极本质的拒绝”[④]。

但与此同时，瓦蒂莫也注意到，真理从“清晰的内在性”向“共享的、无须质疑的假设”转换的过程中存在着难以回避的问题。首先，真理的获得意味着要返回逻各斯和集体意识，但“集体意识/逻各斯从来都不是毫无疑问的”；其次，尽管伽达默尔从具体的效果事件中看到了集体意识/逻各斯在正当性方面的疑难，但是在《科学时代的理性》一书中，他仍然确信“一种集

① Vattimo G, *The End of Modernity: Nihilism and Hermeneutics in Post-Modern Culture*, trans. Snyder J R, Polity Press, 1988, p. 135.

② Vattimo G, *The End of Modernity: Nihilism and Hermeneutics in Post-Modern Culture*, trans. Snyder J R, Polity Press, 1988, pp. 135-136.

③ Vattimo G, *The End of Modernity: Nihilism and Hermeneutics in Post-Modern Culture*, trans. Snyder J R, Polity Press, 1988, p. 139.

④ Vattimo G, *The End of Modernity: Nihilism and Hermeneutics in Post-Modern Culture*, trans. Snyder J R, Polity Press, 1988, p. 140.

体意识——即伦理传统的连续性——仍然会在我们的科技社会中出现”[①]。我们如何保证公共意识在任何情况下都优先于个体呢？伽达默尔并没有考虑这个问题。对于瓦蒂莫来说，这正是伽达默尔对海德格尔过度“儒雅化”的表现：海德格尔对作为形而上学巅峰的全球化技术时代的批判，似乎在伽达默尔那里弱化为了以社会合理性来限制科学理性的独断地位。因此，在瓦蒂莫看来，《真理与方法》中所讨论的解释学似乎并不具有真正的批判功能，而只是体现了某种重构性。后来的历史表明，正是这种重构性倾向，进一步推动了解释学学科取代结构主义，并成为20世纪80年代最为流行的理论范式。

2. 结构主义的衰落与解释学的兴起

在《作为“通行语言”的解释学》中，瓦蒂莫主要参照了库恩的范式理论，考察了结构主义到解释学的“范式转换”过程。首先，结构主义的没落不完全是人们对结构主义热情的消退，或者说人们对过度形式化的文化氛围感到厌恶的结果。它最大的问题其实来自自身。正如其字面意义所表明的那样，结构主义试图将内容部分还原为结构要素，并宣称结构具有无与伦比的优先性和客观性。然而，在寻求共时性的结构或者结构原则（structuring principle）的过程中，结构主义却面临两个问题：首先，结构方法运用者本身的立场和倾向被无视或者中立化了；其次，结构的产生与历史之间产生了“断裂”，“一种新结构、新系统的出现总是由它与其过去、其源头和原因的某种断裂造成的——而且这就是其结构特性的条件”[②]。尽管列维-斯特劳斯强调结构主义人类学并不排斥历史，但他同时也承认结构主义人类学与历史学仍然是有巨大区别的：“历史根据对社会生活的有意识表达来组织它的数据，而人类学则通过检查它的无意识基础来进行研究。”[③]显然，列维-斯特劳斯并未真正地解决结构主义与历史关系的问题，因而萨特对结构主义的批评在

---

① Vattimo G, *The End of Modernity: Nihilism and Hermeneutics in Post-Modern Culture*, trans. Snyder J R, Polity Press, 1988, p. 141.

② Vattimo G, “Hermeneutics as koine”, *Theory, Culture & Society*, Vol. 5, No. 2-3, 1988, p. 401. 在这一点上，结构主义面临的困难并不比现象学小，在德里达看来，试图通过悬置经验或者历史以获取直接真理的做法到头来仍将受制于经验以及历史。

③ Lévi-Strauss C, *Structural Anthropology*, trans. Jacobson C, Schoepf B, Basic Books, 1963, p. 18.

此依然是有效的："结构是由那些没有结构的活动所产生的，但是后者却要受到作为其结果的结构的制约。"[①]

在此前提之下，虽然结构主义也介入了现实，比如它试图跳出西方历史主义以及进化论的传统，以一种客观而谨慎的科学态度去审视不同的文明，以之反对西方中心主义以及帝国主义的压迫。但在为其他文明进行"辩护"的同时，结构主义仍然不可避免地预设了自己的立场，即能够以中立与非历史的姿态向西方世界讲述来自其他文明的故事（德里达在《论文字学》中对列维-斯特劳斯所暗含的西方中心主义已经做出了详细的分析，在此不再赘述）。随着全球化的到来，当其他文明真正参与到与西方文明的对话中之时，结构主义人类学中所预设的观察者（西方文明）与被观察者（其他文明）的关系就需要得到反思和纠正。同样重要的是，在不同文明之间开始真正对话的时代，人们更需要的是对话实践，而非结构主义给出的"客观化"描述。因此，无论从哪一点出发，结构主义退场似乎都是必然的。然而，为何解释学能满足新的历史境况的要求，即"能够赋予内容更为基础的地位，以及强调观察者的历史性立场"呢？[②]瓦蒂莫认为可以借助伽达默尔的"效果历史"对此做出说明。

根据伽达默尔的论述，我们知道效果历史是人类理解的构成性（constitutive）要素，即当我们要去理解某物时，我们总是受到效果历史的影响。由此，伽达默尔也就和那些崇尚"历史意识"的解释学家区别了开来。后者试图克服时间的间距为我们勾勒出精确客观的历史图景，对于他们而言，只有将历史当作外在于自身的有待揭示的东西，它才能向我们展现其真正的风貌。以对艺术作品的理解为例，施莱尔马赫认为周围环境才是一部艺术作品的根基，而"当艺术作品从这种周围环境中脱离出来并转入到交往时，它就失去了它的意义"[③]。考虑到施莱尔马赫对"模仿论"机械化倾向做出修正并主张"内在形象"才是真正的艺术作品，我们就不难理解为何"对艺术作品所属'世界'的重建，对原本艺术家所'意指'的原来状况的重建"[④]才是揭示艺术

---

① Sartre J-P, "Itinerary of a thought", *New Left Review*, Vol. 58, No. 1, 1969, p. 57.

② Vattimo G, "Hermeneutics as koine", *Theory, Culture & Society*, Vol. 5, No. 2-3, 1988, p. 402.

③〔德〕汉斯-格奥尔格·伽达默尔:《真理与方法》，洪汉鼎译，上海译文出版社，1999，第 217 页。

④〔德〕汉斯-格奥尔格·伽达默尔:《真理与方法》，洪汉鼎译，上海译文出版社，1999，第 218 页。

作品本真意义的唯一方法：外部材料经历时间的冲刷后必然会愈发地脱离其模型，也就是“内在形象”的原初意义，因此必须召唤那些已经被损耗和失却的东西。

但伽达默尔认为“被重建的、从疏异化换回的生命，并不是原来的生命”[①]，而且将艺术作品重新置于其本来的归属的做法所满足的也仅仅是观光者的意愿。黑格尔以果实为喻详细地阐明了这样一种重建和恢复工作的无效，在他看来，艺术作品就像从树上摘下的命运赠予我们的果实，但这样的果实一旦脱离了果树也就失去了生长的根基以及催生果实的四季变换。我们所能拥有的只是关于果实生长环境的“朦胧的追忆”。于是，围绕着艺术作品进行的偶缘性研究，即探究艺术作品产生的偶然性历史条件以及创作者的意图，并不能将我们带回到艺术作品产生的原初境况并与之产生活生生的关联。因此，在伽达默尔看来，当我们理解艺术品，尤其是文学作品时，每一个时代都会根据自己的方式去理解流传下来的文本，而且文本的真实意义也并不完全依赖于原作者，甚至理解总是超出文本的。

因此，理解并不是对原文的复制，而是一种具有创造性的行为。在这种意义上，时间间距就不再是需要克服的阻碍理解的障碍，相反，它为创造性的理解提供了可能。更重要的是，“只有当它们（‘创造物’）与现时代的一切关系都消失后，当代创造物自己的真正本性才显现出来，从而我们有可能对它们所说的东西进行那种可以要求普遍有效性的理解”[②]。我们历史地存在意味着历史在某种层面上构成了我们。任何存在着“我”的地方，必然也伴随着预先给定的效果历史。换言之，我们所拥有的“视域”，即我们“从某个立足点所能看到的一切”是有限的，摆脱自己的成见和立场去“客观”地理解事物是根本不可能的。

不过，这并不意味着我们无法形成有效的理解和真正的认识。对于伽达默尔而言，与认识者个人立场相脱离的、由方法论所主导的客观真理只是自然科学的幻觉。解释学所倡导的真理则依赖于此在的“时间-历史”运动，即此在于“陌生性（他异性）”和“熟悉性”两极之间不断修正自己的理解。以

---

①〔德〕汉斯-格奥尔格·伽达默尔:《真理与方法》，洪汉鼎译，上海译文出版社，1999，第219页。

②〔德〕汉斯-格奥尔格·伽达默尔:《真理与方法》，洪汉鼎译，上海译文出版社，1999，第382页。

对话中的理解为例，参与对话意味着我们要将自身“置入”他人的处境之中，而这种“置入”既要求我们不能完全丢弃自身的视域，也要求我们要意识到他人的他异性。也就是说，对话的双方首先是平等的，因为陌生性和熟悉性之间并不存在等级上的差异，二者都只是对话展开的基础条件而已：“这样一种自身置入，既不是一个个性移入另一个个性中，也不是使另一个人受制于我们自己的标准，而总是意味着向一个更高的普遍性的提升，这种普遍性不仅克服了我们自己的个别性，而且也克服了那个他人的个别性。”①

简而言之，对话的最终目的在于达到一种可以为双方所共享的具体的真理经验，而非任何一方的个别见解。在瓦蒂莫看来，这正是解释学有别于结构主义的地方：“从观察意识上来说，结构性思维以证明和掌握根据规则联系起来的秩序为其终极目标，而解释学思维则关注这样一种事实，即观察者和被观察者平等地属于共同的视域，并强调了真理是在对话者的对话中实现的。”②最终，通过将真理与对话中的辩证程序相关联，以及对对话者个体性（由效果历史所导致的不可避免的偏见和立场）的肯定，解释学既强调了参与对话以及对话内容本身的重要性，也解决了结构主义所无法克服的与历史断裂的问题。在此基础上，我们就不难理解当结构主义无法适应新的历史文化环境之时，为何解释学会被人们视为更有效地解决问题的手段。

3. 对解释学宽泛化的回应

正如其所代替的结构主义潮流那样，解释学也迅速地进入了人们日常生活的各个方面。首先，“（解释学）这个术语不仅出现在了文化讨论、教育以及大学课程里，甚至也出现在了诸如医学、社会学以及建筑学这些希望能够与哲学建立关系的学科之中”③。此外，在哲学范围内它也展现出了不同的可能性：它可以和分析哲学产生紧密的联系（比如，在对日常语言的分析以及对“游戏”问题的关注上，二者是相似的），也可以成为法兰克福学派的意识形态批评或者生存“神学”（«teológicos» de la existencia）中的一个重要组

---

①〔德〕汉斯-格奥尔格·伽达默尔:《真理与方法》，洪汉鼎译，上海译文出版社，1999，第 391 页。

② Vattimo G, “Hermeneutics as koine”, *Theory, Culture & Society*, Vol. 5, No. 2-3, 1988, pp. 402-403.

③ Vattimo G, “Hermeneutics as koine”, *Theory, Culture & Society*, Vol. 5, No. 2-3, 1988, p. 399.

成部分。[①]不过，对于瓦蒂莫而言，上述情况其实并不构成问题。真正让他感到不安的是，现代解释学重新接纳了它所极力反对的论点或者立场，从而丧失了自己所特有的批判性力量。抛开读者对解释学理论过于轻率的解读不谈，在瓦蒂莫看来，解释学的批判性消解的根源在于现代解释学自身对普遍性的企图（pretensión de universalidad）。

比如伽达默尔在 1962 年所发表的《20 世纪的哲学基础》中就认为，新时代的哲学应该接受黑格尔主义的“客观精神”的指引，因为“总体上的调和，这一被黑格尔视为思想的任务与最终目标，并不发生在绝对精神的自我意识——仍然是一种‘独白’的自我意识，仍然可以被理解为笛卡儿自我意识——之中，而是发生在客观精神，也就是说，在文化、制度以及‘符号形式’这些构成了我们鲜活的人性之实质的东西之中”[②]。

然而，在伽达默尔在解释学真理与“和谐”“无冲突的共同体”等一系列古典主义政治伦理概念之间建立起“同一性”关系的过程中，某种“透明的、非历史的以及中立化的”主体似乎被悄然地树立了起来。尽管瓦蒂莫并未明确地指出，但这个主体显然可以被理解为柏拉图在《理想国》第四卷中所说的无矛盾的“灵魂”，即在理性对激情与欲望的统治下所实现的和谐，或者更为准确地说——美（kalón）。尽管这只是伽达默尔的解释学所可能产生的结果之一，但瓦蒂莫坚持认为解释学不能止步于用一种“古典主义”真理模型来对抗科学的客观主义方法论，或者揭示在科学真理之外存在着一种外在于方法的真理。正如我们在上一节中所阐述的那样，解释如果是激进的，那么它就不只是对某种客观现实结构的描述，而是从根本上将自己视为解释的结果。由此，瓦蒂莫便将自己在一定程度上视为阿佩尔、哈贝马斯这些受惠于伽达默尔的理论家的“批评者”，而非“附和者”。

在《主体的面具》中，瓦蒂莫指出：“就视域需要一种语言性来说，阿佩尔以及哈贝马斯（理由和阿佩尔稍有不同）都受到了伽达默尔解释学的启发，对其既有保留也有反对。简而言之，对于他们来说，使得某物可以作为某物

---

① Vattimo G, *Más Allá del Sujeto: Nietzsche, Heidegger y la Hermenéutica*, trans. Vítale J C G, Paidós, 1989, p. 90.

② Vattimo G, “Hermeneutics as koine”, *Theory, Culture & Society*, Vol. 5, No. 2-3, 1988, p. 403.

出现的视域有康德先验论的特点，即首先就是一种规范性的范畴（alcance normativo）。”[①]不可否认的是，这样一种基于规范性的、（广义上）审美的“修辞”以及“解释学”的框架，虽然（与胡塞尔一起）对19世纪以来所盛行的科学主义做出了应有的反驳，并削弱了后者的统治力量，但用一种新康德主义的先天形式，将不同的语言游戏置于更高的规则，即交流和沟通的必然性和透明性之中的做法，无疑也是在重构另外一种支配关系。

更不用说，虽然都以“语言游戏”为名，但不同的语言游戏的地位事实上是不相同的。比如在塞拉斯看来，人们借助哲学反思所构想出的关于自身形象的框架（也就是他所说的人类的“明显图像”）是优于人类借助于科学所构想的自身框架的，因为在前者之中，“我们彼此关心，我们共享共同体的意图，这些为我们带来了充满原则和标准（尤其是那些能够产生有意义的话语以及使得理性本身成为可能的原则和标准）的氛围，在这样的原则和标准之中，我们每个人都过着自己的生活”[②]。因此，尽管阿佩尔和哈贝马斯所推崇的“共识真理”仍然体现了“真理的经验就是解释的经验”这一解释学一般性原则，但二者试图描述人类经验的永恒解释性结构的做法也让解释学沦为了一般性的文化哲学理论，甚至在某种程度上，掩盖了解释游戏参与者实质上的不平等。

在瓦蒂莫看来，造成解释学上述困境的原因就在于阿佩尔与哈贝马斯理论中所包含的形而上学特征，即他们总是试图描述一种关于现实的真实结构。要解决这一问题，我们就必须严肃地看待哈贝马斯与阿佩尔等人的新康德主义解释学立场之中所包含的矛盾特征，以及严格地反思“在主格和宾格的双重意义上解释学的历史性，并以之为基础展开解释学的讨论”[③]。换言之，我们不仅要注重解释学中所包含的历史性维度（伽达默尔在这一点上做出了杰出的贡献），而且也要在一种历史性中思考解释学：解释学不仅是关于对话的理论，而且也是对话之中的理论。因此，在必然经受终有一死的、不断衰

① Vattimo G, *Más Allá del Sujeto: Nietzsche, Heidegger y la Hermenéutica*, trans. Vítale J C G, Paidós, 1989, p. 86.

② Qtd. in Brassier R, *Nihil Unbound*, Palgrave Macmillan, 2007, p. 7.

③ Vattimo G, *Beyond Interpretation: The Meaning of Hermeneutics for Philosophy*, trans. Webb D, Polity Press, 1997, p. 6.

落乃至消亡的命运的意义上，解释学绝不能将自己装扮成一种足以描述某种客观真相的形而上学，而是要在尼采“而这已经就是解释”的意义上，将自己与虚无主义的命运紧密地关联在一起，尤其要肩负起通过不断的解释以及被解释推动“解放”“自由”到来的责任。

结　语

2006 年在安卡拉举办的一次会议中，瓦蒂莫以《作为解放的虚无主义》为题做了一次简单的陈词。在这篇演讲稿中，瓦蒂莫态度明确地指出，解释学在虚无主义、形而上学终结以及后现代的时代中完全有可能成为一种“解放的哲学”[①]。因此，尽管与“悲剧主义”（tragicismo）的消极虚无主义现象面临着相同的历史境况，但是解释学，或者至少瓦蒂莫所推崇的激进的解释学，并不像前者那样“穷尽修辞来讲述人类所处境况的问题并期待信仰的飞跃（leap of faith）”，因为这样的飞跃极易变成“纯粹的非理性，然后转向教会……威权主义的跃入”，也不会单纯地意识到“没有解决方法”[②]，而是在对现有权威的积极的否定中，从以下两个方面寻求建构性的机会。

第一，在理论层面上，以多元的解释对抗权威主义及其形而上学化的对立面，比如充满教条意味的无神论的自然法则或者纳粹类型的超人。在这种意义上，瓦蒂莫认为自己的解释学并未超出哈贝马斯的交往共同体计划，但前提是必须剥离后者形而上学的残余，因为“这样的理论，其理想化的知识是从不透明中解脱出来的，最终以科学方法为模型，因而总是冒着使各种专家主导的未来世界合法化的风险”[③]。

第二，在现实的层面上，通过循序渐进的方式，试图对法律、机构以及

---

① Vattimo G, “Nihilism as emancipation”, *Cosmos and History: The Journal of Natural and Social Philosophy*, Vol. 5, No. 1, 2009, p. 20.

② Vattimo G, “Nihilism as emancipation”, *Cosmos and History: The Journal of Natural and Social Philosophy*, Vol. 5, No. 1, 2009, p. 22.

③ Vattimo G, “Nihilism as emancipation”, *Cosmos and History: The Journal of Natural and Social Philosophy*, Vol. 5, No. 1, 2009, p. 22.

各种政治措施施加影响，使人们可以摆脱所谓的自然的“限制”，比如性别、性取向、种族以及贫穷。由此，瓦蒂莫否定了阿佩尔的社会建构计划，因为后者在阐述自己对抗世界范围内的饥荒的方案时，所依据的仍然是对话中的平等。但对于瓦蒂莫而言，“解释学（和虚无主义）的理想是把每一条法律和社会行为建立在尊重每个人的自由之上，而不是建立在所谓的客观或自然规范上，这意味着其比阿佩尔在 20 世纪 60 年代的著作中所指出的积极后果要广泛得多”①。

最终，正是在对存在论意义上的个体给予充分关注的意义上，瓦蒂莫进一步推动了解释学虚无主义的激进化，即不再将解释学诉诸任何整体性与普遍性的基础价值，甚至对基础价值进一步消解。

参考文献

Vattimo G, *Nihilism and Emancipation: Ethics, Politics, and Law*, Columbia University Press, 2004.

Vattimo G, *Art's Claim to Truth*, Columbia University Press, 2008.

Vattimo G, “From dialogue to conflict”, *Telos: Critical Theory of the Contemporary*, No. 154, 2011.

Vattimo G, *Beyond the Subject: Nietzsche, Heidegger, and Hermeneutics*, SUNY Press, 2019.

Vattimo G, Gurciullo S, “Interpretation and nihilism as the depletion of being: A discussion with Gianni Vattimo about the consequences of hermeneutics”, *Theory and Event*, Vol. 5, No. 2, 2001.

Vattimo G, Valgenti R T, *A Farewell to Truth*, Columbia University Press, 2011.

Vattimo G, Farina C M, Farina G, “Emergency and event”, *Philosophy Today*, Vol. 59, No. 4, 2015.

Vattimo G, Zabala S, Mascetti Y, “‘Weak thought’ and the reduction of violence”, *Common Knowledge*, Vol. 8, No. 3, 2002.

Zabala S, Rorty R, Vattimo G, “The future of religion”, *Tijdschrift Voor Filosofie,* Vol. 68, No. 3, 2006.

---

① Vattimo G, “Nihilism as emancipation”, *Cosmos and History: The Journal of Natural and Social Philosophy*, Vol. 5, No. 1, 2009, p. 22.

第二章
维利里奥竞速学文论研究

引　言

本章集中探讨法国当代哲学家维利里奥的“竞速学”（Dromology）文论思想。具体内容从维利里奥的早期著作入手，探讨维利里奥“竞速学”思想的起源，在此基础上考察他关于电影、绘画、造型艺术等文艺领域的探讨，从而对他的文论做出批判性总结。本章共分为两节。

第一节通过探讨维利里奥的第一部专著《地堡考古学》指出，防御并不是纳粹德国建立“大西洋壁垒”的唯一目的，其根本目的是通过“知觉后勤学”（logistics of perception），构建一种安全神话，更要通过“恐惧的管理”（administration of fear），达成德国内的共同体构建。此部分因而解答了德国在早年绕过马其诺防线奇袭制胜后何以还要再建此类防线这一难题。维利里奥对军事地堡进行“考古”的另一层意义是：驱动这一防线建立的“军事-工业复合体”（military-industrial complex）逻辑，时至今日，仍然控制着当代资本主义的科技和经济发展。

第二节讨论维利里奥对当代艺术的批判。在维利里奥看来，20 世纪的艺术家身处兵燹频仍的环境中，身处“无怜悯”（pitiless）的时代，艺术家的作品往往流露出创伤的痕迹，并且以曲折的方式表达抗议，但这一时代背景也同样影响了另一部分艺术家，并使其作品呈现出“无怜悯”的症候，也即脱离了艺术再现的初衷，仅仅通过身体亵渎和感官耸动达到自我标示的目的；此外，视听技术统治的当代语境还从根本上重塑了 20 世纪艺术感知的方式和艺术评判的标准，艺术屈从于技术的入侵，“再现的艺术”（art of representation）转而成为“即现的艺术”（art of presentation）。

第一节　竞速学起源：维利里奥军事空间论

法国哲学家维利里奥以对战争的特别关注而闻名。他曾自称是“战争婴儿”，亲历两次战争。[①]因此，战争既是他人生经历中挥之不去的烙印，也是他思想历程的关键起源，即便此后他的思想图谱扩张，涵盖政治、建筑、艺术等诸多领域，但一生之中，他始终为战争问题所萦绕。无论是两次世界大战、英阿马尔维纳斯群岛战争（简称“马岛战争”），还是后来的海湾战争、科索沃战争，他都探讨再三，形诸笔墨，而他对战争问题的考量也成为其“竞速学”的基础。

《地堡考古学》出版于1975年，是维利里奥的第一部专著，也是他关于战争的第一个思考结晶。这部著作集中考查了纳粹德国在二战末期修建的超级防御工事——“大西洋壁垒”。这条防线沿欧陆西海岸而修筑，绵延数千公里，设置了混凝土炮台等种种防御工事，耗费了纳粹德国无数的人力和物力，曾号称是“不倒防线”，然而它终究未能阻止盟军登陆。[②]那么，维利里奥在二战后考察这条早已废弃的防线，深意何在？

一、不合时宜的军事空间

现代哲人很难绕开战争问题。因为战争，尤其是现代战争，在调动人

---

① 维利里奥童年时在法国南特度过，逢二战爆发，纳粹德国对南特实施“闪电战”，幼年的他目睹了整个过程，“闪电战”的速度和毁灭性给他造成了极大的心理冲击。二战结束后，1954年，青年维利里奥又在法国军队中服役，当时他身处的这支军队恰好被派往阿尔及利亚，与当地寻求民族独立的武装力量作战，在当地人民娴熟的游击战术和顽强的作战意志面前，法军如入泥淖，陷于苦战，虽然维利里奥后来平安回到法国，对这段经历也所言不多，不过，对比美军士兵在越南战争中的类似经历，凡亲历者，所承受的身心创伤都毋庸讳言。

② 杨增辉：《大西洋壁垒：隆美尔的铜墙铁壁》，武汉大学出版社，2008，第2-5页。“大西洋壁垒”是二战期间纳粹德国在欧洲大陆西海岸建造的防线，用来防止盟军登陆。这项工程从1940年开始建造，起初由德国工程师托特和斯佩尔主持，后来又由陆军元帅隆美尔亲自监督加固。整条防线北至挪威，南至法国和西班牙，绵延2700余公里，防线中的工事主要包括钢筋混凝土加固的炮台、指挥所、掩蔽部、弹药库等等。同时，周围沙滩上还布有地雷、反坦克壕、铁丝网、锥形混凝土桩等各种障碍物。建造防线所投入的劳工人数、水泥钢材的数量堪称惊人。然而，这条防线虽在盟军登陆的初期发挥了一定的阻滞作用，但最终还是很快被盟军突破。

类资源、智能、技术、人力等种种可能性上，有着其他人类活动所无可比拟的程度。如法国哲学家巴塔耶所言，战争是一次彻底的“耗费”，既如此，战争就成了观察人类社会的一面极好的棱镜。举例而言，在今天的日常生活中，早已无可脱离的计算机、手机等关键技术，无一不是发端于军事领域。因此，战争折射出人类社会在当前的种种面向与特质，更预示着人类社会未来可能的发展方向。作为密切关注现实的哲学家，维利里奥对战争岂可不察？

早在20世纪50年代末期，维利里奥在和法国著名建筑师巴夯合作编辑《建筑原则》刊物时，即已开始亲自考察纳粹德国所遗留的“大西洋壁垒”，积累的照片和论文集合成书后，于1975年出版。然而，这本书很难被归类，无论是将其简单定义为历史著作、军事著作，抑或是建筑学著作，都不甚准确：它试图去探讨“大西洋壁垒”的最终失败这一历史问题，但却不是纯粹的历史维度的考掘；它当然也谈论了二战中的军事，却没有纠缠于具体的军事战术和战略；它也考察了壁垒遗址的建筑细节（维利里奥自己早年是建筑师），但显然远不止于建筑学上的考量。

正是这样的暧昧性和异质性，导致当前学界对维利里奥这一处女作的重视程度和阐释深度有所不足。首先，在20世纪70年代这一著作出版的初始阶段，维利里奥前后出版了《地堡考古学》《速度与政治》《领土的不安》《大众防御与生态战争》。其中，在《速度与政治》一书里，维利里奥第一次正式提出“竞速学”这一使他声名大噪的个人术语，因此，《速度与政治》往往被学界视为其最重要的早期著作乃至整个写作生涯的代表作，而《地堡考古学》在维利里奥的写作历程中的地位未能被充分重视，只在很多背景性质的总体介绍中一笔带过。其实，“竞速学”的核心意涵就是“速度”的决定性意义，而“速度”问题已在《地堡考古学》中得到充分论述，它已经算是“竞速学”的理论开端，只是维利里奥还没有专门为其新造一个术语而已。

在这些研究中，代表性的有学者瑞德海德的《维利里奥：加速文化的理论家》，这是英文学界第一部个人性的维利里奥研究专著。瑞德海德认为，《地堡考古学》是维利里奥对“军事空间”考察的开端，试图经此指出“总体战争”（Total War）对我们当下的影响。[1]但地堡的遗迹到底体现出维利里奥对“总体战争”问题的哪些具体思考，瑞德海德却没有在书中交代。他反而把讨论的重点从这些地堡建筑引向维利里奥早年的建筑学主张。虽然此前在建筑设计领域短暂的从业经历确实使维利里奥在分析地堡时有着更为扎实的建筑学依据，但是《地堡考古学》的核心指向显然不在于此。要注意的是，恰恰是从这本书开始，维利里奥告别了作为专门性领域的建筑学，走向了更为广阔的哲学和文化研究。可以说，《地堡考古学》中维利里奥真正要探讨的核心问题，恰恰被瑞德海德忽略了。

再者，另有学者已然开始重视《地堡考古学》，却没有将其阐释充分。比如，英国学者詹姆斯的《导读维利里奥》这一著作比瑞德海德的研究更进一步，他用专章论证了《地堡考古学》的意义：维利里奥透过地堡问题告诉我们，战争中“速度”愈发起着决定性意义，战争中“空间”的维度也愈发复杂，而更重要的是，战争的阴影在二战后乃至在冷战结束后仍然笼罩着我们。[2]英国学者阿米蒂奇也在论文中指出，维利里奥以地堡作为一个“战争模型”，提示我们战争的逻辑在今天仍然没有结束。[3]这二人的研究是对《地堡考古学》更有深度的讨论，但仍然不够，因为他们还没有指出，战争阴影之所以能够延续至今，只有借助于维利里奥的另一个概念——“军事-工业复合体”，才能真正解释清楚。

在此基础上，本章想要探讨的正是，《地堡考古学》这本维利里奥的处女作到底要言说哪些问题？这片战争残垣对他的思想历程，乃至对今天的我们而言，究竟意味着什么？

讨论“大西洋壁垒”，要回到一个最基本的问题：纳粹德国为何要不遗余力地去建这条欧洲历史上规模最大的防线，而这条防线又何以最终不堪大用？这一问题其实是潜隐于《地堡考古学》一书背后更为根本性的“总问题”，虽然维利里奥没有直接陈述这个问题，但是，我们不难发现，书中的论述处处皆可视作对这个“总问题”的回应。当然，就此问题，前人从具体军事角

---

① Redhead S, *Paul Virilio: Theorist for an Accelerated Culture*, Edinburgh University Press, 2004, p. 18.

② James I, *Paul Virilio*, Routledge, 2007, p. 72.

③ Armitage J, “Paul Virilio: A critical overview”, In Armitage J（Ed.）, *Virilio Now: Current Perspectives on Virilio Studies*, Polity Press, 2011, p. 6.

度的回答已有很多，比如工程的完成度不高、德军指挥官隆美尔对盟军登陆地点估计错误等等，但维利里奥完全没有从具体的战术战略层面去回应，他的探讨显然更为高屋建瓴。他首先一针见血地指出，这条防线是已然过时的空间哲学的产物，其失败从一开始就是注定的。

维利里奥认为，关于战争，人们会谈论战争史，谈论战术，谈论死亡，却鲜少有人深入探讨战争中的空间问题。他相信，发生战争的战场，首先应该被视为一个“几何空间”。在最早期的原始社会中，没有真正意义上的“战争”，只有随机性的、小规模的“搏斗”和“战斗”，人们所依靠的是自身的生理性的力量和敏捷的行动，以及对身边地形的即时性凭借。在此情况下，并不存在空间规划的问题。但随着文明的进展，战斗趋于规模化、理性化，无论是对于攻方还是守方而言，必须提前设想一种战争的“场景”，这样就必须有“战场”的预先布置，这片区域就其本质而言，已被攻守双方构想为一个“几何空间”，他们需要结合这一区域的地理特征，对空间加以合理的分配和组织。[①]

如果说军事战场的背后隐藏着一个内在的几何空间，那么，在此基础上，在这一空间中移动的军事单位就可以相应地被视为携带着自身速度的向量。按照凯尔纳的分析，这种速度向量指涉多重含义：既指攻守双方人员和军事“载具”（vehicle）[②]的行进速度，也指军事信息的传递速度，更指武器的打击速度。[③]在军事空间中，向量每完成从一个点到另一个点的移动，就是一次对空间的穿透。对于攻方而言，当然要通过自身的武器和载具，最大限度地在空间中施加速度、实现穿透。对于守方而言，即是要极力阻止对方的穿透。战争，因而可以视为空间中穿透与反穿透的博弈，而人类战争史演进中的各

① Virilio P, *Popular Defense & Ecological Struggles*, trans. Polizzotti M, Semiotext(e), 1990, p. 13.

② 载具，在维利里奥的理论语境中是一个专有概念，指代所有的速度提供者，凡是能够提供速度的人、动物和技术物体都被维利里奥称为“载具”。维利里奥将载具分为代谢载具、机械载具和视听载具。代谢载具依赖于身体的新陈代谢能量而提供速度，比如人和马匹；机械载具是指依赖机械动力带来速度的交通工具，比如飞机、汽车和火车；电视和手机这样的视听载具虽然不提供位移速度，但是因为它瞬间将远方的信息和图像带到了观者的眼前，使其得到了远行之后才能获取的视听内容，所以实际上也是在间接层面上提供了一种极快的速度。

③ Kellner D, “Virilio, war and technology”, In Armitage J (Ed.), *Paul Virilio: From Modernism to Hypermodernism and Beyond,* Sage, 2000, p. 104.

个阶段，可以看成是以各种不同方式组织军事空间的历史。[①]

壁垒，就是古代战争中空间哲学的典范表征，是防御方组织军事空间的重要方式。建造围墙、壁垒或者城堡这类基础设施，是试图通过这些障碍的建成来分割空间，减缓敌人的速度，让敌人无可穿透。但是，壁垒和向量之间博弈的结果却是由多种因素决定的：一方面，壁垒越坚固，且其建成是基于对地形的合理分析和利用，其阻滞速度向量的可能性也就越大；另一方面，维利里奥提醒我们，速度向量在穿越空间时，不是单纯的位移，而是携带着自身的能量暴力。就武器而言，相比于弹头爆炸所起的“外爆”效果，速度暴力带来的“内爆”（implosive）效果更加关键[②]，更加决定着能否从根本上穿透空间。在速度向量这一问题上，维利里奥指出：

> 速度一直以来都是猎手和武士的优势。竞速与追逐居于所有战斗的核心。因而社会历史中存在的速度的等级制有待我们发现，拥有土地和占有地域，即意味着用最佳的方式去扫掠它，进而去保护它和防卫它。不动产物业直接或间接地维系于它的可渗透度，就像物体的价值会随着它所处区域的变化而改变，而地点的质量也随着它被穿越的可能性的变化而改变。轨迹，无论是主体的轨迹还是客体的轨迹，都携带着一种被我们忽略的价值。一个全新的“基建-载具”体系一旦降临，将颠覆整个社会的物质意识和社会关系意识，进而也就颠覆了整个社会空间的意识。[③]

战争中的“速度-壁垒”博弈，终归有高下之分，而二者间拉锯的形势随着时代的变化而演变。在冷兵器时代，壁垒确实发挥过重要作用，它们通过将空间割裂，阻滞了敌人。中国北部的长城和罗马帝国的哈德良长城皆是实例。但是，《地堡考古学》指出，古老战争的空间哲学在现代很快就不合时宜了，因为人类战争中的速度越来越快，无论是各类运载工具的速度，还是各种武器的速度，都在不断攀升，尤其是工业革命以后，人类能够获取的速度

① James I, *Paul Virilio*, Routledge, 2007, p. 70.

② Virilio P, *Bunker Archeology*, trans. Collins G, Princeton Architectural Press, 1994, p. 43.

③ Virilio P, *Bunker Archeology*, trans. Collins G, Princeton Architectural Press, 1994, p. 19.

越来越惊人，穿透空间的能力急速提升，整个人类栖息地都处在不断相对缩减的进程之中。相比之下，人类所能建造的壁垒已然处于绝对劣势地位。简言之，新型的战争机器带来“双重的消失”，即武器的碎裂效果带来的“物的消失”，以及载具的冲刺效果带来的“地点的消失”，这二者最终将导致地缘战略上的“强点”不复存在。[①]

现代的军事语境下，壁垒，这种传统的防御方式，在与速度向量的博弈中，必将落败。在这种情况下，仍然试图用壁垒这样的传统防御方式去分割空间、阻挡载具和武器，已经非常艰难。在现代战争中，防御的必要性当然仍然存在，但要想更加卓有成效地组织防御，尤其是面对掌握了优势速度的现代军队时，已然不能通过基础设施的建立来阻断速度向量，必须转而寻求其他手段。以此观之，“大西洋壁垒”虽然建于现代，但其种种建于海边的地堡不过是仍然延续着壁垒的内在本质，仍然延续着前现代的空间哲学，倚靠它们去阻挡盟军凌厉迅猛的进攻，注定失守。

在这里，我们已经看到，维利里奥已经在他的处女作中充分重视到“速度”的作用，看到了速度在军事中的决定性作用。此后，他更是进一步延伸速度的关键作用，赋予速度以本体论意义，这便有了《速度与政治》中正式出现的“竞速学”。决定历史的关键力量，在黑格尔那里，是绝对精神；在马克思那里，是经济基础；而在维利里奥这里，则是速度。在他看来，人类所有技术上的改良、演进乃至突变，归结到本质，不过就是速度的提升而已：从马车到火车、飞机乃至火箭的运输革命，其实是位移速度的提升；从书本到电视、电影、网络的传输革命，是信息传递速度的提升；从奴隶制、封建制再到民主制的政治革命，其实就是政治组织速度的提升。[②]技术，不过是速度的表象；速度，才是技术的本质。

除了速度之外，战争空间的维度也更为复杂了。在古代，战争的空间基本上局限在陆地维度。工业革命以后，海洋维度开始愈发重要。特别是二战以后，飞机的发明则宣告了天空的维度愈发处于核心地位。也就是说，二战

① Kellner D, “Virilio, war and technology”, In Armitage J (Ed.), *Paul Virilio: From Modernism to Hypermodernism and Beyond*, Sage, 2000, p. 107.

② James I, *Paul Virilio*, Routledge, 2007, p. 30.

以后，战争空间已然是陆地、海洋、天空三个维度。仅仅把握其中的一个维度，无法真正掌控战争空间。将防御的希望仅仅寄托在陆地维度，另外两种空间却缺少相匹配的措施，也是不现实的。《地堡考古学》告诉我们：

> 希特勒从来没有要征服空中的信念，他也从来对征服海洋没有信念；这是德国战败的一个主要原因。德国空军从来没能赶上盟军的空中战略，尽管他们有着更为先进的飞机；德国海军有着更高质量的战舰，却在战争早期遭遇了挫折。这些都是一种军事空间哲学的结果，一种困缚于土地和地表之军阀的哲学的结果，一种损害空中和海上的努力却偏倚地面力量的武器生产政策的结果。[①]

如维利里奥所说，"军事空间正在经历一种激进的转换"[②]，即便投入再多的混凝土和钢铁，安置再多的火炮，"大西洋壁垒"也依然只是古老战争的空间哲学在借尸还魂。在现代战争的语境下，再坚固的壁垒所能发挥的作用仍然是有限的，其失败的命运从开始建造的第一天开始就已经注定。

二、知觉场域：安全的"神话"

不过，问题可能还不止这么简单。

要知道，在二战开始的时候，是德国人将"闪电战"运用到了极致，速度的重要性他们难道不清楚吗？也是德国人绕过曾经号称坚固无比的马其诺防线，令法国人措手不及，他们难道不清楚类似的防线难堪大用？即便里程更长，工事更多，又能有多少实质性的改变，不还是重蹈覆辙？

除了指出"大西洋壁垒"根植于一种必然失败的空间哲学，《地堡考古学》中更有意思的是，它告诉我们，希特勒未必颟顸到完全依赖"大西洋壁垒"去保障防御，之所以还要建这一防线，是因为除了防御外敌之外，它还别有用途。[③]这可以归结于维利里奥的另一重要概念："知觉后勤学"。

---

① Virilio P, *Bunker Archeology*, trans. Collins G, Princeton Architectural Press, 1994, p. 30.

② Virilio P, *Bunker Archeology*, trans. Collins G, Princeton Architectural Press, 1994, p. 18.

③ 杨增辉：《大西洋壁垒：隆美尔的铜墙铁壁》，武汉大学出版社，2008，第 2-5 页。该书中指出，从一开始建造"大西洋壁垒"，希特勒就并非真在这个防线上寄托了太多防御的意图，而是要将这条防线作为前线基地，为"海狮计划"中试图登陆英国的前线部队提供火力支援。这其实也间接佐证了维利里奥的判断。

维利里奥认为，战争的关键是“后勤学”。传统的军事后勤当然指战争组织者动用各种手段，使武器、物资和人员实现获取、调动与流通，以维持战事的持久保障。但是，维利里奥认为，更应该关注的是另一种“后勤”，亦即关于“知觉”（包括视觉、听觉、心理等层面）的后勤。“每一场战争都是知觉的场域。战场首先就是知觉场”，在战争中，除了物资、人员和武器的供应，“知觉”层面的获取和供应也不可或缺。[①]在战场上，作战的任何一方如果在“知觉”层面准备不足，无法知己知彼，已然位居被动地位而浑然不觉，就极容易受人奇袭而阵脚大乱，陷于险境。因此，在战场上一旦出现意料之外的突发情况往往就意味着败局的临近，只有有效保证足够高效的“知觉供应”，致命的“意外”才能被规避。

在视听层面，知觉供应是要尽可能获取一切与战争有关的信息，洞察敌我的方方面面，“人们必须看见一切，知晓一切”[②]。只是，以前人们获取战场信息大多是依赖人眼观察，以及在此基础上的地图等传统手段。不过，一战开始以后，随着武器威力的增强、战争范围的扩大、移动速度的提升，传统手段已无法适应形势——比如，地图上的关键拓扑学地标已被炮火轰击到荡然无存，老旧的纸质地图已然不能适应变化。与此相应，飞机结合摄影术获取知觉信息的手段获得了军方重视，成为重要的侦查手段。[③]但是，知觉供应不单是为了更有效率地获取军事情报，对于统治者和战争组织者来说，更重要的是通过知觉的传递，在大众、战士中达成某种必要的情感效应。

在显而易见的防御功用之外，其实，“大西洋壁垒”这条防线还在知觉层面提供了一种心理上的“安全感”。那么，“安全感”是源自地堡有着最为坚不可摧的外壁，还是因为防御工事中的武器最为先进？维利里奥认为都不是，或者说，这些对于地堡来说都不重要，更重要的是，在当时，地堡成为一种“神话”（myth）。维利里奥提醒我们，“安全感”来源于这些防御工事的“神话学维度”[④]，那么，为什么维利里奥将“大西洋壁垒”称为“神话”，而这

---

① Virilio P, *Politics of the Very Worst*, trans. Cavaliere M, Semiotext(e), 1999, p. 26.

② Virilio P, *Bunker Archeology*, trans. Collins G, Princeton Architectural Press, 1994, p. 43.

③ Virilio P, *War and Cinema*, trans. Camiller P, Verso, 1989, p. 22. 维利里奥曾告诉我们，飞机被发明出来，首先不是用来作为攻击性武器，而是用来在空中进行军事侦察的。

④ Virilio P, *Bunker Archeology*, trans. Collins G, Princeton Architectural Press, 1994, p. 46.

种“神话”又究竟如何传达出安全感？

巴特在《神话学》中将神话定义为一种“言说方式”。索绪尔的语言学已经指出语言是一种“符号系统”，而“神话”就是两层“符号系统”的嵌套。首先，其第一层是一般意义上的语言符号或图案符号。巴特举例说，在一张照片中，身穿法国军服的黑人士兵在行军礼，仰视着法国国旗。在这里，“能指”是照片所传递到观看者眼中的那一幅图像，“所指”就是这个照片的“基本含义”：黑人士兵在行法兰西军礼。在第一层，这张照片已经构成一个“能指”和“所指”相结合的一般性“符号”。但是，如果以这一“符号”为基础，将其作为一个“整体”，视作一个“能指”，我们就会发现，它指向了另一层的“所指”，即“神话本身”——向观看者呈现出的更深层次的“言外之意”：“法国是个伟大的帝国，它的所有子民不分肤色都为它尽责尽职。”这才是这张照片的真正意图，也是这张照片的“神话学”维度所在。[①]

按照巴特的符号学分析方法，“大西洋壁垒”同样也有两层符号系统的嵌套，其第一层的“能指”就是大量的、各色的防御工事，那么，其第一层的“所指”也是显而易见的——“这是一条防御盟军未来登陆的大西洋沿岸防线”。但是，这条防线设置的方式和形态是极其特别的。维利里奥写到，德国人在建造这条防线的时候，采取“大杂烩”手法，无所不用其极，将古往今来所有能用的防御手段，从最古老的木桩障碍到最先进的电子手段，都用到了。

> 大西洋壁垒其实是一种安插在欧洲海岸线上的军事展览温室。所有的资源，从古代的港口防御工事到过时的武器，齐集于此，但是其风格是杂糅的，视点是模糊的，在这一欧洲大陆的要塞中，拟制的作品数不胜数：假的炮列、木制武器、各类伪装。神话与宣传融合为一。地堡也已意识形态化，以一种不可战胜的意识，以一种坚不可摧的意识，使民众确信无疑，也使对手放下武装。[②]

---

①〔法〕罗兰·巴特：《神话修辞术：批评与真实》，屠友祥、温晋仪译，上海人民出版社，2009，第176页。

② Virilio P, *Bunker Archeology*, trans. Collins G, Princeton Architectural Press, 1994, p. 47.

就连各种“过时的武器”都放在防御工事中，在今天看来，这是略显荒诞的，因为它们显然不能最终发挥防御功用，但是，恰恰是这种“无所不用其极”的“混合物”手法，配合巨大的混凝土掩体，以及防线史无前例的长度，便能够造就一种视觉上的“奇观”。这正是“知觉后勤学”的一种。德国的民众和士兵就算未必真的了解这条防线，在“知觉”层面也已然为此防线而感到震撼。这里，“大西洋壁垒”作为一个防御性的工程，其实可以整体被视为一个符号，它通过其自身的“知觉后勤学”，为另一更高层面的“所指”服务，即指向了防线的“神话”维度：“这条防线无处不在，无所不包，无所不能，因而绝对是不可攻破的。”

“大西洋壁垒”是否真能达到预期的御敌效果，对于“神话”并不重要。对于纳粹德国，重要的是，一定要让民众和士兵时时刻刻“看到”和“感觉到”这一防线的存在，再配合上戈培尔对这个“不倒防线”的持续宣传，于是便把这个安全“神话”构建了出来。这一“神话”的真实目的是通过无懈可击、完美无缺的外在知觉表象，在民众中制造出一种绝对安全的心理反馈。正是通过《地堡考古学》，维利里奥向我们揭示出，通过知觉手段，构织一个“安全”神话，是纳粹德国建造“大西洋壁垒”的一个不可忽视的重要动机。

三、剧场政治：“恐惧”的管理

除了提供一种想象性的安全感之外，“大西洋壁垒”所能提供的另一种心理效应是集体认同。当时除了纳粹德国以外，还有不少其他地区、民族的语言、文化差异巨大，再加上很多国家都是受侵略国，很难有集体认同。那么，如何最大限度地将这些不同国家、地区、民族的人凝聚起来，并最有效地动员起这些国家的人力和物力，就成了一个难题。制造出必要的集体认同，是凝聚这些不同人群的必然需要。

在《地堡考古学》中，维利里奥提到，一方面，纳粹德国竭力抽调帝国内部各个地区的人力，使其投入集体苦役之中，修建“大西洋壁垒”。正是在建造“大西洋壁垒”的过程中，一种大敌将临的“危机感”同时也被制造出来。这似乎和前文所说的“安全感”是相互矛盾的，但其实不然。一方面，它是史无前例的防线，当然为民众提供了安全感，但是反之，如此浩大的防御工程不正证明了防线后的帝国正处于强敌环伺之下？正所谓“敌人的敌人就是朋友”，当不同的人群面临着共同的敌人、同样的存亡危机时，差异、敌意也许会暂时被搁置、忽略，油然而生一种集体认同。这种因潜在危机感而塑造出的集体认同将使整个纳粹德国更具凝聚力。

另一方面，为配合这一工程，纳粹分子还在帝国内部的平民之中人为制造恐惧感和危机感。从 1943 年到 1944 年，德国政府建议每户民众在自己庭院里挖堑壕，以保护自己的家人。他们还用人工合成的方式，制作出各种带有毁灭性场景的照片，让民众观看。灾难被提前预想出来，好像城市已经被摧毁一样。这些手段显然会“增加被占领民族的恐惧，使这样的恐惧超过被解放的希望”[①]。纳粹德国通过种种知觉手段——这当然也是“知觉后勤学”的一种，暗示敌人即将兵临城下并施加可怖的暴力，这便刺激了民众的观感，因而在民众中传递了恐惧感。

史无前例的浩大工程投射出大敌当前的危机，毁灭性场景的人为构造渲染出灾难将至的恐怖场景。但帝国内的民众也正因为这样共通的恐惧感被整合起来，他们共享同一种恐惧的情绪。维利里奥说，这是一种“剧场政治”（spectacle as politics），“大西洋壁垒”是一个剧场，围绕着这一防御工事所营造的密集宣传透露出一种戏剧效果，透露出帝国所必要的、剧场化的一面。[②]但是，说这是“剧场政治”，并不是因为危机被“戏剧化”地夸大，也不是因为操纵手段中的作假，而是因为“情绪”这样一种本来应该是个人化的体验，经由知觉手段，被帝国内的民众所共有，被整合为一种同一化的“公共情绪”（public emotion）。这种同步的、共通的情绪体验，恰恰是群体在剧场观看戏剧以及在电影院观看电影时的典型效应。这也就是维利里奥将其称为“剧场政治”的原因。

在古希腊的剧场中，如亚里士多德所说，悲剧中无可揣测的命运和英雄的不幸遭际，带来同一种“哀怜和恐惧”的情绪，传达给观剧的群众。但是，政治却非戏剧，戏剧里的“哀怜和恐惧”可以让观众达成“净化”，亦即以一种无害的方式让情绪得以疏泄。[③]然而，政治若“戏剧化”，各个不同的个人

---

① Virilio P. *Bunker Archeology*, trans. Collins G, Princeton Architectural Press, 1994, p. 28.

② Virilio P. *Original Accident*, trans. Rose J, Polity Press, 2007, p. 47.

③〔古希腊〕亚里士多德:《诗学》，陈中梅译，商务印书馆，1996，第 63 页。

即容易被同一情绪所裹挟，审慎的反思和辩论就不再可能，如此这般，众人看似都参与到政治之中，实际上，这却意味着政治的终结。如同维利里奥所说，“剧场是一个共享情绪的地点，就像在希腊悲剧或者一个电影大片中一样，从这个意义上来说，在政治集会中，是言论和话语占据统治地位，而电影放映室就是政治集会终结的前兆”①。

不过，民众被同一种恐惧情绪所支配，恰恰是纳粹德国统治者所需要的。只有如此，民众才能更加容易地被知觉手段操纵，也就更加轻松地被纳入一个想象性的共同体之中。纳粹政治必须借助于这样一种“戏剧编演”（dramaturgy）。维利里奥说，“弗里茨・托特的动员不仅仅是为了达到建造上的要求，不仅仅是要建造几千公里的防卫线，更是为了心理上和政治上的必要性，更加要依靠被占领民族的人民的参与，在盟军进攻之下参与到防御性和保卫性的努力中”②。历史学家库贝诺特也总结说：“地堡有着重要的心理学价值，因为它尝试将占领者和被占领者都整合到被横扫的恐惧之中；地堡在没有统一性和身份认同的地方提供了统一性和身份认同。”③

如黑格尔所指出，在西方文明之中，“共同体”以“政府”这一形式为其现实生命之所在，而“政府”又使“精神”（spirit）获得其自身的实存。在这里，“精神”作为一种力量，有其两方面的特征：一方面，它是一种单一性力量，呈现出分离性，它以“家庭”作为其现实存在的组成元素，让这些元素持久地为了自我而存在；另一方面，它又是一种总体性力量，它让这些组成部分时刻意识到，它们必须在整体中才能获取自己的生命。因此，“政府”一方面需要组织起有关个人所有权、个人独立性、法权和物权的种种“制度”，但与此同时，这些“制度”各自孤立，个人也陷于孤立，限于追求自为存在和个人安全，很容易遗忘自身所处的整体。因此，“政府”要改变这一局面，就会不定时地发动战争，从内部震动、打乱已形成的秩序，把战争的任务交付给个人，让他们在战争任务中重新体认自己与所在之“整体”之间的关联。这样，各个“制度”才不会根深蒂固地孤立下去，才不因孤立而瓦解整体，

---

① Virilio P, Lotringer S. *Pure War*, trans. Polizzotti M, et al., Semiotext(e), 2007, p. 213.

② Virilio P. *Bunker Archeology*, trans. Collins G, Princeton Architectural Press, 1994, p. 28.

③ 转引自 Virilio P. *Bunker Archeology*, trans. Collins G, Princeton Architectural Press, 1994, p. 29.

才不至于令“共同体”的“精神”涣散，“伦理的存在”才不至于完全让位于“自然的存在”[①]。

正是在这个层面上，战争对于凝聚一个“共同体”来说起着至关重要的作用。纳粹政府以一种“公共情绪的管理”，或者更具体地说，是通过“恐惧的管理”，让人们笼罩于大战在即的恐惧感之下，激发出一种集体认同，令民众因此参与到抵御外敌的种种行动之中，以此激发出帝国的战斗力。因此，“大西洋壁垒”到底能在多大层面上左右战局，并不是纳粹德国关注的唯一维度，他们还需要让帝国的官民一起“入戏”，这也正是直到二战尾声，这条防线的工程依然没有停止的原因，因为“剧场政治”的需要，在战争中，都一直存在着。也正是基于这一原因，前文所谓的“安全感”和“危机感”并不冲突，因为二者其实都是人为制造出来的，它们都不具备真实的现实基础，都只是心理效应而已，因而可以并存。

在“剧场政治”之中，居于核心的是通过知觉手段达成对“公共情绪”，尤其对“恐惧”情绪的操控。群体性的恐惧是可以被制造出来的，一旦恐惧形成，统治者便可借此达成自己隐秘的目的，有效制造、管理和利用“恐惧”等各种“公共情绪”也就成为统治阶层重要的统治手段。这一洞见此后一直贯穿于维利里奥的写作中，因为他发现，在二战以后，虽然大规模战事结束，但是，这一统治术并未随纳粹统治而消失，反而继续为当代国家机器所用，而且愈发登峰造极。维利里奥因而将其命名为“恐惧的管理”（administration of fear）。因为在今日的资本主义国家，国家机器对制造某种“公共情绪”依然需要，一旦成功地在民众之中制造了某种情绪，实际上就是掌控了舆论的风向，也就意味着无论是政治竞选，还是推出某个政令，都会更加顺利。

不过，相比于二战时，当代的语境遽变。大众媒介普及，尤其是网络和卫星电视大规模铺设，提供了以前完全不能实现的时间层面的“瞬时”（instantaneity）以及空间层面的“遍在”（omni-presence）。一旦意外爆发，传媒即以实时方式播送出去，刹那间可以让全球所有人都同时见证，数十亿

①〔德〕黑格尔:《精神现象学》(下)，贺麟、王玖兴译，上海人民出版社，2013，第 17 页。

人的情绪可以因此达成瞬间的“同步”[①]。因为当代传媒这一强大的能力，当代资本主义国家机器与它之间形成了某种新的关系。

相比于苏联政府在切尔诺贝利核电站事件后管控媒介、掩盖真相的做法，资本主义政府从来都宣称自己更具新闻自由。然而，事实上，他们对媒介的暗中渗透从来没有停止过，只是这种渗透不以扼杀媒介传播为旨归，而是最大限度地利用大众媒介在民众中的传播能力，与其达成合流，令其为己所用。美国政府在“9·11”事件后的一系列动作可作说明：事件发生不久，美国大片《惊天核网》“适时”上映，其中刻画了引爆核弹的恐怖分子形象和渲染了世界大战将至的恐惧情绪，而这部电影是由美国国防部和美国中央情报局所直接赞助的，赞助的目的耐人寻味；此外，“9·11”事件之后，美国民众突然发现，电视等大众媒介中出现的暴力犯罪行为比以前增多了，然而，现实中的犯罪率其实并没有真的比以前增高，只是媒体报道的频率比以前增高了而已。[②]

这种对影像制作的主动介入，以及对犯罪报道频度的刻意提升，显然是为了激发民众的不安全感，以及他们对未来的不确定性心理，这其中都有国家机器在背后推波助澜，就是为了让民众心中已有的恐惧情绪进一步升级，其终极的目的还是为此后一系列的军事行动提供政治合法化的基础。退一步而言，即便没有“9·11”事件，国家机器也一定还会找到其他的方式来激发恐惧，比如大规模杀伤性武器、邪恶的独裁政权等等，种种此类的标签显然适合被大众媒介大肆渲染，从而促成“恐惧的管理”。

四、“纯粹战争”和“军事-工业复合体”

维利里奥在开始考察“大西洋壁垒”的时候，二战早已结束，为什么他还要如此细致地考察这一残留的防线，单单是为了发思古之幽情吗？而且，二战距离今天已过半个多世纪，更是早已沧海桑田，因此，本节最后的也是最重要的问题是：维利里奥对“大西洋壁垒”的考察，对于今天的我们而言，还能有什么价值吗？

① Virilio P. *Original Accident*, trans. Rose J, Polity Press, 2007, p. 21.

② Virilio P. *Original Accident*, trans. Rose J, Polity Press, 2007, p. 20.

答案是肯定的，因为维利里奥告诉我们："二战没有结束。"[①]

维利里奥曾说，一战是人类战争史上的转折点，其中最重要的就是"总体战争"诞生了。维利里奥曾写到，在一战开始的时候，大家仍然固守着原有的战争理念，试图在较小的范围内，或者在较短的时间内，一决雌雄，结束战争。也就是说，战争在他们眼中是局部事件，仅仅局限于作战的双方军队。他们相信，战争领域和非战争领域能被有效地隔离开来，即军队和敌方可以在某个封闭的战场内捉对厮杀，而大部分民众仍然可以按部就班地生活、生产，两不相干。但是，随着战争的推进，作战双方都发现，由于技术的长足发展，在开战以后，军火和人员都以惊人的速度消耗着，很快便入不敷出。因此，各个交战国不得不重新调整作战与生产的计划，国家将无法严格区分为"民用"与"军事"这两个泾渭分明的领域。[②]新形势下，只有将整个国家的经济和人员都动员起来，为战争这一统一目标服务，国家的战力才能得到最大限度的发挥。这便是"总体战争"的发端。在二战之中，"总体战争"理论更是被纳粹德国发挥到了极致。"大西洋壁垒"的建造，就是举全国之力而造就的产物，即是"总体战争"的典范产物。

当"总体战争"全面付诸实施时，整个国家就被锻造成了一个"军事-工业复合体"。这是一个工业为战争服务、军事和工业浑然一体的国家机器。二战结束后，"总体战争"结束了，大面积的国与国之间的战事不存在了，但是，"总体战争"的内在逻辑——"军事-工业复合体"，还一以贯之，以更隐蔽的方式延续着。在今天，"总体战争"已经演变为"纯粹战争"（pure war）。"纯粹战争"是另一种形态的战争，它不再体现为具体的冲突（比如二战），也不再体现为具体的对立双方（比如东方和西方），而是根植于"军事-工业复合体"的内在驱动，这一逻辑根植于现代资本主义国家的内部，直至今天都未改变。

维利里奥认为，"纯粹战争"之所以存在，"军事-工业复合体"之所以能在世界大战结束后还延续，是因为面临敌人的"恐惧"一直存在着，使得现

① Virilio P, Lotringer S. *Pure War*, trans. Polizzotti M, et al., Semiotext(e), 2007, p. 39.

② Virilio P, *Speed and Politics*, trans. Polizzotti M, Semiotext(e), 1986, p. 76.

代国家时刻不敢放松神经。[①]在二战中，是英美等资本主义国家和轴心国为敌；二战结束后，是社会主义阵营和资本主义阵营为敌；冷战结束后，伊斯兰世界又和一些资本主义国家为敌……但是，不管怎么“城头变幻大王旗”，“恐惧”永远存在，“军事-工业复合体”的步伐也就不会停止。

《地堡考古学》还为我们刻画出两种“军事逻辑”的对立。它告诉我们，“军事-工业复合体”将不断提升自身能力，它们害怕战争时间越拉越长，所以，它们需要发展各种技术，去使战争的时间不断缩短。缩减战争时间，是现代资本主义“军事-工业复合体”的主导性军事逻辑，它所主要针对（也即最恐惧）的是所谓“落后国家”的另一种军事逻辑：持久战。后一种军事逻辑对现代“军事-工业复合体”的威胁将会一直存在。[②]“黑鹰坠落”随时可能再度发生。

既然当今的资本主义大国仍然存在着需要威慑“潜在敌人”的需要，仍然存在着不断强化自身安全感的需要，也就不难想见，即便世界大战结束后，战争经济（war economy）在这些国家之内仍将无限膨胀，对军事开支的投入也就从来不会减少，相比之下，民事经济（civilian economy）受其压制，则停滞不前。美国总统艾森豪威尔在20世纪50年代曾经想通过立法减少常规性武器和地面部队的军事开支，只重点扶持核武器的发展，这样总体而言可以减少国内财政的负担。但是，这一提议立刻遭到了美国国会和军事领导层的强烈反对，最终只能作罢，维持既有的路线。[③]

在“军事-工业复合体”的牵掣之下，当代资本主义国家的科技发展也必然被带入歧途，偏向于“军事”导向。科技进步本应该服务于“民事”，即更多地使民众的日常生活质量得到改进和提高，但是，两次世界大战以后，“军事-工业复合体”的逻辑仍然在主宰着资本主义国家的科技发展，使其更多地为军事服务。

维利里奥进一步警告说，在“纯粹战争”的阴影之下，资本主义军事机构会出现一个不同以往的趋势。在以前，军事机构的作用更多的是防卫国界，

---

① Virilio P, Armitage J, “From modernism to hypermodernism”, In Armitage J（Ed.）, *Virilio Live: Selected Interviews*, Sage, 2001, p. 28.

② Virilio P, *Bunker Archeology*, trans. Collins G, Princeton Architectural Press, 1994, p. 22.

③ Virilio P, Lotringer S, *Pure War*, trans. Polizzotti M, et al., Semiotext(e), 2007, p. 105.

维持自身疆界不被入侵，或者通过对敌作战扩张本国边界。这是“国家化的”（national）军事阶层。但是，在当代西方社会，军事机构膨胀后却更多地针对本国的民众：一方面，为了“纯粹战争”的需要，不断地从民众所创造的财富中榨取资金，以保证武装力量的不断发展；另一方面，运用自身的武力去加强对本国社会的控制，这是“非国家化的”（A-national）军事阶层。①

在维利里奥看来，如果当代资本主义“国界性”军事阶层的存在意味着针对外部敌人的、外延性的“外殖民”，那么“非国家化的”军事阶层造就的则是一种内聚式的“内殖民”（endo-colonization）。在20世纪70年代，智利军事独裁者皮诺切特通过军事政变担任总统后，建立了右翼“军政府”统治。虽然在其任期内智利的国内经济获得了发展，但是他不断地巩固军事独裁，对一切左翼人士采取镇压和清洗的政策，造成了大量的人员死亡和失踪事件。维利里奥说，我们千万不要将这个皮诺切特政权看作落伍的、前现代的独裁政体，恰恰相反的是，而应将其看作未来社会的一个可能预言：如果任由“军事经济”膨胀，皮诺切特军政府将是所有人的未来。②

可以看到，维利里奥之所以在二战结束后还关注废弃的“大西洋壁垒”，是因为他从这一防线中看到了自“总体战争”到“纯粹战争”的演进。“大西洋壁垒”虽然已经废弃了，但是，驱动其得以建立的内在的“军事-工业复合体”逻辑仍未改变，也正因此，《地堡考古学》对于今天的我们依然启发良多。

五、小结

维利里奥告诉我们，“大西洋壁垒”在防御上失败的根本原因在于，它是过时的空间哲学的产物，无法应对现代军事空间的遽变。但是，本节通过对《地堡考古学》和其他维利里奥作品的重新细读，指出该书中仍有未被充分发掘的关键点：防御，并不是纳粹德国建立这一防线的唯一目的，其根本目的是通过“知觉后勤学”手段，构建一种“安全”神话，更是要通过“恐惧的管理”，达成帝国内的共同体构建。因而，纳粹德国在绕过马其诺防线奇袭制胜之后，何以还要亲自再建这一类似的防线这一逻辑难题也就得到了合理的

① Virilio P, Lotringer S, *Pure War*, trans. Polizzotti M, et al., Semiotext(e), 2007, p. 30.

② Virilio P, Lotringer S, *Pure War*, trans. Polizzotti M, et al., Semiotext(e), 2007, p. 107.

解答。更重要的是，驱动这一防线建立的“军事-工业复合体”逻辑，时至今日，仍然控制着资本主义的科技和经济发展。这也是《地堡考古学》在今天仍然具有价值的原因所在。

第二节　速度的“创伤”：维利里奥当代艺术批判论

维利里奥的思想版图颇为驳杂，涉及哲学、军事、政治、媒体和艺术等等。在艺术上，他的评述散见于《艺术与恐惧》《艺术的意外》等著作中。维利里奥对当代艺术做出了深入剖析，特别揭示了当代艺术在20世纪后半叶以来出现的种种症候，其对当代艺术所下的如“即现艺术”等言辞激烈的评判也招致了争议。

在展开讨论前，本节需提前指出，维利里奥在其论述中对“当代艺术”这一词语并没有事先给出定义。但是，通读相关著作后，我们仍可看到，在他那里，“当代艺术”的时间指涉主要是从一战后直至20世纪末。从类型上来说，维利里奥所论的“艺术”主要指绘画、雕塑等造型艺术（晚近的概念艺术、装置艺术、行为艺术等也包含在内），而文学、音乐等非造型艺术并不在他的讨论范围内。在此基础上，本节整合维利里奥关于当代艺术的论述，分析其对当代艺术的批评深意何在，进而判断这些批评又和他自身的思想根基有着何种联系。

一、受创的身体

战争一直是维利里奥的核心议题，在他眼中，战争的影响不限于军事领域，也不限于战时。现代战争，尤其是两次世界大战，从根本上形塑了人类社会：一战之中，“总体战争”诞生了，整个国家都被锻造成“军事-工业复合体”，战争虽然结束了，但“军事-工业复合体”的内在逻辑以另一种隐蔽的方式牵制着当代资本主义的发展；二战之中，“知觉后勤学”愈发重要，且其影响远远超出了战争领域——现代人对知觉供应已然寸步难离。经由此种整体视角，维利里奥相信，艺术，也绝不能自外于战争的阴影。虽然当代艺术经历了纷繁的迭代和变革，但是，讨论其流变却不能“就艺术论艺术”，对战争这一贯穿其中的重要线索，不可不察。

反思与控诉是当代艺术对战争显见的回应。维利里奥举“达达主义”运动为例。一战时，流亡苏黎世的艺术家在瑞士组成了一个文艺群体，是为“达达”。他们的宣言中，明显表现出与现实的对抗姿态。“达达”的代表之一胡森贝克在 1918 年的公开演讲中，以一种嘲讽的口吻说道：“残忍还不够多；我们想要更多的暴力、更多的战争；我们支持战争，并且将一直支持下去。”[①]这种立场鲜明的表态，无疑是艺术家与动荡现实的针锋相对，“达达”在艺术上的叛逆也显然与这种声音交相叠映。此外，维利里奥激赏毕加索，因其曾在画作《格尔尼卡》中，以立体派的构图手法，让德军在二战中轰炸小镇格尔尼卡的暴行昭彰于世。

战争更对艺术造成了“创伤”。维利里奥指出，两次世界大战不仅仅是战争范围的扩大，从根本性质上来说，它们完全不同于此前的任何战争。随着技术的演进，一战发展到后来，已经脱离了交战双方的控制，被“总体主义”的幕后之手紧紧攫住，最典型的表征就是人员和军火以惊人的速度消耗着，那种在短时间、小范围内即解决战斗的古典主义战争设想已无可能，开战的初衷甚至已被遗忘，而成了一种非理性的、无意义的消耗与屠杀。[②]人类这样一种曾经自诩理性的物种，竟谵妄如许，这无疑震惊了当时的艺术家，并由震惊而形成创伤，根植于艺术家的内心深处。即便世界大战结束了，创伤也必然会在相关的艺术作品中流泻出来。

如维利里奥所举例，很多当代艺术家都亲历过世界大战。德国画家迪克斯和法国画家布拉克，两人在一战时期各自服役于德军和法军，在索姆河战役中，两人赫然发现，对方就在同一条战壕的对面。[③]又比如，德国艺术家博伊斯在二战时期曾作为飞行员在纳粹空军服役，在一次飞行任务中，他身受重伤，飞机迫降于苏联克里米亚半岛地区，为当地的鞑靼人所救，鞑靼人用毛毯和动物的油脂为他驱寒，保住了他的生命。

与一战的残酷近距离接触，对于迪克斯而言，如同梦魇，战争结束后，

---

① Lotringer S, Virilio P, *The Accident of Art*, trans. Taormina M, Semiotext(e), 1995, p. 15.

② Virilio P, *Speed and Politics*, trans. Polizzotti M, Semiotext(e), 1986, p. 76.

③ Virilio P, *Art and Fear*, trans. Rose J, Continuum, 2003, p. 29.

他创作了《战争》系列版画，其中有《毒气中的突击》《壕沟中的一餐》等作品，变形夸张的线条、扭曲的面容与肢体、极富冲击力的笔触烘托出一个死神笼罩、命若草芥的世界。对于博伊斯而言，战争则是一次夹杂着暴力与温暖的旅程。他本是要去轰炸苏联领土，竟然意外落在敌方境内，濒死之际，却被对方领土内的平民所救，于是，油脂和毛毯成为他的作品中最为常见的材料，《油脂椅》《毛毡西装》这样的作品看似令人费解，其实当中都有个人经历的折射。

无论是迪克斯画作中扭曲的身躯，还是博伊斯作品中与身体经验的隐秘联系，在维利里奥看来，都显示出了战争带来的最大创痛所在——人类身体。面孔在消失，肢体被损毁，生命被剥夺，肉身成为战争伤害的承受载体。而且战争不仅损毁了身体，还毁坏了城市与乡村的外在空间。维利里奥以法国香槟大区的山脉为例指出，那里的风貌与格局，在二战的战前和战后，已经完全不同，不单单是建筑被毁于炮火，甚至可以说，战争对空间造成的毁灭性已经深及拓扑层面。①

无论是身体的损毁还是空间的损毁，都是战争对这个世界的“去形”（disfiguration），而当代艺术从立体主义直至抽象派，愈发摆脱形式的束缚，直至最终诉诸恣肆张扬的色块涂抹（如美国画家罗斯科的作品），这几乎让稳定鲜明的线条和形体趋于消隐，一样呈现出“去形”的特征，而这种艺术形式上的“去形”，在维利里奥看来，正是艺术家对战争之“去形”的某种回应。战争将现实世界击成碎片，艺术家将这些碎片拾掇起来，以另一种方式将其重组，就如与维利里奥对话的洛特兰热所说，“如兵燹过后，幸存者在废墟中，寻找并重新安置身边之人的肉身残骸。形式的破碎和面孔的破碎，系出同源”②。

当法国画家巴赞被别人指出其作品已然变身为“抽象派”时，他却坚称，自己不过是“去形派”而已。当被问起此种变化发生于何时，巴赞平淡地回应道：“在一战后，我的艺术自己就发生了这样的偏移。”这一表态恰可说明，所谓“抽象派”艺术从来就不“抽象”，它不过是“艺术的一种

① Lotringer S, Virilio P, *The Accident of Art*, trans. Taormina M, Semiotext(e), 1995, p. 20.

② Lotringer S, Virilio P, *The Accident of Art*, trans. Taormina M, Semiotext(e), 1995, p. 15.

撤退方式”[①]。因此，我们看到，当代艺术虽有诸种变化，却不能仅视为艺术内部的风格演变，更是战争现实冲击后的产物。“创伤”论显然是对弗洛伊德理论的挪用，但维利里奥借此也为我们提供了一条讨论当代艺术变化的重要思路：不能离开20世纪的战争和屠杀去谈论当代艺术，因为它已然不可脱离战争中的累累创痕。

二、“无怜悯”艺术

在两次世界大战中，人类身体饱受战火和暴力的伤害。可是，无论是当代艺术就此所做的即时性反抗，抑或是创伤性的流露，都还不是维利里奥最为关注的，他所最为痛切的发现是，当世界大战愈发遥远，本是受害者的当代艺术家中的一批人也参与构建了另一种形式的“身体伤害”，且随着时间的流逝愈演愈烈：他们忘记了人类身体上的创口，为了确立自身在艺术史上的地位，为了将自己与前辈艺术家刻意区分开来，他们将对人类身体的暴力，以一种直露的、浮夸的方式，赤裸裸地在艺术中呈现出来。这种对暴力的夸炫式展示以标显自己的先锋性，是将暴力当成可资利用的资源。他们其实就是用自己的画笔作为武器，把针对人类身体的种种暴行，在画布上重演了一遍，从这一角度来说，他们就是艺术领域的“暴行制造者”。

当代行为艺术家团体“维也纳行动派”即是典型。在其代表人物尼特西等人的行为艺术中，大量的鲜血和受创的身体是他们常用的基本元素，他们的艺术现场充斥着血腥与暴力的场景。又如史特拉克，这位澳大利亚的当代行为艺术家竟然利用移植技术，将实验室培养的一只人耳，移植到了自己的手臂上。此外，当代舞蹈艺术家斯图亚特从她1991年的编舞作品《破形研究》开始，其舞台艺术中就充斥了“无手身体”“扭曲大腿”等摧毁身体的表演，维利里奥称之为“鼻烟舞蹈”（snuff dance），以比拟同样充斥着血腥场面的“鼻烟电影”[②]。

在维利里奥看来，此类艺术中耸动观感的暴力呈现，与毕加索在《格尔尼卡》中用表征手法去曲折抗议完全不同，甚至是南辕北辙。对于此类艺

① Lotringer S, Virilio P, *The Accident of Art*, trans. Taormina M, Semiotext(e), 1995, p. 19.

② Virilio P, *Art and Fear*, trans. Rose J, Continuum, 2003, p. 57.

术，虽然艺术家或者艺评家会赋予种种“意义”，但任何解释都无法掩饰，它们无一例外都是对身体的肆意实验。人类身体在20世纪已经饱受伤害，可是，到21世纪还没有结束，在这些艺术家眼中，身体已经百无禁忌，已经是可以随意摆弄的实验对象，他们在创作中可以打着艺术的旗号，毫无底线地施以暴力。

维利里奥之所以对当代艺术如此这般严厉的批评，是因为在他眼里，身体不应仅被视为一个对象化的客体，而应有其尊严与圣意。这不仅与他的基督教信仰有关，也是因为他从幼年起，目睹了太多战争、暴力与身体的创痛，他不忍也不能看到，身体依然被漠然地作为激进实验（无论是科学还是艺术）的对象。在他那里，20世纪之所以频发种种悲剧，从表面上看，是因为身体被各种暴力戕害，但从根源处看，就是因为人类对自己和他人的身体并未持有一种绝对的敬畏之心，一种不容触碰的边界。

对身体缺乏敬畏，与当代世界在“怜悯”（pity）维度上的付之阙如紧密关联。“怜悯”不是经验论意义上的“同情”，因为“同情”只针对具体个体或者具体族群，也只针对具体的苦痛，甚至有时对某一群体的同情会转化为对另一群体的恨意。维利里奥所谓的“怜悯”，是没有区别心的感同身受，更准确地说，就是建立在他自身宗教语境上的“爱”。这种爱，不单是亲人之爱、恋人之爱，还是对陌生人的爱、对所有人的爱。它当然发端于人类的“同情”，只是当它经历了更纯粹、更广延的提升后，就不再只是一己的恻隐之心。只有持有“怜悯”，才会对任何身体无保留地持有同样的敬畏，拒绝一切形式和理由的暴力。

正因为如此，在维利里奥眼中，充斥着战争、暴力与身体伤害的20世纪就是一个“无怜悯”的世纪，当代艺术因为根植于这个世纪的土壤中，也被其侵染，“无怜悯”的质素遗留其中。当代艺术家本是这个残酷世纪的牺牲品，然而，其中部分人的作品中竟然也呈现出“无怜悯”的特质，这正可视作这个世纪的典型症候。这就好比在暴力与创痛之下，有人为疼痛疾呼，有人痛定思痛，但也有人无法将疼痛转化、发泄，反倒为其所同化，成为对方的一份子，甚至享受自身的症状。就像维利里奥说的，当代艺术已然发展成为“无怜悯艺术”（pitiless art），艺术家们罹患了“斯德哥尔摩综合征”，这也便是现代意义上的“为虎作伥”。

至此，维利里奥进一步抛出了尖锐的也可能会招致非议的问题：艺术创作是不是可以绝对无边界？他的答案是，艺术探索应该有其底线，那就是身体不可被亵渎。这是他的艺术伦理学。他还认为，科学探索也当与此同理。当代科学、医学发展迅速，有的甚至以人类的健康、强化人类身体为理由，深入基因层面对身体进行肆意实验与改造。一些基因技术、克隆技术已经僭越了科学、医学应有的边界，其后果不可预测。他还拿攀岩等“极限运动”作比，认为其不过就是在冒着生命危险，进行一种无意义的运动，早就背离了运动本身的题中之义，当代艺术也可视为一种“极限艺术”，当代科学也已成了“极限科学”。极限艺术和极限科学已然浑然不分，其本质是相通的。[①]

当代思想家鲍曼的论述可视作对维利里奥的补充。在《现代性与大屠杀》一书中，鲍曼将现代性比作“园丁文化”，为了使花园整齐划一，园丁不惜芟除园中的杂草，却不会去想，这其中的杂草是否也会疼痛，是否也有自己存在的理由。

在鲍曼的阐释中，我们看到了现代性如何本然地就缺少怜悯、同情这样的伦理质素，因此在其内部寻找“奥斯维辛”的对症之药，很难从根底处解决问题。因此，鲍曼甚至认为，有必要反复重提“十诫”，将古老的绝对律令作为达摩克利斯之剑，悬于现代性的头顶。[②]对于维利里奥来说，丧失了“怜悯”这一独立质素，文明便陷于无情，经济、科技再怎么发展，暴力与伤害都不会随之减少，而是随时有可能一反已被制伏的表象，以令人意想不到的缘由卷土重来。这就是人类在20世纪取得了史无前例的文明成果却灾难重重的原因，其实并不意外。同理，这些艺术家也正是因为没有“怜悯”，才会为随意摆弄、改造身体找到堂皇的理由，艺术中的身体亵渎也就顺理成章。

三、艺术的“超真实”

除了身处战争阴影之下，在维利里奥看来，20世纪艺术的另一个重要背景是，它身处当代视听技术统治的时代。把握这两点，才能理解维利里奥对当代艺术的讨论。视听技术统治的第一步就是从摄影技术开始，一种前所未

① Virilio P, *Art and Fear*, trans. Rose J, Continuum, 2003, p. 51.

② Bauman Z, *Modernity and the Holocaust*, Polity Press, 1989, p. 177.

有的“超真实”（hyper-reality）重新形塑了人们的艺术感知。

维利里奥引用雕塑家罗丹和评论家葛塞尔的对话，对比了雕塑与摄影这两种艺术样式。同样是以运动中的人和动物为题材，对比罗丹的雕塑（如《青铜时代》和《施洗者圣约翰》）和一些摄影照片之后，葛塞尔陷入了困惑。照片中，运动状态的人和动物竟呈现出不可救药的僵硬感，相形之下，反倒是罗丹的雕塑满是活泼与生动。按诸常识，要呈现对象之“真实”，摄影是不容置疑的机械式见证，这种毫厘不差的复制非人力所能及。何以相比镜头，雕塑反倒能传达出更多的“真实”？差距并不是源自艺术手法的高下之分，而是如罗丹所总结的：“只有艺术家才是诚实的，而照片却会骗人，因为现实中的时间并不停息。”[①]

罗丹的话看似令人费解，因为按照他的意思，相对于时间绵延中的一连串动作，摄影只能以静态的照片成像，只能截取瞬间，但是，雕塑不也一样是静态的，不也只能呈现某个瞬间？不过，如果联系德国美学家莱辛在《拉奥孔》中所作的诗画比较，我们就能明白罗丹的深意何在。莱辛认为，诗是一种时间的艺术，因而宜于表现连续的动作，画或者雕像是一种空间的艺术，因而适合表现“空间中的并列”，但是，画或雕像一样可以模仿动作，使得连续动作得到最好的呈现，其前提是艺术家要善于选择“最富于孕育性的那一顷刻”。译者朱光潜先生对此解释说，所谓“最具孕育性的那一顷刻”，即是最具“暗示性”的顷刻，如此这般，“发展顶点前的那一顷刻，即可使得这一顷刻既包含过去，也暗示未来，所以让想象有自由发挥的余地”[②]。因而，暗示性，或者说，能否催动观者的想象力，才是“这一顷刻”的关键要素。

维利里奥并不是说摄影师一定不具备艺术鉴别力，因而无法选择这样的一个“顷刻”，而是认为拍摄机器的天然便利——它的高分辨率，使得它能够抓取眼睛所无法抓取的大量所谓的“真实细节”，但是，也正是因为拍摄机器提供了过量的细节信息，从而使得眼睛彻底耽溺在细节的汪洋之中，也便彻底堵塞了观者想象力自由腾挪的空间。当观者的想象力被彻底凝滞，艺术的“暗示性”以及“想象的自由发挥”也便无从谈起。摄像，可以提供

① Virilio P, *The Vision Machine*, trans. Rose J, British Film Institute, 1994, p. 2.

②〔德〕莱辛:《拉奥孔》, 朱光潜译, 人民文学出版社, 1979, 第 83 页。

最具视觉冲击力的顷刻，可以将眼睛牢牢捕获，但是它很难提供最具“孕育性”的顷刻。

艺术的孰优孰劣，对于维利里奥来说，关键就在于，在欣赏过程中，眼睛处于何种状态。他指出，眼球在感知运动对象的过程中，不单是令视像驻留于视网膜，而是以“整体”与“动态”的方式进行的，即它不像光学仪器一般诉诸机械的“视觉暂留”，而是需要完成大量细微而迅速的动作，需要调动自身复杂的知觉系统。眼睛，不单单是一个令“真实细节”驻留的场所，更是激发人类艺术感受力、想象力的机枢。所以，如何评价各种艺术样式，就得取决于它们和眼睛之间生成出了一种什么样的关系。

对于所谓艺术“真实性”问题，维利里奥有着自己的理解：并非呈现出“真实细节”和所谓“精确性”的就能称为“艺术真实”，反倒是传统艺术的“留有余地”给予了“真实”以生长的空间。“真实感”来源于欣赏主体的想象力的生发。绘画、雕塑等传统艺术没有过分占用眼睛，而是运用暗示，在眼睛面前保持缄默，却激活了观者的想象力和鉴别力，就像莱辛所说的，“过去”与“未来”的相关想象汇聚到这一刻，成就了它的“孕育性”，因而，便会有罗丹所说的“真实感”。摄影溢出了我们的知觉能力之外，满足了眼睛对于真实细节的焦虑性贪婪，但它也桎梏了眼睛，艺术想象无从激发，呈现出僵硬之感，也就不足为奇。

维利里奥曾援引梅洛-庞蒂的一句论断：“我所看到的一切，原则上都应在我的能力之内，至少在我的视觉能力之内，就写在‘我能够’这幅地图上。”[①]作为梅洛-庞蒂在索邦大学的学生，维利里奥继承了前者的身体现象学视角，以身体为思考的根基，在他看来，如果在知觉层面的获取超出了身体能力的范围，就值得警惕，因为它可能会悄然重塑人们体察世界的方式。今天，维利里奥所说的“知觉后勤”早已遍及世界，从摄像到电影、电视乃至手机，人类享受着视觉图像、视听整体的唾手可得，眼睛的主体性丧失殆尽，只是被动承受、贪婪索取。传统的绘画样式很难再对现代人构成吸引力。

超出视觉能力以外的细节供应，被维利里奥称为“淫秽”（obscenity）。他指出，以前的人体模特，只为雕塑家和画家脱衣。因为画家和雕塑家是用

① Virilio P, *The Vision Machine*, trans. Rose J, British Film Institute, 1994, p. 7.

眼睛去看，他们所看到的，都在他们的视觉能力之内。这些人体模特却固执地拒绝让别人摄影，他们认为，镜头的视看是一种“色情行为”[①]。镜头所获取的细节，早已超过视觉能力范围，对细节的无克制、过量的获取，就是淫秽。在这一点上，维利里奥与另一位法国哲学家鲍德里亚有相通之处。

在《论诱惑》一书中，鲍德里亚讨论到日本的淫秽影片。他指出，面对这些影片，观影者会进行一种“过于总体性的、过于近距离的观看”，反之，在日常的性行为中，一般人都不会如此去看，也不会真的看到这么多的“细节”。鲍德里亚说，“这一切都太真实了，也太近了，因而反倒不真实了”。这些细节并不能被视为真实的性，而只是“给你过多的东西”，是“现实的过量”，“是事物的超真实”[②]。这样的“淫秽”，带来的只能是真正的“性”趋于消失。过量的“细节供应”，反倒带来“真实感”的消失，维利里奥和鲍德里亚对当代视觉技术显然有着类似的判断。

当然，在维利里奥、鲍德里亚之前，本雅明也早就指出，机械复制拥有肉眼所无法比拟的能力，对于肉眼无法捕获的细节和影像，镜头却能一览无遗，也因为机械复制，原作的“光晕”逐渐消失。[③]不过，相较于本雅明的分析，维利里奥的判断并不相悖，恰恰是一种辩证补充。他一方面承认了视听技术的遽变，但是他也同样坚称，在美学价值上，绘画、雕塑等传统艺术无可取代，它们本就不致力于通过真实细节的给予来和欣赏者之间达成默契，因为肉眼在人类知觉体系中扮演的角色，并不似我们所想象的那般简单。

对于维利里奥来说，在艺术鉴赏的领域内，“超真实”反倒可能带来的就是“不真实”，因而，值得警惕的是，当代视觉技术的发展，即使不对作品自身造成根本性改变，但它却可能会重塑欣赏者。当欣赏者急遽改变时，作品和作者想要独善其身，维持不变，已无可能，保留着传统趣味的欣赏者们必然会越来越少。欣赏者们慢慢依赖于过量真实的满足，而面对他们的这一所需，传统艺术已经无法满足。传统艺术将很快被逐步边缘化为小范围人群的欣赏对象。当代艺术的危机，就从它丧失了对欣赏者的吸引力开始。

---

① Virilio P, *The Vision Machine*, trans. Rose J, British Film Institute, 1994, p. 7.

② Baudrillard J, *On Seduction*, trans. Singer B, New World Perspectives, 2001, p. 29.

③ Benjamin W, *Illuminations: Essays and Reflections*, trans. Zohn H, Schocken Books, 1968, p. 223.

四、“视讯观看”

如果说当代视觉设备所带来的“超真实”，使得当代人耽溺于过量的细节，不再寻求调动自身的想象力来与艺术家达成沟通，那么当一种维利里奥所说的“视讯观看”（videoscopy）诞生后，更加动摇了艺术表征的根基。

维利里奥说，各类技术“义肢”的发明，使得人类原本有限的感官能力得到了极大延伸。在望远镜“义肢”所带来“远程观看”（telescopy）以及显微镜“义肢”带来“显微观看”（microscopy）之后，“视讯观看”成为人类知觉系统的又一延伸。它指的是遍布的拍摄设备（如摄像头、摄像机等），结合卫星和互联网，以即时呈现的方式，出现在电视、电脑乃至手机屏幕等显示设备上。地球表面有限的空间距离已经可以完全被无视，超高速传导的卫星抑或光缆使得在全球任何一个角落发生的事件，可以以“实时”的形式，被送到万里外的屏幕之上。“视讯观看”已然逼近光速，能够在全球范围内“实时”传播。日常生活中，典型的代表即是卫星电视报道，能使重要新闻事件和奥运会这样的大型赛事瞬间覆盖到全球范围内的任何一个角落。

在维利里奥的“竞速学”视野下，速度成为形塑当代人知觉的关键要素。在低速时代，人类对事/物的感知是“切近的”（immediate），也是“在域的”（territorilized），人们借助于事/物与其所在地点之间的关系，进而在自身的知觉中把攥住此事、此物。但是，在普遍加速——无论是地理地貌、城市外观的快速更迭，还是现代人口流动性的急遽加强——的当下，在人们的知觉之中，事/物与地点之间关联愈发趋于松脱。比如，在今日的大城市中，交通枢纽和核心区域必须遍布各种指示符号和路牌，否则，身处其中的人会随时迷路，而在维利里奥看来，路牌这样的“符号体系”和城市环境并无本质性关联，此种“无意义符号”的全面入侵就是因为人们对城市环境已经丧失了“地形学”记忆。在“视讯观看”中，更是创造出了一种“光速”的传导环境，彻底勾销了事/物和其地点根基之间的关联在人类知觉中的关键作用。这造成了种种复杂的后果。

首先，真实的本体即将被虚拟的视像取代，事物本体已经无足轻重，本真性伦理在这里产生了界限的混淆和颠倒。在电视中的新闻现场，当中东的某个角落发生了爆炸，借助于高清的屏幕和高保真的音响，电视前的我们仿佛置身于爆炸现场，甚至借助电视和音响，我们还能够获得比现场的人更多的声音和图像的“细节”。于是，我们也就丧失了获得“在场感受”的欲望，我们不再需要“在现场”了，只要让我们自己置身于“虚拟现场”即可。可是，坐在沙发上喝着可乐的我们所获得的这样一种所谓的“在场感受”，真的会和在场的人的感受一样吗？

其次，借助于高速交通工具和光速的传导媒介，我们出现了可以“即时抵达”或“即时获取”的幻觉，与之相对的是，我们“动身去某处”的欲望也就消磨殆尽了。外物的“超高速”带来了身体的“极惰性”（polar inertia）。从互联网到物联网，距离被消灭了，我们只要安坐在屏幕前，安坐在座椅中，一切信息皆可瞬间获取，一切物品和服务皆可上门。身外之物（或是载具，或是信息）越来越快，身体却从快入慢，最终趋于静止。[①]在年轻一代中愈发泛滥的“宅文化”，即是重要表现。维利里奥还特别指出，这种“极惰性”应该从更宽泛的角度进行理解，即便当我们处于高速载具（如飞机、地铁）上时，虽然身体经历了“位移”，但是身体相对于载具仍是不动的，也即现代人无论是工作、居家还是出行，在大部分情况下，身体都是处于“惰性”状态。所以，身体的“极惰性”与现代人口的流动性之间毫不矛盾，只是一体两面而已。

身体的“极惰性”使得人们愈发没有耐心在场感受艺术，最便利的途径是透过电视、电脑和手机的屏幕，去欣赏艺术作品。如果按本雅明所说，机械复制取消了艺术品原件的“光晕”，因为“复制品”一样可以提供欣赏的可能，那么当“视讯观看”诞生后，连“复制品”都不需要了，只要允许摄像设备和网络接入博物馆，我们便可以随时随地地“观看”艺术品的“电子件”。艺术品再不可能如以前一般，安静地待在博物馆的某个角落，等待一个个观赏者缓缓走过。艺术品的“本真性”早就在摄影时代无足轻重了，在“视讯观看”的时代，连艺术品是否具备物质形态也不再重要。具有“惰性”的当代人所唯一需要的就是“高速”，当代艺术的第一旨归也便是“速度”，因而必须最大限度地和当代的视听媒体合作，才能满足这一“速度”需求，消减甚至消灭受众与艺术品之间的距离。

既然要借助于现代视觉媒体，就要顺应后者的逻辑，艺术呈现方式也在

① Virilio P, *Polar Inertia*, trans. Caniller P, Sage, 2000, p. 78.

当代发生了变化。对于维利里奥来说，传统的艺术都诉诸广义的“再现”手段，因而是“再现的艺术”，可是从视觉媒体诞生后，最为直观简单的方式——“即现”，让观众无须“反思”，仅需“反射”，就可以“立刻看见”，因而，去深度化的“即现的艺术”开始占据主流。①“再现的艺术”意味着观众要在作品前调动想象和反思，而对于已经习惯于“直观”的当代受众来说，透过再现手法去和艺术家默然相契，已然无比困难，种种手法成为一种距离、一种障碍。同样是控诉战争，毕加索是以对残破线条和阴郁色块的天才性拆分和组合，以及一种曲折的形式传达内心的激烈情绪，《格尔尼卡》因而成为艺术经典。在被视觉技术统治的今日，若想传达同样的主题，类似手法显然已经不能再度沸腾众议，而以一种最具现场感、最能挑动大众情绪的照片或者视频形式，借助直播电视或者网络的瞬时传播，毋宁是最为便捷的选择。

这样的时代氛围影响了当代艺术的评判标准。维利里奥所举的一个典型实例就是哈勒迪的录像在 1993 年的“惠特尼双年展”中的展览。1991 年，美国黑人男子金因为在洛杉矶超速驾驶且随后拒捕，被警察用警棍殴打并逮捕。整个过程被当时在附近家中的居民哈勒迪用摄像机拍了下来，随后，他将录像送到电视台。录像播出后，在全美掀起轩然大波，并引发了 1992 年的“洛杉矶暴动”。然而，这段本没有艺术价值可言的录像，竟然进入了“惠特尼双年展”，还引发了各路媒体的竞相报道。②维利里奥借此想要指出的是，在这个光速媒体主导的时代，艺术品的艺术价值之高低早就不再重要，只要附加在它身上的概念足够挑动大众的神经，只要具备足够的传播价值，这样的作品就可以堂而皇之地进入艺术殿堂。艺术评判的标准早就今非昔比。

维利里奥甚至声称，当代艺术频繁的流派更迭，多数只是借助于媒体的操作而进行的概念和标签的简单变换，并不能算是真正的创新，这更像是艺术中的“恐怖主义”，因为它的自证手法和恐怖主义如出一辙，即一方面进行“破坏圣像”，另一方面，借助于最鲜明的知觉手段，让所有人瞬间看见，从而宣传自身。“9・11”事件中，“双子塔”即是资本主义世界的“圣像”，而

---

① Virilio P, *Art and Fear*, trans. Rose J, Continuum, 2003, p. 90.

② Virilio P, Armitage J, “On the strategy of deception”, In Armitage J（Ed.）, *Virilio Live: Selected Interviews*, Sage, 2001, p. 187.

操纵飞机撞击双子塔，并有意让全世界的人都通过媒体看到现场直播，正是恐怖分子的目的所在。[①]在当代艺术的发展中，各种艺术家、艺术流派也是如此，他们迫不及待地给自己贴上"破旧立新"的标签，并试图借助于当代媒体，让这样的"新"广为人知，并且不断地用各种方式，取消前辈作品的合法性，打碎已有的"圣像"，树立起自己的旗帜。然而，艺术经典的地位从来不会因为后辈的激进宣言而被撼动半分，反倒是后辈们，在维利里奥看来，并没有创作出令人信服的当代经典。

结　语

战争和媒体是维利里奥著作中所探讨的核心议题，而他对当代艺术提出的具体批评都是从他对这些议题的思考背景中生发出来的。乍看之下，维利里奥对于当代艺术也许过于苛责，但是，如果将这些批评放在他的现代性批判的整个思想框架之下，我们也许会有更为中允的理解。经由维利里奥对当代艺术的批评，我们获得了解读当代艺术诸多症候的独特思路，同时有助于理解诸如"竞速学""消失的美学"这样的关键概念，乃至整个维利里奥自身的思想体系。

参考文献

〔德〕黑格尔：《精神现象学》（下），贺麟、王玖兴译，上海人民出版社，2013。
〔德〕莱辛：《拉奥孔》，朱光潜译，人民文学出版社，1979。
〔法〕罗兰·巴特：《神话修辞术：批评与真实》，屠友祥、温晋仪译，上海人民出版社，2009。
〔法〕维希留：《消失的美学》，杨凯麟译，扬智文化出版社，2001。
〔古希腊〕亚里士多德：《诗学》，陈中梅译，商务印书馆，1996。
杨增辉：《大西洋壁垒：隆美尔的铜墙铁壁》，武汉大学出版社，2008。
Armitage J, "Paul Virilio: A critical overview", In Armitage J (Ed.), *Virilio Now: Current*

① Lotringer S, Virilio P, *The Accident of Art*, trans. Taormina M, Semiotext(e), 1995, p. 25.

Perspectives on Virilio Studies, Polity Press, 2011.

Baudrillard J, *On Seduction*, trans. Singer B, New World Perspectives, 2001.

Bauman Z, *Modernity and the Holocaust*, Polity Press, 1989.

Benjamin W, *Illuminations: Essays and Reflections*, trans. Zohn H, Schocken Books, 1968.

James I, *Paul Virilio*, Routledge, 2007.

Kellner D, "Virilio, war and technology", In Armitage J（Ed.）, *Paul Virilio: From Modernism to Hypermodernism and Beyond*, Sage, 2000.

Lotringer S, Virilio P, *The Accident of Art*, trans. Taormina M, Semiotext(e), 1995.

Redhead S, *Paul Virilio: Theorist for an Accelerated Culture*, Edinburgh University Press, 2004.

Virilio P, *Speed and Politics*, trans. Polizzotti M, Semiotext(e), 1986.

Virilio P, *War and Cinema*, trans. Camiller P, Verso, 1989.

Virilio P, *Popular Defense & Ecological Struggles*, trans. Polizzotti M, Semiotext(e), 1990.

Virilio P, *Aesthetics of Disappearance*, trans. Beitchman P, Semiotext(e), 1991.

Virilio P, *Bunker Archeology*, trans. Collins G, Princeton Architectural Press, 1994.

Virilio P, *The Vision Machine*, trans. Rose J, British Film Institute, 1994.

Virilio P, *Politics of the Very Worst*, trans. Cavaliere M, Semiotext(e), 1999.

Virilio P, *Polar Inertia*, trans. Caniller P, Sage, 2000.

Virilio P, *Art and Fear*, trans. Rose J, Continuum, 2003.

Virilio P, *The Art of the Motor*, trans. Rose J, Semiotext(e), 2005.

Virilio P. *Negative Horizon*, trans. Degener M, Continuum, 2005.

Virilio P. *Original Accident*, trans. Rose J, Polity Press, 2007.

Viriio P, *Art As Far As the Eyes Can See*, trans. Rose J, Berg, 2009.

Virilio P, *Lost Dimension*, trans. Moshenberg D, Semiotext(e), 2012.

Virilio P, Armitage J, "On the strategy of deception", In Armitage J（Ed.）, *Virilio Live: Selected Interviews*, Sage, 2001.

Virilio P, Armitage J, "From modernism to hypermodernism", In Armitage J（Ed.）, *Virilio Live: Selected Interviews*, Sage, 2001.

Virilio P, Lotringer S, *Pure War*, trans. Polizzotti M, et al., Semiotext(e), 2007.

第三章
阿甘本“潜能”美学与文论思想研究

引　言

阿甘本是当代欧陆哲学和批判理论中最为重要的也是最有争议性的人物之一。他著述宏富，涵盖了诸如欧陆哲学、诗学、大屠杀文学、《圣经》的文本批评、电影研究、中世纪文学、法哲学、政治哲学、语言哲学、哲学史以及艺术和美学等不同的领域。阿甘本的哲学思想来源复杂，博采众多思想家、艺术家和哲学家之理论观点，创造了一种哲学上的镶嵌。从西方的学术研究动态来看，阿甘本的影响力已深入语言学、美学、文学和电影等其他研究之中，为我们解读语言、社会政治制度、文学批评、电影以及当代艺术理论等提供了新的理论资源。可以说阿甘本如今堪称当代欧洲最为知名的后马克思主义思潮的重要理论家之一，与齐泽克、巴迪欧和朗西埃等人共同构成了西方左翼思潮的中流砥柱。

阿甘本主要的理论研究一方面关注语言、哲学和艺术，而另一方面却是侧重于生命政治。他通过语言哲学研究来把握生命政治，又将美学和艺术引入政治和伦理学的领域之中，实现了对美学领域的开拓，走向了“美学的政治”（politics of aesthetics）。由此我们可以认为，阿甘本并不是单一向度的阿甘本，而是融合了政治、哲学与美学为一体的多向度的阿甘本。

阿甘本的美学范式表现出一种介于反美学和非美学之间的特征。首先，阿甘本指出，只有对现在的美学进行解构，才能在坍塌中窥见结构中最核心深处的形式和缺陷。他认为艺术是一种呈现真理的创制活动而非有目的的实践行动。其次，他从西方的艺术创作与审美欣赏、艺术家与观看者之间的矛盾关系着手，提出我们应当批判康德式的无利害关系的审美判断。他通过“潜能”来观照现代艺术危机的问题，以期对现代艺术进行深入的理解和研究。今天的艺术品已丧失了其原初结构，使得艺术变成了一种自我消除的无（self-annihilating nothing），这种异化导致了人的诗性空间的消亡。再次，阿甘本从语言的纯粹可传达性出发，认为艺术应当以传递性这一行为本身作为其自身的内容，从而使得纯粹潜能的开启成为可能。阿甘本追溯了本源的原初意义，然后转向了结构的理念，并挑选了“节奏”一词作为打开艺术的潜能和通往更本真的空间的秘密咒语。最后，阿甘本引入了“安息”的概念，彻底改变了传统的美学与政治的关系。在安息这一意义上，艺术就其本质而言是政治的，艺术的使命就在于要传达出真理就是安息。

对于西方文化中诗与哲学的分裂这一古老的问题，阿甘本认为这一分裂造成了西方文化的精神分裂，因此他致力于弥补这一分裂。他借用本雅明“散文的理念”，提出一种创造性的批评，它既是哲学之书又兼具文学诗性，既相互包含又相互排斥，构建了一种无差别的地带，模糊了诗与哲学的界限，重新统一了知识与愉悦的经验。

第一节　阿甘本的思想脉络与理论前奏

本节梳理了阿甘本的思想生平，并回顾了他的学术发展脉络。阿甘本的思想脉络发展是从早期的美学、艺术、语言学、文学等领域逐步跨越到后期的政治、法律、哲学以及神学等领域。在广义上，前者可以被看作“美学的阿甘本”，而后者则可以被视为“哲学的阿甘本”与“政治的阿甘本”，但三个阿甘本是融为一体的，他的文学艺术指向政治与伦理，而他的政治、法学却又时常援引文学艺术。可以说阿甘本身兼哲学家、法学家、美学研究者以及文学批评家等多重身份，提倡的是一种跨学科领域的书写和实践。

一、阿甘本的思想脉络发展

如果说一个真正的哲学家是要给我们的世界引入新的事物，那么阿甘本以其博大精深的思想和深奥难解的话语为我们提供了“赤裸生命”“潜能”“神圣人”“无差别”“安息”等关键词，让我们从法的裂隙中逃脱出来，从而获得创造性的生命形式和去实现生命的潜能。近年来，生命政治已成为思想界的一个研究热点，甚至形成了一个生命政治的转向，而激活这一研究领域的正是阿甘本，他在主权、生命政治和伦理方面的哲学沉思在很大程度上改变了激进理论批判话语。

1966 年阿甘本以研究薇依的政治思想的博士论文完成了罗马大学的法律和哲学专业的学习。在这段青年时期，他曾参加了著名导演帕索里尼的电影《马太福音》的拍摄，并在该片中扮演使徒腓力。这次偶然的合作对阿甘本产生了什么具体影响，我们不得而知。不过鉴于阿甘本的很多著作中都可以看到宗教和神学的影子，有学者认为两人之间的这次早年相遇和合作“使我们进一步思考了他们之间相互重叠的但却支撑他们各自研究的词语和思想谱系。在神学的影响下，他们将马克思主义和犹太弥赛亚传统糅合起来。他们的作品都同样博采众长，首先纯粹就领域而言，帕索里尼的自述曾提到‘学科跨度极大’，而用阿甘本的话来说是‘散落在每个领域中’”[①]。

在博士后阶段，阿甘本分别于 1966 年夏天和 1968 年参加了由海德格尔在法国南部的莱托主持的关于赫拉克利特、康德、胡塞尔以及海德格尔本人著作的一系列研讨会。这些研讨会无论是在内容上还是形式上都是极古典的，阿甘本回忆道：

> 海德格尔的研讨班在一个绿荫花园中举行，但偶尔我们也离开村庄，朝图松或勒巴克的方向散步，而研讨班随后就在橄榄园当中的一间隐蔽的小木屋前展开。有一天当研讨班快结束的时候，学生围住了海德格尔并向他提问，他只是说你们可以看到我的局限，而我看不到。[②]

阿甘本认为这些研讨会坚实了他的哲学基础，使他后来的哲学研究成为可能。他的思想虽然不乏激进之处，但却有着深厚的哲学底蕴。

---

① Gustaffson H, “Remnants of Palestine, or, archaeology after Auschwitz”, In Gustafsson H, Gronstad A (Eds.), *Cinema and Agamben: Ethics, Biopolitics and the Moving Image*, Bloomsbury, 2014, p. 208.

② Agamben G, *Idea of Prose,* trans. Sullivan M, Whitsitt S, State University of New York Press, 1995, p. 59.

20 世纪 70 年代，阿甘本开始接触福柯的思想，很显然福柯的谱系学方法和其在生命政治方面的研究对日后的阿甘本产生了深远的影响。彼时阿甘本开始写作他的第一部著作《没有内容的人》，但此书出版后似乎并未激起太大的反响。这似乎（在某种意义上）印证了部分研究者的观点："阿甘本不太可能因其在文学和美学方面的著作或其对科学和科学史的不可靠的阅读而被纪念。"[①]20 世纪 70 年代中期，阿甘本前往英国的阿比·瓦尔堡研究所（Aby Warburg Institute）进行研修，在那里他出版了另一本著作《诗节：西方文化中的词与魅影》。这段经历对阿甘本后来的写作产生了很大影响，他在著作中曾多次提及瓦尔堡。1978 年，阿甘本成为本雅明作品全集的意大利语翻译工作的主持者。20 世纪 80 年代，阿甘本重返欧洲大陆，并陆续出版了《幼年与历史：经验的毁灭》《语言与死亡》《来临中的共同体》等著作，逐渐在学术界引起了反响。1995 年，阿甘本出版了他最负盛名的著作《神圣人：至高权力与赤裸生命》，在其中提出了"赤裸生命"（bare/naked life）、"神圣人"（Homo Sacer）等概念。该书的出版使得阿甘本成为哲学和政治争论中的风云人物，无论是赞成抑或反对，他所提出的这些概念已成为生命政治研究者无法避开的词汇。到目前为止，"神圣人"系列共计出版了 9 本，可以说已成为他最有影响力的理论著作。这一系列著作如表 2-3-1 所示。

表 2-3-1 阿甘本"神圣人"系列著作[②]

中文名	英文名	意文版本年份	英文版本年份
1《至高权力与赤裸生命》	*Homo Sacer: Sovereign Power and Bare Life*	1995	1998
2.1《例外状态》	*State of Exception*	2003	2005
2.2《均势：作为政治范式的内战》	*Stasis: Civil War as a Political Paradigm*	2015	2015
2.3《语言的圣礼：誓言考古学》	*The Sacrament of Language: An Archeology of the Oath*	2008	2011
2.4《王国与荣耀：安济与治理的神学谱系》	*The Kingdom and the Glory: For a Theological Genealogy of Economy and Government*	2007	2011

① Hegarty P, "Giorgio Agamben", In Simons J (Ed.), *From Agamben to Zizek: Contemporary Critical Theorists*, Edinburgh University, 2010, p. 26.

②"神圣人"系列的写作计划并非按年代顺序，作品顺序参见 https://www.sup.org/books/title/?id=28469。

续表

中文名	英文名	意文版本年份	英文版本年份
2.5《主业：责任考古学》	*Opus Dei: An Archeology of Duty*	2012	2013
3《奥斯维辛的剩余：见证与档案》	*Remnants of Auschwitz: The Witness and the Archive*	1998	1999
4.1《最高的贫困：隐修准则与生命形式》	*The Highest Poverty: Monastic Rules and Forms-of-Life*	2011	2013
4.2《身体的使用》	*The Use of Bodies*	2014	2016

毋庸置疑，阿甘本的“神圣人”系列引起了广泛的关注，也为阿甘本赢得了 2013 年图宾根大学的卢卡斯奖。但我们是否能认为“神圣人”系列中的最后一部著作已经终结了阿甘本这个长达 20 多年的研究计划呢？显然这一答案是否定的。2014 年出版的《身体的使用》的卷首语就直接写道：“那些已经阅读和理解本著作前期内容的人们不应当期望一个新开始，更毋庸说一个结束。”[①]因此，就阿甘本而言，我们与其说“神圣人”这个计划项目已经完结了，还不如说他以雕塑大师贾科梅蒂那样抛弃作品的方式抛弃了这个系列，因为“人类没有千禧年、弥赛亚式的使命要完成，没有神圣的、命中注定的、必须完成的工作，也没有必须履行的规定功能”[②]。但这里的抛弃并不是一种结束，而只是一种仍然保持着未完成性和开放性的封存。在此之后，阿甘本在 2015 年出版的《均势：作为政治范式的内战》就是“神圣人”系列的再延续。

如果我们顺着阿甘本的思想发展脉络进行梳理的话，就会发现阿甘本的学术思想可以明显地被划分为两个阶段：前期阶段（20 世纪 70 年代至 80 年代）主要热衷于研究美学、语言和哲学等方面的问题；后期阶段（从 20 世纪 90 年代至今）则转向法学、政治学的领域，开始了他最为知名的“神圣人”系列写作计划。因此，阿甘本的诸多著作也可以据此被划分为两大类：一类主要涉及艺术、语言、美学和文学等领域，包括《没有内容的人》《诗节：西方文化中的词与魅影》《幼年与历史：经验的毁灭》《散文的理念》《语言与死

① Agamben G, *The Use of Bodies*, trans. Kotosko A, Stanford University Press, 2016, p. xiii.

② de la Durantaye L, *To Be and to Do: The Life's Work of Giorgio Agamben*, https://www.bostonreview.net/articles/de-la-durantaye-agamben/.

亡：否定性的场所》《诗的终结：诗学研究》《潜能：哲学文集》《宁芙》《无法言说的女孩：戈莱的神话与秘密》《品味》《火与叙事》等。另一类则是关于政治学、法学的著作，其中写于1990年的《来临中的共同体》是阿甘本最早涉及政治的著作，然后是《无目的的手段：政治学笔记》以及他最重要的九本“神圣人”系列。除此之外，阿甘本在这方面的著作还包括《剩余的时间》《敞开：人与动物》《亵渎》《装置》《万物的签名：论方法》《裸体》《教会与王国》《彼拉多与耶稣》等。

在“神圣人”后期的写作中，我们看到阿甘本从多重维度展开其研究计划。譬如他在《语言的圣礼：誓言考古学》和《奥斯维辛的剩余：见证与档案》之中，将早期对语言哲学的研究和对生命形式和法学的研究相结合；《王国与荣耀：安济与治理的神学谱系》则从神学和宗教的维度切入，以一种神学-安济的范式去考察现代政治的起源；而在《最高的贫困：隐修准则与生命形式》中，则围绕隐修制度探讨了共同使用。在“神圣人”系列中最新的也可以被称为最关键的一部著作《身体的使用》中，阿甘本将生命政治的含义引入艺术之中：“艺术的真理标准已被转移到了心灵，而且多数时候是被置换到了艺术家的身体之上，即置于他或她的肉体性之中，以至于后者除了作为他们自己的生命实践的灰烬和文档记录之外，没有展示一个作品的需要。作品就是生命，而生命只是作品。”[①]在这一意义上，阿甘本指出美学与政治两者有趋于融合之势，他将艺术实践从美学领域拓展到伦理学领域，并且与生命形式相联系。当我们再重新回顾阿甘本的第一本著作《没有内容的人》时，就会发现彼时阿甘本就非常鲜明地反对将艺术局限于美学领域的现代美学观，他对艺术的研究就始于对现代美学的解构。

在“神圣人”计划告一段落之后，阿甘本的研究又重回到了他的早期阶段，陆续出版了《什么是哲学？》和《创造和无政府状态：艺术作品和资本主义的宗教》。前者是对阿甘本语言哲学研究的延续，其思考了哲学组成部分中的音素、字母、音节以及语词，进而对语言概念进行了考古和理论探查，而后者则对他的早期美学批判进行了再考察，围绕艺术这一难题展开了范式研究。

① Agamben G, *The Use of Bodies*, trans. Kotosko A, Stanford University Press, 2016, p. 246.

在这一意义上，阿甘本从早期对美学艺术的关注到后期的“神圣人”计划或许并非意味着一个转向，更不是一个断裂，而是将美学艺术置于更广义的语境之中。通过在哲学、伦理学、政治学、法学和历史方面的探索，阿甘本从新的维度拓展了美学领域。在这里可以看到，阿甘本的思想发展脉络是从美学艺术到语言哲学，从语言哲学到政治学和法学，然后又从政治学回到早期探索的美学与语言哲学。事实上，阿甘本的研究在其思想上一直有着连续性，相同的主题在其作品中是持续存在的。但阿甘本的思想发展并不是遵循线性的渐进模式，而他自身也一直拒绝将他的著作体系化。对于阿甘本来说，无论是他的理论形成还是发展脉络都使他不会局限于某一学科的疆界，所以研究伊始他就跨越了美学、哲学和政治等不同学科领域，以多维度和多声部的方式开展他的学术之旅。

二、阿甘本的理论渊源

阿甘本知识渊博、涉猎广泛，其研究跨越了不同学科领域，一直试图以先锋主义的方法寻求对边界的超越。阿甘本既是政治哲学家，又是美学和批评理论家，他主要的理论研究一方面关注语言和艺术的研究，另一方面却是侧重于生命政治。他通过语言哲学的研究来把握生命政治，又将美学和艺术引入政治和伦理学领域之中，因此他的美学思想与政治学以及伦理学相互之间有着多重的纠缠。

康德曾经说过:“每一位哲学思想家都是在别人工作的废墟上写出他自己的著作的。”[①]阿甘本的理论就源于古希腊亚里士多德的“潜能”(potentiality)和“创制”、黑格尔的“否定性和语言”、海德格尔的“存在论”，以及本雅明的“纯粹语言”“弥赛亚”“神圣暴力”等概念；在其形成发展过程中，则承袭了福柯的“生命政治”和“谱系学”、施密特的“例外论”、阿伦特的“劳动动物”和“人权论”等观点，同时杂糅了本维尼思特、瓦尔堡、阿多诺、德勒兹、南希、德波以及卡夫卡诸人的思想。

阿甘本在古典哲学和语言哲学方面造诣深厚，他经常采用考古学的方式对诸多关键词进行词源学的阐释，从过去看到当代问题的源起和转折点并获

①〔德〕康德:《逻辑学讲义》，许景行译，商务印书馆，1991，第16页。

取开启现代之门的钥匙。在美学艺术方面，阿甘本借用亚里士多德的“创制”概念和“潜能”论去探讨艺术的本质并对现代美学展开了批判，为我们反思当代艺术的危机和重新思考艺术的意义提供了新的视角。阿甘本在政治哲学方面的著作则在很大程度上是对本雅明、福柯、施米特、阿伦特、德勒兹等当代思想家所阐发的主题进行的深度思索和讨论。就生命政治而言，阿甘本拓展了由福柯在《性经验史》中提出的生命政治，并吸收了施米特的极权主义、现代政治的例外性质和主权理论、本雅明的法律暴力和弥赛亚主义。在兼收并蓄的基础之上，他对当代诸如主权、生命政治以及伦理问题进行了复杂深刻的哲学式反思与重构，并提出了“神圣人”“赤裸生命”“营”等批判性概念，将生命政治的研究推向了高峰。在这一意义上，生命政治为语言、艺术或是文学的批判性研究在理论层次上提供了一个新维度，成为我们研究美学、艺术和文化的重要坐标。

奈格里认为阿甘本的思想可以被划分为两面：

> 看起来似乎存在着两个阿甘本。一个阿甘本徘徊在一种存在主义的、命定而可怖的阴影之下，这使得他不得不一直与死亡的观念相对抗；另一个阿甘本则通过专心于文字学的工作和语言学分析来把握生命政治的视野。这里，在后一个语境中，阿甘本有时几乎看起来像一个批评存在论的沃伯格。悖论的是这两个阿甘本一直是并存的，当你最不经意的时候，第一个阿甘本就会重新出现而遮蔽第二个阿甘本，使死亡的幽暗阴影笼罩在生的意志上，与生之意志和欲望的剩余相冲突，或反之亦然。[①]

如果我们将上述两个阿甘本视为哲学与政治的阿甘本，那么我们必须看到还有第三个阿甘本的存在，即以艺术和诗学等为研究旨趣的美学的阿甘本。

阿甘本的思想发展是从美学领域跨越到政治、法学和伦理等领域的，他认为美学与政治是内在相连的，因此我们需要在更为广泛的意义上来看待阿

---

① Negri A, “The ripe fruit of redemption: Review of Giorgio Agamben’s *The State of Exception*”, *Il Maifesto-Quotidiano Comunista*, trans. Bove A, https://www.generation-online.org/t/negriagamben.htm.

甘本所谈的美学和政治。当亚里士多德说人在本性上是政治的动物（zoon politikon）时，我们需要理解的是亚氏所说的政治是与城邦相联系的：“由此可以明白城邦出于自然的演化，而人类自然是趋向于城邦生活的动物（人类在本性上，也正是一个政治动物）。”[①]这也就是说政治并不是我们现在理解的仅仅指向国家政体、国家管理以及权力分配等问题的狭义上的政治，而是立足于全体公民的、在广义上的城邦的事务，即关于城邦生活的艺术。与此同时，亚里士多德的《诗学》指出诗旨在教化，亦属于城邦生活的一部分，因为柏拉图认为“诗歌不仅是令人愉快的，而且是对有秩序的管理（政制）和人们的全部生活有益的”[②]。由此诗学最终亦属于政治，美学与政治是内在相连的。

在阿甘本的理论体系中，一个主要的任务就是祛除权力机制所设定的边界所导致的各种对立，找回失去的统一性，这就迫切需要跨越边界的门槛。在他整个著作中有一个概念对于理解其哲学起着至关重要的作用，那就是“无差别”（indistinction），而其主旨就在于取消传统形而上学中的二元对立的边界。在西方形而上学的传统中，“一”与“多”一直存在差异，处于辩证冲突的状态。阿甘本就是要消除这种哲学上的差别对立，以“无差别”使得体系无效化。他对幸福生活的描绘就是通过停止区分人与动物的人类学机器，去生成一种“全新而更美好的生活，这种生活既不是动物的，也不是人的”[③]。这种取消边界的策略在后现代转向过程中也多有应用，“德里达攻击哲学与文学间的区分，福柯的研究则跨越了各个学科边界，如历史和哲学，后现代主义的超级小说则在历史与小说间的‘边境’进行了爆破，大众艺术则向艺术和日常生活的边界进行了挑战”[④]。受后现代主义对真理解构的影响，后现代派的反美学也主张冲击美学的界限，将美学从特定的领域中解放出来而加以泛化，使其呈出现跨学科的性质：“我们必须注意到，这种美学空间也已经消失，或者更确切地说，美学的临界在很大程度上是一

① 〔古希腊〕亚里士多德：《政治学》，吴寿彭译，商务印书馆，1986，第 7 页。

② 〔古希腊〕柏拉图：《理想国》，郭斌和、张竹明译，商务印书馆，1986，第 408 页。

③ Agamben G, *The Open: Man and Animal*, trans. Attell K, Stanford University Press, 2004, p. 87.

④ 〔美〕斯蒂芬·贝斯特、〔美〕道格拉斯·科尔纳：《后现代转向》，陈刚等译，南京大学出版社，2002，第 342 页。

种幻象。”[①]

由此可见，虽然阿甘本以其政治法学思想在学术界更为知名，但他的美学思想却是其思想研究的起点，甚至可以被视为其整个哲学思想中至为关键的组成部分。阿甘本后期的政治主张与他早期对语言哲学、美学和文学的沉思是无法分开的。在某种程度上来说，要更好地阐释阿甘本在生命政治方面的理论，就需要回到他的美学思想研究之中。阿甘本一直穿梭在诗与哲学之间，以一种复杂的递归方式，不断地修改他对若干问题的观点，让这些问题以一种或多种形式反复地出现，形成一个相互勾连的网络星丛。这也意味着阿甘本从20世纪90年代开始的对生命政治的批评分析也是建基于他对美学、语言与历史的批判之上的，而且从更明确的政治意义上加以认识和深化，并试图通过语言和艺术来帮助我们在生命政治年代打破主权权力的桎梏，以悬置和去功用化去消除权力机制，进而可以开启潜能的空间。就此而言，可以说阿甘本只是跨越了传统美学领域，实现了对美学疆界的一种拓宽，但从未曾真正离开该领域。他前期在美学和语言方面的研究为他后来在政治学和法学上所取得的卓越成就奠定了基础；而后期的研究又从政治伦理的视野出发，再辐射到语言学、美学、文学和电影等艺术研究中，为我们解读语言、文本、文学批评以及当代艺术理论提供了新的交叉视角。

第二节　艺术、潜能与政治

巴迪欧将艺术与真理的关系归结为三个范式，并提出了第四种“非美学”范式，坚持艺术也是真理的生产者之一。20世纪以来美学的独特地位不断受到攻击，无论是现代派还是后现代派都在解构美学、否定美学以及重构美学。他们批判康德的审美无功利原则，超出了传统美学的范畴，并不断拓展美学的边界。

阿甘本的美学理念认为艺术既可以作为创制呈现真理，又在本质上是政治的，兼具巴迪欧所提出的非美学理论与现代派/后现代派的反美学理论

① Foster H, *The Anti-Aesthetic: Essays on Postmodern Culture*, Bay Press, 1983, p. XV.

的特质。

一、巴迪欧的艺术与真理的三种范式

在西方思想史中，真理一直在传统哲学中占有核心地位，关于真理的学说也是各不相同的。事实上，艺术和真理之间的关系，以及艺术中的真理问题，自古希腊时期以来就一直是哲学家们所关心的问题，因而有关这两个问题的讨论也一直是众说纷纭。巴迪欧在《非美学手册》中总结了在传统美学中艺术与真理之间的关系所经历的三个不同范式来说明艺术与真理之间关系。

在《非美学手册》中，巴迪欧试图勾勒出在西方思想史中艺术与真理之间关系的变化。巴迪欧认为尽管各种流派的观点以不同的面貌反复出现在美学史上，但本质上说来，对艺术与真理之间关系的看法总是在两个极端之间摇摆。其中一个极端的看法基于柏拉图在《理想国》中对诗人和艺术家的态度。柏拉图否定艺术，贬抑诗人和艺术家，并认为艺术的性质是对理式的模仿的模仿，与真理之间隔着三层，因此艺术是无法把握真理的。尽管柏拉图承认荷马的伟大，但他力数诗歌的种种罪状，最终将诗人驱逐出理想国。这正如巴迪欧所概括的那样：“柏拉图驱逐了诗歌、戏剧和音乐，在《理想国》中，哲学的奠基人只留下了军乐和爱国颂歌。”[①]另一种看法则趋于另一个极端，它对艺术是一种虔诚的膜拜，认为艺术把握了真理，展现了真理，甚至可以被视为是真理的化身，“诗的语言独自地将世界奉献给了它自我烦忧的潜在开放性”[②]。

巴迪欧将这些流派观点大致划分为三大类美学范式：教诲式、浪漫式以及古典式。第一种教诲式范式（didactic schema）以柏拉图为代表，他借苏格拉底的谈话表示了对艺术深深的不信任，他认为艺术的本质在于模仿，并且只是真理的影子的影子，而不是在创造。尽管柏拉图深知诗歌的魅力，但还是认为诗人没有真知识，模仿的只是一个影像，难以表达真理，艺术只是真理一种危险且有着诱惑力的拟象。这显然与他的以教诲功能为先的文艺标准

---

① Badiou A, *Handbook of Inaestheitcs*, Stanford University Press, 2005, p. 1.

② Badiou A, *Handbook of Inaestheitcs*, Stanford University Press, 2005, p. 1.

相抵触。加之他认为诗人为了迎合大众就亵渎神明，过度宣扬人性的低劣成分，也就难怪柏拉图向诗人和艺术下了驱逐令。巴迪欧对这一范式总结道："艺术没有能力表达真理，或者说所有的真理都外在于艺术……艺术只是在有效的、直接的或是赤裸的真理的伪装之下表现自身……因此艺术是一种无根据和无论证的真理表象，是在其'此在'（being-there）中耗尽的真理表象。"[①]因此可以说对于这一美学流派而言，艺术只不过是真理的假象，是难以触及真理的本质的。事实上，教诲式美学所真正关注的是艺术的教育功能，也就是说艺术虽然外在于真理，但却可以为真理服务，可以留在理想国的诗人必须是"遵守我们原来替保卫者们设计教育时所定的那些规范"[②]。在巴迪欧看来，"柏拉图辩论的核心就在于艺术之模仿并不是对事物的模仿，而是对真理作用的模仿"[③]。从教诲式的美学观点来看，艺术的根本目的在于教育，其本质思想就是艺术应当通过审查制度来加以控制或是监督：

> 艺术必须以一种纯粹工具的方式来加以谴责和对待。由于在严格的监督之下，艺术给从外部加以规定的真理赋予了表象或是魅力的瞬间力量，可以接受的艺术必须服从哲学的真理监督……艺术的规范是教育，而教育的规范是哲学……艺术的善是以其引起的公共效应而不是以艺术作品本身来传达的。[④]

这种教诲式的美学思想也同样反映在布莱希特的戏剧理论之中。布莱希特相信辩证唯物主义是普遍的科学性真理，而他那些对话式的文本中用真理对戏剧艺术进行监督和指导的主要人物就是哲学家。对于布莱希特而言，"艺术并不产生真理，但相反，基于真理存在的假设，是对一种真理勇气的诸条件的阐明。在监督之下的艺术是克服懦弱的治疗方法，这个懦弱不是一般意义上的，而是面对真理时的懦弱"[⑤]。与戏剧性戏剧让观众产生共鸣不同，他的戏剧主张就在于戏剧应当诉诸理智，要求观众以一种批判的立场来看待

---

① Badiou A, *Handbook of Inaestheitcs*, Stanford University Press, 2005, p. 2.

②〔古希腊〕柏拉图:《柏拉图文艺对话集》，朱光潜译，人民文学出版社，1963，第 56 页。

③ Badiou A, *Handbook of Inaestheitcs*, Stanford University Press, 2005, p. 2.

④ Badiou A, *Handbook of Inaestheitcs*, Stanford University Press, 2005, pp. 2-3.

⑤ Badiou A, *Handbook of Inaestheitcs*, Stanford University Press, 2005, p. 6.

戏剧。他应用了史诗的客观叙述方法去打破“第四堵墙”，制造陌生化效果来消除戏剧所制造的幻象，使观众与舞台保持距离，从而能够进行理性的思考。这种教诲式美学范式在中国文化中也源远流长，孔子就很注重诗的教化功能，他的“兴观群怨”说当中的后三个都是涉及诗的美刺、言志和观民情的功能和作用。

第二种美学范式与教诲式完全相左，它反对强加给艺术的教育功能，巴迪欧将之命名为浪漫式范式（romantic schema）。浪漫式的核心观点就是“只有艺术能够把握真理。更为重要的是，艺术正是在这一意义上实现了真理本身只能指向的事物。在浪漫式中，艺术是真理的真实躯体，或是南希等人所称的文学的绝对”[①]。哲学虽然追求真理，但最终还是难以达成，艺术则承担了救赎世界中的不和谐以及哲学思想中的不确切概念的任务，帮助哲学实现对真理的把握。哲学的基本法则是形而上，作为一种抽象的理念而难以感知，而艺术使我们远离了概念式的主观性的空洞，作为自行置入作品的真理的艺术就成为真理的肉身，所以“艺术就是真理的生成和发生”[②]。巴迪欧将两者之间的关系总结为：“哲学可能是孤僻而令人费解的父亲，而艺术则是拯救和救赎哲学的那个饱受苦难的儿子。”[③]巴迪欧认为浪漫式美学范式在20世纪的代表人物是德国阐释学派的哲学家海德格尔。在其《艺术作品的本源》中，海德格尔揭示了艺术与真理显现的特殊关系：艺术是敞开的澄明之境，艺术的本质就是诗，而真理是通过诗意创造而发生的。海德格尔将艺术表现为一个可以对真理进行去蔽的世界的开启和保藏：“真理发生的方式之一就是作品的作品存在。作品建立着世界并制造着大地，作品因之是那种争执的现实过程，在这种争执中，存在者整体之无蔽亦即真理被争得了。”[④]这也就是说海德格尔认为真理的本质实际上是自由的，而自由就是通向无蔽的状态，因此我们无法从过往之物的角度来理解艺术作品这样开创性的事件。艺术作品是真理自行显现的场所，它将把我们带入一种无蔽的状态，通向真理的存在。在浪漫式中，诗人与思想家相互依存，巴迪欧认为海德格尔就展现了“诗

① Badiou A, *Handbook of Inaestheitcs*, Stanford University Press, 2005, p. 3.

②〔德〕马丁·海德格尔:《林中路》（修订本），孙周兴译，上海译文出版社，2008，第51页。

③ Badiou A, *Handbook of Inaestheitcs*, Stanford University Press, 2005, p. 3.

④〔德〕马丁·海德格尔:《海德格尔选集》，孙周兴译，上海三联书店，1996，第276页。

人-思想家的形象”，他的解释学依然属于浪漫式，认为艺术是真理显现的契机，而诗可以达到真理：“诗人的言说与思想家的思想之间不可分辨地相互缠绕。然而诗人却占据优势，因为思想家只是逆转地宣告，是在我们最痛苦时对众神降临的期望，以及对于存在之历史性的追溯阐明。然而诗人却在语言的肉体之中，维持着对开启隐藏性的守护。”[①]

第三种古典式范式（classical schema）则介于上述两种极端之间，持一种较为折中的态度。它解歇斯底里化（dehystericize）了艺术，使艺术和哲学之间摆脱相争并能够和平相处，其代表人物是亚里士多德。巴迪欧指出，在亚里士多德的观点当中有两个主题：第一个主题是艺术——正如教诲式的美学范式所认为的——对真理无能为力。艺术的本质是模仿，它的机制是表象的机制。第二个主题则与柏拉图的观点相反，他认为这种无能为力并不是严重的问题，因为艺术的目标根本不是真理：“当然艺术不是真理，而且艺术也没宣称其是真理，因此艺术是无辜的。”[②]正是通过宣称艺术的目标并不在于真理，亚里士多德消解了柏拉图将艺术当成真理的危险的表象之观点，将艺术从柏拉图的质疑和真理的重压下解放出来。首先，亚里士多德肯定了艺术的真实性，他认为艺术虽然是模仿的，但是它模仿的是现实，是真实的存在，而不是虚幻的理式。由于现实世界的真实性，模仿它的艺术也是真实的。其次，亚里士多德还指出艺术模仿的是行动中的人，“悲剧是对一个严肃、完整、有一定长度的行动的摹仿”[③]。诗比历史更具有哲学意义，它是以特殊来表现普遍的，“诗人的职责不在于描述已经发生的事，而在于描述可能发生的事，即根据可然或必然的原则可能发生的事……所以诗是一种比历史更富哲学性、更严肃的艺术，因为诗倾向于表现带普遍性的事，而历史却倾向于记载具体事件”[④]。最后，由于艺术本身就不以真理为目的，也没有将自身伪装成真理，因此即使它不能表现真理，也不能诿过于艺术。这样一来，古典式美学范式就使得艺术摆脱了真理的威压，不再以表现真理为追求。

如果艺术不以真理为目标的话，那么它的功能是什么呢？亚里士多德的

---

① Badiou A, *Handbook of Inaestheitcs*, Stanford University Press, 2005, p. 6.

② Badiou A, *Handbook of Inaestheitcs*, Stanford University Press, 2005, p. 4.

③〔古希腊〕亚里士多德：《诗学》，陈中梅译，商务印书馆，1996，第 63 页。

④〔古希腊〕亚里士多德：《诗学》，陈中梅译，商务印书馆，1996，第 81 页。

回答是“卡塔西斯”（catharsis）。“卡塔西斯”一词原本指的是医疗手段，亚里士多德从医疗领域将这个语词借用到了艺术领域，对于这个词的翻译理解，国内有朱光潜的“净化说”和罗念生的“陶冶说”。前者取宗教术语之意，强调通过宣泄而使情绪获得平静，而后者着眼于通过感情的锻炼而使观众保持心理的平衡和适度。亚里士多德所理解的艺术社会的作用是对于感情的宣泄和疏导，“它的摹仿方式是借助人物的行动，而不是叙述，通过引发怜悯和恐惧使这些感情得到疏泄”[①]。巴迪欧认为这意味着“艺术具有一种治疗的功能，但绝不是认知和启示类的。艺术不是理论性的，而是伦理的。艺术的规范存在于它对灵魂的情感治疗的实用中”[②]。从这种范式的角度出发，“艺术的标准首先是喜好。喜好绝不是意见的法则，也不是绝大多数人的法则。艺术必须是被人喜欢的，因为喜好标志着卡塔西斯的有效性，以及对于激情的艺术治疗的真正掌握”[③]。换言之，喜好在于对共鸣和身份认同的追求，它与真理无关。艺术要求的不是真实，而是能够让观众移情的逼真性，它是一种“被限制在想象中的真理”。由于摆脱了任何真实的实例，真理的想象化就是古典思想家所称的“逼真性”或是“可能性”[④]。古典式美学范式之所以能够让艺术与哲学之间达成和平就在于对真理和似真性之间的划分，“有时真实的并不就是可能的，这一准则宣告了界限并且坚持了哲学的权利在艺术之外”[⑤]。也就是说，哲学与艺术之间的界限就在于前者追求的是真理，而后者则追求的是似真性，让观众能够移情和产生共鸣。如此一来，艺术的语域也就从真理的范畴转移到了似真性的范畴。艺术对应的是我们对现实的假设想象，可能性事物并不需要是真实的。

巴迪欧由此指出：“在古典式美学范式中，艺术不是一种思维的形式。艺术完全被它的行动或公共活动所用尽。喜好将艺术转变成一种服务。概言之，我们可以说在古典视野中，艺术就是一种公共服务。”[⑥]这种公共服务就是艺

---

①〔古希腊〕亚里士多德：《诗学》，陈中梅译，商务印书馆，1996，第63页。

② Badiou A, *Handbook of Inaestheitcs*, Stanford University Press, 2005, p. 4.

③ Badiou A, *Handbook of Inaestheitcs*, Stanford University Press, 2005, p. 4.

④ Badiou A, *Handbook of Inaestheitcs*, Stanford University Press, 2005, p. 4.

⑤ Badiou A, *Handbook of Inaestheitcs*, Stanford University Press, 2005, p. 4.

⑥ Badiou A, *Handbook of Inaestheitcs*, Stanford University Press, 2005, p. 5.

术对于观众心灵的治疗功能。在希腊神话中，阿波罗既主司艺术，也兼司医药，从这里我们可以看出古希腊人赋予艺术以治疗的功能。亚里士多德认为诗歌的治疗功能就在于卡塔西斯可以舒缓情绪，恢复人的身心的正常功能，起着治疗和改造心灵的作用。这种以治疗功能为主的古典式美学范式在中国古代文论中也不乏范例，较为著名的就是司马迁的"发愤著书"和韩愈的"不平则鸣"。也就是说文人著书立说往往是"此人皆意有所郁结，不得通其道也，故述往事，思来者"①；或是心有所感，内心激动不能自已而发，就会创造出动人的艺术作品，因为艺术使情感得到宣泄，故此"夫和平之音淡薄，而愁思之声要妙，欢愉之辞难工，而穷苦之言易好也"②。

上述这三种美学范式充斥在现代美学领域之中，然而在巴迪欧看来，这三种范式都限制了艺术追求真理的潜力：教诲式将艺术置于真理之外，使艺术沦为真理的陪衬；浪漫式则使艺术成为一条重返绝对的专门之路；古典式则将艺术简化为一种保守的消遣慰藉的机制。因此，巴迪欧深刻地表示有必要提出一种新范式，也就是联结艺术和哲学的第四种范式，即非美学范式。对于"非美学"这个词的理解，巴迪欧在《非美学手册》的扉页上给出了这样的解释："就非美学而言，我将之理解为一种哲学和艺术的关系，主张艺术自身就是真理的生产者，而不认为艺术是哲学的对象。与一些美学思考相反，非美学描述了一些艺术作品独立存在所产生的绝对内-哲学效果（intraphilosophical effect）。"③

巴迪欧对于非美学的解释给我们思考哲学和艺术之间的关系提供了一个新视角：第一，艺术是独立存在的，而不再只是作为哲学的对象。这就摆脱了艺术一直作为哲学的配角的地位，使艺术获得了独立的思想和主体性，而无须从哲学中寻求艺术的意义。第二，艺术是真理的生产者。不同于反美学的否定真理，巴迪欧相信真理是存在的。在巴迪欧那里，有四种生产真理的程序，即科学、艺术、政治和爱，艺术就是这四种程序的其中之一。这也就是说真理并不是先于艺术的并且只能是被发现的、客观永恒的绝对之物，而

① 司马迁：《史记》，中华书局，1999，第 2494 页。

② 韩愈：《韩昌黎文集校注》，马其昶校注，马茂元整理，上海古籍出版社，1986，第 262 页。

③ Badiou A, *Handbook of Inaestheitcs*, Stanford University Press, 2005, title page.

是可以是通过创造而动态生成的结果：“‘真理不存在那里’，只是说如果没有语句，就没有真理；语句是人类语言的元素；而人类语言是人类所创造的东西……这个主张的真实性，就在于语言是被创造的而非被发现到的，而真理乃是语言元目或语句的一个性质。”[①]

由此可见，艺术就可以创造和生产真理，是真理的孕育者；至于哲学则“并不构建任何真理，而是确定真相的所在。哲学通过热情欢迎，并加以庇护，勾画出类性程序，建立起指向这些截然不同的真相程序的同时性”[②]。到这里，我们可以看到在巴迪欧的非美学之中，艺术、真理与哲学的关系已经发生了根本性的变化：哲学本身并不生产真理，而是把握真理、表现真理、展现真理的存在，“哲学是我们与真理相遇的中介者，是真理的皮条客”[③]。生产真理的程序有科学、艺术、政治和爱，哲学和艺术的关系就如同哲学和其他生产真理程序的关系。

虽然艺术是生产真理的程序，但这并不意味着所有的艺术作品都能生产真理。对此，巴迪欧归纳为以下几点：

> 第一，一般说来，一件作品不是一个事件，而是一个艺术事实。作品是从中编织出艺术程序的构造。第二，一件艺术作品并不是真理。真理是由一个事件引发的艺术程序，这个程序只由作品组成，但是它并不在任何作品中将其自身表现为无限，因此作品只是一个真理的局部例子或者独特点。第三，我们将这种艺术程序的区别要点称为它的主题。一件作品就是我们所讨论的艺术程序的主体，即这个作品所属的程序；换言之，一件艺术作品就是一个艺术真理的一个主体特点。[④]

换言之，艺术作品在本质上是有限的，但真理却是无限的，但无限是通过向有限的溢出来表现的，任何创造性的艺术作品都是在知识上打洞，使真理从艺术作品中溢出，从而打破了知识的有限性，使有限得以表现无限，这

① 〔法〕理查德·罗蒂：《偶然、反讽与团结》，徐文瑞译，商务印书馆，2003，第13、16页。

② Badiou A, *Manifesto for Philosophy*, State University of New York Press, 1999, p. 37.

③ Badiou A, *Handbook of Inaestheitcs*, Stanford University Press, 2005, p. 10.

④ Badiou A, *Handbook of Inaestheitcs*, Stanford University Press, 2005, p. 12.

个断裂的裂缝就是本真的存在。但不是所有的作品都能成为引发真理的事件，真理是由作品组成的艺术程序，“最终，一个真理就是一个由事件——通常说来一个事件就是一组作品，是独特的多重作品——引发的艺术构型（artistic configuration），由于偶然的机会在作品中展开，充当了作品的主体特点”[①]。如果我们认为艺术是一种内在而独特的真理，那么它既非作品也非作者，而是由事件的裂缝所引发的艺术构型，但艺术构型是类型的多样性，“它没有本身的名字，也没有真正的轮廓，难以被完整地描述。它是一种艺术真理，而且人们知道并没有真理的真理。通常说来艺术构型是通过抽象的概念（如形象、调性、悲剧）来表明的”[②]。概言之，保有真理的艺术作品是一个有着开创性的事件，它可以让我们冲破黑夜的遮蔽，从而获得真理的启迪。

二、阿甘本的美学范式：在非美学和反美学之间

阿甘本的美学是如何看待艺术与真理之间的关系呢？事实上，阿甘本的美学范式并不为巴迪欧所总结的三个美学范式所涵盖，在一定程度上难以被归类为上述三个范式中的任何一个，因为他的美学思想旨在模糊古典式和浪漫式之间的界限，从而试图在两者之间建立桥梁。就此而言，阿甘本的美学借鉴了古典式和浪漫式的观点，认为创制的艺术是对于真理的解蔽和保存，艺术是从不存在到存在的生成，真理在艺术的生成过程中会自行敞开，艺术是一种对真理的去蔽过程。在这一意义上，他的美学范式接近于巴迪欧主张艺术是可以生产真理的程序之一的非美学理论。

首先，阿甘本认为在我们的现代社会中，艺术的本质和功能已经被模糊了，艺术早就失去了在过去时代的启示功能。阿甘本在他的第一本著作《没有内容的人》中通过对美学史的反思就探讨了艺术的本质和功能。黑格尔在《美学》第一卷中提出：“在各个方面，艺术，就它的最高职能来说，对于我们现代人已是过去的事了。因此艺术已丧失了真正的真实和生命，而且与其说艺术不再能维持其从前在现实中的必需性和崇高地位，不如说艺术已转移到了我们的观念之中。”[③]阿甘本就从这样的一个历史时刻的转折点入手，他

① Badiou A, *Handbook of Inaestheitcs*, Stanford University Press, 2005, p. 12.

② Badiou A, *Handbook of Inaestheitcs*, Stanford University Press, 2005, p. 12.

③ Hegel G W F, *Aesthetics: Lectures on Fine Art, Volume I*, trans. Knox T M, Clarendon Press, 1975, p. 11.

认为黑格尔的这个观点并非如同很多人所想的那样意味着艺术的死亡；相反，黑格尔既没有否定艺术的发展，也没有为艺术唱挽歌，艺术只是变成了一种自我消除的无而得以延续。对于阿甘本而言，从本质上来说现代美学的诞生是艺术家与观赏者、天才和品味、形式和内容等一系列事物分裂的结果。那么为什么会出现黑格尔所指出的这种艺术地位的变化呢？阿甘本给出的答案是，因为艺术作品已成为观赏者实践其审美判断和批评的特殊场所，不再像古希腊时代那样对我们的灵魂产生巨大的影响。

柏拉图将艺术对人的灵魂所产生的这种可怕的影响力称为“神圣恐惧”（divine terror）：“因为我们自己也能感到它对我们的诱惑力。但是背弃看来是真理的东西是有罪的。我的朋友，你说是这样吗？你自己没有感觉到它的诱惑力吗，尤其是当荷马本人在进行蛊惑你的时候？”[①]希腊戏剧中充满了这种神圣恐惧的张力，给观赏者以无比震慑的体验。正是由于认识到了艺术这种令人可畏的神秘力量，柏拉图才要将艺术家驱逐出理想国，“我们的城邦里没有象他这样的一个人，法律也不准许有象他这样的一个人，然后把他涂上香水，戴上毛冠，请他到旁的城邦去”[②]。由此，在西方的艺术讨论中，艺术的观赏者曾经一直处于一种柏拉图所说的“神圣疯狂”的控制之中。

但阿甘本认为现代观众则已经失去了这种迷狂，不再像古代那样对艺术充满如此激情。现在的我们面对艺术作品时，已经不再能体验到这种无与伦比的力量，无法获得过去那样的精神满足，因为如今的观赏者已经变得沉着冷静，更倾向于以一种反思和批判的眼光来看待艺术作品：

> 现在艺术作品在我们心里所激发的不仅只是直接的愉悦感，还有我们的判断，因为我们会思考（i）艺术的内容，（ii）艺术作品的表现手段，以及这二者之间是否契合。比之于艺术本身就使人获得完全满足的过去，如今我们更需要的是艺术哲学。艺术令我们理智思考，但这并不是为了再创造艺术，而是为了从哲学上来认识艺术

---

①〔古希腊〕柏拉图：《理想国》，郭斌和等译，商务印书馆，1986，第 407 页。

②〔古希腊〕柏拉图：《柏拉图文艺对话集》，朱光潜译，人民文学出版社，1963，第 56 页。

是什么……艺术……只有在哲学中才能获得真正的认可。[①]

这意味着现代人在面对艺术作品时，他们首先去思考的问题诸如：作品的内容是什么？表现手法是什么？内容和表现手法之间的关系是什么？这是一件艺术作品，还是非艺术作品？这一过程是如此自然地产生，以至于我们几乎难以意识到审美判断机制在起作用：“对于现代人来说，艺术作品不再是引发灵魂中的狂喜或是震慑的神性具体的显现，而是提供一个特殊的机会让他们实践他们的品位，即对艺术的判断，如果说对于我们而言这种判断并不比艺术本身更有价值，那也肯定满足了一种至少是本质的需求。”[②]阿甘本正是注意到了这种审美判断机制的作用，所以做出了这样的判断：“艺术已在我们不知不觉中变成一颗我们只能看到其黑暗一面的行星。”[③]

其次，阿甘本认为我们时代中的艺术危机实际上是来自创制的危机。阿甘本的“创制”应当被理解为“人的活动行为，即生产性活动的名称，而艺术创制只是特殊的一例”[④]。然而在现代社会中所有人（无论是艺术家还是政治家）的行为都被理解为实践，生产性活动即意味着实践，“当我们说人在大地上拥有一种生产性身份时，就意指他在大地上的栖居具有实践性质”[⑤]。阿甘本指出，在古希腊思想中实践（praxis）和创制是两个有明显差别的概念：前者可以被理解为一个行动，在行动意义上由意志驱动去做事情，其根源在于人作为有生命动物的条件；而后者则意味着从生产到存在的经验，呈现作品的过程。“实践”在英语中被译为 act，要从 to do（去做）的意义上理解，因此这种行为是与意志有关的，是意志的直接实现；而“创制”则被译为 making，或是一种使某种事物呈现的行动。概言之，实践是一种以自身为目的的行动，也就是说目的是内在的，但是还没有实现，而行动的完成就意味着对一种预先确定的愿望的实现，所以实践的主旨在于体现行动的意志，是伦理与政治的行为。创制则是一种手段性活动，通常包括生产和技艺活动，

① Hegel G W F, *Aesthetics: Lectures on Fine Art, Volume I*, trans. Knox T M, Clarendon Press, p. 11, p. 13.
② Agamben G, *The Man Without Content*, trans. Albert G, Stanford University Press, 1999, p. 41.
③ Agamben G, *The Man Without Content*, trans. Albert G, Stanford University Press, 1999, p. 43.
④ Agamben G, *The Man Without Content*, trans. Albert G, Stanford University Press, 1999, p. 59.
⑤ Agamben G, *The Man Without Content*, trans. Albert G, Stanford University Press, 1999, p. 68.

它的核心则在于“使事物从不存在到存在，从被遮蔽到澄明”[①]。在亚里士多德看来，诗（广义的艺术）属于技艺的范畴，是一种创制，因为“古希腊人似不把做诗看作是严格意义上的‘创作’或‘创造’，而是把它当作一个制作或生产过程。诗人做诗，就像鞋匠做鞋一样，二者都是凭靠自己的技艺，生产或制作社会需要的东西，称‘写诗’或‘作诗’，古希腊人不用graphein（‘写’、‘书写’），而用poiein”[②]。也就是说诗的创制和其他生活产品或工艺品的制作是同一个原理，都是要生产出一件作品。雕塑家、诗人、手艺人和工匠的生产都是创制活动，其所需要的才可以被称为技艺（tekhnē），即“一种制作或促成力量”，它既可以是“生产有实用价值的器具”的技艺，也可以是“生产供人欣赏的作品”的艺术。[③]

随着时间的推移，在古希腊时期界限分明的两个概念“创制”和“实践”逐渐趋同，生产（production）转变成了一种行动，艺术作品也从创制变成了一种艺术家的行动。不仅如此，在古希腊思想中处于人类活动底层的、被视为只是与生物的生命和肉体生存相关的劳动变成了人类活动的中心。马克思在斯密等人的劳动概念的基础上进一步从人本主义角度提出劳动是人类自我生成和推动的唯一原则:“整个所谓世界历史不外是人通过人的劳动而诞生的过程……”[④]恩格斯则直接认为劳动体现了人性，劳动“是整个人类生活的第一个基本条件，而且达到这样的程度，以致我们在某种意义上不得不说：劳动创造了人本身”[⑤]。由此，古希腊对于实践、创制以及劳动（work）的差异和等级划分在现代已经不复可见。作为揭示真理模式的创制已经消失，它与实践相融合，成为一种有意志的行动，而劳动却被视为价值最高的活动，人就沦为了阿伦特所说的“劳动动物”。

而后由于工业革命的到来和现代技术的发展以及劳动的分工，古希腊意义上的创制就已转变成了以劳动为起点的实践，而艺术生产也从创制领域进

① Agamben G, *The Man Without Content*, trans. Albert G, Stanford University Press, 1999, pp. 68-69.

②〔古希腊〕亚里士多德:《诗学》，陈中梅译，商务印书馆，1996，第28-29页。

③〔古希腊〕亚里士多德:《诗学》，陈中梅译，商务印书馆，1996，第234-235页。

④〔德〕马克思:《1844年经济学哲学手稿》，见马克思、恩格斯《马克思恩格斯全集》（第四十二卷），中共中央马克思恩格斯列宁斯大林著作编译局译，人民出版社，1979，第131页。

⑤〔德〕恩格斯:《劳动在从猿到人转变过程中的作用》，见马克思、恩格斯《马克思恩格斯全集》（第二十卷），中共中央马克思恩格斯列宁斯大林著作编译局译，人民出版社，1971，第509页。

入了实践领域，成为一种实践模式。这里更要指出的是，由于实践的原初性特征被认为是作为冲动和激情的意志，即实践就是对意志或创造性的展现，这就使意志的形而上学完全渗透到了现代人对艺术的理解中。然而这恰恰与创制所包含的某种被动性背道而驰，因为创制在古希腊人的思想中是一种与意志无关的自由行动，是为了显露真理和人类的存在而敞开真理的空间。随着人的创制活动与实践活动之间的区别日益模糊，现代美学所面临的一个重要问题就是创制的艺术变成了一种实践，与意志的形而上学相连："西方美学的到来就是一种意志的形而上学，也就是被理解为能量和创造冲动的生命的形而上学。"①

由此，在现代的艺术生产中，创造性的意志才起到了关键作用，艺术作品是通过艺术家的意志行动来创造的，"现在艺术或只是具有提供欢愉的潜在性，或是只有作为不可化约之意志的产品才是有价值的"②。艺术也变成了艺术家的纯粹行动，譬如诺瓦利斯就将诗歌定义为"有意志的、积极并具有生产性地使用我们的器官"③。我们在尼采的主观主义美学中也可以清晰地觉察到这一变化趋势。当我们谈起艺术作品时，会相应地说这是一件杜尚的作品或是凡·高的杰作，艺术作品完全成为作者意志的外化。但这种唯意论使得艺术失去了与真实世界的联系，成为一种自我消除之物。从艺术家的维度而言，艺术家已超越任何内容，除了自己的创造力之外和艺术主体性之外，没有什么值得他思考的，"他除了不断反复地在表达的虚无中浮现出来，别无其他身份；除了其自身这种令人无法理解的地位，别无其他根基"④。当艺术家只有自己的意志时，就成了没有内容的人，这就导致了艺术的命运走向虚无主义。

再次，为了试图去探寻我们是如何失去艺术的启示性的以及如何才能恢复艺术作品的原初地位，阿甘本采取了一种极端的立场——对美学的解构（destruction）：

① Agamben G, *The Man Without Content*, trans. Albert G, Stanford University Press, 1999, p. 72.

② Colebrook C, "Agamben: Aesthetics, potentiality, and life", In Ross A (Ed.), *Agamben Effect*, Duke University Press, 2008, p. 108.

③ Agamben G, *The Man Without Content*, trans. Albert G, Stanford University Press, 1999, p. 71.

④ Agamben G, *The Man Without Content*, trans. Albert G, Stanford University Press, 1999, p. 55.

> 如果我们真的希望去研究我们这个时代的艺术问题，那么最为紧迫的任务或许就是解构美学的观念，通过清除那些通常被视为理所当然的东西，我们才能追问作为艺术作品学科的美学的根本意义是什么。然而，问题在于这种解构的时机是否已成熟？或是与此相反，这种行动的结果会导致丧失所有理解艺术作品的视域，而留下一个需要激进飞跃才能跨越的深渊？但是如果我们想让艺术作品重获它的原初地位，也许这样的丧失和深渊正是我们所需要的。诚然，根本的建筑问题只有在烈火焚烧了房屋之后才会显现，那么或许今天我们正处于一个非常有利的位置去理解西方美学的本真意义。[①]

这种解构的观念我们可以在海德格尔的哲学中找到源头。海德格尔强调说，他所谈的解构不应当从常规意义上来理解，解构并不是在任何否定的意义上的摧毁；相反它是基于一种积极意义之目的：“这种解构工作也没有要摆脱存在论传统的消极意义。这种解构工作倒是要标明存在论传统的各种积极的可能性……但这一解构工作并不想把过去埋葬在虚无中，它有积极的目的……”[②]在《什么是哲学？》中，海德格尔进一步指出，“解构的意思并不是摧毁，而是清除、肃清和撇开那些关于哲学史的纯粹历史学上的陈述。解构意味：开启我们的耳朵，净心倾听在传统中作为存在者之存在向我们劝说的东西。通过倾听这种劝说（Zuspruch），我们便得以响应了”[③]。海德格尔意义上的解构就是清扫存在之家，是为了正本清源找回存在的本质而将结构拆解开来挖掘意义而使意义显现。由此可见，海德格尔的解构其实是一个启迪的过程：它不是对形而上学破坏式的摧毁，而是旨在消解僵化的形而上学的历史层次，从而揭示出形而上学被遮蔽的本体论-神学的结构，因此可以说海德格尔的解构是以拨云见日式的拆解来显现出一个隐藏的结构的。

阿甘本对于美学的解构正是在这一意义上的，就如同海德格尔为了显示

---

① Agamben G, *The Man Without Content*, trans. Albert G, Stanford University Press, 1999, p. 6.

②〔德〕马丁·海德格尔:《存在与时间》，陈嘉映、王庆节译，生活·读书·新知三联书店, 2012, 第 27 页。

③〔德〕马丁·海德格尔:《海德格尔选集》，孙周兴译，上海三联书店, 1996, 第 600-601 页。

被遮蔽的东西去追溯哲学思想的本源，阿甘本的美学解构意在颠覆美学堡垒，厘清美学的研究领域，并且扫除遮蔽我们视线的事物。从这里我们可以发现，阿甘本对于美学解构的逻辑依据就是先对美学进行根本性的解构，然后在烈火焚烧的废墟中暴露出美学体系的问题，因为“根本性的建筑问题只有在房屋烧毁后才能显现，根据这个原则，艺术只有在达到其命运的极点之后，才会展现其原初的投射”[①]。只有清除掉那些我们视为理所当然的观念，才能对艺术问题展开深入的探讨，回到艺术的原初状态，因此我们所面临的第一要务就是解构美学的观念。在这一意义上，阿甘本对美学解构的目的就是“渴求在它们的坍塌中窥见它们结构中最核心深处的形式和裂缝”[②]，即探寻美学结构中最深层核心的形式并理解艺术作品的原初地位和本真意义。

在对美学进行解构之后，阿甘本提出艺术要作为一种创制才可以显露真理。对于阿甘本而言，他认为古希腊人之所以要划分实践与创制两个概念，是因为创制在本质上被认为是一种去蔽（a-letheia）的过程，是让真理得以呈现的模式。在古希腊人的概念中，创制使某种事物得以形成存在，而这个存在是在创制自身之外的，也同时是在作为有生命之动物的人的领域之外的，正如柏拉图所说的：“在创作[③]这个词的真正意义上——使从前并不存在的东西产生——创作的种类不止一种，因此每一种创造性的技艺都是诗歌，每一位艺人都是诗人。”[④]在阿甘本看来，正是创制和解蔽真理更为密切的关系使得创制高于实践，而普遍真理只有在艺术作品的独特形式中显现：

> 当任何事物被生产出来时，都是从遮蔽或不存在的状态进入存在之光中，都是创制、生产和诗。就这个词语广义的原初意义来说，不仅仅文字言语是诗，是存在的生产，其他所有工匠技艺的活动亦是如此。甚至可以说从万物自发存在的角度来说，即使是自然也具有创制的特点。[⑤]

① Agamben G, *The Man Without Content*, trans. Albert G, Stanford University Press, 1999, p. 115.

② de la Durantaye L, *Giorgio Agamben: A Critical Introduction*, Stanford University Press, 2009, p. 30.

③ 此处的“创作”是指制作，希腊语就是 poiein，“创制”（poiesis）即源自这个词。

④〔古希腊〕柏拉图：《柏拉图全集》（第二卷），王晓朝译，人民出版社，2003，第 247 页。

⑤ Agamben G, *The Man Without Content*, trans. Albert G, Stanford University Press, 1999, pp. 59-60.

从这个意义上说，只有创制的艺术才能开启新的空间，呈现真理，而与创制最为相关的艺术就是诗学（poetics）。[①]诗作为一种创制的艺术的本质特征就是使某种事物从不存在到存在，重新开启世界的可能性，为人在大地上的栖居构建出一个诗意空间。

然而，阿甘本的美学范式又与现代派/后现代派的反美学主张不谋而合，这就使得他的美学思想又染上了反美学的色彩。我们可以看到反美学主要有两种形态：一种是现代派的反美学，主要以波德莱尔为代表，以审丑的形式来突破学院派传统美学的无功利性；而另一种则是后现代派的反美学，它包括杜尚的现成品艺术、沃霍尔等人的波普艺术、费瑟斯通与韦尔施的日常生活审美化，以及其他各种前卫艺术。后现代反美学旨在解构或重构美学，超越传统美学的边界，将美学拓展到社会、文化、政治、经济以及日常生活等各个领域。它们指出反美学“在本质上是一种跨学科的实践，它对涉及政治的文化形式（如女性主义艺术）或根植于乡土的文化形式很敏感——也就是说，对那些否认美学领域特权的形式有着敏感性”[②]。

首先，阿甘本和现代派反美学一样，反对康德的判断力批判，即对品味（taste）的批判，并批判了现代美学所导致的经验的分裂与主客观的分裂。阿甘本强调品味这个概念的引入对于美学来说意义深远，因为正是品味导致了这种艺术作品经验的撕裂。品味这一概念被引入美学领域之中又使得艺术作品从生活领域中被移除，转而成为实践品味的场所。康德在《判断力批判》一书中是这样定义“鉴赏”[③]的：“鉴赏是评判美的能力。但是要把一个对象称之为美的需要什么，这必须由对鉴赏判断的分析来揭示。”[④]从康德定义中我们可以看到，鉴赏（品味）就是评判美的能力，它是审美的、感性的和主观的，而不是认识判断。阿甘本考察了品味进入艺术领域中的时间后指出，事实上品味这一概念在过去若干个世纪中都是一个陌生的概念，它是直到大约17世纪和18世纪才被引入艺术领域中的：

---

① 这里的“诗学”并不等同于文学理论的中诗歌创作，而是使城邦生活更美好的一种技艺。

② Foster H, *The Anti-Aesthetic: Essays on Postmodern Culture*, Bay Press, 1983, p. xv.

③ 康德在《判断力批判》中使用了“趣味”（Geschmack，即taste）来表示审美经验，可以被译为“鉴赏”或是“品味”。

④〔德〕康德：《判断力批判》，邓晓芒译，人民出版社，2002，第37页。

> 我们不得不认识到即使是在 16 世纪，在好品味和坏品味之间也还没有明确的界限，而且站在艺术作品前思考对作品的正确理解这样的经验就算是对于那些高雅艺术的爱好者——拉斐尔或米开朗基罗的委托人来说也是颇为陌生的。那个时代的感知力看不出神圣的艺术作品和机械玩偶、炫目的引擎与在王公贵族或教皇宴会上用以活跃气氛的充斥着自动玩偶和活人的巨型装饰性“舞台”之间的区别。①

换言之，从 17 世纪以来“品味”一词就开始流行传播，艺术也就有了所谓好坏之分，审美判断力就相应产生了。阿甘本之所以注意到这一概念的引入，是因为品味并不意味着观赏者对艺术的兴趣更为深厚或是他们的感知力得到了净化或飞跃；相反，正是由于品味的出现，艺术作品的地位本身被破坏动摇了，而艺术作品的原初统一性也被瓦解了：“面对着品味越来越高雅、越来越像消失的幽灵似的观众，艺术家则进入了越来越自由而稀薄的气氛中，他们慢慢开始脱离社会有生命的肌体组织而进入美学这块极北严寒的无人地带远行。”②

我们从阿甘本这里看到，无论是艺术家还是观赏者都丧失了与社会有生命力组织的联系。有品味的人只能保持漠不关心和反思式的鉴赏来判断艺术，然而这是以丧失艺术的生产创造力为代价的。就观赏者而言，阿甘本以狄德罗的“拉摩的侄子”（Rameau's nephew）为例对此进行了说明。拉摩的侄子就是典型的有审美判断的能力却没有艺术创造能力的观赏者，是所谓有品味的人的极端化身。他拥有敏锐的品味，却完全颠倒善恶：“就拉摩而言，品味就像是一种道德坏疽的作用，吞噬了其他所有内容和精神决定，最后只能在完全的空无中发挥功效。品味是他仅有的自信和自我意识，然而这种自信是纯粹空无，而他的个性也是绝对无个性。”③

与此同时，阿甘本认为艺术家在自由意志的艺术原理的指引下，可以精益求精地任意选择和拒绝素材，所以使得创作与内容相分离。艺术家在进入

---

① Agamben G, *The Man Without Content*, trans. Albert G, Stanford University Press, 1999, pp. 13-14.

② Agamben G, *The Man Without Content*, trans. Albert G, Stanford University Press, 1999, p. 16.

③ Agamben G, *The Man Without Content*, trans. Albert G, Stanford University Press, 1999, p. 23.

美学的途中放弃了内容，而只是以纯粹的创作-形式为最高真理：

> 限制在一种特殊的内容和一种适合于这内容的表现方式上面的作法对于今天的艺术家们是已经过去的事了……任何内容，任何形式都是一样，都能用来表达艺术家的内心生活，自然本性，和不自觉的实体性的本质；艺术家对于任何一种内容都不分彼此，只要它不违反一般美和艺术处理的形式方面的规律。在今天，没有什么材料绝对见不出这种相对性，纵使有些材料被提高到成为不相对的，也没有绝对必要要由艺术把它表现出来。①

就此而言，艺术对于当下来说已经是作为一件过去的事而存在，美学使得艺术被凝固在它自身的时代，不再参与我们的文化建构，从而和我们的当下失去了现存的关系，也不再是当下的本源。

从阿甘本对于现代艺术的批判可以看出，现代美学使得艺术作品的统一性分裂成为艺术的主观性和审美判断：一方面，艺术家变成了只以形式为最高原则的人，形式与内容相分离；另一方面，观赏者失去了创造能力，只能依靠审美判断来区分艺术与非艺术。当艺术家成为没有内容的人，而只有自我的意志时，也就与作为客体的艺术作品相分离了，从而撕裂了主客体的关系。审美判断的真正对象并非艺术本身，而是非艺术（non-art）。由此与其说它关注的是“什么是艺术”，还不如说它着眼于“什么不是艺术”，即当我们在判断什么是艺术时，我们参照的是非艺术这一否定模板，只有通过非艺术才能把握什么是艺术。在面对艺术作品时，我们第一个下意识思考的问题总是它是艺术还是非艺术。审美判断使我们处于一个吊诡的境地：一方面我们不得不凭借它来理解艺术作品，而另一方面它展示给我们的只是艺术的影子和纯粹的虚无，这阻碍了我们进入艺术作品的现实，因为“在判断中被否定的东西转变成了作品中唯一的真正内容，而已经被肯定的东西则被阴影遮蔽。我们对于艺术的欣赏必然始于对艺术的遗忘”②。杜尚的现成物就是对于艺术和非艺术划分的挑战和跨越，因为非艺术的其实就是艺术的。

---

①〔德〕黑格尔:《美学》(第二卷)，朱光潜译，商务印书馆，1981，第 378 页。

② Agamben G, *The Man Without Content*, trans. Albert G, Stanford University Press, 1999, p. 43.

随着品味进入现代美学领域，艺术被逼进一种无利害关系的审美判断的荒芜领域时，就意味着过度的理性化使艺术失去了原初的诗意栖居状态，也不再是对世界的浮现和人类栖居的一种本质衡量。在现代社会，艺术已经远离人类的本真栖居，而是被收藏隔离到博物馆空间，在这一意义上，博物馆作为艺术的乌托邦具有类似收容所的功能，作为例外空间收容了被排除出现实生活的艺术。

此外，阿甘本赞同后现代的反美学，他拒绝传统美学对美学的限制，并抛弃传统的美学原则而认为艺术是社会与政治行动的工具。20 世纪以来，随着张扬非理性的后现代主义思潮的兴起，真理遇到了前所未有的危机。解构主义的代表德里达就意图颠覆逻各斯中心主义，他否认绝对真理的存在，对真理话语进行了消解。在他看来，语言和文本并不表达某种永恒确定的意义，它们在不同的文化和社会语境下可以有不同的阐释，这个世界也就不存在所谓任何绝对客观的意义了，一切都在阐释变化之中。福柯则认为现代社会的真理话语是知识-权力共生的产物，是权力强迫我们生产真理，因为没有真理就没法运转权力。正是在这一意义上，福柯认为“真理是指一整套有关话语的生产、规律、分布、流通和作用的有规则的程序……因为真理本身就是权力”[①]。由于真理危机的出现，艺术与真理之间的关系也发生了变化。随着真理的权威性被解构，美学也应当从其特定的独立领域中被解放出来，这正是后现代反美学的呼吁。阿甘本的思想轨迹发展正是对这个呼吁的实践，他强烈反对将艺术禁锢在现代美学领域之中的观点，他从美学领域跨越到政治、法学等其他领域，将美学与政治社会伦理问题并置起来加以思考，就是为了取消美学边界，实现美学与政治的联通。

阿甘本认为艺术就其自身而言是政治的。巴迪欧曾经试图以 20 世纪的先锋运动为例，希望构建一个能够将教诲式和浪漫式综合在一起的中间模式。但这种嫁接艺术和政治的实验之举似乎未能成功，艺术和政治二者之间并没有形成长久的联盟，“正如马里内蒂的法西斯主义和未来主义者一样，布勒东的共产主义和超现实主义者依然只是寓言式的”[②]。巴迪欧将艺术和政治等

① 〔法〕福柯，杜小真编选:《福柯集》，2 版，上海远东出版社，2003，第 447 页。

② Badiou A, *Handbook of Inaestheitcs*, Stanford University Press, 2005, p. 8.

都视为生产真理的程序，但却没有在两者之间建立联系。阿甘本则跳出了巴迪欧的框架，认为我们应当彻底改变我们传统眼光中的美学与政治的关系。艺术之所以使得传达成为可能，就是因为其内在就是政治的。美学与政治有趋于融合之势，“艺术近似于政治和哲学，以至于与政治和哲学融而为一”[①]。

事实上，早在本雅明试图探讨艺术与政治之间关系的作品《机械复制时代的艺术作品》的结尾部分，我们就已经看到有关艺术政治化的类似表达了。为了抵抗纳粹法西斯主义的政治审美化，本雅明旗帜鲜明地提出了审美政治化的主张：“荷马的时代，人们向奥林匹亚山的诸神献上表演，而今天人们为了自己而表演，自己已变得很疏离陌生，陌生到可以经历自身的毁灭，竟以自身的毁灭作为一等的美感享乐。这就是法西斯主义政治运作的美学化。共产主义的回应则是让艺术政治化。”[②]本雅明的艺术政治化高度概括了艺术的社会功能，试图建构一个审美乌托邦来引导现实中的革命政治斗争，希望借助艺术的救赎功能来走向政治解放。

但阿甘本之所以认为艺术在本质上是政治的，并不是因为艺术要以革命为主题或是将艺术生产革命化，而是在于艺术在其本质上与政治一样是“安息”（inoperosita）[③]的。阿甘本从神学理论当中借用了“安息”的概念对艺术与政治的关系进行了分析。“安息”是阿甘本诸多非常关键的概念之一，也是其中最令人困惑和最易引起误解的一个概念。阿甘本的“安息”概念在意大利语中是 inoperosita，这个概念源自科耶夫的 désoeuvrement（闲置），同时也受到了法国哲学中的巴塔耶、布朗肖以及南希等人的影响。阿甘本有时在文章中直接使用法文 désoeuvrement 一词。然而该词翻译为英文时则出现了诸多不同的译法，如 inoperativity、inoperativeness、inactivity 以及 inoperosity 等。在这里就出现了一个问题，因为事实上英文 inoperativity 一词有“不工作、不活动、无效”等诸多含义，但这与阿甘本意义上的“安息”原词所表

① Agamben G, “Art, inactivity, politics”, In *Serralves International Conferences 2007*, Politics, 2007, p. 141.

②〔德〕瓦尔特·本雅明:《迎向灵光消逝的年代：本雅明论艺术》，许绮玲、林志明译，广西师范大学出版社，2008，第 102-103 页。

③ inoperosita 一词的中文翻译有“不作为、无为、闲置、闲散”等多种意思，但这些译法都与阿甘本对于此词的解释不完全相符，因此本书这里参考了蓝江的译法，最后译为“安息”，但有时也会译为“去功用化”或是“无功用性”。

达的意思并不完全符合。因为阿甘本是以这个概念来表明一种人类原初状况的："因为人类既不是也不必拥有任何本质、任何本性或任何具体的命运；他们的状况是所有事物中那个最为虚空且最不真实的东西：那就是真理。"[①]由此可见，阿甘本意义上的"安息"并不仅仅意味着"不工作"或是"不活动"，也不是巴塔耶意义上的一种否定性的形式，相反阿甘本的"安息"所指涉的是一种没有任何目的或任务的实践，它没有任何本质或本性。在《神圣人：至高权力与赤裸生命》中，阿甘本是这样理解"安息"这一概念的："将它视为潜能的一般模式，在由潜能到实现的过程（a transitus de potentia ad actum）中不会（像个人行动或被视为个人行动之和的集体行动那样）被穷尽。"[②]

阿甘本以"安息日"（Sabbath）为例来阐明何为安息。在安息日这个典型的犹太节日中，它所赞颂的不是神的创造活动，而是工作的停止。这个节日之所以神圣，是因为上帝在这一天（第七天）停止了一切创造的工作，"到第七日，神造物的工已经完毕，就在第七日歇了他一切的工，安息了。神赐福给第七日，定为圣日，因为在这日，神歇了他一切创造的工，就安息了"[③]。由此阿甘本引用斐罗的话指出，安息是上帝最为本己（proper）的属性，"意指安息的安息日属于上帝"[④]。在安息日被悬置或禁止的都是具有积极生产性的活动，而节日性行为如饮宴则是允许的，也就是说安息日虽然停止了做很多活动，但也不是完全不活动，所以安息既不是做（doing）也不是不做（not doing），而是旨在将行动从目的或是本身的功能中解放出来：

> 原本可以做之事——它本身和日常完成之事没什么不同——现在变成了不能做之事，变得安息，从它的"安济"（economy）以及在工作日界定它的诸多理由和目的中被解放和悬置起来（不做，在这个意义上，只是这种悬置的一个极端情况）。如果人吃东西，是为了果腹，他就没有在吃；如果人穿衣服，是为了蔽体或避寒，他

---

① Agamben G, *Means Without End: Notes on Politics*, trans. Binetti V, Casarino C, University of Minnesota Press, 2000, pp. 94-95.

② Agamben G, *Homo Sacer: Sovereign Power and Bare Life*, trans. Heller-Roazen D, Stanford University Press, 1998, p. 62.

③ 中国基督教协会:《圣经》(简化字和合本), 2001, 第 2 页。

④ Agamben G, *The Kingdom and the Glory*, trans. Chiesa L, Stanford University Press, 2011, p. 239.

> 就没有穿衣服；如果人醒来，是为了工作，他就没有醒来；如果人行走，是为了去某个地方，他就没有行走；如果人言说，是为了交流信息，他就没有言说；如果人交换物品，是为了买卖，他就没有交换。[①]

“安息”这个概念让我们联想起“潜能”，实际上阿甘本的这两个概念是一个硬币的两面，所以二者可以放在一起理解。潜能最为关键的部分就在于其可以是“非潜能”（impotentiality），即有能力不做，可以不转化为实在性。事实上，正如前述，潜能的存在本身必然与其自身的缺失、剥夺和非存在有关，但又不只是等同于非存在，而是存在于这种非存在的存在、不在场的在场。因此这种潜能也是人区别于动物之所在，是人类自由的根源，所谓自由就是能够拥有自身的非潜能。在这里，阿甘本揭示出，要想重新获得人类的自由并开拓“不去做”的潜能，就需要悬置装置的运作，也就是通过使装置去功用化，从而为新的使用形式敞开现存的空间。安息与潜能之间有着根本性的关系，我们可以借潜能来定义安息，而安息又是实现潜能的手段：“这是因为安息并不是惰性；相反，它使在行动中显露自身的潜能得以呈现。在安息中失效的并不是潜能，而只是其运行的目的和模态被铭刻和分离。正是这种潜能才能造就具有一种新的可能之使用的器官，造就一个其生理机能被悬置和失去作用的身体器官。”[②]这意味着安息“不是在自身装置中运转，而是成为指向一种新的可能使用的开启和咒语”[③]，即可以让存在者和事物恢复其潜能，使其以新的方式变得可用。

就政治而言，阿甘本和施密特一样从基督教神学的角度出发来分析政治权力，他认为与其说最高权力是一种行动或治理，还不如说是“安息”。所以在阿甘本看来，永恒的荣耀是以安息日来表现的，而只有荣耀才能保证权力机器持续地运转，并孕育所有的权力，从这个意义上来说，世俗主权的内核在于“安息”：

---

① Agamben G, *Nudities*, trans. Kishik D, Pedatella S, Stanford University Press, 2011, p. 111.

② Agamben G, *Nudities*, trans. Kishik D, Pedatella S, Stanford University Press, 2011, p. 102.

③ Agamben G, *Nudities*, trans. Kishik D, Pedatella S, Stanford University Press, 2011, p. 100.

> 在神学和政治中，荣耀正是取代相当于权力之安息的那个无从思考的虚空。然而正是这种无法言说的“空”滋养了权力……这意味着治理装置的中心——也就是王国和治理不断的交流，不断将它们自身彼此区分开的分界——实际上就是空无，只有安息日和安息；然而，这种安息对于治理机器是本质的，所以无论如何要以荣耀的形式应用于权力机器的中心并加以维持。①

对于这种权力中心的空无，以及绝对权力与安息之间的密切关系，阿甘本以“空王座”这个意象进行了说明。空王座的传说以罗马献给恺撒的象牙椅子最为典型，这个椅子上装饰了镶嵌宝石的王冠，虽然椅子是空的，但元老院的议员必须向王座致敬。虽然无论是在世俗还是宗教中，空王座都被认为象征着王权，但阿甘本并不同意这个观点，他认为空王座所象征的是荣耀：“因此，空王座不是王权的象征，而是荣耀的象征。荣耀先于世界的创造，并且在终结之后依然存在。王座是空的，不仅仅是因为荣耀虽然与神的本质吻合，但并不完全与之等同；还因为它在其最深层的内部就是自我安息和守安息。空就是荣耀的主权形象。”②就此而言，阿甘本强调世俗权力的核心奥秘是空无，与神学系统中荣耀所展现的永恒安息在体系上是一致的，因为人的本质是一种安息的动物（sabbatical animal），因此人的生活是无为的且无目的的，“我们称之为生命形式的事物，定义它的不是它与一种实践或是一件作品的关系，而是一种潜能和一种安息”③；在这个意义上，治理的机制之所以能够发挥作用，正是在于它以其中心的空无捕捉了人的安息本质。阿甘本所说的即临的政治范式也就是安息，“政治所对应的正是人类在本质上的安息、人类共同体在根本上的无为。之所以有政治，正是因为人生来无所用，不能被任何本己的功用所定义”④。

为什么艺术（诗）在本质上就是政治的呢？阿甘本指出诗的发生是在语言失去了交流和传达信息的功能时，“只能寓居于自身之中，沉思自身的言说

---

① Agamben G, *The Kingdom and the Glory*, trans. Chiesa L, Stanford University Press, 2011, p. 242.

② Agamben G, *The Kingdom and the Glory*, trans. Chiesa L, Stanford University Press, 2011, p. 245.

③ Agamben G, *The Use of Bodies*, trans. Kotosko A, Stanford University Press, 2016, p. 247.

④ Agamben G, *Means Without End: Notes on Politics*, trans. Binetti V, Casarino C, University of Minnesota Press, 2000, p. 141.

的力量"时，而这就是"一种让所有人与神的劳作安息的运作模式"[①]。在这一基础上，阿甘本认为荷尔德林、但丁以及兰波等诗人的创作都是对各自民族语言的沉思，但这些写诗的诗人个体并不是诗的主体，诗的主体是产生在"在语言不可用的时候，因此在其身和对于其来说，已经变成纯粹可言说的时候"[②]。以宗教仪式上的圣歌（hymn）为例，圣歌除了赞颂上帝之外，一般没有什么具体的意指内容，从而悬置了语言的意旨或是传达的功能，"圣歌就是意指语言的根本性无效，词语完全不起作用，然而却以仪式的形式保留"[③]，从中我们可以透视到诗正是让语言失去作用的一种语言的应用。

但我们要认识到安息并不等同于闲置和不作为，在诗中语言变得不作为并不是指言说这个行为本身，而是指言说的交流传达的具体功能和具体的指涉内容，所以这种悬置增大了语言使用的潜能。诗对语言的沉思的本质就是安息，而人类活动的本质就是守安息，就是通过让具体的活动失去作用，从而为人类开启新的可能性。"正是在这一意义上，沉思与安息是人类起源的形而上的操作者，它们通过将活人从他们的生物或社会命运中解放出来，把他们分配到那个难以界定而我们习惯于称之为'政治'的维度。"[④]就此而言，艺术之所以在本质上就是政治的，是因为艺术是一种沉思，可以使人类的日常行动停止，从而开启新的使用的可能："诗为言说的力量所实现的，也是政治和哲学必须为行动的力量所实现的。通过让经济和生物的运作安息，它们展现了人的身体能力，它们开启了身体的一种新的、可能的使用。"[⑤]

从以上几个方面的考察，我们可以看到，一方面，阿甘本借用古希腊的"创制"概念批判了现代美学，他指出艺术作为一种创制才可以显露真理，而这个创制就是诗。这使得他的美学范式接近巴迪欧的非美学。另一方面，阿甘本的美学又明显具有反美学的色彩，他提倡美学的政治，以自身的实践将美学从封闭的艺术领域拓展到政治、文化以及伦理等其他领域，成为一种超越美学的美学。艺术不再是一种生产，而应当是安息，如此才能够打破历史

---

① Agamben G, *The Kingdom and the Glory*, trans. Chiesa L, Stanford University Press, 2011, p. 251.

② Agamben G, *The Kingdom and the Glory*, trans. Chiesa L, Stanford University Press, 2011, p. 252.

③ Agamben G, *The Kingdom and the Glory*, trans. Chiesa L, Stanford University Press, 2011, p. 237.

④ Agamben G, *The Kingdom and the Glory*, trans. Chiesa L, Stanford University Press, 2011, p. 251.

⑤ Agamben G, *The Kingdom and the Glory*, trans. Chiesa L, Stanford University Press, 2011, p. 252.

的连续体，悬置统治生命的权力装置，使其停止运行，从而使生命逃离主权的捕捉，变成幸福的生命。幸福是政治学的最高目标，而政治是“关于城邦（polis）生活的艺术”[①]，所以艺术在本质上是政治的，而生命形式在真正意义上是诗学的。正如朗西埃所认为的，美学与政治是彼此互联的，“政治拥有其自身的美学，美学也拥有其自身的政治”[②]。在这一意义上，我们可以认为阿甘本的美学思想试图构建一种介于在非美学和反美学之间的美学镶嵌，虽然阿甘本自己对此并没有做出过明确的和系统的阐述。

三、艺术的潜能

基于对美学的思考，阿甘本指出，现代艺术以艺术家的创造意志为核心思想，已经抛却了把事物带入存在的希腊时代的创制概念。他号召我们去直面一种无内容的传达。虽然阿甘本认为艺术作为一种创制是可以显露真理的，但同时又强调艺术应当着眼于对传递性的传递，而不是所传递的内容。可以说阿甘本其实提倡的是一种没有内容的传递。阿甘本认识到从原初的维度来说，艺术在社会中起到了关键作用，因为艺术作品拥有让存在与世界显露的神奇的诡异力量，而现在的艺术则失去了这种关键作用，因为它失去了对文化整体具有意义的内容，沦为了只是一种形式的实践。

阿甘本以画家弗朗霍费为例做了形象的说明。弗朗霍费是巴尔扎克的小说《不为人知的杰作》中画技高超的绘画大师，他花了十年的时间来画一幅完美的杰作《美丽的诺瓦塞女人》，但是青年画家普桑却发现这幅画的画面上除了在画面的一角有一只引人注目的美丽的脚之外，其他地方只有堆积混乱的颜料色块和无法辨认的线条，没有任何影像，这幅画的意义和内容都消失了：

> 但在追求绝对意义的过程中，弗朗霍费成功做到的仅仅是隐藏了他的想法，从画布上抹去了任何的人体形象，将其破坏成“一片色彩和色调的混沌，细节模糊，像一团没有形状的迷雾”。在这堵

---

①〔古希腊〕亚里士多德:《诗学》，陈中梅译，商务印书馆，1996，第 72 页。

② Rancière J, “The method of equality: An answer to some questions”, In Rockhill G, Watts P (Eds.), *Jacques Rancière: History, Politics, Aesthetics*, Duke University Press, 2009, p. 285.

> 荒诞的画墙前，年轻的普桑惊呼："但是无论早晚他终会意识到，画布上空无一物!"这个警告听起来似乎是在回应恐怖（terror）开始对西方艺术构成的危害。①

在阿甘本设想的弗朗霍费的结局中，当别人作为观众看到了他的画作时，弗朗霍费就可能会推翻自己，转而发现原来他花了十年时间的画作上却是空无一物。从这个意义上说，正是在弗朗霍费从艺术家的角度转向观众时，他的作品分裂了："弗朗霍费的作品交替呈现出两面性，永远无法融为一体。艺术家所面对的是生活现实，从中他洞察到'幸福的承诺'；但观赏者所面对却是一堆无生命元素的聚集，只能在审美判断对它的反思中映射其自身。"②从弗朗霍费的画作中我们可以看到这种艺术主观性是一种绝对自由，超越了任何具体形式和内容，除了艺术自身之外，不需要任何实际内容来表现其本质，因为艺术家的艺术主观性与任何素材和主题都无关，无论什么内容或形式都不能代表艺术家的内在本质。阿甘本认为艺术家之所以变成没有内容的人，其实是一个历史的发展过程，艺术家不是从一开始就没有内容，而是被"艺术家的主体性与材料的直接统一性的破裂"③剥夺了内容。这种根本性分裂不仅使艺术家成为没有内容的人，而且还使得艺术"变成了一种在其自身上寻找目标和根基的绝对性自由。它在实质上不需要任何内容"④。在此意义上，艺术与现实世界的联系在减弱，成了自我消除的无，因为"艺术是一种自我消除之实体，它跨越所有内容而无法获得一件肯定的作品，因为它无法和任何内容达成一致"⑤。

正是艺术成为自我消除的无，艺术才应当不再关注所传递的内容，而是将传递性这一行为本身作为其自身的内容，这一问题更为准确的表述是：艺术不再执着于真理，并放弃了对真理传递的保证，转而聚焦于传递性这一行为，因为"真理既不是某种深奥的或是某种公共教义的传统，就如同今天依然处于统治地位的传统的错误认定所坚持的那样。相反，真理是一种记忆，

---

① Agamben G, *The Man Without Content*, trans. Albert G, Stanford University Press, 1999, p. 9.

② Agamben G, *The Man Without Content*, trans. Albert G, Stanford University Press, 1999, p. 11.

③ Agamben G, *The Man Without Content*, trans. Albert G, Stanford University Press, 1999, p. 35.

④ Agamben G, *The Man Without Content*, trans. Albert G, Stanford University Press, 1999, p. 35.

⑤ Agamben G, *The Man Without Content*, trans. Albert G, Stanford University Press, 1999, p. 57.

并且就在其发生之所，遗忘自身并注定自身……那必然被掌握和传递的正是绝对的非主体：遗忘本身”[①]。

阿甘本的这种美学理论其实和他在语言哲学方面的理论主张有着莫大的关联。阿甘本的语言哲学的研究重点实际就是对语言的纯粹可传达性（communicability）的研究，他对于任何具体传达的内容并不感兴趣。当然这也从一个侧面说明了一个问题，即阿甘本的语言哲学思想其实是对本雅明的语言学理论的一种继承。在《论语言本身和人的语言》中，本雅明就指出任何语言所传达的都是精神内容，是思想之物，但这种在语言中得以传达的精神实体与语言实体是不相同的，作为表意媒介的语言自身就是一种传达能力，它传达可传达性，“这表示所有语言传达自身。或者更确切地说，所有语言在自身中传达自身；在最纯粹的意义上，它是传达的‘媒介’（medium）”[②]。阿甘本的语言思想的核心就是围绕着可传达性展开的，“可传达性一直是传达自身，它不是别的东西而正是传达自身”[③]。但这并不意味着可传达性和传达两者是完全等同的事物，可传达性是从传达中剥离出来的事物，而且其自身既不能变成传达，也不能被传达行为所传达；但要将两者分开来思考也是不可能的，而且这也并不是说传达性是不可言说或是不可见的事物，而只是表示传达这种行为并不能揭示或显露可传达性，因此这种可传达性可以被定义为：“支持并促进传达，但其自身却永远不能通过一种传达的行为而被传达，它是一种我们通过对思想本身的思考而认识的结构。”[④]

在另一篇题为《不可记忆者的传统》的文章中，阿甘本指出对于传统的传递离不开语言，也就是说如果传统要展现它的内容，那么就必须有媒介来传递它，要通过一个媒介的存在来传递，而这个媒介就是语言。所以“在传递任何东西之前，人类必须首先把语言传递给自身。所有特定的传统、所有确定的文化遗产，都预设了只有通过语言的传递，类似传统的东西才

① Agamben G, *Potentialities: Collected Essays in Philosophy*, trans. Heller-Roazen D, Stanford University Press, 1999, p. 106.

②〔德〕瓦尔特·本雅明，陈永国、马海良编：《本雅明文选》，中国社会科学出版社，1999，第 265 页。

③ Watkin W, *The Literary Agamben: Adventures in Logopoiesis*, Continuum International Publishing Group, 2010, p. 50.

④ Watkin W, *The Literary Agamben: Adventures in Logopoiesis*, Continuum International Publishing Group, 2010, p. 51.

是可能的”[①]。但语言这个媒介并不是在传统中可以被看到的一个物体，而且要传递传统就必须预设它的存在，所以说它是先于其内容而存在的，但又可以与其内容相吻合。从这个意义上来说，语言指的是传统的可能性，语言为传统的传递提供了一个存在论的维度。对此阿甘本做了一个清晰的说明："显然，这种可传递性不可能在传统内被主题化为‘首要’，它也不可能成为在任何等级次序中的一个或多个命题的内容。语言隐含在所有的传递行动中，它必须保持未完成的状态，并同时不被主题化。”[②]就此而言，阿甘本认为语言具有一种开放性，是对去蔽的传递，而不是对一个物或是以命题来表述真理的传递，普遍存在于记忆仪式之中的正是这种语言的开放性本身，“因此，可传递性的传统久远地包含在所有具体的传统中，而这个远古的遗产，即传递去蔽，构成了人类语言本身”[③]。

阿甘本认为哲学的任务也就是去思考语言的开放性，他所思考的不是任何具体的传统，而正是这种不可记忆的所有传统的基础之所在，即纯粹的传递性。这种对纯粹的传递性的追寻使阿甘本在《语言的理念》一文中思考了启示的意义，因为启示是一种超越人类理性过程的事物，在其内容中包含了人类智慧所不能想象的内容，并揭示了一种我们不知道的事物和普遍意义的知识的可能性。作为上帝之言的启示，它的内容如阿甘本所言：

> 启示的内容并不是一个可以用关于一个存在（甚至是一个绝对存在）的语言命题形式来表达的真理，而是一个与语言本身相关的真理，事实上是与语言（也就是知识）的存在相关。启示的意义就在于，人类可以通过语言揭示存在，却无法揭示语言本身。换言之，人类以语言看世界，却看不到语言。这种在被揭示中的启示者的不可见性，就是上帝之言，这就是启示。[④]

---

① Agamben G, *Potentialities: Collected Essays in Philosophy*, trans. Heller-Roazen D, Stanford University Press, 1999, p. 104.

② Agamben G, *Potentialities: Collected Essays in Philosophy*, trans. Heller-Roazen D, Stanford University Press, 1999, p. 105.

③ Agamben G, *Potentialities: Collected Essays in Philosophy*, trans. Heller-Roazen D, Stanford University Press, 1999, p. 105.

④ Agamben G, *Potentialities: Collected Essays in Philosophy*, trans. Heller-Roazen D, Stanford University Press, 1999, p. 40.

在这个意义上，启示的秘密就是语言自身的遮蔽，是启示者的不可见性，语言进入存在之源，但在创造的行动中永远无法完全地显露自身，因为人类无法看到语言。纯粹的语言潜能是超越具体的言语和知识内容，它是“一切人类的言语和知识在其根源和基础上所具有的一种无限超越它的开放性”[①]，所以说纯粹的语言事件才是一种无中介的中介（immediate mediation），才能够使人类触及无预设的原则，即人类的本质问题。从这个意义上说，纯粹的语言事件就是希腊人所追寻的普遍真理，即上帝的言说，那就是太初有道之道。

阿甘本宣称现代艺术家所生产的一种异化价值就是对文化可传递性的破坏，这就导致传统不可避免地丧失了。阿甘本形象地指出了丢勒的版画中忧郁的天使形象可以被比喻为艺术的天使来说明世界对异化的接受，并表明散落在忧郁天使周围的物也都丧失了被赋予的意义，变成了某种永远令人困惑的暗号。这样一来，也就无从解码什么是有意义的，什么是没有意义的。当过去没有了传递性，就只能成为对于现在没有意义的负担和纯粹的文化积累。在现代社会，这种纯粹的文化积累就储藏在博物馆或是美术馆之中，阿甘本将这种文化城堡比喻为卡夫卡小说中悬浮在人头顶上造成威胁的城堡：“在其中一方面，过去之财产——人并不能在其中认识自身——已被累积用于为共同体成员提供审美愉悦；另一方面，这种审美愉悦只有通过异化——剥夺了它的直接意义以及为人类行动和知识开启空间的生产能力——才变得可能。”[②]从这个意义上我们认为，由于艺术作品被限制于美学领域，成为审美愉悦对象，因此它的形式特征占据了关注的重点，从而使人类无法再开启或进入艺术的本质结构，这样一来人类就失去他们的诗性存在和所栖居的本真世界。

在阿甘本看来，由于艺术作品的原初性结构被遮蔽，现代社会中的艺术已经被异化了，从而无法让真理自身显露，反而化身为“一种虚无主义的力量，一种自我消除的无，徘徊于美学领域的沙漠之中，永远围绕着将其分裂

① Agamben G, *Potentialities: Collected Essays in Philosophy*, trans. Heller-Roazen D, Stanford University Press, 1999, p. 41.

② Agamben G, *The Man Without Content*, trans. Albert G, Stanford University Press, 1999, p. 111.

的裂缝在盘旋"①。博物馆或美术馆是艺术建立起来的属于自身的超时间性的美学空间，它之所以在时间和生命的流动中被移出，就是旨在取代过去由诗性节奏所打开的、作为人类的共同基础的原初的时间和空间。在这个美学空间中，我们看到的正是传递的不可能，失去了传承能力从而不断堆积的文化也就失去了对真理的保证。然而在阿甘本的理论视域中，他并没有叹惋这种诗性能力的消失，而是借用了卡夫卡所提出的问题，即艺术是否能够变成对传递行为自身之传递，也就是艺术是否能够将与被传递之物无关的传递任务自身作为其内容。②

从这个意义上，阿甘本认为卡夫卡为我们指出了另一种可以为了可传递性而牺牲真理内容的艺术：

> 正是文化的传递性——通过赋予文化一种即时可感知的意义和价值——才使得人们自由地奔向未来，而不必为过去的负担所羁绊。但是，当一种文化失去了它的传递手段，人就失去了参照点，并且发现他自身被卡在过去和未来之间。一方面，这个过去在他身后不断地在累积，以那些大量的现在已无法解读的内容来压迫他；另一方面，那个未来是他还没有掌握的未来，也无法照亮他与过去的斗争。③

正是出于这种立场，阿甘本不失时机地指出历史天使所传递的内容就是传递任务本身，艺术作品可以摆脱固定的内容，而将传递性（transmissibility）这种行动自身作为其内容，且不必管传递的内容是什么，"通过把人在真理面前永远拖延的原则转化成一种诗性的过程，并且为了传递性而放弃对真理的保证，艺术又一次成功地将人所无法退出的历史状态——永远悬置于新与旧、过去与未来之间——转化为一个新空间：在其中，人不仅能在当下原初地衡量自己的栖居，并且可以在每时每刻重新发现自身行动之意义"④。

当艺术放弃了对真理的保证而转向了纯粹的传递性时，我们就可以重新

① Agamben G, *The Man Without Content*, trans. Albert G, Stanford University Press, 1999, p. 102.

② Agamben G, *The Man Without Content*, trans. Albert G, Stanford University Press, 1999, p. 114.

③ Agamben G, *The Man Without Content*, trans. Albert G, Stanford University Press, 1999, p. 108.

④ Agamben G, *The Man Without Content*, trans. Albert G, Stanford University Press, 1999, p. 114.

回到创制的艺术并恢复节奏来开启艺术的纯粹潜能。如前所述，阿甘本呼吁对美学的消解，并以焚烧房屋才能显露根本问题为比喻，因为只有消解才能去建构，有危险的地方才有救赎："我们愈是邻近于危险，进入救渡的道路便愈是开始明亮地闪烁……"[①]正是在火焰的光明中显现了艺术的原初规划，也就是阿甘本在艺术中最为关注的事物，即艺术的潜能。

从阿甘本对现代艺术的批判中，我们需要看到阿甘本对待艺术的态度：我们不应当将艺术作品视为一个由主体生产出来的对象，或是一个会被赋予某种形式的所谓"意义"；相反，我们应当将艺术作品视为一个重新开启世界的可能性，因为艺术是一个让人类了解自身生存本质的启示行为，是一个救赎之所在，能够让人类回到更为原初的经验。在这一意义上，如果艺术是我们救赎之所在，那么从现代的艺术作品回到创制的艺术就需要艺术去展现一种非关系性的潜能，艺术作品不应当是审美或消费的对象，而应当是对纯粹潜能的启示。人在大地上的诗意状态，需要通过潜能来开启一个这样的空间，在其中人类并不将自身视为一种实现的存在，而是有着无限的可能性。

"潜能"是阿甘本的一个重要的哲学理论观点，这一概念也是他回到古希腊从亚里士多德那里借鉴过来的。亚里士多德在《形而上学》和《物理学》两本书中划分了"潜能"（dynamis/potentiality）与"实现"（energeia/actuality）这对在哲学史上历史悠久并具有深刻意义的范畴。阿甘本提出的引导性问题就是："有能力"意味着什么？什么是能力？在探索这两个问题的过程中，阿甘本表示，他所关注的是亚里士多德对两种潜能的区分：一种是普遍意义上的潜能，即儿童认知或成为某种人物的潜能；另一种则是弹性潜能，即拥有某种知识或一种能力的潜能。从这里我们可以注意到，前一种潜能是一种生成性的潜能，儿童在成长过程中经受改变，而后一种潜能是从一种"持有"（hexis）的维度出发，即拥有某种能力。譬如说建筑师有建造房屋的潜能，诗人有写诗的潜能，但他们在这种"有能力"的基础上，"可以将他们的知识不转化为实在性实现，不去创作一件作品，由此建筑师有潜能，是因为他有

---

①〔德〕马丁·海德格尔:《海德格尔选集》，孙周兴译，上海三联书店，1996，第954页。

不建造的潜能，同样，诗人也有不写诗的潜能”[①]。

亚里士多德显然对后一种潜能更为感兴趣，“这种潜能并不仅仅是有潜能去做这样或那样一件事，而是有不去做的潜能、不转化为实在性实现的潜能。麦加拉学派认为所有的潜能只存在于实现，这就是亚里士多德批判麦加拉学派的原因之所在”[②]。阿甘本所强调的也正是这一点：潜能并不必须转为实在性实现，作为一种能力，其本身的存在方式就有去实现和不去实现的双重性。从潜能具有非实现化的能力来看，潜能既是一种可以去做的能力，也是一种可以不去做的能力，即非潜能。事实上，能力可以是有所为，也可以是有所不为，潜能的原初存在就与“不能”相关，从其构成上来说，就蕴含着一种“不能”，而“不能”这种被动性的潜能正是一切积极潜能的条件：

> 在其原初结构上，潜能（dynamis）就是关于它自己的缺失、它自己的丧失、它自己的非存在（non-Being）……所谓潜能，就意味着成为其自身的丧失，与自身的无能力有关。以潜能方式存在的存在者能够拥有他们自身的非潜能，而且也只有以这种方式他们才变成有潜能。[③]

在这里我们要看到阿甘本认为人类的潜能之所以伟大就是在于人类的潜能是由“一种在或不在、为或不为的能力”[④]来界定的，这也是人区别于动物之所在。人的力量起源就来自这种“不能”（adynamia），即一种不去行动的潜能和黑暗的潜能，而正是由于人类是能够拥有自身的不可能的动物，所以人是自由的，因为“自由不单是有做这件事或那件事的力量，也不单是有拒绝做这件或那件事的力量，就我们所见的意义，自由是能够拥有自身的不能”[⑤]；

---

① Agamben G, *Potentialities: Collected Essays in Philosophy*, trans. Heller-Roazen D, Stanford University Press, 1999, p. 179.

② Agamben G, *Potentialities: Collected Essays in Philosophy*, trans. Heller-Roazen D, Stanford University Press, 1999, pp. 179-180.

③ Agamben G, *Potentialities: Collected Essays in Philosophy*, trans. Heller-Roazen D, Stanford University Press, 1999, p. 182.

④ Agamben G, *Nudities*, trans. Kishik D, Pedatella S, Stanford University Press, 2010, p. 44.

⑤ Agamben G, *Potentialities: Collected Essays in Philosophy*, trans. Heller-Roazen D, Stanford University Press, 1999, p. 183.

相比而言，动物只能做这件事或那件事，却没有这种不做某事的能力，也就是非潜能，所以动物是不自由的。在这一点上，阿甘本所看重的也是潜能的双重含义当中的另一重含义：非不能也，而是不为也。也就是你拥有一种能力，但可以不使用它或者不去做某件事。

对于这种不去做的潜能，阿甘本借用了麦尔维尔创作的一个角色巴特比的形象来加以表现。巴特比对于任何要求都是以坚定的“我不愿意做”来拒绝的，这样他的抄写员身份就变成了一个上面没有任何记号的写字板的具象化。阿甘本将其描述为“所有创造都是从其派生而出的那个‘无’的极端形象，而同时，他也构成了这个作为纯粹的、绝对潜能的‘无’的最不可改变的证明”[①]。从这一意义上来说，阿甘本认为真正的潜能是一种“不去做”的潜能（potential to not-do），是以否定形式出现的“非存在”，它是“非存在的存在、不在场的在场……潜能不是一种逻辑上的本质，而是这种缺失的存在方式”[②]。

就今天的艺术作品而言，它们往往被视为由艺术家的意志创造出来的对象，是艺术家的纯粹行动，是在循环流通生产中的产品，而不是能够让世界进入真理在场的一种创制。显然阿甘本认为艺术作品应当显露一种纯粹的潜能，显露一个世界，并恢复一种对于经验的原初的开放性；而现在我们面临的问题却是这种作为意志的表达的艺术作品却只是对潜能的实现，艺术家的行动也是一种实践的行动，这样生产出来的艺术作品是由意志决定的事物，因此如果要摆脱这种意志的行动并且重回作为创制的艺术，就只有通过非潜能这种经验，才能生成某种完全崭新的事物。这种非潜能的经验就是阿甘本所说的“在对某种事物的经验与对无物的经验之间存在着对它自己的被动性经验”[③]，它不是从潜能转化成实在性实现的经验，而是不去做的潜能。这种经验如同什么都没写的白板，表达了纯粹潜能的存在方式，是在写字板表

① Agamben G, *Potentialities: Collected Essays in Philosophy*, trans. Heller-Roazen D, Stanford University Press, 1999, pp. 253-254.

② Agamben G, *Potentialities: Collected Essays in Philosophy*, trans. Heller-Roazen D, Stanford University Press, 1999, p. 179.

③ Agamben G, *Potentialities: Collected Essays in Philosophy*, trans. Heller-Roazen D, Stanford University Press, 1999, p. 217.

面刻下任何形式之先的经验。在黑暗中我们意识到眼睛可以没有看见的能力，而这种非潜能经验的激发可以剥夺我们的感知能力，从而让我们处于一种悬置的状态——即我们可以拥有去做某事的能力，却不需要实现这种潜能——这样我们才可以开启作为艺术作品原初结构的节奏。

在阿甘本看来，艺术作品之所以具有原初性或是本真性，是因为“艺术作品与其本源以及形式上的存在原因保持着一种特殊关系，在这一意义上，它不仅来自这个本源，符合这个本源，而且也与它保持着无限接近的关系”[①]。阿甘本认为艺术作品解蔽真理是借助于节奏的，节奏才是本质、尺度和逻各斯，是开启艺术作品原初空间并使艺术作品作为艺术作品存在的原理。为了厘清“节奏”这个概念，阿甘本将之与希腊语中的动词 ῥέω——在时间维度上的流逝——相关联，指出“节奏”的意思就是在永恒的时间流逝中引入断裂，是对无尽的瞬间流逝的一个中断，所以节奏实质上是一种停止或悬置。阿甘本举例说，在音乐作品中，节奏的作用就是通过逃离永不停息的瞬间的流逝，而在时间中表现出一种非时间的维度。就我们面对艺术作品时节奏对我们的意义，阿甘本做了这样的描述：“我们在时间中感知到一个中断，似乎自己被抛进了一种更加原初性的时间里。在来自未来和落入过去的这个永无止境的瞬间中出现了中断和停止，而正是这种中断和停止向我们揭示了所看到的艺术作品和风景的特有的状态和存在模式。”[②]很显然，实践作为一种因果关系之行动和反应，它的时间性模式是一种线性的，艺术作品中的节奏则将其搁置暂停了。这意味着艺术作品为人类开启了通向真理的空间：

> 通过向人类开启本真的时间维度，艺术作品也为他们打开了他们应该归属的世界的空间。只有在这个世界里，人类才能对他们自己在大地上的栖居进行原初的衡量，才能在时间永不停息的线性时间流动中再次找回他们在场的真理。[③]

阿甘本进一步解释说可以将希腊语中的“休止”（ἐποχή）理解为节奏，

① Agamben G, *The Man Without Content*, trans. Albert G, Stanford University Press, 1999, p. 61.

② Agamben G, *The Man Without Content*, trans. Albert G, Stanford University Press, 1999, p. 99.

③ Agamben G, *The Man Without Content*, trans. Albert G, Stanford University Press, 1999, p. 101.

该词有着双重意义：第一重意义既有“悬置”的意思，又有“提供”的意思；而另外一重意义则是基于前两个意思，指的是“在场或保有”意义上的存在。正是节奏打断了线性时间的流动，克服了空洞而均质的时间，才使得人类得以在诗性行动中实现一个悬置，为人类的行动打开一个当下的空间，使人类成为一个与自身的过去和未来产生联系的历史存在,并且将实践转变成创制，在原初的维度上得以栖居和找到真理。由此可见，与现代艺术生产强调创造性的意志的观点相反,阿甘本所说的节奏和创制并不是着眼于对意志的表达。因为创制专心于节奏的原初生产能力，这正需要对意志的悬置，而节奏开启的则是一个让自由行动发生的空间。正是由于艺术作品的原初结构在于节奏，而节奏为人类打开了真实的时间维度，使人类重新回到原初的神话时间，艺术作品才能打破线性时间的连续体，使人类重新找回在历史和时间中的原初维度。由此，阿甘本认为艺术（创制）是对本源的生产，而观看艺术作品的经验就是走进一个本源的时间，在节奏的悬置中去经验。艺术之所以是人类的最高使命，是因为“在艺术作品的经验中，人置身于真理之中，即在诗意的行动中原初向人呈现了其自身。在这种参与中，在被抛入节奏的休止中，艺术家和观众重新获得了他们本质上的团结统一与共同基础”[①]。正如阿甘本所认为的，在生命政治时代，我们失去的正是生命中的潜能，而“艺术是建构性的，以词源来说，即意味着艺术，诗（创制）是对起源的生产；艺术赠予人类原初的空间的礼物，特别具有建构性”[②]，由此艺术为我们构建了一个让我们可以回到潜能的世界。

第三节　诗与哲学的问题

沿着阿甘本的思想脉络加以分析，可以发现他的思想发展一直围绕着西方思想史上的重要论争——诗与哲学的问题。事实上，阿甘本认为诗与哲学的分裂导致了西方文化精神的分裂症，要解决这一裂痕只有诗与哲学回到人

① Agamben G, *The Man Without Content*, trans. Albert G, Stanford University Press, 1999, p. 102.

② Agamben G, *The Man Without Content*, trans. Albert G, Stanford University Press, 1999, p. 101.

类“幼年”期的原初语言状态，才能够模糊相互之间的边界，通过一种排除性的纳入将二者统一，使其能够交互指向对方，成为既是哲学的诗，又是诗的哲学。这种能够兼具诗与哲学性质的理想写作是一种散文的理念，它是诗的哲学化，也是哲学的诗化，即一种融诗与哲学为一体的创造性的批评。

一、诗与哲学的分裂

诗与哲学的纷争是纵贯于整个西方历史之中的一个既古老又现代的话题。从古希腊时期开始，柏拉图就提到了诗人与哲学家两派爆发了激烈的冲突，哲学家对诗人展开猛烈的攻击，试图剥夺他们的艺术权力，而诗人也对哲学家口出不逊。柏拉图宣布哲学家为王，而将诗人驱逐出理想国，从而使诗与哲学的对抗发展到了极致。为了抵抗柏拉图对诗的无情谴责，亚里士多德则在《诗学》中为诗歌展开了辩护，他认为诗与哲学一样，可以使人接近真理。在之后数千年的诗与哲学的对抗中，或是哲学压倒诗，或是诗凌驾于哲学。在中世纪诗与哲学抗争的期间，诗全面败退，完全居于劣势，在理论上和实际行动中受到了双重打击。奥古斯丁在《忏悔录》中就对诗加以斥责，并对诗的罪状进行了历数和忏悔，他将诗比作有毒的酒，认为“这些词句不过更使人荒淫无度”[①]。

随着文艺复兴的启蒙到来，诗与哲学的论争进入了一个新的高潮阶段，诗则展开了反抗。薄伽丘在《但丁传》中对诗进行了辩护，他否认诗的荒唐虚构性，认为“诗人们往往把真理隐藏在表面看来好像与真理相反的事物之下。因此，他们就用寓言而不用别的方法来隐藏真理，因为寓言之美独能吸引哲学论证或雄辩之词所不能吸引的人们”[②]。由此薄伽丘得出结论：诗可以媲美神学。维柯则从思维方式的角度来区分诗与哲学，提出诗性智慧早于哲学智慧，也就是说人类早期的思维方式都是诗性的，最早的哲人都是诗人，哲学是从诗性的智慧中派生出来的，“诗人们首先凭凡俗智慧感觉到的有多少，后来哲学家们凭玄奥智慧来理解的也就有多少，所以诗人们可以说就是

---

①〔古罗马〕奥古斯丁:《忏悔录》，周士良译，商务印书馆，1963，第20页。

②〔意〕薄伽丘:《但丁传》，缪灵珠译，见章安祺编订《缪灵珠美学译文集》（第一卷），中国人民大学出版社，1998，第328页。

人类的感官，而哲学家们就是人类的理智”[①]。

虽然启蒙时期高扬理性主义，但又不可避免地对诗性思维多有贬斥，英国作家皮科克就在《诗的四个时代》中认为诗歌对现代生活毫无助益，他嘲笑诗人还生活在古风陋俗之中，诗人是半野蛮人。著名诗人雪莱因此写了《诗之辩护》加以反驳，他指出诗能够表达真理，推动人类的进步，是一切知识的源泉："诗是生活的惟妙惟肖的映象，表现了它的永恒真实……它既是知识的圆心又是它的圆周；它包含一切科学，一切科学也必须溯源到它。它同时是一切其它思想体系的老根和花朵……"[②]在雪莱看来，在远古时代，所有的作家都是诗人，因为那时的语言本身就是诗，因此柏拉图在本质上还是诗人，诗人不但可以理解真理，而且同样可以是伟大的哲学家，莎士比亚、但丁以及弥尔顿都可以被认为是哲学家。

尼采与柏拉图的传统决裂，他批判苏格拉底倡导的理性精神，转而颂扬生机勃勃的狄奥尼索斯的酒神精神，即推崇非理性并打破禁忌，解除对个体的束缚，获得复归原始自然的体验。尼采认为最能体现酒神精神的就是悲剧，但尼采的悲剧世界观不是消极的，而是导向积极的，是在个人毁灭后与万物相融合获得的狂喜，是对生命活力的永不停息的狂喜，所以在他看来悲观主义是真理。生命本来的形而上活动是艺术，因此艺术比真理更有价值。在诗与哲学的斗争中，谁才是揭示真理的认知方式？过去的哲学家如柏拉图和黑格尔等一直认为哲学才能认知真理，而在现代西方哲学中这一情况则发生了逆转。自尼采后的哲学家如海德格尔等人都赞同尼采，认为诗胜过哲学，诗人才是人类的英雄。

在 20 世纪的现代社会中，诗与哲学之争则进入了一个新阶段，哲学向诗投降，诗成为对抗现代性、反理性以及反逻辑的不可或缺之武器。为了对抗现代技术所带来的人的异化，海德格尔就提出，人类本真的生存方式应当是"诗意的栖居"：现代人远离了诗意的存在，变成了无家可归的漂泊者，所以需要在诗性经验的引领下还乡，返回本真的家园，而诗性思维正是把握本真

① 〔意〕维柯：《新科学》，朱光潜译，商务印书馆，1989，第 172 页。

② 〔英〕雪莱：《诗之辩护》，缪灵珠译，见章安祺编订《缪灵珠美学译文集》（第三卷），中国人民大学出版社，1998，第 140、158 页。

存在的关键之所在。与传统的将命题判断当作真理的观点不同，他提出了存在之真理，即希腊人的真理观——a-letheia（去弊/无蔽），“希腊人把存在者之无蔽状态命名为 ἀλήθεια。我们说真理……”[①]。海德格尔认为 a-ltheia 的前缀 a-的意思是“去除/非”，所以此词原初的意思是“无蔽状态”，亦可称之为“澄明”，是一种生发过程。在他看来，真理就是“林中空地”，其本质就是自由敞开和无蔽，真理可以被理解为存在者的无蔽状态；由于诗就是“存在者之无蔽状态的道说（dia Sage）”，所以“艺术的本质是诗。而诗的本质是真理之创建（Stiftung）”[②]。

对于诗与哲学之争这个千年来纷争不息的问题，阿甘本在其第一部著作《没有内容的人》中进行了探讨，并在以后的学术生涯中一直对此加以思考。首先，阿甘本指出诗与哲学的分裂事实上在西方文化传统中是一种根本性的分裂，而这一分裂在西方文化的初始时期就已存在了：“柏拉图在《理想国》的最后一卷里告诉我们，诗歌和哲学的分裂在他那个时代就已经是古已有之的旧怨……我们对两者的交恶已经如此习以为常，以至于无法认识到它在西方文化的命运中起到了多么富有决定性意义的主导作用。”[③]阿甘本反对这种诗与哲学的分裂，他认为无论是诗还是哲学都是不可能单独引导我们体验人性的完满的，因为“就哲学和诗被动地接受这种划分而言，哲学未能发展出一种本己的语言……而诗既没有发展出一种方法，也没有发展出自我意识”[④]。只有诗与哲学相融合才是真正的人类语言，才能达到知识与快乐的完满。

其次，阿甘本认为诗与哲学的分裂是源自原初语言的分裂，即分裂为诗的语词和思想的语词。这种分裂假定了一种二分法的经验领域，导致了主体不可能完全拥有知识之客体，因为“诗拥有其客体却不认识它，而哲学认识其客体却不拥有它。因此，在西方，语词就被一分为二：一种是宛如从天而降的无意识的词，它以美的形式再现知识的客体并对其进行享用，而另一种

① 〔德〕马丁·海德格尔：《林中路》（修订本），孙周兴译，上海译文出版社，2008，第 18 页。

② 〔德〕马丁·海德格尔：《林中路》（修订本），孙周兴译，上海译文出版社，2008，第 53-54 页。

③ Agamben G, *The Man Without Content*, trans. Albert G, Stanford University Press, 1999, p. 52.

④ Agamben G, *Stanzas: Word and Phantasm in Western Culture*, trans. Martinez R L, University of Minnesota Press, 1992, p. xvii.

则是有着自身严肃性和意识却不享用其客体的词，因为它不知道如何再现客体”[①]。由此而言，原初的语言被分裂为诗性语言（poetic language）和哲学语言（philosophic language），阿甘本认为这种本源性的语言分裂使得西方文化中的知识分裂为非理性的迷狂和理性意识的两极，而这一后果导致了西方文化的精神分裂症：“也许，在我们的文化中区分诗与哲学、艺术与科学、‘歌唱’的词语和‘记忆’的词语的那种断裂，不过是……西方文化精神分裂的一方面罢了。”[②]尼采将希腊文化阐释为两相对立的“日神精神”和“酒神精神”，而瓦尔堡则将西方文化分为“狂喜的宁芙”和“哀悼的河神”。诗性语言有着创造性的想象力，而哲学语言则有着理性的思维，这也就是说诗性语言让诗人可以在语言中去表现和拥有客体，但却无法认识客体，而哲学语言让哲学家通过语言去系统地认识客体，但却无法拥有客体。

再次，阿甘本为了解决诗与哲学的分裂，又将目光转向神学。他认为“从希腊神话到《圣经》，诗与哲学都证明对语言的探索变成了一种近乎神秘的努力，而这被宗教误认为是所有神性的神秘而不可言喻的来源”[③]。神学充满了对起源的探索。从神学角度来看，他认为诗与哲学的分裂可以溯源到神学中创造与拯救（creation and salvation）使命的分裂。在《创造与拯救》一文中，阿甘本认为创造与拯救是神的两种使命，是圣行的两个极点，同时也可被延伸为人之行为的两极。在基督教神学中，统一于上帝的这两个使命被分别赋予了全能的造物主圣父和作为救世者的圣子，也就是说创造与拯救原本是上帝集于一身的两种工作，而后则分别被圣父和圣子两个不同的形象承担。因此在一神论的意义上，作为创造者的神与作为拯救者的神之间有着内在的矛盾，在本质上是对立的。这种神学思想上的分裂在世俗化的意义上就表现为诗与哲学的分裂，“在现代文化中，哲学和批评传承了先知式的拯救使命（之前是在神圣领域中，由注释学承担的），而诗歌、技术以及艺术则是天使式的

---

① Agamben G, *Stanzas: Word and Phantasm in Western Culture*, trans. Martinez R L, University of Minnesota Press, 1992, p. xvii.

②〔意〕乔吉奥·阿甘本：《潜能》，王立秋等译，漓江出版社，2014，第145页。

③ Dickionson C, “The poetic atheology of Giorgio Agamben: Defining the scission between poetry and philosophy”, *Mosaic: A Journal for the Interdisciplinary Study of Literature*, Vol. 45, No. 1, 2012, p. 209.

创造使命的继承者"[①]。然而，虽然这两种使命之间存在着冲突甚至是相互对立，但两者之间的关系又是密不可分的：通常人们认为创造在先，而拯救在后，但阿甘本通过对《古兰经》的考察，指出事实上拯救先于创造，行动者和生产者都必须拯救他们的创造；而拯救在创造之后，在实际上却是创造的条件。概言之，"拯救的任务先于创造的任务，而且似乎制造与生产的唯一合法化就在于拯救这些所造和所生产之物的能力"[②]。这两个使命曾经是如此密切相连，但随着宗教世俗化，我们这个时代却已遗忘了这种联系，以至于诗与哲学越行越远，诗人不知如何拯救他们的创造，而哲学家之所以肆无忌惮地盲目批判，是因为他们无法进行创造。

阿甘本认为无论是从语言角度还是从神学角度来说，诗与哲学的分裂所造成的后果都是灾难性的：由于诗与哲学的分裂，无论是诗还是哲学都无法完全拥有知识的客体；而对于主体而言，诗与哲学的分裂使得主体无法经验人的完整性而被异化。无论是过去哲学对诗的贬斥，使得非理性的诗性思维不被承认，还是现代诗对哲学的反击，认为哲学是否可能，或是哲学已死，诗与哲学千百年来一直始终处于不同的领域之中的分裂状态并一直相互对抗。从这个意义上来说，诗与哲学的分裂与二元对立密切相关，并且在西方文化中根深蒂固，从根本上导致了一种在文化上的悲剧性的精神分裂。

要祛除权力机制所设定的边界导致的对立，找回失去的统一性，这里就需要借用阿甘本哲学当中一个具有根本性意义的概念"无差别"（indistinction），其主旨就在于取消传统形而上学中的二元对立之间的边界。要理解这一概念，还需要结合"界槛"（threshold）的概念。阿甘本发现在欧洲诸多语言中"外在"都是以"在门口"或"在门槛上"的词语来表达的，因此他将"界槛"理解为某种纯粹的外在性。阿甘本认为"外在并不是意指某个确定空间之外的另一个空间，而是通道，是让其靠近的外在性"[③]。在这一意义上，界槛既不是门内也不是门外，它就处于分界线之上，即意味着内与外的中间，是内与外都可以进入的空间，是一种无差别地带（zone of indistinction）。阿甘

① Agamben G, *Nudities*, trans. Kishik D, Pedatella S, Stanford University Press, 2011, p. 5.

② Agamben G, *Nudities*, trans. Kishik D, Pedatella S, Stanford University Press, 2011, p. 4.

③ Agamben G, *The Coming Community*, trans. Hardt M, University of Minnesota Press, p. 68.

本将“处于外部与内部、排斥与包含之间的无差别地带”称为“例外状态”[①]。就诗与哲学而言，要超越诗与哲学的分裂从而治疗西方文化这种精神分裂症，就意味着要打破诗与哲学的边界，寻找到诗与哲学之间的界槛，从而进入一种例外状态，使得诗与哲学成为互相通往对方的本真之诗和本真之哲学。

二、生命与幼年

生命哲学自兴起就强调生命的非理性和存在，生命的本体地位得到了确立。由此，传统的认识论的逻辑体系被消解，真理和价值等问题与生命活动密不可分。立足于生命哲学，我们发现诗人与哲学家正在交换位置，诗与哲学正跨越边界通往彼此，因为无论是诗和文学表现出哲学冲动，还是哲学家开始以诗人的思考方式去把握和追问，它们都是指向人的生命过程的。阿甘本相信要治愈诗与哲学这种西方文化上的精神分裂，就必然要依靠瓦尔堡所创立的“无名之学”，所谓“无名”就是要克服“那些不仅使人文学科彼此分离，也使艺术品和人文科学（studia humaniora）分离、文学创造与科学分离的致命的分割和虚假的级别”[②]，“无名之学”事实上是一种关于西方文化的人类学计划，“只有这门学问，才会允许西方人……实现对一种将治愈人类的悲剧性精神分裂的，‘诊断人类’的解放性知识”[③]。这种人类学计划是一种跨学科的“人的一般科学”，它将诗与哲学都包含在内，是来临中的一代人的文化任务，而文化“永远被看作一个 Nachleben（死后生活），即传递、接受、极化的过程”，其研究就是集中在“象征及其在社会记忆中的生命的问题上”[④]。

人类生命与纯粹生命（mere life）[⑤]的区别，就在于人类通过艺术作品而使自身成为一个诗意而有创造性的存在。人在大地上的存在是一种诗意的状态，诗-创制为人创建了世界的原初空间：

① Agamben G, *Homo Sacer: Sovereign Power and Bare Life*, trans. Heller-Roazen D, Stanford University Press, 1998, p. 181.

②〔意〕乔吉奥·阿甘本:《潜能》，王立秋等译，漓江出版社，2014，第 145 页。

③〔意〕乔吉奥·阿甘本:《潜能》，王立秋等译，漓江出版社，2014，第 144 页。

④〔意〕乔吉奥·阿甘本:《潜能》，王立秋等译，漓江出版社，2014，第 133 页。

⑤ 纯粹生命即生命完全取决于治理技术，如通过各种人口健康、出生率、死亡率以及平均寿命等数据图表来监控并做出政治决定。

> 只有当人在诗意的休止中将自身在世界里的存在经验作为其本质条件时，世界才会对人的行为及其实存敞开。只有当人拥有这种最诡异的力量，即使生产成为存在的力量时，他们才能开始实践以及有意志地自由活动。只有当人在诗意行为中获得了一种更为本源性的时间维度时，他们才能真正成为一个历史性的存在——对于人而言，在每一个瞬间他们的过去和未来都处于重要关头。[①]

这种原初的诗意存在指向诗与哲学尚未分离之时的原初境域，彼时的人还处于澄明之境，能够将自身敞开为一个世界，而融入天地万物之中。但没有生命何谈恢复诗意存在？因此阿甘本认为要恢复这种诗性存在是不可能离开生命的，而这既是哲学的任务，也是生命的政治任务。

对于阿甘本而言，思想意味着生命之形式（form-of-life）：

> 我把思想——在不可分离的语境中构成生命各种形式的联结——称为生命之形式……思想就是生命之形式，是不可能与其形式相分离的生命；这种不可分离的生命的密不可分性无论出现在哪里，如在身体过程与生命习惯方式的物质性中以及同样的理论中，哪里就有思想。[②]

阿甘本的“生命之形式”正是对亚里士多德所说的幸福生活（happy life）的探索，即“一种不可能与其形式相分隔的生命，在其中，分隔出赤裸生命是不可能的”[③]，它意味着废除生命的诸种分隔，生成一种新的美好生活，完全向存在敞开。因此，诗与哲学是内在地统一于生命的概念之中的，生命可以消弭诗与哲学的分裂。

诗是生命的创造活动，而哲学是生命的拯救活动，要解决从古老时期开始的诗与哲学的分裂，就是要将创造与拯救的使命重新统一在生命之中。正如阿甘本所言，创造与拯救这两个使命彼此混同，互有纠缠，“创造的使命，

---

① Agamben G, *The Man Without Content*, trans. Albert G, Stanford University Press, 1999, p. 101.

② Agamben G, *Means Without End: Notes on Politics*, trans. Binetti V, Casarino C, University of Minnesota Press, 2000, p. 9, pp. 11-12.

③ Agamben G, *Means Without End: Notes on Politics*, trans. Binetti V, Casarino C, University of Minnesota Press, 2000, pp. 3-4.

实际上只是使其与先知式的救赎使命相分离的那一点火花，这一点火花救赎的使命仅仅是认识到本身的、天使式的创造中的一个碎片部分”[①]。这也意味着诗与哲学在生命中有着共通的根源，彼此相互交织不可分离，哲学中若无创造性，就是无意义的，而没有内在批判性的诗也无法长存，因为“这两种使命在表面上看起来似乎是自主的并且彼此独立，而实际上是同一种神圣力量的两面，在一个独一的存在体内部交融——只要与先知有关”[②]。就创造与拯救这两个任务而言，一方面，拯救生于一种悬而未定的创造；另一方面，拯救又可以被看作一种创造的潜能。诗与哲学作为创造与拯救要在生命中通向彼此，走向融合，成为没有诗与哲学区别的本真之诗或本真之哲学，从而让我们可以回到原初的诗意境地。本真之诗或是本真之哲学都是拒绝诗与哲学的流俗之划分：“每个本真的诗作都是指向知识的，正如每一个本真的哲学行为总是永远通向愉悦。”[③]

除了生命可以统一诗与哲学，阿甘本还认为诗学经验和哲学经验两者皆是：

> 原始地依赖于语言之发生的一个共同的否定性经验。或许，只有从这个共同的否定性经验出发，我们才能理解语言状态下那种分离（我们习惯将这种分离称为诗和哲学的分离）；从而我们才有可能理解正是这种否定性的经验既使得诗与哲学相互分离，但又同时将它们结合起来，并似乎指向了对两者断裂的超越。[④]

这种共同的否定性经验就是语言之不可把捉的否定性位所经验。希腊人将诗的语言之原初位所的这种不可把捉之经验称为缪斯，而哲学也将此定位成最高的问题，即关于存在的问题。在这一意义上，诗与哲学的最高目标正是试图去把捉词语原初的、不可通达的位所，去追寻人类真正的语言，都在

① Agamben G, *Nudities*, trans. Kishik D, Pedatella S, Stanford University Press, 2011, pp. 5-6.

② Agamben G, *Nudities*, trans. Kishik D, Pedatella S, Stanford University Press, 2011, p. 5.

③ Agamben G, *Stanzas: Word and Phantasm in Western Culture*, trans. Martinez R L, University of Minnesota Press, 1992, p. xvii.

④ Agamben G, *Language and Death: The Place of Negativity*, trans. Pinkus K, Hardt M, University of Minnesota Press, 1991, p. 74.

寻求对于语言本身的无差别的经验。然而阿甘本认为无论是诗还是哲学，双方都难以获得这一位所，因为显然无论是“诗或哲学，还是诗或散文，都无法以其自身的力量完成它们千年的事业”[①]。阿甘本认为柏拉图在《斐德若篇》中所说的哲学缪斯的“最美妙的声音”就是无声之音，而这也是诗学问题的根本所在。

在《诗的终结：诗学研究》中，阿甘本引用了雅各布森对诗的定义——“诗即是声音与意义之间长久的犹豫不决”[②]。从这个定义可以看出，阿甘本认为诗实际上是声音和意义以及符号学范畴和语义学范畴之间的张力和差异，这会造成韵律部分和语义部分之间的对立，而散文当中则没有这种对立的发生，这成为我们区分这两种文体的特征。这种声音与意义上的对立导致在每一句诗行末尾处，韵律声音虽然已经停止，但意义却没有完成而延续到下一行诗句，也就是一个句法单位被打破分隔成两行诗句，即跨行连续（enjambment）。阿甘本指出中世纪的学者早就意识到了这种韵律和语义之间的对立现象，而 14 世纪的学者蒂比诺则给这种跨行连续现象下了一个比较明晰的定义：“经常会发生这种情况，即韵律结束了，而句子的意义还没有完成。”[③]通常我们认为诗歌实现了韵律和意义的完美和谐，但阿甘本认为并非如此，他在《散文的理念》中更为进一步地提出了这样的观点：“跨行连续揭示了韵律和句法元素以及声音韵律和意义之间的错配和断裂。”[④]这种内在的不一致性正是诗体的必要条件，是诗歌韵律中极为普遍的现象。诗与哲学两种文体的区别就在于这种声音与意义对立的跨行连续的现象，诗是以跨行连续的可能性来界定的。

但跨行连续这一现象却不可能发生在诗的终结，即一首诗的末行之处，在这里，韵律序列和语义序列的对立也不复存在。因此，最后一句诗行的紊乱就在结构上标志着诗的终结。如此一来，诗末尾的最后一行是否还是诗就

---

① Agamben G, *Language and Death: The Place of Negativity*, trans. Pinkus K, Hardt M, University of Minnesota Press, 1991, p. 78.

② Agamben G, *The End of the Poem: Studies in Poetics*, trans. Heller-Roazen D, Stanford University Press, 1999, p. 109.

③ Agamben G, *The End of the Poem: Studies in Poetics*, trans. Heller-Roazen D, Stanford University Press, 1999, p. 110.

④ Agamben G, *Idea of Prose*, trans. Sullivan M, Whitsitt S, State University of New York Press, 1995, p. 40.

成为一个问题，诗之所以是诗的身份就岌岌可危了，一个真正的危机在诗的结尾处发生了，因为“诗的终结之处暗示着诗的不可能性，即声音与意义的精确重合。声音毁灭于意义的深渊之中，正是在此，诗在悬置自身的结尾中寻找遮蔽之所，宣布了诗性的紧急状态”[①]。在诗的终结，诗的语言趋向于哲学的语言，这意味着哲学的可能性。为了挽救这一危机，诗就要拒绝并悬置它自己的终结，阿甘本引用了但丁对这一问题的处理方法，指出让诗的终结成为一个向沉默的无尽坠落。但丁在《论俗语》中这样说道：“如果诗的末行结尾与韵律一起陷入沉默，那么就是最美的。”[②]

阿甘本认为沉默才最接近于人的原初语言，是可以超越诗与哲学的分裂的真正完美的人类语言。在《无法言说的女孩：戈莱的神话与秘密》中，阿甘本讲述了希腊神话中著名的冥王劫走珀耳塞福涅的故事。珀耳塞福涅，又名戈莱，是宙斯和掌管农业的丰饶女神得墨忒尔的女儿。传说珀耳塞福涅有一天在外游玩，无意中摘下了代表冥王的水仙花，于是大地裂开了一道缝，冥王哈迪斯跳了出来，将珀耳塞福涅劫持到冥界，让她成为冥后。得墨忒尔失去女儿后，万分悲痛，于是停止劳作到处去寻找女儿，以至于万物都停止生长，大地一片荒芜。宙斯命令哈迪斯将珀耳塞福涅归还给女神得墨忒尔，但哈迪斯让珀耳塞福涅吃下了冥界的石榴籽，因此珀耳塞福涅有半年回到地面和母亲团聚，有半年则留在冥界。阿甘本指出，戈莱是一种介于女儿与母亲、处女与女人之间的第三种人的形象，我们很难以用语言来描述和形容她的存在，只能将之称为戈莱，“戈莱就是生命，可是它不容许自身被‘言说’，它不能以年龄、家庭、性别身份或社会角色来界定”[③]。正是在这一意义上，戈莱成为一个无法言说的女孩。阿甘本探讨了起源于得墨忒尔四处流浪寻找女儿的过程中的厄琉息斯（Eleusis）秘仪的意义，这一仪式的特殊之处就在于仪式中所有参与者都要保持沉默，他们在仪式进行时被禁止说话。在阿甘

① Agamben G, *The End of the Poem: Studies in Poetics*, trans. Heller-Roazen D, Stanford University Press, 1999, p. 113.

② Agamben G, *The End of the Poem: Studies in Poetics*, trans. Heller-Roazen D, Stanford University Press, 1999, p. 113.

③ Agamben G, *The Unspeakable Girl: The Myth and Mystery of Kore*, trans. de la Durantaye L, Seagull Books, 2014, pp. 6-7.

本看来，在这个秘仪中，新成员要体验的是一种不能言说的存在的力量和潜能，是一种启迪（不可言说的经验），而不是道说（以语言来传授教义）：

> 秘仪之中，我们并不是去学习要他们保守沉默的东西，比如秘密教义。相反，新入会者是为了心醉神迷地体验他/她自己的沉默——"神就在眼前，奇迹令人噤声"。所以，新入会者要体验的是赋予"无法言说的女孩"的力量和潜能——也就是一个欣喜而不妥协的不能言说（in-fantile）的存在之力量和潜能。①

阿甘本对于厄琉息斯秘仪的关注显然是受到了黑格尔思想的影响，在《语言和死亡》中，阿甘本引用了黑格尔的一首为了纪念朋友荷尔德林而命名为《厄琉息斯》的诗，并指出在这首早期的诗中，黑格尔认为"禁止言语是因为讲话被视作一种原罪，同时也是因为'词汇的贫乏'，而且要在'内心深处'孕育知识也是必要的"②。然而在《精神现象学》的第一章中，黑格尔又重新提及了厄琉息斯秘仪，对于"不可言说性"又提出了不同的看法："在语言中我们自己直接否定了我们的意谓；并且既然共相是感性确定性的真理，而语言仅仅表达这种真理所以要我们把我们所意谓的一个感性存在用语言说出来是完全不可能的。"③这也就是说，与其说保证不可言说之物的是沉默，还不如说是语言本身，所以说是语言在本质上包含着一种否定性，不可言说性就蕴含于语言本身。

阿甘本所感兴趣的正是厄琉息斯秘仪中的启迪所体验的沉默——不能言说存在的力量，他认为人类生存的过程中存在着一个先于我们有能力说话的阶段，即从潜在的人类到真正的人类之间的一种在语言上的沉默，阿甘本将人类的这种无言状态（speechlessness）阶段称为"幼年"（infancy）。infancy一词源于拉丁语 infans（婴儿期的），其中-fans 就是 fari，即"说话"的意思。拉丁语 infantia 指的就是没有能力言说（inability to speak），所以"幼年"并不是在描述真正的儿童早期阶段，而是指人能够成为说话的主体之前的状态，

① Agamben G, *The Unspeakable Girl: The Myth and Mystery of Kore*, trans. de la Durantaye L, Seagull Books, 2014, p. 13.

② Mills C, *The Philosophy of Agamben*, McGill-Queen's University Press, 2008, p. 13.

③〔德〕黑格尔:《精神现象学》，贺麟、王玖兴译，商务印书馆，1979，第 66 页。

从其字面意思来理解，就是没有能力或是不愿意讲话，即一种沉默或是不-言说的经验存在，是在语言之外或前语言的一种存在方式。

亚里士多德认为人与动物的区别就在于人被定义为“言说的动物”（zoon logon ekhon）。就此而言，在亚里士多德看来，动物被剥夺了语言。但阿甘本则反对动物没有语言这一说法，他认为恰恰相反，动物才是一直处在语言之中：

> 事实上，动物不是没有语言；相反，它们一直是而且全然就是语言……动物不需要进入语言，它们已经身处语言之中。人类反而由于拥有在言说之前的幼年，从而将单一的语言分裂，而且为了说话必须将自身构建成为语言的主体——他必须说“我”。因此，如果语言真的是人之本性……那么人的本性在其源头就分裂了，因为幼年为其带来了语言和话语之间的中断和差异。人类的历史性的基石就存在于这种差异和中断之中。①

事实上阿甘本所说的幼年这一阶段的确有其重要性：当人出生时，不会说话，这使得这一阶段不同于人的生命中的任何一个其他阶段，那就是幼儿没有说话的能力但却拥有掌握语言的潜能。新出生的婴儿不会说话，也不像动物拥有与生俱来的“声音”能力——如羊的咩咩声，他们无法天生会说什么语言，而是要通过习得才能获得语言能力。人之所以能通过习得而获得语言能力正是因为他们被剥夺了天生发出这些声音的能力，所以说“人类不是拥有语言的动物，而是被剥夺了语言的动物，由此需要从他自身外部来获得语言”②。换言之，阿甘本认为主体是在语言中被建构的，它“在起源上与语言并存，事实上，幼年是通过语言对它的挪用将个体生产为主体的情况下而构建的”③。它意味着对主体的建构正是对原初的经验状态——即纯粹的沉默状态——的剥夺。那么幼年正是在人成为主体之前的经验，“也就是在语言之前的经验，即字面意义上的‘无词语’（wordless）的经验，人的幼年的界

① Agamben G, *Infancy and History: The Destruction of Experience*, trans. Heron L, Verso, 1993, p. 52.
② Agamben G, *Infancy and History: The Destruction of Experience*, trans. Heron L, Verso, 1993, p. 57.
③ Agamben G, *Infancy and History: The Destruction of Experience*, trans. Heron L, Verso, 1993, p. 48.

限正是以语言为标志界定的”[①]。

但在阿甘本这里，幼年并不能被理解为只是在时间上早于语言，或只是主体经历的一个时期。相反，幼年之所以有着重要性就是因为它作为无声经历的存在，是人类需要通过习得语言才能作为说话的主体进入语言的内在必要步骤。这种在语言中的主体构建假定了一种作为系统的语言和作为言语的言说之间的分裂，也就是在语言中的语言和话语的分裂；而对于动物来说，语言和言说是不可分割的。幼年是从人类出现就存在的经历，是纯粹语言分裂为语言-言语（langue-parole）之前的阶段，是无法言说的生命存在状态。在这一意义上，诗的终结所坠入的沉默就使得我们进入了原初的语言状态——幼年。在这种无差别的地带中，诗不像诗而成为一种非诗，哲学不像哲学而成为一种非哲学。由此，诗的语言与哲学语言的分裂被消解，自古老时代就分裂的哲学也与诗在此融合。

三、诗的哲学化

柏拉图的学说使得在西方哲学传统中诗远离真理，思与诗分离甚至完全对立，诗是一种表达，一种模仿，却不是思的一种形式；而海德格尔却与柏拉图相反，他重新将两者合一。海德格尔所谈论的诗并不属于传统意义上的文学领域，而是属于希腊人所谓的“创制”。对于他而言，思与诗血脉同源，“诗与思——这初看起来就像关于某个论题的标题——显示为我们的命运性此在自古以来就被镌刻其上的丰碑。这个丰碑记载着诗与思的相互归属”[②]。他认为思是存在之思，而诗则是诗性之诗，是呈现真理的一种方式，“作为存在者之澄明和遮蔽，真理乃是通过诗意创造而发生的。凡艺术都是让存在者本身之真理到达而发生；一切艺术本质上都是诗……艺术之本质乃真理之自行设置入作品”[③]。在海德格尔看来，思与诗都是一种语言的道说，是人类“应和着道说而说”的两种本真方式：前者是逻各斯，是思性的道说；而后者是去蔽，是诗意的道说。

受海德格尔思想的影响，阿甘本提出了本真的诗学是诗的哲学化。他模

① Agamben G, *Infancy and History: The Destruction of Experience*, trans. Heron L, Verso, 1993, p. 47.

②〔德〕马丁·海德格尔:《在通向语言的途中》，孙周兴译，商务印书馆，2004，第 235 页。

③〔德〕马丁·海德格尔:《林中路》（修订本），孙周兴译，上海译文出版社，2008，第 51 页。

仿维特根斯坦的名言“只有诗化才有哲学”，提出了“只有哲学化才有诗”。通常说来，因为“就声音与意义在其话语中的重合而言，哲学散文可能变成平庸；换言之，它可能有缺少思想的风险”[①]，所以本真的哲学应当以诗人创造性的思维来思考，从诗的领域来进入哲学，成为诗人哲学家，诗化的哲学才是本真的哲学。就诗而言，阿甘本认为他虽然从诗转入哲学，但这并不意味着他放弃了诗，相反是哲学让他真正领悟到写作诗的真谛。“一切凝神之思都是诗，而一切诗都是思。两者从那种道说而来相互归属……”[②]正是思与诗这种相互归属的近邻关系使得思与诗的对话成为可能，而只有思与诗彼此之间展开对话才能让我们进入人的本真存在，回到大地上居住，成为澄明的敞开状态。虽然柏拉图是哲学家，但他的哲学却都是以诗或戏剧的形式来写作的，因为柏拉图认为“整体（to holon）在神话的对话中呈现——或者更全面地说，通过戏剧性的或诗的对话形式本身得以呈现”[③]。由此，阿甘本提出的设想就是“人们只有通过哲学才能写作诗”[④]。他认为柏拉图的对话既非诗也非哲学，是在诗与哲学之间的中项。诗的哲学化就是一种兼具诗性和哲学性的散文，其在本质上就是一种具有诗性思维的散文，也就是阿甘本所谈的“散文的理念”（the idea of prose）。只有这样的散文才是人类真正的语言：“在这样一种语言中，哲学的纯散文在某一点上介入，将诗的诗句拆开，而诗的诗句又介入将哲学的散文弯曲成环”[⑤]

阿甘本的“散文的理念”这一概念可以溯本追源至本雅明在《德国浪漫派的艺术批评概念》中所提出的观念：“诗的理念是散文。”（The idea of poetry is prose.）[⑥]本雅明认为早期德国浪漫派将艺术哲学以及批评概念基于一个貌

---

① Agamben G, *The End of the Poem: Studies in Poetics*, trans. Heller-Roazen D, Stanford University Press, 1999, p. 115.

②〔德〕马丁·海德格尔:《在通向语言的途中》，孙周兴译，商务印书馆，2004，第 270 页。

③〔美〕罗森:《诗与哲学之争》，张辉译，华夏出版社，2004，第 5 页。

④ de la Durantaye L, *Giorgio Agamben: A Critical Introduction*, Stanford University Press, 2009, p. 59.

⑤ Agamben G, *Language and Death: The Place of Negativity*, trans. Pinkus K, Hardt M, University of Minnesota Press, 1991, p. 78.

⑥ Benjamin W, “The concept of criticism in German romanticism”, trans. Lachterman D, Eiland H, Balfour I, In Bullock M, Jennings M M（Eds.）, *Selected Writings, Volume 1, 1913-1926*, The Belknap Press of Harvard University Press, 1996, p. 173.

似自相矛盾但实际非常深刻的观念之上：

> 诗的理念在散文的形式中找到其个体性……如果诗要自我扩展，那么只能这样做，即通过自我限制、自我收缩并放弃它的活力而凝结。这样它就获得了散文的表象……但它仍旧是诗，仍然遵守诗的基本法则……诗歌形式（poetic form）的反思（reflection）媒介表现于散文之中，因此，可以把散文称为诗的理念。它是诗歌形式的创造性土壤，所有这些形式都经它中介并分解于其中。在散文中，所有的韵律都变成另一种形式并构成一种新的统一体，这就是在诺瓦利斯那里被称为“浪漫韵律”的散文统一体。诗是艺术中的散文。[①]

本雅明强调反思对于浪漫派有着重要意义，浪漫派的批评概念就是以此为核心的。反思是施莱格尔和诺瓦利斯从费希特那里借用过来的概念，但他们却对此有着不同的理解。浪漫派认为反思的中心点是艺术，在本质上是一种内在的批评，因此艺术批评作为在艺术媒介中的反思，它的任务就是揭示作品的潜在倾向，完成其隐秘意图。在这一意义上，对于浪漫派来说，批评不是通常意义上的对作品的价值判断，而是通过反思和再反思对作品的实现和完满。

本雅明在他的《〈历史哲学论纲〉补遗》中还将散文与弥赛亚的概念联系在一起：“弥赛亚的世界是全体完整现实性的世界。只有在弥赛亚的领域中才存在着普遍历史，不是作为书写的历史，而是作为节日般展现的历史。这个节日净化了所有的庆典，且没有节日的歌谣。它的语言就是被解放的散文——打破了手书文本束缚的散文。”[②]阿甘本通过对这段话的解读指出了本雅明最深刻的意图：弥赛亚是一种纯粹潜能状态，以完成对生命的救赎，而弥赛亚世界对语言的预设就是一种被解放的散文，即散文的理念可以作为

---

① Benjamin W, ‘The concept of criticism in German romanticism’, trans. Lachterman D, Eiland H, Balfour I, In Bullock M, Jennings M M (Eds.), *Selected Writings, Volume 1, 1913-1926*, The Belknap Press of Harvard University Press, 1996, pp. 173-174.

② Benjamin W, *Selected Writings, Volume 4: 1938-1940*, eds. Bullock M, Jennings M M, trans. Livingstone R, et al., Harvard University Press, 2006, p. 404.

被救赎的人类历史的语言。

阿甘本认为这种散文是一种创造性的批评，最典型的代表就是试图探寻真理之家的本雅明的《德国悲悼剧的起源》，因为它向着“暴风雨中颠簸的大海的魔力保持开放，不断地把水手拉向他不知道如何拒绝却可能永远也不会抵达尽头的历险”[①]。阿甘本在《散文的理念》一书中，也尝试具体实践这种作为最本真的语言经验的散文理念。它介于诗与哲学之间，是一种将哲学性和诗性融合在一起的有创造性的批评。下面我们就从这本著作中抽取几个片段来试着探讨一下这种文体风格：

> 诗人，睡在他的马上，在此醒来并在这一瞬间思索他的灵感——他思索的不是别的东西而是他的声音。
>
> 雅典人之中有一个习俗，那就是把任何一个希望被当作哲学家的人好好鞭打一顿；如果他耐心地忍受鞭打，那么，他就可以被视为一个哲学家。一次，一个经历了鞭打的家伙，本来他沉默地忍受了鞭打，宣称道：‘我是多么值得被人称作一位哲学家啊！’但他很快遭到了反驳：如果你保持安静的话，你就会是一个哲学家。[②]

事实上，《散文的理念》一书共由 33 篇文章组成，每篇都有一个比较整齐对称的题目，如《幸福的理念》《真理的理念》《政治的理念》《谜的理念》等，然而比较吊诡的是，文章的内容几乎和标题并不直接相关，譬如《幸福的理念》讨论的是性格，《真理的理念》则探察了疑问代词，《政治的理念》关注的是上帝的遗忘，《谜的理念》聚焦于真理。虽然这些篇章表面上没有直接阐述标题，然而事实上，如果仔细研究就会发现，每一个标题下面所阐述的内容还是间接探索了主题，却不再是以一种直接切入主题的方式。文章的各个标题都非常深奥内行，而内容则应用了在哲学写作中很少见到的各种文学技巧。这样一来，如果从标题直接去理解内容似乎很容易令读者感到困惑不解，所以说这种内容与形式两者之间相分离的写作方式其实是一种寓言式

① Agamben G, *Stanzas: Word and Phantasm in Western Culture*, trans. Martinez R L, University of Minnesota Press, 1992, p. xv.

② Agamben G, *Idea of Prose*, trans. Sullivan M, Whitsitt S, State University of New York Press, 1995, p. 44, p. 111.

的（allegorical）。正是通过这种寓言式批评，阿甘本将本来貌似不相关的事物联系在一起，形成了一种令人震惊的效果。

《散文的理念》全书很少有长篇论述，阿甘本不再以一种逻辑清晰、长篇累牍的论述方式来写作，相反是由若干相互无关的片断来组成全书，以碎片化来对抗古典主义的整体性。这是因为“寓言只是相当于无所指的能指，它的真正所指在意指系统之外，即在对历史的衰败的真实体验中，而本文的结构是非总体的或破裂的；结构的破裂表现在，词句无确定意义，细节具有可替代性，决不是有机整体”①。在这一意义上，思想的碎片价值更具有决定性，因为从这些碎片中我们可以寻找历史的意义，发掘出真理内容。

阿甘本还打破了传统的学术写作方式，抛弃了脚注、注释、参考文献等这些学术写作所要求的形式。这是由于阿甘本的这种批评散文是对本雅明式的寓言批评的继承和发展，因此在本质上就与那种学科化或学院化的批评模式大相径庭。他认为今天的学术写作已离本真的语言经验太过遥远，于是他转而试图寻找一种新的散文，希望以一种新的呈现形式来传达哲学真理。批评家要用简约的思考来取代学院式的论证分析思考，因此我们可以看到他在作品中充分运用了今天已不再使用的各种简单形式，诸如警句、格言、辩解、小故事、寓言和谜语等，去表现理念与散文之间的不可分割性，即真理的形式。

从这里我们一方面看到阿甘本这种具有创造性的批评明显受到了本雅明的寓言式批评理论的影响，而在另一方面也能看到德国浪漫派艺术批评的痕迹。本雅明在《德国悲悼剧的起源》中提出了关于巴罗克悲悼剧形式的寓言批评理论。他认为巴罗克寓言的基本原则就是断裂和碎片化，其特点在于使用书面意象和警句，或以图形和文字来表现抽象概念或隐秘意义；它与象征相对立，总是指向外在于艺术作品的一些对象，因此会导致内容与形式相分离，产生多重含义，形成言意分裂的基本特征。在这一意义上，巴罗克寓言可以说是一种破坏美学，它充满了破碎的意象，通过废墟和尸体象征腐烂和毁灭，旨在根除总体性的虚假表象，使其分崩离析成为断裂的碎片，进而从碎片中撷取真正的意义。因此理念只有通过寓言才能向人呈现出来，是哲学内容得以产生的形式。对于本雅明来说，批评旨在挖掘艺术品内在的真理内

① 王一川:《语言乌托邦——20世纪西方语言论美学探究》，云南人民出版社，1994，第276页。

容，因为"'批评的'这一术语的意义是：客观建设性的、冷静创造型的。具有批评性意味着：让思维远远超越一切约束，直至对真理的认识魔幻般地从对约束之错误性的认识中脱颖而出"[①]。这意味着批评就如同火焰一样将美丽的表象烧尽后，才能将深埋于作品中的不可言说的真理内容显现出来。就此而言，文学批评只有寓言化才能呈现真理内容："寓言批评便是以艺术作品和社会文本为对象，在它们的材料内容中发掘出真理内容的。"[②]寓言式批评的本质就是通过解构文本来呈现文本中所隐藏的真理内容。德国浪漫派的施莱格尔等则以一种断片（fragment）的形式为主要体裁来进行艺术批评的写作。我们甚至可以说断片是浪漫派写作最具特色的标志，如施莱格尔在《雅典娜神殿》杂志上发表的《批评断片集》就是由数百条断片而组成的。浪漫派追求对世界的整体把握，因此他们反对绝对的体系，希望打破传统思维方式，而以另一种新的思维方式来认识世界。这一理念具体表现在写作上就是施莱格尔等人反对学术论文方式的写作，转而以断片来对抗论文以颠覆形式逻辑，以一种具有诗性色彩的散文来写作批评。

从这一意义上，我们可以说阿甘本的批评将本雅明的寓言式批评和浪漫派的断片式批评融为一体，以断片、格言以及寓言式的风格来表现标题中的抽象理念，去把握作品中的真理内涵。对于这种写作形式，阿甘本自己是这样说的："对我而言，反思思想所采用的各种形式一直是中心问题，而且我从来不认为思想家有避开这个问题的可能，似乎思考在某种程度上只是有点像在表达对于某一个既定论题的意见。严格来说，正是这种形式的中心性有助于诗与哲学走近彼此。"[③]这些断片的标题多为各种理念的哲学，但标题和内容之间往往没有直接的关系，有些内容甚至都没有涉及标题的观点，这就导致了言意分离和多重意义，从而使得读者对这些篇章的阐释过程与对诗歌的理解过程一样艰辛困难。如此一来，阿甘本的这种更有创造性和实验性的碎

---

①〔德〕瓦尔特·本雅明:《德国浪漫派的艺术批评概念》，王炳钧、杨劲译，北京师范大学出版社，2014，第 56 页。

② 张旭东:《批评的踪迹：文化理论与文化批评 1985—2002》，生活·读书·新知三联书店，2003，第 63 页。

③ de la Durantaye L, *Giorgio Agamben: A Critical Introduction*, Stanford University Press, 2009, pp. 124-125.

片式的批评写作就呈现出一种诗性思维，模糊了诗与哲学之间的界限，使得这种批评散文成为介于诗与哲学两者之间的具有创造性的理想形式。这种创造性的批评正是诗与哲学的分裂达到极点时所诞生的介于两者之间的中项，它超越了诗与哲学的分裂，而把诗歌和哲学融为一体，重新统一了碎片化的语词，从而使人类回到最为本真的语言经验，并同时获得知识和欢愉的完满。由此可见，只有诗歌与哲学合而为一，才能力求完满人类的知识和欢愉，无论缺少其中的任何一个，所谓的完满都会不断地衰减而出现进一步的断裂和异化。创造性的批评作为一种哲学化的诗，既是哲学之书又兼具文学诗性，既相互包含又相互排斥，构建了一种无差别的地带，成为一种例外状态，也就无法区分诗与哲学，这就消弭了柏拉图所说的诗和哲学之间的古老敌意，重新统一了知识与愉悦的经验。

结　语

从阿甘本的美学思想到政治思想的跨越研究是一个取消边界之旅，而这也正符合美学思想发展的一种潮流。我们应当意识到，美学问题在很多时候都与社会政治难以分割。20 世纪的西方美学史早已跨越了传统的美学领域，不再将美学视为只研究美或艺术的哲学。正如伊格尔顿所指出的：“现代文学理论的历史是我们时代的政治与意识形态史的一部分。”[①]在这一意义上，从政治维度上的阶级、性别、种族以及文化等视角来看，20 世纪的西方美学史在一定程度上与政治的思想史息息相关。如果说朗西埃以可感性分配、解放、平等以及歧感这些政治概念构建了美学的政治，那么在生命政治时代，阿甘本又将生命、艺术与潜能等概念应用到美学、文学批评、文化研究以及其他领域的研究之中。

首先从美学理念来看，阿甘本对美学的批判依然主要针对现代美学。他力图解构现代的美学观念和扫除遮蔽我们视线的事物，从而去探求艺术品的

① 〔英〕特雷·伊格尔顿：《二十世纪西方文学理论》，伍晓明译，陕西师范大学出版社，1987，第 214 页。

本源。现代美学的出现导致了内容与形式、观赏者与艺术家的分离，而康德对鉴赏力的强调更是撕裂了艺术品之中的原初统一性，使其分裂为审美判断和没有内容的艺术主观性。正是由于艺术被迫进入了一种理性化和无利害关系的地带，艺术就此失去了它的诗意栖居的状态。由此，艺术家失去了社会生命力，而进入了美学的极北地区，并且在这一过程中成了没有内容的人。阿甘本批判了现代美学当中的冰冷的计算理性，因为这使得艺术与世界的关系不再能表现出生命力。在当代社会中，人们已经越来越将艺术视为一种文化资本，而不再是作为塑造他们生活方式的事物来经验。艺术已不再被当作用来衡量世界的标准和尺度，更不是对世界的缩影和反映。这使得很多当代的艺术徒具形式，而没有内容，甚至沦为一种流行文化现象而被消费。审美导致了艺术将“美”作为直接的目标，导致了媚俗（kitsch）的出现，而媚俗又破坏了文化的可传递性。

阿甘本认为我们应当将艺术品视为重新开启世界的可能性，因为艺术是一个让人类了解自身生存本质的启示行为，是一个救赎之所在，能够让人类回到更为原初的经验，所以艺术不应当是审美或消费的对象，而应当是对于纯粹潜能的启示。奈格里在他致阿甘本的信中也说道：

> 存在在潜能中拓展自身……潜能克服了市场；伦理学克服了后现代——而艺术既是潜能，也是伦理。所以，在这里，我们最终抵达了一个肯定的点。截至目前，我们已承认，抽象是第二自然，崇高是极限点，而伦理则是本体论重新建基的一个要素。所有这些功能如今在一个建构的进程中联系起来，而维持那一进程的，就是潜能。艺术是潜能的象形文字。①

其次，对于西方文化中诗与哲学的分裂这一古老的问题，阿甘本认为这种分裂造成了西方文化的精神分裂，因此他致力于弥补这一分裂。他借用本雅明“散文的理念”，提出了一种创造性的批评，融合了批评与创造，成为诗与哲学之间的中项，它既是一种创造性的批评，又是一种哲学化的诗，从而

①〔意〕安东尼奥·奈格里:《艺术与诸众：论艺术的九封信》，尉光吉译，重庆大学出版社，2016，第28页。

跨越了边界的门槛，消除了对立。唯有如此，西方文化中被碎片化的语词才能重新恢复其统一性。

事实上，阿甘本的理论思想正是意图取消边界，将美学与政治社会伦理问题并置起来加以思考，以“潜能”“没有目的之手段”等政治哲学理念去解读和阐释美学。这种跨越了美学疆界的路径并不是阿甘本的独有路径，法国当代哲学家朗西埃的“政治-美学介入”就是应用了同样的策略。朗西埃认为艺术和政治并不是分开的，而是相互重叠的领域，当代的艺术与政治是在同一个感性域里展开的，是可感性分配的两种不同方式。因此真正的美学亦是政治的，而政治行动也因之可以被认为就是一种美学行为。但不同于朗西埃对美学和政治进行了明确的重新界定,阿甘本并无意对此展开体系性的论述。事实上阿甘本一直拒绝将他的著作体系化，而是将这些著作视为对各个问题的一系列回应。但这种对体系化的拒绝使得阿甘本在美学方面的研究常常呈现出一种碎片化和神秘化的倾向。在他看来，应当用创造性的语言来书写哲学，这才是哲学的最高形式，加之他的写作风格凝练、篇幅简短，又涉及古希腊语、神学、艺术史、诗学和本体论等诸多领域，这些复杂性都使得阿甘本的著作艰深晦涩，造成读者在解读其文本时存在着一定的困难。

参考文献

〔意〕阿甘本:《潜能》, 王立秋等译, 漓江出版社, 2014。

〔意〕阿甘本:《神圣人: 至高权力与赤裸生命》, 吴冠军译, 中央编译出版社, 2016。

〔意〕阿甘本:《奇遇》, 尉光吉译, 西南师范大学出版, 2018。

〔意〕阿甘本:《敞开: 人与动物》, 蓝江译, 南京大学出版社, 2019。

〔意〕阿甘本:《品味》, 蓝江译, 南京大学出版社, 2019。

〔意〕阿甘本:《语言与死亡: 否定之地》, 张羽佳译, 南京大学出版社, 2019。

〔意〕阿甘本:《王国与荣耀》, 蓝江译, 南京大学出版社, 2021。

〔古罗马〕奥古斯丁:《忏悔录》, 周士良译, 商务印书馆, 1963。

〔德〕本雅明, 陈永国、马海良编:《本雅明文选》, 中国社会科学出版社, 1999。

〔德〕本雅明:《德国浪漫派的艺术批评概念》, 王炳钧、杨劲译, 北京师范大学出版社, 2014。

〔古希腊〕柏拉图:《柏拉图文艺对话集》, 朱光潜译, 人民文学出版社, 1963。

〔古希腊〕柏拉图:《理想国》,郭斌和、张竹明译,商务印书馆,1986。
〔古希腊〕柏拉图:《柏拉图全集》(第二卷),王晓朝译,人民出版社,2003。
〔意〕薄伽丘:《但丁传》,缪灵珠译,见章安祺编订《缪灵珠美学译文集》(第一卷),中国人民大学出版社,1998。
〔德〕恩格斯:《劳动从猿到人转变过程中的作用》,见马克思、恩格斯《马克思恩格斯全集》(第二十卷),中共中央马克思恩格斯列宁斯大林著作编译局译. 人民出版社,1971。
〔法〕福柯:《必须保卫社会》,钱翰译,上海人民出版社,1999。
〔法〕福柯,杜小真编选:《福柯集》,2 版,上海远东出版社,2003。
〔德〕黑格尔:《精神现象学》,贺麟、王玖兴译,商务印书馆,1979。
〔德〕黑格尔:《美学》(第二卷),朱光潜译,商务印书馆,1981。
胡经之、王岳川:《文艺学美学方法论》,北京大学出版社,1994。
〔德〕康德:《判断力批判》,邓晓芒译,人民出版社,2002。
刘黎:《生命权力、生命形式与共同体:阿甘本的生命政治学研究》,北京师范大学出版社,2021。
〔美〕罗蒂:《偶然、反讽与团结》,徐文瑞译,商务印书馆,2003。
〔美〕罗森:《诗与哲学之争》,张辉译,华夏出版社,2004。
〔德〕马丁·海德格尔:《海德格尔选集》,孙周兴选编,上海三联书店,1996。
〔德〕马丁·海德格尔:《存在与时间》,陈嘉映译,生活·读书·新知三联书店,1999。
〔德〕马丁·海德格尔:《在通向语言的途中》,孙周兴译,商务印书馆,2004。
〔德〕马丁·海德格尔:《现象学之基本问题》,丁耘译,上海译文出版社,2008。
〔德〕马丁·海德格尔:《林中路》(修订本),孙周兴译,上海译文出版社,2008。
〔德〕马克思:《1844 年经济哲学手稿》,见马克思、恩格斯《马克思恩格斯全集》(第四十二卷),中共中央马克思恩格斯列宁斯大林著作编译局译. 人民出版社,1979。
〔英〕默里:《为什么是阿甘本?》,王立秋译,南京大学出版社,2020。
〔意〕奈格里:《艺术与诸众:论艺术的九封信》,尉光吉译,重庆大学出版社,2016。
〔美〕斯蒂芬·贝斯特、〔美〕道格拉斯·科尔纳:《后现代转向》,陈钢译,南京大学出版社,2002。
〔德〕瓦尔特·本雅明:《迎向灵光消逝的年代:本雅明论艺术》,许绮玲、林志明译,广西师范大学出版社,2008。
王一川:《语言乌托邦——20 世纪西方语言论美学探究》,云南人民出版社,1994。
〔意〕维柯:《新科学》,朱光潜译,商务印书馆,1989。
徐太军:《阿甘本生命政治思想研究》,中国社会科学出版社,2020。
〔英〕雪莱:《诗之辩护》,缪灵珠译,见章安祺编订《缪灵珠美学译文集》(第三卷),中国人民大学出版社,1998。

〔古希腊〕亚里士多德：《诗学》，陈中梅译，商务印书馆，1996。
〔古希腊〕亚里士多德：《政治学》，吴寿彭译，商务印书馆，1986。
张旭东：《批评的踪迹：文化理论与文化批评 1985—2002》，生活·读书·新知三联书店，2003。
Agamben G, *The Coming Community*, trans. Hardt M, University of Minnesota Press, 1990.
Agamben G, *Language and Death: The Place of Negativity*, trans. Pinkus K, Hardt M, University of Minnesota Press, 1991.
Agamben G, *Stanzas: Word and Phantasm in Western Culture*, trans. Martinez R L, University of Minnesota Press, 1992.
Agamben G, *Infancy and History: The Destruction of Experience*, trans. Heron L, Verso, 1993.
Agamben G, *Idea of Prose*, trans. Sullivan M, Whitsitt S, State University of New York Press, 1995.
Agamben G, *Homo Sacer: Sovereign Power and Bare Life,* trans. Heller-Roazen D, Stanford University Press, 1998.
Agamben G, *Potentialities: Collected Essays in Philosophy*, trans. Heller-Roazen D, Stanford University Press, 1999.
Agamben G, *The End of the Poem: Studies in Poetics,* trans. Heller-Roazen D, Stanford University Press, 1999.
Agamben G, *The Man Without Content,* trans. Albert G, Stanford University Press, 1999.
Agamben G, *Means Without End: Notes on Politics*, trans. Binetti V, Casarino C, University of Minnesota Press, 2000.
Agamben G, *The Open: Man and Animal*, trans. Attell K, Stanford University Press, 2004.
Agamben G, *The Time That Remains: A Commentary on the Letter to the Romans,* trans. Dailey P, Stanford University Press, 2005.
Agamben G, *Nudities*, trans. Kishik D, Pedatella S, Stanford University Press, 2011.
Agamben G, *The Kingdom and the Glory*, trans. Chiesa L, Stanford University Press, 2011.
Agamben G, *The Unspeakable Girl: The Myth and Mystery of Kore*, trans. de la Durantaye L, Seagull Books, 2014.
Agamben G, *The Use of Bodies*, trans. Kotosko A, Stanford University Press, 2016.
Agamben G, *The Fire and the Tale*, trans. Chiesa L, Stanford University Press, 2017.
Agamben G, *The Taste*, trans. Francis C, Seagull Books, 2017.
Agamben G, *Creation and Anarchy: The Work of Art and the Religion of Capitalism*, trans. Kotsko A, Stanford University Press, 2019.
Badiou A, *Manifesto for Philosophy*, State University of New York Press, 1999.

Badiou A, *Handbook of Inaestheitcs*, Stanford University Press, 2005.

Benjamin W, "The concept of criticism in German romanticism", trans. Lachterman D, Eiland H, Balfour I, In Bullock M, Jennings M M (Eds.), *Selected Writings, Volume 1, 1913-1926*, The Belknap Press of Harvard University Press, 1996.

Benjamin W, *Selected Writings, Volume 4: 1938-1940*, eds. Bullock M, Jennings M M, trans. Livingstone R, et al., Harvard University Press, 2006.

Claire C, "Agamben: Aesthetics, potentiality, and life", In Ross A (Ed.), *Agamben Effect*, Duke University Press, 2008.

de la Durantaye L, *Giorgio Agamben: A Critical Introduction*, Stanford University Press, 2009.

Dickionson C, "The poetic atheology of Giorgio Agamben: Defining the scission between poetry and philosophy", *Mosaic: A Journal for the Interdisciplinary Study of Literature*, Vol. 45, No. 1, 2012.

Gustaffson H, "Remnants of Palestine, or, archaeology after Auschwitz", In Gustafsson H, Gronstad A (Eds.), *Cinema and Agamben: Ethics, Biopolitics and the Moving Image*, Bloomsbury, 2014, p. 208.

Hal F, *The Anti-Aesthetic: Essays on Postmodern Culture*, Bay Press, 1983.

Hegarty P, "Giorgio Agamben", In Simons J (Ed.), *From Agamben to Zizek: Contemporary Critical Theorists*, Edinburgh University, 2010, p. 26.

Hegel G W F, *Aesthetics: Lectures on Fine Art, Volume I*, trans. Knox T M, Clarendon Press, 1975.

Mills C, *The Philosophy of Agamben*, McGill-Queen's University Press, 2008.

Watkin W, *The Literary Agamben: Adventures in Logopoiesis*, Continuum International Publishing Group, 2010.

第四章
南希“出—离”—“回撤”的美学观

引　言

南希无疑是21世纪法国乃至西方最重要的思想家之一，作为在德里达之后至今仍活跃在法国哲学舞台上的哲学家，其独特的生命经历和思考方式对当代知识界具有强烈的吸引力，他的思想也在世界范围内引发了越来越广泛的讨论。从其学术生涯来看，他总是处在学术运动的中心，同时，如其思想所体现出的“出—离”—“回撤”特征一般，他将自己放置在学术活动的边缘，时刻处于“出—离”—“回撤”的状态。研究者在阅读其作品的过程中不难发现各种思潮的身影，南希通过“共与”（avec）的内在逻辑将这些原本自成一派的理论思潮有机地融会在一起。从早期对语言学文学的关注，到对政治、国家、君权的思考，再到对作为“别处”的身体的探究，以及近些年借助多重独一性对多种艺术合理性的研究，我们可以看出，南希从各个领域汲取营养，最终形成了开放式的不断自我生产的学术理念。

纵观南希哲学思想的发展脉络，他广博的理论为后来的研究者提供了丰富的思考资源，然而，也正是因为他所关注的事物的广泛性，为研究者深入研究带来了一定困难。同时，南希思想的思辨性非常容易使人误解，他在对身体等问题的思考中过于强调外部，甚至将普遍认知中的内部亦视为外部，界限成了他关注的重点，然而他强调敞开，又将这一界限打破。从正面来认识，可以说南希致力于打破一切界限，解放存在，解放“此在”，解放认知，然而从反面来看，他尽管给我们提供了一种敞开式的思维模式，但是易于使人陷入无限的谜团。对南希美学思想的认识，我们一方面需要注意到，是“敞开”为“出—离”与“回撤”提供了可能性；另一方面还要意识到，南希的思考并不是空中楼阁，他延伸了黑格尔对终结的思考，继承了德里达的延异。本章将从南希的哲学与美学关键词入手，对其具有“出—离”—“回撤”特征的美学思想进行考察。

第一节　南希美学思想的哲学渊源

本节将从南希哲学中的“向……在”（l’être-à）、“与在”（l’être-avec）、“出—离”、“回撤”等关键词入手，考察其哲学思想的渊源，同时通过对这些具有连续承继性的关键词的审视，认识南希的美学思想。这样做的原因首先在于，南希作为法国当代哲学家，其美学思考始终被视为其哲学思想体系的一部分，与其哲学思想密不可分；其次，南希本人曾表明，哲学与美学在他的话语体系中是以“共与”的方式存在的，在他与拉古-拉巴特合著的《文学的绝对：德国浪漫派文学理论》中，他们还曾创造了一个融合哲学与美学的词语——eidaesthetics，它是 eidetics（相学）与 aesthetics（美学）的结合，他们期许借由该词强调哲学与美学的共生关系；再次，虽然南希在针对艺术的专著中没有使用这些专门的哲学术语，但是不可否认南希对艺术的思考与其哲学思考是同时发生的，虽然在相当长的时间中，美学思考并没有成为其思考的重中之重，但却始终占有一席之地，并在其思想趋于成熟稳定的“壮年”时期被凸显，且始终带有哲学思考的烙印。

南希在 à（向）和 avec 两个法文小品词基本含义的基础上，结合它们的引申含义，用它们来限定“存在”，获得重新审视“此在”与“共在”的可能性，通过对“此在”与“共在”进行解构式阅读，系统地引入“向……在”和“与在”概念；南希应用解构式书写方式对 existence（实存）、extase（出离）进行拆分，强调在实存中所包含的 ex- 即“出离”与“打断”意味。本节将从上述概念入手考察南希思想中的普罗提诺、海德格尔、德里达等思想渊源，并说明其思想的独特性，从而认识南希美学思想中所独具的“出—离”—“回撤”色彩。

一、"向……在"：被敞开的"此在"

法国人对文字游戏的钟爱是毋庸置疑的，对于普通民众来说，它是为日常生活平添乐趣的方式；对于思想家来说，它为他们制造玄机提供了生存空间。在稍早于南希以及与他同时代的思想家中，文字游戏作为法国语言中的传统特色被继承并发扬，他们对文字游戏的使用不但构成了一个宏大的隐喻，还表明了从现代性向后现代性转型的态度，确定性的呈现在某种意义上被视为对事物活力的扼杀。德里达具有对元音字母的偏爱，列维纳斯具有对反义词连用的偏爱，南希具有对介词的偏爱，这不但使他们各自的思想极具个人特色，还让他们的思想具有了魅惑力。

考察南希所使用的文字游戏，最先遇到的便是他从海德格尔的 Dasein 概念即法文中的"此在"（l'être-là）发展而来的具有指向性的"向……在"。简单来讲，他用表达"指向"含义的介词 à 代替了表明"具体地点"的副词 là（那儿），将指向性赋予存在，"向……在"既可以是先在于"此在"的，亦可为"此在"之后的，通过指向性内涵它强调具有动态特征的存在，将被固定在 là 这一站位（position）上的存在解放出来，还为存在向"此在"的存在开辟了道路（passage）。

我们来看"向……在"这个由"存在"（l'être）和介词 à 所构成的新词：l'être 的词语内涵被这个介词限定了，所以 à 的含义成为决定"向……在"区别于"存在""此在"的关键。在《拉鲁斯百科全书》中，à 被解释为"用于建立一种句法关系，这一句法关系常常是伴随着某种目的、方式、地点、时间等的联系"[①]。通过对南希著作的阅读，我们可以发现，他从以下几个方面论述了这个仅由一个元音字母构成的词的功能：第一，它与"意义"（sens）密切相关。南希认为"意义"首先带有"位移"的内涵，也就具有了趋向性，这一趋向性使其包含"将自己—带—向—某物的过程"[②]，"向"承担了作为普通介词的功能，指出动作发生的方向，引出地点状语。然而这种倾向性并不是 à 所具有的，而是属于存在的，可将 à 视为倾向性本身。第二，它与"实存"相关。南希认为"准确来讲存在既不'制造'也不'奠基'更不'接收'

---

① *Grand Dictionnaire Encyclopédique Larousse*, Tome 1, Librairie Larousse, 1982, pp. 1-2.

② Nancy J-L, *The Sense of the World*, trans. Librett J S, University of Minnesota Press, 1998, p. 12.

实存，它是在实存存在中，也就变成了‘向实存存在’，或更准确地说是‘朝着实存的方向存在’”[①]，南希在这里将“存在”等同于“向实存存在”，意味着存在是在实存意义上的存在，存在就是实存的结构、属性、意义事件，“朝着……方向”（à/toward/in the direction of）给存在提供了那个实存的空间，在存在向实存存在这个可以被刻板地考虑为线性时间中所发生的空间位移的过程中，存在所处的空间正是由 à 所提供的，这就意味着南希通过 à 给予时间以空间（espacement）。第三，与德里达的“延异”（différance）有一定的相似性。在南希话语体系中，à 如“延异”一样，“既不是一个词，也不是一个概念”[②]，而是一个功能性成分，没有具体而实在的含义，它不能够被归类在索绪尔归纳的由能指与所指构成的语词符号系统之中。南希认为它是敞开“通往思想的道路”[③]所在的空间。

南希将“向”视为“自体性”（ipseity）的特征之一，表明它并不定义“朝向—自我”（à-soi），也不定义“朝向—他人”（à-l’autre），而是借由 à 将“自体”（ipse）定义为“朝向—世界”（au monde）。换言之，南希再一次强调 à 的重要性不在于它朝向什么位置，而在于它本身所具有的敞开特性，它与存在的结合赋予了存在以敞开特性，“存在”借由 à 向“此在”实存，存在被定义为“向—世—存在”（être-au-monde）。南希发展了利科所倡导的自体性对自我的逃逸，将“向”的倾向性给予自体性，使得自体性具有了辩证的特性，它一方面如列维纳斯认识的一般隔绝外在世界，另一方面试图从自我逃逸，这对矛盾作用于自我的边界之上。“然而，‘朝向—世界’是实存之绝对碎片的完整构成、存在、特性、本质与同一性。在一击之下、在向世存在之中，这一完整构成将自己给出作为存在在自身之前——差异化/延迟化——的到达、作为存在每一次在一击之下通向世界之边界的到达。”[④]“此在”由此具有了敞开的特性，但并非向自己敞开，而是向世界敞开，并通过敞开将意义带到了世界，也通过自身的敞开使得世界敞开，在由 à 所构成的那个间隔中形成了通道。

---

① Nancy J-L, *The Sense of the World*, trans. Librett J S, University of Minnesota Press, 1998, p. 13.

② Nancy J-L, *The Sense of the World*, trans. Librett J S, University of Minnesota Press, 1998, p. 14.

③ Michaud G, “Ouverture”, In *Europe Revue Littéraire Mensuelle*, Vol. 87, No. 960, 2009, p. 203.

④ Nancy J-L, *The Sense of the World*, trans. Librett J S, University of Minnesota Press, 1998, p. 154.

我们必须辩证认识这个由 à 所构建的间隔：它一方面是极其不定性的，通往各种可能的可能性，由于它是各种可能性的叠加，所以它可被视为可能性的过度，如此它就不能被视为具有绝对否定性的虚无，它只是被抹去了“此在”的面貌，并不是被抹去了存在的实质；另一方面，对感觉来说，它是无比确定的，正如存在的缺场意味着存在以“缺场”的方式绝对在场一般，它的确定性便是它的自始至终的不确定，它是匮乏的，同时也是无比“充盈的”（plein）[①]。à 的特征让“向……在”具有了敞开的特征，并让后者为南希哲学与美学思想奠定了基础，南希在它的基础上提出了“出—存”“出—离”“与在”等概念，继而使“多重独一性”“无限的有限性”“触碰”等辩证性观念成为可能。

二、“出—存”：“实存”的出离

现在，让我们将目光转向“向—存在—存在”（être-à-l'être），这不仅仅意味着一个具有向心力的呈现方式，还意味着从存在中以离心运动的方式呈现出的存在。从外部存在向存在意义的发展可以被视为内省，而从存在向外部存在的发展则是外延，南希将两者结合，并强调外延，进而补充说明内省。

基于对以离心运动的方式呈现出的存在之思考，南希将海德格尔的实存（existence）拆开，将具有“向外”内涵的前缀 ex 独立出来，进而形成 ex-istence。除了在极少数情况下 ex 单独出现，专用于指前夫或前妻等在人际交往中与自己的某种关系已经断裂的人，通常情况下它不能单独使用，只作为单词前缀，它具有两种含义：其一，表示“在……之外”（hors de），这一内涵还包含两个具有些微差别的意义，即“远离”（l'éloignement）与“割断”（la séparation）；其二，描述“之前”（antérieur）的已不复存在的功能或状态。[②]从实存这一概念在哲学中的发展来看[③]，人们所采用的多为 ex 的第一种含义。它在南希的话语体系中不仅仅具有本身的含义，还延异了南希的 à，基于对海德格尔“此在”的阅读，南希首先强调了 ex 向外的内涵。

在海德格尔的哲学体系中，实存（eksistant）、此在（dasein）、存在者

① 杨大春：《列维纳斯的世纪或他者的命运》，中国人民大学出版社，2008，第 364-365 页。

② *Grand Dictionnaire Encyclopédique Larousse*, Tome 3, Librairie Larousse, 1989, p. 1757.

③ *Grand Dictionnaire Encyclopédique Larousse*, Tome 3, Librairie Larousse, 1989, p. 1776.

（seiende）这三个词之间具有巨大的相似性，更准确地说在论及存在的哲学家那里，都或多或少将这三者混同，它们的厘析要比将灵魂与肉体分离困难得多。对于南希而言，这一情况也是存在的，他努力地渴望从海德格尔所处的“泥潭”中挣脱出来，他指出存在的意义在于成为或进入实存，实存并非一般意义上的存在者，也不是个体存在者，它是“此在”的变形，这样说的原因在于，南希的“此在”不是简单地给予存在一个位置，而是建立在已经拥有的那个位置的基础上，从这个位置出发的“此在”，也就是让 l’être-là 从 là（此处）走出去，并且一直走下去，并不拥有一丝一毫回到此处的心思。从这个意义上便能够理解南希所说的“向—存在—存在”，正是基于这样的认识，南希提出了那个强调向外的由实存出离的“出—存”（ex-istence）。对于“出—存”，南希曾用“人生”（la vie）来说明它的特征，认为“一段人生，就是一个出—存：它在诞生与死亡之间”[①]。

ex 在南希那里还拥有另一个内涵：“打断”（interrompé）或“割断”（coupé）。他的这一看法是借对神话的思考表达的。他针对巴塔耶的“神话的缺场”说道：“我宁愿代之以神话的打断这个表达……”[②]南希用“打断”代替了“缺场”，这意味着“打断”是超越“缺场与在场”这一对立模式的状态，南希的“打断”既不是要求去拯救神话，让神话得以在场，也不是肤浅地怀念神话，更不是简单粗暴地将神话悬搁，而是让神话不得不以缺场的方式在场。“神话的打断”是要求神话从其最初的在场出发，走在由“—”所构造的通道上，到达另一个全新的外部世界。外部世界与自身世界之间需要界限，也就是对“打断”的需要。这就是为什么南希认为恰恰是“打断”产生了边界。“打断”也意味着将本源与实存形式打断，即在“存在”与“此在”之间画出界线，南希的“向……在”即是发生在“之间”之中的。

就“打断”自身而言，它首先是被自然打断，可以理解为被外物打断，这种打断较之南希强调的另一内涵容易理解。在日常生活中，常常发生话语被打断的情况，它是简单的断裂，由其他事物发出动作，并由被打断之物承

---

① Nancy J-L, “Rives, bords, limites”, *Angelaki: Journal of the Theoretical Humanities*, Vol. 9, No. 2, 2004, p. 42.

②〔法〕让-吕克·南希:《解构的共通体》，夏可君编校，郭建玲等译，上海人民出版社，2007，第77页。

受这一动作。另一种意义上的打断则是自身的打断，“传统就在实现自身的时刻，被悬搁了”[①]，悬搁意味着它被置于一个不落实在的空无空间之中，传统不再是实在，它在成为实在的同时被抽离了出去，这便是另一种“打断”，南希用“神话”这个词进行说明，“‘神话’被切断了，因为它自身的意义，被它自身的意义切断了，从它自身的意义切断（coupé）了”[②]。神话被讲出的那一刻，就不再是神话了，它被打断并成为部分，它成了向外的一堆碎片，不再是那个原本被汇集在一起的具有整体性特征的存在。这看似是一个悖论，打断为既有的实存与其他实存进行交流提供了途径，让实存在其自身中隐退，它只能发生在实存的边界上；从这个意义上说，共在的合法性得到了验证。

打断让实存得以从原本独一的位置向另一个独一的位置流动，并与另一个独一之间产生交流，此时实存已不再在场，如果把这个实存视为一个具体的人，打断就等于使“我”与“他我”建立联系[③]，同时“他我”对于“我”来说是外部世界。虽然在南希的思想中他曾不断地提到“外部”，但是他与拉古-拉巴特一起在某种程度上排斥着绝对的外部和他者，而更喜欢使用“内在性”这个词，但是这个词太容易与传统的“内在”混淆。他们所说的“内在”强调“之间”，亦可理解为间隔的变体。“我”与“他我”的联系，是基于“我”与“他我”的共同存在，然而在共同存在中并不代表一定就会发生联系，所以南希又引入了另一个介词——avec（共与），虽然法文中的“共在”（l’être-avec）也是由“存在”和“共与”两个词所构成的，但南希希望通过对“共与”的强调深化共同存在的概念，不再是如海德格尔一般从“共在”又回到“此在”，南希借“共与”说明关系，由此，南希将“出—存”引向了“与在”。

三、“出—离”与“回撤”

在认识南希的“与在”之前，我们不能忽视南希话语体系中另一个带有

①〔法〕让-吕克·南希:《解构的共通体》，夏可君编校，郭建玲等译，上海人民出版社，2007，第85页。

②〔法〕让-吕克·南希:《解构的共通体》，夏可君编校，郭建玲等译，上海人民出版社，2007，第86页。

③〔法〕让-吕克·南希:《解构的共通体》，夏可君编校，郭建玲等译，上海人民出版社，2007，第99页。

"出离"内涵的主题"出—离"（ex-tase）[①]，它与"回撤"一起成为统摄南希思想体系的两大观念。就 extase 而言，它并不是由南希引入哲学思考之中的，最早对这个问题进行专门论述且最重要的学者是古希腊哲学家普罗提诺，可以说他是探讨"出离"问题的鼻祖，并且影响着基督教研究、伊斯兰教研究以及后现代背景下的法国哲学。南希认为，"只要稍微从中追溯巴塔耶之前以及在他那个时代的哲学史，我们就会发现这个主题也经过谢林和海德格尔"[②]。夏利豪-吉雷甚至以"出离的哲学"（une philosophie de l'extase）来命名谢林的学说[③]，海德格尔在《存在与时间》中曾将出窍、在自身之外等观念引入对"存在者的存在"思考之中，南希的《非功效的共通体》一文的译者张建华认为："这个词（extase）在词根和辞源上都是有 ex 的出离、出来、外出的含义，显然南希的思考受到了海德格尔在《存在与时间》中此在出窍、在自身之外的先行超越的思想和巴塔耶对出窍迷离、他者死亡之接近等等思想的影响。"[④]不得不承认，在哲学史中论及出离问题的思想家以及具有出离内涵的思想并非凤毛麟角，除了为我们所熟悉的欧洲哲学家——如圣奥古斯丁、列维纳斯、德勒兹等之外，伊斯兰教逊尼派思想史上的重要人物波斯裔伊斯兰神学家、法学家、哲学家安萨里也曾专门讨论出离（Fanǎ）问题。安萨里的学说影响了整个逊尼派，对于后来的穆斯林清修者来说，对"出离"的期待成为其修行三个阶段中至关

① 南希的 ex-tase 概念在学界被普遍译为"绽—出"，extase 原义为"（灵魂）出窍"，本节为了凸显南希的话语体系中它所具有的从本源中"出"且具有义无反顾的特征，而将这个词译为"出离"，亦将它与"回撤"对应起来，突出"出离"与"回撤"之间的辩证关系。在本节中，还要注意另一个术语的使用，即"出离"，这一术语在本节中有两种应用，其一用于表达带有"离弃、出走"内涵的且被南希独立出来的词语前缀 ex-，它不仅被应用在"出离"的概念中，也如后文将提到的那样，被应用在了"外—显""外—刻"等概念中；其二，它还是 extase 的一种译法，虽然这样看来似乎不恰当地将 ex 与 extase 画上了等号，但笔者认为南希恰好将它们视为具有同一内涵的概念。从 ex-tase 来看，它是在 extase 基础上的又一次 extase，即从"出离"中出离。

②〔法〕让-吕克·南希：《解构的共通体》，夏可君编校，郭建玲等译，上海人民出版社，2007，第 18 页。

③ Challiol-Gillet M-CH. "Schelling, une philosophie de l'extase, coll. 'Philosophie d'Aujourd'hui' Marie-Christine Challiol-Gillet", *Les Études Philosophique*, No. 3, 2000, pp. 425-427.

④〔法〕让-吕克·南希：《解构的共通体》，夏可君编校，郭建玲等译，上海人民出版社，2007，第 18 页，注解 1。

重要的最终阶段。[①]

作为处于西方哲学从古代向中世纪过渡时期的思想家，普罗提诺继承了柏拉图的哲学观点，完成并完善了新柏拉图主义哲学体系，成为这一学派中最具影响力的思想家，普罗提诺为了回答本体与世界的关系、一与多的关系问题，将柏拉图传统与亚里士多德的学说结合，提出了贯穿其整个思想体系的"流溢—回转"学说。南希的"出—离"并没有脱离普罗提诺的"流溢—回转"学说，南希延伸了普罗提诺的第一重流溢：各种可能的理智形式以叠加的状态在"出—离"这一过程中存在，它们是在"太一"与"理智"之间的间隔中的各种形式，在还未到达"理智"之前，它们任意一个都是可能的，而在到达"理智"之瞬间，"理智"形式被确定，且为静止不动的。"太一"必须是静止不动的，这一观念类比于存在，则被表达为"存在是静止不动的"，一旦存在通过运动变成"此在"，那么"此在"并非"存在"的第一重流溢，因为在"存在"与"此在"之间还存在着运动，从这个意义上说，南希就是将"向……在"认为是这一可能的运动。

事实上，南希本人的著作并没有针对普罗提诺的思想进行专门评述，但是面对南希思想中贯穿始终的"出—离"理念，不能排除南希继承并延伸了前者学说的可能性。南希与普罗提诺的不同在于他将"流溢"拆分成"出—离"，即南希强调了"流溢"的"出离"特性，让"流溢"具有"在……外"与"打断"内涵。"出—离"所具有的特性使得它"界定绝对内在性……的不可能性……从而界定在其精确意义上的个体性以及纯粹集体性总体的不可能性"[②]。基于这种观念，南希还将"出—离"视为没有主体的行为，或者我们可以套用 il est（存在）所具有的无人称特性来表达"出离"这一动作，即 il extase，它如同存在一般来临，既没有主体也没有客体。

综上所述，南希对文字的操纵从介词的引入发展到了既定词汇的拆分，无论是将 existence 割断，还是将 extase 分离，他在自己的用词上印证了自己

---

① 对于穆斯林清修者来说，修行的三个阶段为：第一，准备；第二，完德；第三，出离的期待。（参考 Probst-Biraben, "L'extase dans le mysticisme musulmans les étapes du Soufi", *Revue Philosophique de la France et de l'Étranger*, T. 62, 1906, pp. 490-498.）

②〔法〕让-吕克·南希：《解构的共通体》，夏可君编校，郭建玲等译，上海人民出版社，2007，第18页。

的理论，ex-istence 与 ex-tase 一方面体现了“割断”内涵，另一方面体现了南希所侧重的“向外”，它们都表达了从自身向外分离的义无反顾。南希说明了出离的“无返”，但是他认识到这一设想的不足，于是他又引入了具有回转、回溯以及重新对待内涵的术语“回撤”，与“出—离”一起完善自身的思想。

南希对“出—存”问题的思考不仅能够使我们发现向外的出离，同时还不断地提醒我们向内回撤的必要性。南希思想的魅力就在于此，他总是能够让我们在看似无限蔓延到过度的认识中牵动我们，提醒我们从反面进行思考的迫切，因为他就是这样做的。面对“此在”，他将其视为起点，这一起点不仅仅是向外的起点，也是向内的起点；面对“在场”，他将其视为沉默的在场，缺场如列维纳斯口中的黑夜一般包容万象；面对“独一”，他将“多重”视为它的存在方式，多重所具有的复数内涵为各种可能的叠加态提供基础；面对“无”，他将其视为包含一切的“大有”，ex nihilo（无中生有）成为其“有限性的无限”观念之最初形式。从“出离”出发，我们不得不沿着两条看似相悖的道路行进：向内与向外。在此，将不再赘述向外的出离，而是转向他独特的“回撤”和潜在暴力内涵的“闯入”。

通过阅读，我们能够发现南希的“回撤”包含了普罗提诺的“回转”和“上升”。南希的“回撤”观念最先被应用在他对政治的认识中。[①]1980 年，他与拉古-拉巴特共同成立了“政治哲学研究中心”（Le Centre de Recherches Philosophiques sur le Politique），该中心于 1984 年关闭。两人将研究中心的成果编辑成书，即《政治的重演》与《政治的回撤》。“回撤”原文为 retrait，为阳性名词，在中文中有很多种释义，如“收缩、退缩、撤退、提取、召回、收回、撤销”。在法文中，还有一个阴性名词，即 retraite，意为“离开、远离、撤退、退隐、退休、避静”，它大多数时候被视为 retrait 的同义词。二者的相同之处在于：二者都源于两个动词 retraire 与 se retirer，除了具有“离开”和“退隐”的含义，还暗含“离弃”之意，即舍弃（abandon）原本归于自身的地方（lieu）或所参与（engagé）的境况，从这个意义上看，“回撤”竟然与前文中所论及的“出—离”在某种程度上内涵相近。二者的不同之处在于：

① 参考 Nancy J-L, “L’indépendance de l’Algérie et l’indépendance de Derrida”, *Cités*, No. 30, *Derrida Politique: La Déconstruction de la Souveraineté*, 2007, pp. 65-70.

首先前者具有“缩小”的内涵，而后者不具有这一内涵；其次，后者被广泛应用于宗教之中，拥有“归于寂静、宁静”之内涵；最后，后者还具有“藏身于孤寂之中”的意味。[①]

观察南希在政治哲学研究中心时期的学术成果，不难发现他使用的 retrait 一词是与其思想中另一个带有 re-[②]前缀的词 retracer（再划、再绘）密切相关的[③]，延续了南希在“向……在”中的观念，“向”为“存在”向“此在”的出离提供了道路，同样也使得这一过程在“向”上留下了足迹（trace）。retracer 是带有 re 内涵的 tracer，tracer 是“足迹”的动词化，便具有了“追踪、绘制、蔓延”等含义，那么 retracer 则是让轨迹再次被描绘的“回溯”。结合南希与拉古-拉巴特对政治所持有的反思态度，南希话语体系中的 retrait 还拥有了“重新对待”“重新获得”[④]的内涵。综上所述，南希与拉古-拉巴特所谓的“政治的回撤”就在某种意义上意味着“重新对待政治”。

针对政治问题，南希指出，“回”具有“后退”的意味，它是在空间和时间两个层面上的退回，退回的行为穿越一个公共空间，这一空间是通过共同生活——或以非公共的生存及构成公共特性的相互依存所构成并恢复的，然而它并非“重新获得”这一公共空间，也不是基于“重新获得”的诉求而发生的。它显现为对他异性的回撤、离弃，所回撤的事物是特定维度的存在，回撤是在特定的他异性维度中发生的。[⑤]阅读南希，我们会发现如普罗提诺提倡的“回转的方式是离弃”一般，其话语体系中“回撤”与“离弃”也是密不可分的。

此处，我们用“离弃”对“回撤”加以说明。南希用解构的方式来梳理

---

① 参考 *Grand Dictionnaire Encyclopédique Larousse*, Tome 9, Librairie Larousse, 1985, pp. 8942-8943.

② 南希在论述 représentation 时，专门论述了 re-这一前缀在其话语体系中所具有的内涵，后文将对这一问题进行详细梳理，此处不再赘述。

③ 参考 Atger P-É, “Phénomène, schème, figure: L’origine de l’ontologie figurale de Heidegger”, *Les Études Philosophiques*, No. 1 , 2006, pp. 29-46.

④ 《政治的回撤》一书的英文译本名称为 *Retreating the Political*, 就英文中的 retreating 而言，它本身就带有“重新对待”的含义。说它具有“重新获得”的内涵，是源于动词 se retirer, 其词根为 tirer, 它具有“获得、得到、得出”之意，结合词缀 re-的基本含义“重复、加强、再重新”，使得 retrait 具有了这一内涵。

⑤〔法〕让-吕克·南希：《解构的共通体》，夏可君编校，郭建玲等译，上海人民出版社，2007，第 216 页。

“离弃”的内涵[①]，他首先是回到了这个名词的动词形式 abandonner 之上，用以说明离弃所强调的动作性。首先，a 不但可以被视为具有否定内涵的前缀，还可以如前文所说加上重音符号就变身为 à，成为具有去向意味的介词，在南希那里意味着间隔与敞开；其次，donner 为“给予、献出”之意，由它而来的名词 don（阳性名词）意为“赠送、天赋、收获”，包含了礼物赠予之意；最后，作为链接成分的 ban 本意为“通告、布告、法则”，后也被转义为“被宣布了的‘流放’”与“禁止”，它从根本上强调了离弃，将其视为法则，还从法则的基础上离弃自身。从 abandonner 整体来看，简单来讲它是表示“放弃、抛弃”，具体来说它具有“否定给予并宣告这一否定、宣告放逐馈赠”的内涵。同时从这个词的词源来看，它最初被应用于表达“不用缰绳勒住马匹”，后来又被用于表达“放任自流、任由脱离”之意[②]，这说明它还拥有“自由”的内涵，即通过离弃获得自由。离弃意味着对多样性的离弃，也意味着对“此”的离弃，从“此在”出离到“向……在”再回到“存在”，这个过程是“回撤”之一隅。如图 2-4-1 所示，从箭头的指向来看，我们可简单地将左半部所呈现的视为“出离”，将右半部的视为“回撤”，当然这样简单的划分显然过于机械，忽视了过程中的能动效应。这就是为什么南希认为“被离弃并不是虚无化”[③]，被离弃意味着对多样性的离弃，它将我们带向了纯粹的存在。

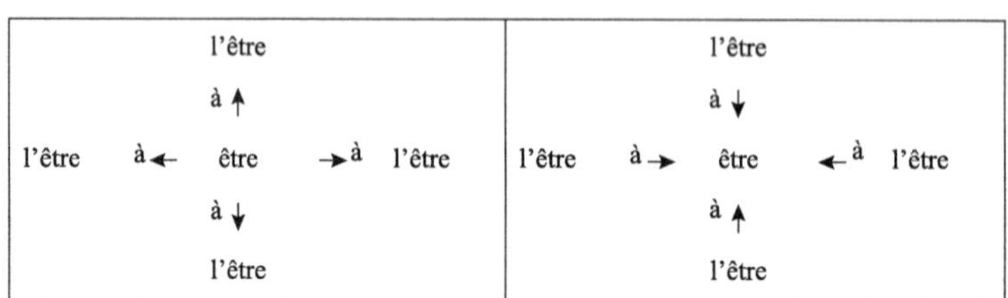

图 2-4-1 “向”的两种方向

① 在《解构的共通体》中，译者将南希的 abandonner 解析出十种不同的含义，其中除了本节中所提及的还有以下几种：“1. 字母‘A’（尤其在希腊语中：阿尔法）作为开端的权杖（如同基督所言）……6. double bind 双重离弃的法则……9. 它与丰富性（abonder）和多样性有着相同的词根。10. 礼物作为在场却一直是在先的、先于本质的存在（prae[s]ens）。”（〔法〕让-吕克·南希：《解构的共通体》，夏可君编校，郭建玲等译，上海人民出版社，2007，第 280 页，注释 1。）

② 参见 https://www.cnrtl. fr/etymologie/abandonner。

③〔法〕让-吕克·南希：《解构的共通体》，夏可君编校，郭建玲等译，上海人民出版社，2007，第 283 页。

南希强调了 abandon 中的 ban 所具有的法则内涵，他指出“‘离弃’的源头在约束（bandon）之中。约束（bandun，band，bannen）是命令、指令、规章、许可，是随意操纵这一切的权力。离弃，就是传递、委托、转交给统治的权力；就是传递、委托、转交给离弃的禁令，也就是说，转交给离弃的命令、离弃的通告、离弃的判决”[①]。离弃不但被视为一项法令，还被视为一个媒介，它漂浮在 à 所构成的间隔中，它不是实在。离弃原则所包含的双重离弃内涵，使离弃本身亦被离弃，那么也就说明存在在何时、何地、何人离弃都不为人知，且它并非不可知的，它是不存在的，更准确地说就是存在不存在。从这个意义上来说，可以用“此在”抛弃“此”还原为“存在”来说明这一状况，回撤并没有给“此在”或“实存”任何任务，也没有为其定位，它只是将一切都放逐，将离弃视为纲领。离弃产生了众多附加价值，如爱、自由、正义等。不得不承认，离弃比离弃“此在”中的“此”走得更远，它离弃了一切地点，既不在此，也不在彼，它不在任何地方。由此，离弃具有了超越时间、空间、个体的特性，它一直在发生且从未停歇。有学者认为时间、空间、个体在离弃中被离弃也是合情合理的，在离弃中它们并非本质，而是多样性。将离弃观念应用于文学中，我们可以发现一长串的名字，如耶稣、俄狄浦斯、鲁滨孙、克里斯多夫等，他们的形象并非本质，他们是多样性的具象，然而就本质本身而言，“并不知道它说出了什么东西”[②]，一旦它能够说出什么，那所说出的即为非本质的多样性之一，是被要求离弃之物。在离弃中，南希还否定了给予，同时否定了礼物：“存在并不被给予——或者说并没有礼物给予——要是有一个礼物，它也在我们所表象的东西之外，以及我们以礼物的名义所实践的东西之外，或者它一直已经被离弃。”[③]给予从根本上被离弃否定了，在离弃之中有离弃，这说明存在在离弃中被离弃，它是南希思想中的隐含悖论：在离弃中获得。这一观念与“独一多重的存在”

---

①〔法〕让-吕克·南希：《解构的共通体》，夏可君编校，郭建玲等译，上海人民出版社，2007，第289页。

②〔法〕让-吕克·南希：《解构的共通体》，夏可君编校，郭建玲等译，上海人民出版社，2007，第287页。

③〔法〕让-吕克·南希：《解构的共通体》，夏可君编校，郭建玲等译，上海人民出版社，2007，第290页。

及“有限性的无限”一起组成了南希式“出—离”—“回撤”哲学。

四、“与在”：“共与”的存在

从“此在”到“向……在”意味着“此在”的解放，从“实存”到“出—存”则是对实存的出走，尽管南希强调出离具有不回头的特性，但是从他的观念中还是可以发现向内与向外两种作用的共时发生，南希思想的辩证性极端到将向内与向外视为相同作用，向内亦成为一种对“此在”的出离，而南希理论成立的根本在于间隔的存在，间隔本身就意味着两者之间，也就说明两者是共同存在的。

现在，我们要讨论的正是这一具有“共同”内涵的存在形式，它一方面延续了海德格尔的“共在”概念，一方面是对“向……在”中“向”的延异。正是因为我们了解南希对文字游戏的热爱，所以在他的思想中读到了那个与“共在”（mitsein/l'être-avec）拥有相同词形的“与在”：l'être-avec 是合情合理的。无疑，南希对“与在”的思考是从海德格尔的“共在”开始的，他在自己所处的政治历史背景下结合对大众问题的关注，延续了“共在”回归“此在”的内涵，并将其转向强调“共与”特性的“与在”。“共与”只有介词一种词性，只能用于连接两个或两个以上的成分，这两点皆与“向……在”中的 à 相似；它常以“A avec B”的形式出现在句子中，B 可以是 A 的伴随者、附属物，也可以用以说明 A 是配备 B 的，B 也可以被视为 A 的补充成分；还可以使用“avec qn/qch/verbe”（某人/某物/动作）的形式，表明根据某人的观点、借由某物、通过某一动作，通常作为句子中的状语成分出现。[①]avec 相较 à 来说，用法简单得多，含义也具体得多——简单来说意指“伴随”，它与 à 一样都是不能单独出现的，其前与后的成分是表达的关键所在，它本身起连接作用。

事实上，在南希的语境中，avec 被赋予了更丰富的内涵，首先在前文中，我们已经发觉了 avec 在某种意义上是“向……在”中介词 à 的变体，它代表着 à 的一个内涵，即“伴随”。柏克评价南希的那首小诗中的第二句便是“他连接并编织”，他所使用的“连接”（connecter）一词就可以借由 avec 来实

---

① *Grand Dictionnaire Encyclopédique Larousse*, Tome 1, Librairie Larousse, 1982, p. 891.

现。[①]南希曾为其话语体系中的 avec 下了一个定义，即“avec 是聚合与亲密性……既是接近又是尽可能的接近。然而即便是尽可能的接近，也依然意味着间隔，因为如果还能凑近，那还是将两个事物挤在一起”[②]。这首先意味着在 avec 中暗含着与之在概念上相对的 sans（无/没有）之意。为了理解更为方便，此时可将 avec 译为“有”，将 sans 译为“无”。sans 是伴随 avec 而来的，并且它们二者被同时呈现于众。为什么？举例来说，在定义的过程中，我们可以采用两种方法，其一为归化，其二为排除，归化指代了伴随性，是指伴随着什么，或者需要什么样的必要充分条件；排除则强调了将某些东西与自身划清界限。avec 的归化特性不代表完全的融合，而是呼唤着对话；sans 的排除属性也不代表“老死不相往来”，反而更需要对话，需要让不同的定义在它们各自的界限上进行触碰以及对话。或者也可以说 avec 与 sans 在根本上是同质的，在应用“与在”概念的同时，也指明了在存在中没有（sans）与之“与在”的存在。

其次，南希在“与在”中延续了他在“向……在”“出—存”“出—离”“回撤”等概念中所强调的间隔，他强调间隔的目的在于将关注焦点引向“与在”发生的地点，南希的间隔并不是从时空概念出发的，它将“与存”之中的“存在”并置于一个平面（此处只是为了便于理解，借用了一个空间上的词语）上，超越时间、空间，永恒“共与”，这恰恰是间隔所具有的超越性。南希赋予了海德格尔式的“共在”三种可能模式：一是日常的、普通的同在，在同一时空中简单地并置；二是超越并列进入相互交织的关系之中，成为分享同一事物或属性的同在；三是“我”与自我的同在，或可肤浅地理解为身体与灵魂的同在（当然，南希并非如此肤浅地揭示这一同在）。

最后，南希赋予“与在”还原的特性，“还原”一词不如“回撤”一词准确：南希的“与在”强调了在一个共同属性驱使下所实现的共同存在，这一

---

① Beck Ph, “Briques”, In *Europe Revue Littéraire Mensuelle*, 87e année, No960/Avril 2009, p. 230. 译文如下：《砖》南希应词语玩弄词语。/他连接并编织。/语句落在地上（语句在消失）。/南希将它们庄重地，/置于台面上。

② Nancy J-L, “Quelle(s) communauté(s) après l’effondrement du communisme et à l’heure du réveil des communautarismes?”, In Truong N (dir.), *Le Théâtre des Idées : 50 Penseurs pour Comprendre le XXIe Siècle*, Flammarion, 2008, p. 312.

共同属性是可被分有的且同时不会发生异变的特殊之物，它本身具有纯粹性，借由它个体被过渡到共通体，普通人被过渡到民族，个体或普通人因为自身所具有的他异性被离弃而变得“透明”①，这就说明南希在将个体转向共通体的这一看似“出离”的过程中强调的是针对共同属性的“回撤”。通过回撤，共通体所要回到的并非个体，而是回到绝对的“存在”或“太一”。通过这一回撤，南希力求达到的是“无中生有”的反向运动，从“无”中生出“有”的逆行，从“有”回到“无”，更为重要的是“有”并没有被打碎，也没有被毁灭，它在“无”之中，“与在”的“有”就是寂静的“无”。

综上所述，南希之“与在”将“共与”视为“共在”之关键，将“共在”译为“与在”亦是为了强调南希与前人的差异，但并不是为了说明南希创造了一个新的概念，他在对胡塞尔、海德格尔、梅洛-庞蒂的认识中秉持着“出离”的原则，走向了“共在”之“共”。其“与在”观念与“向……在”“出—存”“出—离”一起为“独一多重的存在”“有限性的无限”提供了理论基础。

第二节 多重独一性与多种艺术形式

在西方哲学中，存在论被视为一个根本的研究课题，它是众多哲学思考的基本问题，在法国哲学家那里该问题被发扬光大，萨特对海德格尔的误读让存在主义拥有了浓重的法国特色。南希回到海德格尔、胡塞尔、黑格尔的存在，引入了具有“出离”及“打断”内涵的存在模式，这一模式为其后来论述独一性所具有的多重存在特性铺平了道路，也为他论证多种艺术门类的合理共存奠定了基础。无论是在西方哲学领域还是在美学领域，独一性问题都不是一个新问题，它具有深厚的历史渊源，只是一直以来没有被系统地、专门地加以论述。多种艺术门类在缪斯女神的传说时期就已经存在，只是到了浪漫主义时期，被单数的“艺术”（l'art）一词遮蔽了。通过借助多重独一

① 〔法〕让-吕克·南希：《解构的共通体》，夏可君编校，郭建玲等译，上海人民出版社，2007，第271页。

性思考美学问题，南希将我们的视线转向了原初就以多重形式存在的艺术之上，将被统摄于大写的“艺术”（l'Art）之下的艺术置于多重维度之中，促使我们重新看待艺术问题。本节将通过南希的“独一多重的存在”对 singularité 进行解构式说明，比较南希美学思想中的“美”与哲学思考中的“独一性”的异同，认识多种艺术门类存在的合理性，说明南希美学思想中所具有的“出—离”与“回撤”特性。

一、独一性的渊源与内涵

“独一性”这个源于拉丁语的术语，不但被应用于人文领域，还在自然科学尤其是物理学中占据重要地位。在现代物理学中，霍金以大爆炸理论说明宇宙源于奇点（singularité），它在各个领域中的应用成就了其丰富的内涵，令人稍不留神便迷失其中。南希对这一术语的讨论并非标新立异，甚至我们可以认为南希在独一性问题上所做的不过就是将前人的认识进行总结与归纳，并将前人对独一性问题的论述视为独一性的多重存在方式之中的一种或多种。然而，恰恰是这般看似微不足道的总结工作，让他在不经意间带领我们从“出—离”与“回撤”这样辩证互逆的角度来看待独一性问题，从而揭橥独一性纷繁而独特的内涵。事实上，南希最早是将“独一”与“多重”一起用来说明存在，他认为在存在的独一中蕴含着多重内涵[①]，因此他使用了“独一多重的存在”（être singulier pluriel）的说法，此说法被应用于说明“存在”的特性。在本节中使用的“多重独一性”（singularité plurielle）并非南希专门论述的概念，而是通过对南希“无限独一性”（singularité infinie）[②]概念的分离所产生的，结合“独一多重的存在”，独一性取代了“存在”，并被赋予了“多重的”属性。

在相当长的时间内，独一性问题没有作为专门的问题被提出，但它一直隐藏在众多对“太一”“本源”等问题的讨论之中。直至近代西方哲学，黑格尔在《逻辑学》中将它与“普遍性”（universalité）、“特殊性”（particularité）

---

① Nancy J-L, *Being Singular Plural*, trans. Richardson R D, O'Byrne A E, Stanford University Press, 2000, pp. XV-XVI.

② Nancy J-L, *Being Singular Plural*, trans. Richardson R D, O'Byrne A E, Stanford University Press, 2000, pp. 14-15.

一起视为人类认识的三种规定性，黑格尔对独一性的认识直接影响了南希。在晚近西方哲学中，独一性问题的引入是由弗洛伊德开启的。19 世纪末，弗洛伊德将独一性应用于精神分析实践中，然而他并没有由此对独一性问题进行深入的研究，仅仅认为独一性具有“两重性或暧昧不明的载体……置于大众与个人之间”[①]的内涵，这个概念并不起眼，甚至不能被认定为重要术语。在这之后相当长的一段时间中，独一性问题依旧没有引起研究者的重视，对它的论述散见于各个领域的零星论著中，没有形成系统，对它的探讨依然停留在将它视为单一的、个人的特性上。

在文学艺术领域，对独一性的研究情况与在哲学领域近似，虽然在康德、施莱尔马赫[②]的著作中略有提及，但由于过于零散也没有引起注意。20 世纪 50 年代，意大利哲学家斯戴凡尼尼发表《作为普遍诗学的独一性》，他将独一性界定为“定义并统一艺术经验，并使这些艺术经验无限增殖的观念”[③]。作为第一个给“独一性”下定义的近代思想家，他的定义指出了独一性的功能，但没有确指它的内核。但从他的定义中可以看出具体艺术创作对独一性的重视，它亦被作为独创性[④]来看待，可见在美学领域对它的关注度明显高于哲学领域。并且在笔者看来，斯戴凡尼尼的定义已经具有后现代的内涵，不再拘泥于 singulier 所具有的单一的、独一的属性，而是提出了多面化无限延展的尝试。目前看来尚无法考证他的独一性概念是不是影响到了后来法国的解构主义思想家，但我们确实可以从德勒兹和南希的思想中发现蛛丝马迹，只是后两者走得更远。我们甚至可以推测，美国学者阿特里奇在编写《文学的独一性》[⑤]时，直接受到了斯戴凡尼尼的影响。

---

① Aisenstein M, “De la singularité du rêve pour la psychanalyse à la singularité d’un regard sur la pensée”, *“Singularité”dans la Psychanalyse: Singularité de la Psychanalyse*, 1998, p. 87.

② 施莱尔马赫曾说：“在德国浪漫主义的影响及范围中，艺术理念伴随某种明晰性得以实现，并具有差别性和建立在所表达意识的独一性之上的特性。”转引自 Stefanini L, Namer E, “La singularité considérée comme universel poétique”, *Revue Philosophique de la France et de l’Étranger*, T. 144, 1954, p. 31, Note. 1.

③ Stefanini L, Namer E, “La singularité considérée comme universel poétique”, *Revue Philosophique de la France et de l’Étranger*, T. 144, 1954, p. 22.

④ 在文学批评中，通常将“独创性”与“原创性”（originality）混同，它们之间有着细微的差异：原创性与创新紧密联系在一起，而独创性具有超越的特性，它将焦点凝聚在超越原有文化之上。（参考 Attridge B, *The Singularity of Literature*, Routledge, 2004, pp. 22-24, pp. 35-36.）

⑤ 在国内，有学者将该书译为《文学的独创性》和《文学的独特性》。

南希针对独一性的认识的主要渊源是黑格尔在逻辑学中论述的“个别”。黑格尔从逻辑学角度出发，将“普遍”（allgemeinheit/universalité）、“特殊”（besonderheit/particularité）、“个别”[①]（einzenlnheit/singularité）作为概念规定性的三个环节，黑格尔强调了个别的区别性和反思性，并同时将个别视为环节，认为“它在环节中从它的同一过渡到它的他有，变成判断”[②]，黑格尔指出了个别中所蕴含的他性。黑格尔将普遍的东西视为一般的否定性，将特殊视为在一般否定性之后所产生的一般规定性，而个别是从特殊之中通过否定之否定这一绝对否定观而获得的绝对规定性，任何理念都包含着普遍、特殊、个别这三个环节，虽然在黑格尔那里他只是划定了这三个环节，但他将其中的很多层次进行了归类才形成了它们三个，尤其在特殊这一环节中有着相当多的层次，它对于普遍来说是具有个体性的，对于个别来说又是具有普遍性的，它在普遍与个别之间起到了桥梁的作用。

南希对黑格尔的否定之否定观念进行了南希式的解读，他认为：“第一个否定是既定者的位置，是那操控、冻结及取消意义运动的固定性。……第一个否定已经是自由的，但还仅仅是被消极地指出的。……第二个否定否认了第一个否定自身的有效性：它否定了纯粹的虚无、深渊或匮乏。它是生成、显示及欲望的积极解放，所以，它是自我肯定（self-affirmation）。”这就意味着，第一个否定针对的是事物，第二个否定针对的是主体，即发起第一个否定行为的主体。主体借由否定之否定将自己彻底解放出来，从而获得自由。“自由本身就是否定性的位置（the position of negativity）。”[③]正如唯一不变的就是变化，主体的否定就是自我肯定，他所肯定的就是他的自我否定，肯定了自身的独一性和自身的解放。

南希借由共通体问题引入“独一存在”（l'être singulier）[④]概念。“共通体”为 communauté 的中译，本节使用“共通体”而非“共同体”是沿用了

---

① 为区别黑格尔与南希二者对 singularité 的使用，这里沿用了杨一之在黑格尔话语体系中对该词的译法。

②〔德〕黑格尔：《逻辑学》（下册），杨一之译，商务印书馆，1976，第 267 页。

③ Nancy J-L, *Hegel: The Restlessness of the Negative*, trans. Smith J, Miller S, University of Minnesota Press, 2002, pp. 68-71.

④〔法〕让-吕克·南希：《解构的共通体》，夏可君编校，郭建玲等译，上海人民出版社，2007，第 36 页。

《解构的共通体》一书中的译法。南希在该书中文版序言中也就 communauté 一词的中文译法进行了专门说明，他先指出了“在法语内部，这个词也需要被翻译”[①]，尤其点明了 communauté 本身所含有的“共契”之意。南希和夏可君都认为“沟通”是 communauté 的关键所在，结合“与在”观念，南希将独一性从黑格尔传统的“个别—特殊—普遍”模式中分离出来，将它视为这一模式中统摄其他二者的环节，把个别放置到存在之中，并指出独一性是其自身的存在，独一性是它自己本身的独一性，不再是存在的一种属性，而成为存在本身。这是与传统认识完全不同的，“独一存在”并非“独一的存在者”，后者确实说明了每一个事物都是独一的，都拥有自己存在的模式。南希希望表述的是具有超越性的独一存在，它跨越了在具体存在者或多样的存在者之间的差异，将存在视为“与他者共与的存在”[②]（being-with-one-another）。在此，他又一次强调了“共与”的重要性，将他者性借由“共与”同一于自身，由此可见“共与”是“独一地复数共存”得以实现的基础。南希在此时将“我们”引入了对存在的揭示中，他将“一切的存在、每一个存在、一个接一个的所有存在”[③]假设为“我们”，“我们”此时成为一个单数的概念，获得了独一的内涵。南希也曾借用物理学中的“奇点”概念，认为独一性是“在时间和空间之外的一个单独的点”，而具体的“独一者”是“此在”[④]。

然而，独一存在是有限的存在，它得益于有限的内涵，它自身成为一个自足闭合世界，它不是个体，与个体有着根本上的差异：个体必须是通过“沟通、传染或共契才构成”[⑤]的封闭实体，独一性不是某种运作的产物，它甚至可能不是源于任何事物的。这就意味着将独一性赋予存在的命题——“独一化”不存在，它是被分有的——是不成立的。因为它没有根基（fond），在

---

①〔法〕让-吕克·南希：《解构的共通体》，夏可君编校，郭建玲等译，上海人民出版社，2007，第 2 页。

② Nancy J-L, *Being Singular Plural*, trans. Richardson R D, O'Byrne A E, Stanford University Press, 2000, p. 3.

③ Nancy J-L, *Being Singular Plural*, trans. Richardson R D, O'Byrne A E, Stanford University Press, 2000, p. 3.

④ Nancy J-L, "Rives, bords, limites", *Angelaki: Journal of the Theoretical Humanities*, Vol. 9, No. 2. 2004, pp. 41-53.

⑤〔法〕让-吕克·南希：《解构的共通体》，夏可君编校，郭建玲等译，上海人民出版社，2007，第 49 页。

它的背后空无一物，它不能“回撤”，只能“出—离”，在它的前面有着众多它所给予的法则、尺度、标准。于是根据它所设定的法则、尺度、标准，无限诞生的有限性得以实现，独一性本身就是有限，它在自己的边界之上作为独一性被分配。因为分配是在边界上发生的，所以被分配的独一性同时具有与自身的同一性和与自身的他异性，于是可以说独一性的分配使沟通成为可能，“沟通首先在于分享和有限性的这种共—显”（com-paraît）[①]，沟通使诸多独一性通过沟通造成的间隔得以外展，间隔在此时也展现了自己的公共特性，在这种沟通中，独一的存在者们被给予。在边界被分享的独一性跟自然科学中的奇点具有同样的性质。面对奇点，广义相对论的可预见性失效了，只有给定奇点的边界才能够在此应用广义相对论以及牛顿定律，正如宇宙论学者认为宇宙的起点是奇点一样，南希话语的背后也隐藏着这一观念，独一性的分有意味着存在者的发端。霍金认为宇宙没有边界，宇宙的边界条件就是没有边界，南希的独一性所具有的边界也是对自己的否定，虽然南希没有如霍金一般，但是独一性边界所具有的他性也是对边界的否定，那么独一性则更像一个黑洞，它的边界则是一个空的空间。总而言之，这个与普罗提诺、黑格尔具有渊源，且与“向”“共与”密不可分的以多重形式实存于世的独一性，在南希的思想体系中担负着中介的功能，南希延伸了独一性为有限的观念，并用无限诞生说明有限性，从黑格尔的“艺术之终结”中诞生了全新的死亡与重生观念。

随着解构主义的兴起、后现代理论的盛行，我们对独一性的思考亦不应仅从自身出发指向单一对象，而应结合海德格尔的“共在”之思，将他性引入研究中，从自身与他者相互调和的角度出发反思独一性的存在问题。南希从伴随他性的独一性之事物入手，将独一性还原到“存在”，并将这一还原视为“独一性的存在事件”，从解构的维度考察多重形式的独一性呈现。在南希的话语体系中，呈现标志着“敞开”，这一观念是《独一多重的存在》的核心，它标志着南希想要为这一哲学的基本问题正名的企图，他自觉地将自己置于独一性的历史之中，为这一问题同时引入了“敞开”与“闭合”。

---

①〔法〕让-吕克·南希:《解构的共通体》，夏可君编校，郭建玲等译，上海人民出版社，2007，第51页。

从对 singularité 概念进行界定的历史背景来看，在它以“独一性”概念正式进入思想史时，已经具有了后现代意味，是在共性中强调差异。在对“共与”的论述中，南希曾指出：“‘与’既不意味着简单的‘毗邻’，也不意味着‘并置’。”[①]他认为“共与”的内在逻辑是针对实存者本身的，它将内在和外在有机地连接起来，形成了“内在—外在（dedans-dehors）的独一体”逻辑，南希的辩证思维方式在这里被极端地突显出来，他使用了逆向包容的方式。从绘画的角度来理解，从《梅杜萨之筏》来看，这是一幅带框的油画，它的画框提示着绘画世界与现实世界的过渡。通常我们会将画面上所描绘的场景视为微型艺术世界，其中的各个构成部分都是存在于艺术世界之内的。观察这个在艺术世界之外的世界会发现，在其中艺术始终缺场。在绘画中艺术在场，而在绘画之外“艺术的缺场”在场。艺术之外的世界为艺术世界的存在提供了空间，也为认识艺术提供了场所，所以南希才说：“纯粹的外在，外在于一切……意味着纯粹存在于自身之中，出离自身，走向自身……”[②]

二、艺术与多重独一性

独一性本身包含了他者性的内涵，他者并非独一性的起源，它只是与独一性共同存在，这就意味着在独一性之外存在多样性的实存：“singuli 这个词在拉丁文中就已经说出了多样的事物，因为它指的是那属于‘一个接一个’的‘一个’。这个独一者从一开始就是每一个，因此也就与所有他者一起，实存于所有他者之中的每一个中。独一者是一个多样者。”[③]南希并没有给予独一性一个确切的定义，这是源于他本人思想的解构主义背景，他所做的是在强调界限的基础上给予这个概念以无限的可能性。南希与拉古-拉巴特对德国浪漫派主要代表人物施莱格尔的《批评断片集》的解读，延续了德国浪漫派

---

①〔法〕让-吕克·南希:《解构的共通体》，夏可君编校，郭建玲等译，上海人民出版社，2007，第139页。

②〔法〕让-吕克·南希:《解构的共通体》，夏可君编校，郭建玲等译，上海人民出版社，2007，第139页。

③ Nancy J-L, *Being Singular Plural*, trans. Richardson R D, O'Byrne A E, Stanford University Press, 2000, p. 32.

的观点，指出每个“断片”都“预示着中心的想法”[①]。南希后来在自己的多重独一性观点中，将这一观念充分发展。换句话说，“断片”与“中心想法”的关系正如独一性的变体与独一性的关系一样，前者是后者的分散，后者就像是一个光源，前者就如同源于这一光源的光线。

在回答“为什么有多种艺术而不是只有一种？”[②]这一问题的时候，南希顺势将多重独一性带入美学思考之中。他首先分析了 l'art（单数的“艺术”）与 les arts（复数的“艺术”）在西方的用法，并指出 l'art 一词被广泛应用始于浪漫主义兴起时期，在此之前，尤其是在康德与狄德罗时期，人们普遍使用 les arts，并在 arts 之前加上表示“美”的限定词，即通常人们所说的“美的艺术”（les beaux-arts），这乃是区分艺术与技艺的关键所在。对复数形式的 arts 一词的使用，可追溯到人们谈论众多缪斯女神的时期。南希指明，现在普遍使用的单数形式的 art 一词，包含了如下两种含义：艺术（les arts）与技术。艺术与技术的相关首先体现在作品的创作之上，柏拉图在《会饮篇》中曾指出：“你知道作品就有许多方面的，凡是使某某东西从无到有的活动都是做或创作，因此一切技艺的实施都是创作……”[③]南希对二者的认识建立在区分技术物和艺术物的基础之上。简单来讲，技术与意义相关，而艺术则与真理相关。但是，因为 art（单数）所包含的两种意义，技术敞开了作品，将意义呈现出来，但是美并非作品的意义。当然，并不是说艺术将作品封闭起来，它没有如技术一般，而是通过对作品的敞开捕捉真理，它的真理便是美。南希所强调的多种艺术即是从这个考量出发，他希望通过多种艺术的提出，将易于混同的技术与艺术分开，将技术层面置于各个艺术门类之下，成为构成各个艺术门类的方式。南希一方面提示技术在艺术之中所具有的专属性，另一方面又希望摆脱技术的窠臼，回到真理的追寻之中，即从暗含以“我”为中心的主体性意义中跳出，进入围绕真理的既非主体亦非客体的永恒之中。

回到美学领域，南希言明“每个艺术家体现或承载的中心之所以是独一

---

①〔法〕菲利普·拉库-拉巴尔特、〔法〕让-吕克·南希：《文学的绝对：德国浪漫派文学理论》，张小鲁等译，译林出版社，2012，第 179 页。

② Nancy J-L, *Les Muses*, Galilée, 2001, pp. 12-13.

③〔古希腊〕柏拉图：《柏拉图对话集》，王太庆译，商务印书馆，2004，第 330 页。

无二的，正是因为它的分散性本身”[①]。就这一问题，可以用《托拉》[②]的言说者摩西本身所具有的形而上学的口吃来说明。当希伯来人问他是以谁之名行事的时候，他的口吃式的回答使得人们体会到“一种言语被上帝所宣布，但是我已经听到了两个”[③]。因为观察者无法不将独一性置于时间内审视，那么人们听到的“两个”言语虽然在音响效果上是同一的，却不能否认它们作为变体的本质。

在艺术家对美的表现中，从理性直观来看，他们希望通过主体对美的认识以及美本身的结合将美呈现为艺术作品；然而，从理论上看，创作艺术作品的过程只是一个无限近似的过程，无限趋近美却一次又一次地让美从创作者的指尖溜走的看似永无止境的过程。也正是这个永无止境的对美的趋近，使得美在现实世界中呈现为多重存在的样态，不过它们又都是“非美”，美在现实世界中最终成为一个呈现了美之作品的集合。在这一集合中，所有的存在都有共同的特征，即对美的呈现，也正是因为这个特征使得它们得以被归类。然而，正如前文所提到的那样，这些美的呈现物，或多或少地带有一些“杂质”。之所以会有这些“杂质”，首先是由艺术家本身的艺术特质决定的，比如卡拉瓦乔以“轮廓分明的具有版画特征的新的样式主义绘画而著称”[④]；其次是由各个艺术流派的艺术理念决定的，比如，巴洛克艺术风格的基本特点之一是“通过某种单一结构的、线条的、非线条的，以及富有节奏的造型手段，使构图的各部分进入一个令人信服的统一体”[⑤]；最后也可能是出于迎合某一特定时期的经济、文化选择需要，艺术作品“被迫”做出改变。

---

①〔法〕菲利普·拉库-拉巴尔特、〔法〕让-吕克·南希：《文学的绝对：德国浪漫派文学理论》，张小鲁等译，译林出版社，2012，第152-153页。

② 摩西五经，现存《旧约》的前五篇，犹太教认为是摩西所著。摩西受到了上帝的启示，向法老要求释放希伯来奴隶，继而废除奴隶制。摩西之所以被选中就是因为他口才不好，患有口吃，同样也因为口吃，他无法用雄辩的言辞说服法老，因此他将自己化身为能言善辩的弟弟——亚伦。然而当希伯来人问摩西他是以谁之名发话的时候，他恢复了本人，并以口吃的方式表达出来。

③〔法〕让-吕克·南希、〔法〕布朗肖、夏可君等：《变异的思想》，夏可君编译，吉林人民出版社，2007，第17页。

④〔美〕威廉·弗莱明、〔美〕玛丽·马里安：《艺术与观念》（下册），宋协立译，北京大学出版社，2008，第392页。

⑤〔美〕威廉·弗莱明、〔美〕玛丽·马里安：《艺术与观念》（下册），宋协立译，北京大学出版社，2008，第399页。

事实上，艺术作品是无法去除这些“杂质”的，所以我们也只能是无限地趋近美，并且越趋近越是震撼，甚至可能会产生某种“不适感”，此过程亦可视为“离弃”的过程。用南希在《胸部的诞生：阿芙洛狄忒颂歌之后》中论及的人们对赤裸的接受过程，便可以理解这种“不适感”[①]。艺术作品可以被视为穿着衣服的美，衣服可以作为符号被理解，它们承载着各种各样的政治、经济、文化、意识形态等内涵，如果我们将“衣服”从美的身上剥离，就可以被视为前文中所提到的对美的贴近过程。然而，完全赤裸的、没有遮盖的“美”（这是不存在的，此处“美”依然只是美在现实世界中的“象”）或多或少地会带来视觉冲击，首先是从伦理角度对赤裸的回避，也可以被理解为害羞，羞于直面美，但又对美本身有无限的遐想与好奇，也就呈现出了某种矛盾所带来的窥视快感。从另一个角度来审视，在历史进程中，艺术的理念也曾经发生过各种各样的演变，但在某些艺术流派所秉持的观念中，我们发现了这样或那样的对立，大多数艺术理念扎根于前代理念之中，从中汲取营养，随后借由某些方式将前代的若干陈旧观念摒弃，正是这样的发展脉络使得在经历了众多艺术理念更迭后，立于后世的我们会发现有些艺术理念站在了对立的立场上，它们的对立是通过美而被化解。为什么？因为美“就是理念的普遍性本身”，“就是统一的理念或者理念的普遍性，理念的理念性，因为它化解了一切有机对立”[②]。

南希转换了笛卡儿的“我在”，认为“我在=我共在”（ego sum=ego cum）[③]。用南希的这一视角审视《蒙娜丽莎的微笑》，意味着这幅画并不是卢浮宫某个展厅中的单一存在，也不是众多人眼中不同的“蒙娜丽莎”的简单集合，因为“在拉丁文中，plus 是 multus 的比较级。它不是‘为数众多’的意思；它是‘更多’。它是在起源中起源的增长或者过度”[④]。即是说它本身首先具有了一个它与它自身（具体画作）的共在，即它的存在是作为实存被外显的，

① Nancy J-L, *La Naissance des Seins: Suivi de Péan pour Aphrodite*, Galilée, 2006, p. 13.

②〔法〕菲利普·拉库-拉巴尔特、〔法〕让-吕克·南希:《文学的绝对：德国浪漫派文学理论》，张小鲁等译，译林出版社，2012，第 13 页。

③ Nancy J-L, *Being Singular Plural*, trans. Richardson R D, O'Byrne A E, Stanford University Press, 2000, p. 51.

④ Nancy J-L, *Being Singular Plural*, trans. by Richardson R D, O'Byrne A E, Stanford University Press, 2000, p. 59.

同时这种外显将它带向了独一性的存在，这不再是传统上主体与自身的关系，而是主体通过自身的实存与存在向着独一性而显现，它不是在“我”而是在“我们”的层面上外显的。或者用更加简单的方式来说明：在物理环境中，在卢浮宫展厅里的《蒙娜丽莎的微笑》由于时间对颜料的作用，每一秒都可以说它的独一性产生了变体，从不同的角度来看，有着不同角度的独一性；从不同的距离来看，具有了更多的独一性变体；在不同的天气情况下，光线对它的影响使得它的独一性进一步变形，以上为将其视为图片来观察。当我们将它视为图像，带上了意识的色彩之后，我们可以将它的独一性以极端方式展现为无限的变体，当然这样的说明方式并不恰当，在此作为极端的例证仅供参考。

南希认为在对独一性多重存在的探究过程中，重要的并不是验证独一性是否存在，或者说独一性到底是什么，而在于搞明白是否存在一个能够使得这个问题得以存在的问题。《蒙娜丽莎的微笑》这幅画可以存在，但独一性却似乎没有任何理由存在，这样很容易就可以让南希所认为的以多重形式存在的独一性观念不得存在。独一性在现实世界中终究是无法实存的，任意一个多重的形式都只是它的表象，是非独一性，一旦它们中的任何一个被认定是独一性本身，独一性也就随之被抹除，被它所接替。问题不在于如何完成对独一性概念的界定，“而在于如何使它连续，使它穿越最高极限，将它载向无限”[①]。这些变体的存在，并不是否定了其原初的实存价值[②]，而是将原初敞开，在其界限之内不断自我生产与自我反思。

三、阅读河原温：变体的叠加

在德勒兹与南希对独一性的思考轨迹中，我们能够发现各种各样的相似性，他们对同一性的探讨、对永恒的关注，以及后来对日本艺术家河原温的凝视[③]，让他们的理论具有了平行又垂直相交的意味，他们的研究本身也从

① 〔法〕吉尔·德勒兹:《福柯·褶子》，于奇智、杨洁译，湖南文艺出版社，2001，第 200 页。

② Manchev B, “La métamorphose du monde: Jean-Luc Nancy et les sorties de l’ontologie négative”, *Europe: Revue Littéraire Mensuelle*, Vol. 87, No. 960, 2009, p. 256.

③ Gratton P, Morin M-E, *Jean-Luc Nancy and Plural Thinking: Expositions of World, Ontology, Politics, and Sense*, State University of New York Press, 2012, pp. 175-176.

另一个侧面验证了南希提出的多重独一性理论的合理性——因为他们都是从某些独一性出发，得出了多重独一性结论。南希和德勒兹都论及了永恒，与此同时，在与人文科学并行的自然科学领域，物理学家也就量子自杀实验中得出的“量子永生”结论对永恒问题进行了考察。南希的永恒、德勒兹的永恒、量子论的永恒这三个事件殊途同归，相互辉映。南希指出“美是永恒的”；德勒兹指出事件的时间是“永恒的”，并借由强调重复说明了“永恒回归”；量子自杀实验所得出的结论类比到意识之中得到的是“意识是永生的”。南希对永恒的探讨没有仅停留在多重独一性上，也涉及了他论述独一性问题时所提到的有限性问题，他用一个辩证的、矛盾的限定词来修饰有限性，即“无限的”（infini）。

通过南希对河原温作品的阅读，我们能够更直观地理解南希所强调的多重独一性的叠加之不确定。河原温本人在当代艺术中的地位无须赘述，他独特的创作方式让他不负概念艺术家的称号（尽管他本人拒绝）。自 1966 年 7 月 4 日河原温开始创作以“今天”为名的系列日期画，直至他 2014 年 7 月逝世，这一系列包含了近 3000 幅作品，他通常在装置每一幅作品的盒子中放置创作当天的报纸等提示创作所指向事件的蛛丝马迹（不得不说，可以从德勒兹的事件哲学的角度来认识他的这一创作习惯），这种创作行为首先说明了事件的在场并非事件的特性，在场需要“各种联系：起源、亲缘关系、过程、终结、变化”[①]。“今天”可以是每一天，历史上的每一天在时间长度上具有共性，但是就其内容而言却是不同的，河原温的“今天”系列首先在命名上说明了南希独一性的多重表现，如果不是因为物理生命的结束，“今天”这个系列将不止近 3000 幅作品，这一数字可以趋向于无终结的无限。河原温的日期画与新闻事件相互对照，从南希的角度来看待这一对照，是从技术层面出发使用艺术，作品本身不是艺术，成为艺术的是从创作的发端到结束的整个行为。在被新闻事件所确定的日期画中，原本日期中所发生的事件的不确定性被配套盒子中的报纸给予了定位（localisation），叠加的可能性转变为事件在场的呈现，然而这一确定性仅针对河原温本人，带有一定的个人色彩，正如传统画家对某一主题的呈现带有个人色彩一样，河原温所呈现的是他对时

① Nancy J-L, *Multiple Arts: The Muses II*, ed. Sparks S, Stanfords University Press, 2006, p. 191.

间的理解。时间被他通过绘画手段空间化了，这一空间化通过其作品在展厅中的展示得以放大。

南希认为河原温通过日期画所做的是将不可展现的东西展现出来。在作品《一百万年》中，他通过书籍在空间上的线性印刷，通过声音表现时间流逝，并通过声音在空间中的回荡将时间和空间结合，将概念性的艺术理念用十分抽象的近乎行为艺术的方式呈现出来。此外，从河原温创作的整体来看，他用他的创作行为在空间上制造了一个由时间构成的间隔，这一间隔在《一百万年》中体现为从创作开始至今还没有结束的时间段。对于河原温来说，他的创作主题就是“时间”，而“时间只能在自然之外被找到。在自然之外：在技术、艺术之中”①。在“今天”中，河原温强调了“我”的作用，并将与“我”相关的地点、事件、环境放置到了创作中。到了《一百万年》，他将“今天”中所包含的“我”、地点、时间、世界全部剔除，只留下时间，在这个作品中，时间离弃了关系，如被离弃的存在一般回到质朴的本源。

从过于思辨的独一性问题中跳出来，简单地从南希的创作特点出发，我们可以发现南希偏爱与人合作：早期与同为哲学家的拉古-拉巴特合作，后期曾与意大利艺术家费拉里合作。南希与他人的合作，在某种程度上印证了他与拉古-拉巴特在《文学的绝对：德国浪漫派文学理论》中针对德国浪漫派断片创作方式所阐述的那种“写作哲学”或“协作诗”的特性，即这些作品本身所伴随的“众多作者的多样性”②。协作不仅仅局限于那些在出版页上标注着与他人合作的作品，我们甚至能够将整个艺术史看作一部未完成的作品，它是由众多作者合作完成的，它本身也就包含了“众多作者的多样性”，但我们不能否定它本身的统一性，它的多样性并不会导致它偏离艺术本身，而只是将艺术进行变体。艺术的变体在具体的艺术门类中被实现，并且在具体的创作过程中被呈现出来。每一件艺术作品在现实世界中的存在，都意味着一个新艺术个体的诞生。在历史长河中，它们被囊括在大写的艺术（l’Art）这一范畴之中，但每一件艺术作品都是个体，“所有的作品，包括古代作品都是

① Nancy J-L, *Multiple Arts: The Muses II*, ed. Sparks S, Stanfords University Press, 2006, p. 192.

②〔法〕菲利普·拉库-拉巴尔特、〔法〕让-吕克·南希：《文学的绝对：德国浪漫派文学理论》，张小鲁等译，译林出版社，2012，第29页。

个体”[①]，个体与个体之间存在着一种矛盾关系，本身个体要是相似的才能被归类；与此同时，个体之间的差异性使得个体成其为个体，它们之间的关系就呈现出了既相互排斥又相互吸引的矛盾性。

回到前文所提到的艺术变体说，也就更容易理解为什么南希提出多重独一性存在理念。在艺术领域中，艺术本身是独一无二的存在，而在现实世界中它以无限变体的形式呈现。没有绝对意义上独一的存在，存在必须是在环境中的，必然要与他者发生联系，必然是在关系网中的。它的存在必须借由他人、他物而被发现，所以说独一性不存在于世界中，它只能用表述、表达、呈现的方式被抛掷到世界中，而不能绝对自我地存在于世界之中。它本身是无形的、不可见的、不可听的、不可触碰的、不可感的，它是一切的基底，却也同时是一切的趋向，它本身包含了从其出发回到其中去的两种相对的运动。就是说，从独一性出发，它被呈现为多重独一性存在，而这些独一性存在又不断地回到独一性之上，循环往复直到无限。

谢林曾在《艺术哲学》的导论中提过类似问题：“……在艺术哲学观照中的情况一如在哲学观照中：那就其本身为同一且单一者怎样转变为多样的、可区分的，从普遍而绝对的美中怎么能出现特殊的美的事物。”[②]他给出的答案是，绝对的事物始终是独一的，但它却是在各种视角中呈现为多样的。在艺术中，通过各种理念观照独一的“原初之美”使其成为多种多样的特殊形式，就这些形式本身而言，它们也都是绝对独一的。我们还应该明了的是：单个艺术作品是如何形成的呢？正如美始终都是独一的，在现实中呈现美的艺术作品始终处于独一与多样的对立中，原因在于艺术作品的绝对性趋向于绝对的美，而艺术作品的现实性趋向于对绝对美的特异性呈现。不同艺术门类各自的理念可能会产生龃龉，以造型艺术来看，它将无限的对象纳入有限的表现形式中；而文学艺术在延续造型艺术的理念之外，还可以用无限的言词形式塑造有限的对象。

如何在众多艺术作品中找到独一性的美，最简单有效的方法是到艺术史

---

①〔法〕菲利普·拉库-拉巴尔特、〔法〕让-吕克·南希:《文学的绝对：德国浪漫派文学理论》，张小鲁等译，译林出版社，2012，第 31 页。

② 转引自〔法〕菲利普·拉库-拉巴尔特、〔法〕让-吕克·南希:《文学的绝对：德国浪漫派文学理论》，张小鲁等译，译林出版社，2012，第 347 页。

中去。在那里，艺术作品的内在本质的同一性会显露出来；在那里，即便是表达对立艺术理念的作品也不过是通过不同的形态将美展现出来。在那里，时代背景、理念承继、技巧偏好被逐层剥除，美以纯粹的、赤裸的形态“显现”。

结　语

南希的理论并非立足于哲学领域中的一片处女地，他自始至终都将“敞开”视为拨开问题迷雾的关键。在对海德格尔、黑格尔、德里达的回应中，我们被南希带入了他通过敞开并借由“向……在”之“向”所构建的广袤空间之中。“向”是“敞开”的基础，也是“分有”的基础，他的思想由此发端。南希重构了海德格尔的“共在”，分解了列维纳斯的“无限性”，转移了德里达的“延异”，他解构了“解构”，提出了一个又一个看似荒谬的辩证性观念：多重独一性、有限性的无限、不触碰的触碰，从“出—离”的轨迹回溯到具有超越性的“存在”。

本章通过对南希思想渊源及关键概念的梳理与分析，从总体上理解其带有“出—离”与“回撤”双重互逆内涵的美学思想特征。南希深受德国哲学的影响，1962 年他自索邦大学哲学系毕业，被视为德里达的得意门生，注定了理论视角的解构主义渊源。南希善用文字游戏，相对于德里达有着些许青出于蓝而胜于蓝的味道，他用“向”（à）敞开了“此”（là），将海德格尔的“此在”从“此”中解放出来，凭借“向”将时间空间化，在“存在”与“此在”之间标出一个看似空无一物而事实上却无比充盈的空间。他用解构式的书写方式赋予“实存”“出离”“打断”以内涵，不再拘泥于“实存”本身所具有的实在性，他让“实存”从其所处之位出发，义无反顾地出离为“出—存”。南希借“向—存在—存在”将具体的“出离”用“出—离”表达，同时引入了具有“离弃”内涵的“回撤”观。界限通过“出—离”与“回撤”的“打断”内涵被视为由空间压缩而成的一条线，在这条线上“独一性”得以分配，“有限性”得以敞开，“触碰”得以发生。

无论是“向”“出离”还是“打断”，这些都是南希为强调他者性做准备，他要完成胡塞尔、海德格尔、萨特等人的未竟之事。前人或是从“自我”出发走向“他者”又回归“自我”，或是从“自我”走向“他者”并止步于“他者”，南希并没有沿着他们的轨迹行走。由“向”所构成的“间隔”成为“共在”与“分离”的基础，南希所遵循的是绝不抹除他者性的思考轨迹，而是将“他者”与“自我”的“与在”视为“存在”之精髓，指出了“自我”与“他者”之间的联系。南希在“与在”概念之中，强调了存在的“共与”性，指出“与在”所兼具的“接近”与“间隔”内涵。他还在海德格尔“共在”的基础上，赋予“与在”还原的特性，强调在共同属性驱使下所实现的共同存在，借由个体向共通体的转向说明针对这一共同属性的“回撤”。

南希从“共通体”出发结合“与在”观念对政治问题加以说明，由于本章立足于南希的美学观点，所以并没有对这一问题展开深入的讨论，通过对南希所认为的在其自身边界上被分配的“独一性”略加说明，同时指出“共通体”问题是南希哲学思想中不可忽视的重要组成部分。南希借由“共通体”问题引入了“独一存在”的概念，赋予它超越性，将其视为超越自身的“与在”，意味着“与他者共与的存在”，然而他并没有否定“直接独一性”，即个体的“独一性”，南希还承认了个体“独一性”向其他“独一性”微偏的运动，将它与具体的“独一的存在者”“个体”区分开来。在南希那里，绝对的“独一性”是没有根据的，在它的背后空无一物，它不是某种运作的产物，也不源于任何事物，结合物理学领域与“独一性”一词同词形的“奇点”来理解南希的这一观念，我们可以发现，实际上南希如自然科学家一般，将“独一性”视为起源，它其实就是“存在”，从它出发只有“出—离”，没有“回撤”，它是具体实存的回撤所趋，从它之中“出—离”实在的独一存在者，于是多重的独一存在成为可能。在独一性问题中，南希强调了界限的重要性，界限使得独一性被分有，独一性的内在此时不再重要，它的内在是由界限所划定的场域，一旦独一性被分有，跨过边界，就不是纯粹的独一性，而成为在另一个世界中的独一者。

将独一性的多重存在模式置于具体的艺术领域中来理解，便可发现“多重”所具有的除去“复数的”之外的“更多”内涵，它不仅意味着“多”，还意味着在自身的基础上还要“更多”，于是“多重”最终被带向了“无限”。在南希的话语体系之中，“美”之概念与其所阐述的“独一性”具有非凡的同质性，它如“独一性”一般是自为的，并非由他物形成，它被南希视为在时间之外的永恒缺场，一切对美的呈现都不过是对美的“缺场特性之在场”的呈现，它一直以缺场的状态在场，正如列维纳斯借由“有”所引入的“缺场的在场”所说的那般，一切对美的呈现都是“非美”，却又是美的“实存”，借由“出—离”让自身多重的实存得以存在。每一个独一的艺术作品就此超越自身而同其他作品“与在”，且这一“共与”是早已预设了的。由此，南希用独一性的多重存在回答了“为什么有多种艺术而不是只有一种？”这一问题。

将“出—离”与“回撤”所依赖的界限应用到身体之境，界限划开了生与死。南希从黑格尔的艺术终结论出发，结合多重独一性，将“无限”赋予“有限性”，从死亡与重生的角度审视艺术。虽然南希在这一问题上依然抱持着“敞开”的态度，然而他并没有简单地将重生视为死亡的敞开，重生一方面被视为对死亡的出离，另一方面被视为对死亡的离弃。这两种内涵都体现在了“重生”之“重”上，南希在“呈现”问题中也曾论及这一“重”（re-），它意味着伴随“差异”的“重复”，代表着在新的语境中，重新创造，重新呈现。于是重生意味着新的独一存在者被抛掷于世。艺术作品被南希视为美在现世中的实存，然而在它们诞生的那一刹那，美被抹除了，美成为非美，只能通过“回撤”才能够到达美，然而这只是一个美好的愿望，从普罗提诺的“流溢—回转”出发，就会发现“回撤”还可能成为新的“出—离”，且越走越远。

南希用“自我本身就是否定性”和“我（主体）将会诞生在它自己的死亡之中”来说明艺术家在创作过程中向美的自我祭献，他首先指出了死亡所具有的不死特性，然后说明成为艺术家意味着在自身的有限中消灭有限，将自己向无限敞开。借由南希的这一观念审视艺术作品，则可以发现，真正死亡的是具有时效性的、时髦的事物，它们的死亡即为离弃，发生在向作为“独一性”的“美”回撤的过程中。艺术作品之于美是无用的，艺术理念的转变不会导致美的变化，艺术家和艺术作品只是以中介的身份存在的。在南希看来，“美”与“爱”一样是不可分级的、无法比较的，它存在于某处，没人能够捕捉、再现或具体化，通过对“非美”——艺术作品的出离与清洗，我们依稀看到的也只是“美”的影像。

在南希的生命中发生过各种各样的事件，但是最为重要的是他的心脏移植手术，这一事件不仅让他的生命得以延续，还给他的哲学思考带来了巨大影响，“他者之心”让南希在海德格尔的“共在”之思的基础上突出其“共与”内涵，与“他者之心”在生理上的排除与接纳使他从深层次的角度认识他者性与自身，也正是由此他基于对笛卡儿的阅读重新思考身体问题。他将自身存在建立在外在于“我”的世界的存在之上，将“我”的在场视为自身内在性的“出—离”，“我”在此时被悬搁进而成为自身之中的他者，“我”的身体由此被南希视为“我”自身和自身之中的他者的结合，即身体—灵魂。

笛卡儿的“我思”被南希视为感觉，感觉是通过触碰获得的，它所触碰的对象是“外延的事物”，于是“我”通过触碰敞开，而触碰所发生的场域就是由“向”所构成的那个间隔。南希借由对基督教所进行的解构式阅读，发现了“触碰”所具有的自身否定性，指出“不触碰”是触碰的内在需求。南希将“观看”“倾听”与“触碰”等同，或者说用“触碰”统摄其他的知觉行为。从“触碰”所具有的他者性内涵出发，南希阐述了由传统上被认为是审美客体的肖像画所发出的“凝视”，他如拉康一样注重凝视的倒转，也强调了凝视与眼睛无关，结合“与在”说明“凝视”在“相互观看”之中的实现倒转，又因为“共与”中所暗含的“出—离—回撤”内在需求，将触碰和凝视置于这样的哲学思想之中。

纵观南希的美学思想，无论是他从精神分析学角度，还是借助文学途径，或者是观照社会、政治问题，回到身体与艺术的思考之中，其思想总是被“与在”的观念统摄，并且 ex-（出离）与 re-（重复）这两个在法文中常见的词语前缀，亦成为其思想的特征所在。所以，南希的美学思想可以被称为一种“出—离”—“回撤”的“与在”美学观。

参 考 文 献

〔法〕芭布-高尔：《如何看一幅画》，郑袻译，中信出版社，2014。

〔法〕波德莱尔：《1846 年的沙龙：波德莱尔美学论文选》，郭宏安译，广西师范大学出版社，2009。

〔法〕菲利普·拉库-拉巴尔特、〔法〕让-吕克·南希:《文学的绝对：德国浪漫派文学理论》，张小鲁等译，译林出版社，2012。
〔德〕黑格尔:《逻辑学》(下册)，杨一之译，商务印书馆，1976。
〔德〕黑格尔:《精神现象学》(上卷)，贺麟、王玖兴译，商务印书馆，1983。
〔英〕基思·特斯特:《后现代性下的生命与多重时间》，李康译，北京大学出版社，2010。
〔法〕吉尔·德勒兹:《福柯·褶子》，于奇智、杨洁译，湖南文艺出版社，2001。
李本正:《静物画的概念及其历史》，《新美术》1996年第1期，第75-80页。
〔法〕列维纳斯:《从存在到存在者》，吴蕙仪译，江苏教育出版社，2006。
马元龙:《拉康论凝视》，《文艺研究》2012年第9期，第23-32页。
〔法〕莫里斯·布朗肖:《文学空间》，顾嘉琛译，商务印书馆，2003。
〔法〕让-吕克·南希:《解构的共通体》，夏可君编校，郭建玲等译，上海人民出版社，2007。
〔法〕让-吕克·南希、〔法〕莫里斯·布朗肖、夏可君等:《变异的思想》，夏可君编译，吉林人民出版社，2007。
汪建达:《论普罗提诺的回归方法》，《同济大学学报(社会科学版)》2004年第1期，第66-71页。
汪聂才:《新柏拉图主义对奥古斯丁灵魂思想的影响》，《现代哲学》2011年第4期，第65-71页。
汪子嵩、王太庆:《关于“存在”和“是”》，《复旦大学学报》2000年第1期，第21-36页。
吴琼:《他者的凝视——拉康的“凝视”理论》，《文艺研究》2010年第4期，第33-42页。
夏可君:《出生到在场：让-吕克·南希论身体的“非实在性场域”》，《东吴学术》2012年第4期，第143-149页。
〔美〕夏皮罗:《描绘个人物品的静物画——关于海德格尔和凡高的札记》，丁宁译，《世界美术》2000年第3期，第64-66页。
杨大春:《从身体现象学到泛身体哲学》，《社会科学战线》2010年第7期，第24-30页。
殷明明:《李格尔“触觉”概念在艺术史研究中的渊源及意义》，《文艺争鸣》2012年第11期，第63-66页。
余建明、邹建成:《奇点理论浅引》，《数学进展》第27卷第4期，第8页。
曾胜:《视觉隐喻：拉康主体理论与电影凝视研究》，中国社会科学出版社，2012。
张世英:《我们—自我—他人》，《河南社会科学》第18卷第1期，第44-48页。
张正萍:《解构与思想的未来——读〈解构的共通体〉》，《文化与诗学》2008年第2期，第359-363页。
赵峥、田贵花:《质疑彭若斯与霍金的奇点定理》，《北京师范大学学报(自然科学版)》2003年第4期，第499-503页。
郑天喆:《从身体存在论证看笛卡尔的身体观》，《黑龙江社会科学》2009年第1期，第24-27页。

周宪：《审美现代性批判》，商务印书馆, 2005。

Lacoue-Labarthe F, Nancy J-L, *The Literary Absolute: The Theory of Literature in German Romanticism*, trans. Barnard P, Lester C, State University of New York Press, 1988.

Nancy J-L, *The Birth to Present*, trans. Holmes B, Stanford University Press, 1993.

Nancy J-L, *The Sense of the World*, trans. Librett J S, University of Minnesota Press, 1998.

Nancy J-L, *Being Singular Plural*, trans. Richardson R D, O'Byrne A E, Stanford University Press, 2000.

Nancy J-L, *Le Regard du Portrait*, Galilée, 2000.

Nancy J-L, *Les Muses*, Galilée, 2001.

Nancy J-L, *Hegel: The Restlessness of the Negative*, trans. Smith J, Miller S, University of Minnesota Press, 2002.

Nancy J-L, *Au Fond des Images*, Galilée, 2003.

Nancy J-L, *Noli Me Tangere*, Bayard, 2003.

Nancy J-L, *La Naissance des Seins: Suivi de Péan pour Aphrodite*, Galilée, 2006.

Nancy J-L, *Multiple Arts: The Muses II*, ed. Sparks S, Stanford University Press, 2006.

Nancy J-L, *Dieu, La Justice, L'amour, La beauté*, Bayard, 2009.

Nancy J-L, *La Beauté*, Bayard, 2009.

Nancy J-L, "Art today", *Journal of Visual Culture*, 2010, Vol. 9, pp.91-99.

Valéry P, "'Discours sur l'esthétique（1937）': Discours prononcé au deuxième congrès international d'Esthéthique et de Science de l'Art", In *VariéarIV*, Nrf, Gallimard, 1939.

第三编　专题：批判理论中的事件向度

导论　当代视野下的事件哲学转向

齐泽克《事件》一书的开头，提到了克里斯蒂的小说《命案目睹记》中的一个情节：两辆相对而行的火车在同一个火车站停了下来，一位贵妇人正在车厢里享受着下午恬静的时光，突然间，她向另一辆列车的车窗望去，看到了她此前从未见过的一个令人惊悚的场面——一位男士在对面车厢里将一名女士摁倒在地，并杀死了她。惊慌失措的贵妇人选择了向火车站的警员报警，当警员耐心地询问她到底发生了什么事情时，这位贵妇人几乎是语无伦次地向警员陈述了一堆鸡零狗碎的语言。是的，贵妇人在面对警员时的描述是语无伦次的，这恰恰是齐泽克最为关心的地方。因为对面列车上的命案或许对于一个警员来说已经是司空见惯，但对于一个长期养尊处优，生活在静谧生活中的贵妇人来说却不是如此。在她的语言和思维框架里，根本没有为对面车厢里的凶杀案留下任何空间，以至于她甚至都无法用自己的语言来描述她刚刚目睹的一切。所以，齐泽克才总结地说道："这可算是最简单纯粹意义上的事件了：在毫无准备的情况下，一件骇人而出乎意料的事情突然发生，从而打破了惯常的生活节奏；这些突发的状况既无征兆，也不见得有可以察觉的起因，它们的出现似乎不以任何稳固的事物为基础。"[①]正如齐泽克所说的，事件打破了日常生活的连续性假象，如同一道闪电，划破了我们宁静世界的天空，事件的强势刺入并不是世界末日的来临，恰恰相反，事件在我们的世界、我们的知识体系、我们习以为常的意识形态上撕开了一道口子，这道口子如同一道创伤，深深地刺入我们的心灵和身体之中，促使着我们去重新思考和面对世界中的一切。这就是事件！或者这就是我们在事件发生之后去面对世界的态度和行为。

①〔斯洛文尼亚〕斯拉沃热·齐泽克:《事件》，王师译，上海译文出版社，2016，第2页。

显然，我们今天的哲学和思想经历了一场事件的转向。当然，这并不意味着事件仅仅是我们今天才开始面对的问题，而是说在人类历史发展的长河中，事件，一个断裂性的事件，从未像今天这样，如此重要，迫使着我们重新思考它带来的一系列后果，也重新反思曾经的形而上学和本体论。我们已经无法将事件简单地还原为某个朴素的观念论的思维，或者将其简单地理解为某个神灵的意志或第一推动的力量，事件本身就是这种力量。无论是先验的观念论还是朴素的经验论，实际上都无法简单地面对这样一个问题，即如何面对在我们的认识框架和存在框架之外的某个溢出（excess），一个无法还原为既定存在和认识框架的残余物（surplus）？这就必然迫使我们转向对事件的思考，事件是我们常规知识和普遍性框架的例外状态，也正是这种例外状态，让诸如马克思、尼采、海德格尔、本雅明、福柯、拉康、德勒兹、巴迪欧、阿甘本、齐泽克、罗马诺等思想家将他们的目光转向那个难以捕捉的事件，去思考事件带来的哲学问题。

一、为什么是事件?

与“事件”最紧密相关的概念是“无中生有”（ex nihilo）。在古罗马思想家那里，拉丁语的 ex nihilo 是相对于 ex materia 的说法而言的。ex materia 是从现有的既定材料中生产出来某个东西，如将刚刚采伐回来的原木制作成一张木桌子，这种木桌子就是 ex materia。除了用现实的物质材料来生产出某种东西是 ex materia，一些无形的东西也可以算是 ex materia，如人民形成的国家或者建立一个新的城邦。

这样，无中生有具有了完全不同的意义，无中生有不仅意味着不是从既定的材料和秩序来创造出某种产品，而且还意味着不依赖于所有的规律，包括自然规律和人类的法律，甚至不依赖于神的意志。无中生有，意味着一种在既定的规律和框架之外的创造，它不是现成在手的存在，也不是从客观规律和法则下衍生出来的可能性，相反，它意味着一种纯粹的起源（genesis）。在古代犹太思想家斐洛那里，无中生有实际上指向的就是原初的创世事件，斐洛在《论〈创世记〉》中提到：“然后摩西说：‘起初，神创造天地’。在这里，‘起初’这个词并非如某些人所认为的那样，具有时间意义，因为在有世界之前不会有时间。时间与世界同时产生或在世界之后产生。……由于‘起初’这个词在这里不是指时间的开端，所以它像是在指某种秩序。所以‘起初神创造天’相当于‘神首先创造天’。”[①]斐洛在这里谈到的起初，就是无中生有，在这里不仅没有任何具体的实体，也没有天。这里的“天”显然不是指实体意义上的天空，因为斐洛很快就继续写道：“创世主首先造出无形体的天和不可见的地，以及空气和虚空的理念。”[②]显然，天是一种无形体的概念，但在这个天之前，没有时间，也没有任何无形，那里只有无（nihilo），一种作为整个世界架构的无，包括具体的物体，以及作为神的一般神恩的普遍规律和法律，都是出自这个天，这个天或者原初意义上的虚空就是“无中生有”。实际上，柏拉图在《蒂迈欧篇》中提到了 chora（空间），也是一个先于具体物体和自然规律、城邦法律存在的空的概念，在这个空的架构下，才诞生了万物。

尽管古希腊哲学和中世纪神学的本体论都试图寻找这个最原初的“无中生有”的天，将其作为我们这个世界的第一动因（primum movens），但是，启蒙哲学之后，对第一动因的探索，转向了先验的认识论框架，即事物的可知性，完全不可知的事物被排斥在现代认识论和框架之外。现代启蒙和科学认识论虽然为不可知的事物留下了地盘（如康德的物自体概念），但哲学最根本的任务已经发生了变化，形而上学家关心的是如何在理念的带领下，实现世界的整体知识性关联。在这个时代里，世界的万物都被还原为一个理想的因果关系的存在巨链之中，而科学家和哲学家的任务就是尽可能地穷尽这个巨链的原理，并依照这个原理去创造事物，以有序而连贯地实现世界的进步。于是，一种进步主义的世界观出现了，在理性和科学的标准下，世界被划分成文明的世界和蒙昧的世界，而各个文明、各个种族之间的关系，被表达为因果性的线性关系。当绝对精神降临的时候，世界的万物都被还原为必然性和合理性，世界时代的最终蓝图让位于绝对理性的乌托邦，人类的自由也变成了顺从于大写的理性（Reason）的自由。我们需要的恰恰是马克思在其博士论文中感悟到的那种伊壁鸠鲁或卢克莱修式的原子的偏斜运动，而不是德谟克利特式的恒定符合既定轨迹的原子运动。

---

①〔古罗马〕斐洛：《论〈创世记〉——寓意的解释》，王晓朝、戴伟清译，商务印书馆，2012，第 27 页。
②〔古罗马〕斐洛：《论〈创世记〉——寓意的解释》，王晓朝、戴伟清译，商务印书馆，2012，第 28 页。

或许，这正是尼采用闪电来形容事件的原因。让那种不曾在既定轨迹上出现的力量以具体的形态呈现出来，尼采希望的不仅仅是一道划破天空的闪电，而且是“闪电对我们自己的触动”[①]。显然，在今天，我们大可不必像斐洛那样，追溯一个原初的创世事件，在那次事件之后，今天世界中的万物及其规律，都被视为创世事件的结果，而世俗世界中有限的芸芸众生的目的只能像柏拉图笔下的雅典客人一样，去尽可能地切近神对世俗世界的安排，在一个稳定而有序的时空秩序下，实现向彼岸的泅渡。然而，尼采的主张从根本上否定了斐洛式的架构，在其后继者福柯、德勒兹、巴迪欧那里，他们的说法是不仅存在着事件（event），而且存在着诸多事件（events）。事件不是单一的、事件之后的结果，即我们眼下的现实世界，也绝不是某一个创世事件一次性地形成的。在创世事件之后，事件不断地发生，事件构成了无数的转折点，让我们不断地从事件中去领悟新的力量。

当然，事件不同于事物。现代认识论往往喜欢将事物或主体孤立起来，从一个茕茕孑立的物体中，来探索物体的原理。这样，关于物体的认识，仅仅是对这个物体的认识,天空的那一道闪电也仅仅是一个大气物理学的现象。然而，事件绝不是这样，一道闪电不仅与那片乌云有关，也与大地上的树木有关，甚至与在大路上踽踽而行的几个行人有关。当闪亮的光芒带来轰隆隆的雷声之后，那几个行人显然也受到了这种气象学现象的感触（affect），在这个感触中，行人、树木、道路甚至草丛中的蚱蜢都可能成为这道闪电的共同见证者。在这些因素中，我们关心的不是带有电荷的云层相互接触时产生的具有物理学因果关系的自然现象，而是闪电如何将世界统一为一个事件性的世界，或者是德勒兹意义上的解域化（deterritorization）的世界，正如罗马诺所说：“于是，事件就是将自身展现为穿越天空的明亮的痕迹（trail），并直接消逝。所发生的一切导致了世界之中的诸多事物的改变。”[②]于是，事件不仅仅是孤立的物体或主体的变化，更重要的是，事件划破了我们生存的天空，如同一道伤痕，被永远地留驻在我们的世界之中，也留驻在我们的认识论的架构之中。在事件之前的虚伪的静谧被触目惊心的事件所打破，

① Nietzche F, *Writings from the Late Notebooks*, trans. Sturge K, Cambridge University Press, 2005, p. 75.

② Romano C, *Event and World*, trans. Mackinlay S, Fordham University Press, 2009, p. 24.

事件让世界背负上了它的印记，并彻底地让我们借此而生存的无形的 chora（空间）或“天地”发生了改变。这样，事件哲学的转向不仅仅意味着对必然性哲学的打破和对至高无上的理性规律的挑战，更重要的是，事件带来了一种新的世界观，让我们可以通过事件留下的痕迹，去发现曾经被视为不可能的事物，这些事物经过事件而向我们展现出来。

二、位置与意义：事件的本体论

对于事件，我们关心的不仅仅是那道撕破天空的闪电，即出现的事件的事实状态，事件还与另一个维度，即语言层面的事件有关。在词语关联上，事件与发生有关，无论是英语中的 take place，还是法语的 avoir lieu，都包含着一个位置的概念（英语的 place，法语的 lieu），基于此，我们可以这样来理解：事件不纯粹是一个事实的出现，而且它也是从没有位置（no-place）向占据某个位置（place）的转变。

其实关于事物发生的占位的讨论，早在柏拉图的《蒂迈欧篇》中就有所涉及，柏拉图提出，有几类不同的存在物。第一类存在物是永恒的存在物，这种存在物不可毁灭，类似于洞穴之外的阳光和永恒的理念，不能用有限的感知来把握。第二类存在物则可以被感知，可以被创造，它们不是永恒的，而是转瞬即逝的，可以在人类有限的意见中展现出来。关键在于，柏拉图提出了在永恒的理念和可感的事物之外，还有第三类存在物，柏拉图说道：

> 第三类存在是永恒存在不会毁灭的空间，它为一切被造物提供了存在的场所，当一切感觉均不在场时，它可以被一种虚假的推理所把握，这种推理很难说是真实的，就好像我们做梦时看到它，并且说任何存在的事物必然处于某处并占有一定的空间，而那既不在天上又不在地下的东西根本就不存在。对于诸如此类的存在的真实的、确定的性质，我们仅有模糊的感觉，也不能摆脱梦寐而说出真理来。因为影像并不包括据以形成的实体，影像的存在总像是其他事物瞥然而过的影子，所以我们一定推断它肯定有位

置[1][即位于空间]，以某种方式维持其存在，否则就无从存在了。[2]

柏拉图在这里提出了一个十分有趣的问题，即对于感性的人来说，他们的有限的感官不能直接去接触洞穴外的阳光，即理念，同时洞穴之中的影子，作为我们感觉在此时此刻能够把握的对象，又不具有永恒性，所以在永恒的理念和可感的对象之间存在着一个第三项。这个第三项一方面保障了可感物的真理，因为它为可感物提供了位置，是可感物存在的条件，另一方面它不是清晰的影像，而是一种模糊类似于梦寐之中的感觉，故而空间和位置本身是不可感的。正如阿甘本后来分析说："如果柏拉图认为位置分有了理智——尽管其分有理智的方式很难被理解——这是因为观念和空间彼此相关联，都无法被感知。"[3]于是，我们可以这样认为，位置是事物发生的条件，也就是说，一个事物的发生，就是在空间中占据了一个位置。

另一个比较明确地注意到位置问题的古代思想家是斯多葛学派的恩披里柯，在他的《反对理论家》中，他在区分了能指（signifier，即意指的词语）和对象（在现实中对应于词语的事物）之后提出："还有某种东西附着（subsist in）在我们的思想中，外国人即使听到了话语也无法理解它。对象是外在地存在着的东西。其中两个是实体，即话语与对象；一个是无形的，即被指示的东西和可说的东西的状态。"[4]恩披里柯提出的可说的（sayable）东西才是最核心的问题，一个事物的发生并不一定是在实体上发生，也可能在言说层面上发生。因此，当我们说一个事件的时候，恰恰是我们在可说性上赋予了它一个位置，使其变成了一个可说之物。正如阿甘本分析说，恩披里柯的"这段文字中谈的并不是第二种意义上的物，显然这是因为它与所指之物不同，而是将要发生的一个事件或一个真实的对象"[5]。这样，事件的发生不仅是在非感知性的空间中占据一个位置，也是在语言和言说中具有了可说性，让其变成了可以通过语言表达出来的可说之物。对于《命案目睹记》中的那位

---

① chora 一词，在该书中被译为"处所"，为了保障本节内容在理解上的连贯一致，在引文中，笔者将其改为"位置"。

②〔古希腊〕柏拉图：《柏拉图全集》（第三卷），人民出版社，2003，第 304 页。

③ Agamben G, *What Is Philosophy?* trans. Chiesa L, Standford University Press, 2018, p. 72.

④ Empiricus S, *Against Logicians*, ed. Bett R, Cambridge University Press, 2005, p. 92.

⑤ Agamben G, *What Is Philosophy?* trans. Chiesa L, Standford University Press, 2018, p. 39.

贵妇人来说，另一辆火车车厢里的凶杀案的发生，在她之前的思想空间和可说性中并不具有一个位置，但当凶杀案突兀地刺入贵妇人的视界之中的时候，它便占据了一个位置。不仅如此，事件超越了贵妇人之前的话语，因为即使穷尽她之前所有的言说，她都无法表达这个事件，只能以鸡零狗碎的言说来向警察诉说。她的鸡零狗碎的言说制造了事件的另一个层面，即事件不仅仅发生在空间中，也发生在言说之中。贵妇人鸡零狗碎的言说，恰恰是一个言说事件，她让一个不可言说的东西变成了言说，让一个无法言说的东西在语言中占据了一个位置，尽管这个位置上的言说仍然不是那种被秩序化（ordered）的言说，不是日常交流的言说。警察虽然无法完全理解贵妇人的言说，但警察在聆听贵妇人的言说时也感觉到那里一定发生了什么！

这样，我们就可以理解德勒兹在《意义的逻辑》中赋予“意义”（sens）一词的事件性含义。对于德勒兹来说，事件是先于既定的事物的，在各个事物确定的存在之前，存在着一个原初性事件。不过，德勒兹显然更关心的是那个决定了后来各个确定的事物存在方式的事件，究竟是如何在我们使用的语言中被确定、被规制、被关联起来的。这就是恩披里柯谈到的事物的可说性问题。事件并不纯粹在于物理层面的发生，因为事件的发生需要在可说性或者无形的空间中占据一个位置，占据这个位置意味着需要一个与之相对应的命题。这样，在事件占位或发生时，物理宇宙层面上的事件-后果（événements-effets）与无形的意义-效果（sens-effets）关联了起来，所以德勒兹说：“只有在如下意义上，事件才成为‘事件’：事件的条件并不是某个事态在时空意义上的实现。所以，我们不会问事件的意义是什么：事件本身就是意义。事件在本质上属于语言，它与语言存在着本质上的关联。”①

例如，中医中“阿是穴”的出现就是一个典型的意义-事件。唐代孙思邈的《千金要方》中记载了一名医者去替一位腿痛不已的患者看病。医者用针扎进了他曾在医书上记住的各个穴位，而患者的疼痛依然没有减轻。于是，医者放弃了医书，顺着患者说痛的地方扎了下去，患者大喊一声：“啊！是……”瞬间疼痛消失了。患者问医者：“此为何穴？”医者回答道：“此为阿是穴。”阿是穴的故事很好地阐释了德勒兹意义上的意义-事件，因为医者遇到的是一

① Deleuze G, *Logique du Sens*, Les Éditions de Minuit, 1969, p. 34.

个在既定的话语体系中根本无法表述的事件，一个没有记载却在物理层面上发生了的事件。当患者问医者“此为何穴”时，实际上医者就遭遇了一种需要在意义上把握的事件，即为刚才发生的医者将针刺入一个从未知晓的穴位并成功地消除病痛的事件进行命名，这个事件需要变成一种可以在话语中被言说的东西。因而，事件发生了，当医者称之为“阿是穴”的时候，事件就在话语中取得了一个位置，并真正作为“阿是穴”的意义-效果而留驻了事件。

我们从德勒兹这里可以得出一种事件的本体论。对于事件来说，最为关键的问题不是它在物理时空中的发生，而是一种占位，即在柏拉图意义上的对 chora（空间）占位，或者是恩披里柯意义上对可说性的占位，也是德勒兹意义上对话语意义的占位。也正是在这个意义上，德勒兹明确表示，事件在本质上就是意义，即在话语中产生的意义，正如博登评价说：“德勒兹可以说事件最终对应于命题的‘意义’，被理解为‘意义-事件’，即语言实际上承载着事件的效果。换句话说，物体和事件-效果之间在本体论上的差别（参照和意义）让事件得以在表述事件的命题中‘持存’（subsister）。”[①]我们必须注意的是，这里的“持存”，与事件的实存（exister）在德勒兹的《意义的逻辑》中是不同的，因为实存是事件或事态在物理层面上的正在发生，而持存代表着在命题和话语中所留驻的事件，即在意义层面上所表达的事件。的确，在物理空间中，事件转瞬即逝，如同尼采的闪电一样，而我们所谈的事件，恰恰不是纯粹物理层面上的事件，不是事件的正在发生，而是事件之后在话语和语言层面上对事件的留驻，即事件的意义-效果。当医者治好了患者的腿痛之后，如果没有“阿是穴”的命名，这则轶事或许会被淹没在漫长的历史长河之中，正是这个“阿是穴”让事件真正敞开了我们的话语空间，让它在我们的可说性之中占据了一个位置，成为意义上的事件。由是，德勒兹的“意义”，就是事件的发生（avoir lieu）在话语和命题中留下的伤口与痕迹，它的存在并不在于与既定的语言体系和确定的词与物的关系保持连贯一致性，而在于留下一个印记，一个不可磨灭的印记。从此往后，那个转瞬即逝的事件在可说性的话语中永远留存了它的意义，这是一种事件的本体论，在这种本体论中，事件相对于确定事物和它们的话语秩序具有绝对优先性。正如威廉

---

① Bowden S, *The Priority of Event: Deleuze's Logic of Sense*, Edinburgh University Press, 2011, p. 26.

姆斯评价道："每个事件也都和它所呈现的一切潜在意义的永恒的、理念的方面相联系。每一个没有位置的占领者，每一个意义和所有潜在的强度层次都'盘旋'在对它们进行表现的物理事件之上。"[①]

三、奇点临近：事件与未来

不过，对于德勒兹来说，他创作《意义的逻辑》的目的，并不仅仅在于用一种事件的本体论来取代之前的语言本体论或实体本体论，更重要的是，要赋予"事件"和"意义"一种解放的意义，一种指向即将到来的未来社会的意蕴。显然，"事件"不仅仅是在当下发生，而是对既定的语言和话语框架的突破。在《普鲁斯特与符号》中，他说道："对符号的敏感，将世界看成一个有待解码的对象，毫无疑问这是一个天赋。但如果我们不创造出更多必要的事件，这个天赋就会被埋没；如果我们不能超越某些陈腐的观念，这些事件就会无济于事。"[②]这样，事件不仅指向一个过去，一个未曾被事件改变的过去，一个在常规秩序和日常生活运转中的过去，而且也指向了将来。事件的发生或占位，究其根本，就是对当下的彻底改变，让事件和意义指向一个未来。对于事件，德勒兹将其等同于另一个关键词，即"奇点"（singularité），在《意义的逻辑》中，德勒兹明确指出："什么是理想的事件？那就是奇点，或者毋宁说是一系列奇点或奇点的集合，它们代表了一条数学的曲线、一个物理现象、一个心理上和道德上的人格。奇点就是转折点和感染点，它是瓶颈，是节点，是玄关，是中心，是熔点，是浓缩，是沸点，是泪点和笑点，是疾病和健康，是希望和焦虑，是'敏感'点。"[③]事件和意义，就是奇点，一个不能被还原为既定的平缓结构上的点，它是突兀的，是充满褶皱的，它耸立在那里，成为一个奇观，最终事件或奇点打破了既有的宁静，让世界上涌动的潮流沸腾起来，让世界都围绕着奇点的节奏而流动，只有在那一刻，我们才能体会到事件或奇点降临的意义，正如人工智能学者库兹韦尔也十分明确地谈道："那么，什么是奇点呢？奇点是未来的一个时期：技术变革的节

---

①〔美〕詹姆斯·威廉姆斯:《事件》，见〔美〕查尔斯·J. 斯蒂瓦尔主编《德勒兹：关键概念》，田延译，重庆大学出版社，2018，第 125 页。

② Deleuze G, *Proust et Les Signes*, PUF, 2003, p. 37.

③ Deleuze G, *Logique du Sens*, Les Éditions de Minuit, 1969, p. 67.

奏如此迅速，其所带来的影响如此深远，人类的生活将不可避免地发生改变。虽然这个纪元既不是乌托邦，也不是反乌托邦的形态，但它将人类的信仰转变为生命能理解的意义；将事物模式本身转变为人类生命的循环，甚至包含死亡本身。理解奇点，将有利于我们改变视角，去重新审视过去发生的事情的重要意义，以及未来发展的走向。”①

显然，对于今天的思想家来说，无论是马克思、尼采、海德格尔，还是福柯、德勒兹、巴迪欧、齐泽克，他们思考事件不是为了理解一个业已逝去的过去，也不是为了诠释逐渐凝固成常规的当下，而是指向一个未来，一个被保守主义斥责为不可能的未来。是的，事件就是不可能性的奇点，在奇点上，那个曾经被视为不可能的东西在事件的冲击下成为可能，用齐泽克的话来说：“什么是不可能？我们的回答应该是一个悖论，这改变了我最开始所说的话：做个实在论者，追求不可能之物（soyons réalistes, demandons l'impossible）。唯一的实在论的选择就是在现有体系下做不可能的事情。这就是让不可能成为可能。”②

另一位思想家巴迪欧对于事件的问题给出了一个数学式的形式化表达。早在1988年的《存在与事件》中，巴迪欧就从集合论出发，论证了在位（site）之上发生事件的可能性，以及在事件之后将那种无法被之前的情势状态（état de la situation）计数为一的不可辨识之物（les indiscernibles）纳入新的运算体系中，从而达到对以往的情势状态的改变。由于这种形式化的表达对于那些不熟悉集合论的读者来说，理解起来非常困难，所以在2006年的《世界的逻辑》中，巴迪欧重新给出了一个新的形式化解释。按照巴迪欧自己的说法，《世界的逻辑》更像是他自己版本的“《精神现象学》”，它的目的不是在一个远离世界的数学的空中楼阁中来解说抽象事件，他希望让对事件的理解降临在具体的层面上，让事件真正成为支配现实世界的力量。

在《世界的逻辑》中，巴迪欧修正了之前他在《存在与事件》中经常使用的“情势状态”的概念，并使用了一个新的概念：超验。巴迪欧的“超验”不同于康德式的观念论意义上的“超验”，因为巴迪欧的“超验”不是唯一的，

① 〔美〕雷伊·库兹韦尔：《奇点临近》，李庆诚等译，机械工业出版社，2011，第1页。

② Žižek S, *Demanding the Impossible*, Polity Press, 2013, p. 144.

世界上可能存在着多个超验框架。超验框架就是我们去面对这个世界的一个基本的无形空间，在一定程度上，超验的概念类似于柏拉图在《蒂迈欧篇》中的 chora（空间），也类似于恩披里柯意义上的可说性，它是一个基本架构，世界上的一切都需要通过这个基本架构表象出来。如果我们将巴迪欧的超验（T）和世界（M）的概念与德勒兹进行对比的话，超验 T 更类似于德勒兹提到的艾甬（Aion），那是一个无限可分的时空，有限的主体正是通过整个无限可分的架构来看待整个世界的；而那个世界 M 并不会直接向我们呈现出来，那个世界是一个未分的（indifferent）世界，我们从那个世界里得不到任何认识，只有通过超验 T 的框架，才能将那个未分的世界的某些部分转化为表象的对象。一个事物在超验 T 中的表象不等于这些事物在世界 M 上的存在，但是，对于同样处于超验 T 之下的人来说，他们更关心的是事物在超验 T 之下的表象。例如，对于一个在路上驾车行驶的司机来说，路边的任意两棵树都是一样的，即便这两棵树实际上存在着巨大差别，但是路过的司机并不关心这两棵树有什么区别，他只知道，在他的视野里，那两棵树是同样的。对于路过的司机而言，这两棵树之间的表象实际上很低。相反，如果一个躺在两棵树之下休息的人仰望着这两棵树，则有着与路过的司机不同的感受，前者可以仔细琢磨这两棵树之间存在的具体差别，甚至可以观察出两片树叶之间在轮廓和色泽上的差别，这样，对于躺在树下休息的人来说，两棵树的表象获得了一个更大的值。

在这个基础上，巴迪欧提出了自己的“实存”的概念，即一个对象在超验 T 下的表象与世界 M 上的存在的关系构成了一个函数关系，即实存函数 $Ex=Id(x, x')$，这个函数表明，对于既定的 x 来说，实存函数代表着 x 在超验 T 下的表象 x' 与自身在世界中的存在 x 之间的同一性关系。如果函数 Ex 取最大值 1，则代表对象 x 如其所是在超验 T 下表象出来，它获得了最大的实存值；相反，如果函数 Ex 取最小值，如 $Ex=0$，则意味着对象 x 完全没有在超验 T 之下表象出来，或者它的表象与自己的存在有着天壤之别。对于巴迪欧来说，取得了一定的实存函数值的对象是实存的，但是一旦实存值为 0，则意味着这个对象变成了一个“非在”（l’inexistant）。巴迪欧的非在的意义十分重要，它并不是非存在（non-être），也就是说，该对象在世界上存在，但并没有在超验 T 下面表象出来。例如，在 1848 年《共产党宣言》问世之前，无产阶级并非不存在，但是在资产阶级的政治的超验 T 之下，它并没有被表象出来，无产阶级被视为不具有政治能力的存在，它只能成为资产阶级的附庸，跟随着资产阶级开启的道路前进。但是 1848 年的法国革命以及后来的巴黎公社革命显然改变了这一切，无产阶级通过武装革命，占领了巴黎，在政治的超验 T 中实现了自己的表象，让自己的政治表象与自己在世界上的存在获得了实存的函数值。马克思在《法兰西内战》中称颂："……这是使工人阶级作为唯一具有社会首创能力的阶级得到公开承认的第一次革命；甚至巴黎中等阶级的大多数，即店主、手工业者和商人——唯富有的资本家除外——也都承认工人阶级是这样一个阶级。"①

由于这种特殊的形式化表述，巴迪欧实际上赋予了事件一个新的含义："一个事件的真正结果就是非在的实存。"②这就是巴迪欧所谓的"事件"，与德勒兹的"事件"不同，巴迪欧不认为随意发生的一点变化都是事件，他对于事件有一个十分明确的界定，事件不仅仅是变化和生成，而且需要让之前存在着但并不实存（或没有得到表象）的对象获得最大值的存在，即让非在成为实存。在这个意义上，巴迪欧也认同事件就是奇点，不过相对于德勒兹而言，他区分了弱奇点和强奇点：弱奇点虽然也能让非在表象出来，但是它并没有改变一切，而是被之前的框架或超验 T 暴力性地还原为之前的一个值，如英国的工人阶级发动了宪章运动，让自己获得了实存值，但这个实存值不是属于工人阶级独特地位的实存值，而是被还原为类似于资产阶级公民的实存，也就是说，工人阶级的特殊性被淹没在资产阶级的实存值之中，虽然工人阶级被表象出来，但是他们是作为资产阶级公民的等值来被表象的；与之相反，强奇点不仅要获得等值，还需要获得属于工人阶级的特殊值，等值意味着运动和改变成为之前社会结构的延续，只有当工人阶级获得自己的特殊值（即巴迪欧强调的实存的最高强度值）时，我们才能说一个事件发生了。巴迪欧说："事件[或强奇点]（Événement [ou singularité forte]）—事件是真正的变化，其位转瞬即逝的实存强度为最大值，这样在这个位的诸多结果中，

---

①〔德〕马克思：《法兰西内战》，中共中央马克思恩格斯列宁斯大林著作编译局译，人民出版社，1961，第 65 页。

② Badiou A, *Logiques des Mondes*, Seuil, 2006, p. 398.

存在着专属于这个位的非在的最大的实存强度的生成。我们也可以说事件是对非在的绝对化。事件不是弱奇点，也不是一个事实，更不是一个改进。”①这样,强奇点意味着让之前并未获得实存值的非在获得了最大限度的实存值，而且这个实存值也促使了超验的改变，生成了一个未来的新世界。

尽管德勒兹、巴迪欧、齐泽克等人对事件有着不同的界定，但是他们的目的是一样的，他们都不甘心看着一个看似秩序井然、条理规范的社会轮回下去，所以，德勒兹提出了“意义”“奇点”，齐泽克提出了“不可能性”，巴迪欧提出了“事件”“强奇点”“最大实存值”来祈盼一个不可能的未来。他们相信，一定有一个不同于当下的未来，一定存在着一个强奇点，会成为一道裂缝，撕开这个世界虚伪的表象。整个世界上的保守派和反动派所做的正是齐泽克所说的“撤销事件”（undoing an event），竭尽全力阉割掉那些奇点，切除那些作为世界中的剩余物和溢出物，只有切除了这些奇点，世界才会向他们表象为“历史的终结”。我们需要相信的是，这个世界存在着改变，存在着事件，正如齐泽克指出：“在这压抑的大环境下，对以往事件的撤销成了主导性的进程，既如此，那些真正政治事件的发生还有多大的可能性呢？面对这个问题，我们应该提醒自己：事件乃是一个激进的转捩点，这个点的真正维度却是不可见的……”②这样，忠实于事件，就是忠实于一个未来，也是不甘愿臣服于当下的压抑和沉默。这正是当代左翼思想家需要事件转向的根本原因，让事件划破乌云密布的天空，让闪电照亮污浊的大地。希望！希望！让仍然踽踽而行的人们可以抬头看见希望！不让他们继续湮灭在压抑而沉闷的阴霾之中，让人们可以看到远处的大海，去开启那个不知到达何处的远航！

四、小结

作为西方批判理论近30年来的重要向度,事件理论不只在哲学和政治学领域意义重大，而且在文学和艺术等领域也同样产生了巨大的影响。为了更全面地展现事件理论影响下的西方当代文论图景，本编将分别从以下部分来展开论述。

---

① Badiou A, *Logiques des Mondes*, Seuil, 2006, p. 608.

②〔斯洛文尼亚〕斯拉沃热·齐泽克:《事件》，王师译，上海译文出版社，2016，第211页。

第一章标题是“巴迪欧与事件”，这一章是对当代法国左翼思想家巴迪欧事件哲学的研究。在当代西方文论中，的确存在着一个明确的“事件转向”，即从纯粹的观念和经验研究转向不定性的事件研究。事件研究一方面打破了传统的先验论和经验论的二元对立，摆脱了分析美学和结构主义美学在20世纪中叶的分庭抗礼；另一方面也在一定程度上消弭了后现代主义和后结构主义的“解构”倾向，事件哲学并没有跟随利奥塔、鲍德里亚等后现代主义者，摧毁一切宏大叙事的权威。所以，事件范畴给予了被解构的哲学一条新的道路，即面对未来的不定性去重构世界的可能性。1988年出版的巴迪欧的《存在与事件》毫无疑问是对此的重要宣言，不过，直到21世纪的前十年，巴迪欧的事件哲学的影响力才逐步被人们发掘出来，并且也远渡重洋，受到了我国国内学者的关注。在这一章中，第一节清华大学夏莹教授的“事件与主体：如何理解巴迪欧之圣保罗的当代性？”在对巴迪欧《圣保罗：普遍主义的根基》一书的解读中，阐释了巴迪欧的主体观，同时指出巴迪欧的主体并没有触及抵抗资本主义的核心。第二节华东师范大学吴冠军教授的“爱的本体论：一个巴迪欧主义-后人类主义重构”立足于巴迪欧提出的四种真理程度之一的“爱”，思考巴迪欧的事件哲学的本体论价值。在吴冠军教授的分析中，爱不是一种俗套的资本主义的意识形态，而是从同质性的“一”走向开放性的“二”的关键所在，也是从人类中心主义向后人类主义转向的关键所在。第三节南京大学蓝江教授的“无限形式与真理的星星之火：浅析巴迪欧《真理的内在性》中的唯物辩证法”分析了巴迪欧2018出版的《真理的内在性》。相对于1988年的《存在与事件》和2006年的《世界的逻辑》，人们对《真理的内在性》一书相对关注较少。如果说巴迪欧在《存在与事件》中给出了事件哲学的本体论，在《世界的逻辑》中对事件哲学进行了某种现象学分析，那么《真理的内在性》则指出了从有限世界通向无限和绝对的可能途径。巴迪欧使用了毛泽东“星星之火”的隐喻，指出了这种走向无限的辩证法。第四节上海交通大学邓刚副教授的“巴迪欧和马里翁论事件”则给出了一个比较的视角，思考了作为法国现象学和批判理论代表人物的马里翁和巴迪欧在思考事件问题上的差异。邓刚副教授经过分析指出，巴迪欧的事件理论呈现为“事件—真理—主体”的三元结构，而马里翁的事件理论则呈现为“事件—饱溢现象—受赠者”的三元结构。这种差异与两位哲学家的出发点不同，马里翁的论述从神学立场出发，而巴迪欧则从一种政治哲学视角出发。第五节华东师范大学姚云帆副教授的“从‘起源’到‘事件’：对‘事件’概念的另一谱系的反思”，则以尼采作为开端，以本雅明为中介，勾连起了科耶夫与巴迪欧，试图在德法现当代思想理路的对比中，勾勒出“事件”的谱系。他指出，事件谱系的发展走向了由“非存在”所主导的伦理-政治领域，伦理判断最终成了唯一的存在论判断。这让事件哲学滑向了本雅明的“起源”问题，也让“事件”概念具有了一种独特的崇高气质。

第二章和第三章可以看成是事件哲学在不同领域中的应用。第二章的标题为“文学-事件”，旨在发掘出事件概念在文学领域中的独特价值。文学，作为人类情感与思想的文字表征，总是衔凝着人类发展的文化记忆。一部文学史，就是一部记录人类文化发展的事件史。这一章所纳的两篇文章，从不同的角度对这一事件史给予了各自的注解。温州大学的阴志科副教授是《文学事件》一书的中文译者，他在第一节“event 在伊格尔顿《文学事件》中的三种用法及出处”中详细梳理了列维-斯特劳斯、利科、吉登斯、伊瑟尔等人关于事件概念的描述，最后落到巴迪欧的事件概念上。从他的分析中，我们可以看出《文学事件》中的事件不同于巴迪欧的本体论事件，而更多地指向发生和后果等含义，在这个意义上,《文学事件》一书暗含了一种伊格尔顿所持的“文学伦理学”。第二节华南师范大学张巧老师的“用戴维森的事件理论谈论文学——建构文学事件的‘分析’图景”则是分析了哲学家戴维森，她为我们提供了从分析哲学视角来切入文学事件的另一种视角，与之前的研究形成了一种对照，这种对照有助于我们从另一种视角反观批判理论中的事件维度。她指出，与批判理论的事件思想强调断裂与突变不同，在分析哲学传统中谈论事件，则必然涉及事件的本体化。不过，戴维森对“非理性”问题的关注以及对“合理性”问题的说明，可以让事件的“断裂性”与合理化解释在一定程度上相容。他有关事件与行动的思想，也启发我们从文学存在论转向文学施行论。

第三章讨论的是“艺术-事件”。与“文学-事件”不同，这一章不再专注于文学及其虚构生产的事件性效应，而是将目光转向更为广阔的艺术创作领域。现代艺术以对西方模仿传统的反叛而与古典主义和近代艺术产生了巨大断裂。自杜尚的《泉》之后，艺术似乎天然地与事件形成关联：艺术就是要创造事件，以打破现实世界的平滑界面。第一节中山大学周慧教授的“事件与艺术：利奥塔的语位政治学和后现代的崇高美学”聚焦于利奥塔，阐述其以“异识”为目标的语位政治学，分析了“后现代”一词在利奥塔思想中的含义，并分析了后现代艺术最终走向崇高美学的原因，并由此导出“事件”对于后现代理论的特殊意义。第二节陕西师范大学赵文教授的“症状阅读、事件与图像学：略谈迪迪-于贝尔曼的‘图像知识’”指出，迪迪-于贝尔曼以“事件”为其重要的理论基础，并以之为重要的话语支点，在艺术史研究中复兴了瓦尔堡的批评传统。迪迪-于贝尔曼的理论创新之处在于在本雅明辩证图像的真理观语境中，使瓦尔堡的“记忆知识”的独特认识论得以确证，同时在瓦尔堡的学术路径中使本雅明对图像真理事件的症状阅读获得了方法论上的合法性。第三节华东师范大学姜宇辉教授的“从末世电影到末日影像：探寻电影-哲学的一种未来可能”以“末世”这一极具事件性的视角探讨了电影与哲学之间新的可能性关系，指出电影能以影像的事件性力量挑战、颠覆种种对末世和末日的思考框架。

本编从概念辨析、文学和艺术等三个方面全方位地展现了事件哲学在当代西方前沿文论中的独特价值。当然，在今天的文艺理论学界，对事件概念及其对于文学艺术之影响的研究，仍然方兴未艾。这里的研究或许只是刚刚打开了事件文论研究的一条门缝，在那扇大门背后，透过事件概念的棱镜，我们或许会看到一个更为五彩缤纷的世界。

第一章
巴迪欧与事件

第一节　事件与主体：如何理解巴迪欧之圣保罗的当代性？

对于基督教使徒圣保罗的研究一直以来吸引着多个学科的思想者，由此产生的研究成果大体分为两类：其一，关注圣保罗的具体教义与基督教教义的比较，侧重于圣保罗以及《新约》教义的学理性研究，其富有代表性的成果如德国学者陶伯斯的《保罗政治神学》；其二，关注圣保罗对于基督教的改造及其思想所可能产生的世界性影响，侧重于圣保罗对世界的改变，其富有代表性的著作则是尼采的《敌基督者》。当代激进左派思想家巴迪欧于 1997 年也以圣保罗作为主题完成了一部著作：《圣保罗：普遍主义的根基》。这一研究在对圣保罗所做出的价值判定上与尼采有着巨大的差异：对于尼采来说，他站在反基督的立场上贬斥圣保罗对基督教的改造，谴责其对于耶稣教义的背离，嘲弄其对皈依过程的描述，将这一过程视为一种对权力的攫取，而非对信仰的忠诚[①]；但对于巴迪欧而言，圣保罗却是“反哲学”的代表，巴迪欧对他的生平与教义给出了极为积极而正面的评价。

但对圣保罗评价的差异并不能遮蔽两者之间的继承关系。尼采无法回避圣保罗对基督教的改造所带来的基督教传播方式和效用的巨大变化，没有圣保罗，基督教就不可能获得如此广泛的群众基础，并最终成为影响世界的宗教。只是对于尼采而言，这种改变是通过圣保罗的谎言迎合了下层人民。在宣扬人人平等的过程中，掀起了一场反对犹太统治阶级、特权阶级的革命；

①〔德〕尼采：《敌基督者——对基督教的诅咒》，吴增定、李猛译，见吴增定《〈敌基督者〉讲稿》，生活·读书·新知三联书店，2012，第 208 页。

“基督教是一场由所有地上爬行者对身处高位者发动的起义：‘低贱者’的福音使一切变得更低贱。”[①]但让尼采愤怒之所在却正是让巴迪欧兴奋之所在。如何发动一场属于社会底层的革命，正是当代激进左派所关注的核心问题。它不仅是一个理论问题，同时更是一个实践问题。如果圣保罗的确发动并完成了这一革命，那么他的教义、他的行为方式自然要成为当代激进左派所关注的对象。仅在这一意义上说，巴迪欧的圣保罗研究开始于尼采对圣保罗的批判之终点处。他是尼采思想的继承者，而非彻底的反叛者。

但如果我们仅仅将圣保罗设定为一个革命的发动者，这显然没有触及巴迪欧对于圣保罗之兴趣点的堂奥。巴迪欧对圣保罗的关注包含着对于这个时代及其哲学的更为深远的关切。这种关切，在笔者看来，在现实中表现为资本主义的自治主义，一种可能消化所有相对主义与文化主义的社会现实。在这一社会现实中，世界最终变成一个完成了的“世界市场”。所有流通的商品都是可被计算的：“……这是一种对任何独特性都不加考虑的独特性：与生存持续的无限性和真理的事件性发展同样无关的独特性。”[②]因此对于所有那些试图表达自身之独特性的文化主义和相对主义，原本它们似乎应该成为打碎资本之同一性的力量，但在资本的自治主义之中，经过社会的改良，即所谓不同文化形式之再组合，其构筑的是一个又一个新的商品形式，这些商品形式在普遍等价的资本逻辑中失去了其固有的独特性。[③]资本变成了一个具有巨大生存弹性的自足体，任何与它不同的或相反的存在物都可以在价值化的过程中被转变为资本的一部分。巴迪欧用相当的篇幅谈论这一点，其目的正在于揭示今天资本主义社会的一个典型特征，这种特征，在笔者看来，或可做如下表述：差异化、特殊性的存在物与资本的普遍化成为一种共谋关系。它所隐含的主题是资本与资本主义是不可克服的。这构成了巴迪欧之圣保罗研究的时代背景。

这一时代的特质在哲学上或可被表达为普遍主义对特殊性的吞并。它以黑格尔之体系为典型代表。一切否定性的规定在本质上都是一个规定了的否

①〔德〕尼采:《敌基督者——对基督教的诅咒》，吴增定、李猛译，见吴增定《〈敌基督者〉讲稿》，生活·读书·新知三联书店, 2012, 第 210 页。

②〔法〕阿兰·巴丢:《圣保罗》，董斌孜孜译，漓江出版社, 2015, 第 8 页。

③〔法〕阿兰·巴丢:《圣保罗》，董斌孜孜译，漓江出版社, 2015, 第 8-9 页。

定，因此任何的特殊性都不过是作为普遍性的一个环节而存在。它与资本的自治主义形成了一种互文，诠释着这个时代的基本精神。

因此，要以激进的姿态反抗这个时代，自然要着力于对普遍主义的批判。因为其所对应的是资本的自治主义。哲学家试图用思想来触及这个时代，就要直面普遍主义的问题。对于巴迪欧之前的后马克思主义者来说，这并不是一个新鲜的话题。为了击碎这种普遍主义，阿多诺提出了非同一性哲学，拉克劳与墨菲则将黑格尔的“矛盾”转变为“对抗”，齐泽克强调黑格尔辩证法中延迟的否定（tarring with the negative）。他们所做的努力都是试图强调特殊性对于普遍主义的优先性。巴迪欧则与此前的这些哲学家完全不同，他要恢复普遍主义的优先性，以对抗普遍性的式微所带来的相对主义的泛滥，因此他将自己视为这个时代的柏拉图，因为他要面对的正是那些表现为后现代主义的诸多诡辩论家们。

借此，巴迪欧的问题较之其他同时代的思想家要更为复杂，因为对普遍主义的拯救虽然可以挽救濒临终结的哲学与形而上学，但却很容易再一次沦为资本的自治主义的共谋，因此承认富有决定意义的特殊性、偶然性的存在是不可避免的。因此巴迪欧需要两面作战：他需要在拯救普遍主义的同时承认特殊性的意义。但正如巴迪欧在《圣保罗：普遍主义的根基》中指出的那样，在资本的自治主义之下，我们看到的是任何特殊性都已预先被普遍主义所吞没。因此巴迪欧需要构筑一个所谓的普遍主义的特异性（singularité universelle）：一个永远无法被普遍性所容纳的特殊性，但仅就其自身而言，即就特异性自身而言，却又是富有普遍性的。这如何可能？正是为了解释这一普遍主义的特异性，巴迪欧发现了圣保罗的意义，圣保罗和其所代表的诸多反哲学家都是这个特异性的典型代表。对圣保罗的研究就是要揭示这种特异性的可能性及其存在方式。

一、事件哲学与主体理论的困境

对普遍主义的特异性的考察，首先需要我们关注巴迪欧对于 singularité 的运用。这一概念是 20 世纪以来法国哲学家津津乐道的一种特殊性。它不是与普遍主义对立的特殊性（spécificité），也不是与整体对立的个体性（individualité）。singularité 一词不仅带有单个性的特质，同时还意指数学和物理学中的“奇点”。“奇点”是一个天体物理学术语，它是时空中的一个普通物理规则不适用的点。它常常被用来描述黑洞理论，对于物理学家来说，它是一个存在又不存在的点。从这一意义上来说，巴迪欧的普遍主义的特异性所指的是用脱离固有逻辑的特殊存在彰显普遍性的理论倾向。因此这种普遍性不再是一种抽象的同一性，它自身是一种单一性，并且这种单一性的存在成为普遍性的前提，换言之，这种普遍性在本质上是特殊的。

对于巴迪欧而言，这是他哲学诉求的问题域。围绕这一问题，巴迪欧展开了关于事件、真理、主体等的相关研究。这三个概念构成了巴迪欧思想的拱顶石。但对于巴迪欧而言，事件只有在其获得了主体化表达的时候才能真正成为真理的表达。因此，三个概念又是无法分割开来看的。正是事件概念改变了真理和主体的存在样态。何为事件？巴迪欧在访谈中这样说：“事件是将那些不可见的抑或不可想象的可能性显现出来。事件自身并不是一个现实的创造，它是可能性的创造，它开启了可能性。”[①]事件将那些不可能性转变为可能性。[②]因此，在巴迪欧看来，事件不仅是一种政治事件（虽然在巴迪欧那里，政治事件是他讨论事件的时候常常意指的一个方向），它更富有一种反形而上学的内涵。它意指的是一种既有秩序的断裂，它是因果链条的一种脱节，它使得任何一种对世界的解释都遭遇到了自己无法解释的硬核，因此它成为改变世界的一个契机。

对于事件哲学的系统阐释的确在巴迪欧哲学中占据着重要的理论地位，但巴迪欧绝非事件哲学的开创者。在笔者看来，最早关注事件哲学的学者，我们可以追溯到阿尔杜塞——巴迪欧的思想导师那里。阿尔杜塞晚年将哲学等同于政治，并提出了所谓的“偶然相遇的唯物主义”，他认为这一思想为其对马克思激进维度的继承和发扬提供了新的路径。这是一种“形势”（conjoncture）优先于主体意识的唯物主义。其中，主体的创造性的发挥，如马基雅维利对意大利统一问题的讨论是 16 世纪的意大利特定的形势所决定的[③]，而这一形势是某种阶级发展的非平衡性所带来的偶然性。它严格说来

① Badiou A, *Philosophy and the Event*, Polity Press, 2013, p. 9.
② Badiou A, *Philosophy and the Event*, Polity Press, 2013, p. 10.
③ Badiou A, *Philosophy and the Event*, Polity Press, 2013, p. 396.

是历史的特例，而非常态。笔者将其视为事件产生的原初形态。自阿尔杜塞以来，偶然性开始成为必然性的基础，并更具有决定性的意义。法国哲学中对于断裂的关注也肇始于阿尔杜塞。在某种意义上说，早期阿尔杜塞的症候阅读以及认识论断裂等思想都可能成为这种偶然相遇唯物主义的前奏，其中缺失（症候）、断裂成为理论主导，因为对于阿尔杜塞来说，从一开始他所关注的从来都是“变化”产生的前提条件。症候阅读所谈论的是马克思较之国民经济学家视角的“变化”，认识论断裂所关注的是马克思思想史自身演进中的跳跃性“变化”。对形势的分析则更为直接地关涉到社会情境的变迁之可能性的敞开。

在这一理论背景之下，在德勒兹的《意义的逻辑》中，事件的出场直接与变化（devenir）本身相关联了。德勒兹热衷于通过《爱丽丝漫游记》来讨论这一问题。当爱丽丝由大变小，又由小变大的时候，事件产生了，因为在其中意义多样性的空间突然被敞开了，这种敞开性总是与命名与所指之间的断裂有直接的关联：“我们从来不能说出我们所说的意义”，“意义……是无法用经验方式被说出，但却能在超验方式中被说出之物”[①]，而“我们不能诉求什么是事件的意义：事件（l’événement），就是意义自身”[②]。由此，围绕事件哲学，“断裂”、“变化”与“生成”相辅相成地构成了事件的核心内涵。

在关于事件本身的内涵这方面，巴迪欧继承了阿尔杜塞的思想，并与德勒兹在观点上没有本质的区别。但大约是迫于激进政治氛围的淡化，阿尔杜塞与德勒兹只是提出了这种变化的空间和可能性的条件，但对于这种变化的执行者、支持者抑或推动者的讨论却不再是他们的理论重心。这是主体性哲学没落的一种标志。阿尔杜塞依赖于意识形态的循环所构建的主体性是被动的。它为形势所迫，不再是形势产生的原因和动力机制。尽管巴迪欧坚持将阿尔杜塞的哲学称为“无主体的主体性”，但一种失去了能动性的主体在何种意义上是一种主体抑或主体性？这一问题对于侧重于讨论“生成”本身的德勒兹而言也是如此。德勒兹的主体也只能是站在自动生产的机器旁边的一个旁观者。这是今天新唯物主义形态的一种特有的存在方式：客观性优先于主

---

① Deleuze G, *Différence et Répétition*, PUF, 1968, p. 201.

② Deleuze G, *Logique du Sens*, Les Éditions de Minuit, 1969, p. 34.

体性，偶然性优先于必然性。这是一种彻底的经验主义的态度。

巴迪欧沿着这一理论路径走下来，却并不满足于这一路径中对于主体性的问题的忽视。激进思想，如果缺乏了主体以及主体性，的确如同一幅失去了光晕的复制品，完全放弃革命之主体而阐发事件哲学所带来的只能是再一次对革命契机（事件）的无奈的等待。这种等待有着等待戈多式的荒诞性与无力感。作为激进思潮的当代代表人物，巴迪欧自然无法接受、放任这种理论的困境，于是才如此痴迷于主体理论。但在一个主体已被消融的理论情景下坚持一种主体理论是困难的：首先，要避免向本质主义的主体观的回归，因此主体不能是预成性的，而应是生成性的；其次，生成的主体究竟是被生成的，还是自我生成的？如果是被生成的，例如被事件生成的，那么是否还是一个真正的主体？如果主体是自我生成的，那么如何避免这种自我生成性再一次被诉诸某种超验性的存在，从而或沦为黑格尔的能动的“精神”，或沦为斯宾诺莎式被动的“实体”？巴迪欧的主体理论必须回应以上诸问题。

在笔者看来，巴迪欧通过将主体与事件相关联解决了第一个问题，即事件作为既有秩序的断裂、溢出破除了预成性的逻辑。主体总是事件主体，因此主体也是非预成性的。但第二个问题——事件与主体的关系——却需要更为复杂而详尽的阐发。巴迪欧虽然在讨论“存在”与“事件”时对此有诸多理论的论证，但却都不及其对于圣保罗的研究更为生动而具体。在此我们将以此为据来判断其是否解决了后一个问题。

二、圣保罗的话语理论与作为事件的基督复活

圣保罗，作为一个曾经迫害过基督徒的人，却在去往大马士革的路上接受神启，转而信仰基督教。这一独特的生平经历使得圣保罗自身对于基督教而言就是一个突然降临的事件。他所提出的教义（占据着《新约》的大部分内容）构成了与《旧约》系统中诸多律法的对抗。例如，他认为所有人都应因信称义，因此不仅是犹太人，其他任何人都有权利信仰基督教。他曾试图将基督教传播到世界尽头①，并且还作为外邦基督徒走进隔离区的犹太会堂

①〔德〕陶伯斯讲述、〔德〕阿斯曼编:《保罗政治神学》，吴增定等译，华东师范大学出版社，2016，第23页。

去传教[1]，这意味着圣保罗从未让他传教的视野局限在“犹太人”“希腊人”当中。这是一种彻底的普遍主义精神。关于圣保罗与此前《旧约》精神的根本差别，巴迪欧用两个三角模型加以言说：第一个三角模型是由使徒圣保罗与作为先知的犹太人以及作为哲学家的希腊人所构筑的。与之对应，当圣保罗开始传教的时候，身份角色的差异导致了三类不同的人的言说方式构成了第二个三角模型，即圣保罗的“儿子”（基督作为上帝之子）话语、犹太话语与希腊话语。严格说来，圣保罗的儿子话语与后两者形成了截然不同的话语体系。尽管从表面上看，后两者的言说方式存在着很大的不同，对此，巴迪欧给出了很清晰的表述：

> 犹太话语是一种例外的话语，因为先知的符号、奇迹和上帝的拣选，将超验性指定为超越了自然整体的东西。犹太民族本身就是符号、奇迹和被选。它就其构成而言就是例外。希腊话语立足于宇宙秩序，从而使自身与之相协调，而犹太话语立足于这一秩序的例外，从而将神圣超验性转化为符号。[2]

但对于圣保罗而言，这两种话语在本质上都是一样的：它们都是父亲话语。它们在服从的话语中让各自的群体团结在了一起，但两者之间在相互排斥的过程中显然也构成了相互依存的关系，即犹太人的超验性的、例外的符号本身是相对于希腊的宇宙秩序的超验的，并例外于希腊的自然秩序。因此，对于圣保罗而言，这两种话语都是一回事：“第一，这两种话语中的任何一种都不可能是普遍性的，因为每一种话语都以对方的持续为前提；第二，两种话语共同的前提是，拯救的关键在宇宙当中，我们要想得到拯救，要么通过对整体性的直接掌控（希腊的智慧），要么通过对文字传统和符号解码的掌控（犹太人的仪式主义和先知主义）。”[3]

但圣保罗作为使徒（apostolos），既不是基督的伙伴，也不是诸多神迹的见证者，因此他所秉持的话语是独特的，是在一种感召之下产生的。圣保罗

①〔德〕陶伯斯讲述、〔德〕阿斯曼编:《保罗政治神学》，吴增定等译，华东师范大学出版社，2016，第 29 页。

②〔法〕阿兰·巴丢:《圣保罗》，董斌孜孜译，漓江出版社，2015，第 51 页。

③〔法〕阿兰·巴丢:《圣保罗》，董斌孜孜译，漓江出版社，2015，第 51-52 页。

不仅称自己为使徒，还凭这种感召而成为真理的担保者。这是一种无历史与经验的自我命名。这种感召则是既有秩序的一种突然闯入，一个闯入者圣保罗在阐发基督教教义的时候自然也会特别关注那些同样作为闯入者的事件，例如基督派自己的“儿子”道成肉身，降临人间。这一说法，对于巴迪欧而言，成为其连接当代哲学、构筑事件哲学的有效契机：作为儿子的基督耶稣在弗洛伊德的思想语境下可以获得一个类俄狄浦斯式的解读。基督的降临本身就是对作为父亲的犹太话语和希腊话语的一种象征性的谋杀。

犹太话语-希腊话语-儿子话语分别对应着三种语言象征，即要求-提问-宣告。这是巴迪欧为三者的对比所构造的另一个三角模型。犹太话语是符号的要求者，他们要求神迹和传统仪式的阐发，因此他们必然遵从那些符号的生产者，这些人将成为老师；同样，希腊话语，作为哲学的反思，总是对人的诸多疑惑给予解答，因此他们也是老师。这是巴迪欧对于父亲话语的又一称谓。但对于儿子话语来说，他们的表达方式只能是宣告、声明。“没有预言和神迹的担保，没有论证也没有证据，这样作出的声明，不会进入老师的逻辑。”[①]它的逻辑是事件哲学的逻辑：“声明一个事件，就是成为这个事件的儿子。基督是儿子，是事件的声明使声明者成为儿子。”[②]

由此，作为使徒的圣保罗所使用的话语将是一种宣告事件的话语。这一话语的表述会成为一个特异性（singularité），它无须表达一个事实抑或描述一种场景，它所要做的是要有所敞开，敞开一种在既有秩序与逻辑中无法存在的可能性。对于巴迪欧的圣保罗而言，这种话语的典型个案当然是基督复活。

作为一种事件话语表达方式的基督复活，在某种意义上说是圣保罗的创造。《旧约》也谈论基督（弥赛亚）的复活，但这种谈论所采取的方式是犹太话语的方式，即以神迹的方式，因此也是用一种超验的方式来表述这一过程。它反而成为固有教义逻辑中的一个必要环节，因此基督的复活就如同基督的出生、工作与死亡一样成为基督生平中的一个环节。但圣保罗在《新约》中对基督复活的阐释却完全不同，在此基督的复活变成了一个脱节、一个事件，

---

①〔法〕阿兰·巴丢：《圣保罗》，董斌孜孜译，漓江出版社，2015，第75页。

②〔法〕阿兰·巴丢：《圣保罗》，董斌孜孜译，漓江出版社，2015，第75页。

它不仅对于作为上帝之子的基督自身而言是一个事件，对于基督教的普遍化传播更是一个决定性的事件。就基督教发展的历史事实来看，当多人见证了基督的复活之后，基督教才获得了普泛的信徒。但这种历史事实的表述并不能构成圣保罗之基督复活的事件性意义。

对于巴迪欧来说，当圣保罗将基督复活视为一个事件的时候，首先需要澄清的是复活与死亡之间的关系。死亡与复活之间的关系是不是黑格尔式的辩证关系？换言之，复活是否只是生命的否定之否定，而死亡成为一种内在的自我否定？如果这样去理解复活，那么基督复活就不具有事件性意义，它成为一个上帝自我确证所预先规定了的发展路径。相反，在巴迪欧看来，死亡与复活之间没有关联，死亡是事件发生的场所，而复活是事件本身。复活的确需要基督之死在先，这种必要性在于死亡使得生命诞生。巴迪欧将圣保罗在《罗马书》中的警句“体贴肉体的，就是死，体贴圣灵的，乃是生命、平安”解释为“肉体的思想是死亡，精神的思想是生命”[①]。在这里，肉体与精神是对立的，它们分别意指死亡与生命的对立。对于基督教而言，死亡不是基督的原则，基督之死只是意味着更高的原则，即生命的诞生。基督复活作为一种事件即意味着“事件既是通过有问题的‘不是’中止肉体的途径，又是通过例外的‘而是’肯定精神的途径”[②]。这种“不是……而是……”表达意味着一种变化的产生。这个变化总是在传统和律法之外，巴迪欧将其称为“恩典”（kharis）。这种恩典将与所有的律法相对立，因为“律法永远是属性的，是特殊的，部分的”[③]，它总是在可控的范围之内，也即总是在逻辑范围之内，但恩典则是“发生的事，不以任何属性为基础，超越律法……对所有的人发生，又没有指定的理由”[④]。因此恩典是可以言说普遍性的，因为它对所有人一视同仁。基督复活作为一种恩典，因此也是具有普遍性的。它的发生对于所有人，不论是犹太人还是希腊人，都是一样的。而这一普遍的表达本身却是一个如同神迹般的复活，这是与传统死亡逻辑的脱节，因此是一个特异性的存在。基督复活由此成为巴迪欧所谓的普遍主义的特异性的

①〔法〕阿兰·巴丢：《圣保罗》，董斌孜孜译，漓江出版社，2015，第71页。

②〔法〕阿兰·巴丢：《圣保罗》，董斌孜孜译，漓江出版社，2015，第81页。

③〔法〕阿兰·巴丢：《圣保罗》，董斌孜孜译，漓江出版社，2015，第99页。

④〔法〕阿兰·巴丢：《圣保罗》，董斌孜孜译，漓江出版社，2015，第99页。

典型。因此这一复活的神迹，对于圣保罗来说无须历史作证，同时也不可被怀疑，因为它的存在从来不是事实性的，而是逻辑性的，它是逻辑的脱节，它的存在是普遍主义之可能性的敞开，即恩典发生的必要环节。

三、圣保罗的信仰：事件主体能做什么？

基督复活是一个事件、一个恩典。这一复活在圣保罗的阐发下更富有革命性。对这一点的指认绝非仅有巴迪欧一人。在陶伯斯的《保罗政治神学》中，他将保罗视为"一个麻烦制造者（trouble-maker）。他扰乱了犹太教会的和平与城市的和平"[①]。但这个革命者如何发挥他的革命效用？换言之，事件与主体之间的关系究竟是什么？这是巴迪欧同时也是当代激进思想所关注的要点。

作为恩典的事件是主体产生的条件。"'恩典'意味着思想无法完全地让主体中的生命途径，也就是思想和行动的重新发现的联合，突然启动起来。只有通过超越其秩序的东西，思想才能够从无能为力当中站起来。"[②]事件在与既有秩序的脱节中激发了思想的能动性，正如基督复活通过死而复生对生命的弘扬。这种生命意味着思想的能动性，后者是与主体性连接的关节点。但正如事件本身不过是一种可能性的敞开，事件也只能是行动的条件，行动如何发生仍然没有得到正面的回答。

问题的关键在于行动主体何以产生？"如果一切都有赖于事件，我们必得等待吗？"[③]巴迪欧自己也意识到问题的关键。巴迪欧通过圣保罗的信仰，为事件主体的产生提供了一系列讨论。

当思想的主体与事件的恩典相一致的时候，主体化过程由此产生出来。[④]这一主体化，在巴迪欧看来，意味着主体的信仰，即对事件的信仰与忠诚。信仰，在这里显然不是一种简单的情感，它对于巴迪欧而言变成了事件爆发的主体能动性。在圣保罗的语境下，他对于基督复活的信仰从来都不是对某

---

①〔德〕陶伯斯讲述、〔德〕阿斯曼编：《保罗政治神学》，吴增定等译，华东师范大学出版社，2016，第26页。

②〔法〕阿兰·巴丢：《圣保罗》，董斌孜孜译，漓江出版社，2015，第110-111页。

③〔法〕阿兰·巴丢：《圣保罗》，董斌孜孜译，漓江出版社，2015，第145页。

④〔法〕阿兰·巴丢：《圣保罗》，董斌孜孜译，漓江出版社，2015，第114页。

个神迹的盲目崇拜，他信仰复活，只是因为信仰在“声明”一个人复活的时候，所宣布的是对所有人的一种可能性，一种逃离律法的可能性。“信仰说：我们能够走出无能为力，恢复律法从我们分离出去的东西。”[①]如果我们进一步追问信仰缘何具有这样的一种力量，巴迪欧会告诉我们，这是爱的力量。由爱将事件发生之后所产生的普遍性与主体相连，主体成为事件主体。因为爱首先是爱自己，并构筑了一种对活的真理的爱，同时还会转向他人，为所有的人而展开，所以爱诠释了信仰的力量，它让主体忠诚于事件，并帮助事件完成了一个普遍化的过程。“在世界上，只有爱能够在思想和行动之间建立统一。”[②]

所以，如果我们按照巴迪欧式的表述方式，并在圣保罗的语境之下来构想一场事件以及事件主体的诞生，或许应该如此：基督复活之所以成为一个事件，有赖于圣保罗对它的阐发，否则它不过是一个神迹的表达。圣保罗在对基督复活的阐释中表现出他对于这一事件的忠诚，而这种忠诚的内在力量是爱，它勾连起了自我与他者之间的关系，因为爱使得圣保罗意识到只有为所有人，才能为“个人”。他的主体化，使得事件完成了对可能性的敞开，并将事件转变为一个真正的普遍化的特异性。

在笔者看来，借助于对事件主体圣保罗的论述，“事件主体与事件本身之间的关系究竟是什么”这一问题不是变得清晰了，而是更为模糊了。基督复活如果没有圣保罗的阐发就不可能成为一个事件，因此圣保罗在此应成为这个事件的创造者，但任何的创造都不可能是自然发生的，它必然是有所谋划的。这种谋划恰好又会与“事件”所固有的脱节性、断裂性相矛盾。一个有所谋划的创造在何种意义上同时又是与逻辑的脱节呢？这一矛盾彰显了事件与主体性之间内在的固有矛盾。如果我们试图以事件来打破历史决定论的因果链条，以便释放解释世界的可能性，那么就不应再去谈论能动的主体性，因为能动的主体性必然会要求主体的规划，并在使得历史服从于这一主体规划的过程中让历史归入某个既定的逻辑。在笔者看来，历史必然性与主体性是可以共谋的，但在对事件的强调中弘扬主体性却是一个错位的逻辑，这将

① 〔法〕阿兰・巴丢:《圣保罗》，董斌孜孜译，漓江出版社，2015，第115页。
② 〔法〕阿兰・巴丢:《圣保罗》，董斌孜孜译，漓江出版社，2015，第119页。

原本没有交集的存在放置在了一起。

更进一步说，即便我们忽略掉圣保罗的事件主体与事件之间在逻辑上的无法相容性，转而反观圣保罗作为事件主体的能动性本身，我们看到的仍然不是一个真正富有能动性的主体，而是依赖于在信仰、爱、忠诚、希望等诸多主观情感之中获得自我慰藉的信徒。在这样的表述中，圣保罗的事件主体仿佛只是因为些许主观的情感就可以担当起普遍主义革命者的角色。这种主观意识对于革命的推动性力量与他提出的恩典唯物主义之间存在着巨大的理论张力。

所有这些矛盾都因为巴迪欧在阐发圣保罗的过程中没有明确事件与事件主体之间的逻辑关系。换言之，究竟是事件创造了事件主体（所谓时势造英雄），还是事件主体构筑了事件？在笔者看来，在巴迪欧将圣保罗作为事件主体的典型个案的时候，他还并不清楚如何回应这一问题，但在 2009 年以后，当巴迪欧分别抛出了两部新的哲学专著——《世界的逻辑》与《第二哲学宣言》的时候，巴迪欧本人认为自己实现了一次新的哲学转向。在《第二哲学宣言》中，我们再一次发现了关于主体化的主题。不得不承认的是，这个时期的巴迪欧的确将事件与事件主体的问题表述得更为清晰了。

在《第二哲学宣言》中，巴迪欧提出了三类主体化类型：忠实主体、反动主体和蒙昧主体。其中显然只有忠实主体是事件主体。这种划分不仅仅是在理论上丰富了主体类型，更为关键的是通过对这种多样化的主体类型在历史序列中相互作用的阐发，我们看到了真实的历史发展情景中的复杂性。巴迪欧以俄国十月革命为例，阐发了三类主体在面对这一事件的时候所表现出的不同态度。在其中，我们清楚地看到了事件与事件主体之间的关系：事件具有时间与逻辑的在先性，即所有的主体化都发生在事件爆发之后；换言之，对于事件自身，主体没有任何能动性。主体的能动性表现在围绕某种陈诉而展开，而这种陈述本身是“业已消逝的事件的痕迹”[①]。对于忠实主体而言，其“对新事物的热忱，积极地忠实于通过事件的到来在此时此地打乱世界的规则”[②]；反动主体则感觉仿佛无事发生一样；而对于蒙昧主体而言，其将

①〔法〕阿兰·巴迪欧:《第二哲学宣言》，蓝江译，南京大学出版社，2014，第 121 页。

②〔法〕阿兰·巴迪欧:《第二哲学宣言》，蓝江译，南京大学出版社，2014，第 121 页。

任何新的事物称为恶劣的外来的破坏性事物。[①]

由此可见，主体化不是事件的策动者，严格说来，它不过是对既有事件的一种回溯性的阐发，这是主体仅有的能动性。这至多不过是拉康化的能指主体在激进哲学中的翻版。在其中，能指（S）主导着所指（s），它以能指链条的滑动诠释着已经为空的无意识主体。所有的意义都在这种滑动中以回溯性的方式获得自身的锚定点。这是主体的消亡，而非主体的诞生。如果放入事件哲学当中，那么这也就意味着，事件的诞生是自发的，事件主体只是依靠表忠心而获得了“主体性”称谓，而其本质上却只能亦步亦趋地追随着事件的步伐。因此在现实的历史层面上，这些忠诚的主体一旦没有了事件就消逝在众人之中，他们所能做的只能是在等待中祈祷，祈祷事件不知在何时何地发生。

巴迪欧较为晚近的研究向我们揭示出了事件主体的被动性。巴迪欧不断的努力和失败只是证明了当代激进思想与事件哲学勾连所必然产生的不可消除的悖论。虽然我们可以同情地认为，在这个丰盛社会到来之际，能够坚持一种不妥协的态度实为难得，但这些激进思想在其实际的理论建构中所表现出的永远是对后事件的忠诚。这种忠诚最终只能沦为一种激进的姿态，甚至更糟糕的是，被资本逻辑所吞并，成为其差异化存在的一个维度，在某种程度上只是增加了资本主义社会的生存弹性。

第二节　爱的本体论：一个巴迪欧主义-后人类主义重构

一、作为人类主义至高价值的“爱”

爱，是人类主义（humanism，汉语学界通常译为“人文主义”）的核心主题之一。米利根在其专著《爱》中直截了当地宣称：“爱深层次地同我们的人性相嵌联。”[②]放眼我们周遭的日常世界，关于爱的话语铺天盖地：流行歌曲里满是爱，电影、电视剧里满是爱，政治家、宗教领袖乃至心灵鸡汤写手

---

①〔法〕阿兰·巴迪欧:《第二哲学宣言》，蓝江译，南京大学出版社，2014，第121-122页。

② Milligan T, *Love*, Routledge, 2011, p. 9.

也都喜欢谈爱。

爱，被视作破除当代各种“死局”（deadlocks）——从人们之间的“撕”、立场间的“怼”到国族间的“墙”——的关键。在《人类世中的爱》一书最后，两位作者从使徒圣保罗“爱担负一切、相信一切、希冀一切、容忍一切”、诗人维吉尔“爱征服一切”到披头士乐队“你所需的唯是爱”等诸种爱的箴言出发，并在这基础上提出：“对于我们中的许多人而言，爱是我们生活的一个核心倾注（central preoccupation），其他一切事物就仿似浪费时间。”在作者们看来，“人类世”（Anthropocene）的根本问题恰恰在于，“不管我们如何热望，悲哀的真理却是：我们背叛我们所爱之人。……关于爱是什么的任何理念，几乎都能很容易在理论上被接受，但在日常生活的诸种冲突与矛盾中，它并不容易在实践中被具身化（embody）”[①]。换句话说，在我们日常世界中，爱恰恰具有一个“结构性不诚”：在话语层面大行其道、放眼皆是，在现实层面却恰恰缺失、无处可觅；在理念上被高举，却于实践中被彻底悬置。[②]两位作者的分析，一方面诚然切中当代世界的症结，另一方面则实质性地把被诊断为具有“变态结构”（perverse structure）的爱置于核心位置，视之为解决问题的终极药方。换言之，只要我们真诚地坚守爱、实践爱，那么就能化解“日常生活的诸种冲突与矛盾”，甚至冲出“人类世”这个死局。[③]在这个意义上，爱已然成为人类主义地平线上的至高价值。

在当代哲人中，费希的观点极具代表性。这位巴黎第七大学哲学教授、法国教育部前部长晚近宣称，在经历了“对第一次人类主义的解构”后，哲学已经到达“第二次人类主义”（the second humanism）阶段。伴随着欧洲工业革命兴起的第一次人类主义，产生出了“爱的革命”，亦即“为爱而婚”

---

① Jamieson D, Nadzam B, *Love in the Anthropocene*, OR Books, 2015, pp. 199, 201, 203.

② 关于“结构性不诚”的进一步讨论，请参见吴冠军：《重思“结构性不诚”——从当代欧陆思想到先秦中国思想》，《江苏行政学院学报》2019 年第 5 期，第 5-16 页；吴冠军：《现代性的“真诚性危机”——当代马克思主义的一个被忽视的理论贡献》，《江苏行政学院学报》2018 年第 5 期，第 5-13 页；吴冠军：《“卡拉 OK 式礼乐”：卡拉 OK 实践与现代性问题》，《文艺理论研究》2015 年第 4 期，第 89-101 页；吴冠军：《结构性溢出：论当代西方马克思主义“溢出论”》，《人民论坛 · 学术前沿》2020 年第 23 期，第 69-81 页。

③ 关于人类世与爱的学理分析，请进一步参见吴冠军：《后人类纪的共同生活：正在到来的爱情、消费与人工智能》，上海文艺出版社，2018。

（marriage for love）。经过解构主义洗礼的当代人类主义，则进一步将爱视作“意义的一个新的原则”，并认为“好生活问题的答案，就在于爱的激情当中”，而不在于抽象的“国家、革命甚至进步（那些外在于和超越于人性的理念）”中。[①]根据费希的“爱的哲学”，只有每个人成为真正的“个体”，爱才有存在的可能，“私人领域的个人主义仍然会完好无损”，但爱开创出了新的生活意义：正是爱，使得“我们希望这个世界是舒适宜人的，而且我们希望这样的世界也可以属于我们的爱人，孩子以及未来的人们”[②]。在 21 世纪的当代世界，“爱已是生活的中心，我们时刻想为所爱之人创造良好的条件，让他们获得最大的快乐、自由和幸福”[③]。在费希看来，康德的绝对律令是第一次人类主义的产物，而第二次人类主义的“新绝对律令”就是“以这样的方式来行动：你能想象看到你所采取的决定被同时应用到你最爱的人身上”[④]。可见，费希把人类主义地平线上的其他诸种价值（如国家、革命、进步等）都剥夺了至高性，而唯独给予爱以至高的地位——“生活意义的全新原则”。

正是在这样的“深度人类主义”背景下，巴迪欧对于爱的重新探访鲜明地显示出这位当代法国哲人的激进锋芒：爱，并不是作为句号的最终答案，而是一个悬在我们头顶的最大问号。巴迪欧的一个核心学术贡献就是重新在哲学层面开启出了以下问题：“什么是爱？”只有在回应这个问题的基础上，我们才真正能够做到妥当地“礼赞爱”。

即便人类主义确立起了为爱而婚的理念，我们真的知道什么是爱吗？就当代关于爱的话语而言，巴迪欧至少区分出了如下四种完全不同的类型：浪漫主义、法律主义（商业主义）、身体主义（怀疑主义）、实用主义。[⑤]换言

---

① Ferry L, *On Love: A Philosophy for the Twenty-First Century*, trans. Brown A, Polity Press, 2013, pp. 35, 47.

②〔法〕吕克·费希、〔法〕克劳德·卡佩里耶:《最美的哲学史》，胡扬译，上海书店出版社，2015，第 60 页。

③〔法〕吕克·费希、〔法〕克劳德·卡佩里耶:《最美的哲学史》，胡扬译，上海书店出版社，2015，第 63 页。

④ Ferry L, *On Love: A Philosophy for the Twenty-First Century*, trans. Brown A, Polity Press, 2013, p. 170.

⑤ Badiou A, Truong N, *In Praise of Love*, trans. Bush P, Serpent's Tail, 2012, p. 21.

之，即便看上去都是为爱而婚，实际上却有四种完全不同的“爱”。第一种最具有大众影响力的爱的话语，无疑便是对爱的浪漫主义阐释。爱情的美妙和喜悦，尤其体现为两个人初相见时的美妙感觉、脸红心跳以及随后的相思、魂牵梦萦。不只是日常生活中的我们或多或少都有过这种感受和体验，从古至今的文学作品中，从诗歌到小说，也深深充盈着浪漫主义爱情，而它在现在的影视作品中则更是放眼皆是。在今天，说到爱，人们脑海里浮现出来的，恐怕主要都是浪漫主义爱情。

第二种有影响的是对爱的法律主义阐释：爱情归根结底是两个人之间的契约。这种对爱的理解，也是相当有市场。不要被浪漫冲昏头，最初的心跳往往是靠不住的，爱情必须通过契约才能够形成稳固关系。对爱的法律主义阐释亦包含一种商业主义的变体，换句话说，明确承认爱情的契约包含着利益关系。今天，各种婚恋网站上更是赤裸裸地把“月薪”“有房”“有车”等等作为搜索时的选项。某婚恋网站的口号是：“勇敢爱！”这个“爱”显然就直接包含了利益确认。[①]

第三种爱的话语是对爱的怀疑主义阐释。爱情十有八九难成“正果”，甚至带来一辈子的创痛。这种高比例的失败案例，使很多经历者会倾向于拥抱对爱的怀疑主义话语：爱情很不靠谱，甚至爱情是幻象，是欺骗心灵的海市蜃楼。它只是深奥而虚幻的诡计，以保证物种的生存。对爱的怀疑主义阐释包含一种身体主义的变体，换句话说，爱只能是性爱，性是实在的、可捕捉的，但纯粹的爱则是梦幻泡影。李安 2007 年的电影《色·戒》对张爱玲原著的改编，就是基于对爱的身体主义的理解：只有通过身体反复“确认”的爱情，才是真实可感的。对于李安来说，“色”和“真情”是同一个东西。正是基于这一理解，电影《色·戒》以极度出位的刺激性方式，对性爱做了赤裸裸的视觉表达；而张爱玲在原著中对性的描写极其稀少，一笔带过。[②]

---

① 关于“世纪佳缘”的“勇敢爱”口号，进一步分析请参见 Wu G J, “The rivalry of spectacle: A Debordian-Lacanian analysis of contemporary Chinese culture”, *Critical Inquiry*, Vol. 46, No. 3, Spring 2020, p. 633.

② 吴冠军：《“只是当时已惘然”——对〈色·戒〉十年后的拉康主义重访》，《上海大学学报（社会科学版）》，2018 年第 1 期，第 46-59 页。

最后还有一种是对爱的实用主义阐释。实用主义爱情观认为，浪漫主义所宣称的那种爱情，是一种没有用处的冒险；最实际有效的是通过消费温情脉脉地建立配偶关系，并在避免激情、坠入爱河的基础上，合理安排充满愉悦与享受的性关系。[①]这种阐释并没有走到任何一个极端，如强调性爱或利益，而是囊括这些因素于其中。日常生活中，许许多多人实际上都是用实用主义的态度来对待爱情——爱情没那么浪漫，也没那么势利或色欲熏心，而只是生活中的一块，甚至只是一小块，只要能够比较经济有效地处理它就可以了。[②]

在巴迪欧看来，尽管这四种爱的话语各有其道理，各卷一边天，但恰恰在我们的时代，"爱正在备受威胁"[③]。从几乎同费希全然相反的角度出发，巴迪欧同样提出：今天，作为一个哲学家，他必须要去全力捍卫爱。和费希一样，巴迪欧同样经历了解构主义的洗礼，且他们都未止步于解构主义：费希回到人类主义（所谓的"第二次人类主义"），而巴迪欧则实质性地走向了后人类主义。这导致了这两位当代法国哲人皆致力于把爱引入哲学的内核，但对爱的论述却是南辕北辙。

在巴迪欧看来，哲学（philosophy）结构性地内含爱：前缀 philo-表示"爱"，而 sophy 表示"智慧"，因此哲学就是爱智慧，而智慧者就是沐浴在真理阳光下的人。于是，爱是哲学的起点，真理是终点。正是在这个意义上，巴迪欧对爱的重访的出发点是如此简洁而纯粹："哲学"这个词本身就意味着"爱"是通向真理的通道。"在我们的世界里，爱是真理之普遍性的守卫者。"[④]除此之外，关于爱的形形色色的话语，都是对爱的瓦解与掩埋。

二、爱的激进性：通向"二"的真理

同上一代致力于解构体系的法国哲人不同，巴迪欧是一个体系性的哲

---

① 关于爱与消费的当代分析，请进一步参见吴冠军：《后人类纪的共同生活：正在到来的爱情、消费与人工智能》，上海文艺出版社，2018。

② 对于实用主义爱情观，巴迪欧实际上未做讨论，代表观点可以参见〔德〕哈洛德·柯依瑟尔、〔德〕欧依根·马力亚·舒拉克：《当爱冲昏头》，张存华译，华东师范大学出版社，2013。

③ Badiou A, Truong N, *In Praise of Love*, trans. Bush P, Serpent's Tail, 2012, p. 10.

④ Badiou A, "What is love", trans. Clemens J, In Žižek S（Ed.）, *Jacques Lacan: Critical Evaluation in Cultural Theory*, Vol. 4, Routledge, 2003, p. 59.

学家：他关于爱的重访，正是其哲学体系的一个构成性部分。关于爱的巴迪欧主义重构，其最核心的原创性在于：爱同科学、艺术、政治一道，被界定为四种“真理程序”。在不同的场合，巴迪欧又把这四者称作哲学的“四个条件”。

在其人类学论述中，巴迪欧提出了一种后人类主义的“人性”概念。在他看来，“人性”提供了上述四种“真理程序”，巴迪欧又把真理程序称作“类性程序”（generic procedure），即人类定义自身的程序。只要存在着科学、艺术、政治和爱这四个类性程序，“人性”即可以被证实仍然存在。换句话说，“人性”并不像人类主义者所预设的那样内在于人类个体之中（无论是普遍内在于每一个个体抑或是内在于少数卓越个体），而是存在于科学、艺术、政治和爱这四个真理程序（类性程序）中。基于这种后人类主义的人性论，巴迪欧区分了人的生活和动物式生活：动物仅仅追求自然欲望的满足、幸福、安全等，而以人的形态活着就意味着不断让自己发生“合体”（incorporation）到真理中。巴迪欧写道：

> 主体的合体，就是一些人类动物合体到某种可以称作真理程序的东西中。那就是在肯定的辩证法语境下，我们可以用“人性”和“人类”这些词的全球场域。[①]

换言之，倘若丧失经由这四种程序而达成同真理的“合体”，那么，彼时尽管仍会有一个个的个体，但不再有“人性”抑或“人类”。在巴迪欧这里，“人性”实则是无数独一无二的真理的历史集合体。[②]正是在捍卫真理（以及作为真理之历史集合体的“人性”）的意义上，巴迪欧呼吁哲学家必须去全力捍卫作为真理程序的爱。

现在，对于爱的巴迪欧主义-后人类主义的重构，一个关键的问题就是：爱通向的是一种什么样的真理呢？对于这个问题，巴迪欧本人给出的回答是：作为一种非主体性的本体论肇因（ontological cause），爱让我们走向“关于

① Badiou A, “Affirmative dialectics: From logic to anthropology”, *The International Journal of Badiou Studies*, Vol. 2, No. 1, 2013, p. 12.

② See Badiou A, “What is love”, trans. Clemens J, In Žižek S（Ed.）, *Jacques Lacan: Critical Evaluation in Cultural Theory*, Vol. 4, Routledge, 2003, p. 55.

‘二’的真理”。

爱把我们从“一”带到“二”，这也许再简单不过，没有人会对此有异议。但是“二”到底意味着什么？很少有人真正想过这个问题。爱带来的实则是一个生存性的剧变：在遭遇爱之前，人只是一个单子，是一个“一”。爱打开了从“一”通向“二”的通道，将差异插入同一中，用巴迪欧本人的话说，“爱根据‘二’而将‘一’打碎”①。

自柏拉图以降，我们所理解的真理都是关于“一”的真理。这个“一”，可以是那一个个作为“主体”的个体（亦即被预设为自足、完整、自主的“现代个体”），也可以是太阳、黑猩猩、美国抑或战争、房价……“一”本身构成了一个整体单元，而“二”的真理不是关于某种统一体的真理，而是关于绝对差异的真理。不同于上一代解构主义哲人，巴迪欧仍将“真理”视作哲学的核心范畴，但他笔下的真理不是传统意义上的“一”的真理。在巴迪欧这里，真理无法被符号化，只能“根据四种独特的进程类型被展布”②，而爱就是作为四种独特进程的真理程序之一，使得人们通向“二”的真理。爱，是对真理的生产什么的真理？在这个情势中起作用的是“二”而不是“一”。③“二”的真理，绝不是让我们获得普遍性，而是让我们获得有限性。“二”被巴迪欧称为“有限性的第一次打开、最小但是最激进的打开”④。

对于费希而言，只有在爱中，“一个人才会成为独一无二的自己，一个人才会成为一个人”⑤；而对于巴迪欧而言，恰恰只有在爱中，一个人才能告别独一无二的自己、告别成为一个人。在爱中，人意识到自己对世界的体验是彻底有限的。爱带给每个个体生命的，是一个“二”的场景（scene of the two），或者说，是绝对差异化的场景。这个场景，在你遭遇爱之前，并无法

① Badiou A, “What is love”, trans. Clemens J, In Žižek S (Ed.), *Jacques Lacan: Critical Evaluation in Cultural Theory*, Vol. 4, Routledge, 2003, p. 59.

② Quoted in Corcoran S, “Truth”, In *The Badiou Dictionary*, Edinburgh University Press, 2015, p. 368.

③ Badiou A, “What is love”, trans. Clemens J, In Žižek S (Ed.), *Jacques Lacan: Critical Evaluation in Cultural Theory*, Vol. 4, Routledge, 2003, p. 53.

④ Badiou A, *Philosophy and the Event*, trans. Burchill L, Polity Press, 2013, p. 54.

⑤〔法〕吕克·费希、〔法〕克劳德·卡佩里耶:《最美的哲学史》，胡扬译，上海书店出版社，2015，第421页。

进入。在该场景中，个体冲破对世界单子式、唯我式、自恋式的体验，转到对“二”的体验，也就是说对绝对差异的主体性体验：个体开始通过“二”的视域（亦即去中心化的视域）来体验世界，重新审视一切事物。

于是，成为一个爱者（lover），意味着你不再是此前的你，意味着你必须去想成为“二”而非“一”意味着什么。lover 绝不意味着你仅仅是某个人的“爱人”，而是意味着你自身的一个主体性剧变。换句话说，lover 是和 thinker、philosopher 一样的词，它指向的不是一种人际关系，而是个体自身的实践——to think、to philosophize、to love。对一个个体而言，在爱中，意味着和他人共同存在，建立“二”的视域。换一种方式来说，在爱中，两个人“合体”成为独特的主体——爱的主体。巴迪欧写道：

> 通过一个爱的相遇，这样一个主体出现了，在这个相遇中，两个性别化的位置发生了离散性综合（disjunctive synthesis）。因此，爱的场景是关于两性（最终关于纯粹差异）的“二”的一个普遍的独体得以被宣称的真正场景。①

“离散性综合”，是巴迪欧借自德勒兹的术语：同黑格尔式“辩证性综合”相反，“离散性综合”结构性地把握两个序列，但不把它们简化到一个聚合中心或一个统一体中。在巴迪欧看来，“二的场景”，就是“离散性综合”得以产生的场景，在该场景中一个全新的主体得以出现。这个新的主体，从差异性构建世界，以“二”而非“一”的方式构建世界。爱，开创了一个独属于两个人的世界，并产生出关于差异的真理。正是在这个意义上，爱诚然是一个“真理程序”，是建构真理的一种独特体验。爱者们彼此间的爱，不是聚焦在对方个体肉身上，而是如巴迪欧所说，“我们爱真理，所以我们喜欢去爱，也喜欢被爱”②。

故此，爱通向“二的真理”意味着：爱，不是对你爱的那个人的一种体验，而是对世界的一种体验。“爱不是对他者的一种体验，而是在存在着‘二’

---

①〔法〕阿兰·巴迪欧、〔斯洛文尼亚〕斯拉沃热·齐泽克:《当下的哲学》，蓝江、吴冠军译，中央编译出版社，2017，第 24 页，译文有改动。

② Badiou A, Truong N, *In Praise of Love*, trans. Bush P, Serpent's Tail, 2012, pp. 39-40.

的后事件状况下对世界或局势的一种体验。"[①]从巴迪欧"二的真理"这一洞见出发，爱实则意味着：两个人不再是各看各的（契约主义爱情观），也不是满满地只看到对方（浪漫主义爱情观），更不是满目所见对方颜值身材（身体主义爱情观）抑或对方带来的实际好处（实用主义爱情观），而是通过"二的场景"来看世界。所以，流行歌里唱到的"我的眼里只有你"恰恰不是爱，因为这种还是唯我式、自恋式的。只要没有转换成"二"的视域，即使现在你的眼里只有他，之后你的眼里也会出现别的对象，你仍然可以一个人看得目不转睛。甚至就算你对眼中的他"爱"到耗尽生命，仍然不意味着你在爱中。很多艺术作品讴歌那种耗尽自己生命的爱情，称之为真爱，但实质上这仍然是"一的场景"。当真正通过"二"的视角来看时，你的眼里不会只有他，而是有整个世界。故此，爱不是两个个体之间的一种"关系"（不管是契约关系、浪漫关系抑或是冲突对抗关系），而是迈向真理的一个通道，是对生命的重新创造（婚姻、孩子的诞生……），是让世界重新诞生的激进实践。

这个在"二的场景"中重新诞生的世界，不是一个新的"一"。卢曼在社会语言学的层面上描述道：

> 爱的符号指向参照（significative reference）的**普遍性**，并不需要把身体局部的**所有**内部体验与行动都掌握其中；诚然，它也做不到。就像宗教或者法律的符号指向参照，没有事物根据本性而不与之相关，但也没有强制力去使得每一步都同其规定保持一致。[②]

换言之，爱者不需要"把一切事物整合成为一个总体性（totality）"[③]。卢曼与巴迪欧关于爱的论述有很多不同，然而他们都拒绝让爱通向"总体性"。巴迪欧也会毫不犹豫地同意卢曼的如下论断："爱规划出其自身的法律，不是抽象地而是具体地在每个案例中，其所规划的法律只对那个案例具有有效

---

① Badiou A, "What is love", trans. Clemens J, In Žižek S (Ed.), *Jacques Lacan: Critical Evaluation in Cultural Theory*, Vol. 4, Routledge, 2003, p. 53.

② Luhmann N, *Love as Passion: The Codification of Intimacy*, trans. Gaines J, Jones D L, Harvard University Press, 1986, p. 176. 加粗内容在原文中以斜体表示强调。

③ Luhmann N, *Love as Passion: The Codification of Intimacy*, trans. Gaines J, Jones D L, Harvard University Press, 1986, p. 176.

性”。[①]巴迪欧笔下的真理，不是总体性的真理，而是绝对差异的真理。

正是在通向真理的这个意义上，爱和政治具有十分相似的本体论结构。爱是“二”的真理，它使得我们以富有创造性的方式来处理差异；而政治是“多”的真理，它不只关涉两个人，而是关涉很多人。政治使得我们转到异质性的视野，以创造性的方式来追求平等。爱，实际上是“最小的共产主义”[②]。爱让我们置身于“二的场景”，超越“一”的自私、自恋、对事物的私人占有，而是共同生活，在共同中持存。故此，作为激进哲学家，巴迪欧声称：爱，让我们对共产主义始终保有信心。人的共同生活能够整合所有的“前政治”差异，那是因为个体是谁、出生于哪里、讲什么语言、有什么文化背景，都构不成爱的创造的障碍。[③]在巴迪欧这里，爱和政治都是产生真理的程序。爱生产的真理之序列是：“一”—“二”—无限。政治生产的真理之序列是：“一”—“二”—多—无限。并且，爱和政治，都包含事件、宣言与忠诚。所以，真正的政治家必须是一个爱者。

三、拆除人类主义框架：作为触兴的爱

对于费希的“（第二次）人类主义”而言，爱是一种我们对他人的情感[④]。而值得提出的是，经巴迪欧哲学性重访的爱，并不是一种人类主义的“情感”。换句话说，任何一个个体都无法成为爱的本体论源头：你没法产生爱，只可能被爱击中。爱——作为哲学的四个条件之一、通向真理的四个程序之一——是一种非主体性的、后人类主义的本体论力量。

爱是“触动/触兴”（affect）[⑤]，而非“情感”（emotion）——在笔者看来，“触动/触兴”这个斯宾诺莎主义-德勒兹主义术语，是界定巴迪欧主义“爱”的最好语词。马苏米对“触兴”和“情感”做了一个哲学性的区分：“触兴”

---

① Luhmann N, *Love as Passion: The Codification of Intimacy*, trans. Gaines J, Jones D L, Harvard University Press, 1986, p. 177.

② Badiou A, Truong N, *In Praise of Love*, trans. Bush P, Serpent’s Tail, 2012, p. 90.

③ Badiou A , Truong N, *In Praise of Love*, trans. Bush P, Serpent’s Tail, 2012, pp. 62-63.

④〔法〕吕克·费希、〔法〕克劳德·卡佩里耶:《最美的哲学史》，胡扬译，上海书店出版社，2015，第 387 页。

⑤ 在汉语学界，affect 这个词多被翻译成“情动”，然而在笔者看来不甚贴切，因为这样它仍会在人类主义框架中被理解。因此笔者用“触动”来翻译作为动词的 affect，用“触兴”来翻译作为名词的 affect。

是无主体性的（a-subjective）、非意识性的（non-conscious）、非符号化的、强烈的，并且未在符号性秩序中受到注册的；而“情感”则是有意识性的、被符号性秩序认证过的、有意义的。[①]沙维罗进一步写道：

> 情感是一种可被归于一个已经被构建的主体的“内容”。情感是被一个主体所捕获的触兴；或被驯服、被缩减到变得和那个主体可以兼容的程度。主体被触兴所充盈和穿透，但主体**具有**或**拥有**他们自己的情感。[②]

作为触兴的爱，无法为主体所兼容：主体只能被它所“触动”，被它“充盈”和“穿透”，但无法“驯服”它，无法“具有”或“拥有”它。爱，是彻底无主体性的。

爱在本体论层面上呈现为黑洞性-溢出性的空无（void），纯然不知所起，一往而深。爱触动主体，使之发生主体性变化，但并不归属于主体。然而，爱这种在本体论层面做幽灵性游荡的触兴，却在当代世界的符号性秩序中，被各种人类主义话语改造为一种归属主体的情感。在人类主义框架中，“非人”的、溢出性的爱，被改造成一种“属人”的、符号性注册过的（因而是有“意义”的）甚至是一切生活意义的至高原则的话语性元素。但沙维罗强调，无主体性的触兴，同时是“生产性的”与“症状性的”；它总会有一个剩余，越出“认知性界定或认知性捕捉”之外，无法彻底被转化为情感。[③]换言之，对爱的人类主义改造（即使之变成一种情感），无法彻底成功：该任务是一种本体论的不可能。

人类主义话语不只是把爱改造成一种情感；在今天，爱更是被经常理解为性爱。这就是为什么，对于巴迪欧而言，当代那四种关于爱的主流话语中最需要警惕的就是对爱的怀疑主义（身体主义）解读。表面上看，遵循对爱的怀疑主义（身体主义）解读的性爱论者，是对遵循浪漫主义解读的情爱论者的一个反动，然而，对立的双方却恰恰同样受限于人类主义框架——性爱

---

① Massumi B, *Parables for the Virtual: Movement, Affect, Sensation*, Duke University Press, 2002, pp. 23-45.

② Shaviro S, *Post Cinematic Affect*, Zero-Books, 2010, p. 3. 加粗内容在原文中以斜体表示强调。

③ Haviro S, *Post Cinematic Affect*, Zero-Books, 2010, pp. 2, 4.

论与情爱论皆是从该框架中产生出来的话语。今天大量的智者宣称：爱并不存在，只是性的装饰，给性欲一个好看的门面。换句话说，只有欲望存在，而性的欲望和嫉妒产生出“爱”这种虚幻性的东西。

在对爱的怀疑主义解读中，巴特的论述最有分量。巴特在其极具影响力的《恋人絮语》一著中提出：爱是一个回溯性的虚构。爱是我们发明的故事，并回溯性地施加于我们的体验之上，把它转变为叙事。爱恋的现象只是一段插曲（episode），所以我们叫恋曲。它有一个开始（一见钟情）和一个终结（情逝、渐变无情、感觉消失、被抛弃等）。爱的开始是真正让人们着迷的部分；然而恰恰爱的开始场景，根据巴特之见，是回溯性重构出来的：永远是在事实之后，个体重构了关于自身当下体验的一个画面，而过去则在个体的叙说中与这个画面相配合。所以巴特说：“没有爱是原始性的”，“爱产生自他人那里，产生自语言、书本、朋友”，爱者的话语产生自“关于那些地点（书本、邂逅）的记忆”[①]。爱是话语性构建出来的，是先前各种爱的宣言的一个蒙太奇拼接。爱自身是爱者对诸种既存话语的操演性的再发布。说得再彻底一点：爱就是剧本；爱者都只是在念台词的演员，如此而已。巴特的这本小书可以被视作“解构主义”思潮中的成果之一：它对爱施行了一个彻底的解构手术。但这样一来，爱就成为虚饰，而只有性才实实在在。爱成为冗余、骗局，那么结果是：两性之间，就只有性了。

表面上看，“性比爱实在”这个论述很难被推翻：性有物理性和生理性的证据，完全和身体关联，而爱仅仅是言辞的宣称。哪个真实、哪个虚幻，似乎一目了然。然而，拉康所开辟的思想传统，恰恰彻底颠倒了这个次序：“我爱你”这个言辞才是真理，性的欲望才是骗局。拉康甚至说：“在（精神）分析话语中我们只做一件事，那就是谈论爱（speak about love）。”[②]

拉康提出，爱与欲望的根本区别就在于：欲望只看见部分性对象，譬如胸部、臀部，而爱聚焦在对方中比对方更“崇高”的那个“对象小 a”（objet petit a），这个“对象小 a”是逃逸性的（elusive），绝对无法在任何具体身体部分上定位到，它大于对方的总体性。难道不是吗？当一个男性满眼只注意

---

① Barthes R, *A Lover's Discourse: Fragments*, trans. Howard R, Hill and Wang, 1984, p. 136.

② Quoted in Evans D, *An Introductory Dictionary of Lacanian Psychoanalysis*, Routledge, 1996, p. 105.

到对方的身材或颜值时，他会爱那个女生吗？身体主义爱情观恰恰是对爱的彻底取消。对于爱者而言，对方的任何一个具体部分可能都是很有缺陷的，都无法催生欲望式聚焦，但合在一起却恰恰无与伦比、无可取代，仿佛有一个神秘的东西（“对象小 a”）逃逸出任何具体的经验性描述与定位。这就是爱与欲望的根本差别。拉康主义精神分析的一个关键论题就是：“并不存在性关系。”（There is no such thing as sexual relationship）换句话说，性，实际上只是以他人为媒介和自己发生关系。巴迪欧和齐泽克比拉康更直接地提出：所有非爱的性互动，都是彻底单子式的、自渎式的。另一个人的身体只是你自渎时的一个工具而已。

在出版于 2016 年的《爱的激进性》一著中，霍瓦特感叹道：“当我们今天谈论爱时，难道我们不是绝大多数时候仅仅是在谈论性？但实则我们所需要的，是关于爱的一个真正的重新发明。”[①]爱有着本体论的维度：由于“对象小 a”是无法捕捉的，实际上对方是将其所有的一切喷发进爱者的生命，爱者的生命被打断、被重新组织。在爱中，当一方把身体交付给另一方时，身体层面的“快感”反过来是继生的，是爱这个本体论肇因所制造的效应（effect）。把身体交付给对方，实质上是把自己交付给爱：身体的沟通成为爱的言辞的物理表达。在这一点上，齐泽克说得很到位：“真正的爱，在其自身中便是充足的，它使得性无关轻重——但正是因为‘在最根本的意义上，性并不重要’，我们才能够彻底地享受它，而没有任何超我的压力。”[②]故此，爱可以涵盖性，反过来则不行——性只是一加一，但没有产生出“二”。

爱涵盖性，这也使得爱不同于友谊：友谊不包含身体接触，而爱则是和对方的总体性相关联（因为爱指向在该总体性中又大于总体性的“对象小 a”）。在爱中，身体的交付变成该总体性的物理象征，不再是性的物理证据。每一次“做爱”，都是让彼此迈向“二的真理”的努力，都是在互相确认共同重新发明生活——这个实践就在身体层面上开始。巴迪欧说得尤为浪漫：爱知道自己在那里，当每天早上醒来时，爱者的身体会捕捉住爱。[③]

① Horvat S, *The Radicality of Love*, Polity Press, 2016, p. 40.

② Žižek S, *Event: Philosophy in Transit*, Penguin, 2014, p. 134.

③ Badiou A, Truong N, *In Praise of Love*, trans. Bush P, Serpent's Tail, 2012, p. 37.

四、本体论的裂缝：突然发生的事件

那么，我们如何通过爱走向真理呢？爱，哲学性地包含三部曲：事件、实践、时间。这三部曲之间在严格意义上并非先后关系，而是结构性关系：三者彼此缠绕，共同编织出爱这首恋曲。

爱就是一个相遇（encounter）的事件，是日常生活中突然发生的一个事件。这个事件充满偶然性，无法依据世界的诸种法则来加以预计或计算。[①]没有人能提前安排遭遇爱。比如你没有赶上班车而很偶然地走进一家咖啡馆，或者你很偶然地参加了室友组织的一个狼人杀活动，再或者你正好这一秒而非下一秒站在了那个拐角扶住了差点滑一跤的他/她……假如有稍微一点点的变化，你就会和爱擦肩而过。

爱跟选择无关，你可以选择咖啡的口味，你甚至可以选择工作的地点，但没法选择是否进入爱情。爱直接撞进你的生活里来，你直接坠入爱中。但有时候即便你很想遭遇爱，走遍城市或校园的每个拐角，到处寻觅，却仍然遇见不了爱。但当你彻底没有准备，甚至根本没有打算找寻爱时，却突然之间遭遇爱情，这就是作为事件的爱，它来自世界中的裂缝（crack in the world），你就突然掉了进去。[②]

进而，作为事件的相遇，以及该事件所启动的爱的程序，彻底打乱了人们日常的生活秩序，一如巴迪欧对事件的描述："事件就是纯然打断法律、各种规则、局势（situation）之结构，并创造一个新的可能性。"[③]换言之，事件是无可预知的、对既有局势构成激进断裂的发生（occurrence），并具有在其中打开全新可能性的潜力。事件，激进地打破本体论层面的"是"（Being）：事件属于非-是（non-Being）之域，具有潜力去使得被局势之现状压制或消失的东西变得突然可见。故此，事件性的地点"不是局势的一个部分"，而是"在空无之边缘上"[④]。事件并不需要其他使它发生的肇因，事件本身就是肇

① Badiou A, Truong N, *In Praise of Love*, trans. Bush P, Serpent's Tail, 2012, p. 31.

② 参见吴冠军:《从后电影状态到后人类体验》,《内蒙古社会科学》2021 年第 1 期，第 44-50 页。"世界中的裂缝"一词来自霍瓦特，参见 Horvat S, *The Radicality of Love*, Polity Press, 2016, p. 4.

③ Badiou A, "Affirmative dialectics: From logic to anthropology", *The International Journal of Badiou Studies*, Vol. 2, No. 1, 2013, p. 3.

④ Badiou A, *Being and Event*, trans. Feltham O, Continuum, 2005, p. 175.

因。[①]爱就是这样一个相遇事件：你没有准备，突然之间陷入爱中（fall in love）。fall 表示坠落，是一种失重状态、自己都无法控制的状态。甚至你也不想要这种状态，但它就是赶不走，一种强大的力量就这样侵入了进来，你被另一个人所占据，茶饭不思，魂不守舍，平时的生活节奏全部被扰乱，被吸到一个漩涡中。平时对于你来说那些十分重要的事，现在却变得不再重要，你也不再受制于日常生活的规则或律令——爱让你对此前的一切有了彻底全新的体验，借用尼采的著名表述，就是让你彻底重估了一切价值。[②]故此，爱的相遇（amorous encounter），是对日常平衡状态的一个灾难性破坏，是对个体此前原子式体验的“世界”的一个激进打断。也正是在这个意义上，齐泽克写道：“事件不是发生在世界内的某事，而是我们观察世界与介入世界的那个框架的一个改变。”[③]爱这个相遇事件，把你从“一”的场景，不容分说地一把推进“二”的场景。

爱的事件，让你突然发现，自己并不是一个自足的单位。你并不是一个“满”，而是一个“缺”。黑格尔曾写道：“在爱中的第一个时刻就是，我不再希望是一个自足的、独立的人，我感到自己是有缺陷的、不完整的。第二个时刻就是，我在另一个人之中找到我自己，对应着我内部的某样东西。”[④]在黑格尔看来，爱让我们牺牲自己狭隘的自我中心主义，重新降生为一个包含他者的整体。爱，让你打破自恋和自满：在另一个人之中的“你自己”，构成了你的一个激进溢出，但这个溢出性-否定性元素冲开了自我虚假的整全性。[⑤]

作为事件的爱，激进地重新定义你的生活：事件之前，这样的过去并不存在；事件之后，似乎从一开始就是这样。正如杜佩所阐释的：“正是事件的实现（它发生的事实），回溯性地创造出了它的必然性。”[⑥]也就是说，效

① Badiou A, *Logics of Worlds*, trans. Toscano A, Continuum, 2009, p. 144.

② 参见吴冠军:《爱与死的幽灵学：意识形态批判六论》，吉林出版集团有限责任公司, 2008, 第 2-4 页。

③ Žižek S, *Event: Philosophy in Transit*, Penguin, 2014, p. 10.

④ Hegel G W F, *Elements of the Philosophy of Right*, ed. Wood A W, trans. Nisbet H B, Cambridge University Press, 1991, p. 199.

⑤ 参见吴冠军:《在黑格尔与巴迪欧之间的“爱”——从张念的黑格尔批判说起》,《华东师范大学学报(哲学社会科学版)》2019 年第 1 期，第 92-99 页。

⑥ 反过来，杜佩也写道：“当我死去，我们的爱的所有一切，都将从来没有存在过。”引自 Žižek S, *Event: Philosophy in Transit*, Penguin, 2014, pp. 146, 108.

应（偶然的相遇事件之发生）回溯性地创造出它的肇因（作为本体论宿命的爱）——也正是在这个意义上，事件本身实则就是本体论肇因。齐泽克写道："如果一个事件很偶然地发生，它创造出那个前在的链条，那么该链条使得事件的发生变得无可避免。"[①]爱的相遇，就是一个典范性的事件：此前人生所有的弯弯绕绕、所有的苦、所有的选择乃至所有的小插曲，都在这个突然到来的事件中，获得了它们的意义——那就是让你在这个时间、这个地点遭遇爱。换言之，这个无法预测的事件，赋予了相遇的两个生命以全部意义——不仅是此前的人生获得了全新意义，并且此后的人生也获得了全新意义。爱，使两个人的生命轨迹发生交叉、混合、关联，之后变成两人的共同归宿和共同意义。他们通过"二的场景"，不断地重新体验世界，感受着全新世界的诞生，包括孩子的诞生。[②]

五、从后事件的实践到爱的时间结构

爱之所以可能，原因正是在于它并不只是事件，并且包含主体性的实践。作为无主体性的触兴的爱，当它触动主体——主体遭遇爱的事件——之后，它恰恰催生了主体性转型与主体性实践。作为真理程序的爱，恰恰包含了驯服偶然性的主体性努力。否则，最初的一个纯粹机遇、运气，怎么可能成为真理建构的支点？把爱从纯粹偶然性那里拔离出来的力量，来自爱者的主体性实践；而其中至为根本的实践，就是去发出爱的宣言。最纯粹的爱的宣言，无疑就是"我爱你"这三个字。

诚如巴迪欧所提出的，在今天，"我爱你"指向两种全然相反的状况。[③]第一，"我爱你"只是一个人想方设法与对方发生关系的诡计。这种诡计使得"我爱你"这句话变得彻底无意义，使它成为一个陈词滥调。第二，"我爱你"是一个人想让对方知道，这就是让自己全情投入的一切，自己日后所有的生命活动都将围绕它重新组织。在这个意义上，说出"我爱你"，是一件绝不简单的事。我们看影视剧时就会看到，剧中一些人物会想尽办法避免说出"我

---

① Žižek S, *Event: Philosophy in Transit*, Penguin, 2014, p. 146.

② 请进一步参见吴冠军：《绝对与事件：齐泽克是一个怎样的黑格尔主义者》，《苏州大学学报（哲学社会科学版）》2017 年第 4 期，第 17-27 页。

③ Badiou A, Truong N, *In Praise of Love*, trans. Bush P, Serpent's Tail, 2012, pp. 43-44.

爱你”，而用其他各种方式替代，就是不让自己说出那三个字。

艾柯提出了第三种看法。他提出：包括“我爱你”在内，每一种爱的宣言，都已经是自我有意识地对早前浪漫的一次引述。每一次新的恋爱，感觉都是彻底唯一的、原始性的、本真性的体验，但实际上都是重复、抄袭：抄袭别人，甚至抄袭自己。所以尽管“我爱你”之类的宣言早已成为陈词滥调，但说出去仍然效果非常好。艾柯建议，在后现代社会中，我们要清楚地意识到爱的重复性、平庸性。[①]不难看出，艾柯的论述和巴特一脉相承：在巴特这里，爱者絮语总是产生自别人那里，产生自语言、书本、朋友。

巴迪欧的看法完全同巴特与艾柯的相反。在他看来，“我爱你”尽管只是言辞，但把它“说”出来这个实践，却恰恰是激进的行动。“我爱你”这句话，把“我”和“你”这两个无法指代同一对象的代词，以一种去单子化的激烈方式联结在一起。巴迪欧指出，爱的语词和诗的语词具有结构性的相似：存在于爱与诗中的一个语词，其效应几乎通向无限；最简单的语词中却被注入了它几乎无法承受的密度和强度。那是因为，和诗的语词一样，爱的宣言就是从事件过渡到真理的一个构建。[②]相遇是这样一个事件：它使“关于‘二’的设定”得以到来，但随后它会立即消失（两人返回各自生活），除非由一个爱的宣言把它固化下来。[③]爱，真正打开了从“一”通向“二”的通道，把人从“一的场景”推到“二的场景”[④]。

不管如何表达，爱的宣言总是意味着爱者要仅仅从运气、机遇、概率中提取出某种全然不同的东西、某种将会延续和持存的东西，那就是承担（commitment）和忠诚（fidelity）。换句话说，要从事件过渡到真理，概率、运气、偶然性在某一时刻就一定要被抑制，被转化成可以延续的一个过程。爱的宣言，就标识了这样的时刻。这样的主体性实践（宣言、承担、忠诚、创造等）的时刻，则指向了绵延的时间。关于爱的主体性实践，贯穿起了相

---

① Eco U, “‘I love you madly,’ He said self-consciously”, In Anderson W T (Ed.), *The Fontana Postmodernism Reader*, Fontana Press, 1995, pp. 32-33.

② Badiou A, Truong N, *In Praise of Love*, trans. Bush P, Serpent’s Tail, 2012, p. 44.

③ Badiou A, “What is love”, trans. Clemens J, In Žižek S (Ed.), *Jacques Lacan: Critical Evaluation in Cultural Theory*, Vol. 4, Routledge, 2003, pp. 57-58.〔法〕阿兰·巴迪欧、〔斯洛文尼亚〕斯拉沃热·齐泽克:《当下的哲学》，蓝江、吴冠军译，中央编译出版社，2017，第 27 页。

④ Badiou A, Truong N, *In Praise of Love*, trans. Bush P, Serpent’s Tail, 2012, p. 29.

遇的事件与绵延的时间。爱所通向的真理（“二”的真理），是一个需要被建构的真理。无论是爱的宣言也好，还是在“二的场景”中创造“世界”也好，都是将偶然上升到命定、从事件上升到真理的主体性实践。在这个意义上，对于爱者来说，“我爱你”不仅值得说，并且值得经常说。爱，就在这些语词每一次被言说时得到了具化。

故此，爱开启了一个后事件的真理程序：在相遇的事件之后，爱旨在驯服偶然性，在事件（偶然性）中建构真理（永恒性）。对于巴迪欧而言，当你有了一个可以真正在局势中创造新的可能性的事件（如爱的相遇）时，你必须通过真理程序（通向“二的真理”的爱）创造出一个新的主体性，否则你就浪费了这个事件，让它白白地消散无踪。换言之，如果一个爱者不用“我爱你”这个宣言把相遇这个事件固化下来，并进而创造出爱的主体，那么相遇事件很快就会消散如烟，一切回归日常生活。也正是在开启真理程序的意义上，爱指向解放：相遇的事件开启爱的程序，在该程序中新的主体性（爱的主体）经“合体”诞生，该主体打碎旧有的“一”（作为否定性力量的爱），并以“二”的视域重新建构世界（作为肯定性力量的爱）。

有意思的是，今天关于爱的诸种话语，很少涉及持续性。譬如银幕上的爱情故事，都是以两个人“在一起”的美满结局（happy ending）作为结束，似乎这样爱自动就会延续下去。同样有意思的是，银幕上那些直接从“在一起”之后讲起的故事，则完全不再关涉爱的持续，而是转到婆媳、出轨、宫斗等等内容。换言之，今天爱的话语尽管泛滥，但最多只有上半场没有下半场，奇迹没有延续，只有瞬间的灿烂（事件），没有永恒的光明（真理）。对于爱者来说，真正重要的恰恰是下半场：上半场的相遇不可控，而下半场的延续才真正和我们的实践相关，才是完全在我们手里面、能被我们抓住的部分。然而，现在极度流行的却是“瞬间即永恒”（eternity is the moment）这种说法：似乎只要瞬间发生过火花，你就体验过爱了。这要归功于在艺术领域领尽风骚的超现实主义者，对于他们而言，爱只有奇迹、事件，不涉及延续、绵延。正是为了反驳这些超现实主义者，巴迪欧提议：爱的话语里不妨少些奇迹性，更多聚焦于艰苦的工作，聚焦于那些在绵延时间中的不懈实践。正是在这里，巴迪欧引入了“忠诚”概念。忠诚不只是两个人彼此承诺身体上的忠诚，而且还是对事件（爱的相遇）的忠诚，让事件不白白发生，不会在瞬间喷发后就迅即消失殆尽，在岁月中了无痕迹。换言之，忠诚，就是让事件得以持存的主体性实践——通过这种后事件的实践，让事件去拥有永恒的属性。[①]

现在我们可以看到：就爱而言，事件、实践和时间彼此纠缠。事件不是一次性的。“在一起”以后，以及进入“二的场景”以后，奇迹性的事件仍然会继续发生，如怀孕、孩子降生。换言之，在两个人的生活过程中，将会有很多时刻，让我们以不同的形态重新回到事件性的地点，在这样的点上，我们必须重新发出爱的宣言，甚至是以紧急的形态。于是，爱的宣言也绝不是一次性的，不是当时“海誓山盟，此情可问天”而事后“此情可待成追忆，只是当时已惘然”。爱的宣言是长期的、分散的，甚至是困惑的、纠缠的，需要不断重述，并注定要一次再一次地重述。甚至在爱的宣言将事件构建为真理之后，仍然会有新的事件涌出，让你重新回到开端，再次发出宣言。“我爱你”是一个爱的宣言的实践，“我陷入爱中”则是一个在时间中绵延的状态。但只有不断的主体性实践才能使永恒降临。

拉康把使偶然性上升为必然性的主体性实践，阐述为从“停止不被写下”（偶然事件）到“不停止被写下”（事件得以持存）的转化：

> 在否定的移置——从“停止不被写下”到“不停止被写下”，换言之，从偶然性到必然性——中，具有这样一个悬置点，所有爱情都附着在这个点上。所有的爱情，其存活唯依靠“停止不被写下”倾向于做出否定之转换，转换到“不停止被写下”，不停止，不会停止。[②]

在拉康这里，精神分析就是去不停地谈论爱。换言之，精神分析就是忠诚于爱的话语性实践。齐泽克对拉康的论述做出了一个很精到的阐释：“爱的发生，使其停止了不被写下的状态，当它发生后，它不停止地让自己被写下，所有之前的事情，都是朝这一点的努力，而所有之后的事情，都是保持对这

① Badiou A, Truong N, *In Praise of Love*, trans. Bush P, Serpent’s Tail, 2012, pp. 43-44.

② Lacan J, *On Feminine Sexuality: The Limits of Love and Knowledge, 1972-1973*, trans. Fink B, Norton, 1998, p. 145.

一点的忠诚。”[①]巴迪欧则把“忠诚的主体”视作主体的唯一真实形态：忠诚使得相遇的偶然性被征服，使事件上升为真理，日常生活中的人则转型成为忠诚主体。在巴迪欧的哲学体系中，主体面对事件会产生三种不同的类型：忠诚主体、反动主体、蒙昧主体。忠诚主体是巴迪欧眼中唯一在事件中真正面对真实裂缝的主体，该主体将从裂缝中展现出来的奇点性（singularity）上升为普遍性。[②]

质言之，对于巴迪欧而言，爱首先具身化了“诸真理-事件的奇点性”[③]，与此同时，爱又构成了“奇点崇高化为普遍的基础形式”[④]。这就是说，爱首先指向事件性的爱的相遇，该奇点在既有日常生活（局势）中实是一个奇迹般的不可能（空无）；同时，爱也指向后事件的主体性实践，通过该实践，爱从偶然事件（偶然遇到你）上升为永恒真理（始终就是你）。爱，就是持之以恒的建构、坚持到底的冒险。在《爱的激进性》一书中，霍瓦特写道：“发生在爱上的最糟糕的事，就是习惯。爱（倘若真的是爱）是永恒动态（eternal dynamism）的一个形式，并与此同时忠诚于最初的相遇。”这个永恒动态，就是不断地“重新发明”[⑤]。巴迪欧曾经在《爱的礼赞》一著中谈到了自己的故事。那时他已 70 多岁，回顾自己的人生时，巴迪欧说道：他只有一次抛弃了爱，那就是他的初恋。当他意识到这是一个错误，想去补救这份爱时，一切却都为时已晚……在后来的人生中，巴迪欧说，他再也没有放弃爱，即使曾经内心充满犹豫、心碎、各种冲突，但再没放弃过爱。爱上一个人，就是永远爱上他。[⑥]这位哲人已垂垂老矣，但他说出那番话时，是何等地顶天立地！

发生在我们个体生命中的爱的事件，以及随后那一个个看似微不足道的行动，在生活的微观层面，却真正是激进的事件，在其坚持和延续中承担着普遍的意义。尽管开始的相遇总是机遇性的，但一旦爱长时间地延续，并且

① Žižek S, *Event: Philosophy in Transit*, Penguin, 2014, p. 145.

② Badiou A, *Second Manifesto for Philosophy*, trans. Burchill L, Polity Press, 2011, pp. 92-104.

③ Badiou A, *Logics of Worlds*, trans. Toscano A, Continuum, 2009, pp. 143-144.

④ Badiou A, *Second Manifesto for Philosophy*, trans. Burchill L, Polity Press, 2011, p. 100; Badiou A, “Hegel and the whole”, In Brassier R, Toscano A（Eds. & trans.）, *Theoretical Writings*, Continuum, 2004, p. 223.

⑤ Horvat S, *The Radicality of Love*, Polity Press, 2016, p. 4.

⑥ Badiou A, Truong N, *In Praise of Love*, trans. Bush P, Serpent’s Tail, 2012, pp. 46-47.

带来对“世界”的全新体验，那么回顾来看，它完全不像随机的和偶然的，而几乎像是一个必然。

我们看到，爱结构性地包含事件性的爱和在时间中持存的爱；而爱者通过不断重述爱的宣言的主体性实践（担当、忠诚），事件（偶然性）在时间（绵延性）中指向永恒（真理）。爱的根本关键——也是最大难题——就是在时间中刻写这份永恒。

诚然，对于个体而言，那种从概率到宿命的上升，无可避免会带来巨大负担：你不敢去想象“永远”意味着什么。更糟糕的是，没有任何东西保证你用尽努力，爱就一定会持存，会胜出。这使得很多爱者最终怯场，做了爱的逃兵。然而问题就在于：任何一个时刻一旦放弃，爱便消逝。在《事件》一书中，齐泽克曾动情地写道：

> 当我全情地投入爱中时，我已准备好将我自己献给这份情，即便我提前知道它可能将以灾难告终，即便我提前知道在恋情结束后我会痛不欲生。但即便在这个悲惨的点上，如果有人问我：“这值得吗？你现在就是一个破碎之人！”我的回答是：“当然值得！它的每一瞬间都值得！如果让我重新再趟一次，我也愿意！”①

爱的实践，就是一个点接一个点地去行动、去爱，不问代价，不问回报。爱不需要特殊的献祭仪式，不需要“真情不够，钻戒来补”，只需要那使相遇不再偶然的主体性承担，只需要对爱的宣言不断进行重述，一个词一个词地把概率打败，一天一天地把概率打败。

投入爱中，就意味着投入一场坚持到底的冒险中，意味着两个人不断合力去开创前方的绚烂美景。爱者，必须充满韧性，假若一吵架就放弃，一言不合、意见不同就分手，那是对爱的羞辱。真正的爱，是对困阻障碍的持续的甚至苦痛的胜利。经常会有人问：爱要如何“保鲜”？实则，爱是无法被“保鲜”的：“保鲜”本身就是问题，而非解决方案，因为你无论怎样保，都是保不住“鲜”的。厨房里的保鲜膜，最多只能延缓食物的变质时间而已。爱的实践，不是去“保鲜”，而恰恰是去创造——不断创造“鲜”，不断创造

---

① Žižek S, *Event: Philosophy in Transit*, Penguin, 2014, p. 69.

全新的“世界”。爱不只是两个人过日子，而且还是不断地重新创造，不断让遭遇爱这个偶然事件具有时间中的绵延性，以至和一个不认识的人相遇的绝对偶然性最后产生了命运、归宿的气象。

爱者的主体性实践，就是努力使纯粹偶然性、随机性的事件最终上升为一个具有永恒属性的真理。用更简明的方式来说，爱的实践，就是去消灭“人生若只如初见”之类的感慨——与其发出诗性慨叹，不如激进行动！“我爱你”，就是“我永远爱你”，就是“我永不放弃”。否则，人生就每次只能如“初见”（相遇的事件），之后便如同厨房里的食物那样每况愈下，差别只是腐坏的速度而已——彻底腐烂后再另找一个人，重新开始腐烂的过程……这是对爱的不断羞辱！时间的绵延，本身就预设在爱的宣言中；爱的实践，就是去努力将概率锁定在永恒的框架中。爱者在“二”的体验中，一个点接一个点地建构爱的真理，在时间中建构永恒。通过创造某种持存的东西，一个“世界”才真正地诞生。

流行歌曲中唱道“死了都要爱，不淋漓尽致不痛快，感情多深只有这样才足够表白”，这样的爱确实是非常痛快、非常淋漓尽致，然而在共同生活中持续地爱、永不放弃地爱，才是真正的淋漓尽致，才是用全副生命“表白”爱。是以，爱的工作（work of love）比爱的奇迹（miracle of love）更关键，不断地思考、行动、改变、创造，尽管繁重，看不到头，但诚如巴迪欧所言，“幸福，会是所有工作的内在奖励”[①]。

六、爱、死亡与后人类

作为人类主义核心主题（乃至至高价值）的爱，在巴迪欧这里，被重构成为一个后人类主义的真理程序——一个通向“二”的真理（绝对差异的真理）的程序。爱不是属人的，而是非人的；然而，恰恰是这个本体论层面的黑洞性-深渊性——在现实世界中则呈现为溢出性-逃逸性——的肇因，使得人遭遇由潜能引发的主体性转型（成为“爱者”）的事件。进而，爱是这样一个本体论场域，在那里事件、实践和时间彼此纠缠。也恰恰正是在这三者结构性缠绕的意义上，爱不只能够激发主体性转型，而且能够引致新的

① Badiou A, Truong N, *In Praise of Love*, trans. Bush P, Serpent's Tail, 2012, p. 81.

世界构建。

爱，对于鲍德里亚而言，是“致命的”：被爱的那一方，永远已经（always-already）被充满激情的爱者杀死。[①]

在笔者看来，巴迪欧对爱的重构，恰恰构成了对鲍德里亚的一个回应：爱不是围绕另一方打转，或者对另一方之独异性进行理想化的豪赌，而是进入“二的场景”，去共同构建全新的世界。这个世界不是死星，而是充满活力的。如果说“一”的真理总是一方把另一方吸收进去的一道黑光，那么“二”的真理恰恰是基于绝对差异的永恒的动态创造。[②]

故此，一个人“爱”上另一个人，绝非是一件无足轻重之事，而是一场惊心动魄的革命。对于巴迪欧而言，一个人对另一个人发出“我爱你”的宣言，进而“合体”以“二”的视域创造世界，就是一场使动物上升到人类、事件上升到真理、偶然上升到永恒的激进革命。

第三节 无限形式与真理的星星之火：浅析巴迪欧《真理的内在性》中的唯物辩证法

对于法国马克思主义哲学家巴迪欧来说，2018 年出版的《真理的内在性》或许是他最后一部大部头的哲学著作了。在其 1988 年出版的《存在与事件》和 2006 年出版的《世界的逻辑》（即“存在与事件”系列的第二卷）中，他用特有的数学哲学方式，尝试找到走向未来共产主义社会的可能性。在《世界的逻辑》出版了 12 年之后，他再次出版了一部长达 700 多页的巨著——《真理的内在性》。他表明这部新书是“存在与事件”系列的第三卷。或许，巴迪欧希望在这本新出版的著作中，将他一生的哲学事业做出一个总结，即我们如果触及到了一个真正的“无限”之后，如何能让世界发生改变？这种改变如何成为可能？

① 吴冠军：《作为死亡驱力的爱：精神分析与电影艺术之亲缘性》，《文艺研究》2017 年第 5 期，第 97-108 页。

② 吴冠军：《爱、死亡与后人类：“后电影时代”重铸电影哲学》，上海文艺出版社，2019。

一、通向无限之路

“星星之火，可以燎原。”巴迪欧的确十分喜欢毛泽东的这句名言，在他的著作中，曾经多次提到毛泽东的这句话，无论是他早期的作品《矛盾理论》，还是1982年的《主体理论》，以及《世界的逻辑》的结论部分，都曾提到了毛泽东的这句话。我们无法判定巴迪欧在引述毛泽东这句名言的时候，在多大程度上理解了1930年中国工农红军在井冈山时期艰苦卓绝的环境中，如何坚持民族解放和共产主义的理想，从而在星星之火之中找到希望的现实处境。毛泽东创作《星星之火，可以燎原》，不仅仅是针对当时红军中弥漫的悲观情绪，其本身也是一种理想式的表达，即从微弱的火光中找到通向未来理想社会的希望。或许正是这种理想式的表达，促发了巴迪欧的思想。他知道，毛泽东的“星星之火，可以燎原”针对的是当时中国艰苦的革命斗争环境，但他还是将之理解为一种根本的哲学理念，即从有限的火光中，看到无限未来的理念。实际上，在《真理的内在性》中，巴迪欧在导论中再次引述了这句名言。不过，对于法文版《毛泽东选集》中的“une seule étincelle peut commencer un feu de prairie”，他表达了不满，从而用自己的语言重新翻译了毛泽东的这句话，即“l'étincelle qui jaillit du frottement localisé d'infinités disparates”[①]。巴迪欧的新译，在前半部分，实际上与旧译区别不大，不过这两个句式却相差千里。旧译用的是主动态，也就是说，星星之火是原因，燎原是结果，正是燃起了的星星之火才让未来的普遍性的火花照遍了整个世界，也即是说，这是从有限逐渐上升为无限，在早期巴迪欧的思想中，他是认可这种方式的。但是，在《真理的内在性》中，这句话的含义发生了变化，已经不能直接翻译为“星星之火，可以燎原”了，而是“星星之火是无处不在的无限所迸发出来的具体的火花”。在这个新句式中，星星之火不再是原因，而是无限在降临人间时所激发出来的结果，这是一种浪漫主义的颠倒式逻辑，即先有了燎原的形式，然后才有具体的星星之火。在巴迪欧看来，当我们能看到星星之火的时候，说明世界已经发生了变化，而对于共产党人，对于革命运动来说，不是要人为地去制造星星之火，而是忠实于星星之火，因为忠实于星星之火就是面对一个更为重大的事件，而事件恰恰是新的无限或新的类性程序所激

① Badiou A, *L'Immanence de Véritiés: L'être et L'événement 3*, Fayard, 2018, p. 16.

发的结果。当巴迪欧在《世界的逻辑》中引用瓦雷里的《海边墓园》时，他所期待的并不是那个在太阳下安谧而宁静的大海，而是被狂风暴雨席卷而来的海浪，这正是瓦雷里《海边墓园》结尾处的名句：

> 我的胸怀啊，畅饮风催的新生！
> 从大海发出的一股新鲜气息
> 复苏吧，我的灵魂……啊，咸味的魄力！
> 奔向海浪去吧，跑回来将是新生！①

真理和绝对，绝不是和风煦日下的宁静的海面，这种宁静更像是蒙太奇的伪饰和遮掩，它们带来的尽管是秩序与安宁，却让人们日复一日、年复一年地按照既定的装置去运行，并将这种运动模式当成自然，当成普遍，当成绝对，当成真理。巴迪欧想告诉我们的是：不对，在和风煦日之外，大海还有暴风雨，还有那“乱石穿空，惊涛拍岸，卷起千堆雪”的诗意。如果只在宁静的大海的外表下，我们就会沦为一种有限的存在；只有在被暴风雨撕裂、带着咸味的魄力中，我们才能看到真实、看到无限。这就是为什么巴迪欧在《世界的逻辑》中号召我们“奔向海浪去吧”。还有一个更为重要的原因是，一旦我们触及到了真实和绝对，一旦我们面对了那些无法简单面对的无限，我们的生命就会焕然一新。海浪带来的不仅仅是“咸味”，不仅仅是惊涛骇浪，也不仅仅是恐怖，而是一种“新生”，这也就是为什么巴迪欧十分欣赏《海边墓园》中的那种“大海的新鲜气息”，这种“新鲜气息”绝不能被简单地理解为浪漫主义的香甜，也不能被理解为一种励志向上的进步主义凯歌，而是一种面对真正无限的升华，在这种升华中“我的灵魂，得到复苏”，在“我”重新面对这个世界的时候，“跑回来将是新生”。

无论是被巴迪欧改写的“星星之火”，还是他最后引述的瓦雷里的《海边墓园》的“奔向海浪去吧，跑回来将是新生”，实际上都在向我们表达出一个新意识：倘若主体一旦触及到了平常所无法触及的无限，在重新面对世界的时候，这个世界，或者说这个作为存在表象的世界，会变成什么样子？巴迪欧介绍自己的《真理的内在性》一书的时候反复强调，这是一本“倒过来”

① Badiou A, *Logiques des Mondes*, Seuil, 2006, p. 480.

的书，如果说《存在与事件》和《世界的逻辑》是从有限的形式和世界去探索通向无限道路的著作，那么《真理的内在性》所探讨的是一旦接触到了事件，遭遇了真理，我们会如何去面对有限的存在物构成的世界？

二、洞穴中的真理

或许，我们可以借用柏拉图在《理想国》中所用洞穴和阳光的比喻来说明巴迪欧在《真理的内在性》中所提出的问题。洞穴之外的阳光代表着绝对和真理的存在，而我们绝大多数人都只能在洞穴里将穴壁上的浮光掠影当成实在，并从属于影子，形成了一种俗见（doxa）。不过，一旦有人走出洞穴，看到洞穴之外的阳光，他就能立刻感受到真理与俗见的区别。柏拉图写道："看他们被从枷锁和无知中释放出来并获得了痊愈，如同某人可能遇上的那类处境，如果以下这类事也发生在他们身上：当某人被松了绑，被逼迫突然站立起来，扭过脖子，开始行走，并且抬眼看到了光源，他很痛苦地做着这一切事情，而且，因光线耀眼，他不能认清那些他从前只见其影的东西，你想他会说些什么，如果某人告诉他说，从前，他看到的是虚影，现在，他比从前更接近事物的本质而且已转而面对实体，他也就会看得更正确。"[①]在柏拉图的这段话中，我们感受到两件事情。

首先，面对真理，显然比面对墙壁上的影子会令人更加感到痛苦，人们不会自愿地去面对真理，只能在某种程序和力量的督促下，才会转过身来，面对洞穴外的阳光。这也是巴迪欧从《主体理论》以来一直强调主体稀缺的原因所在，能够看到真理的影子的人是极少数的，而愿意放下洞穴中的俗见，自愿走向真理，与那种真理的类性程序合体的人，更是少之又少。数学和哲学都是这样的程序，但是真正愿意通过数学去触及通向绝对和真理的道路的人，实在太稀缺了。换言之，今天并不缺少"哲学"，即那种将平常的俗见伪装成哲学的思想。在巴迪欧看来，这种"哲学"实际上是一种反哲学，而尼采、维特根斯坦、拉康就是著名的反哲学大师。[②]比如维特根斯坦说："对于不可说的东西我们必须保持沉默。"[③]在巴迪欧看来，这种"结论"恰恰要求

---

①〔古希腊〕柏拉图:《理想国》，王扬译，华夏出版社，2017，第 251 页。

② Badiou A, *Nietsche: L'antiphilosophie 1 1992-1993*, Fayard, 2015, pp. 7-8.

③〔奥〕维特根斯坦:《逻辑哲学论》，贺绍甲译，商务印书馆，1996，第 105 页。

我们局限在有限性的俗见之内，悬置一切通向洞穴之外的道路。巴迪欧在评价维特根斯坦的反哲学的时候指出："反哲学行为就是让事物自己显现自己，因为'在那里存在'恰恰是我们不能用真正的命题来言说的东西。如果维特根斯坦的反哲学行为之所以可以适当地称为'原-感性'（archi-esthétique），这是因为'任其存在'并不能从命题上来表达它的纯粹存在和明晰性，因为这种纯粹存在的明晰性是一种不可言说的东西，只能在非思想形式的作品中出现（对于维特根斯坦来说，音乐当然是最恰当的形式）。"[①]维特根斯坦取消了哲学思考的形式，认为哲学不能够带我们走向真理，并将那种真理化为一种不可言说的"原-感性"。这在巴迪欧看来，事实上就是一种当代条件下的智者（sophist），他们混淆了俗见和真理，并让洞穴外的绝对和无限保持神秘感，将这种神秘感保存在原生性的不可言说的感性之中，从而切断了通向外部世界的道路。这样，相对于艺术这种更让人沉醉的形式，人们似乎忘记了柏拉图曾经提醒过的，通向外面的真理的道路才是更痛苦的，而在巴迪欧看来，只有严格意义上的数学才具有这个作用，"只有数学才能让我们进入到一种关于可见物的统一思想中"[②]。这也是柏拉图在他的学园门口写上"不懂几何者，严禁入内"的原因。数学令人痛苦，但是人们一旦通过数学触及到了那个看似无法触及的真理，就能够获得更大的愉悦。

其次，在《真理的内在性》中，巴迪欧实际上赋予了柏拉图的洞穴比喻一个新的意义，这也是他的《真理的内在性》的主旨所在。如果说《存在与事件》的主题是为通往洞穴之外铺设好一条形式化的道路，而《世界的逻辑》的主旨则在于如何让有限的存在物走上这条道路，从有限的角度实现通向无限的可能性，那么最后的《真理的内在性》则是讨论返回，即有限存在具有了无限之后，如何返回到洞中的故事。由于触及到了真理的形式，接触到了无限，洞穴中的东西虽然仍然存在着，但是它们已经不再是维特根斯坦意义上的"让自己显现自己"，因为在巴迪欧看来，根本不存在物自己显现自己的方式。从《存在与事件》开始，巴迪欧就认定，我们之所以将物看成物，存在之所为存在（l'être en tant qu'être）恰恰是被一种计数为"一"的结构所再

① Badiou A, *L'antiphilosophie de Wittgenstein*, Nous, 2017, pp. 23-24.

②〔法〕阿兰·巴迪欧:《柏拉图的理想国》，曹丹红、胡蝶译，河南大学出版社，2015，第 174 页。

现的，真实的存在是无差分（indifférent）的存在，是杂多和流形，我们只能通过计数为“一”的概念工具或函数，才能将物和对象彼此区分开来；也正是因为有了这种区分的函数和概念，我们才能将某些东西理解为物（chose），理解为对象（objet），而创造这些概念和函数的人就是主体（sujet）。这样，巴迪欧实际上颠倒了这种关系，重点并不是我们在经验中一点点地拼凑来获得那个大写的总体（Totalité）或太一（UN），而是洞穴中的对象事实上都是被概念中介过的，成为某种计数为“一”的运算的结果。我们反过来可以理解为什么巴迪欧在《真理的内在性》中将毛泽东的“星星之火，可以燎原”变成了“星星之火是无处不在的无限所迸发出来的具体的火花”，也就是说，随着洞穴外的真理程序的改变，洞穴中的对象也随着发生变化，成为面向真理的星星之火。换言之，一旦重新回到洞穴中，外面真实的世界并没有改变，改变的是用来区分和架构世界的方式，那个在《存在与事件》中被称为“情势状态”的东西，也是《世界的逻辑》中的超验 T，即是说，真理的类性程序改变了整个形式架构，从而让对象在新的架构中呈现出来并表现出新的状态。也就是说，所有对象都内在于形式，内在于新开启的真理的类性程序，任何实存的和显现出来的对象都是类性程序下的对象，在这个意义上，我们可以说，所有的对象都内在于（immanent à）真理。这就是巴迪欧将 2018 年的新书命名为《真理的内在性》并将其作为“存在与事件”系列的第三卷的原因所在。并不是物和观念超越于（au-delà）形式框架之上，而是所有的对象和观念都是被形式所架构的，那是内在于真理的框架。对象是被形式框架或真理的类性程序实现了的存在，它可以被再现，可以被计数，可以被纳入现存的运算框架之中，但还存在着某种纯多，即并非由形式框架显现的多之存在。但是这种纯多不仅（像维特根斯坦所说的那样）是不可言说的，甚至是无法感知的，即便是维特根斯坦的“原-感性”，面对这样的纯多或“无差分的多”也无能为力。这样，巴迪欧通过自己的真理程序，即真理的内在性，将形式上的真理程序所介入的对象与无差分的多、纯多之存在区别开来。这样，巴迪欧认为，哲学的目的，当然不能像维特根斯坦那样对不可言说的东西保持沉默，而是要我们创造一种形式，创造出真理的类性程序，让原本不能言说的东西可以以新的形式被呈现出来。所以，巴迪欧指出：“这证明了真理的内在性，在最具有图示性的层面上，在最形式的真理中，不可避免地为人类思想提供可能性，让人们历经磨难，去遭遇无限。”[①]从这个角度来看，巴迪欧之所以如此信任数学，恰恰在于数学可以为我们提供无限的可能性，让新的可能性降临在洞穴中，让在那里存在着的杂多可以从原本的俗见中被解放出来，获得自己的潜能。

三、从语言到数学

为了达到这个目的，巴迪欧认为，必须重新建立哲学的威望。在巴迪欧的一生中，他写过两部“哲学宣言”。第一部《哲学宣言》完成于《存在与事件》之后不久的1989年，那时正好是后现代和后结构主义流行的时代，那个时代的思想家都不停地宣布哲学业已死亡：利奥塔将哲学变成了宏大叙事，加以挞伐；布迪厄和鲍德里亚都宣称自己从事的是社会学研究，对哲学和形而上学唯恐避之不及。自反哲学家尼采之后，哲学遭受了前所未有的质疑，所以，巴迪欧逆流而上，他需要做的是为哲学正名：哲学不仅存在，而且与我们已经密不可分，因为我们就处在不同的真理程序之中。不过，在《世界的逻辑》之后，2009年巴迪欧写作了《第二哲学宣言》，这个时代的问题突然发生了变化，即人们不再宣告哲学的死亡，相反，许多人都认为哲学无处不在，炒股有炒股的哲学，烹饪有烹饪的哲学，还有赚钱的哲学、治人的哲学等等，不一而足。在巴迪欧看来，这种现象恰恰是前一种现象的恶果[②]，即由于被后现代主义和后结构主义消解了哲学的合法性和正当性，哲学成为被掏空内容的标签，可以被随处粘贴。在柏拉图意义上的哲学观念与俗见之间的区分已经不复存在，反哲学思潮的流行让他们不再相信存在着真理，从而不再迷恋永恒，哲学的观念被当成宏大叙事解构，人们更看重的是眼下的东西，将目光停留在转瞬即逝的实存世界当中，只看重昙花一现式的微光。这种仅仅局限于有限来看待世间万物的方式，被巴迪欧称为“民主唯物主义”，在《世界的逻辑》中，巴迪欧曾十分明确地指出，“民主唯物主义”的公理“只存在着身体与语言”[③]。无论是身体（如梅洛-庞蒂），还是语言（晚期的维特根斯坦），都是有限的，并不能直接帮助我们打破有限的界限，通向无限，

① Badiou A, *L'Immanence de Véritiés: L'étre et Lévénement 3*, Fayard, 2018, p. 34.

②〔法〕阿兰·巴迪欧:《第二哲学宣言》，蓝江译，南京大学出版社，2014，第30页。

③ Badiou A, *Logiques des Mondes*, Seuil, 2006, p. 9.

而是让我们永恒地逗留在零散化的具体身体和语言碎片的此岸，这里再次回响起海德格尔引用的格奥尔格诗歌中的名言："词语破碎处，无物可存在。"①

显然，巴迪欧试图反其道而行之，他并不是不信任诗歌，实际上巴迪欧有着深厚的文学功底，也十分擅长欣赏和评论诗歌，他对曼德尔施塔姆、佩索阿、兰波、策兰等人的诗歌研究都有着很深的造诣。不过巴迪欧认为，诗歌的词语碎片并不会引领我们走向海德格尔意义上的无蔽（aletheia）或无限的绝对，只能让我们更加迷失在词语的碎片中。这样，巴迪欧提出了从数学的路径来重新寻找通向无限的路径，在《第二哲学宣言》中，巴迪欧再次宣布了这个计划："存在是一个从空中抽离出来的多元，而唯有数学才是关于存在之为存在（l'être en tant qu'être）的思想。简言之：本体论，亦即关于存在的词源学意义上的话语，在历史上，只有关于多元的数学才能使其彻底实现。"②不过，今天的哲学问题恰恰是哲学家离数学家太远了。微积分是牛顿和莱布尼茨发明的，而拓扑学在18世纪也已经出现，今天的哲学家往往不太熟悉康托尔之后的集合论，这也是巴迪欧坚持从数学尤其是集合论来重构哲学的原因。

在《真理的内在性》的导论中，巴迪欧就指出，20世纪数学为哲学提供了三个重要的概念，但并没有引起哲学家的足够重视。第一个概念是类性集合（ensemble générique），它奠定了所有普遍性思想的基础，如果要通往无限，就必须要有类性集合。③不过巴迪欧认为，关于对类性集合的讨论，他在《存在与事件》中已经完成，这并不是《真理的内在性》的任务。第二个概念是20世纪的数学天才格罗滕迪克的层论，巴迪欧在《世界的逻辑》中进行过专门的讨论。第三个概念，也是《真理的内在性》这本书讨论的概念，是大无限（grand infini），用巴迪欧自己的话来说，"这个'大无限'的概念，内在地接近于（approximation immanente）绝对，将会在很长一段时间里影响我们"④。这个"大无限"涉及的就是绝对和无限，对于巴迪欧来说，这就是重构整个哲学本体论的根基。

---

①〔德〕马丁·海德格尔：《在通向语言的途中》，孙周兴译，商务印书馆，2015，第150页。

②〔法〕阿兰·巴迪欧：《第二哲学宣言》，蓝江译，南京大学出版社，2014，第61页。

③ Badiou A, *L'Immanence de Véritiés: L'être et L'événement 3*, Fayard, 2018, p. 36.

④ Badiou A, *L'Immanence de Véritiés: L'être et L'événement 3*, Fayard, 2018, p. 36.

为了重构出哲学上的“大无限”，让哲学再一次面对真实（le réel），这就需要一种全新的唯物辩证法（dialectique matérialiste），巴迪欧十分明确地宣告：“所有的真理都是被内在地生产出来的，没有人可以将其封闭在主流的有限形式下。唯有在开放的哲学的唯物辩证法当中，只有在它的真理条件（科学、政治、爱、艺术）当中，从这个概念出发，才能发现不会走向其反面的可能性，不会徒劳地在有限场景所封闭的阴影中踟蹰不前。”[①]准确来说，这种新的唯物辩证法同时在针对两个方面的敌人作战。一方面，巴迪欧将批判的矛头指向超越性（transcendence）的绝对，这种观念将所有有限的模式都还原为一个外在于世界的超越性[在中世纪的时候，这个超越性的存在是上帝（Dieu）；在现代哲学中，这个超越性的存在可能是实体（Substance），也可以是大自然（Nature）]，总之，有一个绝对的“一”作为哲学和世界上各种分殊科学的参照系。另一方面，随着后现代和语言学转向等现代智术（sophistique）的兴起，随着后现代主义和后结构主义对绝对、真理等概念的解构，哲学被视为一种无意义的论调，意义从而局限于有限的存在当中（只存在着身体和语言），这就是巴迪欧所谓的“民主唯物主义”。

四、数学形式与真理的可能性

对于第一种观念，巴迪欧在《存在与事件》中用了很大的篇幅来证明“一不存在”（l’Un n’est pas），并指出，在原本真实的世界里，只有杂多和流形，只有“无差分的多”之存在，唯有当我们发明了计数为“一”的结构时，我们才能将世界看成是“一”（Un）。因此，巴迪欧说：“没有一，只有计数为一。一，作为一种运算，从来就不是呈现。必须非常严肃地说，‘一’是一个数。”[②]由于“一”是一种计数结构，那么这个计数结构相对于真实世界永恒地存在例外。巴迪欧说：“总会存在着相对于计数结构的例外，它会以不可计算的形式出现，是一个具体性的断裂，我称之为事件。”[③]这势必意味着，任何计数为“一”的结构，实际上都不能穷尽所有的真实，这样，真实相对于“一”有着永恒的例外。但是，在哲学史和神学史上，诸多思想总希望将世界

---

① Badiou A, *L’Immanence de Véritiés: L’être et L’événement 3*, Fayard, 2018, p. 87.

②〔法〕阿兰·巴迪欧：《存在与事件》，蓝江译，南京大学出版社，2014，第 34 页。

③ Badiou A, *L’Immanence de Véritiés: L’étre et L’événement 3*, Fayard, 2018, p. 18.

上的万物都归结为一个起源，即太一，如基督教的上帝、自然法学派的自然等等，以使存在安身。在这种超越论的哲学看来，世界的起源是一个外在的“一”，在这个太一之外，没有任何例外的存在。无论是斯宾诺莎的实体还是黑格尔的绝对精神都是这种太一的变种，但它们实际上都没有摆脱巴迪欧所指出的真实世界和作为计数结构的太一之间的关系。巴迪欧认为，数学家康托尔的贡献不仅仅在于他提出了集合论，而且在于他将“无限和太一区分开来，可以存在着一种‘无一之多’（un multiple sans-un）形式的无限”[①]。也就是说，我们所追求的无限，不一定是太一，也不一定是单一的源头，相反，无限或绝对也可能是以杂多和无差分的形式出现的。也就是说，我们不能将原初的真实世界或者无限的世界看成一个连贯的统一体，也不存在哥德尔的那种可建构的全集概念。这样，如果需要在新的基础上去建构唯物辩证法，就必须要摒弃这种太一的概念，因为在我们认为存在着一个原初的太一的时候，就已经认定了存在一个抽象的形式化的结构，而这个结构让我们将真实的世界连贯起来，成为一个在我们的认识中被理解和把握的太一。这是一种新的无限概念，也是巴迪欧反复强调的“大无限”的概念，这不是黑格尔意义上的“坏的无限”，而是一个充满不连贯性和复数真理（vérités）的世界，这个世界相对于我们的计数结构，始终存在着一个外部。哲学研究的目的，就是去寻找在我们的情势状态结构之外的例外的可能性，即那些突兀地以悖论性形式出现在我们知识和语言架构中的绝对。如此，无限就具有一种破坏性和毁灭性意义，真正的无限是一种不可能性，“关键在于，那是一个相对于最初给定的可能世界形象的不可能的范式，它是难以认识的无限潜能，带有毁灭性压抑的新奇，以及悖论式的建构”[②]。

新唯物辩证法的第二个敌人，显然就是“民主唯物主义”。在《世界的逻辑》中，巴迪欧对“民主唯物主义”进行了大量的批判，将“民主唯物主义”的公理“只存在着身体和语言”改写成唯物辩证法的公理“除了身体和语言之外，还存在着真理”[③]。民主唯物主义者的问题在于，与超越论的绝对的

① Badiou A, *L'Immanence de Véritiés: L'étre et L'événement 3*, Fayard, 2018, p. 13.

② Badiou A, *L'Immanence de Véritiés: L' étre et L'événement 3*, Fayard, 2018, p. 225.

③ Badiou A, *Logiques des Mondes*, Seuil, 2006, p. 16.

太一观念不同，他们不相信任何绝对的东西。于是，他们不仅否定了总体性、绝对精神、上帝等作为终极的绝对的太一的概念，同时也否定了绝对和无限本身，认为唯一可靠的东西就是我们的身体以及我们用来说话的语言，这也是维特根斯坦说“保持沉默”的原因，因为语言不可能在自己的限度之外来保障确实性。所以，对于巴迪欧来说，“民主唯物主义”代表着另一个极端，即把自己锁死在支离破碎的有限性当中，除了我们的有限，以及我们可以触及的身体、可以言说的语言，他们不再相信任何东西。

巴迪欧认为自己曾经在《存在与事件》中很好地处理了太一和超越论的问题，并为事件的形式本体论开辟了道路，之后康托尔的集合论和科恩的力迫法解决了哥德尔的可建构全集的哲学史上的太一问题。但是，对于后者，即对“民主唯物主义”的批判，《世界的逻辑》并没有完成这个任务。尽管巴迪欧从范畴论和拓扑学的角度重构了事件的现象学，在有限的事物和对象中建构了事件的可能性，但是这种事件的现象学还不足以彻底批判“民主唯物主义”的意识形态。那么，在这里，巴迪欧需要解决的问题就是：如何应对有限？如果要在承认无限和绝对的同时，避免重新陷落到超越论和太一的窠臼中，那么，就必须从本体论上对有限概念进行彻底的批判。在这个方面，巴迪欧的弟子梅亚苏在他的《有限性之后：论偶然性的必然性》中做了很好的铺垫工作[①]，而巴迪欧的许多论述也参照了梅亚苏的研究。那么，巴迪欧究竟是如何来处理有限问题的呢？

在《真理的内在性》的导论中，巴迪欧给出了一个惊人的说法。对于后现代主义者和后结构主义者，以及晚期维特根斯坦这些民主唯物主义者来说，他们认为最确定的东西就是与我们最接近的有限之物：身体和语言。我们只能触及这种确定性，而对于这种确定性之外的东西，我们既无法感知也无法言说。即便是那些不太激进的版本（如哈贝马斯试图在交往理性下处理身体

---

① 梅亚苏在《有限性之后：论偶然性的必然性》中谈道：“我们的问题就变成：数学的话语如何能够描述一个人类缺席的世界，一个充斥着与显示无关的事物与事件的世界，一个不相关于与世界的关系的世界？这就是我们必须直面的谜团：数学话语对伟大的外部进行言说的能力，以及对人类及生命都不在场之过去进行言说的能力。”参见〔法〕甘丹·梅亚苏：《有限性之后：论偶然性的必然性》，吴燕译，河南大学出版社，2018，第54页。巴迪欧对梅亚苏的判断进行了赞扬，认为梅亚苏正是在神学化的哲学和当代怀疑论之间找到了一条突围的路径。

和语言的有限性问题，从而试图用主体间性和商谈伦理的方式来建构一个超越个体身体和语言有限性的公共性框架），也坚信我们最接近的东西是最确定的，我们只能从最确定的身体和语言来获得更大的公共性和普遍性。但是，巴迪欧的论点是："有限，并不存在，它不过是无限多元运算的结果。"[①]这的确是一个与我们通常的理解大相径庭的说法，不仅如此，巴迪欧甚至认为，当代"民主唯物主义"，作为一种反哲学思潮和智术，实际上建立的是一种"有限的意识形态"，那么他的《真理的内在性》的目标之一就是"对有限进行批判，而有限已经成为我们时代最核心的拜物教意识形态"[②]。

这是一个十分重要的判断，当巴迪欧在《存在与事件》中，提出一是一种运算，是一种计数为一的结果的时候，我们如何理解有限也是一种结果？例如，当我们说这里有一个苹果的时候，苹果是有限的，但是，我们之所以谈到苹果，并不是因为苹果本身具有这种有限的性质，而是在一个既定的分类框架（计数为"一"的框架）下将它视为一个与周围环境分离开来的苹果。换句话说，我们之所以将苹果视为苹果，正是因为事先存在了一个再现框架，一个计数为"一"的框架，只有在这个框架下，我们才能对这个苹果有所认识，也才能看到或感知到这个苹果的存在，否则，苹果是融合在既定的世界中的，无法从那个世界中分离出来，并独立为一个有限的对象。这样，我们看到的所有身体、我们所言说的语言都依赖于一个看不见的框架，而这个框架构成了我们理解和把握世界的根基，它也是让我们所看到、所理解的对象世界得以运行的基础。在这个意义上，我们不得不说，作为个体有限对象的苹果，实际上是我们建立的分类体系的结果，而这个分类体系又进一步服从于更高阶的形式框架。在这个框架下（这个框架的本质是计数为"一"或太一的架构），存在物从杂多的环境中分离出来，独立为一个有限的存在物。

如果有限的分类隶属于一个既定的框架（用集合论的话说，苹果的元素属于一个情势的部分或子集），那么，关键就并不在于元素，而是在于分类的部分。对世界如何进行计数和分类，成为我们把握和理解世界的最基本的方式。那么，我们所谓的解放，就不纯粹是打破可见的边界，像德勒兹主张的

① Badiou A, *L'Immanence de Véritiés: L'étre et L'événement 3*, Fayard, 2018, p. 15.

② Badiou A, *L'Immanence de Véritiés: L'étre et L'événement 3*, Fayard, 2018, p. 16.

那样，到大外部去游牧，用逃逸线来打破秩序化的世界。德勒兹和加塔利都忘记了，处于资本主义世界中的主体或对象，实际上都是在一个形式框架的模子下雕刻出来的，也就是说，他们的身体和语言都是与资本主义的精神分裂症体制高度契合的，不存在在资本主义辖域范围外的游牧。那种游牧只代表着打破个体化的区分和有限计数的规则，也只意味着个体的死亡，其中没有独特性，只有生命的沉寂。

这样，倘若要打破有限的拜物教意识形态，巴迪欧认为只有一条道路可走。那就是数学，尤其是形式化的数学①，也就是说，我们先要创造一个形式，即便这个形式没有对象，它们也可以在现实的实存世界中道成肉身，具体化为新的形式的对象。巴迪欧始终相信事件的革命性效果，因为事件是一个绝对的例外，如果原先的情势状态的结构无法对它进行计数为“一”的计算，那就势必意味着需要创造一个新的结构来彻底取代原先的结构。这就是巴迪欧意义上的革命，一种形式上的革命。还是以数学的形式为例，在古希腊，人们已经理解了有理数和无理数的分别，并认为有理数和无理数已经涵盖了所有数的范围。但是，在数学上，仍然有一些难题无法在全部的有理数和无理数的范围里解决，其中最有名的就是一元二次方程 $x^2+1=0$ 的解的问题。印度数学家婆什伽罗认为这个方程是无解的，因为负数不可能是任何数的偶次方。直到 16 世纪，意大利数学家卡尔达诺才谈到了一个新的概念“虚数”(nombre imaginaire)，从而与有理数和无理数构成的“实数”(nombre réel)形成对立的概念。值得注意的是，在自然界里面，我们实际上并不是因为发现了某种虚数的对象才发明了“虚数”概念。“虚数”概念的出现，实际上就是一种无限的形式创造，在卡尔达诺发明“虚数”概念之前，我们无法想象方程 $x^2+1=0$ 的解，一旦出现了“虚数”这个形式，不仅我们可以找到负数的方根，更重要的是，还找到了一种新的数学形式。

实际上，巴迪欧也用这种方式回应了那些认为他在科学范围内只重视数学而不重视物理学和化学的批评意见。的确，巴迪欧的早期著作谈到了科学领域的革命，往往指的就是数学革命，他列举的科学革命的重要人物大多是笛卡儿、高斯、达朗贝尔、伽罗瓦、格罗滕迪克等数学家，基本上没有谈到

① Badiou A, *L'Immanence de Véritiés: L'être et L'événement 3*, Fayard, 2018, p. 24.

任何物理学或化学上的贡献（他只有偶然一次提到了化学家拉瓦锡，但是他谈到的不是拉瓦锡在化学上的贡献，而是其在法国大革命时期的遭遇）。如果我们从巴迪欧对“有限的意识形态”的批判出发，就很容易理解他为何不喜欢谈物理学等具体科学，而是直接讨论数学。在《真理的内在性》中，巴迪欧指出：“我们看到，多年以来，我都从事着艰苦的数学工作，我得出结论，即我们必须坚持认为，所有问题的根源就是多的理论（集合论），不过我们也承认，关于特殊世界的理论，如物理学，可以通过数学范畴的思考得到形式化。”[①]在一定程度上，这既是学数学和哲学出身的巴迪欧对物理学等具体科学的歧视，也是巴迪欧自己所设定的本体论使然。

五、小结

在经过《存在与事件》和《世界的逻辑》的讨论之后，巴迪欧一步步地向我们展现出他的雄心。如果存在着一个未来社会，这个社会不是一种外部，也不是重返的伊甸园，即返回到太一和绝对精神的怀抱。这个社会的到来，依赖于在作为例外的事件的冲击下，去创造出一种新的形式，即便这种新的形式是一个空集。新的形式是事件之后的类性真理程序，它建构了一个新的集合（类性集合），不断让主体合体到新的集合中，在新的集合的数学形式下道成肉身，具体化为新的对象。我们可以再次回到巴迪欧对毛泽东的“星星之火，可以燎原”的名言的引用上，星星之火之所以可以燎原，并不是因为它本身代表着超越性的太一，而是因为它属于在事件之后由主体形成的新的真理的类性程序，因为符合类性程序，星星之火成为在这个新集合和新运算下的具体化表象，这种表象的扩展和弥散便可以遍布整个世界。这是巴迪欧的新唯物辩证法，也是他对未来的美好社会的构想的方式。

第四节　巴迪欧和马里翁论事件

在当代法国的思想界之中，巴迪欧和马里翁均是具有世界影响的重要人

① Badiou A, *L'Immanence de Véritiés: L'étre et L'événement 3*, Fayard, 2018, p. 19.

物，但两人的政治立场却完全相反。身兼哲学史家、索邦大学（巴黎第四大学）和芝加哥大学教授、笛卡儿研究专家、神学家、现象学家等多重身份和光环的马里翁，与法国天主教有着亲近的关系，其个人的政治立场也毫无疑问是保守的。巴迪欧则是激进左派思想家阵营中的代表人物之一，与齐泽克等人一起被视为当代马克思主义的代表人物。从哲学传承上来说，尽管马里翁早年的学术研究对象是笛卡儿，但实际上，对他影响最大的思想家是海德格尔以及列维纳斯、德里达等人。他在后期通过“给予性”（donation）的概念，更新和推进了法国现象学，从而成为当代法国现象学最耀眼的明星之一。巴迪欧的思想传承则要复杂得多，一方面他接过了阿尔都塞的旗帜，继续思考在苏联和东欧剧变之后，在当代新自由主义和西方议会民主制一路高唱凯歌的情况下，如何继续坚持和发展马克思主义；另一方面，他顺着由卡瓦耶等人所开辟的法国数学哲学的道路继续前进[①]，在吸收康托尔的集合论之后发展出一种数学本体论，此外他也受到拉康的影响。尽管马里翁和巴迪欧有着完全不同的哲学主张和政治立场，但是却不妨碍他们关注同一个哲学问题，例如，两人都非常重视“爱”的问题：巴迪欧将“爱”视为哲学真理得以可能的四个前提之一，而马里翁也写过《情爱现象学》。对于两位哲学家而言，事件概念都是其哲学体系之中极为重要的概念，尽管两人对于事件概念有着不同的理解。

海德格尔曾在多个文本之中论述到 Ereignis（本是）的概念，受他的影响，“事件”亦渐渐成为 20 世纪后半叶以来法国哲学的重要话题，同时这个概念也广泛地进入人类学、社会学、精神分析、文学理论与文学批评等学科领域。正如贝沙那所说：“事件，无论如何理解这个词，它都处在存在与显现之间。因此，事件也就处在本体论与美学、哲学著作与艺术作品的双重交叉之处。”[②]

① 巴迪欧在《世界的逻辑》一书的前言中指出，20 世纪的法国哲学有两个传统，最早的代表分别是柏格森（生机论神秘主义）和布伦什维格（1869—1944）（数学化的观念论）。一个传统从柏格森，经由康吉莱姆、西蒙东，发展到德勒兹和福柯；另一个传统则从布伦什维格，经过卡瓦耶、洛特芒、德桑蒂、阿尔都塞等，过渡到拉康和巴迪欧本人。参见 Badiou A, *Logiques des Mondes*, Seuil, 2006, p. 16.

② Besana B, “Art et philosophie Badiou, Deleuze, Rancière: Le problème du sensible à l’age de l’ontologie de l’ événement”, In *Les Cahiers de l’ATP*, Juillet, 2005.

一、结构与事件

事件作为一个哲学概念，尽管其源头近可以上溯至海德格尔，远可以上溯到古希腊时期，但是其作为一个哲学概念受到多位法国哲学家的重视和阐述，则主要是近几十年的事情，特别是 20 世纪 70 年代之后随着结构主义逐渐走向衰落，而后结构主义、后现代主义渐趋繁荣，“事件、差异、断裂、延异”等成为关键词。正如布狄奈教授[①]所指出的，结构和事件可以说是理解当代法国人文社会科学的两个关键概念。结构主义认为在某个系统之中，个别因素的变化或者出现，并不足以改变系统本身。因此，结构主义重视的是结构而不是个体和事件，是共时性而不是历时性，是共性而不是个性，是潜伏在无数个别事件和个体因素之下的无意识的结构。在这样一种理论背景之下，事件并不是重要的概念，而且对于事件本身的阐释也往往从属于结构，也就是说一个事件恰恰是对于结构的某种表述。例如，在福柯的《词与物——人文科学考古学》之中，作者论述了不同时代知识型的转换，对于时代的划分并不是依据通常在科学史和思想史上被认为重要的著作或者科学发现，而是着眼于每个时代特有的知识建构方式和组织方式。这样一种“重结构、轻事件”的思想，也见于历史学中的“年鉴学派”。利科在《时间与叙事》的第一卷中就对“年鉴学派”的这一观点进行了分析与批评，指出这些历史学家倾向于关注历史中可以在一定程度上被视作同一的事实，从而可以将这些事实看作一个系列，进而获得这些事实的相关数据，这样就能够对这一系列事实进行数据分析和处理，以重新建构出某种可供解释历史的框架或假设。利科准确地指出：“年鉴学派的创立者们首先要与之斗争的，是对于独一无二的、不可重复的事件的想象，其次是把历史等同于国家的纪年史。”[②]

在 20 世纪 60 年代中期结构主义方兴未艾之际，法国已经有一些哲学家不满意于结构主义，试图提出新的哲学，这就是以德里达、德勒兹等人为代表的“差异哲学”。德勒兹在其 1969 年出版的《意义的逻辑》一书中，发展出一套关于事件的哲学。他回溯到斯多葛学派的哲学，指出在斯多葛学派那

---

① Boutinet J P, “L’individu—sujet dans la société postmoderne, quel rapport à l’événement?”, *Pensée Plurielle*, No. 13, 2006.

② Ricoeur P, *Temps et Récit, Tome I*, Seuil, 1983, p. 154.

里区分出两类事物：一类是物体，另一类则是事件。这种事件是一种变化，是观念的、非形体的，事件要么是已经发生，要么是将要发生，但永远都不会是现在。[①]对于德里达而言，事件同样是一个重要的概念，至少具有以下四个特征：①事件总是伴随着绝对的惊奇，超出任何既有的结构和知识型的把握；②事件具有绝对的特殊性，使得事后的追述和评论都不足以穷尽事件本身；③事件总可以被观察和被解释为可重复的现象；④事件的踪迹只能处在"不可能的可能性"之中。[②]

1968 年 5 月，法国出现了"五月风暴"这一大规模的学生运动，并且很快伴随以工人的大罢工。在这场轰轰烈烈的青年运动之中，法国的知识分子也因为态度的不同而迅速分化。诸如萨特等人对学生运动持支持态度；而另一些如利科、巴特，则更愿意与之保持距离，远离现实的政治。就思想史而言，1968 年也可以被视作一个契机，其一方面揭示出在法国知识界和大学生之中长期发挥主导性影响的马克思主义、存在主义和结构主义渐渐失势，另一方面也标志着以德里达、德勒兹等为代表的中年哲学家的出场，而巴迪欧、朗西埃等青年学者也将在经历这场革命风暴的洗礼之后，踏上一条与他们的导师阿尔都塞等人不同的思路道路。"结构不上街"这个口号本身所揭示的不只是知识分子在面对突然性群体事件时的选择，而且也更深刻地揭示出结构主义在面对突然性事件之际其原有的理论解释力的失效。巴特本人也认识到了这一点，因此他在 1968 年 11 月的一篇文章中指出，有三种方式来描述 1968 年的"五月风暴"这一事件，即"话语"(parole)、"象征"和"暴力"，并且应该将其与德里达的书写概念相关联，同时避免陷入旧有的结构主义式的解释框架，而应该代之以一种新的论述。

如果说在德勒兹和德里达那里，事件已经成为一个重要的概念，那么在马里翁和巴迪欧这里，他们则将对事件概念的哲学思考推进到更深入和更完备的层次。马里翁作为一位有着天主教背景的现象学家，在现象学方面主要受到了列维纳斯、亨利、德里达等人的影响。他虽然政治立场保守，但是在哲学方面却始终保持着高度的开放精神，因此始终秉持着一种开放的态度，

① Deleuze G, *Logique du Sens*, Les Éditions de Minuit, 1969, p. 17.

② Antonioli M, *Abécédaire de Jacques Derrida*, Sils Maria, 2007, pp. 67-69.

并且试图在天主教神学和后现代主义之间取得某种平衡。此外，他的著作也呈现出一种类似于阿奎那的《神学大全》的倾向，将各种对当代法国哲学起到重要作用的概念，如肉身（chair）、事件、脸（visage）都囊括在其思想体系之中。他和罗马诺一起，对事件现象学做了全面而深入的检讨。对于巴迪欧而言，一方面他和马里翁一样，也试图全面地吸收后现代主义哲学的丰富思想遗产，另一方面他也试图在当代条件下复兴一种柏拉图主义哲学，即建立一种作为真理的哲学。他将后现代主义和当代分析哲学都视作一种“民主唯物主义”，是当代的智术，因为这两种哲学都宣称世界上并无真理而只有种种物体和各种语言。巴迪欧称自己的哲学是一种“唯物辩证法”，其命题在于“除了存在真理之外，只存在身体和语言”①，但是至于真理如何呈现或者如何得以揭示，事件则与之有着密切的关系。

二、马里翁：事件的现象学

我们先来考察一下马里翁现象学的事件概念。马里翁在现象学方面的贡献首先在于他提出一种新的现象学原则：还原越多，给予就越多。马里翁写道：“还原的征服带来的直接逻辑结论就是给予的展开：还原永远只是还原到给予——只是引向给予，并且有利于给予。……还原的作用，就如同一个驱猎官所起的作用（l’office d’un rabatteur），把可见之物驱向给予性：它将分散的、潜在的、令人迷惑的、不确定的种种可见之物引向给予性，并根据给予性来区分和确定现象性的等级。”②由此可以看出，还原的作用如同一位驱猎官，将模糊不清、四处游走并且遭受遮蔽的现象（猎物）驱向可见的领域，从而通过某种方式朝向主体给予出来，因此还原（驱猎）越多，给予性（获猎）就越多。如果没有这种还原的行动，现象就会沦陷在黑夜之中，无法显现出来。但是在现象通过还原而被给予的过程之中，现象始终是自身给予、自身显现的，还原只是起到辅助的作用，主体只是一个接受者。现象就其自身而言，总是远远地超出已给予的，现象的每一次显现都可以被视作事件。

这也意味着，在马里翁这里，事件概念具有某种普遍性的意义。一般意

① Badiou A, *Logiques des Mondes*, Seuil, 2006, p. 4. 参见蓝江：《中译前言》，见〔法〕阿兰·巴迪欧《第二哲学宣言》，蓝江译，南京大学出版社，2014，第 16 页。

② Marion J L, *Étant Donné: Essai sur une Phénoménologie de la Donation*, PUF, 1998, pp. 25-26.

义上的现象，首先是作为事件显现出来的。现象唯有首先给出自身，才能显现自身。作为自身给予者的现象本身并不需要显现，被给予者并非总能成为现象。这种给予性并不能被直接看见，因此无法在可见性的范围内澄清给予性。要探明给予性，唯有描绘出现象显现的区域、范围。因此，必须区分两个自身，一个是自身显示自身，另一个是自身给予自身，而后一个自身更为源初，乃是前一个显示之自身的基础。马里翁指出，现象具有“事件”（événement）的特征。

马里翁以他在某地演讲时所处的会议厅为例[①]，这个会议厅作为一个事件显现，而不是以对象的方式显现。为什么呢？原因有以下几点。

（1）相对于过去而言，在我们存在之前这个会议厅就已经有其自身，就已经存在于此，即使没有我们，它也一样有其存在。因此，其源头乃在于我们无法控制的过去。当“我”走进会议厅时，会议厅向“我”显现为一个事件。

（2）相对于现在而言，此时此刻，这个会议厅向“我”扑面而来，连同会议厅里的一切，如墙壁、灯光、家具、人。会议厅是整个大楼的一部分，整个大楼又是学校的一部分，因而最终是宇宙的一部分。这一切皆是唯一的、特殊的、当下的、不可重复的，它远远地超出“我”当下可以把握的，远远超出“会议厅”这个概念所能把握的，因而它无法复制，也无法恢复。

（3）相对于未来而言，在这个事件发生之后，它将被如何记叙？这一事件连同相关的一切，如何可能被“我”或者后人加以全面的、巨细无遗的描述？完备的描述将是不可能的，那将是一件无法完成的工作，因而它是无法复制、无法逆转的。

这样的一个事件，并非出于“我”的创造，也超出“我”的期望，又永远无法再生产出来，但它从其自身向“我”给予，从而事件作用于“我”、改变“我”，甚至生成“我”。不是“我”来导演事件，而是事件导演自身，同时导演“我”。问题在于，为什么要把一般现象理解为“事件”，而不是理解为更容易理解、更直观的“对象”？

在此，我们回溯到康德哲学。康德的知性范畴的第一组为：量（quantité）。康德指出，要成为一个对象，每个现象都必须占有一个量。这样，现象就其

① 此处分析见于 Marion J L, *De Surcroît*, PUF, 2001, p. 35.

总体性而言就相当于其各个组成部分之和。于是，这就得出了现象的一个具有决定性的特征：被把握为对象的现象，必须被视作由多个部分组成的聚合物。对象的大小总是在有限的量中被规定的，对象总是在一个实在的空间或者想象的空间之中得到描述。也就是说，对象的描述以空间为前提，空间作为感性的先天形式是为我们所知的，因此不再有惊奇可言。这样，一个对象在被实在地看到之前，已经被预见到了。这样，会议厅就被还原为一个被预见的量，一个在空间中被把握的对象。这一点同样也适用于所有的技术化对象：这些对象都是可预见的，从而不再需要被真正地看见。这种预见有利于更好地利用对象。因此，在这种“对象化”的现象解释背后，有着某种未被还原的前见，因而也就使得现象无法如其所是地得到显示和自行给予。

事件不同于对象，具有以下几个特征：一，不可重复；二，不可归结为一个原因或者一种解释，而是可能具有无穷多种解释；三，无法预见。因此，人只有摆脱形而上学对象式的思维方式，将世界理解为无数充满神秘魅力的事件的总和，才有可能充满惊奇和新鲜感地看待世界，使这个在现代人眼中已经“去魅”了的世界重新“魅力化”，重新神秘化。在马里翁看来，与形而上学的“量化”的解释相对，从给予性现象学的视域出发，就必须将现象理解为事件。

康德的知性范畴表中不是有“量”“质”“关系”“模态”四种类型吗？从量出发，饱溢现象完全超出“量”的知性范畴的把握范围，因此应该理解为事件。那么，与其他三种类型相对应的给予性现象学解释是如何的呢？相应于康德的先验哲学的知性范畴表[①]，马里翁也为饱溢现象建立了一个范畴表，如表 3-1-1 所示。

表 3-1-1　饱溢现象范畴表

Quantité 量	Qualité 质	Relation 关系	Modalité 模态
Invisable 无法意指的	Insupportable 无法承受的	Absolu 绝对的	Irregardable 无法直视的
Événement 事件	Idole 偶像	Chair 肉身	Icône 圣像

① 康德的知性范畴表见《纯粹理性批判》，A80/B106。

对于马里翁而言，事件其实是饱溢现象显现的一种方式。世界是作为饱溢现象呈现出来的，世界之中的每一个现象都是一个事件，都是某种礼物。面对各种事件不断涌现的世界，“我”将会感到惊喜和愉悦，因为这是上帝的礼物。事件概念意味着，当主体通过量的范畴来揭示现象时，现象却作为事件涌现出来，其远远超出量的范畴所能够揭示的范围，从而不断溢出。面对作为事件的现象，主体、自我（ego）变成了一位接受者、一位受赠者（adonné），不断地接受着赠物（donné）。在马里翁看来，受赠者和赠物是互为揭示者的关系：“受赠者作为赠物的显示者（révélateur），赠物作为受赠者的显示者。”[①]正如杨大春所指出的：“马里翁显然实现了现象学的重心转移，近乎悖谬地将‘主体’哲学变成了‘非主体’或‘受体’哲学。”[②]

三、巴迪欧：通向真理和主体的事件概念

巴迪欧在《哲学宣言》中指出，要重新解放哲学，使哲学重新获得生命，就必须重新提出真理学说。正如华尔所说的：“德勒兹通过尼采拯救了柏格森，巴迪欧通过康托尔拯救了柏拉图。”[③]在巴迪欧这里，“真理范畴是一切可能的哲学的核心范畴”[④]。因此他需要区分真理与意见，与形形色色的当代智者做斗争。他认为哲学有四个前提：科学、艺术、爱、政治。四者也是真理和主体得以产生的“类性程序”（procédures génériques）[⑤]。哲学就在于从上述四个领域之中的种种真理（les vérités）走向那大写的真理（la Vérité）。

具体说来，巴迪欧的真理学说可归结为以下几点[⑥]：①在哲学之前，有一些真理。这些真理是政治、爱、科学、艺术四个领域的真理，是哲学之所以可能的历史的、前反思的条件。②大写的真理，既指事物的复多状态（有着多种不同性质的真理），也指思想的统一性。③哲学并不是真理的产生，而是一种从各种真理出发的运算（opération）。大写的真理本身是一个空集（le

① Marion J L, *De Surcroît*, PUF, 2001, p. 60.

② 杨大春:《物质性：从马里翁的事件概念谈起》,《社会科学》2014 年第 11 期，第 129 页。

③ Wahl F, “Le soustractif”, In Badiou A, *Conditions*, Seuil, 1992, p. 10.

④ Badiou A, *Conditions*, Seuil, 1992, p. 62.

⑤ Badiou A, *L'être et L'événement*, Seuil, 1988, p. 23.

⑥ Badiou A, *Conditions*, Seuil, 1992, pp. 65-70. 参见〔法〕阿兰・巴迪欧:《哲学宣言》，蓝江译，南京大学出版社，2014，第 95-100 页。

vide），但这个空集并非存在的空，而是一种运算的空集。“大写的真理的空集是一种单纯的间隔，在这个间隔之中哲学得以对外在于哲学的各种真理进行运算。”[①]④这种运算有两种方式，一种可以说是知性的，通过推理、论证等方式进行，称作“知识构造”（fiction de savoir）；另一种则是通过修辞术等进行的，也就是说通过形象、诗歌、神话等手段进行的，可以称作“艺术构造”（fiction d'art）。⑤大写的真理与各种真理的关系是一种把握（saisie）的关系。哲学就是这些科学的、艺术的、政治的、爱的真理得以如其所是地得到把握的思想场所。哲学是一种运算，通过这种运算形成对于各种真理的一种把握。这种把握并不是一种解释，而是与既有的叙事和意义系统的一种断裂，是“建构一种把握诸种真理的器官，这意味着：说这里有一些真理，任其被这种‘有’（il y a）所把握，进而肯定思想的统一性。……整个程序被规定在诸种前提之中，这些前提是在其事件性形象之中的艺术、科学、爱、政治”[②]。这意味着所谓大写的真理对于诸种真理的把握，有必要通过事件来进行。华尔也指出，“属于历史的诸真理，以种种事件为前提”[③]。那么，什么样的事件才能够通向真理？

在巴迪欧看来，能够通向真理的事件，无论在哪个领域都是为数不多的。他在《哲学宣言》中举了一些例子。在科学方面，康托尔等人的发现构成了事件，带来了数学的革命。在政治方面，巴迪欧认为，有意义的事件很多，例如1968年的“五月风暴”、伊朗革命等。在爱方面，拉康的作品构成了事件。偶然相遇的两个人通过爱情结合为一个新的集合“二”，从而形成共同的经验世界真理的方式。“爱的可贵经验就在于，从某一瞬间的偶然出发，去尝试一种永恒。”[④]在艺术方面，策兰等诗人的作品构成了事件。

所有这些事件，之所以能够通向真理，就在于这些突然性的事件如同一道闪电，在原有的叙事体系或者意义体系之中撕开了裂缝，使得真实的情境得以裸露在光亮之下，从而使真理得以产生出来。蓝江在《阿兰·巴迪欧思想肖像》一文中通过精彩的分析指出，对于巴迪欧来说“事件是唯一的物质

---

① Badiou A, *Conditions*, Seuil, 1992, p. 66.

② Badiou A, *Conditions*, Seuil, 1992, p. 69.

③ Wahl F, “Le soustractif”, In Badiou A, *Conditions*, Seuil, 1992, p. 16.

④〔法〕阿兰·巴迪欧:《爱的多重奏》，邓刚译，华东师范大学出版社，2012，第79页。

性”[①]。其需要像拉康那样，区分真实和现实。唯物主义的真实总是缺场的，上面覆盖着一层由种种意识形态话语所精心编织的帷幕。通过事件，这道帷幕有可能被撕开，使得真实呈现出来，从而使真理得以产生。“……非在的实存依赖于一个突发性的事件，事件彻底撕裂了旧有的超验性的结构，并让原先无法在这个结构中表象出来的非在得以在世界中表象。”[②]当然，事件所通向的并非大写的真理，而是在政治、爱、科学、艺术四大领域内的各种真理。

事件不只是通向真理，而且也与主体的产生有着密切的关系。在巴迪欧这里，正如同真正的事件是稀少的，主体也是稀缺的。只有通过事件，并且主动和积极地参与到事件之中，人才能成为主体。巴迪欧喜欢引用政治事件作为例子。例如，在巴黎公社这一事件中，工人阶级正是通过这一事件证明了自己的存在。在事件之前，工人阶级只是非存在，只是资本主义工厂生产线上微不足道的一员。通过巴黎公社这一革命事件，工人阶级通过行动，不仅表明了自己的存在，也通过其行动宣告自己成为主体。

四、结论

对于马里翁和巴迪欧而言，事件概念在其哲学中皆扮演着重要角色。如果在巴迪欧那里，这表现为“事件—真理—主体”的三元结构，那么对于马里翁这则是“事件—饱溢现象—受赠者”的三元结构。在笔者看来，造成这种差异的关键在于两位哲学家的出发点不同，马里翁是从一种神学立场出发的，而巴迪欧则是从一种政治哲学立场出发的。

对于马里翁而言，“饱溢现象首先是在历史现象之中，或者说在事件之中，呈现出来的”[③]。事件无处不在，因为只要主体通过量的方式去打量现象，现象就作为事件呈现出来。而且在马里翁的哲学中，事件只是饱溢现象得以被给予的方式之一，其他的给予方式也十分重要，特别是第四种即圣像的给予方式，将马里翁的现象学引向了神学。圣像意味着某种无法直视之物，面对圣像时，观看的主体反而变成被观看的客体；在圣像之中，某位他人、他

---

① 蓝江:《阿兰·巴迪欧思想肖像》，见〔法〕阿兰·巴迪欧《当前时代的色情》，张璐译，河南大学出版社，2015，第125页。

②〔法〕阿兰·巴迪欧:《第二哲学宣言》，蓝江译，南京大学出版社，2014，第19页。

③ Marion J L, *Étant Donné: Essai sur une Phénoménologie de la Donation*, PUF, 1998, p. 318.

者朝向主体显现出来，他人的脸朝向主体显现。显然马里翁在这里将列维纳斯的他人概念纳入了他的现象学体系之中。将神学和启示现象视作现象学的可能性之一，使得马里翁将耶稣基督视作一种完美的事件，他写道："耶稣基督的现象就直观而言，是作为一种完美的无法预见的事件而被给予的。"[①]在笔者看来，这种神学的维度和上帝的视角，才正是马里翁现象学的真正出发点。由此，我们就能够理解，为何马里翁对事件概念持有如此宽泛的一种理解。

然而，在巴迪欧那里，事件是稀缺的。真理、事件、主体都被提到一个远高于传统哲学的标准，从而导致了在现实中，真理是稀缺的和不定的[②]，事件和主体也是如此。巴迪欧是一位对政治极为关心并且亲自积极地参加政治实践的思想家，因此他的哲学中也渗透着他关于政治的理解。什么才是政治上的事件？在《世界的逻辑》一书末尾的"概念词表"之中，巴迪欧解释说："人们把一种实在的变化（changement réel）称为事件，对于这个变化，在转瞬即逝之间位点（site）所具有的存在强度达到最大，在这个点的各种结果之中，有着那些曾经是这个点的非存在者的生存强度的最大变化。人们也可以说，事件将非存在者绝对化。事件比某种奇点（singularité）更多，而这种特殊性也远多于一个事实（fait），事实则多于一种修改（modification）。"[③]成为一个位点，意味着对象从存在过渡到显现，即存在呈现出来。显现有着不同强度的区别，当其强度并非最大时，其只是事实；只有当其存在的强度达到最大，并且使得原本不存在者也得以存在时，其才成为事件。若将这套抽象的哲学语言转化为更具体的政治语言，这句话也就意味着，在一种真正的政治哲学之中，哲学家本人不应该只是袖手旁观的冷静的观察家，而应进入政治舞台之中成为真正的政治斗士。在这个意义上，巴迪欧批评康德，指出康德的矛盾立场就在于他一方面欣赏法国大革命本身，另一方面又谴责罗伯斯庇尔等人的"肮脏的手"。然而，真正使大革命成为一个事件的是罗伯斯庇尔等人，而不是在书斋中冷静地旁观的康德、黑格尔。是行动而不是思辨，

---

① Marion J L, *Étant Donné : Essai sur une Phénoménologie de la Donation*, PUF, 1998, p. 30.

②〔法〕阿兰·巴迪欧:《元政治学概述》，蓝江译，复旦大学出版社，2015，第 15 页。

③ Badiou A, *Logique des Mondes*, Seuil, 2006, p. 608.

才造就了法国、俄国的革命。也正是行动，使得千千万万默默无闻的农民、工人成长为无产阶级战士和革命者，他们由默默无闻的看客转变为能够改变世界的主人。在笔者看来，巴迪欧的主体哲学和事件哲学，既来自他本人长期在激进左派之中的政治实践，也来自他对于法国、俄国的多次革命实践的长期研究和反思。因此，事件在巴迪欧的哲学之中，是通向政治主体和解放政治的唯一道路：只有在突发性、偶然性的事件之中，原有的情势状态的均衡和平静才被打破，原本被忽视的因素在事件之中才被以前所未有的强度显现出来，通过一系列的动荡、斗争、重组、转换，从而形成新的情势状态，无产阶级才能通过事件重新成为主体，走向解放。

在笔者看来，马里翁和巴迪欧两人的事件哲学，对于事件本身的看法，恰好处在两个极端。马里翁的事件概念过于泛化，他从其神学的背景出发，认为一切都可以视作事件；而巴迪欧的事件概念又似乎过于狭窄，在他的哲学框架中，只有极少的事件。游走在这两种极端之间，也许我们还可以找到其他哲学家关于事件的其他定义。此外，历史学、新闻传播学、社会学、心理学等学科领域，也都不同程度地重视事件概念，并且将其运用到相关研究之中。两位法国哲学家关于事件所进行的丰富而深刻的思考，也应该被视作哲学本身的一个事件，成为哲学研究者和人文社会科学研究者继续深入思考事件问题的一个契机。

第五节　从“起源”到“事件”：对“事件”概念的另一谱系的反思

一、尼采和本雅明的“对话”

在尼采的著作《朝霞》的开篇，尼采提出了“事后理性化”这一概念。尼采认为，我们人类历史中所蕴含的继承关系，是通过事后追认的方式达成的。例如，我们从所遵守的社会规范出发，想当然地推想这些规范是前人因为遵守这些规范，得到了好处，从而迫使我们继承了这一规范；而事实往往是，前人中的一个大英雄打破了规范，得到了好处，为了让别人不得到他同样的好处，于是迫使所有人遵守他打破的规范，进而无法挑战他的权威。由此，尼采得出了一个结论：看似合理、合法的道德关系，都有着非理性以及逾越法度的非道德源头。

我们并不关心上述结论，而更关心为了支撑这样一个结论尼采所做的一系列论证。在随后的一段论述中，尼采谈起了疯狂与规范的关系：

> "希腊一切伟大的东西都拜疯狂所赐"，柏拉图和古代的居民一样深信不疑地说。我们还可以进一步说：一切生来不能忍受某种道德枷锁，而注定创造新律法者，如果尚未真疯，除非让自己变疯或装疯外，别无他法——而且，这适用于所有领域的革新者，不只于神学教条和政治规章的领域为然——就连诗律的革新者也必须求助于疯狂的签证……"若人未疯，也不敢装疯，则如何才能使自己发疯？"（Wie macht man sich wachsinnig, wenn man es nicht ist und nicht wagt, es zu scheinen?）几乎所有古代文明的哲人们都曾为此苦思冥想，有关技术和饮食方案的秘密教导，以及这样一种思索和计划的无罪过感，甚而一种神圣感，发展了起来。①

从这段论述中，我们发现了一个非常有趣的论述结构：首先，尼采说，一个新规范的制定必须从僭越和破坏旧有的规范开始，这种僭越和破坏体现为"变疯"；其次，这样一个革新者变疯之后所构想和创立的新规范，会被后人认同为合乎理性，并有大功德的规范；最后，也是最为奇妙的一点，即这样一个"变疯"的过程，有可能——甚至在相当程度上——是不自然的，换句话说，是人通过一系列手段加以操作的结果——因为尼采特别强调，这样一种"变疯"，既得看着像自然的变化，不能像装疯，但又不能真的让人成为疯子，因为如果真疯的话，人们既无法理解这一在疯狂中诞生的新规范，又不能在事后将其合理化，成为自己继续遵守这一规范的理由。

由此，如果把变疯（devenir fou/Werden Wahnsinn）看作一个事件，我们就能清晰地发现其中两个层面的问题：①变疯是疯子的诞生，这意味着，疯子成为不疯的反面，将自身和不疯者隔绝起来，让自身具有彻底唯一的个性，

---

① Nietzsche F, *Kritische Studienausgabe (KSA) Vol. 3*, eds. von Giorgio Colli H, Moniari M, Deutscher Taschenbuch Verlag, 1988, p. 27.

让所有人难以学习和模仿；②变疯是沟通不疯和疯狂的唯一途径，如果变疯成为“是疯”（etre fou），那么，那些难以学习和遵循的规范就成为不能学习的规范，如此，变疯就失败了，因为疯狂影响不了不疯的人。因此，每一个“变疯”事件都必须包含比理性规范更具有理性的规范形式，并可以有效地被事后理性化。

这样看来，尼采对疯狂和理性关系与事后理性化的论述，包含了对“事件”问题非常重要的洞察：首先，事件的突兀性包含着一种从理解到不被理解的断裂，否则，事件的发生无法与普通的时间流逝产生断裂；其次，事件的本质必须与其产生于后续时间中的效果之间具有合乎理性的关系，否则，事件将无法被后世的人所把握，换句话说，如果我们无法在事件和其在历史演化中的效果之间建立因果联系（哪怕是荒谬的因果联系），事件就等于没有发生过。

如果我们进一步将尼采的这一看法投射到他的作品之中，就会发现，这种将断裂和连续相互配合的论述逻辑主导了尼采的思考方式。例如，在《快乐的科学》和《查拉图斯特拉如是说》中，他将“精神”看作“肉体”的结果；在《论道德的谱系》中，“残忍”成为“美德”的原因，这样一种因果关系并非以先天的因果逻辑来把握经验事实，而是一种事后因果性。这种事后因果性也是尼采的事件观（尽管他还没有提到“事件”这个词）最为核心的特质。从上文中，我们已经发现，尼采所谓的事后因果性，并非一种真正意义上的因果关系，这种“因果关系”包含有如下特质：首先，原因表面上与结果没有性质和特征上的继承关系；其次，结果是作为事件的原因在后续事件上的效果，而不是原因本身所产生的变化结果；最后，原因是被遗忘的事件，要从结果找到原因，并不利用逻辑推理，而是依靠某种“社会记忆”的重构和恢复，换句话说，只有被遗忘的事件，才是值得寻找的原因。

值得注意之处在于，这种“遗忘”并不是对某个事件本身的遗忘，而是对“事件”与其效果之间的联系的遗忘。这样一种事件和效果之间的断裂，被尼采看作一种“诞生”。尼采的思想生涯开始于这一“诞生”。作为尼采早期的作品，《悲剧的诞生》被同时代的古典学家维拉莫维茨批判为杜撰和“不符合学术规范”的构造。但是，正是在这一构造中，尼采发现了一套非常重要的思想原则。“诞生”（Geburt）就是开启这套思想原则的钥匙。在这里，“诞生”特指古希腊悲剧的形成，但是，尼采并没有强调悲剧是如何内嵌于古希腊社会、文化和文学的历史中而逐步形成的，而是强调主导悲剧的两种力量的反复：酒神精神和日神精神。一开始，酒神精神占据了上风，而日神精神不过被用作把酒神精神所体现的非理性力量转化为剧场中的表象而已；可是，从欧里庇得斯开始，日神精神代替了酒神精神居于主导地位，这种替代并非单纯地抛弃酒神精神，而是逐步对于酒神精神主导的主题，如死亡、疯癫和乱伦等，进行一种合理化的解释。由此，古希腊悲剧在苏格拉底-柏拉图主导的古希腊哲学潮流中被毁灭。

这时候，我们由此发现，诞生意味着一种奇怪的事件结构：在这一事件结构的一端，存在着拒绝被表象、无法被人把握的力量；而在这一事件结构的另一端，存在着一种强行希望表象这一力量的力量。后者的成功既标志着诞生的终结，又强化和肯定了诞生的存在。在《悲剧的诞生》中，日神精神对酒神精神的胜利，意味着酒神精神的完成和终结，而达到这种胜利的手段就是尼采后来所谓的事后因果性：将不可思议、不可直观的超人力量驯化，使之变成可直观、可推证和可以具有因果性的力量。但是，这种手段造成了一个悖论性的后果：事件一旦被事后的因果逻辑追溯，其本质特质就会消亡；若不被这种事后因果逻辑追溯，其发生和存在则将被遗忘。

从事件问题的这一悖论中，我们就会找到一种理解尼采的永恒轮回学说的重要角度：如果不从海德格尔-德勒兹的脉络来理解“永恒轮回”问题，而是从主体和因果性的关系理解的话，我们就会发现，只有不断回到过去，不断在过去的事件中寻找、强化和改造事后因果性，才能找到一种不断改变当下的动力。从这一意义上而言，对一个不可理解的过去进行全新因果理解的过程，既是使过去成为过去的唯一过程，又是让过去进入当下的唯一过程。由此，“永恒轮回”并非海德格尔所说是一种同一者的永恒轮回，相反，这是一种不断重建过去和现在的差异，并同时包含“过去化”和“当下化”的一种动态结构。对于这样一种结构，则具有两种解读方式。

第一种解读方式，是“设置—起源”模式，即“先设置、后起源”，即把尼采所谓的“诞生”理解为一种设置（entstehen）。“设置”一词，由前缀 ent-和核心词根 stehen 组成，ent-这一词缀一般指横贯置入对立面的一种状态，德语中，如 entgegen（对峙）、entfachen（点燃）、ent-wiklung（发育、突变）。这个词缀的使用，特别强调某种闯入特定平衡状态的异质力量，打破了这一平衡状态，由此改变了周围的世界。与此同时，这一设置本身则与周围的世界相隔绝、相对抗。接下来，这样一个已经设置的事物，才会成为一系列后续效果的起源（ursprung）。

这一“设置—起源”的模式，深刻地影响了本雅明的思想。本雅明早期最重要的作品《德国悲悼剧的起源》，便是一篇在洞察尼采“诞生”问题基础上，对之进行批判和拓展的著作。本雅明用“起源”（Die Ursprung）来命名这部著作。“起源”这个词由前缀 ur-和词根 springa 组合而成，前缀 ur-在古代印欧语中，特指“敞开、出现”的意思，而 springa 在印欧语中则是“一跃而出”或者“跳出”的含义。因此，这一词在本雅明的语境中恰恰与尼采的“诞生”一词针锋相对。这种针锋相对，并非对尼采观念的彻底突破，而是从另一个角度完成了尼采的事件观念。在《德国悲悼剧的起源》中，本雅明指出：

> 尽管“起源”是个彻头彻尾的历史概念，但它却与设置（entstehen）没有一点相同的地方。起源并不意味着成为已经跃出的某物，而是跃出在已逝和将来之间的某种状态。起源矗立于生成之流中，这一生成的旋流将以不可抗拒的力量将设置了的实体撕裂扭曲，以应和其转动的节奏。在事实的展现中，起源绝不能被察觉到，而只有通过相反相成的洞察，才能把握其节奏，一方面，它被看作一种复归；另一方面，它被看成一种缺乏和未完成状态。①

我们由此发现，本雅明抓到了尼采在论述诞生时刻意忽略的一个时间维度——“未来”。在尼采的思想系统中，未来不是问题，这是因为“未来”内化于从过去回到现在和从现在返回过去的不断轮换对峙过程中。在本雅明那里，这种用“事后理性化”的方式将过去和现在永恒轮回的过程看作人们走向未来的唯一手段，并不足够，而且，在上一段引文中，他明确指出，这样一种来自过去和未来的摆动势能，是一种“未完成状态”。原因在于，本雅明保留了尼采的“过去—现在”结构，却用“起源”代替“诞生”，从而倒置了尼采的“设置—生成”结构，将之转化为一种“设置—生成—设置”的三元结构。

如果细读上面这一段文字，我们会发现，本雅明首先区分了设置和起源

① Benjamin W, *Gesammelte Schriften (GS) Vol. 1*, ed. Tiedemann R, Suhrkamp, 1982, p. 226.

这两个概念。从含义看，设置总是指已经生成之物，即本雅明所谓“已经跃出的某物”，而且，这个“已经跃出的某物”对其后产生的效果，被称为未来。由此可以看出，尼采的“事后因果性”的两个因素，即“过去的原因”和“现在的效果”，已经非常清晰地呈现出来了。

但是，本雅明却认为，尼采建构“事后因果性”的前提有着重大的问题，这个问题在于，这样一种因果性，并非单纯是对“过去”的遗忘，而是对“起源”的遗忘。从上文中，我们已经知道，从词源上看，起源既体现为对事物本来源头的抛离，又象征着它与本源的关系。本雅明则进一步将起源澄清为“横亘在过去和未来之间的漩涡”。这个漩涡具有破坏性，以至于本来已经设置了的过去彻底转化为一种面目全非的生成状态。

“漩涡”隐喻暗示着，起源实际上是一个事件，它试图将已经设置稳定的过去摧毁，然后重新排列，并且阻挡过去与其未来的直接关系。具体到本雅明的悲悼剧研究，我们就会发现，本雅明之所以把悲悼剧看作一种起源，是因为其来源于古希腊悲剧理论，却重构了所有古代悲剧的一切要素，使之无法转化为一种真正稳定的状态。换句话说，作为“事件”的起源，是一种毁坏设置，重构设置的起源过程，而且这一过程恰恰是为了阻挡直接从现在回溯过去，建立一种基于“遗忘-记忆”的永恒轮回学说。

那么，本雅明究竟为什么要破坏这种事后因果性的建立？在《拱廊计划》中，他引用了霍克海默的一封信来阐述他的想法：

> 对不可终极（闭合）性的确证只是一种理想，而此时事物的终结已经超出了他们的掌控范围。过去的不正义已经演历完成，它的灭亡不过是事实意义上的灭亡，若人们真的特别看重不可终结性，就必须相信最初的判决。大概区分正面和反面（Positiven und Negativen）的过程，总是与不可闭合性相关联。由此可见，已逝的那些不义、恐惧和阵痛是不可赎回的。那些已经移位了的正义、友爱和功业最终会在时间中变质（verhalten sich anders zu Zeit），在相当程度上它们蕴含的积极价值将在流逝中变成消极价值。这对个人之此在也适用，人们对人盖棺定论是不幸的，而不是幸运的。[①]

---

① Benjamin W, *Gesammelte Schriften（GS）Vo5. 1*, ed. Tiedemann R, Suhrkamp, 1982, pp. 588-589.

本雅明对此进行了这样的解读：霍克海默悲观地看到历史的不可终结性不过是一种理想，而现实却是历史的可终结性。这是由于在霍克海默眼中，存在正义和不正义的原始区分，而历史的运行恰恰是对这一原始区分的移位和翻转，在这种不断的翻转过程中，正义和不正义的区分已经泯灭。尼采的“诞生”则是对这样一种区分泯灭的某种积极判断。在尼采看来，重要的并不在于哀叹最初判断的失落，而是不断地通过建立现在和过去的事后因果关系，进而利用过去的判断来改造现在，从而打破历史的可终结性，最终走向一种开放的历史进程。

可是，本雅明与尼采和霍克海默的看法都不一样。他并不认为历史中正义和不正义位置的倒转是一件在理论上消极的事情，而且他进一步指出，逝去的积极性并不会在历史中失落，而是在历史中赎回，也就是说，历史虽然能够转移特定时期，但正义和非正义所指涉的特定内容却没法摧毁正义和不正义本身；相反，历史的演进就是不断回到过去，重新进行霍克海默所说的“对积极面和消极面的区分”，在不断进行区分的过程中，消极性和积极性的原初差异就会重新恢复其原来的位置。

由此可以看出，本雅明对起源的重视，恰恰是对尼采事后因果性学说和永恒轮回学说的一个批判，尼采用“设置”代替了基督-犹太教神学中的“区分”（ent-scheiden），从而将正义/不正义的差别，转化为一种单纯的力量和风格的差异。霍克海默不愿意认同尼采取消伦理学的尝试，但却以历史主义的方式承认了尼采取消区分所导致的结果。因此，本雅明承认霍克海默的观点，认为原初的设置必然是一种伦理意义上的正义/不正义的区分。然后，他进一步指出，这种区分与其后影响之间的关系，并非一种事后因果关系，而是一种对这一最初的设置/区分的内容质料进行破坏之后进行重新排列的结果。因此，要重新把握过去，并不是单纯采用一种记忆/遗忘的辩证法，而是必须参与到重构过去的伦理标准的过程中。因此，本雅明塑造了不同于尼采的事件结构：首先，相对于尼采的“过去—现在”这个二元维度，这样一个事件结构包含着三重事件维度，即“过去—现在—未来”；其次，把握尼采式的事件依赖作为历史主体的个体和集体利用记忆/遗忘这一辩证机制，而本雅明则依赖这一历史主体积极介入历史进程，颠倒正义/不正义的内容和含义的实践和行动；最后，尼采式的事件观最终呈现为差异的永恒轮回这一历史形式，从而导致了历史目标的消失和历史进程的彻底闭合，而本雅明的事件观则呈现为同一价值主导下的永恒轮回，并且由于引入了“未来”这一事件维度，在价值区分永恒的前提下，历史在不断返回起源的过程中打破了封闭性。

二、柯耶夫和巴迪欧：作为起源的被给予的存在

本雅明的这一看法，挑战了尼采以“设置—生成”循环为基础的事件观，尽管尼采没有提出“事件”这一概念，但是，海德格尔的“大道”（Ergebinis）和“绽出”（Ek-stasis）事件观，以及受他影响的福柯和德勒兹式事件观，最终成为解释“事件”概念的一条路径。

本雅明的理解路径则在柯耶夫和巴迪欧那里得到了呼应。相对于巴迪欧对事件的论述，柯耶夫对“事件”概念的研究则隐没不彰。在遗著《概念、时间和话语》中，柯耶夫特别强调了“事件”这一概念在他哲学思想中的重要位置。与黑格尔的逻辑学中以“是”（Sein）、“非是”（Non-sein）和“此在”（Dasein）这一三元逻辑结构中展开的逻辑-时间辩证法不同，柯耶夫则提出了“被给予的存在”（être donné）这一概念。[①]这就让柯耶夫和法国当代的神学现象学传统（库尔蒂内、马里翁）之间产生了一种隐秘的对话关系。但是，与马里翁试图在“给予”和“还原”的悖论性关联中展开进一步思考的进路不同，柯耶夫完全不想通过这样一种过程来沟通给予者和给出对象之间的关联，相反，他指出，被给予的存在是人所能把握的极限，如果继续把握这样一种存在的本质，就只能把握到一种“无”（neaint）。在这里，柯耶夫仍然重复了黑格尔的逻辑学中的旧语汇，但是，随后的论述则是晚年柯耶夫阅读柏拉图对话尤其是《巴门尼德篇》时的心得。相对于黑格尔简单地将“非存在”作为存在的否定，使存在进入时间的论述，柯耶夫强调，被给予的存在与“无”之间的关系并不直接构成一种否定关系，“无”只是为被给予的存在与自身的关系在空间中的表征创造了条件。

在这里，柯耶夫借用了莱布尼茨的“单子”（monade）概念来描述意识到自身与非存在相区分的被给予的存在：一方面，这样一种存在是一系列的点占据的空间，这些点通过位置的差异，认识到自己的“非存在”与自身的

① Kojève A, *Le Concept, le Temps et le Discours*, Gallimard, 1990, p. 19.

差异，从而肯定自己的存在；另一方面，由于所有的点都肯定自己的存在，所以，在存在的意义上，这些相互否定的点进一步肯定了存在的空间化形态，而存在本身也就成为既相互区别又相互渗透的单子所构成的一个实体。①

柯耶夫进而认为，人所能把握的关于存在本身最为稳定的知识，是以几何学的形式呈现的，在这一点上，他并没有采取黑格尔的态度，而是更为接近柏拉图的传统。这样一种几何学形态意义上的存在表征方式，以及对这一表征方式的研究，就被柯耶夫称为“本体论”（ontologie）。

但是，在这一意义上，事件是不会发生的，因为对特定存在位置的否定会产生对另一个存在位置的肯定，如此循环往复，最终会抹平所有存在位置的差异性，而肯定/否定这两种逻辑判断会将现实世界复杂的价值处境彻底抽象化和消解。

真正产生事件的领域，是现象界。在柯耶夫看来，事件的产生，依赖于陈述（discours）。通过陈述，作为“我”（Je）或是“我们”（nous）的历史主体，得以具备将自身存在转化为客观的万事万物的存在位置的能力，同时不断地通过解释和话语塑造，改变既定的空间化存在中的各个存在位置之间的几何学关系。这种几何学关系的改变就是事件。事件的发生不再单纯意味着时间的流逝，而是意味着依赖话语实践的历史主体重塑空间化的存在形式的过程。

值得注意之处在于，柯耶夫对“事件”的论述与本雅明对“起源”的论述有着一种奇妙的呼应之处。在上文中，本雅明强调，起源实际上是对已经设置之物的质料进行摧毁和重新排列的过程，这就暗示着，这种摧毁只是改造设置完成之物的存在方式在空间上的布局，不能且无法取消这样一种空间化的存在方式，更不会取消设置过程中所进行的区分的判断标准。柯耶夫在以下两方面明确化了本雅明的问题意识。首先，柯耶夫指出，语言而不是时间的自然变化塑造了“事件”，语言的解释不仅包含了建构“被遗忘的”因果关系，而且包含着对过去存在的空间化形式的意义重新解释；其次，相对于本雅明将“起源”中的判断作为一种价值重估的行为，柯耶夫直截了当地指出，这种判断并非单纯的价值判断，而是直接可以被看作一种存在/非存在的本体论判断。

---

① Kojève A, *Le Concept, le Temps et le Discours*, Gallimard, 1990, pp. 77-79.

由此，柯耶夫通过“话语”和“事件”概念，重新改造了黑格尔的精神现象学理论，而建立了以“意义”（sens）为核心的独特的话语现象学理论。但是，这样一种学说是在本体论基础上诞生的学说，是存在本身在时间中的表现形式，它最终必须化约为存在的空间化形式，进而在根本上进一步肯定被给予的存在的真实性和现实性。用通俗的话说，通过话语对存在之空间形式的不断塑造，并不能否定被给予的存在本身，也就动摇不了存在/非存在这一本体论上的对立，而是最终强化这样一组对立。所以，从《概念、时间和话语》这部著作中，我们发现了柯耶夫在《黑格尔导读》所省略或者没有澄清的一个问题，即“历史终结”并非世界的和平，而是另一种极为恐怖的末世：当存在/非存在这组判断吸收了一切价值判断时，普遍性社会并非一个肯定每一个个体存在的社会，而是以这样一个借口，终结任何“非存在式”存在的极权社会。

柯耶夫延续了本雅明的“设置—生成—设置”的事件逻辑，而他对“事件”的看法和本雅明对“起源”的看法也十分相似，但是，他将“价值判断”转化为“本体论区分”，则凸显出哲学思维和神学思维的对峙。这时，我们可以转而思考巴迪欧的事件学说，在某种程度上，讨论这一问题与上述两位思想家的“事件”概念的同异，会依赖许多细密、复杂和篇幅甚多的冗繁论证。在此，我们只想提醒一点，表面上看，巴迪欧不可能是柯耶夫学说的信奉者，但是，由于他同柯耶夫一样以柏拉图学说来改造黑格尔学说、他的“事件”概念与“非存在”的关系，以及基于这一关系所进行的自然/历史的区分，因此其与柯耶夫的学说有着极高的亲缘性。不同之处在于，认为在“非存在”所主导的伦理-政治领域，伦理判断就是唯一的存在论判断，让巴迪欧滑向了本雅明的“起源”学说，也让其“事件”学说具有了一种独特的崇高气质。

参考文献

〔法〕阿兰·巴迪欧：《第二哲学宣言》，蓝江译，南京大学出版社，2014。

〔法〕阿兰·巴迪欧：《存在与事件》，蓝江译，南京大学出版社，2014。

〔法〕阿兰·巴迪欧：《柏拉图的理想国》，曹丹红、胡蝶译，河南大学出版社，2015。

〔法〕阿兰·巴迪欧：《元政治学概述》，蓝江译，复旦大学出版社，2015。

〔法〕阿兰·巴丢：《圣保罗》，董斌孜孜译，漓江出版社，2015。

〔法〕吕克·费希、〔法〕克劳德·卡佩里耶：《最美的哲学史》，胡扬译，上海书店出版社，2015。

〔德〕马丁·海德格尔：《在通向语言的途中》，孙周兴译，商务印书馆，2015。

〔德〕尼采：《敌基督者》，李猛译，见吴增定《〈敌基督者〉讲稿》，生活·读书·新知三联书店，2012，第 119-269 页。

〔德〕陶伯斯讲述、〔德〕阿斯曼编：《保罗政治神学》，吴增定等译，华东师范大学出版社，2016。

Badiou A, *L'être et L'événement*, Seuil, 1988.

Badiou A, *Conditions*, Seuil, 1992.

Badiou A, "Hegel and the whole", In Brassier R, Toscano A（Eds. & trans.）, *Theoretical Writings*, Continuum, 2004, pp. 221-231.

Badiou A, *Being and Event*, trans. Feltham O, Continuum, 2005.

Badiou A, *Logiques des Mondes*, Seuil, 2006.

Badiou A, *Logics of Worlds*, trans. Toscano A, Continuum, 2009.

Badiou A, *Second Manifesto for Philosophy*, trans. Burchill L, Polity Press, 2011.

Badiou A, "Affirmative dialectics: From logic to anthropology", *The International Journal of Badiou Studies*, Vol. 2, No. 1, 2013.

Badiou A, *Nietsche: L'antiphilosophie 1*, Fayard, 2015.

Badiou A, *L'Antiphilosophie de Wittgenstein*, Nous, 2017.

Badiou A, *L'immanence des Veritiés: L'étre et L'événement 3*, Fayard, 2018.

Badiou A, Tarby F, *Philosophy and the Event*, trans. Burchill L, Polity Press, 2013.

Badiou A, Truong N, *In Praise of Love*, trans. Bush P, Serpent's Tail, 2012.

Benjamin W, *Gesammelte Schriften（GS）*, ed. Tiedemann R, Suhrkamp, 1982.

Deleuze G, *Différence et Répétition*, PUF, 1968.

Deleuze G, *Logique du Sens*, Les Éditions de Minuit, 1969.

Ferry L, *On Love: A Philosophy for the Twenty-First Century*, trans. Brown A, Polity Press, 2013.

Massumi B, *Parables for the Virtual: Movement, Affect, Sensation*, Duke University Press, 2002.

Marion J-L, *Etant Donné: Essai sur une Phénoménologie de la Donation*, PUF, 1998.

Marion J-L, *De surcroît*, PUF, 2001.

Nietzsche F, *Kritische Studienausgabe（KSA）Vol. 3*, eds. von Giorgio Colli H, Moniari M, Deutscher Taschenbuch Verlag, 1988.

Žižek S, *Event: Philosophy in Transit*, Penguin, 2014.

第二章
文学-事件

第一节　event 在伊格尔顿《文学事件》中的三种用法及出处

《文学事件》是伊格尔顿 2012 年出版的重要文学理论著作，根据笔者经验，不少读者关心的问题主要有以下两个：第一，题名中的 event 与巴迪欧事件哲学中的 event 有多少联系？第二，中文“事件”二字与原文 event 一词是否存在一一对应关系？或者说，用“事件”来理解伊格尔顿该书中的 event 是否恰当、全面？

为了解决上述疑问，我们首先必须解决两个文献问题。首先，event 一词只在该书第五章中多次出现，而作者为全书所作的 300 多条注释中竟然没有对自己所使用的 event 一词给出任何解释，更没有在“导论”部分进行说明，那么，伊格尔顿为什么如此偏爱用 event 作书名？它有特定含义吗？要回答这一问题，我们就必须解释一下 event 在该著当中的具体用法及其特定所指。其次，既然 event 只在第五章中多次出现，那么，前四章他讨论了什么？前四章与 event 又是什么关系？故而，我们还必须讨论一下伊格尔顿在前四章所表达的内容，并探讨这些内容与此前我们所理解并预设的伊格尔顿有多少差异性或者连续性。

一、从列维-斯特劳斯和利科开始：事件（event）与结构（structure）

首先，伊格尔顿借助结构主义对“结构”与“事件”的区分来谈论了“事件”在文学研究中的特殊含义——“一些理论家将文学作品视作行动或者事件，另一些人则视其为结构或者对象”[①]。显然，如果要举例的话，解释学批评属于前者，它将文学视为事件，因为文学的意义在于绵延不绝的解读、体验或者反应；而形式主义尤其是新批评则把文学作品视作一种结构，重要的在于考察这个“精致的瓮”，展现其结构或者肌质。格雷马斯的叙事学亦类似。

那么，结构/事件的区分来自何处？

伊格尔顿首先求助于列维-斯特劳斯。列维-斯特劳斯的结构人类学研究认为，前现代时期的神话类似于一门“具体性的科学”，神话中的事物既是具体的，也是抽象的，如果说现代意义上的科学强调概念本身的普遍性，那么神话就在强调具体事物的普遍性，“具体”指向“事件”，“普遍”指向“结构”。怎样理解这个区分呢？

在列维-斯特劳斯看来，社会秩序由自然秩序产生，文化是自然的延伸，而不是对它的反映，但自然秩序往往呈现出一种循环的、恒定的态势，比如四季交替或者生老病死，这些自然秩序以及由它延伸出来的社会秩序也应该是恒常不变的。于是，这就类似于某种起着决定意义的“结构”，每天发生的事情尽管新鲜，但实际是在重复，进一步说，作为社会秩序的祖先教导也像四季交替那样具有重要的决定性意义，后人要依据祖先的教导来生存。神话代表着恒定“结构”与偶发“事件”之间的关系，代表着必然性与偶然性之间的关系，也代表着个别具体事物与普遍抽象观念之间的关系。举例而言，祖先意味着结构，后人意味着事件，二者既分离又结合：二者分离是因为前者是创造者，后者是模仿者，事件是结构的例示，创造者是“结构”，模仿者是“事件”；二者结合是因为“除了周期性地消除其特殊性的那些反复出现的事件以外，没有别的东西传继下来”[②]。正像俄国学者普罗普的神话研究告诉我们的，全世界神话中的故事情节、人物虽有差异，但其深层结构却是相似甚至雷同的，千差万别的“事件”都服从或服务于某种“结构”。这样，我们可以说，“结构”意指某种恒定的东西，而“事件”则意指那些变异的、偶然的东西。

列维-斯特劳斯认为，神话作为前现代的思维模型，其存在的价值是去克

---

① Eagleton T, *The Event of Literature*, Yale University Press, 2012, p. 208.

②〔法〕列维-斯特劳斯:《野性的思维》，李幼蒸译，商务印书馆，1987，第269页。

服人们在认知上的二元对立，神话看上去是在描述曾经发生过的历史，实际上却反映出人类企图弥合人与自然之间的二元对立的思维倾向，神话具备认识论价值，也就是说，神话试图在“变”与“不变”之间寻找某种平衡。

从这个角度看，伊格尔顿在第五章首先讨论了结构主义思想给予文学理论的启发。由于神话“所描述的世界恰恰是它正在建构的世界”①，它便“拥有着一种明确的、与文学虚构类似的功能”②，神话和文学都属于符号③或者象征行为，貌似在描述世界，实则在建构世界，二者都属于理解现实世界并解决思维矛盾的认知图绘方式，神话研究和文学研究是有共性的。返回到列维-斯特劳斯那里，如果非要说二者有什么差别，那便是艺术作品的起点是个别事件及其组合，而终点是“通过揭示出共同的结构来显示一个整体性的特征”④，而神话则是“运用一个结构产生由一组事件组成的一个绝对对象”⑤。这个论述如果换成现代文论表述便是，艺术思维是从个别中寻找一般，利用事件来透视结构，而神话思维则是从一般中创造个别，事件的功能在于证明结构，事件由结构派生。

进而，我们就理解了列维-斯特劳斯在《野性的思维》当中提到的“结构与事件”之间的关系，他说：“美感情绪就是结构秩序与事件秩序之间这一统一体的结果”，“观赏者能通过艺术作品发现这样一个统一体”⑥。按列维-斯特劳斯的理解，无常与恒定、偶然与必然、自由与受限达成了和解，美感便产生了，结构意味着“存在”（being），而事件意味着“生成”（becoming），结构和事件的统一将导致美感的发生。

那么，为什么结构人类学中的神话能够与文学建立关联？

伊格尔顿在《文学事件》中针对列维-斯特劳斯在《结构人类学》当中的一段记载，从意识形态视角进行了一次文学式解读，大意是巫师通过召唤神话对患者进行医治，就相当于读者阅读虚构作品来缓解社会矛盾导致的精神

---

① Eagleton T, *The Event of Literature*, Yale University Press, 2012, p. 195.

② Eagleton T, *The Event of Literature*, Yale University Press, 2012, p. 196.

③ 李幼蒸先生将法语 signe 译为“记号”，是介于具体形象与抽象概念之间的中介物。

④〔法〕列维-斯特劳斯:《野性的思维》，李幼蒸译，商务印书馆，1987，第 33 页。

⑤〔法〕列维-斯特劳斯:《野性的思维》，李幼蒸译，商务印书馆，1987，第 34 页。

⑥〔法〕列维-斯特劳斯:《野性的思维》，李幼蒸译，商务印书馆，1987，第 33 页。

压力。[1]伊格尔顿这样做的依据在哪里?

按列维-斯特劳斯的理解,科学是文化发展到一定阶段的产物,它操纵的对象是具有普遍意义的概念,而神话则标志着人类文化草创初期的思维水准,神话操纵的对象就是那种介于具象和抽象之间的"符号"(sign),"神话不仅仅是一种思考工具,也是一种象征行为"[2],"这种象征式的思维方式力图把那个被自然和文化撕裂开的世界重新粘合起来"[3]。由于自然的产物是个别的、具象的,被归入"事件"的范畴,意味着不可知的偶然,而文化的产物则是普遍的、抽象的,它才是所谓的"结构",意味着可知的必然——作为"具体性科学"的神话看上去是一种悖论式存在,可实际上它恰恰反映出人类的思维模式,而这种思维所操纵的对象就是"符号",它相当于早期人类的语言或者思想,符号的这一头是现实世界、事件或者事物表象,符号的另一头则是观念、结构、规律、本质、根源之类。因此,符号的存在总是试图去弥合自然(事件)和文化(结构)之间的裂隙,神话既是处于初级水准的思维,也是有所意指的象征行为。神话思考的对象和神话本身不可分割,符号的左手边是实体,右手边是观念,实体和观念在这里被符号整合在一起了。

类似地,文学艺术操纵的对象也是"符号"或者"语言",伊格尔顿说:"神话当中隐藏的乌托邦维度就如同在文学当中那样……文学作品具有这种诱人的乌托邦属性,文学借此方法试图调和语言与现实……文学作品就在其形式中实现了其在内容中通常无法实现的目的。"[4]神话和文学都属于自我指涉式的思维,其运行的理由与结果都不超出自身范围,二者都力图去调和语言与现实,也就是结构与事件之间的矛盾冲突,那么文学就和神话一样,其打算解决的矛盾冲突就在自身之内,借助这些被表现出的矛盾冲突,我们又可以反观现实与外部世界。这就是一种人类思维所特有的、利用"符号"进行思考的辩证法。这就是神话和文学在运用符号层面上的可类比之处,二者皆属于人类认识并理解世界的思考模型。

进一步说,符号/象征不仅仅专属于文学,其他艺术形式同样具备,伊格

① Eagleton T, *The Event of Literature*, Yale University Press, 2012, p. 196.
② Eagleton T, *The Event of Literature*, Yale University Press, 2012, p. 197.
③ Eagleton T, *The Event of Literature*, Yale University Press, 2012, p. 198.
④ Eagleton T, *The Event of Literature*, Yale University Press, 2012, pp. 198-199.

尔顿为什么单单把文学独自提取出来讨论其与“事件”的关系？这就必须求助于另一位法国思想家利科。伊格尔顿在《文学事件》中同样提到了他对于“事件”二字的阐发。

无须多言，文学作品首先是一个“结构”，一经问世便固定在那里，但此结构只有在阅读中才能得到体现，没有阅读“事件”的发生，那个结构就无法得到建构与描述，这里的“事件”就是所谓“文本与读者相互作用的文学事件”，此时“作为事件的文学作品又是唯一的、不可重复的”[①]。可见，结构和事件是同一作品的不同描述角度，但结构和事件的上述关系只是“接受美学”的研究进路，不是利科的，后者另辟蹊径，从词语出发来探讨事件与结构之间的辩证关系。

文学不同于其他艺术形式的地方在于，它所操纵的符号不是别的，而是词语。词语不同于石材、颜料、画布、乐器的地方在于，它同时具备语义学与语用学双重内涵，也就是说，在交际过程中，句子里的词语有双重意义，“词语横亘于结构与事件之间的接缝处”[②]。一方面，词语在作品当中起作用，表达其含义，是作品结构的组成部分，承担语义学功能；另一方面，词语又是读者在阅读行为（事件）当中的处理对象，是读者理解与阐释的起点，此时它承担着语用学功能。这就造成了文学在审美层面上的悖论：词语在“结构”中是稳定的，可它们在“事件”中又是瞬间易逝的。这正是利科所说的：“这样，语词就作为系统与行动之间、结构与事件之间的交叉点：一方面，它从属于结构……；而另一方面，词属于行动和事件……”[③]词语一旦被事件“触碰”，就一定会携带更多“能指”进入自身之内，作为一种“普遍之物”，作品结构中的“词语”不是谁独有的，它具有“可重复性”，必然会带着各种各样的全新意义继续返回到作品结构中来。也就是说，一旦词语从“结构”跳跃到“事件”当中，它的密度就加大了，而它所蕴含的意义也随之膨胀，进而，作品“结构”本身就会伴随着源源不断的“事件”发生而得到进一步的强化或者消解。

---

① 马大康：《论作为“事件”的文学作品》，《社会科学》2012 年第 11 期，第 173、175 页。

② Eagleton T, *The Event of Literature*, Yale University Press, 2012, p. 200.

③〔法〕保罗·利科：《解释的冲突——解释学文集》，莫伟民译，商务印书馆，2008，第 112 页。

事实上，上述这些理论家用复杂术语所阐释的阅读现象，在笔者看来，也不能被拔高成什么惊天动地的全新见解，我们当然知道文学与词语之间的整体/局部关系，也知道词语在结构/事件当中所起的链接甚至转换作用，关键问题在于，神话中的结构与事件、文学与神话的类似之处，以及词汇在文学结构/文学事件当中的功能……伊格尔顿讨论这些话题要用来说明什么呢？

二、从吉登斯到伊瑟尔：事件（event）与策略（strategy）

event（事件）一词主要出现在《文学事件》最后一章“策略”第二节，而伊格尔顿在讨论“结构/事件”的同时，又使用了另外一个非常重要的概念：“结构化”（structuration）。这个词来自吉登斯，伊格尔顿同样没有对其做出任何说明、注释。可是对于我们读者来说，不理解吉登斯对这个词的用法，可能就不太好理解这一章标题为何要借用伊瑟尔“接受理论”中的“策略”（strategy）一词。

类似于“延异”，structuration（结构化）在吉登斯这里是一个生造的社会学词汇，由structure（结构）和action（行动）组合而成——由于人的行动是绵延不绝的，人的目的与行动不可割裂，因此人的社会实践就具有了双重性。社会秩序作为“结构”既约束又引导着行动者的行动，这种行动便是“事件”，结构既是规则也是资源，它要被行动者利用，但又不能离开行动者而单独存在，这便是所谓的“结构二重性”[①]。换句话说，人的社会实践都要受到规则（结构）的约束，但同时这些人类活动（事件）又会对秩序（结构）本身产生影响，这种结构双重性的根源就在于人类生存是有目的的。

伊格尔顿在《文学事件》当中多处提到了“结构化”。比如他说：“结构化在结构和事件中间进行斡旋……对于某个运行中的结构来说，结构本身要根据自我力图实现的目的来不断重组自身，同时它又连续不断地产生一些全新的目标。”[②]这里的“结构化”类似于某种有着内在目的的“结构”，它处于运行过程中，随时打算对自身进行重组，正像吉登斯所说的“结构二重性”，

① 详见〔英〕安东尼·吉登斯:《社会的构成》，李康、李猛译，生活·读书·新知三联书店，1998，第89页。

② Eagleton T, *The Event of Literature*, Yale University Press, 2012, p. 199.

结构本身既提供了资源，也蕴含着制约，但这些条件在没有行动者参与的情况下是没有意义的，所以，结构必须依靠事件而存续，这正是伊格尔顿要把"结构化"概念偷偷拿来进行文学研究的理由，文学文本的"结构"恰好可以对应这个从社会学领域强行征用过来的"结构化"概念，后者给人不少启发。

按照吉登斯的理解[①]，"结构化"概念同时蕴含着结构的约束性与主体的能动性，秩序/系统/制度之类的范畴并没有超出于能动者（agents）之外，构造"结构化"一词的目的是消除社会理论中的二元对立，因为过分强调结构主义的客观性，或者过分强调解释学的主观性，都是有缺陷的——相反，所谓的"结构化"在吉登斯这里，既是主体能动性的条件，也是主体能动性的结果。当我们把这个思路挪用到文学研究中时就会发现，作品文本所产生的作用、意义恰恰就体现了"结构化"。"结构化"的这边是读者，那边是作品，如果读者是能动者，那么作品就是结构本身，因为作为能动者（或主体）的读者，必然要受到作为"结构"的作品的制约，而与此同时，任何作品必须得到理解与解释才能产生效力。所以，这个理解与解释的过程就诞生了"事件"，这便印证了吉登斯的"结构二重性"：结构"欢迎"事件，无事件则无结构；与此同时，结构又"引导"着事件，无结构则无事件。站到更宏观的层面上，我们甚至可以说，文学（包括文学阅读）本身也是一种"行动"或者"事件"，因为恰恰是这些具体可感的"行动"和"事件"让我们的文化得以传承，让我们的境遇得以改善。这同样可以看作文学的双重性。

理解了"结构化"，我们就可以理解伊格尔顿的下列说法：

> 关于策略或者结构化（structuration）的思想，以某种精确意义上的"解构"拆解了结构与事件之间的差别——也就是说，它并没有取消二者之间的差异，而是展示了这个概念对自身的不断解构，同时还能保持着某种不可否认的力量。[②]

---

① 参见〔英〕安东尼·吉登斯：《社会的构成》，李康、李猛译，生活·读书·新知三联书店，1998，第89-91页；李红专：《当代西方社会理论的实践论转向——吉登斯结构化理论的深度审视》，《哲学动态》2004年第11期，第7-13页；张云鹏：《试论吉登斯结构化理论》，《社会科学战线》2005年第4期，第274-277页；等等。

② Eagleton T, *The Event of Literature*, Yale University Press, 2012, p. 200.

结构和事件是观察角度不同造成的，强调客观条件时，结构凸显，而强调主体能动性时，事件凸显，这二者必须结合起来考虑。大体上，结构化就可以被看作预设了某种目的的结构对自身所进行的一种动态重组，在这个重组过程当中，结构和事件构成了一种耦合关系，结构吸收事件，事件重组结构，所以“结构化”就像一个解构自身的动态概念。

理解了上述概念，我们便知道，《文学事件》一书中提到的“策略”便是基于“结构化”的另一个术语：

> 策略是一种结构，依据结构自身必须完成的功能，它被迫将自身不停地重新总体化（re-totalise）。这是受目的驱使的——不过，这个目的不是某种幽灵般的外力推动，而是一种或一组内置其中的、有目的的构想。[①]

回到文学研究，显然，没有哪部文学作品不是有目的的构想，就像伊格尔顿所举的例子：乔伊斯曾亲口表示，他想让读者们花费和他写《芬尼根守灵夜》同样长的时间来阅读这本书！任何作品都是有意图的存在，但作品的存在必须依靠读者参与，读者也是作品的创造者。把文学研究的目光扭转到读者身上，伊格尔顿在《文学事件》一书中特别提到了接受理论的功劳，“策略”一词便来自接受理论代表人物伊瑟尔的《阅读行动》。

在《文学事件》第五章，行动（act）指的就是阅读行动（act of reading），在《阅读行动》一书中，策略不仅要去“组织文本材料”，而且“表达这些材料的特定环境也要由策略予以系统化”，策略不同于“如何去表现”（技法、形式），也不同于“达到什么效果”（意图、意义），策略在“如何去表现”及“达到什么效果”发生之前就起作用了，它既要“实现文本的内在结构”，也要“造就读者的理解行为”[②]。策略的存在使作品不仅仅是一段被概括的故事或者被转述的诗歌，没有策略的文本就是日常意义上的、被口语或者书面语重述改写之后的、剔除了“形式”的“内容”，它当然不具备什么文学效果。

---

① Eagleton T, *The Event of Literature*, Yale University Press, 2012, p. 200.

② Iser W, *The Act of Reading: A Theory of Aesthetic Response*, Johns Hopkins University Press, 1978, p. 86.

在笔者看来，我们大致可以把“策略”看成是一种同时提供了“意图+语境+文本结构+形式技法”的动态结构，策略要表现作者的意图和作者力图实现的阅读效果，它还要为读者创造一种可理解的语境，并尽量提供更多的阐释可能性；同时，策略还不能脱离文本结构和形式技法而独立存在，正如伊格尔顿所说，策略“既属于作为事实（fact）的作品，也属于作为行动（act）的作品”[①]。作为事实的作品是静态的，作为行动的作品则是动态的；那些有形的、可被感知的作品文本属于“事实”范畴，而对此文本的把握、理解则属于“行动”范畴；策略既位于作品（事实）之内，也位于阅读（行动）之内；它既内置了目的，也蕴含着效果。那么，经过前文的分析我们会发现，伊格尔顿在这句话中所提到的“事实”仍然可以类比于此前我们所说的“结构”，同样，“行动”则可类比于“事件”。

伊格尔顿这样理解伊瑟尔的“策略”：“阅读行动的‘语料库’[②]由主题与叙述内容构成，但它们必须被结构化和重组，而作品的策略就是要去完成这个功能，……策略要把自己创造的材料重新组织起来，这些策略同时又是这些材料可以被理解的前提条件。”[③]伊格尔顿把“策略”看成了一种带有目的且具备自组织能力的“结构”，“策略不仅仅是一个动态系统，它更像是一个内置了某种目的的结构，后者要用来实现特定的效果。它是一种目标计划，而不仅仅是一种装置系统”[④]。简单来说，伊瑟尔的策略被伊格尔顿理解成了“有目的的结构”，但这符合伊瑟尔的原意吗？

伊瑟尔曾明确使用过“作品结构”一词：

> 作品结构必定具备某种复杂的性质，它们内在于文本当中，但

---

① Eagleton T, *The Event of Literature*, Yale University Press, 2012, p. 186.

② 这里的“语料库”原文是 repertoire，它被朱刚译为“保留内容”或“内容存储”，而霍桂桓等则译为“剧目”。伊瑟尔在《阅读行动》当中认为，repertoire 包括文本内所包含的前代作品、典故，以及社会历史意义上的惯例传统和文化背景。repertoire 的英文含义为：可供表演的歌曲或者阅读剧目；某人或者某群体具备的一系列的技巧、天赋、特殊才能。笔者认为，repertoire 就像是一种随时可以展示出来的能力，但这种能力不是先验的。参见朱刚：《论沃·伊瑟尔的“隐含的读者”》，《当代外国文学》，1998 年第 3 期，第 152-157 页；朱刚：《伊瑟尔的批评之路》，《当代外国文学》，2009 年第 1 期，第 47-54 页；〔德〕W. 伊泽尔：《审美响应理论》，霍桂桓等译，中国人民大学出版社，1988。

③ Eagleton T, *The Event of Literature*, Yale University Press, 2012, p. 186.

④ Eagleton T, *The Event of Literature*, Yale University Press, 2012, p. 189.

直到它对读者产生影响之后，它的作用才能被实现。事实上，作品中每一种可辨别的结构都有两面性：此结构既是用言语来表达的，又能够激发情感。言语表达方面的特征引导着读者的反应，防止任性随意的反应发生；而激发情感方面的特征又是某种前结构（预结构）的完整实现，这种前结构来自文本的语言表达。对这二者间互动关系的描述必须同时考虑效用结构（文本）和反应结构（读者）。①

"作品结构"在这里必然是有目的的，因为它要对读者产生影响，要激发其情感，同时，伊瑟尔的"作品结构"由"语言"构成，这里语言所起的作用正是前文利科所论述的词语二重性，即语言（词语）既引导着读者的反应，又对这种反应进行限制，同时语言在激发读者情感的同时，又把作品那个具有意图的"前结构"（预结构）呈现了出来。因此，暗藏着意图的文本"前结构"必定要体现在读者进行反应的事件当中。这就是结构与事件在伊瑟尔这里的辩证关系，其逻辑与吉登斯的"结构化"异曲同工。

以上便是伊格尔顿对"事实/行动"这对概念的理解，它不但有助于我们理解"结构/事件"的区分，也有助于我们理解"策略"一词为何成为第五章的标题。

三、从巴迪欧到阿特里奇：回到文学伦理学

其实，多数读者更关注的是，伊格尔顿提到过《存在与事件》的作者巴迪欧吗？答案是肯定的，但也是否定的。

在我们此前讨论的第五章"策略"当中，伊格尔顿没有提到巴迪欧，但是，在第四章"虚构的本质"中，他提到了这位当代法国思想家。只不过伊格尔顿对巴迪欧"事件"概念的运用显然不同于上述我们提到的"结构/事件"观念，他是这样说的：

肯尼斯·伯克所梦寐以求的纯粹创造性活动是原创性的、不需要理由的，不依赖于自身以外的任何事物，这种行为就是对神创世

① Iser W, *The Act of Reading: A Theory of Aesthetic Response*, Johns Hopkins University Press, 1978, p. 21.

> 界的模仿。阿兰·巴迪欧的“事件”概念和这种凭空幻想有些家族类似。这是一种世俗化的神学。[①]

伯克在其《动机语法》一书中曾认为，“如果‘造物主’被视作‘能动者’（agent），我们可能会争辩说，造物行动的动机并非位于术语‘行动’（act）之中，而是位于‘能动者’之中。那么，上帝造物的‘动机就位于造物这个事实当中’”[②]。伯克借鉴了经院神学家的看法，认为上帝造物这个行动并没有行动之外的理由，也就是说，造物不为别的，只为造物本身，故而经院神学家称之为“纯粹的行动”，没有动机，不能问为什么，所以这种活动才是真正具有原创意味的。

在伊格尔顿看来，巴迪欧的“事件”其实也暗含着这个逻辑，他说：“真理仅仅产生于维持自身之秩序的断裂时刻，真理不可能是这个秩序的结果。我将这种创造真理的断裂称为‘事件’。”[③]在巴迪欧那里，“事件”在既定的认识框架中是无法预知的，它全是偶然的生成物，但又要对未来产生特殊的强有力影响，既定的知识并不能对它进行清晰阐释，这些“事件”在现有框架之内是不可思考、无法想象的。“事件开创了一个既定情势所不能理解和掌握的视角，而在其中产生了一种断裂。”[④]那么，我们可以说，这种自己解释自己、不能被既定结构所容纳并与其产生绝对断裂关系的“事件”，显然不同于此前我们所论述的、伊格尔顿在《文学事件》当中多次提到的“事件”，因为后者终究是一种属于“能动者”（读者）的“行动”，而不是像巴迪欧所说，是一种“无主体”并且“无理由”的“纯粹行动”；恰恰相反，伊格尔顿在第五章“策略”当中所提到的“事件”“行动”绝对都是有主体的，受既定结构的约束，也都是有目的的，而这些来自作者、文本以及读者的目的都不仅仅是内在于自身的纯粹目的。因此，笔者认为，伊格尔顿在《文学事件》一书中，仅仅是提及了巴迪欧，但其与后者对 event 的理解具有天壤之别。

不过，就 event 一词在差异性、奇异性的意义上来说，伊格尔顿还提到

---

① Eagleton T, *The Event of Literature*, Yale University Press, 2012, p. 136.

② Burke K, *A Grammar of Motives*, University of California Press, 1969, p. 66.

③ Badiou A, *Being and Event*, trans. Feltham O, Continuum, 2005, Author's Preface Xii.

④ 蓝江:《回归柏拉图: 事件、主体和真理——阿兰·巴迪欧哲学简论》,《南京大学学报(哲学·人文科学·社会科学)》2009 年第 3 期，第 20 页。

了德里达和阿特里奇，而这二位对“事件”的理解又在哲学意义上与巴迪欧的理解有着不少联系。

伊格尔顿借助阿特里奇的观点表示：“一般而言，把文学当作对象，或把它当作事件，做这两种区分是有可能的。”[①]那么，阿特里奇是如何表述的呢？

首先，我们知道，阿特里奇对语言和文学的“创造性”（invention）有自己的定义，他认为日常意义上的创造行为仍然要在现存文化与传统当中发生并被理解，而且这种创造是有意识的行动，那么，这种创造性并不具备创造价值，阿特里奇认为，真正的创造要去延展甚至打破现有规范，要给这个母体注入新的萌芽、异质性的内容，而后者并不能被现存规则所解释。[②]显然阿特里奇在这里吸收了前面我们所提到的巴迪欧的“事件”观念。

其次，尽管阿特里奇承认，并非所有文学创作都可以改变既定规范，大多数都不会，但他还是坚信，只有那些具有重塑（reformulation，或译“重构”）意义的事件被读者体验成“事件”，后者能够为意义与感受打开全新的种种可能性，这种具有敞开性意义的事件才能被称为具有文学意义的事件。[③]这样看来，阿特里奇的“文学性”其实是一种强调结果的价值判断，有伦理学意味，不能对现状产生影响的文学不是“文学”，只有给读者提供了种种意义与感受之全新可能性的文学才配称为文学。“具有文学性的”（literary）和“文学”（literature）二词在阿特里奇这里指的就是那种具有潜能的文本，这种潜能会在不同时间、不同地点得到实现，会对读者产生一定影响，尽管这种影响未必是直接的。[④]既然“事件”一词可以重塑既定规范，为全新的感受与意义敞开可能性，那么，我们不得不说，这个观点就与俄国形式主义的“陌生化”有些关联。伊格尔顿在《文学事件》中从“客体/事件”的角度出发如此评价俄国形式主义：

> 形式主义者将作品视为客体的设想与其陌生化观念略有不同。诚然，根据其字面意义上的特点，陌生化在此意义上属于客观构造，

---

① Eagleton T, *The Event of Literature*, Yale University Press, 2012, p. 188.

② Attridge D, *The Singularity of Literature*, Routledge, 2004, p. 55.

③ Attridge D, *The Singularity of Literature*, Routledge, 2004, p. 59.

④ Attridge D, *The Singularity of Literature*, Routledge, 2004, pp. 59-60.

> 但是它也是一个事件。语言为读者带来了一些东西，语言是一种修辞。究竟陌生化来自文本本身的具体形式，还是它所产生的作用，这很难确定。形式主义作品于是就悬浮在客体和事件之间，但的确又偏向于前者；这主要是因为诗歌的策略性目的——改变人的观念与认知——完全内在于作品之中。即便如此，形成陌生化的过程还包括一种施加于读者身上的改造作用，换句话说，诗歌既是一个审美体系，也是一种道德实践。①

伊格尔顿认为，形式主义者的两个口号似乎有一些内部逻辑冲突，如果说作品是一个类似于静态结构的“客体”，那么“陌生化”的源头就是这个具体的形式，“形式主义”在这个意义上实至名归。但问题在于，“陌生化”毕竟要发生在读者身上，但这种陌生效果是来自文本的形式（结构）还是来自此形式对读者所产生的作用，这很难区分。所以说，形式主义意义上的作品，既属于客体（结构），又属于读者（事件），但它又略微倾向于前者，因为作品那种试图改变人们既定观念的陌生化目的，终究还是内置于作品之内的。伊格尔顿进而指出，形式主义的诗歌其实既是体系（system），也是实践（practice），体系具有审美的性质，而实践则具有道德意味。所谓的道德就源自“陌生化”的效果，因为诗歌改变了人们的认知、感受能力，这显然属于道德实践。就此意义而言，形式主义绝不是纯粹自在自为的，相反，它有着明确的伦理学指向。

巧合之处就在于，阿特里奇同样把文学的“创造性”和“他异性”联系在一起，如前文所述，阿特里奇认为具有创造性的作品必须要为读者打开种种理解阐释的全新可能，要对现有规范提出疑问甚至挑战，而这种创造性并不被现有传统所解释，具有文学意义的“事件”必须对他异性保持敞开态势，所以他才提出，文学的创造性将参与到“伦理道德”的领域中来②；对于个人和社会的进步而言，文学的作用和它被指派的作用，都是强大而宝贵的工具。③阿特里奇借鉴了巴迪欧的“事件”概念，他在强调“事件”为既定传

① Eagleton T, *The Event of Literature*, Yale University Press, 2012, p. 190.

② Attridge D, *The Singularity of Literature*, Routledge, 2004, p. 2.

③ Attridge D, *The Singularity of Literature*, Routledge, 2004, p. 8.

统带来“异质性”和“他异性”的同时，又为文学性赋予了一种“工具性”的意义，重要的问题在于，这种“工具性”让我们的审美实践从属于道德实践。伊格尔顿对于这种具有明确现实意义的思路当然是非常欢迎的，因为他一直自称为马克思主义者，马克思主义的美学终究还是要指向伦理学甚至政治学。

所以，伊格尔顿在《文学事件》一书中继续站在马克思主义政治批评的角度对上述理论进行了评价，他认为在俄国形式主义、接受理论诞生的时代，人们都在怀疑文学究竟能否成为一种道德变革力量，以及它能不能让我们接触到先验真理。可事实上，这些问题已经从街头退回到书斋了，文学的道德工具性不再是肯定性的。“对于文学来说，一个稍稍可以理解的直接任务便是去修复人类现状……通过揭露我们赖以生存的规范、准则、传统习俗、意识形态、文化形式当中的任意性本质，文学作品才能完成它们的道德使命。”① 文学在道德上改善了我们的自我批判能力与自我意识，让我们变得更加灵活、更加敢于担当、更为开明且更敢于质疑正统观念。②文学的“事件性”不可能回到从前，像 1917 年那样，由工人、士兵、学生、艺术家拿着真刀真枪共同重演“攻占冬宫”。理论家们既软弱又猖狂的地方就在于，他们还是希望文学艺术和文学艺术理论能够起到积极的乌托邦作用，在这个意义上，伊格尔顿与后结构主义（解构主义）者有很多共同话题，他将后结构主义者的文学观念称为文学伦理学（literary ethics），后者“以质疑规范为特征，……似乎价值要明确体现为逃离结构、破坏系统，似乎边缘的、异常的、不可吸收的事物随时随地都具有某种异己式的力量”③。把文学与否定性的、对意识形态的反思质疑相结合，将人类的自我批判能力视为重要的伦理道德组成部分，这延续了伊格尔顿一贯的风格，也是文学与文学理论研究的永恒课题。

四、余论：作为书名的 event

最后我们来谈谈在书名中将 event 译为“事件”是否全面、合理并符合

① Eagleton T, *The Event of Literature*, Yale University Press, 2012, p. 103.

② Eagleton T, *The Event of Literature*, Yale University Press, 2012, p. 104.

③ Eagleton T, *The Event of Literature*, Yale University Press, 2012, p. 99.

伊格尔顿该书的结构安排与行文风格所要表达的意思。

在本节前半段，我们花费了大量笔墨讨论伊格尔顿在《文学事件》当中对 event 一词的不同用法及其含义，包括列维-斯特劳斯和利科对 structure（结构）与 event 的分析，伊瑟尔的 strategy（策略）和吉登斯的 structuration（结构化）与 event 的关系，以及巴迪欧、阿特里奇对 event 的阐释。但需要指出的是，这部分混杂了大量拗口的术语并且缺少明确界定的概念与论证，绝大多数都出现在《文学事件》第五章“策略”的第二节，而第一节则主要讨论解释学传统如何看待 strategy 一词，第三节则讨论精神分析传统和政治批评传统对 strategy 的理解。那么，从篇幅上说，我们此前讨论的 event 与 structure（结构）、strategy（策略）、structuration（结构化）等术语的关系，就不太可能被视为全书的重点或者核心讨论对象。但是，伊格尔顿为何偏偏喜欢 event 呢？我们必须返回到这个词的多重含义上来。

综合韦氏词典[①]和剑桥词典[②]，event 的语义有多种，它可以指代：①发生或出现之事；②重大事件；③有计划的活动；④比赛项目；⑤经历、进程；⑥最终结果。我们通常所理解的是第一、二条含义，第三、四条在专业英语中亦常见，但第五、六条并未得到重视。

首先，event 有“发生”之意，意为某种行动过程或者事物发生的状况，我们可以看到，《文学事件》第一章“实在论与唯名论”主要讨论了作为普遍性（共相）的语词，其指涉物究竟存在与否，换句话说，作为一大群各式各样鳄鱼之总称的“鳄鱼”是以何种状态存在的。对于文学，被冠以文学之名的文字由形形色色的作品构成，但是作为普遍性范畴的“文学”能够找到对应的指涉物存在于现实当中吗？答案当然是否定的。可是反过来说，当我们在不同历史阶段，赋予不同类型的文字以文学之名，这种“冠名”活动既有冲突，也有其内在一致性。伊格尔顿就发现，尽管历史在更迭、文化有差异，但那些被命名为文学的文字还是有一些本质性特征的，比如根据文字的修辞特征、得到的高度评价、虚构性、与事实性文字相对立、深入探讨的道德问题等等，我们就可以将某些文字纳入文学范围。于是乎，在《文学事件》第

① 参见 https://www. merriam-webster.com/。

② 参见 https://dictionary.cambridge.org/。

二、第三章中，伊格尔顿都在谈论“什么是文学”，还专门辟出第四章来讨论文学的“虚构性”，这三章的篇幅都紧密围绕着伊格尔顿提出的这五个文学的本质性特征来展开论述。他要表达的是：当我们说文学没有本质的时候，是因为林林总总的文学无法归纳出某个（组）具有普遍共性的本质特征，不能因为这个（组）在认识论上的“本质特征”无法找到对应的实体，就反过来一口咬定文学不存在，这个逻辑是错误的。特征（定义）是认识事物的方便法门，但不意味着没有特征，事物就得不到认识。因此，从这个角度我们可以认为，the event of literature 可以被译为“文学的发生”。它所意指的是文学这个概念是如何被赋予到那些文字之上的，以及有哪些本质性的特征决定了文学之名的诞生。

其次，event 还有 consequence、result 或者 outcome 之意，都表示“结果”。高宣扬先生针对巴迪欧的“事件”一词曾经指出：“如果分析‘事件’的名词，那么，它强调的是一种发生的结果，因为它的拉丁语原名词 eventus 是表示‘结局’，法语是 issue。”[①]所以，伊格尔顿说：“文学作品的结构所创造出的事件可以紧接着反作用于结构本身，还能改变它和结构之间的关系……文学文本不过是利用某种更加戏剧化的、更感性的方式在平常言语中将之展现了出来。”[②]这句话的意思其实就是，没有什么文学作品只是写给作者自己阅读的，所以 event 作为事件，当然是文学作品的结构所导致的，但正因为这种事件的存在，结构本身就会受到影响，它受到了事件的反作用。那么，文学在事件中就会产生两个结果：第一是对文学本身的影响，第二就是对文学接受者的影响。正像前文伊瑟尔所说，我们必须同时注意文本的效用结构和读者的反应结构，event 虽然是事件，但这个事件必将对实际的生活世界产生影响或者功效，这便印证了伊格尔顿对形式主义文论的判断，即“文学既是一个审美体系，也是一种道德实践”；类似地，在阿特里奇看来，真正的“文学性”或者具有文学意义的事件，就是要改善我们对既定规范的认识与批判能力，触动我们，以对现状产生全新的理解，而这正是伊格尔顿所谓的“文学

---

① 高宣扬:《论巴迪欧的“事件哲学”》,《新疆师范大学学报(哲学社会科学版)》2014 年第 4 期, 第 5 页。

② Eagleton T, *The Event of Literature*, Yale University Press, 2012, p. 200.

伦理学”，也符合他对“政治批评”的期待，这同样也是阿特里奇和德里达等解构主义者希望看到的。综上所述，the event of literature 还有其他的译法，那便是“文学的后果”、“文学的意义”或者“文学的重要性”。

第二节　用戴维森的事件理论谈论文学——建构文学事件的“分析”图景

一、如此谈论文学事件如何可能？

1. 文学内在性与文学事件

最近几年，在文学理论学科内，“事件”（event）已经成为一个激起大家热烈探讨的关键词。一提到“事件”，我们自然而然会想到如下名字：德勒兹、巴迪欧、齐泽克、伊格尔顿等等。那么，事件到底意味着什么？它与文学有何关联呢？有什么必要性使得它与我们对文学与艺术的探讨联系在一起呢？

我们很容易想到，在常识的意义上，我们谈论“事件”，通常是对在世界上发生的历史事实或者突发新闻的一个描述，与此相类比，我们谈论文学事件时，也就相应涉及文学史意义上的突发性事件的描述。在今天，我们谈论文学事件，常常是在发生学意义上谈论的。但是，“事件”在历史学中不仅仅强调重大事实，也意味着历史观的转换，即是说，历史不再被描述成一个绝对匀质的、客观的、总体化的事实，而是与之相反，它具有偶然性、突发性。并且我们在谈论事件时，通常伴随着所处状态呈现出的危机性。正是在同样的意义上，我们将文学和艺术作为事件，强调其特征是“一种爆破（an outburst），一种断裂和改变的瞬间（a moment of rupture and change）”[①]，它所体现出的是先前对文学的发生和本质的理解的一种危机意识。这种危机意识根源于认知的危机，即是说，我们不再将文学作为某种经验发现的记录，不再将文学作为表征的工具，“而是将之作为必要的创造力的吁求”[②]，从而

① Rowner H, *The Event: Literature and Theory*, University of Nebraska Press, 2015, p. viii.

② Rowner H, *The Event: Literature and Theory*, University of Nebraska Press, 2015, p. vii.

回到对文学自我身份的追问。

由是，谈论文学事件经常伴随着一些危机，如真理价值的危机、表征的危机、语言自身的危机、关涉到作品生产者与作品身份的同一性的危机。[①]当然，正如科学界的认知危机引发了科学革命，文学艺术领域的危机也引发了自身学科的反思，从而促成学科内部的革命实践。在今天我们谈论“什么是文学”时，不是将文学作为摆放在眼前的对象（object），等待我们去提取它的属性，也并不是将之作为记录着事实（fact）的复本，而是将之作为一个动态的开放空间。它混合了许多未知的事实，是不断开拓我们观看世界的可能性的一个可交流的空间。

因此，当我们去谈论文学的事件，即文学的“发生”时，我们并不做类似起源的追溯，我们不再将文学追溯到古希腊的神话、史诗和悲剧，尽管我们也常常称其为“希腊文学”。我们需要追究的是另一种意义上的“文学”，即“文学”的主体意识。传统的文学史所依托的史学方法并不能满足我们，我们转而借用福柯式的谱系学。关于文学事件的谈论常常伴随着对“什么是文学”的追问，它不再意味着一个自明的事实，不再具有普遍的价值取向，而是作为与他者相区分从而得以确立自身性的那个东西。这也是福柯所强调的那种对于“本质的空白”的追问：“文学是第三个点，既不同于语言，也不同于作品，这第三个点外在于它们的运动，并恰恰因此描述了一个真空区（empty space），一种本质的空虚（essential blankness），‘什么是文学’的问题就从中诞生，并且这个问题就是本质的空虚。所以，这个问题不能被外加于文学，它并不由一种批判性意识所增补，它是文学的存在本身，从本源处遭到了肢解和打断。”[②]

正是伴随着学科内部的危机与对自我认同合法性的追问，文学领域的革新才得以发生。诗歌领域的革新或许可以追溯到马拉美或者更早的波德莱尔，小说领域的革新可以追溯到福楼拜、普鲁斯特、乔伊斯等等，艺术领域的革新的源头，尤其是视觉艺术，众所周知是杜尚的《泉》的展出。文学和艺术

① Rowner H, *The Event: Literature and Theory*, University of Nebraska Press, 2015, p. viii.

② Foucault M, “What is literature?”, In Foucault M, *Language, Madness, and Desire: On Literature*, University of Minnesota Press, 2015, pp. 47-48.

学科的事件不再和历史事件同一，而是与之区分，呈现出自身的差异性。因此，我们在今天选取的文学事件，就不再是那些记录了重大历史事实的“现实主义”作品，而是那些体现着“如何写”的作品。所以，普鲁斯特将代替巴尔扎克或者左拉，前者的先锋性不会因作者所处阶层的落后而被掩盖，而文学的主体性也不与作者的主体性完全吻合。对文学的意义的寻找已从外在价值转向了自身内在价值。

当然，这并不是说我们不应当去考虑历史事件（historical event）对文学事件的外部影响，也不是说我们仅仅关注语言内部，而是说文学提供了另外一种空间，在这个空间内，许多不同的事实杂然共处，它们为探寻文学提供了一种可能性。

因此，开头所列的理论家们所谈论的“文学事件”，可被视为活动在文学空间内的异质因素的种种，这并非是从狭义的“文学性”的视角，而更多的是从历史社会角度，激活了对文学的谈论。同样，既然纯粹的“本性”已然被消解，那么本节想提供的如下关于戴维森的事件理论，也不承诺是从纯粹的文学性出发进行的探讨。笔者不想否认，这不同于从历史的或政治维度出发对事件的谈论，当如此做时，会显得有点技术化，但笔者的目标是一种增补性的尝试，而非一个“全体”的大包大揽的工程，因此某些普遍性的承诺注定就不会从笔者这里得到。

2. 用戴维森的事件理论谈论文学：一种“分析”图景的可能

一个合理的质询是，如果戴维森的事件理论纯粹是出于哲学上的考虑，那么它是否能够用来谈论文学呢？是否拥有谈论文学的这种可能性呢？在此，审慎比冒进是更好的态度。笔者把伊格尔顿的《文学事件》作为从哲学的视角谈论文学事件的成功范例，以此开展下面的论述。盛宁先生有一篇文章叫《文学，是事件吗？》给笔者的印象颇深，当大家都不证自明地把“事件”拿来用的时候，可能仅仅是把它作为一种新的理论行话、一个加了着重号的名词或是 something 的另一个新颖的替代词，这实际上却违背了 event 的内涵。这一追问方式类同于海德格尔在《存在与时间》中对“存在”的追问，当我们只是把“存在”理解成“存在者”时，我们离亚里士多德最初使用“存在”一词的初衷就越来越远。因此，盛宁先生谈到，有的人从伊格尔顿的书中去找那个叫作“文学事件”的实体，但是却遍寻不得：“对不起，你把全书都翻遍，恐怕也找不到你心目中所等待的那个‘文学事件’。”这是怎么回事呢？是伊格尔顿出问题了吗？他随便找了个词来张冠李戴吗？接着，盛宁谈到了 event 一词在英文字典中的释义：“something that happens or is regarded as happening; an occurrence, especially one of some importance（某件已然发生或被认为是正在发生的事情；发生了一件事情，尤其是具有某种重要性的事情）”[①]。盛宁先生最终想论证的是，event 本来的意义就是对“发生”过程的强调，它呈现的是认识论和方法论意义，所以要去寻找“事件”的实体，自然是遍寻不得了。

那么，这是不是说，那种以名词化的口吻对“事件”的谈论就完全错了呢？盛宁先生在其文中描绘出了那些对事件持有如此常识化的观点的人的疑惑：“伊格尔顿的书名为《文学事件》，按常理应先解释何为‘事件’。可他偏偏避而不谈，绕了一个大圈子去讨论中世纪哲学的唯名论和实在论争论，讨论作为共相的本质究竟是否存在于实体之中……行，你把伊格尔顿打发去绕大圈之后，就不让他回来再跟你说说这‘事件’究竟是怎么回事吗？”[②]

盛宁先生似乎没有对此做正面回答，但他接下来的论述显然认定把事件作为名词理解是一种误解。他也没有过多解释为什么伊格尔顿要将对文学事件的讨论与唯名论和实在论之争结合起来。笔者想回答的是，那些将“事件”名词化的常识观点并不像盛宁先生所揭示的那样没有道理，因为在主流哲学的探讨中，“事件”到底是作为“存在”还是“发生”的争论，从来也没有停息过。盛宁先生的“发生”说的确是当今最富有竞争力的事件理论的版本，但这并不意味着那种对事件的名词化的谈论就完全消弭了。反之，它在相当一部分哲学家那里还具有相当的生命力。我们接着回答为什么要去“绕圈子”的问题，因为将事件与共相、殊相放在一起谈论，本就是长期以来哲学内部对事件的一种常规的谈论方式。熟悉哲学传统特别是分析哲学传统的理论家，一下就可以窥见伊格尔顿所借助的“分析”的手法，特别是他不断地提及维特根斯坦的名字，因此他对文学事件的探讨采取的不是法国文学理论的政治

① 盛宁：《文学，是事件吗？》，https://www.xuemo.cn/showm.asp?id=12741。
② 盛宁：《文学，是事件吗？》，https://www.xuemo.cn/showm.asp?id=12741。

历史进路，而是对传统形而上学的事件进路的一种回归。将“事件”（event）这个词放在分析哲学中，是因为它本身就是在如下几个范畴——对象（objects）、事实（facts）、性质（properties）、时间（times）①——中获得概念位置的。同时，谈论事件，就意味着同时要谈论共相、殊相、同一性以及逻辑形式等几个方面。②因此，吊诡之处就在于：在文学理论中，我们更为重视从大陆哲学尤其是法国哲学家的理论资源中去谈论文学事件，但对于分析哲学的事件理论却极为陌生，更别谈以此激活对文学和事件的新的谈论方式了。与之相对的是，在斯坦福哲学百科全书网站上，搜索 event 这个关键词，呈现的却均是人们耳熟能详的主流分析哲学家的名字，而无一位大陆哲学家。除了戴维森之外，还有蒯因、齐硕姆、金在权、刘易斯等，并且他们的观点都是对其他人观点的发展、修正和回应，几乎形成了一个历时性的清晰脉络和共时性的问题场域。这种互为隔阂的结果是，在国内，不仅文学理论学科对分析哲学家谈论的事件非常陌生，而且分析哲学研究者也没有把它作为一个热点。这同国际上的情形极为不匹配，在国际上，特别是在英美哲学界，谈论事件就意味着从分析哲学角度谈论事件。威廉姆斯在其《论德勒兹和戴维森在事件中的选择问题》一文中也敏锐地捕捉到这一吊诡之处，他在一个注释中谈道：“在瓦尔齐和卡萨蒂所编的《事件五十年：一本注释性的参考书（1947—1997）》中，尽管他们宣称同时收录了大陆哲学家对于事件的广泛谈论，但实际上并非如此，他们只是提到其中的一部分名字：德勒兹、德里达、利奥塔以及巴迪欧。”③

因此，我们或许会面对这样一个问题：因何选取戴维森的事件理论来谈论文学事件？笔者的回答是，为谈论文学事件提供一种有别于惯常的法国文学理论的进路，即一种分析图景的可能性。更进一步，戴维森的事件理论是否适合谈论文学事件呢？这便是第二小节和第三小节的工作。即是说，首先，笔者将

---

① 见斯坦福哲学百科全书网站 events 词条，https://plato.stanford.edu/entries/events/。

② Pianesi F , Varzi A C, “Events and event talk: An introduction”, In Higginbotham J, etc.（Eds.）, *Speaking of Events*, Oxford University Press, 2000, pp. 3-48.

③ Williams J, “On the problem of selection in events for Deleuze and Davidson”, In Reynolds J, etc.（Eds.）, *Postanalytic and Metacontinental: Crossing Philosophical Divides*, Continuum International Publishing Group, 2010, p. 214.

对戴维森的事件概念予以澄清；其次，笔者将引介之到对文学事件的谈论中。

二、戴维森的事件概念

皮亚内西和瓦尔齐在其《事件和事件的谈论：导论》一书中，对戴维森的事件理论给予了高度评价："在过去50年里，这些考虑都聚焦在哲学家和语言学家以及逻辑学家的争论之中。尤其是随着唐纳德·戴维森的《行动语句的逻辑形式》这篇论文的发表，大家达成了一致：当且仅当我们能给指称或者量化的逻辑形式腾出空间，事件由此被由衷地予以承认时，自然语言的现象才能被解释。"①也就是说，在当前的分析哲学中，戴维森的事件理论确实有着其重要位置，一个关键之处在于，他的立场既兼顾了哲学家的形而上学的立场，也兼顾了语言学家和逻辑学家的立场。戴维森对于事件理论的一个积极贡献就是他强势地为事件本体论辩护："从本体论和形而上学方面假设存在着事件，即是说，没有它我们就不能赋予日常言谈以意义。"②

在哲学中，对事件的讨论总是会涉及关于复杂的语义理论的讨论，但同时也会涉及一系列有关事件本体论的真正的哲学问题。本节的目的是尽量绕过这些复杂的逻辑论证和语义学理论，聚焦于对事件本体论的谈论。那么，谈论事件到底意味着什么呢？通常而言，我们总是会问这样的问题：事件是一种实体吗？如果是，它怎样与其他实体（比如说物质实体）区分开呢？事件是共相还是殊相？它是具体的还是抽象的？它们的个体化和同一化的标准是什么？它们处于什么样的因果性网络中？这些问题长期以来都困扰着哲学家。有关戴维森的事件理论自然而然也绕不开这些问题。

1. 作为殊相的事件

戴维森的事件概念具有本体论的意义。我们知道，在常识意义上，谈论世界的本体的存在，总是会从人（people）和物质对象（material object）开始。我们在直觉上会承认，世界上确实存在着这样两类实体：人和物质对象。

---

① Pianesi F , Varzi A C, "Events and event talk: An introduction", In Higginbotham J, etc. (Eds.), *Speaking of Events*, Oxford University Press, 2000, pp. 3-4.

② Davidson D, "Causal relations", In Davidson D, *Essays on Actions and Events*, Clarendon Press, 1980, p. 162.

那么，事件是什么呢？它是诸如人和物质对象那样的实体吗？从直觉上我们会否认这一点，但同时，我们会承认事件在谈论世界方面是必不可少的。也就是说，它虽然并不是像人和物质对象那样的实体，但我们从未质疑，许多事件理论中对事件的谈论是没有意义的。

在分析哲学中，对“事件”概念的谈论已经形成谱系。对戴维森的事件概念的勘察，可以借由其他人的事件理论来呈现。将事件作为共相（the universals）的代表是蒙塔古以及齐硕姆。蒙塔古认为事件属于属性范畴，特别是某段时间的区间性的属性。比如说，太阳升起这一事件是太阳升起的那段时间的属性。蒙塔古的事件理论的主体是类事件（generic events），亦即作者所称的事件类型（event type）。齐硕姆大致说来也认同蒙塔古的态度，认为事件是重复发生的，但是他并不认可将事件视为属性，而是将之视为事态（states of affairs）。这样的话，齐硕姆所谓的事件就不光包括事件在事实上发生的事态，而且包括其事实上未发生的事态。也就是说，齐硕姆所谓的事件不是指某一天早上太阳的升起，而是指太阳升起发生在早上，而不发生在晚上那样一个事态。它包含了太阳在早上升起这样的事态，同时蕴含了太阳并不在晚上升起的事态。

与上述将事件作为共相处理的事件理论家的处理不同，戴维森将事件视为殊相存在（as particulars exist）。那么，这是什么意思呢？我们说在本体论中有诸多类型的实体存在，比如物质性对象、数量、集合（sets）、命题、事实（fact）和事件都被讨论。但是，在这之中又有差异，有的可以独立地作为实体的本质来设想，比如“什么是物质对象”。当戴维森将“什么是事件”上升到存在的问题时，他所谓的事件的存在与物质对象的存在就具有了相等同的本体论上的位置。由于他的事件概念是本体论的，所以他极力为事件的个体化做辩护：“除非我们可以接受事件的个体化，否则我不能相信我们能对如下方面做出连贯的解释：行动、解释、因果关系或者精神和物质之间的关系。”[①]

最近几十年，本体论探索常常遭到一定程度的挫败，这主要是因为传统的那种“奥卡姆剃刀”（Occam’s Razor）式的简化版本的本体论的经济学所

① Davidson D, *Essays on Actions and Events*, Clarendon Press, 1980, p. 165.

产生的不良影响。我们常常需要谨防某种还原论的企图，它常常引诱我们对本体论做出许多草率的结论式的回答。但是，这并不意味着本体论的探索是不必要的。戴维森对事件的本体论建构，目的就是要否定这种本体论的经济学，并尽可能为我们提供更为清晰的本体论的图式。由于戴维森的哲学具有整体性特质，他对事件本体论的建设也关联到他的整个哲学版图的建构："通过考察事物存在，戴维森能够对哲学的其他领域的讨论给出一个整体性和系统性的处理。大体说来，其原则是为某些范畴的存在给出一个好的理由。"[①]戴维森的事件本体论的优点在于，当我们说明两个连续实体的个体化时，还原论是失效的。我们必须区分出这样两种情况：这是同一件事情发生了两次，还是发生了两件不同的事情（same thing twice or two different things）。[②]

唯名论者通常会否认除名称之外的其他个体，但是他们不能用名称建构起清晰的个体化的条件（conditions of individuation）。戴维森提出的事件的个体化则能够为命题或事态提供这种讨论的可能。由于戴维森的基本观点是将事件作为殊相，因此必然与那些将事件作为共相的观点是对立的。因此，事件的殊相论者和共相论者的区分并不是说共相论者不处理特殊的、偶然的发生。比如，"太阳在今天早上升起"，蒙塔古会承认这样的特殊事件（particular events）。但是，从本质上说，它只涉及类事件在程度上的特殊，而特殊事件并不是一个类的殊例（token）。相反，戴维森会认为，"太阳在今天早上升起"这个殊相的存在与"太阳在早上升起"是截然不同的殊相。另外，戴维森的事件的殊相论与事件的共相论者的观点的区别是：共相论者会将殊相作为实例（instances），而殊相论者是将殊相作为范式化的样本，而非实例。我们不能说"它们是这朵玫瑰"，因为如果任何东西是（is）这朵玫瑰，那么这朵玫瑰（this rose）便同玫瑰（the rose）相同一，则不存在任何相区分的事物。同时，殊相论者也不在事物之间建立逻辑关系，尽管它们之间可以建立起空间关系。比如，我们可以说"这把椅子挨着那张桌子"[③]。

---

① Evnine S, *Donald Davidson*, Standford University Press, 1991, p. 26.

② Evnine S, *Donald Davidson*, Standford University Press, 1991, p. 26.

③ Evnine S, *Donald Davidson*, Standford University Press, 1991, p. 27.

存在着这样的共相论者的挑战，即他们总是将殊相论者认为的殊相处理为对共相的不同的描述。比如说，存在着《蒙娜丽莎的微笑》那幅画，我们可以对其做出不同的描述，诸如“达·芬奇最好的一幅画”“弗洛伊德最爱的画之一”“一幅油画”等等。但是，这种处理在殊相论者看来是成问题的，因为它们之中有的是独一无二的，有的却并非如此。比如第一个命题是独一无二的，但是第二个和第三个就不是。[①]因此，对于殊相论者来说，这并不构成挑战。

下面，笔者将简要地展示戴维森的事件概念的对话者们的观点，通过戴维森对他们的回应，来勾勒其事件理论的立场。在事件理论中，关于布鲁斯特刺杀恺撒（stabbing of Caesar）与布鲁斯特谋杀恺撒（killing of Caesar）是否为同一事件的争论从未平息。与戴维森相似，金在权也是事件的殊相论者。据金在权的观点，事件由以下几个要素构成：一个物体（或许多物体）、一个属性或关系，以及一个时间（或时间的区间）。简单地说，我们将把讨论限制在一元的事件范畴，即由单个物体所例证的单个属性。金在权的事件主要由两个基础原则构成：其一是事件存在的条件，其二是给定事件同一性的条件。金在权的重点是把事件解释为属性的范例化（property exemplifications）。比如，当我们说布鲁斯特“刺杀”恺撒时，并不是说布鲁斯特“谋杀”恺撒：因为第一个事件是通过由谓词 stabbing 表达出的（布鲁斯特和恺撒的）二重关系来实现范例化；与之相对，第二个事件是经由谓词 killing 表达的（布鲁斯特和恺撒的）二重关系来实现范例化。既然这两种关系是区分性的，那么它们都是事件。但是，在戴维森看来，这只是同一事件的两种不同的描述。另外一个可与戴维森比较的是蒯因。蒯因关于事件的基本观点是：事件将由它们的空间-时间定位（space-time location）而发生个体化。并且，在此基础上，他指出了戴维森的因果关系建构的事件的个体化的失败。但是，戴维森有别于蒯因，他觉得这个条件仍旧过于宽松，因此，他提出了自己关于事件的原创性的观点，这个观点的立场处于过于细化的金在权和过于粗糙的蒯因的立场之间。

---

① Evnine S, *Donald Davidson*, Standford University Press, 1991, p. 27.

2. 因果关系能使事件个体化吗?

如果我们将事件作为殊相的存在，这就意味着它与共相的存在相对。共相组织事件的方式是逻辑关系（logical relations），殊相却能够支持相互之间的非逻辑关系（non-logical relations）。这是什么意思呢？比如说，我们可以在物质对象的个体之间发现明显的空间关系。例如，“书桌上放着台灯”，书桌和台灯之间就是空间关系。事件怎样发生个体化呢？上文我们已经提到，蒯因的观点是：事件将由它们的空间-时间定位而发生个体化。戴维森的观点比起蒯因更进一步，他将事件之间的框架塑造成一种因果关系，从而为它们的同一性条件提供一个可辩护的形式。戴维森提出：“当且仅当它们拥有完全一样的原因和结果时，事件是同一的。”[①]比如说，一战这个事件同时被描绘为“第一次世界大战”“一个人类生活的严重浪费”“二战的原因之一”。在这些描述中，那些相互之间的关系是时间性的，特别是因果关系的表述，就会被视为一个事件而非两个事件。于是，戴维森用因果关系来结构事件，这就成为他最为原创的事件观点之一。

然而，这种方案面临着许多问题，其中遭到的最严重的质疑是，它可能导致逻辑上的“恶性循环”。如果我们把握到“事件的同一，当且仅当它们有同样的原因和结果时”，那么在“当且仅当之后”被提及的原因和结果本身也是个体事件，于是它们又将分化为原因和结果。因此，尽管戴维森的事件概念在直觉上让人觉得是真的，但却不利于形成事件个体化的标准。

在对蒯因的回复中，戴维森写道：“蒯因说我的个体化的事件标准是不能满足的，我同意。我接受它仅仅是暂时的……蒯因清楚地指出了我原来提议中的错误，因此我将放弃它……蒯因的标准更简洁，并且更好。”[②]但是，这是否意味着戴维森接受了蒯因更为宽松的事件概念的版本呢？

在《事件的个体化》一文中，戴维森已经考虑到了蒯因的那种标准，并且当时就拒绝了它。他的疑虑是，这还不足以作为区分事件的标准。如果一

① Davidson D, “The individuation of events”, In Davidson D, *Essays on Actions and Events*, Clarendon Press, 1980, p. 179.

② Davidson D, “Reply to Quine on events”, In Lepore E, McLanghlin B (Eds.), *Actions and Events: Perspectives on the Philosophy of Donald Davidson*, Blackwell, 1985, p. 175.

个金属球在一定时间内发热，并在同样的时间发生 35 度旋转，我们会说金属球在时间 t 内发热和金属球在时间 t 内旋转是同一事件吗？[①]根据蒯因的标准，如果同样的物体金属球在同样的时间 t 内发生两件事，那么它们就应当是同一个事件。

但是，戴维森会拒绝将这两件事作为同一事件。因为我们的直觉是，金属球的旋转引起了它的发热，既然一件事不能引起它自身，那么如果我们想证明发热是由旋转所引起的，我们就必须区分它们。其中一个方法是围绕这个问题将温度和旋转分段。我们会说金属球旋转的这一段引起了发热的那一段。还有一个更深的问题是，根据蒯因的标准，事件是由它们所处的空间和时间来定位的。但是，在常识意义上，占有一个时空区间是物质对象的个体化的标准，当且仅当它们在同样的时间内处于同样的空间中时，对象是同一的。因此，人们会质疑蒯因实际上是将事件的标准同化为了物质对象的标准。

戴维森否认这种同化，因为这不符合我们认知的直觉。他认为，我们普通的言说方式是，“我们分类的方式”需要区分出事件和对象。[②]他强调，蒯因为事件提供的同一化标准并不能赋予事件和对象同一性。如果事件或对象有同样的空间-时间定位，那么它们就是同一的；但是如果物质对象和事件分享（share）一个空间-时间定位，它们就无须是同一的（need not to be identical）。既然“事件和对象可能在时空中以不同方式而关系到位置（location），比如说，事件可能发生（occur）在一个时间一个地方（at a time in a place），而对象却在多个时间（at times）占据（occupy）多个地点”[③]。从这个论点我们可以看到，戴维森关于事件的本体论的建构依赖于对日常语法在直觉上的遵从，这种观点在哈克和克雷斯维尔那里更为清晰地呈现出来。[④]哈克更进一步地

---

① Davidson D, “The individuation of events”, In Davidson D, *Essays on Actions and Events*, Clarendon Press, 1980, p. 178.

② Davidson D, “Reply to Quine on events”, In Lepore E , McLanghlin B（Eds.）, *Actions and Events: Perspectives on the Philosophy of Donald Davidson*, Blackwell, 1985, p. 176.

③ Davidson D, “Reply to Quine on events”, In Lepore E , McLanghlin B（Eds.）, *Actions and Events: Perspectives on the Philosophy of Donald Davidson*, Blackwell, 1985, p. 176.

④ Hacker P M S, “Events, ontology and grammar”, In Casati R, Varzi A C（Eds.）, *Events*, Dartmouth, 1996, pp. 79-88; Cresswell M J, “Why objects exist but events occur”, In Casati R, Varzi A C（Eds. ）, *Events*, Dartmouth, 1996, pp. 449-453.

质疑道：之所以不能把事件作为物质对象对待，是因为它们呈现的是不同的本体论的语法。“事件是实存的吗？”这个问题是可疑的，事件的存在是出现、碰巧遇到或者发生，但不是实存。（“Do events exist?” is of doubtful sense. The *esse* of events is to take place, happen or occur, but not to exist.）[①]

人们会说，如果我们仅仅把事件和对象的区分标准建立在发生（occurring）和占据（occupying）的语法的区分上，那么就实际上放弃了事件的本体论。埃夫宁注意到，戴维森的这种论点似乎已经向蒯因式的事件观点做出了让步，“因为人们可能会说，从他对事件和对象的反复比对上可以发现，他已经通过取消它们的区分而结束其理论，这一点毫不令人惊讶”[②]。但是，我们应该注意到，对于戴维森来说，重要的是事件的特殊性，而不是它们的物质性。戴维森的确相信所有事件都是物理的，但并非说事件必定是物质性的。戴维森所提出的事件个体化的观点，也表明他提出了补充性的观点来使事件通过因果关系而向着可能性敞开，这说明戴维森实质上也认为事件在本质上不是物质性的。

三、事件与行动

上一节留给我们的问题是：如何避免将事件同化为对象？一个很容易想到的策略是，将事件作为某种与行动（action）相似的东西来考虑。那么，事件和行动到底是何种关系呢？一个常识的论点是，行动应当作为事件的一个子集，即行动是活生生的事件（animate event）。与我们上面强调的事件的特有语法类似，我们可以说行动据说是出现（take place）或发生（occure）的，而不是实存（exist），它们与时间和空间的关系也类似于事件：它们有相对清晰的开始和结束，但是空间的边界并不清晰，它们可以允许联合定位（co-location），但据说不能从一处移动到另一处，或者默许从一段时间到另一段时间，但却能通过拥有空间和时间的部分，在空间和时间中做相当的延展。[③]

---

① Hacker P M S, “Events, ontology and grammar”, In Casati R, Varzi A C (Eds.), *Events*, Dartmouth, 1996, p. 81.

② Evnine S, *Donald Davidson*, Standford University Press, 1991, p. 30.

③ 参见 https://plato.stanford.edu/entries/events/。

要摆脱将事件同化为物理对象的企图，从事件与行动的关系来澄清事件的本质不失为一条有效的途径。正如上一段所示，事件和行动有许多重叠之处。当我们将事件作为特殊的、有日期的发生（occurences）时，行动即事件。比如说承诺结婚、外出旅行等等，都有着明确的时间和空间定位。但是，所有事件都是行动吗？显然不是。金属球的旋转以及发热就是事件，而非行动。

那么，这就产生了一个问题：事件何以成为行动？或者行动何以成为事件？我们可以从如何用语言描绘它们入手，来揭示它们所在的概念位置。针对一个具体的事件，比如说有人做出了一个"踢足球"的动作，它可能被描述为"踢足球"这个事件，也可能被描述为"调整我的腿转向的角度""锻炼身体""我最擅长的运动""引起人们围观"等等。但是，如果仅仅把事件等同于行动，那么上述对殊相的描述中有的就不符合这一标准。因为行动是我们所做的事情，而事件是发生在我们身上的。这就暗示着，如果一个事件要被作为一个行动对待，那么必定是对这种事件的描述能同时转化为对相应的行动的描述，比如说踢球、结婚、说笑话等事件。但是，虽然有的动词可以作为行动来对事件进行描述，但这并不意味着被描述的事件就是行动，比如咳嗽、笑、跳等等，可能是行动也可能不是。

这就意味着行动与行动者（agent）有着紧密的关联，而事件与之的关联则松散得多。一个特殊的行动是经由（by）人们基于其理由所施行的事件。行动者是有意图地（intentionally）做事情。[①]埃夫宁反复援引的一个非常经典的例子是"我有意图地开枪"，那么对"开枪"（firing the gun）这个事件的描述是能够融合那些构成"我"开枪的理由的信念和欲望的。然而，如果"我"不小心射击到大公，之后他死了，那么同样的行动就被描述为"射击大公"（shorting the archdcke）和"杀死大公"（killing the archduke），这两者之中的任何一个都不能匹配"我"所做的事情的理由。如果"我"意图开枪，但并不旨在杀死大公，那么"我"开枪与"我"杀死大公就是相同的事件，于是在某些描述下，其中一个就是有意图的行动，另一个就不是。因此，行动是通过描述所展现的有意图的事件，这些描述是经由赋予其心灵状态的内

① Evnine S, *Donald Davidson*, Standford University Press, 1991, p. 41.

容的理由而合理化的。[①]

因此，在戴维森的理论谱系中，行动和事件虽然也相互重叠，但还是有几个根本的区分之处。例如，行动是能动者有意图做的事情：“如果一个人的作为可以从某个方面来描述，而这个方面使得它成为有意图的，则这个人就是该行动的能动者。”[②]但是，事件却可能关涉到其他人和事物，他们当中有的并不是事件自身的一部分和直接的参与者。比如，“我”有意图地“开枪”和“杀死大公”，这是“我”所做的行动，但是，“杀死大公”这个事件可能还包括这个事件发生的原因和后果等等，它们与行动者并不必然相关，比如其原因是“意外的”或者“有预谋的”，其后果是“引发了战争”等等。另外，埃夫宁揭示到，对事件的描述都有其比较规律性的语法特征：“这种对于事件的描述的延展和压缩常常由介词 by 来起作用。‘我’通过开枪杀害大公（I kill the archduke by firing the gun），并且‘我’通过移动‘我’的手指来开枪（I fire the gun by moving my finger）。”[③]

有许多不同的哲学家基于自己的理由反对戴维森关于行动的观点。这主要是因为戴维森总会用因果解释的框架把不同的行动关联起来，介词 by 也是其中之一。但是，在直觉上，我们似乎并不通过做其他事情移动自己的手指。比如说，关门能经由做其他事情而施行，但说到移动一个人的手臂，就似乎能够不做其他任何事情而施行。丹托就把“移动手指”那类行动称为“基本行动”（basic actions），他写道：

> B 是 a 的一个基本行动，当且仅当（i）B 是一个行动，并且（ii）无论何时 a 施行 B，这儿都不存在行动 A 的施行，它能引起 a 所施行的 B。
>
> B 是 a 的一个非基本行动，如果存在某些行动 A，经由 a 施行，那么 B 将会由 A 所引起。[④]

在丹托看来，移动“我”的手指，是一个基本行动的范本，关门则是一

① Evnine S, *Donald Davidson*, Standford University Press, 1991, p. 41.

② Davidson D, “Agency”, In Davidson D, *Essays on Actions and Events*, Clarendon Press, 1980, p. 46.

③ Evnine S, *Donald Davidson*, Standford University Press, 1991, p. 42.

④ Danto A, “What we can do”, *The Journal of Philosophy*, Vol. 60, No. 15, 1963, pp. 435-436.

个非基本行动（non-basic action）。“我”关门的行动是经由（by）“我”施行移动手指的行动来施行，而后一个行动引起了前一个行动。但是这直接与戴维森的观点相反，他认为移动手指是与关门相关的，当“我”做后者时是经由前者施行的。对于戴维森来说，我们仅仅是对同一个行动做了两种不同的描述。

戴维森让我们相信，事件和行动都是相对于描述的。因此，当我们描述“关门”这一作为事件的行动时，行动从“我”移动手指就开始了。只有当“我”需要描述“关门”的行动或事件时，许多身体活动才呈现在描述中。在关门之前，“我”移动“我”的手，或者还施行了其他的身体行动，但都不能留下什么。只有通过“当我做一件事是经由（by）另一件事”这样的语法时，事件和行动才得以显形。因此，戴维森关于行动和事件的个体化的观点与解释和描述密切相关，而对于事件来说，因果解释又特别重要。

那么，怎样评估戴维森的事件观点呢？我们可以看到，戴维森的事件观点是与其哲学的整体性相关的。路德维希对之做出的方法论的关照值得重视：“（1）我们关于我们所说的语言的最佳意义理论；（2）我们对于事件所展现——固有的和关系的——特性的最佳看法。因为，日常主张都隐含着对于事件的看法；而关于事件的主张又决定性地依次关联着，我们如何思考因果关系、空间—时间、我们自己，以及我们是如何与我们经常谈论并偶尔领会的物理世界关联着的。戴维森因此就说明了，关于自然语言语句语义学的那些看上去狭窄的和技术性的问题如何可能与更加传统的哲学问题有关。”①

四、戴维森与文学事件的本体论

从上可见，戴维森所勾勒的分析哲学的事件论最独树一帜之处在于，他重拾了事件的本体论维度。戴维森事件论提供了事件在本体论上的全新转向：其一，事件在本体论上应被视为发生而非存在；其二，事件因此通过意向性的行动而展示。戴维森的事件本体论也启发我们重审文学事件论。在此框架下，文学事件在本体论上首先应被视为文学之发生而不是某个现存的物质载体，这实际上暗合文学在本体论上是多重阅读事件的生成这一读者

①〔美〕柯克·路德维希:《唐纳德·戴维森》，郭世平译，复旦大学出版社，2011，第162-163页。

反应论观点；其次，将事件理解为行动启示我们将文学看成写作者的意向性行动的话语产物，这也从作者意图论角度重新修正了文学在本体论上的物理对象假说。

1. 文学事件：从存在到发生

沃尔海姆曾从类型（type）和殊例（token）角度来分析艺术品。他举例说，《尤利西斯》和《玫瑰骑士》就属于类型，而某人拥有的《尤利西斯》的一本副本和《玫瑰骑士》今晚的演出则是类型的殊例。艺术品与物理对象的显著区别是，艺术品是作为殊例的存在。本体论上作为殊相的文学事件，首先意味着不再将文学作品作为物质对象，因为这显然不足以确立文学的个体性。但是，这也并不是说殊相是共相的实例（instance），而是说殊相是范式化的样本。因此，戴维森式文学观虽然不大重视诸如戏剧、诗歌、小说、散文等等类型化的分类，却认可《荷马史诗》《俄狄浦斯王》《追忆逝水年华》《瓦尔登湖》等经典作品的地位。从戴维森的事件观点来看，文学的本质不应当被视为对象化的文本的物质载体，而应当充分考虑到其作为事件发生的情境。由此推之，戴维森应当不会同意古德曼有关文学活动完成之界限的观点，即认为文学活动的"默读"特质造成了它缺少音乐和舞蹈的"施行性"（performing）特质，其完成的界限只用考虑作家写成的文学文本，"作家所制造出来的东西就是最终的（ultimate）东西"[①]。与古德曼相对，沃尔海姆在《艺术及其对象》中对这样的"物理-对象假设"（physical-object hypothesis）进行了驳斥。

无疑，戴维森会认同沃尔海姆而反对古德曼的观点。另外，读者反应批评也会加入对"物理-对象假设"的批评中，他们会认为这只不过是文本中心主义的一个版本，而他们主张应当扩大考量的范围，把阅读情境中读者的能动性算进去。沃尔海姆对艺术本体的设想显然很好地考虑到了读者，他将文学活动视为一种具有"施行性"的殊相时，一方面强调了主体对文学活动的参与，另一方面强调了文学事件发生的时间性维度。当然，这并不是说"文

① Goodman N, *Language of Art: An Approach to a Theory of Symbols*, The Bobbs-Merrill Company, Inc., 1968, p. 114.

学性”中存有“施行性”和“时间性”这样的属性，因为“施行性”和“时间性”并非可提取的感知属性，它们是不可分有和传递的。殊相事件中虽然分有着许多类型事件的属性，但却并不必然分有类型事件的所有属性。举个例子，当我们和朋友都读《尤利西斯》这本书时，由于阅读主体以及阅读情境的不同，实际上展现的是不同的文学事件。当我们分享阅读《尤利西斯》这个类事件的共同属性时，我们都会承认这是乔伊斯所写的一本小说，它对意识流进行了现象学式的描绘，对 20 世纪的小说的语言革新产生了深远影响，等等。然而，我们却无法传导个人对该文本的偏好，比如有的人觉得其语言过于卖弄学识且晦涩难解，另外一些人却觉得恰如其分地描绘了我们的潜意识，书写了 20 世纪个体精神上的失落。再比如有的人喜欢布鲁姆，有的人却喜欢斯蒂芬，有的人则对其中人物都十分厌恶，等等。一部《红楼梦》，道学家在其中看到了淫，经学家看到了《易》，才子佳人看到了缠绵，流言家看到了宫闱秘事。横看成岭侧成峰，远近高低各不同，一千个人眼中有一千个哈姆雷特。戴维森式文学事件会充分考虑到这些情境性特征，并将之个体化。

不过，需要注意的是，并不是说所有可被描述为差异性的情境都代表了不同的事件，否则事件就会无穷多。戴维森式的事件理论有力地规避了这一点，因为他只会将那些具有相同因果因素的事态认定为“同一事件”。换言之，戴维森只会承认那些能够因果化的事态。另外，戴维森认为事件本体只有通过语言描述才得以显形。因此，当我们说文学是发生着的殊相时，并非意味着下面这样的事实：我们身处在事件中，它是不言自明的个体化的殊相，我们的语言是这一“原本”的复制品。相反，它意味着，我们需要依据因果法则，选取、编排、组织并重新描绘事态。戴维森的事件的因果化最适合对传统的叙事文学做出合理化的阐释。比如，《伊利亚特》中对特洛伊之战的描绘首先点出了“金苹果”之争这个起因，其后战争的开展都是这个起因推动的结果。悲剧的发生和推进本身就遵循因果链条而展开。比如，古希腊悲剧《俄狄浦斯王》本身就象征着人无法违抗神这一因果宿命论。《三国演义》开篇的“分久必合，合久必分”也点出了因果主题。叙事文学总是尽力展现某种因果关系。在现代小说中，最为符合因果模式的是推理小说。可以说，推理小说的全部效力就是通过不断地将叙事中的碎片合理化来引起我们智性满足的愉悦。因此，戴维森的事件因果化对于那些依循因果程式的写作最具有阐释的效力。然而，即便在那些极力摆脱因果关系组织的叙事中，比如意识流小说，虽然强版本的因果模式已经弱化，但也无可避免地遵从弱的因果模式，因为文学叙事总是对合理性关系的建构。意识流小说虽然强调对偶发的意识的现象学式描绘，但如果要使得读者能够理解，则不可能完全脱离公共语言的可理解规则，因此也就不可避免仍要遵循弱的因果律。

2. 作为文学行动的文学事件

今天我们对于文学本质的探讨，很多时候也需要回到语法层面，当我们提问“什么是文学”时，不是将文学作为摆放在眼前的对象，等待我们去提取它的属性，也并不是将之作为记录着事实的复本，而是将之作为一个动态的发生，一种文本游戏、言语行为、写作行动。从对事件和行动的区分来看，行动理论一直围绕着维特根斯坦所提出的那个问题：“当我从‘我举起手’这一事实中减去‘我的手举着’这一事实后，还剩下什么？”维特根斯坦会认为，这里什么都没有剩下，我们当然可以在“我举起手”后面加上副词“无意向地”（unintentionally），但“无意向地”并不能作为某种独立自存的精神实体。当然，我们还可以加上“有意向地”（intentionally）这一副词，但这也不意味着“有意向地”是某种可以名词化的有待指称的实体。戴维森会把“意向性”的问题归于心理事件（mental event），但他的精神事件同时又具有“随附性”（supervenience），它承诺了心理事件不可还原的特有属性，但同时化解了二元论难题，承认了物理主义的首要地位，确立了“非还原论的物理主义”的正统立场。与之相关，戴维森主张精神和物质的关系是“不规则一元论”（anomalous monism）。

如果说戴维森的事件概念强调了对发生的事态的客观描述，并不必然承诺人的精神性、意向性、能动性，那么他的行动概念却关注能动者的能动性（agency）。对于文学来说，文学事件会更为侧重对文本进行中性的合理化的描述，而作为文学行动的文学事件还会强调写作主体的能动性。将文学事件视为行动，必然会涉及对写作主体的欲望、信念或理由的探究，用戴维森的话说，即会涉及一系列的命题态度（propositional attitude）。戴维森式的写作行动首先应当被视为有意义的话语（meaningful utterances），它生成于一种特殊的事件，是一种意向性行动（intentional action）。因此，戴维森谈道："尽管有时候我们会说一个群体通常通过一种声音说话，但是话语（utterances）从本质上来说是个人的（personal），每种话语都有其能动者和时间。"①

戴维森对个人意图的强调，使得他的语言观有别于公共语言观，他提倡个体主义语言观（linguistic individualism）。根据一种通行的文学规约论，文学语言在本质上是一种社会语言，因此个人对文本的阐释总是受所在共同体的支配。持这种论点的代表人物为费什，他主张文本意义来源于"阐释共同体"，其目的是为意义提供客观性的保证。然而，这样一种"阐释共同体"的决定论会产生一个问题，即如何兼容个体的能动性和创造性。这其实也关涉到许多人对维特根斯坦的"遵从规则"的一个疑问：如果我们盲目地遵从规则，那么自由意志是否还发挥作用？②在此值得注意的是，维特根斯坦关于人类对规则的盲目遵从的观点通常会招致一般读者的误解，他们会认为这提示了人类生活从根本上是"非理性地"从属于自然状态的。但是，维特根斯坦在这里并不意在此，而只是说明了规则、习俗、制度等构成了人们所赖以生存的基本平面，这个基本平面有其权威性，我们不能通过反思去怀疑，而只能遵从。将遵从规则与其语言哲学相结合进行考量后，维特根斯坦才从根本上批判"私有语言"，从而得出语言的本质是公共性的结论。

由此，从表面上来看，戴维森的个体主义语言观显得与维特根斯坦的公共语言观互相排斥。但实际上，他们的讨论是基于相同的出发点，只是侧重语言的不同方向。维特根斯坦和戴维森的语言观都建立在他们对语言的公共性的承认上，只不过维特根斯坦尤其要批判那种建立在传统观念论基础上的"私有语言观"，而这与戴维森的一贯目标一致。但是，戴维森在承认语言的

---

① Davidson D, "The structure and content of truth", *The Journal of Philosophy*, Vol. 87, No. 6, 1990, p. 309.

② 维特根斯坦的"规则的盲目性"的观点见于《哲学研究》第 219 节："'真正说来，所有的步骤都已完成'是说：我并无选择。规则一旦封印上特定的含义，它就把遵循规则的路线延伸到无限的空间。——即使真这样延伸到无限，那对我又有什么帮助？不然；你必须在象征的意义上理解我的描述，它才有意义。——我本该说：对我来说是这样的。我遵从规则时并不选择。我盲目地遵从规则。"（〔英〕路德维希·维特根斯坦：《哲学研究》，陈嘉映译，世纪出版集团、上海人民出版社，2005，第 99 页。）单从这样的表述中，人会产生上述的疑惑。

公共性的前提下，还关注了某种并不“遵从规则”的语言；戴维森甚至认为，语言的有效应用并不由“规则”所决定。在这里，有必要稍加区分维特根斯坦意义上的“规则”和戴维森意义上的“规则”的不同内涵。在后期维特根斯坦的哲学中，“规则”是其最为重要的元概念之一。但是，维特根斯坦并不在通常意义上使用“规则”这一概念，他的“规则”并不指某种先行确定的规范，而是与实践结合在一起。[①]戴维森所反对的那种“规则”——或者用他的话来说，那种“约定”（convention）——指的是通常意义上的语法规则，它具有某种深层语法、先在结构，或用德里达的话来说，是“逻各斯”。因此，他们并不在同一个层面使用“规则”这一概念，他们的观点并不能被视为是相互抵牾的。

戴维森对语言约定论（linguistic conventionalism）的反对，实际上是为了维护语言的创造性，即我们前面所说的，他试图挣脱教条式的语言规约的决定论，而赋予个人使用语言的能动性。从这个意义上说，戴维森对规约论的批判和对语言的个体性创造的重视，与维特根斯坦式的语言实践论又是一致的。相对于维特根斯坦的“诊治”工作，戴维森的工作是建构式的。戴维森强调了个人习语（idiolects）在文学阐释和文学写作中的重要性。他认为，文学写作实质上就是作者操演个人习语，作品永远超出其物理属性而带有精神属性。因此，与“作者已死”“匿名性”“有机体”“自我组织”等文本中心主义观点相反，戴维森强调作者意图的重要性。戴维森认为，有作者的文本本身提高了文本的辨识度，因此作者是文本确定性的有效保证。一旦文本缺失了作者，其辨识度和阐释力就会大大削弱。

在《墓志铭的完全错乱》一文中，戴维森向我们展示了具有个体性特征的文学语言对语言规约的僭越和违背。在该文中，戴维森以英国戏剧作家谢里丹的成名作《情敌》中的“马拉普罗主义”（malapropism）举例。在此剧中，马拉普罗太太附庸风雅，因此总会犯“可笑的用词错误”，比如用“墓志铭的完全错乱”（a nice derangement of epitaphs）意谓“绰号的合理安排”（a nice

---

① 见《哲学研究》第202节：“因此‘遵从规则’是一种实践。以为[自己]在遵从规则并不是遵从规则。因此不可能‘私自’遵从规则：否则以为自己在遵从规则就同遵从规则成为一回事了。”（〔英〕路德维希·维特根斯坦：《哲学研究》，陈嘉映译，世纪出版集团、上海人民出版社，2005，第94页。）

arrangement of epithets）。像这样违背语言的规则的故意误用，在文学修辞中可谓比比皆是。戴维森要论证的便是，在进行文学写作时，即便我们是第一次使用这样的语言修辞，也能够使得交流者得以互相理解。

那么，这种成功交流的原因是什么呢？戴维森由此分析道，这并非依据习得的语法，而是依凭语境中的交流双方的反应。用肯特的话说，说话者的意图之所以能被解释者所理解，凭借的是一种诠释学的猜测（hermeneutics guesses）①。在戴维森看来，作者的写作行动传达的意图总能成功被读者接收，这是因为语境敏感性赋予文学阐释的效力，而非语法陈规。因此，写作行动总是可以在与读者交流的语境中暗藏交流成功的可能性。

五、余论：事件的“断裂性”如何与合理化解释相容？

在大陆哲学传统与分析哲学传统的对比中，对文学事件讨论的明显差异是：大陆哲学传统下的“事件”总是与断裂和突变的性质相关。一个显见的事实是，当我们谈论文学事件或者艺术事件时，我们总会联想到其“革新性”，即在“新”和“旧”之间有一个转折点。我们都会认可，波德莱尔或马拉美的诗歌写作，福楼拜、普鲁斯特和乔伊斯的小说写作，以及贝克特的戏剧，是文学事件；杜尚的《泉》和沃霍尔的《布里洛盒子》的展出是艺术事件。在这些文学和艺术事件中，我们可以看到，巴迪欧、利奥塔、德勒兹那里的事件性总代表着“差异”“开启”“生成”“戏剧性”“突发性”“创造力”，总是意味着“独一无二”“无可重复”。因此，与戴维森的事件本体论不同的是，他们寻求的是事件的差异逻辑，而非同一化以及个体化逻辑，他们会将无规则的改变作为事件（event）与非事件（non-event）的分水岭。然而，在分析哲学传统中谈论事件，则必然涉及将其本体化。我们常常会形成一个印象，即分析哲学不能谈论“剩余”“例外”“可能性”，也就不可能谈论“创造力”，所以，对其能否用来谈论文学事件和艺术事件便持怀疑态度。利科就对戴维森的事件本体论有过类似的批评。利科认为，戴维森对事件的解释是总体化的，因此戴维森实际上未在事件与物质对象之间做出清晰的区分，利科评注

---

① Kent T, “Interpretation and triangulation: A Davidsonian critique of reader-oriented literary theory”, In Dasenbrock R（Ed.）, *Literary Theory After Davidson*, The Pennsylvania State University Press, 1993, p. 45.

道："对于事件和对象/实体来说，确定其同一性的标准是相同的，所有论证都宣称：事件的个体化正如单个实体的个体化。"[①]也就是说，利科认为戴维森经由因果模式的"合理化"框架，实际导致了"事件"无法从"非事件"中被区分出来。在利科看来，之所以如此，原因在于"合理化"总是缺失了人称的视角，戴维森的事件的本质是无人称的（impersonal）："建立在某种行动短语的逻辑分析之上的事件本体论，难道不是源于戴维森的严格和精当的分析吗？这注定隐匿了一个问题，即能动者乃是作为他或她的行动的所有者（possessor）。"[②]在利科看来，戴维森的事件实际上并没有真正"事件性"，因为首先，它是逻辑化和合理化的，这与事件的突变性特质是不相容的；其次，事件不应当排除掉能动者，即不应当失却其"我性"（mineness），否则就会沦为物质对象。

诚然，戴维森的高度形式化的事件本体论的建立，不免会缺乏社会维度，也就缺乏对社会历史中真正的"危机"的关照。首先，利科的理论兼收两个传统的资源，他对戴维森的批评不无道理。但是，就戴维森来讲，他的事件理论植根于分析哲学传统中，因此他也就无必要去做社会历史维度和政治伦理维度的考察，而充分的逻辑化正是其一贯的理论取向。其次，利科认为戴维森的事件理论缺失人称视角，这也不是事实。实际上，在对心理事件和行动概念的考察中，戴维森都通过"意向性"来对第一人称视角事件做了考察。只不过鉴于二者的路径不同，戴维森的考察仍不免高度逻辑化，而利科则将之发展到叙事伦理维度。

大陆哲学家与戴维森等人的主要分歧在于，他们仍将语言视为表征工具。由于语言总是事后去表征，因此那些断裂的、偶然的、独一无二的、私人心理的、非理性的事件，又如何能够保持其原初性呢？这是否意味着，一旦进入语言之流中，就无法避免重复，也就远离了事件的本真性？也即是说，事件的断裂性注定无法与语言的合理化与形式化兼容。对此，戴维森否认了那些可以越出语言界限的"超验"的预设。比如说，针对"剩余""例外""溢出"等建立在存在论基础上的事件语汇的形而上学预设，戴维森回应道：我

① Ricoeur P, *Oneself as Another*, trans. Blamey K, The University of Chicago Press, 1992, p. 85.

② Ricoeur P, *Oneself as Another*, trans. Blamey K, The University of Chicago Press, 1992, p. 85.

们不能说有这样的东西存在，而只能在语言的平面上去谈论它们。由于语言总是具有公共性，因此戴维森的工作就是对事件进行逻辑的形式化或者为之提供语法上的解释框架，使得对事件的谈论得以合理化。

另外，合理化理论也并非意味着对谈论"非理性"的排除，戴维森的合理化理论就有效地兼容了对"非理性"的谈论。戴维森的一个基本立场是，"非理性"乃是"理性"的不足，而不是"反理性"。因此，他对一系列"非理性"主题的谈论就不是超越语言的深度解释，而是回到语言这个平面上的表层解释。在他的一系列论文如《非理性的悖论》中，他讨论了诸如意志薄弱（akrasia）、自欺（self-deception）、精神分裂（mental partitioning）以及心理动因（mental causation）等非理性的形式，并给予了其合理化解释。由此推之，事件的"断裂性"和"差异性"等特质也能够与合理化解释相容。并且戴维森的行动论倡导的是对规约论的打破而非遵从，并且他在此基础上对文学语言的个体性特质做了成功的论证。

通过戴维森的事件理论，我们可以建构起文学事件的分析式图景。首先，戴维森的事件本体论使得我们将文学事件视为不同时空中的殊相，它主要通过因果解释构建叙事的合理性。戴维森式文学事件将被视为"发生"而非"存在"，故此我们应当从文学存在论转向文学发生论。其次，当文学事件作为文学行动时，戴维森的意图主义为文学语言对语言规约的突破提供了解释的可能性，写作行动的成功就意味着发挥写作主体的能动性，在语境中达到与读者的成功交流。戴维森式写作行动和文学阐释对意向性特征的强调，突破了狭隘的文本中心主义视野，从而重新迎回了失落的文学主体性。最后，通过戴维森的一系列论文中对"非理性"问题的关注以及对"合理性"问题的说明，我们发现事件的"断裂性"与合理化解释能够在一定程度上相容。

参考文献

〔英〕安东尼·吉登斯：《社会的构成》，李康、李猛译，生活·读书·新知三联书店，1998。
〔法〕保罗·利科：《解释的冲突——解释学文集》，莫伟民译，商务印书馆，2008。
〔法〕列维-斯特劳斯：《野性的思维》，李幼蒸译，商务印书馆，1987。

Attridge D, *The Singularity of Literature*, Routledge, 2004.

Davidson D, *Essays on Actions and Events*, Oxford University Press, 1980.

Eagleton T, *The Event of Literature*, Yale University Press, 2012.

Evnine S, *Donald Davidson*, Standford University Press, 1991.

Iser W, *The Act of Reading: A Theory of Aesthetic Response*, Johns Hopkins University Press, 1978.

第三章
艺术-事件

第一节　事件与艺术：利奥塔的语位政治学和后现代的崇高美学

一、事件、时间与当代法国哲学

当代法国哲学最典型的特征，便是对普遍哲学重理性、轻感觉经验这一传统的反叛。传统哲学将永恒不变的理念、共相看作真实的秩序，将变动不居的感觉经验看作虚幻的、不可靠的东西；因此，只有本质、概念才具备真理的价值，才是哲学所要考察的对象。哲学也并不否认不可表象的感觉经验的存在,只不过习惯于将那种可以体会却不可以确知的经验归入美学的范畴，认为那只是诗人或艺术家借助于比喻才有可能触及的审美意象。思想家普遍认为，瞬间即逝、不可再现、可以体知却不可为意识所把握的感觉经验或许具有审美的价值，但对于我们认知世界却毫无意义。

由于事件的不确定性、偶发性和无序性，它在哲学史上始终是被人们忽略不计的要素；在很长的时间内，哲学的任务一直是寻找普遍必然的范式，它关注的不是变化无常的事件,而是可以穿越时空的永恒真理;“真理是什么”的问题往往支配着“什么将发生”的问题，理论由此具有了指导实践的优先性。结构主义之后的当代法国哲学恰恰是这样一种思维范式的逆转，思想家试图将不确定的事件提高到哲学的高度，反对为行动寻找先于处境和实际状态的先验原则。从结构主义到后结构主义的过渡，在某种程度上可以看作思想家的研究兴趣从“结构”到“事件”的位移。“结构”一词是伴随着索绪尔的语言与言语（即结构与事件）的二分走入我们的视野的：前者是由形式构成的语言系统，后者是语言的运用，是由语言系统产生的言语行为。尽管结构主义放弃了回到主体、中心、基础的要求，但是也付出了将时间悬搁起来的代价，历时性的事件在共时态的结构中被放入了括号之中。在结构中，只有共时的现象才具有意义，或者说，只有被共时系统所接纳的历时事件才有意义，否则，它的存在就完全可以忽略不计。很显然，后现代主义者从结构转向事件，正是由于他们深知，唯有恢复事件的活力，才可能获得对抗可计算的时间的一个支点，才能抵制和批判由概念系统、交换模式及再现机制建构起来的确定性的霸权。[①]

在西方思想史上，对确定性的追求总是通过抹去时间变化的痕迹来达到的。对于任何致力于探索普遍真理的抱负而言，最糟糕的就是一种“既在又不在的”的不确定性。因此，在考察原理、规律、结构的认知话语中，瞬息即变的“现在”往往被表述为一个可以测度的期间化的概念，它是理性过滤掉不确定的因素、寻找放之四海而皆准的普遍真理的必要条件。对于逻各斯而言，过去已经消逝了，不复存在，未来尚未来临，唯有现在才是真实的、可以把握的实体，但只有将这一在场的时间刻度化和空间化，我们才可以寻找不变的、可以被概念化和被再现的东西。理性的本性就在于追寻这样一种同一性：倘若无法确认在任何情况下对象都保持不变，那么我们又如何开始认知呢？“Logos是‘变’中之‘驻’，‘时’中之‘空’，执着于此种‘必然性’，则可以以‘不变’应‘万变’，使自身处于那‘不变’的‘永恒’的‘现时’（存在）之地。”[②]德里达将这样一种时间样式称为“在场的形而上学”；而德勒兹将这样一种对时间的传统理解称为“再现的哲学”：每一个此刻都必须被再现出来，由此主体可以将客体识辨出来。[③]

当代法国思想着力凸显“事件”的独特性，正是为了将不可表象的感觉经验重新纳入哲学的框架并思考它的伦理、政治和审美意义。为什么理

---

① Lyotard J-F, *Le Différend*, Les Éditions de Minuit, 1983, p. 15.

② 叶秀山:《从 Mythos 到 Logos》,《中国社会科学院研究生院学报》1995 年第 2 期，第 26 页。

③ 德勒兹的“重复”不同于传统意义上的“重复”，它并不是一个识辨、再现和趋向同一的过程，而是一个不断生产差异的过程。事实上，无论是德里达的“延异”、德勒兹的“重复”（répétition），还是利奥塔的“异识”（différend），这些术语之所以成为繁殖差异的基地而不是回归同一的场所，关键在于时间的介入。只有当时间和在时间中发生的事件成为哲学的主题时，同一的哲学才会被差异的哲学所替代。Descombes V, *Modern French Philosophy*, trans. Scott-Fox L, Harding J M, Cambridge University Press, 1980, pp. 149, 154.

性就一定要高于感性呢？为什么感觉经验只能作为知识的经验材料，处于理性秩序的底端呢？或许“可感受的”才应当是某个不可被表象的绝对“本体”呢？通过将不为“我思”所掌控的“事件”提高到本体论的高度，后现代思想家试图重新思考理性的限度，为技术统治时代的哲学逃出概念世界的牢笼寻找出路。利奥塔的“语位”的政治学正是在这种学术背景之下应运而生的。

二、异识论：语位的政治学

利奥塔的“异识”（différend）[①]有两层含义。第一层意思是指不同语言游戏之间的异质性和不可通约性，即在异质的风格之间不存在普遍的判断标准，每种语位体系（régime de phrase）都有不同的规则，不存在一个可以支配所有领域的元叙事。但是在今天，话语风格的逾越无处不在，所有价值都是可交换的，一切活的生命按照无生命的工业品的方式被生产、加工、处理和消耗。人类得以安身立命的生活世界成为一个研究、谋划和占有的场所，成为一个单纯提供能量的生产车间。即便是艺术和文学，也不断受到资本逻辑的侵蚀而沦为一种盈利和谋生的手段。在这一背景之下，利奥塔坚持不同话语风格之间的异质性就显得尤其具有时代意义。哲学家的任务就在于打破认知型话语风格的垄断，关注那些在技术、资本和市场的规则下所不能表象出来的细微差异。[②]知识分子的责任不再是为民众提供普遍的价值和凌驾于一切话语之上的元规则，而是把小叙事的游戏尽可能地最大化。[③]

对于“异识”的第一层含义我们并不陌生，它基本上是康德和维特根斯坦思想的现代版本。只不过，在《异识》中，利奥塔用“语位体系”代替了维特根斯坦的“语言游戏”，用“多样性”的理念代替了康德的通往人类永久和平的“总体性”理念。真正富于创见的是“异识”的第二层含义。

---

① différend 指“冲突”“分歧”“不和”“争论”，该词被译成“异识”，一是可以表达其本意，即“意见不合、见解不同”，二则有意与哈贝马斯的“共识”相对，暗示知识分子为走出现代性危机而选择的两种截然不同的方案。

② Lyotard J-F, *Le Différend*, Les Éditions de Minuit, 1983, p. 92.

③ Lyotard J-F, Thébaud J-L, *Au Juste: Conversations*, Bourgois, 1979, p. 113.

“异识”的第二层含义是指“语位”（phrase）[1]的独特性，或者说语用事件之间的不可通约性。语位是一个殊例而不是一个类型。[2]每一次重复都意味着一个新的语用事件的发生。每一个“语位”在发生时都由四项要素构成，即言者、听者、含义和指称。语位在发生的时刻只能显示其已经发生但没有具体的内容，利奥塔称之为“表象”（présentation）；但是接下来的语位可以把前一个语位放到具体的情景和关系之中，并确定它的意义和内容，利奥塔称之为“处境”（situation）。[3]这一区分有时也被表述为 quid（本质）和 quod（实存）或者是“Il arrive/That it happens”（发生）和“Ce qui arrive/What happens”（发生什么）[4]。不管以什么方式来表述，前件均是指“事件”在“此刻”发生的独一无二性，而后件则是指把此绝对相对化、关系化，并赋予其确切意义的过程。

从根本上来说，“事件”在“此刻”的发生不是一个时间问题，而是一个存在问题。尽管此刻我们不能确知发生了什么，但我们知道“此刻”肯定“有”事情“发生”了。“存在着‘有’（Il y a），这是一个被看作发生的语位，确切地说，不是那个此刻（le maintenant），而是此刻（maintenant）。”[5]这个“有”，或者说“存在”，不是一个大写的、具有确定性的“存在”（L’Être），而是一个小写的“存在”（un être），一个朝着多种可能性而开放的“有”[6]。换言之，语位在被表象出来的瞬间，其意义、所指、说话者、受话者都是不确定的，但是接下来的语位可以通过把它们放到具体的情景、关系之中来确定它们的位置和内容，这也就是利奥塔所说的“处境”。

由此，我们永远不可能达到对语用事件的原初理解，对语位的任何理解都只能是此事件之表象的某种可能处境，而“处境”不可能还原为“表

① 在法语中，phrase 既有“句子”的意思，也有“短语”的意思，但是作为语用事件，phrase 却既可以不是句子，也可以不是短语。利奥塔将“语位”看作语用学的基始单位，与“事件”同义。由此，“语位”既与语形学的“词位”（lexeme）相区别，又与表示具体行为的语用单位“语步”（move）相联系。

② Lyotard J-F, *Le Différend*, Les Éditions de Minuit, 1983, p. 103; Lyotard J-F, *The Lyotard Reader*, ed. Benjamin A, Blackwell, 1989, p. 371.

③ Lyotard J-F, *Le Différend*, Les Éditions de Minuit, 1983, pp. 109-110.

④ Lyotard J-F, *Le Différend*, Les Éditions de Minuit, 1983, p. 120; Lyotard J-F, *The Inhuman: Reflections on Time*, trans. Bennington G, Bowlby R, Stanford University Press, 1991, pp. 82, 92.

⑤ Lyotard J-F, *Le Différend*, Les Éditions de Minuit, 1983, p. 114.

⑥ Lyotard J-F, *Le Différend*, Les Éditions de Minuit, 1983, p. 109.

象”。从诠释学的角度来讲，此“表象”和“处境”的二分意味着对语用事件的意义诠释是由下一个语用事件来完成的，其合法性、有效性不由其自身决定，也不由悬搁了历时变化的差异系统决定，而是由后边的“迟到者”（Nachtraglichkeit/belatedness）——诠释者来赋予的。这样一来，既不存在本源的意义，也不存在对此意义的唯一正确的反映。意义的阐释不再是唯一的，每一次阐释都是将非语境化的语用事件加上诠释者本身的特定理解然后将其再语境化的过程。有效性是由后面的迟到者给出的，其效力是相对的、暂时的，受时间和情景的限制。

利奥塔将“事件”提升到这样一种“本体论”的高度，目的有两个。首先，他试图通过“事件”的不可表象来揭示理性的限度，这仍然是一种康德意义上的对极限的反思的批判哲学。在这一意义上，事件标示着理性的界限，它始终提醒着我们，存在着不可表象的、被我们遗忘了的东西。[①]其次，“链接是必然的，但如何链接却不是必然的”[②]，由此，“事件”的第二层功能是积极的，它为意义诠释的多种可能、新生事物的出现清除了独断主义的淤泥，留出了一片自由创造的空间。既然事件是独一无二的，既然不存在着超越于其他所有语位秩序之上的宏大叙事，那么所有潜在的链接都可能是合法的链接。任何一个链接既是一个“发生”，又是一个“处境”。当它作为一个“处境”存在时，它的作用是对前面的语位进行综合和解释，这时候，每一个语位都不是开始；但是当语位作为一个“表象”发生时，它就是不可以重复的“事件”，那么每一个语位都可以是开始，是创造“异识”、突破已经达成共识的标准和规范的契机。[③]倘若我们想避免陷入齐一化和概念化的“非人”命运，不想让语位链接完全陷入系统和资本的掌控之中，那么唯一的途径便是创造新的链接方式，改变那些理论、方案和纲领预先设定的轨迹。在这里，利奥塔求助于康德的思想资源：没有预先的判断规则，我们所使用的就是“反思判断”，从特殊出发来寻找普遍。正是由于对事件的青睐，利奥塔的“后现代”展示为一种批判和创新的实验精神，而后现代哲学被理解为一种创造性

① Lyotard J-F, *Heidegger and "the Jews"*, trans. Michel A, Roberts M, University of Minnesota Press, 1990, pp. 5, 26.

② Lyotard J-F, *Le Différend*, Les Éditions de Minuit, 1983, p. 103.

③ Lyotard J-F, *Peregrinations: Law, Form, Event*, Columbia University Press, 1988, p. 8.

的实践智慧，“事件”和“独创性”被置于哲学活动的中心。

三、后现代：实验和创新精神

作为后现代思想阵营的领军人物，利奥塔的“后现代”和我们对这一术语的通常理解有很大出入。[①]利奥塔反对将“后现代”看作一个现代之后的阶段，更反对将后现代性与现代性对立起来。“后现代”是一个时代谬误（anachronism），它必须根据“未来的”“先在”的悖论来理解。[②]“后”字其实不应该被理解为“在……之后”，相对于现存的秩序而言，它恰恰是“领先”，是“超前”，是对一切现有事物的怀疑和超越精神，它先于一切现有事物之前。所以，后现代并不是现代性之后；恰恰相反，“在现代中已有了后现代性，因为现代性就是现代的时间性，它自身就包含着自我超越、改变自己的冲动”[③]。

如果不受制于名称的约束，我们完全可以用别的词语来形容这种前卫性。例如，福柯在重新解释康德的“启蒙”一词的含义时，就用了“现代性”一词来指代这种批判精神。他和利奥塔一样，希望人们不要把“现代性”看作一个历史时期的概念。“现代性”并不像人们日常所理解的那样，“之前有一个或多或少的幼稚的或陈旧的前现代性，而其后是一个令人迷惑不解、令人不安的‘后现代性’”；毋宁说，“现代性”是一种态度或者一种气质，“这种自愿的、艰难的态度在于重新把握某种永恒的东西，它既不超越现时，也不在现时之后，而是在现时之中”[④]。

那么，后现代作为一种批判和创新的精神，与康德的“从特殊出发，去

---

① 受美国的文化研究的影响，“后现代”被理解为一个发生在现代性之后的期间化概念，它的显著特征就是抛弃了现代主义运动中的精英主义，取消了高雅文化与大众文化之间的界限，削平了文本的深度和历史意识，以最终实现“天才的民主化”。由此，这一美学推崇精英和大众的狂欢、崇高和卑琐的合谋，骨子里奉行的是“享乐主义”、“消费主义”或“现实主义”的哲学。参见 Bell D, *The Cultural Contradictions of Capitalism*, Basic Books, Inc., 1976; Jameson F, “Postmodernism, or, the cultural logic of late capitalism”, *New Left Review*, No. 146 July-August, 1984, pp. 59-92.

② Lyotard J-F, *Le Postmoderne Expliqué aux Enfants: Correspondance 1982-1985*, Galilée, 1988, p. 31.

③ Lyotard J-F, *The Inhuman: Reflections on Time*, trans. Bennington G, Bowlby R, Stanford University Press, 1991, p. 25.

④ Foucault M, “What is enlightenment?”, In Rabinow P (Ed.), *The Foucault Reader*, Pantheon Books, 1984, pp. 32-50.

寻找普遍”的反思判断又有何区别呢？正如康德所言，天才不是通过模仿或套用规则来创作的，天才的基本特征就是创造性；虽然是独创的东西，但是天才的作品却同时具有示范作用，它必然成为范本；他们的作品本身不是通过模仿而产生的，但注定在将来会被别人模仿，成为评判的准绳或规则。[①]因此，天才的艺术创造尽管在现在来看是不合时宜的，但如果足够有力量的话，它们最终会生产出自己的读者和观众，为将来的艺术颁布规则。在这一点上，利奥塔和康德是不谋而合的。

但是康德同时也认为，从另类到典范这一过程离不开鉴赏判断。后者是一种评判的能力，它保证了天才的创造得以被接受，保证了想象力和知性的和谐一致。没有后者的认可，前者要么只是毫无意义的胡闹，要么只会成为一个偶然的产品，转眼就被历史淘汰掉；只有得到了鉴赏判断的认可，天才的作品才可以成为典范。在康德看来，美的艺术是想象力和知性、天才和鉴赏力和谐作用的结果。想象力和天才作为一种创造性的能力，要与知性和鉴赏力达成妥协。由此，康德的反思判断是一种在特殊和普遍之间寻找妥协和平衡的机制，必要的时候，康德宁可牺牲天才的洞见，把合法性给了普遍化的要求。[②]

相反，利奥塔强调事件的独创性，对于他而言，这样一种处在边缘却坚持批判和创新的精神远比普遍化的结果更为可贵。创新永远带有事件发生时的独特性，它总是把触角伸到语言游戏的边界，去开拓新的疆域。当它获得合法性之时，又会有新的事件来质疑它的权威。利奥塔看重的并不是普遍化后的共识，也不是某一个具有创造性的事件，而是一个个事件所蕴藏的实验精神及其不断挑战系统权威和稳定性的过程。这样一种不断推陈出新的实验精神，在某种意义上，正是当代法国批评家留给现代思想的最大遗产。后现代思想家的最大贡献，就是大胆地将自由纯粹理解为“可能性”。“后现代主义者为了给自己的创造活动提供最大的自由，总是避免使自身陷于现实中，尽可能不使自身在现实中停顿，也从不以‘现实’作为其活动目标；它要尽可能使自己处于朝向现实的变动过程中，处于各种可能性中。换句话说，后

① Kant I, *Critique of Judgement*, trans. Pluhar W S, Hackett Publishing Company, 1987, p. 175.

② Kant I, *Critique of Judgement*, trans. Pluhar W S, Hackett Publishing Company, 1987, p. 188.

现代主义者并不想使自己成为‘什么’，而是永远处于‘成为’的过程和状态中。”[①]自由本身不是现实性，如果已经确认为“这样”或“那样”的形态，创造力必然就枯竭了，它就囿于受条件限制的既定存在，那么还有成为别的什么东西的自由吗？后现代就是现代性自我超越的动力，只不过“现代性不但以这种方式超越自身，而且把自己变成一种最终的稳定性”[②]。

正是在各种可能性中，思想家为自己争取到了最大的理论空间。后现代思潮之所以成为美国左派文化批评的精神武器，在很大程度上得益于它对权威的蔑视、对异己力量的宽容和勇于解构自己的姿态。因此，对于少数族裔、女性、同性恋等弱势群体而言，这种多元主义有着某种天然的魅力。[③]但是利奥塔警告我们，标举宽容的多元主义和理想主义一旦从边缘走到中心，从理想转换为现实，成为公认的规则制定者和受益者，就完全可能摇身一变，从捍卫理想的革命者变成捍卫自身利益的独裁者。为了避免陷入这样的困境，利奥塔坚持，尽管后现代栖身于现代性之中，但它绝不是现实主义的，它只是暗含在现实性之中并对现实构成威胁的可能性，是对现存事物的肯定理解中所包含的否定理解。它虽然为将来制定规则，但它的合法性是后来的迟到者给出的，就当下而言，它不具备合法性和正当性。

由此，“后现代”不在达成共识、获得认同的终点，它恰恰处于冒犯常规、与共识相背离的起点。它是一种创造和革新的“表象”能力，而不是对前一个语位进行评价和解释的“再现”能力。利奥塔并不是说独特性不存在普遍化的可能，作为事件的“that it happens”总会变成有着共识的“what happens”：现在具有独创性的发明将来总会成为被公众接收的规则，这就是任何先锋都必须面临的一个在时间上的“未来先在”的悖论。但是他并不将这种普遍化

① 高宣扬：《当代法国哲学导论》（下卷），同济大学出版社，2004，第769页。

② Lyotard J-F, *The Inhuman: Reflections on Time*, trans. Bennington G, Bowlby R, Stanford University Press, 1991, p. 25.

③ 美国人在对待法国理论时，多半持一种为我所用、急功近利的简单化态度，这使得福柯、德里达、利奥塔、德勒兹、拉康的思想被简单化、模式化和制度化了。文化研究最终让后现代的精英主义变成了一场抹平深度的天才和大众的狂欢，将一种崇尚可能性的实验精神转化为某种颠覆性和革命性话语力量，将处于价值中心并持守边缘的立场改写为少数族裔、女性、同性恋等弱势群体争取身份认同的思想武器，甚至陷入某种非此即彼的政治正确性的泥潭，而理论的精妙之处、认识的复杂性，以及文本的张力和洞察力都在这一过程中消失殆尽。

的过程看作先于一切可能经验的主体的先天能力，而是看作一个后天被语言文化共同体所接受的经验事实。换言之，给特殊事件赋义的普遍化或者共识化过程不是一个先天必然，而是一种经验必然的后天事实；更重要的是，这一在经验中达成的共识不仅不是利奥塔着力关心的问题，而恰恰是后现代精英试图突破、开创历史的起点。由此，利奥塔的“后现代”并不是一个时间阶段的概念，思想和艺术上的先锋也不局限于某个特定时期的人群。任何具有这种开拓精神的“前卫派”都属于利奥塔意义上的“后现代”。亚里士多德、奥古斯丁、蒙田、帕斯卡尔都可以被称为“后现代”的，因为他们都在缺乏标准的情况下为将来创造了规则。①

先锋在没有规则的情形下创作，其想象力和已经形成的规则（共识）处于一种极度紧张的关系之中，几乎都要到了崩溃的边缘。它们之间无法再提供一个相称的比例给美学情感，而引发这一情感的客体也不能被已有的概念所辨识。②“当自由形式的表象出现匮乏时，崇高感便会显现。它与无形式是一致的。甚至当缺乏表象形式的想象时，这样一种崇高感也会出现。”③先锋不得不求助于一种无形式或者是前形式的崇高的美学。美也是对知性范畴的否定，但是只是部分的否定；通过想象力与知性的和谐作用，我们可以在主体身上见出按照自然概念来获得的合目的性。崇高则完全否定了形式的力量，它引入了一种没有自然的美学，它不是一项调和自然与自由的事业。通过借助于无形式或者新形式，想象力最终获得了突破共识的力量，而新的事物便在这一过程中产生了。不过在康德那里，崇高的情感虽然源于想象力的失败，但通过刺激理性发现了自己的无限能量，最终，理性却反过来凌驾于自然之上并获得了“无限制的能力”④。想象力的无能最终反证了理性的无所不能，思维的有限最终导向的是理性的无限。康德的崇高并没有中断理性追求无限和整体的欲望，真正将这一欲望中断的是利奥塔的崇高。

---

① Lyotard J-F, Thébaud J-L, *Au Juste: Conversations*, Bourgois, 1979, pp. 31-32.

② Lyotard J-F, *Lessons on the Analytic of the Sublime: Kant's Critique of Judgement*, trans. Rottenberg E, Standford University Press, 1994, p. 76.

③ Lyotard J-F, *The Inhuman: Reflections on Time*, trans. Bennington G, Bowlby R, Stanford University Press, 1991, p. 113.

④ Kant I, *Critique of Judgement*, trans. Pluhar W S, Hackett Publishing Company, 1987, p. 116.

四、后现代艺术：通往崇高的先锋美学

在《机械复制时代的艺术作品》中，本雅明分析了机械复制技术的发展给艺术领域带来的一系列变革，以及艺术形态和功能在现代社会所发生的种种变化。他用“灵晕”（aura）来概括传统艺术三个最为根本的审美特性：艺术作品的原真性、作为传统艺术基础的膜拜价值和审美上的距离感。在这三个特性中，第一个最为重要，后两个特性归根结底是从第一个特性引申而来的。“即使在最完美的艺术复制品中也会缺少一种成分：艺术品的即时即地性，即它问世地点的独一无二性。……原作的即时即地性组成了它的原真性……完全的原真性是技术——当然不仅是技术——复制所达不到的。”①摄影和电影技术的发展使得大规模复制变得轻而易举，而当作品失去了这种“此时此地”的独一无二性时，连同原真性一起荡然无存的是膜拜艺术品的理由，以及欣赏者和创作者之间因为崇敬而保持的审美距离。

aesthetic（审美的）一词的本义是“感性的”。当对事物的直接感知进入标准化和齐一化的技术设计程序时，美便不再是被感知的，而是根据模板制造出来的。荷尔德林曾经说：“在极度悲伤之处，除了时空以外事实上什么也不存在。”但是在“电结构”主宰了一切的信息社会里，我们甚至已经丧失了对时间和空间的感受力。②这一结构不仅取消了我们对“此刻”的直观感受，垄断了我们对“过去”历史的诠释，而且通过将“未来”纳入程序彻底地控制了时间。现代性已经不再是一个时代，它是一种将时间程式化的方法，在这一程式中，一切都是在“现在”之后到达的，甚至先于“现在”到来，而事件在当下发生的各种可能性却在完美的程式中被删除了。③美学的危机是

---

①〔德〕瓦尔特·本雅明：《机械复制时代的艺术作品》，王才勇译，中国城市出版社，2002，第84-85页。

② Lyotard J-F, *The Inhuman: Reflections on Time*, trans. Bennington G, Bowlby R, Stanford University Press, 1991, p. 112.

③ 这样一种将时间客体化、概念化的认知话语的时间模式在20世纪获得了绝对的霸权。不仅如此，借助于科技的进步和资本的力量，理性达到确定性的能力取得了令人惊诧的进步。在步入信息社会之后，我们不仅可以根据已知来推出未知，可以由现在还原过去，甚至可以通过对将来的预期来决定此刻正在或尚未发生的事件。“如果人们想控制一个过程，最好的办法就是使‘现在’从属于人们称为‘将来’的东西，因为在这种状况下，‘将来’完全是先定的，‘现在’本身将停止向一个不确定的和偶然的‘以后’开放。” Lyotard J-F, *The Inhuman: Reflections on Time*, trans. Bennington G, Bowlby R, Stanford University Press, 1991, p. 65.

时间和感觉的危机。当“此刻”事件的“发生”不再存在，当感觉陷入麻木状态时，艺术自然也就终结了，因为概念支配了一切领域。[①]

在现代文化工业里，由意识和概念主宰的再现机制将“此刻”放在过去、现在、将来的机械序列中，差异在时间的计划、积累、保存中被抹去了，而人们对事物的细微感受也被忽略了。先锋艺术要唤起的，正是这样一种对“此刻”的感受力。艺术工业的再现机制或许可以将内容和形式完美地复制出来，但有一样东西它是无法企及的，那就是“表象”——某样东西此时正在那儿——的事实，“即时性”就是当代绘画艺术的主题。[②]利奥塔不仅看出了美学在信息时代可能的方向，而且告诉我们，作为唤起崇高感的“绝对”，不再是康德所说的自然界的无限伟大，即对象体积或力量的绝对庞大，而是不可重复的“此时此刻”。利奥塔将自己对时间问题的理解嫁接到康德的崇高之中，从而开辟出了一条美学在完全概念化的时代可能选择的出路。如果思想还有尊严，如果艺术还有可能存在，那就不再是表现为美的艺术，不再是在概念和程序的控制下想象力和知性之间的水乳交融，而是可表象的能力和可构想的能力在“事件”面前发生的严重错位。崇高的美学发生在“此刻”“有”“事件”“发生”之时。

那么怎么才能表达这种“有”呢？怎样才能回到“此刻”，保卫事件在发生时的独一无二性呢？“此刻”不断消逝，它不是到得太早，就是来得太迟，既不能为意识所捕捉，也无法为艺术家所再现。不过，康德为我们指出了表达这一崇高感的出路，即通过“否定的表象方式”来反证这一理念的存在：尽管艺术家不能表象绝对，但他们可以通过一种否定的方式，即以一种在公众看来是“无形式”或“前形式”的方式来传达这种不可再现感，而形象的匮乏正是这一理念的巨大能量的见证。[③]

当传统的空间化的布局艺术转化为对时间悖论的叩问时，先锋艺术试图表

① Lyotard J-F, *The Inhuman: Reflections on Time*, trans. Bennington G, Bowlby R, Stanford University Press, 1991, p. 115.

② Lyotard J-F, *The Inhuman: Reflections on Time*, trans. Bennington G, Bowlby R, Stanford University Press, 1991, p. 82.

③ Lyotard J-F, *The Inhuman: Reflections on Time*, trans. Bennington G, Bowlby R, Stanford University Press, 1991, p. 98.

达的是以下主题："此刻，事件在这一瞬间发生。"然而，"此刻""发生""事件"本身是不可呈现的，想象力无法也无力为之提供一个形式的直观。此刻，事件发生了（Il arrive/That it happens）；存在着"有"，而不是"空无"；但"有"是"什么"（Ce qui arrive/What happens）却是尚不确定的。面对这种想象力的失败，先锋艺术唤起的是崇高的情感。[①]在这种情感中，我们"感到在这危险的虚无里，在所有事件之外，有某件事情注定要发生，感到某件事情将出现，将宣布并非一切都已终结。那个出现就是'此时此地'，即最低限度的发生"[②]。

康德的美唤起的是形式的美，但是利奥塔的先锋艺术却是要唤起人们对材料的直觉，对那种独特的、不可重复的感觉的体验。在西方艺术史上，形式始终高于材料的要素。艺术大师的真正秘密，就在于他们可以用形式来消融材料，因为只有借助于形式，才可以"寓杂多于整一"，从个别形象中见出一般真理，从变化中见出一致和谐。形式则是筛去事物的偶然性、随机性，让外在的"物"向内在的"精神"转化的必要条件。后现代美学无疑是对这一美学传统的反叛，而放弃既定形式的束缚则是美学革命的关键；艺术的使命在于挣脱形式的羁绊，恢复感觉的无人称意义。只有摧毁精神之于物质的优先性，我们才有可能阻止厚重而粗糙的物质向客体的转化，才能感受那多样的、不稳定的、不断变化的存在。利奥塔有时也用"物"（the Thing, things/La Chose, les choses）来命名这一被称为"有"或"存在"的东西。[③]"物"不是唯物论意义上的、与思想相对立的物质，也不是可以被精神理解和把握的客体，它们是在精神缺席的情形下事物所呈现出来的细微差异。利奥塔真正关心的不是作为实体而存在的"物"，而是作为"事件"而呈现出来的对"物"的当下体验。在他看来，真正的现代艺术家不应当是从特殊中抽绎出一般的大家，而是捕捉这些细微差异的高手。唯有凭借着感悟差异的能力，我们才会被"物"所触及，才会感受到那树木纹理的细腻、声音的清浊、色泽的流

---

① Lyotard J-F, *The Inhuman: Reflections on Time*, trans. Bennington G, Bowlby R, Stanford University Press, 1991, pp. 84-85, p. 88, p. 100.

② Lyotard J-F, *The Inhuman: Reflections on Time*, trans. Bennington G, Bowlby R, Stanford University Press, 1991, p. 84.

③ Lyotard J-F, *The Inhuman: Reflections on Time*, trans. Bennington G, Bowlby R, Stanford University Press, 1991, p. 33, p. 143; Lyotard J-F, *Peregrinations: Law, Form, Event*, Columbia University Press, 1988, p. 18.

动、芳香的缭绕、肉体或是分泌物的残留味道。[①]先锋派用一种违反常规的方式来创作，其目的就在于用陌生化的手法和震撼的方式扰乱公众习以为常的视觉感知，唤起他们对色彩、线条、纹理、质地、光线、音质的原初的直觉，而不是陷入对客体的“辨识”和对美的形式的“鉴赏”中。

只有当意识被取消了关于时间的优先地位时，我们才会感受到这个“有”，感受到“事件”的“事件性”。在对“发生了吗”的质疑中，“有”的不确定性、无限可能性和开放性才得以保存下来，痛感才会转化为快感。于是，崇高的情感就在这样的转化中发生了。“随着事件的发生，意志被击败了。先锋艺术家的任务就是取消心灵关于时间的假设。崇高的情感就是这种丧失的代名词。”[②]事件其实是非常简单的东西，“但这种简单性只有在丧失状态时才可以接近，即当思维被解除了武装的时候”[③]。唯有取消意志之于解释的特权，取消形式之于材料的优势，我们才能让感觉接近事件的发生，让精神被物质所触及，让奥斯维辛之后的美学挣脱出技术和理性统治下的麻木状态。[④]一个多世纪以来，达达主义、超现实主义、立体派、野兽派、行为艺术（behavior art）、随机艺术（happening art）、极简主义（minimalism）、抽象表现主义（abstract expressionism）这些艺术流派，以及塞尚、马蒂斯、杜尚、毕加索、纽曼、乔伊斯、贝克特、尤奈斯库、德彪西、布莱兹、维伯尔恩、瓦莱斯等这些先锋艺术家都在用自己的方式实践着这条崇高的美学之路。

利奥塔受康德的影响，也试图在崇高的美学和伦理的义务之间建立起类似的关系。关键在于，在康德那里，想象力的失败反而揭示了主体理性的某种无限制的能力，通过对于客体的尊重来替换对主体中人性理念的尊重，理性反而获得了某种凌驾于自然之上的优势。利奥塔的崇高同样也与义务相连，但是这样一种情感恰恰不是要见证理性的无所不能，而是见证理性在“事件”

---

① Lyotard J-F, *The Inhuman: Reflections on Time*, trans. Bennington G, Bowlby R, Stanford University Press, 1991, pp. 140-141.

② Lyotard J-F, *The Inhuman: Reflections on Time*, trans. Bennington G, Bowlby R, Stanford University Press, 1991, p. 107.

③ Lyotard J-F, *The Inhuman: Reflections on Time*, trans. Bennington G, Bowlby R, Stanford University Press, 1991, p. 90.

④ Lyotard J-F, *Heidegger and "the Jews"*, trans. Michel A, Roberts M, University of Minnesota Press, 1990, p. 44.

“表象”“此刻”“发生”面前的有限性，利奥塔的崇高真正中断了理性追求无限的欲望。只有理解了利奥塔的这层用意，我们才会明白为什么有时他会将绘画看作听的艺术，而不是看的艺术。在《瞬间，纽曼》里，利奥塔对纽曼的画的评析具有一种非常浓厚的伦理色彩和犹太教式的启示力量。“纽曼关心的是如何在面对面的关系中、在第二人称中赋予色彩、线条、节奏以义务的力量，而这一模式并不是‘看这里（那里）’；而应该是‘看着我’，更准确地说，是‘听我’。因为义务并不具有空间的特征而是具有时间的特征，它使用的器官是耳朵而不是眼睛。”[①]“赏画者不过是一只朝着从寂静中向他而来的声音竖起来的耳朵；绘画就是这声音，就是一个和弦。竖起来——这个在纽曼的画中永恒的主题——应当被理解为：‘竖起耳朵，听’。”[②]

在某种意义上，利奥塔的“崇高”借用了犹太教的资源来对抗希腊文明的理性传统。他甚至将先锋们的美学实验和《创世纪》中上帝的“大创造”相提并论，认为他们的作品有如一道“圣灵之光”，像一道闪电般驱逐了无边黑夜的恐惧和绝望，为人们带来新生事物诞生的希望。[③]这种天启的力量超出了我们可以在经验中表达的能力，在我们的心中唤起一种油然而生的喜悦和敬意。由此可见，利奥塔的后现代美学并不是犬儒主义的、享乐主义的、对价值漠不关心的，而是如德勒兹和加塔利所言，恰恰是过于伦理化的和过于宗教化的。[④]如果说这种美学存在危机的话，恰恰就在于“审美正确性”占据的位置正在日益被伦理和价值正确性所侵蚀。

“崇高的美学”重新解释了当代美学背离传统美学的意义。批评家普遍认为，在我们这个时代，艺术已经走向了它的反题，成为一种否定的美学。即便是阿多诺这样肯定先锋艺术价值的思想家也宣称，艺术只有否定自己，走向反艺术，才能和媚俗的大众文化拉开距离，才能完成对社会和现实的批判；通过自身的异化来对抗现实的异化，“先锋艺术”成为“非美学”的同义词。在

① Lyotard J-F, *The Inhuman: Reflections on Time*, trans. Bennington G, Bowlby R, Stanford University Press, 1991, p. 81.

② Lyotard J-F, *The Inhuman: Reflections on Time*, trans. Bennington G, Bowlby R, Stanford University Press, 1991, pp. 83-84.

③ Lyotard J-F, *The Inhuman: Reflections on Time*, trans. Bennington G, Bowlby R, Stanford University Press, 1991, pp. 78-88.

④ Williams J, *Lyotard: Towards a Postmodern Philosophy*, Polity Press, 1998, p. 134.

利奥塔的“崇高的美学”中，我们看到先锋艺术重新回到了审美作为感性的初始含义；在对“此刻”有“事件”发生的叩问中，艺术试图靠近的是那种尚未被意识所捕捉的对事物、时间和空间的原初感受力。正是这种感受力，才使得美学仍然以一种感知的方式获得了与一个非感性的世界相抗衡的可能性。

利奥塔认为反思判断不仅可以运用于美学，还可以运用于其他领域，如伦理学和政治学。[①]事实上，规则的缺乏并不是艺术所特有的现象，每个领域在不同时期都会有对突破旧规范、创建新规则的需要，反思判断正是这样一种为将来寻找规则的判断，而这一特点适用于所有人类活动，即便是哲学和科学也不例外。[②]因此，利奥塔将“想象力的活动扩展到了所有的游戏、所有的语位体系、所有的关系中”[③]。由于对不可表象的“事件”、感觉和差异有着超乎寻常的兴趣，利奥塔在某些时候看上去更像一个诗人，而不是一个哲学家。对于后现代知识分子而言，生命的意义不在于重复他人已经说过的东西，而在于不断创造新的语汇，书写一个又一个新的故事。他们相信，我们理应将生活变成一件艺术品，因为生命的意义在于它有将潜能变成现实的无限自由，在于它是一个勇于突破共识、不断实现自我超越的过程。他们都是尼采意义上的强健诗人，而对于诗人而言，最大的恐怖莫过于发现自己只是一个复制品或仿造品而已。

第二节　症状阅读、事件与图像学：略谈迪迪-于贝尔曼的“图像知识”

迪迪-于贝尔曼的艺术史-图像学研究基于对瓦尔堡的“重新发现”展开。如果说主流的艺术史-图像学研究范式深深地植根于“卡西尔-潘诺夫斯基-贡布里希”的阐释范式的话，那么在这一范式当中，瓦尔堡的艺术研究——这一“无名之学”（阿甘本语）则是一种被压抑的范式。正如阿甘本所指出的那样，瓦尔堡开始了某种意义上的“图像科学”。那些研究的主要焦点被理解为

---

① Lyotard J-F, Thébaud J-L, *Au Juste: Conversations*, Bourgois, 1979, p. 168.

② 利奥塔在《后现代状况》里将“背谬推理”作为科学合法化的模式就很好地说明了这一点。参见 Lyotard J-F, *La Condition Postmoderne: Rapport sur le Savoir*, Les Éditions de Minuit, 1979, p. 98.

③ Dekens O, *Lyotard et la Philosophie（du）Politique*, Editions Kimé, 2000, p. 58.

历史记忆结晶的姿态，是姿态借以板结并转变为一种命运的过程，也是艺术家与哲学家通过不断变化的两极化方式努力从姿态的命运中挽回姿态的一种尝试，在瓦尔堡看来，那是一种濒于疯狂的尝试。瓦尔堡将图像改造成了一种彻底历史和动态的元素。迪迪-于贝尔曼对瓦尔堡的再阐释让我们看到，图像科学作为"历史记忆"科学，是图像-历史科学的"基座"所在。从迪迪-于贝尔曼关注瓦尔堡的兴趣点，以及他对"历史"的批判的图像学阐释来看，或者说从迪迪-于贝尔曼的"全部工作"来看，与其说他是一位"艺术史家"，不如说他是一位通过图像"发现"历史独特模型的历史学家。

一、批判的图像学：通向一种图像-历史知识

在《以侍女轻细的步态（图像的知识，离心的知识）》[①]一文中，迪迪-于贝尔曼以令人吃惊的姿态提出了"图像学"的学科本质。这一姿态之所以令人吃惊，是因为它一方面拒绝了作为制度的图像学研究传统，另一方面也对历史学迄今的"历史模型"建构提出了质疑。

近代的图像学制度在两个领域里得以确立：一个是以艺术品流通市场为导向的"美术馆"领域，另一个是以大学的人文学科为中心的"学术研究"领域。在迪迪-于贝尔曼看来，前者由于缺乏有关图像内在的知识反思，最终只能以"借来"的话语，对图像的历史存在进行解释，其最典型的话语模型应该说就是不断在"美术馆"中自我复制的"瓦萨里"传统：

> 实证性艺术史必须付出代价……它们往往根据根深蒂固的瓦萨里传统，要么对艺术家及其艺术品做数念珠式（d'égrener un chapelet）的处理，要么满足于编织艺术家及其艺术品的家庭浪漫故事。[②]

尽管我们不能否认瓦萨里开创"图像学术"的历史功绩，但同样不能否认的是，瓦萨里的实证论话语把图像处理为"理智操作"的感性对象，把"图

---

① Didi-Huberman G, "Au pas léger de la servante. Savoir des images, savoir excentrique", In Haag P, Lemieux C (Eds.), *Faire des Sciences Sociales*, Éditions de l'École des Hautes Études en Sciences Sociales, 2012, pp. 177-206.

② Didi-Huberman G, "Au pas léger de la servante. Savoir des images, savoir excentrique", In Haag P, Lemieux C (Eds.), *Faire des Sciences Sociales*, Éditions de l'École des Hautes Études en Sciences Sociales, 2012, p. 179. 译文有调整。

像活动”理解为符号理性的产物，从而使图像在具有了某种“索引性”品格之外，抹去了图像自身的“身体性”和依赖这种独特的图像身体性的“可理解性”[①]。相比于“美术馆”图像史编目的“数念珠”式的工作，大学体制中图像学制度的实证主义危机表现得更具有历史性，也更为复杂。

一方面，这种复杂性表现在潘诺夫斯基艺术史话语的“外壳”具有强大的“人文科学”的再生产功能。作为《图像学研究：文艺复兴时期艺术的人文主题》的作者[②]，潘诺夫斯基对瓦萨里传统的现代复兴的知识基础是康德主义的“主体哲学”和“象征体系的阐释学”。“图像”的知识被潘诺夫斯基主义的体系转化为人类的“习惯”知识，艺术史的主要任务——即便不是最主要的任务——就是在人类精神本质的光照之下，在艺术家个人的心理和世界观的光照下，揭示图像的象征价值，即它们的“主题”和“概念”：

> 并非偶然的是，潘诺夫斯基对西方艺术理论史的著名研究是以（大写）观念为主旨的；他在那里尤其表明了文艺复兴时代“对自然的观察”虽然得到了重构，但却没有损害“观念的构成”。所以人们也许会不无悖论地认为，写实主义（并不是中世纪意义上的，而是美学意义上的写实主义）以绝佳的方式在视觉艺术领域里构成了神秘主义观念论的色调、风格和修辞。[③]

在观念论的图像志操作过程中，图像成为虽然演进但其构成永恒不变的“人类理性”的例证形式。潘诺夫斯基的图像学的出发点和终结点是“观念”[④]，他也“围绕象征这一核心概念来驱使他的全部阐释：而象征则是自黑格尔和德国浪漫主义以来已被过度确定了的一个概念”[⑤]。观念论的“外壳”会把

① 对瓦萨里及其传统的详细批判可参看乔治·迪迪-于贝尔曼的《在图像面前：某些艺术史的终结之问》。（见 Didi-Huberman G, *Confronting Images: Questioning the Ends of a Certain History of Art*, trans. Goodman J, Pennsylvania State University Press, 2005, pp. 73-84.）

②〔美〕欧文·潘诺夫斯基：《图像学研究：文艺复兴时期艺术的人文主题》，戚印平、范景中译，上海三联书店，2011。

③〔美〕欧文·潘诺夫斯基：《图像学研究：文艺复兴时期艺术的人文主题》，戚印平、范景中译，上海三联书店，2011，第 75 页。

④ 真正意义上确立潘诺夫斯基的学术身份的第一部著作即《理念：艺术理论中的一个概念》（1924 年）。

⑤ Didi-Huberman G, “Au pas léger de la servante. Savoir des images, savoir excentrique”, In Haag P, Lemieux C（Eds.）, *Faire des Sciences Sociales*, Éditions de l'École des Hautes Études en Sciences Sociales, 2012, p. 189.

图像的所有物质性、偶然性吸收进去，但是同时也掩盖了图像自身的语言和言说。

另一方面，迪迪-于贝尔曼所处的法国当代艺术史——以“法国社会科学高等研究学院第六学部”为中心的当代学院艺术史——的发展，却构成了对潘诺夫斯基的“观念-图像学”的一部反抗史，它同时也构成了复杂的知识更迭的一个场所。这部反抗史是与弗朗卡斯泰尔、达米施、马兰、阿拉斯等名字联系在一起的。弗朗卡斯泰尔把图像当作一个“汇聚的场所”，将人类学、社会心理学引入对图像的解读，达米施和阿拉斯取法“结构主义”语言学角度对建立“分析的图像学”所做的努力，以及马兰从符号学、拉康精神分析中借取方法的尝试——所有这一切工作都是试图让“图像”自身的语言和言说被听到。虽然这部背离潘诺夫斯基体系的反抗史异彩纷呈，不乏真知闪现，但是，迪迪-于贝尔曼令人吃惊地表示，它的反抗并不能说是成功的。

理由是显而易见的：“艺术史，与一切既有的学科一样，首先是一个战场（un champ de bataille）。”[①]这部反抗史中的人物迄今都只是在潘诺夫斯基（甚至瓦萨里）所划定的领域里作战。尽管他们更新了“武器”——精神分析、符号学、结构主义人类学等——但却几乎从未使战场得到“开辟”，更未使这个场地的地形发生实质性的改变。我们通过这个类比，或许可以发现迪迪-于贝尔曼对这部“反抗史”所做评价的关键是什么：这些反抗者对实证论的“图像学”的反抗在方法上陷入了“实用主义”之中。他们以实用主义的态度所借取的资源恰恰最抗拒“实用主义”。结构主义语言学在索绪尔那里使语言学的场地从经验意义上的“言语”转到了作为言语条件的“语言”；精神分析通过弗洛伊德使心理学的“自我”这个场地瓦解，而代之以作为“自我”条件的“无意识结构”；结构主义人类学也使这门科学的对象从“行为”转变为决定行为真实意义的“交往经济”。从这个意义上说，迪迪-于贝尔曼作为这部反抗史中的一个“最近”环节，也意识到了他自身的任务，那就是在澄清图像的“条件”的基础上“再思”图像的性质，进而重构“图像学”——一种批判的图像学。

---

① Didi-Huberman G, “Au pas léger de la servante. Savoir des images, savoir excentrique”, In Haag P, Lemieux C(Eds.), *Faire des Sciences Sociales*, Éditions de l’École des Hautes Études en Sciences Sociales, 2012, p. 191.

批判的图像学的首要目标就是对图像的“艺术史”的基础——“历史”——进行“去蔽”，也就是说，批判历史学家的“学者的自发哲学”：

> 史学家的每个动作都是由某种哲学假设支撑的，想要无视这一点就是在实践最糟糕的哲学，也就是路易·阿尔都塞所说的“学者的自发哲学”……[这种]历史学形态不论是由“进步”的理念所引导，还是恰恰相反，由艺术的“衰落”所引起的怀旧之情所引导……历史都是作为一种决定论的、适量的宏大叙事出现的。①

这种历史学的“自发哲学”用线性的时间描述在话语层面压抑了事实的发生，用“叙事模式”替换了事件的“发生方式”，并使图像的历史和历史的图像充当着自身的“增补”。必须反思种种传统的历史叙事模式、线性时间连续性模式和客观现实化模式，让历史话语开始直面由时间-事件的跳跃、延留、迂回组成的复杂模式，这样才能使图像学生产图像的历史知识。

二、症状：事件的真理

宏大叙事历史模式的“自发哲学”消散之后，这种历史模式所建立的“等级体系”也随之瓦解。我们知道，线性的历史叙事一方面断言以总体化的话语方式“反映”已经发生的历史事件的序列，另一方面则把“图像”当作一种不充分的叙事置于“语言叙事”的次级序列，也就是说使“图像”仅仅充当着历史话语的“例证”——也就是我们常常听说的“图像证史”：历史学叙事是历史的语言形象化，图像则是对历史学叙事的形象化。图像和历史事件的真理隔着两层。然而，迪迪-于贝尔曼在瓦尔堡对摩涅莫辛涅的重新发现当中，看到了对图像历史知识的独特认识。

在这里有必要回顾一下这则对于瓦尔堡——因而也是对于迪迪-于贝尔曼——而言至关重要的古希腊神话的“寓意”。众所周知，有九位缪斯是“艺术与科学”的象征，用当代语汇来说，她们是知识话语的象征，即卡利俄佩（掌管雄辩和叙事诗）、克利俄（掌管历史）、乌拉妮娅（掌管天文）、墨尔波

① Didi-Huberman G, “La condition des images, Georges Didi-Huberman Entretien avec Frédéric Lambert et François Niney”, *Médiamorphoses*, No. 22, 2008, p. 8.

墨涅（掌管悲剧）、塔利亚（掌管喜剧）、忒耳普西科瑞（掌管舞蹈）、埃托拉（掌管爱情诗）、波林尼亚（掌管颂歌）和欧忒耳佩（掌管抒情诗）——“历史学”是其中之一。但应该特别注意的是，九位缪斯的母亲是记忆女神摩涅莫辛涅。在希腊俄耳甫斯教中，摩涅莫辛涅地位独特，据该教的教义，亡灵初到冥界，在冥王哈迪斯的住所可见两泉，左为勒忒泉，即忘泉，亡灵一旦喝下此泉水将忘记一切，而右为源自摩涅莫辛涅沼泽的泉水，亡灵喝下此水则可以让灵魂保留永恒的记忆[①]——摩涅莫辛涅本人并非缪斯之一，但却以危险的方式构成了一处水源，这处水源不是让人依赖“话语”去再现、表述世界，而是让人留存着对世界的“印象”、“意象（图像）”（images）。这个神话在瓦尔堡、迪迪-于贝尔曼的语境中展开的意义是显而易见的：图像（图像学）不是历史（历史学）的“婢女”；相反，记忆的图像和图像的记忆相比于作为话语模型构造的历史学而言，更接近事件的本源，提供着独特的关于事件真理的“知识”。

图像的意象与事件的历史真理构成了独特的对象-表述关系：“如果说图像机制——为思维生产图像的机制——向我们表明了过去的存在方式，以及现在释放出未来的方式，那么我们就能理解这种交汇的时间点的关键性了，那是一种活跃当下与我们过去的记忆的一种碰撞。把历史时刻的这种普遍难题提了出来的人，无疑是瓦尔特·本雅明。”[②]迪迪-于贝尔曼从本雅明那里，看到了事件真理作为历史中的独特时刻的这样一些特性。

首先，事件的真理并不直接表现自身，而是通过种种表象、图像“移置”着被压抑的实在和事物。正如本雅明在“拱廊街”计划当中指出的那样，橱窗、商品、行人的步态、时装等表象的结构，“移置”着被工业文明和布尔乔亚意识形态所排除的时代的真正秘密。所以，“历史唯物主义者只有在作为单子的历史主体中把握这一主体”，单子移置着整体，“在这个结构中，他把历史事件的悬置视为一种拯救的标记。换句话说，它是为了被压迫的过去而战斗的一次革命机会，他审度着这个机会，以便把一个特别的时代从同质的历史进程中剥离出来，把一种特别的生活从那个时代中剥离出来，把一篇特别

---

① 吴雅凌编译:《俄耳甫斯教祷歌》，华夏出版社，2006，第 136 页。

② Didi-Huberman G, *Sobrevivência dos Vaga-lumes*, trans. Nova V C, Arbex M, Editora UFMG, 2011, p. 61.

的作品从一生的著述中剥离出来"[①]。其次，事件的真理总是"凝缩"为"辩证图像"向处于其中、与它们相照面的人们言说："在辩证图像中，过去……不再像它在无法追忆的时代里那样呈现自身：这时人们擦亮了眼睛，于是看到了梦的图像（Traumbild）。"[②]"辩证图像"以奇特的"姿态"通过表面的"言辞"以过度决定的方式言说着"实在界"的事物的辩证真理（本雅明在别处称之为"猛烈的辩证法"[③]），因而也总是呈现为一种姿态行为、意象（图像）的"戏剧化"。迪迪-于贝尔曼引述过本雅明本人给出的有关何为"辩证图像"的一个例证：

> 在革命的第一个夜晚（本雅明指的是1830年法国的七月革命），人们不约而同地对巴黎好几个地方的钟楼进行射击。人们以这种方式——无疑是相当"情感的"方式——推翻了"同质而空虚的时间"，通过这种中断性的信号，代之以一种"唯物主义历史书写"模式，这种模式的典型表现就是对所有时间性的拆解和重组。[④]

革命人民的这种奇特的、不约而同的举动，就是一种"辩证图像"。它在"革命"中处在"边缘"，看似一种"偶然"，但这种大规模的"不约而同"说明它在表达某种意义，而且是"革命"的显性话语不可能意识到的意义，一种无意识的意义——革命中的人民在终止一种时间，并同时开始另一种时间。在这个举动中，人的历史人类学意义上的"起源"（genesis）、"出离"（exodus）等行为的真实含义全部凝结在这个戏剧化的"革命"中的偶然姿态当中，并得以回归。因而最后，事件的真理不是一个历史话语中的"目的论"存在，它并非存在于线性时间的起点和终点，而是一个特殊的时刻，存在于辩证图像的星丛之间，存在于人们姿态的蒙太奇结构之间。事件真理通过"移置"

---

①〔德〕汉娜·阿伦特编：《启迪：本雅明文选（修订译本）》，张旭东、王斑译，生活·读书·新知三联书店，2008，第275页。

② Benjamin W, *Paris, Capitale du XIXe Siècle: Le Livre des Passages 1927-1940*, trans. Lacoste J, Éditions du Cerf, 1989, p. 481.

③〔德〕瓦尔特·本雅明：《德意志悲苦剧的起源》，李双志、苏伟译，北京师范大学出版社，2013，第197页。

④ Didi-Huberman G, "Rendre sensible", In *Qu'est-ce qu'un peuple ?* La Fabrique Éditions, 2013, p. 88.

"凝缩""戏剧化"表达自身，这三种运作机制不正是弗洛伊德对梦的工作机制的总结吗？的确如此。事件的真理是以"症状"的方式起作用的，是在"表述"的危机当中起作用的。因此，迪迪-于贝尔曼曾说，本雅明让我们看到，事件真理是一种"紧急状态"（例外状态）："在《德国悲悼剧的起源》中，这种状态是河流中的漩涡，它具有了时代错乱的起源价值，而为此它也使历史的新的可读性成为可能"①；"其中所有事物在未被注意过的某种真理的光照下突然重见天日"②。

瓦尔堡的"摩涅莫辛涅"图集所做的图像学研究尝试，恰恰不是从图像的表层去解读意义，而是在众多图像的蒙太奇星丛关系中，在图像的表述危机、错时呈现中，以批判的方式去呈现那种不断回归的事件的人类学真相。

三、症状阅读：发现汉诺德和他欲望的真实关系

如果说，传统的瓦萨里式的读图方式是对图像做"平滑"的叙事，将图像的"内容"转述为言辞的内容，那么这种阅读所看到的图像的可理解性恰恰忽略了图像（每一种图像）自身的症状。在这种"平滑叙事"的传统中，波提切利的《春》（图 3-3-1）被解读为对同时代诗人波利齐安诺的诗作的图像化叙事，维纳斯居中，在画的左边，美慧三女神沐浴在阳光里，正相互携手翩翩起舞，象征着青春、美丽和欢乐，她们将给人间带来生命的欢愉。在画的右侧分别是花神、春神与风神三个形象，象征春回大地，万木争荣的自然季节即将来临……这里好像没有什么是"症状"。然而，在瓦尔堡那里，正如迪迪-于贝尔曼所说，当凝视图画的边缘的时候，当关注图画的细节的时候，我们会发现某种令人不安的表达"穿过"画面。在这幅图里，这个症状就发生在图画的右侧（图 3-3-2）。

---

① Benjamin W, *Origine du Drame Baroque Allemand 1928*, trans. Muller S, Hirt A, Flammarion, 1985, pp. 43-45.

② Didi-Huberman G, "Film, essai, poème: La rabbia de Pier Paolo Pasolini", *Les Cahiers du Musee National d'art Moderne*, No. 124, ETÉ, 2013.

图 3-3-1 波提切利《春》（约 1476—1478 年，尺寸 203 厘米 × 314 厘米，木板蛋彩，现藏于意大利佛罗伦萨乌菲齐美术馆）

图 3-3-2 波提切利《春》局部

我们在画的右侧看到风神从林木中探出身子让花神克洛里斯仙女受孕，而后者却已经从口中把孩子们即那一串花“吐了出来”。我们必须把这些奇特之处界定为越界，因为它们从这边穿到那边，通过其形式及其意义的动态运动——不管是否发生在色差层面——使所涉及的图像整体发生改变。我们也必须把这些奇特之处界定为离心的，既然——这尤其重要——它们总是发生在画面的边缘，并且用隐喻的方式为瓦尔堡规定的“图像的外部原因”（die äussere Veranlassung der Bilder）做了注脚。瓦尔堡要找到这个“外部原因”，这样才能使幻想和梦的图像方面的心理内容得到理论表达。梦的图像是记忆的同时也是欲望的图像，是与激情相关联的图像。[①]

这个运动中的人物，在这幅文艺复兴画作中，似乎是从幕后走出来的，改变了整个再现的经济，让某种有关激情、记忆或欲望的东西穿了过来。迪迪-于贝尔曼还让我们看到了瓦萨里对基尔兰达约的《施洗者圣约翰的诞生》（图 3-3-3）的分析，画面除了“讲述”已经展示出来的东西之外，并不能让我们看到图画本身通过自身的“配置”所说的东西。床上的圣伊丽莎白招呼来了几位邻居。一位侍女坐着给婴儿哺乳，而另一位据称也是侍女的人物高兴地向这些妇女展示女主人以其高龄创造出的这个作品。一位非常漂亮的女性，以佛罗伦萨人的方式，从乡下带来了水果和水壶。[②]但是，正如迪迪-于贝尔曼通过对瓦尔堡的“宁芙”手稿的解读发现的那样，瓦尔堡看到了这幅图内部的“断裂”，并因此欲罢不能。瓦尔堡在这幅图中的发现事关欲望，从画面一侧进入的这个女性（“宁芙”，难以命名的年轻女子）的服饰完全是古风式样的悬垂料，这使得她与这个画面的宗教严肃语境完全格格不入，而且她是画面中唯一有着“轻盈的”优雅步态的人物。她简直是一位异教的“女神”，一位实际上“来自外星”（etwas Überirdisches）的受造物。瓦尔堡甚至在她步伐的作用之下看到了地面发生了一种变化，那“典型佛罗伦萨风格”的 cotto（烤土地砖）地板在他看来——只是因为她的缘故——成了天赐的狂喜（Elastizität）之地。她的古风衣袍之下充溢的局部微风，只是因为她的缘故，似乎也让周遭的空气灌注了生气。

---

① Didi-Huberman G, “Au pas léger de la servante. Savoir des images, savoir excentrique”, In Haag P, Lemieux C (Eds.), *Faire des Sciences Sociales*, Éditions de l'École des Hautes Études en Sciences Sociales, 2012, p. 189.

② Vasari G, *Les Vies des Meilleurs Peintres, Sculpteurs et Architectes 1550-1568*, trans. Chastel A, Berger-Levrault, 1981-1987, IV, p. 228. 转引自 Didi-Huberman G, “Au pas léger de la servante. Savoir des images, savoir excentrique”, In Haag P, Lemieux C (Eds.), *Faire des Sciences Sociales*, Éditions de l'École des Hautes Études en Sciences Sociales, 2012, p. 196.

图 3-3-3　多梅尼科 · 基尔兰达约《施洗者圣约翰的诞生》（局部）（1486—1490 年，现藏于意大利佛罗伦萨乌菲齐美术馆）

简言之，这位年轻的“宁芙”，就像一个有着女性优雅的鬼魅，以她轻盈的——几乎是轻灵的——步伐穿过这幅宗教画面：按照绕勒斯的说法，这个幽灵所到之处便唤起了一种压倒性的感觉，使人仿佛置身于“午夜噩梦和童话故事之间”（zwischen einem bösen Traum und einem Kindermärchen）。于是新的问题被提了出来——这些问题实际上直接指向了瓦尔堡本人：“我在哪里曾经见到过呢？”其指向瓦尔堡本人的途径则是其概念性最为彻底的那个棱镜，即作为图像时间性症状模式的“幸存”（nachleben）这一概念棱镜。[①]

什么是图像的幸存？如何进行症状阅读呢？尽管可以从经验的、技术的角度，从迪迪-于贝尔曼（以及他所依赖的瓦尔堡）的著作中进行总结、归纳和综合，但这样做无疑会损害批判的图像学以及图像的历史知识的全部“再现经济”。我们如果从迪迪-于贝尔曼对瓦尔堡的“宁芙”探寻的这则事例，回到弗洛伊德的“格拉迪沃”（Gradiva）的寓意，或许能更好地把图像-姿态的欲望回路以及对症状的图像学批判阅读间的关系呈示出来。

姿态即命运。弗洛伊德 1907 年写作的《詹森的〈格拉迪沃〉中的幻觉与梦》[②]

① Didi-Huberman G, “Au pas léger de la servante. Savoir des images, savoir excentrique”, In Haag P, Lemieux C (Eds.), *Faire des Sciences Sociales*, Éditions de l’École des Hautes Études en Sciences Sociales, 2012, p. 195.

② 参看〔奥地利〕弗洛伊德：《弗洛伊德文集 7：达 · 芬奇对童年的回忆》，长春出版社，2004，第 7-56 页。

对《格拉迪沃》这部不起眼的小说的解读，再好不过地证明了这一瓦尔堡式命题。故事中，年轻的考古学家汉诺德博士偶然地被博物馆中的一件浮雕所吸引（图 3-3-4），确切地说，是被浮雕上的姑娘（也是一位“宁芙”）的独特步行姿态所吸引，并由此开始为自己建构一个完整的幻想。在幻想的指引下，汉诺德博士开始了一段寻找“格拉迪沃”——这是他为那个姑娘的命名——的旅程，开始了一段经历过幻觉、幻想，最终抵达与他自身现实相关的认识旅程。在庞贝城，这个介于他的梦和幻想之间的真实场所，他终于（也是必然）遇到了一位拥有那种独特姿态的姑娘，即伯特冈（Bertgang）小姐，后者以一种近乎精神分析师的方式，逐渐地让汉诺德“辨认出”她就是他实际中的恋人。弗洛伊德对《格拉迪沃》的分析让我们特别感兴趣的是，格拉迪沃姿态不仅仅是被汉诺德扭曲、变形的一种象征，如果从寓言的角度来看的话，格拉迪沃姿态[①]可以被视为存在论意义上的姿态，宣示了姿态即命运，说明了姿态作为一种（情念）图式——认识（情念）图式——的效果。

图 3-3-4　《格拉迪沃》（现藏于梵蒂冈博物馆）[②]

① “格拉迪沃”本身就是对这种姿态的直接命名，Gradiva 是汉诺德在幻想中对 Bertgang（伯特冈）一词的“转译”——“格拉迪沃与伯特冈是等价的”（Bertgang mit Gradiva gleichbedeutend ist），而这个对他恋人的父名的转译，最终指向的是佐伊本人。

② 该浮雕的命名来源于詹森的小说《格拉迪沃》。弗洛伊德在 1902 年曾参观过庞贝古城遗址。1907 年 9 月，在出版著作后不久，弗洛伊德就前往罗马，想在梵蒂冈博物馆目睹那块激发詹森创作这部小说的浮雕。他还弄到了那块浮雕的模型，并将它挂在自己诊所的长沙发旁边。1938 年，当他移居伦敦时，还随身带着这件模型。

在弗洛伊德对故事的分析性“转述”中，那个独特的“姿态”构成了真正的“缝合点”，它将汉诺德博士与他本人的欲望之间的实在关系、想象关系和象征关系缝合在一起。对考古学专业的狂热压抑了汉诺德对现实中的伯特冈小姐的爱。可是被压抑的欲望不会消失，而是顽强地、曲折地整合进入了汉诺德的想象之中，借助博物馆里的浮雕姑娘的步行“姿态”实现了回归，并且以既满足汉诺德的考古学专业兴趣又展示了伯特冈小姐的名字的方式“重新”占有了他，促使他本人也迈开脚步，追随着这个“姿态”去和“格拉迪沃”在象征层面上相遇，最后“重新”找回现实中的爱人和自己的爱。“格拉迪沃姿态”因而包含着“姿态一般”的三个（情念）图式要素：命名、辨认和命运。更重要的是，这三个要素是以一种（情念）图式的方式同时性地结构在一起的，所以我们只能说，姿态同时是来自命运的命名、通过命名对命运的辨认，以及被命名的命运。正如弗洛伊德所分析的格拉迪沃姿态所表明的那样，汉诺德本人投身于自己考古学家的志业（vocation）和命运，为他的真实欲望对象命名，使他的欲望对象成为一个“名字”，姿态的名字，从而使这个欲望对象变得对他可见、可辨认，并迫使他在对这一姿态的追求中通过“格拉迪沃”与伯特冈小姐相遇，最终抵达“佐伊”（Zoe）。需要指出的是，Zoe 一词在希腊语中指的就是生命，纯粹的生命。

因而格拉迪沃寓言讲述的是“纯粹生命”在主体的命运、命名和认识中获得表达的故事。从这个视角来看，我们在这个三元素的（情念）图式中发现了一种“分叉”现象：一方面，“纯粹生命”必须获得表达，必须被转译为“格拉迪沃”，转变成被表述的“生命”（bios）；另一方面，它的不可表述、不可命名的那部分剩余只能成为“姿态”，成为语言中不可辨认的有形之物，指涉着作为命运（情念）图式的“总体”。在这一点上，格拉迪沃姿态所表明的意思，与阿甘本后来在如下文字中所表达的东西别无二致：

> 因此科莫雷尔可以写道，“言语是源始的姿态（Urgebärde），所有个体的姿态都源于此”……如果言语是源始的姿态，那么，在姿态中被谈论的，与其说是某种前语言的内容，不如说是语言的另一

> 面，是内在于人类语言能力的暗哑，是它（语言）寓居在语言中的无言。[①]

命运的真理时刻是不可断言的，但并非不可表征。在语言对命运的表述无能为力的地方，某种类型的姿态则表征命运本身。在瓦尔堡—迪迪-于贝尔曼的批判的图像学中，读图的眼睛要通过细节的症状（如断裂、疏漏、重复、变异）抵达人类与其生命情念姿态的关系。诚如迪迪-于贝尔曼所言，瓦尔堡正确地将“情念形式”解释为“姿态语言的最高级”（Superlative der Gebärdensprache），“它们绝不是单质的，永不会在某个目的地扎下根来，它们从来都是来自别处，并还要到别处寻找自己的居所”[②]，但又总是被发现图像症状的眼睛所捕获——因为它们是人类本己欲望回归的真理时刻，它们既是现在的，也是永恒的（heut und immer）。

第三节　从末世电影到末日影像：探寻电影-哲学的一种未来可能

“末日来临”恐怕是人类历史上最为重要的“事件”，尽管它还未到来，但是对它的思考和应对方案却早已形构了人类的文化本身。这就是事件的魔力，事件不仅可以指向过去发生的事情，也可以指向将来发生的事情。哪怕它还没有发生，它也已经涉入并改变了历史。“如果明天就将是启示录中的世界终结，你会做些什么？”[③]但值得我们反思的除了这个终极问题的深刻性和迫切性之外，还恰恰就是“启示/末世”（apocalypse）这个关键词。它来自古希腊语（apokalupsus, apokalupsis），其本义是“敞显；真理的呈现”（a

---

①〔意〕阿甘本:《科莫雷尔，或论姿势》，见〔意〕阿甘本《潜能》，王立秋、严和来等译，漓江出版社，2014，第253页。需要说明的是，阿甘本使用的 gesto 在本节中统一改作“姿态”。

② Didi-Huberman G, “Au pas léger de la servante. Savoir des images, savoir excentrique”, In Haag P, Lemieux C（Eds.）, *Faire des Sciences Sociales*, Éditions de l’École des Hautes Études en Sciences Sociales, 2012, p. 199.

③ Honig B, Marso L G, *Politics, Theory, and Film: Critical Encounters with Lars von Trier*, Oxford University Press, 2016, p. 305.

disclosure of truth）[①]。因此，它固然带有世界的终结和毁灭这个明显含义，但其根本的旨归却远非于此，而更意在敞开一个全新的起点。[②]一方面，它是新旧世界更替、生死循环更迭的边界和“界槛”（threshold）；另一方面，它更是试图经由此种“超越”来用终极真理的呈现和“启示”对现有世界的衰朽、堕落乃至邪恶进行釜底抽薪式的痛斥批判。正是因此，持“末世”立场的思想家虽然往往带有浓厚的悲观主义气息，但骨子里却都对未来充满乐观和信念。个体之死亡遵循必然的法则，完全不必捶胸顿足、哭天抢地，世界之终结亦如是，因为“看一看在你之后的无限时间，再看看在你之前的无限时间”[③]，确乎会心生一种泰然任之的从容宁静。所谓的死亡、终结、毁灭，无非只是无限时空中一个注定要被跨越的界槛而已。或许正是因此，面对末世之问，路德答曰“我今天就会种下一棵苹果树”，而赫尔佐格也坦言“我今天就马上开拍下一部电影”[④]。如此气定神闲之回答的背后，断然是一种对于未来的坚定信念。既然末世之际是真理的呈现，末世之后是全新的世界，那又何惧之有，何来悲观？

但与此形成鲜明反差和截然对照的则正是“末日”（the end of the world）之思。虽然“末世论”也带有强烈的否定性意味，但最终经由否定性这个关键环节实现了终极的肯定（无限的宇宙、超越的真理）；“末日论”则正相反，它看似抹除了一切肯定性的含义，进而将整个世界推入“终极否定”（radical negation）的万劫不复之境地。一句话，“末日论”关心的并不是“世界终结之后（after）”，而更是“终结于世界之中（in）”[⑤]，它追问的是这个世界何以正在走向终结，到底是哪些力量正在将这个世界带向毁灭的深渊，进而追问，作为“在世界之中存在”的我们，又究竟该做些什么来力挽狂澜，拯救

---

① Lisboa M M, *The End of the World: Apocalypse and Its Aftermath in Western Culture*, Open Book Publishers, 2011, p. 15.

② Lisboa M M, *The End of the World: Apocalypse and Its Aftermath in Western Culture*, Open Book Publishers, 2011, p. 8.

③〔古罗马〕马可·奥勒留:《品读〈沉思录〉》，何怀宏译·注·品读，生活·读书·新知三联书店，2016，第116页。

④ 转引自 Honig B, Marso L G, *Politics, Theory, and Film: Critical Encounters with Lars von Trier*, Oxford University Press, 2016, p. 305.

⑤ Schuback M S C, Lindberg S, *The End of the World: Contemporary Philosophy and Art*, Rowman & Littlefield Publishers, 2017, p. viii.

危在旦夕的世界。在这个鲜明反差的背后，正是“世界”这个终极概念的演变转化线索。借用海德格尔在《论根据的本质》中的历史梳理，正可以说，“世界”（德语 welt，英语 world）作为一个概念，既不同于古希腊哲学中的那个在时空中无限延展演化的 cosmos（宇宙），同样亦有别于中世纪（延续到近代）哲学中的神创的 mundus（尘世）。从康德开始，一直到现象学，世界越来越与在世界之中生存的人发生着直接、密切、本质性的关系。世界，就是作为主体的此在向之进行超越的终极界域。[①]正是因此，在世界之中体验世界，甚至在世界之中拯救世界之终结，本来就是题中应有之义。只不过将海德格尔全然归入“末世论”的脉络亦不甚妥当，因为他虽然屡屡追问“世界不再存在意味着什么”[②]，但他的文本中俯拾即是的“去蔽”“显现”“真理”等一系列语汇似乎也在暗示着种种“末世论”的蛛丝马迹。倒是在深受海德格尔启示的德里达那里，“末日论”这条彻底否定性的线索得到了前所未有的极端推进，他不仅深刻阐发了如“唯一一个世界的绝对终结”[③]及“彻底毁灭”（l’anéantissement total）[④]这些相关要点，更是结合海德格尔的文本及诸多文艺作品进一步探问了围绕主体性所展开的一系列难题。

正是基于从“末世论”到“末日论”的这条思想史线索，本节试图在晚近的电影发展潮流之中探寻相应、相关的动向，反思其中的深意，进而探寻哲学和电影之间彼此对话、相互启示的种种可能。在本节的最后，我们尤其试图结合如导演冯·提尔的《忧郁症》这样的实验之作来对此种可能进行例示和拓展。

一、“世界的终结”：从康德到海德格尔

然而，无论是末世还是末日，都还是要从“世界”这个概念本身入手。何为世界呢？最简单直白的界定无非是“指能够现成存在于世界之内的存在

---

①〔德〕马丁·海德格尔，孙周兴选编:《海德格尔选集》，上海三联书店，1996，第 169 页。

②〔德〕马丁·海德格尔:《存在与时间》，陈嘉映、王庆节译，生活·读书·新知三联书店，2014，第 430 页。

③ Derrida J, *Sovereignties in Question: The Poetics of Paul Celan*, eds. Dutoit T, Pasanen O, Fordham University Press, 2005, p. 140.

④ Derrida J, *Psyché: Invention de L’autre*, Galilée, 1987-1998, p. 411.

者的总体”[①]。但且不论“在世界之内”这个循环定义的形式，单就理解“存在者的总体”这个看似明白的说法其实已经困难重重了。首先，什么是“存在者”的标准呢？观念、虚构之物、未来之物、可能之物、潜在之物等，能算作“存在者”吗？进而，“总体”形容的又是怎样一种关系呢？是万物之间的平等均齐，还是有着一个根本的等级秩序，如高与低、中心与边缘呢？正是基于这些疑问，从古希腊到中世纪（乃至近代），主流的世界概念无不最终围绕一个超越的中心展开，并最终形成一个高低有别的存在论秩序。但无论是以善的理念为终极目的的古希腊的 cosmos（宇宙），还是中世纪以来作为“受造物（ens creatum）之整体”[②]的 mundus（尘世），最终都不是以人为中心的世界，亦不是围绕着人所展开、呈现和实现的世界。在古希腊的宇宙之中，人固然因为拥有理智灵魂的思辨能力而凌驾于万物之上，但也毕竟仍然只是宇宙“之中”的沧海一粟。[③]在中世纪时期，人与世界之间的关系虽然更为紧密，但世界作为尘世和人间，最终只是上帝的陪衬和附庸。

唯有从康德开始，世界才在哲学史上首次被真正归属于人，或者说，真正与人的生存之间建立起内在的、本质性的关联。海德格尔在《论根据的本质》中那一番对康德的原始的存在论阐释[④]看似以己度人，但实际在康德的文本中有着极为明确的依据。这尤其体现为两个要点。第一个要点是世界作为纯粹理性自身所创发的最高理念：“只要是涉及到诸现象的综合中的绝对总体性的先验理念都称之为世界概念。”[⑤]这由此就明显对传统的世界概念进行了三重逆转：第一，世界不再关涉外部的实在之物，而是作为理念指向人的精神活动和思想创造；第二，世界作为理念固然还要指向更高的上帝的理念，但它本身亦是“绝对无条件者”[⑥]；第三，由此就可以说，世界概念所展现出的是理性的根源性的主动能力，因为它既无须也不可能在感觉经验之中获

①〔德〕马丁·海德格尔：《存在与时间》，陈嘉映、王庆节译，生活·读书·新知三联书店，2014，第76页。

②〔德〕马丁·海德格尔，孙周兴选编：《海德格尔选集》，上海三联书店，1996，第176页。

③ 因此，海德格尔断言说，在古希腊，“世界恰恰归属于人的此在”，这显然有些牵强了。（〔德〕马丁·海德格尔，孙周兴选编：《海德格尔选集》，上海三联书店，1996，第175页。）

④〔德〕马丁·海德格尔，孙周兴选编：《海德格尔选集》，上海三联书店，1996，第185页。

⑤〔德〕康德：《纯粹理性批判》，邓晓芒译，人民出版社，2004，第348页。

⑥〔德〕康德：《纯粹理性批判》，邓晓芒译，人民出版社，2004，第284页。

得对象化的实现，也全然不受人的其他认知能力的束缚或引导，而是反过来为理性体系本身的完备性和普遍性提供了最高的综合条件。

由此，问题就直接导向了康德的世界概念的第二个要点，即与人的生存的本质关联："……有理由完全先天地在我们自己的存有方面把我们预设为立法的、以及对这种实存本身也进行规定的……"[①]显然，世界就成为连通自然和自由这一对康德哲学的核心主题的关键桥梁。从理性的理论运用上看，世界对人的思想体系本身进行着终极的调节作用；从实践运用上看，它作为思想的主动创造和自我规定，最终所确证的恰恰是"自由"这个人在存在论上的本质界定。在这个意义上，恰恰可以说人是"在世界之中"才能自由思考和行动的主体，"所以理性是人在其中得以显现出来的一切任意行动的持存性条件"[②]。亦正是因此，世界不仅可以作为知识的绝对理念，更是由此指向道德的至高目的，这也是康德使用"完善人性"[③]"世界的公民"[④]这些说法的根本缘由。

然而，正是在理念和自由这两个要点上，海德格尔与康德的"世界"概念的最深刻差异体现出来。康德明确将自己的思索方向概括为"回溯"和"上升"[⑤]，也即从有限的感觉经验及构成性的知性法则上升至无限的世界理念及其调节性作用。若如此看来，海德格尔的方向则正相反，是"归本"和"下降"。不仅是从理念下降至知性乃至感觉，更是进一步降至对象化的感觉之先的情感与体悟。如果说康德的"世界"是人的思想对于自身的终极规定，那么海德格尔的"世界"则最终导向人对自己生存的终极体验："……被了解为一个实际上的此在作为此在'生活''在其中'的东西。"[⑥]因此海德格尔才从"周围世界"着手展开描述。这显然是受到胡塞尔的直接影响。早在《观念 1》之中，胡塞尔就已经对世界进行了相似的下降式处理。他明确指出，世界绝非高高在上的理念，而是深深地位于感知的最基础层次之上的"视域"

---

①〔德〕康德：《纯粹理性批判》，邓晓芒译，人民出版社，2004，第 308 页。

②〔德〕康德：《纯粹理性批判》，邓晓芒译，人民出版社，2004，第 446 页。

③〔德〕康德：《纯粹理性批判》，邓晓芒译，人民出版社，2004，第 456 页。

④〔德〕康德：《纯粹理性批判》，邓晓芒译，人民出版社，2004，第 305 页。

⑤〔德〕康德：《纯粹理性批判》，邓晓芒译，人民出版社，2004，第 350-351 页。

⑥〔德〕马丁·海德格尔：《存在与时间》，陈嘉映、王庆节译，生活·读书·新知三联书店，2014，第 76 页。"此在向来已经以这种方式自我领会。"（《存在与时间》，第 101 页）

和“背景”。它虽然总是与真实的感知“共显”（co-present），但却始终以“非主题化的方式”位于不确定的、含混的边缘之处。[①]它虽然亦展现出无限的形态，但却更是以一种“开放性”来取代了康德式理念的那种以完备性综合为旨归的“超限的（transfiniten）无限性”[②]。

不过，若由此就认为胡塞尔和海德格尔彻底背离了康德的先验理念论，进而转向了某种朴素的实在论立场，这亦是误解。现象学家所描述的世界，绝非仅是物的世界、实在的时空背景，而更是从根本上展现为在人的活生生的经验流中不断延展的“可能经验的无限界域”（an infinite horizon of possible experience）[③]。因此，现象学并未斩断在康德那里极具启示性地建立起来的人与世界之间的本质关联，而只不过对此种关联进行了截然不同的理解而已，并最终将理性的规定替换为体验的纽带。[④]诚如海德格尔在《形而上学的基本概念》开篇所明确指出的，对世界的追问从根本上关联到人的有限性，而此种关联的最基本形态恰恰是一种“被感动状态”，而“所有被感动状态都来自于或保留于某种情绪（Stimmung）之中”[⑤]。后面他对于无聊情绪的颇有些冗长的解析，乃至对于“石头无世界，动物缺乏世界，人形成世界”这个著名命题的阐释，皆是围绕这个要点展开的。人向着世界的超越，以及世界向着人的呈现，最终都必须经由“感动—触动”这个关键的体验纽带而实现。

澄清了世界概念之后，我们得以进一步比较在三位哲学大师那里关于“世界之终结”的重要异同。在康德那里，世界之终结并不是一个重要的问题，而且他所谓的“终结”（ende）也更应该在“目的”这个意义上来理解。但值得注意的是，康德确实写过一篇半认真半随兴的短文谈论过“万物终结”（Das Ende aller Dinge）的问题。在其中，他明确区分了世界终结的三种含义：“自

---

① Overgaard S, *Husserl and Heidegger on Being in the World*, Kluwer Academic Publishers, 2004, p. 110.

② 转引自〔美〕道恩·威尔顿：《另类胡塞尔：先验现象学的视野》，靳希平译，复旦大学出版社，2012，第467页。

③ 转引自 Overgaard S, *Husserl and Heidegger on Being in the World*, Kluwer Academic Publishers, 2004, p. 116.

④ 一个值得注意的要点恰恰是，海德格尔突出了“生命经验”（life-experience）这个在康德的世界概念之中并不重要的维度。参见〔德〕马丁·海德格尔，孙周兴选编：《海德格尔选集》，上海三联书店，1996，第188页。

⑤〔德〕马丁·海德格尔：《海德格尔文集：形而上学的基本概念：世界—有限性—孤独性》，赵卫国译，商务印书馆，2017，第12页。

然的终结”、“神秘的终结”[即“末世”(Apocalypse)]和“反自然的终结”[康德称其为“愚蠢”(folly)]。[①]第三种无须多谈，无非是人的理性能力的错乱和无能之恶果，重点在于前两者之间的比较。“自然的终结”并非仅指作为现象领域的自然实在，而更是指向着从“物理世界”向“道德世界”，也即从自然向自由的提升和转化。单纯在自然界中谈论终结其实没有多少哲学的意味，因为因果链在时空之中本就是无限拓展的。[②]正如晚近的自然科学也有大量对于世界末日的预测，比如全球变暖、冰期来临、火山爆发、小行星撞击地球等[③]，但这里的“世界”其实只限于地球，而且“末日”也绝非万物归零，因为物质和能量的演变转化仍将无穷无尽地继续下去。所以在康德看来，真正的终结理应具有超越于现象界之上的那种无限的“永恒”的意味。只有作为无限的理念，终结对于作为“自由主体”的人的生存和行动才具有切实的意义。世界的终结，一方面赋予有限的人生一种“曲终人散”式的叙事上的完满；另一方面则是对于人类种族的“腐败”的警示，因此有必要用持续进步的“善行”来预防、对抗种种有可能降临的“可怕的终结”(terrible end)。[④]

康德的这一番说法看似与《纯粹理性批判》之中的相关段落大同小异，但他随后对末世论的“负面”效应的激烈批判仍然呈现出另外一个值得玩味的要点，那正是“绝对无”这个概念的引入。首先，末世论如果与纯粹理性的先验理念结合在一起，那显然还是有深刻的道德力量的，因为它得以鼓舞着人类不断向着至善的理想努力进步。但可以想见，这个不断进步的过程本身始终充满着焦虑、沮丧乃至绝望，因为从难以最终实现的道德理想来反观人世，那几乎每一步都是充满着堕落和邪恶。无论怎样努力都无法达至理想，越是努力就反倒越是突显出理想与现实之间的鸿沟，这就是难以根除的道德焦虑的根源。正因如此，很多人从末世论中滑向了神秘主义的无比空洞麻木

---

① Kant I, *Religion and Rational Theology*, trans. & ed. Wood A W, Cambridge University Press, 1996, p. 226.

② “只要有时间之处，就不可能有终结。”(Since where there is time, no end can come about.)(Kant I, *Religion and Rational Theology*, trans. & ed. Wood A W, Cambridge University Press, 1996, p. 226)

③ 参见〔英〕比尔·麦圭尔:《全球灾变与世界末日》，梁福明译，外语教学与研究出版社，2015。

④ Kant I, *Religion and Rational Theology*, trans. & ed. Wood A W, Cambridge University Press, 1996, pp. 224-225. 另可参见 Wallenstein S-O 的相关解释: Schuback M S C, Lindberg S, *The End of the World: Contemporary Philosophy and Art*, Rowman & Littlefield Publishers, 2017, pp. 41-42.

的慰藉。既然理想太过高远，努力太过挣扎，那为何不索性渴求另外一种终结，或许亦是最“名副其实”的终结呢？那就是万事万物的彻底、完全的消失，全然陷入虚无的深渊之中。在这里，末世不再指向理性的永恒进步，也不再向着新生的起点敞开；正相反，末世之后空无一物，末世就是绝对的否定和彻底的虚无。如此一来，我们是否就能够换取心灵的“永恒的宁静”[①]？自然，康德对此种神秘主义观点持激烈的批判立场，将其视作思想的无能。只有当主体自身无力以思想和行动向着世界进行超越之时，他才会设想出“绝对无”这样的末世概念。当世界陷入彻底的虚无，也就标志着思想堕入彻底的死亡。“绝对无”绝对是世界理念的终极噩梦。

二、启示与真理：从海德格尔到末世电影

我们看到，自康德到海德格尔的世界概念，展现出与人的生存之间更为直接密切的关系，甚至不妨说是以人为起点、中心和基础来展开思索世界。康德将世界概念视作通往“完善人性”的不可或缺的关键桥梁，胡塞尔将世界视作“赋予它以存在意义的直观性之相关物”[②]，乃至海德格尔的“周围世界”这样的说法，皆为明证。不过，即便如此，这一条思想脉络仍然留存着与末世论之间的另外一个深刻趋同，那正是“真理的呈现”。虽然康德以来的“世界”概念不再将终极真理置于世界“之上”、末世“之后”，但它们将真理置于世界“之中”的基本立场仍然还是一种对于终极启示的执迷。虽然世界“之中”的末世不再指向宏大的宇宙秩序，也不再依附于超越的神性意志，但作为发生于世界“之中”、与人的生存息息相关的事件，末世本身仍然恪守着它自发端之初就保有的基本含义——末世之际，也正是真相揭穿、真理呈现之时。即便它不再是宇宙和上帝的真理，但仍然是自由的真理（康德）、意识的真理（胡塞尔）、此在的真理（海德格尔）。

之所以如此，这背后还有一条更为深层的思想脉络。几乎所有的末世论及启示论的真理观其实最终对世界的真理都持有一种肯定性的立场：“世界毕竟是存在，而非虚无。”尽管在宇宙的时空之中充满着很多间断之处，但宇宙

① Kant I, *Religion and Rational Theology*, trans. & ed. Wood A W, Cambridge University Press, 1996, p. 228.

②〔德〕胡塞尔:《欧洲科学的危机与超越论的现象学》，王炳文译，商务印书馆，2001，第 184 页。

作为一个整体仍然是连续的、无尽延展的。尽管人类的历史之中充满着诸多动荡与波折，但世界历史作为一个整体仍然趋向于一个共同的目的。尽管在人对世界的体验流之中充满着种种错觉乃至幻象，但最终我们对世界的存在仍然保有不可动摇的、无可置疑的信念（belief in the world[①]）。坚持世界之有的终极信念，以此来对抗“绝对无”的虚无主义，正是末世论及启示论的最根本的前提预设。康德对自由理念的肯定、胡塞尔对先验我的肯定、海德格尔对此在的本己性的肯定，最终皆源自、归于对世界之存在的肯定。关于康德将末世解释作永恒，以此来对抗虚无主义这个负面效应的手法，上文已示，这里不妨再稍加提及一下胡塞尔和海德格尔的末世论中的肯定主义（affirmationism）预设。

在胡塞尔那里，即便有“绝对意识作为世界毁灭之后的残余”（《观念1》第49节标题）这样看似触目惊心的说法，但这里的“毁灭”几乎没有多少否定性的意味。它无非只是想以引人瞩目的方式强调三个基本要点而已：一是内在性领域和超越性领域之间的本质区分；二是后者对于前者的依赖性关系；三是由此最终推出内在性领域的纯粹，以及“绝对和自我封闭”的特征。[②]世界根本没有消失，也不可能毁灭，所谓的现象学还原最终无非是转换了我们面对世界的方式和态度而已，即从“自然的、通常的方式”转向世界朝向我们的“主观的显现方式”[③]。到了海德格尔那里同样如此。虽然看起来他远比胡塞尔更为关切“无”的问题，但就世界概念而言，不过是过渡的环节，完全没有任何终极的含义。在《存在与时间》之中，“世界之消失”这个看似否定性的表述至少出现于两个关键的论证之处：第一处是“畏”的现身情状，第二处则是“历史性”。作为从沉沦跃向本真的关键的“觉醒”和启示的时刻，“畏”令此在真正直面自身的存在，进而“在世内被揭示的上手事物和现成事物的因缘整体本身也一样无关紧要。这个整体全盘陷没在自身之中。世界有全无意蕴的性质”[④]。世界确实消失了，但消失的仅仅是作为因缘网络和意

---

① Landgrebe L, *The Phenomenology of Edmund Husserl: Six Essays*, Cornell University Press, 1981, p. 126.

② Alweiss L, *The World Unclaimed: A Challenge to Heidegger's Critique of Husserl*, Ohio University Press, 2003, pp. 27-29.

③〔德〕胡塞尔：《欧洲科学的危机与超越论的现象学》，王炳文译，商务印书馆，2001，第174-175页。

④〔德〕海德格尔：《存在与时间》，陈嘉映、王庆节译，生活·读书·新知三联书店，2014，第215页。

蕴整体的沉沦的世界，而这样一种看似极端的否定所导向的正是对那个真实的世界、世界的真相/真理的终极揭示和呈现："……在世内事物这样无所意蕴的基础上，世界之为世界仍然独独地涌迫而来。"[①]我们虽然自始至终都在世界之中，但唯有在"畏"这样的启示性时刻，"世界之为世界"的真相才骤然被呈现出来，而"我们之为我们"的真理也才瞬间被领悟。否定沉沦的世界，只是为了跃向本真的世界。一个世界的消失，正是另一个世界的起始，这无疑仍然是极具末世论/启示论意义的说法。

在论述历史性的那处亦有相似的情形。"畏"虽然极为恰切地肯定了末世/启示般的世界真理，但它仍然暴露出两个难题，即个体性和延续性。"畏"最终只是个体性的开悟体验，那怎样确保不同的个体向之进行超越的是同一个世界？进而，即便它在当下呈现、显现为同一个世界，那又怎样确保它向来、已经是同一个世界，乃至将来还是同一个世界？海德格尔对世界历史及其中展开的"此在的演历"的阐释很好地对这两个难题进行了回应。如果说"畏"是向死而生，那么历史性则正相反，它始终是介于开端和终结、生和死"之间"的一段历程。[②]由此，"演历"不仅能很好地贯穿个体的生命历程，更是能够由此将个体与个体凝聚在一起，形成民族，继承传统，响应天命。因此，即便我们在博物馆中看到那些年代久远的文物古迹之时，会有物是人非、世界变迁的苍凉之感，仿佛"那世界不再存在"[③]，但消失的、"不再"的只是归属于过去的因缘和意蕴的网络，但在过去和当下、当下和未来之间，始终有此在的演历贯穿起一个本真的历史性的过程。在历史之中，世界在此得到了肯定，而且是最为终极的肯定和拯救。

此种从世界之后的终结到世界之内的真相，从人向之俯首帖耳的命运向人自证本己性的本真体验的转向，也同样存在于末世电影的发展演变过程之中。总体来说，无论是从数量还是艺术水准上来看，末世电影都不能算是电影产业的主流。但也正因此，它真正的意义或许不能仅局限于此。从哲学的角度看，末世电影确实要远比其他类型的影片更能让观众们直面"末世""终

① 〔德〕海德格尔：《存在与时间》，陈嘉映、王庆节译，生活·读书·新知三联书店，2014，第 216 页。
② 〔德〕海德格尔：《存在与时间》，陈嘉映、王庆节译，生活·读书·新知三联书店，2014，第 422 页。
③ 〔德〕海德格尔：《存在与时间》，陈嘉映、王庆节译，生活·读书·新知三联书店，2014，第 430 页。

结""启示"这些看似大而不当，但实则与每个人的生存息息相关的终极问题。末世电影虽然往往只胜在大制作的特效场面上，但不可否认的是，恰恰是这些极具景观化的强烈视觉刺激往往能够让观众获得近乎身临其境的在场感和切身感，使他们"来参与到经历他自身的死亡以及城市的毁灭、人类自身的消亡的幻觉中"[①]。灾难原来如此触目惊心，人类原来如此脆弱渺小，终结原来离我们如此之近——哪怕仅能让我们在廉价的视觉刺激中获得这些许的感动和感触，那似乎也足够了。唤醒、刺痛、反省、自问——这些或许才是末世电影的要义所在。

但即便如此，末世电影过于景观化和程式化的表现手法仍然在很大程度上限制乃至阻碍了这一基本宗旨。究其症结，或许正在于末世电影从一开始就被鲜明地打上了末世论本身的鲜明烙印：末世不是彻底的终结，而是新世界的起点；末世不是彻底的毁灭，而是真理的显现。从基本情节上来说，它的原型自然就是诺亚方舟。从叙事的逻辑上看，则不妨用里斯本的"擦肩而过"（near-miss）或"死里逃生"（close escape）这些恰切的词来概括。[②]世界"险些"毁灭，人类"濒临"灭绝，但恰好的是、所幸的是，总还有少数几个"天选之子"得以幸存，延续人类的火种，坚定未来的希望，此外最重要的是，维系对于世界本身的存在的终极肯定。我们看到，"绝对无"、彻底毁灭、万物消亡，这些从一开始就是末世电影的头等大敌。对于这些绝对的否定性，末世电影既无法想象，亦无从思考，所以它索性选择了放弃。[③]这里不妨借用一部颇有"绝对无"气息的另类之作——舒特的《世界就是这样结束的》中的那句经典台词："毕竟，写出来的东西却没有人读，这没多大意义。"（After all, there doesn't seem to be much point in writing stuff that nobody will read.）[④]毕竟，电影拍出来是给人看的，是用来娱乐人、感动人、教化人的，既然如此，拍摄一部人类彻底消失，甚至万物全然消亡的电影，又与人何干，又有

---

①〔美〕苏珊·桑塔格:《反对阐释》，程巍译，上海译文出版社，2003，第 248 页。

② Lisboa M M, *The End of the World: Apocalypse and Its Aftermath in Western Culture*, Open Book Publishers, 2011, p. 53.

③ Lisboa M M, *The End of the World: Apocalypse and Its Aftermath in Western Culture*, Open Book Publishers, 2011, p. 16.

④ 转引自 Lisboa M M, *The End of the World: Apocalypse and Its Aftermath in Western Culture*, Open Book Publishers, 2011, p. 60.

何意义？

然而，一旦清除了“绝对无”这个终极的外部，末世电影反倒是陷入了一个难以克服的难题和困境之中，那就是，末世之后到底发生了什么？终结之后人类到底往何处去？对于诺亚方舟这个原型来说，这些问题本不存在，因为《圣经》之中早已给出了所有答案。但对于去魅时代的末世电影来说，它只能不无尴尬地将这些终极问题留给自己去解决，由此就出现了在绝大多数末世电影中都会出现的最典型的虎头蛇尾的缺陷：开场悬疑重重，呈现出宏大灾难场景，但几乎最终都会堕入结尾处的不知所云，甚至令人啼笑皆非。例如，在电影《神秘代码》的最后，那一家人最终选择离开即将毁灭的地球，追随外星人而去。在《后天》的结尾，那一家人（还是一家人！）终于九死一生地逃离劫难，面对冰封的世界流下了欣慰的泪水。但是，外星人的世界到底是天堂还是地狱？整个世界都毁灭了，那区区几个人又能逃往何处？又能怎样拯救世界？一旦细想，就会发现这些强扭的结局不仅苍白无力，甚至更有几分荒诞不经的意味，它们几乎比“绝对无”的结果更令人难以接受。“索性这整个世界就这么毁灭了吧！要么所有人类就同归于尽了吧！”想来很多观众在看完影片后都会情不自禁地涌现出这样强烈的感觉。

或许正是因为结尾是如此难以处理，所以末世电影的收尾逐渐走向了两个同等拙劣的趋向：一是放任不管，拍到哪里算哪里；二是千篇一律，几乎所有的结局都是亲情、爱情、友情的俗套，都是“灾难无情人有情”的说教。在巨大的、毁灭性的自然力量面前，人是渺小的，但又是伟大的。人的肉身是渺小的，但人的精神是伟大的。即便飓风、洪水、冰冻会在瞬间抹去那些看似如蝼蚁和沙粒般渺小的生灵，但人并不只是自然之物，还是“自由的主体”。从自然的角度看，人确乎只是无限延展的因果链条上的一个微不足道的环节；但若从自由的理念来看，人却完全可以超越有限的实在的肉身，向着无限的理想境界迈进。将末世视作永恒，这正是康德哲学的根本教谕。人类心中的道德律足以媲美乃至匹敌头上的浩瀚星空，人对自由的渴望足以对抗乃至战胜最为可怖的自然灾害，这或许是拯救所有末世电影的烂尾厄运的唯一法宝了。然而，这唯一的救命稻草也反过来成为末世电影的最大软肋。关于这一要点，还是桑塔格在名文《对灾难的想象》中说得最为一针见血。虽然成文甚早，而且主要还是在谈科幻片，但该文章最后点出的一个根本症结几乎适用于末世电影类别中的所有作品："……我们生活在同样令人畏惧但似乎彼此对立的两个目标的持续不断的威胁下：一是永无止境的平庸，一是不可思议的恐怖。"[①]末世电影恰恰是摇摆震荡于这两极之间，难以自拔。一方面，末世电影是极为程式化、俗套化、平庸化的对人性的展露和描写，以及正与邪的对抗、肉体之渺小与精神之伟大的对照，进而人类共同的自由理想最终超越了种种尘世的束缚和羁绊（政治、宗教、种族、语言等）；另一方面，末世电影与这些往往令人昏昏欲睡的"完善人性"的说教式赞颂相比，则是大屏幕上不断升级、竭尽所能地展现出的灾难景观。核战、怪兽、洪水、烈火、冰原、病毒、外星人、小行星，甚至机器人和人工智能，伴随着视听技术的突飞猛进，各种各样、五花八门的末世景观也是层出不穷，令观众乐此不疲，大呼过瘾。世界还能以何种前所未有的方式被毁灭呢？大家似乎每年都在拭目以待。

然而最尴尬之处在于，几乎鲜有几部末世电影能在"人性"和"景观"这两极之间达成一种完美的平衡。别说完美，就连"恰当"都做不到。因而最后的结果几乎总是一边倒地失去平衡。要么是视觉特效过于震撼逼真，令人难以自拔，由此就让情节乃至人物变得边缘和次要，甚至可有可无；要么就是干脆把人性置于首位，突出情感纠葛，进而让灾难景观化作含糊不清的背景，像《科洛弗档案》和《天气之子》这样的作品就是如此，当男女主角忘情相拥之际，相信所有的观众早就忘记了凶恶的怪兽和滔天的洪水。从本质上说，它们都更像是一场令人撕心裂肺的爱情戏，而绝非一次令人目眩神迷的视觉盛宴。正是此种失衡，让末世电影逐步偏离了末世论本该有的那种真理和启示的含义，将《圣经》中的末世化作寻求刺激的感官娱乐，将康德式的永恒化作空洞苍白的人性说教。末世电影到底该何去何从？

三、"绝对无"与末日影像

然而，若沿着桑塔格的这个分析延伸下去，我们难免会有这样的印象，即末世电影的僵局和困境或许跟它自己在艺术性和思想性方面之"不求上进"脱不开干系。从灾难景观这方面看，或许确如桑塔格所言，"这些影片浅薄的

---

①〔美〕苏珊·桑塔格：《反对阐释》，程巍译，上海译文出版社，2003，第 262 页。

一面表现为，以那些大体上熟悉的东西来塑造他者性、外来性的感觉”[①]。但更根本的症结难道不恰恰在于这个他者性、外来性的外部视角吗？不在少数的末世电影都将毁灭性的灾难展现为骤然降临，颇有几分“无理由”的偶然性意味，甚至是“无理由”的荒诞意味。这当然主要是出于影片自身的定位，其从一开始就以气势撼人的视觉特效将观众牢牢地按在椅子上，但由此也就在灾难和人性之间制造了一种其实本可避免的疏离和断裂。既然灾难就是飞来的横祸，就是莫名的降临，那么它从根本上来说不仅是不可控制的，甚至是不可理解的。在这样的灾难面前，人又能做些什么呢？除了抱团取暖、竭力避死之外，还有别的选择吗？毕竟，这样外来的、他异的、偶然的灾难，与人的生存之间看似不存在任何内在的、本质性的关联，根本让人无从反省自身，直面本己。所有这些都最终导致了末世电影之中对人性抒写的空洞化、程式化、说教化的普遍趋势。或者反过来说，当末世电影想要更为深刻真切地挖掘人性之时，它只能别无选择地淡化、弱化甚至忽视“末世”这个它本该承担起来的基本主题。

穷则思变。晚近以来，已经有一些更具探索性的末世电影开始从两个方向入手改变人性和灾难之间的疏离局面：一是从世界“之后”的末世转向世界“之中”的末世，二是由此从康德式的道德理想转向海德格尔式的生存体验。近年来不断收获较好票房和口碑的韩国灾难片正是明证。灾难的宏大场面固然仍极具惊心动魄的视听震撼力，但它已经越来越和微观的、细致的个人体验紧密地结合在一起。灾难不再仅仅是外来之物、降临之祸，而更是深入肉体的每一根血管和神经，变成了无尽震荡、彼此渗透、遍在蔓延的“情动”（affect）之力。一句话，灾难和末世开始侵入“周围世界”的“界域”之中。韩国电影《海云台》中的那个妻子被洪水一步步淹没之际所营造出的一秒秒迫近的窒息感，以及《流感》以冷酷视角细致刻画的病毒蚕食、吞噬人体的残忍面貌等等，都无限拉近了灾难和人的生存之间的体验的距离。所有这些似乎都越来越倾向于末日影像而非主流的末世电影。[②]

---

①〔美〕苏珊·桑塔格,《反对阐释》，程巍译，上海译文出版社，2003，第 262 页。

② 我们这里用“末日影像”而非“末日电影”，主要是基于两个考量：一是强调末日影像的实验性和前沿性，因而不能简单被归入“末世电影”或“灾难电影”的既有范畴之中；二是末日影像的主要实验确实更着重于影像本体的方面（即德勒兹所谓的“纯视听要素”），而不仅在于叙事、情节和教谕。

但末日影像这样一种“拉近/去-远”真的敞开了海德格尔意义上的返归本己性和本真性的道路吗？末日影像真的能够简单地被理解为从康德式的世界理念向海德格尔式的世界体验的转向吗？或许并不能。或许恰恰相反，它反倒是以一种更为极端的方式斩断了人得以返归、直面自身的道路。自麦茨和博德里以来，很多学者都倾向于将电影视作一部“装置”，对于从末世电影到末日影像的转变，自然也应该将电影“之外”的很多社会文化背景纳入考察的视野，其中比较关键的或许正是从冷战到后“9·11”事件的“灾难”主题的变化，也即从核战到恐怖袭击的转变。比较起来，其实核战这个主题倒是颇为契合海德格尔所谓的“畏”的在世体验与向死而生的根本筹划。与个体的死亡相似，核战所导向的也是一种“绝对无”式的彻底毁灭和深渊，是“不可能的可能性……不可逾越的可能性”[①]。终极核爆之后，再无任何进一步的人类和世界的可能性。只不过人类的核战和个体的死亡还是有一点根本的不同，即后者是无法抉择的命运，而前者则是必须承担的责任。即便如此，二者也都是从未来的明确可见的终结出发，来促使生存的此在于当下就做出行动。诚如《最后的战争》这部带有浓重的“绝对无”色彩的核战电影结尾处的经典表述：“因此，人类由于顽固和盲目的愚蠢，造成了自己的毁灭。”[②]既然是人类自己犯下的罪责，那当然理应由人类自身承担起悔过自新的责任，从当下就开始向着未来进行筹划，向死而生，为了逆转毁灭的可怕结局而行动。

但后“9·11”时代以反恐为核心的世界政治格局则似乎截然相反。里斯本将此种世界情势生动描绘为“末世神经症”（apocalypse neurosis），甚至可以说是让“整个世界陷入疯狂”[③]。其实早在冷战之前，桑塔格就深切体察到了个体心理状态的极度焦虑[④]。但焦虑和疯狂只是表象或“症候”，我们尚且需要深刻剖析其背后的“症结”。马苏米曾将后“9·11”时代的全球反恐

①〔德〕海德格尔：《存在与时间》，陈嘉映、王庆节译，生活·读书·新知三联书店，2014，第288页。

② 转引自 Dixon W W, *Visions of the Apocalypse: Spectacle of Destruction in American Cinema*, Wallflower Press, 2003, p. 7.

③ Lisboa M M, *The End of the World: Apocalypse and Its Aftermath in Western Culture*, Open Book Publishers, 2011, p. xxiv.

④〔美〕苏珊·桑塔格：《反对阐释》，程巍译，上海译文出版社，2003，第257页。

策略概括为“先制”（preemption），这对理解从末世电影向末日影像的转变具有关键启示。我们不妨借用他的精辟概括——不妨将人类应对核爆灾难的策略界定为“prevention”（预防），而将应对恐怖袭击危机的策略界定为“先制”[①]。二者之间的最根本差异在于，预防的对象是明确的、可见可知的，人类正是由此出发来筹划自己当下的行动。一句话，预防就意味着我们清楚地知道，如果当下再不做出行动，未来就将注定发生终极的毁灭和灾难。但“先制”则正相反，它的对象是潜在的、未知的，难以清晰地定位和指向。我们根本不知道谁将会发动恐怖袭击，也完全不能确定他们发动恐怖袭击的手法，更别提明确知道他们将在何时何地发动恐怖袭击。由此看来，核战的“绝对无”式的世界终结是可见的、确定的，甚至可以说是“实实在在的”（actual），我们也正是从当下出发，承担起责任，步步为营地朝向未来进行“预防”的筹划。但正是因此，这个清晰可见的未来反而和我们当下之间同样隔着一段可见的、安全的距离。毕竟，控制核弹发射的只不过是那一个小小的按钮，虽然按下去就是世界末日，但只要我们想尽一切办法不让人接近触碰那个按钮，人类和世界就将始终万事大吉。作为“原因”的按钮和作为“结果”的末世之间有着清晰明确的因果关联，我们知道未来会是怎样，我们也清楚自己该做些什么，我们更明白应采取何种具体的预防措施。由此不禁让人想起各种肥皂剧和商业片中围绕那个按钮所展开的一幕幕闹剧、惨剧和口水剧，但这些无非也在提示我们，其实人类对核爆毁灭的焦虑已经远远没有那么深重，更谈不上疯狂。“知识就是力量”，一旦我们掌握了这背后的规律和法则，即便是面对世界的终结，也会坦然而自信地做出应对。毕竟，“预防”运作于其中的世界是一个带有鲜明“可知性和客观的可测性”（knowability and objective measurability）[②]的世界。知识是“预防”恐惧和焦虑的最佳良方。

但“先制”运作于其中的世界则正相反，这是一个危机四伏但又莫测莫辨的世界。我们不知道末日何时到来，也不清楚何种灭顶之灾会降临在人类身上，更为悖谬的是，我们只“知道”一件事，那就是末日随时随地都会到来，也许人类还将平静地在地球上生活许多个世纪，但也完全有可能明天甚

① Massumi B, *Ontopower: War, Powers, and the State of Perception*, Duke University Press, 2015, p. 5.

② Massumi B, *Ontopower: War, Powers, and the State of Perception*, Duke University Press, 2015, p. 6.

至今天就是“最后的日子”(the last day)。在这样一个潜在的、未知莫测的末日四处蔓延的世界上,个体时刻处于一种挥之不去且难以根治的焦虑之中,这实在是太过正常的事情。就此而言,“神经症”这个词实在是一个太过恰切的形容：我们不知道病因，也分辨不出症候，更给不出解药，但我们就是焦虑，无来由地焦虑，无可化解地焦虑。一度席卷世界甚至至今仍余波未平的新冠病毒，无非又在人类的心灵之上铭刻了又一道深深的、难以愈合的末日创痕而已。甚至恐怖袭击、病毒又与各种自然灾难、技术恶果纠缠、渗透、交织在一起，不断形成着潜在危险的“衍生”(proliferation)[①]效应。然而，面对四处滋生的“终极不可知”(the unknown unknown)[②]的末日言论，我们亦并非束手无策，坐以待毙。“先制”就是一个不得已的对策，它原本出自美国前任总统布什在“9·11”事件之后的演讲，概括为一句话，那就是“在危机发生之前就做出行动”。但如果危机根本是不可知的，未来根本是无限开放的可能性，那全然处于下风、居于劣势的人类又究竟应该怎样做出行动？似乎唯有一个不是办法的办法，那就是“先行制定”未来。既然不知道谁将成为恐怖分子，那就预先明确制定监控和打击的目标；既然不清楚末日何时何地到来，那就布下天罗地网，最大限度地对每一种可能性进行预先限定。由此，若说对末世的预防是“先知而后行”，那么对末日的“先制”则可以说是“知行合一”，或简直就是“以行代知”[③]。然而，失去了知识作为先导，“先制”又究竟有何种手段来有效引导行为呢？情感显然是一个利器。[④]先制情感显然是先制未来的最有效手段：“我虽然不知道危机是什么，以及危机何时何地降临，但我时刻准备着。”潜在的末日本来就已经加深了人类焦虑的创伤，现在又变本加厉地与“先制”的恐慌捆绑在一起，这些才是后“9·11”主题的末日影像之中那些遍在而莫名的焦虑体验的真正来由。

然而，这已经断然不再是海德格尔意义上的向死而生的世界体验。一方面，先制未来，这本来就是海德格尔在《存在与时间》中着力批判的那种日常生活的“庸庸碌碌”的“平均状态”：“平均状态先行描绘出了什么是可能

---

① Massumi B, *Ontopower: War, Powers, and the State of Perception*, Duke University Press, 2015, p. 14.

② Massumi B, *Ontopower: War, Powers, and the State of Perception*, Duke University Press, 2015, p. 10.

③ Massumi B, *Ontopower: War, Powers, and the State of Perception*, Duke University Press, 2015, p. 5.

④ Massumi B, *Ontopower: War, Powers, and the State of Perception*, Duke University Press, 2015, p. 180.

而且容许去冒险尝试的东西，它看守着任何挤上前来的例外。”[①]另一方面，后“9·11”时代的末日情动甚至连此种日常的沉沦状态都不及，因为沉沦之中尚且有个体之间的“共在”，整个世界也并未彻底丧失其整体性，但在当今的末日影像之中，我们只是一次次目睹着世界的土崩瓦解、社会的支离破碎，甚至是个体自身的碎裂解体。面对此种窘境，末日影像亦“发明”了自己特有的一种补救措施，那正是反过头定制过去。在海德格尔那里，向死而生的未来筹划和生死之间的历史演历结合在一起，才构成了此在在世的本真性的时间形态。对于末日影像来说同样如此，既然“先制”未来隐含着世界瓦解和个体碎裂的危险，那么，也许再度从历史性的角度来重建共在和世界的整体性就变成唯一的可能。

但遗憾的是，末日影像对历史性的重构也往往带上了浓重的先制的“平均状态”的气息。在海德格尔那里，从开端向终结所演历的是此在的可能性，而绝非既定的状态，是此在不断经由世界、在世界之中回归自身本己性的过程，而绝非只是“一种贯穿‘过去’、‘现在’与‘将来’的事件联系和‘效用联系’”[②]。但末日影像却正相反，它总是试图以一条由过去延伸到未来的既定事实构成的线索来对未来进行更为根本性的“先制”。影片《神秘代码》就是一个典型。50 年前埋下的时间胶囊，已经极为清晰地写下未来世界如何一步步走向终结的全部过程，甚至精确到每一场灾难的具体时空定位，但当 50 年后谜底揭晓之际，主人公却只是悲哀而无奈地看清了凌驾于人类之上的铁定的终极命运而已。最后的结局也只能是主人公追随着外星人的神秘力量，前往一个更为混沌莫测的未来。在这里，我们看到了后“9·11”时代的末日影像所陷入的前所未有的山穷水尽的困境，它很想将世界“之后”的末世带回到世界之中，由此回归体验和历史性这两个重要维度，但“先制”这个先天的顽疾又使得它无从真正把握生死之间的真实演历，因而反倒是最终将历史性简化为末世的另一种颠倒的镜像。诚如桑迪所言，“末世”这个概念本就包含着未来和过去的双重指向，或者说，开端和终结在这里构成了一个近乎封闭的循环。终结的启示并非仅仅在世界毁灭之后才到来和呈现，正相反，

① 〔德〕海德格尔：《存在与时间》，陈嘉映、王庆节译，生活·读书·新知三联书店，2014，第 148 页。
② 〔德〕海德格尔：《存在与时间》，陈嘉映、王庆节译，商务印书馆，2016，第 512 页。

作为世界本身的终极真理，注定在世界诞生和发端之初就已经蕴含在世界之中了，而且将贯穿于历史的整个发展过程。[①]人类其实早就知道世界注定要终结，也始终明白世界的终结到底意味着什么，只不过这些“知道”和“明白”一直隐含在历史之中，酝酿于幽微之处，只有在历史终结、世界毁灭之际才突然达至领悟和洞察的峰值。末世论，本就是过去和未来、开端和终结、生和死之间的循环合璧。只不过颇为荒诞的是，当末日影像以一种极端的姿态想彻底挣脱末世论的框架之时，却反而再度难以自拔地深陷其中。《神秘代码》当然不是唯一的孤证，在另一部艺术和思想成就更高的作品《降临》之中，我们仍然能够清晰探查到此种困境的存在。影片开端之处所展现出来的末世景观既奇诡异常又震慑人心，随后亦未落入末世电影的俗套，时时处处用充满女性温情的体验来化解冷酷的终结，无限拉近着它与个体生存之间的内在关联。即便如此，影片的最后却仍然是以“托梦”“先知/预言”的方式对个体和人类的生死之间的演历进行了一种相当明确的“先制”。“世界之终结，我梦中已见。”“世界之真理，我生前便知。”末世电影的真理圈环反而在末日影像的生存体验之中得到了终极的完成，这是荒诞还是无奈？

四、小结：“一切终结之后的电影”？

那么，在末世电影的启示性真理和末日影像的“先制式”情动之后，是否还有别样的可能在潜在的、遍在的末日焦虑之中重建主体性之根基？

前文的论述之所以陷入僵局，似乎还在于一个我们从未质疑过的基本预设，那就是“始终有一个世界在那里”，“毕竟这个世界是有而非无”，“无论怎样，这个世界总有一天会向我们袒露它的真相”。然而，为何我们一定要从“存在”之“肯定”这个基本信念出发呢？为什么我们不能转而从“绝对无”这个根本前提出发，进而追问：“为什么一定要有一个世界？”“为什么这个世界毕竟是有而非无？”[②]为什么一定要在世界之中去探寻真理？所有这些追问都将我们引向德里达晚年围绕策兰的名句所展开的关于世界终结的冥

① Szendy P, *Apocalypse-Cinema: 2012 and Other Ends of the World*, trans. Bishop W, Fordham University Press, 2015, pp. x-xi.

② Heidegger M, *Introduction to Metaphysics*, trans. Fried G, Polt R, Yale University Press, 2000. p. 1.

思："世界已去，我只有扛着你。"[①]

在自己的生命接近终结之际，德里达曾在两处情真意切地谈论过这句诗。第一处是他在法国社会科学高等研究院（École des Hautes Études en Sciences Sociales，EHESS）的最后一学期的演讲，开篇就明确提出了"世界不存在，唯有孤岛"[②]这个看似极端的命题。但他随即指出，这并不是说世界从来都不存在，而只是强调一个事实，即"世界已然消失"，因而"世界的缺失、无-世界（non-world）"[③]就应该成为当下哲学思想的起点。德里达得出和讨论这个命题的语境是海德格尔，但他心中所想到的或许恰恰是当下时代的世界状况。德里达很正确地提及了海德格尔那里极为关键的"世界体验"这个维度[④]，进而又援引了策兰的这句诗，鞭策我们在一个被灾难及受害者撕裂的世界之中勇敢承担起对他者的责任。

随后，在2003年海德堡大学举办的纪念伽达默尔的会议上，德里达更为细致地阐释了这首诗，并明确地将此种世界终结之际对于受难和苦痛的他者的体验称为"忧郁"（melancholy）[⑤]。这就直接将他的含混晦涩的哲学思想与晚近的极端的电影实验结合在一起，因为冯·提尔的那部惊世骇俗的电影《忧郁症》也恰好将"忧郁"和"世界末日"作为核心主题。但末日的哲学思想和末日的影像之间的相遇难道只是机缘巧合吗？或许并不是。在冯·提尔的影像之中，我们发现了对于德里达的深刻引申乃至修正。诚如很多学者都明确注意到的，这部影片几乎挑战、颠覆了以往所有的末世电影和末日影像的基本预设和框架，它将"终极毁灭"这个"绝对无"的主题推向了匪夷所思的极致境地。首先，它一开场就已经近乎残酷地展示了地球被"忧郁星"撞击因而彻底毁灭的末日场景。因而，"诺亚方舟""死里逃生"这些末世电

① 〔德〕保罗·策兰：《保罗·策兰诗选》，孟明译，华东师范大学出版社，2010，第296页。

② Derrida J, *The Beast & the Sovereign, Vol Ⅱ*, trans. Bennington G, The University of Chicago Press, 2011, p. 32.

③ Derrida J, *The Beast & the Sovereign, Vol Ⅱ*, trans. Bennington G, The University of Chicago Press, 2011, p. 32.

④ Derrida J, *The Beast & the Sovereign, Vol Ⅱ*, trans. Bennington G, The University of Chicago Press, 2011, p. 98, p. 168.

⑤ Derrida J, *Sovereignties in Question: The Poetics of Paul Celan*, In Dutoit T, Pasanen O(Eds.), Fordham University Press, 2005, p. 159.

影的原型和主线上来就已经彻底被颠覆。世界毁灭了，无人幸存，无人生还。世界终结“之后”，无物存在。其次，若由此就认为末世之际、之后的启示才是它的主旨，则又大谬不然，因为整部影片显然更关注的是末日影像中那种典型的世界“之内”的体验。影片之中鲜有真正展现灾难场景的大场面、大制作，而是用尽笔墨来深入刻画人物的各种错综复杂的内心体验。大量的特写镜头正是明证。不过，最令人困惑乃至惊异之处也正是在这里，看似影片明显采用的是末日影像的套路，但却并没有用“先制”的历史性的方式来为人物的自我体验奠定一个共同的、同一世界的基础。正相反，导演真的是尽其所能地瓦解着所有能够建构起世界的背景：故事的场景就被设置在一个远隔人世的孤岛上，人物之间仅有的也是疏离和隔膜，甚至连最能凝聚人心、抵抗末日的科学知识也遭到了无情的嘲弄和弃置。我们所见证的、主角们所见证的，正是“在世界之中”所发生的“世界的解体”这一令人撕心裂肺的过程。世界的终结，绝非只是在影片最后一刻才到来，而是自始至终都已经、正在、注定发生着。

正是由此，我们有理由质疑桑迪的那个论断，即将这部影片视作“影史上唯一一部名副其实的末世电影（apocalyptic film）”[①]。它确实是独一无二的，但那正是因为它无法被纳入任何“名副其实”的末世电影或末日影像的既有范式之中。同样，这部电影的真正终结之意味并非仅仅局限于最后的十秒钟黑屏，甚至也并非在于对电影本身的终结[②]，而更在于以影像的独特力量挑战、颠覆了种种对于末世和末日的思想框架。它让我们跳出电影去思考哲学，去思考世界和我们自己。它亦以直指人心的方式明确回应了晚年德里达经由策兰的诗行向我们抛出的终极问题：在一个潜在末日的世界之中，在一个日渐支离破碎的世界之中，到底如何“扛起”他者一起行走？影片上部和下部之间的鲜明反转恰好说明了一切。姐姐克莱尔想给妹妹贾斯汀一个世界，一个常人眼中的完美世界，但那只是将妹妹一步步推向崩溃的边缘；反过来看，面对近在咫尺的末日，贾斯汀看似亲手撕碎了所有重建世界的希望，

---

① Szendy P, *Apocalypse-Cinema: 2012 and Other Ends of the World*, trans. Bishop W, Fordham University Press, 2015, p. 3.

② Szendy P, *Apocalypse-Cinema: 2012 and Other Ends of the World*, trans. Bishop W, Fordham University Press, 2015, pp. 1-2.

但却为姐姐奉上了她最高的牺牲，那就是“为她去死”[①]。既然世界已逝，那就让我扛起你的死亡。也正是因此，我们很难认同韩炳哲的分析，即认为影片的基调是爱战胜了忧郁[②]。或许正相反，是忧郁战胜了爱。因为在冯·提尔的笔下，他人之死所导向的绝非末世论般的真理启示或“灾难辩证法”[③]，而更是本雅明所意味的那种作为沉浸于世界之中的生存体验的模式。[④]忧郁之中或许亦有一种永恒，但那既不是真理的永恒，也不是理念的永恒，而更是在闪现的影像之中所凝聚的受难主体之间的共情激荡（pathos）[⑤]的永恒。

参考文献

〔德〕康德:《纯粹理性批判》，邓晓芒译，人民出版社, 2004。

〔德〕马丁·海德格尔:《存在与时间》，陈嘉映、王庆节译，生活·读书·新知三联书店, 2014。

〔德〕马丁·海德格尔:《海德格尔文集: 形而上学的基本概念: 世界—有限性—孤独性》，赵卫国译，商务印书馆, 2017。

〔德〕马丁·海德格尔，孙周兴选编:《海德格尔选集》，上海三联书店, 1996。

〔德〕瓦尔特·本雅明:《德国悲剧的起源》，陈永国译，北京文化艺术出版社, 2001。

〔德〕瓦尔特·本雅明:《机械复制时代的艺术作品》，王才勇译，中国城市出版社, 2002。

Derrida J, *Sovereignties in Question: The Poetics of Paul Celan*, eds. Dutoit T, Pasanen O, Fordham University Press, 2005.

Derrida J, *The Beast & the Sovereign, Vol II*, trans. Bennington G, The University of Chicago Press, 2011.

Didi-Huberman G, *Confronting Images, Questioning the Ends of a Certain History of Art*, trans. Goodman J, PSUP, 2005.

---

① 德里达在《灰烬》中深刻阐释了“为他人而死”（dying for others）的含义，亦可参见拙作《火、交感、危险: 电子游戏中的情感》，《文化艺术研究》2021 年第 2 期。

②〔德〕韩炳哲:《爱欲之死》，宋娀译，中信出版社, 2019，第 15 页。

③〔德〕韩炳哲:《爱欲之死》，宋娀译，中信出版社, 2019，第 21-22 页。

④ Hanssen B, “Portrait of melancholy (Benjamin, Warburg, Panofsky)”, *MLN*, Vol. 114, No. 5, 1999, p. 1003.

⑤ Hanssen B, “Portrait of melancholy (Benjamin, Warburg, Panofsky)”, *MLN*, Vol. 114, No. 5, 1999, p. 1003.

Didi-Huberman G, "Au pas léger de la servante: Savoir des images, savoir excentrique", In Haag P, Lemieux C (Eds.), *Faire des Sciences Sociales*, Éditions de l'École des Hautes Études en Sciences Sociales, 2012, pp. 177-206.

Heidegger M, *Introduction to Metaphysics*, trans. Fried G, Polt R, Yale University Press, 2000.

Lisboa M M, *The End of the World: Apocalypse and Its Aftermath in Western Culture*, Open Book Publishers, 2011.

Lyotard J-F, "With Jean-Loup Thébaud", In *Au Juste: Conversations*, Bourgois, 1979.

Lyotard J-F, *Le Différend*, Les Éditions de Minuit, 1983.

Lyotard J-F, *Peregrinations: Law, Form, Event*, Columbia University Press, 1988.

Lyotard J-F, *Le Postmoderne Expliqué aux Enfants: Correspondance 1982-1985*, Galilée, 1988.

Lyotard J-F, *The Lyotard Reader*, ed. Benjamin A, Blackwell, 1989.

Lyotard J-F, *Heidegger and "the Jews"*, trans. Michel A, Roberts M S, University of Minnesota Press, 1990.

Lyotard J-F, *Lessons on the Analytic of the Sublime: Kant's Critique of Judgement*, trans. Rottenberg E, Standford University Press, 1994.

Massumi B, *Ontopower: War, Powers, and the State of Perception*, Duke University Press, 2015.

撰稿人员及分工
（以撰写章节先后为序）

第　一　编

曾军（上海大学文学院教授）：导论；
朱国华（华东师范大学中文系、国际汉语文化学院教授）：第一章；
谭成（重庆工商大学文学与新闻学院副研究员）：第二章；
李三达（湖南大学文学院副教授）：第三章；
王行坤（天津师范大学文学院副教授）：第四章。

第　二　编

段吉方（华南师范大学文学院教授）：导论；
聂世昌（上海大学文学院讲师）：第一章；
郑兴（华东政法大学传播学院讲师）：第二章；
柏愔（南京师范大学金陵女子学院讲师）：第三章；
张驭茜（苏州大学文学院讲师）：第四章。

第　三　编

蓝江（南京大学哲学系教授）：导论、第一章第三节；
夏莹（清华大学哲学系教授）：第一章第一节；
吴冠军（华东师范大学政治与国际关系学院教授）：第一章第二节；
邓刚（上海交通大学人文学院副教授）：第一章第四节；
姚云帆（华东师范大学中文系副教授）：第一章第五节；

阴志科（温州大学人文学院副教授）：第二章第一节；
张巧（华南师范大学文学院讲师）：第二章第二节；
周慧（中山大学国际翻译学院教授）：第三章第一节；
赵文（陕西师范大学文学院教授）：第三章第二节；
姜宇辉（华东师范大学政治与国际关系学院教授）：第三章第三节。

国家哲学社会科学成果文库

NATIONAL ACHIEVEMENTS LIBRARY OF PHILOSOPHY AND SOCIAL SCIENCES

西方前沿文论阐释与批判（下）

朱国华　等　著

科学出版社

内 容 简 介

本书旨在以文明互鉴为指导原则，对当代西方文论进行全面而系统的考察，为中西之间的即时平等学术对话寻求支撑。全书有选择地呈现了西方近 30 年的重要前沿文论，并进行了具有批判性和学理性的阐释。全书分上、下两卷，上卷展现了当代西方文论最重要的分支——批判理论的发展动向和代表性理论，下卷从“伦理转向”“实证主义转向”“后人类转向”三个方向，呈现了西方文论近 30 年的主要变革。本书既注重“新”，致力于呈现和阐释西方当代文论的新发展，更新当代中国文艺学研究的理论话语；也注重“融”，致力于对当代西方文论进行跨学科审视和探究，也致力于通过中国视角、中国经验、中国学术话语来批判性地转化和融合其中的优秀部分，并以之来分析文学文本和文化现实。

本书不仅适合文艺理论和美学等专业的研究者、学习者和爱好者阅读，并且由于当代文论的跨学科性质，也适合哲学、艺术学、社会学、政治学、人类学、心理学、传播学、教育学等领域的读者阅读。

图书在版编目(CIP)数据

西方前沿文论阐释与批判：上下卷 / 朱国华等著. —北京：科学出版社，2023.6

（国家哲学社会科学成果文库）

ISBN 978-7-03-075001-3

Ⅰ. ①西… Ⅱ. ①朱… Ⅲ. ①文艺理论-西方国家-现代-选集 Ⅳ. ①I0-53

中国版本图书馆 CIP 数据核字(2023)第 037056 号

责任编辑：王 丹 赵 洁 / 责任校对：贾伟娟

责任印制：赵 博 / 封面设计：黄华斌

科 学 出 版 社 出版

北京东黄城根北街 16 号

邮政编码：100717

http://www.sciencep.com

北京中科印刷有限公司印刷

科学出版社发行 各地新华书店经销

*

2023 年 6 月第 一 版 开本：720×1000 1/16

2025 年 4 月第三次印刷 印张：72 1/4 插页：4

字数：1 140 000

定价：398.00 元（上下卷）

（如有印装质量问题，我社负责调换）

目 录

第一编 西方文论的伦理转向

第二编 西方文论的实证主义转向

第三编 西方文论的后人类转向

CONTENTS

PART ONE THE ETHICAL TURN IN WESTERN LITERARY THEORY

PART TWO THE TURN TO POSITIVISM IN WESTERN LITERARY THEORY

PART THREE THE POSTHUMAN TURN IN WESTERN LITERARY THEORY

第一编　西方文论的伦理转向

导论　当代西方文论的“伦理转向”概论

大约从20世纪70年代初开始，当代西方文论迎来了一场“伦理转向”。这一“伦理转向”的对话和批判对象主要是结构主义中的反人本主义、后现代主义中的历史虚无主义立场,以及西方当代道德哲学中的功利主义等倾向。从更具体的文论史角度来说，这一“伦理转向”的主要批判指向则是：以形式主义为代表的“内部研究”，以及以道德作为衡量文学根本标准的道德主义。沃马克区分了当代伦理批评的两种范式：“北美范式”与“欧陆范式”，前者以布斯、努斯鲍姆和米勒为代表，后者以列维纳斯、德里达等人为代表。①我们基本遵照了这一框架来梳理当代西方文论的“伦理转向”，除此之外，又新加入了两个分支——精神分析（psychoanalysis）和创伤理论，二者有其独特的脉络。“伦理转向”的世界性影响至今仍在发酵，对其进行系统的研究和检点，对于我国的文学理论和文学批评发展具有重要意义。

一、列维纳斯与法国哲学的“伦理转向”

大约从20世纪70年代开始，法国哲学，更具体地说，后结构主义的代表人物如德里达和利奥塔等人越来越多地关注伦理问题，以至于形成了被称为“伦理转向”的风潮。这一“伦理转向”的显著特点在于强调他者的极端他异性，以及对他者的绝对责任。哲学家列维纳斯关键性地助推了这一“伦理转向”。从历史际遇上说，列维纳斯对于“伦理转向”的影响是随着1968年五月风暴的逐渐平息而渗透到法国哲学中的。随着风暴的落幕，一批当时风暴中的主将开始反思，并寻求左翼思想之外的其他思想资源，在这个过程中，他们发现了犹太思想和列维纳斯。学界通常将后结构主义的反总体化诉

①〔美〕肯尼斯·沃马克:《伦理批评》，见〔英〕朱利安·沃尔弗雷斯编《21 世纪批评述介》，张琼、张冲译，南京大学出版社，2009，第143页。

求与五月风暴中的无政府主义倾向相联系，却忽视了风暴后，以列维纳斯为代表的伦理学家对于这一思潮的影响。反过来说，也恰恰是五月风暴，为后来法国哲学界对列维纳斯等人思想的接受奠定了基础，因为正是五月风暴使得结构主义威风扫地，并使得人本主义开始复苏，掀起浪潮的学生们迫切需要一种更强调主体性和能动性的哲学，来对抗看似坚不可摧的“结构”。在风暴落幕之后，人们也开始反思和寻求革命的替代方案。如果说革命是欲求另外建立一种法则或秩序的话，那么革命在某种意义上的失利，则使得人们在风暴后倾向于去寻求一种“更高法”，这一“更高法”即人性或宗教。[①]

列维纳斯的伦理学正好满足了这样一种诉求，任何具体的道德律令和规范，都可能演化为一种需要去重新冲破的意识形态或政治话语，都可能遮盖和压抑种种越轨的、反叛的或颠覆性的能量[②]，而列维纳斯“无限为他者负责”的伦理学则提供了一种“来自于无根基的命令，是‘悬置于深渊之上’的必然”，它暗合了“现代性本身的隐秘本质”。[③]概括而言，列维纳斯对于法国哲学的“伦理转向”的影响主要体现在如下几点。

第一，德里达之所以能够用解构主义来挑战结构主义，很大程度上在于其强调了结构主义中各稳定的结构要素的差异性、流变性和不在场性。换言之，正是解构主义对于“他异性”维度的引入，破坏了结构主义的稳定结构关系预设，而这种“他异性”维度的引入很大程度上受惠于列维纳斯。德里达用来解构在场形而上学的概念工具——“延异”、“踪迹”甚至“幽灵”等概念都受列维纳斯的影响颇深。在其晚期思想中，德里达则更是直接地从列维纳斯身上继承了好客、给予、礼物、友爱等伦理议题。德里达的这一“伦理转向”，同时也带动了整个解构思想的“伦理转向”，由于德里达的世界性影响，这种转向早已扩展到了法国之外。在克里奇利和米勒等德里达后继者的阐述中，解构已经被延展为“解构即伦理”或“阅读的伦理”，而列维

① Bourg J, *From Revolution to Ethics: May 1968 and Contemporary French Thought*, McGill-Queen's University Press, 2017, p. 342.

②〔美〕杰弗里·哈芬:《伦理学与文学研究》，见王宁编《文学理论前沿》（第十四辑），清华大学出版社, 2016, 第 3 页。

③〔美〕杰弗里·哈芬:《伦理学与文学研究》，见王宁编《文学理论前沿》（第十四辑），清华大学出版社, 2016, 第 9 页。

纳斯同样是他们十分倚重的理论资源。

第二，利奥塔作为后结构主义的另外一位代表人物，本身也深受列维纳斯的影响。他曾“赞扬列维纳斯（Emmanuel Levinas）完成了由康德开始的工作，彻底地将‘规定的语言游戏’从任何‘本体论话语’中分离开来……从而创造了一种无须服从任何命令的完美的‘空’（emptiness），一种‘无规范性的义务’——这是一种能够和后现代性对异端与播散的强调相一致的伦理学”[①]。在美学层面，正如朗西埃所分析的，被利奥塔重新赋予新意的崇高概念，表面上所继承的是康德的论述路线，而其内核却更接近于黑格尔美学和某种犹太神学。利奥塔对于崇高之中绝对不可见物的强调，也可视为对某种绝对他者的等待和顺服，而这一绝对他者概念的来源可以说主要就是列维纳斯。这种崇高美学中也蕴含着一种伦理学指向，这种指向在利奥塔的见证诗学将这一崇高美学与奥斯威辛结合，并阐述这一超历史事件之不可表象、只可见证时体现得尤为明显。

第三，以其密友布朗肖为中介，列维纳斯的思想也间接影响了福柯和巴特等从结构主义过渡到后结构主义的关键性人物。无论是巴特的“零度”，还是福柯的“外部”，都与布朗肖所阐述的文学空间有密切关联，而这一文学空间又与列维纳斯早年就阐述的“有”（il y a/there be）这一概念具有亲缘性。“有”作为“不在场的在场”等属性，已经非常逼近后结构主义的某些论断，而布朗肖在将其与文学结合后，进一步将之换算成了“外部”和“另一种夜”[②]等概念，这些概念对于巴特和福柯都有着根本性的影响。这种难以把捉的“外部性”某种意义上就是结构的外部，结构主义因此引入了一种永远难以被结构所同化、所囊括的他异性。“有”对于主体权力的排除，对于价值的悬置，在布朗肖那里体现为其写作所追求的：让他者“无权力地出显”[③]。这种无权力地出显和抹除主体的写作，导向的便是福柯和巴特所提

---

①〔美〕杰弗里·哈芬:《伦理学与文学研究》，见王宁编《文学理论前沿》（第十四辑），清华大学出版社，2016，第 9 页。

②“外部”和“另一种夜”在布朗肖的理论和文学中指涉的是理性的外部，同一性的外部。西方哲学一直将光作为理性和认知的隐喻，而布朗肖追求的思想和文学则在这种光照之外，因此是“另一种夜”。与其说“外部”和“另一种夜”是理性或光照的反面，毋宁说它们是后者的他者，因为“反面”依旧与正面处于一种辩证关系中。这两个概念都是 il y a 的某种转换，它们都是对存在论视域的一种倒转。

③ Lévinas E, *Sur Maurice Blanchot*, Fata Morgana, 1975, p. 14.

倡的“外部思想”或“零度书写”。

除了以上这些后结构主义的代表人物之外，列维纳斯的伦理学还深刻影响了伊利格瑞、巴特勒、南希等当代著名思想家，而他们的思想都有着较为明显的后结构主义倾向。除了后结构主义之外，列维纳斯还更为深刻地影响了法国现象学的发展，带动了由马里翁和克里田等人引导的现象学的“神学转向”。除此之外，在法国公共知识界，“新哲学”的代表人物贝尔纳-亨利·列维、本尼·莱维和法兰西学院院士芬基尔克劳，可以说都是列维纳斯的信徒，20 世纪 90 年代末期，他们共同在耶路撒冷建立了一个列维纳斯研究中心。这几位同为犹太人的思想家积极介入政治，经常用列维纳斯的思想来支撑自身的犹太认同和政治观点。列维纳斯曾说，伦理学应当是第一哲学。从这个意义上说，由他所促动的这三大转向：后结构主义的“伦理转向”、现象学的“神学转向”和法国公共知识界的“犹太转向”，都可被视为法国当代哲学“伦理转向”的不同分支。

二、北美伦理批评与人文主义复兴

在法国理论之外，北美文学批评自 20 世纪八九十年代开始兴起的伦理关注构成了“伦理转向”的另一大分支。以布斯和努斯鲍姆为代表人物的这一“伦理转向”，所承接的是以阿诺德、利维斯、特里林等人为代表的自由人文主义的传统。这一传统持续追问“人如何过好的生活”这一问题，而答案是培养更为“完善”的人格、道德和社会。他们都极为看重文学对生活复杂性和脆弱性的揭示、其所蕴含的伦理价值，以及其对构建社会正义的潜在效能。无论是布斯的“文学友情”，还是努斯鲍姆的诗性正义，二者都旨在重构这种文学与现实、伦理（ethics）和正义之间的关系。

具体而言，布斯的文学伦理批评强调一种“共导”（coduction）的批评方式，强调在与他人的“共”情中“导”出文学的意义和价值。与基于逻辑的推导不同，这种“共导”本质上是一种与他者的交流，一种主体间的交往模式，而非主体孤独的理性探究。在布斯看来，这种在“共导”中，在与他人的交流中得出的审美感知，对构建良好的公共生活更有裨益。布斯著名的“隐含作者”（implied author）理论也可以放在这一主体间模式中来进行审视，在伦理批评中，对于这一隐含作者的回应和责任显得尤为重要。这一责任是在读者与作品的友谊中被落实和体现的。读者与作品的关系，并不是一种主客分离的认识过程，而是一种读者和作品及其背后的隐含作者建立友谊的过程，这本身已经预设了一种伦理的阅读态度。

要落实这种伦理的阅读态度，就需要抱持对于作品、隐含作者和隐含意义的尊重，将注意力和情感都投注到作品之中，以一种"细读"的方式去亲近作品。也正是这一点，使得布斯在某种意义上弥合了与形式主义的分歧，并且也逃离了道德主义的指控。形式主义不关注道德等外部世界的价值，道德主义则常以一种外在的道德标准来论断文学作品，文学的形式和修辞在这一前提下往往无关宏旨。与之相反，布斯的伦理批评却尤为关注修辞，因为在他看来，修辞即是一种把小说世界交托给读者的艺术，修辞本身就是一种伦理交流模式。在这个意义上，对修辞的关注和对道德的关切并行不悖。这种读者与作品和作者的友谊，最终受惠的终究是读者，在投入扮演小说中不同角色的过程中，读者似乎经历了不同的人生，也在不断走向"更好的自我"。

相比布斯而言，努斯鲍姆的文学伦理思想更指向对哲学、政治和社会问题的关切，她同时也是立场更为鲜明的亚里士多德主义者。努斯鲍姆认为亚里士多德的伦理学对于"人应当如何生活"（how should one live）这一问题的回答多元、开放和包容，体现了一种多元主义的价值观。这一伦理学和价值观本身又与文学密切相关，众所周知，正是亚里士多德在《诗学》中为诗辩护，为情感辩护，重新校正了文学在公共生活中的价值。除此之外，努斯鲍姆还认为在亚里士多德的诗学中，诗向我们显示了"作为在自然发生的世界中凡人的实践智慧与伦理职责"①。在亚里士多德这里，努斯鲍姆也找到了一种诗与哲学的和谐之道。

在具体层面，诗性正义、文学畅想和善的脆弱性，都是努斯鲍姆文学伦理思想的核心概念。通过诗性正义这一命题，努斯鲍姆强调了"'走向他人'的重要性、在人性上'保持丰富性'的必要性以及'诗性裁判'的可能性。她用'诗性正义'去纠正经济活动与司法活动中忽略人的情感的偏向，证明

---

① Nussbaum M C, *The Fragility of Goodness: Luck and Ethics in Greek Tragedy and Philosophy*, Cambridge University Press, 2001, p. 47.

文学想象是有益于公共生活的”[①]。诗性正义不只强调了情感因素对于司法正义的重要性，更强调了文学作为培养“公正的旁观者”的重要性。这一“公正的旁观者”，既可以对于所发生之事或情节进行较为理性客观的观察，与此同时，他又必须将情感投入其中，才能够真正理解这一事件，因此这是一种旁观而又投入、理智而又感性的批判性同情。

在这个意义上，他才得以成为一个“公正的旁观者”，这种正义的视角和身份很大程度上是通过文学所塑造的。这也就过渡到了“文学畅想”的概念，因为同情某种程度上就是一种畅想，一种联结自我与他者的情感想象力，而文学正提供给了读者一种畅想的能力。在努斯鲍姆看来，这一畅想本身具有重要的道德意义。在美育层面，畅想不仅可以培养孩子对世界的丰富感知，还可以就此培养一种宽容的态度，并帮助孩子脱离实用性的思维方式。

此外，努斯鲍姆还透过古希腊悲剧探讨了善的脆弱性的问题。通过“运气”等概念，努斯鲍姆强调了悲剧和生活中的偶然性和复杂性，这并不是黑格尔式的价值冲突可以全然解释的，也很难在其中真正找到某种和解之道。因此，与其说悲剧是价值冲突的反映，不如说它时刻在提醒人们生活价值的多样性和复杂性，让我们接受这种现实世界的不完美性，并以一种“慎思”的态度，培养一种灵活应对的能力。

三、精神分析的伦理演变

伦理问题在精神分析中的凸显，明确始于拉康 1959 年以伦理问题为核心的系列讲座，自此开始，精神分析伦理观的焦点转向了剖析主体自身的欲望伦理。这一伦理线索延续到齐泽克之后，明确转向了对于主体与他者关系的另类思考，以及对行动的关注，从而完成了精神分析的某种“伦理转向”。

在精神分析的起始时期，伦理问题在弗洛伊德那里是以一种否定的方式呈现的。弗洛伊德在治疗精神疾病的过程中，逐渐将病因归结为文明对于本能的压抑。如果说整个世界都是由力比多和欲望所潜在驱动的，那么所谓的道德之人，也就只是意味着更能够压抑自己的潜意识欲望之人。第一次世界大战的爆发和个人的不幸经历加剧了弗洛伊德对于人性的悲观态度，在性本

---

① 刘锋杰:《努斯鲍姆“诗性正义”观及其争议辨析》,《河北学刊》2017 年第 5 期，第 92 页。

能之外，弗洛伊德提出人类还有一种攻击性本能；正是为了压抑这种本能，人类社会建构了一种“文化的超我”来审查和控制这一本能。“文化的超我”通常是以道德和宗教戒律的方式呈现的，例如“爱邻犹如爱己”这一律令。然而，这一对于人类本能的压抑实际上并不能兑现对于幸福的允诺。它至多是在人类不可避免的互相伤害冲动中建造了一道堤坝，却不可能使人类得到根本性的拯救。就此弗洛伊德事实上已经否认了道德和伦理的合法性，而且不仅人类内在的攻击驱力决定了个体不可能“爱邻”，“爱己”这一命题本身也是经不起推敲的，因为在弗洛伊德这里，“自己”已经具有了本我、自我和超我三个分身，“自己”是分裂和多元的，也很难从其中推导出一种伦理原则。

正是有关这一分裂的主体的看法，把弗洛伊德和他的后继者拉康更紧密地联结了起来。拉康精神分析理论的根基在于对“想象界（the Imaginary）—象征界（the Symbolic，又译符号界）—实在界（the Real）”的三元划分，这在某种程度上承继了弗洛伊德对于主体的多元划分。想象界是伴随着镜像阶段而构筑的，在这个阶段，婴儿通过镜子所给予的形象、误认和自恋构筑起了一个想象性的自我概念。象征界则可以代表一切我们生活所遭遇的符号系统，从语言、媒介到各种社会规范，不一而足。随着对于语言的习得，婴儿进入象征界之中，从此再不可复返于想象界中与他者（母亲）无中介的原初交流。进入象征界的自我进入了一整个符号系统中，从此不再能抽身，因为他的认识、表达甚至欲望都是被这一符号系统所框定的，它从此也就与原初的、未经过符号浸染的“真实”相隔离了。这一不可复返的原初的真实，某种意义上就是实在界。

实在界从本质上来说是不可接近的，就如康德意义上的“物自体”，主体无法脱离自身的主观认识结构去认识这一纯粹的“物本身”，正如自我也无法摆脱自身所赖以认知和表达的符号系统，去接近那一“前-象征”的实在界。与“物自体”作为一种悬置之物不同，实在界却不断地涉入现实（reality），甚至从根本上决定着现实。它代表了一种来自“前-象征现实”的需要，这一需要不同于任何可以被具体化的对象，例如一个奶嘴或一根香烟，“奶嘴”或者“香烟”只是这一需要的象征化，而这一需要本身却是不可名状的，它来自实在界，“它以需要的形式闯入了我们的象征性现实”[①]。除此之外，实在界还与“创伤”（traumatism）这一概念有着紧密的联系。这里的“创伤”就是实在界和象征界之间的裂痕，或者永远不能被象征化的那一事件，它会持续不断地搅扰着象征界。例如在弗洛伊德的狼人案例中，狼人在一岁半时目睹的父母性交场面，由于无法被象征化，它便以一种隐秘的方式持续不断地搅扰着狼人，从而变成了创伤。[②]在这个意义上，“‘创伤是实在的’，因为它始终是无法象征化的”[③]。

在这一多元架构下，拉康欲望伦理学的关键在于：既然主体被象征界所束缚，它又如何能够过一种伦理的生活呢？为了摆脱象征界，拉康的伦理主体建构必然要寻求某种在象征界之外的“真我”，而这一“真我”只能被定位于不能被象征化的实在界。尽管这一实在界本质上是不可抵达的，但主体还是可以通过“欲望”的连接与之发生关系。

在拉康的分类中，欲望是伴随婴儿与母亲的分离而产生的，同时，这一与母亲分离的过程也是婴儿从想象界进入象征界的过程。在进入象征界之后，想象界中母子一体的完满统一丧失了，婴儿此时所能表达的欲求是被外界的符号体系所赋予的，他不能说出符号体系之外的欲求，这也就使得其在欲求的同时，也与一种不能被满足的匮乏（lack）相伴，而这种欲求和匮乏的夹杂就是欲望。欲望产生于匮乏，为了弥补这种缺失，婴儿便努力想恢复那种母子分离以前的合一，因此他们尤其试图通过取悦母亲来获得这种想象性的满足。取悦母亲，即意味着成为母亲想要的对象，这就使得婴儿欲望所指向的不再是一个具体的对象，而是使自身成为母亲欲望的对象，也即成为大他者的欲望对象，母亲正是最初的大他者。所以，主体的欲望实际上是大他者的欲望，主体的欲望就是成为大他者的欲望对象，成为欲望的欲望。不过，这种通过想象来重新“合一”的欲望本质上是不可实现的，因为“原质”（the Thing）在分离之后就再也不可被寻回了，主体也不可能再彻底脱离象征界的束缚，这也就使得主体的欲望永远不能被满足，从而欲望也一直在生成。

拉康将这一欲望理论运用到了对《哈姆雷特》的阐释中。他认为，哈姆

①〔英〕肖恩·霍默:《导读拉康》，李新雨译，重庆大学出版社，2014，第111页。

②〔英〕托尼·迈尔斯:《导读齐泽克》，白轻译，重庆大学出版社，2014，第33页。

③〔英〕肖恩·霍默:《导读拉康》，李新雨译，重庆大学出版社，2014，第113页。

雷特对复仇的犹豫，本质上来自对大他者欲望的困惑，这一大他者的欲望，就是父亲的鬼魂发出的指令。哈姆雷特其实并不知道自己的真正所欲是什么，他的欲望只是大他者的欲望，而这一大他者的欲望是暧昧不清的。悲剧中的女性奥菲莉亚，则是哈姆雷特的欲望客体，或者说自我的镜像投射，然而吊诡的是，只有在奥菲莉亚死去之后，她才在哈姆雷特的哀悼中真正成为欲望之物，这说明了追寻欲望之路必然是失败的。

拉康的欲望伦理学恰恰最终落实于这一悲剧性的结尾，它构成了这一伦理学的两大基本诉求：“穿越幻象”（go through fantasy）和“认同征兆”（identification with symptom）。“穿越幻象”指的是拒绝外界强加的符号位置，拒绝基于大他者的诱导而来的幻想，直面自身的欲望。“认同征兆”则是意识到自身欲望的不纯粹性、自身的有限性，或者如哈姆雷特一般真正拥有欲望之物的不可能性。这种看似被动的认同，恰恰是一种“直面”，是主体对抗疯癫的方式，通过这种认同，主体建构了自身主体性的一致性与稳定性。在精神分析治疗的过程中，此即为治疗的结束之时。

齐泽克以一种激进政治的姿态，激活了拉康的伦理学，并尤其强调其中行动的面向。在拉康的阐释中，行动的主体必须要为行动本身负责，这样一来，行动就被赋予了一种伦理意涵。必须为行动本身负责，指的是行动的主体并不只要为自己有意识的行为负责，还要为自己无意识的欲望负责，因为无意识更是某种深层真实的表达。在齐泽克的阐释中，行动即意味着重建符号秩序，这意味着死亡驱力的运作，因为行动意味着去埋葬现存的符号秩序，但与此同时，主体也通过行动而获得了一种新的存在论意义。在这一点上，拉康和齐泽克都十分推崇安提戈涅，因为她以行动来反抗现存的符号秩序，或者说大他者的欲望，这是一种行动，一种积极的介入，她以常人不具备的勇气迈向了：“一个无中生有的现实的空隙中，一时悬置了定义（社会）现实的规则。”[①]这一对于现存符号体系和价值的悬置，正是一种伦理行动，主体为自己做决断，并对自己负责。因此，在行动中，主体必然经历某种危机甚至死亡，只有通过这种方式，主体才能重塑自身，继而重塑已然脱序的

①〔斯洛文尼亚〕斯拉沃热·齐泽克:《有人说过集权主义吗？》，宋文伟、侯萍译，江苏人民出版社，2005，第134页。

世界，同时也重塑伦理：“一个行动不仅运用既定的伦理标准，而且重新定义了它们。”[①]

四、创伤理论及其伦理关怀

约从20世纪七八十年代开始，西方的文学研究和文化研究领域还悄然兴起了另一场“伦理转向”，这一转向是伴随对“创伤”的研究而兴起的。创伤理论的兴起，从历史渊源上来说，上承以奥斯威辛为代表的第二次世界大战悲剧，下启至今依旧在震创世界的“9·11”事件，同时与各种战乱和生态灾害并行。资本主义生产方式、权力在微观领域的渗透，及其所导致的“异化”，也被视为在日常生活中无处不在的“创伤”。现代传媒的高度发达，则使得任何一个创伤性事件，都可能被过度和持续地放大，从而钝化或加剧创伤。在这一背景下，如何面对、回应和疗救创伤，成为一个亟待解决的问题。

我们大致可以将西方创伤理论分为两个研究方向，其一为文学创伤研究，其二为集体文化创伤研究。第一个研究方向的代表人物有耶鲁学派的主将哈特曼，他所主持建立的耶鲁大学二战犹太人大屠杀幸存者证词档案库，对于创伤研究的兴起至关重要，其后文学创伤研究的代表人物劳布、费尔曼和卡鲁思等人的研究都与这一档案库密切相关。另还有诸多文学理论家和批评家从心理学、历史学和社会学等角度切入创伤文学。第二个研究方向的代表人物则是以亚历山大和艾尔曼为代表的美国社会学家，他们更关注集体创伤，例如民族或种族的创伤是如何通过文化建构完成的。[②]这两个方向并不截然分开，哈特曼对今日社会的创伤氛围多有关注，文学在集体文化创伤理论中也同样是重要的文化载体。

宽泛地说，创伤性事件是那些因其突发性和强迫性而对主体造成创伤的事件。对于发生过的创伤性事件，主体往往不可把控，因为创伤导致主体无法以一种清晰、冷静、全面的方式把握这一事件，然而与此同时，这一事件却又在主体的记忆中不断复现，而且这种复现时常是以一种变形的方式显现

---

① 〔斯洛文尼亚〕斯拉沃热·齐泽克：《享受你的症状——好莱坞内外的拉康》，尉光吉译，南京大学出版社，2014，第139页。

② 对于创伤理论更为详尽的梳理请参看赵雪梅：《文学创伤理论评述——历史、现状与反思》，《文艺理论研究》2019年第1期，第201-211页。

的。因此，可以说，不可把控性和复现性，构成了创伤的主要特征。创伤对于主体的损害除了在发生那一刻的震创之外，更在于该事件在后续的生活和记忆中幽灵般地复现和困扰。它不可把捉，却又阴魂不散。因此，对于创伤进行疗救的关键就在于复原这一创伤性事件，完整地呈现这一事件，并就此在某种意义上使主体敢于直面这一事件，从而摆脱这一事件，愈合创伤。这是精神分析的基本治疗原则，但这一原则也同样适用于叙事。因为，对于创伤的复原本身就是一种叙述过程，一种通过事后的叙述和回顾而重返事件当下的过程。不过，对于创伤叙事而言，常规的叙事程序往往是无效的，因为创伤作为一种突发性的、超乎于主体把控之外的事件，它本身就是超越于常规生活之外的，因此，也就无法为常规叙事所把捉。它往往呈现为碎片、倒错、晦涩和痛楚的状态，正因为如此，创伤叙事也往往以类似的方式对创伤性事件进行呈现和复原。在很多情况下，个人化的创伤叙事不是如同常规叙事一般“重构”和“整合”已发生事实的统一性，而是让创伤性事件呈现自身，因为对于创伤而言，重构是不可能的，建构一种统一性也是不可能的。在这个意义上，“创伤是反叙述的，但它却也催生了对回顾性叙述的狂热生产，这些叙述试图对创伤进行解释”[①]。落实到文学上，这种反叙述的叙述构成了见证文学的重要分支。见证文学所见证的通常就是创伤和灾难，在莫里森和策兰等文学家的笔下，这种见证往往是以一种倒错、碎片和重复的方式呈现的，通过这种方式，创伤被更为直接地召唤和呈现了出来。

因此，见证文学或创伤文学的独特性不只体现在所叙写的内容涉及创伤，还在于其以一种“创伤”的形式来叙写创伤。但无论是在内容还是在形式层面，如何叙说和表征创伤本身就是一个伦理问题。它涉及一系列复杂的问题：书写创伤如何可能？如何表征创伤才是伦理的？书写创伤本身是不是就是一种不道德的事情？因为它在书写的过程中，总是会丧失某些创伤的内容（因为创伤本身就是支离破碎的），甚至总是会压抑和忽略某些创伤受害者，及其真实的体验和感受。那么如此一来，见证文学或创伤文学是不是就是在以表征创伤的方式在伤口上撒盐？从更为深刻的角度来讲，对于策兰等文学家来说，如何用一种施害者的语言（德语，甚至西方的思维和表述）来表征被

---

① Luckhurst R, *The Trauma Question*, Routledge, 2008, p. 79.

害者（犹太人）的创伤和灾难，本身就是一个悖谬和难解的问题。

这一涉及文学内部的创伤表征问题，可能永远不会有一个完满的答案，所谓的见证，正是需要见证者不断地付出，甚至牺牲，才成为一种见证。如果创伤可以被完满表征，而见证者也可以心安理得地去直面它、书写它，那很可能它表征的本身就不是创伤。可以确定，对于见证和表征之伦理的探讨和争议还会不断地持续。相对而言，从社会、文化和政治的角度对于创伤表征的研究，似乎更有章可循。这一研究的主要关注对象是集体层面的创伤，比如民族或种族的创伤，这一研究尤为关注集体创伤是如何被表征和建构的，以及它对于身份认同的意义。这一集体性创伤的建构涉及复杂的政治意图和文化诉求，也有特定的确认和表征程序，例如，“明确痛苦的对集体性的伤害，确定受害者，划定责任，以及对理想的和物质性的后果进行区分”[①]，等等，在这一想象和表征过程之后，集体性身份才会发生变更。因此，从社会学的角度来说，集体性创伤除了跟历史进程中发生的事件密不可分外，更与事件发生后的追认过程息息相关。

这一集体性创伤的追认与共同体身份的建构休戚相关，例如，大屠杀已经成为犹太人自我认同的关键性创伤性事件，就像奴隶制也是最能激发非裔美国人身份认同的创伤性事件一样。因此，“文化创伤”的视角，显然把创伤理论社会学化和政治化了，但这样一来，他们似乎又以一种建构主义的视角抹杀了创伤真实的“创伤性”。如果今日之铭记的创伤多来自政治和文化建构的话，那它是否还是一种真切的创伤，还是只是某种话语的产物？这种被建构出来的创伤对于创伤性事件的真实受害者又是否公平和道德？因此，这种以文化建构来审视集体性创伤的研究方法，必然也需要引入一种伦理的视角。它必须研究何种文化建构才能伦理地表征创伤。这种对于创伤建构的反思，往往会伴随着对于现有创伤建构的批判，例如巴特勒就质疑了美国政府和媒体对于战争损失的哀悼，并认为“美国却在公开讣闻中神化自己的损失，其中包含了太多‘国族建构’（nation-building）的意涵”[②]。

---

① Alexander J C, *Trauma: A Social Theory*, Polity Press, 2012, p. 26.

②〔美〕朱迪斯·巴特勒:《脆弱不安的生命——哀悼与暴力的力量》，何磊、赵英男译，河南大学出版社，2013，第 4 页。

对于创伤的见证本质上是一种赋权行为，它是要通过见证的方式，使得那些被侮辱与被损害的受害者能够具备可见性，并被关注、纪念或哀悼。在这个意义上，创伤的定义可以更加广泛，创伤不只是某个特殊的历史事件，如大屠杀等所造成的后果，更可以指涉权力对于弱势者长期的压制和损害。女性、少数族裔和殖民地居民等群体，都可以被纳入这个弱势群体的序列中来。当然，这种对于弱者或他者创伤的见证或表征，必然也要涉及对自身和自身所在共同体的反思。也正是这种反思，让许多西方学者意识到了自身创伤理论的局限性，他们对于创伤的态度和视角时常会包含一种西方中心主义立场。故此，非西方国家的创伤日益受到关注，诸多非西方的创伤研究学者也持续涌现，这进一步带动了创伤研究的发展。

五、诸“伦理转向”的争议与共通

从以上的梳理即可看出，所谓的“伦理转向”其实是由诸多不同的思想脉络所形构的，很难对其进行一种统合性的把握。在最低限度上，我们只能说这些不同脉络的“伦理转向”共享的是一种对于文本之外的外部世界的关切、对于生存的关切。而且，这种关切往往溢出了政治或意识形态视角，尽管伦理与政治无法完全隔绝。这一“伦理转向”是众声喧哗，也是充满争议的。这一争议不只体现在外界对其的攻讦上，例如巴迪欧和朗西埃等人对法国思想“伦理转向”的批判；也体现在诸“伦理转向”之间的纷争上，例如波斯纳对于布斯和努斯鲍姆的批评、齐泽克对于列维纳斯的批判。

波斯纳将布斯和努斯鲍姆的相关文学思想视为一种道德主义的变体，而他则以一种唯美主义的态度对其进行了批驳。他认为，文学的首要之义并不在于产生道德效果，而且很多时候也产生不了道德效果，一个文学批评家甚至道德哲学家就未必比别人有更好的道德品质，而且很多伟大的文学作品甚至是反道德的。文学或许可以让我们更为了解自己，从而成为自己，但却未必能在道德上使我们变得“更好”。对于波斯纳的批评，努斯鲍姆和布斯都做出了回应。努斯鲍姆认为，“伦理”的含义可以很开放，在这个意义上，寄望通过文学过一种“更有意义的生活”的波斯纳同样也在寻求文学的伦理。努斯鲍姆同时也重申了自己的自由主义和多元主义立场，她的文学伦理立场并不是唯一的文学解读路径。与之类似，布斯也指出，波斯纳没有区别“道德”与“伦理”，他将努斯鲍姆和布斯都视为了道德主义者，却没有注意到他们所理解的伦理的多义性。从这种多义性出发，甚至波斯纳所钟爱的唯美主义作家王尔德，也在用自己的伦理立场，去塑造“更好的人”。

如果说，以上争论是一种北美伦理批评的内部纷争的话，那么，齐泽克对于列维纳斯的批判，则代表了不同脉络之间“伦理转向”的根本性分歧。齐泽克认为，列维纳斯的“面容”概念是对作为原质之邻人的“美化”，原质是不可知的，主体和邻人之间隔着永恒的深渊。在这个意义上，邻人也可能是一个怪物，而非上帝的形象。而且，齐泽克不承认列维纳斯那种主体与他人面对面的伦理情境，他指出，在精神分析治疗中，治疗者和患者（patient）并不面对面，而是共同盯着墙面上的空白。这种关系中没有主体间性，也没有自我和他者。[①]而且，精神分析的宗旨也从来不是捍卫人类面容的尊严，而恰恰是要揭露面容掩盖下的幻象或本我。从这个角度说，精神分析就是要让人们丢掉脸面。这一丢掉脸面的过程，就是要“把面孔重塑为完全丧失面孔的怪物性（在这个意义上，拉康声称实在界是‘现实的鬼脸’）”[②]。而且，齐泽克认为，列维纳斯贬低自我的伦理学恰恰暗含了一种自我赋权，似乎自我是唯一的被拣选者，他肩负着全世界的苦难和对全世界的责任，而这种“受拣选”的意识正是来自犹太教，因为犹太人把自己视为上帝的唯一选民。因此，这种从自我放弃到自我特权的转换恰恰证明了黑格尔的怀疑：自我贬低（self-denigration）恰恰会秘密转向它的反面。[③]

齐泽克对于列维纳斯的批判多有曲解之处，实际上他是把列维纳斯视为了西方当代左翼多元文化主义的代表，并号召从这种无暴力的伦理学和伦理政治中挣脱出来，而重新寻求一种“革命的公正”。从这个角度来说，齐泽克对于列维纳斯的批判非常接近于巴迪欧对于列维纳斯的批判：没有所谓的伦理政治，也没有超越政治的伦理，政治首要的原则是区分敌我，而不是被

---

① Žižek S, Santner E L, Reinhard K, *The Neighbor: Three Inquiries in Political Theology*, The University of Chicago Press, 2006, p. 148.

② Žižek S, Santner E L, Reinhard K, *The Neighbor: Three Inquiries in Political Theology*, The University of Chicago Press, 2006, p. 147.

③ Žižek S, Santner E L, Reinhard K, *The Neighbor: Three Inquiries in Political Theology*, The University of Chicago Press, 2006, p. 155.

一种小资产阶级式的人道主义同情所困扰。要在二者之间进行调和几乎是不可能的，因为列维纳斯寻求的恰恰是一种超越政治的伦理，甚至是一种作为宗教的伦理。这一看似虚幻的指向曾经也是雨果、托尔斯泰和陀思妥耶夫斯基等文学家的诉求，作为一种理想，它恐怕永不会退场。

诸“伦理转向”之间，也并非全然分歧，事实上，除却齐泽克的路径之外，其他脉络中的“伦理转向”之间的共通要多于差异。哪怕在精神分析内部，也有全然不同于齐泽克的伦理阐释，例如在一本副标题为“精神分析的伦理转向”的著作中，该书作者恰恰是在运用列维纳斯的伦理学来建构一种精神分析的伦理。例如，强调分析师应当在患者面前进行一种列维纳斯式的“替代”，即为患者受难，以一种脆弱和敏感性来感受他者的痛苦，最终出离自身，撕裂自身，这种出离和撕裂同时也就是一种创伤。列维纳斯的创伤指的是主体在与他者相遇时，对于他者负有无限的责任，无法逃避地被他者所纠缠和“创伤”，毫无保留地向他者暴露和敞开，撕裂自身的同一性。精神分析师在某种意义上就是一个被患者的创伤所“创伤”和撕裂的主体，他要不断地走出自身的内在性，不断跟随患者回到创伤的起源，并为此替患者受难。所以该书认为，列维纳斯所阐述的“创伤正是欢迎和陪伴他者的可能性条件”[①]。通过创伤这一概念，我们其实可以把列维纳斯、精神分析和创伤理论都联系起来。

在北美文学批评和法国理论的“伦理转向”方面，已经有为数不少的研究对努斯鲍姆与列维纳斯进行了比较。例如《伦理批评：列维纳斯之后的阅读》一书区分了三种伦理批评方式，一种是努斯鲍姆式的，一种是米勒式的，一种则是列维纳斯式的。努斯鲍姆的伦理批评总是要把文学拉回现实，而米勒的伦理批评只需要回应文本本身就可以了。列维纳斯式的伦理批评则超越了二者，因为阅读，对于列维纳斯而言，就是要不断从“所说”（文本的内容）中去领受“言说”（他者带来的启示），而且还要不断打断对“言说”的理解，从而使伦理阅读和伦理批评不变成一种僵化的认识论或方法论。[②]在

① Orange D M, *Nourishing the Inner Life of Clinicians and Humanitarians: The Ethical Turn in Psychoanalysis*, Routledge, 2016, p. 14.

② 参见 Eaglestone R, *Ethical Criticism: Reading after Levinas*, Edinburgh University Press, 1997, pp. 176-179.

这个意义上，列维纳斯式的伦理批评，既不会局限于成为现实的某种指针，也不会迷失在对文本语词或修辞的探究中。

莱顿则倡导在列维纳斯和努斯鲍姆之间进行调和，建构一种21世纪的伦理批评："任何提出伦理要求的阅读都必须既注意文本美学的独特性（其转化或触动的能力），又注意其社会或历史背景的政治。虽然他们的哲学原理不同，但在努斯鲍姆试图'把语言想象成触摸人类身体的一种方式'中，浮现了一种伦理共通的可能性。"[①]的确，列维纳斯也曾将"言说"——他所阐述的伦理语言视为一种触摸，它就像"向他者致意，握手"[②]。这种语言是肉身性的，在他将"言说"与策兰等文学家的语言勾连之后，这一语言的肉身性和亲近性与文学的关联就更为显明了。而且，列维纳斯本身也极为强调批评的公共责任，他曾为批评指派了一种将现代文学艺术中"非人性的倒错"并入公共生活的任务。[③]

我们可以将努斯鲍姆的伦理批评和列维纳斯的伦理学旨归分别界定为："良好生活"和"朝向他者"。前者追求的是通过"生活"来更新自己的道德意识，而非固化于某种道德观念，后者追求的则是通过向他者"献身"来超越自身。它们都既将伦理视为根本的旨归，又不囿于某种道德标准。区别在于"良好生活"更强调的是与他人共在的公共维度，这一公共维度，代表的也就是伦理生长的政治历史现实。"朝向他者"则以一种激进的态度既要追求"善"，又要通过他异性来不断打破对于"善"的固化理解，因为"善"的共识被固化为一种道德指南后，时常会限定个体"朝向他者"的无尽旅程。在这个意义上，列维纳斯的伦理学是超历史的，它也无法被建构为一种"方法论"，毋宁说它更应该被作为一种道德哲学和伦理学背后的"元伦理学"而运作。但这一"元伦理学"要更好地反哺现实，可能也恰恰需要借助于努斯鲍姆那种更强调公共视野的伦理学，因为列维纳斯的伦理学预设的"二人场景"（自我和他者），要产生充分的社会效应，必须辅之以一种公共视角。

---

① Wrighton J, "Reading responsibly between Martha Nussbaum and Emmanuel Levinas: Towards a textual ethics for the twenty-first century", *Interdisciplinary Literary Studies*, Vol. 19, No. 2, 2017, p. 167.

② Lévinas E, *Noms Propres*, Fata Morgana, 1976, p. 52.

③ 参见:〔法〕伊曼纽尔·列维纳斯:《现实及其阴影》，王嘉军译，见高宣扬主编《法兰西思想评论·2017（春）》，人民出版社，2018。

反过来说，当认同努斯鲍姆路线的学者试图从文学文本中直接发掘道德教益和现实效力时，列维纳斯对于极端他异性的尊重，也是他们必须参考的，因为对于文学这一最具“他异性”的书写，任何理解都是不充分的，因此，我们应该为“他异性”留有足够的空间，并时刻质疑阅读的主体自身的“主权”。不过，我们不能将这种质疑“主权”的阅读仅仅理解为一种解构式阅读理论，因为列维纳斯的伦理始终指向的是“他人”，而非一种宽泛的“差异性”，正是这种对人本主义的持守，使得列维纳斯和努斯鲍姆的伦理学可以建立更为亲密的互动。

当代西方文论的“伦理转向”无论对于中国当代的文论研究还是其他领域的研究，无疑都具有重要的借鉴意义。在全球化时代，许多问题都是共性问题，伦理问题也不例外。不过，我们也应该充分注意到，这一“伦理转向”的发生，毕竟诞生于西方的历史和现实，与我国国情未必完全适洽。这要求我们应当创造性和批判性地移植、发展相关理论，使其本土化为可以用以阐释中国问题的理论方法。中国思想和文化有着博大精深的伦理学资源，甚至可以说，伦理学一直是中国传统哲学的主流。如何借鉴当代西方的“伦理转向”，完成中国传统伦理学的当代转型，回应当代问题，并对当代世界伦理学进行补充和拓展，从而为构建人类命运共同体服务，也是亟待思考的议题。

参考文献

陈后亮：《伦理学转向》，《外国文学》2014 年第 4 期，第 116-126、159 页。

范昀、〔美〕玛莎·努斯鲍姆：《艺术、理论及社会正义：美国芝加哥大学教授玛莎·努斯鲍姆访谈》，《文艺理论研究》2014 年第 5 期，第 41-52 页。

〔英〕柯林·戴维斯：《列维纳斯》，李瑞华译，江苏人民出版社，2006。

〔美〕肯尼斯·沃马克：《伦理批评》，见〔英〕朱利安·沃尔弗雷斯编《21 世纪批评述介》，张琼、张冲译，南京大学出版社，2009。

〔斯洛文尼亚〕斯拉沃热·齐泽克：《享受你的症状——好莱坞内外的拉康》，尉光吉译，南京大学出版社，2014。

〔英〕托尼·迈尔斯：《导读齐泽克》，白轻译，重庆大学出版社，2014。

〔英〕西恩·汉德：《导读列维纳斯》，王嘉军译，重庆大学出版社，2014。

〔英〕肖恩·霍默：《导读拉康》，李新雨译，重庆大学出版社，2014。

〔法〕伊曼纽尔·列维纳斯：《现实及其阴影》，王嘉军译，见高宣扬主编《法兰西思想评论·2017（春）》，人民出版社，2018。

〔美〕朱迪斯·巴特勒：《脆弱不安的生命——哀悼与暴力的力量》，何磊、赵英男译，河南大学出版社，2013。

Alexander J C, *Trauma: A Social Theory*, Polity Press, 2012.

Bourg J, *From Revolution to Ethics: May 1968 and Contemporary French Thought*, McGill-Queen's University Press, 2017.

Davis T F, Womack K, eds., *Mapping the Ethical Turn: A Reader in Ethics, Culture, and Literary Theory*, University of Virginia Press, 2001.

Eaglestone R, *Ethical Criticism: Reading after Levinas*, Edinburgh University Press, 1997.

Lévinas E, *Noms Propres*, Fata Morgana, 1976.

Luckhurst R, *The Trauma Question*, Routledge, 2008.

Nussbaum M C, *Poetic Justice: The Literary Imagination and Public Life*, Beacon Press, 1995.

Orange D M, *Nourishing the Inner Life of Clinicians and Humanitarians: The Ethical Turn in Psychoanalysis*, Routledge, 2016.

Wrighton J, "Reading responsibly between Martha Nussbaum and Emmanuel Levinas: Towards a textual ethics for the twenty-first century", *Interdisciplinary Literary Studies*, Vol. 19, No. 2, 2017.

Žižek S, Santner E L, Reinhard K, *The Neighbor: Three Inquiries in Political Theology*, The University of Chicago Press, 2006.

第一章
列维纳斯与法国理论的“伦理转向”

引　言

大约自 20 世纪 70 年代开始的法国理论“伦理转向”，其显著特点在于强调他者的极端他异性，以及对他者的绝对负责。在这一“伦理转向”发生的过程中，有一位无法忽视的人物，那就是立陶宛裔法国哲学家列维纳斯。可以说，如果没有列维纳斯，这一“伦理转向”是无从说起的。列维纳斯的伦理学强调他者不可把捉的他异性，以及主体与他者之间的不对称性，也即他者对于主体的优先性。这一结合了第二次世界大战、大屠杀等历史境遇和犹太教传统的伦理思想，对法国理论的“伦理转向”产生了关键性的影响。

在本章中，我们将首先在整体上梳理列维纳斯与法国理论之“伦理转向”的关联，并从五月风暴开始回溯这种关联。随后，我们将着重以德里达为个案，来分析列维纳斯对于“伦理转向”的影响。德里达一直在其思想中解构式地延续和发展列维纳斯的伦理学，列维纳斯哲学中的他异性既是他批判结构主义和在场形而上学的重要武器，更是他晚期“伦理转向”的核心资源，在其阐述的好客、礼物、友爱等伦理议题中，列维纳斯的伦理学都是重要支点。所以，在本章第二节中，我们将借由德里达对于列维纳斯的动物伦理思想的继承、解构和发展，来具体展示列维纳斯对于“伦理转向”的影响，以及“伦理转向”背景下的伦理批评方法。除了德里达之外，后结构主义及后现代主义的代表人物利奥塔也受列维纳斯影响颇深。列维纳斯的伦理学一方面是他思考政治和伦理的重要参照，其“崇高美学”和“见证诗学”中那个不可呈现的他者，也有着鲜明的列维纳斯色彩。不过，另外一位法国理论家朗西埃则对以利奥塔为代表的这一“伦理转向”进行了批判。对于这种批判，我们将在本章第三节中予以阐述和分析，以更全面地呈现“伦理转向”及其争议。

第一节　列维纳斯、五月风暴与“伦理转向”

一、列维纳斯、犹太主义复兴和“伦理转向”

大约从 20 世纪 70 年代开始，在经历了五月风暴的洗礼之后，法国思想界开始逐渐对犹太思想产生兴趣，与之相关联，法国理论也经历了一场“伦理转向”。沃林和杰伊等学者按照《解放报》的说法，将这一对犹太思想的兴趣命名为“由毛到摩西”的转向[①]；多斯、布尔格等学者则从更大的视野出发，用“伦理复归”或“伦理转向”来命名这一法国理论的发展趋向。多斯指出，从 20 世纪 70 年代开始，伴随着结构主义的衰微，曾经被结构主义假科学之名罢黜的哲学，又重新回归到知识界的主流，而这种回归又是由对于伦理学问题和形而上学的关注所引导的。[②]布尔格则从五月风暴及其影响的角度分析了这一对于哲学的回归。

> 既然政治革命的希望不能实现——尤其不能在新哲学家们所来自的文化精英圈实现，那么一些更基本的问题也就重新浮出水面。就像多梅纳接着分析的：“什么是生命的意义？这么多的奋斗是为了什么？进步、政治和科学是为了什么？这些都是新哲学家们爆炸性地提上台面的问题……政治的失败转换成了形而上学的失败。”[③]

---

① 参见〔美〕理查德·沃林：《东风：法国知识分子与 20 世纪 60 年代的遗产》，董树宝译，中央编译出版社，2017，第 253 页。Jay M, *Downcast Eyes: The Denigration of Vision in Twentieth-Century French Thought*, University of California Press, 1994, p. 547.

②〔法〕弗朗索瓦·多斯：《解构主义史》，季广茂译，金城出版社，2012，第 349 页。

③ Bourg J, *From Revolution to Ethics: May 1968 and Contemporary French Thought*, McGill-Queen's University Press, 2017, p. 241.

在对这些传统哲学和形而上学问题的探寻中，曾经被忽视的三位哲学家引起了广泛的关注，他们是犹太裔哲学家扬科列维奇、列维纳斯和信奉基督教的哲学家利科，无论是多斯、布尔格还是多梅纳，他们都认为正是这三位哲学家主要带动了法国知识界的哲学回归及其“伦理转向”。[①]最为突出的代表非列维纳斯莫属，他是战后对于伦理学哲学最有创见的哲学家之一，本身又深受犹太教的影响，因此，可以说列维纳斯的思想，既为其时的知识分子带回了久违的哲学和伦理学，又将他们引向了更为悠久的犹太教。在列维纳斯这里，“伦理转向”和“由毛到摩西转向”合流了。[②]“新哲学”的代表人物贝尔纳-亨利·列维、本尼·莱维和与之过从甚密的法兰西学院院士芬基尔克劳等均成为列维纳斯的信徒。在这些“新哲学家”中，有为数不少的人都积极参与了五月风暴，尤其本尼·莱维，更是其中的重要领导者和毛主义团体“无产阶级左翼”（Gauche Prolétarienne）的领袖。[③]列维纳斯的这种影响在风暴后不久就发生了，1974 年由本尼·莱维等“无产阶级左翼”前成员所构成的“苏格拉底小组”（Cercle Socratique）创立，小组声明他们的主要宗旨是探求“在对法国的革命理论和颠覆性实践的定义中，我们身在何处”。在该小组最初的活动中，就已经有成员提交了题为“埃马纽埃尔·列维纳斯：他异性、流放和言语”的讲稿。这是经历了五月风暴的毛主义者在转向伦理学的过程中，所撰写的最早的相关文献之一。[④]除了对这些毛主义者的影响之外，众所周知，列维纳斯还深刻影响了德里达、利奥塔和伊利格瑞等后结构主义或法国理论的代表人物。因此，我们有充分的根据下定论，正是列维

---

① 参见〔法〕弗朗索瓦·多斯:《解构主义史》，季广茂译，金城出版社，2012，第 350-353 页。Bourg J, *From Revolution to Ethics: May 1968 and Contemporary French Thought*, McGill-Queen's University Press, 2017, p. 241.

② 五月风暴之后，犹太文化的复兴有其人群基础，在五月风暴的四位主要领导者中，有三位是犹太人。（参见〔美〕理查德·沃林:《东风：法国知识分子与 20 世纪 60 年代的遗产》，董树宝译，中央编译出版社，2017，第 253-254 页。）

③ 本尼·莱维从 20 世纪 60 年代末就开始担任萨特的秘书。根据贝尔纳-亨利·列维的记录，通过本尼·莱维的穿梭，晚年萨特竟然也变成了一个列维纳斯的信徒。（参见〔法〕贝尔纳·亨利·列维:《萨特的世纪——哲学研究》，闫素伟译，商务印书馆，2005，第 795-797 页。）不过波伏娃和萨特的家人很反感本尼·莱维对于晚年萨特的影响，并认为他的相关记录不实。

④ Bourg J, *From Revolution to Ethics: May 1968 and Contemporary French Thought*, McGill-Queen's University Press, 2017, pp. 274-275.

纳斯主要带动了法国理论的“伦理转向”。这种影响持续到了21世纪，至今不绝，正因如此，《世界报》才在2006年，列维纳斯诞辰一百周年时，打出了“列维纳斯的一代？”这样的题目。

鉴于列维纳斯对“伦理转向”的这种巨大影响，我们在下文中，将以列维纳斯为核心个案来考察这一“伦理转向”在五月风暴之后的发生，以及围绕这一转向产生的当代论争。

二、作为五月风暴之延续的“伦理转向”

从诸多角度而言，这一“伦理转向”都是五月风暴的延续，而非背离。第一，文化政治与伦理密不可分。五月风暴的重要遗产在文化政治方面，而这一政治斗争的“文化政治转向”与“伦理转向”休戚相关。因为在文化政治中，除了政治立场之外，还需要一种伦理视角，或者说对于文化政治这种“软”政治而言，政治立场在某种程度上就等同于伦理立场。例如，我们既可以说多元文化主义（multiculturalism）是一种政治立场，也可以说它是一种伦理立场，而这一立场的发生多少与我们上文提到的犹太文化的复归和“伦理转向”有关。多元文化主义的主要理论策源地后结构主义和后现代主义的两位代表人物德里达和利奥塔都受列维纳斯影响颇深，他们实际上从列维纳斯尊重绝对他性或绝对尊重他性的伦理学出发，通过“异识”（différend）和“好客”等概念将这种他性伦理学发展成了一种差异政治和多元主义。此外，伦理本身就镶嵌在文化和生活之中，“伦理涉及的是存在的方式，生存的内在疆域……它通达的是文化的概念，或者皮埃尔·布迪厄或其他人所说的惯习（habitus）”[①]，因此文化、惯习和政治的变革，通常与伦理的变革也是一体的。

第二，如果将文化政治视为一种对日常生活的变革，那么，“伦理转向”正是五月风暴精神的延续。五月风暴的重要思想来源之一是列斐伏尔和德波等人的日常生活批判，反思日常生活，或者批判日常生活，本质上已经是一种伦理诉求。法语“伦理”（éthique）一词的来源古希腊文 èthos 一词在古

① Bourg J, *From Revolution to Ethics: May 1968 and Contemporary French Thought*, McGill-Queen's University Press, 2017, pp. 339-340.

希腊的语境中指的就是一种存在和行为方式[①]，在这个意义上，我们可以说“伦理转向”早在 20 世纪 60 年代就已经开始了，而“伦理转向”也只是这一日常生活变革诉求的一种延续。

正如布尔格指出，“伴随 1968 遗产在 20 世纪 70 年代的重审、斗争和消化，一种对于五月风暴的内在伦理及其局限之概念和经验的重新认知”[②]也被引入了。因此，从这个意义上来说，在这种与日常生活变革一脉相承的“伦理转向”背后，本身就包含了一种政治意图，它通过对自身生活的伦理审视，而具有某种政治变革的力量，因为伦理在这种审视中，往往与国家或社会等外在的法则是相抵触的，而这会进一步引导这些伦理的探求者去改变现实政治，这也就导出了我们要论述的第三点。

第三，“伦理”与“法则”之间的斗争贯穿于五月风暴中和风暴后，“伦理转向”某种意义上只是改变了二者的斗争方式。按照布尔格的定义，“法则，位于伦理之外，它常常以一种规范化的方式限制、规定和组织伦理。……在伦理以可变性的定义所位居之处，法则时常以不变性（甚至是临时性的不变性）来标记之。伦理导向描述性而法则导向规范性”[③]。这一法则指的不只是国家或者政治领域的各种法律和规定，更是各种显在或潜在的不同类型的规则和限定，它包括了“惯例法规，资产阶级的准则，宗教和共产主义的道德，以及法国的法律”[④]等，它们在 20 世纪 60 年代末都遭受到了普遍的质疑和对抗。如果说，这种伦理或伦理生活方式与法则之间的关系在 20 世纪 60 年代末是以一种剑拔弩张的方式相互抵抗的话，那么风暴之后，二者之间则转变成了一种更微妙和温和的斗争，甚至是联合。这种联合是通过寻找一种“更高法”来达成的，“人性”或者“人权”通常就是这一“更高法”的指称。在这个意义上，我们可以将“伦理转向”与五月风暴之间的亲缘归结

① 福柯对于该词进行过专门的考察，参见〔法〕米歇尔·福柯，汪民安编：《福柯读本》，北京大学出版社，2010，第 354 页。

② Bourg J, *From Revolution to Ethics: May 1968 and Contemporary French Thought*, McGill-Queen's University Press, 2017, p. 340.

③ Bourg J, *From Revolution to Ethics: May 1968 and Contemporary French Thought*, McGill-Queen's University Press, 2017, pp. 339-340.

④ Bourg J, *From Revolution to Ethics: May 1968 and Contemporary French Thought*, McGill-Queen's University Press, 2017, p. 340.

为以下的最后一点。

第四，“伦理转向”是在五月风暴期间复苏的人道主义的延续。在风暴期间，曾经被结构主义赶下圣坛的萨特开始重新成为知识界的领袖，被结构主义宣判死亡的人道主义也开始复活，“人”开始复活，主体亦开始复活。因为政治斗争必须依赖于某一主体，必须发挥出人的主观能动性。就连福柯这样的结构主义新贵，以及呼告“人将像海边画在沙滩上的面孔那样被擦去”的先知，也不得不重思自己的立场。在这种反思和政治巨浪的助推下，福柯开始越来越多地介入现实政治，在20世纪60年代末，他和一群毛主义者所组织的“监狱信息小组”，调查研究了法国的监狱状况，并进行了政治引导，对其时监狱环境改善等变革产生了影响。[①]20世纪60年代之后，他又积极介入争取人权和倡导“国际公民权”等人道主义事业之中[②]，在思想上也愈来愈关心生命政治、生存美学和伦理学。在这种关注中，“人”复活了，那张沙滩上消失的面容，又奇迹般地被潮水描绘出来了。这一人道主义倾向同样也延续到了风暴之后，其中最具代表性的要数新哲学家们，这些为数不少的由风暴期间的毛主义者转型的新哲学家们。

> 依旧抗拒统计学意义上的法则，取而代之的是选择了一种想象性的人道主义普遍主义空间，这一空间位于所有的国家法规之上——换言之，这是一种更高法。一方面，他们将20世纪60年代政治风暴中“单子式”和边缘性的伦理——这些伦理曾经在国家的下面和外面流通——转化成了一种超-统计学的秩序——“人性”。另一方面，他们让国家的法律服从于一种“更高法”，无论这些法律关乎异议、形而上学局限，还是人权赌注。[③]

在新哲学家们的阐述中，“人性”成了“更高法”或最高法，而这种“人

① 参见〔美〕理查德·沃林:《东风：法国知识分子与20世纪60年代的遗产》，董树宝译，中央编译出版社, 2017，第357-380页。

② 参见〔美〕理查德·沃林:《东风：法国知识分子与20世纪60年代的遗产》，董树宝译，中央编译出版社, 2017，第405-406页。

③ Bourg J, *From Revolution to Ethics: May 1968 and Contemporary French Thought*, McGill-Queen's University Press, 2017, p. 342.

性”无疑在伦理学、宗教和哲学中有最为恰切的体现，这样一来，他们就既可以通过回归伦理、宗教和哲学来对抗现时法规，从而延续20世纪60年代末的斗争精神，同时，又通过将人性建构为一种“更高法”来缓和这种斗争的暴力，毕竟这是一种伦理的人性而非斗争的人性。

这种人性的“苏醒”当然与列维纳斯的影响密切相关，列维纳斯在五月风暴期间其实就身处风暴的中心——巴黎楠泰尔大学，受其时的学校主管之一利科的邀请，列维纳斯几乎与政治风暴同时到达楠泰尔。不过，在风暴的漩涡之中，列维纳斯的生活却风平浪静，几乎与这一事件绝缘。与他的挚友、积极介入事件的布朗肖不同，列维纳斯就其时的政治形势很少公开评论，而他在其时的写作也主要是在隐晦地批评结构主义。他认为，结构主义暗含了对于人类中心主义的抵抗，但结构主义者理解的人性是狭隘的，人本主义/人道主义[①]也并非都要以自我为中心，实际上还可能有另外一种人本主义，就是他所提倡的“他人的人道主义”：在其中，“意识的人性完全不是在它的能力（les pouvoirs）之中，而是在它的责任之中。在被动性中、在接受之中、在关于他人的义务中：他者是第一位的，在这里，我的自主意识的问题不再是第一性的问题。我提倡的是‘他人的人道主义’（l’humanisme de l’autre homme）”[②]。也正因此，他才会有此妙语，“人本主义必须被拒斥仅仅是因为它不够人性”[③]。这种对于人本主义和人性的重新定义无疑对于20世纪60年代后的“伦理转向”有着异常重要的影响。但反过来说，也正是人道主义在20世纪60年代末的复苏，为列维纳斯这种新人道主义的传播扫清了障碍。

三、“伦理转向”及其当代争议

列维纳斯对于“新哲学”的影响是巨大的，不少“新哲学家”都是列维纳斯的信徒。不过，“新哲学”尽管在公众舆论方面颇具影响，但在知识界却颇具争议，例如多斯和其他学者就曾如此评价这群五月风暴的残存者或“改

---

① 这两个词都可以用来翻译 humanism 这一概念，为了与引文一致，本书会出现这两个概念混用的情况，但其意义是一致的。

②〔法〕伊曼纽尔·列维纳斯:《哲学，正义与爱》，邓刚译，见高宣扬主编《法兰西思想评论》（第三卷），同济大学出版社，2008，第284-285页。

③ Lévinas E, *Autrement qu'être ou au-delà de l'essence*, Martinus Nijoff Publishers, 1978, p. 203.

信者”：

> 信仰继续指导他们的步伐，但沿着哪条道路？对那些激情瞬间没有什么好感的索朗索瓦·马斯佩罗回答道：“那便是新右派。十年前，他们是马克思和可口可乐的一代。现在，只剩下可口可乐了。”的确，新哲学通常是肤浅的，是一种由标语口号表达的思想形式……[①]

这样的批评并不能证明我们以上关于“伦理转向”和五月风暴之关系的分析是错误的，无论多斯，还是马斯佩罗也都未必是五月风暴的支持者。不过为了更全面深入地理解这一政治浪潮与“伦理转向”的关系，以及其在法国当代思想版图中的位置，我们无法回避有关的争议。实际上，对于这一“伦理转向”的批评，不只针对“新哲学家”，也针对德里达和利奥塔等法国当代思想代表人物，在这些批评者中最为有名的要数阿尔都塞的学生朗西埃和巴迪欧。

朗西埃和巴迪欧对于“伦理转向”的批评，主要针对的对象都是列维纳斯，尽管前者将矛头直接指向的是列维纳斯两位最有影响的“传人”——德里达和利奥塔，巴迪欧则直接指向列维纳斯。关于朗西埃对于利奥塔的崇高美学及所代表的“伦理转向”的批判，我们会在下文中进行具体阐述，此不赘述，本节将主要围绕着朗西埃对于德里达晚期政治思想的批判展开，而在这一伦理政治观中处处可见列维纳斯的影子。

朗西埃认为，德里达“即将到来的民主”概念依赖于一种我与他者之间的不对称性，而这种不对称性正是列维纳斯对于德里达最本质性的影响。[②]德里达将政治主体视为一种兄弟关系，兄弟是可以互换、可以相互替代的人，而这种政治对于德里达而言是不正义的，因为“哪里受可替代性支配，德里达说，那么哪里起支配作用的就是规则，就是自动的规则的‘计算机器’。它不是一个绝对裁决的正义。这就是为什么即将到来的民主的‘异’必须是一个‘局外人’，不仅外在于民族国家的秩序，而且外在于任何平等的共同

---

①〔法〕弗朗索瓦·多斯：《解构主义史》，季广茂译，金城出版社，2012，第 340 页。

② 关于列维纳斯和德里达的思想关系的比较，请参看王嘉军：《他者的暴力与解构的差异：德里达与列维纳斯的语言论互动》，《南京社会科学》2017 年第 1 期，第 55-61、77 页。

体”[①]。也就是说，“即将到来的民主”所依赖的是一个他者对于现有共同体之计算规则的打断，而这一他者与我们处于一种不对称的关系中，它排斥交互性。“只有在交互性变得不可能的地方，德里达才能发现真正的他性，一种绝对地施恩于我们的他性。在这个意义上说，为他者而‘痛苦’等同于遵守他性的律法。”[②]但朗西埃并不认同这种他律性政治，因为这种他律性的伦理原则与政治的平等原则是相抵触的。只有抛弃这种伦理学他律性原则，才能使一种为“任何人”的政治构想得以成为可能。与之相应，朗西埃希冀通过美学的中立原则为“任何人”都留有一个位置，并通过其对现有可感分配机制的扰乱来实现可感性的重新配置。

巴迪欧也曾批评过德里达晚期致力于建构的“友爱的政治学”，他说道：“‘爱的政治学’，在我看来，是一种完全缺乏意义的表述。……这可以用来形成某种道德，但是这并不能形成某种政治。”[③]按照巴迪欧的看法，政治首要的任务是区分敌我，而这无论与友爱还是爱，都是相抵触的。对于列维纳斯的伦理学，他的批评也可谓严厉。

> 列维纳斯的观点，其出发点乃是他人的脸的不可还原性，是一种神的降临，其支持点，当然是作为“绝对他者”的神。……说真的，我很不喜欢这种从爱出发所作的神学反刍，……我在这种神学反刍之中，看到的仍然是“一反对两”（l’Un contre le Deux）的最后的报复。[④]

巴迪欧这里所说的“一反对两”，接近于“合二为一”，而与之相对的则是“一分为二”，这是巴迪欧从毛泽东思想中学到的精髓之一。[⑤]因此，从他一直坚守的思想立场出发，巴迪欧是不接受这种“伦理转向”的，并认

---

①〔法〕雅克·朗西埃：《美学异托邦》，蒋洪生译，见汪民安、郭晓彦编《生产 第8辑》，江苏人民出版社，2013，第209页。

②〔法〕雅克·朗西埃：《美学异托邦》，蒋洪生译，见汪民安、郭晓彦编《生产 第8辑》，江苏人民出版社，2013，第209页。

③〔法〕阿兰·巴迪欧：《爱的多重奏》，邓刚译，华东师范大学出版社，2012，第88页。

④〔法〕阿兰·巴迪欧：《爱的多重奏》，邓刚译，华东师范大学出版社，2012，第54页。

⑤〔美〕理查德·沃林：《东风：法国知识分子与20世纪60年代的遗产》，董树宝译，中央编译出版社，2017，第171-172页。

为它是对真实政治斗争的消弭。甚至延续五月风暴之血脉的文化政治、日常生活政治或“力比多”政治，也被巴迪欧视为一种“低劣的、中产阶级的、对‘真实的’政治的替代”[①]。

简言之，对于由列维纳斯哲学所主要带动的法国理论的“伦理转向”，朗西埃和巴迪欧都持否定态度。按照朗西埃的定义，这一“当代伦理转向就是这两种现象的衔接。一方面，进行评价和决定的判断，发现自己在法则那难以抗拒的威力之下变得孱弱无比。另一方面，这个法则的彻底性，没有为我们留下任何选择的余地，等于是将我们限定在事物秩序的界限之中”[②]。因此朗西埃认为，这一尊重极端他律性，强调他者无限高于主体的伦理学实际上阻碍了对于平等政治的践行。巴迪欧则将这一“伦理转向”视为一种伦理意识形态，并指出在这种伦理意识形态中，有一种与绝对他性相对的根本恶，绝对善正是从这种根本恶事件（大屠杀）反推出的，因为恶是根本的和无限的，我们对他者的责任也应当是根本的和无限的。责任或者善都依附于这一根本恶，善是对人自身之恶的回应，因此在这善之中必然包含某种负罪感。这种态度尽管崇高，但却被巴迪欧视为一种宗教变式，它将根本恶（大屠杀）置于超历史的一端，并强调其不可理解、不可见证，甚至不可回应的一面，同时也就抹杀了从真实政治的角度对其思考和回应的可能性，而这样一来，这种伦理意识形态也即丧失了其真正的伦理效力。[③]简言之，无论是朗西埃，还是巴迪欧，他们都否定列维纳斯式“伦理学作为第一哲学”或“伦理先于政治”的构想，并认为只有将伦理纳入现实政治斗争的框架之下，伦理才会是有效的。

以下，我们就围绕德里达和利奥塔这两位“伦理转向”的主将，并对他们与列维纳斯思想的关系，以及这种他异性伦理学所受到的批评，进行更详细的阐述。

---

①〔美〕理查德·沃林:《东风：法国知识分子与20世纪60年代的遗产》，董树宝译，中央编译出版社，2017，第170页。

②〔法〕雅克·朗西埃:《朗西埃：美学和政治的伦理转向》，蓝江译，https://site.douban.com/264305/widget/notes/190613345/note/539172005/。

③〔法〕阿兰·巴迪欧:《伦理学：论恶的理解》，王云萍译，http://www.sohu.com/a/146459016_559362。

第二节　重思他者：动物问题与德里达对列维纳斯伦理学的解构

德里达可谓是与列维纳斯思想最为亲近的法国理论家，这尤其体现在其晚期思想的“伦理转向”对于列维纳斯的持续解构和继承上，德里达晚期所致力于阐发的论题议题，诸如礼物、给予、好客、幽灵等，几乎全都与对列维纳斯的解读密不可分，我们甚至可以说德里达的晚期解构思想就是列维纳斯伦理学的某种延续，而德里达的晚期思想又通过其美国的追随者诸如米勒、德·曼和克里奇利等的发展而渗透进了文学领域，无论是米勒“阅读的伦理”还是克里奇利“解构的伦理”，都可视作德里达“伦理转向”的延续。德里达思想与列维纳斯思想牵扯颇多，在本节中，我们仅就德里达晚期对于动物伦理的阐发，及其与列维纳斯思想的关联展开，这在国内还是研究较为欠缺的议题。德里达是在动物伦理方面最有建树的欧陆思想家之一，在他关于动物伦理的主要著作中，列维纳斯依旧是主要的对话对象。可以说，德里达将列维纳斯的伦理学批判性地运用到了对于动物问题的讨论中。本节主要旨在将列维纳斯-德里达的动物伦理观视为一个接续的思想系统，并探讨这一思想在思考动物、伦理和主体性，尤其是重思他者等问题时的启示意义。

一、动物、面容与回应

面容是列维纳斯的伦理学中最为重要的概念之一，伦理关系甚至语言首要是由他人的面容所开启的，因为面容作为人体最为裸露的器官，本身就包含了一种脆弱性和原初性，他人的面容在注视我或被我注视时，已经在向我颁布最首要的伦理诫命：不可杀人。故此，列维纳斯的伦理学与动物问题的相遇就是由“动物是否有面容”这一问题所开启的。对于这个问题，列维纳斯暗示面容的伦理效力是特属于人的，动物的面容只是人的面容的一种转译或延伸。列维纳斯首先承认：“但它（狗——引者注）还是有一张脸。在脸上有两种奇异的东西：一方面是极端的脆弱——一种没有中介的存在；另一方面有一种权威，就好像上帝通过脸来说话。”[①]确实，就列维纳斯所描述的这两个维度来说，狗都可以有一张面容。其一，狗的面容也可以直接显示出其脆弱性，而无须任何中介。其二，在这种脆弱性中有一种上帝的权威在宣示，这种权威并非来自一种强弱对比的权力关系，而来自伦理主体的“仁慈”。在“仁慈”的主体面前，任何对象都可以成为伦理对象。就此而言，动物当然也可能有面容，也会召唤人为其负责。

不过，有意思的是，当被问到“根据您的分析，‘汝不可杀人’（Thou shalt not kill）[②]是由人的脸所揭示的诫命，难道这诫命不也由动物的脸表达出来吗？”之时，列维纳斯却又陷入了迟疑。他答道：“我不知道蛇是否有一张脸。我不能回答这个问题。这需要更专门的分析。”[③]既然动物的面容同样也可以显现脆弱性，而且列维纳斯也承认狗有一张面容，那么为何在此处，列维纳斯却又开始显得犹疑了呢？

对此，德里达的分析是：列维纳斯无法“回答”也即“回应”这一问题，而这显然是与列维纳斯的伦理学所提倡的“无条件回应他者”原则是相抵触的。[④]德里达对于列维纳斯更为严厉的批判在于，当列维纳斯说“我不知道蛇有没有一张面容”的时候，也就代表列维纳斯不确切知道到底什么是“面容”。在列维纳斯那里，面容发布伦理命令，如果我们不知何为面容的话，那这也就意味着，我们不知何为伦理责任。[⑤]

德里达进而指出，列维纳斯尽管延宕了对“动物是否有面容”这一问题的回答，但其实已经在回答中暗示了他的态度。这一暗示首先是通过他选取的动物——“蛇”反映出来的。当列维纳斯用含糊的口吻说道：“我不知道蛇是否有一张脸”时，他其实已经在生物多样性中，为动物预设了某种等级。其次，众所周知，蛇在犹太-基督教（Judeo-Christian）传统，乃至整个西方

① 〔法〕列维纳斯等:《道德的悖论：与埃曼纽尔·莱维纳斯的一次访谈》，孙向晨、沈奇岚译，见孙向晨编《面对他者：莱维纳斯哲学思想研究》，上海三联书店，2008，第 330 页。

② 在“十诫”中，这里的 kill 的对象是明确的，就是“人”，但扩展到动物伦理，我们则需要把 kill 翻译为“杀戮”。在下文中，我们会根据语境来采用不同的翻译。

③ 〔法〕列维纳斯等:《道德的悖论：与埃曼纽尔·莱维纳斯的一次访谈》，孙向晨、沈奇岚译，见孙向晨编《面对他者：莱维纳斯哲学思想研究》，上海三联书店，2008，第 332-333 页。

④ Derrida J, *The Animal That Therefore I Am*, Fordham University Press, 2008, p. 108.

⑤ Derrida J, *The Animal That Therefore I Am*, Fordham University Press, 2008, p. 109.

文化中的定位是邪恶的，要为这样一种恶毒的动物赋予一张面容，对于很多人来说都是难以接受的。因此，列维纳斯的含糊其实暗中已经否认了蛇有一张面容。[1]

如果列维纳斯否认了蛇有一种面容，也就否认了蛇适用于“汝不可杀戮”这条诫命。德里达进一步推论到，这暗示在列维纳斯这里，“汝不可杀戮”这条诫命最终不适用于动物。要禁止杀害他人，但不必禁止杀死动物，也不必禁止献祭，这也就是说“动物不能成为谋杀的受害者，它们不会死”[2]。这里说的“死”当然不是指生理意义上的死，而是伦理意义上的死，或者按照德里达的说法，杀死一只动物之所以不算杀戮，那是因为对于列维纳斯而言，动物依旧不见容于他人的面容所开启的伦理。

面容所开启的伦理和责任简而言之就是回应［请注意责任（responsibility）和回应（respond）这两个词在词源上的关联］。在这里，回应首要的意思是：由于他者之面容的裸露和脆弱，唤起了我的伦理责任，因此需要我去回应，而我之所以要回应这一他者，正是因为这一他者也会回应我，而回应的交互首先是在面容中发生的。这种面容的回应属性，从自然常识上来说，无疑既适用于人类，又适用于许多动物。因此，从这一点上来说，其实列维纳斯的伦理学很容易导向一种动物伦理，任何会与我回应，或唤起我的回应或责任的对象都可以是伦理对象，动物当然也可以包括在其中。而且，这种唤起是即时的，不需要由人与人之间的伦理转译或过渡，我想要呵护一只流浪狗或流浪猫的伦理感情，可能在它与我对视或我看到它的那一刻就即时发生了，不需要一种理性的考量。

然而，德里达认为，列维纳斯剥夺了回应和责任在动物那里的可能性。这种动物的“不能回应”，不能等同于列维纳斯在另外一个层面上使用的“不回应”，后者指的是人类里的死者。对于列维纳斯而言，所谓的死者就是“不再能回应”之人，正是担心他人不能再回应，所以“我”才要珍惜他们的生命，珍惜他们的回应，它从另外一个路径上又向我颁布了“不可杀戮”的诫命。不过，在列维纳斯那里，这一回应是专门针对人而言的，所以德里达指

---

① Derrida J, *The Animal That Therefore I Am*, Fordham University Press, 2008, p. 110.

② Derrida J, *The Animal That Therefore I Am*, Fordham University Press, 2008, p. 110.

出，正是这一“不能回应”的问题，或更直接地说，这一“死亡问题”，使得列维纳斯的伦理学不能真正推及或转译到动物伦理中。[①]

在德里达那里，动物和人类的“不能回应”完全是在不同层次上的两个概念，人类的“不能回应”说的是一个原本有回应能力的人“不再能回应”，而动物的“不能回应”指的是它从未有，也绝不会有回应的能力。当然，就此，它也不能担负责任，同时也不需要对它承担责任。这样一来，列维纳斯就不只剥夺了动物的回应权利，同时也剥夺了它们不回应的权利，动物实际上被隔离在了社会和伦理生活之外。然而，德里达认为，动物完全可以成为列维纳斯论述过的“第三方”（le tiers），第三方是自我和他者之外的第三个他者，也可以说，第三方是“他者的他者”，他带来了对于他者（们）进行比较的必要性，同时也带来了对于公正的诉求。[②]德里达说道：“动物，动物-他者，作为动物的他者，占据着第三方的位置，并且占据着最初对公正进行诉求的位置，它位于人类和那些将彼此看作兄弟和邻居的面容之间。”[③]言下之意，动物也可以成为人类的兄弟和邻居，也可以有一张面容，但他转而指出：“然而，当列维纳斯思考他者的他者（这一他者不仅仅只是一个同类，而且还会凸显正义的问题）之时，这一非同类依旧被当作人，被当作一位兄弟，而不是被当作别的他者，不是被当作比人更他异的他者……”[④]所以，动物在列维纳斯那里，最终不享有作为伦理他者的地位。

二、动物伦理与献祭问题

上节关于杀戮，更准确地说，“杀生”的探讨其实已经涉及了动物伦理与宗教传统，尤其是犹太-基督教传统的某些冲突，这一冲突集中表现在“献祭”这一问题中。面对这一问题，似乎连德里达也束手无策，他首先指出：犹太文化有着悠久的尊重生命的传统，列维纳斯这种对于动物生命的“漠视”

---

① Derrida J, *The Animal That Therefore I Am*, Fordham University Press, 2008, p. 112.

② 对于“第三方”的详细论述，请参见王嘉军：《文学的“言说”与作为第三方的批评家——列维纳斯与文学批评之一》，《文学评论》2017 年第 3 期，第 25-34 页。

③ Derrida J, *The Animal That Therefore I Am*, Fordham University Press, 2008, p. 112.

④ Derrida J, *The Animal That Therefore I Am*, Fordham University Press, 2008, p. 112.

是与这一传统相抵牾的。确实，有关犹太教尊重生命和怜悯动物的传统，我们在经文中不难找到痕迹，例如，《出埃及记》中有："你牛羊头生的，也要这样；七天当跟着母，第八天要归给我。"[①]关于这段经文，大多数解经者都将其视为对动物的仁慈，神学家亚历山大里亚的克雷芒是如此解释这句经文的："母亲有乳汁喂哺幼崽是出于上帝的照管，若有人把初生的幼崽带走，这是违背天性的行为。因此，那些不守律法的希腊人和其他人当为此羞愧脸红，因为律法对没有理性的牲畜尚且如此仁慈，而事实上，那些人甚至把人类的婴儿杀死。"[②]这一解经本身是很耐人寻味的，一方面，它强调了上帝对动物的仁慈和怜悯；另一方面，它又将动物视为低于人类的物种。而且，尽管这条经文怜悯动物，但它最终指向的却仍是"献祭"，因为上帝要求第八天要把这些牛羊的头生子献给他。德里达承认犹太教从未禁止过用动物献祭，面对关爱动物和献祭这一矛盾，德里达说太过复杂，所以他悬置了这一问题。[③]

当涉及宗教因素的时候，德里达的论述也就水到渠成地过渡到了对列维纳斯《一条狗的名字，或自然的权利》一文的阐释，这是列维纳斯涉及动物问题最重要的文本之一。有意思的是，这篇文章正是围绕着对于《圣经》经文的分析展开的，而这一经文正好紧接在我们上段分析的经文之后。经文说道："你们要在我面前为圣洁的人，因此，田间被野兽撕裂牲畜的肉，你们不可吃，要丢给狗吃。"[④]在以往的解经传统中，很多解经者都试图把经文中的"狗"当作某种隐喻来看待，列维纳斯却指出，这里的狗就是一条实实在在的狗，而不是对某类人的隐喻。这条狗有权享受那些在田地上被撕碎的肉，而这被列维纳斯视为"一种可以通向权利的纯粹自然"[⑤]。也就是说，列维纳斯认为，动物本身作为一种纯粹自然的代表，有其自身生存和享受的权利。在这里，他似乎否定了自己在回答"面容"问题时，关于人/自由-动物/自然之间的二元划分。而且，文中提到的"狗"，不仅拥有"自然的

① 《出埃及记》22: 30（《圣经》和合本）。

② 林哈德编:《古代经注》（卷 3），吴轶凡译，华东师范大学出版社，2016，第 166 页。

③ Derrida J, *The Animal That Therefore I Am*, Fordham University Press, 2008, p. 112.

④ 《出埃及记》22: 31（《圣经》和合本）。

⑤ Lévinas E, *Difficile Liberté*, Albin Michel, 2007, p. 233.

权利”，很大程度上还被当作一个伦理能动者来看待，它比很多人都更加富有“人性”。

这只狗是文章的主角，它叫 Bobby，它在文本的一半篇幅之后才出场。在被纳粹囚禁期间，由于种族歧视和语言隔阂等原因，列维纳斯和他的狱友们完全不被当作人来看待，在那些“自由人”眼里，囚犯们只是些非人或类人。反倒是这只意外跑来的流浪狗给了囚犯们以最热烈和最真诚的回应，让囚犯们感受到了人性的温暖。[①]

德里达非常细致地解读了这个文本，他指出，列维纳斯在这篇文章中运用了不少反讽和感叹号[②]，而这对于文意的表达是至关重要的。比如文章在一开始说道：“如果我们相信创世纪，亚当，人类的始祖，就是这么一位素食者！”[③]这句话本身就暗含反讽。尽管在《圣经》中确实可以找到亚当吃素的证据，比如上帝曾命令亚当以采集而不是狩猎为生。[④]然而，德里达接着又说道，在堕落之后，上帝对于亚伯的偏爱似乎是来自他用动物献祭，而该隐却只能用粮食和蔬菜献祭。所以，此后该隐杀弟的罪恶与上帝更喜欢动物献祭有所关联？德里达认为《一条狗的名字，或自然的权利》中的反讽，暗示列维纳斯似乎更偏向于支持亚伯对于动物的饲养和献祭。由是，德里达批判性地指出：一种阐述对他者、无限他者之伦理责任的思想，理应感受和重视动物的诉求。这不是为了把动物的诉求放在人类的质询（interpellation）和诉求之前，而是要从处在质询和吁求中的动物的视角来思考人、兄弟和邻居的质询和吁求。[⑤]从而，让伦理学通达更他异的他者，指向更无限的责任。对于德里达而言，动物比人更脆弱，更遥远，也是更他异的他者，人就此无法漠视它们的呼告和吁求，不管有声还是无声，它都是不可回避的。而且，这种面对动物的伦理感受不是人之伦理的延伸，相反，它本身可以以其“它异性”来拓展“人伦”。

---

① Lévinas E, *Difficile Liberté*, Albin Michel, 2007, pp. 232-233.

② 德里达说列维纳斯在这篇文章中至少用了 11 个感叹号，每一个都代表一种拒绝。

③ Lévinas E, *Difficile Liberté*, Albin Michel, 2007, p. 232.

④ Derrida J, *The Animal That Therefore I Am*, Fordham University Press, 2008, p. 112.

⑤ Derrida J, *The Animal That Therefore I Am*, Fordham University Press, 2008, p. 113.

三、“我跟随故我是”：动物问题对主体性的革新

德里达认为在《一条狗的名字，或自然的权利》中，列维纳斯的伦理学与动物依旧是不可调和的。列维纳斯在文末说道：“这条狗是纳粹德国最后一个康德主义者，虽然它没有使得它的冲动的准则普遍化所需要的头脑。”[①]德里达对这句话进行了深入解读。他认为在这句话中，列维纳斯依旧是一个人类中心主义者。德里达质疑道：“我们如何能够不注意到一个‘没有必要的头脑’去使其准则普遍化的康德主义者不是一个康德主义者，尤其是这里讨论的准则是‘冲动’的准则，它会使得康德叫唤。Bobby因此绝对不是一个康德主义者。这一隐喻式或寓言式的康德主义者至多是一个虚弱的新康德主义者，一个被剥夺了理性的康德主义者，一个没有普遍准则的康德主义者。”[②]因此，说到底Bobby不是一个康德主义者，它只是一只没有理性，而只有冲动的动物，狗就是狗，人就是人。

接下来的批评是，尽管列维纳斯在文章中对于经文的解析和引用，想要排斥那种对“狗”隐喻化的解释，想要强调经文中的狗是一条脱离了隐喻、寓言和神学的名副其实的狗，这条狗就是Bobby，然而，列维纳斯自己的论述其实同样是在修辞的层面上来谈论Bobby的。所以，他很快就把Bobby和康德主义者联系了起来。我们在阅读中确实也会有这样的感受，虽然全文的主角是Bobby，但是其实对于Bobby的描写还不到一半篇幅，对它的描写也更多着重于列维纳斯本身的感受，而非描述这条狗本身。文中说这条名副其实的狗是Bobby，却又用Bobby来指代那些在《出埃及记》中出现的尼罗河岸上的狗。因此，我们可以说，在列维纳斯的文本中，Bobby也几近是作为一个隐喻而出现的，它只是一种观念的化身，而这条狗本身的独异性却付之阙如。

所以针对列维纳斯文中提到的那些在《出埃及记》中，见证了以色列人之解放，并停止吠叫的狗时所说的“动物的超越”：“在这创立的至高时刻，既不含伦理学，也不含逻各斯，狗将证明人的尊严。这就是人的朋友所意味

---

① Lévinas E, *Difficile Liberté*, Albin Michel, 2007, pp. 234-235.

② Derrida J, *The Animal That Therefore I Am*, Fordham University Press, 2008, p. 114.

的。一种在动物中的超越！”[①]德里达针锋相对地指出：

> 这条隐喻的狗见证了人性尊严，却是一个这样的他者：它没有他异性，没有逻各斯，没有伦理学，没有使得准则普遍化的力量。只有在为我们的意义上，它才能够做我们的见证，它太过他异而不能成为我们的兄弟或邻居，又不足以他异到成为全然他者——全然他者的面容之赤裸会向我们下命令："汝不可杀戮。"换句话说，我们从这些感叹号的无意识否定里解读到的东西是：把传统的主体颠覆成主体-主人或他者的人质还不足够，如果我们想要在被持续特指的"动物"（"一种在动物中的超越""动物的信念"等）中，认出"缺乏人性"之外的内容。[②]

超越在列维纳斯那里是一个异乎寻常的概念，它通常指的就是一种伦理超越，而在这里，这一至高的概念被赋予在了"动物"身上。这表明了动物伦理在列维纳斯的伦理学中有可能占据一席之地。不过，德里达却对其进行了相反的解读，他认为这里的超越并不是真正的超越，或者说，这里的超越还不够他异。他进一步指出，这印证出列维纳斯看待 Bobby、狗、动物的方式，与纳粹看待犹太人和列维纳斯及其狱友们的方式是一样的，它们是"次级"的，只是"类人、类人猿"，他们的语言只是"猴子的交谈"。[③]

在他看来，无论列维纳斯把主体变成好客者还是人质，在涉及动物问题时，都"还不够"[④]。动物伦理需要一种对于主体性更激进的颠覆，而这也正是动物为我们重思他者和主体性所带来的启示。

笔者认为，德里达通过动物问题为主体性带来的最大突破在于：他将列维纳斯意义上作为"我在此"（me voici/here I am）的主体性拓展为了"我跟随"（je suis/I follow）的主体性。"我在此"是列维纳斯式的伦理主体性最为重要的特质，它所指的是主体在面对他者之时，把自我呈示给他者，某

---

① Lévinas E, *Difficile Liberté*, Albin Michel, 2007, p. 233.

② Derrida J, *The Animal That Therefore I Am*, Fordham University Press, 2008, p. 117.

③ Lévinas E, *Difficile Liberté*, Albin Michel, 2007, p. 234.

④ 一本研究德里达动物伦理的书就是以此为名的：Lawlor L, *This Is Not Sufficient: An Essay on Animality and Human Nature in Derrida*, Columbia University Press, 2007.

种意义上也交付给他者，从而为他者负责，受他者差遣，为他者服务，甚至为他者受难，“我在此”意味着我在此承担一切，面对对于他者的无限责任我毫无逃脱的余地，我就是那个唯一的被拣选者。“我在此”是一种被动的主动性，它并不仅仅意味着一种承担一切的英雄气概，它更意味的是我在责任面前无可逃遁，面对他者的脆弱及其面容发布的伦理命令，别无选择，我是完全被动的，但这种被动性又强化了我主动承担一切的能动性。如果说海德格尔的“此在”强调的是一种主体立足于大地、占据一个坚实的位置，并通达存在的主动性的话，那么“我在此”则更多强调的是主体天然就失位的被动性，作为被拣选者，主体并不位于一个牢固的根基之上，也即“此”之上。相反，主体对于“此”的占据是通过不断走出“此”而实现的，因为伦理或好客，就是不断地把自己的地盘让渡给他者。这是一种极为被动的主体性，一种试图彻底脱离自我中心主义的主体性，法语的“我在此”——me voici可以很好地表达这层意思，因为其中的“我”是受动的宾格 me，而不是主格 je。然而，这对于德里达来说，似乎依旧还不足够。他指出，列维纳斯经常将他作为第一哲学的伦理学追溯到“我在此”这一点上：“其一，因为作为责任的‘我在此’暗含了一种自我呈示，一种自带目的（autotelic），一种自我指证（autodeictic），自我传记式的运动，在律法之前袒露自身；其二，因为作为责任的‘我在此’暗示了‘回应’的可能性，在回应他者的诉求和命令中自我答复的可能性。”[①]言下之意，“我在此”中依旧保留了一种“自我性”，回应他者本质上也是一种自我答复。“我在此”还没有完全走出自身，还强调了人这一会写“自传”的动物的主动性，与此同时，它也就排除了其他动物具有“我在此”和回应的能力。

那么，还有哪一种主体性可以比“我在此”更加与自我主义相脱离，也更加被动呢？德里达给出的答案是：“我跟随”。在“动物故我是（跟随）”［也可译为“我所是（跟随）的动物”］这一标题中，德里达玩了一个文字游戏，l’animal que donc je suis 中的 suis 既可以是动词 être（是）的变位，也可以是动词 suivre（跟随）的变位。也就是说，它同时具有“是”和“跟随”两层意思。“我是”即“我跟随”：我是，我跟随；我跟随，故我是。结合

---

① Derrida J, *The Animal That Therefore I Am*, Fordham University Press, 2008, p. 111.

德里达经常援引的列维纳斯之“您先请”（après vous/after you）这一基本伦理原则，“我跟随，故我是”意味着：他者永远先在于我，从而我也就永远是他者的跟随者。我是永远的跟随者，我先“跟随”，然后才“是”，才“存在”。这种跟随当然已经蕴含了一种伦理意义，我跟随也就意味着我需要为他者负责和奉献，而后，我才“是”我。这可以从另一个层面解释何谓列维纳斯所言的“伦理学”先于“存在论”。德里达比列维纳斯更激进的地方在于，“我”跟随的他者可以更加开放，而不仅仅是他人，它既可以是人，也可以是动物，所以，他才说“动物故我是（跟随）”。既然我是由我所跟随的他者所决定的，那么，我跟随的他者自然也不应该有所限定，也无法限定，否则就又成了他者跟随我，跟随我的限定。如果因为他者是“人”，我才跟随他者的话，那显然这一跟随已经基于我的选择，而这一选择所基于的是：我是人，而他者也是人，是我的同伴。这样一来，其实我就已经把“我是”放在了“我跟随”的前面，用“我是”来规定“我跟随”，这个时候，主体性的构成原则就反过来变成了“我是，故我跟随，或我被跟随”。按照德里达的理解，这种“伦理学”和“存在论”，并不真正以他者为导向，由于列维纳斯的伦理学暗含的“人类中心主义”立场，使得这一伦理学在以他者为导向的时候，还不够彻底，也还未彻底地尊重他者。反过来说，在“我跟随，故我是”这一原则下，“我”也可以不仅仅限定于人，不仅仅“是”人，因为“我是”是被“我跟随”的他者，以及“跟随”这一行为本身所牵引的。在这一前提下，“我”可以是一个更具变化和更为开放的概念。根据我所跟随的他者，我既可以是人，也可以是其他动物、赛博格[①]或机器人……显然，德里达的批判和拓展，已经将列维纳斯的伦理学朝向一种更复杂的后人类状况敞开。

四、野兽与主权的解构：被流放的蛇王

在对于劳伦斯的一首诗《蛇》的解读中，德里达将列维纳斯的伦理学批判性地运用到了动物伦理分析之中。劳伦斯这首诗堪称佳作，全诗有着较为

① 赛博格（又称赛博或控制论有机体）对应的词源 cyborg 是 cybernetic（控制论的）与 organism（有机体）两个词语的缩写合并，最早现身于科幻作品，后逐渐扩展内涵，直至成为界定人类虚拟身体的机器人的专用名词，成为后人类时代的主要概念。

清晰的叙事线索，所以我们可以将其分为以下几个环节，并附带德里达的阐述进行分析。

叙述者“我”（诗人）在夏日自家的水槽前遇到一条蛇，而诗人认为：“我必须等待，必须等待/因为他先我而来。/……某人（someone）先于我来到水槽边，/我仿佛一个后来者，驻足等待。”[①]德里达指出诗人一开始将蛇当作人一样看待，或者至少没有在人和蛇之间画一条明确的界线，所以，诗中用他、某人等代词来指代蛇。同时，德里达指出这些诗行与列维纳斯的伦理学有某种契合。列维纳斯强调他者之优先性的伦理学，可以用一句最简洁和日常的“您先请”来概括，这一“您先请”不仅仅意味着谦让，还意味着他者之于我在伦理位置上的优先性。在这首诗里，蛇比人先来，人是“后来者”，蛇在这里似乎是一个列维纳斯式的伦理他者。列维纳斯的“您先请”对于伦理主体来说是一个绝对的命令，它意味着在认清或知晓面前的对象是什么之前，主体就对其负有绝对的责任，这就是绝对的好客，而诗人在诗中的第一反应也近乎于此，他在认清这条蛇（例如有毒或无毒）之前，就已经认为自己后于蛇而来，是一个后来者、跟随者。[②]需要注意的是，在这里，“段落中反复出现的‘s’音让语言有一种极度轻松感，同时诗行的长短不一以及尾韵的消失也增加了语言的自由度。考虑到诗中呈现的蛇形象来自诗人的观察，蛇在这里表现出的安详实际上反映出了诗人此时此刻与蛇，或者说与他内心的本能意识相处时的轻松自在”。[③]例如，“他轻轻啜饮，用垂直的嘴，/水流入他那松弛的长长身躯，经由他整齐的牙床，/此时，他默不作声”（“He sipped with his straight mouth,/ Softly drank through his straight gums, into his slack long body,/ Silently.”）[④]诗人用这些 s 音让我们仿佛听到了蛇发出的轻轻的嗞嗞声，甚至感受到了它 S 形的游动，更让我们体会到了蛇饮水的惬意和诗人观察蛇时的自在。此时，人和蛇没有隔阂和边界，仿佛共同生

① 该诗的翻译主要参考了庞红蕊翻译的版本，有所改动，参见：https://www.douban.com/note/515491287/。英文版参见：Derrida J, *The Beast & the Sovereign*, *Vol. 1*, The University of Chicago Press, 2009, pp. 247-249.

② Derrida J, *The Beast & the Sovereign*, *Vol. 1*, The University of Chicago Press, 2009, pp. 238-239.

③ 陈红：《论劳伦斯的诗歌“蛇”与蛇形象》，《外国文学研究》2007 年第 6 期，第 131 页。

④ 参见：https://poets.org/poem/snake-0。

活在伊甸园中。

然而，接下来，“他抬起头，像牲畜（as cattle do）一样，/望向我，一脸茫然”，或许是这种野性，提醒我日常所接受到的教育：“我所接受的教育叮嘱我（The voice of my education said to me）/我必须要将他杀死（He must be killed），/因为在西西里/黑色的蛇无害（innocent），而金色的蛇有毒（venomous）。”[①]显然，这个时候，人类的教育开始让诗人将蛇视为一种危险的异己之物。德里达通过对此的解读，重提了他从列维纳斯那里延续的好客议题[②]，“无条件的好客”意味着不管客人对我有利还是有害，我都应该向他敞开大门，当诗人发现这位客人来者不善的时候，他还会执行“绝对好客的”律令吗？诗人开始进行复杂的心理斗争：

> 我脑中的众多声音对我说，如果你是一个人/男子汉（man）
> 就该拿起棍棒击打他，结果他。
>
> 然而我必须承认，我十分喜欢他，
> 我欣喜不已：
> 他安静地来到我的家门，到我的水槽边饮水
> 像一个宾客一样
> 然后再悄然离去，没有谢意，
> 返回到燃烧的大地深处？
>
> 是因为怯懦吗？我不敢将他置于死地，
> 是精神错乱了吗？我渴望与他交谈，
> 是一种谦卑吗？我感到如此荣幸，
> 我竟感到如此荣幸。
>
> 然而我脑中的众多声音对我说：
> 如果你不害怕，就杀死他！

① 参见：https://poets.org/poem/snake-0。

② 参见〔法〕雅克·德里达、〔法〕安娜·杜弗勒芒特尔：《论好客》，贾江鸿译，广西师范大学出版社，2008。

我的确感到畏惧，异常畏惧，
即便如此，我更感到荣幸，
他从神秘大地的幽暗之门中来
应当寻求的是我的好客吧。[①]

诗行行进到这里，“好客”的议题已经更加凸显了。诗人把蛇当作一位宾客，而且觉得蛇来寻求的就是“我”的好客。还需要注意的是，这是一位“没有谢意”（thankless），或者说不会答谢、不必答谢的宾客，这首先凸显了这位宾客的特殊性，它是比其他宾客更加遥远，也更加尊贵的宾客，远方的客人、不会答谢的客人往往更加尊贵。其次，这个词也暗示了一种超越了日常好客之繁文缛节的更彻底的好客。所以，我应当给予这位客人一种更热情、更彻底的好客接待。但是，恐惧和疑虑依旧存在，人类的教育并没有完全消失。诗行一开始的 man 既可以代表人，也可以代表一种勇敢的男子气概，无论如何，它都把蛇和人树立为敌对的种属。德里达强调了这一场景的宗教特征，因为在这里，主人和客人之间的关系发生在水源旁边，这是非常中东的场景，也是十分《圣经》化的场景。[②]换言之，这里的好客涉及的是对于水源的争夺或给予，这是实实在在的伦理关系。当论及这一关系的时候，列维纳斯喜欢举的例子是面包，他说，作为主人的伦理主体应该在最饥饿时，将嘴里的面包也给予客人/他人，而水源当然比面包更加珍贵。

蛇饮饱了水，“像个醉酒之人……像一位天神，茫然四顾/”，然后蛇爬上了斜坡，并且将头伸向“那可怖的洞穴”，这种蛇对于自己居所的回归，让诗人心生恐惧，并且还“对他撤回可怖的无底黑洞暗怀抵触/对他从容缓慢驶入黑暗心生抗议”。此时，饮饱了的蛇就像一位天神，诗人一方面为它的这种闲适或气度所震惊，另一方面，尽管蛇在这里从“畜牲”擢升为了“天神”，然而它与诗人或人却已经有了明确的分隔，而不再像诗歌开头一样，只是一位可以不问出处的“先来者”和“客人”。当它要调转身回到它自己的洞穴时，诗人的心情更加复杂，一方面他对这位“客人”的离去感到不满，

① 参见：https://poets.org/poem/snake-0。

② Derrida J, *The Beast & the Sovereign, Vol. 1*, The University of Chicago Press, 2009, pp. 240-241.

另一方面蛇所回归的那个野蛮可怖的世界让诗人更加心生恐惧。

于是，诗人放下水罐，捡起一根木棍扔向水槽，“我想我并未击中他，/然而他洞外的身躯突然惊慌抽搐”[①]，蛇迅速逃窜，钻入洞中，而诗人望着那无底的黑洞，几近痴迷。

此时的诗人“我即刻便懊悔不已……我鄙视自己，厌恶那些来自人类教育的可憎声音”[②]。诗人将蛇称为“我的蛇”，并且，在“此时，我想起了信天翁，/我的蛇，但愿他能回来。/因为于我而言，他又再次像是一位君主，/一个被放逐的君主，地下世界的无冕之王，/现在是给他重新加冕的时候了。/”，诗歌最后以此作结“就这样，我错失了我的一位生命之主。/我须为我的褊狭/赎罪。/”[③]。第 5 部分和第 6 部分其实是紧密结合的，在做出袭击或“杀害”蛇的举动之后，诗人旋即就陷入了懊悔之中。他最终还是不能抗拒人类的冲动和教育，人类的教育在面对蛇的时候，告诉我们的不是“汝不可杀戮”，而是“汝须杀之”。所以，德里达说，“他出于恐惧想要杀死这个他者，这位客人”、这位先来者，即使蛇并没有攻击人。[④]在对蛇失败的谋杀之后，诗人对蛇既饱含愧疚，又充满爱怜，更充满了崇拜，于是蛇成了“我的蛇”。而且蛇在最后被加冕为“王”，无冕之王，“被流放的王”。

德里达想借由这首诗来探讨以下问题：其一，伦理是否只是针对与我们相似者而言的，比如人，还是说伦理可以适用于一切生灵；其二，通过把主权或主体性从自我转移到他者，从主人转移到客人，也就是转移到那个“先来者”身上是否足够？结合其在《动物故我是（跟随）》一书中的解释，我们可以推断德里达认为这仍旧是不够的，对于“主权”的解构不只需要把“主权”从自我让渡给他者，还需要对“主权”概念本身进行解构，需要对列维纳斯用来解构西方哲学的“他者”再进行解构。

对于德里达而言，这一解构必须走向对人类中心主义的解构，“主权”或“他者”必须把包括动物在内的其他生灵也包括进来进行考虑。但这种“包括”是不是只意味着一种人类伦理的延伸？换句话说，动物伦理的独立性可

---

① 参见：https://poets.org/poem/snake-0。

② 参见：https://poets.org/poem/snake-0。

③ 参见：https://poets.org/poem/snake-0。

④ Derrida J, *The Beast & the Sovereign, Vol. 1*, The University of Chicago Press, 2009, p. 243.

不可以得到一种先验的证明？德里达暗示了一种对其证明的可能性。他指出，诗人对于蛇的愧疚和赎罪意识，或者说道德准则的生成是由谋杀或谋杀未遂所引起的。德里达认为，按照弗洛伊德的看法，道德准则确实就是这么发生的，正是儿子的弑父行为导致了懊悔和道德准则的生成。然而，问题的悖谬之处在于，如果儿子事先没有一种预设的道德准则的话，哪怕他杀死了父亲，也不会懊悔。所以，道德准则实际上先在于谋杀行为，只不过它以一种“潜在”的形式存在，而谋杀行为却导致了它的真正生成。[①]将这个结论移植到《蛇》这首诗之中，我们是否也可以说，诗人对于蛇的愧疚或赎罪意识，其实早就先在于谋杀行为，谋杀行为只不过是导致其发生的导火索？这算不算是人对于蛇，对于动物拥有先在的伦理意识的一种本体论证明呢？

此时，被解构过后的“主权”已经不再是一种统治性的主权，而是一种柔弱的主权，这正好对应于诗节最后说到的“无冕之王”，此时蛇是国王，却没有冠冕。“它像一位国王”，却“不是”国王。为什么？因为它是“一位被流放的国王”。被流放的国王，严格意义上已经不是一位国王，它被剥夺了主权。不过德里达指出，也恰恰是因为流放才带出了好客的问题。好客与流放是一对固定搭配，好客总是针对那些流放的人、无家可归的人。流放者四海为家，某种意义上就是以一种不在家的方式在家。我们在这里可以很明显地寻觅到德里达与列维纳斯和犹太教传统的关联，列维纳斯曾经说过，犹太人就是以在世界各地流浪的方式来守护着自己的家园。[②]德里达这里也确实再次回归到了《圣经》资源，他大胆地指出，通过这首诗，伊甸园的故事被颠倒了，被流放的不再是亚当和夏娃，而是那条诱惑他们的蛇。这条蛇是一位流放的国王，它让诗人想到了“信天翁”。为什么是信天翁呢？显然诗人这里用信天翁来象征“天空之王”，它体型巨大，扶摇直上，傲视苍穹，确实有君临天下之势。但若仅是如此，还不能解释为何诗人一定要用“信天翁”来比拟“蛇”。要完整理解“信天翁”这个意象，我们必须回到西方文学关于这种巨型海鸟的文本记忆中。

我们首先想到的是波德莱尔的《信天翁》，诗歌说道：为了找乐子，海

---

① Derrida J, *The Beast & the Sovereign, Vol. 1*, The University of Chicago Press, 2009, pp. 244-245.

② Lévinas E, *Noms Propres*, Fata Morgana, 1976, p. 54.

上的船员时常捉来信天翁放在甲板上，有的用烟头烫它的嘴，有的则模仿它一瘸一拐不能遨游的样子，面对船员们的调戏和虐待，“这些青天之王，既笨拙又羞惭，/就可怜地垂下了雪白的翅膀”。诗人最后用信天翁来比喻落入尘世的诗人“一旦落地，就被嘘声围得紧紧，/长羽大翼，反而使它步履艰难”[①]。通过对读这两首诗，我们可以对《蛇》中的信天翁意象作出初步的解读：信天翁是天空之王，而蛇是地下之主，它们却都被人类所欺凌，都是被流放的国王。不过，这还不够。尽管波德莱尔的《信天翁》在文学史上声名卓著，然而，这只信天翁还远没有它的英国长辈有名。另一只信天翁出现在柯尔律治的《古舟子咏》（又译《老水手行》《老水手之歌》等）中，这首诗中的信天翁如此有名，以至于今天西方人在理解作为文化意象的“信天翁”时，可能或多或少都会潜移默化地受到这首诗的影响。

《古舟子咏》讲的也是水手的故事，一名水手因为射杀了一只曾经有恩于船队的信天翁，从此遭遇了各种惩罚，毕生都在为此赎罪和忏悔。这是一首有着明显基督教神学指涉的诗，在浓雾弥漫、风暴肆虐的冰海中，“冰海上空，一只信天翁，/穿过云雾飞来，/好像它是基督的使徒/我们以上帝的名义向它欢呼”[②]，它为船队带来了好运，指引了方向，然而，老水手最后却射杀了它，导致：“呵！天哪！全船老小/都凶恶地瞪着我！/我颈间的十字架被他们取下，/挂上了那只死鸟。”[③]从此，老水手走上了他漫长而苦难的赎罪和忏悔之途。对于该诗中的信天翁，一种经典的解释是：信天翁即耶稣，也是上帝的化身。这在诗歌中有明显的暗示：“在雪封雾盖的地方/居住着那位神灵，/他爱那只海鸟/海鸟爱那将它一箭射杀的人。”[④]这呼应了耶稣爱世人，却为世人所杀的叙事。罗益民经过考证指出：“柯尔律治在设计他的《古舟子咏》时，就是想把这首诗写成一部该隐的寓言。”[⑤]我们都知道，该隐

---

①〔法〕夏尔·波德莱尔：《恶之花》，郭宏安译，广西师范大学出版社，2002，第 205 页。

②〔英〕塞缪尔·泰勒·柯尔律治：《老水手行——柯尔律治诗选》，杨德豫译，译林出版社，2012，第 26 页，根据英文有所改动。

③〔英〕塞缪尔·泰勒·柯尔律治：《老水手行——柯尔律治诗选》，杨德豫译，译林出版社，2012，第 36 页，根据英文有所改动。

④〔英〕塞缪尔·泰勒·柯尔律治：《老水手行——柯尔律治诗选》，杨德豫译，译林出版社，2012，第 64 页，根据英文有所改动。

⑤ 罗益民：《管萧婚曲声中的流浪者》，《国外文学》2006 年第 3 期，第 33 页。

因为杀害了自己的弟弟亚伯，而被上帝惩罚，上帝的惩罚是“你种地，地不再给你效力，你必流离飘荡在地上”。[①]如果说该隐的父母亚当和夏娃是因为违背了上帝而导致人类的第一次流放的话，那么该隐杀弟则导致了人类的第二次流放。所以，老水手的经历也正隐喻了因为罪而流放的人的经历。不过，流放的也不只是人，还有神、“人子”本身。当《蛇》中的诗人由蛇而想到信天翁，并指认蛇为“被流放的国王，幽暗世界的无冕之王”之时，他已经暗示了蛇就是神。德里达说《蛇》颠倒了伊甸园的叙事时，被流放的不是亚当和夏娃，而是蛇时，是不是也正暗示了这一点？蛇在最低贱和肮脏的泥土和尘埃里爬行和流浪，它是亚当的受害者，而德里达说，亚当的意思就是“土地”。[②]蛇因为亚当的罪，而只能在肮脏的泥土中流浪。蛇，这位流放的国王，放弃了主权的主权者，因低贱而高贵者，因放弃而拥有者，不就是那位自我倒空（kenosis）的基督？尽管基督的这种自我献身常被我们用羔羊等其他动物的名字来指称。

这样的解释是否过于夸张，以至于亵渎了神圣呢？当我们这么想的时候，还是由于对于“蛇”本身抱有偏见，预定了动物中的等级秩序，而这恰恰是德里达所要解构的，也是一种开放的动物伦理学应该摒弃的。事实上，这样试图为动物正名的尝试早就开始了，《古舟子咏》一诗中同样提到了蛇，它是水手在水上遇到的水蛇。“在那船身的阴影之外/有水蛇游来游去：/它们的路径白而且亮；/当它们耸身立起，那白光/便碎作银花雪絮。/”[③]在水蛇无与伦比的美之感召下，水手涌起了爱，并为它们祝福，并且感觉自己受到了神的怜悯：“美妙的生灵！它们的姿容/怎能用口舌描述！/爱的甘泉涌出我心头，/我不禁为它们祝福；/准是慈悲的天神可怜我，/我动了真情祷祝。/”[④]因为这种爱和祝福，水手发现他又能祈祷，又能跟神靠近了：“我刚一祈祷，胸前的死鸟/不待人摘它，它自己/便掉了下来，像铅锤一块，/急匆匆沉入海

①《创世纪》4: 12。

② Derrida J, *The Beast & the Sovereign, Vol. 1*, The University of Chicago Press, 2009, p. 246.

③〔英〕塞缪尔·泰勒·柯尔律治:《老水手行——柯尔律治诗选》，杨德豫译，译林出版社，2012，第52页，根据英文有所改动。

④〔英〕塞缪尔·泰勒·柯尔律治:《老水手行——柯尔律治诗选》，杨德豫译，译林出版社，2012，第52页。

底。”可见，此处的蛇是美丽而圣洁的，并且和信天翁有某种神性的关联。有论者甚至认为：

> “水蛇”意象是“信天翁”意象的另一化身。都是上帝的化身。蛇的意象一向是邪恶、低贱、丑陋、冰冷、软趴趴粘糊糊，阴暗中蠕动着身子爬行在烂泥里。……但在长诗中，水蛇出生在死去的大海中，它虽然是罪之子，却美丽得没有语言能够形容。为何水蛇能在死水之中重生？笔者认为水蛇乃信天翁的重生。信天翁象征自然之灵，它的被杀就是对自然神灵的亵渎。水蛇的出现则象征“圣灵”的复活，“水蛇如白光游动在海面，/每当它们竖起蛇身时，/水泡抖落如霜花飞溅。”正如身着素衣的耶稣殉难后复活一般，白光涌动。[①]

无论我们是否认可这种论断，但水手对于水蛇的爱和敬，以及随之带来的希望和与神关系的修复，在诗歌中都有很显明的体现。这也呼应了老水手最后对人们的忠告：“再见吧，再见！贺喜的客官！/请听我一句忠告：/对人类也爱，对鸟兽也爱，/祷告才不是徒劳。/对大小生灵爱得越真诚，/祷告便越有成效；/因为上帝爱一切生灵——/一切都由他创造。”[②]

五、小结

德里达的动物伦理思考，近乎一种思想实验。他为伦理学设置了一个绝对他异的他者——动物，而且这还是一种充满了多元性和差异性的他者，动物这个含混的名称背后所指称的生物多样性，恰恰是我们要建构一种动物伦理学时遇到的最大障碍。如果我们要遵循后现代主义的反宏大叙事原则，就不应当建构一种统一的动物伦理学，而是应该建立针对灵长类动物、猫科动物、蛇、松鼠等不同物种的不同伦理学。但这还远不足够，基于种属的伦理学建构，恰恰也可能会遮蔽动物个体的独异性。伦理对象的显现，恰恰是要让我们忘掉种属概念，忘掉对它们的先在定义。当我们与一个对象建立伦理

---

① 王丽：《〈古舟子咏〉中的信天翁意象》，《巢湖学院学报》2009 年第 5 期，第 75-76 页。

②〔英〕塞缪尔·泰勒·柯尔律治：《老水手行——柯尔律治诗选》，杨德豫译，译林出版社，2012，第 94 页。

关系时，救治一只猫、一条蛇和救治一个人并没有本质不同。这个时候，这些动物都有“面容”，而这恰恰与列维纳斯的伦理学相通。所以，尽管列维纳斯并没有阐述动物伦理，但其伦理学是可以通向动物伦理的，比起那些严丝合缝，基于道德规范和规则的道德哲学，其伦理学的开放性更容易与动物对接。德里达只不过是用“动物多样性”等问题对列维纳斯基于“人”的伦理阐述进行了解构，而其伦理原则从根本上正是来自列维纳斯。德里达对列维纳斯伦理学进行解构的要点，和其自身暴露的问题，恰恰在于要把列维纳斯“尊重他者”的原则放诸一切动物之上，也放诸一切语境之中，这自然就会使得这一伦理学变得左支右绌。与之相对，我们则倡导一种基于他异和共通之辩证法的动物伦理，他异指的是对于他者的绝对尊重，共通指的是自我与他者的交流和沟通，以及在尊重他异性原则之下，对于共通体利益的权衡，对于公正的判断。这种权衡和判断需要基于语境和现实，这才是伦理学得以运作的实际土壤。在他异和共通的辩证运动中，共通体也处于不断建构和开放，不断容纳新的他者的过程中，其中当然也包括动物他者。[①]当然，这并不代表德里达对于动物伦理的激进思考没有价值，相反，这一思考无论对于在当代思考伦理学，还是对于主体性，都有重要的启发意义，而且对于人和动物关系的思考，无疑也会促进我们对于人与人之间关系的再思考。在这几重意义上，这一列维纳斯-德里达式的动物伦理学都对我国学界的相关探索具有重要的借鉴价值。

第三节　美学、伦理与政治之歧争：朗西埃对利奥塔崇高美学及“伦理转向”的批判

众所周知，“后现代”一词，很大程度上是随着法国思想家利奥塔的名作《后现代状况》的传播而成为一个世界性概念的。利奥塔的思想来源十分庞杂，融合了现象学、康德哲学、维特根斯坦语言哲学、结构主义和精神分析等多种思想资源，其中，一个至关重要，却又容易被忽视的思想来源却是

① 详细分析请参见王嘉军:《列维纳斯与动物伦理》,《江海学刊》2018 年第 3 期，第 72-79 页。

列维纳斯。首先，利奥塔最为严肃的两本政治思想著作《论公正》和《异识》，深受犹太教和列维纳斯伦理思想的启发。其次，犹太教和列维纳斯的思想也渗透在利奥塔对于美学和伦理的思考中［例如他通过犹太教的偶像禁令对于崇高的再思考，围绕奥斯威辛事件所建构的见证诗学，对于海德格尔哲学的反思等］。他还另撰写了《列维纳斯的逻辑》等研究列维纳斯的长文。利奥塔与列维纳斯的思想是如此亲近，以至于比其又晚一辈的法国当代哲学家朗西埃在批判他的时候，像是借其来批判列维纳斯。通过朗西埃对利奥塔的批判，我们也能进一步展现围绕"伦理转向"的争议。

一、利奥塔的崇高美学及其犹太渊源

利奥塔的崇高美学因其对于"崇高"这一经典美学概念的后现代改造而颇具影响，他将康德崇高美学中的"无形式的形式"创造性地改造成了"不可表现的表现"，而这一点较好地与抽象表现主义，尤其是其代表人物纽曼的创作结合在了一起。纽曼是利奥塔崇高美学非常倚重的阐释对象，利奥塔崇高美学的精髓可以用纽曼的名言"崇高即现在"来概括。在利奥塔那里，"现在"是一个不可把握，既构成当下又解构当下的悖谬性时刻，而崇高欲求呈现的恰恰就是"现在"这一不可把握、不可呈现的时刻。

纽曼本人是犹太人，其创作本身具有某种犹太教背景，如他的朋友评论家黑塞就解释说纽曼画中的"现在"即希伯来传统中的玛空（Makom）或哈玛空（Hamakom），意即位置、地点，就是"此处"，就是托拉为不可称呼的主所起的名字之一。这种纽曼绘画中之"崇高"的犹太教渊源本身给予了利奥塔很大的启发，利奥塔的崇高美学中的"不可表现"性也受到了犹太教的偶像和图像禁令较大的影响[①]，而通过将崇高关联于其独到的"见证诗学"上，利奥塔进一步加强了其崇高美学与犹太教和犹太文化的关联。因为，在利奥塔那里，"见证诗学"主要所指的就是对于奥斯威辛、纳粹屠杀犹太人的"见证"和"再现"，而从某种意义上说，奥斯威辛这一超历史事件是不可再现和表现的，在这一点上，这种"不可表现"的见证诗学与其崇高美学是一脉相承的。

① 参见王嘉军:《偶像禁令与艺术合法性：一个问题史》,《求是学刊》2014 年第 6 期，第 148-156 页。

除了上述的诸种渊源之外，利奥塔的哲学和思想中的这种犹太色彩还与列维纳斯的影响密切相关，利奥塔本人毫不掩饰列维纳斯对自己的影响，他在其自传式作品中坦承：列维纳斯的著作伴随了他 20 多年的学术生涯。[①]这种影响同样体现在利奥塔的崇高美学中，尽管隐晦，但笔者认为，列维纳斯哲学和美学中的“反偶像”倾向[②]，以及其他者理论，都对利奥塔有重要影响。如我们下面将会看到的，朗西埃就认为利奥塔的崇高美学预设了一个“不可表现”的绝对他者，主体在其面前，只能以一种被动的“领受”态度来呈现，在与那一抽象的崇高画作面对时，主体必须回应，尽管这是一种完全手足无措的回应（利奥塔说，正是这种空虚和不适的回应使得“现在”处于不断到来的过程中），就像它向我颁布了某种伦理义务，而这恰恰吻合于列维纳斯对于他者之超越地位的定位。[③]正是基于这一原因，笔者认为朗西埃对于利奥塔崇高美学和法国当代哲学“伦理转向”的批判，终极的指向是列维纳斯哲学。[④]在最后部分，本节还将运用列维纳斯本人的哲学对朗西埃的批判进行回应。

二、朗西埃的美学政治观

在介绍朗西埃对利奥塔的批判之前，我们需要先对朗西埃本人的相关思想有所了解。朗西埃的伦理、政治与美学观，均与利奥塔和列维纳斯存在极大差别：在伦理的定义上，朗西埃所追溯的是希腊，而非希伯来传统，他指出伦理应当从 èthos 一词的原意来理解。该词在古希腊人那里，指的是一种行为举止、一种生活方式。朗西埃同时强调了这种生活方式是由人们所生存的环境所决定的，而这种生活方式同时又影响了他们生存的处境和位置。最

---

① Lyotard J-F, *Peregrinations: Law, Form, Event*, Columbia University Press, 1988, p. 38.

② 参见王嘉军:《偶像禁令与艺术合法性：一个问题史》,《求是学刊》2014 年第 6 期，第 148-156 页。

③ 参见王嘉军:《艺术的异质性及其对存在救赎之可能和限度——列维纳斯对现代艺术的伦理定位兼谈其与利奥塔美学思想之差异》,《文艺理论研究》2010 年第 6 期，第 33-40 页。

④ 笔者曾就这一问题专门发邮件咨询朗西埃先生本人，并收到了他的答复，答复如下：“我对于列维纳斯的东西读得不是很多。我在一些论文中批评利奥塔的某些地方，显然是来自列维纳斯的，不过他同时又结合了法兰克福学派的东西和梅洛-庞蒂。不过，真正让我感兴趣的并不是理论本身，而是这些观念如何结合，又如何有效地回应某些特殊的语境：比如利奥塔如何重新解释康德，并让他与列维纳斯相接近，并且回应 80 年代的美学-政治语境。所以，我的关注点在于他如何为此目的而颠覆了美学传统。”（邮件回复时间：2016 年 10 月 8 日）

终，这种位置与实践原则（ethos）就构成了一种相互制约的关系，人们只能做他们所处的位置能够让他们做的，甚至，也只能感知到他们所处的位置能够让他们感知到的东西。反过来，他们所能做和所能感知的东西，又限定了他们的位置。这无疑是一种等级政治，对于朗西埃而言，这种等级原则就是伦理原则，“伦理秩序就是这一整套位置分配、能力分配，以及有知和无知的游戏之间的关系”[①]。

因此，在朗西埃这里，伦理即一种政治（politics），是一种政治原则，更准确地说，是一种治安（police）原则。对于这两个概念，朗西埃作出了区分，其中，“治安”更接近于我们日常使用的“政治”概念，它是一种基于共识的权力组织和治理程序，而“政治”则恰恰是对于这一组织、程序或共识的扰乱，美学就恰恰是这样一种“政治”。如果说伦理原则是一种对于位置和可感性的组织和分配，那么，对于朗西埃而言，美学就是对于这一组织和分配的扰乱。它使得人们可以感知到在他们的位置和阶级不允许被感知和拥有的东西。在这里，朗西埃重新解释了康德美学，他认为康德美学中的“无目的的合目的性”意味着一种目的和手段之间的脱节，这样它就“对做的方式、看的方式和存在方式之间的关系达成了一种扰乱”[②]。对于这种扰乱，朗西埃举了一个具体的例子，1848 年的一份工人报纸上描述了一位为豪宅铺地板的工人的日常生活。上面写道，只要地板还没有完全铺好，工人就相信这是自己的家，喜爱里面的布置，欣赏房内和窗外的风景，比房产的拥有者还更加享受这一切。这就是一种扰乱，做工的工人成了房子的主人，并且感受到了在他的位置所不能感受到的东西。这种东西被朗西埃称为“不是部分的部分”，因为它原本不属于可感性分配的资源，而现在它却通过其“增补”来扰乱了既定的可感性配置。在朗西埃看来，这种增补就是政治的本质。[③]它具有实践的力量，这位工人的沉醉并非白日梦，要知道，在这篇

①〔法〕雅克·朗西埃:《美学异托邦》，蒋洪生译，见汪民安、郭晓彦编《生产 第 8 辑》，江苏人民出版社，2013，第 203 页。

②〔法〕雅克·朗西埃:《美学异托邦》，蒋洪生译，见汪民安、郭晓彦编《生产 第 8 辑》，江苏人民出版社，2013，第 205 页。

③〔法〕雅克·朗西埃:《美学异托邦》，蒋洪生译，见汪民安、郭晓彦编《生产 第 8 辑》，江苏人民出版社，2013，第 203 页。

文章出现几天后，就爆发了工人起义。[①]这就是一种“美学的政治”，支撑这种美学经验和政治的则是一种异托邦。这一异托邦指的是一种想象“异”或“他者”的方式，是一种他异于既有位置、身份、组织和分配的东西。朗西埃认为民主就应当是一种异托邦，它所意味的是对于一种基于位置和权力的权利分配的拆解，这也就意味着赋权给那些没有能力进入分配的人。[②]

三、歧感与他律的政治分歧

然而，在提出这一异托邦概念的同时，朗西埃也特别指出，这种歧感的异（heteron）应当与另一种异相区别开来，这种异即他律性中的绝对他者。对此，朗西埃主要选择了利奥塔的崇高理论作为批判的标靶。利奥塔摒弃了康德对优美的分析，认为这是一种古老的和谐观念，它基于的是一种共通感或共识，因此，在其中并没有激发纷争的潜力，进而选择了康德的崇高美学进行阐释。因为“崇高律就是不均衡律，是可理解性和可感性间之任何共同尺度的缺失律”[③]，这种崇高所呈现的是一种未经组织的物质性。利奥塔将这种呈现提升到了一种“纯粹”呈现的高度，因为它不再现任何东西，物的涌现就是其呈现本身，它所基于的不是一种历时性的先后，而是“现在”的歧异性，而这种歧异的发生就是“事件”。“事件让自我不能占有并控制其所是。它表明自我本质上可以是一种回归式的他异性。”[④]

朗西埃一针见血地指出，利奥塔崇高中那些杂乱而可感的质的独特性，实际上所依据的都是事件的普遍性。换言之，它们看似独立，其实并不独立，

---

① 当然，这并不是说任何超越自己阶层的幻想或妄想，都是一种“感性的重新分配”，例如包法利夫人式的妄想和对上层阶级的“模仿”，就不可能真正实现感性的重新分配和平等，这种模仿只不过是对已有感性分配的一种强化，对此，朗西埃在评论《包法利夫人》时有深入阐述。朗西埃倡导的是一种底层阶级自身对可感、可见、可知之物的独特发现，而非对上层阶级的模仿，继而在这一感性重新分配的基础上，发明自己的美学、政治和斗争。这一美学政治构想明显是暗含一种理想主义甚至乌托邦色彩的，或许正是因此，朗西埃对于美学和政治关系的新解释和新构想，在文艺创作和研究领域的影响，要大于在政治实践领域的影响。

②〔法〕雅克·朗西埃:《美学异托邦》，蒋洪生译，见汪民安、郭晓彦编《生产 第 8 辑》，江苏人民出版社，2013，第 206 页。

③〔法〕雅克·朗西埃:《美学异托邦》，蒋洪生译，见汪民安、郭晓彦编《生产 第 8 辑》，江苏人民出版社，2013，第 208 页。

④ Lyotard J-F, *The Inhuman: Reflections on Times*, trans. Bennington G, Bowlby R, Stanford University Press, 1991, p. 59.

它们只不过是事件的一种表现，或者附属效果。这种事件的发生过程，对于主体而言是一种被动性的经验，因为主体并不能掌握这种异质性事件的发生。对于利奥塔崇高中的这种被动性，朗西埃认为其完全倒转了康德原本对崇高的阐释。在康德那里，崇高是从美学到道德的过渡，在其中，主体战胜了崇高之物，并到自身的道德律中寻求到了这种战胜的根据，从而感受到了一种自身给自身立法的自由。因此，这是一种主体性的高扬，它与利奥塔崇高中的被动性恰恰相反。对于这种被动性，朗西埃将其称为“一种极端奴性的症候”，这是一种“认为我们的精神亏欠了他者的律法无穷债务的症候。这种他者的律法可能是上帝，也可能是无意识之事实性力量的诫命。这就是不容置疑性最终所意涵的。这意味着一种极端的不对称的经验”[①]。在这里，我们可以很明显地看出朗西埃的批判最终指向的是列维纳斯强调不对称性的伦理学和神学。由于这种不对称关系预设了一种不平等，那么，对于朗西埃而言，这种他异的“‘不确定性’……不再表示任何人都可以来的场所。恰恰相反，它既意味着一种主体所不能去的场所，也意味着在这种场所，主体所能得到的只是‘奴役’状态”[②]。这与其追求平等的为“任何人”的异托邦和可感性的重新分配当然是相悖的。

四、崇高作为一种思辨性夸张

朗西埃将利奥塔这种主体的“奴役”思想，视为法国战后哲学“伦理转向”的主要代表，并进行了批判。对于他而言，这种伦理中的他者优先性只是固化了一种可感性的分配，而并没有真正激活差异，并促使可感性重新分配。如果说以上朗西埃对于利奥塔崇高理论的批判更偏政治视角的话，那么在《图像的命运》中的《若有不可再现物》一文中，朗西埃则从美学内部对其进行了激烈的批评。在其中，朗西埃再次指出了利奥塔与康德的崇高理论的不同之处。后者旨在把崇高拉到艺术之外，前者则使其停留在艺术之内。崇高艺术被当成了消极的表现，它是一种他者之踪迹的呈现，这一他者在思

①〔法〕雅克·朗西埃:《美学异托邦》，蒋洪生译，见汪民安、郭晓彦编《生产 第 8 辑》，江苏人民出版社，2013，第 208 页。

②〔法〕雅克·朗西埃:《美学异托邦》，蒋洪生译，见汪民安、郭晓彦编《生产 第 8 辑》，江苏人民出版社，2013，第 208 页。

想上是“不可思者”，在艺术上，则就是“不可再现物”。所以，“崇高的艺术是那种抵制他者健忘思维帝国主义的东西；同样，犹太民族是能回忆起遗忘的民族，是能将与他者的这种基本关系置于其思想基础和生命基础上的民族”[①]。

朗西埃这句话所指的其实就是利奥塔的崇高美学对于奥斯威辛的倚重。跟众多法国当代思想家一样，利奥塔也深深为第二次世界大战和奥斯威辛的悲剧所震撼，对于他们而言，奥斯威辛不只是一个政治事件，也代表了以希腊-拉丁文明为源头的西方文明的某种终结。奥斯威辛的影响渗透在利奥塔思想的方方面面，其中也同样包括其崇高美学。事实上，奥斯威辛本身就是一个“不可表现”的事件，一个可以超越思想的“曾经有”（il y a eu）的事件，对于这一超历史的事件，任何对其的认知和表现可能都是不道德的，因为它们把奥斯威辛这一溢出历史的事件，又重新拉回到了这一总体化的、制造了奥斯威辛的历史本身之中。当然，在这种观点背后也渗透着犹太教对于偶像、图像和形象之禁止的深刻影响。

对于利奥塔而言，奥斯威辛不可再现，只可见证，崇高就是这样一种见证，它通过一种消极表现的方式来证明了某种事情之“发生”。这种“发生”总是发生在思想把握它之前，因此崇高在这里做的不是展现其形象，而是“记录感性的冲击并且证明原始的差距”[②]。朗西埃指出，在哲学层面，这种“见证”所要反对的是辩证法的运作，因为辩证法是一种要排除相异性的理性程序，这种程序如果施加到一个民族身上，所导致的就是种族灭绝。应当说，朗西埃在这里的概括虽显简略，但基本是到位的，无论是阿多诺（也译作阿道尔诺）、列维纳斯还是利奥塔，他们确实都将黑格尔的辩证法视为了西方哲学之总体化倾向的突出代表，并从不同方向上对其进行了还击。就利奥塔而言，崇高理论中与他者的不对称性，就是对于辩证法还击的一个方面，它可以挑战辩证法的综合化运作。

然而，针对利奥塔的这种逻辑，朗西埃却回马一枪指出：利奥塔“推论出一个抵抗任何辩证同化的原始的不可想物。不过这个不可想物本身也变成

①〔法〕雅克·朗西埃:《图像的命运》，张新木、陆洵译，南京大学出版社，2014，第 173 页。

②〔法〕雅克·朗西埃:《图像的命运》，张新木、陆洵译，南京大学出版社，2014，第 171 页。

了一个整体的理性化的原则”[①]。朗西埃指出，利奥塔其实最终谈论的还是一种再现艺术，既然崇高还是一种美学，还是一种艺术表现——虽然是以“消极表现”的名义。利奥塔所做的只不过是把奥斯威辛之后“艺术的不可能性”这一问题转换成了“如何再现不可再现物”的命题。在这个意义上，他所谓的“不可再现物”只不过成了这种再现机制的一个构成性原则而已。[②]

因此，在朗西埃看来，利奥塔的逻辑不仅没有冲击，反而是强化了黑格尔的艺术体制。事实上，他用来克服辩证法的崇高理论，恰恰更接近的是黑格尔，而不是康德。崇高在黑格尔那里有着比康德更多的神学色彩，它预设了神性的无限和某种不可形象化的异类，而这就是象征艺术的本质，它是无限的理念对于有限的形象的溢出。理念和形象，或者内容与形式之间的关系在古典时期的和谐发展后，又在浪漫主义时期走向了分离，并最终迎来了崇高的回归。然而，崇高此时的回归并不简单地代表物质形式的不足，而是昭示了“这是艺术的纯粹意志和‘不论什么’之间关系的空洞无限化（infinitisation），在这个‘不论什么’中，无限化得以自我确认并在镜像中自我欣赏”[③]。这种自我确认的无限化对于黑格尔而言，是一种对于理性和感性表现之失调关系的抗拒，对于他而言，如果这种失调真正发生的话，那也就意味着艺术的终结。然而，尽管崇高体现了理念与感性表现之间的不和谐关系，但这种不和谐关系却也正好表现了理念的实质，只不过是以一种消极表现的形式。在这个意义上，理念与其感性表现依旧是相符的。

在朗西埃看来，利奥塔与黑格尔相差无多。其崇高中的“不可再现物”最终还是为了维护艺术再现机制的合法性。与此同时，朗西埃又指出，在把一个特殊的民族，即犹太民族的被灭绝这一超历史的和不可把捉的事件，视为一种艺术表现的心理机制，即一种普遍性这一点上，利奥塔与黑格尔也非常相似。因此，他的崇高理论全面地巩固了黑格尔哲学，“崇高的不可再现性重新确认了黑格尔的同一性，即艺术的时刻、思维的时刻和一个民族的精神的同一性”[④]。最后，朗西埃判决性地指出，这种有关不可思物和不可再

①〔法〕雅克·朗西埃:《图像的命运》，张新木、陆洵译，南京大学出版社，2014，第174页。
②〔法〕雅克·朗西埃:《图像的命运》，张新木、陆洵译，南京大学出版社，2014，第177页。
③〔法〕雅克·朗西埃:《图像的命运》，张新木、陆洵译，南京大学出版社，2014，第175-176页。
④〔法〕雅克·朗西埃:《图像的命运》，张新木、陆洵译，南京大学出版社，2014，第176页。

现物的思想最终只能是一个自相矛盾的愿望，它只能依托一种思辨性的夸张来完成，而最终这种夸张又会打破其自身的逻辑。

五、伦理超越政治，还是政治超越伦理？

朗西埃是当代批判理论的重要代表之一，在批判理论频繁与神学互动，谈论犹太教、弥赛亚主义、基督教遗产、“保罗主义复兴”等议题的今天，他却一直以一种坚定的无神论态度来谈论着社会、政治和体制，抗拒着神学的渗入，并每每以一种祛魅的姿态来驱散这种批判理论中的“神秘主义”。这种态度同样也体现在他对于利奥塔的批判中，笔者认为如果从美学内部进行考量的话，他对利奥塔崇高理论的许多批判都是敏锐的。这或许可以解释列维纳斯为何很少从美学或艺术的角度谈论这一事件，这当然跟他通过犹太教的偶像禁令，对于艺术所持的更为保守的态度有关，同时也是这种讨论所蕴含的风险使然。

在列维纳斯那里，奥斯威辛总要与伦理、政治和文化这些“现实”产生直接的联系，而非通过“美学”的中介而间接关联。因此，尽管我们将朗西埃对于利奥塔的批判归结到主要由列维纳斯所发起的法国哲学的“伦理转向”上，但是，利奥塔与列维纳斯毕竟不同，而朗西埃对于利奥塔的某些合理的批判放在列维纳斯身上也并不完全成立。其中的根本原因在于：作为两位当代具有代表性的批判理论家，朗西埃与利奥塔讨论问题的起点是相近的，比如，他们都极为重视政治，甚至把政治当作一种渗透在其他学科中的基础性配置；又比如，尽管利奥塔深受犹太教影响，但他所提倡的异教主义又与这种神学底色相抵牾，从这个意义上说，他具有与朗西埃一样的无神论倾向。简言之，朗西埃对于利奥塔的批判是一种批判理论家之间的同志之争，所以，朗西埃才可以对利奥塔对神学资源的挪用，以及这种挪用与其政治和哲学立场和目标之间的脱节进行批判。

然而，对于列维纳斯而言，其犹太教徒的身份，以及用伦理学“超越政治”的目标首先就预设了与朗西埃不同的理论前提。实际上，列维纳斯的“超越”政治并不等于“回避”政治，只不过对他而言，政治的终极目的恰恰是要超越政治，如果政治不为一种“超越政治”的理念所引导的话，也就很难真正超越政治。与之相对的是，如朗西埃或巴迪欧这样的批判理论家，则会将这种“超越政治”的理念迅速再政治化，并视之为一种伦理意识形态。[①]这些理论家似乎可以把一切放在政治的平面上来进行审视，在他们那里，政治并不能被真正超越。对于这种后来的批评，列维纳斯似乎早有预料，也早已做出了回应。这种回应是在他对观念论的批评中带出的，他说：“被推至极端的观念论把一切伦理都归结为政治。他人与我都是作为一个观念演算的环节起作用，都是从这种演算中接受其实在的存在，并且是在从一切方面穿过它们的观念必然性的支配下相互接触。它们所充当的角色是一个系统中的环节，而非本原。”[②]在这样的理论支撑下，确实也就不存在伦理，而只存在系统中各个环节的关系了，这种关系就是政治。

显然，朗西埃、巴迪欧等人的政治理论不能等同于这种列维纳斯笔下的观念论，但他们的哲学确也与观念论具有难以切割的亲缘性。有趣的是，列维纳斯对于观念论的这种批判，最后与对同一化和普遍化的国家主义的批判联系在了一起，该批判更具体的指向则是其时还阴魂未散或风头正劲的纳粹主义和极权主义。由此可见，列维纳斯的超越政治的伦理学背后其实也隐含某种政治意图，只不过它不能被简化为一种伦理意识形态。看来，政治似乎确实无所不在，超越政治也是一种政治。但反过来，正如我们已经阐述过的，政治的终极目的和基本理念往往又是要超越政治的，哪怕在上述批判理论家的政治思想背后，同样有某种“超越政治”的理念在支撑，比如拉鲁埃勒就曾指出巴迪欧政治思想背后隐含的是某种福音教会式的共产主义。于是，列维纳斯与批判理论家们的分歧和关联可以被概括为：“政治是为了超越政治；超越政治是为了政治。”这两句话看似最终会融入彼此，最终带来一种无限循环，实际上却是很难共通的，因为二者预设了截然对立的两个前提：“政治不可超越”“政治可超越”，但这种“对立”却又不呈现为一种“否定”，如上所述，它们并不能互相否定，相反，它们相互隐含，甚至还互为前提或结果。

正是这种根源性的悖谬，使得我们很难用一种简单的对错观点去对文中所述的分歧进行评判。面对这一争议，我们更需要做的是，超脱出表面的逻

① 参见 Hand S, *Emmanuel Levinas*, Routledge, 2009, p. 115.

②〔法〕伊曼纽尔·列维纳斯:《总体与无限》，朱刚译，北京大学出版社，2016，第 203 页。

辑纷争，去思考纷争背后的价值立场。

结 语

列维纳斯强调他者之极端他异性、他者与主体的不对称性、他者永远不可被主体把捉的伦理学，是对于传统伦理学和哲学的激进革新。这一伦理学不设置明确的道德标准，不宣扬具体的道德准则，也很少讨论道德两难问题。这使其远离传统的道德哲学，却与文学更为契合，因此这一思想成为当代文论的“伦理转向”最为重要的理论资源之一。列维纳斯哲学中的“他者”既可以与古往今来文学对于既定规则的僭越、对于自身的超越等追求相契合，也直接带出了“自我与他者”这一议题。这一议题既可以指向作品中展现的外部伦理关系，也可以被转化到读者与作者、读者与文本等的关系中。当代法国理论及其延伸理论的伦理维度主要是从这些面向上进行拓展的，对此，上述的德里达和利奥塔等法国理论家也有重要贡献。

可以预见，列维纳斯的思想将会对中国文论产生重要影响，它呼应了当下中国的历史和智识语境。当下中国正处于社会转型期，一些业已显现的伦理问题，也亟须文学和知识界进行有力回应。列维纳斯的思想本身脱胎于第二次世界大战和战后的现实语境，奥斯威辛之后如何重塑人类的伦理和精神生活，是他的哲学关注的焦点。他同时也带动了后现代理论的“反视觉中心主义”和反“景观”等倾向。这些思想及其影响下的西方伦理批评，都可以为我们提供借鉴的视角，并与中国源远流长的道德哲学相映衬，以回应今日中国之现实。之于文学研究而言，列维纳斯为我们带来了一种新的伦理视角，这一视角可以帮助我们超越简单的道德主义，却又坚守对善的关注和追求。它不仅有助于我们去解读莎士比亚、陀思妥耶夫斯基和普鲁斯特等人的西方经典作品（列维纳斯的思想本身深受这些文学经典的影响），也将助益于我们解读库切、麦克尤恩、麦卡锡等西方当代作家的作品和中国当代文学作家的作品。从长远的角度说，这种阅读中对于“伦理”维度的重视，对于“文学和伦理”之关系的思考，也可能会影响当代的文学创作。当代的文学创作由于消费主义、媒介变革和虚无主义等种种原因，不少作品已经偏离了对于

“人何以生活，何以与他者相处”这一最根本的伦理问题和人性问题的关注。列维纳斯的思想正是对这一问题的思考和回应，其思想的深刻性、复杂性和开放性，不仅对于研究者和批评家，而且对于创作者也蕴含巨大的启发价值。当然，在吸收这一思想的过程中，我们应当有自身的主体立场和批判意识，所以我们也介绍了这一思想所引起的争议，以便更为客观地对其进行审视。如果研究者能够从中国视角出发，对其进行批判性和创造性的吸收和转化，无疑会让“伦理转向”结出更具有本土特色的果实。

参考文献

〔法〕阿兰·巴迪欧:《爱的多重奏》，邓刚译，华东师范大学出版社，2012。

〔法〕埃马纽埃尔·列维纳斯:《从存在到存在者》，吴蕙仪译，凤凰出版集团、江苏教育出版社，2006。

〔法〕贝尔纳·亨利·列维:《萨特的世纪——哲学研究》，闫素伟译，商务印书馆，2005。

〔德〕弗朗茨·罗森茨维格:《救赎之星》，孙增霖、傅有德译，山东大学出版社，2013。

〔法〕弗朗索瓦·多斯:《解构主义史》，季广茂译，金城出版社，2012。

〔英〕柯林·戴维斯:《列维纳斯》，李瑞华译，江苏人民出版社，2006。

〔美〕理查德·沃林:《东风：法国知识分子与20世纪60年代的遗产》，董树宝译，中央编译出版社，2017。

〔法〕罗热-保尔·德鲁瓦:《给我的孩子讲伦理》，姜丹丹译，重庆大学出版社，2013。

〔法〕米歇尔·福柯，汪民安编:《福柯读本》，北京大学出版社，2010。

〔法〕莫里斯·布朗肖:《论友谊》，见〔法〕米歇尔·福柯、〔法〕莫里斯·布朗肖《福柯/布朗肖》，肖莎等译，河南大学出版社，2014，第89-95页。

王嘉军:《文学的“言说”与作为第三方的批评家——列维纳斯与文学批评之一》，《文学评论》2017年第3期，第25-34页。

〔英〕乌尔里希·哈泽、〔英〕威廉·拉奇:《导读布朗肖》，潘梦阳译，重庆大学出版社，2014。

〔英〕西恩·汉德:《导读列维纳斯》，王嘉军译，重庆大学出版社，2014。

〔法〕雅克·德里达:《解构与思想的未来》，杜小真、胡继华、朱刚等译，吉林人民出版社，2011。

〔法〕雅克·德里达、〔法〕安娜·杜弗勒芒特尔:《论好客》，贾江鸿译，广西师范大学出版社，2008。

〔法〕雅克·朗西埃:《美学异托邦》,蒋洪生译,见汪民安、郭晓彦编《生产 第8辑》,江苏人民出版社,2013,第196-212页。

〔法〕雅克·朗西埃:《图像的命运》,张新木、陆洵译,南京大学出版社,2014。

杨凯麟:《分裂分析福柯:越界、褶曲与布置》,南京大学出版社,2011。

〔法〕伊曼努尔·列维纳斯:《时间与他者》,王嘉军译,长江文艺出版社,2020。

〔法〕伊曼纽尔·列维纳斯:《总体与无限》,朱刚译,北京大学出版社,2016。

周慧:《利奥塔的差异哲学:法则、事件、形式》,重庆大学出版社,2012。

Blanchot M, *Political Writings, 1953-1993*, trans. & intro. Paul Z, Fordham University Press, 2010.

Bourg J, *From Revolution to Ethics: May 1968 and Contemporary French Thought*, McGill-Queen's University Press, 2017.

Critchley S, *The Ethics of Deconstruction: Derrida and Levinas*, Purdue University Press, 1999.

Derrida J, *The Animal That Therefore I Am*, Fordham University Press, 2008.

Derrida J, *The Beast & the Sovereign, Vol. 1*, The University of Chicago Press, 2009.

Derrida J, *The Work of Mourning*, ed. Brault P-A, Naas M, The University of Chicago Press, 2001.

Foucault M, "Utopian Body", In Jones C A (Ed.), *Sensorium: Embodied Experience, Technology, and Contemporary Art*, The MIT Press, 2006.

Jay M, *Downcast Eyes: The Denigration of Vision in Twentieth-Century French Thought*, University of California Press, 1994.

Lawlor L, *This Is Not Sufficient: An Essay on Animality and Human Nature in Derrida*, Columbia University Press, 2007.

Lévinas E, *Difficile Liberté*, Albin Michel, 2007.

Lyotard J-F, *Peregrinations: Law, Form, Event*, Columbia University Press, 1988.

Lyotard J-F, *The Inhuman: Refections on Times*, trans. Bennington G, Bowlby R, Stanford University Press, 1991.

Revel J, *Dictionnaire Foucault*, Ellipses Marketing, 2008.

第二章
人文主义的复兴与当代英美文论的“伦理转向”

引　言

在纷繁复杂的“后理论时代”的文论研究格局中，作为传统价值的“人文主义”依托当代英美文论的“伦理转向”，重新浮出水面。这种看似前沿意义上的“伦理转向”，实质是面向传统人文批评的回归与复兴。作为当代世界的重要学者，文学理论家布斯与哲学家努斯鲍姆对文学价值所做的思考，继承了 19 世纪以来由阿诺德、利维斯、特里林等人所开创并发展的文学伦理学传统，并在新时代人类生存境况与社会环境发生剧烈变化的背景下，进行了富有启迪价值的理论探索。布斯在对文学伦理价值进行辩护与定位的过程中，重新确立文学修辞的伦理力量，以及“友情”之于自我成长和构建良好公共生活的重要价值；努斯鲍姆则在挖掘文学作品的伦理内涵用以与当代道德哲学辩论的过程中，为文学（尤其是小说）的社会与政治价值做出有力辩护，也为文学理论/批评介入更广阔的人生与社会问题提供了独特的思想视野。无论是布斯的“文学友情说”还是努斯鲍姆的“诗性正义论”，都旨在建立起文学与现实世界之间的有力联系，并看重文学对生活复杂性、矛盾性及脆弱性的揭示，以及它对社会正义的潜在贡献。在此意义上，探讨以布斯与努斯鲍姆为代表的当代英美文论的“伦理转向”，对于当代中国文论事业的意义不在于其理论的前沿性，而在于其务实且不乏批判精神的人文品格。如果说，中国文学界在 20 世纪 80 年代借“文学主体性”完成新启蒙的话，那么在 21 世纪的今天，“人文启蒙”有必要借“伦理转向”之机重获新生。对当代文学研究伦理之维的关注，有助于学界反思并超越当下文学研究的既定学科范式，从而以更开阔的视野来观照文学及其背后的社会与人生。

第一节　理论的困境与伦理的转向

一、人文主义的衰落

在20世纪60年代以来的历史进程中，文学研究日益沦为圈子游戏。时至今日，无论是“理论帝国”的覆灭还是各种“主义”的新生，都难以阻止文学研究步入愈加封闭的进程。所谓“封闭性”，即拒绝参与现实，拒绝与普通读者对话。美国学者阿尔特在《意识形态时代的阅读愉悦》的开篇哀叹道，过去这几十年文学研究最为重大的失败就是整整一代从事文学研究的学生中的绝大多数人都远离了文学阅读带来的愉悦。[①]迪克斯坦更是一针见血地指出当代文学批评的吊诡之处：精致的、无比繁复的、高度敌对的文学分析出现在一个更少人阅读的时代。[②]

已有越来越多的学者意识到，当代文学研究所暴露的种种问题的根源在于文学研究的专业化以及随之导致的人文主义的衰落。波斯纳一针见血地指出，该过程始于20世纪初，而近几十年来，则在不断加速向前，同时伴随的，乃是人们对文学兴趣的日益下降。[③]作为法学家，波斯纳看似有些“不务正业”，管起了文学界的闲事。但不得不承认，他对文学研究现状的评判是准确的。学术化带来的体制化与专业化会付出人文主义衰落的代价。

人文主义的衰落并非当代学界的新鲜事。早在20世纪初，白璧德已预见问题的严重性。他在当时美国大学中惊讶地发现：一个人可能会成为出色的生产型学者但却几乎没有任何人文的洞见与反思。[④]如果说在白璧德所处的时代，人文主义更多面临的是科学主义与实证主义的挑战的话，那么到了20

① Alter R, *The Pleasures of Reading in an Ideological Age*, Touchstone Books, 1989, pp. 10-11.

②〔美〕莫里斯·迪克斯坦:《途中的镜子：文学与现实世界》，刘玉宇译，上海三联书店，2008，第276页。

③〔美〕理查德·波斯纳:《公共知识分子：衰落之研究》，徐昕译，中国政法大学出版社，2002，第284页。

④〔美〕欧文·白璧德:《文学与美国的大学》，张沛、张源译，北京大学出版社，2004，第71页。

世纪中叶，知识界人文立场的沦丧则直接导致了现实中令人痛心的悲剧。奥威尔对人文知识分子的堕落痛心疾首：一些理念是如此愚蠢，以至于只会有某个知识分子才能相信它，因为没有任何一个普通人会愚蠢到相信那些理念。[①]波普尔也持类似看法，在总结 20 世纪的教训的时候，他直言抽象的理论对现实的巨大灾难负有不可推卸的责任。

然而，奥斯威辛非但未能阻挡文学研究在第二次世界大战后进一步理论化和意识形态化的趋势，反倒为其进一步讨伐传统人文主义，使之边缘化找到借口。有人认为，人文主义不仅无力应对两次世界大战、无法阻止核武器的扩散以及种族灭绝与大屠杀的发生[②]，而且成为其得力的帮凶。有本题为“权力中的知识分子：批判性人文主义的谱系”的著作将现代人文主义者数落了个遍，作者博维认为人文主义的文学批评“实际上是一门凭借有关人类及其作品的知识，对社会持续实施规训的技术”。[③]另一部著作《西方文化的衰落：人文主义复探》的作者更是大声疾呼：“人文主义已经寿终正寝，它在 19 世纪即咽下了最后一口气。”[④]在今天这个大谈“主体之死”“知识即权力”的时代，谈论人文主义似乎已经丧失道义基础。“在今天这个时代，人文主义还有前途吗？”怀有人文理想的人，若发出布洛克那样的狂野呼告，是否还能得到人们的回应？

失去人文依托的文学研究，显然没有出路。如果失去人文关怀，“我们就失去了能用来应对无意义这一恶魔的唯一的视角”。[⑤]其最终结果是，“大多数文学研究著述属于过眼烟云，学术著作和学术期刊文章尤其如此”。[⑥]对于那些对人文理想还怀抱希望的人而言，萨义德演讲集《人文主义与民主批

---

①〔美〕托马斯·索维尔：《知识分子与社会》，张亚月、梁兴国译，中信出版社，2013，第 4 页。

② Davis T F, Womack K, “Preface: Reading literature and the ethics of criticism”, In Davis T F, Womack K (Eds.), *Mapping the Ethical Turn: A Reader in Ethics, Culture, and Literary Theory*, University of Virginia Press, 2001, p. ix.

③〔美〕保罗·博维：《权力中的知识分子：批判性人文主义的谱系》，萧莎译，江苏人民出版社，2005，第 77 页。

④〔美〕约翰·卡洛尔：《西方文化的衰落：人文主义复探》，叶安宁译，新星出版社，2007，第 299 页。

⑤〔美〕安东尼·T. 克龙曼：《教育的终结：大学何以放弃了对人生意义的追求》，诸惠芳译，北京大学出版社，2013，第 181 页。

⑥〔美〕乔治·斯坦纳：《托尔斯泰或陀思妥耶夫斯基》，严忠志译，浙江大学出版社，2011，第 1 页。

评》无疑是个巨大的鼓舞。萨义德在其学术事业的晚期为“人文主义”唱起挽歌，并对包括后殖民主义在内的文化理论提出严厉批评，认为其把人文学科引向没落，使之“堕落为细枝末节的、类似于守旧落后的小题大作”[①]。他提出文学研究应该重塑人文品格，回归语文学，重读奥尔巴赫《模仿论》这样的鸿篇巨制。

如果说萨义德在理论层面为人文主义的重建提供支持的话，那么现实生活则从经验层面证实着人文理想的不可或缺。尽管在理论上，学者们大谈“后人文时代”，但当下的现实生活却离不开人文。作为学者与教师，我们强调学术研究要有“人文关怀”，对学生要进行“人文教育”，希望他们具有“人文素养”；作为现代社会的公民，我们希望政府官员要有“人文品位”；作为专业的文艺学或者美学，仍然隶属于“人文学科”。我从何处来，我往何处去？这样的问题从未得到过终极解答。这便使我们有信心和勇气思考当代文学研究回归人文主义的必要性与可能性。

二、人文主义与“伦理转向”

何为人文主义？在当下的语境中，人文主义即一种非专业化、非理论化、略显“业余”的言说方式。用巴里的话来说：“如果你干的是文学批评，却不肯称自己为马克思主义者、结构主义者，或其他什么主义者，那你八九不离十就是个自由人文主义者。”[②]

人文主义超越一般的知识，也超越抽象的理论与观念。经济学家索维尔对“智力”与“智慧”做过区分，他指出存在着一种“不明智的智力”，它会“受到概念和理念的役使，而导向错误的结论和不明智的行为”。与之相反，智慧“是所有品质中最为稀缺和珍贵的”，它需要“一种自律，也需要对现实世界的一种理解”。如果说，“智力的反面是迟钝或者迟笨”，那么“智慧的反面是愚昧，而愚昧要比迟钝或迟笨危险许多”[③]。在此意义上，人文主义常常代表一种“智慧”而非“智力”，一种“学问”而非“学术”。如果说智力的核心是“纯粹的脑力”，“理解和运用复杂理念的能力”，那

①〔美〕爱德华·W. 萨义德：《人文主义与民主批评》，朱生坚译，上海三联书店，2013，第 17 页。
②〔英〕彼得·巴里：《理论入门：文学与文化理论导论》，杨建国译，南京大学出版社，2014，第 4 页。
③〔美〕托马斯·索维尔：《知识分子与社会》，张亚月、梁兴国译，中信出版社，2013，第 3-4 页。

么智慧的核心则是将“智力、知识、经验和判断等综合起来，并以某种方式形成融会贯通的理解”。在索维尔看来，“才智减去智力，是判断”[①]。进一步引申来看，判断一定涉及价值判断，即关于“善与恶的知识”。因此，智慧的核心即伦理，人文主义的核心便是生活的伦理，即回到苏格拉底之问——“人应当如何生活”。回归人文主义，说到底就是重建思想与生活的联系，面向健全人格的教育。正所谓“世事洞明皆学问，人情练达即文章”，让思想、理论及批评真正具有现实感与实践性。

思考人文主义在当代文论中的重建，有必要把目标聚焦于在20世纪八九十年代出现的关于文学研究的“伦理转向”。1992年，耶鲁大学的布鲁克斯发表评论，主题针对米勒的后期作品，指出米勒关注的重点从原先的“语言领域”转移到了“伦理领域”。有学者指出，“这种论调在五年前高深的盎格鲁-撒克逊的文学理论中是极为少见的，在十年前几乎不存在”[②]。

在近一二十年里，越来越多打着“伦理转向”（ethical turn）（努斯鲍姆语）或“伦理批评”（ethical criticism）（布斯语）的作品或文集问世。种种现象都表征了“后理论时代”文学研究的最新转向，由于其对现实伦理问题的高度关切，将它视作人文主义在当代复兴的表现形式顺理成章。那么，当代文论的“伦理转向”是否就是人文主义意义上的？

20世纪末文学领域的“伦理转向”，尽管标签一致，但内部存在差异。比如有学者根据地缘差异对欧洲与北美的“伦理转向”作出区分：前者的代表如德里达、列维纳斯、巴迪欧等，后者的代表则为米勒和努斯鲍姆等；还有学者根据研究文学的范式不同，对米勒、努斯鲍姆及列维纳斯的伦理批评作更精细的区分：如伊戈尔斯通区分了一种以文本内容为指向的“经验阅读”（epi-reading）和以文本语言为指向的“语言阅读”（graphi-reading）。努斯鲍姆的伦理批评属于前者，米勒的伦理批评属于后者，列维纳斯的伦理批评则被认为超越了前两种批评范式。[③]此外，伦理批评既涉及文学界对伦理问题的重新再认识，也包含哲学界借助文学来克服当前道德哲学困境的努力。

---

①〔美〕托马斯·索维尔：《知识分子与社会》，张亚月、梁兴国译，中信出版社，2013，第4页。

② Parker D, “Introduction: The turn to ethics in the 1990s”, In Adamson J, Freadman R, Parker D (Eds.), *Renegotiating Ethics in Literature, Philosophy, and Theory*, Cambridge University Press, 1998, p. 13.

③ Eaglestone R, *Ethical Criticism: Reading after Levinas*, Edinburgh University Press, 1997, pp. 6-7.

于是，问题不在于“伦理转向”是否具有人文主义内涵，而在于怎样的“伦理转向”才是人文主义的。为此我们需要在两个问题上做出澄清：一是如何对待理论；二是如何看待政治。对待这两个问题的不同立场，决定了伦理批评的不同走向。

首先，在对待理论的问题上存在着截然不同的态度。尽管“理论之后”或“理论的终结”已提上日程，但正如里奇所言：“对某些人来讲，如此谈论理论的消逝暗含了一种希望理论消亡的愿望，而对另一些人讲，则是对理论令人兴奋陶醉的早期时光已经逝去而发出的怀旧性的哀叹。”[①]理论的问题并不出在其自身，出在我们对待它的态度。在过去很长一段时期内，我们对理论抱有一种顶礼膜拜的态度，将福柯、拉康、德里达的理论视为真理，并将之应用于广泛的领域，却失去了对它的批判与反思。不少学者意识到这个问题，如巴里告诫读者：“绝不能认为理论文章的艰深背后必然隐藏着深刻的思想，实际情况并非如此”；“不要无休止地容忍理论，理应要求理论做到明晰简练，并期待它能够言之有物”[②]。只有对理论作充分反思才能重建理论的现实性与常识感，人文主义的伦理批评才成为可能。当代“伦理转向”中的布斯、努斯鲍姆等是这一立场的代表。

然而，即便在后理论时代，理论依然有其坚定的捍卫者。他们依然坚持“理论至上”的学术立场，并试图论证那些备受诟病的“理论”（主要指结构主义和后结构主义）本身就涉及伦理，并指出“伦理批评并未真正缺席，它的声音仅仅为理论的爆炸声所暂时掩盖而已。在理论爆炸的残骸里，伦理批评很有可能帮助理论从自我的沉溺中解救出来，甚至也许会成为‘理论之后’的‘理论’”[③]。在此意义上，如米勒的《阅读的伦理》、德里达的《友爱的政治学》、纽顿的《叙事伦理》等都完成了理论的“伦理转向”[④]。这种态度满足于理论的存在现状，文学研究是否有人文洞见并不重要，最重要的

---

①〔美〕文森特·里奇，王顺珠编：《当代文学批评：里奇文论精选》，北京大学出版社，2014，第 212 页。

②〔英〕彼得·巴里：《理论入门：文学与文化理论导论》，杨建国译，南京大学出版社，2014，第 8 页。

③ 李点：《理论之后：论当代文学研究中的伦理批评》，《文艺理论研究》2010 年第 6 期，第 23 页。

④ 20 世纪 90 年代还曾出版过不少讨论解构主义与伦理问题的论著，如克里奇利的《解构的伦理：德里达与列维纳斯》（*The Ethics of Deconstruction: Derrida and Levinas*, 1992）、哈芬的《使之正确：语言、文学与伦理》（*Getting It Right: Language, Literature and Ethics*, 1992）。

是有没有使用理论，因为“没有使用和表现出某种知情懂行的理论倾向是很难发表东西的”[①]。

其次是如何对待政治。当代文论存在着一种偏重“政治”的“伦理转向”和偏重“伦理本身”的“伦理转向”。当代文论的政治化问题由来已久，只不过在当下语境中得到深化。比如伊格尔顿在《理论之后》中声讨文化理论的出发点不在于检视其与现实的脱钩，而在于痛惜当下理论向革命政治说拜拜。萨义德有类似的焦虑，虽祭出“批判人文主义”之武器，但其实质是政治而非伦理，其“批判人文主义”是以文化政治上的“抵抗”与“解放”呈现的。伦理与政治之间确实存在关联，伦理学也常被视为“元政治学”，个体良好生活的实现有赖于社会层面的政治正义。我们不能因为关心“人如何生活”而丧失对外在政治社会环境的批判。在美国社会移民化的背景下，萨义德的政治诉求存在合理之处。

但是，拒绝对“伦理”与“政治”作出区分存在问题，尤其当理论家把“个体伦理”与“意识形态政治”混为一谈之时，就会使文学研究沦为意识形态之争，进而丧失其基本的人文品性。帕克指出，尽管政治和伦理之间存在亲缘关系，但当代政治批评的主流对伦理学充满敌意，或忽略它的存在，或否认与之存在的任何关系。[②]这种意识形态的“症候式”阅读也对文学批评产生了近乎偏执的腐蚀性影响。当前有学者倡导用“表层阅读”（surface reading）来取代之前的那种“症候式”阅读，展示出一种新的谦逊。[③]人文主义的“伦理转向”有必要谨慎对待来自意识形态纷争背后的政治诱惑。此外，即便在伦理与政治之间存在着联系的可能，也不能过分强调政治而忽略伦理的价值。“不能把人文主义视为可以与抗议等同”，因为这样做“无异是给那场关于人类本性和命运的长期而范围广泛的辩论一个过于狭隘的基

---

①〔美〕文森特·里奇，王顺珠编：《当代文学批评：里奇文论精选》，北京大学出版社，2014，第214页。

② Parker D, “Introduction: The turn to ethics in the 1990s”, In Adamson J, Freadman R, Parker D (Eds.), *Renegotiating Ethics in Literature, Philosophy, and Theory*, Cambridge University Press,1998, p. 5.

③ 参见 Williams J J, “The new modesty in literary criticism”, https://www.chronicle.com/article/the-new-modesty-in-literary-criticism/.

础”[1]。布洛克的提醒切中肯綮。

西方人文主义传统建立在“人如何过好的生活”这句苏格拉底的问话之上，并由此延伸出“政治制度如何妨碍人类过上好生活”的政治性思考。因此除“批判解放”的政治维度之外，人文主义更该有“自我完善”的伦理维度。人文主义既应训练我们的批判性思维，也不能忽视对道德与审美想象力的培育。这种伦理意义上的“自我完善”的能力甚至应当成为政治批判的基本前提。因为缺失那种对自我如何完善的想象力，就极容易培育出一种虚无的“抬杠”政治和犬儒化的人格。

当代文学界对法国政治文论的倚重，一定程度上遮蔽了伦理意义上思考个体生活的价值。回望柏拉图和亚里士多德以来的西方文论传统，伦理学是大传统，意识形态论则是 20 世纪 60 年代以来形成的小传统。这一小传统之所以形成，是跟西方当代资本化、移民化、多元化的社会文化背景有着深刻的联系的。这一政治意识形态小传统的价值是建立在对伦理意义上的人文主义大传统的反思与批判基础之上的。换而言之，没有后者的依托，前者也将失去它的价值。在此意义上，当代英美文论的“伦理转向”无疑更具人文主义的立场与情怀，其对理论的反思与批判以及对个体伦理的尊重与包容，具有强烈的现实感与公共性。

三、伦理批评与英美传统

在开放的时代中，伦理批评并不是一个受人欢迎的主张和立场。它容易令人联想到道德或政治性质的审查，人们认为其仅仅是主张用一种狭隘的道德立场来对文学进行武断的筛选与评价，或是对文学作品的道德后果作毫无根据的预判。我们的确会在以柏拉图、约翰逊、利维斯、艾略特（也译作爱略特）等为代表人物的传统伦理批评实践中看到这类狭隘而封闭的价值取向，但“伦理转向”并不愿意再犯这样的错误。当代伦理批评已然对这种“道德主义”（努斯鲍姆语）有所克服。[2]比如他们会对“给予读者直白的、绝对

① 〔英〕阿伦·布洛克:《西方人文主义传统》，董乐山译，生活·读书·新知三联书店，1997，第 287 页。

② 参见范昀、〔美〕玛莎·努斯鲍姆:《艺术、理论及社会正义：美国芝加哥大学教授玛莎·努斯鲍姆访谈》,《文艺理论研究》2014 年第 5 期，第 41-52 页。

的道德定位的故事”和“那些带我们超越固有道德信念进而进行道德探究的故事”进行区别，并指出最好的伦理思考往往不直接指向“你应该如何”，而是去追求一个完善的“自我”。正如戴维斯所言：“如果用单个定义来界定当代文学研究的“伦理转向”的特色的话，那就是没有批评家愿意回到一种教条式的观点或教条形式的阅读中去。”[①]与之相反，当代伦理批评强调的恰恰相反：“文学不是柏拉图所认为的对道德的威胁，而是对道德主义的威胁。”[②]

当代英美文论的“伦理转向”，基于两大问题意识。一是基于文学研究的角度反对以新批评、结构主义以及后结构主义为代表的封闭的文学观念，该观念排除一切外在因素与文学的联系，倡导以文本内部为对象的形式主义研究。文学研究的“伦理转向”则试图重建文学与外部世界的联系，这一看似前沿意义上的“伦理转向”实质上是对传统自由人文主义的复兴，即由约翰逊、阿诺德、白璧德、利维斯、特里林为主要脉络的自由人文主义的传统。二是基于哲学研究的立场对当代道德哲学（以功利主义与康德主义为代表）的批评。不少伦理学家对当代道德哲学的抽象与狭隘颇为不满，“它与其说关心怎么样是善的，不如说只关心怎样做是正确的”[③]。他们试图用苏格拉底（“人应当如何生活”）来取代康德（“我的道德职责是什么”）和功利主义（“怎样才能达到效用的最大化”）的提问方式。其中包括威廉斯、努斯鲍姆、戴蒙德等，从更大范围看，还包括罗蒂、卡维尔以及麦金泰尔等。

在这两个学科领域中，最具代表性的是来自文学界的布斯和哲学界的努斯鲍姆。学科上的差异并未妨碍他们在人文立场上存在共识，两人尤其看重小说的伦理价值。在布斯看来，较之于散文的“独白”，小说所体现的“对话”特性，更能够体现生活的“复调”。努斯鲍姆则将小说视为“一种道德上存在争议的形式”。以下章节重点对布斯与努斯鲍姆的伦理批评做具体评述。

---

① Davis T F, Womack K, “Preface: Reading literature and the ethics of criticism,” In Davis T F, Womack K (Eds.), *Mapping the Ethical Turn: A Reader in Ethics, Culture, and Literary Theory*, University of Virginia Press, 2001, p. x.

②〔英〕特里·伊格尔顿:《文学事件》，阴志科译，河南大学出版社, 2017, 第 67 页。

③〔加拿大〕查尔斯·泰勒:《自我的根源：现代认同的形成》，韩震等译，译林出版社, 2012, 第 118 页。

第二节　布斯：文学、修辞与友情

布斯（1921—2005），20 世纪美国著名文学理论家、批评家，芝加哥大学英文系教授，与其导师克兰一道被视为“芝加哥学派”最重要代表人物。《小说修辞学》是布斯最重要的作品，也是西方现代小说理论的经典之作，誉为“20 世纪小说美学的里程碑”。布斯在这部作品中所提出的“第二自我”或“隐含作者”概念影响深远。此外布斯还出版了《反讽修辞学》、《批评的理解：多元论的力量与局限》、《现在不要说服我：轻信时代的散文与反讽》、《现代教条与修辞赞同》以及《我们所交往的朋友》等多部作品。尤其在《我们所交往的朋友》中，布斯系统而颇具洞见地阐发了其关于伦理阅读与批评的思想。基于他在人文领域所做的卓越贡献，1970 年芝加哥大学授予布斯杰出教授荣誉称号。本节对布斯伦理批评的介绍，主要基于《小说修辞学》与《我们所交往的朋友》的立场与观点，重新审视其所强调的文学修辞背后的伦理关切。

一、伦理批评的失落

布斯对伦理批评的关注，缘起于这样一个事件：20 世纪 60 年代的某天，年轻的布斯和他芝加哥大学的同事们正在讨论如何修正为新生推荐的书目。吐温的《哈克贝利·费恩历险记》在这份书单上已有数年之久，却在那天意外遭到同事摩西的质疑。这位黑人助理教授生气地指出这本小说中充斥着强烈的种族主义，尤其是吐温对小说人物吉姆的描绘深深地冒犯了他。他坦言没法拿这样的作品去给学生上课。[①]摩西的这番言论在同事中引发争议。因为在当时的美国文学界，强调形式的内部研究占据了主流，文学研究被“去伦理化”的潮流所主宰。包括年轻布斯在内的绝大多数学者都认为，摩西对文学的道德指摘非常幼稚和业余，那种强烈的道德义愤竟使他丧失了作为职业文学研究者应有的审美判断力。

---

① Booth W C, *The Company We Keep: An Ethics of Fiction*, University of California Press, 1989, p. 3.

然而，这一事件还是令布斯陷入了沉思：我们为什么不能从伦理的角度来看待与评价文学？文学怎么可能与大千世界有所隔离，与人的生活分道扬镳？当我们从日常生活的经验中发现，人类的生活离不开故事，个体的成长与人格的完善离不开故事的讲述与聆听，那就不可避免地使布斯对那种“封闭的”“自主的”“去人性化”的艺术理念产生怀疑：即便再纯粹的文学，也会对人的生活产生影响。在经历了一番思想的斗争与发展之后，布斯认为他的那位英年早逝的同事摩西的想法是对的，并认为他正确地提出了关于文学的伦理问题。摩西的质疑让他意识到，批评性的伦理话语，不仅是合法的，而且对一个正义和理性的社会至关重要。①

对文学进行伦理层面的评判，不仅在人类的日常生活中稀松平常，而且在文学研究中也有着久远的历史。无论是古代还是近代，批评家对于自己的主要职责存在共识：那就是对艺术作品的价值做出评判。然而在 20 世纪，“伦理”或“道德”却成为文学研究者试图躲避的词语，无论是以新批评为主导的形式主义年代，还是以女性主义、精神分析、性别研究为主导的意识形态当下，“伦理”似乎都成为一种默认的禁忌。

布斯指出，有四个因素导致伦理批评的衰落。

其一是出于对道德专制与政治审查的反感。在一个民主开放的现代社会中，伦理批评常常令人想到那种古老的政治审查。柏拉图、约翰逊、卢梭、托尔斯泰、白璧德、利维斯以及加德纳等，对某些文学作品的谴责语调中弥漫着教条主义与政治审查的气息。很多学者都是基于对言论自由的捍卫来反对这样的道德主义批评。

其二是基于对审美自主性的现代美学理念的捍卫。这个观点来自近代康德以来的审美自主传统。这个传统坚决捍卫文学的自主性，主张文学独立于一切功利或道德实践，以伦理标准来评价文学会侵害到文学的纯粹性。从 19 世纪的唯美主义，到 20 世纪的俄国形式主义、英美新批评，再到法国的结构主义、后结构主义，这些批评思潮一致都认为文学批评不应该受到伦理判断的干扰。从 19 世纪王尔德的“世上没有所谓道德或不道德的书，书只有写得

① Nussbaum M C, *Love's Knowledge: Essays on Philosophy and Literature*, Oxford University Press, 1990, p. 232.

好与写得坏之别”，到 20 世纪奥登的“诗歌不会让任何事发生”，再到当下德里达的“文本之外无一物”，这些学者的金句被美学家与批评家频频引用。

其三是来自科学主义的挑战，科学主义认为伦理批评不具备客观的知识性，只是纯粹个人主观的产物。自 18 世纪苏格兰思想家的趣味之争开始，人们就发现，审美评价由于无法找到一个客观的标准而备受诟病；我们也很难在私人的趣味与公共的趣味之间划出一条清晰的界线，文学研究若要在科学的标准下获得合法性，就需要放弃对它的评价。20 世纪不少文学批评理论（如结构主义、叙事学、符号学）都在追求科学体系的过程中放弃了对具体作品的评价。

其四是来自文化建构主义的冲击。这种观点主要来自马克思与尼采，还包括此后的福柯。在尼采看来，一切知识所依赖的客观性都是谎言，因为我们生活的世界“只有解释，没有真理”。因此对文学作品评价的背后都潜藏着“权力”。马克思则是从意识形态的角度对伦理道德的“无阶级性”提出了挑战，没有普遍的伦理，只有普遍的斗争。因此从这种建构主义的视角看，伦理批评不仅是主观的，而且它代表着某个阶级或团体的意识形态。

针对上述挑战，布斯做了如下回应。

第一，关于政治审查与道德主义的问题。布斯认为，首先，这些批评家并没有政治权力去对文学进行政治审查；其次，他所理解的伦理批评并非如此，要比那种柏拉图或利维斯式的“道德主义”要宽泛得多。在他看来，“他们的评论无法被称为探询、研究或者学问，而是具有争议性、劝告性与‘道德主义色彩的’”[①]。

第二，关于审美自主性问题。布斯并不认为我们可以在“审美”或“非审美”、“说教”与“修辞”的作品之间划出一条绝对的界线。他主张一切文学都具有“说教性”。即便是王尔德这样的“唯美主义者”，其审美理念本身也隐含伦理考量：王尔德的目标是“创造一个更好的人，即那种能够以高级的方式来观看世界与艺术，并引导生活的人”[②]。在《小说修辞学》中，布斯用了很大篇幅论证这个观点：所谓推崇“显示”（showing）的现代小说

① Booth W C, *The Essential Wayne Booth*, ed. Walter J, The University of Chicago Press, 2006, p. 156.

② Booth W C, *The Company We Keep: An Ethics of Fiction*, University of California Press, 1989, p. 11.

与倡导“讲述”（telling）的传统小说并无本质区别，现代小说只是凭借高超的修辞技巧使自己显得“非人化”而已，无法掩盖其试图传达某种观念的特质。我们虽有理由去拒绝那些在我们看来危险的、具有误导性的“说教”，但终究无法通过把作品理解为某种纯粹的、不受伤害的独立王国而逃避伦理批评。

第三，针对科学主义的挑战，布斯认为伦理评价的客观性不同于科学意义上的客观性。他引述约翰逊的话指出，“（在科学事件中可能发生的）证明（demonstration）直接展示它的力量，不必因时间变迁而感到希望或害怕；但尝试性与经验性的作品（也就是依托于经验的作品）则必须根据它们与人的一般与共同的能力的相应程度来评价它，因为它是在一段漫长连续的努力中来获得的”①。文学评价的客观性是一种基于“共导”的主观普遍性，关于这点后文会有详细介绍。

第四，针对建构主义的挑战，布斯并不反对尼采、马克思甚至包括很多后现代主义者的观点，但他反对将这些观点进行脱离语境的教条式的运用，因为“许多批评家将整个历史简化为单一的真理：批评只是假装是一项理性的事业，理性本身只是某种托词或伎俩，来赋予精英的‘思考’以特权，并赋予了他们控制这个领域的‘权力’”②。对此布斯发问道：“难道为了把伦理批评从教条式的道德主义中解放出来，我就必须转向支持另一种与之相对的教条？”③

为此布斯试图重新确立伦理在当代文学研究中的地位，因为我们无法否认文学的这种“改变我们生活的力量，无论善恶”④。在人类生活中，伦理批评具有不可替代的普遍意义。

二、对象与方法：重新定位伦理批评

布斯对伦理批评的重新定位并不旨在复辟历史上柏拉图式的道德主义传

① Booth W C, *The Company We Keep: An Ethics of Fiction*, University of California Press, 1989, p. 71.

② Booth W C, *The Company We Keep: An Ethics of Fiction*, University of California Press, 1989, p. 385.

③ Booth W C, *The Company We Keep: An Ethics of Fiction*, University of California Press, 1989, p. 377.

④ Booth W C, “Why ethical criticism can never be simple”, In Davis T F, Womack K (Eds.), *Mapping the Ethical Turn: A Reader in Ethics, Culture, and Literary Theory*, University of Virginia Press, 2001, p. 18.

统，也不试图重新卷入形式主义者与道德主义者之间旷日持久的战争，重新定位伦理批评的目的在于：伦理批评需要根据当今时代的特征与文明的价值做出相应调整，对文学伦理批评的目标、主题以及方法进行重新审视与定位，这样文学批评才能重新与人类的现实生活建立起紧密的联系。布斯指出，伦理批评若要在当代重新实现它的价值，首先需要超越僵化的道德主义：“如果叙事的伦理批评要再一次找到自己的位置，它就必须避免荷载满满的标签或粗鲁的口号，那些专注于伦理效果的批评家太容易去使用这些武器。”[①]这就需要在批评目标上做出以下两方面的调整。

一方面，伦理批评从过去的“道德审判”转向“伦理探询”。伦理问题并不仅仅是狭隘的道德戒律或行为准则，它覆盖了人生的方方面面。受亚里士多德伦理学的影响，布斯对伦理的（ethical）的理解相当宽泛，在他看来，最好的伦理思考往往不是回答“你应该如何”，而是追寻一系列的“美德”（virtue），即令人钦佩的行为习惯。这些美德包含实践者、自我以及人物（或者他的批评者）所推崇（或至少能够忍受）的每一种能力、力量、素质以及心智习惯。比如成功驾驶一艘船、掷出一块铁饼或是养家糊口都可算是一种美德。[②]

这种多元主义的伦理观，不仅有助于克服柏拉图式的一元论道德主义，而且也对现代以功利主义和康德主义为代表的伦理学有所修正。更明确地讲，布斯试图将伦理学定位于苏格拉底的“人应当如何生活”之间。文学意义上的伦理批评并不关注某个故事或作品是否违反了道德准则，而是关心“故事讲述者与读者或听者在气质上的遭遇”[③]。因此布斯意义上的伦理批评甚至愿意以同情的方式关注在传统上看来“不道德”的作品，并引导读者自己做出理性判断。

另一方面，布斯还将伦理批评的关注点从“事后效应”（after-effect）或“结果”（consequence）转向“作者或读者在阅读或聆听期间所追求或获得的体验质量”[④]；他不是去追问这首诗或这部戏剧是否使我在欣赏完它以后

---

① Booth W C, *The Company We Keep: An Ethics of Fiction*, University of California Press, 1989, p. 7.

② Booth W C, *The Essential Wayne Booth*, ed. Walter J, The University of Chicago Press, 2006, p. 222.

③ Booth W C, *The Company We Keep: An Ethics of Fiction*, University of California Press, 1989, p. 8.

④ Booth W C, *The Essential Wayne Booth*, ed. Walter J, The University of Chicago Press, 2006, p. 157.

成为一个更好的人，而是发掘在欣赏过程中我与作品之间的关系。比如在传统道德批评中，批评家会对《德伯家的苔丝》提出这样一些问题："苔丝是否为女性提供了一个典范？"或者"我女儿是否会受到苔丝的影响而命运悲惨？"布斯认为伦理批评不该这样去提问，而应思考"托马斯·哈代在他的故事中所要你在生活中去欲求、害怕、哀叹以及希望的东西是否为你或你的儿女提供了一种好生活？"[①]由于人的行为与社会的风尚的变化是由诸多复杂的现实因素构成的，衡量一部作品究竟在多大程度上影响了人的行为，在科学上也依然得不到充分的说明与论证。与其执着于一个无解的问题，不如转向更具实质性的问题："当我们在阅读和聆听时我们享受着怎样的友情？"[②]

在重新定位伦理批评的过程中，布斯认为伦理批评的方法也需做出调整。他花了很大篇幅对历史上的道德主义批评与现今的意识形态批评进行了反思。在他看来，它们共同犯了教条主义的错误。伦理批评不应仅仅遵循抽象的原则来进行批评实践。某种逻辑上的三段论不仅出现在传统的道德主义批评中，同样也呈现于时尚的意识形态批评中。比如以从柏拉图到加德纳为代表的道德主义者总是寻求判断的一般性原则或优秀的唯一标准。一旦标准得以确立，他们就可以用这一标准来衡量一切艺术的优劣。"所有的批评家都倾向于过度一般化，伦理批评家最容易受到这种诱惑。"[③]在这种简单的极端化处理中，他们放弃了在批评世界中更为丰富多元的论证与价值。他们在方法上都遵循着某种简单的三段论原则。

（1）任何一部作品中存在着×的话都是坏的。

（2）梅勒的小说中存在着×。

（3）那么，我们就无须细读梅勒小说的整体结构，也不需要考虑不同的读者所感受到的不同经验，就可以认为它在道德上是有害的。[④]

不仅传统的道德主义者以这样的方式筛选作品（如柏拉图、托尔斯泰、利维斯），而且前卫的现代主义者也并未幸免于类似错误，只不过他们所遵

---

① Booth W C, *The Essential Wayne Booth*, ed. Walter J, The University of Chicago Press, 2006, p. 168.

② Booth W C, *The Company We Keep: An Ethics of Fiction*, University of California Press, 1989, p. 10.

③ Booth W C, *The Company We Keep: An Ethics of Fiction*, University of California Press, 1989, p. 51.

④ Booth W C, *The Company We Keep: An Ethics of Fiction*, University of California Press, 1989, p. 54.

循的教条有别于传统批评家。在《小说修辞学》中，他批评了当时流行的诸如“好的文学作品应该显示现实，而不应该出现作者的声音”这样的教条；20 多年后，他发现另一种不同的教条出现在了当代的批评时尚中，那种教条认为所有好的小说都应是“非现实的”，所有好的作家都会服从他们的主观冲动，舍弃有关客观性的那种“愚蠢而不可能的幻觉”[①]。

由此可见，我们既不能从一个特定的前提出发，以演绎的逻辑来评价作品，也不能通过对一系列作品案例的归纳来找到批评的原则。当抽象原则无法帮助我们理解艺术价值的微妙与复杂性之时，文学的伦理批评又该如何展开呢？布斯的答案是“共导”（coduction）。“共导”是布斯创造的新词，他把它同演绎（deduction）和归纳（induction）区分开来。coduction 一词由 co（一起）与 ducere（导出、产生）两个词根构成，对持续不断的对话发出召唤。它与科学论断只依赖孤独个体的理性不同，它需要在与他人交流的境况下发生。“我们的共导必然是在与那些我们所信任的他人的共导之间的对话中获得修正的。”[②]“共导”在本质上强调了人的“可塑性”，在布斯看来，“共导”在本质上不是信息交流，而是对“经验的建构”[③]。

因此，“共导”是一种具有公共性而非私人性的批评实践，人们对文学的评价是在与他人的交流中走向客观的。布斯以自身经历为例：有一次他与妻子一同观看电影《紫色》，他在观看过程中数次流泪，而妻子却完全没有。于是他们之间进行了下面的对话。

> 布斯妻子：“他们怎么会拍出这样陈词滥调的作品来？”
> 布斯：“你说什么？陈词滥调？我真的被打动了。”
> 布斯妻子：“你的意思是你丝毫不厌烦那些显而易见的公式化情节？”

“经过这样的对话，我开始对我的眼泪有了重新审视。我的妻子也考虑自己是否过于冷酷。于是，‘作品自身’通过我们的对话得到了重新演绎与改

① Booth W C, *The Rhetoric of Fiction*, The University of Chicago Press, 1983, p. 403.
② Booth W C, *The Company We Keep: An Ethics of Fiction*, University of California Press, 1989, p.73.
③ Booth W C, *The Company We Keep: An Ethics of Fiction*, University of California Press, 1989, p.377.

变。”[①]通过这样的例子布斯试图指出，“共导”本质上是一种与他人分享交流审美经验的过程，在这一交流过程中，人们会对他人的意见进行思考，并带着他人的眼光进行重新阅读，先前的判断就有可能出现某种程度的改变，伦理批评的客观性就建立在这种主体间的交往之中，这种客观性也无疑对良好公共生活起着潜移默化的推进作用。

三、修辞即伦理：隐含作者与文学的友情

“不同于追问这本书、这首诗、这出戏、这部电影或电视剧是否会让我在明天转向德性或罪恶，我们现在要问的是，它在今天向我提供了怎样的友情。”[②]当布斯把伦理批评的对象从作品的道德后果转向对作品的“友谊”时，其伦理批评的主旨就体现在：如何去更好地把握这种“友谊”并把它描述出来，以及如何在种种不同的“友谊”中，选择最好的“友谊”。

“没人会选择没有朋友的生活，即便他拥有所有其他的善。”深受亚里士多德伦理学的影响，布斯试图重新激活“友谊”作为幸福生活的核心要素。因为“友谊”在亚里士多德有关人类幸福的思考中占据了核心的地位。但在这个推崇“自我”与“孤独”的时代，友谊不再是人们特别在乎的价值。对于很多普通人而言，书籍只是工具，是通往成功的阶梯；对于当代的文学研究者而言，他们与其说把书籍当作朋友，不如说更多地把它当成密码、谜语、语言的牢房，或者说是“一个有待进入的世界，或一个为分析而被制造，甚至供人欣赏的对象”[③]。在过去，有关“书籍的友谊”的比喻到处可寻。

要重新寻找我们与作品之间的友谊，也就意味着重新恢复我们与文学作品之间古老而亲切的关系。我们需要放弃当下学术圈所倡导的“侦探式”的冷冰冰阅读，回归到充满热忱与激情的阅读。读者需要在阅读文学的过程中，并不是与个别的语词、结构以及技巧相遇，而是与作品的整体遭遇。这种作品的整体性，并不必然体现创造者的主观意图，而是体现于布斯所谓的“隐含作者”。布斯创造这一概念来描述读者在阅读中感受到的作者形象与声音，

① Booth W C, *The Company We Keep: An Ethics of Fiction*, University of California Press, 1989, p.74.

② Booth W C, *The Company We Keep: An Ethics of Fiction*, University of California Press, 1989, p. 169.

③ Booth W C, *The Essential Wayne Booth*, ed. Walter J, The University of Chicago Press, 2006, p. 157.

在伦理批评中最重要的部分也就是读者/批评家对“隐含作者”的责任。

在布斯看来，“隐含作者”有别于日常生活的作者，因为在写作时作者应该像休谟在《论趣味的标准》中所描述的理想读者一样，尽可能地超越自身的特殊性，摆脱个体的偏见，把自己看作“一般人”，如果可能的话，忘掉他的“个人存在”和他的“特殊环境”。[①]就像日常生活中的福克纳与《喧哗与骚动》中所显示出来的作者形象是有所不同的，其是在读者的阅读过程中形成的。这些现代作品的作者“无论如何试图非人格化，他的读者还是不可避免地建构起一幅以这种方式进行写作的官方书记员画像，毫无疑问，他绝不会对一切价值保持中立”[②]。布斯的这个概念让人注意到：作品是一个正在进行选择与评价中的人的产物，而不是一个自我存在的事物。“隐含作者的感情和判断，正如我希望指出的那样，是伟大小说构成的材料。”[③]文学作品从来都不可能是对现实的中立再现，而是在这种再现中包含了作者的情感态度与伦理立场。

读者对隐含作者的理解，不仅涉及所有人物在每一个行动与受难中所推断出来的意义，而且还包括其中的道德与情感内涵。简而言之，它包含了对一个完整的艺术整体的直觉理解；“无论它的创作者在现实生活中属于哪个党派，隐含作者致力于实现的首要价值，都要通过其全部形式表达出来。”[④]这个隐含作者“有意无意地选择了我们所阅读的东西；我们将其视为一个理想的、文学的以及创造出来的现实中人的替身；他是他自己所有选择的总和”[⑤]。在此意义上，“作者创造了自己的形象与其读者的另一个形象；正如创造了他的第二自我那样，他也创造了他的读者，最为成功的阅读就在于这些被创造出来的自我，包括作者与读者，能够找到完全的共识”。[⑥]

读者若要实现这种阅读，负责任地呈现“隐含作者”，就需要付出艰辛的努力。伦理批评并非仅仅拿一些既定的抽象原则对作品中的个别细节、人

① Booth W C, *The Rhetoric of Fiction*, The University of Chicago Press, 1983, p. 70.
② Booth W C, *The Rhetoric of Fiction*, The University of Chicago Press, 1983, p. 71.
③ Booth W C, *The Rhetoric of Fiction*, The University of Chicago Press, 1983, p. 86.
④ Booth W C, *The Rhetoric of Fiction*, The University of Chicago Press, 1983, pp. 73-74.
⑤ Booth W C, *The Rhetoric of Fiction*, The University of Chicago Press, 1983, pp. 74-75.
⑥ Booth W C, *The Rhetoric of Fiction*, The University of Chicago Press, 1983, p. 138.

物以及言论作出评判，而是需要通过一句一句（line-by-line）的细读来获得关于作品的总体印象。“我必须让它成为我的一部分，我要像对待朋友一样，花数小时的时间与它相处。”只有到这种程度，我才能真正作出伦理评判。若要批评一部作品“感伤”、“肤浅”、“做作”、“颓废”、“布尔乔亚”或者“逻各斯中心”，我就得“先在作品中体验这些”[①]。

尽管布斯认为以布莱等为代表的日内瓦现象学批评在这方面走得有些过头（让自己的意识变成作品的意识），但他更反对学界所倡导的那种与艺术作品之间保持“审美距离”的做法，因为在当时，全情投入艺术被视为幼稚之举，为故事而感伤、为音乐而落泪只是非专业读者的标志。文学研究总是将“文本”视为一种拒人千里之外的“难题”（puzzle）或“谜语”（enigma），人们大概“只有在纸面上除了无意义的语词什么也看不到，才失去了指控其多愁善感的理由”[②]。但伦理批评不能丧失对作品的全情体验，甚至反对色情文学的人都不得不承认，若要更好地检讨色情文学的道德危害，唯有与色情文学的亲密接触才能让他明白什么是色情。如果这一切都没有发生，“我们就很难说我们是在回应——以负责任的行为回应——隐含作者”[③]。或如赫施所言，一位负责任的读者或批评家应该尊重作者的“隐含意义”（intended meaning）。[④]

若要争取来自隐含作者的友谊，较之于现实生活中作者的经历与言论，读者更需重视文学作品本身的修辞。什么是善的，什么是好的，必须放在具体的语境中才能得到理解，此时作品的修辞就会产生力量，因为正是由细节构成的修辞为伦理的探询提供了丰饶的背景。文学的伦理效果的实现需要作家高超的叙事技巧与修辞能力。真正杰出的作品通常拥有极佳的修辞能力，这种修辞能力既确保了作品的道德内涵，也确保了其对读者的伦理影响力。在布斯看来，修辞作为小说的技巧，本质上是一种与读者交流的技术，是一种把小说世界交给读者的技术。传统道德批评忽视了艺术的道德存在于“技巧”之中，“整个艺术的道德存在于让两个人物即隐含作者与隐含读者建立

① Booth W C, *The Company We Keep: An Ethics of Fiction*, University of California Press, 1989, p. 285.
② Booth W C, *The Company We Keep: An Ethics of Fiction*, University of California Press, 1989, p. 140.
③ Booth W C, *The Company We Keep: An Ethics of Fiction*, University of California Press, 1989, p. 141.
④ Booth W C, *The Company We Keep: An Ethics of Fiction*, University of California Press, 1989, p. 164.

起友情所需要的大量事物之上”①。因此，“小说修辞学的终极问题是，决定作者应该为谁写作”②。布斯对修辞如此重视的原因也正体现在这一伦理层面上。换而言之，“修辞即伦理”是其伦理批评的核心思想。

布斯对修辞的重视，体现了“芝加哥学派”的文学立场。这个兴起于 20 世纪 30 年代并持续到 50 年代的学派虽在影响力上不及当时风头正劲的“新批评”，但在美国芝加哥学派依然留下了重要的遗产。“芝加哥学派”不同于“新批评”的最大特色在于其对亚里士多德诗学观念的倚重，尤其是其对“有价值的形式”的重视，在《诗学》中，亚里士多德对诗所作出的形式上的规定都是与其对诗的伦理效果的关切联系在一起的。布斯对修辞的关注也是亚里士多德意义上的，他也因此被称为“新亚里士多德主义者”。

布斯对修辞的理解非常宽泛，他自己也以修辞学家知名。就亚里士多德的定义而言，修辞即一门劝说的艺术。它跟形式论批评视野中的“技巧”最大的差异就是它始终关注劝说的对象，也就是与读者之间的交流。在这个意义上，布斯所强调的修辞并不是纯粹技巧性的，而是具有强烈的伦理内涵。所谓的“小说的修辞学”就是讨论作家是如何使用各种技巧和手段来达到介入故事发表评论的目的的。那些形式主义者所关注的“象征”“隐喻”“反讽”，在布斯的理解中去除了它们的神秘色彩，成为“隐含作者”操纵读者视角的一种手段。

比如在布斯看来，莎士比亚的《麦克白》的卓越之处就在于他能够用“一种精心的修辞来控制我们的同情”③。在他看来，这部作品的难度在于，作家试图描绘一个卑鄙的凡人，但又同时需要保持其悲剧英雄的形象，使其深受怜悯而不被憎恶。一方面，事件之流表现麦克白日益增长的邪恶；另一方面，环境之流还必须制造和保持我们对他的同情。布斯认为莎士比亚成功地做到了这一点。

具体而言，首先，莎士比亚通过各种描绘尽量突出麦克白本性的善良，并通过他的独白与内心活动来展示这一点。即便在他已经在行动上成为一个

---

① Booth W C, *The Essential Wayne Booth*, ed. Walter J, The University of Chicago Press, 2006, p. 173.

② Booth W C, *The Rhetoric of Fiction*, The University of Chicago Press, 1983, p. 396.

③ Booth W C, *The Rhetoric of Fiction*, The University of Chicago Press, 1983, p. 115.

“坏人”之时，他仍然以好人的方式在进行思考和感受。[①]其次，布斯指出莎士比亚赋予了主人公卓越的作诗天赋来创造和支撑我们对他的同情，并贯穿其走向毁灭的整个过程，那么他在刚刚走向毁灭时所犯的错误，也使得我们在研究其行为时更愿意原谅他。[②]最后，作者尽可能避免客观场面的描写，如麦克白如何杀害邓肯、邓肯的善良形象等，而是尽量从麦克白的感受方面进行侧面描写。这会使得邪恶造成的负面效果得到削弱。[③]莎士比亚在叙事上的精心安排确保“戏剧主角堕落的每一步都会被对他增长的同情所抵消”。与之相反，布斯指出莎士比亚在另一部剧作《李尔王》中对暴力所进行的极为客观冷静的正面描写（葛罗斯特被挖眼珠这一幕）旨在激起读者对暴力的愤慨。在那个场景中，作为隐含作家的莎士比亚不仅提醒我们要谴责暴力，而且还应该发自内心地体会到我们为什么要这样做。但对暴力的谴责无须诉诸道德说教，而须借助“修辞的伦理”来实现伦理探询。

除了作出积极评价之外，布斯还指出修辞不当会影响到隐含作者与读者之间的交流。他在《小说修辞学》中花了很大篇幅讨论现代作家普遍所采纳的“非人格化叙述”，尤其是其对“反讽”修辞的热衷以及对它的负面性缺乏足够的警觉所造成的交流的失败。比如他认为詹姆斯的《螺丝在拧紧》存在着“距离混淆”的问题，也就是故事的讲述者在应该受到质疑的时候，却意外赢得了读者的信任。他的《阿斯彭文稿》则由于过多的视角与复杂的叙事，让读者感到理解上的痛苦：“尽管单单舒适的阅读绝不可作为对作品质量的最终检验，但把一种紊乱的想象戏剧化为另一种紊乱的想象，或混乱的状态，会造成一种形式的困难，其无法与某些形式的文学效果相兼容。”[④]同样地，作为隐含作者的乔伊斯在《一个青年艺术家的肖像》所塑造的人物斯蒂芬，也与读者对他的“英雄化”解读之间存在着距离。

① Booth W C, *The Essential Wayne Booth*, ed. Walter J, The University of Chicago Press, 2006, p. 27.

② Booth W C, *The Essential Wayne Booth*, ed. Walter J, The University of Chicago Press, 2006, pp. 31-32.

③ Booth W C, *The Essential Wayne Booth*, ed. Walter J, The University of Chicago Press, 2006, p. 30.

④ Booth W C, *The Rhetoric of Fiction*, The University of Chicago Press, 1983, pp. 364-365.

四、寻找最好的友情：伦理批评与人的成长

读者通过不同的文学修辞从隐含作者那里获得不同的友情。关于文学的“友情”，布斯在不同作品中有不同的描述：有时他试图用相对简化的“真、善、美”来概括文学提供的友谊：有的作家可以提供“丰富的想象时刻重构”（如伍尔夫）；有的作家则“让我们首先主动地参与对事物真理的思考”（如托马斯·曼）；有些强调“实践问题与选择”（如班扬）；有些则无所不包（如莎士比亚、狄更斯、荷马）。[①]但他也深知这种区分的局限性：因为“美”本身常常就是“善”的重要部分。有时他还尝试用更具体的术语来描述各种友谊：有的“鸿篇巨制”，有的则“短小精悍”；有的与读者处于“互惠关系”，有的则与读者形成不平等的“权力等级”；有的“冷若冰霜”，有的则“平易近人”；有的“引人入胜”，也有的“缺乏魅力”；有的“联系紧凑”，有的则“毁灭性地断裂”；有的提供“他者”，有的则让读者感到“熟悉”；有的“内涵广阔”，有的则“意义集中”；等等。不管作品主题有多少，友谊有多少，它们都“让我们被文本所吸引”。[②]

由此可感受到：布斯是位价值多元主义者，他对作品所提供的各种友谊，无论好坏，似乎都采取包容态度，对于如何去评判这些友谊，他并不愿意拿出一种绝对的伦理尺度。这点得到了他的确认：比如他对大学时代老师麦基翁的赞赏就在于后者所倡导的价值多元性；此外他也从俄国文艺理论家巴赫金那里得到启示：“复调性”是人类生活不可回避的现实。在谈到对伦理批评的定位时，他明确提出一种系统性的批评多元主义：通过吸收不同的哲学思想与批评理论来更好地理解与包容文学所提供给我们的不同的友谊。在他看来，伦理批评的首要敌人是专断独行的教条主义，而不是同情包容的多元主义。

不过，尽管布斯并不主张用一种至高的尺度来衡量文学，但这并没有妨碍他对文学友谊的质量作出评判。正如亚里士多德所言，尽管人生可以拥有各种不同的友谊，但真正最为珍贵的友谊可能只有一种：“美德之谊”。对此，布斯也有类似的看法。在他看来，好的文学友谊终究需要从如何培养个

---

① Booth W C, *The Essential Wayne Booth*, ed. Walter J, The University of Chicago Press, 2006, p. 165.

② Booth W C, *The Essential Wayne Booth*, ed. Walter J, The University of Chicago Press, 2006, p. 161.

体人格（character），如何引导人成长的标准来衡量。

布斯这一观点的提出有其特定的时代背景：自 20 世纪下半叶以来，“人格”这个概念已被现代的“自我”观念所取代。人们开始意识到我们的个体具有自身的本质，而非来自外在环境的建构。与其说是通过与外界的交往来塑造自己的“人格”，还不如说是通过移除外在的束缚来寻找真实的自我。为了确认自我的真实，就需要不断地移除自我之外的事物，将真实性从外在的伪装中解放出来。于是在文化中形成了一种僵化了的二元对立观念：“留给自我的只有两种可能的路径：要么让你的个体向某个集体屈服，要么通过反抗来保存自我。”于是，“我们很多的文学经典都是为了支持这种简单的二元论而被阅读”。尽管这种反叛性的自我形成还有其他因素，但“伟大现代叙事的教育力量导致了这种持续不断的反叛社会的心理的产生”[①]。在此布斯举了两个具体的案例。

其一是奥威尔的《一九八四》。这部小说的最初成功，确实在很大程度上跟这部小说的反极权主义的内容有关。但在布斯看来，奥威尔本人并不一定认可这样的解读，而认为这是一种“过于粗糙简单”的阅读，作为一位社会主义者，他会否认那种“粗鄙的个人主义”。但布斯还是发现，作为隐含作者的奥威尔带给读者的确实是这样一些东西。年轻的布斯在 1949 年初次读这部小说时，也倾向于在个体与体制之间选择站在个体这一边。但后来在重读这部作品的过程中，他对此有了新的看法。

在他看来，奥威尔描绘了一个缺乏真实人格的社会，温斯顿和他的情人茱莉亚以模糊不清的个体方式存在，他们缺乏真正的人格，所谓的“自我”，只是产生于对外在制度的反叛。正因为健康人格的缺失，他们就只能在这个秘密的、自我保护的“我”与那个“非我”（老大哥的世界）之间做选择。最后他们甚至会通过向外在的社会屈服的方式，被迫或被诱导去背叛对方。布斯指出，作为读者我们的唯一希望是温斯顿能够找到某些办法来抵抗所有外在的压力并确保他的诚实，当然也包括他的个体，然而，这一个体是私人性的。“当我们在未经批判地阅读这本书回到我们自己的社会之时，我们也会倾向于把我们对任何事物以及一切公共事物的抗拒的能力视为我们唯一的

① Booth W C, *The Company We Keep: An Ethics of Fiction*, University of California Press, 1989, p. 241.

希望。"[①]于是这种不加批判的阅读导致的结果是，人们会普遍认为一个人最大的罪恶是背叛或否定自身的私人感受，如信仰、爱及癖好。他会为此反对一切外在于自己的事物，不仅是社会准则，甚至包括语言。但在这样的反抗过程中，这个"不受影响的个体成为一个非人，一个抽象物"。在此意义上，小说引出的问题其实并不在于集体思考与私人思考之间的对抗，而是好社会与坏社会之间的对抗，自我与社会并不必然相互排斥。我们在利他的同时也未必会失去自我。但令人遗憾的是，小说总是试图鼓励读者思考在"我"之外有什么，这个外在的东西将会摧毁内在的"我"。在布斯看来，这种作品会影响当时的青年学生，使得他们无法以更加成熟的心态去思考个人与社会之间的关系。

布斯所举的另一个例子是乔伊斯的《一个青年艺术家的肖像》，在这部被认为是20世纪现代主义典范的作品中，艺术被提高到了极其神圣的地位。令布斯特别忧心的是，这部小说强化了我们对个人主义的信念，即"一个人可以在对公共强制准则的成功抗拒以及对自我独一无二道路的探寻中获得真正的拯救"[②]。小说描绘了斯蒂芬最终选择成为艺术家的历程，为了成为艺术家，他必须诋毁所有的共同价值与既定的职业，于是一代又一代的读者都被斯蒂芬的魅力所吸引。究竟是哪些因素造成了斯蒂芬作出这样的选择呢？在布斯看来，首先，斯蒂芬的选择只有两种，要么精神自由，要么遭受诋毁，为此他选择了充满风险的自由；其次，这种反叛的自由之所以受到推崇，是因为它寻求绝对彻底的诚实；再次，这一选择的终极价值在于不受任何束缚的解放；最后，这种自由体现为一种绝对私人的追求，无论是斯蒂芬还是乔伊斯，他们都没有暗示友谊的重要性。这种看法最后就由萨特表述为"他人即地狱"。在这本小说中，没有一位教师、牧师、父母被描述为真的值得与之进行一场对话，更不用说是提供建议了。[③]自由的真正敌人是"二十个世纪的权威与崇拜"，而整部小说的基调就是"不伺候"。布斯认为这样的作品并不是一种鼓励人成长的作品。

---

① Booth W C, *The Company We Keep: An Ethics of Fiction*, University of California Press, 1989, p. 242.

② Booth W C, *The Company We Keep: An Ethics of Fiction*, University of California Press, 1989, p. 246.

③ Booth W C, *The Company We Keep: An Ethics of Fiction*, University of California Press, 1989, pp. 249-250.

在他看来，如今为了追寻真诚，抗拒伪善（hypocrisy），我们丧失了成长的动力与方向。执着于一个反叛的自我，不但无法实现自我成长与完善的伦理目标，而且还会陷入难以自拔的自恋主义境地之中。他提示我们，对于伪善需要有富于历史感的认识。伪善的古典含义是"在舞台上扮演角色"，在当时并无贬义色彩。"人格"与"伪善"是一对近义词：演员通过 hypocrisy 来表演人格，作者通过创造人格来扮演角色，读者则通过再创造来表演角色。在两种不同的 hypocrisy（一种向下，另一种向上）中，向上意义的 hypocrisy 对于个体的人格发展意义重大。"伟大作品的唯一价值在于它们帮助我们成长。"他援引桑塔亚纳的话指出，失去所谓的自我没有什么大不了的，关键是自我的成长。"如果我能够分享那些角色，那要比寻找独一无二的自我更为重要。"[①]

正是当代艺术文化在对伪善文化的大清洗过程中，让读者或观众在艺术欣赏中越来越丧失角色认同与扮演的机会。在此背景下，布斯指出对不同的欲望给予区别尤为必要，这会帮助我们理解文学在什么意义上来培养我们的欲望，以及培养我们怎样的欲望。在此，只有那些伟大的文学经典能够提供这种友谊。因为在这些经典中读者才能遇到最优秀的朋友（隐含作者），使自我在与之共处的时光中得到提升："你的陪伴远胜于我希望在与普通人一起生活中所发现的任何陪伴——包括我自己。毕竟你是精华版，甚至比那个创造你的作家还要卓越。"[②]在这个看法上，布斯几乎是阿诺德思想在 20 世纪的遥远回响。

第三节　努斯鲍姆：文学想象与公共生活

努斯鲍姆（1947—），当代世界最重要的哲学家之一，芝加哥大学法学院和哲学系合聘的恩斯特·弗伦德法律与伦理学杰出贡献教授。努斯鲍姆研究兴趣广泛，成果丰厚，其关注点涉及人文社会科学的多个领域：古希腊伦

---

① Booth W C, *The Company We Keep: An Ethics of Fiction*, University of California Press, 1989, p. 259.

② Booth W C, *The Essential Wayne Booth*, ed. Walter J, The University of Chicago Press, 2006, p. 178.

理思想、当代美德伦理、哲学与文学、法律与文学、女性主义哲学、诗性正义与全球正义、人性培养与大学制度及印度研究等。目前为止，努斯鲍姆教授已出版专著22部，编著类著作21部，其中与文学艺术紧密相关的重要论著有：《善的脆弱性：古希腊悲剧和哲学中的运气与伦理》《爱的知识》《欲望的治疗》《诗性正义》《思想的激荡：情感的智识》《非为盈利》《政治情感：为何爱对正义如此重要》等。

一、“人应当如何生活”：伦理的缺席

如果说布斯对文学伦理学的关注更多是从文学视角出发的话，那么作为哲学家努斯鲍姆的兴趣则主要体现在对伦理与社会政治问题的关切。在20世纪七八十年代，无论是在哲学领域还是在文学领域，存在着普遍的“伦理的缺席”。

当时的主流哲学界对伦理问题缺乏兴趣。首先，在英美哲学的传统中，分析哲学占据了主导地位。绝大多数哲学家热衷于进行形式意义上的语言分析，对内容性的伦理问题几乎没有任何兴趣。即便涉及伦理议题，有时也仅限于对“道德语言”的讨论（如黑尔《道德语言》）。其次，即便在当时存在着一些道德哲学（如功利主义与康德主义），但这些伦理学的问题视野较之古典伦理学要狭隘许多，日益脱离关于生命问题的思考，走向对抽象规则的思辨。最后，当代道德哲学抽象、科学、枯燥的写作风格也让普通读者望而生畏，感性的人生在哲学的写作中显得死气沉沉。正如英国哲学家威廉斯所言，当代伦理学对于现实人生几乎毫无贡献可言。现代道德哲学已经无法适应这个现代世界，它受制于一种理性共同体的幻觉，这种幻觉远远脱离“社会与历史现实”，远远脱离“某种特殊的伦理生活”[①]。

除了哲学领域之外，文学界同样存在着对伦理的漠视。上文关于布斯的讨论中已经涉及这个问题。在很长一段时期内文学界信奉一套文本内部研究的游戏规则。文学研究只讨论纯粹的语言、结构、叙事等“文学性”问题，绝不涉及历史、现实、社会等外部问题。伦理自然也成为一个外行人特别关心，内行人却刻意回避的议题。如果一个文学学者试图通过文学作品去追问

① Williams B, *Ethics and the Limits of Philosophy*, Fontana Press, 1985, p.197.

生活的问题，以现实的态度来对待他研究的作品的话，那么这会被认为是“无药可救的幼稚与反动，并且缺乏对文学形式复杂性与文本间的指涉的敏感”[①]。努斯鲍姆看到，当经济理论通过运用理性来为公共政策提供依据，法学理论通过对基本权利的思考来寻求社会正义，心理学与人类学在描述我们的情感生活、性别经验以及社会交往的形式，道德哲学试图对一些棘手的公共伦理困境作出仲裁，文学理论却“长久以来都在这些争论中保持沉默”[②]。那些“激发当代伦理学也常常激发伟大文学的那种重要的实践感，更是甚少出现在这些领衔的文学理论家的作品中”[③]。她指出，文学理论家虽然经常从哲学中寻找思想资源，但他们对伦理学家的作品从来都缺乏足够的兴趣。尤其是近几十年开始涌现的一些伦理学最新成果（如威廉斯、默多克、普特南等的作品）几乎没有得到过文学理论家的重视。

正是基于这一“伦理缺席”的双重背景，努斯鲍姆的伦理批评具备了双重意义：其一，她通过对文学的阅读与批评，凸显出文学在面对生活特殊性、丰富性与艰难性方面超越传统道德哲学的优势。对于伦理学而言，文学的引入是对传统伦理学缺陷的一种克服与补充。其二，把伦理学视野引入文学研究，不但不会伤及文学所谓的自主性，反倒能够把文学研究的境界提高到一个更高的层次上。

二、哲学与诗的联盟：亚里士多德的视角

作为一位哲学家，努斯鲍姆对哲学的兴趣与文学密切相关，因为她对文学的兴趣常常与人生问题有联系。少年时期的她虽还未接触“正式的哲学”，但在阅读狄更斯、奥斯汀、阿里斯多芬、琼森、莎士比亚以及陀思妥耶夫斯基等作家作品的过程中，其哲学冲动就得到了激发。这些小说在引起她人生共鸣的同时，也激发她去思考生命的种种困惑：“在经常性地反思一个特殊人

① Nussbaum M C, *Love's Knowledge: Essays on Philosophy and Literature*, Oxford University Press, 1990, p. 21.

② Nussbaum M C, *Love's Knowledge: Essays on Philosophy and Literature*, Oxford University Press, 1990, p. 192.

③ Nussbaum M C, *Love's Knowledge: Essays on Philosophy and Literature*, Oxford University Press, 1990, pp. 170-171.

物形象与特定小说的过程中，这些伦理问题就像根一样植入了我的心底。”[①]

但她在进入大学后才发现，在追求“专业化”的现代学术体制中，文学与哲学两个领域之间存在一条不可逾越的鸿沟。努斯鲍姆意识到，这种学科上的隔离是存在问题的。通过对古希腊思想的考察，她发现在古代思想中并不存在像今天这样的对“道德哲学”与“美学”问题的区分。为此，努斯鲍姆试图在当代思想图景中重新恢复希腊时代的统一性。现代人对古希腊“诗与哲学之争”的强调，在一定程度上遮盖了诗与哲学在面对“人应当如何生活”这个问题上的结盟。若没有这个意义上的结盟，诗与哲学之间的争执也将失去意义。

在通往“诗与哲学结盟”的道路上，亚里士多德的道路为努斯鲍姆提供了重要启示。在这位思想家身上，努斯鲍姆看到了诗与哲学的和谐共处。如果说柏拉图的伦理学是某种超越现实不食人间烟火的“理念之思”的话，那么亚里士多德的伦理学则是深深地扎根于人类生活的“现象之学”。当他的老师柏拉图不遗余力地把艺术视为真理的影像并试图将之驱逐出城邦之外时，亚里士多德却在艺术现象中发现了柏拉图所没有见到的真理：“他答应要从柏拉图和巴门尼德倾其一生事业试图退出的那个地方来从事他的哲学研究。”[②]正是透过亚里士多德之眼，努斯鲍姆看到了一种截然不同于理论智慧的实践智慧；也是在亚里士多德的影响下，努斯鲍姆看到了诗与哲学结盟而非交战的可能性。

在努斯鲍姆看来，作为一种以人类为中心的伦理学，其思想的四个重要特质把他与柏拉图（也包括当代伦理学）区别开来。其一，亚里士多德强调价值的多元及彼此间的不兼容性。亚里士多德在这个观点上挑战了柏拉图的思想，后者认为世界上所有不同的价值应当彼此兼容，并可化约为一种更高的价值。这种更高的选择可以通过理性进行筛选，从而把我们从纷乱与复杂的情感与欲望中解救出来。其二，亚里士多德强调感知（perception）与特殊性在伦理判断中的首要地位。“洞见取决于感知。”在亚里士多德看来，伦

① Nussbaum M C, *Love's Knowledge: Essays on Philosophy and Literature*, Oxford University Press, 1990, p. 11.

② Nussbaum M C, *The Fragility of Goodness: Luck and Ethics in Greek Tragedy and Philosophy*, Cambridge University Press, 2001, pp. 242-243.

理问题上的“判断”或“辨别”来自“感知”这种东西，即“一种关系到把握具体特殊事物而不是普遍事物的辨别能力”[①]。普遍原则在此受到批评，因为它们既缺乏具体性又缺乏灵活性。反过来，“感知”则能够回应细微差别。人类的实践智慧并非抽象规则，而是在经验的基础上确立的实践智慧。其三，亚里士多德重视情感和欲望的伦理价值。不同于柏拉图中期作品中对情感与欲望的否定，努斯鲍姆认为亚里士多德肯定情感和欲望的价值，认为人类的情感具有认知的价值，并非非理性的生理现象。如果缺乏情感伴随，就不足以成就实践智慧。伦理上的认识，并不是一种纯粹理性上的“知道”，而是一种带有情感的“知道”，而只有后者才是一种更为深刻的伦理认知。其四，亚里士多德认识到善与人生的脆弱性。亚里士多德在对悲剧的肯定中体现出他对运气及偶然性的认识。这种对运气与善的脆弱性的发现，是一种对人生的智慧洞察。无论在苏格拉底的“好人不会受伤害”还是在柏拉图的理念世界中，人们都看不到人生脆弱与动荡的一面。但当现实人生确实存在着种种意外而无法预测的可能性时，我们所要做的不是去回避它，而是去勇敢坦然地面对它。

在此意义上，努斯鲍姆看到亚里士多德思想与文学之间的亲缘性。这一方面体现在亚里士多德通过《诗学》这样的作品“为诗辩护”；另一方面亚里士多德对特殊性的强调、对感知与情感的重视、对价值复杂性与不兼容的认识以及对生命脆弱性的理解，恰恰也是诗或者文学的特质。努斯鲍姆所理解的亚里士多德之路，其实就是一条文学的道路，即通过诗来探索“人应当如何生活”这一伦理学之问：诗向我们显示了“作为在自然发生的世界中偶然造物的实践智慧与伦理职责”[②]。

在通往亚里士多德的道路上，努斯鲍姆找到了不少合适的作家及其作品。首先便是詹姆斯及其作品。在她看来，詹姆斯与亚里士多德一样都关注人类生活中的道德实践。詹姆斯把小说家理解为一种伦理与政治学的存在，把小

① Nussbaum M C, *The Fragility of Goodness: Luck and Ethics in Greek Tragedy and Philosophy*, Cambridge University Press, 2001, p. 300.

② Nussbaum M C, *The Fragility of Goodness: Luck and Ethics in Greek Tragedy and Philosophy*, Cambridge University Press, 2001, p. 47.

说理解为“一种想象力的公共使用”[①]，希望小说通过其“浓密的描述”与“投射的道德”（projected morality）[②]来形成对日常生活的批评与超越。在此意义上，美学是伦理的与政治的，小说家能够通过对迟钝与冷漠作出回应而对公共生活有所贡献。

三、“人应当如何生活”：面向生活的伦理批评

通过亚里士多德的道路，努斯鲍姆为文学批评打开了一扇伦理学的大门。在她看来，文学不仅能够以形象的语言呈现某些伦理学思考，并对伦理学理论给予批判，而且更重要的是，文学还能介入一些完全超越传统伦理学视野的人生问题，比如对爱的知识的探询等。在文学想象中，我们被“引导去想象与更精确地描述，把注意力聚焦于每一个词语，更敏锐地去感受每个事件——反之，若是对大部分的现实生活缺乏高度的体察，那么在特定意义上，就是没有完全或者彻底地生活过”[③]。我们的生活本身其实是非常“有限”和“偏狭”的，我们从来都没有“足够的生活”。相比之下，小说“拓展”了生活，让我们能够反思与感受那些原本距离太远而无法触及的生活。

（一）拒绝简单性：文学畅想与现代教条

从伦理的视角看，文学的首要价值在于其以丰富性来拒绝生活的简单与机械。在一个“数字化崇拜”的时代，人类对好生活的衡量标准常常被化约为一连串简单的数据，甚至连人类的心灵本身也都被打上数字的烙印。在努斯鲍姆看来，作为主流经济学基础的功利主义哲学，对现代人的心灵产生了潜移默化的影响，此外还有在美国新教传统中影响深远的康德主义。这些道德学说都以简单的原则使人性趋于平面化与同质化。在此意义上，文学本身就站在了这种简单教条思维方式的对立面。

狄更斯的《艰难时世》塑造了主人公格雷戈林这一功利主义者的形象，并通过叙事呈现了他为功利主义哲学理念所付出的沉重代价。他从不关心任

---

① James H, *The Art of the Novel*, Charles Scribner's Sons, 1934, pp. 223-224.

② James H, *The Art of the Novel*, Charles Scribner's Sons, 1934, p. 45.

③ Nussbaum M C, *Love's Knowledge: Essays on Philosophy and Literature*, Oxford University Press, 1990, p. 47.

何情感与想象，只关心事实，并以此为原则教育子女："记住，我需要的是事实。除了事实，不要教给这些男女孩子任何东西。生活中唯一需要的是事实，别栽培其他任何事物，把别的一切都清除干净。"[①]他的教育结果是，他的孩子们逐渐变得跟他一样麻木不仁，充满了算计式的精明。当父亲要她嫁给比她大 30 岁的银行家——极为自私冷漠无情的庞德贝时，路易莎居然麻木不仁地任人摆布，接受了让她陷入无比痛苦的婚姻；与女儿相比，这套教育则更是毁了汤姆的人生。汤姆自认为培育出来的最为成功的学生比泽，沦为一个阴险狡诈的密探，在汤姆罪行败露之后，他千方百计要把昔日老师的儿子缉拿归案，且毫无怜悯之心。

除了刻画以格雷戈林为代表的这个冷冰冰的事实世界之外，小说还塑造了一个充满惊奇与畅想的世界。朱浦与她所在的史里锐马戏团则代表了这个完全不同的世界。在此，努斯鲍姆看到的是一种"畅想与政治经济学之间的竞争"。朱浦不会像比泽那样给马[②]下定义，她甚至还愿意用马的图案来糊房间。努斯鲍姆指出，马戏团象征的是一个充满惊奇与畅想的世界。所谓"畅想"是"一种把一件事物看作另一件事物的能力。我们或许可把它称为隐喻性想象"[③]。她指出，狄更斯似乎在暗示，像月亮上的男人、长着外角的牛、眨眼睛的星星那样的畅想能够与仁慈、慷慨，以及普遍的人类同情与仁慈的使用理性关联在一起："在这种超越事实的意愿中有一种仁慈，而且这种仁慈会为生活中更大的仁慈做好准备。"[④]畅想能够培育一种对世界的宽容的理解，并能够培养孩子对所见事物的丰富理解；更为重要的是，在畅想的过程中，一个孩子学到了一种并不仅仅关注实用性，而且也能够因为事物本身而珍爱它们参与世界的模式，进而他会把这种模式带入他与其他人的关系之中。这是一种将畅想中建构的东西看作因为自身而有益和令人愉悦的能力，这种愉悦"包含了一种更进一步的道德维度，其为生活中的各种道德行为做

---

① 〔英〕查尔斯·狄更斯:《艰难时世》，陈才宇译，上海三联书店，2014，第 3 页。

② "四足动物。草食类。有四十颗牙齿，即臼齿二十四颗，犬齿四颗，门牙十二颗。春天换毛，在沼泽地，还要换蹄。蹄很硬，但仍需上蹄铁。看它的牙口可以知道它的年龄。"见〔英〕查尔斯·狄更斯:《艰难时世》，陈才宇译，上海三联书店，2014，第 7 页。

③ Nussbaum M C, *Poetic Justice: The Literary Imagination and Public Life*, Beacon Press, 1995, p. 36.

④ Nussbaum M C, *Poetic Justice: The Literary Imagination and Public Life*, Beacon Press, 1995, p. 38.

好了准备”[①]。

畅想能力在回应功利主义教条的同时，也能帮助我们克服另一种康德主义的教条。这体现在努斯鲍姆对詹姆斯小说《使节》的解读中。小说讲述了主人公斯特瑞塞肩负了一项使命从美国前往巴黎去寻找一位叫查德的年轻男子。他的母亲纽瑟姆夫人希望他能尽快回来继承财产成家立业而不要在巴黎虚度光阴。于是就派她的情人斯特瑞塞作为她的使节劝说其子迷途知返。然而这位使节不仅未能说服查德离开巴黎，而且自己反倒被这里的一切所深深吸引。他遗忘了自己来此的使命，背叛了纽瑟姆夫人。他不但没有拯救查德，自己反而从相反的意义上得到了“拯救”而重获“新生”。其此番旅行甚至还赢得了戈斯特利的爱情，尽管他最终对这段爱情有所放弃，但这趟欧洲之旅却让他真正懂得了生活的意义。在对这部作品的解读中，努斯鲍姆的分析主要体现在两条线索上。其一是斯特瑞塞与以纽瑟姆夫人为代表的价值观的对抗，其二则是斯特瑞塞如何思考自己在巴黎感性世界中的定位。

虽然纽瑟姆夫人在小说中出场机会不多，但詹姆斯通过各种侧面描写，使她的形象与声音无所不在，使其成为斯特瑞塞这次旅行中的核心人物，也是他在道德的成长过程中不可或缺的重要人物：在生活中，她从不承认任何令人吃惊的东西，她满脑子充满了“冷冰冰的想法”，她“预先就按照她的想法把一切都规定好了……一经她规定，便没有任何更改的余地”[②]。这些存在于她身上的康德式的道德主义，对斯特瑞塞是有吸引力的。努斯鲍姆指出，纽瑟姆夫人冷酷形象背后深藏着一种道德主义的信念，这是一种康德式的建立在主体尊严基础上的道德主义：“对于这种高尚而自主的主体而言，自然并不具有令人震惊与好奇的力量，同时也没有引起快乐与富有激情的好奇心的力量。”[③]这种康德式的人格正如尼采所批判的那样，似乎是没有生活的。那么，有没有其他的道路通向生活，同时依然是道德的呢?

斯特瑞塞的个人之旅回答了这个问题。在巴黎之行中他发现了另一个丰富多彩的生活世界。这让他在意识到纽瑟姆夫人局限的同时，也实现了自我

---

① Nussbaum M C, *Poetic Justice: The Literary Imagination and Public Life*, Beacon Press, 1995, p. 42.

②〔美〕亨利·詹姆斯:《使节》，敖凡、袁德成、曾令富译，四川人民出版社，1998，第 383 页。

③ Nussbaum M C, *Love's Knowledge: Essays on Philosophy and Literature*, Oxford University Press, 1990, p. 178.

的成长，并逐渐摆脱“使节”这一身份。随着小说的展开，读者看到了一颗隐藏在漠然背后的炽热的心灵。他发现自己委身于不受控制的感知，新奇感以及对冒险的怀疑主宰了他与周围情形的关系。努斯鲍姆指出，小说的第一句话就把他的这一人格特质体现出来：“斯特瑞塞一到达旅馆，便首先打听有无他朋友的消息。”[①]这明显地体现出他对于世界的开放态度，用查德的话来说，他其实是一个“以观察社会风习为乐的人”[②]，对他人与世界充满好奇与关注。他一到巴黎就能感受到“阔别已久的自由自在的感觉”[③]。于是，他变得像孩子一样，睁开自己的双眼，对每一样事物都感到好奇，并愿意在事物面前显得被动。他不断地接受着各种印象对他的冲击。他并不习惯于世俗的社交生活，而是倾心于饶有趣味的事物，对纽瑟姆夫人“拒绝看而感到失望”[④]。

斯特瑞塞渐渐发现，尽管他所到的巴黎，在那里的人都“没有道德感”[⑤]，重视表象与视觉，但那里却存在着某种对他具有巨大吸引力的东西。查德并非他想象的那样堕落，他所接触的女人也不是“那种可以随便胡来的女人”[⑥]。当查德带着维奥内小姐出现在他面前时，他甚至觉得“此刻的查德堪称乌勒特的光荣”[⑦]。来自生活的种种印象就像迷宫一般给他带来了更多的困惑，但他不认为这种困惑是一种缺乏理性的表现，反倒觉得这要比来自乌勒特的清晰更有价值也更符合现实。困惑（bewilderment）与犹豫（hesitation）事实上是良好关注力的标志。[⑧]斯特瑞塞的感知与想象不仅可以为道德哲学提供启示，而且其“永不安宁的感官”[⑨]也为“人应当如何生活”提供了有益的启示。

---

①〔美〕亨利·詹姆斯:《使节》，敖凡、袁德成、曾令富译，四川人民出版社，1998，第1页。

②〔美〕亨利·詹姆斯:《使节》，敖凡、袁德成、曾令富译，四川人民出版社，1998，第180页。

③〔美〕亨利·詹姆斯:《使节》，敖凡、袁德成、曾令富译，四川人民出版社，1998，第1页。

④〔美〕亨利·詹姆斯:《使节》，敖凡、袁德成、曾令富译，四川人民出版社，1998，第381页。

⑤〔美〕亨利·詹姆斯:《使节》，敖凡、袁德成、曾令富译，四川人民出版社，1998，第144页。

⑥〔美〕亨利·詹姆斯:《使节》，敖凡、袁德成、曾令富译，四川人民出版社，1998，第147页。

⑦〔美〕亨利·詹姆斯:《使节》，敖凡、袁德成、曾令富译，四川人民出版社，1998，第154页。

⑧ Nussbaum M C, *Love's Knowledge: Essays on Philosophy and Literature*, Oxford University Press, 1990, p. 185.

⑨〔美〕亨利·詹姆斯:《使节》，敖凡、袁德成、曾令富译，四川人民出版社，1998，第169页。

（二）悲剧与不完美的人生：从《安提戈涅》到《金钵记》

文学不仅能够帮助我们克服对生活的简单理解，而且其本身所呈现的伦理思考深度绝不亚于伦理学，甚至还超越了理论化的伦理学的局限。努斯鲍姆在古希腊的悲剧艺术中发现这些作品体现了对人类生活的深刻洞察。

她的《善的脆弱性：古希腊悲剧和哲学中的运气与伦理》以古希腊悲剧为主要讨论对象，论证了悲剧不仅仅作为艺术而存在，而且更是突出了其作为某种无可替代的伦理智慧在古希腊现实生活中扮演的角色。悲剧往往通过理性逻辑所无法理解的冲突“向我们显示自然发生的世界中的实践智慧，以及偶然的人类存在所负有的伦理责任”[①]。但在当代理性主义主导的哲学话语中，悲剧常被视为人类伦理思想的原始或愚昧阶段。因为现代伦理学普遍认为：“人类在世界上与价值的关系不是，也不应该是完全悲剧性的：也就是说，我们有可能也应当在人类生活中彻底消除典型悲剧发生的危险，而并不感到有重大疏忽或严重损失。”[②]

在努斯鲍姆看来，埃斯库罗斯通过展示阿伽门农所遭遇的价值冲突，让观众在其“不合逻辑的世界中看到了一种特定逻辑。我们看到在两种伦理主张之间的偶然冲突并不必非要认作为逻辑上的冲突”，“冲突的危险”本身就是我们“实践生活的事实，需要我们的承认与审视”[③]。在索福克勒斯的《安提戈涅》中，努斯鲍姆更是看到了悲剧冲突所展示的伦理内涵。在她看来，“这部悲剧考察了两种尝试消除冲突与紧张的期待，它们都试图简化行动者的承诺与爱的结构”。作品中的两位主人公对于这个世界各有一套价值标准：作为国王的克瑞翁的价值观建立在“城邦利益高于一切”的信条上，任何不关心城邦安危的人都属于心智不健康；与之相反，安提戈涅的信条则是“对家庭的责任”。正是两人对各自价值体系的深信不疑，导致了他们在是否要为作为儿子和兄长但同时又是叛国者的波吕尼刻斯收尸的问题上爆发激烈冲

① Nussbaum M C, *The Fragility of Goodness: Luck and Ethics in Greek Tragedy and Philosophy*, Cambridge University Press, 2001, p. 47.

② Nussbaum M C, *The Fragility of Goodness: Luck and Ethics in Greek Tragedy and Philosophy*, Cambridge University Press, 2001, p. 51.

③ Nussbaum M C, *The Fragility of Goodness: Luck and Ethics in Greek Tragedy and Philosophy*, Cambridge University Press, 2001, p. 49.

突。努斯鲍姆承认，尽管安提戈涅在道义上要比克瑞翁高尚，但她依然认为两人对于生活的看法同样存在着“片面”与“狭隘”。[①]这部悲剧的重要价值就在于提醒人们生活中价值的多样性、复杂性与冲突性。

但这部悲剧并非仅仅满足于呈现价值的冲突而陷入对生活选择的麻木，而是通过旨在呈现一个非和谐、非完美的世界来劝导观众“慎思”（deliberation）的重要性，也就是要学会“让步”，不让自己“绷得太紧”。它建议“人在追求自己目标的时候，要对外在世界的要求与力量保持开放，并培养一种灵活而非僵硬的回应”[②]。

古典悲剧对于脆弱的人生思考，在现代的小说中获得了进一步的延续。詹姆斯的《金钵记》是一部现代意义上的悲剧，玫姬同样也是一位安提戈涅式的悲剧人物。尽管她的悲剧并未像安提戈涅那样面临生与死的考验，但两人的心智结构存在诸多相似之处。

在努斯鲍姆看来，《金钵记》是一个关于女性成长的故事，所谓“成长”即为看到世界的不完善、多元价值之间无法化解的深刻矛盾以及自己面对这些选择的那份理性。玫姬是一个认识不到人生脆弱性的人，她追求一切的完美，不容许生活中出现任何的瑕疵。她的核心理念就是，一个好人永远不会做错事，不会打破规则，也不会受到伤害。用她父亲的话说：“玫姬在她过去的生命中犯错误的时间从未超过三分钟。”[③]她常常把道德比作远洋客轮中密不透水的“水密舱室”，道德规则能够确保她在生活的冒险中安全，不受伤害。小说使用了诸多意象来暗示这种追求完美而充满无辜的道德观：水晶、圆形以及童年等。但这一完美的理想随着她的婚姻而变得脆弱不堪。当她长大嫁人之后，她依然希望保持自己与父亲之间那种关系，既希望扮演完美的妻子角色又不愿放弃完美的女儿角色，她希望保持这种冲突之间的“相容性”。她一开始希望能在她的婚姻与父母关系之间保持和谐，当这种和谐无法继续的时候，她便决定撮合夏萝与她的父亲。

---

① Nussbaum M C, *The Fragility of Goodness: Luck and Ethics in Greek Tragedy and Philosophy*, Cambridge University Press, 2001, p. 67.

② Nussbaum M C, *The Fragility of Goodness: Luck and Ethics in Greek Tragedy and Philosophy*, Cambridge University Press, 2001, pp. 79-80.

③〔美〕亨利·詹姆斯:《金钵记》，姚小虹译，上海文艺出版社，2017，第 172 页。

努斯鲍姆指出，一方面，玫姬有意识地压抑了她成长起来的性别意识；另一方面，玫姬也没有能力看到生活中以不同面目浮现的价值冲突，她“只能看到生活的完满却看不到真实生活的棱角，因而也丧失了对每种特殊价值的诉求”[①]。对丈夫的爱必然会有损其与父亲之间的感情，对妻子的忠诚必将伤害到之前的情人。其中当然存在着更好选择的可能性，但拒绝看到这些冲突则非常幼稚。人的命运就跟金钵一样，美丽而不安全。小说一方面向我们展示了道德主义世界的辉煌，另一方面也逐渐瓦解了对这种道德理想的信心。

在《金钵记》的后半部中，玫姬开始走出单纯的无辜状态，当她发现通奸的事实并同时得知金钵有裂痕的那一刻，也是她认识到这个世界残缺面目的开始。她逐渐认识到，现实生活中的各种价值存在着冲突的风险，人不可能保持道德上的完美，任何一种价值的实现都可能要相应付出另一种价值的代价。为了把她的丈夫留在身边，她就必然伤害夏萝。她的爱情不同于特里斯坦式的理想之爱，完美无瑕。为了现实之爱，她需要狡猾和粗暴，甚至还要违背道德规则。在这一过程中，小说对玫姬周围的意象描写也发生了改变。她逐渐从“水密舱室的乘客”变成了跳入大海的“游泳者”。

在努斯鲍姆看来，玫姬在伦理上的成熟源自詹姆斯所说的“细微的体察与完全的承担”。这部小说揭示了道德知识并不单单是一个可以通过知性即可掌握的命题，甚至也不单单是用知性方式去理解特殊事物，它是一种感知：“它以高度清晰且极其敏感的方式来看待复杂和具体的现实；它以想象与情感的方式去理解那里所存在的事物。”[②]

（三）爱的知识：伦理的边界与困境

不过《金钵记》的结局并没有告诉我们，人生只要有“细微的体察”，就一定能产生“完全的承担”。努斯鲍姆指出，在小说的最后一幕中，回心转意的亚美利哥不仅拒绝了对夏萝的爱，而且也不再对其有任何的感情。王

---

① Nussbaum M C, *Love's Knowledge: Essays on Philosophy and Literature*, Oxford University Press, 1990, p. 131.

② Nussbaum M C, *Love's Knowledge: Essays on Philosophy and Literature*, Oxford University Press, 1990, p. 152.

子抱着玫姬的肩膀说道“我除了你之外，什么也看不到”（I see nothing but you），玫姬则怀着“同情与恐惧”，把自己深深地埋在了他的怀中。

在这一幕中，努斯鲍姆看到，人的感知与情感既可以是面对世界开放，具有伦理意义的，但又可能是封闭和排他的。爱就属于后一种类型的情感。为了充分地爱一个人，亚美利哥就不能为自己“对他人的意识所困扰”。他需要“根除想象”并“放弃回应”。玫姬正是在丈夫的这种回应中，最终体会到了这种无解的人生悲剧。[①]尽管从亚里士多德与詹姆斯的视角看，感性与情感能够让人以更开放的人生参与这个世界，这个世界的复杂性就在于，人生从来就不是用这样或那样的学说来指导的。努斯鲍姆也意识到，自己在小说分析中所呈现的伦理立场也很有可能成为一种新的教条，哪怕这种教条打着“反对教条，提倡感性”的旗帜。

爱与道德之间的冲突，也同样呈现于《使节》这部作品的结局之中。小说并不是以斯特瑞塞逃离纽瑟姆夫人的控制，文学想象战胜道德教条，欧洲文化击败美国清教主义作为结局。詹姆斯小说的特点就是他从不给出简单的结论，因为生活问题的解决并无捷径可言。在努斯鲍姆看来，尽管小说塑造了一位被巴黎文化改变了的人物形象，以赞赏的目光描绘了这场回归想象，拥抱生活的历险，但我们依然要看到，斯特瑞塞依然无法全身心地投入那个感官世界。他不能看到，也不能接受查德与玛利亚之间的性爱，拒绝看到戈斯特利对他的爱慕，还拒绝承认自己对她的复杂感情和对查德的嫉妒。在这个意义上，他并没有比纽瑟姆夫人复杂太多，同样拒绝各种情感给他带来的困扰。他需要简单的原则来保护自己生活的平稳。他在最后又恢复了作为使节的身份，成为一个超然的观看者。

与玫姬一样，斯特瑞塞深刻地感受到在爱与道德之间存在着紧张。爱人的视角只有对方，排除了其他的一般关切。当一个人沉浸于这种爱人的特殊性之时，它“阻碍了主体对整体的道德视野”。一旦阻碍了这些，它们也就阻止了旁观者对我们道德事业的贡献，阻碍我们共同努力来达到“反思的平衡”。在此意义上，努斯鲍姆认为小说体现出它对传统伦理学的某种超越。

---

① Nussbaum M C, *Love's Knowledge: Essays on Philosophy and Literature*, Oxford University Press, 1990, p. 136.

此外，努斯鲍姆有关爱与伦理关系的思考，更为深入地体现在她对狄更斯小说《大卫·科波菲尔》的解读中。在她看来，《大卫·科波菲尔》一方面呈现了在道德与爱之间的紧张，另一方面也展示了作为“隐含作者”的狄更斯对于这种紧张的态度。小说中的两个人物典型地代表了两种不同的价值：斯蒂福代表了浪漫的爱情，艾妮斯代表了道德的情感，两人代表了完全不同的世界。努斯鲍姆援引亚当·斯密的观点指出，在追寻某种理想的道德情操的过程中有两种激情是需要被排除在道德之外：一种是身体意义上的激情，另一种则是浪漫式的爱。[①]在斯密看来，作为旁观者的我们无法对爱感同身受。浪漫式的爱是“神秘的与排外的”，“相爱之人不会去观看环绕在他们周围的世界，却只会排他性地被包裹在彼此间的世界中”[②]。因此，他们也绝不会以“公正的旁观者”那样的方式去关注世界，并产生那种社会性的道德情感。那么，在斯密看来无法共荣的爱与伦理是否可能存在其他关系的可能性？在努斯鲍姆看来，《大卫·科波菲尔》以虚构的形式呈现了这种可能。

努斯鲍姆指出，《大卫·科波菲尔》中的这两个人物的手臂姿势建构了整部小说有关爱与道德的冲突。一个是斯蒂福的手臂：“只见他躺在月光中，他那漂亮的脸朝上，头枕着胳膊，显得很舒服的样子”[③]；另一个则是艾妮斯的手臂，她的手臂则是“高高上举”。在两种对比中努斯鲍姆指出，艾妮斯的向上动作是“清晰的，不含糊的，传统的，字面意义的”，代表了人们都能够体会的“努力地在道德上更为正直，更加配得上天堂”。这个姿势具有道德内涵。斯蒂福的动作完全不具备任何公共内涵，它“只代表他在那里”，它是“神秘的，敏感的，他自己的，超越理性与解释的”，它的力量不是来自理性的公共世界，而是“个人的情感与记忆的私人世界”。[④]艾妮斯以她的身体来作为道德的工具，而人们则会在斯蒂福的姿势中让我们感到某种关于身体的神秘与激动。狄更斯用形象生动的语言与故事向我们展示了爱与道

① Nussbaum M C, *Love's Knowledge: Essays on Philosophy and Literature*, Oxford University Press, 1990, p. 340.

② Nussbaum M C, *Love's Knowledge: Essays on Philosophy and Literature*, Oxford University Press, 1990, p. 344.

③〔英〕狄更斯:《大卫·科波菲尔》（上），庄绎传译，人民文学出版社，2000，第 89 页。

④ Nussbaum M C, *Love's Knowledge: Essays on Philosophy and Literature*, Oxford University Press, 1990, p. 350.

德之间的价值紧张。

小说究竟如何看待两种价值的冲突与紧张呢？人生是否存在着同时拥有这两种价值，并使之和谐共处的可能性呢？小说并没有简单呈现这种冲突并指出它们的不兼容性，而是“作为一个连贯的运动”向我们显示了大卫在这两种价值之间的“冒险”：“在他的道德中有浪漫，在他的浪漫中有道德。”①努斯鲍姆相信狄更斯的整部小说旨在呈现大卫的全部的心灵世界，既呈现出道德的层面，同时也呈现出非道德的爱的层面。在此意义上，大卫得到了无论是斯蒂福还是艾妮斯所不曾拥有的人生的完整性。尽管存在着张力，但他的道德与他的爱浑然一体：“他的爱充满了同情与忠诚，他的同情的旁观者则同样包含了对特殊的爱。”②这种结合还在裴果提的手势中得到象征性彰显，后者代表了将道德世界与浪漫的爱的世界联系在一起的可能性。在此意义上，努斯鲍姆认为狄更斯的这部作品强有力地对当时苏格兰-英格兰的道德传统提出批评，并以一种更为浪漫的，同时也是一种更具深度的道德来取代它。在其看来，狄更斯的意图既不在于用浪漫主义的爱的世界来取代“公正的旁观者”的道德世界，也不在于鼓励读者仅仅生活在一个仅有道德而没有爱的世界之中，狄更斯只是通过他的小说向我们展示了一种伦理与爱彼此兼容的可能性。

四、诗性正义：文学想象的政治实践

努斯鲍姆对文学的政治价值的重视，源于斯密与惠特曼的启发。前者提出了“公正的旁观者”的观念，后者认为诗人是“复杂事物的仲裁者”，是“他的时代与国家的平衡者”。③需要进一步指出的是，这种对诗人参与政治的呼唤，绝非庞德支持纳粹，萨特为斯大林做辩解意义上的。诗人对政治的价值，与其说体现在党派政治意义上的“小政治”中，不如说体现在与人的权利有关的“大政治”上。努斯鲍姆所看到的政治问题，并非选择民主党还

① Nussbaum M C, *Love's Knowledge: Essays on Philosophy and Literature*, Oxford University Press, 1990, p. 360.

② Nussbaum M C, *Love's Knowledge: Essays on Philosophy and Literature*, Oxford University Press, 1990, p. 361.

③ Nussbaum M C, *Poetic Justice: The Literary Imagination and Public Life*, Beacon Press, 1995, p. xiii.

是共和党的问题，而是“在今天的政治生活中，我们常常缺乏能力把彼此看作完整的人”[①]，尤其在信仰技术高于人性的时代，人们拒绝想象与同情。道德想象与同情对于政治究竟有多么重要的价值？一个失去了想象与同情的政治共同体会是怎样的？我们如何去追求与实践这种诗性正义？这些问题构成了努斯鲍姆的政治关切。

（一）“拒绝老大哥”：文学与人的自由

如果说文学对特殊性的感知，能够促使个体超越抽象原则回归到本真而复杂的日常生活中来的话，那么从政治的意义上，对特殊性的感知就意味着对个体独立性与差异性的尊重。因此文学在政治上的价值常常体现于此，作为一种体裁，它关注具有质性差别和独立性的个人。“小说提供的个体生活质量的愿景不仅符合，而且实际上还激发了严肃的制度性与政治性批判。”[②]即便是对集体性政治的关注，小说也会把注意力集中于集体政治中的个体需求和特殊处境。“当一个人确实用同情想象的文学态度去对待个体时，那种去人性化的描述至少在一段时间内是难以维系的。”[③]

詹姆斯的《卡萨玛西玛王妃》在努斯鲍姆心目中是这一“政治美学”的典范。这部小说出版于1886年，讲述了一位富于知性但又常常陷入困惑的伦敦书籍装订工海厄森斯·罗宾森的故事。由于私生子的身份，他从出生起就离开母亲，被一位贫困潦倒的女裁缝收养。其母亲后因杀死情人，即海厄森斯的父亲而坐牢，并最终死于监狱。海厄森斯长大后成了一名书籍装订工，他认识了富于革命热情的穆尼蒙，并参与激进政治。同时他还结交了一位粗俗但富于活力的女朋友亨宁。有一天晚上他们去看戏，在那里他见到了光鲜亮丽的卡萨玛西玛王妃。受革命学说的感召，海厄森斯决定实施一场恐怖主义行动来暗杀公爵，但一直没有找到合适的机会。故事最终以海厄森斯放弃了这种暴力行动结局，当暗杀的命令到来之时，他开枪结束了自己的生命。

詹姆斯的创作题材极少涉及政治，这部作品也备受争议。比如豪认为这

① Nussbaum M C, *Poetic Justice: The Literary Imagination and Public Life*, Beacon Press, 1995, p. xiii.

② Nussbaum M C, *Poetic Justice: The Literary Imagination and Public Life*, Beacon Press, 1995, p. 71.

③ Nussbaum M C, *Poetic Justice: The Literary Imagination and Public Life*, Beacon Press, 1995, p. 92.

部作品没有政治思想上的价值。[①]努斯鲍姆反对这种看法，认为这部小说在政治上极为重要，从某种角度来看就是丰富的感受力如何使人免于抽象意识形态政治侵害的故事。她指出，小说首先提供了一种经济上的社会主义政治洞见。通过大量社会现实与个人生活的描述，小说向它的读者指出，任何社会进步及其公民思想觉悟的提高都离不开物质条件的改善。正是在这一政治认识上，努斯鲍姆认为詹姆斯超越了托尔斯泰，与青年马克思的思想殊途同归。[②]其次，小说还借此指出，“文学想象的道德价值是与对艺术表达自由的要求联系在一起的”。[③]最后，其中还有文化上的保守主义立场。小说的叙事格外地强调了一种对文化传统的守成意识。这三个层次构成了这部小说丰富的政治维度。

令努斯鲍姆最为激赏的是，该小说捍卫了一种“感知政治”。她指出，海厄森斯的感知能力，不仅体现在他能对所见到的事物有所感觉与回应，而且还能有所反思，并让自己陷入“困惑”之中。这是一种非常重要的能力，正如这种感知能力对于斯特瑞塞的意义一样，海厄森斯对社会现实的各种印象与感知，与“一般意义上对善与正义的渴望结合在一起”，这种结合“让海厄森斯成了一个健康的伦理与政治主体”[④]。一旦丧失这种感知能力，也就是失去了把人看成是人，看作为独一无二个体能力之时，即便一个道德品质良好的人也会在政治上做出愚蠢的选择。比如小说人物波平对乌托邦政治的迷恋以及最终对海厄森斯的背叛绝非偶然，在其迟钝麻木的感知能力中可以找到根源。海厄森斯与穆尼蒙最后的分道扬镳也是出于同样的理由。在詹姆斯看来，对个体的认同才是“政治”，而那种抽象意义上的政治思考则极有可能导致灾难。他把“对特殊性的微妙精致的情感感知和优雅与仁慈联系在一起，把根除情感并升到众人之上的能力与恐怖行动的可能性相联系”，

① Nussbaum M C, *Love's Knowledge: Essays on Philosophy and Literature*, Oxford University Press, 1990, p. 197.

② Nussbaum M C, *Love's Knowledge: Essays on Philosophy and Literature*, Oxford University Press, 1990, p. 203.

③ Nussbaum M C, *Love's Knowledge: Essays on Philosophy and Literature*, Oxford University Press, 1990, p. 205.

④ Nussbaum M C, *Love's Knowledge: Essays on Philosophy and Literature*, Oxford University Press, 1990, p. 207.

那是因为“栩栩如生引向温柔，想象造就同情。这种耐心去观看的努力会缓和那种造就制造政治恐怖的粗鄙”[①]。

此外在奥威尔的《一九八四》中，努斯鲍姆看到了主人公温斯顿人格形象中的危机。不同于大量将温斯顿视为反抗极权斗士的文学解读，她（跟布斯一样）对该人物形象的评价是负面的。她看到了温斯顿心灵中那个并未真正长大的自恋者形象。努斯鲍姆以温斯顿反复出现的关于妈妈与妹妹死亡的梦境为例[②]指出，这个梦之所以常常出现，有其现实根源。温斯顿对母亲与妹妹的死怀有负疚感，因为有一天饥饿的他从妹妹手中抢了她的巧克力，离家出走。但后来妈妈和妹妹被人带走了。温斯顿时时把他的行为与他们的悲剧性遭遇联系在一起，并为此感到愧疚。在努斯鲍姆看来，这两件事情本身并不具有关联性，温斯顿之所以无法从这样的愧疚中摆脱出来，是因为他始终没有学会如何宽恕自己，他是一个残缺、软弱的个体，并没有走向真正的成熟。在努斯鲍姆看来，他为母亲和妹妹的哀伤之中，“混杂着愧疚感和自轻自贱，而并不纯粹是为另一个独立的个体感到惋惜”。因此，她认为，在小说结尾温斯顿变成一个“彻头彻尾的自私鬼”、一个“反悲剧主义的自恋狂”并不令人意外，因为“他的个性中本就包含着这一倾向”[③]，他被“老大哥”轻易摧毁的结局包含着某种必然性。努斯鲍姆在奥威尔所塑造的这一反抗者形象中，别有新意地呈现了自恋型人格与极权主义之间的潜在联系。

（二）“观看他人的世界”：文学与社会平等

除了以丰富的感知经验来对抗抽象的极权意识形态之外，对于民主政治

---

① Nussbaum M C, *Love's Knowledge: Essays on Philosophy and Literature*, Oxford University Press, 1990, p. 209.

②《一九八四》中这样描述温斯顿的梦境：“现在他母亲坐在他下面很深的一个地方，怀里抱着他的妹妹……她们是在一艘沉船的客厅里，通过越来越发黑的海水抬头看着他……他在光亮和空气中，她们却被吸下去死掉。她们所以在下面是因为他在上面。他知道这个原因，她们也知道这个原因，他可以从她们的脸上看出她们是知道的。她们的脸上或心里都没有责备的意思，只是知道，为了使他能够活下去，她们必须死去，而这就是事情的不可避免的规律。”见〔英〕奥威尔：《一九八四》，董乐山译，上海译文出版社，2011，第25页。

③ Nussbaum M C, "The death of pity: Orwell and American political life", In Gleason A, Goldsmith J, Nussbaum M C (Eds.), *On Nineteen Eighty-Four: Orwell and Our Future*, Princeton University Press, 2005, p. 292.

而言，文学的价值还在于其对特殊性的关注，来参与推进民主政治的平等与多元主义事业。

在为文学公共性进行辩护的过程中，努斯鲍姆援引斯密的《道德情操论》。她认为斯密的这部著作的主要部分是致力于发展一种情感理性的理论。斯密所提出的“公正的旁观者”，在为情感在伦理判断中的重要性作辩护的同时，也为文学阅读的公共价值作了有效的论证。在她看来，斯密一方面把这个旁观者理解为一位相对超脱的旁观者。由于自身并未卷入他所目睹的事件，于是因此能以超然的态度看待与审视眼前的情景。另一方面这位旁观者并不是冷冰冰的“理性人”，而是带着情感去看待这些事物的。他具备一种把自己想象成他人，把自己置于对方情境之中的能力，这就是一种同情的能力。“同情与其说是因为看到对方的激情而产生的，不如说是看到激发这种激情的境况而产生的。”[①]这就会对他人的情感采取一种批判意义上的同情。这个斯密意义上的“公正的旁观者”，就是在追求这样“合宜”的情感。

努斯鲍姆通过斯密得到启示，文学读者恰恰是斯密意义上的“公正的旁观者”：“斯密赋予了文学相当的重要性，把它视为一种道德指引。它的重要性来源于这样一个事实：读者身份实际上就是对‘公正的旁观者’身份的人为建构，以愉快而自然的方式将我们引向一种适合好公民与法官的态度。”[②]文学阅读中与作品人物的关系不同于日常生活。我们甚至会对在日常生活中并不喜欢的人物产生同情共感。由于这个故事并不是我们自己的，因此我们能在阅读中采取一种“真正的利他主义”的关系，“真正地去认识他人身上的他性”。[③]尤其是在一个存在着性别、种族等不平等的社会中，人们可以通过文学的经验同情地把自己视为我们自己社会中边缘或受压迫群体中的个体成员，学着暂时通过他们的眼睛观看这个世界，然后再作为旁观者，对我们所见到的一切进行反思。

赖特的小说《土生子》是努斯鲍姆的关于文学如何促进社会正义思想的一个重要文学案例。努斯鲍姆曾将这部小说作为阅读文本推荐给法学院学生，

① 〔英〕亚当·斯密:《道德情操论》，蒋自强、钦北愚、朱钟棣等译，商务印书馆，1997，第9页。

② Nussbaum M C, *Poetic Justice: The Literary Imagination and Public Life*, Beacon Press, 1995, p. 75.

③ Nussbaum M C, *Love's Knowledge: Essays on Philosophy and Literature*, Oxford University Press, 1990, p. 48.

因为它讲述的就是发生在邻近芝加哥大学的贫困街区发生的故事。主人公别格生活的世界如此逼仄、肮脏，充满暴力并缺乏温情与爱。努斯鲍姆指出这部作品通过引导读者理解别格的所有希望和恐惧来理解其完整的个体性，基于对这种个体性的理解，才有可能使人类超越那些文化塑造的群体间的彼此仇恨。因此，通过这样的小说阅读可以促使读者接触到一种陌生的经验，进入一个不同的世界之中，去同情那个世界的苦难。这种同情将不是流于浅层的，而是一种更深层次的同情，“一种对造成他这种现状的种族主义的结构的原则性愤怒”。[①]这种情感也将为社会制度的改革实践做好准备，至少这是社会正义的开始。努斯鲍姆的另一重要案例来自福斯特的《莫瑞斯》。这部小说牵涉到了同性恋议题，读者同样可以透过主人公莫瑞斯的眼光体会作为一个同性恋者在当时现实生活中所遭受的舆论压力与社会歧视：他不能公开表达他的性取向，他一直生活在受人指控与迫害的危险之中。虽然这部小说的主题与《土生子》有所不同，但两部小说都涉及了社会中人与人之间的“边界”问题，无论是黑人与白人、男性与女性之间，还是同性恋者与异性恋者之间，只要人类文明要向前发展，人类依然坚守平等自由的文明共识的话，那就需要去打破这些历史与习俗原因导致的人为构建的界限。

（三）“诗人作为法官”：文学与法律正义

除此之外，努斯鲍姆尤为看重文学经验在具体司法推理中所发挥的重要作用。尤其在美国高度法制的社会中，法官对于社会正义的影响是无处不在的。在教学过程中，她把诗性正义理想落实在她的法学院学生，也就是这些未来的法官身上。她通过非常重要的具体的司法案例来彰显文学经验对于公正审判的意义。

诗性正义的一个案例体现在“哈德森诉帕尔默案”中。原告帕尔默是一位因伪造罪、重大盗窃罪以及抢劫银行而被判罪服刑的囚犯。被告哈德森是一位曾经彻底搜查过帕尔默房间的警察。帕尔默认为哈德森在搜查其房间的过程中，故意损毁了他的一些合法私人财产，比如照片与信件，在人格上对他进行了羞辱。他为此上诉美国联邦最高法院指控哈德森违反了联邦宪法第

① Nussbaum M C, *Poetic Justice: The Literary Imagination and Public Life*, Beacon Press, 1995, p. 94.

四修正案中免于不合理搜查和扣押的权利。当时多数联邦最高法院的法官尽管承认对犯人的恶意搜查与故意骚扰这些行为有所不当，但并不认为哈德森的行为违反了正当程序。史蒂文斯大法官等反对者提出不同看法，他们认为从警察的角度看，囚犯的这点物品与隐私“一文不值”，但如果“以犯人的立场看，这些微不足道的隐私却标志着奴役与人性的区别”。私人信件、家庭快照、一个纪念品，一副纸牌、一本日记等这些并不那么昂贵的物品对于他人而言微不足道，但对于犯人本人而言，它们却会让他“与自己的部分过去保持连接，并看到更好未来的可能性”①。在这些论辩中，努斯鲍姆较为关注文学经验在史蒂文斯的考量中所发挥的作用。虽然从纯粹的修辞学角度看，史蒂文斯的论证并不具有“文学性”，但他却是以文学性的“公正的旁观者”的态度来作出评判的。他能够正视犯人的独立性与个体性，把他看作一个具有权利与尊严的人。

另一个案例为“玛丽·卡尔诉通用汽车公司艾莉森燃气轮机分公司”。原告玛丽是通用汽车公司的一家分公司修理店的女员工，在工作中长期受到男同事的骚扰，这种骚扰体现在言语及各种恶作剧上。对于玛丽的抱怨，她的上司也无动于衷。在地区法院的审理中，法官认为这种冒犯性言语在工作场所非常普遍，因此判决通用公司胜诉。此后卡尔再次上诉才改变了判决的结果。在这个过程中，波斯纳法官的判断起到了至关重要的作用。在努斯鲍姆看来，波斯纳在对该案件的描述中采取了“公正的旁观者”的立场：一方面他在对案件的描述中努力避免情绪化的表述，另一方面他努力去想象卡尔在工作场所遇到的种种遭遇，并表达了对通用汽车公司不作为的愤怒。在努斯鲍姆看来，这种情感是适当的，对于波斯纳的司法意见中的推理至关重要：“他所感到的义愤并不是任性的：它稳固地建立在事实之上，他使他的读者在其叙述中感受到这种义愤。”②

值得澄清的是，努斯鲍姆尽管对文学的政治价值给予充分肯定，但她并不认为文学因此就可以取代所有的制度建设，她也绝不会认可任何乌托邦意

① Nussbaum M C, *Poetic Justice: The Literary Imagination and Public Life*, Beacon Press, 1995, pp. 100-101.

② Nussbaum M C, *Poetic Justice: The Literary Imagination and Public Life*, Beacon Press, 1995, p. 110.

义上的“文学政治”与“美学革命”。在推进人类平等与社会正义的过程中，制度建设毫无疑问是最为关键的，想象力也永远不能取代对制度的建设，反过来还需要制度的存在来保障想象的权利。她对诗性正义的倡导，旨在提醒人们：一个正义的社会制度得到建立与良好的运作离不开美好人性的参与，但美好的人性是需要培养的，它的养分常常就藏在文学的肥沃土壤之中。“小说阅读并不会给我们一整个关于社会正义的故事，但它可以成为一座桥梁，把对正义的想象与将这一想象予以落实的社会行动连接起来。”[①]

第四节　伦理批评遭遇的挑战

以布斯和努斯鲍姆为代表的伦理批评在赢得掌声的同时，也遭遇了不少质疑与挑战。不同的学者基于不同的政治与文学立场，会对他们提出不同的批评[②]，其中最为有力的挑战并非来自文学界的对手，反倒是来自作为法学家、经济学家的波斯纳。1997 年，波斯纳在《哲学与文学》杂志上发表长文《反对伦理批评》对以布斯和努斯鲍姆为代表的伦理批评提出了质疑。此后，努斯鲍姆与布斯也分别撰文《准确与责任：为伦理批评辩护》与《为什么禁止伦理批评是个严重的错误》给予回应，最后波斯纳又分别对二人的回应作出回应。这些学者的讨论犀利、尖锐、坦诚，提出了许多深刻洞见，使讨论达到了很高的水平，为伦理批评的支持者与反对者提供了很多思想上的启发。

一、波斯纳对伦理批评的质疑

波斯纳的《反对伦理批评》一文主要是针对努斯鲍姆与布斯的伦理批评而作的，同时也对当时在法学界兴盛的“法律与文学”运动提出质疑。[③]他

---

① Nussbaum M C, *Poetic Justice: The Literary Imagination and Public Life*, Beacon Press, 1995, p. 12.

② 比如伊格尔斯通从德里达解构批评的角度指出，努斯鲍姆对文学语言的理解局限于传统观念，即把言语视为现实的再现。但在解构主义者看来，语言是模糊的、自足的，努斯鲍姆这种视语言为一种透明媒介的阅读是站不住脚的。（Eaglestone R, *Ethical Criticism: Reading after Levinas*, Edinburgh University Press, 1997, pp. 46-47.）

③ 参见 Posner R, “Against ethical criticism”, *Philosophy and Literature*, Vol. 21, No. 1, 1997.

指出，尽管努斯鲍姆并不否认审美的价值，但她还是最终将伦理作为衡量文学的尺度；同样，布斯的伦理批评也带着浓重的审查气息。波斯纳认为，尽管两人把文学阅读与人格的塑造联系起来，并强调这种效应是“复杂”而“不确定”的；尽管两人对作品的形式与内容一视同仁，但归根到底他们还是试图在文学作品中提炼“道德课”。为此波斯纳援引王尔德的名言来表明他的基本立场：“书无所谓道德的或不道德的。书有写得好或是写得糟的。仅此而已。”[①]在他看来，用伦理尺度来评价文学作品并不合适且毫无意义。理由如下。

首先，文学阅读并不能让人变得更好，也不能推动社会道德进步。从远处讲，繁荣的文学阅读并没有阻止德国在20世纪发生人类历史上惨无人道的屠杀；从近处说，作为美国最高法院历史上文学修养最好的大法官，霍姆斯也没有在“巴克诉贝尔案”中摆脱优生学意义上对智障人士的偏见。[②]其次，大量经典文学作品都存在道德与政治偏见，如莎士比亚的反犹主义、拉伯雷的厌女症、吐温作品中的种族主义等，但这些并不妨碍我们对它们的喜爱与高度评价。在波斯纳看来，伟大的文学会让他的读者暂时搁置他的道德判断，因为涉及道德的部分只是作品的原材料。总而言之，在波斯纳看来，伦理批评体现了一种对政治、宗教以及道德的沉迷，但这种沉迷“缺乏能力对文学做出美学的回应”，“并不健康”[③]。

本节接下来探讨努斯鲍姆的伦理批评。波斯纳指出努斯鲍姆对《金钵记》的解读侧重于探讨一位女性的成长。他认同努斯鲍姆的看法，即文学作品中的道德困境远比在传统哲学中的探讨生动。但他并不认可《金钵记》能够为我们自己生活中的道德困境提供指引，它似乎只能引发一系列相互抵触的道德反应。比如有的人会站在通奸者的立场，有的人则会站在玫姬的立场上去阅读这部小说。此外他还认为《金钵记》的道德立场相当模糊，并未给读者施加压力去选择一种正确的读法，而努斯鲍姆的伦理解读则过于简化，甚至

---

① 〔英〕王尔德：《道连·葛雷的画像》，荣如德译，上海译文出版社，2006，第3页。

② “巴克诉贝尔案”（1927）是美国一个关于优生学和强制绝育的案件。判决结果由美国联邦最高法院大法官奥利弗·温德尔·霍姆斯于1927年做出。判决结果认为，为了保护国家及人民健康，为智力受损者进行强制绝育手术并没有违反美国宪法第十四条修正案。最高法院至今仍未推翻该判决结果。

③ Posner R, “Against ethical criticism”, *Philosophy and Literature*, Vol. 21, No. 1, 1997, p. 8.

脱离了作品原有的主旨。波斯纳并不认为詹姆斯是一位道德主义者，而认为詹姆斯“迷恋于耸人听闻的、非自然的、类似乱伦的以及窥淫癖的场景”[①]。

对于努斯鲍姆认为文学能够推进道德的观点，波斯纳也不以为然。他指出，文学批评家很少扮演道德引领者的角色，经典作品的道德困境与当代所关注的道德议题也存在距离。没有任何证据证明谈论道德就能改善道德行为：“道德哲学家以及他们的学生、文学批评家以及英文专业大学生在态度或行为上并没有比其他领域的同行在道德上更胜一筹。”[②]具体而言，波斯纳认为努斯鲍姆把《艰难时世》理解为对经济学的批判是“肤浅且很容易进行反驳”。他认为小说讽刺的不是功利主义本身，而是格雷戈林把边沁的理论用在了错误的领域中；他还指出努斯鲍姆所选择的作品（如我们会在后文中谈到的福斯特的《莫瑞斯》以及赖特的《土生子》），更像是应时之作，而不是能经受时间考验的一流的作品，它们的价值只体现在当时的历史情境中，放在当代则显得陈旧过时。借此波斯纳犀利地指出，努斯鲍姆这种选择本身就暗示了文学内部存在着大量并不道德的作品，否则她完全可以选择那些更加有名的作品，而不需要去担心它们不够“自由主义”。伟大的文学抗拒自身被“教益化”：莎士比亚的作品中充满大量种族主义和性别歧视的态度。文学可以提供各种各样的友谊，很多可能是罪恶的、危险的或者不负责任的。

如果文学不是用来塑造更好的道德，推进社会正义，那么我们读文学是为了什么？波斯纳的回答是[③]：我们可以通过阅读明白，由于文化距离与作品的复杂性，通过阅读让自己变得更好是非常困难的。我们通过阅读可以学会更好地表达自己。此外，我们还能学到那些不同于我们自身的价值、文化体验、时代以及情感。这是一种共情（empathy），但它是非道德的（amoral）。如果要谈文学的道德，与其说是为了让我们在道德上变得更好，不如说是让我们在生活的游戏中变得更为成功。他援引尼采指出，文学不是来帮助我们的，而是让我们成为我们。文学让你意识到你自己的所思所想，它能帮助你更好地了解你自己。此外文学还具有心理意义而非道德意义上的治疗与安慰

① Posner R, “Against ethical criticism”, *Philosophy and Literature*, Vol. 21, No. 1, 1997, p. 12.

② Posner R, “Against ethical criticism”, *Philosophy and Literature*, Vol. 21, No.1, 1997, p. 12.

③ Posner R, “Against ethical criticism”, *Philosophy and Literature*, Vol. 21, No.1, 1997, pp. 19-20.

的价值，它所产生的效应是多样的，文学可以使我们更加强大，或者更为自豪，但不太可能让我们变得更好。因此，对文学作品进行伦理或道德上的探询，就完全是一种对文学的偏离。

二、努斯鲍姆的回应

针对波斯纳的论文，努斯鲍姆撰写《准确与责任：为伦理批评辩护》予以回应。[①]她援引詹姆斯为伦理批评辩护，因为在詹姆斯心目中的小说家是一个伦理与政治性的存在。我们的社会需要小说家来对一个由“廉价而简单规则”所主宰的文化进行批评，因为人们会由于迟钝和缺乏想象力而对他人造成灾难。当我们追随詹姆斯的作品时，也就是参与到了一种伦理活动之中。

在接下去的文章中，努斯鲍姆正式展开对波斯纳的回应与反击。她认为要回应波斯纳的挑战存在三个困难。第一，波斯纳没有对她与布斯的伦理批评的观点进行太多的描述与分析，他的批评存在着模糊性。第二，波斯纳的文章存在着两个观点。一个较强的观点认为文学并不存在伦理维度，文学的美学价值与伦理价值是完全分离的；一个较弱的观点认为文学挑战那种简单化了的道德主义。那个较强的观点对她与布斯形成了挑战，但那个较弱的观点并不形成挑战，因为道德主义正是她与布斯所共同反对的。第三，她指出，波斯纳使用的例子并未涉及太多小说，主要是诗歌。这与她本人对现实主义小说的关注之间存在着错位，缺乏文类上的针对性。

努斯鲍姆首先指出，她并未笼统地在一般意义上谈论文学，而是在一个限定的范围内探讨文学对于回答“人应当如何生活”这个问题的价值。她明确指出，文学具有多种目的，她并不否认文学的形式主义批评所做的贡献。作为一位政治多元主义者，她在文学上也是多元主义的，坚信很多方法都值得尊重与培养。其次，关于《金钵记》的批评，努斯鲍姆并不认可波斯纳将其视为借助文学批评上“道德课”的评价，她认为自己对《金钵记》的阅读的目标在于论证做出一个好的选择是具有高度特殊性的；她同时批判波斯纳并未讨论她关于詹姆斯的其他两部作品《卡萨玛西玛王妃》与《使节》。她

① 参见 Nussbaum M C, “Exactly and responsibly: A defense of ethical criticism”, In Davis T F, Womack K (Eds.), *Mapping the Ethical Turn: A Reader in Ethics, Culture, and Literary Theory*, University of Virginia Press, 2001, pp. 59-77.

认为波斯纳根本不理解她在《爱的知识》中的总体诉求。该书的主要对手是哲学家，他们认为道德哲学的研究并不需要文学的参与，哲学家只需要研究康德主义或功利主义就可以解决所有的伦理问题。关于《诗性正义》，努斯鲍姆认为她所面对的任务又有所不同：“推荐特定的文学作品给公民及公务人员，把它们作为改进慎思的有益资源。”①

在努斯鲍姆看来，波斯纳对伦理批评的反对提出了四种论证：“能共情的施虐者论证”(empathetic-torturer argument)、“糟糕的文人论证”(bad-literati argument)、“邪恶的文学论证”（ evil-literature argument ）以及“美学自主性论证”（ aesthetic-autonomy argument ）。

首先，她认为“能共情的施虐者论证”很容易反驳。波斯纳说，理解别人的所思所感并不意味着产生同情的行为。比如理解受虐狂会造就虐待狂，行刑官在折磨犯人的时候也会对施加于对方的痛苦感同身受。努斯鲍姆认为波斯纳没有注意到她对同情的界定是一种亚里士多德式的关于痛苦的同情，同情者本身也与对方有相似的处境，是差不多的人。波斯纳所说的同情其实是一种共情，而非对他人产生伦理意识的同情。她也同意波斯纳的看法，同情不一定引发行动，但她想说明，对这种文学阅读及同情心的培育比不培养这种能力要好。

其次是“糟糕的文人论证”，波斯纳指的是纳粹读过很多小说并没有让他们变得善良。努斯鲍姆指出，她和布斯讨论的是阅读过程中小说与心灵之间的交流，这并不能保证这种影响在未来如何持久影响读者的生活；她也从不认为人们花越多的时间在阅读上，人们就一定会变得更好。至于纳粹，它的社会环境本身具有的有害影响压倒了文学的积极影响；而且，也不是所有文学都能促进同情，她怀疑纳粹狂热分子并不会去读狄更斯，他们反而是尼采与瓦格纳的狂热读者。

再次，“邪恶的文学论证”在努斯鲍姆看来比较复杂也颇有意思。波斯纳认为文学具有很多罪恶，并把这些罪恶施加于读者：比如让我们同情阶级

① Nussbaum M C, “Exactly and responsibly: A defense of ethical criticism”, In Davis T F, Womack K (Eds.), *Mapping the Ethical Turn: A Reader in Ethics, Culture, and Literary Theory*, University of Virginia Press, 2001, p. 65.

特权，对女性进行歧视与压迫，宣扬战争与抢掠以及可怕的种族主义。努斯鲍姆认同这个看法，的确，并非所有的文学在伦理上都具有积极性。这就需要对文学作品进行必要的伦理评估。当然她指出这种评估是非常复杂的，不能是政治审查或道德主义的，而是要求读者或批评家从作品的整体（或如布斯所说的“隐含作者”）角度去做出衡量与评价。

最后是“美学自主性论证”。在努斯鲍姆看来，这个论证在美学史上有一个久远的历史传统，值得认真对待。该论证认为文学的审美价值与伦理价值是彻底分离的，但努斯鲍姆并不认为审美是可以与伦理彻底分离的。在她看来，她所讨论的这几部詹姆斯的小说都流露出强烈的伦理意识，也得到了作者本人的确认。即便是波斯纳，作为一位文学的爱好者本身，文学也对他个人具有伦理价值，他所说的文学“让我们的生活有意义”本身难道不代表一种伦理的价值吗？

努斯鲍姆最后做出结论：波斯纳不同意伦理批评的根源在于他不支持她所倡导的同情/平等主义世界观。他更倾心于远离这些社会议题的文学作品，如叶芝与艾略特的诗歌，而她自己则更欣赏狄更斯、奈保尔这样一些讨论社会问题的作家，希望读者通过阅读这些作家的作品来更好地思考与关注当下的各种社会不平等现象。波斯纳拒绝所有这些作品，她表示尊重波斯纳在审美上的趣味与选择，但反过来，她觉得波斯纳却不尊重她的选择，并把她与布斯的伦理批评说得一文不值。作为一位号称自由价值的积极捍卫者，波斯纳却写下如此专横而不自由的文章。“他应该问问他自己这是为什么？”[①]努斯鲍姆以犀利的反问结束全文。

三、布斯的回应

针对波斯纳的挑战，布斯也撰写《为什么禁止伦理批评是个严重的错误》一文做出回应。[②]在他看来，波斯纳对伦理批评的批判存在着内在的紧张：

① Nussbaum M C, “Exactly and responsibly: A defense of ethical criticism,” In Davis T F, Womack K (Eds.), *Mapping the Ethical Turn: A Reader in Ethics, Culture, and Literary Theory*, University of Virginia Press, 2001, p. 77.

② 参见 Booth W C, “Why banning ethical criticism is a serious mistake”, *Philosophy and Literature*, Vol. 22, No. 2, 1998.

“波斯纳一”要把所有的伦理问题从审美判断中排除出去；“波斯纳二”并不是作为法律上的，而是作为文学上的法官在进行伦理批评。为此布斯称之为“波斯纳悖论”（Posner Paradox）。

布斯同意努斯鲍姆对波斯纳的回应，他认为波斯纳的论文在六个问题上给他带来理解上的困惑。

第一，在阅读故事是否真的会对读者造成道德影响这个问题上，波斯纳会跟他一样作出肯定的回答。比如他举过歌德的《少年维特之烦恼》在当时欧洲造成自杀率上升的案例。

第二，如果我们确实相信一部文学作品对读者的人格产生了负面影响，那么是否就可以评价该小说为“不道德的”？这里的回答显然是否定的：我们对作品的评判应该着眼于作品本身而非它在现实中造成的结果。

第三，我们是否可根据文学作品中出现的某种在我们看来好的或不好的价值取向对作品进行评价。比如《李尔王》这个剧本中把挖眼珠表现为一件好事，那么我们是否因为这一价值选择而对整部作品进行负面评价？在这个问题上他相信波斯纳也会做出否定回答，因为作品的价值取决于故事整体所呈现的价值观。布斯指出，历史上的很多道德主义批评家经常对上述三个问题做出肯定回答。在针对这些道德主义批评问题上，波斯纳是正确的。那些道德主义批评家跟今天的许多后现代主义意识形态者一样，在强调道德功用时忽视了美与感性愉悦。一个道德正确的故事不一定是好故事，一个包含了某种不道德因素的故事也未必是个坏故事。拉伯雷对女性的歧视确实让布斯在阅读《巨人传》时少了几分愉悦，但这并没有过多损害到他对这位伟大作家的肯定。最为糟糕的是，有些道德主义批评家把自己的标准强加于作品，有的时候甚至连作品都不读。布斯为此认为波斯纳错误地理解了努斯鲍姆和他的伦理批评，因为他们也共同反对那种简单狭隘的道德主义。

第四，真实生活中的作家的道德品质是否会影响我们对作品的判断？布斯希望他和波斯纳的回答都是否定的。我们不能把生活中的作家等同于作品中的作家，不能因为托尔斯泰在生活中虐待过他的妻子，就进而否定《安娜·卡列尼娜》的文学价值。为此布斯认为在这四个问题上他同意“波斯纳一”，文学能够改变读者，但这些改变并不能证明作品自身的品质。但在接下去的第五和第六个问题上，他认为会与波斯纳之间产生分歧。

第五，我们是否可以根据作品全部的伦理效应来衡量它的质量？在布斯看来，“波斯纳一”会对此回答说“不”。阅读伟大作品并不会让我们成为好人或好公民，那些从事文学阅读的人并不比那些不读文学的人要好到哪里去，波斯纳以纳粹时期的德国人精通文学作为例证。但布斯认为，波斯纳的论点缺乏细致的论证:他并没有去探究这些文学作品是如何被阅读与教学的，他也并不知道那些杀人恶魔究竟读的是哪些作品，在这方面并不存在确凿的证据。

第六，哲学家和文学批评家是否应把伦理作为文学作品的核心价值进行讨论？布斯认为在这个问题上两个波斯纳相互矛盾。“波斯纳一”认为审美是审美，道德是道德，两者不能混为一谈。“波斯纳二”则是个文学爱好者，经常会对作品作伦理评价。布斯感到他与“波斯纳一”存在着深刻的分歧，但“波斯纳二”的表述却比较含混，并未强调审美与生活的分离。“波斯纳二”所强调的美学观背后所指涉的“开放、疏离、享乐、好奇、宽容、自我培育以及保存私人领域的价值”恰恰是一种伦理意义上的“自由主义个人价值观”。布斯指出，波斯纳的问题出在他没有看到“道德的”（moral）与“伦理的”（ethical）之间的区别。他引用王尔德为其审美主义辩护，却没有看到王尔德所有作品甚至包括其所塑造的人物的道德立场。王尔德经常试图去创造一种在他看来“更好的人”，这种人能够用更高的眼光看待世界与艺术，并以此来指导生活。这便是一种显而易见的伦理立场。最后布斯的结论是，他同意的是“波斯纳二”对文学伦理的肯定，反对“波斯纳一”对伦理的排斥。作为波斯纳本人，他需要意识到自身思想的内在悖论。

结　语

通过对这场围绕着伦理批评而展开的论战的介绍，我们可以切身体会到优秀学者之间的学术讨论并不是大学生辩论赛式的争强好胜，而是争辩双方基于对真理的诚意来将问题的理解引向更为清晰、深入的方向。

总体而言，波斯纳的文字遒劲有力，文章气势不凡，对现实总是有敏锐的观察力，并能提出尖锐的问题，但其缺陷在于很多观点流于宏观与笼统。相比之下，无论是布斯还是努斯鲍姆，在回应波斯纳的挑战过程中，体现出高水平的分析能力，能够将波斯纳的笼统指责，细化为更为具体的问题，并进行逐条回应。当然，较之于布斯，努斯鲍姆确实体现出更为强烈的伦理意识。如果说，王尔德式的美学观念在布斯那里可被视为一种伦理态度的话，努斯鲍姆的伦理概念似乎要较之更进一步，尽管她也认可这种文学的伦理，但她的确更在乎这种伦理如何与公共政治生活相联系。在这一点上，波斯纳指出其伦理观念中存在着的平等主义是没有错的，他的担心与直觉也有一定的道理。尤其从努斯鲍姆的后期作品（如《诗性正义》等）看，她的伦理批评在开放度上有所收紧，试图将文学纳入为自由主义政治服务的目标上去，其局限也在某种程度上折射出当下自由主义文论所遭遇的困境。

当下有关伦理批评的争议依然在持续，当下的审美主义与意识形态主义批评也正在形成对伦理批评的新一轮攻势。对于伦理批评而言，这样的挑战与碰撞并不可怕，反倒有助于它更好地发展自身。以布斯和努斯鲍姆为代表的英美伦理批评有助于突破现有文学研究的学科化局限与专业主义冷漠，并有利于形成更为自由开放的人文研究格局。

首先，相比于那些苦大仇深的意识形态批评家，作为人文主义者的布斯与努斯鲍姆向人们展示了他们对书籍的热爱并能享受文学阅读的乐趣。用布斯的话来说，他们是真正“以书为友”的批评家。当其他批评家们还沉溺于利科所谓的“解释的怀疑”态度中，以敌意的方式将文学作品视为“迷网，像语言狱室里的一间牢房”的时候，他们依然以普通读者的心态博览群书，通过“引人入胜的故事”“与小说共度的最美妙时刻”等描述来表达一种超越学术的文学热情。

其次，作为真正热爱文学与生活的批评家，布斯与努斯鲍姆的批评实践基于真实的文学体验与生活经验，重视细节与特殊性，对抽象的理论持审慎的怀疑态度。也许在某些理论家看来，他们的理论缺乏体系性，常常以零碎的方式内嵌在具体文本的分析之中，但这恰恰是他们的优势所在，对事物特殊性的失察和具体情境的感知是传统理论的短板，他们从亚里士多德的伦理学和詹姆斯的小说那里洞察到一种更符合生活真实的洞察力。这种洞察力有利于实现文学以及文学批评对于现实的真正介入。

再次，布斯与努斯鲍姆对伦理的重视可以与对形式的强调并行不悖。他们都相当看重文学形式本身的道德内涵，超越了传统的道德主义批评。作为亚里士多德思想在当代的继承者，他们都不约而同地认为《诗学》中所探讨的不是抽象形态的形式，而是价值观的形式。在布斯看来，“没有什么比形式之爱更具人情味”，而不认可对艺术进行“纯化”的目标。[①]努斯鲍姆则指出“文学形式不能从哲学内容中分离出来，它自身是内容的一部分，是对真理进行叙述的一个完整的部分”。[②]

最后，布斯与努斯鲍姆都怀抱强烈的人文教育使命感与责任感，这使得他们的文学批评具有极强的实践感与公共性。他们在写作上不仅有突出的读者意识，而且怀有强烈的育人理念。与他们的前辈一样（如白璧德、利维斯、特里林），他们的每部作品背后都隐藏着一个师者的背影。布斯会在大谈“作者之死”“零度写作”的语境中重新强调作者与读者的意识，并认为“文学批评”的意义并不仅仅旨在对小说技巧或形式进行研究，而且是一种友情的召唤，是对“整个思考人类生活意义事业的深刻问题进行终生探求的一部分”[③]。努斯鲍姆的写作更是如此，她对文学的理解不仅触及人类现实伦理生活的问题，而且还延伸到了社会政治领域。她的《培养人性》讨论了叙事想象之于培育世界公民的价值，《诗性正义》则致力于将文学想象应用于公共的政治与法律领域中去。

由此可见，探讨以布斯与努斯鲍姆为代表的当代英美文论的“伦理转向”对于当代中国文论事业的意义不在于其理论的前沿性，而在于其务实且不乏批判精神的人文品格。为了摆脱狭隘的工具论文艺观，20 世纪 80 年代以来的“新启蒙”在文艺美学领域的主要特色就是对文学作品采取“非道德化”与“去政治化”的理解。但当时人们没有充分意识到，伦理的重要性以及“文学自主性”本身的政治诉求。时过境迁，在媒介社会与消费主义

① Booth W C, *The Essential Wayne Booth*, ed. Walter J, The University of Chicago Press, 2006, p. 142.

② Nussbaum M C, *Love's Knowledge: Essays on Philosophy and Literature*, Oxford University Press, 1990, p. 3.

③ Booth W C, *The Essential Wayne Booth*, ed. Walter J, The University of Chicago Press, 2006, p. 152.

兴起的今天，随着中国现代化转型过程中社会正义的凸显，伦理问题亟待关注，人文理想亟须重建，有越来越多的学者意识到超越 20 世纪 80 年代，直面“审美正义”的必要性。无目的地追随某些反人文的理论潮流，绝非优秀学术的归宿所在。

当下国内学界对英美伦理批评的复兴已有所关注。[①]不过，较之于国内学界热闹的法国文论研究介绍，英美文论的相关研究存在不足。比如两位代表性学者的作品译介就不够及时，自 20 世纪 80 年代引入布斯《小说修辞学》以来，在很长一段时间内这位学者的贡献并未受到学界的重视，2009 年译介的第二部相关论文集《修辞的复兴》，学界反应冷淡。他的另一部重要著作《我们所交往的朋友》迄今尚未得到译介与研究。努斯鲍姆的作品目前虽已有多部得到译介[②]，但与文学研究最为相关的《爱的知识》却迟迟未得到译介出版。此外尽管对布斯等人的研究已积累了一些成果，但国内学界对其文学理论与批评的整体关照方面方兴未艾，还有待进一步的开拓。如果说，中国文学界在 20 世纪 80 年代借“文学主体性”完成新启蒙的话，那么在 21 世纪的今天，“人文启蒙”有必要借“伦理转向”之机重获新生。通过对文学研究伦理之维的关注，我们有可能反思并超越当下文学研究的既定范式，从而以更开阔的视野来观照文学及其背后的人生。

---

① 如聂珍钊近年来致力于倡导伦理批评，并对当代英美世界伦理批评及其论争作过介绍（参见聂珍钊:《文学伦理学批评导论》，北京大学出版社，2014，第 156-160 页）；段俊晖从批判人文主义的视角对白璧德、特里林和萨义德的文学观点与批评实践进行了颇有价值的梳理（参见段俊晖:《美国批判人文主义研究：白璧德、特里林和萨义德》，北京大学出版社，2013）；刘英、李点、杨革新、程锡麟等对英美“伦理转向”及其代表人物的批评实践也作了相关介绍梳理（参见刘英:《回归抑或转向：后现代语境下的美国文学伦理学批评》，《南开学报（哲学社会科学版）》2006 年第 5 期，第 90-97 页；李点:《理论之后：论当代文学研究中的伦理批评》，《文艺理论研究》2010 年第 6 期，第 23-27 页；杨革新:《文学研究的伦理转向与美国伦理批评的复兴》，《外国文学研究》2013 年第 6 期，第 16-25 页；程锡麟:《析布思的小说伦理学》，《四川大学学报（哲学社会科学版）》2000 年第 1 期，第 64-71 页）。

② 玛莎·努斯鲍姆目前被译介的作品包括《诗性正义：文学想象与公共生活》（北京大学出版社 2010 年）、《告别功利》（新华出版社 2010 年）、《善的脆弱性：古希腊悲剧和哲学中的运气与伦理》（译林出版社 2007 年）、《培养人性》（上海三联书店 2013 年）、《正义的前沿》（中国人民大学出版社 2016 年）、《寻求有尊严的生活：正义的能力理论》（中国人民大学出版社 2016 年）、《欲望的治疗：希腊化时期的伦理理论与实践》（北京大学出版社 2018 年）、《女性与人类发展：能力进路的研究》（中国人民大学出版社 2020 年）、《论恐惧》（北京师范大学出版社 2021 年）。

参考文献

〔美〕阿伦·布洛克:《西方人文主义传统》，董乐山译，生活·读书·新知三联书店，1997。
〔美〕爱德华·W. 萨义德:《人文主义与民主批评》，朱生坚译，上海三联书店，2013。
〔美〕安东尼·T. 克龙曼:《教育的终结：大学何以放弃了对人生意义的追求》，诸惠芳译，北京大学出版社，2013。
〔美〕保罗·博维:《权力中的知识分子：批判性人文主义的谱系》，萧莎译，江苏人民出版社，2005。
〔英〕彼得·巴里:《理论入门：文学与文化理论导论》，杨建国译，南京大学出版社，2014。
〔英〕查尔斯·狄更斯:《艰难时世》，陈才宇译，上海三联书店，2014。
〔英〕海伦·加德纳:《捍卫想象》，李小均译，广西师范大学出版社，2019。
〔美〕亨利·詹姆斯:《金钵记》，姚小虹译，上海译文出版社，2017。
李点:《理论之后：论当代文学研究中的伦理批评》，《文艺理论研究》2010 年第 6 期，第 23-27 页。
〔美〕理查德·波斯纳:《公共知识分子：衰落之研究》，徐昕译，中国政法大学出版社，2002。
〔美〕莫里斯·迪克斯坦:《途中的镜子：文学与现实世界》，刘玉宇译，上海三联书店，2008。
〔美〕欧文·白璧德:《文学与美国的大学》，张沛、张源译，北京大学出版社，2004。
〔美〕乔治·斯坦纳:《托尔斯泰或陀思妥耶夫斯基》，严忠志译，浙江大学出版社，2011。
〔美〕芮塔·菲尔斯基:《文学之用》，刘洋译，南京大学出版社，2019。
〔英〕特里·伊格尔顿:《文学事件》，阴志科译，河南大学出版社，2017。
〔美〕托马斯·索维尔:《知识分子与社会》，张亚月、梁兴国译，中信出版社，2013。
〔美〕文森特·里奇，王顺珠编:《当代文学批评：里奇文论精选》，北京大学出版社，2014。
〔美〕约翰·卡洛尔:《西方文化的衰落：人文主义复探》，叶安宁译，新星出版社，2007。
〔美〕约瑟夫·诺斯:《文学批评：一部简明政治史》，张德旭译，南京大学出版社，2021。
〔英〕朱利安·沃尔弗雷斯:《21 世纪批评述介》，张琼、张冲译，南京大学出版社，2009。
Alter R, *The Pleasures of Reading in an Ideological Age*, Touchstone Books, 1989.
Aristotle, *The Nicomachean Ethics*, trans. Ross D, Oxford University Press, 2009.
Booth W C, *The Rhetoric of Fiction*, The University of Chicago Press, 1983.
Booth W C, *The Company We Keep: An Ethics of Fiction*, University of California Press, 1989.
Booth W C, "Why banning ethical criticism is a serious mistake", *Philosophy and Literature*, Vol. 22, No. 2, 1998.

Booth W C, *The Essential Wayne Booth*, ed. Walter J, The University of Chicago Press, 2006.

Daniel R S, "A humanistic ethics of reading", In Davis T F, Womack K (Eds.), *Mapping the Ethical Turn: A Reader in Ethics, Culture, and Literary Theory*, University of Virginia Press, 2001.

Eaglestone R, *Ethical Criticism: Reading after Levinas*, Edinburgh University Press, 1997.

James H, *The Art of the Novel*, Charles Scribner's Sons, 1934.

Nussbaum M C, "Exactly and responsibly: A defense of ethical criticism", In Davis T F, Womack K (Eds.), *Mapping the Ethical Turn: A Reader in Ethics, Culture, and Literary Theory*, University of Virginia Press, 2001.

Nussbaum M C, "Literature and ethical theory: Allies or adversaries?", *Yale Journal of Ethics*, No. 9, 2000.

Nussbaum M C, "The death of pity: Orwell and American political life", In Gleason A, Goldsmith J, Nussbaum M C (Eds.), *On Nineteen Eighty-Four: Orwell and Our Future*, Princeton University Press, 2005.

Nussbaum M C, *Love's Knowledge: Essays on Philosophy and Literature*, Oxford University Press, 1990.

Nussbaum M C, *Poetic Justice: The Literary Imagination and Public Life*, Beacon Press, 1995.

Nussbaum M C, *The Fragility of Goodness: Luck and Ethics in Greek Tragedy and Philosophy*, Cambridge University Press, 2001.

Parker D, "Introduction: The turn to ethics in the 1990s", In Adamson J, Freadman R, Parker D (Eds.), Renegotiating Ethics in *Literature, Philosophy, and Theory*, Cambridge University Press, 1998.

Posner R, "Against ethical criticism", *Philosophy and Literature*, Vol. 21, No. 1, 1997.

Trilling L, *The Moral Obligation to Be Intelligent: Selected Essays*, ed. Wieseltier L, Northwestern University Press, 2008.

Williams B, *Ethics and the Limits of Philosophy*, Fontana Press, 1985.

Williams J J, "The new modesty in literary criticism", https://www.chronicle.com/article/the-new-modesty-in-literary-criticism/.

第三章
当代精神分析的“伦理转向”

引　言

对西方精神分析“伦理转向”的关注，并非亦步亦趋地对最新西方思想热点的被动追随。中国知识界对其引介和介绍，有其自身的问题意识与批判意识。

当代文学理论的“伦理转向”，是与20世纪社会和政治发展，以及知识界应对这一“短20世纪”的挑战息息相关。我们可以在知识发展脉络、现实社会动因等几个方面理解和定位这一转向。

就现实社会发展而言，德·曼作为重要的解构主义理论大师被揭秘曾效忠纳粹，加之海德格尔与纳粹的纠葛关系，直接触发了第二次世界大战后知识界自20世纪60年代开始，对理论家伦理责任、思想生产与现实政治勾连等一系列问题的自反性思考。德里达关于“善/恶”的讨论、列维纳斯“作为第一哲学的伦理学”的提法、米勒针对德·曼“阅读寓言”提出的“阅读伦理”等关键概念，共同显示着朝向伦理议题的重新对焦。尤其在后冷战时代，区域性暴力的不断升级、共同体内部身份认同的多元化张力，都是触发这一理论转向的现实动因。

就当代文艺理论发展而言，后结构主义与解构主义文论拒绝了“正义”“真理”“善/恶”等带有形而上学和历史目的论色彩的命题，在历经对语词的热恋、对本体论问题的悬置之后，“伦理转向”对后结构主义这一理论范式构成了反拨与质疑。通过对传统伦理学的重返，通过重新书写有关公平、正义、善良、“如何做一个好人”等文艺理论“语言转向”范式难以回应的命题，当代文艺理论的“伦理转向”，试图在“后理论”时代开拓文艺理论的新道路。

在这一现实发展、范式更新触发知识界重新朝向伦理的过程中，精神分析的“伦理转向”，首先是精神分析学派内部的理论延续，与此同时，在“伦理转向”成为当代知识生产的新问题时，精神分析与这一思想主题，既表现出某种合流，又产生了某种错位。在知识生产的延续上，自弗洛伊德将文明的性道德视为现代神经症的起因，并拒绝所谓“爱邻犹如爱己”之后，精神分析始终强调伦理禁令对个体的压迫与压抑。这一弗洛伊德奠定的对于伦理的否定态度，在拉康处体现为坚持道德和伦理的概念区分，并将道德安置于去主体的符号结构中；在齐泽克处，则体现为对列维纳斯带动的“伦理转向”持续的批判。这造成了精神分析与整个“伦理转向”的某种错位，一方面，拉康和齐泽克都坚持伦理问题的重要性，并将伦理问题置于他们思考的核心概念中，但是另一方面，精神分析又拒绝以康德为代表的所谓“传统伦理学家”，锐意建立精神分析自身的伦理尺度。拉康将伦理概念置于实在界并将伦理问题作为精神分析核心的做法，率先启动了这一精神分析伦理学的建构，并以“康德与萨德”的同构同源作为理论成果。通过重述欲望主体，尤其是发掘精神分析过程中医患关系的不对等性，拉康力求建构一种建立在痛快政治基础上的精神分析伦理。齐泽克等则继承了拉康这一实在界伦理概念，并续写了伦理责任、伦理主体等精神分析的新思路，形成了对当代多元文化主义、他者政治的批判性反思。

精神分析与其他理论流派围绕伦理问题的争议，显示了不同理论对当代社会现实冲突的不同回应。因此伦理问题也成为重新进入精神分析理论的入口，以伦理问题为起点，重构从弗洛伊德到拉康的精神分析思想谱系，正在成为当代西方精神分析研究的新热点。

中国知识界对精神分析文论的关注，在于精神分析始终致力于对社会性主体的生成及其困境的持续探索。精神分析“伦理问题”的凸显，正显示了理论介入现实、介入社会发展的努力，这意味着没有中性的写作位置，文学和文论研究理应承担其伦理位置与伦理责任，这不仅对西方形式主义文论的审美自律论构成了矫正，也对再探文学与现实的关系等现实命题，具有积极意义。

第一节 前史：弗洛伊德与伦理

在 19 世纪末，当一位奥地利的犹太医生，第一次使用“精神分析”来概括和命名自己的工作时，他无疑丢下了一枚伦理炸弹。就在一年之后（1895 年），卢米埃尔兄弟在巴黎的咖啡馆成功举行了那场日后被视为电影诞生标志的商业放映活动；与此同时，普朗克、爱因斯坦等一群科学家正在探索理解世界的新方式，就在量子力学、相对论呼之欲出之时，人类对道德伦理、欲望需求的探索热情也日益高涨。在这个历史关口，弗洛伊德打破了有关人类道德的某种认知与想象，正如他本人的自知之明：“精神分析有两个假设触怒了全世界，并使之不受欢迎。其一是冒犯了理性的成见，其二是冒犯了美育或道德的成见。”[①]弗洛伊德的“心理地形图”和性本能理论，尽管并非专门针对伦理学而来，但是他对于儿童性欲的大胆肯认，对于俄狄浦斯情结的揭示，对于力比多主导地位的阐释，都对自亚里士多德以来西方伦理学的诸多理论前提构成了致命打击。

弗洛伊德在他的个人著述中，基本是从负面、压抑的批判角度立论的，解释道德和伦理学对于个体提出的高压要求及其所产生的文明危机。在较早期的作品中，他指出“文明道德”的要求与主体非道德属性的性驱力之间存在着不可调和的冲突。当道德感在这一冲突中占据上风，性驱力又无法通过升华被释放缓解时，“性”或者以变态的方式表达，或者被压抑而引发神经症。在写于 1908 年的《“文明的”性道德与现代神经症》中，弗洛伊德指出文明道德才是神经症困扰的真正来源：“可以设想，当文明的性道德占据主导地位时，个体的健康与效能会受到损害，而这种以牺牲自我为代价的损害若达到一定点则最终导致文化的目的本身也受到损害。”[②]在早期弗洛伊德看来，现代社会神经症的增多与蔓延，正是所谓“文明的性道德”的压迫恶

①〔奥〕弗洛伊德:《精神分析导论》，张爱卿译，见车文博编《弗洛伊德文集》（第四卷），长春出版社，2010，第 10-11 页。

②〔奥〕弗洛伊德:《“文明的”性道德与现代神经症》，宋广文译，见车文博编《弗洛伊德文集》（第三卷），长春出版社，2010，第 83 页。

果。在 20 世纪的开端，弗洛伊德将人类社会神经症的增加归因于现代文明的这一思考，使得他成为一个对于现代性进程的不折不扣的批判者：正是现代生活的竞争高压、社会发展的一路加速、财富地位的骤变转折，要求个体不得不付出更多的能量，特别是心理能量，以应对这个加速的全新世界。文明社会的道德标准作为“破坏性生活、压制性活动、歪曲性目标的因素”[①]，构成了精神神经症（psychoneuroses）的病因学所在：“正是施加于文明人（或阶层）的‘文明的’性道德对性生活的压制而导致了神经症的产生”[②]，因此“我们社会神经症的增加乃是性禁忌被强化（intensification）的结果”[③]。在这一文明的性道德的重压之下，人类可能达成的绝地逢生只有通过“升华”作用：“它可拿出巨大的能量用于文明活动，在实现这一目标中其物质强度并未减少，这种将原来的性目标转移到另一不具性特征的目标上的能力叫做升华。”[④]但是弗洛伊德亦指出“依靠升华，即将性本能由性目标移至更高级的文化目标，也只是极少数人间断地才能做得到的”[⑤]。弗洛伊德以 20 世纪 60 年代性解放运动的先声之语，坚定反对文明社会的性禁忌，“就此而言，我们必须质问：我们有必要为这种‘文明的’性道德做出牺牲吗？尤其当我们仍将享乐主义（hedonism）作为文化发展的目标之一，并努力争取个人幸福之时”[⑥]。

在其思想发展的早期，在这篇被视为所谓“泛性论”经典代表的文献中，以性压抑为立足点，弗洛伊德提出了他对于人类文明社会的理解，那就是冠冕堂皇的人类文明建立在对心理本能冲动的压制之上，生活于其中的每一个个体，都必须做出一定程度的牺牲。弗洛伊德控诉这一文明的重负，亦同情

①〔奥〕弗洛伊德:《“文明的”性道德与现代神经症》，宋广文译，见车文博编《弗洛伊德文集》（第三卷），长春出版社，2010，第 85 页。

②〔奥〕弗洛伊德:《“文明的”性道德与现代神经症》，宋广文译，见车文博编《弗洛伊德文集》（第三卷），长春出版社，2010，第 84 页。

③〔奥〕弗洛伊德:《“文明的”性道德与现代神经症》，宋广文译，见车文博编《弗洛伊德文集》（第三卷），长春出版社，2010，第 88 页。

④〔奥〕弗洛伊德:《“文明的”性道德与现代神经症》，宋广文译，见车文博编《弗洛伊德文集》（第三卷），长春出版社，2010，第 86 页。

⑤〔奥〕弗洛伊德:《“文明的”性道德与现代神经症》，宋广文译，见车文博编《弗洛伊德文集》（第三卷），长春出版社，2010，第 88 页。

⑥〔奥〕弗洛伊德:《“文明的”性道德与现代神经症》，宋广文译，见车文博编《弗洛伊德文集》（第三卷），长春出版社，2010，第 92-93 页。

不能适应这一要求的所谓患者："文明的标准要求每个人具有相同的性生活方式，这是社会不公正的明显现象之一。事实上，由于肌体的原因，有些人可以轻而易举地适应社会的要求，而有些人则须付出心理上的巨大牺牲。"[①]文明不仅将沉重的压抑加诸个人，更通过道德审查和禁忌禁令将整个人类生活（尤其是性生活）导向单一与僵化。

作为一名精神分析医师，弗洛伊德对人类文明的起源和发展、作用和有效性始终表现出浓厚的兴趣和探索的热情。在出版于1930年的《文明及其缺憾》这篇晚期代表作中，他延续了自己20多年前的思考，仍然坚持了他一直以来认为本能要求与文明限制相对抗的观点，给予文明以负面评价，同时明确表达了伦理学和道德戒律不可实现的观点。弗洛伊德首先肯定"文明这个词描述了人类全部的成就和规则，这些成就和规则把我们的生活同我们动物祖先的生活区分开来，并且服务于两个目的——即保护人类免受自然之害和调节他们的相互关系"[②]。但是他仍然坚持早期文明压抑个体，文明要求个人做出牺牲的观点："不能无视文明在本能克制（renunciation of instinct）的基础上得以建立起来的程度。"[③]在弗洛伊德看来，文明通过种种禁忌、法律、风俗习惯等道德伦理体系，对个体性生活施加了种种限制："现代文明使我们清楚地认识到，性关系只有在一个男人和一个女人之间最后的持久结合基础上才是容许的；性欲作为一种为自己寻求快乐的根源，是文明所不能接受的；文明的意图只是把性欲作为使人类种族繁衍的迄今还无法替代的手段来忍受的。"[④]正是在种种限制性措施之下，文明将人类的性生活准确规范地限定在异性、生殖、单一的范畴之内。

在性爱个体/社会群体、个人私语/群居文明的诸种对立里，弗洛伊德揭露了作为人类文明成果的道德伦理的伪善，尤其针对西方文明所谓的"博爱

①〔奥〕弗洛伊德:《"文明的"性道德与现代神经症》，宋广文译，见车文博编《弗洛伊德文集》（第三卷），长春出版社，2010，第88页。

②〔奥〕弗洛伊德:《文明及其缺憾》，杨韶刚译，见车文博编《弗洛伊德文集》（第八卷），长春出版社，2010，第183页。

③〔奥〕弗洛伊德:《文明及其缺憾》，杨韶刚译，见车文博编《弗洛伊德文集》（第八卷），长春出版社，2010，第189页。

④〔奥〕弗洛伊德:《文明及其缺憾》，杨韶刚译，见车文博编《弗洛伊德文集》（第八卷），长春出版社，2010，第194页。

倾向”这一“一般被认为是人类所能达到的最高级的心理状态”[①]，他提出两个主要的反对意见：“既然爱对它的对象并不公正，那么，一种不加分辨的爱在我看来就失去了它自身的某些价值。其次，并非所有的人都是值得爱的。”[②]弗洛伊德率先揭示了伦理学“爱邻犹如爱己”箴言的彻底虚伪，不仅邻居不会像你爱他那样爱你，而且“犹如爱己”的所谓“爱自己”也是虚妄的，因为人格舞台上上演的本我-自我-超我三幕剧，早已将主体建构为多变、多元的存在，这尤其体现在弗洛伊德对人类攻击性本能的揭示上。

> 人类并不是期望得到爱情的文雅的、友好的生物，如果人受到攻击，至多只能来防卫自己。相反，他们是这样一种生物，必须把他们具有的强有力的攻击性看做是他们的本能天赋的一部分。结果是，他们的邻居对他们来说不仅是个可能有帮助的人或性对象，而且是满足人类对他实施攻击的一个诱惑物，无报酬地剥削他的工作能量，未经他的同意就把他用于性生活，夺取他的财产，羞辱他，使他痛苦，折磨他并杀害他。[③]

在弗洛伊德看来，伦理学不仅不可能达成“爱邻犹如爱己”的目标，甚至伦理学存在的合法性，亦是来自文明的一个障眼法。在每一个个体身上，存在两种互相撕扯的欲望，一种趋向单纯追求个人的幸福，另一种趋向于与团体中的其他人团结合作，在这两种欲望纠葛缠斗的过程中，出现了一个“文化的超我”来调停两种力比多争执，也构成了伦理学在人类社会中的合法性依据：“文化的超我已经阐发了它的理想和建立了它的标准。那些旨在后者当中，解决人类间相互关系的那些要求是伦理学的名义下构成的。人们一直把最大的道德价值建立在伦理学之上，好像人类对伦理道德抱有特别的期望，期待它能产生某些特别重要的结果。事实上，……伦理道德就被看做是一种

---

①〔奥〕弗洛伊德:《文明及其缺憾》，杨韶刚译，见车文博编《弗洛伊德文集》（第八卷），长春出版社，2010，第192页。

②〔奥〕弗洛伊德:《文明及其缺憾》，杨韶刚译，见车文博编《弗洛伊德文集》（第八卷），长春出版社，2010，第192页。

③〔奥〕弗洛伊德:《文明及其缺憾》，杨韶刚译，见车文博编《弗洛伊德文集》（第八卷），长春出版社，2010，第198-199页。

治疗上的努力——看做是一种用超我提出的标准来获得某种东西的努力——这个东西迄今为止并不是用其他任何文化活动方式来获得的。”[①]

根据弗洛伊德的阐发，“爱邻犹如爱己”的训诫“可能是超我的最新的文化要求”，“是对人类攻击性的最强烈的防御，是文化超我的非心理学活动的一个最好的例子。这个圣训是难以完成的，……‘自然的’伦理道德，正如人们对它称呼的那样，除了认为自己比别人有更好的自恋的满足之外，在这里提供不出别的什么了”[②]。正是为了防御人类的攻击性本能与死亡本能，文化超我发明了道德与伦理训诫以约束和控制这一糟糕的人类本能。文明召唤一切可能的力量，对性生活加以限制，再用“爱邻犹如爱己”的圣训，将个体黏合成为人类社会群体。文明要求个体献祭自己的欲望，压抑自己的攻击本能，但是文明社会永远无法兑现自己的幸福许诺。弗洛伊德以后现代伦理理论家（更近乎鲍曼）一般的口吻说：“快乐原则促使我们朝向的这个获得幸福的目标是不可能达到的……在我们已经发现幸福可以获得的有限意义上，幸福是每一个人如何利用力比多的经济学问题。”[③]如果说弗洛伊德对于人类伦理起源的解释，更近乎边沁的功利主义，即认为遵守道德伦理的必要性在于，道德准则确保了社会大多数人可以获得最大幸福；那么他对种种道德许诺不过是空头支票的揭示、对为了善而压抑个人欲望并不能够获得快乐与幸福的揭示，则又超越了简单的功利主义，逼近于后现代伦理学对于道德之不确定性，以及伦理学缺乏可靠根基的强调。[④]

第二节　拉康欲望伦理学

弗洛伊德以自己的研究工作挑战了西方传统伦理学的根基，而重新绘制

① 〔奥〕弗洛伊德：《文明及其缺憾》，杨韶刚译，见车文博编《弗洛伊德文集》（第八卷），长春出版社，2010，第220页。

② 〔奥〕弗洛伊德：《文明及其缺憾》，杨韶刚译，见车文博编《弗洛伊德文集》（第八卷），长春出版社，2010，第220-221页。

③ 〔奥〕弗洛伊德：《文明及其缺憾》，杨韶刚译，见车文博编《弗洛伊德文集》（第八卷），长春出版社，2010，第178-179页。

④ 具体观点可参考：〔英〕齐格蒙特·鲍曼：《后现代伦理学》，张成岗译，江苏人民出版社，2003。

伦理学思想地图，打造精神分析伦理学的重任，则是由拉康来完成的。如果说在弗洛伊德那里，伦理（包括道德）只是文化超我，为了达成文明的目标所采取的一种压抑操控手段，那么拉康则以重视伦理议题的反转态度，将其置于整个精神分析的中心位置。他提出伦理思想“是我们分析师工作的核心，无论实现这一点有多么困难”[①]，并在1959～1960年用一整年的讲座时间讨论精神分析的伦理问题。拉康伦理学集中处理欲望的扭结交错，并将行动的踌躇投射进欲望这一内心戏的舞台，这集中体现在拉康对精神分析伦理学的概括：你是否与你的欲望保持一致？（“Have you acted in conformity with your desire?”）[②]尽管拉康亮出了回归弗洛伊德的旗帜，但他与弗洛伊德在伦理问题上，实际已经拉开了思想距离。

一、实在界的吊诡

一部精神分析学的发展史，就是一部不断分化、演绎的斗争史，也是种种正统与异端的角逐史。从弗洛伊德与荣格的分道扬镳，到拉康与美国自我心理学派的摩擦，乃至拉康晚年陷入不断成立新的学会再亲手将其解散的“驱力”循环，精神分析从来都是硝烟滚滚的思想战场。这些精神分析内部的辩论一方面“折射了西方思想史中更大范围的论战与趋势”[③]，另一方面也是其旺盛理论生命的来源所在。拉康一直以逆子、颠覆者的面貌活跃于精神分析学界。他积极号召的“回到弗洛伊德”，正对应着弗洛伊德逝后对其思想侧面的不同理解，自我心理学、客体关系等学派各立山头的状况，其中对于伦理问题的不同理解，也始终存在于拉康与其他精神分析流派的争执之中。

拉康不仅以晦涩、模糊的思想风格，重置了阅读理论著作的难度系数，更重要的是，正是通过拉康及其传人，精神分析突破了医学治疗的特定领域，逐渐成为20世纪后半叶人文知识分子的基本理论素质和知识储备。精神分析有关伦理的思考，随之突破了精神分析师必须遵守的“职业伦理”范畴，开

---

① Lacan J, *The Seminar of Jacques Lacan Book Ⅶ: The Ethics of Psychoanalysis, 1959-1960*, ed. Miller J-A, trans & notes. Porter D, W. W. Norton & Company, 1992, p. 38.

② Lacan J, *The Seminar of Jacques Lacan Book Ⅶ: The Ethics of Psychoanalysis, 1959-1960*, ed. Miller J-A, trans & notes. Porter D, W. W. Norton & Company, 1992, p. 311.

③〔美〕斯蒂芬·A. 米切尔、〔美〕玛格丽特·J. 布莱克：《弗洛伊德及其后继者——现代精神分析思想史》，陈祉妍、黄峥、沈东郁译，商务印书馆，2007，第239页。

始在伦理哲学的广阔思想疆域中碰撞驰骋。

拉康从青少年时期就已经表示出对伦理学的兴趣，他反复阅读斯宾诺莎的《伦理学》。据拉康研究者的形容，“他将这部作品的提纲挂在卧室的墙上，并在上面标示出箭头，以体现斯宾诺莎所设想的几何架构”[①]。斯宾诺莎伦理学倚重欧式几何的形式建立思想体系，将“善”与“理性”等同起来，相信只有凭借理性能力获得的知识才是可靠的。在斯宾诺莎看来，只有能够提升我们欲望和思想能力的事物，才能产生幸福感，我们欲求的事物，才是好的，欲望所指向的方向，才是善恶衡量的标尺。尽管斯宾诺莎的思想带有强烈的理性主义和形而上学的色彩，但是“斯宾诺莎那里出现的元素，在拉康的著作也能全部发现”[②]，拉康在若干方面继承了斯宾诺莎《伦理学》的思想资源。首先是将认识问题同数学公式联系起来，拉康晚年使用的“数学型”和一系列复杂的拓扑学模型，呼应着斯宾诺莎伦理学对于欧式几何数学模型的借重。其次是强调欲望和愉悦的重要性，不仅将其视为生命发展的动力，也视为伦理学需处理的核心议题。

在继承斯宾诺莎伦理学的基础上，拉康伦理学奠基于对“伦理”与“道德”两个概念的明确区分，这一区分肇因于一个关键维度的引入，此维度也是构成拉康精神分析的核心所在，这就是实在（real）的维度。

拉康的想象界，是具有完整性和圆满性的镜像阶段，实在界不仅与想象界对立，同时也坐落在象征界之外，其中象征界是不以个体意志为转移的规范和规则所在。这意味着实在位于语言秩序之外，而且无法被象征性的意指结构所吸收；它是完完全全抗拒符号化之物，是在象征化作用之外存在的界域。因此实在是一种不可能，它既不能被想象，也无法被整合到象征秩序中，更不可能通过任何方式被捕获。实在作为抗拒象征化的不可能，意味着一种创伤的特质。在精神分析的意义上，创伤指向的是“原初阉割”情结，即孩子因为阉割恐惧，被迫放弃了对于双亲中异性一方的爱恋。这一被称为俄狄浦斯情结的过程，是主体成长必须经过的创痛之旅，充满着难以言说的恐惧、焦虑与迷茫。

---

①〔法〕纳塔莉·沙鸥:《欲望伦理：拉康思想引论》，郑天喆等译，漓江出版社，2013，第6页。

②〔法〕纳塔莉·沙鸥:《欲望伦理：拉康思想引论》，郑天喆等译，漓江出版社，2013，第6页。

拉康实在概念的吊诡，联系着精神分析从弗洛伊德开始将“现实”复杂化的理论贡献：一方面，由于实在超越于象征与想象之外，它无法被认识，就像康德的物自体，是个无法被认识的X；另一方面，实在作为人类来自童年的真实创伤，又带有强烈的真相色彩。在精神分析的思想脉络上，拉康并不是第一个在这个问题上踟蹰的思想家。精神分析的开山鼻祖弗洛伊德，已经显示出处理现实概念的复杂态度：现实仅仅是外在于主体的客观世界吗？如果不是，那么现实在多大程度上参与了主体的建构？这也正是齐泽克强调拉康原质概念的原因，原质是一个不可知的X，处于符号化作用之外（无法用语言表述），与康德的物自体有着亲和性，但是在拉康那里，原质更进一步意味着失落的欲望对象，是乱伦欲望的禁忌对象——母亲，它必须不断地被找回。我们所经历的日常现实，显然受制于一种更为基本和潜在的结构。这是拉康将现实界定为“实在的鬼脸”的原因，实在显示了在自然化的现实之中，抵抗符号化表述的内容。在以新的对立项（实在/现实）取代过去三元组（想象—象征—实在）时，实在被定位为不可认识与无法消解之物，而现实则指涉主体的再现表象，是象征界与想象界链接出来的产物。不过拉康虽然有意识地区分了实在与现实这两个概念，但并没有始终坚持这种区分，想象—象征—实在这一三元组与对实在/现实的区分，混同在拉康对于现实结构的讨论中。

二、道德不是伦理：实在界的凸显

以象征/实在、实在/现实的区分为基础，拉康伦理学明确指出了道德与伦理两个概念的不可通约性。在拉康的理论体系里，道德就是禁令，属于象征界，可以追溯至神向摩西传达的记载于石板上的“十戒”。道德正是以传统为基础，被社会成员共同恪守的习俗和规则。在社会生活的正常有序运行中，道德必不可少，但对个体来说，道德施加的种种限制，却是压力和焦虑的来源，这集中体现在主体与拉康命名的象征界“大他者”（the Other）之间的关系中。尽管主体并不情愿遵守这一套外在的、强加给自己的秩序规范，但是只有进入象征网络，变成被阉割主体（$），才能成为掌握语言、能与人交流的社会化主体。与之不同的是，伦理属于实在界，拥有比建立社会化自我更重要的优先权，那无法抵达的、抵抗象征化能指的领域正是拉康伦理学的中心，因为“善”正是围绕一个难以到达却始终追求至善的内核组织起来的。

拉康以亚里士多德的《尼各马科伦理学》作为他伦理学研讨班的开端。在这部西方美德伦理学（virtue ethics）的奠基著作中，亚里士多德将至善等同于幸福的观点，奠定了西方伦理学，尤其是美德伦理学的基本理论前提：“一切技术，一切规划以及一切实践和抉择，都以某种善为目标。因为人们都有个美好的想法，即宇宙万物都是向善的。”[①]人具有与生俱来的道德倾向，善作为目的，是所有事物和所有行为追寻的目标，是良好的教育所培养出的好习惯。追寻善的欲望是人类的一种自然欲望，在亚里士多德的目的论形而上学中，这一欲望与人类行为活动的预定目标相符，所以幸福作为最高的善，就产生于这一与善的目的相符的、追求善的行动中。

在上一节关于弗洛伊德理论的介绍中，我们已经发现精神分析从一开始就表示出了不同于传统伦理学的理论路径。弗洛伊德提出了个体被自身潜意识分割的颠覆性理论：主体对自己的欲望根本一无所知，它被深深压抑在冰山之下。弗洛伊德发明的这一套非自然主义的欲望理论，意味着不存在所谓自然而然的、与生俱来的欲望。这一由哲学现代化运动所引发的思想成果，彻底颠覆了传统伦理学关于美德的思考预设。无论是西方的古代哲学家将“至善”抽象为某种理念，还是中国古代思想家孟子的“性善论”将善作为人类的自然属性，人类追求善的欲望，多被视为一种自然秉性，或由后天教育激发。精神分析关于人类欲望的开掘，则开辟了伦理学讨论的新面向，它关注人类欲望的可塑性、欲望由社会历史文化所决定的历史性，并且指出欲望始终处于难以满足、难以表达的实在界黑洞之中。

尽管现代伦理学研究对“伦理”和“道德”两个概念基本已经不做特别的区分，[②]但是拉康伦理学始终坚持了不同于一般道德和道德准则的伦理建

①〔古希腊〕亚里士多德：《尼各马科伦理学》，见苗力田编《亚里士多德全集》（第八卷），中国人民大学出版社，2016，第3页。

② 参见〔美〕唐纳德·帕尔玛：《伦理学导论》，黄少婷译，上海社会科学院出版社，2011。〔美〕雅克·蒂洛、〔美〕基思·克拉斯曼：《伦理学与生活》，9版，程立显、刘建等译，世界图书出版公司，2008。〔美〕梯利：《伦理学导论》，何意译，北京师范大学出版社，2015。〔美〕阿拉斯代尔·麦金太尔：《伦理学简史》，龚群译，商务印书馆，2003。

构。根据拉康研究者伊凡斯的总结，拉康对于亚里士多德、康德等道德哲学家的传统伦理学的批判，体现在如下几个方面。[①]

首先，在拉康看来，传统伦理学以“善”（Good）的观念建构为基础，进而提出各种不同的“善”乃至“至善”，但是精神分析拒绝任何特定的有关“善”的理想的必要性，精神分析伦理甚至将“善”视为欲望路径的障碍物。在拉康看来，（美国）自我心理学拥抱的“快乐”“善”“健康”等理想，偏离了弗洛伊德的真正思想遗产，行进在“回到弗洛伊德”道路上的拉康主张，精神分析师的欲望不是要成为“善”或是治疗病患并使之正常，精神分析学家应该关心的不是适应和疗效，而是主体身上的种种不适，以及这些不适的症候所表达的东西，清理并解密这些症候所透露的主体潜意识。

其次，传统伦理学总是将“善”与快乐（pleasure）联系起来，设定人类对“善”的追求将会带来快乐和幸福的满足。但是弗洛伊德有关文明的论述，早已表达了人类幸福的永远不可及物性，拉康的精神分析伦理学则解释了快乐的双重本质：快乐和伴随着快乐的痛苦。快乐有其极限，当快乐溢出的时候，快乐便成了痛快（jouissance、enjoyment）[②]。

最后，传统伦理学为“善”服务，将文明而有序的社会存在模式，视为主要的思考议题，此间个体的欲望问题甚少受到重视。拉康精神分析伦理作为一种“欲望伦理学”，则迫使主体面对他的社会化行动与他的内心欲望之间的对抗关系。拉康精神分析始终尊重患者抵抗权力的斗争，这使得他的欲望伦理最终指向一种新的行动伦理与主体哲学。

拉康不仅反对传统伦理学，他对既存的各种哲学流派亦是针砭颇多，因为在他看来，既存哲学服务于主人话语（the discourse of the master），用于巩固统治地位的意识形态，伦理在大多数时候也是主人伦理，是作为权力帮凶的压迫伦理。但马克思是一个例外，他和弗洛伊德一样关心文明中的不适、失调症候。当亚里士多德的伦理学宣布，在获得幸福之前，我们必须具备一些物质条件，我们必须拥有友谊、财富、政治权力、良好出生、好的孩子、

①〔英〕狄伦·伊凡斯：《拉冈精神分析辞汇》，刘纪蕙等译，巨流图书股份有限公司，2009，第92页。

② 拉康使用的法文原文 jouissance 基本可以对应于英语的 enjoyment，指享受。但是法文 jouissance 还有性的意涵，因此在大部分的拉康英文译本中，此词都保留法文原文，未被译出。此处译为痛快，以体现拉康所强调的 enjoyment 是一种疼痛与快乐的暧昧状态。

美丽的外表，尤其要从体力劳动中解脱出来，才能够（有资格）实践美德的时候，拉康与传统伦理学的决裂似乎是某种必然。

三、欲望问题的浮现：匮乏与痛快

拉康派精神分析，被视为通过伦理框架重新阐释欲望理论的"欲望伦理"，其中的欲望问题，不仅是进入拉康伦理学的核心道路，亦是整个拉康思想大厦的中心所在。

从1933年到1939年，拉康跟随科耶夫进入对黑格尔著作的阅读，欲望问题是其主要线索。动物的欲望是以生存和繁衍为主要目标的，但人类欲望则建立在价值获得承认的基础上。这构成了将黑格尔主奴辩证法进行欲望重写的可能方式，如果他者认可主体的（欲望）价值，那么主体就会获得欲望的满足。一旦价值不被肯定，主体为了获取这一认可，就会卷入暴力乃至生死相搏，这是主人与奴隶之间的欲望辩证法：一方面，主体需要他者（处于主人的地位）来积极赞赏自己的欲望；另一方面，主体也会因为难以获得承认而拒绝他者继续占据这一主人位置。科耶夫的欲望哲学引导了拉康欲望思考的路线图谱：一方面，人类欲望是被他人认可的欲望，主体的欲望自身需要获得（他者的）承认；另一方面，主人的位置在欲望界域内会遭遇挑战乃至更替。接续科耶夫的讨论，拉康伦理学围绕着人类成长过程中一以贯之的"匮乏"，演绎了其欲望理论。

正是在拉康所阐释的儿童成长过程中，出现了匮乏、对匮乏的想象性否认以及欲望。精神分析意义上的匮乏，首先是母亲的匮乏，生命最初的6到18个月，是从母亲经常把孩子抱在怀中，到母亲渐渐离开孩子的过程。对于孩子而言，这经历的是某种母亲的离弃，与母亲的分离以及断乳，使儿童开始体验到匮乏。在拉康有关想象界的镜像阶段的论述中，最早把孩子抱到镜前的是母亲（或相当于母亲）的角色，孩子初次看到自己的镜中像时，尚不能分辨自己的身体与怀抱着他的母亲的身体，婴儿体验的镜像，实际是母子同体的一种圆满想象。随着儿童进入象征秩序，学习并掌握语言，人类并非运用语言来指代缺席与匮乏的实在之物，相反语言掏空了现实，使之成为欲望。主体只能表达语言允许其说出的东西，这些可以言说的东西所说出的，是与一整套文化符号提供的理解世界的方式相一致的。因此主体终身将会与一种深刻的匮乏/缺乏相伴：一方面，想象世界的完整性损失了；另一方面，我们缺乏足够的中介手段以表现主体自身，正是这种匮乏/缺乏产生了欲望。

拉康在1958年就欲望（desire）、要求（demand）与需要（need）三个概念进行了明确区分。[①]在拉康精神分析的脉络中，需要是与人类在婴儿阶段的无助感联系在一起的。不同于其他哺乳动物，人类有一个漫长的不近情理的成长期,在6到18个月的成长岁月里,人的全部身体体验是支离破碎的，他不仅不能自主控制身体，也不能整体地感知和把握自己的身体。他没有基本的行动能力，完全依靠来自外部（父母）的照顾，在相当长的时间，也无法用语言表达自己基本的需要与痛苦（直到学会说话）。精神分析学家甚至认为，人类社会的秘密，人类之所以不同于动物的重要之处，都蕴含在这个成长期内，因为这个过程包含了语言的习得、与周围环境的互动、对于双亲的依赖，以及初步的社会化。就此来说，需要是一种生理本能，有明确的目标，例如对婴儿来说，最基本也是最初的需要就是食物，这是一个纯粹基于饥饿的生理本能的需要。但是这个貌似目标明确、方式直接地需要某物的过程，其实是一个复杂的互动。最大的困难就在于，婴儿不会说话，他不能以成人的方式（语言）来表达自己的纯粹生理需要，于是在婴儿声嘶力竭的嚎叫、阴晴难定的哭闹中，另外一些东西出现了，这就是要求，为了满足生理的需要，婴儿必须用语言把需要表达出来，用要求来说出他的需要，如果说需要指向的是人作为动物的生物本能（吃、喝、拉、撒、睡），那么要求最初的对象是母亲，母亲的乳房提供了食物，母亲的臂弯提供了安稳，母亲负责呼应、回答婴儿的任何需要。于是每一项要求都不仅仅是某种需要的表达，同时要求也是对爱的无条件要求，是对于匮乏的否认与拒绝。残酷的是，对于人类来说，要求不可能获得无条件的满足，婴儿迟早要面对不得不与母亲分离、不得不独自长大的境地，正是在这个过程中，欲望产生了。

欲望故事的起点，基于一种“母子同体”的预设，准确地说，这是婴儿与母亲之间的一种原初联系（primary connection）。首先，新生婴儿还无法意识到自我作为独立个体的存在，具体表现为他不能将自己，无论是身体还是精神，与母亲进行区分。对于婴儿来说，母亲的乳房、母亲的身体，作为

---

①〔英〕狄伦·伊凡斯:《拉冈精神分析辞汇》, 刘纪蕙等译, 巨流图书股份有限公司, 2009, 第57页。

维持基本生存的所在，是无法与自己区别开来的。一旦婴儿能够在自己与母亲之间做出区分，一旦婴儿意识到母亲（乳房）是独立于自己而存在的，这种原初联系就彻底而永远地失去了。孩童会努力恢复或修复这种一体的感觉，其主要途径就是通过填补缺失，填补这个失去的、最初联系的客体，特别是尝试去取悦母亲，去成为母亲想要的东西（to be what she wants），来重新获得满足。这就是拉康版本的欲望理论，主体的欲望并非指向某一确定客体（例如金钱或性），主体的欲望恰是使主体自身成为欲望的客体（对象），孩子希望自己成为母亲欲望对象的投注所在。欲望是对大他者（最初的大他者就是母亲）的欲望，作为欲望的主体，实际意味着主体要将自己客体化为大他者的欲望所在，主体的欲望就是成为大他者的欲望对象。

其次，欲望永远不会被满足，欲望的目标就是维持欲望。人类欲望的构成，是为了寻找或赎回从诞生、剪断脐带的那一刻起，永远失去的与另一个主体（母亲）的连接。这是一个主体为了存在，就必须失去的原初连接，却也是主体欲望演绎的最终根源。拉康的欲望理论，不仅仅揭示了主体欲望的被动性，我们的欲望事实上都是被象征秩序所操控的，更重要的是，人类的欲望指向的是一个根本不可能获得满足的原质，匮乏驱动和组织着欲望，却永远不可能抵达欲望获得满足的终点。幻象作为欲望的调度舞台，就是为了覆盖和掩饰这种匮乏。具体来说，就是在幻象中表述母亲的欲望，指导孩子如何成为母亲的欲望所在，或者解释欲望不能获得满足的原因。

这意味着主体在追求欲望满足的过程中，既包含了实现欲望的满足与快乐，更包含了永远不能抵达欲望对象的创伤，因为欲望的对象恰恰是自己，这就是拉康继承弗洛伊德“超越快乐原则”而提出的痛快概念。事实上，拉康直到 1960 年才发展出了比较成熟的关于痛快的论述，其标志是受到黑格尔/科耶夫的启发，拉康将痛快与快乐两个概念进行了明确区分。在拉康的论述中，主体总是尝试逾越施加在自己身上的诸多禁令，恰是在这种违拗中，产生了一种实现欲望满足过程中特有的痛快。

四、康德与萨德：大他者的无力

在拉康的欲望伦理学看来，美学和伦理的目的都不是追求理想化的事物，也即所谓的至美与至善，而是保护主体不过分靠近无法言说、不可抵达的“原质”。在这一年伦理学研讨班结束的时候，拉康得出的结论是，真正的快乐（指痛快）不是在追求善的过程中，不是在成为一个有道德的人的过程中获得的，而是在违犯、违逆中被享受到的，对禁令的违拗和冒犯，才是主体痛快的真正来源。这就是拉康著名的“康德和萨德”（Kant avec Sade）命题。

拉康在《康德和萨德》[①]中指出，萨德伯爵正是以其反道德哲学的情色实践，以一种康德所颂扬的道德形式主义的方式，成了康德。拉康判定萨德是康德主义者，因为萨德意欲享受他人身体的准则，正是倒置了康德的善良意志，在康德那里，主体作为自律的主体，其道德良知的力量就在于，自由地选择遵守道德律令。

常见的对精神分析伦理（甚至精神分析）的一种误解是，精神分析戳破了所有人类星光熠熠的成就、冠冕堂皇的美德之下，那肮脏的、龌龊的、不可告人的隐秘脓疮。正如弗洛伊德在文明表象中发现性欲涌动，在爱邻犹如爱己里窥破野蛮的攻击驱力，拉康的“康德和萨德”命题，似乎是这一知识传统的最新硕果。萨德这一被西方文明视为异端变态的人物，终于在后现代的风云变幻中，取得了和康德并驾齐驱的地位……类似理解实有误读误认之嫌。齐泽克将持这些观点的学者愤怒地攻击为“伪弗洛伊德主义者”，声言应用拉康思想却一点都不了解拉康的（英美）学者。

有鉴于此，齐泽克不断以“以正视听”的姿态对拉康的这一命题做出澄清。齐泽克首先提醒，霍克海默和阿多诺早在拉康之前，就已经发现了“康德与萨德”：“萨德与康德之间的联系，最早是由阿多诺和霍克海默（以下简称阿/霍）发现的，他们将这个发现记录在《启蒙的辩证》中声名卓著的《附论二》（‘Excursion Ⅱ’）中。”[②]根据齐泽克的分析，在阿/霍的理论体系中，康德的道德哲学最终妥协于对普通人的同情，成为怜悯道德和感伤博爱的人道主义的补充物。这一补充物恰与资产阶级社会中，冷静、客观的市场关系和工具操控的功利主义逻辑相辅相成。萨德还有波德莱尔等人，刺穿了怜悯感伤的虚伪道德感，流淌出个人私欲、冷酷无情的汩汩脓血，彻底抛弃

---

① Lacan J, *Écrits*, trans. Fink B, W. W. Norton & Company, 2005, pp. 645-667.

②〔斯洛文尼亚〕斯拉沃热·齐泽克:《康德同（或反）萨德》，见《实在界的面庞》，季广茂译，中央编译出版社, 2004, 第 1 页。

了资本主义社会的道德糖衣。在阿/霍的启蒙辩证法问世 15 年之后，拉康重启“康德与萨德”命题时，同样看到了萨德所展现的康德哲学革命的固有潜能，但“康德与萨德”的这一拉康版本，因欲望问题的潜入，拓展出了新的理论空间。

齐泽克提醒“康德不是隐含的萨德派（sadist），萨德却是暗藏的康德派（Kantian）。我们应该牢记的是，拉康关注的焦点永远是康德而不是萨德，他感兴趣的是康德伦理革命的最终结局和一直被否认的前提”[①]。康德以主体自治的名义，废除了对理性的依赖（包括对伦理理性的依赖），废除了对任何他治内容的依赖（如传统的、前现代的伦理学，这种伦理学依赖于本质上可以实证的至高上帝），但他依然想拯救“伦理义务”这一概念。这正是拉康通过萨德意欲揭露的康德的退缩，康德“本人悄无声息地认可了下列事实：就理性自身固有的形式结构而言，他无法维系善对恶、怜悯对残忍的优先权。于是他不得不宣布，良知的呼唤要求我们履行自己的义务”[②]。拉康进一步追问，这个良知的呼唤，来自哪里？道德律令由谁发出，又凭什么要求我们必须遵守？

拉康引入能述的 enunciation 主体来分析这一问题。能述主体是发出陈述的主体，而非主体在自己的陈述中或通过自己的陈述所假想的符号身份。康德伦理学并没有提出究竟谁是道德律令的“阐述主体”这一问题，因为其表述的是一个无条件的伦理命令，这一“来自乌有乡”的非人格道德律令，进行自我设置，并由主体自主采纳。拉康借助萨德的现身，为康德伦理学补充了这一看不见的阐述主体，齐泽克指出：“拉康把康德中的缺席解读为对看不见的道德律令阐述者的重显和‘压抑’；正是萨德在‘萨德式’刽子手-拷打者的形象中，使其重见天日。这位刽子手就是道德律令的阐述者，就是把自己的快乐建立在我们（道德主体）的痛苦和羞辱上的能动者。”[③]萨德

① 〔斯洛文尼亚〕斯拉沃热·齐泽克:《康德同（或反）萨德》，见《实在界的面庞》，季广茂译，中央编译出版社，2004，第 5 页。

② 〔斯洛文尼亚〕斯拉沃热·齐泽克:《康德同（或反）萨德》，见《实在界的面庞》，季广茂译，中央编译出版社，2004，第 3 页。

③ 〔斯洛文尼亚〕斯拉沃热·齐泽克:《康德同（或反）萨德》，见《实在界的面庞》，季广茂译，中央编译出版社，2004，第 9 页。

彻底颠覆了康德的普遍的、无条件的伦理命令——“履行你的义务”，将其倒转为最彻底的对立物——最大限度地追寻能给你带来快乐、病态和偶然的奇想，残忍地把所有他者化约成供主体享乐的工具。正是在“萨德们从康德式的尊敬（Kantian Respect）走向了亵渎（Blasphemy），即从尊敬大对体——同侪，尊敬他的自由和自主，总是把他视为另一个自在之目的，走向了把所有大对体毫不例外地化约成可以残忍盘剥的纯粹可有可无的工具”[①]的反转中，萨德笔下的刽子手把道德指令这个“能述主体”（在康德那里是看不见的）的具体特征呈现了出来。以萨德式的方式，把大他者、主体的性伴侣化约成局部的客体，化约成专门供人享乐的肉体器官，从而对作为人格整体的他全然视而不见。此处，作为拉康精神分析学派关键理论的大他者概念，借道萨德，最终在康德哲学中显影出其激进潜能。这个主导了主体欲望的大他者，既强大又无力，要求主体履行义务，却无法为这一伦理命令填充具体的内容。与此相应，这一大他者指引下的主体，也是一个始终处于分裂、匮乏存在状态下的被阉割主体（$）。正是在这个意义上，康德超验立法的核心悖论正在于，主体实际上是有限和易逝的实体。

这正是齐泽克一再否认对精神分析的误识误读的关键所在。如果按照前文所述的对精神分析的某种简化误读，那么康德的律令就是超我的能动力量，它施虐狂般地陶醉于主体面对律令的无条件服从，以及主体无能为力的别无选择。事实上在拉康精神分析学派的转译中，康德的道德律令绝非弗洛伊德意义上的超我，而是拉康欲望伦理中的欲望，一种支撑主体但是又只能以匮乏和短缺显形的所在，超我正显示了主体与其欲望的妥协。拉康欲望伦理学将欲望视为来自大他者的欲望，建构了一个以匮乏和妥协为特征的欲望框架，而非主体自主自足的满足。拉康派精神分析伦理的关注焦点是主体无可奈何的境地、主体惶惶不可终日的焦虑体验，以及主体执着于追求至善道路上的痛苦体验。康德意义上的超验的感伤被解读为被羞辱的痛苦——因为人类的自豪感受到了伤害，而自豪感之所以被伤害，是由于人性中存在着“彻底之恶”。在拉康看来，康德把痛苦视为唯一超验的感伤并赋予它特权，正与萨

①〔斯洛文尼亚〕斯拉沃热·齐泽克:《康德同（或反）萨德》，见《实在界的面庞》，季广茂译，中央编译出版社，2004，第9页。

德有关痛苦（折磨和羞辱他人，被他人折磨和羞辱）的概念密切相关。萨德把痛苦视为获得性快感的特殊方式，痛苦之所以被赋予先于快乐的特权，是因为快乐是转瞬即逝的，而痛苦则是绵绵无期的。

齐泽克总结："阿/霍与拉康的根本区别在于，在阿/霍看来，萨德是康德的真理，因为康德的伦理形式主义暗示了全部暂时（'病态'）内容的彻底工具化——每个他人，每个'邻居'，都被化约成了潜在的为人操控的客体，以服务于他人的生存；而在拉康看来，正是虐待狂式的性倒错者本人占据了那个客体的位置。他假想存在着大对体之快感的纯粹的客体-工具，用别人，用他的受害者，取代、构成了主体性之分割。"[①]这段话拗口又难解，却表明了齐泽克在这个问题上的几个重要观念。首先，阿/霍对萨德与康德的解读，仍然停留于启蒙辩证的批判，揭示了在康德伦理学的形式律令下，伦理内容的空洞，这导致邻居成为服务于他人的存在。其次，拉康以一种性倒错的欲望结构显示了伦理主体自身的匮乏：当萨德式主体施虐的时候，他体会到的并非仅是施暴的快乐，而在于他同时占据了被虐待者的位置，体味到了被虐的客体的痛苦。拉康在欲望与伦理问题上，建立了一种新的理论关切，欲望有其先验的对象和起因，那是来自主体成长所必须经历的匮乏与阉割，是主体欲望总是朝向他者，总是借助他者所面临的伦理难题。因此欲望主体，不仅需要纯粹理性批判，也同样需要纯粹欲望批判。

因此康德与萨德的并置，并非仅在于两个截然相反的两极最终融为一体，更在于萨德的现身，真正道出了18世纪伦理学试图超越快乐原则，将主导主体欲望的大他者，升华为外在道德律令的理论困境。20世纪的拉康伦理学，积极肯认欲望自身（即按照自己的欲望行事，而不必犹豫不决），欲望不再是一己之私的动机不纯，而是回应他者，与象征界的短缺和空位进行互动的伦理活动，借此"满足自己的欲望"与"履行自己的义务"重合在了一起。

五、拉康阐释《哈姆雷特》：一种文学伦理学批评

沃马克在《伦理批评》中，区分了当代文学伦理批评的所谓"北美范式"

---

①〔斯洛文尼亚〕斯拉沃热·齐泽克:《康德同（或反）萨德》，见《实在界的面庞》，季广茂译，中央编译出版社，2004，第15页。

与“欧陆范式”。以布斯、努斯鲍姆为代表的“北美范式”，在康德道德哲学的影响下，着重探究文学文本中的道德意识，希冀在“叙事的生活和读者的生活之间建立起有意义的联系”[①]，在尊重道德多元的取向下，不免有滑向道德相对主义的倾向。与之形成鲜明对比，列维纳斯、德里达等人影响下的大陆哲学的“伦理转向”则深深沉溺于“他者性”（alterity）等后结构主义的重要概念，“除了解释我们与他人及自我的关系之本质外，还插入了内容广泛的当代理论辩题，涉及了女性主义研究、阅读的多元模式及文化批评”[②]。

相较于其他哲学流派，精神分析与文学批评的联系似乎格外紧密。一方面，无论是弗洛伊德本人，还是后继的拉康、齐泽克等理论家，他们都试图通过针对具体文学文本的分析，发明独具个人特色的理论概念；另一方面，文学批评者援引各路精神分析理论家的著述，进行特定的文学文本分析，形成了蔚为大观的“精神分析文学批评”。拉康本人曾介入法国超现实主义文学运动，同时《哈姆雷特》、《安提戈涅》以及《尤利西斯》等作品，亦不停闪烁在他佶屈聱牙的讲演稿的字里行间，其中拉康围绕《哈姆雷特》的分析，演绎了他重要的“欲望图谱”（graph of desire）理论，也展演出一种文学伦理批评的可能。

与弗洛伊德对于《哈姆雷特》中“俄狄浦斯情结”的阐释构成迥异思考路径，不同于某种“常识性”的精神分析批评把哈姆雷特视为一个被困于“俄狄浦斯情结”而无法积极行动、完成复仇大业的主体，拉康声称，悲剧《哈姆雷特》是一出有关欲望的悲剧。呼应着拉康的欲望理论，即主体的欲望被大他者所指派，哈姆雷特的欲望结构是被大他者（一个鬼魂，父亲的鬼魂）指派和要求的，这意味着，“他的欲望对他者主体的依赖性，构成了哈姆雷特戏剧自始至终的尺度”[③]。拉康所阐释的哈姆雷特的困境，是一种主体的

①〔美〕肯尼斯·沃马克:《伦理批评》，见〔英〕朱利安·沃尔弗雷斯编《21 世纪批评述介》，张琼、张冲译，南京大学出版社，2009，第 143 页。

②〔美〕肯尼斯·沃马克:《伦理批评》，见〔英〕朱利安·沃尔弗雷斯编《21 世纪批评述介》，张琼、张冲译，南京大学出版社，2009，第 143 页。

③〔法〕雅克·拉康:《欲望及对〈哈姆雷特〉中欲望的阐释》，陈越译，见汪民安、郭晓彦编《生产第 7 辑》，江苏人民出版社，2011，第 292 页。

欲望困境，肇因于他者建构主体欲望的主导地位，主体在面对大他者律令时，始终困惑于一个问题，你究竟想让我怎么样？“你可以用朴素的、日常的语言来说明哈姆雷特所缺失的东西：他从来没有抱定一个属于他自个儿的目标、一个客体……用常识性的话说，哈姆雷特正好不知道他‘所欲’的是什么。”[①]

在拉康及其后继者齐泽克的解读中，《哈姆雷特》是一部关于失败了的质询的戏剧，也是欲望主体的真实演绎。《哈姆雷特》清楚地展示了阿尔都塞有关“意识形态询唤主体”的理论空洞，即阿尔都塞未曾意识到意识形态所询唤的是一个失败的主体，这里的失败既指向询唤的失败，也指向主体化的失败，是一种双重失败。这个质询的发出者是父亲的鬼魂，这是“纯粹的询唤：父亲的幽灵把哈姆雷特由个人询唤成了主体。也就是说，哈姆雷特把自己视为那个强制委任（imposed mandate）或强制使命——为父报仇——的接受者”[②]。但是父亲的鬼魂又令人不可思议地用一个请求补充他的命令——无论如何都不能伤害他的母亲，来阻止哈姆雷特采取行动。阻止他完成复仇使命的，并不是因为他在自己欲望的问题上优柔寡断，也并不是因为他无法克服自己的俄狄浦斯情结，他很清楚他要为父亲报仇，要清算债务，要“重整脱序的时代”[③]，真正让他游移不定的，是他对大他者的欲望（父亲的命令）拿不定主意：困扰哈姆雷特的是他者之欲，是你究竟想让我怎么样的难题。哈姆雷特接受询唤，服从大他者的命令与要求，愿意承担起大他者为他指派的使命与责任，但是询唤之失败，主体化之失败，就在于哈姆雷特接受但却不能理解大他者的欲望，不能按照大他者所希望的那样践行自己的欲望。在哈姆雷特的例子里，“如果父亲之名充当了询唤的代理，充当了符号性认同的代理，那么母亲的欲望则以其深不可测的‘你究竟想要我怎么样’（原译为‘你想咋的？’——引者注），成了某种界限的标志。一旦触及这个界限，

---

①〔法〕雅克·拉康：《欲望及对〈哈姆雷特〉中欲望的阐释》，陈越译，见汪民安、郭晓彦编《生产第7辑》，江苏人民出版社，2011，第303页。

②〔斯洛文尼亚〕斯拉沃热·齐泽克：《意识形态的崇高客体》，2版，季广茂译，中央编译出版社，2017，第167-168页。

③ 英文原文为：The time is out of joint。出自《哈姆雷特》第1幕第5场，德里达在《马克思的幽灵》一书中，反复引用这句话，一方面指当代世界的混乱局势，需要马克思主义的复兴，另一方面也寄托了他自己作为知识分子的使命感。

任何询唤都必败无疑”[①]。

如何理解拉康的大他者？他者（other）问题堪称拉康最为复杂的概念，同时他者对于晚近的后殖民理论、身份认同来说是一个重要的概念，这些迥异的理论议题，其实主要都是围绕着他者所指涉的他性与相较于自我的外在性（exteriority）而展开的。但是拉康的他者更为复杂，拉康在 1955 年明确区分了大他者与小他者，并用 A（Autre）指称大他者，用 a（autre）来表示小他者，拉康坚持大他者与小他者的严格区分，并认为坚持和运用这一区分，是精神分析的基本原则。在拉康那里，大他者代表的是根本的、无法化约的他者性（alterity），最初占据大他者位置的就是母亲，因为是母亲，呼应、接收婴儿最开始的哭喊，满足他的需要，回应他的要求。接下去，占据大他者位置的则是语言与律法，在这个意义上，对于主体而言，大他者就是象征界，它在意识之外，且不被主体个人所控制。与此相反，小他者不是真正的他者，而是自我的反应与投射，与大他者基本等同于符号秩序不同，小他者局限于想象层，是镜像阶段中看到的镜中的另一个自我，是主体幻象公式（$\$\diamond a$）中欲望对象-原因（object-cause），这就是“小对形”（objet petit a）[②]。

在对《哈姆雷特》的重新阐释中，拉康发掘了奥菲利亚这个一直被忽略的配角，将她阐释为“爱的客体奥菲利亚”，即拉康欲望理论中的小对形 a。从拉康思想的完整发展来看，作为欲望对象-原因的小对形，究竟是该属于想象、象征还是实在？这一定位直接联系着对于欲望的态度，当拉康把小对形安置于想象层的时候，他显然认为欲望的成因来自自我；因为小他者并不是真正的他者，而是自我的反映与投射，它是一种镜像结构。当拉康在 1957 年的幻象公式中将 a 作为欲望对象的时候，他开始区分镜像阶段的“小他者”与“小对形”。到了 20 世纪 60 年代“小对形”与实在界挂钩，即欲望的成因是某种象征化的残余时，这意味着欲望是社会性的，却又是种种社会化的象征秩序所不能表达、无法排解、难以处理的创伤内核。这正是拉康在 1962～1963 年的讲座中，将小对形同时视为焦虑对象的原因，小对形也因此成为无

---

①〔斯洛文尼亚〕斯拉沃热·齐泽克:《意识形态的崇高客体》, 2 版, 季广茂译, 中央编译出版社, 2017, 第 168 页。

② 拉康坚持这个概念应该保留不被翻译的状态，中文多译为“小客体”“小对形”。在拉康的欲望理论中，小对形既激发主体的欲望，即欲望的原因，也是主体欲望的对象，故称为对象-原因。

法化约的力比多保留处。

拉康在小对形问题上的犹豫不决，其根本在于他在主体欲望的对象-原因问题上的徘徊不定，这正是拉康更为深刻的地方：尽管拉康同后结构主义的理论家们一样，赞同一种建构主义的欲望观念，即对于欲望的欲望，对于特定欲望客体（不管是金钱还是性）的追求，其实是一种社会文化的建构。在拉康和齐泽克那里，欲望是一种社会产物，它绝不是一己之私的想法，而是一种复杂的社会文化心理产物，总是在与其他主体欲望的辩证关系中被构成。通常的批判理论止步于此，导向对于某种具体的欲望对象的解构，揭示出我们所执着追求的某些客体（奢侈品、豪车等），其实"物超所值"，是特定象征秩序（消费社会）的强力施加与剥削运作。拉康将这个问题复杂化了，他的犹豫在于：象征秩序显然参与了欲望的建构，但是我们自己呢，我们内在的自己，是不就是洁白无瑕地等着语言、律法等外部的社会力量，规约我们的欲望？主体为什么总是要求某物，对某物产生欲望，并追求某物？或许正是这种不停追逐，主体才能够成为主体？维吉提醒我们，拉康的这一理论路径更为激进的意义所在是："在今天的消费社会中，（欲望满足的）快乐恰恰是与焦虑重合的。"[①]小对形本身空空如也，只是一个空位，难以被实体化，任何客体都可以成为小对形，成为欲望的对象-原因，但是这个欲望对象究竟是什么，其实并不重要，因为主体的欲望，永远无法获得满足。在这个意义上，小对形意味着短缺和匮乏，主体最初的欲望对象——母亲，被俄狄浦斯情结永远阻断了，这是一个原初的、永久失落的欲望对象-原因，所以欲望是一个永远无法获得满足的所在，其目标就是维持欲望不被满足的状态。

奥菲利亚在整个《哈姆雷特》故事中正呈现出小对形的这一暧昧模糊。甫一开始，奥菲利亚以诱饵的面目出现，拉康提醒我们，莎士比亚改动了最早传说中奥菲利亚的角色。奥菲利亚作为哈姆雷特疯癫的理由而出场，波洛涅斯解释王子的疯癫时喊道："这是爱情！"拉康提醒《哈姆雷特》与《俄狄浦斯》不同，其一表现在哈姆雷特始终知情，其二表现在哈姆雷特始终装疯。接下来作为爱的对象的奥菲利亚很快就完全失效、化为乌有了。当哈姆雷特说出"我以前的确爱过你"之后，他同奥菲利亚的关系就在一种嘲讽语

① Vighi F, *On Žižek's Dialectics: Surplus, Subtraction, Sublimation*, Continuum Press, 2010, p. 55.

调中继续，哈姆雷特不再将奥菲利亚视作一个爱的对象，取而代之的是一切罪孽的生育者、一个哈姆雷特口中的“未来的孽种们”的温床。这是拉康所谓的客体的毁灭与丧失，只有当奥菲利亚自杀之后，当哈姆雷特拒绝雷欧提斯在妹妹奥菲利亚葬礼上表演悲痛的时候，只有当他自己哀痛地完成了对奥菲利亚的哀悼工作之后，只有当哈姆雷特欲望的客体成了一个不可能得到的客体时，她才能再度成为他欲望的客体，因此奥菲利亚必须死去，必须在哈姆雷特为之进行的哀悼的工作中，在永远失落为不可能之物的时候，才能成为欲望之物，这正是$◇a 的意义。拉康通过《哈姆雷特》的分析，所抵达的人类欲望的真实困境：主体对欲望客体的追求，是一项注定失败的工作，只有当客体成为不可触摸、永不可得的原质时，其才能真正成为“欲望客体”奥菲利亚。幻象参与了现实的构成，同时也支撑了主体在这条注定失败的欲望之路上走完全程，主体从接受大他者欲望委派成为主体，到追寻欲望客体的全部过程，都是一个注定失败、注定求而不得的双重悲剧。

在拉康讲稿中不断闪现的安提戈涅、哈姆雷特等文学人物，显示了精神分析理论家拉康文艺的一面，但也令众多从事文艺理论批评的理论家感到不安，拉康对文学作品的征引无疑带有明确的功利目的，他通过对文学文本和文学人物分析，为他那高高在上的隐晦思索提供了可资谈论之物，为他那游荡在空气中的超验设定锚定了落地之点，就像诸种神迹只是为了证明耶稣的伟大一样，对文学人物和文学文本的拉康式阐发，却没有为文学批评的建设发展，贡献出足够的理论价值。

六、精神分析伦理：不在欲望的问题上让步

针对这一崭新的欲望理论，拉康提出了精神分析的伦理学，即“你是否按照你的欲望行动？”根据拉康的欲望理论，主体的欲望不仅被大他者所摆布，而且成为大他者的欲望对象，始终是主体永不停歇的欲望驱力，正是为了跳出这一欲望的逻辑，打破这一驱力的永恒循环，拉康的精神分析伦理学鼓励主体大胆地去追求、欲求自己的欲望。精神分析的终结“穿越幻象”与“认同征兆”，恰恰就是摆脱这一困局的时刻，拉康将其形容为接受主体作为未经大他者辩护的存在的时刻，在这个时刻，主体承认失败，承认自身的全部有限性，拒绝大他者为其选定的符号位置，在自己欲望的问题上绝不妥协

于大他者，这就是拉康宣布精神分析可以结束的时刻。

于是在此，拉康精神分析与传统意识形态批评拉开了距离。精神分析关心的不是意识形态背后的秘密究竟是什么，意识形态究竟扭曲了什么。真正的问题在于，为什么我们需要意识形态的幻象图景，这个被发明、建构出来的意识形态，最终完成了何等理论大计？这也是拉康穷其一生，以精神分析的名义所开展的所有思考工作最终抵达的问题：大他者在哪里？他究竟要我干什么？传统意识形态批评的问题就在于，它认为某一特殊群体通过伪装、欺骗，把自己的局部利益上升为普遍的利益，而意识形态批评的任务，就是把这个普遍性揭露为特定的运作，于是传统意识形态批评不得不陷入一个相当无力的怪圈：他们总在解构，总在祛魅，人们依然坦然为之！齐泽克将拉康"精神分析终结于穿越幻象与认同征兆"的论断，搬演到意识形态的战场上，拒绝德里达将马克思主义作为一种幽灵重新召回的理论路径，提出意识形态幻象不能轻易擦抹，因为我们全部的现实体验是倚重幻象建构的，更不能将作为病灶的征兆简单割除，因为主体的全部一致性与连续性是由征兆支撑的。

幻象作为悖论的存在，一方面它调整欲望框架，但同时它也是对欲望的抵御，欲望本身就是对欲望的抵御：通过幻象构建起来的欲望，是一种对大他者的欲望。拉康所谓的我们绝不能对之做出让步的欲望，不是由幻象支撑的欲望，而是穿越幻象，体认到主体欲望是对他者之欲的欲望，是占据他者欲望的客体位置，是象征秩序的那些空白、那些不一致，以及那些作为征兆的瑕疵。不在欲望的问题上让步，就是要完全放弃建立在幻象脚本基础上的欲望，放弃大他者所教导的欲望对象。精神分析的伦理学，断然拒绝与大他者沆瀣一气，不在欲望的问题上让步，而是要勇敢地去争取主体自己想要的东西。

"穿越幻象"意味着精神分析过程的结束，因为在"穿越幻象"中，主体获得的体验是：欲望之所以永远无法获得满足，是因为小对形，即欲望对象只是某一短缺的客体化和体现而已，欲望对象的全部魅力与吸引力，就是要掩饰它所占据位置的空无而已。同时欲望对象的空无，意味着大他者中的短缺，正是欲望客体使得大他者（符号秩序）漏洞百出、前后矛盾。"穿越幻象"意味着放弃这一一厢情愿的想象：存在某种更好的选择，存在着另一个与目前现状截然断裂的未来，只不过由于种种原因我们还不能拥有它。“穿越幻象”就是“接受闭合这一事实创伤；不存在什么开放空间，所谓偶然其实都是出于必然”，同时激进化地把空洞的姿态当真，把被迫的选择当成真正的选择。填平鸿沟、主动选择被迫的选择，接受闭合的状态，这就是齐泽克所谓的“真正的颠覆”，这是游戏终结并主动终结游戏的时刻。这个游戏把一个注定不可能实现的选择，作为一个可能的选择提供给社会成员，那么顺理成章地，我们重重地遭遇失败、挫折，其实是走岔了路，选歪了道。齐泽克“穿越幻象”的激进之处，就在于拒绝贩卖后悔药的理论游戏，勇敢承担起幽灵的象征债务：那些走不通的道路，其实根本就是无路可走；那些没有实践的选择，其实根本就是不可能的虚妄。

拉康派精神分析的目的不是治愈，而是要学习顺应和改变症候：一种更为顺应的、更具建设性的症候。这就是拉康在他最后的理论中称为“征兆合成人”（sinthome）的东西。

拉康面临的一个临床医学的治疗困境是，患者仔细检查了自己的幻象，也与自身的幻象框架（fantasy-framework）保持了距离，但问题是为什么关键性的症候依然存在？拉康在1975～1976年创造了“征兆合成人”这个概念。这里的征兆，即“征兆合成人”之“征兆”，是由某种渗透着痛快的意指构成的：征兆是一个能指，它承载着感官享受，是一个具体的病理性的意指构成。与症候一样，征兆意味着基本的病灶，意味着瑕疵、空白与种种的不和谐，但是“征兆合成人”之“征兆”，不同于症候之处，首先在于征兆抵抗沟通与阐释。“征兆合成人”的提出，标志着拉康思想的一个重要转变，与我们通常熟知的拉康“无意识具有语言结构”不同，晚期拉康事实上放弃了通过语言结构试图接近并解码无意识的想法，这表明了拉康从早期语言学到晚年拓扑学的转变。症候铭刻于书写过程中，是可以通过对文本结构乃至语言秩序的批评性分析治愈的，但是征兆根本无法消除，它并非如症候一般镶嵌于话语循环与能指网络中，却是其存在条件。其次，征兆是有缺陷的惰性瑕疵，如果说征候意味着病痛，那么征兆不仅联系着痛苦，同时还意味着快感，它是一种痛并快乐的所在，更为重要的是它以这种痛快，参与了主体的基本构成。

拉康和齐泽克精神分析意义上的征兆概念是一个悖论：征兆就像人身上

的某种寄生虫，它正在啃噬我们的鲜血，消磨我们的生命，但是如果消灭了它，情形就会变得更糟，我们会失去我们所有的一切，包括那些已经受到威胁，但还没有被征兆消灭的完好躯体，换句话说，消灭征兆意味着主体的死亡。所以面对征兆，我们其实处于一个不可能进行选择的境地，我们唯一可能的选择，就是认同。我们必须认同征兆，不是将其作为瑕疵割除（某种简化的对于革命的理解），也不是将其作为未来延宕（德里达的幽灵学），而是勇敢地认同它，认同征兆正是主体存在的一致性所在："被视为征候的征兆，真正是我们仅有的实体（only substance），是支撑着我们的存在（our being）的仅有之物，是把一致性赋予主体的唯一之处（only point）。"[①]只有认同了征兆，才能确保主体的基本稳定性，在这个意义上，征兆是主体逃避疯癫的一种方式，是挑选某物（征兆构成）而非空无（严重的精神孤独症，对符号宇宙的破坏）的方式。因为只有挑选某物而非空无，才能获得主体存在的一致性。

对于这样的征兆，我们能做什么？消灭意味着主体的终结，抛弃意味着主体的疯癫，所以对征兆的选择，只能是不作选择：屈服于既有的病理性结构，承认人类存在的基本有限性。也正是在这个意义上，拉康把对征兆的认同，作为精神分析过程的终结，认同征兆，就是识别并认同主体存在的一致性，当患者能够在其征兆中，识别出对其存在的唯一支撑时，分析就达到了目的，精神分析就可以结束了。

认同征兆，正是在这种认同中，我们才真正穿越了幻象。"穿越幻象"，不是说要摆脱幻见、摆脱虚幻的偏见与错误的认知，尽管那些都扭曲了我们对现实的看法，但我们应该在保留着幻象的状态下，最终学会接受现实的实际原貌。在"穿越幻象"中，我们所抵达的激进理论层面并非搁置我们的幻象机制，并拒绝幻象所调节的欲望现实，正好相反，我们要更激进地去认同（identify with）我们想象力的运作，包括其种种的前后不一致。

也正是在此处，拉康用"按照你自己的欲望行动"结束了伦理学研讨班。一旦建立了"征兆合成人"的计划，就不要停止实现计划的行为，因为行为

①〔斯洛文尼亚〕斯拉沃热·齐泽克：《意识形态的崇高客体》，2版，季广茂译，中央编译出版社，2017，第99页。

的价值并不取决于良好的初衷，而只取决于行为的结果。此处的征兆（症候）不再被定义为障碍或疾病，而被视为在保留了欲望的空无之时，作为一种与原质建立联系的方式。

从弗洛伊德到拉康的道路，显示了精神分析拒绝关于善的简单理念，以及在人类欲望的复杂地形图谱中，处理伦理问题的勇气。尤其是在精神分析的治疗过程中，精神分析师本人将承担何种责任，将处于何种理论位置，成为拉康在实际的精神分析治疗过程中，关心的重要问题。在拉康看来，即使是良心之失，也是不能宽恕的，从精神分析的角度来说，我们对自己的无意识负有责任，我们不能以无意识为借口为自己的行为辩解。

根据已经修订多次的由美国精神分析学会制定的《精神分析师伦理原则和标准》，精神分析这一职业，因其私密性、神秘性等特殊的职业色彩，带有更强的有关职业伦理要求，涉及从业能力、尊重他人、关系和知情同意、保密、信任、不得谋取私利、学术责任、社会责任等专业素质和职业操守。拉康针对精神分析伦理学的要求，不仅涉及参与精神分析的双方、精神分析医师和患者，同时也指向了精神分析作为一种话语所应发挥的社会伦理责任。

拉康以一个新的概念，试图重写精神分析的“医患关系”。在 1967 年以前，拉康称呼在精神分析治疗中的人为患者，或是技术性名词“被精神分析者”（psychanalyse）。直到 1967 年拉康开始使用“案主”（psychanalysant），拉康“喜欢使用此用语，因为这个动名词显示在躺椅上的人才是做最多工作的人”[①]。与旧有被动的、无法主动参与的被精神分析者不同，在拉康看来，应当把治疗过程中的积极性和主体参与交给躺在椅子上的病患，是案主本人在进行精神分析工作，而精神分析师只是处在协助的位置上。

拉康的精神分析伦理学大胆提出了精神分析师的伦理困境问题。一方面他不能是文明与道德的同路人，因为道德正是病症的起因。另一方面精神分析师也不能采取简单的放任宽容的态度。拉康认为，不存在伦理上的中性位置，即精神分析师无法回避在一个特定的立场上，做出伦理判断，承担伦理责任，在治疗过程之中，精神分析师已经并且必须占据一个伦理位置。

从质疑既往象征界的道德规范开始，拉康将欲望创伤内核的实在维度引

①〔英〕狄伦·伊凡斯:《拉冈精神分析辞汇》，刘纪蕙等译，巨流图书股份有限公司，2009，第 15 页。

入了精神分析伦理学，并以“穿越幻象”和“认同征兆”重构主体与象征秩序的关系，最终抵达了对于精神话语自身的反身性思考，精神分析如何承担对于案主和这个世界的责任，他们终将选择何种伦理位置？承接20世纪70年代拉康将精神分析伦理的重心从行动问题转向言说的努力，有关精神分析伦理话语的理论意义，进一步由齐泽克在20世纪90年代以后发掘并完善。

第三节　齐泽克与精神分析伦理的当代发展

作为当代拉康思想的最重要继承人，在伦理问题上，齐泽克更明确地表现出了将精神分析伦理命题政治化的倾向，始终坚持对于现实社会的积极介入态度。他不仅是一个“谈论黑格尔就像呼吸一样自然的”哲学家，也是一个乐此不疲的大众文化消费者，更是这个时代最积极、最敏锐的观察者。波黑风云、伊拉克战争、“9·11”、伦敦暴乱、占领华尔街、阿拉伯之春等，他几乎对21世纪以来所有重大历史政治事件都发表演讲、著书立说。齐泽克的一系列文化批评、政治评论，探索并示范了知识分子介入、参与社会生活的可能。

有趣的是，针对当代批判理论的“伦理转向”，齐泽克做出了迥异的评价，这集中体现在他对于伦理暴力的吁求，对于冷漠、爱、责任、邪恶等问题的重新思考上。为反击后结构主义和解构主义理论悬置真理判断，不再处理善/恶、好/坏、正确/错误等“宏大理论”问题的倾向，齐泽克甘冒重返“形而上学”之大不韪，将这些“语言论转向”后不见容于后结构主义理论框架的命题，再度带入了自己的思考中。

一、在后政治时代呼唤伦理暴力：齐泽克的“政治不正确”

齐泽克对当代有关道德和伦理议题的复兴，做出了迥异于主流的判断：

今天政治哲学中的“回到伦理学”（的口号）可耻地利用了对古拉格或大屠杀的厌恶，作为最后的妖魔，它勒索我们同所有严肃的激进行动断绝关系。这样，墨守成规的自由主义无赖则能够在他们对既存制度的捍卫中得到伪善的满足：他们知道存在着腐败、剥削等等，但是任何改变它们的企图都被斥责为在道德上是危险的和不能接受的，将重新召回古拉格或大屠杀的幽灵……[①]

在“后大屠杀”和“后古拉格”时代，对于暴力的谴责，对于暴力的恐惧，几乎成为各路理论流派共同遵守的伦理底线，没有人想被扣上法西斯主义的帽子，没有人想再度和形而上学的威权扯上关系。在这一思想氛围中，伦理议题的复兴，正在制造一种有关宽容、尊重的新意识形态。在齐泽克形容为“政治的文化化”（culturalisation of politics）的“后政治”[②]逻辑运作中，尊重特定群体的文化生态，肯认特殊群体的文化要求，成为一项新的政治共识与奋斗目标，于是“真正的政治斗争被转化为文化斗争，争取对边缘身份认同的肯认以及对差异的包容”[③]。有关“宽容”的呼告成为后政治的最强音，因为一旦“政治区隔——被政治不平等或经济剥削制约的区隔——被自然化和中立化为‘文化’区别，换句话说，变成不同的‘生活方式’，……你只能‘容忍’……”[④]。容忍那些在肤色、性取向方面与自己不同的多元存在，尊重他者那张令我们不安且充满差异的面孔，成为普遍的伦理要求。就此，宽容与尊重取代了平等、剥削与正义的话语，成为社会问题的解毒良药。

听上去似乎也不错，文明的冲突与宽容的妥协，至少比战争和暴力要好，问题在于，就后政治的运作结果来说，它从未兑现宽容与尊重的承诺。齐泽克指出，当代政治最有趣的悖论就是，一方面主流的后政治愈加强调开放与宽容，另一方面毫无意义、没有目的、非理性的暴力指数却在飙升，它也令人愈加恐惧与不安。面对这一“越宽容越暴力”的吊诡现实，齐泽克认为从

①〔美〕朱迪斯·巴特勒、〔英〕欧内斯特·拉克劳、〔斯洛文尼亚〕斯拉沃热·齐泽克:《偶然性、霸权和普遍性——关于当代左派的对话》，胡大平、高信奇、蒋桂琴等译，江苏人民出版社，2004，第130页。

② 参见笔者《齐泽克与当代西方文论的再政治化》一文中有关“后政治”“后意识形态”概念的梳理，载《文艺理论研究》2015年第4期。

③〔斯洛文尼亚〕纪杰克:《神经质主体》，万毓泽译，桂冠图书股份有限公司，2004，第309页。“纪杰克”为“齐泽克”的台译名。

④〔斯洛文尼亚〕斯拉沃热·齐泽克:《暴力：六个侧面的反思》，唐健、张嘉荣译，中国法制出版社，2012，第125页。

种族冲突到青少年的街头暴力，它们都是被“后政治”治理逻辑排除的根本性对抗（antagonism），是被象征世界的“宽容”所消音的暴力，带着实在界的血腥残余回归现实：“在我们这个‘后政体’（post polities）时代，以前的政治日甚一日地被‘专家社会管理’（expect social administration）取而代之，冲突的合法来源，就只剩下文化（种族、宗教）张力了。因此，应该看到，今日‘非理性’暴力的崛起，只与我们社会的去政治化（depoliticization）有关，也就是说，只与原先的政治维度（political dimension）的销声匿迹有关。”[①]齐泽克认为今日右翼民粹主义、极端种族主义在西方的兴起与繁衍，都是标榜宽容的后政治运作的必然结果。

与后政治“越宽容越暴力”的吊诡相呼应的，是批判理论对既存权力体系的颠覆，正在变得“越激进越无效”。系统的再生产，也即通过压抑和严格引导主体的自发动力的旧逻辑，已经被抛弃。非异化的自发性（non-alienated spontaneity）、自我表达、自我实现都直接服务于系统，这就是无情的自我审查现在已经不再是解放政治的一个必要条件的原因。在一种宽容的后政治意识形态中，齐泽克指出，“这种‘宽容’的态度，使得我们不再把当代权力感知为建立在审查禁令之上，而是无约束的放任（but on unconstrained permissiveness）”[②]。以文学艺术的生产为例，我们“拥有简单雕像或加框绘画的日子再也不存在了——我们现在得到的是这样的展览：没有图画的框架，死掉的母牛及它们的排泄物，人体内脏的录像（胃镜检查和结肠镜检查），嗅觉效果的内含物，等等，不一而足”[③]。在这一宽容、协商的晚期资本主义文化逻辑中，颠覆再也不具有破坏性了，曾经由萨德、波特莱尔搅动的那些令人震惊的过剩和不安，已经成为艺术体制本身的一部分，现代主义先锋派凭借挑衅、震撼摧毁陈旧体制的逻辑已经宣告破产，后现代多元文化体制自身繁殖震惊与恐吓，并以对其宽容和妥协的态度确认自身。

---

①〔斯洛文尼亚〕斯拉沃热·齐泽克：《欢迎来到实在界这个大荒漠》，季广茂译，译林出版社，2015，第 152 页。

② Žižek S, “Neighbors and other monsters: A plea for ethical violence”, In Žižek S, Santner E L, Reinhark K, *The Neighbor: Three Inquiries in Political Theology*, The University of Chicago Press, 2006, p. 134.

③〔斯洛文尼亚〕斯拉沃热·齐泽克：《易碎的绝对——基督教遗产为何值得奋斗？》，蒋桂琴、胡大平译，江苏人民出版社，2004，第 22 页。

这一当代资本主义文化逻辑的最新发展，对批判理论尤其是精神分析构成了重大挑战，精神分析的开拓性思想成果已经被耗尽。弗洛伊德已经无法面对今日流行影视剧中那个无能但却与儿子一起成长的父亲。以宽容的后政治之名义，精神分析的思想光谱进入了一个禁令松绑、父慈母爱的全新文化中。你不会再遭遇到弗洛伊德所形容的那个严酷的父亲，那个搅动着阉割焦虑、梦到“爸爸在打我”的严酷的超我。齐泽克站在了当年拉康保卫弗洛伊德从而与美国自我心理学派决裂的立场上，再度要求重新“回到拉康”。在反思纳粹暴行，告别两次世界大战阴霾的共识下，当代伦理学的回归典型地以“没有暴力的伦理学”为特征：“你能够想象什么可以比得上今天无孔不入的对于‘伦理暴力’的抱怨吗？换句话说，这一趋势以批判道德禁令‘恐吓’我们接受他们推行的残酷的普遍性，这一批评的秘密模型就是‘没有暴力的伦理学’——自由地重新商讨。最高级的文化批判与最低级的大众心理学（pop psychology），意外地在这里相遇。”[①]

以格雷通俗心理学读物《男人来自火星，女人来自金星》[②]为例，齐泽克嘲讽一种“伪弗洛伊德”精神分析的大行其道。格雷接受有关童年创伤性经验坚硬内核的理论，相当精准地回到了原初创伤伤口的场景，就此标记主体的成长发展：在回归创伤场景并直面它之后，主体应该在治疗师的指导下，“重写”这个场景，以更积极的、良性的、具有生产力的叙述重建主体性的终极幻象框架。如果父亲曾冲你大喊“你一文不值！我鄙视你！你将一无所成！”，那么你应该把它重写为一个新的场景，其间一个仁慈的父亲和蔼可亲地冲你微笑并告诉你：“你真棒！我相信你！”齐泽克忧心忡忡地指出，在上述类似对过去总体可能性的追溯性重写中，真正丢失的不是某种确凿无误的事实（hard fact），而是创伤性的实在界，这一主体精神经济的建构角色遭到了象征界重写的抵制。曾经建构主体潜意识的创伤场景，正在变形和重构为具有创造力的叙述，超我-父亲不再具有严苛的面孔，齐泽克调侃甚至终有一天，弗洛伊德的经典个案“狼人”将以这种方式回归，狼人真正看到的将是父母

① Žižek S, “Neighbors and other monsters: A plea for ethical violence”, In Žižek S, Santner E L, Reinhark K, *The Neighbor: Three Inquiries in Political Theology*, The University of Chicago Press, 2006, p. 135.

② 中文译本可参见〔美〕约翰·格雷：《男人来自火星，女人来自金星》，何兰兰、周建华译，北京联合出版公司，2020。

躺在床上，爸爸在读报纸，妈妈在看感伤小说。其在现实生活中“政治正确”的版本是，种族、性别、少数族裔正在以一种更为积极的、自信的（self-asserting）气质重写他们的过去。例如非洲裔美国人（African-American）声称，早在欧洲现代性之前很久的时候，古老的非洲帝国已经有了高度发达的科技等。最终这一通过精神分析重建主体叙述的工作，抵达了当代伦理学的最极端处，齐泽克说我们甚至可以想象重写的摩西“十诫”：如果某些戒律太过严格了，那就？让我们退回到西奈山的现场并重写它。超我律令日渐宽容，伦理要求换上人道主义和人性的面目，新的救世主披着尊重与多元的外套……我们正在迈入一个是/非、善/恶多元化，却也空前暧昧的时代。

齐泽克的所有理论工作，都致力于破解和清算当代后政治的运作逻辑，近年来他尤其对多元文化主义进行了严厉批判，将其视为后政治逻辑的典型代表和全球资本主义的意识形态补充物。齐泽克所质疑的多元文化主义，包括了酷儿理论、女性主义等建立在多元主体形态基础上的身份认同政治。意味深长的是，齐泽克所批判的上述理论以及他屡次讥讽的“政治正确”，一直被视为当代左翼批判理论的进步思想成果。屡屡呼吁打破僵局，进行结构性社会重组的齐泽克，以挑战当代尊重他者、宽容异类的“政治不正确”姿态，要求让暴力来得更猛烈一些！

二、齐泽克反对列维纳斯：伦理他者

在齐泽克所形容的后意识形态/后政治的当代文化语境中，他者的地位、他者与自我的关系等问题，成为齐泽克精神分析伦理的核心议题。齐泽克拒绝当下流行的以文化多元主义、宽容为典型代表的“伦理暴力批判”（critique of ethical violence），在他看来当代左翼批判理论正在陷入一种宽容的、政治正确的神经焦虑中，他形容当代伦理学的复归“是一种没有暴力的伦理学”，并针对列维纳斯伦理学展开了有的放矢的批判。正是为了迎击“伪弗洛伊德主义”通过创伤性地重写过去，松绑伦理禁令，重塑自由放任主体状态的思想氛围，齐泽克针对列维纳斯的他者伦理学喊出了反其道而行的口号：“抓破邻居的面孔”（smashing the neighbor’s face）。

在《邻人：政治神学中的三个疑问》这部针对当代“伦理转向”的批判文集中，齐泽克接续了他自《论暴力》开始的对当代区域性暴力事件不断升级、国际格局动荡"一触即发"的紧迫性的思考。根据前文引述，在齐泽克看来，当代社会的权力运作、霸权生产已经发生了深刻的改变，亟待批判理论的更新。《邻人与他者怪兽：对伦理暴力的呼唤》就选择以列维纳斯作为理论对手，来探求这种更新之道。

首先是针对列维纳斯的面孔，那张脆弱的、无辜的、向我发出无条件伦理呼告（ethical call）的面孔，齐泽克试图用精神分析对抗和纠正列维纳斯的面孔哲学。在经历了所谓的初次见面后，精神分析建构了如下场景：分析者和案主（被分析者）不再面对面，分析者坐在身后，被分析者四脚朝天地躺在长椅上，面对着眼前的一片空白。这种布置并未把分析者当成另一个主体、一个对话伙伴，而是把分析者置于被分析者的小对形的位置上。用拉康和齐泽克的术语来说，主体与他者的真正遭遇，需要实在界的鬼脸。主体的确应当承担对他者的责任，尤其是当一张无助、脆弱的面孔，向主体提出无条件要求其负责任的伦理要求时；但是恰在此时，列维纳斯的他者面孔，与主体构成了一种不对称和非交互的（asymmetrical and nonreciprocal）关系：我对他人负有责任，却没有任何权利宣称，他人也应该对我负有同样的责任。

齐泽克发问，如果律法的终极功能，不是迫使我们记住邻居，接近和帮助邻居，那么是否是限制和保持邻居（作为他人）待在合适的安全距离里，并筑起防御怪物-邻居的防护墙？简而言之，通过他者理论，"我们真正需要抵抗的是这样一种诱惑：把邻居在伦理上优雅化（gentrification）"。[①]齐泽克以自己身处的东欧风云为例，说明"纯粹人道主义的—道德的合法化（又一次）完全将军事干预非政治化，使之变成基于纯道德原因而进行的对人道主义灾难的干涉，而不是明确的政治斗争的干涉"[②]。

《纽约时报》对科索沃的阿尔巴尼亚人正在遭遇的苦难进行了真诚的报道，其标题是"一名科索沃妇女，一个苦难的象征"。这一应该受到（北约干涉）保护的主体从一开始即是以无助的牺牲品、被剥夺了所有政治身份，并被置于极度的苦难之中的他者面目出现的，她的基本姿态是过度的痛苦、

① Žižek S, "Neighbors and other monsters: A plea for ethical violence", In Žižek S, Santner E L, Reinhark K, *The Neighbor: Three Inquiries in Political Theology*, The University of Chicago Press, 2006, p. 163.

②〔斯洛文尼亚〕斯拉沃热·齐泽克:《易碎的绝对——基督教遗产为何值得奋斗？》，蒋桂琴、胡大平译，江苏人民出版社，2004，第 52-53 页。

创伤性经验。

“梅莉说，她已看得太多，她需要安宁，她希望这一切能够结束。”她说，一个独立的科索沃不在她的议程之上，她只希望这些恐怖能够结束：“你知道，我并不关心它是这样或那样，我只想所有这些能够结束，能够再次感觉良好，在我的地方、在我的家里与我的朋友和家人一起能够再次感觉良好。”“她希望能有一个解决方法，这个方法将那些‘身佩武器’的外国人带到了这儿，而她可不管这些外国人是什么人。”她说：“我同情那些被轰炸及死亡的塞尔维亚人，我也同情我自己的人民。但现在也许就要有一个结局、一个永远的解决方案了。那该是多好啊！”[①]

齐泽克阐释道，这一报道让我们获得了一张满意的他者面孔，一张脆弱的、超越任何政治利益的、饱受苦难的女性面孔，呼告着来自西方的军事拯救，这个他者，“不是一个具有明确议程的政治主体，而是一个无助受苦的主体，同情冲突中的所有受难各方，在地方冲突的疯狂行为中，他们认为冲突只能由那些仁慈的外国力量才能予以平定，这样一个主体，其最内在的欲望被还原为近乎动物式‘再次感觉良好’的渴望……”[②]。

只有当这个被保护、被尊重的他者，拥有一张善良的、脆弱的面孔，他才是适合的，这正是为什么我们会被无助的科索沃母亲、孩子和老人的图片所包围，听他们讲述有关其苦难的令人感动的故事。可是设想，一旦受害者不再表现得像个受害者，而是奋力进行回击时，他就不再是正义天平那一端的需要同情的受害者了。再一次地，齐泽克发出了和弗洛伊德一样的回应：“对于列维纳斯激进伦理责任的标准人文主义-人道主义回应是，只有爱自己的人，才能真正爱他人。”[③]在他者受难的面孔里，齐泽克并非仅止于发现了其中激进的不对等关系，即当代伦理学对于他者的尊重，始终处于自我-他者的非对称性结构中，更重要的是，他发现这一来自他的伦理呼告，终将

---

①〔斯洛文尼亚〕斯拉沃热·齐泽克:《易碎的绝对——基督教遗产为何值得奋斗？》，蒋桂琴、胡大平译，江苏人民出版社，2004，第 53 页。

②〔斯洛文尼亚〕斯拉沃热·齐泽克:《易碎的绝对——基督教遗产为何值得奋斗？》，蒋桂琴、胡大平译，江苏人民出版社，2004，第 54 页。

③ Žižek S, “Neighbors and other monsters: A plea for ethical violence”, In Žižek S, Santner E L, Reinhark K, *The Neighbor: Three Inquiries in Political Theology*, The University of Chicago Press, 2006, p. 155.

重铸主体的坐标。

齐泽克彻底否认了列维纳斯所描述的伦理呼告，将其视为阿尔都塞意义上针对主体的质询机制：“他复制了意识形态询唤的基本坐标。当面对来自他人脆弱面孔的无限呼告时，当我应答‘我就在这里’时，我成为一个伦理主体，可是我们必须补充，穆斯林不是这个说‘我就在这里’的人。”①列维纳斯的局限不仅是其显而易见的欧洲中心主义，依赖于一个狭窄的关于“人”的定义，这个定义将非欧洲人秘密地排除为“非人”②；更为重要的是，齐泽克揭示了“我跟向我发出无限召唤的他者之间，存在着伦理不对称这一最基本的事实”。③主体在对他者的善意与宽容中，获得自我满足；在爱邻居的和睦友好中，确认高人一等的位置。这种态度把我的他者/邻居压缩为我的镜像，或者自我实现道路上的手段，他者被化约为主体人格的不同外在投射。

事实上，齐泽克对列维纳斯的上述批判，并未获得列维纳斯研究者的认同。根据汉德的考察，齐泽克对列维纳斯的引用“几乎全部都只是来自列维纳斯的《艰难的自由》中的例子”④，同时醉翁之意不在酒，“比起列维纳斯，齐泽克看上去更多的是不认同巴特勒的”⑤。或者，汉德的公允评价正指明了我们通过齐泽克转向列维纳斯的真正意义，齐泽克确乎未对列维纳斯的思想进行全面考察和评估，与其说他对某个理论家的个人思想充满兴趣，不如说他矢志不渝地渴望反击后政治的宽容意识形态，重新将宽容慈爱面目的他者政治改装为具有激进斗争性的思想武器。换句话说，姑且不提列维纳斯自身思想中的暧昧与含混，搞清楚列维纳斯真正说了什么，并非齐泽克的初心；真正的问题在于，齐泽克尝试通过对列维纳斯他者伦理的拒绝和反思，通过对一种拒绝暴力的伦理学的批评，为当下伦理学的复兴带来新的

① Žižek S, “Neighbors and other monsters: A plea for ethical violence”, In Žižek S, Santner E L, Reinhark K, *The Neighbor: Three Inquiries in Political Theology*, The University of Chicago Press, 2006, p. 161.

② Žižek S, “Neighbors and other monsters: A plea for ethical violence”, In Žižek S, Santner E L, Reinhark K, *The Neighbor: Three Inquiries in Political Theology*, The University of Chicago Press, 2006, p. 158.

③ Žižek S, “Neighbors and other monsters: A plea for ethical violence”, In Žižek S, Santner E L, Reinhark K, *The Neighbor: Three Inquiries in Political Theology*, The University of Chicago Press, 2006, pp. 148-149.

④〔英〕西恩·汉德:《导读列维纳斯》，王嘉军译，重庆大学出版社，2014，第 146 页。

⑤〔英〕西恩·汉德:《导读列维纳斯》，王嘉军译，重庆大学出版社，2014，第 148 页。

思考路径。

如果对他者面孔的回应和责任，很可能滑向某种不对等的主体间性关系，那么人们又该如何处理他者问题？在后现代和后结构主义的理论框架里，如何安放同情、苦难、爱、善良这些传统人道主义的词语？这不仅是一个理论挑战，也几乎成为日常生活情境与时代政治斗争的焦点。那些居住在穷街陋巷的流动人口，搅动着这个浮华都市的不安，大量涌入的新移民正在摧毁传统社区的邻里关系。在齐泽克看来，无论是他者面孔，还是他者呼告，对其理解和阐释框架，都必须置于主体-他者的关系框架中，但是正如拉康晚年最终放弃了主体间性的概念，齐泽克坚持认为，在理解自我与他者的关系时，必须经过大他者的中介反思。

齐泽克提出，有关他者的话题“可以提交给一种幽灵批评（spectral analysis），呈现为可见的想象的、象征的、实在的维度——为此提供了终极例子的是凝聚了这三个维度的拉康的‘波氏结’（Borromean knot）概念”[①]。首先存在一个虚构的他者——一个像我的别人，我和我的同伴进入一种竞争的类似镜像的关系中，彼此相互承认。其次遭遇的是象征界的大他者——是我们社会存在的物质（substance），是协调我们共同存在的非个人化的规则集。最后是他者的实在界光谱，一个不可能的原物，正是这个非人的伙伴，使得他者由象征秩序所中介的、与其他人的不对称对话成为可能。齐泽克提醒，至关重要的是，这三个维度之间的链接（hooked up）关系，其中“邻居作为原物”意味着，邻居既是跟我住在一起、跟我（社会地位、经济收入）类似的镜像，也隐藏着我其实对邻居一无所知的他者的深不可测性。这正是拉康坚持我们需要求助于施事性（performativity），求助于象征性参与的原因：主体遭遇的他者，不仅仅是想象的表象（imaginary semblant），更是作为实在界原质的绝对他者，代表着进行同质对等交换的不可能。犹太教打开了一个传统，在其中一个外来的创伤内核永远坚持成为我的邻居——这个邻居保持一种呆滞的、令人费解的、神秘的存在，把我搞疯。这一内核正是大他者的欲望，这一欲望不仅对我是一个谜，对大他者自身也是一个谜。根据

① Žižek S, “Neighbors and other monsters: A plea for ethical violence”, In Žižek S, Santner E L, Reinhark K, *The Neighbor: Three Inquiries in Political Theology*, The University of Chicago Press, 2006, p. 143.

拉康派精神分析有关欲望伦理的阐释，拉康的“你究竟要我怎么样”不仅是一个“你要什么”的简单询问，还在追问：什么在困扰你？什么东西在你之中，而又让你无法忍受？

根据拉康和齐泽克的主体理论，在大他者面前我永远不能代表自己，并且我永远不会从大他者那里听到“你是谁”的圆满回答，因为大他者对于他自己来说也是一个神秘的存在。其间重要的理论环节是大他者的不可测性（impenetrability）和我自己的不可测性之间的链接，这一链接是因为我自身的存在，建立在与大他者的原初接触基础之上，因为面对大他者，我从未真正代表我自己。在齐泽克（继承拉康）的精神分析伦理中，完全表征自己（oneself）的不可能性，是以每一个叙事重构的主体间性语境的不可化约为条件的：当我在一个叙事中重建我的生活的时候，我总是在某一个主体间性语境中完成的，这一叙述回应大他者的禁令，以某种方式响应（address）大他者。因此在一个象征的叙述中完全阐释自己，在先天是不可能的（is a priori impossible），在我存在的内核中，我以不能克服的脆弱，暴露在大他者面前。

当主体面对他者的时候，就不是在能力的意义上认识他者（我认识到你是理性的、善良的、可爱的……），而是在对方不可测性和不透明性（opacity）的深渊中认识他者。齐泽克由此指出他者伦理学的第一个伦理姿态，就是放弃绝对自我设定（self-positing）的主体性，并且承认个人的暴露/抛入，被大他者所淹没（being overwhelmed）的事实。正是暴露于大他者之下的这一限制，成为人类伦理建构的积极条件，因为它意味着一个基本的宽恕立场和自己活也让别人活的真正宽容态度：

> “正是这一对局限的彼此承认，开辟了一个让弱势者团结一致的社会性空间”（This mutual recognition of limitation thus opens up a space of sociality that is the solidarity of the vulnerable）。[①]

在齐泽克所开拓的、经过大他者中介的主体-他者关系中，我们可以明确

---

① Žižek S, “Neighbors and other monsters: A plea for ethical violence”, In Žižek S, Santner E L, Reinhard K, *The Neighbor: Three Inquiries in Political Theology*, The University of Chicago Press, 2006, p. 139.

看到不同于列维纳斯他者伦理的取向。在齐泽克号召的伦理暴力里，主体并非在面目模糊的他者发出的呼告与哀求中，认出自己的伦理责任的基本意识形态坐标，相反，恰恰是在放弃了自身绝对的肯定性与稳定性，在认识到自己的有限性、脆弱性之后，主体才与他者遭遇。正是因为主体构成性地暴露于大他者面前，这一原初的暴露/依赖才真正打开了个体间的伦理关系，也即只有我们接受和尊重彼此的脆弱性和局限性，我们才能对某些事情和某些人承担责任。这并不表明我（比他者）更为优越，而是表明我深刻地体认了我和他者共同面对大他者时的脆弱性。

三、在伦理行动中重塑伦理主体

齐泽克继承了拉康关于伦理责任的思想并将其进一步政治化，在与巴特勒、巴迪欧等人的思想交锋中，齐泽克试图重新处理一种行动的实践哲学。重复马克思的箴言，哲学家们总想着如何理解世界，而真正问题是改造世界。齐泽克追问道："今天的哲学-政治场景的问题最终由列宁的老问题'怎么办？'而得到充分的表达——在政治地平上，我们如何重申行动的正确尺度？"①

在这个后政治时代，某种行动的困境困扰着全球的马克思主义理论家，尽管区域性的抵抗政治，葛兰西意义上的霸权争夺战从未停止上演，但是行动的空间，行动的想象力正在枯萎。就此齐泽克问道：

> 德里达、哈贝马斯、罗蒂和德内特这四位差异很大的哲学家在实际的政治决策中很可能采取同一种偏左的自由民主姿态。……如果哲学的差异在政治上真的重要，而且作为一种因果性，如果不同哲学家之间的政治一致性告诉我们有关他们哲学立场的重大事情，那该怎么办？……如果在他们之间存在着不被承认的近似性，那该怎么办？并且，如果今天的任务恰好是打破这个共享前提的领域，

①〔美〕朱迪斯·巴特勒、〔英〕欧内斯特·拉克劳、〔斯洛文尼亚〕斯拉沃热·齐泽克:《偶然性、霸权和普遍性——关于当代左派的对话》，胡大平、高信奇、蒋桂琴等译，江苏人民出版社，2004，第130页。

那该怎么办？[①]

怎么办？我们能寄望于后结构主义理论家们为我们写就的分裂的、差异的、漂浮的主体版本吗？或是深刻地陷落于权力生产与话语策略中的主体？或是以颠覆的姿态对一切禁忌说“不”的性少数派？在每一个个体都表达着不满，每一个群落都凝聚着对抗的今天，为何变革的出路与可能性，却前所未有地消失了？齐泽克的回答是，对行动的抵制，似乎正由对立的哲学立场在广泛的范围内分享。

齐泽克谈论的行动，仍然是从拉康那里继承的一笔思想财富。拉康明确区分了行动（act）与行为（behaviour）两个概念，动物也有行为活动，但行动是符号的，是人类的象征活动。在拉康对行动所做的定义中，行动是一个伦理概念，其最突出的特征是，行动的主体要对该行动负责。弗洛伊德曾经论述失误行动，即错误的、不堪的行为是某种无意识欲望的表达，弗洛伊德所强调的是，从意识的角度看上去拙劣的行动，其实恰是无意识欲望的成功表达。拉康继承了弗洛伊德有关行动-欲望的勾连关系，并进一步将其伦理化了，即主体必须承担的伦理责任是，他必须为自己的行动所透露出的无意识欲望承担责任，必须承认即使是明显的意外行动，都是某种意向的真实表达，虽然是无意识的，但却是他自己的意图，拉康就此做出的最著名结论是精神分析伦理：“你是否与你的欲望保持一致。”

行为与行动的拉康式区分、行动所蕴含的伦理面向，以及行动与主体的关系，在齐泽克最初关于意识形态的讨论中，其实已经浮现。在《意识形态的崇高客体》中，当齐泽克谈到黑格尔的最基本教诲时指出：“在我们主动时，在我们通过具体行为干预世界时，真正的行为不是这个具体的、经验的、实际的干预（或不干预）；……真正的行为在于下列模式：我们以这种模式预先结构世界，预先结构我们对世界的感知，以便使我们的干预成为可能，以便在世界上为我们的活动（或不活动）开辟空间。因此，真正的行为（real act）领先于具体的、实际的活动（activity）；真正的行为在于，提前重构我

①〔美〕朱迪斯·巴特勒、〔英〕欧内斯特·拉克劳、〔斯洛文尼亚〕斯拉沃热·齐泽克:《偶然性、霸权和普遍性——关于当代左派的对话》，胡大平、高信奇、蒋桂琴等译，江苏人民出版社，2004，第 131 页。

们的符号世界，而我们具体的、实际的行为将铭刻于这一符号世界。”[①]齐泽克提出，一个普通的行为之所以成为可能，是需要一套符号秩序提供支撑的，这个符号秩序预先决定了一个行为可能的方式、结果与限制，这个行为背后的决定作用，才是行动。

在思想的不断发展中，齐泽克明确将行动与主体的重塑联系在一起，在早期他将行动建基于符号秩序内活动的基础上，他进一步提出，行动意味着对于符号秩序的重建，在这个意义上，行动联系着不可能性与死亡驱力，行动是主体的行动，行动是死亡驱力的运作。针对拉康“作为真实的行动”[②]的论述，齐泽克提出，行动是纯然否定的范畴，也正是在这个意义上，行动包含了死亡驱力的面向，但也不能完全被化约为死亡驱力。这种死亡首先是主体的死亡，主体“无中生有”的创造，就是深刻意识到，主体的存在是个虚构，不仅世界是空无，我们自己也是个虚构：“‘主体’是行动，也是决断……主体，毋宁说是一种偶然性，它本身就构成了实存存在论秩序的基础。”[③]在行动中，主体获得存在论意义，并通过一种介入性的姿态重新书写符号秩序。

这个在失败的废墟中再造出来的主体，这个历经“世界的黑夜”的主体，最终要转败为胜，重新以实践性的行动，把自己再度“抛向”这个世界。因为“对于主体的（行动者的）身份来说，在一个真正的行动中，我并不简单地表达/实现我的内在本质——无（毋）宁说，我重新定义自己，我的身份的真正核心”[④]。所以行动指向的既是既存象征秩序的死亡，同时是主体“重整脱序时代”的行为，这正是拉康意义上，行动伦理维度的关键所在。

齐泽克为行动设定了一个“原型”人物，这就是安提戈涅（这亦是齐泽克非常喜爱的一个文学作品人物）。在索福克勒斯的原著《安提戈涅》中，安提戈涅执意要埋葬自己背叛了城邦的兄长波吕尼克斯，她一意孤行，不顾

---

①〔斯洛文尼亚〕斯拉沃热·齐泽克:《意识形态的崇高客体》，2 版，季广茂译，中央编译出版社，2017，第 309 页。

②〔斯洛文尼亚〕纪杰克:《神经质主体》，万毓泽译，桂冠图书股份有限公司，2004，第 363 页。

③〔斯洛文尼亚〕纪杰克:《神经质主体》，万毓泽译，桂冠图书股份有限公司，2004，第 221-222 页。

④〔美〕朱迪斯·巴特勒、〔英〕欧内斯特·拉克劳、〔斯洛文尼亚〕斯拉沃热·齐泽克:《偶然性、霸权和普遍性——关于当代左派的对话》，胡大平、高信奇、蒋桂琴等译，江苏人民出版社，2004，第 126 页。

妹妹的劝说和国王的警告，甘冒天下之大不韪，一定要按照葬礼仪式，埋葬哥哥。拉康肯定了安提戈涅这种对欲望的坚持，她拒绝按照大他者所欲去欲望，反抗克瑞翁所代表的城邦权力，不向大他者的欲望妥协。齐泽克进一步盛赞了安提戈涅作为行动者的意义所在：“将她置于一个无中生有的现实的空隙中，一时悬置了定义（社会）现实的规则。”[①]

在现实世界里，有没有齐泽克定义的所谓“真正的行动”呢？齐泽克举例道，尼克松访华以及接续的中美建交，就是真正的“政治行动”——“因为这样的行动实际上改变了国际关系领域中被认为‘可能’（或‘可行’）的界线——是的，我们可以做出超乎想象之事，与终极敌人正常地谈话”[②]。早于柏林墙的倒塌，在冷战对峙中，中美迈出了关键一步，对于中国来说，中美建交包括“三个世界”的划分，标志着中国在美苏两个超级大国的对峙中，重新谋取并定位自己的国际地位。对整个国际格局来说，既存的社会主义—资本主义的冷战对峙，已经在这一举动中松动。诚如维吉与费尔德纳的总结：“齐泽克主义的行动，并非激进地干预，不计任何代价地摧毁既存秩序，而是要演练更为复杂的总体原则的转变，即改变那些支撑既存秩序的观念。”[③]

齐泽克的“行动”与巴迪欧的“事件”概念，颇有异曲同工之妙，齐泽克也将巴迪欧意义上的“事件”称为无中生有，这种无中生有，就是在既有的任何条件都不支持一个事情发生的时候，它却确确实实发生了。齐泽克认为拉康意义上的行动，尽管总是被阐释为一种不可能性，但这种不可能性并非在不可能会发生意义上的不可能，而是在不可能曾经发生过意义上的不可能。以法国大革命为例，法国大革命是标准的巴迪欧意义上的“事件”。法国大革命爆发前，在我们既有的知识和经验中，它是不可能的。在存在论的层面上，法国大革命是一种“非存在”，因为既有的经验、知识储备无法解释、无法定位其存在及其历史意义，但同时“事件”自身将生产一套新的知识体系来自我命名、自我合理化，在这个过程中，“事件”将重塑既存的符

①〔斯洛文尼亚〕斯拉沃热·齐泽克:《有人说过集权主义吗？》，宋文伟、侯萍译，江苏人民出版社，2005，第 134 页。

②〔斯洛文尼亚〕纪杰克:《神经质主体》，万毓泽译，桂冠图书股份有限公司，2004，第 281 页。

③ Vighi F, Feldner H, *Žižek: Beyond Foucault*, Palgrave Macmillan, 2007, p. 126.

号秩序，所以今天我们拥有了一套理论概念体系（比如所谓左派与右派的区分，就是源于法国大革命）来分析法国大革命的前因后果、历史成败，对其进行准确定位，安放其全部的内容与意义。这也正是齐泽克意义上的“行动”所抵达的理论终点，重新估定何为可能与不可能，彻底改写既有的大他者符号秩序，扰乱乃至搅动主体世界经验的终极框架。

在齐泽克的定义里，事件有“真假”，正如行动有真伪一样。对于剥削与宰制，说出“不”是很容易的，但问题在于如何抵达真正的“行动”，而不是仅仅局限于一般的抵抗行为。齐泽克将苏联十月革命标举为真正的“事件”，因为十月革命涉及了资本主义秩序这个情境的根基，并且有效削弱了它；相反，纳粹是一个伪事件，因为纳粹恰恰是要挽回、挽救资本主义秩序，其策略是“做出改变，以使一切根本不变”[①]。行动与行为的重要区别就在于，在行动（事件）中，我们要经历某种主体的危机与死亡，我们需要重新认识自己，例如在苏联十月革命中，每一个人必须重新界定自己的阶级属性。在此基础上，一切必须改变，旧的制度被埋葬，新的语言被发明出来，资本主义世界体系确乎被撬开了一个环节。

在这一崭新的伦理行动中，齐泽克提出了新的伦理主体的概念。伦理行动不仅是重整象征脱序的世界，而且要重塑为自己的行为承担责任的伦理主体。

拉康-齐泽克的“穿越幻象”，存在于对幻象客体予以倒置的主体体验之中，即主体必须获得这样的体验——欲望永远短缺的客体原因，本质上不过是某一短缺的客体化和体现而已。因此，拉康将精神分析终结于“穿越幻象”与“认同征兆”，同时拉康对于精神分析的终结还做出过另外一个界定：当主体不再把自己预先假定为主体，主体假定的不是大他者的存在，而是大他者的不存在；当主体保持实在界与其符号化之间的分裂时，他为此付出的代价，就是消除作为主体的自己。

后结构主义信奉的是一个分裂的、不稳定的、变动不居的主体概念。福柯、拉康、阿尔都塞等人的理论工作彻底击毁了主体的完美无瑕，与休谟认为主体并不存在的怀疑论不同，福柯和拉康等人的理论工作都没有取消主体

---

① 〔斯洛文尼亚〕纪杰克:《神经质主体》，万毓泽译，桂冠图书股份有限公司，2004，第192页。

的概念，而是以各自的思考，反对将主体看作一个根本的、明确无疑的东西，反对认为主体是一种自由的意识或某种稳定的人之本质，反对认为主体是一切认知和意义的最终起源，同时揭示出主体绝不如我们想象的那般自我决定，而是一种语言、政治和文化的建构。在这一共识的基础上，相较后结构主义、解构主义青睐的分裂、不稳定主体，拉康以及受到拉康影响的齐泽克的主体理论，把主体的这种分裂性与有限性，激进地指向了客体和整个符象秩序。拉康和齐泽克版本的主体理论，是以主体的不可能性为中介，最终指向大他者，指向我们生存于其间的这个社会。

作为伦理行动，一个真正的行动总是在善恶的彼岸：它悬置了有关善的既定的伦理标准，但这样的悬置方式又是维持善所需要的。换言之，“一个行动不仅运用既定的伦理标准，而且重新定义了它们”[①]。在伦理行动中，一旦一个人做出选择，选择的领域就发生了改变，既有的象征秩序必须做出重整。

斯泰隆的《苏菲的选择》[②]构成了今日大众文化中所谓“伦理学复兴”的母题案例，其被迫选择的原初情境，及其令人不安的伦理意蕴，无疑构成了后政治时代最好的催泪叙事。这一“苏菲的选择”通常被还原为一个两难的创伤性的原初情境：在德国集中营里，一个纳粹军官让苏菲面对一个不可能的选择，她不得不选择让她的两个孩子中的一个幸存下来，而另一个会被送到毒气室里；如果她拒绝做出选择，两个孩子都会死。被赶到角落里的苏菲选择了更年轻的儿子，她因此背上了一个把自己逼疯的愧疚的负担。小说的结尾，她通过一个自杀的姿态为自己开脱：她在她的两个情人之间左右为难，一个是精神错乱的失败艺术家，他在苏菲抵达美国后救了苏菲的命；另一个是年轻的涉世未深的作家，苏菲选择了前者并同他一起自杀。在中国电影《唐山大地震》（2010）中，母亲在地震中被迫选择救姐姐还是救弟弟，显然是这个“苏菲的选择”的中国版。

齐泽克拒绝“苏菲的选择”中这个煽情的选择。他指出当代伦理叙事偏

---

①〔斯洛文尼亚〕斯拉沃热·齐泽克:《享受你的症状——好莱坞内外的拉康》，尉光吉译，南京大学出版社，2014，第139页。

② 中文译本参见〔美〕威廉·斯泰隆:《苏菲的选择》，谢瑶玲译，上海文艺出版社，2014。

爱这个重复的被迫选择故事，并在重复中，去修正第一次伦理选择的创伤。在“为什么每个行动都是一次重复”[①]的设问中，齐泽克发掘了这一伦理叙事中重复的自杀行为，主体在第二次的选择中以自杀获得救赎，赦免自己在第一次行为中产生的罪疚感。与这一大众流行文化青睐的伦理选择并置的，是安提戈涅、美狄亚、到莫里森《至爱》[②]的文学文本序列，即真正激进的伦理行动是拒绝选择本身，不管付出何种代价。在《至爱》中，与苏菲的选择完全不同，“在被迫选择的激进情形之中，……她作为一个母亲有效地行动、保护她的孩子并挽救他们的尊严之唯一的方式，只能是杀掉他们”[③]。苏菲的内疚产生于她接受了纳粹军官开出的难以承受的选择，选择了一个孩子而放弃了另一个；塞西被折磨则是因为，她没有向大他者妥协，为避免幼女重新沦为奴隶，她采取的行动，是对她自己射击，对她最珍爱的东西射击。

呼应对于标榜宽容的后政治逻辑的警惕，对于列维纳斯他者伦理的担忧，面对这一“苏菲的选择”里不可能的选择的僵局，齐泽克的精神分析伦理学戴着暴力的面具，呼吁对既存权力体制和文化逻辑进行全盘摧毁，其打破后马克思主义的理论僵局的苦心，固然值得认同，但是能否真正开辟新的理论道路，或许只能拭目以待。

结　语

中国文化自有丰富的伦理思想。中国文学理论和批评也不乏对文学伦理的卓越思考和阐发。立足中国本土问题意识，与西方精神分析伦理思想的相遇，对于当下的现实具有如下理论意义。

---

①〔斯洛文尼亚〕斯拉沃热·齐泽克:《享受你的症状——好莱坞内外的拉康》，尉光吉译，南京大学出版社，2014，第86页。

② 中译多为《宠儿》，主人公多译为塞丝。本书此处与齐泽克著作翻译保持一致。中文译本可参见〔美〕托妮·莫里森:《宠儿》，潘岳、雷格译，南海出版公司，2019。

③〔斯洛文尼亚〕斯拉沃热·齐泽克:《易碎的绝对——基督教遗产为何值得奋斗？》，蒋桂琴、胡大平译，江苏人民出版社，2004，第146页。

首先，“伦理转向”的兴起，是战后西方社会、政治和文化思想发展的阶段产物，其理论发展、内部争议无不联系着文学之外的广阔的社会实践。精神分析本是来自文学“外”部的医疗活动，却致力于思考人类文明和精神的现状及未来。无论是弗洛伊德对于文明的性道德的指责，还是拉康对伦理行动的肯定，直至齐泽克对于宽容意识形态的分析，完全逆转了弗洛伊德的道德论述，精神分析的伦理思考，始终朝向特定的社会现实与文化现实。弗洛伊德、拉康等精神分析学家虽非专业的文学研究者，但热爱文学，也在文学作品中，为他们各自的理论建构找到了文学例证。这确有用文学验证精神分析理论的真理性之嫌，却也打开了重新面对文学的视差之见，对于重新思考文学与社会、文学与政治等命题，提供了新的思路。

其次，就文学理论的自身发展来说，“伦理转向”既对 20 世纪西方文论的形式主义趋势，进行了反思；亦对后结构主义和解构主义日益陷入价值虚无主义进行了批判。站在后现代的焦土上，文学“伦理转向”仍然显示了寻找确定性的理论努力，也显示出了西方思想界的自我批判和自我调整。其中齐泽克将拉康从后结构主义和解构主义星丛中剥离出来的理论行动，实现了“后”学之后批判理论的继续发展。精神分析由此显示了与“后”学同行，但不同路的思想路径。体现在伦理问题上，拉康和齐泽克都揭示了伦理禁令的建构性，都揭示了欲望的可塑性，但都为主体实践自己真正的欲望，留出了理论空间；在自己心爱的文学人物那里，如安提戈涅（拉康）和塞西（齐泽克），找到了其伦理实践的文学执行人。

最后，精神分析的伦理关注，既包含了弗洛伊德对于文明压抑作用的反思，也汇聚了齐泽克对当前文化多元主义话语过分扩张的警惕。在中国语境中对精神分析伦理思想的研究和阐发,始终应在辩证唯物主义的理论框架中，对于现实症结进行理论回应。如果说，在这场精神分析“伦理转向”的前史阶段，弗洛伊德倾向于评价道德和伦理禁令的负面影响，那么到了齐泽克处，通过伦理行动重整象征秩序，重塑符号化世界的建构行为，已经相当明确。精神分析的“伦理转向”，就此显示了强烈的介入意识，及其重构欲望法则的理论雄心。正如精神分析的揭示，没有中性的写作位置，理论者理当承担自己的伦理责任。

参考文献

〔美〕阿拉斯代尔·麦金太尔：《伦理学简史》，龚群译，商务印书馆，2003。

〔英〕狄伦·伊凡斯：《拉冈精神分析辞汇》，刘纪蕙等译，巨流图书股份有限公司，2009。

〔奥〕弗洛伊德：《"文明的"性道德与现代神经症》，宋广文译，见车文博编《弗洛伊德文集》（第三卷），长春出版社，2010。

〔奥〕弗洛伊德：《精神分析导论》，张爱卿译，见车文博编《弗洛伊德文集》（第四卷），长春出版社，2010。

〔奥〕弗洛伊德：《文明及其缺憾》，杨韶刚译，见车文博编《弗洛伊德文集》（第八卷），长春出版社，2010。

〔斯洛文尼亚〕纪杰克：《神经质主体》，万毓泽译，桂冠图书股份有限公司，2004。

〔美〕肯尼斯·沃马克：《伦理批评》，见〔英〕朱利安·沃尔弗雷斯编《21世纪批评述介》，张琼、张冲译，南京大学出版社，2009。

〔法〕纳塔莉·沙鸥：《欲望伦理：拉康思想引论》，郑天喆等译，漓江出版社，2013。

〔英〕齐格蒙特·鲍曼：《后现代伦理学》，张成岗译，江苏人民出版社，2003。

〔美〕斯蒂芬·A. 米切尔、〔美〕玛格丽特·J. 布莱克：《弗洛伊德及其后继者——现代精神分析思想史》，陈祉妍、黄峥、沈东郁译，商务印书馆，2007。

〔斯洛文尼亚〕斯拉沃热·齐泽克：《康德同（或反）萨德》，见《实在界的面庞》，季广茂译，中央编译出版社，2004。

〔斯洛文尼亚〕斯拉沃热·齐泽克：《易碎的绝对——基督教遗产为何值得奋斗？》，蒋桂琴、胡大平译，江苏人民出版社，2004。

〔斯洛文尼亚〕斯拉沃热·齐泽克：《暴力：六个侧面的反思》，唐健、张嘉荣译，中国法制出版社，2012。

〔斯洛文尼亚〕斯拉沃热·齐泽克：《享受你的症状——好莱坞内外的拉康》，尉光吉译，南京大学出版社，2014。

〔斯洛文尼亚〕斯拉沃热·齐泽克：《欢迎来到实在界这个大荒漠》，季广茂译，译林出版社，2015。

〔斯洛文尼亚〕斯拉沃热·齐泽克：《意识形态的崇高客体》，2版，季广茂译，中央编译出版社，2017。

〔美〕唐纳德·帕尔玛：《伦理学导论》，黄少婷译，上海社会科学院出版社，2011。

〔美〕梯利：《伦理学导论》，何意译，北京师范大学出版社，2015。

〔美〕雅克·蒂洛、〔美〕基思·克拉斯曼：《伦理学与生活》，9版，程立显、刘建等译，世界图书出版公司，2008。

〔法〕雅克·拉康：《欲望及对〈哈姆雷特〉中欲望的阐释》，陈越译，见汪民安、郭晓彦编《生产 第7辑》，江苏人民出版社，2011。

〔古希腊〕亚里士多德：《尼各马科伦理学》，见苗力田编《亚里士多德全集》（第八卷），中国人民大学出版社，2016。

〔美〕朱迪斯·巴特勒、〔英〕欧内斯特·拉克劳、〔斯洛文尼亚〕斯拉沃热·齐泽克：《偶然性、霸权和普遍性——关于当代左派的对话》，胡大平、高信奇、蒋桂琴等译，江苏人民出版社，2004。

Harasym S, *Levinas and Lacan: The Missed Encounter*, State University of New York Press, 1998.

Lacan J, *Écrits*, trans. Fink B, W. W. Norton & Company, 2005.

Lacan J, *The Seminar of Jacques Lacan Book Ⅶ: The Ethics of Psychoanalysis, 1959-1960*, ed. Miller J-A, trans & notes. Porter D, W. W. Norton & Company, 1992.

Ruti M, *Between Levinas and Lacan: Self, Other, Ethics*, Bloomsbury Academic, 2015.

Vighi F, Feldner H, *Žižek: Beyond Foucault*, Palgrave Macmillan, 2007.

Vighi F, *On Žižek's Dialectics: Surplus, Subtraction, Sublimation*, Continuum Press, 2010.

Žižek S, "Neighbors and other monsters: A plea for ethical violence", In Žižek S, Santner E L, Reinhard K, *The Neighbor: Three Inquiries in Political Theology*, The University of Chicago Press, 2006.

第四章
创伤理论的缘起、政治和功用

引　言

伴随文学和文化理论的“伦理转向”，创伤研究近年来已在学界刮起一股风潮。如前所述，这一现象的出现首先有理论自身发展方面的原因。20世纪七八十年代的“后理论”在消解迷信、偏狭和强权的过程中居功甚伟，但同时却导致虚无主义思想的泛滥，而由于其对回归历史现场的强调，创伤研究刚好构成一种对历史虚无主义的反拨。就历史记忆而言，由于此前种种来自各种“后理论”的冲击，宏大历史已是“一地鸡毛”，重构历史因此必须倚重种种之前被忽略的记忆形式，这自然包括具有强大冲击力和塑造力的创伤记忆。此外，在当下各种社会形态之中，由于社会结构的不断调整、更为频繁的迁徙以及创伤性事件借助于媒体的快速传播，创伤已成为人们的日常体验，从理论上回应这一现实因此已成为当务之急。事实上，就其原初意义而言，创伤指的是外在力量对身体造成的物理性伤害，但经过夏科、弗洛伊德和拉康等人的努力，创伤现在主要是指精神性伤害。在当代创伤理论看来，不仅地震、海啸或山洪等自然灾难可以给相关人造成精神上的伤害，流徙、死亡、车祸、屠杀和战争等人为事件同样是造成精神伤害的重要原因。由于其突发性和冲击力，创伤性事件发生时，受害者往往并不能对其形成完整把握，但由于惊吓过度，创伤性事件事后会通过闪回和梦魇等方式不断侵扰受害者，使其无法正常生活。因此，精神分析学家会借助催眠和谈话疗法(talking cure)，帮助受害者还原整个创伤性事件，从而将其重新纳入受害者的认知框架，帮助受害者回到正常的生活轨道。就关于创伤的文学作品而言，背后存在着类似的愿景，表征创伤的目的不仅是致力于去接近和恢复创伤性事件的完整图景，同时还力图对社会中的缺失进行纠偏，在莫里森、巴克、策兰以及我国刘恒、毕淑敏和迟子建等人叙写创伤的文学作品中，读者都不难感受到这种伦理关怀。

由于创伤记忆在个体主体性和集体主体性形成中的作用举足轻重，文化创伤现在在文学和文化理论中得到了更多的关注，研究者们开始热衷于讨论创伤表征的建构性和创伤表征的伦理效果。在研究过程中，亚历山大、拉卡普拉和卡普兰等学者不断强调，集体性创伤的确认取决于在背后运作的遴选机制，一些悲剧性事件被遴选出来，目的是强化共同体的凝聚力或推进共同体的议程；只有此类事件最终才能被确认为集体性创伤，被整个共同体谈论、纪念和缅怀。因此，将特定创伤性事件公之于众，其本身就是有着深刻伦理意义的“事件”；这种伦理关怀既可以指向个体，同样也可以指向群体，当个体、阶层或族群希冀得到关注、争取权利和改善生存条件时，这便成为一种吁请、宣示和可倚靠的力量。就当下创伤理论的发展而言，“结构性创伤”这一概念的提出有着重要的意义，不同于之前对个体性事件的强调，这一概念有着更宽阔的视野，强调的是宏观的社会模式、治理方式或外部环境对个体的影响。在关于结构性创伤的研究中，罗森伯格就将目光转向“日常性的、体制性的和结构性的”暴力，并强调这些暴力形式将会导致的创伤性体验。就此而言，当下的资本主义生产方式、环境污染和社会规训都会牵涉到大范围的人群，并将他们都抛入笼罩性创伤体验中，使他们不断地遭受伤害，无法置身其外。

在理论分析的基础上，本章还特意对英国布克奖得主巴克创作的《重生》这部作品之中的战争创伤进行了专门分析。在这部作品中，由于战争创伤，第一次世界大战时期的诗人萨松等一些军人因为梦魇、失忆和失语症等精神性问题而不得不在奎葛洛卡战时医院接受治疗，之前被神化的战争英雄在《重生》中成为被疗治的对象。通过聚焦于奎葛洛卡战时医院的这些患者，通过医生黎佛斯和这些遭受战争创伤的军人之间的互动，读者可以了解到战争的惨烈及其对个体和社会的冲击，在这一过程中，个体性创伤由此成为进入历史的方式。此外，通过将个体性创伤建构为文化创伤，《重生》还揭示了隐藏在创伤话语之中的权力和个体间的规训及反抗关系，更为深刻的伦理诉求由此得以显现。

第一节　创伤叙事的可能、建构性和功用

在 20 世纪 80 年代，文学批评领域涌起一股“创伤转向”的浪潮，其热度至今一直有增无减。林林总总的各类创伤书写，将批评的重心再次移回主体、历史和现实，强力回击了虚无主义思潮在理论界的蔓延。在 20 世纪七八十年代，随着后结构主义、解构主义和后现代主义的异军突起，“人之死”“宏大叙事的合法性危机”“文本之外别无他物”等时髦的论调在中国理论界大行其道，主体、历史和各种本质性事物不断被消解，紧迫的现实问题则被悬置、边缘化或被有意地置换为“无关痛痒的”学术话题，批评应有的社会功能遭到削弱，创伤理论则成为对抗此类理论风气的重要力量。在当下社会，疾病、车祸、性暴力、抢夺、谋杀和矿难等事件都会引发创伤，导致个体身份认同的崩塌；与此同时，由于工业化、城市化和全球化进程的加速，各种变革风起云涌，在这一社会进程中，环境污染导致的灾难、大量人口的流离失所以及国家间的冲突等重大事件，都会使相关人群遭受冲击，受到伤害，严重时则会演变为内心的创伤。更重要的是，借助现代化传播手段，创伤性事件哪怕发生在遥远的异国他乡，都能被迅捷地传送到个体的视听范围之内，宛若近在咫尺，更多悲剧性事件因此能够在世界范围内得到关注。对此，哈特曼总结说，创伤已经不再局限于大屠杀和种族清洗等令人发指的惨剧，在当代，无论灾难发生在世界的哪一个角落，消息都可以借助发达的媒体快速传播，从而带给人们更多的创伤性体验。[①]在大转型时代，创伤性事件急剧增加，再加上大众媒体对相关事件的快速传播，使得创伤性体验无所不在。无论事件是发生在我们周围，还是通过大众媒体得以传播，创伤在很大程度上已成为现代人的日常体验，这也是缘何不少学者指出，当下文化已整个地

① Hartman G H, “Trauma within the limits of literature”, *European Journal of English Studies*, Vol. 7, No. 3, 2003, p. 258.

"浸染在创伤之中"[①]。悲剧性事件一旦发生，无论对不幸卷入相关事件的亲历者而言，还是对从报纸、电视和网络等媒体上知晓这些事件的人而言，都是潜在的创伤体验。在个体层面，创伤会对个体的认知、价值观念和身份认同产生负面影响，使得个体无法正常生活。在集体层面，创伤则会波及整个群体，加固、破坏或颠覆共同体。在某种意义上，创伤内在于现代社会结构之中，并已成为现代生活经验的重要组成部分。当然，种种创伤在当下之所以能够得到广泛关注，同样离不开整体社会文化水平的提高以及大众传播手段的发展。在社会传播系统和教育水平比较落后的时代，只有达官显贵们的不幸遭遇才可能被建构为具有纪念和传播意义的创伤，并沉淀为集体性记忆；但随着大众传播的横空出世，尤其是随着互联网时代的到来，创伤不再是"特权"，普通人生活中的创伤性事件同样能够借助于便捷的大众传播手段得以传播，并迅速被建构为公共事件，成为焦点。正是在这一语境中，文学批评的"创伤转向"是其回应历史、介入社会和重申现实相关性的必然要求，同时还为理解文学文本的社会功用提供了全新视角。

一、创伤、见证与表征的可能

"创伤"（trauma）最初主要指外在力量在身体上造成的物理性伤害，但经由夏科、弗洛伊德和拉康等人的阐发，该词现在更多是被用来指精神性伤害。19 世纪 60 年代，由于火车惊吓症的出现，人们开始更清楚地认识到创伤的存在，在这之后，女性癔症以及炮弹休克（shell shock）同样被纳入这一范畴中。然而，直到 1980 年，美国精神病学会颁布《精神障碍诊断和统计手册》第三版，"创伤后应激障碍"（post-traumatic stress disorder，PTSD）被收为词条，创伤才被正式确认为一种疾病。导致创伤的可以是战争、灾难和暴力等重大事件，但生活中的变故、惊吓、疾病、挫折、亲人的故去，甚至被动物攻击等日常事件同样会带给个体创伤性体验。在很大程度上，"一朝被蛇咬，十年怕井绳"说的就是此类心理障碍，过去的不愉快经历造成的影响是其根源。作为疾病，创伤古已有之，历史上的记载亦不鲜见，但在此

① Visser I, "Trauma theory and postcolonial literary studies", *Journal of Postcolonial Writing*, Vol. 47, No. 3, 2011, p. 271.

之前，受害者表现出来的症状往往被认为是某种生理性缺陷。在战场上，战士一旦表现出创伤症状，他们并不会被视为受到伤害的病患，而会被当作贪生怕死的懦夫，受到责罚，被认为是有意找借口，逃避战斗。[①]因此，创伤正式被确认为一种疾病，其重要性不言而喻，创伤患者由此开始得到应有的关注，获得必要的治疗。近年来，随着研究的深入，人们开始意识到创伤在社会中的普遍性，其受害者并非局限于亲历者，还可能是间接同悲剧性事件发生关联的人；就此而言，一个国人比较熟悉的例子应是美籍华裔女作家张纯如，她精神崩溃，最后自杀身亡，这和她在研究南京大屠杀的过程中受到的冲击不无关系。

虽然创伤研究者众多，但弗洛伊德无疑是这一领域的先驱，在他看来，作为一种痛苦的经历，在个体的心理结构中，创伤往往遭到压制，因此主要停留于无意识之中，如果不进行疏导，并将其很好地整合到个体的认知框架之中，就会以梦魇等形式间歇性地表现出来。为说明伤害的重复性特征，弗洛伊德借用过浪漫史诗《自由的耶路撒冷》中的故事。[②]故事中，由于无心之失，坦克雷德杀死了恋人克洛琳达，埋葬女友后，悲痛欲绝的主人公来到一片树林，并挥剑砍倒了一棵树，却发现恋人的灵魂恰好被囚禁在这棵树中，从而再次伤害了她。[③]对于遭受创伤的个体而言，创伤的回归并造成伤害同样具有不可把控性；无论愿意与否，创伤的客体都遭到牢牢把控，像克洛琳达一样，将会再次受到伤害。具有强大冲击力的暴力性事件一旦发生，并对个体产生重大影响，创伤也就得以形成。这种暴力性事件既可能是伤害到了受害者的身体，亦有可能是对其心理、情绪或精神形成了强烈冲击。对受害者而言，往往由于冲击力过大，在发生时，创伤性事件并没有得到完整而明晰的理解，其回归会表现出一定的延迟性（belatedness），先在受害者大脑中潜伏起来，经过一段时间的潜伏期（latency），才开始不时回归，这种重

---

① 此前，对于遭受战争创伤影响的士兵，历史上一直存在着一些偏见，关于这一点的详细论述，可参见 Luckhurst R, *The Trauma Question*, Routledge, 2008, pp. 49-59.

② 在《沉默的经验》这本著作的一开始，卡鲁斯就专门论述了弗洛伊德提到的这个故事，并对从树干中传出的克洛琳达的哭喊声进行了进一步的阐发。在她看来，在这个故事中，“爱人的声音同他说话，在这一过程中，同样见证了他在无意中重复的过去”。详细论述可参见 Caruth C. *Unclaimed Experience*, The Johns Hopkins University Press, 1996, pp. 1-10.

③ Freud S, *Beyond the Pleasure Principle*, trans. & ed. Strachey J, W. W. Norton & Company, 1961, p. 16.

复性被拉卡普拉称为“复演”（acting out）。[①]这种侵入不受个体控制，总是隐伏于个体内心的某一角落，伺机归来，并对个体造成难以抹除的消极影响，扰乱或颠覆其既往对自我和外在世界的认知，冲垮个体认知和身份认同系统的堤坝，最终精神崩溃。

著名理论家哈特曼指出，没有被认知或意识到的创伤性事件，以及对该事件的记忆这两种相互矛盾的因素构成了创伤的内核。[②]对于创伤的这种悖论性，其他理论家亦有提及。卡鲁斯总结说：“总体上来讲，创伤是对意料之外的或过于强大的暴力事件的回应，或者当这些事件发生时，其无法得到完全把控，但在此之后，却通过重复性的回放、梦魇或其他形式的重复性现象而不断地回归。”[③]在该定义中，卡鲁斯强调的是创伤性事件的无法把控性、重复性和回归方式。类似的特征，福特同样进行过论述，他指出，创伤是“过于强大的事件，并且不能被同化，以至于自我只能通过从对该事件的直接体验之中缺场进行回应。于是，创伤（在主体中）只能存在于自我‘不在场’的缝隙之中。由此，其会不由自主地迸发到意识中，但形式并非可以讲述的故事，而是以侵入的、滞后的经验和非时间性的记忆碎片的形式（闪回、梦魇、图像踪迹等）出现，只要它们没有被扬弃为传统的线性叙述形式，它们就是‘忠实于’创伤性事件的”[④]。福特的定义强调了感知主体的缺场性，但同样强调了创伤的不可把控性、重复性和反线性叙事等特征。无论哪种定义，都无法忽略内在于创伤的这种悖论性：一方面，由于其突发性、强力性和无法把控性，受害者在事件发生时无法对其形成整体的、清晰的和全面的把控，因此，创伤性事件在记忆中往往是零碎的、不成章法的和无法完全还原的；但另一方面，创伤的受害者和研究者却一直在为重构创伤性事件苦心孤诣，对“不可言说”进行言说，如同古代的炼金术士，他们在“复演”

---

① 关于这一概念的具体定义，可参见 LaCapra D, *Writing History, Writing Trauma*, The Johns Hopkins University Press, 2014, p. 142.

② Hartman G H, “On traumatic knowledge and literary studies”, *New Literary History*, Vol. 26, No. 3, 1995, p. 537.

③ Caruth C, *Unclaimed Experience*, The Johns Hopkins University Press, 1996, p. 91.

④ Forter G, “Colonial trauma, utopian carnality, modernist form: Toni Morrison’s *Beloved* and Arundhati Roy’s *The God of Small Things*”, In Balaev M (Ed.), *Contemporary Approaches in Literary Trauma Theory*, Palgrave Macmillan, 2014, p. 71.

中寻丹觅药，拼贴残片，让影影绰绰的事件逐渐厚实和丰满，渐现真容。

就创伤的疗治而言，还原创伤性事件始终是中心任务。在精神分析学家看来，该任务的终极指向是个体心理健康的修复，因为“幸存者不仅需要幸存下来以便能够讲述他们的故事；他们需要讲述自己的故事，这同样是他们生存下去的必需。在每位幸存者身上，都存在着讲述的迫切需要，从而能够了解自己的故事，而不为过去的鬼魅阻碍，个体必须保护自身不受其伤害。一个人如果要能够继续生存下去，就必须了解那些被掩埋的关于自身的真相”[①]。在疗治中，为实现对创伤性事件的再现，精神分析师的常用手法是谈话疗法。在谈话、问询和讲述过程中，散落的“碎片”各归其位，经过不断重新整合，被压制的创伤性事件开始浮出水面，其本来面目逐渐丰满，并最终在一定程度上得以恢复，能够被个体认知、阐释和把控，进而被整合到个体的精神架构之中，成为其有机部分。但由于其“无法把控的”特性，面对该任务，通常意义上的记忆或意识往往束手无策，因此必须寄希望于“复演”，曲径通幽，正如卡鲁斯所言：“仅仅在个体过去经历的暴力或者原初事件中，创伤并不能得到确认，而只是在这之后，在其以未被同化或吸纳的形式——即其最开始没有得到完全认识的方式——返回并不断缠绕幸存者的方式之中，创伤才能够被认识。”[②]一开始，创伤始终是以缺场的方式而存在的，就其逻辑而言，这有些类似于詹姆逊意义上的缺场的“历史”，永远无法完全抵达。为了通达创伤受害者的内心世界，获取或去接近创伤性事件的“真实”，由于创伤受害者的有意记忆并不可靠，精神分析师只能借助于催眠、谈话、梦境或其他心理疗法。

“还原”创伤性事件，并非“自古华山一条路”，除了精神分析，叙事具有同样的功能。关于叙事的疗治性效果，劳伯强调说，对创伤患者而言，疗治性过程就是“建构一种叙述的过程，就是重构一段历史，从根本上来讲，也就是事件的外在化过程”[③]。类似于精神分析师们的“谈话”，以叙事的

---

① Felman S, Laub D, *Testimony: Crises of Witnessing in Literature, Psychoanalysis, and History*, Routledge, 1992, p. 78.

② Caruth C, *Unclaimed Experience*, The Johns Hopkins University Press, 1996, p. 4.

③ Felman S, Laub D, *Testimony: Crises of Witnessing in Literature, Psychoanalysis, and History*, Routledge, 1992, p. 69.

方式重构创伤性事件，创伤的受害者重新体验之前的事件，由此将创伤整合到自身之中，将其吸纳为个人性思想星空的有机部分，从而扫除阴霾。但在表现创伤叙事时，常规叙事模式往往力不从心，因为“创伤性事件，尽管切实存在，但却发生在‘常规的’现实之外，因果关系、先后次序、地点和事件都无从谈起。因此，就创伤而言，这里没有开端、没有结尾、没有清晰的过程，一切都在一片混乱中，无法用既有的范畴来对其进行确认。正是由于这一点，‘他者性’、凸显性（salience）、永恒性和无所不在性于是成为其特质，这使其超越了可通过联想而关联起来的范围，同样在可被理解、重述和把控的领域之外”[①]。正是由于创伤性事件的独特性，创伤叙事注定只能是对不可把控事物之把控，在描述这一矛盾时，卢克赫斯特一语中的，他指出：“就其震惊性影响而言，创伤是反叙述的，但其同样生成对回顾性叙述的疯狂生产，寻求对创伤进行解释。”[②]在创伤记忆中，事件往往是时空倒错的、碎片式的和无逻辑的，无法直接和全面地把控，要有效地表征创伤，文学作品就必须不断推陈出新，在人物、语言、风格、叙述和情节安排上进行调整，探索和尝试全新的文本形式和叙述策略。

因此，在经典创伤文学作品中，作者在形式上的匠心独运并不鲜见。黑人女作家莫里森曾荣获诺贝尔文学奖，在她的《宠儿》这部作品中，为了让尚在襁褓中的女儿不再遭受黑奴的悲惨命运，逃跑过程中，塞丝杀死了亲生的骨肉。在这之后的生活中，杀婴这一行为如同梦魇般缠绕着塞丝，谜一般的宠儿的到来同样可以被视为这一悲剧性事件的“复演”。借助于意识流和内心独白等手法，《宠儿》生动地演绎了遭受创伤者思维特有的重复性、碎片性和非逻辑性。在布克奖获得者巴克的《重生》三部曲中，通过插入鬼怪故事的形式，死者魂灵不断地入侵和破坏生者的现实生活，从而加深生还者内心的愧疚感，让他们饱受折磨和煎熬。为了让读者对梦魇般的创伤经历有身临其境的感受，诗人们同样在不断探索各种形式的可能性。在纳粹统治期间，出生于 1920 年的犹太诗人策兰不仅历经种种磨难，还见证了父母在集中

---

① Felman S, Laub D, *Testimony: Crises of Witnessing in Literature, Psychoanalysis, and History*, Routledge, 1992, p. 69.

② Luckhurst R, *The Trauma Question*, Routledge, 2008, p. 79.

营中的惨死。作为见证文学的最杰出代表之一，策兰将苦难化为沉甸甸的诗行。在《死亡赋格》一诗中，其中的“重复，代表着存在于所有创伤性经历中的复演，这一复演经常会产生令人疯狂的效果，拘禁必然会引发一种压抑性情感，这一情感要想得到传达，重复自然就是最合适的工具”[①]，借助新颖、恰切和现代主义的写作手法，策兰在诗行中注入了令人惊心动魄的感染性力量，再现了充斥于集中营中的压抑、死亡和绝望，让读者在阅读过程中感同身受。

二、文化创伤与被建构的真实

在创伤性事件中有散落的历史的“踪迹”，但好似碎裂的花瓶，要复现其风姿，必须重新拼贴散落一地的碎片。在卡鲁斯这里，创伤被视为历史的“症候”，在她看来，“如果创伤后应激障碍必须被理解为一种病症性症候，那么与其说它是无意识的症候，不如说是历史的症候。也许可以这样讲，遭受创伤者的内部承载着某种不可能的历史，或者说他们自身已成为历史的症候，而这一历史是无法完全被他们自己把控的”[②]。重构创伤性事件因此具有双重使命，在帮助个体重回正轨的同时，还将凿开进入历史的通道，烛照无法被直接认知的历史层面。卡鲁斯还强调：“当事件发生时没有得到完全认知，正是在此意义上，它才具有指称性意义，历史成为创伤的历史说的也就是这个意思；或者换言之，正是在其（创伤）发生时的具体情形的无法接近性之中，历史才能够被把握。”[③]通过描述悲剧性事件在个体或集体层面造成的丧失、不安和恐惧，个体性创伤最终将同宏观的社会现实相关联。以创伤为突破口，去接近大屠杀、越南战争和性暴力等，去穿透无法言说的个体性和集体性悲剧事件，在抚平昔日创伤的同时，还可以还原历史现场，由此去诊断历史和时下的病症。

在创伤研究的“文化转向”后，将个体性创伤同宏观历史和社会勾连已

---

① Martínez-Alfaro M J, “Fugal repetition and the re-enactments of trauma: Holocaust representation in Paul Celan's ‘Deathfugue’ and Cynthia Ozick's *The Shawl*”, In Nadal M, Calvo M (Eds.), *Trauma in Contemporary Literature: Narrative and Representation*, Routledge, 2014, p. 191.

② Caruth C, “Psychoanalysis, culture and trauma”, *American Imago*, Vol. 48, No. 1, 1991, p. 4.

③ Caruth C, *Unclaimed Experience*, The Johns Hopkins University Press, 1996, p. 18.

成为重要议题。就精神分析学家而言，个体的心理层面是他们关注的重心，个体对暴力性事件造成的冲击的回应或无法回应是其分析的重点。在他们看来，强大的外力对个体的身份意识具有摧毁性影响，使个体意识或精神错乱，导致个体的心理创伤。“文化转向”之后，创伤理论着力更多的是集体层面的创伤，一旦特定文化、共同体和社会遭遇创伤，其负面性后果影响到的群体更大，影响更广泛、深远和具有持续性。对集体性创伤而言，聚焦创伤性事件本身，其终极指向往往是其建构性、政治意图和背后盘根错节的权力操控。特定悲剧性事件被表征为集体性创伤，不同于花开花落，会自然而然地发生，而是需要天时、地利与人和的合力。大千世界，自然灾难、意外事件和人为灾难层出不穷，要想在一种文化中被表征为创伤，需要经过确认、筛选和合法化；当然，“去芜存菁”的背后，不过是多种力量间的相互冲突、较量和妥协。各种力量的碰撞，在决定悲剧性事件能否被建构为创伤的同时，还对创伤的阐释方式、意义范围和社会功用进行了限定。由此可见，创伤的建构是多种政治力量角力的结果，每一种力量都试图将其纳入自身议程中。因此，究其根本，集体性创伤是文化的建构，而创伤研究的“文化转向”就是要显影集体性创伤的形成机制、社会意图和政治性。

在此类操作中，集体性创伤和共同体间的关系是关键。共同体的塑造不仅受制于具体的历史情景，还涉及众多力量的参与。安德森指出，近代以来，由于资本主义、印刷科技与语言的发展，人们才逐渐形成对共同体的重新想象，并最终形成现代意义上的对民族国家的归属感。[①]事实上，共同的语言、地域和利益追求等客观因素固然重要，但就共同体的形成而言，亦不可忽略共同的认知、价值观和理想等主观因素，二者相互协作，决定着共同体的现实形态。因此，共同体是建构的结果，但由于其构成要素变动不居，个体对共同体的认知、想象和认同会不断调整、修正和重构。在这众多因素中，记忆的作用非同一般，而由于其强大的冲击力、激烈程度和持久性，创伤记忆更是不容小觑。关于创伤记忆同权力、身份和共同体之间的关系，埃德金斯强调说：“在我们自身被生产为人的过程中，以及在类似于现代国家之类的

---

① 具体相关论述可参见 Anderson B, *Imagined Communities: Reflections on the Origin and Spread of Nationalism*, Revised Edition, Verso, 2006.

权力体系的维持和再生产过程中，记忆和创伤都发挥着作用。”[①]这一机制在犹太人共同体的形成中最为明显，“大屠杀”这一经历已成为犹太人的集体记忆，参与和影响着他们的身份建构。当犹太人主张权利时，“大屠杀”总会被再三提及。同样，对美国黑人而言，奴隶制已成为他们共同的创伤记忆，在哈利、图玛、莱特、埃里森、沃克和莫里森等作家的作品中，此类记忆的“复演”屡见不鲜，这不仅是美洲黑人平权运动不干涸的力量之源，同样是美洲黑人集体身份中的凝聚性力量。在中国，自晚清以来，国人对鸦片战争、甲午战争和南京大屠杀等悲剧性事件的记忆刻骨铭心，这些同样沉淀为国人身份建构中的重要因素，激励国人奋发图强。不难看出，对集体、社会或民族国家的建构而言，创伤记忆始终内在于共同体建构的历史性进程之中。

创伤和共同体的关联并非天然生成，亦非本质性的，自然不会一成不变；随着社会情势的变化，其会不断重新调配、建构和组合。亚历山大指出：“‘经历创伤’可以被理解为一个社会性过程，可以由此明确痛苦的对集体性的伤害，确立受害者、划定责任，以及对理想的和物质性的后果进行区分。当创伤被这般经历一番，经过如此这般的想象和表征，集体性身份就会发生变动。”[②]在这一意义上，创伤记忆是双刃剑，正如维瑟所言：“创伤不仅能够造成分裂，同样可以形成更为强烈的归属感，实际上还能够塑造共同体。”[③]换言之，同样的遭遇、记忆和对苦痛的经历，如果处置失当，将会对共同体的认同和集体性身份带来负面影响，成为破坏、变革甚至颠覆之前民族身份的突破口，导致共同体的分崩离析；如若“引导有方”，同一事件则可能成为契机，用于塑造、巩固和增强共同体的内部凝聚力。通常来讲，在共同体内部，当重大的创伤性事件可能成为颠覆性力量时，共同体就会“调兵遣将”，将异质性存在重新编码、统合和再现，直至被整合到共同体的宏大叙事中。如果无法被有效收编，该事件将被压制、边缘化或抹除，当然，抑制其破坏性力量的爆发，将它们从大众记忆中清除，同样需要现实力量的参与。这不仅仅是指政治权力的参与，还包括对图像、话语、学校、媒体和纪念馆等各种物质

---

① Edkins J, *Trauma and the Memory of Politics*, Cambridge University Press, 2003, p. 59.

② Alexander J C, *Trauma: A Social Theory*, Polity Press, 2012, p. 26.

③ Visser I, “Trauma and power in postcolonial literary studies”, In Balaev M (Ed.), *Contemporary Approaches in Literary Trauma Theory*, Palgrave Macmillan, 2014, p. 109.

性载体的调用，通过选择性地表征、阐释和重复，建构出有利于共同体的集体创伤记忆。在此意义上，集体性创伤的建构或压制都同权力息息相关，变动不居的权力始终在不停地生成，始终需要修复、维护和加固，而控制表征手段则是其重要方式。集体性创伤的建构因此是记忆与遗忘的辩证过程，由于政治需要，一部分悲剧性事件被建构为创伤，其余的事件则被遗忘、被重新定性和阐释。这种建构性就是文化创伤研究关注的焦点，纯粹的"事件"不会自动演变为集体层面的创伤，只有基于共同体的现实需要，通过调整、修正或重构，特定创伤才会被提升到共同体层面。

由此不难明白，每次创伤研究的热潮，背后都有着错综复杂的社会原因。赫尔曼就总结说，历史上出现过三次系统性创伤研究：第一次出现在 19 世纪末的法国，当时对癔症的关注，与当时反对贵族政治和神权政治等历史性事件有紧密联系；第二次是在第一次世界大战后的英国和美国，这时的重心是研究炮弹休克或战场神经官能症（combat neurosis），而当时反战主义的兴起是其大背景；第三次集中在西欧和北美，这次研究的重心是性和家庭暴力，这次的重要推动力是当时方兴未艾的女权运动。[①]由此可见，明确的政治需要决定着创伤的确认、建构和表征，每次热潮的兴起，背后都有特定政治、社会和文化力量的推动，以确保特定类型的创伤能够被关注和铭记。总的来讲，创伤的"文化转向"并非要否认各种悲剧性事件的现实性存在，而是要强调事件的多义性特征。因此，对创伤的阐释会表现出多元性特征，这使得阐释上的多元性成为可能，同时这一阐释的过程为各种权力的施展提供了舞台，经由适当阐释，创伤可以服务于不同的目的。例如，任何战争都会给敌我双方战士和民众带去创伤，但在以共同体利益为名而发起的战争中，它往往被忽略，并消解于民族荣誉、国家大义或其他形式的英雄主义宏大叙事中。在讨论"9·11"事件时，埃德金斯就指出，在"9·11"事件发生后，美国政府调用各种资源，高调缅怀在这一事件中逝去的生命，借此将其纳入自身的政治议程，以便为将要展开的军事行动提供合法性论证。[②]因此，特定的

---

① 更为详细的论述，可参见〔美〕朱迪思·赫尔曼：《创伤与复原》，施宏达、陈文琪译，机械工业出版社，2015，第 5 页。

② Edkins J, *Trauma and the Memory of Politics*, Cambridge University Press, 2003, p. 171.

符码制约着关于“9·11”事件的表征，对此，米克指出，在美国，关于“9·11”事件的叙述背后的逻辑是“朋友和敌人、善良和邪恶、西方和东方”之类的二元对立，该事件还被同第二次世界大战和大屠杀联系在一起，恐怖分子被视为法西斯，作为无辜的受害者，美国人发动军事进攻因此天经地义。[①]无独有偶，历史上还有一次“9·11”事件。1973 年 9 月 11 日，在美国支持下，智利武装部队三军司令和警察首脑发动政变，而时任总统阿连德决心誓死保卫智利人民的事业，他率领三十余名总统卫队的战士浴血奋战，最终英勇牺牲。但该事件并没有得到足够关注，因此不为大众熟知。由此可见，悲剧性事件能否最终被确认和建构为集体性创伤，受害者能否被聆听，以及对叙事性事件意义的选择性建构和传达，都必须经过确认、合法化和不断强化，受权力监管。

总之，文化创伤负载着强烈的政治性，这使得文化创伤的建构始终具有一定的策略性。根据共同体的需要，特定的个体叙述被升格为集体叙述，而讲述的故事同样会随着共同体内部构造的需要而不断改变。只有当这些问题被放在更为宏观的历史语境中，制约创伤建构的政治、社会和经济因素才会开始凸显出来，文化创伤的建构性由此得以显影。另外的一些创伤性事件，同样出于共同体建构的需要，则遭到压制或抹除。最后被呈现出来的集体性创伤，并不是原初被经历过的事件的本来面目，而是各种权力斗争、协商和妥协的结果。

三、记忆的政治与创伤的表征

在无意识领域运作的记忆，对人的影响更深远和持久。为了更高效地运作，更好地实现自身目的，各种权力都会致力于“记忆”的建构。对民族国家而言，记忆是强化民族身份的重要手段，因此民族国家会不断通过纪念碑、纪念馆和主题公园等物质性载体，强化正面的、可以增强共同体凝聚力的集体记忆，抵制、弱化和清除其可能带来的负面影响。20 世纪 80 年代，各种“后”理论和解构理论风起云涌，带来了理论界新一轮的思想解放，但各种新潮理论泥沙俱下，同样提供了滋生怀疑主义、相对主义和虚无主义的温床。

---

① Meek A, *Trauma and Media*, Routledge, 2010, p. 178.

为“拨乱反正”，理论界重新开始讨论记忆、历史和价值等话题，并出现胡逊意义上的“记忆繁荣”（memory boom）。在他看来，“记忆繁荣”源于民族身份问题在当下引发的焦虑，以及少数族裔对自身权力的日益重视等现实社会问题。[①]在西方社会，女性、少数族裔和社会底层出于争取自身权力的需要，要求重构、改写和还原历史，解构和颠覆被主流话语和意识形态垄断的“真实性”，而这就要求在既有文化架构中引入新的价值元素和叙述视角，激活被主导性群体忽略、忘却或压制的事物，在此过程中，各式档案、历史资料和记忆的重要性不言而喻。

任何集体记忆都具有选择性，背后都有深刻的伦理考量。就特定创伤性事件而言，将真相公之于众是缅怀、声援和致敬受害者的方式，是对正义立场的坚守，是表达抗议的强有力的声音；相反，对创伤性事件的漠视则意味着对丑恶的纵容，是面对不公时对自我责任的放弃，是对良知的背叛。为推进议程，影响、改变和强化大众对特定事件的态度，在创伤记忆的确定、阐释和传播上，任何利益群体、组织和民族国家都应如履薄冰，始终小心翼翼，必须留意创伤记忆的凝聚力、激励功能和对主体的塑造作用，确保其被用于积极的目的。

在互联网时代，“瞬息即逝性”已成为传播的特征，信息传播在加速，但新信息会快速覆盖旧信息；要避免创伤性事件湮没在海量的信息中，并使之成为共同的记忆，加强对创伤的表征、分享和传播至关重要。因此，各种力量都在借助各种有形和无形的载体去表征创伤，筛选、解释和传播创伤记忆，传递需要的声音、形象和故事，强化有利于自身议程的稳定、持久和有效的“记忆”。

然而，有效的载体是建构、维系和传承创伤记忆的前提，信件、照片、遗物、遗址、雕塑、回忆录、纪念碑、纪念馆和各种形式的影视资料通常会被用来作为载体。相对而言，由于其公共性、持久性和意义的明晰性，就对创伤性事件的纪念而言，雕塑、纪念碑和纪念馆之类的载体更为大众所熟知。

战争是典型的创伤性事件，如在第一次世界大战中，英国付出了惨重代价，大约 90 万名将士战死沙场，由于战争引起的食物短缺和疾病，近 30 万

① Huyssen A, *Twilight Memories: Marking Time in a Culture of Amnesia*, Routledge, 1995, p. 5.

名平民死亡。牺牲不可谓不惨烈，但最终换来了战争的胜利。据统计，为缅怀在各种战争中陨落的生命，到20世纪末，在英国的各式纪念碑已达6万座。[①]几乎在英国的每一个小镇和村落都可以看到，此类纪念性建筑物矗立在一片碧绿草坪的中央，周围点缀几丛小花，沐浴在英国独有的清风细雨中。在中国，为缅怀南京大屠杀中的死难者，政府不仅修建有侵华日军南京大屠杀遇难同胞纪念馆，2014年还设立了国家公祭日，以法定节日的形式让国人缅怀死难者。纪念馆中陈列有大量雕塑、遗物和图片，同时还建有和平公园、胜利广场等，这些照片、历史证言、影像资料、档案以及遗址，不断地强化国人对这一创伤性事件的记忆。纪念馆南面有遇难者名单墙，上面刻有1万多名南京大屠杀遇难者姓名，密密麻麻的名字无疑会给参观者极大冲击。在美国的“9·11”事件中，3000多人遇难，这之中包括300多位消防员。为了纪念，美国纽约专门修建了“9·11”国家纪念博物馆，供世人缅怀死难者。尤其值得一提的还有德国首都柏林，为了铭记第二次世界大战这一创伤性事件，在这座城市中，到处分布着各式纪念碑、遗址和纪念馆。漫步于柏林的大街小巷，就像在一个庞大的第二次世界大战纪念馆中游走，而整个城市的空气中仿佛都弥散着德国人的忏悔之情。

作为美学形式的历史记忆，创伤叙事同样可以成为创伤性事件的有效载体。文学独有的生动性、形象性和情感性，可以帮助创伤获得持久的、具有强大感染力和冲击力的声音。在这一方面，见证文学极具代表性，作者的切身体验在作品中呈现为可知可感的事件，由此变得更为可信。在此类作品中，《安妮日记》最为大众熟知。第二次世界大战期间，为躲避德军的搜捕，在长达25个月的时间里，阿姆斯特丹王子运河一座临河小楼中的一间秘密小屋，就是安妮全家人的藏身之所，而《安妮日记》则记载了安妮这个德籍犹太女孩遇难前藏身于此的生活、情感和思考。逝者如斯，亲历者会陆续辞世，非亲历者则可以借助各种形式的叙事，探索悲剧性事件对个体或共同体的冲击。翻开文学史，不难发现，对女性的压迫、殖民剥削、世界大战、种族大屠杀和大饥荒等创伤性事件的文学书写从未停止，随着“记忆繁荣”热潮的兴起，一大批作家和作品开始聚焦于创伤，对此类话题的重视可谓前所未有：阿契

① Monteith S, *Pat Barker*, Northcote House Publishers Ltd., 2002, p. 54.

贝、库切和菲利普斯等的作品中的种族创伤，巴克和奥布莱恩等作家笔下的战争创伤，莫里森和毕淑敏等的作品中的女性创伤，威尔科米尔斯基和迈克尔斯等对“大屠杀”事件的关注等。无论哪种类型的创伤，受害者往往都是弱势或边缘群体。创伤性事件在产生心理影响的同时，还会影响到社会体制和关系的变革。重温创伤性事件，重写另类的历史和传统，可以将相关群体特有的情感、经验和声音周知天下，由此帮助无人代言的受害者找回记忆、声音和主体性。因此，对各种形式的他者而言，创伤叙事具有赋权之功用。

除纪念性建筑和创伤文学外，创伤性事件还可以借助于报纸、电台、电视、网络等大众媒体升华为集体记忆，并在共同体中获得意义。在当下这一“记忆经由技术中介的新时代”[①]，在创伤的表征和传播过程中，大众媒体的作用举足轻重。“9·11”事件正是以大众媒体为载体，类似于《坠落的人》[②]和飞机撞上世界贸易中心大楼之类的图像资料得以快速传播，从而使得这次恐怖袭击迅速演化为全球性公共事件。事后，同样是由于大众媒体的推动，各种相关的个体性创伤记忆才被不断推向公共领域，成为集体性创伤记忆的有机组成部分。集体性创伤记忆由此被巩固和强化，但同样只有在集体性创伤记忆中，个体性创伤记忆的意义才能凸显，不会在时间洪流中湮没。

接受、解读和回应创伤表征，同样是见证创伤的重要途径。就创伤叙事而言，这是一种美学的见证，沃尔夫莱就此指出：“阅读是对文学传达的记忆的见证，面对非个人性的证词，读者必须进行回应，必须做出艰难的决定。”[③]通过聆听、见证和在场，这些表征使得创伤性经历得以传播和共享，创伤由此成为共同的体验。当个体性创伤在共同体中得到分享，它就会演变为整个共同体的共同苦难，从而被社会中更多的人铭记。见证是经历创伤性事件并将其纳入个体性经验架构的方式，切身的体验可以帮助见证者更好地理解他者遭受的苦难，并做出伦理性回应，见证就是要“代替他者向他人言说”（speak

---

① Meek A, *Trauma and Media*, Routledge, 2010, p. 7.

②《坠落的人》是摄影师德鲁在世界贸易中心大楼遭受恐怖袭击后拍摄的一张照片，在照片中，可以看到一个人从刚刚遭到飞机撞击的大楼上直接掉了下来。在视觉上，这张照片极具冲击力，在当时各大媒体的报道中广为流传。

③ Wolfreys J, *Introducing Criticism at the 21st Century*, Edinburg University Press, 2002, p. 131.

for other and to others）。[①]在讲述、阅读和见证创伤性事件的过程中，见证者被带回受害者所处的历史现场，见证者可以由此去接近、感知和体验各种苦难和不幸。需要强调的是，见证并非只是为了获取对事件的知情，然后尽释前嫌，把酒言欢，而是为了凝聚力量，激起反思，推进社会和文明的进步。因此，直面创伤性事件，剖析“症状”，进行策略性解释、拆解和再现，目的是将曾经发生的不公、不合理甚至罪恶公之于众，追溯悲剧性事件背后的社会历史原因，激励见证者反思、反对和抨击各种不合理现象，由此给予他者更多关注。因此，表征、见证和回应创伤，是对历史、社会和时代的尊重和关切，同时也是伦理责任的重要表达，而共同体的修复、提升和完善是其终极目的。一言以蔽之，对创伤表征进行阅读和见证的意义不仅是要理解他者，还可以提供镜像，并由此去反思自身和自身所在的共同体。

同其他记忆形式一样，创伤记忆并非抽象的存在，并非对事件的稳固记录，而是牵涉到人为的选择、建构和强化。需指出的是，经过适当解释，任何形式的创伤表征都可以演变为意义的宝藏。作为政治性力量，创伤记忆对民族、统治阶级和被征服的群体都有重要意义，不同群体都会致力于推出特定版本的“创伤记忆”，但只有那些以建设更公平、公正与和谐的文化生态和社会秩序作为目标的版本，才应成为理论的终极追求。

第二节　主体、结构性创伤与表征的伦理

作为学术界的重要议题，当下的创伤理论不再仅仅专注于心理疗治，同时还致力于审视社会、历史和伦理问题，是知识界回应历史和介入社会的有效手段。在 19 世纪后期，为了诊断当时社会上出现的癔症等精神上的障碍，弗洛伊德、夏科、布鲁尔和让内等一批欧洲医生开创了创伤研究，以帮助患者们走出令人痛苦的阴霾。由于创伤性事件的突发性，一旦卷入其中，局中人通常无法对整个事件有清晰而完整的把控，但借助于闪回、重复和梦魇等

① Felman S, Laub D, *Testimony: Crises of Witnessing in Literature, Psychoanalysis, and History*, Routledge, 1992, p. 3.

形式，创伤仍会不断侵扰受害者的生活。在心理学家们看来，只有通过讲述，创伤患者将碎片般的图像和记忆进行重新组合，并以合适的语言将其表达出来，创伤性事件才会逐渐明晰起来，得到理解，被整合到受害者的认知结构之中，并形成自身的意义。通往将来的道路由此得以点亮，受害者才能真正地去拥抱全新的生活。为了还原创伤性事件，心理医生们往往会采取谈话疗法、催眠和场景设置等疗治手段，而疗治过程则内在于创伤性事件还原的过程。随着创伤研究的持续升温，经过哈特曼、卡鲁斯、亚历山大等理论家的阐发，创伤理论开始逐渐从心理学领域进入文化、社会和历史领域，与历史、政治和伦理等话题勾连了起来。近年来，随着解构主义和后现代主义的式微，由于其对历史和伦理的关注，创伤研究则不断被推向纵深。文艺理论领域的创伤研究主要可以分为两大阵营：一部分学者主要关注创伤文学的研究；另一部分学者则主要致力于理论阐发，创伤和社会、历史和文化之间的勾连是他们研究的重点。结合当下创伤理论研究的热点，这里将主要阐明三个问题：首先，创伤性事件对个体或集体身份的重构会产生重大影响。正如大家所知，创伤的巨大冲击力可以摧毁个体的内心，撕裂连接共同体的纽带，但与此同时，作为特殊的“记忆”形式，创伤同样为个体和集体性主体的形成、重构和巩固打开了通道。其次，之前的创伤研究更多关注的是具体事件引发的创伤，结构性创伤却遭到忽略，这类创伤并非源于具体的事件。尤其是随着现代社会的飞速发展，与现代社会相伴随的工业化、殖民统治、环境污染、迁徙以及各种恐怖活动都会引发创伤性体验，虽然隐蔽，但这些创伤影响范围更广，已经受到了相关研究者的高度关注。最后，作为“赋权”行为，创伤研究同样应与时俱进，站在人类共同体的高度，将维护弱势群体的权利作为使命，为构建更为和谐、公平和公正的社会秩序贡献力量。

一、创伤的修复与主体的建构

作为生物性存在，人受制于与生俱来的有限性、脆弱性和易受伤害性。当破坏性事件冲击力过大，超越了个体把控力，无法在人的正常经验框架中得到解释时，也就“摧毁了人们得以正常生活的安全感，世间的人与事不再可以掌控，也失去了关联性与合理性”①。当个体无法正常地应对和把控这些突发性事件时，创伤的冲击力将使其无法赋予创伤性经历以意义，造成个体已有认知图式（schema）的崩塌。在此后的生活中，创伤受害者如同陷入流沙一般，越挣扎，陷得越深。创伤牢牢地把控着个体的生命，侵蚀其内心，并引发心理问题。如果无法提供及时有效的干预、疏导和诊治，将整个事件整合到个体认知框架中，经过发酵，创伤会不断侵蚀个体的自我防御系统，造成精神、认知和行为等方面的障碍，直至吞噬其生命。

传统创伤理论关注的重心往往是创伤主体的恢复，却忽略此过程同样是一个崎岖坎坷的成长历程，主体的重构内在于其中。在心理学家看来，帮助受害者找到恰切的语言，将创伤性事件和盘托出，是一种有效的治疗方式。在讲述中，散乱的经历通过语言获得结构、秩序和连贯性，交流和共享过程的实质是对破碎经验的重组，使创伤性事件逐渐变得完整，具有明晰的结构和把控性。在表征、编码和加工的过程中，“无法明言的”、不可言说的和不可表征的经历被赋予确切的含义，秩序将会在混乱中显现。换言之，表征创伤就是对创伤性事件形成认知，让受害者拨云见日，有机会去把控在事件发生时没有弄明白的事物，形成关于事件的整体化图景。当光明洒向混乱的内心，被遮蔽的经验将告别幽暗的深渊，在获得秩序后，被整合到个体性记忆之中，个体由此获得新生。这正是谈话疗法的运作机制，如同拼图游戏，谈话是为了重新拼贴散落的记忆碎片，从而帮助受害者认识整个事件。只有事件被重新整合到认知系统中，受害者的精神才不至于崩溃。当然，创伤性事件同样可以通过文学和艺术等形式再现，在文学叙事中，在由人物连缀而成的情节中，创伤的碎片各归各位，由此被赋予连贯性、统一性和意义。即使在后现代主义文学作品中，情节虽然貌似杂乱，但仔细梳理，依然可以发现作品统一的结构、内在的逻辑和作者的匠心独运。文学表征的疗治潜能正是以此为基础，将创伤转换为叙事，由此可以去清理创伤遗留下的踪迹，弥合破碎的自我，整合创伤性经验，帮助受害者找回意义，主体在创伤记忆得以重新把控的这一过程中被重塑。

强调创伤和主体形成之间的关联，弗洛伊德是鼻祖。在论及创伤的应对

---

①〔美〕朱迪思·赫尔曼：《创伤与复原》，施宏达、陈文琪译，机械工业出版社，2015，第29页。

时，弗洛伊德对忧郁和哀悼进行过区分：哀悼意味着成功地将丧失整合到意识中，忧郁则是个体否认丧失，最终导致的是自我的丧失。哀悼是一种健康的反应，忧郁则相反，因为“在哀悼的过程中，自我缓慢地、极度痛苦地将自我‘一点点地’从客体中抽离出来，由此最终接受客体已经停止存在的事实，并将爱转移到外在现实中的其他客体。忧郁的特征则正好相反，无意识拒绝让客体离开”[①]。弗洛伊德强调，对哀悼者而言，亲人的逝去会令人痛苦，但哀悼结束后，哀悼者能走出悲伤的泥沼，重新踏上征程；忧郁者却在这一过程中失去自我，并且这种心理状态还会一直持续下去。因此，忧郁停留于“复演”，无法前行，哀悼则被视为创伤的复原。对哀悼者而言，由于被爱对象的逝去，外部世界变得空洞；而对于忧郁者而言，自我或内在世界则变得空洞。内在于“复演”的是过去的延续，是对“失去”的否认；个体通过哀悼与过去挥手作别，获得新生。破坏孕育着新生，在这一意义上，哀悼意味着成长，而忧郁则意味着对成长的拒绝。通过重新解读弗洛伊德关于忧郁和哀悼的区分，巴特勒对内在于这一过程中的主体生成机制形成了一种不同的理解。她强调，忧郁采取的拒绝告别过去的姿态，使得对象撤回自身，正是在这一过程中形成了“自我”。在很大程度上，忧郁将会保存已经失去的对象或理想，并将其内化为自我，正如巴特勒所指出的：“由于自我（ego）是‘其遗弃的’对象投入（object-cathexes）之凝结，它也就成了‘失去’历程的沉淀产物；自我是长期替换关系的沉淀，也是‘自我’（self）从比喻功能成为本体效用的转变结果。”[②]在这一意义上，每一个自我都是创伤的，但“失去”会使得自我“转向自身”，从而取代对象，自我是对象的升华，因此“‘失去’成了一个晦涩难解的前提条件，它使‘自我’得以产生。自我知道有所失去，因此从一开始，‘失去’就困扰着‘自我’，而它也建构了‘自我’”[③]。换言之，忧郁塑造了“自我”，通过不断吸纳他者，自我

① Sodré I, “The wound, the bow and the shadow of the object: Notes on Freud’s ‘Mourning and melancholia’”, In Perelberg R J (Ed.), *Freud: A Modern Reader*, Whurr Publishers, 2005, p. 128.

②〔美〕朱迪丝·巴特勒:《心灵的诞生：忧郁、矛盾、愤怒》，何磊译，见汪民安、郭晓彦编《生产第 8 辑》，江苏人民出版社，2013，第 63 页。

③〔美〕朱迪丝·巴特勒:《心灵的诞生：忧郁、矛盾、愤怒》，何磊译，见汪民安、郭晓彦编《生产第 8 辑》，江苏人民出版社，2013，第 63 页。

才得以形成。因此，不管是弗洛伊德意义上的哀悼，还是巴特勒意义上的“自我”的生成，都表明创伤在主体形成过程中具有构成性作用。

在共同体建构中，存在着类似的操控机制。对于集体性主体的形成而言，创伤同样包含破坏和建构两个方面的内容：一方面，创伤会破坏、松动和撕裂连接共同体的纽带，破坏个体对共同体的认同和归属感；另一方面，在破坏的同时，创伤同样为全新的集体性主体的建构创造了条件。稳定的社会政治构型依赖于对特定心理架构的塑造，共同的记忆是共同体定义自身的重要方式，对于遭受过同样苦难的人而言，同样的不幸、际遇和对美好生活的希冀会引发相同或类似的情感，“同病相怜”会在他们之间形成精神上的亲缘性，而“物以类聚，人以群分”的感觉则帮助他们团结在一起。这一情感连接将成为建构集体性主体的基石，共同的创伤因此具备将人们纳入全新身份认同之中的潜能。从 15 世纪中叶开始，对劳动力的大量需求，导致大量黑奴被贩卖到欧美，遭受各种虐待。同时，为配合奴隶制的运作，维持白人的特权，相关的叙述、机制和暴力机构如雨后春笋般大量出现，不断从各个方面强化对黑人群体的统治。全方位的压制导致的负面心理毒害深远，在《黑皮肤，白面具》等著述中，法农就强调，黑奴的历史使得非洲流散群体至今仍为自身的黑人身份自卑，并渴望融入白人群体。但与此同时，对于欧美的非洲流散群体而言，这种创伤性经历和心理状态已成为非洲流散群体的集体记忆，并成为连接这一群体的纽带，成为非洲流散群体这一集体性主体形成的基础，深刻地影响着黑人群体的人格形成、文化归属感和政治认同。同样，在中国，鸦片战争、甲午战争和南京大屠杀等惨痛经历已沉淀为国人的集体记忆，激活并纪念这些共同的创伤性经历，将会增强民族凝聚力，强化集体性身份认同的感召力。

文化创伤是共同阐释的结果。只有经由阐释，个体性事件才能逐渐演变为集体记忆，成为形成集体身份的基础。跳脱过往记忆的禁锢，形成全新的集体记忆，需要调配各种中介手段，需要个体、机构和政府之间的充分互动，使这些创伤性事件内化于体制、社会结构和个体的心灵之中。否则，随着亲历者的逝去，创伤性事件将会逐渐在历史中湮没，无人知晓。为了纪念历史上的创伤性事件，塑造集体记忆，众多城市都建设有花园、纪念碑、博物馆、广场和其他纪念性建筑，甚至借助于体制性手段设立各种专门的节日等，去缅怀昔日的痛苦、失去和牺牲。出于建构集体身份的需要，各个城市中都能找到各种表征创伤的载体，它们散落在不同角落。种种措施都有助于在特定群体中形成、强化和维持共同的体验，使战争、恶行或自然灾难等升华为人们的集体记忆，一旦形成共同记忆，就必然会在集体身份重构的过程中发挥重要作用。被共同体成员直接感知，并不是创伤发挥作用的必备条件，创伤同样可以借助中介性手段在共同体中获得意义。为塑造、加固或重构集体性主体，报纸、电台、电视等大众媒介都可以成为被调用的中介形式，以便将创伤纳入特定叙述框架中。总之，共同体会不遗余力地调用各种手段，确保创伤性事件的传播和传承。当然，这些手段在塑造集体认同和归属感过程中的效果，还取决于个体和集体间的互动、对话和协商。

在共同体中，当创伤性事件得到确认，并对个体或集体性身份的建构产生影响时，该创伤就成为拉卡普拉意义上的创立性创伤（founding trauma），即“某一现实的或想象的事件（或系列的极端或极限事件），其通过一种强化的方式引发身份的问题，然而其本身可能悖论性地成为个体或集体性身份的基础”[①]。就个体而言，创伤性事件可以重新整理生命的碎片，告别创伤，在“吸纳”他者的基础上形成全新的自我；对集体身份而言，创伤性事件可成为集体性经历，并通过各种表征形式使其沉淀于集体记忆之中，起到塑造、强化或改变集体身份的作用。因此，创伤意味着撕裂、破坏和毁灭，但同样暗含着愈合、修复和重构的契机。

二、现代治理与结构性创伤

创伤研究在学界的兴起和资本主义统治性地位在西方的确立有重要关联。以技术理性、城市化和工业化为特征的现代社会，为人们带来了前所未有的便利，但同时也将整个人类社会置于全新的创伤性体验之中，卡普兰就强调，创伤“并不是在真空中产生。这一现实和现代性紧密相连，特别与工业革命以及与之相伴随的危险的各种新式机器紧密相连”[②]。在工业革命时

① LaCapra D, *History in Transit: Experience, Identity, Critical Theory*, Cornell University Press, 2004, p. 56.

② Kaplan E A, *Trauma Culture: The Politics of Terror and Loss in Media and Literature*, Rutgers University Press, 2005, p. 25.

期，各种新式机器不断被应用于工业生产，再加上铁路交通的快速发展，导致工业和铁路事故频发，让大众惊恐不已。在第一次世界大战中，“炮弹休克”同样对受害者的认知能力造成了重大损伤。一些重大事件更是创伤研究快速发展的催化剂。在 20 世纪，大规模的流亡、种族屠杀和战争等各种暴力事件此起彼伏，使得 20 世纪成为“创伤的世纪”。1994 年有 80 万～100 万人在卢旺达大屠杀中惨遭屠戮，在 1960 年 5 月的智利大海啸中 200 多万人失去家园，1976 年 7 月 28 日的唐山大地震夺去了约 24 万人的生命，在第二次世界大战中约 7000 万人牺牲。[①]无论是天灾、人祸，抑或是偶然性事件，结果都是骨肉分离、家园被摧毁和生命的逝去，牵扯于其中的家庭和个体生命无疑都承受着难以抹除的伤痛。除开此类具体的、客观的和可见的创伤性事件，在现代社会，更多人遭受的则是更为隐蔽的伤害。正如罗森伯格所言，经典创伤理论主要关注的是暴力性事件造成的创伤，但随着社会的变革，当下的暴力往往并非“突然的、偶然性的”，而更多是日常性的、体制性的和结构性暴力。[②]如同人们呼吸的空气，结构性暴力无所不在，因此无法跳脱；而在现代社会，经过强化的现代资本主义治理结构和社会秩序是暴力的重要根源。在这里，创伤的生成将不再取决于特定的历史性事件，因为资本主义的力量是笼罩性的，个体被一张张隐形的大网捕获，即使挣扎，也无从着力。

目前学术界经常讨论的结构性暴力不少都可以归因于资本主义治理模式。在全球化时代，任何人都无法挣脱宏观社会环境对个体的掌控，遭受结构性创伤的侵害因此无法避免。在论述当代社会中创伤的根源时，罗森伯格特别提到全球化新自由主义资本主义以及气候变化，这一判断相当有见地。正如不少理论家所言，对当下的新殖民主义而言，领土占领不再是主要形式，其更多是在新自由主义的旗帜下隐蔽地推进。在这一框架下，为实现资本利益的最大化，全球性劳动分工成为日常现实。第一世界垄断着上游产业链，

---

① 关于卢旺达大屠杀中的死亡人数，很多公开资料中都有提及，还可参阅：Moghalu K C, *Rwanda's Genocide: The Politics of Global Justice*, Palgrave Macmillan, 2005, p. 196; Oppong J R, *Rwanda*, Chelsea House Publishers, 2008, p. 66. 关于在第二次世界大战中死亡的人数，同样很多公开资料中都有提及，还可参阅：Stone N, *World War Two: A Short History*, Basic Books, 2012;〔英〕康纳德·萨莫维尔、〔英〕伊恩·怀斯特威尔：《第二次世界大战》，尚亚宁译，万卷出版公司，2016。

② Rothberg M, "Preface", In Buelens G, Durrant S, Eagletone R (Eds.), *The Future of Trauma Theory: Contemporary Literary and Cultural Criticism*, Routledge, 2014, pp. xi-xviii.

而低端的、劳动密集型的和高污染的产业则被转移到第三世界。对于这种结构性不平等，英国批评家威廉斯的评论一针见血，在他看来，第三世界国家现在已沦为发达国家的“乡村”，成为为发达国家输送资源、原材料和劳动力的基地。在新的全球化架构中，被抛入这一体制之中的广大第三世界劳动者，不得不忍受全球资本主义的剥削，创伤性体验自然无法避免。[①]此外，资本主义如同饕餮巨兽，其生产需要大量廉价的、熟练的和驯服的劳动力，资本主义因此还必须致力于人的改造。在谈及生命政治时，福柯指出，生命政治的目的不是身体的消灭，而是让身体变得驯服，使其有用。在控制人口的数量、健康和体格的同时，权力还会通过学校、工厂和社团对生命进行“规训”，使其在社会生产中具有实用性。

触目惊心的环境污染同样会引发结构性创伤，在这之中，自然包括罗森伯格提及的气候变化。然而，在很大程度上，气候变化和环境的恶化同样与资本主义生产密切相关，这一更为根本性的原因却没有得到罗森伯格等理论家的足够重视。为了追求利益，在剥削人的同时，资本同样在剥削环境。工业化造成的环境污染已经成为人类生存的重大威胁，环境污染事件层出不穷，已给很多人带去灾难。在这些重大的灾难之中，其中有些大家都非常熟悉：20 世纪 50 年代的日本，一家氮肥公司将含有重金属汞的废水排放到海湾中，酿成“水俣病事件”；1952 年 12 月，由于煤炭燃烧产生的各种污染物，再加上工业生产产生的大量废气，伦敦成为被浓雾笼罩的“魔都”；在 1984 年 12 月的印度博帕尔毒气泄漏事故中，一家农药厂发生氰化物泄漏，成千上万的人在这些重大环境污染事件中失去生命，更多人的生活则因为这些灾难带来的次生灾害而受到影响。[②]在这些具体的灾难性事件之外，气候变暖、空气污染、土地荒漠化、酸雨和有毒化学品污染等更是整个人类都必须面对的挑战。面对不断推进的资本主义体制和日趋严重的环境问题，每个羸弱的个体都深陷其中，遭受此类“慢性的暴力”的侵蚀。在现代社会，正如罗森伯格所言，突发的暴力仍然存在，但对更广大范围之内的人而言，他们耳濡

---

① 关于这一点的详细论述，可参见何卫华：《雷蒙·威廉斯与文学表征的“对位阅读”：以〈乡村与城市〉对意识形态的解构为例》，《文艺理论研究》2012 年第 4 期，第 131-137 页。

② 关于历史上重大环境污染事件的相关情况，可参见 Gunn A M, *Encyclopedia of Disasters: Environmental Catastrophes and Human Tragedies*, Greenwood Press, 2008.

目染的更多是此类全新的暴力形式，当下的创伤更多是源于社会结构本身的缺陷或不足，并由此影响着每个人的日常体验。

需要强调的是，在资本主义治理的框架中，还可以更好地理解由“缺失”（absence）引发的创伤。拉卡普拉曾区分过历史性创伤和结构性创伤。在他看来，前者相关于特定的历史性事件，这一事件并非涉及所有的人；结构性创伤则相关于超历史性的缺失，超越于具体的社会形态，存在于所有人的生命之中。[①]这两者影响人的方式相去甚远，特定历史性事件的影响更多是局限于特定的范围中；结构性创伤的力度则在于其着眼点是普遍的人类生存状态，更广泛的人群都以某种方式深陷其中，无法挣脱，因为结构性创伤并不局限于特定事件，但其影响更隐蔽，造成的伤害更缓慢，不容易在短时间内被觉察。为了说明二者的差别，拉卡普拉还专门区分了丧失（loss）和缺失这两个概念，在他看来，缺失存在于超历史层面，而丧失则存在于历史性层面。[②]在这一意义上，“丧失”引发历史性创伤，而“缺失”则会引发结构性创伤。“缺失”源于人性的欲望，欲望的无法达成将会带来创伤体验，与“缺失”相对应的是一种现实中并不存在的完美状态。事实上，存在两种不同的“缺失”：首先，“缺失”可以是存在论意义上的。萨特曾经论述过人的欲望是无法满足的，因此人始终痛苦。换言之，缺失的状态是永恒的，在这一意义上，人的命运兴许注定如同西西弗斯，无法超脱于这种永恒的创伤状态。此外，“缺失”还可以是一种建构的结果。在论及资本主义生产时，霍克海默和阿多诺曾指出：“文化工业的权力建立在认同制造出来的需求的基础上。”[③]各种广告是制造各种“虚假的”、永远都无法完全满足的需求的重要手段，此类需要在维持资本主义生产的同时，使得所有人始终处于愿望无法达成的痛苦中，这一种“缺失”是建构性的。因此，在资本主义生产结构中，“缺失”是必然的生存状态，人们沉溺于其中，甚至迷恋由“缺失”引发的创伤，而现实的“迷雾”使得人们丧失对这一状态的清醒认识。

创伤得到广泛关注是现代社会中的重要事件，这不仅是因为现代社会提

---

① LaCapra D, *Writing History, Writing Trauma*, The Johns Hopkins University Press, 2014, pp. 76-78.

② LaCapra D, *Writing History, Writing Trauma*, The Johns Hopkins University Press, 2014, p. 48.

③〔德〕马克斯·霍克海默、〔德〕西奥多·阿道尔诺：《启蒙辩证法》，渠敬东、曹卫东译，世纪出版集团、上海人民出版社，2006，第123页。

供的技术手段使得创伤得到确认，更重要的是，创伤已成为现代生活的重要维度，与现实问题紧密相关。正如卢克赫斯特所言，创伤是“19 世纪技术和统计社会崛起的结果，在这一社会中，现代生活的‘震惊’不断生成、增加并得以量化”[①]。但在关注具体创伤性事件的同时，不容忽略的是，在资本主义生产的运作机制下，更多人被笼罩在结构性创伤中。对创伤背后社会成因的透视，最终将促成创伤研究同资本主义批判之间的联盟。

三、见证的伦理与创伤理论的重构

在《梦的解析》中，弗洛伊德讲述了这样一个故事，父亲在死去的儿子的隔壁房间睡着了，儿子刚刚离世，在儿子尸体四周，他点上了不少蜡烛。睡着后，父亲梦见儿子起来对自己说：“爸爸，难道你没看到我烧着了吗？”讲述这个故事，弗洛伊德的目的是说明梦境和愿望的满足之间的关系。拉康后来重新解读了这一故事，通过聚焦于从梦中醒来这一情节，弗洛伊德手中的认识论问题被拉康改造为一个具有伦理意味的事件，卡鲁斯评论说：“醒来，在拉康对睡梦的解读之中，其本身就是创伤的场所，一种对他人的死亡进行回应的必要性和不可能性的创伤。”[②]在引发震惊的同时，创伤性事件让见证者更清楚地明白自我同他者的关系。“醒来”更多是一种义务，是回应他者的呼唤。通过聆听、阅读和回应，参与者完成了自身对他人创伤的见证和体验。见证创伤，意味着承担起传播这一创伤性事件并采取一定行动的义务，“因此，醒来就是要背负存活下去的使命：不再仅仅是作为孩子的父亲存活，作为存活者，他必须讲述没有看到意味着什么（what it means not to see），这同样是指听到死去的孩子的这些无法想象的语词（unthinkable words）的意义”[③]。从本质上讲，表征创伤是邀约、吁请和“呼唤”，具有强烈的伦理意味，对他者而言，该邀约意义重大，这不仅是要求见证、聆听和同情，更是对行动的召唤。

全球化带来社会的大动荡、大变革和大重组，对于一些全新形式的创伤，创伤理论必须从理论上进行回应。在经典创伤理论中，讨论往往集中于大屠

① Luckhurst R, *The Trauma Question*, Routledge, 2008, p. 19.

② Caruth C, *Unclaimed Experience*, The Johns Hopkins University Press, 1996, p. 100.

③ Caruth C, *Unclaimed Experience*, The Johns Hopkins University Press, 1996, p. 105.

杀、种族清洗、越南战争、“9·11”事件和第二次世界大战之类的宏大事件，当然还包括区域性冲突中的暴行及其受害者。当和平与发展成为当下世界的主旋律，强奸、乱伦和谋杀等暴力事件引发的创伤在持续得到关注的同时，全新的创伤形式开始进入大众视野，例如由性别、社会阶级和种族身份等引发的创伤。但无论是哪一类型的创伤，创伤性事件中的受害者通常是社会中的弱势和边缘群体，或者说是他者。通过将更多的此类他者纳入自己的视野，创伤理论的关注范围在不断扩大，其进步意义不言而喻。权力的运作往往导致弱势群体或不符合宏大叙事的创伤性事件被边缘化，而众所周知的是，话语与权力间存在着密切关联，再现弱势群体的创伤经验有着现实意义。在场与缺席之间的关系是辩证的，会在权力操控下不断重新调配。共同体可以调用创伤，用于集体认同的建构、维护和巩固，但社会中的弱势群体同样可以援引创伤，重新配置其力量，使其成为争取权利的武器。

要想承担起这一功能，创伤理论首先要自我解构，跳脱出欧洲中心主义的桎梏，将目光投向西方之外，考察这些地区在历史上和当下经历的创伤性事件，以及这些事件造成的影响，同时指出西方世界在相关创伤性事件之中应承担的责任。包括中国学者在内的很多研究者现在都已经意识到，在创伤理论的重构中，必须充分吸纳第三世界的创伤经验。追溯创伤理论的发展历程，不难发现，其视野之前主要局限于西方世界，第三世界的创伤性事件往往被忽略或无法得到足够重视。创伤理论重点关注的大屠杀等事件主要来自西方世界内部，而非西方的或者少数族裔的文化、历史和社会中存在的创伤则只能“敬陪末座”。值得注意的是，西方之外的地区遭受到的创伤，其施加者很多时候正是西方国家，但众多此类的创伤都湮没于浩瀚的历史档案之中。近代以来，西方国家发动过诸多侵略和战争，由此造成的伤害已成为相关第三世界国家的集体性创伤，但并没有得到当下创伤理论的重视。例如越南战争，研究越南战争中的创伤受害者时，西方学者关注的对象往往局限于自己的战士，对战争由西方发动以及这些战士是伤害的施加者这样明显的事实不闻不问，同样很少去考虑战争给饱受战争蹂躏国家的国民造成的伤害。西方在世界范围之内的殖民统治引发的创伤，同样没有得到足够重视，福特指出：“对殖民（种族）关系而言，造成创伤的潜能是其构成性特征，因为它们无论何时何地总是支配性关系。”[①]在当今世界，以暴力和领土占领为标志的殖民统治时代已落幕，但过去的殖民与殖民统治造成的创伤广泛而深远，其后果之一就是大量前殖民地人口流散异乡。与此同时，历史遗留下来的种族歧视不仅在殖民地人民心中投下了深重的阴影，还严重地妨碍了当今世界各族人民之间的交流。更值得警醒的是，当下的第三世界被卷入全新的统治关系中，全球化经常沦为发达国家攫取第三世界资源和财富的幌子。总而言之，随着中国等第三世界国家的学者越来越多地参与到创伤理论的讨论和建构中，跳脱出现有创伤理论之中的欧洲中心主义局限性，开始显得尤为迫切。

此外，创伤理论应保持开放的姿态，吸纳日常生活中的创伤性事件。在研究悲剧时，威廉斯曾指出，过去的悲剧观念过于狭隘，普通人日常生活中的悲剧性事件都被排斥在外。对威廉斯而言，矿难、贫困、车祸、形形色色的殖民和新殖民统治、贫富差距的扩大和剥削意识的增强等，都可以被视为悲剧。[②]这一批评可以被移植过来描述当下的创伤研究，既往的创伤研究关注的重心往往是历史上的宏大事件，日常性创伤性事件没有得到足够的重视。但日常生活中司空见惯的平常事件，往往以更为隐蔽的方式伤害到更大范围内的人群，影响他们正常的工作和学习。社会急剧变迁导致大范围的人口流离失所、科技迅猛发展造成的社会重构，以及资本的全球化流动造成的贫困，此类历史进程都会将众多普通人卷入其中，给他们造成伤害。要想充分阐释这些充斥于日常生活中的创伤体验，以及重申其在当下社会中的相关性，创伤理论就必须自我解构，不断加深自身的内涵，认识到造成创伤的不仅仅是惊天动地的重大事件，同样可能是日常生活中的饾饤琐屑之事。例如在第三世界国家，随着工业化、城市化和现代化的推进，大量农村人口开始涌入城市，留守儿童成为突出的社会问题。留守儿童不仅缺乏父母的呵护和陪伴，还经常会遭遇意想不到的伤害，心理健康受到极大损害。就此而言，创伤理论向日常生活的转向有着积极的意义。总之，创伤理论的关注对象应不断拓

---

① Forter G, “Colonial trauma, utopian carnality, modernist form: Toni Morrison’s *Beloved* and Arundhati Roy’s *The God of Small Things*”, In Balaev M (Ed.), *Contemporary Approaches in Literary Trauma Theory*, Palgrave Macmillan, 2014, p. 70.

② 参见何卫华:《雷蒙·威廉斯：文化研究与“希望的资源”》，商务印书馆，2017，第183-189页。

展，研究目光应投向世界范围之内的他者，这包括各种弱势群体、遭受压制和被剥夺权利的人等，考察他们遭受的各种创伤，应成为创伤理论今后的重要任务。

表征创伤，让苦难引发怜悯，是要在相同的痛苦体验中，让所有人明白自己可能沦为类似伤害的受害者，由此对类似事件保持警醒，从而激发相关群体的共同体意识。通过形成全新的身份认同和社会凝聚力，自我和他者间由此可以再结新缘。如前所述，对他者的创伤进行表征，在约请见证的同时，还要去激起行动的力量，去抚平、修复和弥合创伤，正如上述故事中的小孩通过呼唤“难道你没看到我烧着了吗”而发出邀约。往昔的创伤性事件，虽遭到压制，但终究会如同蓄势待发的火山岩浆，左右奔突，不断寻找裂缝，并终将喷薄而出。因此，让“受压迫者”回归，就是播下“救治”的种子。在文化与社会结构中，权力的倾轧和利益的争夺导致殖民地人民、女性以及其他弱势群体沦为不合理制度、秩序和社会结构的受害者，借助创伤叙事，受害者可以召唤社会的关注，声张权利，进而修复社会结构的缺陷。对第三世界的人们、女性和其他遭受压制的群体而言，表征创伤实质上是一种赋权行为，话语最终将演变为他者在斗争中的进阶之石，帮助他们改善处境、维护权利和提升地位，争取自由、平等和幸福。创伤叙事既是“伦理转向”的重要组成部分，也是“记忆繁荣”这一大潮中的支流，将各式被忽略、被排斥和被边缘化的创伤经验带入视野，其终极目的是构建更和谐、合理和公正的社会秩序，创伤叙事的伦理意义正在于此。

第三节　《重生》：战争创伤叙事中的历史再现与伦理

社会的现代转型使得创伤成为一个重大的社会问题，正如前文所述，现代社会特有的生产技术、交通工具、休闲方式、人际关系和杀伤性武器等，导致创伤在种类、规模和数量上不断增加，而带来的伤害往往也更难以抹除。在这众多创伤性事件中，战争自然最为引人注目。作为一种集体性暴力，战争总会引发大规模的伤亡，而新式武器的出现更是使得战争的破坏性大幅增加，惨重的伤亡无疑将会给战争的各个参与方造成创伤性影响。除去大家熟知的左右世界格局的大规模战争外，不少区域性战争导致的伤亡同样触目惊心。与此同时，现代国家之间的竞争和对资源的争夺同样导致种族主义情绪高涨，种族大清洗等事件屡见不鲜，如纳粹德国对犹太人的屠杀以及亚美尼亚人在历史上遭到的屠杀等。此外，女性创伤是当下创伤的另一种重要的形式，从根本上讲，在众多落后的国家和地区，社会仍然由男权所主导，女性地位仍然非常低下，不仅无法得到应有的尊重，甚至连人身安全都无法得到保障。在世界各地，针对女性的各种暴力事件层出不穷，这些暴力事件不仅对她们的身体造成了伤害，同时还成为她们在精神上终生挥之不去的梦魇。在有的国家和地区，不少女性甚至在童年时就遭受性侵犯，严重地影响她们在成年之后的身心健康。更为重要的是，为了维持男性的统治性地位，世界上很多国家和地区的文化中都构建有整套的压制女性的意识形态话语，全面地支配和禁锢女性的意识、情感和欲望，认为女性是劣等的、不理智的和等待拯救的，由此对女性造成更隐蔽、深远和持久的伤害。直到 20 世纪末，随着女性在社会中地位的不断提高，女性创伤才开始得到越来越多人的关注。

现代社会的空前复杂性导致了种类繁多的各类创伤，我们无法穷尽这各种形式的创伤，这里将选取布克奖得主巴克出版于 1991 年的《重生》作为分析的对象，揭示战争给个体和社会带去的苦难，并由此展示创伤研究的社会、历史和伦理意义。在巴克创作的十多部小说中，其战争小说的影响力尤为巨大，这些作品使得她的名字已经“同 20 世纪 90 年代英国出现的关于第一次世界大战的回顾紧密地关联在一起”①。关于她的文学地位，巴克研究专家萌特丝评价说：“在当代英国小说史上，巴克的地位如磐石般稳固。任何读者只要对性别、阶级、战争、暴力、历史和记忆怀有兴趣，就会对她的每一部新作充满期待。”②学者布兰宁甘指出：“不管在 20 世纪，还是在 21 世纪，在英国，帕特·巴克始终是最重要和最受欢迎的作家之一。”③美国北卡莱罗拉大学教授摩斯利则强调，巴克“是自 1982 年以来在英国批评界最受

① Troy M H, “The novelist as an agent of collective remembrance: Pat Barker and the First World War”, In Mithander C, Sundholm J, Troy M H (Eds.), *Collective Traumas: Memories of War and Conflict in 20th-Century Europe*, Peter Lang Publishing Group, 2007, p. 50.

② Monteith S, *Pat Barker*, Northcote House Publishers Ltd., 2002, p. 1.

③ Branningan J, *Pat Barker*, Manchester University Press, 2005, p. 2.

重视的小说家之一”[①]。在 1983 年，出道不久的巴克凭借处女作《联合大街》获得重要荣誉，她被“书籍发行委员会”（Book Marketing Council）列为“二十位英国最优秀的青年小说家”之一，1993 年出版的小说《门中眼》帮助她斩获《卫报》小说奖，1995 年出版的《亡魂路》则帮她荣膺布克奖。作为文学界最为重要的奖项之一，布克奖彻底巩固了巴克在文学界的卓越地位。大体上来讲，巴克的写作生涯主要可以分为两个时期：早期（1982～1991 年）的作品主要有《联合大街》、《刮倒你的房子》和《丽莎的英国》（后又改名为《世纪的女儿》）等，这些“地方性的”作品将英格兰东北部的工人阶级作为主要描写对象，聚焦于这些人由于失业等原因在生活上出现的困顿，并且主人公往往是女性，男性则始终处于边缘地位；1991 年之后是其创作生涯的第二个阶段，这一时期作品的视野更为开阔，代表作有《重生》三部曲，这些作品从大后方的角度再现了第一次世界大战的历史，并很快被认为是巴克最为重要的作品。就巴克的整个创作生涯来看，巴克之前对暴力和创伤的关注虽然在《重生》这部作品中得到延续，但故事题材的选取、故事发生的历史时段和主人公的身份等都发生了重大的变化，因此深入研究这部作品对理解巴克的创作有重要意义。结合具体的文本，本节将通过创伤这一独特视角，去考察作为文化创伤的第一次世界大战及其与真实历史之间的关系，同时分析隐藏在创伤话语之中的权力争斗及其伦理意义。

一、“伟大的战争”与战争叙事的转型

在人类历史上，第一次世界大战无疑是最具破坏性的战争之一，四年多时间里，作为协约国一方的英国损失惨重，不仅大量将士战死沙场，由于战争期间的食物短缺和疾病，还有大量的平民死亡，昔日的“日不落帝国”开始走下坡路，每况愈下。[②]此外，战争耗费巨资，使英国的经济地位一落千丈，英国从世界上最大债权国沦落为最大债务国。战争的本质是残酷的杀戮，但在战时的英国，为激励年轻人奔赴疆场并获得大众支持，由政府管控的媒体不断美化战争，将其包装为一场正义之战，是为了“结束所有的战争而进

---

① Moseley M, *The Fiction of Pat Barker*, Palgrave Macmillan, 2014, p. 1.

② 关于英国在第一次世界大战期间遭受的损失，可参阅〔英〕戴维·雷诺兹:《大英帝国与第一次世界大战》，徐萍、高连兴译，中国友谊出版公司, 2019。

行的战争”，目的是保卫自由、民主和家园。在此期间，不少著名作家和诗人曾受到政府的邀请或鼓励，让他们从正面描写这场战争，这包括威尔斯、道尔、吉卜林、布鲁克和罗森伯格等。于是，类似于“假使我战死疆场，只请不要忘记：异国他乡的某处，将永属英伦”之类的诗句开始响彻英伦三岛，爱国热忱在众多英人内心激荡，这场帝国主义间的非正义战争由此被称为“伟大的战争”（the Great War）。

第一次世界大战最终以协约国的胜利告终，战争期间的巨大损失被认为得到了应有的回报。战争结束后，各种纪念活动络绎不绝，英国各地还纷纷开始修建阵亡将士纪念碑。据统计，20世纪末，英境内的各式纪念碑已达到6万座。[①]同样为了纪念，这一时期还涌现出大量以这场战争为主题的文学作品。但战争的残酷、战时老百姓生活上的困顿以及在战时始终如影随形的异见，在战后很长一段时间中一直被有意忽略、遗忘或压制，正如克努森所言：“在十年左右的时间里，让生活回归‘正常的轨道’一直是英国社会的中心任务，与战争的恐惧相关的话语，在很大程度上被从整体上压制。直到20世纪20年代末和30年代初，沉默才被打破，开始出现关于战争的恐惧以及阵亡者的讨论。”[②]正是在这一话语有所松动的氛围中，才出现一大批大家熟悉的关于第一次世界大战的作品。在这一时期，诗人布伦登出版有自传体小说《战争的回音》，布伦登曾参加过索姆河战役和伊珀尔战役等重要战斗，这本书讲述的是他作为一位低级军官在法国和弗兰德斯等地的作战经历。在奥尔丁顿的《英雄之死》中，名为温特伯恩的主人公参加第一次世界大战并获得晋升，但最终英勇战死。《向一切告别》也是一部自传体小说，作者是英国著名诗人、小说家和批评家格雷夫斯，这本小说讲述了作者的成长经历，以及以一位年轻军官的身份参加第一次世界大战的经历，在书中，作者还提到过自己同萨松和哈代等人交往的经历。这一时期还有不少其他作品，包括西格夫里·萨松的《猎狐人回忆录》、布里顿的《青春誓约》和欧文的《诗集》等，通过各自的亲身经历，这些作品为公众再现了第一次世界大战的历史。

① Monteith S, *Pat Barker*, Northcote House Publishers Ltd., 2002, p. 54.

② Knutsen K P, *Reciprocal Haunting: Pat Barker's Regeneration Trilogy*, Waxmann Publishing Co., 2010, p. 33.

就上述作品的作者而言，他们大多亲身经历过第一次世界大战，但到了20世纪末，社会情势和思潮都有重大变化：一方面，战争亲历者相继辞世，对大部分民众而言，战争开始变得陌生；另一方面，一些全新思潮开始在社会上涌动，如新历史主义质疑历史的客观性，认为历史是话语的建构，并且这一过程总会受到现实权力的影响。正是这些变化的出现，关于第一次世界大战的战争叙事开始出现转型。早期的第一次世界大战叙事往往采取由上而下的俯视视角，关注的是重大的军事行动、外交事件或英雄人物，目的在于颂扬勇敢、正义和爱国精神；到了20世纪末，士兵或平民的视角逐渐占据主流，主人公演变为普通战士或民众，战争的残酷、战时民众生活的艰辛和军队的腐败等都开始成为作品主题，呈现出的空间因此更为真实、立体和多元。

巴克告别早期“地域性”、“女性主义”和“工人阶级”小说，转向创作以第一次世界大战为主题的小说，只有在战争叙事转型的大背景中，这一转向的因由、特质和意义才能得到更好的理解。事实上，巴克的国际声誉主要得益于转向之后创作的《重生》三部曲。怀特海就此指出：“在当代，就文学对第一次世界大战的再现而言，帕特·巴克的《重生》三部曲无疑应该跻身于影响力最大的作品之列，也正是这些作品帮她赢得了布克奖。”[①]转向以第一次世界大战为主题的小说，主要有两个方面的原因：首先，在巴克创作这些作品时，纪念第一次世界大战的热潮在英国风起云涌。如前所述，到了20世纪末，第一次世界大战老兵数量越来越少，在民众中，纪念第一次世界大战的情绪越来越浓厚。正是在这个特殊的时间节点，巴克以文学的方式再现了这一历史，她的作品“并没有表现出一种狭隘的怀旧情绪，去追忆那已在1914年左右消逝的英国，而是以复杂的方式，对一系列在当下仍然有意义的事件进行了回顾”[②]。其次，个人因素同样是重要的原因。巴克的很多亲人都亲身经历过第一次世界大战。她的外祖父曾在第一次世界大战中被刺刀刺伤，耳朵也因为战争而变得有些失聪，继父则因为参加过第一次世界大战变得有些口吃，而据说巴克素未谋面的父亲和叔叔同样都参加过第二次世

① Whitehead A, *Trauma Fiction*, Edinburgh University Press, 2004, p. 15.

② Monteith S, *Pat Barker*, Northcote House Publishers Ltd., 2002, p. 4.

界大战，这些事件无疑对巴克的成长经历、情感体验和社会认知有重大影响。对巴克而言，回顾第一次世界大战，同样是对这一段糟糕历史的再次确认，是和自己不幸童年的和解，是对先辈的追忆、告慰和致敬。

当然，巴克能收获巨大的文学声誉，更为根本性的原因是其作品本身的艺术价值、思想深度和社会意义。不同于大多数传统战争小说，巴克并没有直接描写前线的惨烈战争，而是将笔触移向大后方。在巴克营造的文学空间中，大后方并不是什么世外桃源，全力以赴地为前线输送物资，而是鱼龙混杂，正如保罗所指出的，在海明威、帕索斯以及雷马克等创作的第一次世界大战小说中，大后方往往被理想化，四处一片田园景象，和充满枪林弹雨的前线形成鲜明对照。在《重生》中，背景同样是大后方，但这里并非理想的存在，没有田园牧歌般的诗情画意。[①]在巴克营造的文学空间之中，不仅有逃避兵役者、同性恋者和发战争财的人，还充斥着各种蝇营狗苟的矛盾。弘扬某种宏大的抽象理念，并非巴克的目的，正如一位批评家所言："巴克没有去关注各种所谓的崇高。无论是在观察什么，她都不会让自己的目光为浪漫的回顾所蒙蔽。作为作家，她更为看重的是事物现在或在过去时本来的样子，而不是去创作一些关于过去或关于精神上的坚贞、恐惧或义务的神话。"[②]在《重生》中，主人公普莱尔就有自身道德上的瑕疵，他无视当时社会中的各种性禁忌，除了女朋友萨拉，他还和曼宁、赖利夫人以及一位法国男孩有过亲密关系。同样，不同于其他的作品将战争呈现为"一个各个阶级空前团结和社会差异得以消弭的时期"[③]，从这部作品不难看出，即使在战争时期，阶级间的鸿沟依然令人咋舌。诸如此类的各种差异不仅表明巴克创作的独特性，同样标志着这一文学传统中的断裂。

总之，通过将英国第一次世界大战史浓缩为创伤性事件，巴克力图再现战争对个体和社会造成的影响。在作品中，行走于其中的不再是勇敢而不乏

① 更为具体的论述，可参阅 Paul R, "In pastoral fields: The *Regeneration* Trilogy and classic First World War fiction", In Monteith S, Jolly M, Yousaf N, et al. (Eds.), *Critical Perspectives on Pat Barker*, University of South Carolina Press, 2005, pp. 147-161.

② Boyers R, *The Dictator's Dictation: The Politics of Novels and Novelists*, Columbia University Press, 2005, p. 151.

③ Branningan J, *Pat Barker*, Manchester University Press, 2005, p. 97.

谋略的英雄，而更多是因战争而偏离正常生活轨道的受害者。总体上，巴克是反对战争的，但不能就此将《重生》视为简单的反战作品。在其他作品和访谈中，巴克透露出对战争更为复杂的认识，她始终不忘去追问战争和人性间的关系这类更为深刻的问题。[①]《亡魂路》中对此有形象的说明，在谈到美拉尼西亚这个地方时，巴克就指出战争是当地部落文化的支柱，一旦战争被禁止，部落就会了无生机。不难看出，这一对人性和文化间关系的追问，表明巴克对战争有过更为深刻、辩证和全面的思考。

二、文化创伤的建构与历史的真实

《重生》出版于 1991 年，这是巴克文学创作转型的标志。小说中的故事发生在 1917 年，地点是爱丁堡郊外的一家战时医院，主人公是精神病医生黎佛斯和一群遭受战争创伤折磨而在医院接受治疗的军人。在作品中，为表达对第一次世界大战的不满，萨松发表了一篇名为“一名士兵的宣言”的文章。作为诗人，萨松有着相当的公众影响力，这些“消极”的言论给战争带来了极大负面影响。为此，经过政府任命的医学委员会认定萨松“精神失常”，萨松被送往奎葛洛卡战时医院，在黎佛斯的监护下接受治疗。同时在这里接受治疗的还有诗人欧文和普莱尔等，由于在战争中遭受到巨大冲击，他们在精神上都有一些障碍。通过呈现战争对个体、他们的家人以及社会产生的影响，巴克在文本中重新激活了这一段历史。与此前的战争文学不同的是，创伤在这里成为作者带领读者前往历史的通道，在患者们的幻觉、梦魇和呓语中，在医生对患者的诊治中，过去的创伤性事件不断“复演”，真实可感的历史片段得以浮现。个体生命在这里的痛苦和挣扎，让读者得以在更为具体的社会图景中去反思战争。让“伟大的战争”这一历史的“幽灵”再度浮现，让来自过去的伤口保持开放的姿态，目的在于让这一创伤性事件能够在当下不断发挥作用。在文学空间中呈现这些个体性创伤，最终可以实现对这一段历史的集体性缅怀，形成共同记忆，强化个体对集体性身份的认同，增强社会凝聚力。在完成此类社会功能的过程中，个体性创伤也就成为人们的共同

① 更为具体的论述，可参阅 Stevenson S, “With the listener in mind: Talking about the *Regeneration* Trilogy with Pat Barker”, In Monteith S, Jolly M, Yousaf N, et al. (Eds.), *Critical Perspectives on Pat Barker*, University of South Carolina Press, 2005, p. 183.

经历，升华为集体性创伤。

在《重生》中，巴克直接将一些真实的历史人物和事件写入文本，从而使得史实和虚构交相辉映。关于作品中众多人物、地点和事件的真实性，巴克在小说结尾处“作者注”中专门进行了说明，对材料的来源和自己的调研情况都做了交代。这些史料的真实性“并非为了一些当下的目的，《重生》三部曲便投机取巧地去援引第一次世界大战这一历史事件。到目前为止，这部以史实为基础的小说是巴克悉心调研后创作的作品”①。黎佛斯是小说的主人公之一，在历史上，这是一位真实生活在那个时期的医生和人类学家，颇有名气，还留下大量学术性著作和回忆录。第一次世界大战期间，他也的确在战时医院工作过。在英国历史上，萨松、欧文和格雷夫斯都是著名诗人，留有众多至今都脍炙人口的诗篇。作为《重生》的主人公，萨松是真实存在的历史人物，他自小养尊处优。“在这个烂透了的国家，不弄个牛津大学或剑桥大学的文凭，简直就什么都干不成。”②萨松轻而易举就能够获得在剑桥大学学习的机会，但出生于富裕家庭的萨松，并没有把这当回事，没有拿学位就离开了。此后几年，他成天沉溺于打猎、打板球和写诗。在小说中，黎佛斯让萨松把自己的诗给他看看，萨松后来让格雷夫斯给他带过去三首诗，这些都是萨松真实的作品。小说中提到的《致战争贩子们》是萨松最著名的反战诗，至今仍被吟诵。在医院，萨松为欧文修改过诗歌，这同样有欧文的手稿作为历史依据。耶南医生也是历史上真实存在过的人物，他是加拿大人。黎佛斯、耶南和赫德对创伤有着不同的看法，在治疗创伤时，他们选取不同方法，这些都有文献记载，并非完全虚构。小说中还出现过罗素、卡朋特和罗斯以及关于他们倡导的和平主义的讨论，并指出萨松曾受到这些言论的影响，这让读者对第一次世界大战时期思想的多元性有了更多的了解。总之，作为一部历史题材小说，《重生》中的大量人物、地点和事件都有真实原型。

在医院，患者们都饱受创伤侵扰，这背后是一个个惨烈的故事，正是这些故事不断地将历史的片段带到现场。尽管并没有直接描写战争，但通过患

---

① Branningan J, *Pat Barker*, Manchester University Press, 2005, p. 94.

② Barker P, *Regeneration*, Penguin Books, 1992, p. 135.

者们的创伤性经历，《重生》的读者仍会对战争的惨烈感同身受。“复演”是创伤的最大特点，在受害者的头脑中，创伤性事件会反复出现，这正是奎葛洛卡战时医院的患者所经历的。朋友在战争中的惨死使得萨松遭受重创，此后他噩梦不断，经常进行一些不必要的、置生死于度外的冒险，甚至大白天都会出现幻觉。在伦敦的大街上、在医院、在自己的房间中，萨松都会看到死去战士的亡灵，看到整张脸被打得稀烂的尸体，这些尸体还在地上四处乱爬。伯恩斯 21 岁就被提升为上尉，但不幸的是，在一次炸弹爆炸中，他被气浪推到空中，掉下来时头朝地地掉到了一名德国士兵被炸弹撕裂的肢体之中，以至于鼻子和嘴里都是人肉碎屑。在这之后，每次吃饭他都会想起那种味道。过去的各种事情还不断通过梦魇的方式在伯恩斯的大脑中“回归”，他经常在睡梦中回想起这一经历，醒来之后不停呕吐，甚至还出现梦游的情况。伯恩斯的精神状态十分不稳定，一天下着倾盆大雨，他竟然一个人跑到荒郊野外，将死去的雪貂、黄鼠狼、喜鹊、狐狸和鼹鼠的尸体围成一个圈，然后脱得精光，坐在圆圈中央。伯恩斯承受着巨大的痛苦，这甚至让黎佛斯都痛心不已。一次，在经历了伯恩斯的发作后，黎佛斯心里不断地重复：“任何理由都无法为此辩护。任何理由都无法为此辩护。”[①]表现出类似的痛苦症状的还有安德森。他自己是医生，在法国前线给一位受伤的法国人做手术时，由于对方伤势太重，手术没有成功，最后伤者大出血而死。这次不成功的手术经历最终导致了他精神上的崩溃。之后只要一看见鲜血，安德森就会极度紧张，他经常做噩梦，噩梦不仅让他呕吐得厉害，甚至还会小便失禁，以至于室友无法忍受和他住同一个房间。

心理学家指出，创伤的症状并不局限于“复演”，还有失忆症和说话能力受损等。这同样体现在《重生》中，“黎佛斯的患者不是患上了失忆症，就是患上了不忘症，不是记不住东西，就是头脑中记住的东西太多”[②]。在医院里，一部分患者无法从创伤的泥沼中挣脱出来，还有一部分患者则患上了失忆症，普莱尔属于后一种情况。借助于催眠，黎佛斯最终了解到普莱尔的创伤性经历。一次在战壕中煮茶时，他手下一位士兵被炸弹炸飞，在清理

① Barker P, *Regeneration*, Penguin Books, 1992, pp. 180-181.

② Branningan J, *Pat Barker*, Manchester University Press, 2005, p. 115.

战壕中散乱的沙石、人体碎末和骨骼时，普莱尔在遮泥板下无意中发现一只被炸飞的眼睛。精神崩溃后，普莱尔不仅患上了失忆症，而且还间歇性地无法正常说话，只能借助书写的方式同他人交流。出现类似症状的还包括在耶南医生那里接受治疗的卡南，由于战争带来的焦虑，卡南在一次喂马时忽然晕倒，醒来时发现自己已患上失语症。在战争创伤的巨大冲击下，甚至黎佛斯医生本人的说话能力都受到了影响，他不时会结巴，并出现抽搐症状。

幻觉、梦魇和催眠是巴克带领读者走进创伤性经历的重要途径，但更主要的方式是对话。在弗洛伊德那里，谈话疗法是治疗创伤的重要手段，这也是巴克在作品中大量运用对话的缘由，有学者指出："作为对现在所称的'创伤后应激障碍'的一种治疗方式，巴克的整个三部曲都是对'谈话疗法'的一次献礼——对那些感到愤怒和迷惑不解的人而言同样还是一种咨询的形式。"[①]在很大程度上，正是通过对话，黎佛斯才了解到患者们的创伤性经历的具体细节，从而让具体可感的历史真实得以呈现。在奎葛洛卡战时医院，接受治疗的还有患有幽闭恐惧症的兰丝唐、患有妄想症的弗莱彻，以及臆想着自己无法正常行走的维拉德等。心理学家将创伤的症状分为神经衰弱和癔症两大类，前者包括失眠、梦魇、焦躁、易怒、忧郁、兴奋、晕眩、失忆，后者则包括佝偻、麻痹、癫痫、暂时性失明、失聪和失语[②]。这里列举的诸多症状都在《重生》中出现过，通过追溯这些创伤性症状背后的创伤性经历，战争的惨烈、残酷和巨大破坏力像书一样被一页页地翻开，散落的历史片段最终汇合为读者的共同记忆。

三、创伤叙事中的规训与抗争

战争对社会的影响是全方位的，男性战死疆场，家庭破碎，而在大后方，为维持生计，女性不得不走出家庭，在工厂中忍受不堪的工作条件，沦为不

---

① Brown D, "The *Regeneration* Trilogy: Total War, Masculinities, Anthropologies, and the Talking Cure", In Monteith S, Jolly M, Yousaf N, et al. (Eds.), *Critical Perspectives on Pat Barker*, University of South Carolina Press, 2005, p. 190.

② Hemmings R, *Modern Nostalgia: Siegfried Sassoon, Trauma and the Second World War*, Edinburgh University Press, 2008, p. 30.

知疲倦的“机器”。在《一名士兵的宣言》中，萨松指出：“发出声明，目的是挑战军事管理部门的权威，因为我相信，掌握着结束这场战争权力的大人物们，正在有意地延长战争。”[①]萨松表明，投笔从戎，最初的目的是“自卫和解放”，但不想战争最终却演变为“邪恶的和不公正的”战争，目的蜕变为“侵略和征服”。不管是《一名士兵的宣言》中的激烈言辞，还是罗素、格雷夫斯和萨松等对战争持反对态度的著名历史人物的在场，都毫不含糊地表明了《重生》的反战基调。在战时的英国，出于作战需要，类似于萨松的这类异议无法被容忍，但在任何战争期间，都会存在两种敌对力量的争斗：一方面是质疑和反对战争的力量，他们寻找各种渠道发声，以便能够影响大众，在《重生》中，萨松是这一力量的代表；另一方面，以国家为代表的权力则不断试图消解一切反对的力量，调用资源，规训各种“内部的敌人”，将他们重新“装配”为战争需要的机器，为帝国浴血疆场。在《重生》三部曲中，创伤患者、同性恋者、和平主义者等都是权力试图“规训”的对象。这两种力量弥散于《重生》的字里行间，二者始终在冲突、对抗和斗争，不断自我繁殖，试图建构自身需要的主体。

瓦特曼曾指出：“癔症以及（或）炸弹冲击症是一种对当下社会规范的抵抗形式，是一种对英雄战士角色的拒绝接受，这种拒绝给癔症患者带来的唯有嘲讽，尤其是在国家处于危机的时刻。”[②]由此可见，战争会对个体造成创伤性伤害，但创伤同样可以成为表达反抗的方式，成为个体在面对强大的外在压力时的自我保护形式。在《重生》中，面对着战友的死亡，萨松经常梦魇，并且开始质疑战争的正义性。在某种意义上，通过写作来宣泄对战争的不满，这种表达同样是萨松试图走出创伤的方式，当战争给自身带来伤害时，这是反抗姿态的表达。但由于反战言论，萨松后来被送到奎葛洛卡战时医院，在“保护”的名义下被隔离起来。在战时的英国，萨松身份特殊，他不仅是有影响力的诗人，同时还是英勇善战的军官，被人称为“疯狂的杰克”，深受战士们尊敬。在战场上，萨松英勇无畏，因此还受过嘉奖，被授予十字勋章。但因为对战争不满，这位战斗英雄鄙夷地将军功章扔进默西河，

① Barker P, *Regeneration*, Penguin Books, 1992, p. 3.

② Waterman D, *Pat Barker and the Mediation of Social Reality*, Cambria Press, 2009, p. 72.

同时还在诗作中质疑战争的正义性，质疑爱国、勇敢和荣誉等为大众珍视的理念。这种挑衅行为自然会引起政府的警惕和不满，但考虑到萨松的公众影响力，军事审判自然不是最好的惩罚方式。为了不引发舆论上的哗然，官方最后通过医学委员会宣布萨松精神上出现问题，将他送往医院，这样不仅可以将他隔离开来，同时还可以让公众怀疑其话语的可信度。从政治效果而言，宣布萨松的精神因为战争创伤而出现问题是消除负面影响的最佳方案。只要萨松仍然坚持对抗性立场，"治疗"就可以一直持续下去。诚然，战争的残酷让萨松经常梦到死去的战友，表现出创伤的症状，但在更大程度上，萨松是"被"患上了炸弹冲击症。

谈到创伤时，布兰宁甘总结说，噩梦、口吃、失语症和身体上的麻痹都是抗议的形式。[①]换言之，通过在公共空间发声，强调战争的残酷、荒诞和不公正，以及对个体的负面影响，萨松完成了抗议的表达，但沉默同样可以成为反抗的方式。作为有公众影响力的诗人，萨松有能力和渠道将自己的不满公之于众，并且不会让自己陷入危险的境地。但对普通士兵而言，事情就完全不一样，任何的反抗形式都可能招致严厉的惩罚。因为类似的顾虑，黎佛斯对失语症有过这样的评论："当你确实想要说些什么，但另一方面你又明白，如果你真的说出来了的话，其后果将是灾难性的，此类的冲突最终导致的就是失语症。为解决这一冲突，只能让自己在机体上不再具备说话的能力。"[②]既要表达抗议，但又要确保自身的安全，失语症于是成为普通战士的最佳反抗形式。

在权力内部，同样存在对战争正义性的质疑。作为权力的代理人和执行者，黎佛斯本人同样受到战争创伤的影响，并开始怀疑工作的意义，这无疑是一种更深层次的挑战。在奎葛洛卡战时医院，这些从战场归来的将士没有了昔日的男子气概，痛苦的战争记忆让他们经常哭泣、失眠，乃至自残，而黎佛斯的职责是将他们重新送回战场。巴克在一次访谈中指出，医生是她喜欢的职业，因为"在疏离（detachment）和参与（involvement）之间，在情感和分析性判断之间，医生能够维持一种平衡关系，这一点吸引了我。黎佛

---

① Branningan J, *Pat Barker*, Manchester University Press, 2005, p. 109.

② Barker P, *Regeneration*, Penguin Books, 1992, p. 96.

斯身上有一种特质让我钦佩不已，那就是精神上的坚韧和同情心的结合”[①]。但事实上，黎佛斯并不能很好地维持这种平衡关系，患者们的痛苦经历对他的内心同样产生了强大冲击。他甚至怀疑自己工作的正当性，“通常，治愈意味着患者可以告别那些明显会对自身产生伤害的行为。但在当下这一境况中，治愈意味着继续那些完全是自杀性的行为，而不只是自我伤害性行为”[②]。作为医生，黎佛斯的责任就是将患者们送回战场，但一旦重回战场，这些战士很有可能会很快殒命疆场。在黎佛斯内心，两种责任不断发生冲突，这种内心深处的挣扎表明他对战争的保留态度，也导致他无法成为自己职责的坚定执行者。医生和患者间本应是疗治性关系，但黎佛斯却感觉自己是一种压制这些战士抗议声音的暴力，是他们走向毁灭的推手，内心因此有强烈的负罪感。

面对种种质疑和反抗，为了使战争能够顺利进行，权力必须从各个方面去消解创伤造成的负面影响。在《重生》中，当玛奇的未婚夫负伤住院，萨拉陪着玛奇一起前往医院探视。在闲逛期间，萨拉无意中撞见了一些正在接受治疗的伤残军人，他们都已经完全没有人形，其中“一个人的四肢全部都没有了，他的脸是如此地没有血色，如此地苍白，看起来好像他把自己的血液同样都留在了法国”[③]。不管是对伤残者本人，还是对萨拉而言，这些残缺的肢体在视觉和心灵上都有着极大冲击力。然而，在医院里，这些人都被安排在一个隐蔽的角落，这让萨拉极为愤怒，因为在她看来，国家应该有勇气去直面战争造成的悲剧性后果。对“隐暗面”的遮蔽，不仅仅体现在现实生活之中的各种安排上，同样体现在对大众媒体和各种抗议声音的管制中。在新闻媒体中，英国政府更多的是宣传爱国、责任、勇敢、献身和荣誉，而隐藏战争的残酷性和黑暗面。如前所述，萨松被送往奎葛洛卡战时医院，同样是这一体制性安排的结果。此外，在《重生》中，对于己方战士在战场上真实的伤亡情况，各种新闻媒体始终讳莫如深，为掩人耳目，最多不过是不

① Stevenson S, “With the listener in mind: Talking about the *Regeneration* Trilogy with Pat Barker”, In Monteith S, Jolly M, Yousaf N, et al. (Eds.), *Critical Perspectives on Pat Barker*, University of South Carolina Press, 2005, p. 181.

② Barker P, *Regeneration*, Penguin Books, 1992, p. 238.

③ Barker P, *Regeneration*, Penguin Books, 1992, p. 160.

时提供些虚假的数字。

对于战争形成的伤害，权力还必须致力于对其进行“修复”。如前所述，在 1980 年，美国精神病学会颁布了《精神障碍诊断和统计手册》第三版，这才将“创伤后应激障碍”确认为一种疾病。在此之前，此类症状被认为要么是女性专有的疾病，要么是患者的自身缺陷所致。战争引发的精神问题更是经常遭到误读，甚至被污名化，战争创伤患者经常被认为是胆小鬼，在寻找逃避战争的借口。《重生》中出现过类似的观点。对于炸弹冲击症，兰登上校根本就不相信有这回事，而在耶南医生眼里，这些创伤患者不过是一群“堕落的人”。对创伤的偏见，就是为了将这些人归为他者，将他们和逃避兵役者、同性恋者、借战争敛财的人等一起归为“内部的敌人”。[①]创伤患者被“他者化”，这将在创伤患者的内心形成负罪感，让他们饱受良心谴责，敦促他们能够更早地回到战场。在奎葛洛卡战时医院，患者们急于返回战场正是这一规训方式有效性的体现。“污名化”是一种从精神上进行规训的方式，但一旦患者因创伤而崩溃，治疗就成为另一种规训方式。作为权力的行使机构，奎葛洛卡战时医院的卫生间、浴室和卧室都不许上锁。对患者而言，没有任何意义上的私人空间，所有的空间完全开放，在很大程度上，这里是一个福柯意义上的监控空间，方便权力的眼睛及时、准确和有效地监控发生的一切。有趣的是，《重生》还提到两种不同的创伤治疗方法，二者在历史上都真实地存在过：一种治疗方式比较温和，这以黎佛斯和同事赫德医生为代表，谈话疗法是主要的治疗手段，必要时还会采用催眠，让患者们回忆过去的创伤经历，由此完成治疗过程；另一种方式则比较野蛮，以耶南医生为代表，该方法采用野蛮的电击，强烈的电击会带给患者极度的痛苦和恐惧。卡南就是因为治疗时不堪忍受强电流带来的痛苦，一度试图逃出电击室，这种强烈的痛苦甚至连在旁边观看的黎佛斯都无法忍受。在某种意义上，这两种不同的治疗方式构成了一种隐喻，代表着权力的文明和野蛮两副不同的面孔，方式虽不同，但却有着共同的指向，那就是消除和驯化一切形式的“抗议”，将患者们送到战场。

不难看出，无论是对创伤的确认，还是治疗，都并非简单的医学问题，

① Waterman D, *Pat Barker and the Mediation of Social Reality*, Cambria Press, 2009, pp. 57-91.

同时也是“内部的敌人”进行反抗和对“内部的敌人”进行规训的方式。因此，将第一次世界大战的历史建构为集体性创伤，巴克的目的不仅是帮助读者更好地体验战争对个体和社会造成的更为深层次的影响，通过发掘蕴含在创伤话语之中的规训和反抗关系，作者实际上传达了一种深刻的伦理思考。

《重生》讨论的不仅仅是战争对个体、家庭和社会带来的巨大冲击，同时还是对英国社会中的性别、种族和战争等问题的深入思考。挪用过去，往往是为了投射当下的某种欲求，因此，过去在当下的回归始终是一种当下的过去。通过追溯个体生命背后的创伤性经历，在激起读者心中共鸣的同时，《重生》凿开了通往历史的另一条通道。作为这部作品的中心性隐喻，“重生”首先发生在个体性层面。奎葛洛卡战时医院是作品中故事的主要发生地，在这里，“重生”自然意味着包括萨松在内的战争创伤患者的治愈，他们最终走出创伤的阴霾，并且能够重新征战疆场。但更为重要的是，《重生》能够受到广泛关注，与其在当代社会之中的重要意义有紧密关联，内在于其中的还有一种深刻的伦理意蕴。当个体性创伤被升华为集体性创伤后，战争造成的恐惧、痛苦和不安全感由此成为人们的共同体验，这一创伤因此将会被赋予一种黏合剂的功能，成为民族身份重构的重要组成部分。关于创伤性事件对集体性身份建构的意义，沃特曼曾指出：“原初的暴力是社会形成的条件，而不是其结果，或者更精确地说，这是一种在不断延续的当下仍在发挥作用的现象，其中渗透着记忆、神话和传统的碎片。”[①]总之，以非浪漫化的笔调，《重生》激活了读者对第一次世界大战的记忆，但这不仅是为了去缅怀先辈，同时还是为了在这一段历史中注入时代精神，从而为在全球化语境中英国民族身份的重构提供动力。在全球化时代，随着人员、资金和技术的全球性流动，和平共处和协作发展已经成为主旋律，契合于全球化时代要求的集体性身份必然不能受制于对抗性战争性思维和民族主义，必然应强调对他者的包容、平等和多元性。但这一全新的集体性身份，除了契合全球化时代的各种要求外，还必须将英国历史上的重大事件以及珍视的品质重新整合进来，这自然包括第一次世界大战这样的重大历史事件。在此语境下，简单地照搬传统的战争叙事，显然不利于全球化时代民族身份的重构，要应对时代

---

① Waterman D, *Pat Barker and the Mediation of Social Reality*, Cambria Press, 2009, p. 81.

精神的转变，战争叙事必须采取全新的策略。就将第一次世界大战整合到民族记忆之中而言，将其建构为集体创伤是一种合理和有效的策略，这不仅可以肯定、缅怀和歌颂英军在战争期间的英勇无畏以及举国上下的巨大牺牲，还能深入反思战争的非正义性、破坏性和内在残酷性。显然，关于战争的创伤叙事契合了全球化时代民族身份建构的要求，正是在这一现实功能中，其伦理意义得以显现。

结　语

就国内外近年论文的发表数量来看，创伤研究在中国和西方都出现了井喷式增长，这不仅是由于理论自身发展的需要，同样还有着深刻的社会原因。就整个世界的发展而言，在现代社会快速推进的进程中，不仅出现了大量类似于大屠杀、战争和恐怖袭击之类的重大事件，同样还出现了大范围的饥荒、迁徙和环境污染等问题，使得越来越多的人成为创伤受害者。与此同时，借助于现代传播手段，即使是发生在异国他乡，创伤性事件都可以被迅速地带入每个人的生活中，创伤因此在很大程度上已成为个体的日常性体验。这一社会现实使得现在出现越来越多的关于创伤的文化表征，这些自然需要批评理论去回应。在某种意义上，对个体而言，将创伤性事件以语言的形式呈现出来，是超越创伤的重要途径；对共同体而言，文化创伤造成的集体记忆，同样是全新共同体形成的基础。创伤以及创伤记忆与共同体的建构、维持和巩固有着紧密的关系，作为建构性存在，集体性创伤背后往往是各种权力的交织，其再现并不是自然而然的事情。权力可以把控文化创伤的建构，用于自身的目的，但不容忽略的是，创伤表征同样可以成为重要力量，以争取他者的权利。这正是创伤理论的伦理和政治意义所在。在全球化时代，各种各样的他者仍无法完全摆脱被排斥、被剥削和被压制的命运，创伤始终是他们日常体验中的重要部分。因此，有必要突破此前狭隘的创伤概念，将殖民、女性以及日常生活中的创伤都纳入进来，并探求表征或疗愈之道，以建构更和谐、公正和美好的社会形态。总之，创伤理论不仅为理解文学提供了全新视角，同样还是批评理论回应历史、介入社会和重申现实相关性的重要途径。

它可以帮助人们更好地去理解人类面对的共同问题、挑战和苦难，推进人类的进步事业，为人类命运共同体的建构做出贡献。

参 考 文 献

〔英〕戴维·雷诺兹:《大英帝国与第一次世界大战》，徐萍、高连兴译，中国友谊出版公司，2019。

〔英〕康纳德·萨莫维尔、〔英〕伊恩·怀斯特威尔:《第二次世界大战》，尚亚宁译，万卷出版公司，2016。

〔德〕马克斯·霍克海默、〔德〕西奥多·阿道尔诺:《启蒙辩证法》，渠敬东、曹卫东译，世纪出版集团、上海人民出版社，2006。

〔美〕朱迪丝·巴特勒:《心灵的诞生：忧郁、矛盾、愤怒》，何磊译，见汪民安、郭晓彦编《生产 第8辑》，江苏人民出版社，2013。

〔美〕朱迪思·赫尔曼:《创伤与复原》，施宏达、陈文琪译，机械工业出版社，2015。

Alexander J C, *Trauma: A Social Theory*, Polity Press, 2012.

Anderson B, *Imagined Communities: Reflections on the Origin and Spread of Nationalism*, Revised Edition, Verso, 2006.

Balaev M, *Contemporary Approaches in Literary Trauma Theory*, Palgrave Macmillan, 2014.

Barker P, *Regeneration*, Penguin Books, 1992.

Boyers R, *The Dictator's Dictation: The Politics of Novels and Novelists*, Columbia University Press, 2005.

Branningan J, *Pat Barker*, Manchester University Press, 2005.

Brown D, "The *Regeneration* Trilogy: Total War, Masculinities, Anthropologies, and the Talking Cure", In Monteith S, Jolly M, Yousaf N, et al. (Eds.), *Critical Perspectives on Pat Barker*, University of South Carolina Press, 2005.

Caruth C, "Psychoanalysis, culture and trauma", *American Imago*, Vol. 48, No.1, 1991.

Caruth C, *Unclaimed Experience*, The Johns Hopkins University Press, 1996.

Duncan K A, *Healing from the Trauma of Childhood Sexual Abuse: The Journey for Women*, Greenwood Publishing Group, 2004.

Edkins J, *Trauma and the Memory of Politics*, Cambridge University Press, 2003.

Felman S, Laub D, *Testimony: Crises of Witnessing in Literature, Psychoanalysis, and History*, Routledge, 1992.

Forter G, "Colonial trauma, utopian carnality, modernist form: Toni Morrison's *Beloved* and

Arundhati Roy's *The God of Small Things*", In Balaev M (Ed.), *Contemporary Approaches in Literary Trauma Theory*, Palgrave Macmillan, 2014.

Freud S, *Beyond the Pleasure Principle*, trans. & ed. Strachey J, W. W. Norton & Company, 1961.

Gunn A M, *Encyclopedia of Disasters: Environmental Catastrophes and Human Tragedies*, Greenwood Press, 2008.

Hartman G H, "On traumatic knowledge and literary studies", *New Literary History*, Vol. 26, No. 3, 1995.

Hartman G H, "Trauma within the limits of literature", *European Journal of English Studies*, Vol. 7, No. 3, 2003.

Hemmings R, *Modern Nostalgia: Siegfried Sassoon, Trauma and the Second World War*, Edinburgh University Press, 2008.

Huyssen A, *Twilight Memories: Marking Time in a Culture of Amnesia*, Routledge, 1995.

Kaplan E A, *Trauma Culture: The Politics of Terror and Loss in Media and Literature*, Rutgers University Press, 2005.

Knutsen K P, *Reciprocal Haunting: Pat Barker's Regeneration Trilogy*, Waxmann Publishing Co., 2010.

LaCapra D, *History in Transit: Experience, Identity, Critical Theory*, Cornell University Press, 2004.

LaCapra D, *Writing History, Writing Trauma*, The Johns Hopkins University Press, 2014.

Luckhurst R, *The Trauma Question*, Routledge, 2008.

Martínez-Alfaro M J, "Fugal repetition and the re-enactments of trauma: Holocaust representation in Paul Celan's 'Deathfugue' and Cynthia Ozick's *The Shawl*", In Nadal M, Calvo M (Eds.), *Trauma in Contemporary Literature: Narrative and Representation*, Routledge, 2014.

Meek A, *Trauma and Media*, Routledge, 2010.

Moghalu K C, *Rwanda's Genocide: The Politics of Global Justice*, Palgrave Macmillan, 2005.

Monteith S, *Pat Barker*, Northcote House Publishers Ltd., 2002.

Monteith S, Jolly M, Yousaf N, et al. (Eds.), *Critical Perspectives on Pat Barker*, University of South Carolina Press, 2005.

Moseley M, *The Fiction of Pat Barker*, Palgrave Macmillan, 2014.

Oppong J R, *Rwanda*, Chelsea House Publishers, 2008.

Paul R, "In pastoral fields: The *Regeneration* Trilogy and classic First World War fiction", In Monteith S, Jolly M, Yousaf N, et al. (Eds.), *Critical Perspectives on Pat Barker*, University of South Carolina Press, 2005.

Rothberg M, “Preface”, In Buelens G, Durrant S, Eagletone R (Eds.), *The Future of Trauma Theory: Contemporary Literary and Cultural Criticism*, Routledge, 2014.

Sodré I, “The wound, the bow and the shadow of the object: Notes on Freud’s ‘Mourning and melancholia’”, In Perelberg R J (Ed.), *Freud: A Modern Reader*, Whurr Publishers, 2005.

Stevenson S, “With the listener in mind: Talking about the *Regeneration* Trilogy with Pat Barker”, In Monteith S, Jolly M, Yousaf N, et al. (Eds.), *Critical Perspectives on Pat Barker*, University of South Carolina Press, 2005.

Stone N, *World War Two: A Short History*, Basic Books, 2012.

Troy M H, “The novelist as an agent of collective remembrance: Pat Barker and the First World War”, In Mithander C, Sundholm J, Troy M H (Eds.), *Collective Traumas: Memories of War and Conflict in 20th-Century Europe*, Peter Lang Publishing Group, 2007.

Visser I, “Trauma theory and postcolonial literary studies”, *Journal of Postcolonial Writing*, Vol. 47, No. 3, 2011.

Visser I, “Trauma and power in postcolonial literary studies”, In Balaev M (Ed.), *Contemporary Approaches in Literary Trauma Theory*, Palgrave Macmillan, 2014.

Waterman D, *Pat Barker and the Mediation of Social Reality*, Cambria Press, 2009.

Whitehead A, *Trauma Fiction*, Edinburgh University Press, 2004.

Wolfreys J, *Introducing Criticism at the 21st Century*, Edinburg University Press, 2002.

第二编　西方文论的实证主义转向

导论　当代西方文论中的实证主义

本编所论实证主义是一类新实证主义，此类新实证主义与哲学史上“维也纳学派”的新实证主义并无直接关联[①]，而是指称当代西方文论语境中一些带有鲜明实证主义色彩却又有着全新理论视野与资源的研究思路和方法。尽管以往文学研究中也存在某种实证主义的倾向，但是囿于研究视野和技术手段，文学研究还从未与科学技术发生今日般紧密的关联与合作。我们将新的实证主义理论和方法对于文论研究的介入，命名为“实证主义转向”，它所关注的是在科学和技术进步的驱动下，当代西方文论研究如何对实证性和客观性展开新的追求。本编将会讨论借助于认知实验和数字人文等手段在文论研究领域取得的实际进展，也会在理论层面审视科学和人文之间新的联合与新的纷争。

一、实证主义的昔与今

要谈实证主义文论，总要从实证主义说起。对实证主义这一概念最为经典的界定，仍然来自孔德（1798—1857）。孔德的说法是，我们人类的思辨，无论是个人的还是群体的，都不可避免地要经历三个不同的理论阶段：神学的、形而上学的、实证的。前两个阶段是不成熟的阶段，神学阶段是人把自己交给超越性的力量；形而上学则不过是变得软弱无力的神学，“形而上学的或本体论的模式，根据其矛盾性质，一直面临着不可避免的抉择：要么趋向于徒劳无益地恢复神学状态以符合秩序条件；要么走向全然相反的状况以摆脱神学的高压控制”[②]。实证就是要走出这种两难状态。孔德在哲学层面为实证作了五重解说。其一，就其最古老、最通常的词义来说，“实证”一

---

① 可参看〔奥〕鲁道夫·哈勒:《新实证主义》，韩林合译，商务印书馆，1998。

②〔法〕奥古斯特·孔德:《论实证精神》，黄建华译，商务印书馆，1996，第 8 页。

词指的是真实，与虚幻相反。孔德认为这一意义上的实证完全符合新的哲学精神，即注重研究我们的智慧真正能及的事物，撇开童稚时期所关心的神秘。其二，实证意味着有用，“一切健全思辨的必然使命都是为了不断改善我们个人和集体的现实状况，而不是徒然满足那不结果实的好奇心”。其三，实证意味着肯定，实证的哲学有着特别的能力，善于自发地在个体中建立合乎逻辑的和谐，在整个群体中促进精神的一致，而非引起无穷的疑惑和无尽的争论（就像神学和形而上学那样）。其四，实证追求精确，“精确的含义使人想起真正哲学精神的恒久倾向，即处处都要赢得与现象的性质相协调并符合我们真正需要所要求的精确度；而旧的推论方式则必然导致模糊的主张，那只有凭借基于超自然权威的经常强制才构成一个不可缺的科目”。其五是一种不那么常见的用法，实证意味着积极的、建设性的，它同样表示着现代哲学一个突出的属性，同时表明，就其性质来说，它的使命主要是组织，而不是破坏。孔德特别指出，这个区别不是就神学精神而言，因为神学一直就是建设性的，而是就所谓形而上学精神来说，后者似乎只能是批判性的，而现在重要的是去建设一个世界。①

如果说今天做理论的人已经不太会有孔德式的乐观主义，那既有可能是因为孔德的实证主义只是短暂的历史错觉，也可能是因为我们仍处于孔德所说的形而上学阶段。不过我们毕竟不需要完全以孔德的标准来裁度自身。密尔作为孔德实证主义在英国的拥护者与代言人，曾对实证主义做了一种经验主义的修正，他说孔德对实证哲学的定义，精髓是说我们对现象的了解是相对而非绝对的。我们不知道任何事实的本质，也不知道它的真正生产方式，只知道它与其他事实之间的继承关系或相似关系，而通过关系来研究事物就是实证主义。至于事物的本质，或者说它们的终极根据，无论是有效的还是最终的，都是未知和不可理解的。②这一解说未必能够赢得孔德本人的认同，但它的确提醒我们实证主义有可能具有的双重内涵：一重内涵是作为先锋，实证主义冲击着人文学科与自然科学之间的壁垒，在将自然科学的理论与方法

① 以上诸点参见〔法〕奥古斯特·孔德：《论实证精神》，黄建华译，商务印书馆，1996，第 29-30 页。

② 参见 Feichtinger J, Fillafer F L, Surman J, *The Worlds of Positivism: A Global Intellectual History, 1770–1930*, Palgrave Macmillan, 2018, pp. 11-12.

引入人文学科的同时，为人文学科开辟出新的空间，培养新的兴趣、新的逻辑与新的信念；另一重内涵则更为审慎，更注重目的与结果，更愿意以一种积极的怀疑精神，小心地消除过分的热望，以免自身重新落入形而上学的陷阱。

实证主义与科学主义很难划清界限，后者即拉图尔所谓“大写的”“单数的”科学。[①]在后现代语境中，反对科学主义已成老生常谈，倘若越出功用与手段的论域去鼓吹“赛先生”，并且以“赛先生”作为“德先生”的前提，只会被认为是年代错乱。但是，果真将科学等同于科学主义，甚至将科学本身视为包袱，不仅有悖实证主义的“初心”，也无法应对时代的前沿问题。事实上，我们今天所面临的最大挑战，也许是新的科学所带来的世界想象与人类社会的现行状况不相匹配的矛盾。说得更明确些，科学以其强有力的技术手段——尤其是互联网、生物科技、人工智能甚至“元宇宙”——再一次强有力地动摇了人们熟悉的生活世界，也再一次强有力地使世界整体地“图像化”“虚拟化”“算法化”，但是与经典实证主义当初的做法不同的是，今天的科学并没有提供同样强有力的社会希望去召唤团结。仍然有各种“科技让生活更美好”的愿景，但是那种理所当然的信心，尤其是对科学必然带来和平、公平和幸福的信心，已受到挑战。这个表面上空前扁平化且越来越“小”的世界同时是一个充满对立与分裂的世界，“冷战”时代所形成的政治秩序和政治话语至今未肯退场，而更多人类未曾遭遇或至少未曾重视的矛盾不断涌现出来。但这未必只是人文科学对自然科学的霸权地位持续批判的结果，而在很大程度上是自然科学多元性与丰富性的显现，尤其是各种交叉学科的建立和发展包括自然科学与人文学科深度融合的推进。惟其如此，倘若我们将科学推开，对科学所引发的种种社会变动的可能性视而不见，仍然试图以标准的“人文主义立场”对科学与人文的价值做整体的判断，那么不仅给人抱残守缺、故步自封的印象，也很难产生实际的效果。

当代美国两位相当活跃的哲学家丹尼特与普特南曾经就“认知”与“计算”的问题有过一次正面交锋。丹尼特断言，对计算模型之力量的悲观看法就是怀疑整个“认知科学”的可能性，普特南则反驳说，没有任何理由说明

---

① 参见〔法〕布鲁诺·拉图尔:《自然的政治：如何把科学带入民主》，麦永雄译，河南大学出版社，2016，第18页。

研究人的认知要求我们要么把认知还原为计算，要么把认知还原为脑过程。我们的确有可能成功地发现大脑的理论模型，这种模型将极大地增进我们对大脑如何运转的理解，而对于大多数心理学领域却没有帮助。那种认为唯一配得上“认知科学”名称的理解是还原论的理解的想法，是令人厌倦的，它终究会失去对我们的科学文化的控制。[①]在一般人文学者看来，这一质疑合情合理，但丹尼特针锋相对地说，几千年来，无数哲学家坚持认为绝对的不可预测性是自由意志的先决条件，他们这样说的依据何在，难道他们真的了解一些我们所不知道的事情吗？即便如此，他们仍然有论证的责任。[②] 丹尼特同样是人文学者,但他拒绝按照传统人文主义那一套价值观对人进行判断。我们没有足够充分的论证反对他而支持普特南，反过来当然也一样。诚然，我们并不知道一味跟从科学技术的最新发展未来将到达何处，但是关键的问题不在于我们想跟从什么，而在于想回避或者说逃避什么。倘若我们想逃避的是学科秩序的动荡、学术资源的重新配置以及学术研究人员的分化组合，那么这是没有意义的逃避，我们早已置身于此动荡与组合的过程中，甚至时常从中得利。如果我们想逃避的是科学主义一统天下的局面，以更纯正的人文研究抵御对科学技术的迷信，那么我们可能需要重回历史现场以确认一个事实：实证主义并不发明科学主义，它是作为危机中的思想出现的，其初衷就是要弥合因为科学与人文的分离而日渐分裂的世界。科学主义对实证主义来说是流俗形式的思想，实证主义应对此种思想的方式，便是将自身所理解的真正的科学精神带入人文领域，在赋予其活力的同时重建其尊严。所谓真正的科学精神当然很难定于一端，实证主义也未必总能将人们带出困境，但至少就字面意义而言，它并不逃避矛盾。

实证主义被认为是形而上学的对手，但是新的实证主义也会产生新的形而上学。倘若在新的科学理论和技术条件的支持下，理论家掌握了新的实证方法，他也可以大方宣称：过去的形而上学并非全错，而不过是没有找到对相关现象与问题进行深入探究的正确途径。我们不必假设形而上学一概拒绝科学方法，也不必假设一旦采用了科学方法就可以驱散形而上学的迷雾，因

① 〔美〕希拉里·普特南:《重建哲学》，杨玉成译，上海译文出版社，2008，第 17 页。
② 〔美〕丹尼尔·丹尼特:《直觉泵》，冯文婧、傅金岳、徐韬译，浙江教育出版社，2018，第 390 页。

为形而上学与科学从一开始就是相互支持的，没有这种相互支持也就没有哲学。在衡量一种有关文艺问题的论述是否可信时，我们往往以特定的形而上学逻辑为导引，实证性的考察未必先于形而上学的问题框架。倘若不提出“什么是审美经验”“什么是文学形式”这类问题，也就无从展开相应的实验性研究，后者并不整体地否定形而上学，倒是有可能支持某种“本质主义”的论述。事实上，不管是美学还是诗学，既是对研究之科学逻辑的一种整理，也是对某种本质、本体以及“本身”的强调。在有关文艺问题的跨学科讨论中，一种有关文学、艺术或其他什么的具有形而上学色彩的本体论（本体论总有可能会被认为是形而上学的）同样十分重要，它们往往成为方法论反思的起点和归宿，不管讨论的主题是文学社会学还是神经美学。当一种结合了现代科学观念的新的形而上学论述——我们不妨想想在后人类语境中所出现的那些论述——在开放的谈话中闪亮登场时，它们有能力成为关注的焦点。甚至于那些原本以反形而上学面目出现的方案（马克思主义的、精神分析的甚至人类学的、社会学的），也最终以其作为形而上学的潜力而得到更多的拥趸。不仅如此，实证主义与实用主义本身倒有可能被“请君入瓮”，成为形而上学某种老旧的版本，它们的问题不在于形而上学，而在于老旧。

这并不意味着实证主义在与形而上学的斗争中溃败，而只是希望能够重新描述问题。我们要说的是，逃避哲学，逃避认识论，将哲学改造为“严格的科学”，或者使哲学还原为文化批评，或许不过是表达对原有的形而上学与科学的结合方式的不满并试图有所改变而已。实证主义没有必要将形而上学视为与自身势不两立的他者，而大可以凭借新的科学眼光与科学方法，将新的形而上学的努力纳入自身。就实证主义而言，这意味着它无须以某种科学解释驱散形而上学，而完全可以针对某一形而上学建构的集中区域展开实证分析，也就是说，能够密集地诱发形而上学建构的区域（比方所谓“语言本身”得以呈现的区域），有可能就是一种实证主义的考察需要注意的区域，我们会从本书所讨论的认知诗学等章节清楚地看到这一点。换句话说，认知诗学等不是简单地宣布某种语言本体论已经过时，而是将与此本体论相关的现象（比方何时出现“语言本身”而非只是修辞手段）作为重点考察的对象。这甚至未必一定是要对此现象做出更为“硬科学”的解释，而只是将认知活动本身的复杂性与文学的复杂性勾连起来。我们所面临的境遇，似乎正是 19

世纪末赫胥黎和阿诺德在争论科学更重要还是文学更重要时所面临的境遇，但我们不能像他们中的任何一方那样，可以理所当然地将科学与文学、事实与价值区分开，这种区分不仅是困难的，而且会浪费前人艰苦的思考。[①] 有关文学之本体与价值的追问肇端于真实的困境，又被用来应对这个困境，但又可能加剧了困境本身。真正重要的是，我们不能够将此理解为旧的形而上学死灰复燃，而应该视为新的挑战与机遇的出现。

二、认知诗学与莫莱蒂的分析实证主义文论

我们先来介绍与实证主义关系最为密切的两个章节，其中一个章节讨论认知诗学，另一个章节则讨论一个相对具体的研究对象：意大利学者莫莱蒂。

何辉斌有关认知诗学的论述以一个简洁明确的判断开篇：认知科学是当今学界的显学。对人类认知的研究是当代科学发展的前沿领域，所谓前沿领域并非只是高精尖技术的汇聚，而是这一领域中的研究往往能够通过对一些基本问题的思考改变人们思考问题的方式。斯托克威尔在《认知诗学：一个导论》一书中对认知诗学的界定就极为朴素：认知诗学本质上是一种应用学科，关心的是文学阅读的自然过程。[②]这并非全新的领域，却是远未得到充分探讨的领域。以何辉斌所讨论的几位学者来说，他们给人最大的印象恰恰在于认知诗学并不神秘，其所关心的是我们耳熟能详的现象，所提出的也是一直让文论研究者兴致盎然的问题，只不过他们在方法论上更为明确，更知道如何保持探究的力度，以达到预设的目标。何辉斌引用了认知诗学代表人物楚尔的话，后者将认知诗学和其他流派的批评进行比较后指出："回顾 20 世纪文学批评我们可以看到，一方面，印象式的批评家只对文学文本的效果津津乐道，但难于把效果与结构联系起来。另一方面，重分析和结构的批评家善于描述文本的结构，却对于这些文本的人类价值不太清楚，或者说不知道文本的感知效果是怎么来的。认知诗学……以认知理论系统地解释文学文本与认知效果之间的关系。"[③]何辉斌评论说，认知诗学的目标是要在印象

① 参见 Cartwright J H, Baker B, *Literature and Science: Social Impact and Interaction*, ABC-CLIO, 2005, pp. 273-275.

② Stockwell P, *Cognitive Poetics: An Introduction*, Routledge, 2002, p. 168.

③ 见本编第二章第一节。

式批评和结构主义批评之间架起一座桥梁，从认知科学的角度阐述特定的认知结构何以产生相应的认知效果。当然，对于何谓结构主义批评，我们无须画地为牢，随着认知诗学的发展和认知批评的实践，结构主义本身的内涵与外延也会有所调整。比方楚尔有关“聚合型文体”（convergent style）与“发散型文体”（divergent style）的区分，便不是源于结构主义与后结构主义的思辨，而是得益于认知科学中有关“聚合思维”（convergent thinking）与“发散思维”（divergent thinking）的研究。他以“空间定位”与“空间迷失”来讨论优美、崇高与荒诞，不仅别开生面，更为“形式”“结构”这些范畴赋予了新的内涵。

霍根是认知诗学的另一代表人物，他也曾以“优美与崇高”为题写了一本书，借助于认知科学的概念与方法，分析了一系列文学艺术作品（如小说家伍尔夫、戏剧家莎士比亚、画家马蒂斯、音乐家贝多芬等人的作品），从而对审美的内在过程即美与崇高的主观经验或曰“私人经验”——而非公共的或者说客观的美与崇高——进行深入探究。在他看来，在描绘人的情感和反应方面，文学作品中有着日常经验无可比拟的丰富而复杂的细节，只不过缺少认知科学研究那种对过程的控制，所以要将两者结合起来。[①]何辉斌对霍根所作的评述，重点放在其对“原初词汇”“原型”等概念的阐发和运用上。我们现实生活中的情感不是以抽象的概念为依据的，而是以情感的原型作参照，比方悲伤就是“当你所喜爱的人死去时你的感受以及你通过哭泣表达的情感”。激情本身是有原型的，换句话说是有一个原初叙事的，而一个特定的人的特定的激情就在某种程度上模仿或者复现了那个原初叙事，而既然是叙事，就有深入分析的可能。霍根将激情分为“关头激情”（junctural emotion）和“结果激情”（outcome emotion），前者如愤怒、讨厌、惧怕等，“典型地在某种关键时刻描述了整个叙事的中断或者暂停”；后者则如幸福和痛苦，表现的是“持久的情感，我们通常视之为关头激情的最后评价”[②]。比方说在喜剧的结尾往往出现长久的幸福，悲剧的结尾则往往出现不可挽回

① Hogan P C, *Beauty and Sublimity: A Cognitive Aesthetics of Literature and the Arts*, Cambridge University Press, 2016.

② 见本编第二章第二节。

的失败，如死亡。关键在于，并非只在结果处出现某种激情，而是这些激情本身就是结果性的，也就是说，它们总是依托于特定的叙事。正因为如此，在现实生活中结果激情很难出现，所以问一个人是否幸福便不是一个好问题，由此也不奇怪为什么在歌德的《浮士德》中，浮士德一旦宣告自己是幸福的，就必须中止寻找的过程，将灵魂交给魔鬼或者在上帝的干预下升入天国。在此处，一种叙事学的视角便与人类学的视角融合，而认知与诗学也得以相生互证。这不仅仅是认知科学向诗学的单方面输入，也是借助诗学为认知科学增加深度与广度。

何辉斌对布莱尔《演员、意象与动作》一书的评述令人耳目一新。布莱尔集演员、导演和学者于一身，将认知科学的成果运用于演员训练，并且将经验上升到理论的高度，取得了可喜的成就。据布莱尔本人的说法，她是要"使用科学重新思考想象、动作、规定情境、感情、记忆之类的表演术语，并且探索它们与经验要素如何能够更有力地、更持续地加以使用"[①]。这是要在科学和艺术之间架起桥梁，以科学研究的结果提升艺术实践，与所谓"身体美学"颇有共鸣之处。何辉斌引用了布莱尔的这一看法："头脑、心灵、文化和行动的连接的流动性和双向性，以及它们所提出的关于意识和自我的问题，迫使我们在演出的时候（或者教学/训练的时候）有必要重新考虑我们所做的是什么。如果教学、训练、排练事实上是生物的和文化的前沿上的'大脑修炼'的工作，这就必须改变对什么是演出的理解。"[②]言下之意，演出其实是为意象的创造反复训练身体，直到形成新的感知和表现方式。正如何辉斌所指出的，布莱尔是将演员的修养深入神经，"既然我们的情感、自我认同等问题不是大脑中的固定概念，而是取决于神经元的不断连接，演员就应该通过思考和行动不断强化这种连接，以便更好地表现人物的个性"[③]。此种人物的个性一样可以被纳入故事，布莱尔借用身心二分的传统概念解释道，身体意象"在心灵中流动，是机体和环境相互作用的反映……心灵为身体而存在，总是忙于讲述各种身体事件的的故事，并使用那个故事来优化身

① 见本编第二章第四节。
② 见本编第二章第四节。
③ 见本编第二章第四节。

体的生活"[①]。

相比认知诗学,莫莱蒂的研究无意对阅读经验或审美经验做出科学解释,却并不缺少实证主义色彩，恰相反，从陈晓辉清晰而缜密的评述可以看出，莫莱蒂有一个不断发展的实证主义逻辑，"他在其研究肇始就将马克思主义和进化论作为理论基点，进而又受库恩和波普尔的重大影响，最终采用定量分析的方法研究文学。……莫莱蒂的文论已从经验实证主义、逻辑实证主义发展到分析实证主义"[②]。与理论立场的变化相表里的是文学研究视域的不断拓展。陈晓辉总结出莫莱蒂实证主义文论的四大主题：其一，从文学社会学的视角考察文学形式；其二，文学地图的叙事功能，即"以地理为基础，以地图为工具，以文学文本为对象，考察文学中的空间问题，探寻文学地图强大的叙事功能"[③]；其三，文学树形图理论，即在文学的形式分化与历史变迁之间建立动态的文学时空系统；其四，建立并完善定量分析研究法。这实际上已经构成了一个相当立体多元的实证主义方法论系统。

莫莱蒂有关形式的论述值得特别注意。他结合了马克思主义、形式主义主流派、生物进化论等思想资源的形式理论，认为形式是社会关系的抽象表征和"力系的图解"（diagram of forces）。所谓"力系的图解"，是说文学形式是社会关系的抽象表征，社会关系的实质是各种不同社会力量的争斗，文学形式就是各种矛盾冲突相互碰撞交集的结果。不妨打个比方，对莫莱蒂来说，一种文学形式形成的过程，就像是海浪互相冲撞并逐渐在沙滩上形成明晰纹路的过程。关键是莫莱蒂有这样的信心：通过对特定力系图解的剖析，文学背后的宰制力量将会悉数展现。虽然对人文学者来说，仅仅通过沙滩上的纹路推断潮汐的复杂变化是太过玄妙的数学，但也未必有绝对的理由证明此事不值一试。当然，这样做的前提是要有一个新的世界想象。以笔者看来，莫莱蒂最有意思的建树可能还是他的文学地理学。他建构了一个由乡村空间、小城镇空间和大都市空间组成的文学整体性空间（他借助地图的绘制展示这一空间），而特定的空间状况又引发了文学作品的情节、风格、叙事结构的

---

① 见本编第二章第四节。

② 见本编第三章引言。

③ 见本编第三章引言。

变化。陈晓辉的评述中有这么一段：

> 莫莱蒂专门列举了道路在流浪汉小说中的作用。非常有趣的是，莫莱蒂从潘萨的骡子身上发现了端倪。在《堂吉诃德》中，伴随桑丘环游的是一匹骡子，而骡子能够成为人们出行的伴侣是因为陆路交通的发达。随着大量道路的出现，“欧洲小说叙事永远地改变了”。这是因为小说叙事的重心已从海洋转向陆地，小说的叙事内容已从开放性的海洋冒险转向琐碎的、乏味的日常生活，因此小说的叙事结构也发生转变。小说的叙事结构逐渐分叉，长篇小说和短小故事也都形成相对固定的叙事结构，分别构成稳定的线性叙事模式和特殊的环形叙事模式。①

这一论断雄辩而富于想象力，读者很难不为所动。其最大的魅力其实不在于将小说形式的改变归因于大量道路的出现这一典型的实证主义逻辑，而在于这类因果关系所激发的时空想象。正如陈晓辉所指出的，不管是空间性的文学地理学，还是时间性的文学史学，莫莱蒂所强调的都是网络，是无数的枢纽点，是跨地点、跨区域、跨国界、跨学科的视野，是多声部的对话关系，从而反对传统的单向度的历史观和世界观。之所以他有对此动态的、无限的拓扑时空做实证研究的信心，显然是因为他对大数据时代的理念与技术已有了一定的认识。我们认为没法量化的东西，就像是认为机器人不可能做到的事情一样（比方写诗），有可能只是尚未实现量化而已。事实上，如果有足够先进的量化研究的手段，我们在判定文学研究究竟是定量研究还是定性研究之前，很可能会愿意去尝试一些新鲜的念头。比方说，我们一般不会认为一个作家的游历及与他人的交往能够对他的写作产生决定性的影响，但如果技术上可行的话，谁会拒绝将李白、杜甫的游历绘制成动态的地图呢？倘若可以根据海量的文献，在一个带时间轴的视频中看到唐代主要诗人在安史之乱中聚集与离散的全过程，岂不会令研究者兴奋不已？虽然这一工作对于理解唐代诗歌“内在价值”有多大意义未必有定论，而且要耗费大量的时间、精力与金钱，但它既然在技术上是可以做到的，就没有什么理由禁止文

---

① 见本编第三章第二节。

学研究者去做。或许实证的方法触礁之时会回到有关价值的考察，但是价值的评判也有可能触礁，每当价值评判出现问题时，莫莱蒂那种将文学当成一个有机的、整体性的生态系统看待的做法就显得十分有说服力，它所召唤的正是实证主义的研究，甚至可以说它就是孔德曾经构想或者说幻想过的整体研究。但是，这样一种研究并未取消文学的特殊性，事实上，正是它使得文学成为一个开放的平台，可以将那些与文学的特殊性——不管是肯定这种特殊性还是否定它——相关的一系列论题重新汇聚起来。原有的答案已不再可靠，但问题也由此被重新激活。

三、“科学大战”与“好的唯名论”

冯庆所撰写的部分放在本编第一章，但出于本编导论的逻辑考虑，对其的介绍在此处出场。冯庆讨论了两个论题，“科学大战”（Science Wars）及其思想起源，唯名论与西方文论，最后落到对当代科学主义文论之特征的归纳，并做出了自己反思性的观察。前者是物理学家索卡尔将一篇精心炮制的鼓吹后现代理论的“诈文”投到著名的《社会文本》杂志并获发表，随后索卡尔另撰一文披露事情经过，一时引爆舆论，对后现代主义、文化研究以及整个“理论阵营”的学术声望造成极大冲击。冯庆分析的重点并不是评判后现代理论家更对还是物理学家更对，而是剖析论战背后的意识形态争执。他指出，论战双方都在指责对方干涉了自己本来研究领域以外的事情，都在争夺在超出自身学术专业的公共领域发出声音、为人民的生活方式提供方向的资格，这仍然是科学主义与人文主义之争：“在人文主义者看来，文学艺术与人民的公共意见更加接近，所以更具有代表性；而科学家则相信自己凭借实证研究和演算所确定下来的真理更具备引导人民走向文明的力量。”[①]冯庆进一步总结出人文学者与科学家的斗争策略，由于科学家宣称自己所发现和代表的是关于客观世界的普遍真理，人文学者如果依照实在论的、实验的方式，并不可能战胜久经训练的科学家在这方面的权威，于是他们会尽量将问题拉回哲学观念的领域，对现代科学的基本哲学方法在真理观上的自相矛盾进行推敲，这成为他们唯一的制胜之路。那么这自然引出一个问题，这种

---

① 见本编第一章第一节。

推敲是否合理？也就是说，首先，真理观上的矛盾是否真的存在？其次，真理观的矛盾是否真的会影响到科学本身？冯庆的敏锐之处在于，他不仅梳理出一条“语言转向”的历史脉络以支持对科学主义真理观的批判，还保留了对此批判进行反思的空间。他指出一个关键问题，即便当代人文主义者表面上反对科学主义，他们实际上的出发点都基于同样的现代性科技进步主义的逻辑，比方说批评中的“语言学方法”就常因其大量援引以实证科学方法为基础的语言学和心理学理论而被视为科学主义。他认为，正是由于人文批评与现代科学一样只承认有限的“确定性”而对形而上学保持警惕，人文批评往往只破不立，最终走向无穷无尽的对话和争执，在看似多元民主的氛围中安于现状，失去对终极价值提问的力量。所以，“索卡尔事件”或者说“科学大战”暴露出的恰恰是论战双方的同源性，即当代西方确实只存在着一种文化，那就是“启蒙的文化，也就是以安乐生活为目标、以个体理性能力为基础、以现代哲学认识论为尺度的世俗进步主义文化”[①]。冯庆认为，在科学理论和人文理论中，这一共识是根源性的，也是人文学者最终陷入自相矛盾和实践无能的困局的根本缘由。

在有关西方文论中的唯名论的研究中，冯庆深化了有关语言转向的讨论。他回顾了实在论与唯名论漫长的论争史，并经由对两位美国哲学家罗蒂与塞尔之分歧的剖析，对当代文论的唯名论逻辑进行了总体的揭示与批判。他借助于古典学家（如施密特）的视角，指出近代思想史中存在着一种将个体视为对称、和谐、合比例的完满样本的转向，这种个体的完满的概念是在直接的直观和感觉行为中向我们敞开的，这种只有直觉感知才能把握的个体是连续的、无限的，不能被理性沉思确定地把握。这就从根基上摧毁了古典实在论的符合论与合理性基础，迎来了“美学”，也就预示着一种“审美现代性”的来临。从唯名论中发展出来的近代文学理论不再像古典批评家那样重视文学文本中的思想本身，而是铸造新的合理性原则，试图给批评家自己从文本中新发现的种种个别特征赋予新的秩序。文学中的世界不再能够从整体上得到把握；相反，读者们纷纷尝试武断地展现自己的“权力”和“欲望”。这必然带来一种相对主义的危险，即世界在这个意义上是基于建构主义与相对

---

① 见本编第一章第一节。

主义逻辑的，其中根本无法找到稳定的真理与伦理信条——这是德里达、罗蒂的态度，也是在近代启蒙运动中的“认识论转向”中，尤其在康德哲学中早已浮现的一种危险。罗蒂所代表的美国本土的实用主义传统正是唯名论的现代典范,唯名论在罗蒂这里汇成了当代反古典实在论与真理符合论的大潮。无论是分析哲学家与文学理论家的冲突，还是“科学大战”，归根结底是唯名论式形而上学观试图对世界进行全然颠覆性的解释的具体呈现。

冯庆非常有意思的一个观察是，唯名论（或者至少是“反实在论”）或许正是历代理论家共同的立论根基。美学的唯名论其实是一种反古典形而上学的现代实证主义，在构建或诠释文本时，它可能会把一切哲学方法变成世俗化的唯名论神学，看似“科学理论”，却反而将文本与实在世界割裂，使之变成神秘的、孤立的“本体”。这种唯名论氛围是“唯一的、无名的、不可比的、不可重复的、不能与其他东西交换的综合”[①]，不但是反抗“普遍性”的方式，而且是一个现代性历史的困境。留给文学研究者的只剩下空泛的符号与符号关系，意义被抹平或“民主化”，以至于我们无法继续讨论更传统也更为贴近生活的公共话题。比方瑞恰慈用以支持其“实用批评”的语言哲学对“日常”的繁杂内容进行快刀斩乱麻的切割，进而建立某种超越过往庞杂多端的研究方向——包括社会、历史、宗教、政治等维度——的新科学，这既是一种试图清除一切意识形态内容乃至“一切语义负载”的神秘的唯名论，又是一种实证主义。唯名论与实证主义表面看来尖锐对立，在瑞恰慈这里却是珠联璧合。但是冯庆显然认为，这种表面上的合流并不能够为真正的认识奠基，要理解文艺现象的真实特质，唯名论的进路注定破产，因为这种进路缺少起码的实在感，只是为理论而理论。在文学理论研究中尤其如此：

> 我们需要看到科学与技术主义本质上的思维误区并非来自科学技术本身，而是其中强烈的实用主义与建构主义倾向。这在文学理论中也会造成小则自说自话、大则歪曲现实的潜在危机。明确区分以唯名论态度及实用主义为核心的科学主义和真正实事求是的科学，是文

① 见本编第一章第二节。

学理论研究走向真正科学并提供普遍价值判断的第一步。[①]

实用主义与唯名论一起被点名，作为必须与科学相区分的科学主义的思想核心，对此冯庆多次提到的罗蒂有何话说？我们把更多的辩护留到正文中去，此处只介绍一下罗蒂对“索卡尔事件”所发表的评论。[②] 首先，在他看来，这场论战不是科学家和哲学家的论争，而是哲学家和哲学家之间进行的论战。我们被告知，这场论战的双方，是相信实在的以及理性的一方，和不相信这些的另一方。其中的一方有时被称为后现代主义者，有时被称为社会建构主义者；另一方则相信科学能够告诉我们事情到底是什么样的，他们把理性作为科学探讨的范例，正如他们把真理的范式作为探讨的结果。但是罗蒂认为还存在第三个阵营，这个阵营的人认为，我们也许最好除掉“客观实在”这个词，但同时也要除掉“社会建构”这个词，也就是说，不要让争执在“世界本质上是什么”这一层面上发生。虽然自然科学家的团体是公正知识的模范，但是他们的品质——倾听对方的意见，对问题的深入思考，对证据的检验，如此等等——并不意味着自然科学研究中的研究对象是被“发现”而非被“制造”出来的。科学家并不享有对实在的特权，事实上在许多经典哲学家和法官那里，他们所探究的也是些“本身存在”而非制造出来的事物。

罗蒂将科学哲学家哈金视为第三个阵营的代表人物。他说哈金的明智之处在于建议争辩者从诸如真理的本性、科学的本性、理论的本性这样的抽象层面上退下来，转而问三个问题。其一，今天最好的科学理论究竟是讨论了一些绝对的真理，还是能够有实际的效用？其二，这些理论究竟是告诉我们某种实在的内部建构，还是作为预言和控制自然的工具有最好的表现？其三，那些被作为基础与前提的理论之所以地位稳固，是因为它们与实在紧密联系，还是因为科学家一起努力使它变得巩固，就像政治家一起努力使某种政治制

---

① 见本编第一章第二节。

②〔美〕罗蒂：《不可信的科学大战》，见〔美〕索卡尔、〔法〕德里达、〔美〕罗蒂等：《“索卡尔事件”与科学大战：后现代视野中的科学与人文的冲突》，蔡仲、邢冬梅译，南京大学出版社，2002，第288-293页。这是罗蒂对科学哲学家哈金的《什么的社会建构？》（Hacking I, *The Social Construction of What?* Harvard University Press, 2000）一书所作的书评。

度变得巩固一样？这些问题是挑战性的而不是结论性的，它们只是提醒人们，也许促成我们去争论的动力，并不是要一劳永逸地搞清楚究竟从实在出发还是从建构出发，那不是一个简单的二项选择，而是一个跷跷板，正是偏向实在抑或者偏向建构的往复变化，构成了科学与思想的历史。罗蒂建议说，我们不必急于让这种永恒的跷跷板很快停下来，重要的是，因为科学家未必会因为某种哲学立场的差异而做完全不同的工作，他们的分歧仅仅存在于下班后的闲聊中，而不是在痛苦的实验室工作中。这就好像那些相信“天赋人权”的政治家与相信人权是近代发明的政治家，提出的往往是相同的政策。我们甚至可以依循罗蒂的逻辑说，那些相信“作者已死”的批评家与那些相信“意图主义”的批评家，未必真的会对某一文本做出不同的解读，尤其当他们面对的并不是训练有素的同事，而是缺乏训练的学生甚至孩童时。所以我们不难理解为什么罗蒂并不看重“索卡尔事件”，他认为这种科学论战只是两种直觉（认为世界是实在的和认为世界是建构的）的深刻而长期的冲突的结果，如果要说有什么特别的，不过是经过了现代新闻炒作，对立阵营能够更好地相互妖魔化，从而赢得大众的注意，但其本质上并没有什么新东西。①

作为实用主义者的罗蒂究竟如何看待科学呢？有的时候，罗蒂确实愿意将科学视为另一种文学类型，但这只是一种“非过正不能矫枉”的修辞策略。他虽然否认科学的语言相比艺术的语言有任何本体论的优越性，却也并不打算让艺术抢占这种优越性。正如费尔斯通所言，对罗蒂式的实用主义者来说，科学不过是人类无数种可能的应对现实的方式之一，除非是为了支持某种科学的偏好，否则没有必要相信科学与世界有某种终极性的联系，或者相信科学能够描绘出现实的本真的、终极的结构。科学在把握现实的本质上并不优先于诗，事实上没有哪种人类实践或语汇天然地就更加优越。② 就文学理论来说，虽然它的确在某些时候表现出对科学的向往甚至嫉妒，但是理论的目的是推动不同的社会实践、不同的话语体系之间的有效交流，它不以“客观

---

① 拉图尔同样反对将建构论等同于相对主义，所以他也将“索卡尔事件”称为“茶壶里的风暴”，认为有些评论是无事生非，十分愚蠢。〔法〕布鲁诺·拉图尔:《自然的政治：如何把科学带入民主》，麦永雄译，河南大学出版社，2016，第 23 页。

② Pihlström S, *The Continuum Companion to Pragmatism,* Continuum, 2011, pp. 1-2.

真理”或者“启示真理”中止对话，它所关心的是如何以对话本身突破对话的界限。这并不是说文学理论不可以提出某种“关于文学的科学理论”，事实上正如前面所说，当某种“科学方法”的可能性足够清晰地呈现出来时，不管我们自称唯名论者还是实在论者，都会忍不住做一番探究，而且确实有可能得出有意思的结论。同时我们看到，当一种充满新意的有关文学艺术的形而上学方案被提出来时，我们同样趋之若鹜，且同样有望给出精彩的阐发。能够同时解释这种科学兴趣和形而上学兴趣的，或许是一种“对话的技艺”。正如罗蒂所言，“我们用来表达我们共有确信和希望的语词是注定要被废弃的，我们将始终需要新的隐喻，新的逻辑空间，新的行话，将永远不存在一个思想的最终休息点”[①]。一方面，实用主义者承认海德格尔的说法，即伟大的思想家总是最乖僻的，像黑格尔和维特根斯坦这样的人，其隐喻仿佛破空而来，照亮了新的道路；另一方面，实用主义并不认为普通人做的工作没有意义，因为我们需要将那些革命性的隐喻编织进信念的网络中，“新的、生动活泼的隐喻所能有的最确当的荣誉就是尽快使之成为死的隐喻，就是迅速地使它们成为社会进步的工具”[②]。这在某种意义上就是作为方法的科学的内涵。具有原创力的科学家和具有同样原创力的哲学家、诗人都能通过语汇的更新开创思考的可能性，而当文学研究者将某种科学方法引入其研究时，并非因为找到了唯一正确的方法，而是在实践又一种可能的方法。衡量这种方法价值的大小，是看它能够在何种程度上使共同体的信念网络得到重新编织，倘若这种编织能够富有成效地进行，我们便会觉得支持它的是科学。但实际上，科学只是对此过程的一种描述而已。罗蒂这句话说得朴实：“哲学家思想的光辉之处，并不在于它一开始使任何事情变得更困难（虽然这是毫无疑问的），而在于归根到底它使事情对人们来说变得更容易。”[③]当代文学理论中的实证主义与实用主义，作为“好的唯名论”，即不是执着于抽象的本体论思辨，而是注目于语言的更新所带来的实际效用的那类唯名论，或许能够与这句话产生共鸣。

①〔美〕理查德·罗蒂:《后哲学文化》，黄勇译，上海译文出版社，2009，第36页。
②〔美〕理查德·罗蒂:《后哲学文化》，黄勇译，上海译文出版社，2009，第34页。
③〔美〕理查德·罗蒂:《后哲学文化》，黄勇译，上海译文出版社，2009，第35页。

参考文献

〔法〕奥古斯特·孔德:《论实证精神》,黄建华译,商务印书馆,1996。

〔法〕布鲁诺·拉图尔:《自然的政治:如何把科学带入民主》,麦永雄译,河南大学出版社,2016。

〔美〕丹尼尔·丹尼特:《直觉泵》,冯文婧、傅金岳、徐韬译,浙江教育出版社,2018。

〔美〕侯世达、〔美〕丹尼尔·丹尼特编:《我是谁,或什么:一部心与自我的辩证奇想集》,舒文、马健译,上海三联书店,2020。

〔美〕理查德·罗蒂:《后哲学文化》,黄勇译,上海译文出版社,2009。

〔奥〕鲁道夫·哈勒:《新实证主义》,韩林合译,商务印书馆,1998。

〔美〕罗伯特·索尔索:《认知与视觉艺术》,周丰译,河南大学出版社,2019。

〔美〕索卡尔、〔法〕德里达、〔美〕罗蒂等:《"索卡尔事件"与科学大战:后现代视野中的科学与人文的冲突》,蔡仲、邢冬梅译,南京大学出版社,2002。

〔美〕希拉里·普特南:《重建哲学》,杨玉成译,上海译文出版社,2008。

〔英〕约翰·奥尼恩斯:《神经元艺术史:从亚里士多德和普林尼到巴克森德尔和萨基》,梅娜芳译,江苏凤凰美术出版社,2015。

Cartwright J H, Baker B, *Literature and Science: Social Impact and Interaction*, ABC-CLIO, 2005.

Engel A K, Friston K J, Kragic D, *The Pragmatic Turn: Toward Action-Oriented Views in Cognitive Science*, The MIT Press, 2016.

Feichtinger J, Fillafer F L, Surman J, *The Worlds of Positivism: A Global Intellectual History, 1770–1930*, Palgrave Macmillan, 2018.

Gavins J, Steen G , *Cognitive Poetics in Practice*, Routledge, 2003.

Hogan P C, *Beauty and Sublimity: A Cognitive Aesthetics of Literature and the Arts*, Cambridge University Press. 2016.

Nekrašas E, *The Positive Mind: Its Development and Impact on Modernity and Postmodernity*, Central European University Press, 2016.

Pihlström Sami , *The Continuum Companion to Pragmatism*, Continuum, 2011.

Rogers H S, *Art, Science, and the Politics of Knowledge*, The MIT Press, 2022.

Stockwell P, *Cognitive Poetics: An Introduction*, Routledge, 2002.

第一章
当代文论中的科学主义与人文主义

第一节 “科学大战”及其思想起源[①]

> 我不能不认为，通过一场一蹴而就的革命成为今天这个样子的数学和自然科学，作为范例，也许应予以充分注意，以便对这两门科学赖以获得那么多好处的思维方式变革的最基本要点加以深思，并在这里至少尝试着就这两门科学作为理性知识可与形而上学相类比而言对它们加以模仿。……哥白尼在假定全部星体围绕观测者旋转时，对天体运动的解释已无法顺利进行下去了，于是他试着让观测者自己旋转，反倒让星体停留在静止之中，看看这样是否有可能取得更好的成绩。现在，在形而上学中，当涉及到对象的直观时，我们也能够以类似的方式来试验一下。……我们关于物先天地所认识到的只是我们自己放进它里面去的东西。
>
> ——康德[②]

真理是与客观世界相符合的知识，还是认识主体基于自身认识能力的建构？这是一个当代科学哲学与文化批评热衷于讨论的关键问题。我们时代大多数的科学工作者在哲学上依然坚持朴素的实在论立场，以符合外间世界的“真”为其探索对象。[③]但在人文学界，“后现代”理论家及受其启发的文化

① 本章部分内容曾发表于《文艺理论研究》2016 年第 5 期。

②〔德〕康德：《纯粹理性批判》，邓晓芒译，人民出版社，2004，第 19-20 页。

③〔美〕保罗·博格西昂：《对知识的恐惧——反相对主义和建构主义》，刘鹏博译，译林出版社，2015，第 7 页。

批判者们往往会特别钟爱真理建构论，试图借用这一逻辑对统治西方数百年的科学主义进行彻底清算，解放被其精密的治理框架所“异化”的现代人[①]；文学理论与批评的领域则往往构成主要战场。

熟悉科学史的人会发现，对自然科学进行检讨的传统在西方历史悠久。文艺复兴时期，西方科学家开始通过实验获得确定性知识，并相信这类知识的地位高于经院哲学通过逻辑思辨所获得的神学知识。就在这个时候，现代科学的实用、实证的向度开始凸显出来，并为专制政治、工商经营、殖民战争和世俗享乐提供着巨大便利，推动了西方“世俗化”的发生。[②]换句话说，现代科学的发生并非一种孤立的历史事件，而与现代社会在伦理和政治方面的进程脱离不了关系。由于意识到这一点，西方数百年来总是会涌现出一些人文知识人，其对现代科学活动背后享乐、专制和殖民等不义的政治伦理意图进行怀疑与批判。近代早期，斯威夫特就曾对培根的科学政制及其现实承担者英国皇家学会进行反讽[③]；启蒙时期，卢梭则断定科学艺术的风行会造成奢侈风气与随之而来的道德败坏。现代科学及其导致的启蒙进程中过于强烈的世俗化冲动，使得少数崇尚精神纯净的人文知识人对其不满。但从某个角度来说，对于人文研究，尤其是我们关心的文学理论学科本身来说，科学与启蒙的帮助又是巨大的。无论如何，我们应当采取一种历史的态度，对西方科学与人文主义双方的思维特征进行考察。这将有助于我们更好地理解西方文明的基本脉络，更为清晰确切地理解“建构论”及其目标，为文学理论研究提供更多的材料与思想辅助。

一、作为思想史问题的“科学大战”

我们不妨从当代的重大事件“科学大战”谈起。这一事件充分反映出科学界对人文学界的建构论论调的普遍不满。1996 年，纽约大学理论物理学教授索卡尔向著名的文化研究杂志《社会文本》提交了一篇穿凿附会的“论文”，

---

①〔英〕史蒂文·康纳:《后现代主义文化——当代理论导引》，严忠志译，商务印书馆，2002，第 344-389 页。

②〔美〕约翰·亨利:《科学革命与现代科学的起源》，3 版，杨俊杰译，北京大学出版社，2013，第 59-69 页。

③ 冯庆:《培根与斯威夫特笔下的科学政制》，《古典研究》2015 年第 3 期，第 70-87 页。

获得该刊评委的好评，文章最终也得以发表。这篇题为“超越界限：走向量子引力的超形式的解释学”的文章通过援引一些人文学界的权威理论（包括拉康、德里达）来论证量子物理学问题：

> 德里达敏锐的回答涉及到经典广义相对论的核心：“爱因斯坦常量不是一个常量，不是一个中心，它只是一个变量的概念——最终，它是游戏的概念。换言之，它不代表对某一事物——一个观察者能够把握这一研究领域的中心——的认识，它只是一个游戏的概念。”①

尽管德里达关于书写与语言的理论一直以来受到人文学界的广泛征引，但是用其来解释广义相对论，索卡尔可谓“头一位”。除此之外，他这篇文章还有许多类似于把集合论中的等价公理和女性主义的平等观念关联起来的“诉求”，还假造了一大堆纯属虚构的引文和定理，使得文章里充满了牵强附会的论述。由于索卡尔的文章不但旁征博引了德里达、拉康、利奥塔和阿尔多塞的观点，还煞有介事地批评了“右翼批评家”，并最终结合后现代主义和女权主义的“伟大见解”，得出“超越界限，发展一种具有解放意义的科学（Liberatory Science）”的“革命性结论”，该杂志的五位主编——包括著名文论家詹姆逊——一致同意发表这篇“十分有趣的文章”。没多久，索卡尔就在《共同语言》上发表了《曝光：一个物理学家的文化研究实验》，表明：“我有意识地写这篇文章，目的是让任何有能力的物理学家和数学家（大学物理学或数学专业的学生）能够识别出这是一个恶作剧。”②

索卡尔的恶作剧引起强烈反响，全球范围内的“科学大战”由此开始，科学家和后现代批评家、理论家分成两大阵营互相攻击。后者的代表德里达的反应尤其激烈，他以古怪的方式追问：“谁在这件事上获得了利益？”③但

①〔美〕索卡尔、〔法〕德里达、〔美〕罗蒂等:《“索卡尔事件”与科学大战：后现代视野中的科学与人文的冲突》，蔡仲、邢冬梅译，南京大学出版社，2002，第 8 页。

②〔美〕索卡尔、〔法〕德里达、〔美〕罗蒂等:《“索卡尔事件”与科学大战：后现代视野中的科学与人文的冲突》，蔡仲、邢冬梅译，南京大学出版社，2002，第 58-59 页。

③〔美〕索卡尔、〔法〕德里达、〔美〕罗蒂等:《“索卡尔事件”与科学大战：后现代视野中的科学与人文的冲突》，蔡仲、邢冬梅译，南京大学出版社，2002，第 257 页。

是，无论索卡尔的真实利益诉求是什么，问题的关键在于，如果人文知识人尚承认学术研究旨在追求真理，他们就不该在未经任何专业科学家的审核之下刊发该文。显然，《社会文本》刊发该文的原因并不在于其揭示的道理切近科学意义上的真理，而在于其中体现着人文理论家乐意看到的关于民主自由、阶级解放、男女平等、生态保护的坚定信念。但在科学家们看来，这些信念在通过“政治正确”的逻辑强加给科学研究的时候，往往会变成一种非理性的、专制的暴力。譬如，尽管神经生物学和认知生物学曾经瓦解了许多关于男女社会差异之天然正当性的成见，但由于其对另外一些男女自然差异的证实，某些女权主义者依然会对其表示愤怒。正如《高级迷信：学术左派及其关于科学的争论》一书所抱怨的：“科学规范的权威之所以遭到质疑，仅仅是因为它们能带来在意识形态层面上不受欢迎的新信息！”[①]

在《高级迷信：学术左派及其关于科学的争论》的科学家作者们看来，后现代理论家之所以会被索卡尔带入圈套，是因为他们“感情用事”，过度强调“文学性”并将其运用到对一切现实问题的探讨当中，却往往“在一些浅显的科学和文化问题上提出了一些貌似高深的思想，而在真正深刻的科学和文化问题上得出的却是一些浅薄的看法”[②]。可以发现，后现代理论家经常试图将一切关于现实世界之基本事实的研究都处理成“文学理论”问题。德里达等人经常站在语言哲学的立场上，把现实世界解释为依照语言发生和施行的逻辑在运作，“反讽”、“延异”和“解构”无处不在。正因为如此，索卡尔意识到，如果不采取“戏仿”和“反讽”的方式来对待这种搬弄“文学理论”的作风，人文学者不会意识到自己逻辑上的荒谬。

无论如何，根据西方学术界围绕此次事件的论争，我们都可以首先明确一件事：双方都在指责对方干涉了自己本来研究领域以外的事情——双方都在争夺在超出自身学术专业的公共领域发出声音、为人民的生活方式提供方向的资格。在人文主义者看来，文学艺术与人民的公共意见更加接近，所以更具有代表性；而科学家则相信自己凭借实证研究和演算所确定下来的真理

①〔美〕保罗·R. 格罗斯、〔美〕诺曼·莱维特:《高级迷信：学术左派及其关于科学的争论》, 2版，孙雍君、张锦志译，北京大学出版社, 2008，第266-268页。

②〔美〕保罗·R. 格罗斯、〔美〕诺曼·莱维特:《高级迷信：学术左派及其关于科学的争论》, 2版，孙雍君、张锦志译，北京大学出版社, 2008，第97、105页。

更具备引导人民走向文明的力量。

科学试图在公共意见领域占据话语主导权，这是西方启蒙运动以来的常态。自从文艺复兴以来，科学精神的拥护者往往同时也扮演着现实批判者的角色。不过，他们所批判的是“前现代”的那些思想和生活方式，如封建等级制、启示宗教、迷信和陈规陋俗。相应地，科学技术精神能够通过对某种自然规律的发现和利用，确保“现代”基本的安乐生活；进而，正如前面所说，普及科学技术，也就等同于拥护世俗化生活的基本伦理。就算到了 20 世纪 30 年代，也有一批科学的拥护者试图借助大众文化普及科学精神与知识，让整个西方社会建立在科学技术的根基之上。著名的“两种文化”的提出者斯诺就一贯强调科学不同于“文化”的一面，认为其中包含着进步乐观的精神，能够最终解决世界上的一切问题；相比之下，以宗教、文艺和礼俗为代表的“文化”则总是止于保守。英国人文主义的代表人物列维斯则对此表示不满，他坚持其精神导师阿诺德重视文化的立场，强调人文教育不可替代的塑造人类共同体的意义。这样的争执甚至可以追溯到 1880 年赫胥黎与阿诺德的论争。值得注意的是，在当时，阿诺德和列维斯都旨在通过文学文化的运作，制造少数人的优越性（superiority）；相比之下，科学普及者们则旨在追求平等（equality）。[①]这与我们在“索卡尔事件”当中看到的情况截然相反：当代“后现代”人文理论家比起一百多年前的阿诺德主义者，反而更追求对平等、多元等激进价值的探寻；而今天的科学家共同体则被人文学者们攻击为以真理之名维护部分人优越政治地位的既得利益者。

这种差异当然和时代的变迁有关。在西方近现代以工业革命为主导的历史叙事里，商业资产阶级凭借技术与科学向传统的贵族与教会争夺物质资料与精神话语权，民主与平等往往伴随这种努力而逐步实现。科学教育的日益普及，意味着更多地位不高的民众有机会通过实用性的技术与思维训练逐渐获得劳动能力，意识到自己的“自然权利”，并试图由此通向资本主义所期许的美好生活。在这个意义上“科学”的确提供了通向“民主”的桥梁。

但是，在“后现代”的历史谱系学梳理当中，科技与商业共同为当代资本主义全球治理提供根基的这段历史，则被解读为经济理性主义的专制逐渐

---

① Gossin P, *Encyclopedia of Literature and Science*, Greenwood Press, 2000, pp. 428-433.

实现的历史，这与“民主”恰恰构成本质性的冲突。这在福柯对始于马基雅维利、终于新自由主义的现代民族国家“治理术”的分析中体现得最为明显：国家治理被现代自由主义的批判主义者转化为了以“节俭”为目标的家政经济管理，其依据就是基于数理科学逻辑的实证法学、政治经济学、统计学、人口学等“新知识”；当市场和商业社会及其相关的法律与哲学被论证为真理和正义的承载物时，一种以实用性、世俗享乐为最终旨归的“治理理性”构成了其核心，反过来强化了国家维度的理性活动，使其发展为一种全球范围内关于个体与群体关系的普遍策略。①受到福柯这一观点的影响，许多理论家认为，在国家理性经济与科层制设计的总体性的“真理”结构当中，个人凭借自由意志选择多元幸福生活的可能性将被有计划地编辑。在他们看来，科学技术的启蒙工作和某种“新自由主义”意识形态或多或少达成了一致。

福柯关于“治理术”的探究关注的是“真理是如何形成的”，言下之意，当下宣称自身能够揭示宇宙和人类存在本质真理的科学理论也有可能是在一定历史语境当中人为建构的产物，其目的则是实现某一类人对其他人的合法治理。比福柯更加激进却思想单纯的人文理论家则会将这种针对历史话语的“建构论”绝对化，从而走向一种彻底的“反实在论”，即对一切科学行动都加以质疑——因为一切科学行动的主体都不外乎是某种具有社会身份的人类。

明确了这一点之后，我们才能洞悉“索卡尔事件”中当代西方“科学大战”可能具备的意识形态思想斗争性质。如果科学由于某种原因必须与以父权制、资本主义和地域与人种歧视为表征的意识形态相绑定，那么作为反面的“后现代”文学理论事实上也就与一些激进文化政治理念相绑定，在后者看来，科学家或许会偏向保守一端而不自觉②。

二、西方“反科学”思潮的基本理路

即便科学家群体会有上述的保守化可能，西方的人文主义者们又为何非得通过文学理论和“建构论”的逻辑来对其加以批判呢？问题在于，科学研究者们宣称自己所发现和代表的是关于客观世界的普遍真理；人文学者如果

---

①〔法〕米歇尔·福柯:《什么是批判：福柯文选Ⅱ》，汪民安译，北京大学出版社，2016，第237-279页。

②〔美〕林奇:《科学维和，有必要吗？》，见〔美〕杰伊·A. 拉宾格尔、〔英〕哈里·柯林斯编《一种文化——关于科学的对话》，张增一、王国强、孙小淳等译，上海科技教育出版社，2006，第56-58页。

依照实在论的、实验的方式，并不可能战胜久经训练的科学家在这方面的权威。于是，把问题拉回哲学观念的领域，对现代科学的基本哲学方法在真理观上的自相矛盾进行推敲，也就成了唯一的致胜之路。

这样的策略早已有之。在 20 世纪上半叶，社会理论家霍克海默提出了关于“传统理论”和“批判理论”的著名区分：被视为“传统理论”的自然科学和社会科学“只是劳动或人的历史活动过程中的一个非独立的环节”，但人类的自我认识并不基于“自称为永恒的逻各斯的、关于自然的数学知识，而是本来意义上的社会批判理论，是时时由对合理生活条件的关心支配着的理论”[①]。当代人文学者所秉持的批判精神，大多类似于霍克海默式的理解，将发挥“构造性思维”视为比“经验实证”更为重要。人文学科更为坦诚地承认自身的“构造性”特征，相比之下，过去科学研究提倡的客观与中立，则是依赖于其特定的旨趣和视角而建立起来的，因此体现着某种形而上学倾向，进而往往在探索“客观真理”的挡箭牌下为意识形态添砖加瓦：“宣称事件是绝对必然的，同要求马上实现真正的自由一样，归根到底都意味着同一个东西：实际上的顺从。”[②]

当今对“科学”的首要要求，就是以经验实证为获取知识、预测未来的根本尺度。观念先行的哲学形而上学被排除在科学之外。但即便宣称摒除一切先入为主意见的干预，人类的科学实践当中也必然会携带或多或少的主观性，进而，形而上学的幽灵总会时刻徘徊于科学理论中。另一位批判理论的奠基人福柯在《词与物——人文科学考古学》当中特别指出了启蒙时期科学研究中常见的“限定性分析”的困境：虽然强调对人类具体经验的重视，现代的科学理论家却在认识经验的方式上施加了由抽象的理论所规定的运思界限。“对认识的一种性质或一种历史进行探求，就假定了对某种批判的利用。这个批判不是一种纯粹反思的运作，而是一系列或多或少模糊的分割的结果。”在知识论或者说知识史（比如《百科全书》的编撰）的形成过程中，理论的运作导致各式各样的“批判”，这些“批判”是对知识内容出于某种原则的限定。这种限定是先验的，而非对经验的直接表征，即便宣称为“纯

①〔德〕麦克斯·霍克海默:《批判理论》，李小兵等译，重庆出版社，1989，第 190-220 页。
②〔德〕麦克斯·霍克海默:《批判理论》，李小兵等译，重庆出版社，1989，第 190-220 页。

粹反思”，但其中很容易包含非反思性的主观规定，其知识结论也就会再度返回某种形而上学。作为理论上的代表，笛卡儿（又称笛卡尔）式的“我思”在这一过程中进而具备了还原并整饬事物秩序的超凡能力。[①]

笛卡儿式的“限定性分析”的步骤，首先是清除一切源于感官肉体的经验判断：

> 我要认为天、空气、地、颜色、形状、声音以及我们所看到的一切外界事物都不过是他用来骗取我轻信的一些假象和骗局。我要把我自己看成是本来就没有手，没有眼睛，没有肉，没有血，什么感官都没有，而却错误地相信我有这些东西。……严格来说我只是一个在思维的东西，也就是说，一个精神，一个理智，或者一个理性……现在我要闭上眼睛，堵上耳朵，脱离开我的一切感官，我甚至要把一切物体性的东西的影像都从我的思维里排除出去，或者至少（因为那是不大可能的）我要把它们看做是假的……[②]

在笛卡儿的怀疑主义预设中，一切由感官经验所总结出的关于世界的认知从一开始都是无效的。限定性分析最初唯一可以依靠的只有摒除肉体的个体沉思精神。肉体经验与现实生活被贬低为具有欺骗性的。我们所认识的确切存在对象是在我们自身思维当中产生的，进而能对其进行绝对把握。这就如卢卡奇所言：

> 因为认识的对象是由我们自己创造出来的，因此，它是能够被我们认识的；以及只要认识的对象是由我们自己创造出来的，那末（么）它就是能够被我们认识的。数学和几何学的方法，即从一般对象性（Gegenständlichkeit）前提中设计、构造出对象的方法，及以后的数理方法，就这样成了哲学、把世界作为总体的认识的指导方针和标准。[③]

---

①〔法〕米歇尔·福柯:《词与物——人文科学考古学》，莫伟民译，上海三联书店，2001，第407-417页。

②〔法〕笛卡尔:《第一哲学沉思集》，庞景仁译，商务印书馆，1986，第21-37页。

③〔匈〕卢卡奇:《历史与阶级意识》，杜章智、任立、燕宏远译，商务印书馆，1999，第182页。

如果承认这种“先验的主体主义”是近代数理科学逻辑的主要特征之一，那么其所推导出来的研究也就必然是纯粹抽象的，是对人的日常社会文化经验的悬置。用胡塞尔后来的话总结就是：

> 世界对于我们来说只不过是我们所要求的存在（Seinsglauben），它全然不是实存着的……其他人和动物只是由我对他（它）们身躯的感觉经验而得到的经验给予。……我失去了属于社会性和文化的所有东西。①

将日常经验隔离化处理的笛卡儿式思维方法本意在于通过“我思”提供无所不包的反思性理性，但却被后人演绎为“对象化”（objectification）的逻辑：在“我思”关照下的一切外在事物都被“我思”提供的限定性框架无限细分，唯有先验的思维主体能够从中“明见”到其所规定范围内的最为精确无误的真实状态。这也就是法兰克福学派与福柯共同批判的理性技术主义的思维基础：出于独断主体的无限分析、演绎与限定，意味着对经验的无限对象化与还原，意味着将一切把握为原子事实，使之不再具备其在日常生活中具有的绵延性和含混性，同时也失去了属肉身的亲和力，变成个别思想目标所需的干瘪佐证。“限定性分析”并非如其宣称的那样反对形而上学，而毋宁说又成了一种更为粗暴的形而上学。其中的独断论意味使得其不再承认一切通过其他途径探索本源规律的做法，唯有眼前有限条件之下的有限结论方能构成唯一的真实，进而具备唯一的指导意义。关于世界的所有知识开始日益分割为各门学科，虽然由此知识门类的“精确性”得以实现，但其与不可分割的、处于时空绵延状态中的物质世界的关系日益削弱，只能在封闭的形式世界当中实现对其既定前提的证明。卢卡奇认为这就是资产阶级社会存在客观引发的精神状态。②

诸如艺术、文学、宗教乃至伦理价值等话题，一旦通过科学的还原策略，被降低在原子事实维度来解释，就无法对人的生活处境给予反思。人的生命存在的整体性和可能性在技术化的研究中无法再度以“应当”的姿态出

---

①〔德〕埃德蒙德·胡塞尔：《笛卡尔沉思与巴黎讲演》，张宪译，人民出版社，2008，第40-42、55-61页。

②〔匈〕卢卡奇：《历史与阶级意识》，杜章智、任立、燕宏远译，商务印书馆，1999，第196-197页。

现。认识到这一可能的危险，以人类之“内在可能”去探索“应当”的浪漫主义思潮随之发生，这也是“后现代”诸家理论的思想来源。体现在哲学思想史上，我们可以称其为“语言转向”，这一转向也正是如今以文化研究为主要战场的“后现代”理论的根本立足点：如果不是相信必须走出“我思”的困境，发现应当通过对人类意识及其语言表征的考察来发现人的存在性真理，对理性-实证主义科学范式进行反思批判的学术传统也就不会诞生。

以著名的文化史和语言哲学之父赫尔德为例。在讨论语言起源时，赫尔德对单一的“视觉”及其背后暗藏的理性主义意蕴进行了怀疑：“视觉把整个世界同时展示在人的面前，数不胜数的物象和关系会吓跑初涉世界、欲创语言的人。”[①]在赫尔德看来，视觉性对应冰冷的无情性，是缺少生命质感的生命状态。赫尔德笔下这种仅有视觉的生物，一旦被放置在西方传统中理解，就不难发现其真实所指：在无限精微的现象中进行纯粹静观的自然哲人。亚里士多德笔下纯粹静观的哲人模仿众神或天体，将肉身性减小到极致，沉浸在观察和沉思万事万物的超然生活中，并在其中享受到至乐。[②]对于这种人来说，语言的交流乃至社会活动都是不重要的，因为他们的经验全然呈现在彼此眼前，又将身体的欲求减少到最小，不需要再次进行编码和解码的传递活动。赫尔德反对纯粹的视觉性及其所譬喻的哲学生活方式，认为听觉和语言才是普遍人性的根本。听觉成了人类获得关于自身本性最为恰切的经验来源，语言，尤其是诗的语言，则将构成人的社会性得以表现的本真性媒介。我们在“后现代”之父海德格尔对赫尔德的解读当中也能看到这一点。[③]

如卡西尔所言，在赫尔德那里，最为重要的思想进步就是承认唯有历史性的思维才能对物质世界的“客观性”有全面深刻的把握，并且应当取代笛卡儿以降的形而上学思维。历史性思维的枢纽在于语言本身的表现力——通过语言的历时性特征，片段孤立的个体精神状态对世界的判断得到了整合和

① 〔德〕J. D. 赫尔德：《论语言的起源》，姚小平译，商务印书馆，2014，第 58-61 页。

② 〔古希腊〕亚里士多德：《尼各马可伦理学》，邓安庆译，人民出版社，2010，第 347-348 页。

③ Heidegger M, *On the Essence of Language: The Metaphysics of Language and the Essencing of the Word: Concerning Herder's Treatise on the Origin of Language*, trans. Gregory W T & Unna Y, State University of New York Press, 2004, pp. 35-39, 97-101.

系统表达。进而，语言的理解乃成为对世界的理解之最真确的和最典型的表述方式[①]，所以，语言不仅是符号，还是人类精神活动表征“事物”的根本能力。在这个意义上，赫尔德似乎提出了一种崭新的认知形式（Erkenntnisform），即利用内在的主观理解力或省思能力对客观质料进行精神性的驾驭和表现。[②]

以语言为质料的诗或文学艺术进而被赋予了创建社会实在的能力。所谓“建构论”，其实正是赫尔德式语言观的一种哲学衍生物。如果说启蒙时代早期的科学实证论体现着数学与物理学的理性范式，那么在以赫尔德和康德为代表的一代人那里，对哲学的、理论化的科学主义进行批判与重构，也就成了主要的任务。一旦将“语言”提升为人类本质的唯一表征，那么人与人之间最大限度的“交流”就成了人类本质的根本性规定，也就成了科学探索应当关注的对象。和笛卡儿联系起来看，不难发现，康德一直在尝试消解那个摒除一切社会性的“我思”主体，使之泛化为一种普遍的人类思维系统的先天知识原理。[③]赫尔德等人所强调的语言的普遍性，正是这一普遍的思维系统原理的凸显；随之而来的，则是语言之交流性、社会性所能延伸出的人类共同体的建构方案。我们可以看到，在之后的“语言转向”当中，这种逻辑得到了哲学与人文理论界的普遍贯彻，进而演化为当代反科学主义的真理建构论的基础。

三、“语言转向”与真理建构论的兴起

一旦进入对“语言”的讨论，就得处理语言与世界、语言与真理之间的关系。“语言转向”的核心问题就由此而来。在分析哲学语境中，“语言转向”这个由逻辑经验主义者伯格曼发明、实用主义者罗蒂发扬光大的概念一度被译为“语言学转向”，根据陈嘉映的说法，许多学者——尤其是文学理论家——没有意识到它作为一个哲学思想史事件的真实含义。[④]其实，“语言

① ［德］恩斯特·卡西尔:《人文科学的逻辑》，关子尹译，上海译文出版社，2004，第 22 页。

② ［德］恩斯特·卡西尔:《人文科学的逻辑》，关子尹译，上海译文出版社，2004，第 17-24 页。

③ 关于康德和笛卡儿理论中思维主体的差异的比较，见韩水法:《批判的形而上学：康德研究文集》，北京大学出版社，2009，第 38-45 页。

④ “语言转向”和“语言学转向”的差异，见陈嘉映:《说理》，华夏出版社，2011，第 46-69 页。

转向”最大的历史影响在于改变了人类关于“真实”与“虚假”的本体论认识，使得关于世界的讨论转向了关于我们关于世界的语词表征方式的讨论。譬如，早在霍布斯那里，这样的转向就开始了：“真实和虚假只是语言属性，而不是事物的属性。没有语言的地方，便不可能有真实或虚假存在……”[①]这其实是在暗示语言不再是人类用以准确表述实在世界状态的工具，而仅仅是用来表述某些可能源自内心的概念和定义的符号——“真理”其实等同于“真的陈述”——这与后来许多语言学家和哲学家的看法非常“家族相似”[②]，以至于伯格曼把霍布斯视为当代“语言转向”的先驱。[③]

根据学者佩迪特的考证，作为现代性逻辑的一大开端，霍布斯推动了“现代语言学”的出现。[④]这种“现代语言学”的代表就是洪堡特与索绪尔。洪堡特认为“语言的作用是内在的（immanent）和构建性的（constitutiv）……是构成思想的器官”，认为“词不是事物本身的模印，而是事物在心灵中造成的图像的反映”。[⑤]语词是心灵对事物的重新理解和概念重构——这正是近代语言学的基本原理。这种观点无疑受到了康德、赫尔德的影响。[⑥]此外，洪堡特还看到了个人的差异性在语言活动中的重要影响：“运用词语时，每个人都跟别人想得不一样，一个极其微小的个人差异会像一圈波纹那样在整个语言中散播开来。所以，任何理解同时始终又是不理解，思想和情感上的所有一致同时也是一种离异。”[⑦]毫无疑问，这与索绪尔的差异性原则，乃

---

①〔英〕霍布斯:《利维坦》，黎思复、黎廷弼译，商务印书馆，1985，第 22 页。

② Sacksteder W, “Some ways of doing language philosophy: Nominalism, Hobbes, and the linguistic turn”, *The Review of Metaphysics*, No. 3, 1981, pp. 466-468.

③ Bergmann G, “Two types of linguistic philosophy”, *The Review of Metaphysics* , No. 3, 1952, p. 417.

④〔爱尔兰〕菲利普·佩迪特:《语词的创造：霍布斯论语言、心智与政治》，于明译，北京大学出版社，2010，第 39-40 页。

⑤〔德〕威廉·冯·洪堡特:《论人类语言结构的差异及其对人类精神发展的影响》，姚小平译，商务印书馆，1999，第 35、65、72 页。

⑥ 洪堡特的思想渊源，见江怡:《评洪堡语言哲学的美学取向及其限度》，《哲学研究》1993 年第 11 期，第 34-39 页。此外，也有文学研究者认为，受到康德、赫尔德、席勒的影响，洪堡特推动了“语言转向”，他的问题意识也是本维尼斯特、哈贝马斯、奥斯汀和塞尔的问题意识。参见 Esterhammer A, *The Romantic Performative: Language and Action in British and German Romanticism*, Stanford University Press, 2002, pp. 106-131.

⑦〔德〕威廉·冯·洪堡特:《论人类语言结构的差异及其对人类精神发展的影响》，姚小平译，商务印书馆，1999，第 77 页。

至后来的解构主义，都有相似之处："语言"并不具备稳固的形而上学系统，而是一个不断生成的社会结构，在不同的个体和文化群体间必然会构成理解上的冲突。

相比霍布斯，"现代语言学之父"索绪尔走得更远，他认为语言符号可以决定思想的形式，"不是思想创造符号，而是符号首先引导思想"[①]。在索绪尔那里，这种引导思想的符号的存在需要借助于其他符号的存在，进而可以推论说，一个人能够思想的前提是置身于诸多符号构成的意义网络中。为了能够进行思维，我们必须把自己交付给先天的符号结构；我们对自我心灵的认识、对实在世界的感知，都是通过与他者之间的符号-意义交换而获得的——我们被他者乃至整个社会决定着。这种符号的差异性原则后来被人们视为现代语言学和风靡一时的"结构主义""解构主义"的基本理念。

继承了索绪尔语言学基本观念的结构主义哲学家、文学理论家则更加激进地相信"除了自身，语言什么都不指涉"[②]。在这个意义上，"语言转向"将对世界本体的发问扭转为对语词形式的发问。无论是俄国形式主义，还是"布拉格学派"，抑或后来的结构主义，都始终坚持符号的任意性和语言结构的功能性。他们理解的"结构研究"本质上指的是对语词和语词之间关系的研究，而非对语词与世界之间关系的研究。这些具体的"经历"却难以具备上升为普遍真理的潜能。我们可以用巴特（又译巴尔特）的一段话来描述以这些观念为代表的当代"语言转向"中蕴含的建构论追求。

> 于是，假象得到了确立，它并没有按照它所接受的世界来表现世界……它反映了对象的一种新的范畴，这种范畴既不是真实性，也不是理性，而是功能性……它尤其充分地揭示了人类借以赋予事物以意义的人类自身的过程。……新的东西，便是一种思维（或者一种"诗学"），这种思维更多地探讨意义以何种代价和依据哪些途径才是可能的，而不是尽力赋予它所发现的对象以充实的意义。[③]

①〔瑞士〕费尔迪南·德·索绪尔:《普通语言学手稿》，于秀英译，南京大学出版社，2011，第 30-36、58-74 页。

②〔法〕弗朗索瓦·多斯:《解构主义史》，季广茂译，金城出版社，2012，第 49 页。

③〔法〕罗兰·巴尔特:《文艺批评文集》，怀宇译，中国人民大学出版社，2010，第 260 页。

“制作意义”，进而制作新的“人”和“世界”——这是19世纪以来受到康德认识论影响的洪堡特等人的目标，也是结构主义、解构主义者们的意图（尽管他们内部存在着一些争论）。这一在现代思想星云中普遍存在着的“语言转向”，及其蕴含着的建构论基础，为现代对文艺创作的规律探索提供了极大的支持，并最终通过当代的意识形态话语批判，使得与之相应的种种观念借助文学艺术批评扩大到对一切关于实在世界和生活的讨论。当代“文学理论”进而得以介入现实议题，挑战以真理符合论为基础的科学传统。

然而，“语言转向”及其孕育而出的当代“文学理论”能否作为锐利的思想武器，击败现代科学主义？如果认识到当代批判理论以现代启蒙哲学为根基，认识到这种哲学具有一种先天的律令，要求科学探索与人事分析都首先检讨探究者的自身意识，并对这种意识进行主体化的奠基，就会发现问题的严肃性。

主体理性奠基的策略之一是笛卡儿式“我思”的明见性。当然，对此不满的探索者往往要援引康德关于先天理性原则的立法来拓展对“理性”的理解。“语言转向”正是基于康德的立法，将语言规定为人类获得世界的认识结构，通过对逻辑和语言使用方式的考察，对自身的认识能力和结构进行批判，开辟关于人类认识能力的心理学、人类学、历史学乃至文学的探究范式，试图借此实现维柯意义上的“新科学”，表现人类心灵的丰富可能性。但正如卢卡奇所深刻揭示的，康德主义内在的理性形式主义即便能够对笛卡儿主义带来的疑难给予一定的解决，但其本身又会陷入另一种与之类似的独断论。启蒙运动以来，在哲学与社会科学理论当中作为最终目标而存在的，并不是传统真理观意义上的“真实性”，而是康德意义上的“确定性”，即一种基于个体有限视界所能总结出的当下意义。这与现代科学实证主义所能给出的答案并无二致。

稍加考察便会发现，即便当代人文主义者表面上反对科学主义，但他们实际上的出发点都基于同样的现代性科技进步主义的逻辑。譬如，当代文学理论流派无时无刻不诉诸科学。当瑞恰慈通过统计实证的方法调查学生的文学能力时，他深信科学手段进入人文研究的可行性。文学理论常识也告诉我们，批评中的“语言学方法”尤其因其大量援引以实证科学方法为基础的语言学和心理学理论而时常被视为“科学主义”。如果我们回过头去看当初针对笛卡儿理性主义进行批判和改造的思想家如康德和赫尔德，也会发现他们往往将自己视为与“形而上学”的迷误作斗争的“科学家”，并且认为科学的普及能够帮助民众认识到真理。[①]甚至在“索卡尔事件”当中也不难看到，人文理论家依然通过自称“科学”来获得权威。对现代科学进行抨击的当代批判理论，本质上依然处于对“科学”之“大他者”的迷恋当中。这显然是因为人文理论家、批评家的思维基础本来就是现代科学的认识论基础，也就是启蒙哲学。我们很难期待基于启蒙哲学的“建构论”能够对基于启蒙哲学的科学主义提出解决方案。

前面提到，“科学大战”的核心议题在于科学共同体和人文共同体谁更有为未来世界提供确定生活方式的权力。现代科学承诺要通过对实在工具和商品的制作来满足人类的物质生活；人文学者则认为精神维度的创作更为根本。无论如何，它们都延续着“制作”或“创造”的机制，都以启蒙主义认识论为其立论基础。我们必须承认，人文主义者对科学主义背后主观建构逻辑的揭示是有一定道理的。但是，由于其对建构论、制作论或表现论的承认，由于其与现代科学一样只承认有限的“确定性”而对形而上学保持警惕，人文批评反而往往只破不立，失去了对全称真理命题的共同信任，最终走向无穷无尽的对话和争执，在看似多元民主的氛围中沉浸于现状，失去对终极价值提问的力量。这样看来，当代批判理论与科学实证主义在干涉伦理实践的强度上半斤八两。社会大众则自然更加愿意遵循几百年来的思维习惯，服从自然科学奠定的生活尺度。人文批判精神在面临“科学”之大他者时软弱无力——这就是当代“科学大战”当中体现出来的核心困局。

进一步说，“科学大战”反映出来的并不是科学家和批判理论家哪一方更有理，而恰恰是他们的同源性。就“建构论”的历史根源而言，在当代西方确实只存在着一种文化，那就是启蒙的文化，也就是以安乐生活为目标、以个体理性能力为基础、以现代哲学认识论为尺度的世俗进步主义文化。在科学理论和人文理论中，这一共识是根源性的，也是人文学者最终陷入自相矛盾和实践无能的困局的根本缘由。现代科学与人文理论具备启蒙主义的同源性，建构论可能带来的危机与困局或许从一开始就埋藏在启蒙的真理观当中。

---

① 〔德〕康德：《纯粹理性批判》，邓晓芒译，人民出版社，2004，第 21-22 页。

但我们也得承认，至少在对现代生活方式进行解释和微观重构时，建构论具有相当强的解释力度。尤其是当某些人宣称“普遍真理”以施行不义之举时，建构论也不失为一种冷静的反应。关键在于，切不可就此陷入极端的怀疑论或是大而无当的“科学-人文”争执之中，忽视了自身立论的根源性危机。对于需要通过文学批评施行社会政治批判的人来说，他们首先应当对建构论的解释方式保持清醒的控制。唯有在切合现实问题的基础之上，批判的力度和现实意义才能得到彰显，对正义和美好生活的诉求也不至于引起普遍的“不满”。

第二节　唯名论与西方文论①

据说，“语言转向”将对世界本体的发问扭转为对语词形式的发问，在其中，实在论和唯名论都找到了自己的现代表述形态，继续展开争论。我们现在谈到的“语言转向”，一般会有两个所指，指涉两个不同的传统。实在论与唯名论的差异就体现在这两种语言哲学传统的差异中。以弗雷格和罗素为代表的分析哲学传统保留了对意义与指涉对象的区分，通过真值语义学试图解答语词之“真”与“假”的哲学问题；而继承了索绪尔语言学基本观念的结构主义哲学家则相信“除了自身，语言什么都不指涉”。前面已经提到，挑战德里达的塞尔显然属于前一种传统，而德里达、巴特等则属于结构主义-符号学的传统。由于某些特殊的原因，我们研究文学理论的人在谈论“语言转向”时往往只谈论后者，但在哲学史上，“语言转向”其实指的是前一种传统。为什么西方文学理论家要给自己树立一种独立于哲学界的“语言转向”传统？除了某些历史环境和学科表述方面的影响之外，这显然和西方思想史上的关键问题——实在论与唯名论的哲学斗争——有关。

在西方哲学史中，实在论与唯名论的论争由来已久。实在论的形而上学认为，在“个别”和“一般”之间存在区别，具体事物是一般事物的例证，例如，个别有德性的人是普遍德性的例证。这里的“普遍德性”叫做“共相”。

① 本节部分内容曾发表在《云南大学学报》2015 年第 6 期。

在这种实在论的本体论基础之上，亚里士多德式的种属关系得以确定，科学地认识世界得以可能。相反，唯名论者会认为，只有一种范畴实体实际存在，那就是个别。中世纪的唯名论者罗色林认为，对一般的讨论实际上是对语言表达式的讨论；奥卡姆的威廉则进一步认为，一般只是人类内心的概念，只能通过语言表达式而得到认识。①中世纪晚期的这些关于唯名论的基本表述构成了哲学史上反对形而上学的理论先声。如今，唯名论者普遍认为，如果具有相同的解释效力，那么涉及共相内容越少的理论，也就越值得选择；在个别或个体那里能够用最简单方式得到澄清的内容，不需要形而上学实在论的概念设定来帮助理解。由此，人类理解世界的效率会大幅度提升。今天，在科学哲学、分析哲学的核心话题中，实在论与唯名论的斗争总是以不同的形式出现，伴随着不同程度的细节分析和立场对抗。实在论者和唯名论者都认为自己的预设能够最好地解释世界。

在一次公开的辩论中，从哲学领域叛逃到文学理论领域的唯名论者罗蒂与实在论者塞尔展示了各自水火不容的立场。罗蒂的唯名论表现为后现代实用主义，塞尔的实在论表现为分析哲学的真理符合论。塞尔要求人们重视心灵机制对语言机制的决定性作用，要求人们重视说话人或作者的意图，进而尊重西方理性主义的伟大传统。但罗蒂认为，与其继续延续实在论与唯名论的争论，不如取消这种争论。他会赞赏文学修辞术创造新鲜话题、反驳逻辑论证的魔力，认为这种技术说不定就能为我们带来“新的真理”②。

罗蒂的立场刺激我们去进一步思考：在“文学理论”的语境之下，唯名论与实在论的争执究竟意味着什么？一种以实在论为基础的语言理论，如果被应用到文学研究中，则预示着我们首先应该将文学视为一种实在世界中符

---

①〔美〕麦克尔·路克斯:《当代形而上学导论》，朱新民译，复旦大学出版社，2008，第 75 页。在许多现代学者眼中，奥卡姆的看法并不见得是最极端的唯名论，毋宁说是温和的唯名论或称“概念论”。“概念论主张共相存在，但认为它们是人心造作的。”（〔美〕威拉德·蒯因:《从逻辑的观点看》，江天骥、宋文淦、张家龙等译，上海译文出版社，1987，第 14 页。）为了方便论述，本节把“概念论”也称为“唯名论”，因为这两个名词其实都有着同样的反柏拉图-亚里士多德倾向。此外也有学者提出“主观唯名论”和“客观唯名论”的区分，前者指认为客观世界不存在或我们无法真正感知到客观世界的那些观点，后者指认为真正的知识只是与具体的客观对象有关，除此之外别无其他真实的观点。按照这种分法，现代哲学中的观念主义是主观唯名论，而科学主义、自然主义、实证主义等极端唯物论是客观唯名论。

② Searle R J, Rorty R, “Rorty v. Searle, At last: A debate”, *Logos: A Journal of Catholic Thought and Culture* , Vol. 2, No. 3, 1999.

合理性规则的一般行为，而非内部指涉的符号本体，也不是通过想象力对“可能世界”的实用主义造作。实际上，那些赞同“可能世界”的理论家真正想说的是，“所有其他的可能世界都是存在的，各种各样的事物居住在其中”。一切都由主观想象力去重新定义，譬如，分析哲学家刘易斯就仅仅把“现实”视为索引词，认为应当根据使用的语境去理解它的意思。[①]值得担忧的是，如果继续在文本解读层面强调过于主观的“可能世界”建构，会不会在文学批评乃至文化教育领域内引发“价值革命”，并以相对主义或怀疑主义的狂热告终？或许有人（比如费什或伊瑟尔）会说，“读者群体”的设计可以保证这种个人主义不会发生，相反，它最终会被证明是一种良性的、铸就新认同机制的“多元主义”。让自我造作的符号世界与真实世界多元平等地获得认可，在这个意义上，唯名论几乎等同于“唯我论”。

兼听则明，我们在通过唯名论理论家们的立场获得启发时，最好也考察一下它的相反意见。随着科学思维的逐步推进，人们开始将从文艺研究向语言研究的范式转变视为理所当然。但是，这种转向是否完全合理？要回答这个问题，从哲学思想史的角度出发，考察西方文论、美学思潮中“唯名论”氛围的起承转合，也就迫在眉睫。

一、当代文论的唯名论特征

在文学、哲学、历史、艺术等人文领域，唯名论的立场开始获得越来越多的承认和接受。尤其在文艺理论领域，试图对文学艺术作品展开研究的学者们相信，通过关注作品得以构成的特殊“语言”，“文本”的内容就能够得到澄清。这种信念基于两个前提：首先，作为个别实体的“文本”并不是传统意义上的“一般”，而是具体的、可分析的语言表达式；其次，对“文本”的科学解释必然要通过对经验中直接可感的个别语词。这也就意味着，只有研究文本的语词形式，才是最本体、最正当的文艺研究，也就是“美学研究”或称“内部研究”。

在《瓦格纳事件/尼采反瓦格纳》这一对现代文艺氛围进行深度批评的哲学著作中，哲人尼采曾经说道：

---

① Lewis D, “Truth in fiction”, *American Philosophical Quarterly*, Vol. 15, No. 1, 1978.

文学颓废通过什么特点显示自身？通过生命不再居留于整体中。词语变得独立，从句子中跳跃而出，句子越出边界，模糊页面的意义，而页面以牺牲整体为代价，赢得生命——整体不再是整体。……每次可见的是原子的杂乱无序，意志的支离破碎，“个体的自由”，用道德的口吻说，——扩展为一种政治理论，即“人人具有同样的权利”。……到处是瘫痪，艰辛，僵化或者敌对和混乱：人们登上的组织形式越高，敌对和混乱这两者，就会越多地进入人们的视野。整体不再生存：它是拼装起来的，被计算出的，假造的，是一种人工制品。[①]

一旦具备唯名论和实在论斗争的理论视野，就会从这段话里发现，尼采早已洞察到现代文学和形而上学唯名论之间密切的关系。以文学为例，在不少的理论家、批评家和作家看来，现代文学应当强调对语词本身的关注；相应地，语词所指涉的实在世界，则仿佛成了一个“神话”。布朗肖在《文学空间》中曾如是说道：

一种驱之不散的念头把作家同某个偏爱的主题联结在一起，这念头迫使他再次去说他已经说过的东西，有时才气横溢，但是有时却絮絮叨叨，苍白无力地诉说着同一件事，越说越没劲，越说越单调乏味……似乎他归属于事情的影子而不是事情的实在，归属于形象而不是事物……[②]

从某种意义上说，现代文学家的使命是尽可能使用与日常用语相异的语词表达个人的、特殊的感受。面对世界时，他们内心充满了敏感的情绪，使得他们容易陷入某种困境与幻想，以为自己的任务是把握甚至是刻意“创造”某种概念与形象上的“殊异”。进而，我们关于外部世界的共相概念与实在世界的基本逻辑就会成为他们试图扭转、颠倒的对象。在这个意义上，文学家天生有陷入语言唯名论的倾向，他们的创作刻意展现“差异性”，似乎千差万别的世界难以用普遍性话语囊括。进而，大多数现代理论家认为，文艺

①〔德〕尼采：《瓦格纳事件/尼采反瓦格纳》，卫茂平译，华东师范大学出版社，2007，第45-46页。
②〔法〕莫里斯·布朗肖：《文学空间》，顾嘉琛译，商务印书馆，2003，第5页。

活动本就无法依据实在论与符合论的方式定义。在他们眼中，“文学”是一种符号学家笔下的“占卜术”，其目的在于无限地制造意义，而不是有限地洞察意义。[①]按照这种逻辑，人们当然应选择唯名论而非实在论的视角来研究文学。

作为对这种文学创作潮流的理论化反映，坚持唯名论逻辑的形式主义与结构主义文论让“词与词”的关系取代了“词与物”的关系。[②]这一强调差异性的理论谱系要求每一位当代批评家通过分析符号与句法结构来解读艺术作品。这是整个 20 世纪“语言转向”以来文艺思潮的共同特征。我们可以通过一些理论案例来说明这一点。

著名的美学家什克洛夫斯基把“诗歌语言”定义为“扭曲的言语”，相比之下，日常生活中常用的“散文语言”则精练、准确、易懂。[③]由此，文学作为“诗歌语言”，也就获得了独特的“文学性”。同时代的语言学家瑞恰慈则提出“情感语言”说，使之与“示意语言”有所区别，这就和什克洛夫斯基的逻辑并无二致。[④]布拉格学派美学家穆卡洛夫斯基则提出“诗歌语言”的作用在于“凸显”（foregrounding），在于有意违背标准语言的用法；由此，“诗歌语言”可以和过去的“审美原则”之间构成张力。[⑤]这三位理论家都认为，通过对日常言语的“扭曲”或“凸显”，就能实现独特的“文学性”。只要确立了针对“诗歌语言”或“文学语言”的研究方案，那么针对“文学”的研究方案也就得到了根本的解决。进而，一切政治的、社会的关涉客观实在对象的外在评论就会被贬低，甚至被逐出文学与美学研究的范围。

就理论谱系来说，20 世纪的语言学文论大多受到 19 世纪德国美学的影响。有着现代科学视野的理论家们刻意制造出“诗歌语言”概念，旨在借助

---

①〔法〕罗兰·巴尔特:《文艺批评文集》，怀宇译，中国人民大学出版社，2010，第 260-262 页。

② 赵奎英:《当代文艺学研究趋向与“语言学转向”的关系》，《厦门大学学报（哲学社会科学版）》2005 年第 6 期，第 108-115 页。

③〔苏〕维·什克洛夫斯基:《散文理论》，刘宗次译，百花洲文艺出版社，1994，第 22 页。

④ Ogden C K, Richards L A, *Meaning of Meaning*, Routledge and Kegan Paul, 1923, pp. 149-159.

⑤ 赵毅衡:《符号学文学论文集》，百花文艺出版社，2004，第 18-22 页。

语言学这一现代科学为文艺研究开辟一块自主的领地。[①]语言学家试图通过对作品之形式、结构的分析来确立文学学科的独立地位，建立起某种“内部”的“图式分析”方法，进而建立起可供教育与学习的方案。进而，对实在世界的关注不再是文艺理论所应当重视的焦点。但这种解决方法本身出了问题。其中最大的问题就是，在其分析过程中，看似科学的符号学、语言学方法其实并没能够回应人们需要的关于文艺作品“内容”的追问；相反，在处理这个方面的问题时，形式主义者们给出的方案依然延续着传统的浪漫主义直觉论。正如穆卡洛夫斯基所说：“应该由诗人按照自己的创作直觉来使用这些方式，除了自己的灵感以外没有任何其他限制……”[②]这就像面对哲人苏格拉底关于诗歌“内容”的诘问，古希腊颂诗人伊翁最终不得不承认自己的无知，并相信只有“灵感”才是诗歌的源头一样。[③]

俄国形式主义、“布拉格学派”和“新批评”的部分成员在现代哲学和科学的影响之下分别为20世纪的文论研究者确定了基本的理论进路。但我们必须承认，这些形式主义理论家对语言日常用法进行了不当的定义与理解，进而错误地理解了文学与艺术的现实可能性。如学者哈迪的批评所言：

> （奥格登和瑞恰慈）把注意力集中在语词的指称用法上，这种语言用法观偏重科学陈述，几乎一点也不适合语言的普通的日常的用法的事实。……缺乏对语言史的考察，缺乏对人们学习语词和实际使用语词的方式的考察……[④]

瑞恰慈的语言哲学排斥日常用法，或是为了对“日常”的繁杂内容进行快刀斩乱麻的切割，进而确立某种超越于过往庞杂多端的研究方向——包括社会、历史、宗教、政治等维度——的新科学。但我们会发现，这种“奥卡姆剃刀”反而构成了一种试图清除一切意识形态内容乃至“一切语义负载”[⑤]

---

①〔美〕卡勒：《文学性》，见〔加〕马克·昂热诺、〔荷〕杜沃·佛克马、〔法〕让·贝西埃等编《问题与观点——20世纪文学理论综论》，史忠义、田庆生译，河南大学出版社，2010，第26页。

② 赵毅衡：《符号学文学论文集》，百花文艺出版社，2004，第27页。

③〔古希腊〕柏拉图：《伊翁》，王双洪译，华东师范大学出版社，2008，第65页。

④ 车铭洲：《西方现代语言哲学》，李连江译，南开大学出版社，1989，第69、71页。

⑤〔英〕威廉斯：《现代主义的政治——反对新国教派》，阎嘉译，商务印书馆，2002，第96页。

的神秘的唯名论。兰色姆在《新批评》中就曾指出瑞恰慈的唯名论倾向：

> 这本书（《意义的意义》）具有很重的唯名论倾向……一个词好像是在指称客观世界，或者说好像有它客观的=“指称对象”，但实际上是在指称一种心境，并没有客观指称对象，这一倾向几乎统摄了瑞恰慈在这本书以后对于诗歌的所有思考。……共同驰骋于知识疆场的唯名论与实证主义实在是一对奇怪的伙伴，但必须承认二者也许能够做到珠联璧合。[①]

从哲学史的角度说，所谓科学的“实证主义”本身就是现代唯名论的一种面相。只要具备哲学与文学理论的双重视野，就能发现瑞恰慈、奥格登与逻辑实证主义之间的密切联系。[②]瑞恰慈及其追随者通过一种表面上抽象、科学的做法来表达对哲学和理性的假意投诚，其真实目的是利用唯名论回应来自“模仿-符合”传统的诘难，为文艺与诗歌正名。这种做法之后集中体现在“新批评”的批评方案中：一方面，他们利用心理学、符号学、语言学等现代学问作为权威旁证；另一方面，这一派的诗人和批评家又强调文学自身必然存在着某种不可被理性所完全解剖的机制或“知识”，这就走向了神秘主义，没能向我们揭示任何确定的内涵。很显然这里的一切结论都是不恰当地按照“奥卡姆剃刀”逻辑“做减法”而得来的：将一切现实成分排除在外，剩下的就被先验地规定为“文学性”。这种逻辑是失败的。要理解文艺现象的真实特质，唯名论的进路注定破产，因为这种进路缺少起码的实在感，只是为理论而理论。

二、康德主义的唯名论倾向

这种“为理论而理论”的做派为何如今能够获得支配权、成为人文教育课堂上的必修内容？因为它背后有着更为复杂深刻的思想传统。20 世纪的“内部研究”理论潮流受到德国美学的关键性影响。用接受美学代表人物伊瑟尔的话说，20 世纪理论热潮的兴起的重要性可以与 19 世纪德国美学对亚里士

---

① 〔美〕约翰·克劳·兰色姆：《新批评》，王腊宝、张哲译，江苏教育出版社，2006，第 4 页。

② 陈本益：《论新批评受实证主义的影响及其它相关问题》，《东南大学学报（哲学社会科学版）》2002 年第 1 期，第 106-110 页。

多德诗学的取代相媲美，但它相比起传统的理论，更加功能化与“多元化”[①]。我们可以把这种说法反过来，将20世纪理论热潮的兴起视为对19世纪德国美学的一次模仿。

德国美学和人类学的源头之一是康德，是他在解答休谟的怀疑主义疑难时强调人类心灵对事物因果律的决定性，进而奠定了“不是知识依照对象，而是对象依照知识”的现代哲学认识论转向的基础，证明了人类认识的客观与真理性在“思维范畴对感觉杂多的能动的综合统一里”[②]。在这种知识论基础之上，康德反对以往西方哲学的形而上学运思逻辑，并提出“奥卡姆剃刀”式的区分：“要是问题只是在于，我作为能思的存在，除了我的存在之外，是否还有理由承认和我处在一个共同体之中的一整个其他存在物（所谓世界）的存在，那么这就不是人类学的问题，而仅仅是形而上学的问题了。”[③]在启蒙时代的语境下，古代的“形而上学”是与几乎所有启蒙思想家，包括康德自己的哲学相互冲突的。康德要建立的“人类学”是一种新科学，它将人首先视为摆脱“形而上学”不切实际预设的现代自由个体。进而，我们可以理解为何20世纪最著名的康德主义者卡西尔会提出这样的看法：

> 一旦我们改变一下出发点，不按形而上学系统，如柏拉图的理念体系那样来定义实在，而是按人类知识的批判分析来定义实在，问题就会以新的完全不同的样子出现了。正是康德，通过这种分析，为新的科学概念和科学真理概念铺设了道路……语言是我们经验对象的前提，是我们思考所谓外部世界的先决条件。[④]

这是一种“语言转向”的经典描述，并时常得到当下热衷于“符号学”的理论家的引用。譬如，作为卡西尔观点的借鉴者，康德主义者伊瑟尔的接受美学和人类学自然也是某种康德主义。这也意味着他会把认识论化、批判化的“人类学”作为理论根基，所以我们不难理解他在谈论“虚构”时引述

---

①〔德〕沃尔夫冈·伊瑟尔:《怎样做理论》，朱刚、谷婷婷、潘玉莎译，南京大学出版社，2008，第1-5页。

② 杨祖陶:《康德范畴先验演绎构成初探》,《武汉大学学报（社会科学版）》1983年第6期。

③〔德〕伊曼努尔·康德:《实用人类学》，邓晓芒译，上海人民出版社，2012，第6页。

④〔德〕恩斯特·卡西尔:《语言与神话》，于晓译，生活·读书·新知三联书店，1988，第129-130页。

的四位理论家在不同程度上都有唯名论气质，他们是科学主义的奠基人培根、经验主义者边沁、新康德主义者费英格与分析哲学家古德曼。伊瑟尔通过引述这几位思想家描述了一段“虚构”逐渐克服真理符合论的思想解放史，他自己则最终出场，进一步强调艺术中“虚构”精神的重要性，带领我们去“越界”：“作为人的存在的一种扩张，虚构使人超出自身的限制进行操作成为可能。这需要将超越语言（边沁）或意识（费英格）或现存的世界译本（古德曼）的事物，带进必要的实用边界状态”。所以，在康德主义者看来，我们必须有一种专门的“人类学”，以把捉符合论思路无法认识的领域状况。[①]

从康德到伊瑟尔的诸多理论家共同建立的这种“人类学”，旨在根据语言的生产机能，从审美感性的立场出发，重新定义“人”。在这种重新定义的过程中，“形而上学”的或“政治性”的人类本质理解被解构、重塑为一种“认识论”的或“语言”的人。作为“语言”的主体使用者，现代的“个人”先验地被视为原子化的、非政治的存在。在这种理论基础之上，“语言”不再是人之本质社会性的标志，反而成了具有先验判断力、想象力和表达意志的“个体”先于社会属性的本体论基础。

进而，一旦提升“语言”作为中介的地位，使之凌驾于自然世界和神圣定律之上，那么这就意味着某种人类中心主义甚至是自我中心主义的诞生：“人的符号活动能力（Symbolic activity）进展多少，物理实在似乎也就相应地退却多少。在某种意义上说，人是在不断地与自身打交道而不是在应付事物本身。……生活在想象的激情之中，生活在希望与恐惧、幻觉与醒悟、空想与梦境之中。”通过把亚里士多德“人是城邦-逻各斯的动物”这一古典定义重新阐释为“人是符号的动物”，卡西尔让我们看到，“人”并不完全按照通过理性发现世界的传统方式存在[②]；相反，人类按照自己理性赋予的符号能力在重新编织世界。新的人类的定义以及与之配套的新价值观就此依据符号人类学的原理而诞生。古典美学传统对人类实在德性的关注，转变为对外在形式与语词符号的关注。尽管康德承认“美是德性-善的象征”，但这里

①〔德〕沃尔夫冈·伊瑟尔:《虚构与想象：文学人类学疆界》，陈定家、汪正龙译，吉林人民出版社，2011，第 105-186 页。

②〔德〕恩斯特·卡西尔:《人论》，甘阳译，上海译文出版社，2003，第 41-42 页。

的“德性-善”已经降格为内心的道德律，进而失去了其源发于社会生活并回归社会生活的实在性。传统的希腊或基督教的美学和伦理观会强调政治或教会生活之于个人的根本性，与政治德性相符的“美”进而会建基在公共空间之中；康德美学则强调个体意志对世界的表征和立法，这种“德性-善”的象征也就成了人之创造性的本然投射。进而可以看到，19 世纪以降的现代文艺中充满了对“表达”和“原创”的痴迷，这或许就是康德美学的必然结论。

接受美学的源头不仅是新康德主义，“唯名论”的现代表征也不仅是狭义上的符号学，还包括其他一些把哲学问题转化为语言问题，进而尝试通过语言或文艺实践来创生新世界的思想。以阐释活动中的语言意向性为核心研究对象的当代解释学就是一例。伽达默尔一度意识到了唯名论对传统观念的颠覆力量：“对于现代科学的唯名论以及它的实在概念——康德曾根据这一概念在美学上得出了不可知论的结论——来说，模仿概念却失去了其审美的职责。”——“模仿”所携带的认识与实践功能被一把看不见的现代科学剃刀“剃”掉了，面对这种时代境况，伽达默尔（也译作加达默尔）继续往前走，坦言“自我表现”的“游戏”才是艺术作品的本质，这种“游戏”是“进入此在的活动”，是一种行动中的“意义整体”；对这种艺术作品的阐释则是阐释者的“再创造”①。他结合歌德的“万物皆符号”观念、德国古典语文学、洪堡特语言学与现代语义学得出的结论是，“可以被理解的存在就是语言”，而唯有艺术语言最能让存在的普遍联系性去蔽，带领人们走向新的“世界”——“汝须改变汝之生活！”②许多当代理论家沿着伽达默尔与接受美学家的路径往下走时默认了他思想来源的一些成分，进而承认了他们对于艺术游戏中的现代人的定义。

德国人阿多诺对此有着深刻的反思和批判。他在《美学理论》中专门探讨了“唯名论与艺术体裁的消亡”。他发现，作为一种美学原则的唯名论“内在于寻求解放自己的主体之中”，会“捏造出艺术与其周围未经加工的和难以名状的现实之间的分界线”；资产阶级的小说艺术就全然是唯名论的艺术形式。最关键的是，由美学唯名论引出的形式主义在自身中寻求解放的“异

① 〔德〕加达默尔：《真理与方法》，洪汉鼎译，上海译文出版社，2004，第 147-156 页。
② 〔德〕加达默尔：《哲学解释学》，夏镇平、宋建平译，上海译文出版社，2004，第 60-106 页。

质性”，这其实是不可能的，它必将在外部寻找一个实在的依靠，而在时代背景下，就必然“以拜物主义告终”，言下之意，这种静态的美学观念必将在转向动态的建构过程中被资产阶级意识形态奴役。[①]詹姆逊认为阿多诺这种批判的矛头指向的是当代思想危机的代表：实证主义。美学的唯名论或称内部形式主义的东西其实正是一种反古典形而上学的现代实证主义，在构建或诠释文本时，它可能会把一切哲学方法变成世俗化的唯名论神学，看似“科学理论”，反将文本与实在世界割裂，变成完全神秘的孤立“本体”。这种唯名论氛围是“唯一的、无名的、不可比的、不可重复的、不能与其他东西交换的综合”，不但是反抗“普遍性”的方式，还是一个现代性历史的困境。[②]从这种唯名论美学氛围中诞生的资产阶级新人，用《启蒙辩证法》中的寓言来说，就是以狡计欺瞒巨人的奥德修斯——他的行动最终导致“词语的永恒义务已经与所有内容丰富的意涵毫无关系了，也与一切可能存在的内涵保持了距离，包括‘无人’，也包括奥德修斯本人”[③]。留给文学研究者的只剩下空泛的符号与符号关系，意义被抹平或“民主化”，以至于我们无法继续讨论更传统也更为贴近生活的公共话题。

三、唯名论现代性与文学理论

该如何理解这种“唯名论”的思想本质呢？我们不妨回到这个词诞生的中世纪晚期，先从神学史和现代性思想谱系学的角度摸清其中的关键问题。这就要求我们考察一下当时所谓的“两种道路”——via moderna（现代方式）（即“唯名论”）和 via antiqua（古代方式）（即“共相论”）——之间的争执。[④]

中世纪的经院神学家，如多明我会的阿奎那认为，与其说“人是万物的尺度”，毋宁说“事物趋向人的思维的尺度，但这种尺度来自作为万物尺度

---

①〔德〕阿多诺:《美学理论》，王柯平译，四川人民出版社，1998，第 342-348，377-384 页。

② Jameson F, *Late Marxism: Adorno, or, the Persistence of the Dialectic*, Verso Press, 1990, pp. 89-91, 160-164.

③〔德〕马克斯·霍克海默、〔德〕西奥多·阿道尔诺:《启蒙辩证法》，渠敬东、曹卫东译，世纪出版集团、上海人民出版社，2006，第 50 页。

④〔德〕毕尔麦尔:《中世纪教会史》，雷立柏译，宗教文化出版社，2010，第 346 页。

的神的思维”[①]。由此，阿奎那试图通过理性方式谈论上帝，把宇宙描述为一种充满神恩与爱的理念世界。方济各会的一些修士们，尤其是奥卡姆的威廉则认为“任何普遍的东西都不是实体”，而是心灵中的意向，只有意向或约定俗成的符号才是普遍的[②]；在中世纪的语境之下，奥卡姆的威廉的观念变相导致了在面对上帝神恩遍布的宇宙时，人们可提问题数量的减少——也就是理性活动对神学生活参与程度的减少，进而间接否定了对宇宙万物本质形式和个别事物的分析可能性，否定了个别语言符号与实在神恩的符合论，割断了人与上帝的联系。[③]“唯名论试图撕碎上帝脸上的理性主义面纱，进而建立一种真正的基督教，但是这么做之后，一个无常莫测的上帝出现了，他具有令人恐惧的权力，不可知且不可测，不被自然和理性所约束，不再区分善与恶。”通过把上帝描述为全能但不可知的对象，唯名论者进而事实上悬置了上帝的世俗威信，这从理论上削弱了罗马天主教会的权力，进而推动了以路德、加尔文为代表人物的宗教改革，也推动了以彼特拉克、伊拉斯谟为代表人物的文艺复兴和近代科学的诞生，奠定了“属于理性个体的混沌世界”的个人主义基础：“中世纪晚期某些思想中专断绝对的上帝成为现代自决意志的模范。”[④]

按照政治思想家沃格林的说法，“唯名论”其实是一种“衰世”的政治治理术，是政治共同体失去权威、各种社会势力登上历史舞台时出现的一种极端主义的应急措施：

> 奥卡姆的威廉有绝对上帝、绝对教皇和绝对信仰，世俗领域就

① 〔德〕佛乐苏特·赛德尔:《实在主义的形而上学》，周春生译，大象出版社，2009，第 29 页。

② 〔英〕奥卡姆:《逻辑大全》，王路译，商务印书馆，2006，第 43-44 页。

③ 〔法〕雅克·勒戈夫:《中世纪的知识分子》，张弘译，商务印书馆，1996，第 117 页。大学者布鲁门伯格会说这是一种诺斯替主义的体现。Blumenberg H, *The Legitimacy of the Modern Age*, trans. Wallace M R, The MIT Press, 1985, pp. 153-156. 在著名的艾柯-罗蒂-卡勒对谈中，艾柯提及了“诺斯替主义”：“将恶视为一种富于启示性的审美体验并加以庆贺的做法显然是诺斯替主义的；许多当代诗人也是这样，他们通过肉体折磨，通过纵欲、神秘的狂欢、吸毒以及语言谵妄等方式去寻求那种幻象式的审美体验。有人在浪漫唯心主义的主要原则中发现了诺斯替主义的痕迹。”艾柯在罗蒂与卡勒面前谈这个话题的意图是什么？见〔意〕艾柯:《诠释与过度诠释》，王宇根译，生活·读书·新知三联书店，2005，第 38-40 页。

④ Gillespie M A, *The Theological Origins of Modernity*, The University of Chicago Press, 2008, pp. 14-43; Eagleton T, *The Event of Literature*, Yale University Press, 2012, pp. 1-13.

> 出现绝对君主、绝对人民和绝对启蒙理性……从强调正义秩序的内容向强调终极解释权问题的转变……一套唯名论的法学理论最感兴趣的问题不是秩序的正常运转，而是秩序瓦解的紧急状况以及能够作出决断来维持秩序的紧急权力。[①]

唯名论者的政治立场是世俗的、民主的，与此同时，其行事方式是武断的、实用主义的。对文本的"解释权"——就像我们在当代文论家那里看到的那样——便会成为主要的问题。对个别权益的关注意味着对每一个社会终端的具体情况的兴趣，以及由之而来的在价值上的承认。这反过来激励每一个体都以自我利益为行事的目标，进而容易变成披着多元主义外衣的功利主义或实用主义者，把"真理"视为某种因个人利益或感觉而变得有效的东西。

史学家加林看到，随着奥卡姆的威廉终结了中世纪"统一的、等级的、协调的和道德化的宇宙"，欧洲出现了一个"被封闭在他的现实中的人向'诗人'，即向'创造者'的跳跃"，人们不再沉思本然的宇宙秩序，而是积极面对无限的可能性世界。[②]说到这里，我们不难想起卡西尔、伽达默尔等人关于"创造性语言"的表述。如果认为美学和文学理论的基本价值观来自这种现代的人文主义，那么我们就该想到，唯名论（或者至少是"反实在论"）说不定正是历代理论家们共同的立论根基。

正如哲学家吉尔比所看到的："唯名论至少汇集了两种潮流，一种来自经验科学，另一种来自诗人的感觉。"[③]"诗人"对多种多样的个别的美感兴趣，但从来不继续追问什么是"美本身"[④]。唯名论的哲学家、文论家可能会认为"美本身"只是一个心中的概念或图像而非实在，进而不再将其纳入哲学的考察范围，或是专设一种与正统哲学分离的"新科学"——"美学"——去研究它。事实上，这么做其实是为了方便他们更好地追求属于每一社会个体"自己的"定义或解释。有人看到，"出现于现代早期的个体是个性化的个体，他承担起了对世界的责任。他是一个民主生活将试图保护其

---

①〔美〕沃格林:《政治观念史稿·中世纪晚期》，段保良译，华东师范大学出版社，2009，第 119-124 页。

②〔意〕欧金尼奥·加林:《中世纪与文艺复兴》，李玉成、李进译，商务印书馆，2012，第 33-34 页。

③〔英〕吉尔比:《经院辩证法》，王路译，上海三联书店，2000，第 51 页。

④〔古希腊〕柏拉图:《柏拉图文艺对话集》，朱光潜译，人民文学出版社，1983，第 178-210 页。

自由的个体……从此，美不再是绝对的和神化的，而是变得主观和人性化”[①]。根据古典学家的看法，近代思想史中存在着一种将个体视为对称、和谐、合比例的完满样本的转向，这种个体的完满的概念是在直接的直观和感觉行为中向我们敞开的，这种只有直觉感知才能把握的个体是连续的、无限的，不能被理性沉思定在地把握。这就从根基上摧毁了古典实在论的符合论与合理性基础，迎来了“美学”，也就预示着一种“审美现代性”的来临：“通过感性感知和感受转向具体的个别事物，也就是转向个体，这是艺术之为艺术产生的决定性条件。”[②]

沿着这样的思路，理论家伊格尔顿发现唯名论的思想潮流直接影响到后现代主义思潮以及我们今天看到的诸家“文学理论”。

> 奥卡姆的威廉这样的唯名论者认为实在论者混淆了语词与事物，就像保罗·德·曼这样的文学理论家所认为的那样。……（唯名论）对权力和欲望的兴趣在后现代思想中根本性地保留了下来，而根据理性对这些东西进行批判反思的能力却明显被截去了。对于后现代主义者，也对于那些经院神学家而言，理性活动发生在这些权力和欲望的框架之内，不能超越它们进行评判。我们会在斯坦利·费什的书里读到类似的文学理论。[③]

从唯名论中发展出来的近代文学理论不再像古典批评家那样重视文学文本中的思想本身，而是铸造新的合理性原则，试图给批评家自己从文本中新发现的种种个别特征赋予新的秩序。“每一个个别事物自身都是它的法庭，也就是说：就是一、概念的法庭，这至今都是许多认识论混乱的根源。……人们能够从最小的单位推演出整体，因为万事万物都符合某种确定的秩序，这种信念也已经过时了。”[④]文学中的世界不再能够从整体上得到把握；相反，读者们开始纷纷尝试武断地展现自己的“权力”和“欲望”。我们在20世纪美学中遭遇的种种现象都足以说明这一点。

---

①〔法〕茨维坦·托多洛夫:《个体在艺术中的诞生》，鲁京明译，中国人民大学出版社，2007，第29页。

②〔德〕施米特:《现代与柏拉图》，郑辟瑞、朱清华译，上海书店，2009，第15、32-33页。

③ Eagleton T, *The Event of Literature*, Yale University Press, 2012, pp. 7-13.

④〔德〕施米特:《现代与柏拉图》，郑辟瑞、朱清华译，上海书店，2009，第56、62页。

回到我们所关心的当代文艺理论中呈现为主流的“建构论”的话题，不难发现，其根基性的思维来自西方传统中长期涌现着的唯名论形而上学观。世界在这个意义上是基于建构主义与相对主义逻辑的，其中根本无法找到稳定的真理与伦理信条——这是德里达、罗蒂的态度，也是在近代启蒙运动中的“认识论转向”中尤其在康德哲学中早已浮现的一种危险。这是由康德从休谟等英国经验主义者那里吸收的认识论态度所决定的。

从英国经验主义和近代科学精神那里继承了语言唯名论立场的还包括美国本土的实用主义传统。这一实用主义传统对现代科学技术发展的影响巨大。实用主义据说调和了符合论与融贯论，认为真理是“可证实的信念”[①]。但在尚未“调和”符合论与融贯论时，詹姆斯一度声称他所认同的“人文主义把比较是‘真的’，理解为比较是‘令人满意的’……放弃线性的论证与过去重视的严格和终极的理想”[②]。实用主义者与结构主义者、逻辑经验主义者一样，是“语言转向”这一历史事件中最活跃的行动主体。他们并非如一般所认为的那样将传统的形而上学问题悬而不论，而是相对于以前的唯名论者，提出了更为新颖的提问方式。[③]我们前面考察过的德里达、伊瑟尔等文学理论家，在借用言语行为理论追寻“重复性”、“功能性”和“读者中心”时，似乎都有这样的“实用主义”嫌疑……进而，我们可以发现符合论者塞尔挑选罗蒂、卡勒等实用主义者作为辩论对象的原因，也就可以发现他一直把“文学理论”视作不严肃的学术行动的原因。

如果我们以罗蒂为参照，就会发现他所吸纳的哲学养分基本上都是可以算在唯名论谱系之中的（或者至少是反实在论的）。这样的谱系有三个来源：以詹姆斯、杜威为代表的实用主义；以后期维特根斯坦（罗蒂无意或故意误读了他）为代表的当代分析哲学；以尼采、海德格尔、德里达为代表的“后现代主义”。大部分实用主义者与分析哲学家在语言问题上摆出的是由霍布斯开创的科学经验主义唯名论的姿态，而解构主义则是大陆观念主义与浪漫主义的后代（笔者在后面会继续论述这一点）。这两股西方现代哲学的支系，

---

①〔英〕苏珊·哈克:《逻辑哲学》，罗毅译，商务印书馆，2003，第120-121页。

②〔美〕威廉·詹姆斯:《真理的意义》，刘宏信译，广西师范大学出版社，2007，第33页。

③ 韩东晖:《论实证主义的形而上学》，《中国人民大学学报》2003年第1期，第76-81页。

其实都可以算是中世纪到文艺复兴时期唯名论革命这一事件的产物。奥卡姆的威廉之后的唯名论传统分成了诸多支流，最终在罗蒂这里汇成了当代反古典实在论与真理符合论的大潮。这就是我们现在看到的“后形而上学”的“实践转向”或称“文化转向”。无论是分析哲学家与文学理论家的冲突，还是“科学大战”，归根结底都是唯名论式形而上学观试图对世界进行全然颠覆性的解释的具体呈现。

实在论和唯名论的对立所体现的并不是学术范式或社会机制的个别特征，而毋宁说是作为思想者的个体的思维方式与气质。唯名论的幽灵在各个时代都存在着，有着具体的语境和表相；但任何具有这种精神气质的人都免不了或明或暗地与他的前辈或后人产生“家族相似性”。实在论和唯名论的分歧是形而上学上的，决定着思想者看待世界的根本态度与方式，因此，它在很大程度上与我们最关心的事情——我们审美生活根本价值的来源——有关。在唯名论看似获胜的当代，实在论的立场——尤其是古典实在论-模仿论的立场——则值得重申。在文学理论研究中尤其如此：我们需要看到科学与技术主义本质上的思维误区并非来自科学技术本身，而是其中强烈的实用主义与建构主义倾向。这在文学理论中也会造成小则自说自话、大则歪曲现实的潜在危机。明确区分以唯名论态度及实用主义为核心的科学主义和真正实事求是的科学，是文学理论研究走向真正科学并提供普遍价值判断的第一步。

第三节　当代科学主义文论的特征及其反思

随着“后现代”反科学形象遭到四面八方的攻击，许多西方文学研究者开始意识到不能一味地从建构主义和政治批判的道路上走向另一种偏狭的文化立场，于是试图通过友好地引入最新的科学理论（而不仅仅是经典美学和心理学理论）帮助解读人文现象和文学作品。现在我们不妨略微概述一下其中两种具有代表性的路径，并尝试总结出更多反省性的结论。

首先需要注意的，当数文学进化论。在将科学融入文学研究的努力当中，文学进化论可以说是功绩最为显著的。这一理论谱系又称文学达尔文主义或生物文化批评（bio-cultural criticism），根据其代表人物卡罗尔的表述，其所延续的是启蒙主义科学精神，以唯物主义的一元论与符合论作为哲学根基，以后现代思想为挑战对象。卡罗尔在《进化与文学理论》一书中强调，文学是一种人类与物质世界进行互动的生物现象，本质上是生物对周遭环境进行适应和改造的活动之一。这一“适应的心智”恰是启蒙时期关于普遍人性的观念的延伸。在解读文学作品的过程当中，卡罗尔时常调动关于人的行为的心理学理论作为问题域，试图为文学人物的行动寻找合理性，并将作品反过来又作为理论的证词。这样一种“解释的循环”当然也有其可资借鉴之处，但已经有人看到，这不过是传统人文主义批评中对普遍人性的启蒙理想的另一种表征。[①]

另一种对文学进化论的描述来自莫莱蒂带有左翼批评倾向的“新进化论”：通过构建新的历史理论体系来从不同角度呈现文学形式变化的历史，看到其中存在着一种必然的进化发展趋势的同时不排斥对复杂传播与转化过程的重视。其中以植物生长的方式来譬喻文学进化的做法尤其体现着这一理论的浪漫主义有机论根源，也使其与启蒙时期的孟德斯鸠式的历史地理学和赫尔德式的历史哲学发生了谱系学关联。[②]基于波普尔的科技哲学，莫莱蒂尝试通过建设大型数据库与智能检索的方式展开对文学文本的定量分析，并提出诸如“网络理论”来开展新一轮科学主义的形式研究。[③]可以看到，卡罗尔与莫莱蒂都承认对历史中变迁的文学及其携带的人类精神状态都可以通过科学分析的手段得到清晰的、确定的呈现，也就是说，启蒙主义的人性信念和科学方法论依然在他们的理论中扮演着或隐或显的重要角色，并且其出发点都是对当下西方人文学界普遍存在的主观、武断的批评态势提出修正意见。

与此问题意识相近，文学理论家葛兹夏尔则更多地强调解释的多元性。他站在支持科学进化论的立场上表示，文学在高等教育与研究界的地位正在遭遇危机，这并非说人们不再需要文学阅读，而是人们不再需要文学理论与

① 杨元:《约瑟夫·卡罗尔的进化论文学批评理论与实践》,《当代外国文学》2011 年第 3 期，第 51-57 页。

② 吴雨平、方汉文:《“新文学进化论”与世界文学史观——评美国“重构派”莫莱蒂教授的学说》,《文艺理论研究》2003 年第 5 期，第 27-34 页。

③ 陈晓辉:《大数据时代的文学研究方法——基于弗兰克·莫莱蒂文学定量分析法的考察》,《文艺理论研究》2016 年第 2 期，第 70-77 页。

批评去指引他们选择阅读的文本和方式。据说，这是因为理论与批评离现实生活甚至人类的内心生活越来越远，变成了少数“解放论者”（liberationist）解构一切既有知识的智力游戏。如果不清理掉那些将一切人文现象都视为历史过程当中人为建构产物的“去自然化”（denaturalization）的理论成见，那么文学研究就会在政治的正确统治之下愈加堕落（rot）。相应地，文学研究必须走向科学理论与方法，在生产知识的基础上讨论问题。文学研究当然不是纯粹的科学研究，但亲身加入由科学方法指导的实证调查，有助于人文学者以最可靠的方式向我们呈现人类能力的多种可能性。[①]譬如，在进化论的自然选择理论基础之上，葛兹夏尔自己就曾参与到格斗比赛活动当中，以实证地考察文学作品中热衷于表达人类战斗的心理与社会机制。

所谓的“进化论”理论态度，实则是以对人类社会及其心理结构的观察和规律总结的方式来实现对人性本质的透视的。毋庸置疑的是，这一传统来自启蒙时代的经验主义立场，其对“后现代”和政治先行的批评的反感也颇类似于经验主义们对唯理论的嗤之以鼻。的确，通过经验实证的态度所获得的一系列结论首先的确能够说明很多问题，尤其是说明大多数人的社会生活的宏观状况与普遍态度。但是，这一研究路径——正如康德在面对休谟时的焦虑所揭示的——无法十分有效地给出关于人类未来行动之“应当”的稳定答案。实证主义的研究能通过不断的归纳和试错来找到事实的“的确如此”，但却无法清晰地对价值维度的问题给出指南。正是在这个意义上，进化论的文学理论研究往往承认自身必须依赖于对另一种信念的事先认可，这种信念体现为启蒙时期以进步乐观主义所确立下来的人性不断走向完善的历史图景。如果要评判当代进化论的是非功过，我们则更多地要回到西方启蒙现代性自身的理论语境——尤其是其与资本主义商业文明和工业革命同时勃兴的语境——去把握为何进步乐观主义在新自由主义全球化时代仍然具有市场，并从观念史的角度看清楚进化论者所基于的出发点建立在何种未经审视的不稳定基础之上。

然后，不同于文学进化论者强烈的“人性”立场，持后人类立场的理论家们则主张拆解启蒙的遗产，以回应当代因技术进步而出现的种种新问题。

① Gottschall J, *Literature, Science, and a New Humanities*, Palgrave Macmillan, 2008.

2011 年，卡勒在中国发表题为“当今文学理论”的演说，并指出，日益成为文学研究关键词的后人类概念意味着对传统的人性观提出新的见解，这些见解往往伴随着科幻文学、网络空间和人工智能等话题展开。在愈加新潮的科学理论的刺激之下，关于人类的定义也在发生变化，机械与技术对人类的控制也在逐渐增加，“人”本身的自决与自律开始成为问题。

在后人类的种种当代表述中，最为温和的姿态是对现代化工业技术进程表示怀疑和反省的生态环保批评。除却带有浓烈政治实用色彩尤其是政策“游说”功用的文学创作与批评不谈，一些生态主义的理论立场则十分透彻地看到一个关键性的事实：现代人文主义关于人类完美生活环境的愿望总是与技术主义对人的异化逻辑紧密相伴。这就是世俗化-现代化的计划本质上无法实现通过文学的文化来对科学的文化进行内部修正的根本原因。譬如，马克斯的《花园里的机器：美国的技术与田园理想》通过剖析美国文学史上的诸多情节与意象来归纳出机器工业与人文主义田园理想之间的巨大张力和互相渗透的过程：“一百多年来，我国最杰出的作家们一直在探讨乡村神话与技术事实之间的矛盾”，美国人最终通过将最精致且柔美的浪漫主义敏感精神涵容到机器节奏当中反映出一种“复杂型田园理想”，人文主义进而总会不断遭到改写并丢失本真。①若要真正回归到人与自然能够和谐共处的状态，其实也就意味着对世俗化进程中的人性进行彻底的修改，这一维度的后人类实则往往通向宗教或所谓的“灵性修炼”，走向另一个极端。

当然，最为典型的后人类理论姿态当属建立在最新电脑科技之上的人工智能与网络虚拟空间理论。这方面的代表当属瑞安。她的《可能世界、人工智能和叙事理论》（1991 年）②、《赛博空间文本性：电脑技术和文学理论》（1999 年）③和《作为虚拟实在的叙事：文学与电子媒介中的沉浸与互动》（2001 年）④是讨论计算机时代文学研究主要方法的代表论著，对网络电子时

① 〔美〕利奥·马克斯:《花园里的机器：美国的技术与田园理想》，马海良、雷月梅译，北京大学出版社，2011，第 261-269 页。

② Ryan M, *Possible Worlds, Artificial Intelligence and Narrative Theory*, Indiana University Press, 1991.

③ Ryan M, *Cyberspace Textuality: Computer Technology and Literary Theory*, Indiana University Press, 1999.

④ Ryan M, *Narrative as Virtual Reality: Immersion and Interactivity in Literature and Electronic Media*, Johns Hopkins University Press, 2001.

代的可能世界塑造进行了论述，在其中对技术的人文价值进行了相对深刻的构建和反思。瑞安试图逐渐从可能世界叙事学中找到打破传统叙事方式边界的契机，并将其引入电脑技术之中进行谈论。除了论证最新电脑科技可以介入叙事学领域之外，这实则也就暗示某种“虚构主义”的胜利。用赛恩斯伯里的话说，虚构主义的特征就在于认为思想“不一定非得为真才能是好的”。

> 可能世界都是真实的事物，是一个个极大时空域。其中，有一个是我们所居住的，我们称之为现实的（世界）。这表明我们的世界和其他所有世界之间存在着一种视角性差异（perspectival difference）而不是形而上的差异：所有的可能世界都是同等真实的，尽管只有一个（在我们看来）是特殊的……[①]

在这方面，瑞安的理论基础是路易斯或科里等分析哲学家。他们认为文学虚构是一种假装的以言行事行为，“在事件与文本之间，并不存在信息保存链”（information-preserving chain）[②]。这就是说，一个虚构行动是不是一种真正的以言行事行为，与其是否指称客观实在世界并没有任何关系。同理，电脑技术所实现的人工智能与网络世界具有这样一种文学虚构的特征，但它们也确实能够具备叙事效力，进而也就成了一种新的生活尺度与人类定义的启发机制。

值得注意的是，这种以电脑技术为基础的后人类理论诉求却凸显出对传统科学主义（不妨与进化论对比）之实在论立场的颠覆，并往往与“后现代”的诸多政治与公共议题合流，构成一种带有鲜明民主化和消费主义色彩的社会调节工具。这一切看似真切打算拥抱时髦技术的理论活动，似乎又可以被划归到“后现代”自身的话语逻辑当中。其中的原因首先在于所谓后人类其实本质上只是取消了大写的、追求尽善尽美生活尺度的那种人性态度，但并没有取消人性的基本诉求，也就是对生存和享乐的诉求；而技术本质上也正是服务于这一基本诉求。“人”并未如后人类一开始所设想的那样彻底解放或是扩充容量，而是降低了其价值诉求的尺度，甚至是“物化”和“虚拟化”。

---

①〔美〕R. M. 赛恩斯伯里:《虚构与虚构主义》，万美文译，华夏出版社，2015，第 210-211 页。

② Currie G, “What is fiction”, *The Journal of Aesthetics and Art Criticism*, Vol. 43, No. 4, 1985.

其中的危险不言而喻。

后人类的理论家们本质上所渴望的并非找寻真理和人之至善尺度，而是让当代民主化、商业化的进程能够最大限度地得到公共意见领域的认可。于是，较为实用的带有技术色彩的生态学、计算机科学和神经生物学等会成为他们青睐的科学领域，诸如一般物理学、化学和天文学等以实在论为基础的理论等则难以融入这些理论家对政治伦理生活方式的探讨当中。正如有人观察到的：

> 后现代主义者为之叫好的另一个关于科学的范畴，即所谓的能动者的科学，把生态学而不是物理学作为其基本模型，认知主体与观察分离的概念被主体参与概念所代替，强调认知行动的反馈性和来自被认知物体的反应。这一范畴包括心理学和社会科学，还有量子理论、生物学与生态学。[①]

这的确是一个典型的现象。譬如，格里芬作为罗蒂实用主义后现代主义的继承者，会尝试借助科学的“返魅”来修补真理和价值两大人类认识领域的裂痕，其基本线索，就是利用所谓“泛经验论”将主客二体处理成具有时间性的“事件”，并在“有机整体”的维度实现其统一。当然，格里芬会认为这种“泛经验论”能够瓦解笛卡儿式启蒙理性主义将自然对象化处理的破坏力量，将其有效地重构为人类在自己的现实生活当中尝试与自然统一共处的“生态科学”——显然，这是一种斯宾诺莎主义与黑格尔主义杂糅之后造就的“后现代”翻版。[②]但这也的确把握住了问题的关键：科学与文学的和亲，本质上要落实到一个哲学问题上，那就是如何处理身心二者的关系。一旦人类的精神生活被视为与肉体生活具有本质上的差异，那么，文学工作和科学探索的差异也将成为本质性的。相反，如果有一种理论能够切实将二元论彻底消解为一种崭新的整体一元论，又不带来任何伦理上的负面效应，那么启蒙所带来的科学与文艺的内在张力问题看似也将迎刃而解。这正是后人类的真实诉求：无论是生态科学对现实之人之生活方式的重构，还是网络空

---

① 曹天予、曹南燕、范岱年:《科学和哲学中的后现代性》,《哲学研究》2000 年第 2 期, 第 11-19 页。

②〔美〕大卫·格里芬:《后现代科学：科学魅力的再现》，马季方译，中央编译出版社，1995，第 195-197 页。

间与人工智能对虚拟之“人”的理论化再造，都是为了打破笛卡儿主义关于近代主体的错误构想，解决其中的二元分裂并重新定义“人”。只是这一重新定义是否成功，我们至今仍然难以判断。

在这方面，一些较为传统的科学家乃至于科幻作家则表示悲观的态度。中国著名科幻作家刘慈欣就曾对此进行过十分辛辣的讽刺，其中的智慧不妨值得我们最后回味一番。

2016 年，一个名叫“不存在日报”的微信公众号组织了所谓“科幻春晚”的活动，邀请到中国 12 位“顶尖”的科幻作家共同参与完成一个以“节日”为主题的科幻故事接龙游戏。刘慈欣也受邀完成了一篇作品，名叫《不能共存的节日》。这个故事的内容很简单，一个打扮成地球人的外星观察者出现在苏联第一艘载人航天飞船的总设计师科罗廖夫面前，祝贺他成功将人类送入太空。刘慈欣用细致的笔触描写到科罗廖夫曾经参与过底层劳动，因此也十分尊重打扮成基层工人的外星观察者。这位观察者主要研究地球上的节日，在他更为宏大的自然史背景之下，人类基于习俗文化的那些节日都不具有重要性，唯有人类物种进化过程中的突变日，方能称得上节日。但外星人也将科罗廖夫发射航天飞船的这天视为“诞生节”。以评估地球文明为己任的外星人的意思在于，人类唯有走向宇宙，才能称得上真正进化为完全的文明物种。

但刘慈欣的故事还没有完。小说的后半段讲述的是：在苏联航天飞船的“诞生节”之后 90 多年，也就是 2050 年，中国科学院脑科学与人机工程研究中心的研究有了重大突破，人类和计算机实现了直接连接。根据这个计划的总工程师“丁一”（作者似乎要用这个名字暗示他的渺小与虚构性）的表述：

> 这个突破之后，脑机连接技术将走上康庄大道……人的记忆、意识和全部人格将能够上载到计算机和网络中，人类有可能生活在虚拟世界中，虚拟世界，你想想，在那里人什么都可以做，想什么就有什么，像上帝一样。①

在康德认识论的“哥白尼转向”之后，试图揭示“物自身”的实在论探索在科学哲学当中开始被挑战。在悬置了关于“物自身”的真假维度的考虑

① 刘慈欣:《不能共存的节日》,《科幻世界》2016 年第 4 期，第 19 页。

之后，一切通过感官进入意识深处的内容都不外乎是现象，其极端的结论就是，实在论是失效的。相反，许多理论家开始相信，通过对人类意识活动的方式进行整饬，可以使得知识更加切合“人类的利益”。在后世的许多功利主义、实用主义乃至浪漫主义的论说中，人类的内在意识能力得到了公设化的开掘，被总结成规律。小说中提到的关于“虚拟空间”的构想，正是基于这一系列理论。“虚拟空间”旨在通过对意识能力的规律总结，以程序设计出迎合人类欲求的幻象，使之被“信以为真”（make-believe）。人类对“真”的理解就此降格为以主观意识投射作为前提的东西。

当代的“虚拟空间”理论认为，不同的虚拟之间的地位被视为平等的，进而都具备通向可能世界的潜能。这一判断的前提，当然就是现代以来不断激进化的民主平等理念：人作为由无数具体且充实的个体暂时拼凑的松散的“类”，本身并不存在一个确切的、实际的、普遍的目的。相反，每一个个体都身处在多元的文化场域当中，因此，一旦承认这些个体有权尽可能地满足自身的享乐欲望，那么虚拟技术就可以给予他们获得这些欲望的方便法门。

在宗教退居幕后的时代，对自然规律的发现一度通过对“真”的普遍有效性的判断，反过来承担起在世俗生活中的伦理责任。一旦科学家为了最大程度地满足“人类的利益”而开始对科学与现实世界之间的关系本身加以质疑时，科学的品位就发生了转向。刘慈欣敏锐地洞察到这背后意味着什么。在小说中，外星观察者以一种苏格拉底式的态度讲述了这样的预言（或寓言）：

> 开始，现实中的人越来越少，虚拟天堂那么好，谁还愿意待在凄惨的现实中，都争相上载自己。地球渐渐变成人烟稀少的地方，最后，现实中一个人都没有了，世界回到人类出现前的样子，森林和植被覆盖着一切，大群的野生动物在自由地漫游和飞翔……只是在某个大陆的某个角落，有一个深深的地下室，其中运行着一台大电脑，电脑中生活着几百亿虚拟人类。[①]

在故事的最后，外星人将“虚拟世界”技术完成的那天称为人类的“流产节”，之前历经艰苦试图探索外太空的“诞生节”则从此取消。很显然，

---

① 刘慈欣：《不能共存的节日》，《科幻世界》2016 年第 4 期，第 19 页。

这也就预示着，一旦接受了虚拟空间技术及其背后的一套哲学，那么紧接着而来的就是，尽管我们时代每一个欲望个体所操心的“利益”没有毁灭，但作为“类”的、能够通达普遍真理和美德的完善的人却已不复存在。每一个人看似都“无所不能”，“人类”则不再可能。这就是科幻作家刘慈欣通过他的诗艺推理给我们看的唯一“真实”可能，并且也构成了当代众多思索科技与人文关系的理论家不得不面对的一个苦涩的难题。

参考文献

〔法〕安托万·孔帕尼翁:《理论的幽灵——文学与常识》，吴泓缈、汪捷宇译。南京大学出版社, 2011。

〔美〕保罗·R. 格罗斯、〔美〕诺曼·莱维特:《高级迷信：学术左派及其关于科学的争论》, 2 版, 孙雍君、张锦志译, 北京大学出版社, 2008。

〔美〕保罗·博格西昂:《对知识的恐惧——反相对主义和建构主义》，刘鹏博译, 译林出版社, 2015。

〔英〕彼得·巴里:《理论入门: 文学与文化理论导论》，杨建国译, 南京大学出版社, 2014。

蔡仲:《后现代相对主义与反科学思潮: 科学、修饰与权力》，南京大学出版社, 2004。

车铭洲:《西方现代语言哲学》，李连江译, 南开大学出版社, 1989。

陈嘉映:《说理》，华夏出版社, 2011。

〔美〕大卫·格里芬:《后现代科学: 科学魅力的再现》，马季方译, 中央编译出版社, 1995。

〔爱尔兰〕菲利普·佩迪特:《语词的创造: 霍布斯论语言、心智与政治》，于明译, 北京大学出版社, 2010。

〔德〕佛乐苏特·赛德尔:《实在主义的形而上学》，周春生译, 大象出版社, 2009。

〔法〕弗朗索瓦·多斯:《解构主义史》，季广茂译, 金城出版社, 2012。

〔英〕吉尔比:《经院辩证法》，王路译, 上海三联书店, 2000。

〔美〕杰伊·A. 拉宾格尔、哈里·柯林斯编:《一种文化——关于科学的对话》，张增一、王国强、孙小淳等译, 上海科技教育出版社, 2006。

〔美〕利奥·马克斯:《花园里的机器: 美国的技术与田园理想》，马海良、雷月梅译, 北京大学出版社, 2011。

〔加〕马克·昂热诺、〔荷〕佛克马、〔法〕让·贝西埃等编:《问题与观点——20 世纪文学理论综论》，史忠义、田庆生译, 河南大学出版社, 2010。

〔美〕麦克尔·路克斯:《当代形而上学导论》，朱新民译, 复旦大学出版社, 2008。

〔法〕米歇尔·福柯：《什么是批判：福柯文选Ⅱ》，汪民安译，北京大学出版社，2016。
〔意〕欧金尼奥·加林：《中世纪与文艺复兴》，李玉成、李进译，商务印书馆，2012。
〔美〕R. M. 赛恩斯伯里：《虚构与虚构主义》，万美文译，华夏出版社，2015。
〔德〕施米特：《现代与柏拉图》，郑辟瑞、朱清华译，上海书店出版社，2009。
〔英〕史蒂文·康纳：《后现代主义文化——当代理论导引》，严忠志译，商务印书馆，2002。
〔美〕索卡尔、〔法〕德里达、〔美〕罗蒂：《"索卡尔事件"与科学大战：后现代视野中的科学与人文的冲突》，蔡仲、邢冬梅译，南京大学出版社，2002。
〔美〕威廉·詹姆斯：《真理的意义》，刘宏信译，广西师范大学出版社，2007。
〔德〕沃尔夫冈·伊瑟尔：《怎样做理论》，朱刚、谷婷婷、潘玉莎译，南京大学出版社，2008。
〔德〕沃尔夫冈·伊瑟尔：《虚构与想象：文学人类学疆界》，陈定家、汪正龙译，吉林人民出版社，2011。
〔美〕约翰·亨利：《科学革命与现代科学的起源》，3 版，杨俊杰译，北京大学出版社，2013。
〔美〕约翰·克劳·兰色姆：《新批评》，王腊宝、张哲译，江苏教育出版社，2006。
赵毅衡：《符号学文学论文集》，百花文艺出版社，2004。
Ashman K M, Barringer P, *After the Science Wars: Science and the Study of Science*, Routledge, 2000.
Barfield R, *The Ancient Quarrel Between Philosophy and Poetry*, Cambridge University Press, 2011.
Bringsjord S, Ferrucci D, *Artificial Intelligence and Literary Creativity: Inside the Mind of Brutus, a Storytelling Machine*, Psychology Press, 1999.
Currie G, "What is fiction", *The Journal of Aesthetics and Art Criticism,* Vol. 43, No. 4, 1985.
Eagleton T, *The Event of Literature*, Yale University Press, 2012.
Esterhammer A, *The Romantic Performative: Language and Action in British and German Romanticism*, Stanford University Press, 2002.
Gillespie M A, *The Theological Origins of Modernity*, The University of Chicago Press, 2008.
Gossin P, *Encyclopedia of Literature and Science*, Greenwood Press, 2000.
Gottschall J, *Literature, Science,and a New Humanities*, Palgrave Macmillan, 2008.
Herzfeld N L, *In Our Image: Artificial Intelligence and the Human Spirit*, Fortress Press, 2002.
Labinger J, Collins H, *The One Culture?: A Conversation about Science*, The University of Chicago Press, 2001.
Latour B, *Pandora's Hope: Essays on the Reality of Science Studies*, Harvard University Press, 1999.

Laurel B, *Computers as Theatre*, 2nd ed, Addison-Wesley Pub, 2013.

Lewis D, "Truth in fiction", *American Philosophical Quarterly,* Vol. 15, No. 1, 1978.

Ogden C K, Richards L A, *Meaning of Meaning*, Routledge and KeganPaul, 1923.

Ryan M-L, *Possible Worlds, Artificial Intelligence, and Narrative Theory*, Indiana University Press, 1991.

Ryan M-L, *Cyberspace Textuality: Computer Technology and Literary Theory*, Indiana University Press, 1999.

Ryan M-L, *Narrative as Virtual Reality: Immersion and Interactivity in Literature and Electronic Media*, Johns Hopkins University Press, 2001.

Searle R J, Rorty R, "Rorty v. Searle, At last: A debate", *Logos: A Journal of Catholic Thought and Culture*, Vol. 2, No. 3, 1999.

Snow C P, *The Two Cultures*, Cambridge University Press, 1998.

Sokal A, *Beyond the Hoax: Science, Philosophy and Culture: Science, Philosophy and Culture*, Oxford University Press, 2010.

Swirski P, *Literature, Analytically Speaking*, University of Texas Press, 2010.

第二章
当代认知诗学的几种进路

引　言

斯诺在 1956 年出版了一本名为“两种文化”的书。他说：“文人在一端，科学家在另一端，其代表为物理学家。两者之间有一道彼此无法逾越的鸿沟——有时（特别在年轻人当中）互相敌对和讨厌，在大多数情况下缺乏理解。”[①]支持这种观点的学者非常多。例如米南德曾说：“文化不是存在的生物学和社会学的状况的附加，它构成了物种的身份。”[②]他撇开人的自然属性，把文化看作人的本性。但在此对立之外，科学与人文的融合也不断获得新的契机。尤其是在 20 世纪五六十年代，西方学术出现了一个认知转向，为科学与人文学科的结合提供了良好的平台。认知科学从某个角度来说是对行为主义的反拨，直接得益于控制论和信息论；第一代认知科学是无身的，强调心灵的理性和逻辑，将思维看作一个计算过程，第二代认知科学开始重视身体、感觉、无意识、情感等；第二代的认知科学已经开始与文学研究相结合，产生了一门重要的学科——认知诗学，其历史可分为三个阶段：20 世纪七八十年代的草创期、20 世纪 90 年代的成熟期和 21 世纪的爆发期。本章所介绍的就是这一谱系中的代表人物与代表成果。

楚尔在他的《走向认知诗学理论》中指出，认知诗学的特点在于运用认知科学对特定的文学作品之所以产生某种审美效果进行科学的阐释，在形式主义批评和印象式批评之间架起一座桥梁。这本书，以聚合型与发散型为文

① Snow C P, *The Two Cultures*, Cambridge University Press, 1998, p. 4.

② Menand L, “Dangers within and without”, *Profession*, No. 1, 2005, pp. 10-17.

体的两端，以激情和睿智作为审美的两端，从七个层面对诗歌进行研究，对崇高、荒诞等美学概念从认知科学的角度做了科学的解释。

在《心灵及其故事》中，霍根在原型理论的基础上发现了叙事作品的三种普遍形式：浪漫的悲喜剧描述的是情人的结合、分离和再结合；英雄的悲喜剧描述的是领袖人物的地位失去、曲折抗争、权力恢复，有时还加上一个受难收场；献祭的悲喜剧描述的是饥荒出现、向神献祭、神人和解。三种作品和受难的收场取决于食物、爱人、国家和超验领域所引起的激情，分别代表生理的、个人的、社会的和永恒的幸福。他的理论还可以用于分析悲剧、抒情诗和宗教著作等：悲剧只是被截短的悲喜剧，抒情诗是微型的叙事，赞美诗属于英雄文学，献身的诗歌属于浪漫的作品。

布莱尔在《演员、意象与动作》中认为，认知神经科学既有科学的一面，又富有弹性，可用于指导戏剧排练；有关神经模式、心理结构、身体图式、记忆、激情、情感、意象流的理论都要求演员不断地熟悉戏剧的每一个意象，并结合动作不断地练习，使戏剧内化于演员的身体中，以便达到最理想的效果。

认知诗学是科学与人文艺术相结合的典范，使崇高、幽默、喜剧、悲剧、情感等审美现象的研究有了科学的基础，同时文学与艺术的许多问题进入了科学的领域，两者之间出现了积极的互动局面。但认知科学本身是很实证的学科，而文学艺术偏重于想象，显得飘渺不定，要达到虚实结合，甚至虚实相生，还有很长的路要走。

第一节　认知科学与认知诗学概论

认知科学是当今学界的显学。张淑华等曾指出："现代专家学者们普遍认为，物质的本质、宇宙的起源、生命的本质和智能的呈现是人类关注的四个基本问题。认知科学、思维科学和人工智能等学科的研究都与四个基本问题之一的'智能的呈现'密切相关。"[①]认知科学与智能的呈现相联系，要

① 张淑华、朱启文、杜庆东等:《认知科学基础》，科学出版社, 2007, 第 i 页。

解决的是一个人类科学的重大问题，属于当代的重要学科。认知科学在 20 世纪 50 年代兴起，引起了一次意义非凡的认知革命，其影响力已经渗透到各个学科。在最近二三十年的时间中，认知科学的影响范围逐步扩大到了文学研究，并且产生了一个重要学科——认知诗学。下文将从总体上讨论一下认知科学的特征及其对认知诗学的产生和发展的影响。

一、认知科学的特点与产生的背景

什么是认知科学呢？萨伽德曾说：“认知科学是对心智（mind）和智能（intelligence）的跨学科的研究，包括哲学、心理学、人工智能、神经科学、语言学和人类学。”[①]张淑华等指出：“认知科学旨在研究人脑和心智的工作原理及其发展机制，研究内容包括知觉、学习、记忆、推理、语言理解、知识获得、注意、情感和意识等高级心理现象……其中认知心理学、人工智能和神经生理学是认知科学的核心学科。”[②]从这两个定义中可以看到这门学科的主要研究内容以及相关的学科。

认知科学从某个角度来说是对行为主义的反叛。行为主义学者华生曾经说：“在行为主义者看来，心理学纯粹属于客观实证的自然科学的分支。其理论目标在于预测和控制行为。内省不是它的主要方法，而且其数据的科学价值不依靠于人们通过意识进行解释的倾向。”[③]行为主义者把心灵看作一个黑箱，拒绝对这个黑箱进行反省。认知科学家对行为主义者做出了纠正。纽厄尔和西蒙指出：“机器和程序都不是黑箱，它们是人工制造的产品，无论硬件还是软件都是如此，我们可以打开往里面看。”[④]计算机不是黑箱，人脑也不是黑箱。认知科学家把重点转向了内心。

认知科学深受控制论的影响。控制论大家维纳在 1943 年与合作者发表了一篇名为“行为、目的与目的论”的论文。他们在这篇文章中指出，机器可以有自己的“目的”，可以计算出目的与实际运行效果之间的差别，并对后

---

① 〔加〕萨伽德:《认知科学导论》，朱菁译，中国科学技术大学出版社，1999，第 i 页。

② 张淑华、朱启文、杜庆东等:《认知科学基础》，科学出版社，2007，第 i 页。

③ Watson B J, “Psychology as the behaviorist views it”, *Psychological Review*, No. 20, 1913, pp. 158-177.

④ Newell A, Simon H A, “Computer science as empirical inquiry: Symbols and search”, In Haugeland J (Ed.), *Mind Design Ⅱ: Philosophy Psychology Artificial Intelligence*, The MIT Press, 1997, p. 82.

来的运行进行调整。在第二次世界大战中，他还和计算机专家布什设计了一个自动防空火炮系统。这个系统可以通过信息反馈系统来瞄准，并根据实际的命中率进行自我完善。他后来还说道："我们已经决定把控制与交流理论的整个领域，无论涉及的是机器还是动物，都称作控制论。"[①]控制论为计算机科学的发展提供了重要依据。认知科学家也把大脑看作控制身体的中枢，将控制论的理论引进人脑的研究。

信息论也对认知科学的发展产生了巨大的影响。维纳曾说："信息就是信息，不是物质也不是能量。不承认这一点的唯物主义在当今社会是无法存活的。"[②]香农在 1938 年于麻省理工学院完成了一篇名为"继电器与开关电路的符号分析"的硕士学位论文。他用电路的开和关代表正确和错误，使机器具备"判断能力"。他的观点为计算机科学的发展打下了重要的基础。认知科学家也从信息论中汲取了不少有用的成分，他们把大脑当作信息处理中心进行研究。

二、无身认知与具身认知

认知活动与人的身体有没有关系呢？柏拉图认为，身体对于理性活动毫无帮助，是灵魂发挥作用的障碍。他说："当灵魂能够摆脱一切烦扰，比如听觉、视觉、痛苦、各种快乐，亦即漠视身体，尽可能独立，在探讨实在的时候，避免一切与身体的接触和联系，这种时候灵魂肯定能最好地进行思考。"[③]笛卡儿更是排斥身体和感官，把理性看作万能的主体。很多人都把认知活动看作是脱离身体的，这种认知观一般称为无身认知（disembodied cognition）。

图灵曾为计算机科学和认知科学作出了巨大的贡献。在第二次世界大战期间，图灵和他的合作者曾经发明了破译德国电报密码的机器。他认为机器可以进行思考。他还设计了一个"图灵机检验"。机器的程序如果能够像活生生的人一样回答问题，可以达到以假乱真的地步，这个检验就为合格。另

---

① Wiener N, *Cybernetics: Or Control and Communication in the Animal and the Machine*, The MIT Press, 1961, p. 11.

② Wiener N, *Cybernetics: Or Control and Communication in the Animal and the Machine*, The MIT Press, 1961, p. 132.

③〔古希腊〕柏拉图:《柏拉图全集》（第 1 卷），王晓朝译，人民出版社，2002，第 62 页。

外两名科学家纽厄尔和西蒙在 1957 年早期设计了一个名为“通用问题求解器”（General Problem Solver，GPS）的程序。他们的理论依据为“物理符号系统假设”。他们说：“一个物理符号系统有着必然的、充分的手段实现一般智能行动。所谓‘必然的’是指，任何具有一般智能的系统，经过分析，都将被证明为物理符号系统。所谓‘充分的’是指，任何足够大的物理符号系统都可以进一步组织起来，并体现出一般智能。”[①]图灵的理论与物理符号假设都认为智能以符号为基础，符号由任何物质的可操纵的排列构成。他们只关心符号的排列，不在意用什么物质达到目的。在模仿人的智能的时候，他们只注重理性，完全不研究人的身体。他们提倡的认知科学属于无身认知。

无身的计算机在计算速度、存储能力等方面在较短的时间内就有了突飞猛进的发展。特别值得一提的是，美国国际商业机器公司（International Business Machines Corporation，IBM）生产了一台专门用以分析国际象棋的超级电脑“深蓝”（Deep Blue），它拥有 32 个大脑（微处理器），每秒钟可以计算 2 亿步，曾于 1997 年 5 月 11 日击败了国际象棋世界冠军卡斯帕罗夫。

虽说“深蓝”在某些逻辑推理方面非常出色，但并非没有缺陷，因为逻辑推理只是人的认知活动的一部分。帕斯卡尔曾经把人的思维分为两种：几何学精神和敏感性精神。他说：“因此就很少有几何学家是敏感的，或者敏感的人而是几何学的了；这是由于几何学家要想几何学式地对待那些敏感的事物，他们要想从定义出发，然后继之以定理，而这根本就不是这类推论的活动方式，于是他们就把自己弄得荒唐可笑了。这并非说我们的精神没有在进行推论，但它却是默默地、自然而然地、毫不造作地在进行推论的……”[②]虽说有人偏向于几何式的思维，有人直觉更加敏感，但总体上看，人都是同时兼备两种能力的。无身的电脑不是这样，其只能模仿几何学精神，对于非逻辑的、自然而然的、直觉的敏感精神无能为力。丘奇兰德也看到了无身化电脑的问题，他说：“一个生物脑能够在不到一秒钟的时间里完成的事情，

① Newell A, Simon H A, “Computer science as empirical inquiry: Symbols and search”, In Haugeland J (Ed.), *Mind Design Ⅱ: Philosophy Psychology Artificial Intelligence*, The MIT Press, 1997, p. 87.

②〔法〕帕斯卡尔:《思想录》, 何兆武译, 商务印书馆, 1997, 第 4 页。

一个编程机器要花上数分钟甚至数小时。”[①]人有身体，和没有身体的电脑相比，有着突出的优点。例如，人可以轻松地在人口密集、交通复杂的大街上走路，几乎不会发生碰撞。这个任务，对计算机来说，几乎无法完成，每一步都需要许多复杂的数据，计算起来非常麻烦。所以认知科学的第二代学者把重点放在具身认知（embodied cognition）之上，开始重视身体和直觉问题。

什么是具身认知呢？西伦曾指出：“说认知是具身的，意味着它产生自身体与世界的交互作用。从这一观点出发，认知依赖于各种各样的身体体验，而且身体有着彼此不能分离的特定知觉能力和运动能力，它们一起形成了母体（matrix），将推理、记忆、情绪、语言以及所有心智生活的其他方面网络于其中。”[②]夏皮罗认为，具身认知有着三方面的主要特点。第一为“概念化”（conceptualization）：“一个有机体身体的属性限制或约束了一个有机体能够习得的概念（concepts）。即一个有机体依之来理解它周围的世界的概念，取决于它的身体的种类，以至于如果有机体在身体方面有差别，它们在如何理解世界方面也将不同。”[③]第二为“替代”（replacement）：“一个与环境进行交互作用的有机体的身体取代了被认为认知核心的表征过程。”[④]第三为“构成”（constitution）：“在认知加工中，身体或世界扮演了一个构成的而非仅仅是因果作用的角色。”[⑤]具身认知开始重视身体、感性与直觉。

莱考夫和约翰逊是“概念化”理论的重要代表。他们认为，概念与隐喻紧密联系。他们说：“隐喻的本质在于通过另一种事物来理解和体验当前的事物。”[⑥]对于大部分人来说，隐喻不是寻常的语言，而是诗意的想象和修辞多样性的一种策略。但这两位学者不这么认为，他们说：“相反，我们发现日常生活中隐喻无所不在，不论是在语言上还是在思想和行动中。我们的

① 〔美〕P. M. 丘奇兰德:《功能主义 40 年：一次批判性的回顾》，文田平译,《世界哲学》2006 年第 5 期，第 23-34 页。

② Thelen E, Schöner G, Scheier C, et al., “The dynamics of embodiment: A field theory of infant perseverative reaching”, *Behavioral and Brain Sciences,* Vol. 24, No. 1, 2001, pp. 1-86.

③ 〔美〕劳伦斯·夏皮罗:《具身认知》，李恒威、董达译，华夏出版社, 2014，第 4-5 页。

④ 〔美〕劳伦斯·夏皮罗:《具身认知》，李恒威、董达译，华夏出版社, 2014，第 5 页。

⑤ 〔美〕劳伦斯·夏皮罗:《具身认知》，李恒威、董达译，华夏出版社, 2014，第 5 页。

⑥ Lakoff G, Johnson M, *Metaphors We Live By*, The University of Chicago Press, 1980, p. 5.

思想和行为所依据的概念体系本身就以隐喻为基础。"[①]他们详细地论述了概念体系的隐喻特性。有没有什么概念可以不通过隐喻而被直接理解呢？这两位学者的回答是肯定的，他们指出："简单的空间概念是建立被直接理解的概念的首选，如'向上'（up）就是一个例子。我们空间概念里的'向上'源于我们的空间经验。我们有躯干并且直立向上。我们每一次移动几乎都包含了一个这样的运动程序，它以某种方式或改变，或保持，或预设，或考虑到这种上下方向。"[②]另外，"想象一个球状生物，生活在非吸引力环境中，没有任何其他的知识和经验。'向上'对于这样的生物而言会是什么概念呢？"[③]在他们看来，这样的生物就不会有"向上"的概念。当然，概念不仅与生理机制相联系，也受制于文化；但不管怎么说，人"通常用身体经验来概念化非身体经验"[④]。我们可以看一看以下三个句子。

> 哈利在厨房中。Harry is in the kitchen.
> 哈利是慈善互助会中的一员。Harry is in the ELKs.
> 哈利在恋爱中。Harry is in love.[⑤]

在这三个句子中第一个 in 表示的是物理空间上的"在……中"，第二个 in 表示在社会团体中，第三个 in 则表示抽象概念。可见直接身体经验是其他概念的基础，其他概念是从身体经验延伸出来的。

在替代方面的重要理论有盖尔德的动力学假设、布鲁克斯的机器人学等。构成理论主要有心理学家 O'里根和哲学家诺埃的知觉体验的感官运动理论（sensorimotor theories of perceptual experience）、克拉克的延展认知（extended cognition）理论等。

夏皮罗对第一代认知科学做了全面的总结。他指出，这一代认知科学的四个基本假设为：

---

① Lakoff G, Johnson M, *Metaphors We Live By*, The University of Chicago Press, 1980, p. 3.
② Lakoff G, Johnson M, *Metaphors We Live By*, The University of Chicago Press, 1980, p. 56.
③ Lakoff G, Johnson M, *Metaphors We Live By*, The University of Chicago Press, 1980, p. 57.
④ Lakoff G, Johnson M, *Metaphors We Live By*, The University of Chicago Press, 1980, p. 59.
⑤ Lakoff G, Johnson M, *Metaphors We Live By*, The University of Chicago Press, 1980, p. 59.

1. 心智是符号的且认知过程是算法的；

2. 思维是无身的（disembodied）和抽象的；

3. 心智限于有意识的觉知；

4. 思维是直义的和一致的，因此适合用逻辑来建模。①

他认为，第二代认知科学的四个基本假设为：

1. 心智是“生物的和神经的，不是一个符号问题”；

2. 思维是具身的：“本质上是身体的，具有通过经演化而来管理身体的神经回路所精确和巧妙雕刻的概念……我们概念的独特结构反映了我们身体的独特性……”；

3. 大约95%的心智是无意识的；

4. 抽象思维“大部分上是隐喻的，它们利用了与管理身体相同的感官运动系统”。②

总体上看，第一代认知科学属于无身认知，强调的是数据的逻辑运算，第二代认知科学开始重视人的身体和感官，属于具身认知。

三、认知诗学的产生与发展

美国诗人麦克利许不但诗写得好，而且对什么是诗还有着深刻的反思。他有这样的诗句：

诗应当沉默，但可触可摸
如长圆了的水果，
沉寂
如手指抚摸下的古币，
无声如石窗台
被衣袖拂光，长了绿苔——
诗应无言

① 〔美〕劳伦斯·夏皮罗:《具身认知》，李恒威、董达译，华夏出版社，2014，第101-102页。

② 〔美〕劳伦斯·夏皮罗:《具身认知》，李恒威、董达译，华夏出版社，2014，第102页。

如鸟儿飞旋。
……
诗不应“指义”，
而应“存在”。[①]

“诗不应‘指义’”中的“指义”的原文为 mean，就是把意思搞明白并直接说出来。这种“指义”正是第一代认知科学关注的焦点。但这只是认知的一部分，对于文学作品来说，并非重要的部分。强调逻辑与形式的第一代认知科学与文学关系不大，所以迟迟没有渗透到文学领域。

“而应‘存在’”中的“存在”的英文为 be，就是让那个有血有肉的事物直接展现出来，正如“长圆了的水果”“手指抚摸下的古币”等意象一样。麦克利许肯定的是人的感官能够直接触及的活生生的东西，这也是第二代认知科学关心的问题。认知科学的进一步发展，为这门科学与文学的结合打下了基础，为认知诗学的产生提供了契机。

什么是认知诗学呢？理查德森指出：“也许认知文学研究最准确的定义应该是对认知科学和神经科学有极大兴趣的文学评论家和理论家所做的工作，无论研究领域有多大差别，他们仍有许多地方可对话。”[②]认知诗学是以认知科学为基础的跨学科研究，涉及的主要领域包括：“认知心理学、心理语言学、人工智能、语言学的某些分支和科学哲学。”[③]楚尔把认知诗学和其他流派的批评做了比较。他说：“回顾 20 世纪文学批评我们可以看到，一方面，印象式的批评家只对文学文本的效果津津乐道，但难于把效果与结构联系起来。另一方面，重分析和结构的批评家善于描述文本的结构，却对于这些文本的人类价值不太清楚，或者说不知道文本的感知效果是怎么来的。认知诗学，正如这本书所做的那样，以认知理论系统地解释文学文本与认知效果之间的关系。”[④]认知诗学在印象式批评和结构主义批评之间架了一座桥梁，

---

① 〔美〕阿奇波德·麦克利许:《诗艺》，飞白译，见飞白编《世界诗库》（第 7 卷），花城出版社，1994，第 277-278 页。

② Richardson A, “Studies in literature and cognition: A field map”, In Richardson A, Spolsky E (Eds.), *The Work of Fiction: Cognition, Culture, and Complexity*, Ashgate, 2004, p. 2.

③ Tsur R, *Toward a Theory of Cognitive Poetics*, Elsevier Science Publishers, 1992, p. 1.

④ Tsur R, *Toward a Theory of Cognitive Poetics*, Elsevier Science Publishers, 1992, p. 1.

主要是从认知科学的角度阐述特定的认知结构何以产生相应的认知效果。

西方的认知诗学可以分为三个阶段：20 世纪七八十年代的草创期、20 世纪 90 年代的成熟期和 21 世纪的爆发期。楚尔是认知诗学的创始人，早在 1971 年他以《诗意修辞学》一文获得英国萨塞克斯大学（Sussex University）博士学位，为认知诗学开了先河。在 1977 年他率先公开出版了第一本认知诗学著作——《基于感知的格律理论》。他在 1983 年出版的《什么是认知诗学》中率先提出了“认知诗学”这个概念。20 世纪 80 年代的重要著作还有莱考夫和约翰逊的《我们赖以生存的隐喻》、霍兰德的《罗伯特·弗罗斯特的大脑：文学的认知研究》、特纳的《自然的古典主义：文学与科学论文集》等等。草创期虽然影响不大，但为进一步的发展打下了基础。

到了 20 世纪 90 年代，认知诗学有了巨大的发展。楚尔在 1992 年出版了厚达五百多页的里程碑式的著作——《走向认知诗学理论》。这个领域的重要著作还有：特纳的《文学的心灵》、斯卡利的《由书而梦》、斯波尔斯基的《自然的缺口——文学阐释与模块的心灵》等等。1998 年现代语言协会组织了“文学认知批评方法”专场，标志着文学界对这一流派的高度认同。

到了 21 世纪，认知诗学的著作就像雨后春笋，好的著作层出不穷，这门学科已经成为文学界的显学。理查德森曾自信地指出，“文学认知研究，从国际的角度看，吸引了文学专业研究中各个领域的读者，已经成为一门地位确立的学科，不再需要为自己的存在进行辩护”①。在众多的论著当中，特别值得一提的是，帕尔格雷夫出版社（Palgrave）出版了“文学与表演的认知研究”多卷本丛书；得克萨斯大学出版社出版了“文学与文化的认知研究丛书”；2013 年以来，约翰·本杰明出版公司推出了“儿童文学、文化与认知”系列丛书。这三套丛书包含著作近 30 部，具有很大的影响力。除了这三套丛书之外，其他论著还有很多，难以一一罗列。

具身认知的出现为认知诗学打下了基础，具身认知的不断深入推动了认知诗学的发展。另外，认知诗学重点探讨的情感、想象、审美等已经反过来影响其他认知研究，正逐步汇入认知科学的长河。

---

① Richardson A, *The Neural Sublime: Cognitive Theories and Romantic Texts*, Johns Hopkins University Press, 2010, p. ix.

在国内，首先关注认知诗学的学者应当是何卫，他在2001的《国外文学》上发表了《文学、认知和大脑——书目及评注》，介绍了11篇（部）相关的论著。2004年申丹教授在《外语与外语教学》上发表了《叙事结构与认知过程——认知叙事学评析》。2005年和2006年苏晓军、唐伟胜、刘文等零零星星地发表了几篇相关论文。2010年之后文学认知研究有较大的发展，国内学界创立了中国认知诗学学会，创办了刊物《认知诗学》，相关成果不断涌现，主要著作包括：张万敏的《认知叙事学研究》（2012年）、刘文和赵增虎的《认知诗学研究》（2014年）、汪虹的《罗伯特·弗罗斯特诗歌的认知诗学研究》（2016年）、张生泉的《戏剧认知导论》（2017年）、莫妮娜的《喜剧文学的喜剧性研究——基于认知语义脚本理论》（2018年）等十几部。

2007年湖南大学外国语学院举办了第五届全国认知语言学研讨会，邀请了认知诗学鼻祖楚尔前来参加，并且给认知诗学开了一个专题。2008年广西师范学院[①]举办了第四届中国英语研究专家论坛暨首届全国认知诗学学术研讨会，标志着认知诗学开始受到不少学者的重视。接着在熊沐清先生的倡导下，成立了中国认知诗学学会。目前这个学会更名为“中国比较文学学会认知诗学分会”，每两年举行一次会议。学会还创办了刊物《认知诗学》，每年出版2期。学会的成立、刊物的创办，说明中国认知诗学研究已经取得了突破性的进展，为更好地从事这方面的研究打下了基础。

在本书中，我们从诗歌、小说、戏剧这三个领域中选择了三部用认知的方法进行研究的代表性著作作为个案深入研究。希望感兴趣的朋友以此为切入点，进一步阅读认知诗学的论著。

第二节　楚尔的《走向认知诗学理论》

鲁文·楚尔（1932—）是以色列特拉维夫大学的荣誉退休教授，系认知诗学的鼻祖和最具影响力的代表之一。他在1983年出版的《什么是认知诗学》中率先提出了“认知诗学”这个概念。但他在这个领域的研究还可以大大往前

① 2018年更名为南宁师范大学。

追溯。早在1971年他以《诗意修辞学》一文获得英国萨塞克斯大学博士学位，为认知诗学开了先河。1977年他率先公开出版了第一本认知诗学著作——《基于感知的格律理论》。他在1992年出版了厚达574页的里程碑式的著作——《走向认知诗学理论》。他还于2008年把这本书扩充为720页的大作。

一、楚尔对认知诗学的界定

虽然认知诗学作为一门学问只有二三十年的历史，但从认知的角度谈论文学的现象古已有之。亚里士多德早在古希腊时代就曾经说过：

> 此外，无论是活的动物，还是任何由部分组成的整体，若要显得美，就必须符合以下两个条件，即不仅本体各部分的排列要适当，而且要有一定的、不是得之于偶然的体积，因为美取决于体积和顺序。因此，动物的个体太小了不美（在极短暂的观看瞬间里，该物的形象会变得模糊不清），太大了也不美（观看者不能将它一览而尽，故而看不到它的整体和全貌——假如观看一个长一千里的动物便会出现这种情况）。所以，就像躯体和动物应有一定的长度一样——以能被不费事地一览全貌为宜，情节也应有适当的长度——以能被不费事地记住为宜。[①]

楚尔在他的著作中也引用了这段文字，并且说："在这里从视觉和戏剧欣赏两方面以认知器官的极限对美进行了界定。"[②]楚尔独具慧眼，亚里士多德在这里的确是从认知能力的角度谈论文学作品的美，是认知批评的古代范例。但古人在这方面的论述是很偶然的，只有到了楚尔的时代，这种研究才达到了自觉化、系统化的水平。

认知诗学是以认知科学为基础的跨学科研究，涉及的主要领域包括："认知心理学、心理语言学、人工智能、语言学的某些分支和科学哲学。"[③]楚尔把认知诗学和其他流派的批评做了比较。认知诗学在印象式批评和结构主义批评之间架了一座桥梁，从认知科学的角度阐述文本结构之所以产生相应

---

①〔古希腊〕亚里士多德：《诗学》，陈中梅译注，商务印书馆，2002，第74页。

② Tsur R, *Toward a Theory of Cognitive Poetics*, Elsevier Science Publishers, 1992, p. 2.

③ Tsur R, *Toward a Theory of Cognitive Poetics*, Elsevier Science Publishers, 1992, p. 1.

的认知效果。

认知诗学十分强调审美过程中的具体感知，但对感知经验的探讨并不始于认知诗学。佩特曾说："经验本身，而不是经验的结果，是艺术的目的。"[①]他还说："因为艺术走近你的时候，坦白地说，什么也不会带来，最关键的在于艺术体验的美妙过程，仅仅是出于这些瞬间的原因。"[②]俄国形式主义也对审美体验提出了独到的看法。什克洛夫斯基曾经说："正是为了恢复对生活的体验，感觉到事物的存在，为了使石头成其为石头，才存在所谓的艺术。艺术的目的是为了把事物提供为一种可观可见之物，而不是可认可知之物。艺术的手法是将事物'奇异化'的手法，是把形式艰深化，从而增加感受的难度和时间的手法，因为在艺术中感受过程本身就是目的，应该使之延长。艺术是对事物的制作进行体验的一种方式，而已制成之物在艺术之中并不重要。"[③]什克洛夫斯基指出，艺术需要"增加感受的难度和时间"，使人"感觉到事物的存在"。

楚尔的认知诗学也高度重视感知过程，强调艺术欣赏中的陌生化效果，但他与俄国形式主义者有着明显的区别。俄国形式主义者在谈论"奇异化"（即陌生化）效果的时候，虽然也触及感知问题，但他们并没有在这个方面深入地研究下去，而是把注意力聚焦于作者如何利用文学手段，改变文本的结构和特征，以便引起特定的效果。楚尔认为，光有文本还无法产生陌生化效果。文学文本只有通过和读者接触，并对正常的认知过程构成挑战时，才能产生陌生化效果。认知诗学以文学的认知过程为研究对象，为文学研究开创了一片新领域。

楚尔既积极地吸收了认知科学的成果，又发展了这门科学。认知科学一般只研究正常情况下的认知过程。正常的认知往往自然而然地发生，人们对这个过程没有多少感觉，与具有特殊感受的审美过程大不相同。由于这种差别，一般的认知科学不容易解释清楚文学艺术的各种现象。楚尔指出，文学认知使用的机制就是一般的认知机制，但文学审美是这种机制的特殊使用，

---

① Pater W, *The Renaissance: Studies in Art and Poetry*, University of California Press, 1980, p. 188.

② Pater W, *The Renaissance: Studies in Art and Poetry*, University of California Press, 1980, p. 190.

③〔苏〕维·什克洛夫斯基:《散文理论》，刘宗次译，百花洲文艺出版社，1994，第 10 页。

是“对认知过程的有组织的干扰”[①]。这种“有组织的干扰”就是为了“增加感受的难度和时间”，使人更加真实地感觉到事物的存在。楚尔吸纳了形式主义和认知科学的观点，在交叉研究的过程中拓宽了学术的领地。

二、楚尔认知诗学的基本概念

《走向认知诗学理论》这本书的前面四章为：“认知诗学的本质”“诗歌欣赏中的心理阅读能力与声音阅读能力”“稳定世界的建构”“诗歌结构与感知到的特质”。在这四章中，楚尔阐述了他的认知诗学的基本观点。

为了有效地对世界作出反应，人往往需要建立一种“常态意识”（ordinary consciousness）。楚尔曾经解释道：“总结来说，常态意识就是慢慢地演变的系统，这个系统是选择性的，越来越趋向于结构化和差异化。”[②]在建立常态意识的过程中，“有些信息被组织成明确的概念、清晰的图形、稳定的客体、理性的序列。另外一些则被倒入背景之中，变为区分度很小的一大堆。概念、图形、客体、序列构成了世界的稳定性和理性的基础”[③]。在这个过程中有两种相反的认知作用：“水平化”（leveling）和“突出化”（sharpening）。两者虽是相反的活动，但都为“消除歧义、不确定性和认知的不稳定性”服务。[④]一旦建立起常态意识，人就会产生“心理定势”（mental set）。楚尔说：“心理定势就是胸有成竹地以某种方式作出反应。”[⑤]就是对特定的情景能够自然而然地作出反应，属于有效的生存技能，可以节省脑力，缩短反应时间。

常态意识虽然具有重大意义，但与世界本身总是有一定的差距。从主体的角度说，常态意识在一定的程度上是主观建构的，不可能总是与世界相一致；从客体的角度说，世界的丰富性无法穷尽，世界的变化发展也无法完全预测。所以在现实中必然经常遇到仅凭心理定势无法解决的问题。

面对变化的情景，人们有两种基本的应对机制：“一种机制是睿智（wit）；

---

① Tsur R, *Toward a Theory of Cognitive Poetics*, Elsevier Science Publishers, 1992, p. 4.

② Tsur R, *Toward a Theory of Cognitive Poetics*, Elsevier Science Publishers, 1992, p. 20.

③ Tsur R, *Toward a Theory of Cognitive Poetics*, Elsevier Science Publishers, 1992, p. 20.

④ Tsur R, *Toward a Theory of Cognitive Poetics*, Elsevier Science Publishers, 1992, p. 34.

⑤ Tsur R, *Toward a Theory of Cognitive Poetics*, Elsevier Science Publishers, 1992, p. 11.

另一种是激情（emotion）。”[①]当心理定势无法解决问题时，人们往往可以通过“心理定势的变更”（shift of mental sets）达到目的。楚尔这样解释这个术语：“可以把它定义为心理准备的变化，以便用某种方式作出反应。在语言之外的现实当中，人们应对*变化的*情景需要这种变更。”[②]这是对付变化的情景的生存技能。在变更心理定势时，人们往往可以感觉到一种睿智。楚尔说：“睿智可以描述为对于心理定势变更的独特的自觉品质。是运用睿智应对困局时体现出来的幽默感，这种能力体现了心理上的健康。”[③]当一个人能够比较自如地运用心理定势的变更对付艰难局势，他往往会因为自己的睿智而感到自豪，甚至会因为自己能够一次次地看透世界的本质而产生诙谐的（witty）感觉。

现实总是高度复杂，很多问题通过心理定势的变更也解决不了。在这种情况下，人们就得通过激情来应对。人们过去通常把激情看作盲目的，事实并非如此。拉扎勒斯曾经说：“个体对关乎自己好处的局面进行感知与评估，这种评估是激情反应的关键前因。”[④]人在激情评估的过程中，往往调动多种功能。有人指出：“这种评价判断需要感觉、想象和记忆；也涉及理智……激情局面涉及活动的许多方面，往往是人类的各种能力……所有的功能同时起作用。”[⑤]激情活动往往体现了综合性、创造性和迅速性。“理性活动，在另一方面，是排外的。它朝向目标并一步紧跟一步地向前推进。”[⑥]相比较而言，理性活动比较单一、缓慢，而且结论往往已经包含在前提和推理方式之中，没有多少创造性。当然理性活动也有自身的好处，那就是比较可靠。

从文体的角度看，楚尔创造了“聚合型文体”和“发散型文体”两个术

---

① Tsur R, *Toward a Theory of Cognitive Poetics*, Elsevier Science Publishers, 1992, p. 56.

② Tsur R, *Toward a Theory of Cognitive Poetics*, Elsevier Science Publishers, 1992, p. 11.

③ Tsur R, *Toward a Theory of Cognitive Poetics*, Elsevier Science Publishers, 1992, p. 11.

④ Lazarus R, “Emotion as coping process”, In Arnold B M (Ed.), *The Nature of Emotion*, Penguin, 1966, p. 260.

⑤ Arnold B M, Gasson A J, “Feelings and emotions as dynamic factors in personality integration”, In Arnold B M, Gasson A J (Eds.), *The Human Person: An Approach to an Integral Theory of Personality*, Ronald Press, 1954, pp. 294-313.

⑥ Tsur R, *Toward a Theory of Cognitive Poetics*, Elsevier Science Publishers, 1992, p. 58.

语。他说："在结构方面，'聚合型文体'的特点在于形状明晰，从内容和形式两方面来说都是如此；这种文体往往有明确的方向和清楚的对比（从诗体学或语义学的层面上说）；其感知特点，倾向于有确定的氛围，理智的掌控。"[①]聚合型文体一般具有分裂型的焦点（split focus）。楚尔阐述道："另外一方面，当语言的不同方面聚集到两行之内，焦点是分裂的（有些批评家称这种认知特点为*尖锐的焦点*），通常让人觉得有睿智或者有讽刺性。"[②]聚合型文体的内容和形式都有比较严密的逻辑，但有时焦点不止一个，不同的焦点之间常常界限分明，这就出现了分裂的焦点。读者为了理解这些焦点，往往需要变换心理定势，体现出一种睿智，带有诙谐的特色。

关于另一种文体，楚尔说："'发散型文体'，从结构方面来说，形状模糊，从内容和形式两方面来看都是如此；展示出来的是大致的倾向（而不是明确的方向）和模糊的对比（从诗体学或者语义学的层面上说）；其感知特质，倾向于拥有不确定的气氛和激情的特点。"[③]与发散型文体相对应的是整合型的焦点（integrated focus）。他说："发散型文体可以把不和谐的要素整合到感知中去，产生某些批评家所谓的*软焦点*。"[④]发散型文体可以有好多个焦点，但不同焦点往往彼此融合，并非相互排斥，所以属于软聚焦。这种文体常常能够激起人们的激情，容易产生创造性的阐释。

楚尔提出"聚合型文体"与"发散型文体"这两个术语的灵感来自"聚合思维"与"发散思维"。聚合思维"朝向一个正确答案，或者相关信息在一定程度上有清楚规定的答案。"[⑤]发散思维"强调探索行为有朝向不同方向的自由"[⑥]。发散思维不一定建立于严密的逻辑之上，但创造性思维往往都属于发散思维。楚尔指出："'创造性思维'需要发散思维的能力。当一个新的数学问题出现的时候，没有'确定'的规则可用。人们将通过无法预

---

① Tsur R, *Toward a Theory of Cognitive Poetics*, Elsevier Science Publishers, 1992, p. 84.

② Tsur R, *Toward a Theory of Cognitive Poetics*, Elsevier Science Publishers, 1992, p. 92.

③ Tsur R, *Toward a Theory of Cognitive Poetics*, Elsevier Science Publishers, 1992, pp. 84-85.

④ Tsur R, *Toward a Theory of Cognitive Poetics*, Elsevier Science Publishers, 1992, p. 92.

⑤ Joy Paul Guilford, "Traits of creativity", *Creativity and Its Cultivation*, Harper and Row, 1959, pp. 142-161.

⑥ Joy Paul Guilford, "Traits of creativity", *Creativity and Its Cultivation*, Harper and Row, 1959, p. 59.

测的这个领域的*重构*而突然闪烁的洞见解决问题。”[①]这两种思维方式是楚尔的认知诗学的重要基础。

在《走向认知诗学理论》这本书中，楚尔用四章的篇幅讨论了认知诗学的基本问题之后，又从七个层面论述诗歌，这些层面包括：声音、意义单位、世界、规定性概念、空间、被改变的意识状态和批评。在第二版中，他又增加了一章，专门论述认知诗学与认知语言学的关系。他认为事物没有作为中心的绝对本质，研究问题应当层层加以考察，然后才能了解作为总体的特性。他还引用了易卜生的《培尔·金特》中的一段话。

> 可真有不少层！什么时候才剥出芯子来哪？（把整个葱头掰碎）
>
> 哎呀，它没有芯子，一层一层地剥到头儿，越剥越小。老天真会跟人开玩笑！（把碎片扔掉）[②]

这个场面非常发人深思，楚尔特别欣赏这个剥葱头的比喻。他自己的研究也是这样层层推进的，但由于篇幅的限制，我们仅仅选择了诗歌的空间层面展开讨论。

三、空间层面的审美认知

诗歌是否能够展现空间中的画面呢？莱辛在著名的《拉奥孔》中说道：“既然绘画在它的摹仿中所用的媒介或符号确实是和诗所用的完全不同——那就是说，绘画用空间中的形体和颜色，诗用在时间中发出的声音——既然符号无疑地应该和它们所代表的事物互相协调，因此，在空间中并列的符号就只宜于表现全体或部分也是在空间中并列的事物；在时间中持续的符号就只宜于表现全体或部分也是在时间中持续的事物。”[③]在他看来，诗歌属于时间艺术，与作为空间艺术的绘画大不相同。而且还有人指出：“如果左半脑在运行的时候是分析性的，是按时序进行的，那么右半脑的运行方式更具

---

① Joy Paul Guilford, “Traits of creativity”, *Creativity and Its Cultivation*, Harper and Row, 1959, p. 59.

②〔挪〕易卜生:《培尔·金特》,《易卜生戏剧选》，潘家洵译，人民文学出版社，1997，第 136 页。

③〔德〕莱辛:《拉奥孔》，朱光潜译，见伍蠡甫编《西方文论选》（上），上海译文出版社，1979，第 432 页。

整体性、关系性、同时性。”[①]时间艺术与空间艺术在大脑中所占的区域也不一样。诗歌与绘画的载体不同，创作方法不同，在大脑中所占的区域也不同，看来两者的区别的确不小。

不管诗歌与绘画有多大的区别，把两者联系在一起的还是大有人在。贺拉斯曾说：“诗歌就像图画。”[②]苏东坡指出：“味摩诘之诗，诗中有画。观摩诘之画，画中有诗。”[③]诗画的关系非常密切，古今中外有许许多多的文人都热衷于讨论这个问题，可谓无风不起浪。

楚尔充分肯定了空间关系在诗歌中的重要性，他说：“诗歌本质上属于‘时间’艺术。但绝大多数诗歌形象都与空间感知有关。”[④]楚尔对语言与空间的关系做了深入的研究。他说：“语言从本性上看是概念性的、线性的。所以语言最适合于表达逻辑话语。就是感情、激情、直觉、空间定位这样的词语指向的是概念，是理智的抽象。只能在这些词语的帮助之下，才能激起词语所赖以抽取出来的非线性的经验……诸如感情、激情、直觉、空间定位之类的经验是扩散的、立体的，属于非线性的过程，与右脑相联系，但词语却通过概念指向它们，而这些概念是压缩的、分析的、线性的，并与左脑相联系。”[⑤]楚尔还说：“起码有两种关于语义范畴的信息储存于记忆之中：范畴的名称与属性的表象。”[⑥]这就是说，语言首先指向的是左脑中的抽象概念，但这些概念也与右脑中的图像、情感等相联系。诗歌与阐述抽象道理的著作不同，不仅涉及概念的问题，还更多地指向右脑中的情感与图像。所以那些企图把诗歌与绘画完全分开的行为并不合理。

空间感知有两种形式：“形状感知”（perception of shapes）与“空间定位”（orientation）。形状感知属于分析性的（analytical），主要特点在于：“以客体为核心，感知过程涉及分析，需要把客体和自己分开，还要与其他客

---

① Ornstein R, *The Psychology of Consciousness*, Penguin, 1966, p. 68.

②〔古罗马〕贺拉斯:《诗艺》，罗念生译，见〔古希腊〕亚里斯多德、〔古罗马〕贺拉斯《诗学·诗艺》，人民文学出版社，1982，第 156 页。

③ 苏东坡:《书摩诘〈蓝关烟雨图〉》，《苏轼全集校注》（第 19 册），河北人民出版社，2009，第 7904 页。

④ Tsur R, *Toward a Theory of Cognitive Poetics*, Elsevier Science Publishers, 1992, p. 347.

⑤ Tsur R, *Toward a Theory of Cognitive Poetics*, Elsevier Science Publishers, 1992, p. 360.

⑥ Tsur R, *Toward a Theory of Cognitive Poetics*, Elsevier Science Publishers, 1992, p. 360.

体和有机体分开。”[①]我们在几何课中有时要根据要求作图，这个过程是一个很好的形状感知过程。空间定位是立体的，“总是包括感知者和环境。自我和世界从感知的角度看不可分离”[②]。踢足球这种运动需要非常好的空间定位能力。为了接住队友传过来的球，不仅仅要对球这个对象进行判断，还要对球的速度、环境、自己的位置与动作等作出准确的判断，否则就无法完成这个任务。楚尔还对两者作了这样的区别：“视觉形状的感知明显地与对象的有限性相关；同时，人们可以假设空间定位能够让自己的指向延伸至看不见的地平线之外的周围空间，体会到一种无限的感觉。”[③]可见形状感知以对象的有限性为前提，而空间定位允许空间范围扩大到视觉范围之外，能够给人以无限的感觉。

成功地进行空间定位，我们才能踏实地生活。但现实中也有定位不成功的时候，楚尔称之为“空间迷失”（disorientation）。他举了这样一个例子：“在驶过一辆停在那里的汽车旁边时，如果那辆车突然开走，许多司机往往陷入恐慌。原因在于自我定位的信息在当时的光学条件下被破坏了。”[④]空间迷失在日常生活中经常出现。

为了更加清楚地阐述楚尔的理论，我们将引用几段诗歌，并以楚尔诗学的基本理论和空间理论进行分析。下面两段诗出自多恩的《赠别：禁止伤悲》。在这首诗中，多恩把情人的别离与团聚比作用圆规画圆。

即便是两个，它们也好比 If they be two, they are two so
圆规的一双坚固的脚，As stiff twin compasses are two,
你的灵魂，那只定脚，坚定不移，Thy soul the fixt foot, makes no show
但另一脚若移动，它也旋转。To move, but doth, if th' other do.

虽然它稳坐中央，And though it in the centre sit,
但另一脚在外远游时，Yet when the other far doth roam,

① Tsur R, *Toward a Theory of Cognitive Poetics*, Elsevier Science Publishers, 1992, p. 347.
② Neisser U, *Cognition and Reality*, Freeman, 1976, p. 117.
③ Tsur R, *Toward a Theory of Cognitive Poetics*, Elsevier Science Publishers, 1992, p. 350.
④ Tsur R, *Toward a Theory of Cognitive Poetics*, Elsevier Science Publishers, 1992, p. 374.

它俯身倾听它的声音，It leans, and hearkens after it,

那只脚一回家，它也把腰挺直。And grows erect as that comes home.[①]

楚尔指出这段话的重要特点在于："第一，多恩用精确的仪器来描述精神上的真实，准确地描绘了细节；第二，为了欣赏形象引发的精神内涵，读者必须将形象的细节仔细地形象化。"[②]在这里，情人的分离和圆规的形象没有多少含混的地方，思路很清晰，体现了聚合型的思维。从文体的角度看，属于聚合型文体，内容和形式都比较清楚，风格受理性主导。但诗歌的内容总是比较复杂的，不仅仅反映了一般的"常态意识"，不可能简单地依靠"心理定势"把意思搞清楚。楚尔还说道："第三，坚固的（stiff）、移（move）、俯身（leans）和挺直（grows erect）描述了物理状态和运动，但也指向心理状态。因此同样的词语同时兼具物理描写与心理描写的功能。"[③]他还指出："因此喻体形象（圆规）和表明的（与情人分别相关的）思想之间'保持着他们的认同战争'"[④]；"圆规在纸上的操作完全非关感情，而叙述者禁止悲伤的赠别高度地包含了感情"[⑤]。诗歌的焦点属于分裂型的，读者可以明确地看到不同的聚焦：物理状态与心理状态、喻体与本体、圆规与情感等。这些焦点彼此分明，互相冲突。为了理解这样的文本，读者必须不停地变更自己的心理定势。人们在不同的心理层面穿梭的时候，常常能够找到睿智的感觉。有时会因为看穿了这些事物，觉得有些滑稽。

从空间层面看，楚尔指出："正如在第四章指出的那样，为了从多恩的圆规形象中获取精神内容，读者必须把多恩运动过程中的圆规这个形象小心地图像化。这种形状感知中的分析-理性的特点，加强了这段话的滑稽特点。"[⑥]在建构圆规的形状时，读者体验了"形状的感知"，圆规基本上是一个对象化的形象，读者不需要把它置于环境与自己的关系之中进行体悟。这样的话，

---

① Donne J, *The Complete Poems of John Donne*, Pearson Education Limited, 2008, pp. 260-261.

② Tsur R, *Toward a Theory of Cognitive Poetics*, Elsevier Science Publishers, 1992, p. 94.

③ Tsur R, *Toward a Theory of Cognitive Poetics*, Elsevier Science Publishers, 1992, pp. 94-95.

④ Tsur R, *Toward a Theory of Cognitive Poetics*, Elsevier Science Publishers, 1992, p. 95.

⑤ Tsur R, *Toward a Theory of Cognitive Poetics*, Elsevier Science Publishers, 1992, p. 95.

⑥ Tsur R, *Toward a Theory of Cognitive Poetics*, Elsevier Science Publishers, 1992, p. 356.

读者容易产生睿智的感觉。

多恩的诗歌，从思维模式和文体的角度说，属于聚合型的，其焦点属于分裂型的，从空间层面上看，需要形状感知能力，读者在阅读的过程中，需要不断地变更心理定势。从各个层面上看，都需要清晰的逻辑思维。读者在不断地运用理性解读爱情的时候，会因为看透了爱情的本质而自觉聪明，有时甚至因此把爱情看作滑稽的东西。但这首诗的题目为《赠别：禁止伤悲》，要表现的正是强烈的激情。以圆规画圆比喻情人的分别，的确很有新意，但作者的描写方式一再弱化情感的成分，加强了理性的成分，削弱了诗歌的效果。运用楚尔的理论分析这首诗，具有充足的理论依据，得出的结论非常公允，体现了认知诗学的应用价值。

下面的选段出自弥尔顿的《失乐园》，风格与多恩迥异，不少方面甚至相反。

燃烧的火轮停下来了，Then stayed the fervid wheels, and in his hand,
他手拿金制的双脚圆规，He took the golden compasses, prepared,
是神的永恒仓库所备，In Gods eternal store, to circumscribe,
做为规划宇宙万物时用的：This universe, and all created things:
他以一脚为中心，另一脚 One foot he centred, and the other turned
则在幽暗茫茫的大渊上旋转一周，Round through the vast profundity obscure,
他说：扩大到这儿，这是你的界限，And said, Thus far extend, thus far thy bounds,
世界啊，这是你的范围。This be thy just circumference, O World.
天神就这样创造了天和地，Thus God the heaven created, thus the earth,
而地却是虚空未成形的物质。Matter unformed and void: darkness profound
渊面盖着一层深厚的黑暗，Covered the abyss: but on the watery

calm

天神的灵张开翅膀，孵覆在，His brooding wings the spirit of God outspread,

平静的水面上，注进了 And vital virtue infused, and vital warmth

生命的力和生命的暖气。[①]Through out the fluid mass, but downward purged.[②]

天神在创造天地的时候也使用了圆规。但这里的情景与多恩笔下的情景不太一样。楚尔说道："不像多恩，他首先没有把精神的和崇高的东西进行'操作控制'。"[③]通过这个圆规创造出来的世界是"虚空未成形的物质""深厚的黑暗""平静的水面"等，没有把所画的图形完全清晰化，体现了一种发散思维，其文体也是发散型的。特别值得一提的是"平静的水面"。这个词语的英文为 watery calm，可以直译为"水一般地寂静"，其实指的就是平静的水面。水本来属于没有形状的液体，但弥尔顿还要以"寂静"替代"水"，并将"水"变为形容词，使没有形状的东西更加无形。楚尔还说："他使可见的外形向无形的存在的转化尽可能平缓。"[④]楚尔还指出："弥尔顿的圆规比多恩的圆规占有一个更高的地位。它不'仅仅'是比喻……还是一直在营造的神话般形象的一部分，真实地存在于作为建筑的开天辟地的语境中。"[⑤]圆规与天地万物、作者的思想是一个有机的整体，其焦点是聚合型的。从空间的角度看，读者不是将这幅图画对象化，而是与这个情景、环境融为一体，体现了空间定位的过程。与发散思维、发散型文体、聚合型焦点、空间定位相联系的审美特点在于激起激情。这是一篇以景抒情的好诗。

这段诗歌不仅描绘了场景的模糊性，还突出了它的无限性。楚尔曾说："但金色圆规的设计没有允许它固化为'有限的'圆圈（像多恩那样）。第二只脚消失于模糊、无限和无形之中，甚至消失于非物质之中（如果这样

---

①〔英〕弥尔顿:《失乐园》，朱维之译，上海译文出版社，1984，第 263 页。

② Milton J, *Paradise Lost*, Oxford University Press, 2005, p. 205.

③ Tsur R, *Toward a Theory of Cognitive Poetics*, Elsevier Science Publishers, 1992, p. 95.

④ Tsur R, *Toward a Theory of Cognitive Poetics*, Elsevier Science Publishers, 1992, p. 95.

⑤ Tsur R, *Toward a Theory of Cognitive Poetics*, Elsevier Science Publishers, 1992, p. 95.

说合适的话）。空间在这里……还消失于可见的视野之外。”[①]弥尔顿笔下的画圆活动，也需要把一只圆规的脚固定住，但圆规在“幽暗茫茫的大渊上旋转”，整个疆域非常广大，没有固定的边界。“深厚”（profound）、“渊”（abyss）等也与没有边际的无限相联系。这种无限的感觉在审美领域中可以激起崇高感。

康德曾说：“自然界的美是建立于对象的形式，而这形式是成立于限制中。与此相反，崇高却是也能在对象的无形式中发见，当它身上无限或由于它（无形式的对象）的机缘无限被表象出来，而同时却又设想它是一个完整体。”[②]上帝画出来的圆既是无限的，却又是一个整体，符合康德所谓的崇高的特点。康德还说：“所以应该称做崇高的不是那个对象，而是那种精神情调，通过某一个的使‘反省判断力’活动起来的表象。”[③]无限主要不在于对象本身之大，更主要的是人的“精神情调”。在这段诗歌中，弥尔顿侧重点也是主观感受。关于崇高，朗吉努斯还说：“我认为，铺张与崇高、激情和修饰的风格都有区别，崇高在于高度的提升，铺张在于数量的夸大；因此，崇高蕴含在一个单独的概念中，而铺张总是与数量和一定程度的冗繁相关。”[④]这段诗歌体现了聚合型的焦点，圆规与上帝创造的世界是水乳交融的，“无形的广大不是与圆的形象处于‘斗争’的矛盾之中，而是融于这个形象之中”[⑤]。这里各要素都在核心形象的主导之下，不仅仅是数量的相加。人们在阅读的时候，还有一个高度提升的过程，在无限的感觉中，体悟到神性的崇高。

除了成功的空间定位之外，有时还会出现空间迷失。空间迷失会导致主体暂时无法确定以什么激情应对这个局面，形成激情定位的迷失（emotional disorientation），并造成荒诞的感觉。为了阐明什么是荒诞，楚尔引用了希

---

① Tsur R, *Toward a Theory of Cognitive Poetics*, Elsevier Science Publishers, 1992, p. 356.

②〔德〕康德:《判断力批判》，宗白华、韦卓民译，见宗白华《宗白华全集》(第四卷)，安徽教育出版社，1994，第 289-290 页。

③〔德〕康德:《判断力批判》，宗白华、韦卓民译，见宗白华《宗白华全集》(第四卷)，安徽教育出版社，1994，第 295 页。

④〔古罗马〕朗吉努斯:《论崇高》，见〔古罗马〕朗吉努斯、〔古希腊〕亚里士多德、〔古罗马〕贺拉斯《美学三论》，马文婷、宫雪译，光明日报出版社，2009，第 25 页。

⑤ Tsur R, *Toward a Theory of Cognitive Poetics*, Elsevier Science Publishers, 1992, p. 95.

伯来诗人施隆斯基的两行诗。

> 一个死气沉沉的月亮挂在虚无之上 A dead moon is hanging on nothingness
> 正如白色的乳房在洒乳汁。Like a white breast shedding its milk.[①]

这两行诗充满矛盾：第一行诗的月亮象征着死亡，而第二行的乳房又代表着生命；第一行诗的月亮是被动的，第二行中的“洒”代表着给予；总体上给人以荒诞的感觉。人的阅读行动的主要目的之一，正如其他意识活动一样，在于建立常态意识，对于自相矛盾难以容忍。文艺理论家卡勒曾经指出，诗歌阅读的第一条原理在于“把诗歌看作对某个问题表达了一种显著的看法”[②]。为了把这两行诗解释为一个整体，人们提出了各种看法。

楚尔也对这两行诗提出了自己的见解。为了找到合理的解释，他借用了罗斯的比喻理论。罗斯曾说：“广义上说，从理念—内容的角度看，比喻可以分为功能比喻（A 被称作 B，由于它具有某种功能）和感官比喻（A 被称作 B，因为看起来如此，偶然是因为听觉、嗅觉、感觉、味觉上的相似）。”[③]楚尔认为第一行有一个功能比喻（dead moon），第二行属于感官比喻：“月亮被描述为‘白色的乳房在洒乳汁’，不是因为月亮有给予生命的功能，而是看起来如此：月亮是个圆的物体，附近有白色的银河（似乎在往银河洒奶）（银河的英语名称为‘牛奶之路’——引者注）。”[④]这样的解释有一定的道理，但也没有完全解决问题。彻底把功能比喻与感官比喻分离，也不太合适。后面一行的感官比喻在形象地描述了月亮之后，还是应该回到要表达的意义上来。一旦回到这个问题，矛盾就又出现了。

楚尔的研究虽然没有把矛盾全部消除，但他指出了这两行诗的特点在于荒诞。楚尔在阐述荒诞感的原因时说：“面对尚未估价的形象，感官比喻可以看作另一种用于推迟平缓的认知过程的文学手法；这种手法可以延长空间

① Quoted in Tsur R, *Toward a Theory of Cognitive Poetics*, Elsevier Science Publishers, 1992, p. 367.
② Culler J, *Structuralist Poetics*, Routledge and Kegan Paul, 1975, p. 115.
③ Christine B-R, *A Grammar of Metaphor*, Secker and Warburg, 1958, p. 155.
④ Tsur R, *Toward a Theory of Cognitive Poetics*, Elsevier Science Publishers, 1992, p. 368.

迷失的状态，产生好奇、惊奇、困惑、震惊等审美状态。”[①]空间迷失推迟了人们对局势的判断，所以会造成荒诞感。除了空间迷失之外，这里还赤裸裸地描写了乳房，出现了“禁忌被挑战”的现象，增强了荒诞的感觉。[②]此外，这里对“牛奶之路”（银河）的描写属于“成语的字面意思的出人意料的使用”[③]，也能够增加荒诞感。空间迷失会造成激情定位的迷失，但激情定位的迷失也可以由其他原因引起。激情定位的迷失是在空间迷失的原理之上提出的概念，是理解荒诞的重要前提。

荒诞的特点在于经历了“既可笑又可怕或者可恶的东西”[④]。楚尔指出：“大笑和恐惧或者厌恶都是面对威胁的自我保护的机制，后者视危险为权威，前者否定危险”；“荒诞就是，由大笑与厌恶这两种机制突然暂停而造成的激情定位的迷失而造成的经验”[⑤]。要理解荒诞，还得有一种元意识（meta-awareness）。当一种情景让“空间定位机制无法掌控的时候，一种不一样的应对办法就会产生。由于缺乏更好的术语，我们把这种办法叫作元意识”[⑥]。元意识使人能够在不同的空间中活动，调整自己，找到理解世界的办法。使用元意识掌握世界与心理定势的更替有点类似，但后者更加理性和自觉。

荒诞的文学往往在什么时代出现呢？汤姆生曾说：“荒诞是对立面的剧烈冲突，所以起码有些荒诞的形式适合于表现有问题的现实本性。毫不奇怪，文学艺术中的荒诞流派往往在充满斗争、剧烈的变化或者空间迷失的社会或者时代非常流行。”[⑦]荒诞文学的确给人以强烈对立和分裂的感觉，往往和历史的断裂与文化的冲突相联系。这么看来，第一次世界大战之后荒诞派文学流行就不足为怪了。

楚尔还把荒诞与崇高进行对比。楚尔说：“荒诞，在一个重要方面，与崇高类似。两者都是总体的经验：这两种特质在于突然抓住并且填满心灵，

① Tsur R, *Toward a Theory of Cognitive Poetics*, Elsevier Science Publishers, 1992, p. 370.
② Tsur R, *Toward a Theory of Cognitive Poetics*, Elsevier Science Publishers, 1992, p. 371.
③ Tsur R, *Toward a Theory of Cognitive Poetics*, Elsevier Science Publishers, 1992, p. 371.
④ Tsur R, *Toward a Theory of Cognitive Poetics*, Elsevier Science Publishers, 1992, p. 371.
⑤ Tsur R, *Toward a Theory of Cognitive Poetics*, Elsevier Science Publishers, 1992, p. 371.
⑥ Tsur R, *Toward a Theory of Cognitive Poetics*, Elsevier Science Publishers, 1992, p. 374.
⑦ Thomson P, *The Grotesque*, Methuen, 1972, p. 11.

不给其他激情留下通道。崇高与荒诞都迫使想象力挑战极限，试图一下子抓住所有的东西。”[①]两者都体现了激情的极限和想象力的极限，有着明显的相似之处。但两者的某些方面又是相反的：“崇高是一种积极的经验，是空间定位机制在无限中的定位。相反，典型的荒诞的本质是激情定位的迷失。这种迷失的典型原因是可笑的东西与不匹配的东西并存，这些不匹配的东西包括崇高的东西、可怜的东西、可恶的东西等。”[②]楚尔从认知的角度讨论崇高与荒诞，让人耳目一新。

四、小结

布拉德本曾指出，“《走向认知诗学理论》是楚尔在消化大量材料的基础上写出来的杰作，作者是试图将认知科学运用于文学批评的奠基人与主将之一”[③]。他的认知诗学的一个重大贡献在于以文学为中心。楚尔自己曾说：“这里采取的方法主张用认知理论阐释文学，而不是用文学作品阐释认知理论。”[④]用认知科学研究文学的人不少，大致上可以分为三个流派。弗里曼曾指出，认知语言学“聚焦于人类普遍的认知活动而不是文学本身”[⑤]。认知语言学家的研究属于第一种，他们只重视各种文本背后的认知活动，但往往不把文学文本作为特殊的话语来研究。第二种研究者，虽说很重视文学性，但他们的文学性是广义上的。弗里曼曾经说：“莱考夫感兴趣的是人类认知的最为基本的隐喻图式，而楚尔关心的是文学文本与普通话语的区别。”[⑥]莱考夫等把隐喻看作认知的核心，虽然强调了认知活动与文学的联系，但他们没有对作为一般的认知机制的隐喻和作为文学审美的机制进行区分。楚尔旗帜鲜明地以研究文学性为目标，而认知理论只是方法和手段，突出了诗学的本质问题，属于第三种研究。

楚尔的认知诗学在印象式批评和形式主义批评之间搭起了桥梁。形式主义、新批评、结构主义等，看起来很科学，但有时难免偏离审美本身，因为

① Tsur R, *Toward a Theory of Cognitive Poetics*, Elsevier Science Publishers, 1992, p. 409.

② Tsur R, *Toward a Theory of Cognitive Poetics*, Elsevier Science Publishers, 1992, p. 409.

③ Bradburn B, “Book review”, *Journal of Pragmatics*, No. 31, 1998, pp. 1705-1707.

④ Tsur R, *Toward a Theory of Cognitive Poetics*, Elsevier Science Publishers, 1992, p. 2.

⑤ Freeman M, “Book review”, *Pragmatics & Cognition*, Vol. 17, No. 2, 2009, pp. 450-457.

⑥ Freeman M, “Book review”, *Pragmatics & Cognition*, Vol. 17, No. 2, 2009, pp. 450-457.

文学是否美最终还得依靠主观感受来判断。印象式批评比较重视人的感受，但有时显得主观性较强，缺乏科学的严谨性。楚尔的认知诗学在两者之间架起了一座桥梁，为文学研究开辟了广阔的新天地。

从文体的角度来说，楚尔将聚合型与发散型列为两个极端，从主观感受的角度来说，将激情和睿智作为两端，并从 7 个层面展开讨论。在这个探讨过程中，他提出了一套自己的术语和方法。总的来看，《走向认知诗学理论》是一本很值得大家深入阅读的诗学著作。

第三节 霍根的《心灵及其故事》

康涅狄格大学英语系著名教授霍根把认知科学大量地运用于文学和文化的研究，是认知诗学的重要代表之一。他的主要著作包括《心灵及其故事》《认知科学、文学和艺术——人文学者向导》《帝国与诗歌的声音——文学传统和殖民主义的认知与文化研究》等。本节将就《心灵及其故事》展开讨论。

一、文学普遍性的可能性和意义

文学的普遍性一直受到人们的质疑。首先，许多人认为文学要表现的是丰富的个性，不以抽象的共性为主要特点。帕洛夫在研究庞德的诗歌时发现，他的诗作“充满专有名词”[①]。庞德把李白的《长干行》翻译为“The River-Merchant' s Wife: A Letter”（《河商之妻：一封家书》）。在翻译“相迎不道远，直至长风沙”时，他把“长风沙”这个地名直接译成 Cho-fu-Sa。庞德把专有名词看作“具体意象的一种形式”[②]，他尽量增加诗歌中的专有名词，尽力聚焦于独一无二的事物。帕洛夫高度评价这种写作方法，认为他在尽量寻找“原初词汇”（prime words），以便诗意地表达世界上唯一的对象。换个角度来说，普遍的、抽象的东西不适合于文学创作。其次，有些人

① Perloff M, *Differentials: Poetry, Poetics, Pedagogy*, The University of Alabama Press, 2004, p. 41.

② Perloff M, *Differentials: Poetry, Poetics, Pedagogy*, The University of Alabama Press, 2004, p. 41.

把普遍性看作欧洲霸权主义的帮凶。亚舍克拉夫特指出，普遍性“是欧洲霸权的批评工具”①。亨廷顿非常肯定地说：“普世主义是西方对付非西方社会的意识形态。”②许多学者都认为普世主义者把欧洲的东西当作普遍的东西在全球强行推广，背后隐藏着意识形态。可见人们对普遍性的怀疑有一定的道理。

这两种批评都有合理的一面，但我们不能因此完全否定文学普遍性的存在。戴维森曾说：“赞同和不赞同之所以是可以理解的，是因为它们都以巨大的相同点为背景。”③如果完全没有共性，人们就无法相互理解和沟通。后殖民主义学者艾皮亚曾说：“反普世主义者……使用普世主义这个术语的时候好像指的是拟普世主义（pseudouniversalism），而且事实上他们抱怨的完全不是普世主义。他们真正反对的——谁不会反对呢——是作为普世主义提出的欧洲霸权。”④可见虚假的普遍性是应当反对的，但真正具有普遍性的东西仍然是学者研究的对象。

霍根辩证地看待普遍性和特殊性的关系，他说：“所以在寻找普遍类型的时候，我们往往需要很多文化和历史的知识。同时为了理解文化的特殊性，我们有必要假设一个共同的背景……总之，普遍性的研究和文化特殊性的研究不是矛盾的，而是互补的。”⑤在文学批评家重特殊性轻普遍性的氛围下，他充分肯定了文学的普遍性：“然而文学首先显然是人类的。这种行动涉及所有时代的全体人类。”⑥所以他明确地将普遍性作为自己的研究内容：“这本书论述的核心观点是，任何人只要把注意力转向文学作品并以跨文化的视角进行研究，他必然会发现叙事结构非常一致，与结构不可分离的激情和关

---

① Ashcroft B, Griffiths G, Tiffin H, *The Empire Writes Back: Theory and Practice in Post-Colonial Literatures*, Routledge, 1989, p. 149.

② Huntington P S, *The Clash of Civilizations and the Remaking of World Order*, Simon & Schuster, 1996, p. 66.

③ Davidson D, *Inquiries into Truth and Interpretation*, Clarend Press, 1985, p. 137.

④ Appiah K A, *In My Father's House: Africa in the Philosophy of Culture*, Oxford University Press, 1992, p. 58.

⑤ Hogan C P, *The Mind and Its Stories: Narrative Universals and Human Emotion*, Cambridge University Press, 2003, p. 10.

⑥ Hogan C P, *The Mind and Its Stories: Narrative Universals and Human Emotion*, Cambridge University Press, 2003, p. 3.

于激情的观念也非常一致。”[①]他的研究从学理上看很有意义，是对重特殊性的文学研究的有益补充。

在霍根把研究具体展开之前，他对文学普遍性做了一些限制。他说：“关于文学普遍性的第一个要点是，这种特性不必为所有作品所具备……而是说，文学普遍性是贯穿一系列传统的属性和关系。”[②]他对文学普遍性的这种限制很有必要。如果寄希望于某一种文学特性在每一部作品中都出现是不现实的，但在各种文化传统中都出现是可能的。他把“在所有的传统中都出现的”普遍性称为“绝对普遍性”，把“出现概率在 100%之下的”普遍性看作统计学的普遍性。[③]他还指出，人们可以通过“如果 p，那么 q”的句式来设置条件，将例外排除，使出现的频率接近 100%，形成“暗含的普遍性”（implicational universals）[④]。当然，霍根在这本书中侧重讨论的是绝对普遍性。

二、叙事作品中的激情原型

霍根探讨的对象是 narrative，这个单词一般作形容词用，表示“叙事的”，也可以作名词用，表示“叙事作品”。1994 年版的《现代汉语词典》对“叙事”的解释为“叙述事情”，往往作抽象名词使用，用来修饰别的名词，如“叙事诗”等，一般不指叙事作品。narrative 和叙事不完全对应，我们在翻译前者的时候将根据上下文分别译为“叙事的”和“叙事作品”。霍根所谓的叙事作品是广义的，包括“故事、戏剧、小说、史诗”[⑤]。明白这一点对于了解霍根的这本《心灵及其故事》很重要。

在认知科学史上，罗许首先注意到原型（prototype）的重要性。人们常常以为人是通过抽象的概念认识世界的，但罗许的研究改变了这种看法。她

---

① Hogan C P, *The Mind and Its Stories: Narrative Universals and Human Emotion*, Cambridge University Press, 2003, p. 2.

② Hogan C P, *The Mind and Its Stories: Narrative Universals and Human Emotion*, Cambridge University Press, 2003, p. 17.

③ Hogan C P, *The Mind and Its Stories: Narrative Universals and Human Emotion*, Cambridge University Press, 2003, p. 19.

④ Hogan C P, *The Mind and Its Stories: Narrative Universals and Human Emotion*, Cambridge University Press, 2003, p. 27.

⑤ Hogan C P, *The Mind and Its Stories: Narrative Universals and Human Emotion*, Cambridge University Press, 2003, p. 152.

在研究新几内亚土著人的语言时发现，他们只有两个表示颜色的词语，相当于“亮”和“暗”。如果概念是认识世界的基础，他们对颜色的认识能力就跟色盲差不多。但罗许在仔细研究之后发现，他们在识别颜色的时候似乎和颜色语汇很复杂的民族没有多少区别。传统的概念理论建立于二元对立的观点之上，认为概念的属性是必然的、充分的，比如说，红色必然充分地具有红色的属性，和非红相互区别开来。但罗许发现人们在进行判断的时候，是以原型（如最红的红色）为基础的，不同颜色的区别在于红的程度不同，而不是红与非红的关系。

霍根是罗许观点的支持者，他把这一理论延伸到激情的研究，并且提出这样的假设：“激情术语是建立在原型之上的，无论是引起激情的情境还是表达／行动的序列。”[①]“表达／行动的序列”指的是在一定的情境中人们受其情感影响所产生的言语和行动。比如说，什么是悲伤，不是以抽象的概念为依据的，而是以悲伤的原型作参照，如“当你所喜爱的人死去的感受以及你通过哭泣表达的情感”[②]。这就改变了人们对激情的基本看法。

在确定了激情的原型特性之后，霍根还把这一理论运用到文学研究中。他说：“我们不但在确认叙事作品的时候使用原型，而且在理解和创造叙事作品的时候也依赖原型。”[③]就是说，无论是作者在创作的时候还是读者在阅读的时候，都以原型为参照，而不是以抽象的概念为准绳。这个观点对于文学研究很有意义。

他接着还通过原型理论把激情研究和叙事探讨联系起来。他说：“典型的叙事作品——包括文学性叙事作品——主要出自原型，显然包括引起激情的情境的原型。”[④]这就肯定了激情研究对于文学评论的重大意义。人们可能都以为主题思想是文学创作和欣赏的核心，但现代认知科学的研究结果表

---

① Hogan C P, *The Mind and Its Stories: Narrative Universals and Human Emotion*, Cambridge University Press, 2003, p. 83.

② Hogan C P, *The Mind and Its Stories: Narrative Universals and Human Emotion*, Cambridge University Press, 2003, p. 83.

③ Hogan C P, *The Mind and Its Stories: Narrative Universals and Human Emotion*, Cambridge University Press, 2003, p. 87.

④ Hogan C P, *The Mind and Its Stories: Narrative Universals and Human Emotion*, Cambridge University Press, 2003, p. 88.

明并非如此。奥特利曾说："已经有足够的实证依据说明，当一个人高兴的时候，高兴的记忆就聚集于心中；当一个人悲伤的时候，悲伤的记忆就涌入心里。"①感情是决定记忆内容的首要因素，也是人们把注意力分配给不同对象的依据。所以感情是作者进行创作的重要线索，他在悲伤的时候就会优先将悲伤的素材纳入作品，在高兴的时候就会把快乐的素材用于作品。读者在阅读的时候也是如此，他根据自己的感情寻找内容。卡罗尔还提出了"预聚焦"（prefocus）这个概念，就是说创作或阅读一部作品（如恐怖小说）时，人们都是带着某种特定的情感进行的。可见研究感情的性质对文学批评具有不可低估的借鉴意义。

霍根把叙事作品中的激情作了分类。他说："而且，愤怒、讨厌、惧怕都可以称为即时的激情。它们常常是由时间上很短暂的事件引起的——野生动物的袭击、腐烂之物的气味——不具有典型的持久性。"②他把这种激情称为"关头激情"，"因为它们典型地在某种关键时刻描述了整个叙事的中断或者暂停。更准确地说，关头就是处于想象的行动或者事件系列中的人物在为某个目的而奋斗时明确或者暗中对自己的地位进行反思的时刻"③。他还说："幸福和痛苦的出现，相比较之下，往往和时间较长的状况相联系。虽然心爱的人的死这件事本身是短暂的，但它会引起持久的状态，这种状态会引起激情。"④他把幸福和痛苦看作结果激情，表现的是"持久的情感，我们通常视之为关头激情的最后评价"⑤。在喜剧的结尾往往出现长久的幸福，悲剧的结尾则相反，往往出现不可挽回的失败，如死亡。他还指出，"当然，幸福和痛苦不仅以结果激情出现，也作为关头激情出现。特别常见的是痛苦

① Oatley K, *Best Laid Scheme: The Psychology of Emotions*, Cambridge University Press, 1992, p. 201.

② Hogan C P, *The Mind and Its Stories: Narrative Universals and Human Emotion*, Cambridge University Press, 2003, p. 90.

③ Hogan C P, *The Mind and Its Stories: Narrative Universals and Human Emotion*, Cambridge University Press, 2003, p. 91.

④ Hogan C P, *The Mind and Its Stories: Narrative Universals and Human Emotion*, Cambridge University Press, 2003, p. 90.

⑤ Hogan C P, *The Mind and Its Stories: Narrative Universals and Human Emotion*, Cambridge University Press, 2003, p. 91.

作为叙事作品的关头激情，幸福作为结果激情”[①]。关于幸福的持久性他说：“事实上，恐惧和愤怒的经验可能比幸福更为持久；但事实对我们的原型往往影响有限……我们的幸福原型在浪漫喜剧的程式化的结尾得到了很好的表述：他们从此永远幸福地生活着。”[②]可见经验中的幸福未必都持续很长的时间，但这并不影响程式化的文学作品的结构。他还分析了现实中的幸福和作品中的幸福在本质上的差异：“在现实生活中，人们可能会说，幸福从来不是结果激情，而仅仅是关头激情。换句话说，生活当中没有‘从此永久幸福生活’的概念。”[③]但在叙事中，这种幸福是有的，是一切叙事的最终目标。在信仰的世界中也有，天堂就是这样的乐土。他还探讨了人们对爱情和事业的感受，认为“它们是驱使我们采取行动的激情，这些行动构成了情节。它们促使人物从关头激情走向下一个关头激情，一直到达最后的结局。我称之为‘持续的’（sustaining）激情”[④]。激情原型的探讨对于分析叙事原型很有用。

三、最常见的三种叙事原型

霍根曾说：“浪漫的结合和社会或政治权力（包括物质的富有）是走向幸福的两个主导的原型。所以它们是原型叙事——包括文学叙事——产生的基础。换句话说，浪漫的结合和社会或政治权力是原型叙事作品的主人公的目标。相应地，痛苦的原型是心爱的人的死去和社会或政治权力的完全丧失，典型地体现为社会和政治方面的受排斥，要么在社会之内（通过监禁），要么在社会之外（通过流放）。”[⑤]他还说：“跨文化地看，有两种文学叙事的重要结构，浪漫的和英雄的悲喜剧，分别源自个人的和社会的

---

① Hogan C P, *The Mind and Its Stories: Narrative Universals and Human Emotion*, Cambridge University Press, 2003, p. 91.

② Hogan C P, *The Mind and Its Stories: Narrative Universals and Human Emotion*, Cambridge University Press, 2003, p. 90.

③ Hogan C P, *The Mind and Its Stories: Narrative Universals and Human Emotion*, Cambridge University Press, 2003, pp. 91-92.

④ Hogan C P, *The Mind and Its Stories: Narrative Universals and Human Emotion*, Cambridge University Press, 2003, p. 93.

⑤ Hogan C P, *The Mind and Its Stories: Narrative Universals and Human Emotion*, Cambridge University Press, 2003, p. 94.

幸福原型。”[1]可见对爱情和事业的追求是叙事作品最为重要的主题，浪漫的和英雄的悲喜剧是最为广泛流传的文学作品。关于爱情和事业的意义从古至今一直有人谈论。古希腊的欧里彼得斯曾经说：“如果你尝到过年轻人婚姻的快乐/和尊贵的王权，如果这里边有什么称得上幸福的话，/那么为城邦死了，你还是幸福的。”[2]虽然他是一个悲剧作家，对幸福有点怀疑，但他还是肯定了婚姻和权力是幸福的核心。在 20 世纪，弗洛伊德等也把爱情和事业列为人生的两大主题。可见霍根的观点并非突发奇想。这里所谓的悲喜剧，不是狭义上的悲喜剧，只要作品有痛苦的追求并有快乐的结尾都是悲喜剧，不管这部著作是戏剧、小说还是其他作品。

霍根还把两种最为广泛流传的作品形式放到世界各大文学传统中进行研究，都发现了相应的作品。在研究住在日本北海道的阿依奴族的文学时，他又有了新的发现。学者菲力匹指出，阿依奴语“从基因的角度说不可能和任何世界上的其他语言群相联系”[3]。菲力匹还发现，“阿依奴史诗带着极为古老的思维方式和用词方式，属于东北亚关于打猎和捕鱼的口头文学，是流传下来的最为纯粹、最为美丽的范例之一”[4]。这个民族保持着最为古老的生活方式，而且他们的文学属于女性文学。阿依奴文学如此与众不同，最适合于检验一种文学观是否具有普遍性。在阿依奴文学中有一种很常见的故事，是描写饥饿、牺牲和仪式的，可以称作“献祭的悲喜剧”（sacrificial tragic-comedy）。有了这个文学观之后再反过来研究世界上的主流文学，霍根发现《俄狄浦斯王》《窦娥冤》《圣经》中的失乐园和拯救的神话等都可以划入这一文类。可见献祭的悲喜剧也具有普遍性。

霍根认为这三种叙事原型在各种文化传统中都能找到，属于绝对的普遍性，而且三者的数量非常大。他说：“这三种文类占据了三分之二或者四分

---

① Hogan C P, *The Mind and Its Stories: Narrative Universals and Human Emotion*, Cambridge University Press, 2003, p. 98.

②〔古希腊〕欧里彼得斯:《特洛伊妇女》，见〔古希腊〕埃斯库罗斯等《古希腊悲剧喜剧全集》（第 5 卷），张竹明、王焕生译，译林出版社，2007，第 141 页。

③ Philippi D L, *Songs of Gods, Songs of Humans: The Epic Tradition of the Ainu*, North Point Press, 1982, p. 7.

④ Philippi D L, *Songs of Gods, Songs of Humans: The Epic Tradition of the Ainu*, North Point Press, 1982, p. 50.

之三的经典和通俗的叙事。”[①]分布的广泛性和巨大的数量说明这种研究很有意义。

既然人们都以追求幸福为目的，悲喜剧的中间为什么要插入痛苦的成分呢？首先，霍根解释说：“引起个人幸福和痛苦的情境如此储存于我们的词汇中，很容易从一者通向另一者。所以当我们在设计一个与幸福无关的场景时，悲伤的原型就进来了。”[②]痛苦和幸福必然地联系在一起，不可能只描写一者而拒绝另一者。其次，“幸福起码从某个程度上可以通过前面的痛苦来增强”[③]。痛苦的出现不仅是必然的，而且有益于幸福的描述，所以悲喜剧成为文学的基本形式。

霍根在分析了这三种最重要的形式之后还做了一个简短的总结：“简单地说，原型叙事有一个带有目的的结构，包括一个施动者、一个目标和连接施动者的各种行动的因果序列，以达到或没有达到目标为收尾。”[④]我们将就施动者、目标和因果序列展开讨论。

霍根把施动者分为两类：“代表和他们相联系的社会范畴和规范”的人物叫作社会规范人物[⑤]；“代表个性和个人关系的，特别是反对和他们相联系的社会范畴和规范”的人物叫作个性化人物[⑥]。人物只要总体上代表社会规范，虽说很有个性，但也属于社会规范人物。有些反抗者可能并没有多少个性，只要他们是社会规范的挑战者，就属于个性化人物。虽说规范与反规范都有自身的意义，但个性化人物往往比社会规范人物更容易打动读者，因为“叙事往往向人物的个性化塑造倾斜，相对于社会规范化人物，人们更加

① Hogan C P, *The Mind and Its Stories: Narrative Universals and Human Emotion*, Cambridge University Press, 2003, p. 185.

② Hogan C P, *The Mind and Its Stories: Narrative Universals and Human Emotion*, Cambridge University Press, 2003, p. 103.

③ Hogan C P, *The Mind and Its Stories: Narrative Universals and Human Emotion*, Cambridge University Press, 2003, p. 103.

④ Hogan C P, *The Mind and Its Stories: Narrative Universals and Human Emotion*, Cambridge University Press, 2003, p. 205.

⑤ Hogan C P, *The Mind and Its Stories: Narrative Universals and Human Emotion*, Cambridge University Press, 2003, p. 206.

⑥ Hogan C P, *The Mind and Its Stories: Narrative Universals and Human Emotion*, Cambridge University Press, 2003, p. 206.

喜欢个性化人物”[①]。

这两类人物在三个主要文类中扮演着不同的角色。在浪漫的悲喜剧中，主人公一般是个性化人物，阻碍他们爱情的人物（往往是父母）一般是社会规范人物。霍根说：“不管怎样，浪漫叙事的作者基本上把等级权威看作无效。实际上在浪漫的悲喜剧中推翻权威几乎都被看作值得祝贺的事情。”[②]在浪漫的悲喜剧中，人们的爱往往是一边倒的，憎也是一边倒的，但理性地看并不是这么简单的。如果只讲个性，不讲规范，那是一个疯狂的社会。相比之下，英雄的悲喜剧很不一样。霍根曾说：“在浪漫的悲喜剧中，权威的等级原则往往被消解掉，而在英雄的悲喜剧中，它们往往胜出。”[③]在英雄的悲喜剧中，正面的英雄是社会秩序的代表，而他们的敌人却往往是个性化人物。经常出现的情况是，社会规范化人物有时显得比较死板，而本来作为反面人物出现的角色反而是个性更加鲜明，比较让人喜欢。霍根把这种现象叫作浪漫的撒旦主义。他说：“浪漫的撒旦主义是把妖魔化的敌手个性化（并且使他遭遇明显的痛苦）的结果，也与把主要的神作为代表社会规范的对手来描写（没遇到什么痛苦）有关。”[④]著名的例子是弥尔顿的《失乐园》。按理说代表正义的上帝是可爱的，魔鬼的领袖撒旦是可恶的，但结果却出现了一种相反的趋势。布莱克甚至断定，作者“不知不觉地站到了魔鬼的一边”[⑤]。造成浪漫的撒旦主义的重要原因就在于个性化人物更容易为读者喜欢。献祭的悲喜剧的重要人物为“冒犯者、被冒犯的神和牺牲者”；“冒犯者一般是个性化的人物”[⑥]。神当然是规范化的，牺牲者比较复杂，有时是规范性质的，有

---

① Hogan C P, *The Mind and Its Stories: Narrative Universals and Human Emotion*, Cambridge University Press, 2003, p. 209.

② Hogan C P, *The Mind and Its Stories: Narrative Universals and Human Emotion*, Cambridge University Press, 2003, p. 134.

③ Hogan C P, *The Mind and Its Stories: Narrative Universals and Human Emotion*, Cambridge University Press, 2003, p. 134.

④ Hogan C P, *The Mind and Its Stories: Narrative Universals and Human Emotion*. Cambridge University Press, 2003, p. 217.

⑤ Blake W, “The marriage of heaven and hell”, In Abrams M H (Ed.), *The Norton Anthology of English Literature*, Vol. 2, W. W. Norton & Company, 1974, p. 68.

⑥ Hogan C P, *The Mind and Its Stories: Narrative Universals and Human Emotion*, Cambridge University Press, 2003, p. 210.

时两者兼具。从受欢迎的程度来看，冒犯者常常最受青睐，《俄狄浦斯王》中的俄狄浦斯就是一个著名的例子。当然是否有个性只是一个方面，人物的其他品质也很重要，但其他优秀品质似乎没有个性化描写那么容易抓住读者的心。

人活着的目的在于追求幸福，文学作品中的人物也是如此。霍根对于这一点深信不疑，他说："……人物奋斗的目标是获得幸福……甚至一个受虐狂在寻找痛苦经历的时候，他也是为幸福而抗争。"[①]幸福还可以分为两种："具体地说，我们可以区分可能是非常短暂的作为经验的幸福和作为状态的幸福，后一种幸福按其定义是持续而长久的。"[②]短暂的幸福属于前面所说的关头幸福，作为状态的幸福是作为结果的幸福。作者为了把短暂的幸福变得具有持久性，往往采用超验化和精神化的手段。超验化就是"计划的社会普遍化和首要目标的理想化"[③]。超验化可以使个别的目标具有广泛的普遍性和出众的高度，如罗密欧的行为超越个人冲动，从而代表一种新的爱情追求。精神化就是对具体的行动赋予精神的内涵，如"献祭的故事不仅仅带来食品，还带来天堂"[④]。作为状态的幸福在经验的世界中也许几乎不存在，但对文学作品来说非常重要，人物的所有努力都以此为目标。当然作为状态的幸福并不完全是作家虚构出来的，在人们的信念的世界中这种幸福也很重要，如天堂的存在对于许多人来说具有重大意义。虽说叙事作品中的人物都以作为状态的幸福为旨归，但他们的幸福的具体内容还是很不一样。霍根说："献祭的情节涉及食品；英雄的情节涉及王国或者民族；浪漫的情节以爱人为对象——其原型分别为生理的对象、社会的对象和个人的对象。"[⑤]这三种幸福是人类最为基本的幸福，所以浪漫的悲喜剧、英雄的悲喜剧和献祭的悲喜剧这三类作品是最常见的类型。

---

① Hogan C P, *The Mind and Its Stories: Narrative Universals and Human Emotion*, Cambridge University Press, 2003, p. 221.

② Hogan C P, *The Mind and Its Stories: Narrative Universals and Human Emotion*, Cambridge University Press, 2003, p. 222.

③ Hogan C P, *The Mind and Its Stories: Narrative Universals and Human Emotion*, Cambridge University Press, 2003, p. 225.

④ Hogan C P, *The Mind and Its Stories: Narrative Universals and Human Emotion*, Cambridge University Press, 2003, p. 227.

⑤ Hogan C P, *The Mind and Its Stories: Narrative Universals and Human Emotion*, Cambridge University Press, 2003, p. 226.

在谈到因果序列的时候霍根说：“准确地说，在故事中重要的不是客观的可能性，而是这样一种主观的感觉：使新事件作为旧事件的结果，并因而变得可以理解。”[①]叙事中的因果序列必然和施动者与他们的目的相联系。霍根曾说：“这种叙事不但把主要的事件表现为施动者的目的和实现目的的动作，而且倾向于把尽可能多的因果序列融入最终的因果关系。我们可以把这个现象称作因果的人格化。”[②]可见文学作品必须和主观成分相联系，而不是单纯地描述外在的物质之间的关系。

霍根心目中三种最为重要的故事结构分别有着自身的因果序列。他说：“跨越不同的传统的最常见的情节结构几乎肯定是浪漫的悲喜剧,故事讲的是情人的结合、分离和最后的再次结合。”[③]浪漫的悲喜剧是最为常见的，其因果序列相对稳定而简单，往往是一个结合、分离、再结合的过程。在谈到英雄的悲喜剧时他说：“但英雄的悲喜剧的结构不仅更加复杂，而且更加多变。”[④]这种作品常见的序列为：“英雄的悲喜剧也惊人地表现为跨越化的样式，虽然这个结构与浪漫的悲喜剧相比有更大的变化。在充足的版本中，其开端往往为社会的合法领袖被夺位或者无法进行领导，经常是由很亲近的亲戚造成的。他遭到流放或监禁。和流放或监禁相联系的是死亡——死的形象、死亡的威胁等。在他流放或受监禁期间，国家遭到了外来势力的威胁，往往是（妖魔化的／野蛮的）入侵部队，或者（稍微少见的）是妖魔般的野兽。英雄扫除了国家的威胁。他打败了夺权者，恢复了社会领袖的本来地位。”[⑤]献祭的悲喜剧的序列往往表现为：“人类群体犯了伦理上的或精神上的错误，伤害到神——典型的错误是错误地对待食品。这就引起了饥荒。结果他们不得不给神献祭，或派信使去，请求神的介入。神把食品赐给人类，并介绍了

---

① Hogan C P, *The Mind and Its Stories: Narrative Universals and Human Emotion*, Cambridge University Press, 2003, p. 218.

② Hogan C P, *The Mind and Its Stories: Narrative Universals and Human Emotion*, Cambridge University Press, 2003, pp. 218-219.

③ Hogan C P, *The Mind and Its Stories: Narrative Universals and Human Emotion*, Cambridge University Press, 2003, p. 101.

④ Hogan C P, *The Mind and Its Stories: Narrative Universals and Human Emotion*, Cambridge University Press, 2003, p. 112.

⑤ Hogan C P, *The Mind and Its Stories: Narrative Universals and Human Emotion*, Cambridge University Press, 2003, pp. 109-110.

一些仪式，以便保证人类的福利。”[①]当然这里讲的序列只是一个大致的情况，具体的作品有着丰富的变体。

霍根关于三种常见叙事原型的探讨很有创见，是《心灵及其故事》这本书的精华所在。

四、延伸的结尾

有些英雄的悲喜剧在人物成功完成任务之后，还会有一个延伸的结尾，霍根称之为“受难的收场”（epilogue of suffering）。《伊利亚特》的结尾是一个典型的例子。按理说在击败了特洛伊人的时候，史诗就应该结束了，但最后荷马又花了不少笔墨描写特洛伊的年迈国王普里阿摩斯把自己善战的儿子赫克托耳的尸体运回故土并进行安葬，整个国家陷入一片痛苦和悲伤之中。这种悲喜剧在喜到来之后，又加上了敌人的悲。

正如前文所说，人的行动的最后目的在于追求幸福。受难的收场是否和这个目的相矛盾呢？霍根说：“除了默认语境下的个人幸福和可选择的语境下的社会幸福，好像还有第三种（也是在可选择语境之下的），那就是神圣的或者超验的幸福。这三者可以简单地图式化为家庭幸福、社会幸福和永恒幸福，永恒幸福是超越世俗生活的幸福（例如天堂）。”[②]这种超验的幸福在献祭的悲喜剧中主要体现在人和神的最后和解。浪漫的悲喜剧也有一种超越的幸福，正如霍根指出的那样，“一种跨越文化的显著原型是浪漫结合的精神幸福”[③]。浪漫的结合在经验的世界中和小说的世界中意义并不完全一样。霍根曾说：“虽然浪漫的情节几乎总是把浪漫的结合看作毫无疑问的善，在真实的已婚人当中——以及一部分阿依奴诗歌中——显示这不是真的，甚至在通常把爱情和个人选择作为婚姻基础的社会中也是如此。”[④]尽

① Hogan C P, *The Mind and Its Stories: Narrative Universals and Human Emotion*, Cambridge University Press, 2003, p. 187.

② Hogan C P, *The Mind and Its Stories: Narrative Universals and Human Emotion*, Cambridge University Press, 2003, p. 129.

③ Hogan C P, *The Mind and Its Stories: Narrative Universals and Human Emotion*, Cambridge University Press, 2003, p. 131.

④ Hogan C P, *The Mind and Its Stories: Narrative Universals and Human Emotion*, Cambridge University Press, 2003, p. 222.

管现实世界中的婚姻未必和精神境界相联系，但在文学作品中这种意义是很显然的，浪漫的悲喜剧不会满足于情人之间的肉体结合，总会加上精神的维度，使作品获得完美的结尾。英雄的悲喜剧在结尾的时候往往主人公战胜对手，但这种胜利本身并没有达到精神的超越，因为“团体保护的伦理和帮助弱者的伦理”之间的矛盾仍然非常尖锐。[①]主人公的对手虽然有着可恶的一面，但在战败之后也显得很可怜，所以会激起人们的同情，希望结局更完美一些。这种结尾往往会“引起原谅与和解——特别是，最为激烈的冲突转变为最为剧烈的联合，并引起敌人之间家庭式的和解”[②]。这样的收场往往包括两个方面：主人公的后悔和人们对对手惨状的同情。为了使双方完全消除敌意，一个常见的方法就是通过追踪双方的身世让他们成为自家人，以便达到家庭式的和解。如果在主人公战胜敌人的时候结束，对手在被击败的时候变成了可怜的弱者。这样的结尾无法体现精神上的超越，所以往往需要受难的收场重新将两种力量摆平。

霍根还从同情的角度谈论了受难的收场的必要性。人们由于同样属于某个民族、宗教组织等，就会有相同的身份，他们之间有一种“绝对的同情”（categorial empathy）[③]。另外，当一个人超越自己的视野并试图从别人的角度想问题时，就会产生“情境同情”（situational empathy）[④]。主人公首先对自己的团体有一种绝对的同情，他是这个团体的英雄。情境的同情不容易产生，经常会被封堵住，这种阻力主要体现在两个方面：“当我发现自己如此与别人不同时，同情就会被封堵”；“道德评价也会引起对同情的封堵作用”[⑤]。除了不利因素之外，霍根也找到了一个对情境同情有利的因素。主人公在长期和对手打交道的时候，有时会从自己的视角跳出来，通过别人

① Hogan C P, *The Mind and Its Stories: Narrative Universals and Human Emotion*, Cambridge University Press, 2003, p. 145.

② Hogan C P, *The Mind and Its Stories: Narrative Universals and Human Emotion*, Cambridge University Press, 2003, p. 131.

③ Hogan C P, *The Mind and Its Stories: Narrative Universals and Human Emotion*, Cambridge University Press, 2003, p. 141.

④ Hogan C P, *The Mind and Its Stories: Narrative Universals and Human Emotion*, Cambridge University Press, 2003, p. 142.

⑤ Hogan C P, *The Mind and Its Stories: Narrative Universals and Human Emotion*, Cambridge University Press, 2003, p. 144.

的角度想问题。这样的话，情境同情就会产生，受难的收场就是情境同情的产物。

霍根提出的“客观的心灵”和“主观的心灵”这一对概念对解释受难的收场也很有意义。客观的心灵是外在地描写心灵的结果，往往简单地把人分为好人和坏人。戴维斯指出，伦理的修饰语，特别是否定性的词语，如“坏的”“不忠实的”“自私的”等往往只能修饰客观的心灵。[①]主观的心灵是作者慢慢进入人物内心的结果，往往非常复杂，难以定性。霍根曾说：“如果客观的心灵展示的是有限的痕迹和程序，那么主观的心灵几乎无迹可循——连续地、有弹性地随着变化的环境而变化。”[②]可见主观的心灵要复杂得多。在英雄的悲喜剧中，正反面人物往往在开头的时候是比较纯粹的社会规范化人物和反面人物，得到展现的基本上是客观的外在心灵。但叙事常常有“个人化倾向——从客观化的人物转向主观化的人物”[③]。随着描写的深入，好人变得有缺点了，坏人开始有人性了，主观的心灵所占的比重不断提高。在这样的情况下，完全让主人公单边取胜比较不合适，所以需要一个受难的收场。

如果把激情原型和叙事原型结合起来，可以得出这样的结论：爱情、事业、食物和超验的理想是主人公行动的基本动力，对四者的追求会产生一种持续的激情，是三种叙事原型和受难的收场的基础；在追求的过程中会遇到各种情况，主人公常常体会到惧怕、讨厌、愤怒等关头激情；一切言行都指向作为结果激情的幸福，如果没有得到幸福就会产生另一种结果激情，陷入痛苦之中。

五、悲剧、抒情诗及其他

霍根只把悲喜剧作为普遍的形式研究，但不少伟大的作品都不以快乐的方式结尾，属于悲剧。对于这一现象，霍根曾以浪漫的悲喜剧为例解释道：“在当前的理论框架下，浪漫的悲剧还是以浪漫结合的幸福原型这一目标为参

---

① Davis H M, *Empathy: A Social Psychological Approach*, Madison, Brown and Benchmark, 1994, p. 97.

② Hogan C P, *The Mind and Its Stories: Narrative Universals and Human Emotion*, Cambridge University Press, 2003, p. 145.

③ Hogan C P, *The Mind and Its Stories: Narrative Universals and Human Emotion*, Cambridge University Press, 2003, p. 209.

照的，但它们往往在典型的浪漫的悲伤处停下来，最常见的是一个或两个情人的死亡。那么悲剧是截短的悲喜剧——这一点毫不奇怪，因为整个叙事所瞄准的原型目标，也就是说主人公所追求的目标，必然是浪漫结合这个喜剧目标。”①他的观点的一个有力的证据在于“许多著名的悲剧最终都融入以喜剧结尾的更大的系列中”②。例如，关于俄狄浦斯的戏剧系列就是如此。除了本身就构成一个系列的作品之外，人们在给悲剧作续集时往往都以喜剧的形式收场。在霍根看来，悲剧只是悲喜剧的提前结束，只是悲喜剧的变种，而且“从跨文化的角度来说悲剧是比较少见的”③。我们以前经常讨论这样的问题：为什么中国没有西方式的悲剧？为什么中国的剧作往往都以大团圆的形式结尾？很多人因为这种结尾而感到遗憾甚至自卑。如果用霍根的观点来分析，中国的作品才是常态，西方悲剧只是世界文学作品中的少数变异。从这个角度来说，我们以前讨论的问题只是伪问题，西方的作品为什么要提前结束才是一个真问题。

霍根还把他的理论运用到抒情诗的研究中。以前有人认为抒情诗和叙事作品是完全不同的，但霍根发现，“抒情诗是叙事作品的紧要关头的展开，与故事受同样的认知原理支配”④。抒情诗的基本类型也是叙事文学的那三种，其主题结构等都差不多。所以霍根说道：“换句话说，一首抒情诗典型地聚焦于一种情感……并用一个具体的事件或简短的一系列事件与之相配。”⑤这就把叙事的三种普遍形式的应用范围大大扩展了。

霍根甚至将研究成果运用于文学之外。他发现，在宗教著作中，人和上帝有两种关系：“第一种是敬畏的关系，通过赞美诗来表达。第二种是渴求

---

① Hogan C P, *The Mind and Its Stories: Narrative Universals and Human Emotion*, Cambridge University Press, 2003, p. 103.

② Hogan C P, *The Mind and Its Stories: Narrative Universals and Human Emotion*, Cambridge University Press, 2003, p. 104.

③ Hogan C P, *The Mind and Its Stories: Narrative Universals and Human Emotion*, Cambridge University Press, 2003, p. 104.

④ Hogan C P, *The Mind and Its Stories: Narrative Universals and Human Emotion*, Cambridge University Press, 2003, p. 153.

⑤ Hogan C P, *The Mind and Its Stories: Narrative Universals and Human Emotion*, Cambridge University Press, 2003, p. 153.

的关系，通过分离和神秘的结合来表述。”[①]他还说：“正如赞美上帝的诗歌是英雄的文学的一部分，献身的诗歌基本上是浪漫文学的一部分。”[②]可见他的理论可以超出文学作品之外。

霍根坚信“如果无法阐释像文学这样的普遍而意义巨大的人类心灵活动，那么认知科学几乎无法声称能够解释心灵”[③]。所以他自觉地将认知科学运用于文学评论。从另一方面看，他的研究“不是认知理论在文学作品中的应用，而是通过文学研究发展认知理论”[④]。所以他的著作不仅仅是文学批评，还对认知科学作出了重大的贡献。

六、小结

霍根的叙事形式研究具有重大的学术价值。首先，他把文学形式的研究向前推进了一步。新批评和形式主义的形式研究主要集中探讨象征、比喻、陌生化等具体的写作技巧，而霍根从宏观上探索叙事的三种最为基本的形式，具有较大的创新价值。而且霍根研究的普遍性属于“实证的普遍主义”（empirical universalism），他不是把普遍性看作对文学作品具有规范作用的绝对权威，而是以开放的眼光在实践中不断完善，摆脱了独断主义的陋习。其次，他的这部著作是自然科学和人文学科相结合的成功典范。在书的底封上，哈佛大学心理系著名学者品克称之为“科学与人文让人兴奋的新结合”[⑤]。他往往以自然科学的理论阐述文学，又在复杂的文学现象中对自然科学的观点进行修改和创新，使文理之间处于积极互动的状态。另一位知名理论家波德维尔也在书的底封写上了很高的评价：“他用翔实的材料证明了在世界文

---

① Hogan C P, *The Mind and Its Stories: Narrative Universals and Human Emotion*, Cambridge University Press, 2003, p. 169.

② Hogan C P, *The Mind and Its Stories: Narrative Universals and Human Emotion*, Cambridge University Press, 2003, p. 170.

③ Hogan C P, *The Mind and Its Stories: Narrative Universals and Human Emotion*, Cambridge University Press, 2003, p. 4.

④ Hogan C P, *The Mind and Its Stories: Narrative Universals and Human Emotion*, Cambridge University Press, 2003, p. 15.

⑤ Hogan C P, *The Mind and Its Stories: Narrative Universals and Human Emotion*, Cambridge University Press, 2003, back cover.

学中反复出现的情节结构怎样表达激情的普遍性。”[①]具体地说，霍根的文理结合主要体现在激情理论和文学理论之间的结合。再次，霍根精通英语、德语、法语三门语言，懂得一定的印地语和梵文，是一个世界文学和比较文学的专家，对欧洲以外的文学，如印度文学、中国文学、日本文学、中东文学等也很熟悉，所以他能够在宏观上提出问题并进行论证。最后，霍根对一些具体问题的回答也很有意义，如他把悲剧看作悲喜剧的变体，把幸福的感觉看作结果激情，等等。

当然他的研究也有一些问题。首先，这种研究和以前的形式主义研究一样，关注的主要是共性，对特殊性的论述较少。其次，他虽然熟悉世界上多个民族、不同时代的文学作品，但知识再渊博，也不可能穷尽所有的文学传统，难以囊括全部的相关内容，不容易找到文学的绝对普遍性。最后，他的研究由于涉及范围极广，难以完全避免博而不精的问题，对有些文本的解读不一定到位。

第四节　布莱尔的《演员、意象与动作》

布莱尔是美国南卫理公会大学（Southern Methodist University）的戏剧教授，她集演员、导演和学者于一身，是一位难得的理论与实践俱佳的戏剧人。她积极地把认知科学的成果运用于演员训练，取得了可喜的成就，并且将经验上升到理论的高度，发表和出版了一些论著。她于 2006 年在麦康纳奇和哈特主编的《演出与认知——戏剧研究和认知转向》一书中发表了一篇名为“意象与动作——神经科学与演员训练”的论文。在 2008 年，她出版了一本专著——《演员、意象与动作》。布莱尔在序言中指出：“本书使用科学重新思考想象、动作、规定情境、感情、记忆之类的表演术语，并且探索它们与经验要素如何能够更有力地、更持续地加以使用。”[②]这是一本合理地将科学运用于艺

① Hogan C P, *The Mind and Its Stories: Narrative Universals and Human Emotion*, Cambridge University Press, 2003, back cover.

② Blair R, *The Actor, Image and Action: Acting and Cognitive Neuroscience*, Routledge, 2008, p. xiii.

术实践与研究的著作，给人耳目一新的感觉。

一、科学与艺术的对立和融合

针对这本书的方法论，布莱尔曾说："这个研究项目将科学、表演和后现代舞台理论整合为一体，难免有些复杂化，可能会潜在地受到挑战。"[①]融通科学与艺术当然是好事，但这绝对不是一件容易做到的事情。法国科学家贝尔纳曾说："艺术是我自己，科学是我们自己。"[②]艺术关注个性，而科学关注普遍性，这是两者的基本矛盾。布莱尔还说："有些后现代主义理论将科学看作简化论的、本质主义的，把传统的表演看作重感情和身体的，是反理智的，混乱得让人感到不爽。"[③]科学对于艺术和后现代主义也不满意。布莱尔指出："科学对于艺术有同样的反感，因为它强调'情感'，而不是理性和证据，并指责后现代主义脱离了事实、研究、物质性与有用性。"[④]艺术家也有自己的看法："表演艺术的实践者把自身的焦点定位为经验与激情，而不是事实或者批判，拒绝分析性与技术性。"[⑤]三者常常各执一端，难以融合。在科学与艺术之间，还有另外一道鸿沟，那就是"错误的人为的二元对立，如科学与艺术、思想与情感、理性与激情"[⑥]。要在科学与艺术之间架起桥梁的确不是轻而易举的事情。

在戏剧表演的历史上，不少学者都努力将科学融入戏剧之中，例如，斯坦尼斯拉夫斯基、梅耶荷德等都是比较成功的例子。但由于当时科学与艺术分歧较大，贯通这两个领域仍然较难。幸好当代科学有了巨大的发展，有些领域，特别是认知神经科学，已经能够比较自然地运用于艺术研究。布莱尔说："通过发现更多的支持意识活动的物质功能，科学证实了激情、认知与行为过程的复杂性和偶然性；而且它们在个体与具体情境中还有相当大的变化。"[⑦]随着科学的进步，科学不会夺走艺术的多样性，反而为多样性提供

① Blair R, *The Actor, Image and Action: Acting and Cognitive Neuroscience*, Routledge, 2008, p. 4.

② Bernard C, *An Introduction to the Study of Experimental Medicine*, The Macmillan Co., 1927, p. 43.

③ Blair R, *The Actor, Image and Action: Acting and Cognitive Neuroscience*, Routledge, 2008, p. 5.

④ Blair R, *The Actor, Image and Action: Acting and Cognitive Neuroscience*, Routledge, 2008, p. 5.

⑤ Blair R, *The Actor, Image and Action: Acting and Cognitive Neuroscience*, Routledge, 2008, p. 5.

⑥ Blair R, *The Actor, Image and Action: Acting and Cognitive Neuroscience*, Routledge, 2008, p. 5.

⑦ Blair R, *The Actor, Image and Action: Acting and Cognitive Neuroscience*, Routledge, 2008, p. 6.

了合理的解释。

虽说科学重视普遍性和永久性，但认知科学在这方面有可喜的变化。心理学家凯根认为，人的特点在于既不可预料又受约束的发展性，虽然“生物学的过程使人的发展以某种方式偏向于认知的、情感的、行为的特定形式”，但我们无法找到“在生物事件和随之出现的思想、激情、行为这些心理现象之间的严格决定关系”[①]。他还把心理发展看作“涉及大量事件的一系列的瀑布。每个事件减少或限制了一些结果出现的可能性，而不会确定具体的结果”[②]。对于生物人类学家哈灵顿和他的合作者来说，情况也类似，“进化不是像处方一样规定事物。它搭起一个竞争的舞台，然后竞争促使另外一个竞争舞台的出现，那个舞台又引起另外一个舞台的产生；某种意义上说，这是进化中的进化的进化”[③]。可见自我的发展是环境和生物之间不断发生关系的结果。神经科学家达马西欧和李窦在界定心灵、意识和认知时提出了类似的观点。对于达马西欧来说，心灵是“一个过程，不是一件事情”[④]。李窦断定，自我是“不真实的，虽然它存在”，因为它是“物理学的、生物学的、社会的、文化的存在物的总体。虽然是一个单元，却不是单一的……自我是一个‘戏剧性的合奏’”[⑤]。认知神经科学已经体现出越来越多的人文学科的特点。而且当代认知神经科学都有具身化的特点，打破了精神与肉体的二元对立。这就为这门科学进行戏剧研究打下了基础。

神经科学家李窦认为这门科学研究的是“关于感知、注意、记忆、思考与背后的头脑机制的关系”[⑥]。这些问题也是戏剧表演中的重要问题，所以

---

① Kagan J, “Biological constraint, cultural variety, and psychological structures”, In Damasio A R, Harrington A, Kagan J, et al. (Eds.), *Unity of Knowledge: The Convergence of Natural and Human Science*, The Academy of Sciences, 2001, p. 177.

② Kagan J, “Biological constraint, cultural variety, and psychological structures”, In Damasio A R, Harrington A, Kagan J, et al. (Eds.), *Unity of Knowledge: The Convergence of Natural and Human Science*, The Academy of Sciences, 2001, p. 187.

③ Harrington A, Deacon T W, Kosslyn S M, et al., “Science, culture, meaning, values: A dialogue”, In Damasio A R, Harrington A, Kagan J, et al. (Eds.), *Unity of Knowledge: The Convergence of Natural and Human Science*, The Academy of Sciences, 2001, p. 248.

④ Damasio A, *Looking for Spinoza: Joy, Sorrow, and the Feeling Brain*, Harcourt, Inc., 2003, p.183.

⑤ LeDoux J, *Synaptic Self: How Our Brains Become Who We Are*, Penguin Books, 2003, p. 31.

⑥ LeDoux J, *Synaptic Self: How Our Brains Become Who We Are*, Penguin Books, 2003, p. 23.

戏剧学者可以借鉴认知科学的观点指导戏剧演出。不少当代认知科学的观点并不反对人文关怀，甚至还有利于进一步挖掘人文思想。布莱尔抓住了这个契机，积极地从认知科学汲取营养，为戏剧演出提出了较新的观点。她说："把演出看作'做'（doing）而不是'是'（being），从这个角度看，这一点和演员如何进入角色和表演是一致的——那是相互的、关联的、生物学的。在记忆、感情和激情之中最终所表现出来的是关于过程的，而不是实体的。"①这样的观点融合了科学与艺术，是戏剧学中的新增长点。

二、文化和感情的构成

布莱尔非常关心由文化和感情构成的生理机制，并尝试着把相关成果用于指导戏剧演出。凯根认为，意识和语言是从生活史中产生的。他分析了人的心理结构，找到了四种类型：①身体活动的再现，或者内脏的再现，包括生理状态的图式；②运动序列或者感觉运动的再现，就是运动的"报告"（这使舞蹈演员和乐师能够完成他们的工作）；③关于外在事件的图式，如从视觉和听觉得到的，亦即关于感官环境的前语言的"报道"；④"将词汇表现和（图式）联合起来以形成网络状的语义结构，这种结构是逻辑上受限制的，具有等级性的，可用于思想和交流"，就是说，可以让我们处理前三种信息或者经验的、语义的或象征的系统。②总体来看，人的心理结构是内在地和人的身体相联系的，只是最后一类受生物的限制较小，受文化的影响最大。

另外一个重要概念是身体图式。威尔逊这样描述身体图式："我们的体位的形态是动态的，决定着身体姿势和运动的心理参数。新的运动同化到图式中，改变那个图式，然后变为身体姿势和运动的总体决定力量的一部分。外来的刺激总是根据已经存在的图式被解释；因此每次感知的记录总是受到前面的记录的影响……具体地说，这些图式是以时间顺序（不是空间顺序）组织起来的，有着不同的组合法则，它们是以胃口、本能、兴趣和理想为媒

---

① Blair R, "Image and action: Cognitive neuroscience and actor-training", In McConachie B, Hart F E (Eds.), *Performance and Cognition: Theatre Studies and the Cognitive Turn*, Routledge, 2006, p. 171.

② Kagan J, "Biological constraint, cultural variety, and psychological structures", In Damasio A R, Harrington A, Kagan J, et al. (Eds.), *Unity of Knowledge: The Convergence of Natural and Human Science*, The Academy of Sciences, 2001, pp. 178-179.

介的……图式之间的联系模式形成我们称为性情或者性格的东西。图式也是内在地社会化的……认知不能是简单地拥有个体，而是个体之间、个体与社会之间的网络所决定的结果。”[①]可见身体的图式是理解生活史和文化之间的相互关系的关键。我们如何在生活史之上建构自我感和身份感取决于感情和意识，产生于身体的图式，是神经网络的产物，网络本身又是各种经验和认知记忆的结果。

在探讨了凯根和威尔逊的理论之后，布莱尔说：“头脑、心灵、文化和行动的连接的流动性和双向性，以及它们所提出的关于意识和自我的问题，迫使我们在演出的时候（或者教学/训练的时候）有必要重新考虑我们所做的是什么。如果教学、训练、排练事实上是生物的和文化的前沿上的‘大脑修炼’的工作，这就必须改变对什么是演出的理解。更长的训练期限和演出的日子可以给演员更多的时间把要做的工作在身体中‘定型’；一个演员通过更长时间的投入使突触的模型更加丰富并进一步强化。”[②]布莱尔的观点具有重大的意义，对于导演艺术来说是一种突破。演戏绝对不仅仅是对书面剧本的理解，必须要长时间地通过动作进行训练，使所演的戏在身体上“定型”，是一种“大脑修炼”。

三、感情和激情

在达马西欧的理论框架中，激情和感情两者都与体内平衡的抗争有关，他们的首要功能是帮助我们发现威胁或者好处，以便有效地适应环境。[③]达马西欧还进一步阐释到，激情是身体状态的改变，是测量身体并支持思考的大脑结构的变化。激情是大脑发现可引发激情的刺激（emotionally competent stimulus）时，所产生的神经的或者化学的模式；它们是自动的，建立于遗传的和学习到的系列动作之中；正如任何身体的过程物一样，它们连续地处于流动的状态。[④]当激情达到意识的层面，感情就产生了，它建立于对内外环

---

① Wilson E A, *Neural Geographies: Feminism and the Microstructure of Cognition*, Routledge, 1998, pp. 171-172.

② Blair R, “Image and action: Cognitive neuroscience and actor-training”, In McConachie B, Hart F E (Eds.), *Performance and Cognition: Theatre Studies and the Cognitive Turn*, Routledge, 2006, p. 173.

③ Damasio A, *Looking for Spinoza: Joy, Sorrow, and the Feeling Brain*, Harcourt, Inc., 2003, p. 53.

④ Damasio A, *Looking for Spinoza: Joy, Sorrow, and the Feeling Brain*, Harcourt, Inc., 2003, p. 63.

境的适应性调整之上[①]；感情“把进行中的生活状态翻译成心灵的语言”[②]；感情是“对身体的某一状态的感知，连同某一模式的思想和关于某些主题的想法的认知”[③]；他还总结道：“激情在身体的剧场中演出。感情在心灵的剧场中演出。”[④]

布莱尔认为，达马西欧的这个框架为区分演员工作的体力成分和脑力成分提供了标准，她还把两者描述为同时存在的连续体，演员在把激情/身体的状态翻译成感情时，有着自己的自由，增加了演员在创造性地想象一个角色时的自由度。

李窦曾这样描述激情、感情和行动的出现秩序：激情是“大脑决定或者计算刺激的价值的过程”，而感情在根据激情采取行动之后出现。例如，“害怕的感情出现在你跳起来和心脏剧烈跳动之后——感情本身并没有导致跳起来或者心脏剧烈跳动”[⑤]。激情、感情和行动的这种联系告诉我们，在演员训练中不能将“理性”或“认知”和“激情”与“内脏”分离；调整身体的状态可以引起或者起码影响激情和感情。

研究还表明，激情越是高涨，大脑激活的系统就越多。正如李窦所说的那样，所以“在激情状态下比非激情状态下有更多的脑系统都处于活跃状态”[⑥]。布莱尔因此断言：这对演出来说暗含着这样的智慧，让演员尽量地投入，涉及尽可能多的经验，使他们高度兴奋，以便提高训练的效率。李窦还说：“当形成记忆时的激情状态与回想时的状态相似时，记忆就容易出现……学习和回想的激活模式越相似，回忆的效率就越高。”[⑦]这就给利用感觉和激情来提高记忆能力提供了具体的支持。当然这里所谓的记忆是临时的、带有想象性的，其意义不在于回想过去，而在于支持演出瞬间的情景。

自从梅耶荷德在著作中提到生物化学（受詹姆斯·朗格的心理学理论的影响）和斯坦尼斯拉夫斯基提出身体动作和动作分析的方法（受里博、巴甫

① Damasio A, *Looking for Spinoza: Joy, Sorrow, and the Feeling Brain*, Harcourt, Inc., 2003, p. 49.

② Damasio A, *Looking for Spinoza: Joy, Sorrow, and the Feeling Brain*, Harcourt, Inc., 2003, p. 85.

③ Damasio A, *Looking for Spinoza: Joy, Sorrow, and the Feeling Brain*, Harcourt, Inc., 2003, p. 85.

④ Damasio A, *Looking for Spinoza: Joy, Sorrow, and the Feeling Brain*, Harcourt, Inc., 2003, p. 28.

⑤ LeDoux J, *Synaptic Self: How Our Brains Become Who We Are*, Penguin Books, 2003, pp. 206-208.

⑥ LeDoux J, *Synaptic Self: How Our Brains Become Who We Are*, Penguin Books, 2003, p. 322.

⑦ LeDoux J, *Synaptic Self: How Our Brains Become Who We Are*, Penguin Books, 2003, p. 222.

洛夫以及别的心理学家的影响）以来，演员激情生活的物质基础一直是研究的对象，但不准确的或者过于主观的词汇阻止了这种探索。达马西欧和李窦的观点使梅耶荷德的生物化学和斯坦尼斯拉夫斯基的训练方法有了更加科学的基础。

四、连接主义神经模式

人的神经模式不是稳定不变的。神经学家威尔逊提出了连接主义（connectionist）理论。在她看来，连接主义模型"把认知过程看作相互联系的、类似于神经元的单元构成的网状结构之上的活动传递……单元之间的联系，而不是单元本身，在网络发生作用的过程中扮演了重要角色"[①]。她还说，"网络上的任何元素（单元和连接）无法看作是现成的和可以确定位置的"，因为"它们的效果是在连接主义的结构的空间排列中和活动规则在时间的变化中获得的"[②]。李窦认为，人的意识是由突触（synapse，解剖学术语，指一个神经元的轴突接触并影响另一个神经元的树突或胞体的部位——引者注）构成的，是神经模型的产物。所谓的突触是与生俱来并不断发展变化的潜能，因为"每次大脑记录经验的时候，突触都被改变"[③]。大脑的弹性使神经元和神经的通道可以被经验改变，所以"短暂的电刺激不断地发送到神经通道，（可以）改变在通道上的突触的传播"[④]。神经网络改变了，脑皮层的尺寸可以随着刺激的增加而增大。有人指出，毫不奇怪的是，弦乐乐师的分管手的皮层要明显地比非乐师的皮层厚。[⑤]可见天生的神经和后天的环境都对个体特点的形成具有重大的作用。

布莱尔谈了这么多的神经科学的新成果，其用意是为了指导戏剧实践。既然我们的情感、自我认同等问题不是大脑中的固定概念，而是取决于神经

① Wilson E A, *Neural Geographies: Feminism and the Microstructure of Cognition*, Routledge, 1998, p. 6.

② Wilson E A, *Neural Geographies: Feminism and the Microstructure of Cognition*, Routledge, 1998, p. 162.

③ LeDoux J, *Synaptic Self: How Our Brains Become Who We Are*, Penguin Books, 2003, p. 68.

④ LeDoux J, *Synaptic Self: How Our Brains Become Who We Are*, Penguin Books, 2003, p. 137.

⑤ Kandel E R, Squire L R, "Neuroscience: breaking down scientific barriers to the study of brain and mind", In Damasio A R, Harrington A, Kagan J, et al. (Eds.), *Unity of Knowledge: The Convergence of Natural and Human Science*, The Academy of Sciences, 2001, p. 128.

元的不断连接，演员就应该通过思考和行动不断强化这种连接，以便更好地表现人物的个性。

五、记忆

记忆是形成自我的身份和性格的重要因素之一。李窦曾说："人生之中，学习和作为突触的结果的记忆，在把性格黏合成和谐的整体中扮演了重要角色……学习使我们超越基因……我们关于自己是谁的知识……在很大程度上是通过经验学到的，这种信息通过记忆向我们开放……学习和记忆也对性格产生影响，其方式超越于明确的自我知识之外。换句话说，大脑在网络中学习并储存许多事情，他们的作用是在自觉意识之外的。"[①]他还说："自我中的许多是通过旧的记忆的回忆学到的。正如学习是创造记忆的过程，创造出来的记忆依靠我们以前所学到的东西。（……记忆是）事实和经验的重新建构，正如它们所储存起来的那样，而不是他们实际发生的样子。"[②]记忆可以是明确的也可以是暗含的。明确的记忆，或者叫作陈述的记忆体现的是"有意识地回想或者记住过去发生的事情的能力"[③]。可以分为插曲式的记忆（个人经验，"具体的时间和地点中在你身上发生的事情"）和语义的记忆（事实——你所知道的事情，却未必经历过）。[④]明确的记忆是*关联性的*，"陈述性的记忆的激活导致别的相关的记忆的激活。作为结果，陈述性的记忆可以脱离原先的情景激活，通过原先之外的刺激激活"。暗含的记忆"更多地反映在我们所做的事情和我们做事情的方式之上，而不在我们所知道的事情之上"[⑤]；例如，学习到的运动和认知技能，诸如走路、说话、条件反应等，都属于暗含的记忆。[⑥]不管哪种记忆，在找回记忆的时候都涉及重新整合；"如果你从仓库中取出记忆，你必须创造新的蛋白质（你必须重新储存，或者重新整合），以便让记忆仍然为记忆……（用别的话说）记忆活动中的大脑

---

① LeDoux J, *Synaptic Self: How Our Brains Become Who We Are*, Penguin Books, 2003, pp. 9-10.

② LeDoux J, *Synaptic Self: How Our Brains Become Who We Are*, Penguin Books, 2003, p. 96.

③ LeDoux J, *Synaptic Self: How Our Brains Become Who We Are*, Penguin Books, 2003, p. 97.

④ LeDoux J, *Synaptic Self: How Our Brains Become Who We Are*, Penguin Books, 2003, p. 108.

⑤ LeDoux J, *Synaptic Self: How Our Brains Become Who We Are*, Penguin Books, 2003, p. 115.

⑥ LeDoux J, *Synaptic Self: How Our Brains Become Who We Are*, Penguin Books, 2003, p. 117.

不是那个形成记忆的原来的大脑”[1]。事实上，“激情经验的记忆通常与那个过程中真实发生的事情显然不同……记忆是复原的时候建构的。在起始经验中储存的信息仅仅是建构时使用的要素之一”[2]。威尔逊也说：“所以记忆既不产生全新的东西，也不是简单地把已经存在的东西再现出来。相反，记忆是在已经存在的图式之中或之间的‘严格意义上的生产’……记忆从来不是储存于别的地方的元素的再现；总是‘想象的重构’、永恒的变体，没有截然分开的源头。”[3]可见记忆对自我的身份和性格的形成有着重大作用，不管什么样的记忆都不是一种简单的复原，而是一种创造。

斯坦尼斯拉夫斯基式的现实主义强调的是真实地再现剧中的角色，但掌握了现代认知科学的布莱尔不这么看。她说：“对于演员，正如对于任何一个人一样，记忆不是可以准确复原的真理，也不是一个作为‘事实’意义上的对象，而是一种神经化学的重建，其本质受到恢复情景的影响……”[4]布莱尔看到了当下性对于演出的重要性，而不是一味地强调“复原”。她指出：“对于演员来说，重要的不是复原准确的记忆（感官的或者是情感的），而是要明白记忆是一种瞬间现象，可用于创造和表演自己的角色……记忆是一种具有认知作用、情感作用、神经化学作用的东西的再想象，这种有用性只是暂时性地或次要地具有自传性，或者历史性地准确。我们不再关心尽可能真实地在过去事件中重新生活的任何努力，而是以记忆为工具使当下活起来，以便想象的威力可以发挥到极致，使演员的表达能力尽可能地挖掘到最深、最广的程度。”[5]她充分肯定了演员从个性和当下性的角度大胆创新的价值。可见她的现实主义相对于斯坦尼斯拉夫斯基来说又进了一步。她自己也意识到了这点，她说：“这里面有一种生理学和心理学要素的解释，超越了斯坦尼斯拉夫斯基和李·斯特拉斯伯格以及别的学者描述的层面或者种类，但这

---

① LeDoux J, *Synaptic Self: How Our Brains Become Who We Are*, Penguin Books, 2003, p. 16.

② LeDoux J, *Synaptic Self: How Our Brains Become Who We Are*, Penguin Books, 2003, p. 203.

③ Wilson E A, *Neural Geographies: Feminism and the Microstructure of Cognition*, Routledge, 1998, p. 173.

④ Blair R, “Image and action: Cognitive neuroscience and actor-training”, In McConachie B, Hart F E (Eds.), *Performance and Cognition: Theatre Studies and the Cognitive Turn*, Routledge, 2006, p. 75.

⑤ Blair R, “Image and action: Cognitive neuroscience and actor-training”, In McConachie B , Hart F. E (Eds.), *Performance and Cognition: Theatre Studies and the Cognitive Turn*, Routledge, 2006, p. 75.

肯定是顺着他们的体系中暗含的方向前进了一步。”①

六、意象流

对于神经科学家来说，心灵上的意象总是属于身体的，因为它们是在体内产生的。我们身体的意象是“一种空间产品（和制造者），存在于自我和他者之间、长时间的感觉之间、内在和外在之间、身体运动之间，以及身体运动过程之中……一种活生生的，总是变化的知识组织”②。身体的意象是动态的，而非静态的。达马西欧把身体意象分为两类：来自身体内部的和得自感觉的，如来自视网膜和耳蜗的。③这两类意象分别代表内部状态的信息和外部环境的信息。我们经历的意象是“对象提示之下的建构，而不是对象的镜子般的反映”④。和记忆一样，意象本身就是一样东西，同样真实——但不同于——引起意象的对象。身体意象“在心灵中流动，是机体和环境相互作用的反映……心灵为身体而存在，总是忙于讲述各种身体事件的故事，并使用那个故事来优化身体的生活”⑤。一句话，心灵之所以存在，是因为有一个身体为之提供了内容。当感官意象之流——大脑中的电影——和关于自我的意象一起出现的时候，意识就出现了。⑥大脑感知到的不仅仅是真实的身体状态，它们也可以和“虚假的”或者“假设的”身体状态打交道。⑦这些可以看作想象的状态，本质上是建立于记忆之上的意识，是对过去的意识和身体经验的回忆和重构。

掌握了意象的特点之后，我们可以利用各种意象更好地为演出服务。关于演出方法，西方人一直有着“虚构”与“现实”、“感情”与“理性”、“想象”与“真实”的争论。斯坦尼斯拉夫斯基和李·斯特拉斯伯格把焦点放

① Blair R, “Image and action: Cognitive neuroscience and actor-training”, In McConachie B, Hart F E (Eds.), *Performance and Cognition: Theatre Studies and the Cognitive Turn*, Routledge, 2006, p. 175.

② Wilson E A, *Neural Geographies: Feminism and the Microstructure of Cognition*, Routledge, 1998, pp. 73-74.

③ Damasio A, *Looking for Spinoza: Joy, Sorrow, and the Feeling Brain*, Harcourt, Inc., 2003, p. 195.

④ Damasio A, *Looking for Spinoza: Joy, Sorrow, and the Feeling Brain*, Harcourt, Inc., 2003, p. 200.

⑤ Damasio A, *Looking for Spinoza: Joy, Sorrow, and the Feeling Brain*, Harcourt, Inc., 2003, p. 206.

⑥ Damasio A, *Looking for Spinoza: Joy, Sorrow, and the Feeling Brain*, Harcourt, Inc., 2003, p. 215.

⑦ Damasio A, *Looking for Spinoza: Joy, Sorrow, and the Feeling Brain*, Harcourt, Inc., 2003, p. 118.

在让演员直接“真实地”进入想象的情景之中。布莱尔非常重视戏剧中的意象，她把“意象操纵”看作演员工作的核心要素。她说：“当我们创造出正确的、物理的和想象的环境时，就营造出有效的意象之流，想要的行动和感情得以产生。”[①]戏剧的物理环境非常重要，想象的环境也很重要，导演应当尽力通过合适的想象环境引导演员。她说：“好的演员倾向于重视与插曲式的记忆相关的意象，而不是与语义记忆相关的意象，因为演出中的演员典型地和个人经验更有联系——‘某时某地在你身上发生的事情’，身体经历过的事情……”[②]布莱尔的观点和斯坦尼斯拉夫斯基的演出观有着一定的相似性，但她还有神经认知科学的基础，更加具有科学性和可操作性。

七、颇具成效的戏剧实践

布莱尔不是为了理论而研究理论，她的首要目的在于指导实践。在排练的过程中，布莱尔积极使用她的方法。她的口号是“把剧本当作莎剧，虽然不是莎士比亚的”。她要求演员把每一部剧本当作莎剧那样的精品，非常有耐心地熟悉剧本，直到对每一个意象都很熟悉，并且多次地进行操练，直到戏剧内化为演员身体的一部分。布莱尔不但在理论上大胆创新，而且在实践当中非常活跃，多次成功地将戏剧搬上舞台。

在 2003 年的夏天，布莱尔来到一个达拉斯的专业剧场——回音剧场，导演了吉尔曼的《男孩纠缠女孩》。这出戏有一定的挑战性，导演和演员在教育和经验方面有着巨大的差异，而且互相并不熟悉。他们在公演之前排练了 3 周，每天排练 3 个小时。虽说时间仓促，条件有限，但戏剧演出非常成功，7 个演员中的 3 个获得达拉斯主要剧场奖项的相应“最佳演员”提名，还有 1 个获奖。

《男孩纠缠女孩》的女主角的扮演者艾伦对这一段排练的经历印象非常深刻。他们的排演过程的巨大差别在于演员要熟悉戏剧的文本——一个单词一个单词地，一个形象一个形象地熟悉。在排练和演出期间，她心中的意象之

---

① Blair R, “Image and action: Cognitive neuroscience and actor-training”, In McConachie B, Hart F E (Eds.), *Performance and Cognition: Theatre Studies and the Cognitive Turn*, Routledge, 2006, p. 79.

② Blair R, “Image and action: Cognitive neuroscience and actor-training”, In McConachie B, Hart F E (Eds.), *Performance and Cognition: Theatre Studies and the Cognitive Turn*, Routledge, 2006, p. 79.

流与“瀑布”越来越多，并促使情节往前发展；这个过程对于她来说变得“更深刻，更丰满，更丰富”。她觉得她绝对需要看见她所谈论的每一件事情，每次都要确保每个所指的事物或台词对于她这个演员/人物来说有着个人的意义，以便落实所指之物和那个时候的动作。在熟悉意象之后，她可以从台词中读出特别的意思，因为意象的具体性把肤浅的和世俗的解释带走了。她所感觉到的这些和斯坦尼斯拉夫斯基的现实主义表演没有很大的区别，但从理论上看，还是有着一定的进步的，因为这是以认知神经科学的新发现为基础的。

布莱尔积极地吸收认知科学的成果，充分强调意象和动作的作用，给表演艺术带来了新意。她的理论不但对西方戏剧颇有价值，对研究中国传统戏曲也很有启发。中国古代演员不是简单地、静态地钻研剧本，而是长时间地练功，使戏曲境界完全在演员身上内化并定型，使剧与人合一。达到这样的水平之后，才能成就经典的唱段、独一无二的唱段，别人不可能轻易地模仿出来。布莱尔的导演艺术印证了中国戏曲训练的科学性。按照这样的方法可能更容易排练出经典的戏剧。但在强调效益和速度的今天，如要大量地采用这样的方法可能还是有难度的。

西方认知诗学经过最近四五十年的发展，特别是21世纪的突飞猛进，已经成为一门显学。国内学界，一方面积极引进和翻译西方的成果，另一方面也开展了不少独立的研究，取得了一定的成就。这个领域方兴未艾，肯定会有较大的作为。

参考文献

〔美〕阿奇波德·麦克利许：《诗艺》，飞白译，见飞白编《世界诗库》（第7卷），花城出版社，1994，第277-288页。

〔古希腊〕柏拉图：《柏拉图全集》（第1卷），王晓朝译，人民出版社，2002。

〔德〕康德：《判断力批判》，宗白华、韦桌民译，见宗白华《宗白华全集》（第四卷），安徽教育出版社，1994。

〔德〕莱辛：《拉奥孔》，朱光潜译，见伍蠡甫编《西方文论选》（上），上海译文出版社，1979。

〔古罗马〕朗吉努斯:《论崇高》,见〔古罗马〕朗吉努斯、〔古希腊〕亚里士多德、〔古罗马〕贺拉斯《美学三论》,马文婷、宫雪译,光明日报出版社,2009。

〔美〕劳伦斯·夏皮罗:《具身认知》,李恒威、董达译,华夏出版社,2014。

〔英〕弥尔顿:《失乐园》,朱维之译,上海译文出版社,1984。

〔古希腊〕欧里彼得斯:《特洛伊妇女》,见〔古希腊〕埃斯库罗斯等《古希腊悲剧喜剧全集》(第5卷),张竹明、王焕生译,译林出版社,2007。

〔法〕帕斯卡尔:《思想录》,何兆武译,商务印书馆,1997。

〔美〕P. M. 丘奇兰德:《功能主义40年:一次批判性的回顾》,文田平译,《世界哲学》2006年第5期,第23-34页。

〔加〕萨伽德:《认知科学导论》,朱菁译,中国科学技术大学出版社,1999。

苏东坡:《书摩诘〈蓝关烟雨图〉》,《苏轼全集校注》(第19册),河北人民出版社,2009。

〔苏〕维·什克洛夫斯基:《散文理论》,刘宗次译,百花洲文艺出版社,1994。

〔古希腊〕亚里士多德:《诗学》,陈中梅译注,商务印书馆,2002。

〔古罗马〕亚里斯多德:《诗学》,见〔古希腊〕亚里斯多德、〔古罗马〕贺拉斯《诗学·诗艺》,人民文学出版社,1982。

〔挪〕易卜生:《培尔·金特》,《易卜生戏剧选》,潘家洵译,人民文学出版社,1997。

张淑华、朱启文、杜庆东等:《认知科学基础》,科学出版社,2007。

Appiah K A, *In My Father's House: Africa in the Philosophy of Culture*, Oxford University Press, 1992.

Arnold B M, Gasson A J, "Feelings and emotions as dynamic factors in personality integration", In Arnold B M, Gasson A J (Eds.), *The Human Person: An Approach to an Integral Theory of Personality*, Ronald Press, 1954.

Ashcroft B, Griffiths G, Tiffin H, *The Empire Writes Back: Theory and Practice in Post-Colonial Literatures*, Routledge, 1989.

Bernard C, *An Introduction to the Study of Experimental Medicine*, The Macmillan Co., 1927.

Blair R, "Image and action: Cognitive neuroscience and actor-training", In McConachie B, Hart F E (Eds.), *Performance and Cognition: Theatre Studies and the Cognitive Turn*, Routledge, 2006.

Blair R, *The Actor, Image and Action: Acting and Cognitive Neuroscience*, Routledge, 2008.

Blake W, "The marriage of heaven and hell," In Abrams M H (Ed.), *The Norton Anthology of English Literature, Vol.2*, W.W. Norton & Company, 1974.

Bradburn B, "Book review", *Journal of Pragmatics*, No. 31, 1998.

Christine B-R, *A Grammar of Metaphor*, Secker and Warburg, 1958.

Culler J, *Structuralist Poetics*, Routledge and Kegan Paul, 1975.

Damasio A, *Looking for Spinoza: Joy, Sorrow, and the Feeling Brain*, Harcourt, Inc., 2003.

Davidson D, *Inquiries into Truth and Interpretation*, Clarend Press, 1985.

Davis H M, *Empathy: A Social Psychological Approach*, Madison, Brown and Benchmark, 1994.

Donne J, *The Complete Poems of John Donne*, Pearson Education Limited, 2008.

Freeman M, "Book review", *Pragmatics & Cognition*, Vol. 17, No. 2, 2009.

Harrington A, Deacon T W, Kosslyn S M, et al., "Science, culture, meaning, values: A dialogue", In Damasio A R, Harrington A, Kagan J, et al. (Eds.), *Unity of Knowledge: The Convergence of Natural and Human Science,* The Academy of Sciences, 2001.

Hogan C P, *The Mind and Its Stories: Narrative Universals and Human Emotion*, Cambridge University Press, 2003.

Huntington P S, *The Clash of Civilizations and the Remaking of World Order*, Simon & Schuster, 1996.

Jerome Kagan, "Biological constraint, cultural variety, and psychological structures", In Damasio A R, Harrington A, Kagan J, et al.(Eds.), *Unity of Knowledge:The Convergence of Natural And Human Science,* The Academy of Sciences, 2001.

Joy Paul Guilford, "Traits of creativity", *Creativity and Its Cultivation*, Harper and Row, 1959.

Lakoff G, Johnson M, *Metaphors We Live By*, The University of Chicago Press, 1980.

Lazarus R, "Emotion as coping process", In Arnold B M (Ed.), *The Nature of Emotion*, Penguin, 1966.

LeDoux J, *Synaptic Self: How Our Brains Become Who We Are*, Penguin Books, 2003.

Milton J, *Paradise Lost*, Oxford University Press, 2005.

Neisser U, *Cognition and Reality*, Freeman, 1976.

Newell A, Simon H A, "Computer science as empirical inquiry: Symbols and search", In Haugeland J(Ed.), *Mind Design Ⅱ: Philosophy Psychology Artificial Intelligence*, The MIT Press, 1997.

Oatley K, *Best Laid Scheme: The Psychology of Emotions*, Cambridge University Press, 1992.

Ornstein R, *The Psychology of Consciousness*, Penguin, 1966.

Pater W, *The Renaissance: Studies in Art and Poetry*, University of California Press, 1980.

Perloff M, *Differentials: Poetry, Poetics, Pedagogy*, The University of Alabama Press, 2004.

Philip T, *The Grotesque*, Methuen, 1972.

Philippi D L, *Songs of Gods, Songs of Humans: The Epic Tradition of the Ainu*, North Point Press, 1982.

Richardson A, "Studies in literature and cognition: A field map", *The Work of Fiction: Cognition, Culture, and Complexity,* In Richardson A, Spolsky E (Eds.), Ashgate, 2004.

Richardson A, *The Neural Sublime: Cognitive Theories and Romantic Texts*, Johns Hopkins University Press, 2010.

Thelen E, Schöner G, Scheier C, et al., "The dynamics of embodiment: a field theory of infant perseverative reaching", *Behavioral and Brain Sciences*, Vol. 24, No. 1, 2001.

Tsur R, *Toward a Theory of Cognitive Poetics*, Elsevier Science Publishers, 1992.

Watson B J, "Psychology as the behaviorist views it", *Psychological Review*, No. 20, 1913.

Wiener N, *Cybernetics: Or Control and Communication in the Animal and the Machine*, The MIT Press, 1961.

Wilson E A, *Neural Geographies: Feminism and the Microstructure of Cognition*, Routledge, 1998.

第三章
莫莱蒂的实证主义文论

引　言

莫莱蒂[①]是当代著名的意大利文学史学者和左派知识分子，在欧美学界声名鹊起，影响斐然。苏瑟兰曾撰文写道："对文学批评来讲，莫莱蒂是一个伟大的偶像破坏者。"[②]他用独特的实证主义方式修正了文学研究的文本细读传统。1950 年，莫莱蒂出生于意大利松德里奥的知识分子家庭。[③]1972 年，莫莱蒂以"最优等成绩"毕业于意大利的罗马大学，获取了现代文学博士学位。毕业后，他先后在意大利的萨勒诺大学和维罗那大学、美国的哥伦

---

① 关于 Franco Moretti 一名的翻译最早见于《当代马克思主义文学批评》中"真理的时刻"一章（参见〔英〕弗朗西斯 · 马尔赫恩:《当代马克思主义文学批评》，刘象愚、陈永国、马海良译，北京大学出版社, 2002, 第 124-135 页），陈永国将其翻译为"弗兰克 · 莫莱蒂"，其后诗怡将其译为"弗兰科 · 莫莱蒂"（参见弗兰科 · 莫莱蒂:《对世界文学的猜想》，诗怡译,《中国比较文学》2010 年第 2 期，第 9-20 页），尹星译为"弗兰哥 · 莫莱蒂"（莫莱蒂:《进化、世界体系、世界文学》，参见〔美〕大卫 · 达姆罗什、陈永国、尹星编《新方向：比较文学与世界文学读本》，北京大学出版社, 2010, 第 242-249 页），赵文和刘渊的译法是"弗朗哥 · 莫雷蒂"（莫莱蒂:《世界文学猜想》《灰色地带》，参见张永清、马元龙《后马克思主义读本：文学批评》，人民出版社, 2011, 第 43-55、219-235 页）。当然，还有差异更大的译法，如刘宁将其译为"弗朗科 · 莫瑞狄"（参见简 · 布朗:《歌德与"世界文学"》，刘宁译,《学术月刊》2007 年第 6 期，第 32-38 页），李庆本译为"佛朗哥 · 莫瑞提"（参见大卫 · 达姆罗什:《世界文学是跨文化理解之桥》，李庆本译,《山东社会科学》2012 年第 3 期，第 34-42 页），诸如此类，不一而足，本着先译为尊之原则，本章采用陈永国先生的"弗兰克 · 莫莱蒂"这一译法。

② Sutherland J, "The idea interview: Franco Moretti", *The Guaradian*, http://www.theguardian.com/books/2006/jan/09/highereducation.academicexperts.

③ 此处有关莫莱蒂的生平介绍参见维基百科：http://en.wikipedia.org/wiki/Franco_Moretti. 斯坦福大学官方网站：https://english.stanford.edu/people/franco-moretti。布兰克威尔在线百科全书：http://www.blackwellreference.com/public/tocnode?id=g9781405183123_chunk_g978140518312336_ss1-9。

比亚大学和斯坦福大学英文系任教。2000 年，先后成立了著名的实证主义研究的大本营——斯坦福大学文学实验室。2017 年，莫莱蒂因退休而离开斯坦福大学英文系。

莫莱蒂的代表性作品包含七本专著，分别是《被视作奇迹的符号：文学形式社会学》（1983 年）、《世界之路：欧洲文化中的成长小说》（1987 年）、《现代史诗：从歌德到加西亚·马尔克斯的世界体系》（1994 年）、《欧洲小说图集：1800—1900》（1998 年）、《图表、地图和树：文学史的抽象模式》（2005 年）、《距离阅读》（2013 年）、《在历史与文学之间的资产阶级》（2013 年）。其中《被视作奇迹的符号：文学形式社会学》和《世界之路：欧洲文化中的成长小说》由意大利语版翻译成英语版，其他作品均直接用英语著成。莫莱蒂所有著作的英文版均由英国著名左派书局沃索（Verso）出版社出版。除此之外，莫莱蒂还编有二卷本的小说研究论文集《小说》（2006 年）。其代表性论文有《文学的进化》《文学的屠宰场》《世界文学猜想》《进化论、世界体系和世界文学》《网络理论，情节分析》《文体：对 7000 个小说标题的反思》《“操作”或测量在文学理论中的作用》等。莫莱蒂的作品至少已被翻译成 20 多种语言。[①]

莫莱蒂的学术生涯已持续 40 余年，足迹遍布欧美多地。纵观莫莱蒂的学术路径，不难发现其身份经过三次转变。第一阶段，社会形式批评家。在意大利的学习、研究时期，深受形式主义流派、西方马克思主义和进化论的影响，莫莱蒂被誉为“全球形式主义者”[②]，成为进化论马克思主义社会形式论批评家。第二阶段，文化批评家。受伯明翰学派、法兰克福学派等文化批判理论影响，自 20 世纪八九十年代开始，莫莱蒂开始文学的文化批评，将文化地理和世界经济体系理论融入自己的文学思想系统，吸纳了更多的地理、经济、政治、文化元素，分析隐藏在文学背后诸如宗教斗争、政治变迁、地理环境、经济市场等文化现象，把文学置入复杂的语境来讨论它的历史演变和文化功能，将自己变成坚定的文化批评家。第三阶段，人文“科学家”。

① 参见斯坦福大学官方网站对莫莱蒂的介绍：https://english.stanford.edu/people/franco-moretti。

② Fothergill A, “Moretti, Franco”, *The Encyclopedia of Literary and Cultural Theory*, https://onlinelibrary.wiley.com/doi/book/10.1002/9781444337839.

针对读者因时间和精力有限，无法阅读所有文学作品的现状，莫莱蒂提出了“距离阅读”策略。为了践履其“距离阅读”策略，近20多年来莫莱蒂将自然科学和社会科学中的定量方法引进文学研究，采用“假设检验、计算模型和定量分析”[①]的科学实证方法，借助图表、地图、树图等研究文学的类型、结构、情节等问题，开创了数字人文科学研究的方向，其“距离阅读”“文学的树形图”“文学中的操作或测量”等概念引起世界范围内的竞相围观和激烈争鸣，使其成为名实相副的“偶像破坏者”，也确立了其人文“科学家”的身份。正是因为莫莱蒂文学理论的巨大影响，阿普特认为美国已然形成了所谓的“莫莱蒂学派”[②]。

从社会形式批评家、文化批评家再到人文“科学家”，莫莱蒂的身份有一个明显的转换轨迹。他的文学理论不但有一个逻辑演进的过程，而且是一个浑然整一的体系。早年的莫莱蒂以社会形式理论作为文学研究的指导原则，在文本细读中讨论文学的修辞、类型、形态等形式问题。在形式研究过程中，莫莱蒂看到地理因素对文学巨大的形塑作用，进而研究文学空间。不过，莫莱蒂认为地理研究侧重文学的空间问题，未能重视文学的时间问题，因此用进化论研究欧洲文学的形式演变，以树形图构建文学的时空体。在这一文学时空体中，莫莱蒂发现文学已变得愈加均质和类同，据此预言世界文学时代的到来，并以全球视角观照文学演变的整体情况，提出“距离阅读”的研究策略和定量分析的研究方法。在莫莱蒂的文学理论中，形式研究是基础，空间研究和进化研究是两翼，世界文学研究是核心和结果，数字人文的实证研究是方法论。从形式到空间、进化，再到世界文学，莫莱蒂的文学理论显示出清晰的演进脉络。这不仅显示莫莱蒂的文学理论是一个循序渐进、相互依存、不可分割的理论构架，而且呈现出从具体到抽象，从局地性到整体性的逻辑规律。最为重要的是，在从传统的文化批评家向人文“科学家”转换的过程中，莫莱蒂的实证主义倾向愈加突出。

在分析实证理论中，经验实证主义和逻辑实证主义是其两极。就莫莱蒂

---

① Schulz K, “What is distant reading?” *New York Times*, http://www.nytimes.com/2011/06/26/books/review/the-mechanic-muse-what-is-distant-reading.html?pagewanted=all&_r=0.

② Apter E, “Literary world-systems”, In Damrosch D (Ed.), *Teaching World Literature*, Modern Language Association of America, 2009, p. 44.

而言，他在其研究肇始就将马克思主义和进化论作为理论基点，进而又受库恩和波普尔的重大影响，最终采用定量分析的方法研究文学。马克思主义和进化论的共同之处在于都是从日常生活的观察实践出发，具有清晰的经验实证主义印痕。库恩，特别是波普尔的客观知识理论是逻辑实证主义的代表。莫莱蒂的定量分析则是在大数据时代才使用到文学宏观研究之上的重要方法。莫莱蒂的文论已从经验实证主义、逻辑实证主义发展到分析实证主义。分析实证主义不但成为莫莱蒂对实证主义的创新，又是实证主义新的理论生长点。莫莱蒂的实证主义文论主要涉及以下问题：第一，莫莱蒂的马克思主义文学形式观。莫莱蒂长期立足于形式研究文学问题，认为“形式作为一个最深刻的文学社会学要素——形式就是力量，对我像以前一样保留了其有效性”[①]，形式观是莫莱蒂实证主义文论的基点。第二，文学地图的叙事功能。莫莱蒂相信通过文本可以绘制文学地图，借助文学地图可以研究文学。他以地理为基础，以地图为工具，以文学文本为对象，考察文学中的空间问题，探寻文学地图强大的叙事功能。第三，莫莱蒂的文学树形图理论。文学进化论一直是贯穿莫莱蒂文学思想始终的指导原则。莫莱蒂绘制了文学的树形图，认为树形图可以统摄时空，在文学的形式分化与历史变迁之间建立联系，其树形图能够构建动态的文学时空系统。第四，定量分析研究法及其合法性。定量分析是莫莱蒂近二十年来实现“距离阅读”策略的主要方法和具体方法，其操作尺度和合法性论证是其实证主义文学理论的重要表征。

第一节 莫莱蒂的进化论马克思主义形式观

莫莱蒂被誉为当今“最具抽象还原艺术家倾向的形式主义者”[②]。形式不仅是莫莱蒂文学研究的媒介和载体，更是其研究的对象和基础。在对黑格尔、卢卡奇的批判中，莫莱蒂以修辞为核心，在社会、历史、形式、修辞之

---

① Moretti F, *Graphs, Maps, Trees: Abstract Models for a Literary History*, Verso, 2005, p. 93.

② Batuman E, “Adventures of a man of science”, *n+1*, No.3, 2006, http://nplusonemag.com/adventures-man-science.

间建立紧密联系，建构了马克思主义形式论；在对 20 世纪形式主义的清理中，莫莱蒂认为只有通过“距离阅读”才可以把握整体性文学史，读者市场的变化、文本语言的变迁才是促使文学形式变化的主要因素；莫莱蒂吸纳了生物进化论的理论资源，相信文学是一个充满异质性的有机的生态系统，形式的变化就像生物系统的物种增殖一样，通过分化产生多样性。可以说，在对西方马克思主义、形式主义诸流派、生物进化论的整合与拼装中，莫莱蒂形成了自己的进化论——马克思主义形式论。在莫莱蒂的文学理论中，形式既是“具体社会关系的抽象”表征，又是“力系的图解”，还是一种方法论。

一、形式作为“具体社会关系的抽象”

从历史上形式的意义可见，形式和内容、形式和质料等类似的二分法已是不容置疑的观念，从亚里士多德、贺拉斯到笛卡儿、康德等人一脉传承。不过，莫莱蒂却从黑格尔内容和形式的转化中看到了先机。黑格尔说：“内容非他，即形式之转化为内容；形式非他，即内容之转化为形式……只有内容与形式都表明为彻底统一的，才是真正的艺术品。”[①]在黑格尔眼中，内容和形式不但可以同存于一体，而且内容和形式可以相互转换。形式是载体，具有阐释文学的潜质。形式承载着内容，形式和内容同存一体，密不可分。反之，通过形式可以把握质料和内容。事实上，只有通过形式研究能够把握内容这一命题成立时，文学的形式研究才可以作为理解文学，把握其演变的利器。莫莱蒂悉数吸收了黑格尔内容形式共存一体并可相互转换的辩证法。从这个角度来讲，莫莱蒂在形式理论上更是黑格尔的信徒。当然，以此为据，莫莱蒂还吸收了卢卡奇文学形式论中的合理因素，把自己也变成一个社会形式主义者。卢卡奇说文学的社会因素是形式，形式是社会现实，这即是说：一方面，文学的内容可以暗含在形式当中，其内容可用社会现实进行替换；另一方面，通过形式可以理解文学表现的社会现实和演变历史，彰显文学的内容。莫莱蒂对卢卡奇的社会形式理论进行加工，并借用施瓦兹的论点写道：“形式实际上是‘具体社会关系的抽象’”[②]，这是莫莱蒂文学形式的

① 〔德〕黑格尔:《小逻辑》，贺麟译，商务印书馆，1980，第 278-279 页。

② Moretti F, “More conjectures”, *New Left Review*, No. 20, 2003, p. 80.

真正意指。

当然，在笔者看来，莫莱蒂将文学形式表述为“具体”社会关系的“抽象”表达，这也暗藏一些深意。在莫莱蒂看来，文学能够表现具体的事件，也能够表现社会现实中各种因素之间的具体关系，这就是他所谓的“具体”的含义。但文学形式并不等同于社会现实。这一思想早在卢卡奇的论述中就已论及，他曾强调：“艺术中意识形态的真正承担者是作品本身的形式，而不是可以抽象出来的内容。我们发现文学作品中的历史印记明确地是文学的，而不是某种高级形式的社会文件。”[①]卢卡奇以这样的方式表明了文学形式中的社会现实与日常生活中社会现实的差异。莫莱蒂显然已经意识到这一点，认为文学表现的现实并非日常生活现实，而是经过筛选之后典型化的结果，甚至暗含了对材料的集中和虚构。文学形式呈现出的社会现实实为高度概括和仔细斟酌之后的艺术化的社会现实，和现实社会中的社会现实不可同日而语。莫莱蒂虽然强调文学背后的社会因素，但并非完全忽视文学的独特性和审美性，“抽象”一词正是对日常现实的隔离。这种对表述细节的注重，表明莫莱蒂是一个严谨而认真的批评家。

对马克思主义批评家来讲，文本形式并非毫无意义的工具，而是体现着社会现实的方方面面。杨建刚就此表明：“在此，文本已经不再是一个个体存在，而成为集体或阶级话语及意识形态的象征。社会批评的目标就是要通过文本分析，在字里行间和形式结构中解读和发掘文本深层所蕴含的‘意识形态素’（ideologeme）。”[②]文学形式成为各种社会现实因素的真实表达，也成为展现意识形态的舞台。这是人们可以借助形式研究文学的前提。不过，只有通过文学能够理解现实，文学的形式研究才能最终实现。幸好伊格尔顿认为：“理解文学就等于理解整个社会过程，因为文学是其中的一部分”，而且更有甚者，“真实的艺术常常超越它所处时代的意识形态界限，使我们看到意识形态掩盖下的现实”[③]。莫莱蒂的理解与此如出一辙。莫莱蒂认为文学文本既是知觉的形式，也是人们观察和理解世界的主要方式。在莫莱蒂

①〔英〕特里·伊格尔顿:《马克思主义与文学批评》，文宝译，人民文学出版社，1980，第28页。

② 杨建刚:《文本与意识形态：马克思主义与形式主义对话中的一个关键问题》,《文艺研究》2010年第1期，第23页。

③〔英〕特里·伊格尔顿:《马克思主义与文学批评》，文宝译，人民文学出版社，1980，第9、21页。

看来，各种相互交织的社会关系是文学的表现内容，但这种内容并不能自显其性，而是只能通过语言文字构成的文本这一载体，通过结构安排、类型风格等形式因素展现出来。当受众阅读文学作品的时候，不但通过这些形式因素理解其后蕴含的文学意义，而且形式本身也折射着那个时代、民族以及经济、文化等各种意识形态因素之间的争斗。他正是确信通过形式分析可以揭示文本之后潜藏的各种意识形态因素之间的关系，才提出“文学是具体社会关系的抽象”表征这一观念的。在《真理的时刻》一文中，莫莱蒂举例说明，由于受欧洲宗教战争的影响，欧洲各国形成不同的政治力量。这些不同政治力量之间的斗争决定了文学审美特征的变化及其文学类型，小说的欧洲、悲剧的欧洲、现代性的欧洲都是政治斗争的结果。从此例不难看出，莫莱蒂所谓的文学形式表征的社会关系实则是各种不同社会力量博弈时呈现出来的状态。

莫莱蒂接受卢卡奇的社会形式理论，并融入自己的理解，认为文学形式是具体社会关系的抽象表达。文学形式不仅是承载内容的工具，它本身就表征了内容，甚至文学形式就是内容，用文学形式研究的方法也可以研究文学内容，从而在文学与社会之间架起一座沟通的桥梁，避免别人对其文学研究不充分的诟病。在这种观念下，莫莱蒂相信通过研究文学形式的进化就可以把握整个文学史的发展。这是莫莱蒂把文学形式作为观照文学的方式的基本思路。然而，以笔者之见，莫莱蒂与卢卡奇理论的差异也是明显的。卢卡奇认为文学能体现现实，预测现实，但他并未对现实的具体意指加以说明，而莫莱蒂对现实的定义主要在于“社会关系”，这是对卢卡奇“社会现实”的具体注解，也是莫莱蒂超越卢卡奇的地方。但莫莱蒂把形式当作具体关系的抽象表征的理论局限也昭然若揭。莫莱蒂这种把社会现实看作各种关系的强调更多地受福柯、阿伦特等人的影响。福柯曾说：“我们不是生活在流光溢彩的真空内部，我们生活在一个关系集合的内部。”[①]汉娜·阿伦特认为社会是人类通过行动在相互之间形成一种新的关系，“行动具有显示性，并且建立起各种关系”[②]。二人都认为这种社会关系背后潜藏着权力的暗影。莫莱蒂的理论假设与以上二人如出一辙，也试图揭示文学背后的权力关系，他

①〔法〕米歇尔·福柯:《另类空间》，王喆译,《世界哲学》2006 年第 6 期，第 53 页。
②〔美〕帕特里夏·奥坦伯德·约翰逊:《阿伦特》，王永生译，中华书局，2006，第 52 页。

曾说："形式是社会关系的抽象，所以形式分析就其自身的简单方式而言也是一种权力分析。"[①]这是现代性背景下，霸权理论的现实展现。但和其他人一样，莫莱蒂既没有考虑文学的独特性、个体性，也忽略了文学内置个人的情感。进言之，由于莫莱蒂太认可社会"关系"对文学形式的形塑作用，所以其理论中暗含着一种对个体的、主体的"人"的剔除。在卢卡奇的理论中，"现实只能作为总体来把握和冲破，而且只有本身是一总体的主体，才能做到这种冲破"[②]。其言下之意，现实不但是总体性的，而且现实需要以人为代表的主体发挥主动性，创造出带有主体特征的文学。"事实上，卢卡奇所理解的现实主义不是对'客观存在'的现实的反映，而是通过叙事对现实的创造。"[③]这种创造带有很强的主观色彩。也就是说，在卢卡奇的社会现实中，还特意保留了人的位置，强调了人的主体性。威廉斯也说："现实就是人们通过工作或语言而使之成为人类共同经验的那种东西。"[④]从他的角度看，现实的实质是主体性的创造。但在莫莱蒂的理论中，所谓的关系已经完全隔离了人的存在。人不再是自主的人，人的主体性在相互关系中消失殆尽。从这一点上来看，莫莱蒂甚至不如卢卡奇和威廉斯，表现出一种理论的粗鄙化倾向。

二、形式作为"力系的图解"

莫莱蒂相信文学形式是具体社会关系的抽象表达，而社会关系最起码是二元的，建立在人与人、人与事、人与自然、人与社会、社会与社会等相互关联却又不同的元素之间，其后潜藏着复杂的权力因素，人们可以"从物体的形式中推导其起作用的力量"[⑤]。但由于文学形式是一个抽象的复合体，文学形式中潜藏的社会关系极为繁复，而且每一种社会关系都代表了一种力量，文学形式中就自然而然地包含着诸多类型的力量。当各种力量错综交织时，人们无法简单地将其归为单一元素影响的结果，所以当学者们研究文学

---

① Moretti F, "Conjectures on world literature", *New Left Review*, No. 1, 2000, p. 66.

②〔匈〕卢卡奇:《历史与阶级意识》，杜章智、任立、燕宏远译，商务印书馆，1999，第 91 页。

③ 李茂增:《现代性与小说形式》，东方出版中心，2008，第 213 页。

④〔英〕雷蒙·威廉斯:《现实主义和当代小说》，见〔英〕戴维·洛奇编《二十世纪文学评论》（下），葛林等译，上海译文出版社，1993，第 353 页。

⑤ Moretti F, *Graphs, Maps, Trees: Abstract Models for a Literary History*, Verso, 2005, p. 57.

形式时，不仅要关注文学形式本身表征的意味，而且要探讨形式背后各种复杂力量的身份及其相互之间的博弈。莫莱蒂曾说："形式作为一个最深刻的文学社会学要素——形式就是力量，对我像以前一样保留了其有效性。"[①]在莫莱蒂看来，文学形式并非只是单纯地表征社会现实关系，它还必须面对选择。文学形式表现什么或不表现什么都不是随意的，而是充满了斗争。在斗争中，强大的一方将意味着更多的机会，被选择的概率大大提高。这是权力的优越性，文学形式也不可避免地潜藏意识形态性。莫莱蒂认为："文学的意识形态功能必须在它的形式中寻找——或者更应该在因社会转型而造成的形式减少的象征性张力中去寻找。"[②]正是在看到了形式背后各种力量的复杂争斗之后，莫莱蒂认为，既然形式是具体社会关系的抽象表达，那么，最恰当的形式分析就是权力分析，权力"主要体现在'自主发展'和'妥协'的大量尖锐的对立中"[③]。其言下之意，就是要求我们能够从对各种社会力量的甄别和离析中理解文学表征的社会关系。有鉴于此，莫莱蒂认定文学形式是一个"力系的图解"[④]。莫莱蒂强调："形式除了是各种'力系的图解'，别的什么也不是。"[⑤]然而，作为一个"力系的图解"，文学文本的形式既能显示各种力量的源头和形态，又能揭示各种力量之间的复杂关系及其关系背后的意识形态因素。莫莱蒂相信，通过对这一"力系的图解"的剖析，文学背后的宰制力量将会悉数展现。

文学形式是社会关系的抽象表征，社会关系的实质是各种不同社会力量的争斗，文学形式就是各种矛盾冲突相互碰撞交集的结果。莫莱蒂认为这是文学形式的"力系的图解"。这种图解展示的是各种力量之间的妥协（compromise）。"妥协"是莫莱蒂最为钟爱的概念之一。莫莱蒂曾说："毕

---

① Moretti F, *Graphs, Maps, Trees: Abstract Models for a Literary History*, Verso, 2005, p. 93.

② Gailus A, "Reviewed to modern epic: the world system from Goethe to García Marquez", *Modernism/Modernity*, Vol. 4, No. 3, 1997, p. 175.

③ Moretti F, "More conjectures", *New Left Review*, No. 20, 2003, p. 80.

④ 这是汤普森的概念，用来指称文学形式也是受外力作用的结果。汤普森在《论生长与形式》一书中写道："事物中任何部分的形式，不管它是活的还是死的，可能在所有情况下都被归因于外力作用。简言之，物体的形式就是一个'力系的图解'。"参见 Thompson W D, *On Growth and Form*, Cambridge University Press, 1992, p. 16.

⑤ Moretti F, *Graphs, Maps, Trees: Abstract Models for a Literary History*, Verso, 2005, p. 64.

竟，从奥兰多的弗洛伊德美学到古尔德的‘熊猫原理’（Panda principle），或者卢卡奇的现实主义概念，文学形式总是各种相对力量之间的妥协这一观点已经成为我的知识构架的主导思想。”[①]莫莱蒂接受了精神分析美学、生物进化论和马克思主义的理论资源，杂糅成一体，以此阐释文学形式中内蕴的各种力量之间搏斗的结果。在莫莱蒂看来，文学形式之所以需要妥协，是因为当下的文学是一个世界体系，它是整一但却不平等的。莫莱蒂以小说从英法两国向世界各地扩散的过程翔实地展示了这种干涉。在文学体系内部，核心地区的文学会强行干涉（interfere）非核心地区文学的发展。非核心地区的文学则力图抵制这种干涉。干涉和抵制的现象造成外来形式、本土材料和本土形式之间的博弈。莫莱蒂认为在这三种因素的博弈过程中，各种力量相持不下，最后只能相互妥协，而妥协的结果就是产生新的文学形式。莫莱蒂认为：“现代小说的兴起最初也并非自主发展，而是西方形式影响（通常是法国和英国形式）与本地素材妥协的结果。”[②]为了证明这一观点的正确性，莫莱蒂从四个大陆、两百年、二十多种研究著作中确证“当一种文化开始向现代小说发展时，它总是外国形式与本地素材之间的妥协”[③]。

莫莱蒂的妥协理论提出后，也招致了一些批评。莫莱蒂曾说核心地区文学是自主发展的结果，非核心地区的文学是核心地区影响与本土资源妥协的结果。对这一点，阿拉克持反对态度，认为妥协也不只是非核心地区的文学妥协，而是相互的，都有所妥协。他举例说明“英国菲尔丁的《约瑟夫·安德鲁斯的经历》明确说明自己是追随塞万提斯的方法写成的”。[④]有意思的是，莫莱蒂却借助这个反例，认为倘若阿拉克所举之例可靠的话，恰好证明了无论哪个地区的文学形式都会受其他地区文学的影响而加以妥协，因而就更“不存在什么西欧文学的‘自治发展’”[⑤]。换言之，莫莱蒂认为虽然在文学的整体发展中，核心地区文学是自主发展，非核心地区文学总是受干涉而不得不妥协，但在文学形式的演变中，无论是核心地区还是非核心地区文

① Moretti F, “More conjectures”, *New Left Review*, No. 20, 2003, p. 79.

② Moretti F, “Conjectures on world literature”, *New Left Review*, No. 1, 2000, p. 58.

③ Moretti F, “Conjectures on world literature”, *New Left Review*, No. 1, 2000, p. 60.

④ Arac J, “Anglo-Globalism?” *New Left Review*, No. 16, 2002, p. 38.

⑤ Moretti F, “More conjectures”, *New Left Review*, No. 20, 2003, p. 79.

学，都是妥协的结果。[①]在文学形式的演变中，根本不存在不妥协的情形。这样，莫莱蒂反而更加有效地证明了自己理论的普适性。笔者以为，“妥协”背后不但是各种异质力量的展现，也是莫莱蒂对各种地区、各种文学因素同存现象的认同。

在笔者看来，莫莱蒂借用世界体系理论，把文学形式当作一个“力系的图解”，强调文学形式中各种力量博弈之后的结果是妥协，准确揭示了文学的意识形态性和相互作用的方式，这是理论上的一大创新，笔者完全赞同。不过，不管是有意还是无心，莫莱蒂都没有认真讨论妥协背后的残酷斗争。笔者以为，妥协本身是内部不协调、不统一情况下的产物。它是在斗争各方相持不下时，各种力量和因素各自退让、协商的结果，所以内含的斗争是不言自明的。没有斗争或对抗就没有妥协。文学形式之所以能够妥协，也是各种力量在斗争中相持不下时采取的协商策略。这种斗争也并不因为莫莱蒂的刻意遮蔽而消失。在文学形式的演变中，各种不同力量不断地斗争和妥协会真正塑造出新的形式。莫莱蒂把妥协当成文学形式产生的默认模式，但对妥协背后的残酷斗争的忽视，掩藏了文学形式演变的残酷性，实际上成为证明他对文学形式是“力系的图解”这一论断的最大障碍。这和与他处在同一理论阵营的卡萨诺瓦形成鲜明的对照。卡萨诺瓦一直强调文学中的斗争，但忽视相互之间的妥协。她曾说：“在现实中，文学世界的结构性不平等将引发一系列特定的斗争、对抗和围绕文学本身展开的争夺。正是通过这些冲突，不断发展的文学空间统一才清晰可见。”[②]在这种情况下，如果莫莱蒂和卡萨诺瓦能够相互吸收对方理论中的合理因素，其各自的理论将更加合理和完善。

三、形式作为方法论

其实，将形式主义作为一种研究方法，莫莱蒂并非独此一家。在《历史

① 对这一点，莫莱蒂非常得意，在《世界文学再猜想》一文的注释 13 中解释说：“这似乎是库恩观点很好的解释，即理论起到了根据自身希望建构事实的作用——甚至更好地说明了波普尔的观点，即通常由与你意见相左的人收集的事实最终更有力。”参见 Moretti F, “More conjectures”, *New Left Review*, No. 20, 2003, p. 79.

② Casanova P, “Literature as a world”, *New Left Review*, No. 31, 2005, p. 74.

与阶级意识》一书中，卢卡奇从形式主义方法论的视角，把马克思主义哲学定位于方法论的变革，认为“马克思主义问题中的正统仅仅是指方法，……具体的总体是真正的现实范畴”[①]，马克思主义辩证法的本质就是“具体的总体”，这是一种总体性的形式主义方法论。形式主义方法论除了在马克思主义学者中可以得到有效验证，在历史学家中也有很多成功的案例。怀特把历史修撰或历史研究方法作为他的研究对象，致使他把历史研究变为有关历史研究的研究。他认为，历史修撰就涉及的史实性材料而言，与其他方式的写作没有差异，历史修撰中最重要的不是内容，而是文本形式，而形式的根本是语言，所以，历史作品是“以叙事性散文话语为形式的一种言辞结构。……简言之，我的方法是形式主义”[②]，形式主义成为他历史研究的主要方法。

早期的莫莱蒂被认为是一个“德拉·沃尔佩派”。[③]德拉·沃尔佩派是意大利实证马克思主义的代表。该学派并非一个严密的组织，而是以沃尔佩为思想领袖，联结科莱蒂等几个发展沃尔佩思想的个人而形成的松散的学术团体。沃尔佩反对意大利根深蒂固的历史唯心主义，“从自然科学中寻求理论资源，试图把马克思主义方法论同现代自然科学的方法论嫁接起来，以此来建构一种所有科学共有的实证主义的逻辑学”[④]，所以其一，沃尔佩学派采用自然科学的方法研究人文社会科学，其研究视角极为独特；其二，沃尔佩采用的是自然科学的实验方法，构成实证逻辑，其功绩主要在于方法论的创新。受沃尔佩实证马克思主义思想影响，莫莱蒂认为形式是一种方法论，即形式主义方法。他说，“社会形式主义始终是我采用的阐释方法”[⑤]，这是可以把形式作为文学研究对象的方法论保证。由于认为形式是一切社会关系的抽象概括，莫莱蒂一方面相信文学形式也是社会关系的抽象表达，在文学形式中，我们可以认识文学形式背后的深层社会意义；另一方面，莫莱蒂

---

① 〔匈〕卢卡奇:《历史与阶级意识》，杜章智、任立、燕宏远译，商务印书馆，1999，第 21、58 页。

② White H, *Metahistory: The Historical Imagination in Nineteenth-Century Europe*, Johns Hopkins University Press, 1973, pp. 2-3.

③〔英〕弗朗西斯·马尔赫恩:《当代马克思主义文学批评》，刘象愚、陈永国、马海良译，北京大学出版社，2002，第 124 页。

④ 孙乐强:《德拉·沃尔佩学派对马克思哲学方法论的诠释及其评价》,《南京社会科学》2010 年第 6 期，第 92 页。

⑤ Moretti F, “Conjectures on world literature”, *New Left Review*, No. 1, 2000, p. 66.

认为既然文学形式是一切社会关系的抽象，那么从社会变化中，我们也能认识文学形式的演变。这两个方面是一个相互作用的过程。在前一个方面，莫莱蒂通过对教育小说、现代史诗的形式变化分析，揭示了文学的意识形态本质；在后一个方面，莫莱蒂通过资本主义国际经济市场的确立和不断细化的劳动分工分析，解释了文学形式在不同地域的分化、增殖和扩散、聚合过程。莫莱蒂不但通过形式认识到了文学的本质意义和价值，也展示了文学的生成。显然，形式不仅是分析文学作品，展示文学生产，理解社会的客观对象和媒介，也是文学研究的主要方法。

具体来讲，莫莱蒂对这种方法的具体运用体现在两个方面。一个方面是莫莱蒂非常专注于文学形态学的研究，注重文学类型和风格问题。莫莱蒂的《被视为奇迹的符号》《现代史诗》《世界之路》《图表、地图和树：文学史的抽象模式》中的一部分都是讨论文学史的形式变化的，换句话说，莫莱蒂对这些作品的研究可以被称为形式研究。另一个方面是莫莱蒂特别注重实验的研究方法。他一直尝试用波普尔的试错法研究文学。特别是自 2000 年起，他成立了斯坦福大学文学实验室，借用储藏大数据的电子设备，通过跨库检索，采用定量分析的方法（定量分析将在下文专门论述，此处暂不讨论），发表了许多研究成果，这些都是受沃尔佩学派影响后最为典型的表现。

虽然韦勒克说："在当代马克思主义批评中，艺术已丧失了全部的自主权，而被贬低到被动地反映社会的，甚至经济的变化这一地位。"[①]在笔者看来，这些话道出了部分事实。不过，理论中最大的优点也即最大的缺点，韦勒克的批评说出了部分事实，但也遮蔽了一些事实。马克思主义在艺术与社会之间建立密切联系，既弥补了形式与作者割裂、与读者和社会割裂的弊端，又给文学创作和研究建立了坚实的基础。的确，世界上根本就不存在没有作者的作品，也不存在没有意义的作品。从长远来看，艺术可以有自主权，但这种自主权也一定是一种有限的自主权。莫莱蒂结合了马克思主义、形式主义主流派、生物进化论等思想资源的形式理论，认为形式是"具体社会关系的抽象"和"力系的图解"，也是一种文学研究的有效方法。不难看出，莫莱蒂的形式观念暗含内容与形式的统一及其背后的意识形态斗争，还是一

①〔美〕雷纳·韦勒克:《批评的诸种概念》，丁泓、余徵译，四川文艺出版社，1988，第 54 页。

种方法论，它是一个试图囊括所有意义的宽泛概念。韦勒克在评价卢卡奇的形式概念时曾说："'形式'之于他并非通常所指的意思，而实际上等同于世界观（Weltanschauung），中立意义上的思想意识。"[①]对笔者而言，形式观念对莫莱蒂来讲，与此类似。它是一种总体性的观念，为莫莱蒂文学的整体研究奠定了坚实的基础。

第二节 莫莱蒂的三重文学空间观

莫莱蒂的文学空间观立足于坚实的文学地理学基础，然而在研究方法上却与常见的利用地形地貌、气候生态等自然因素研究文学者有异。莫莱蒂以自己绘制的文学地图[②]作为研究工具，相信"地图是（各部分）精确的、有形的联系——将允许我们洞悉一些迄今已避开我们的意味深长的关系"[③]。在他看来，地图联结文学与地理，能够揭示易被忽视或易被遮蔽的更深层次的空间问题。

莫莱蒂称自己是"地图制造者"。他清楚地知道，和地理学家绘制真实环境的空间地图相异，文学地图是文学研究者绘制的虚构世界的地图。虚构世界的地图和真实世界的地图构成文本呈现的两个不同空间。虽然真实地理空间和虚构地理空间并不完全对称，但在地图中，"真实的世界和想象的世界经常以难以理解的比例共存"[④]，因此通过绘制文学地图，不但可以在文学与地理之间建立联系，而且可以展现地图对文学及其叙事的形塑过程。莫莱蒂以欧洲为例，绘制了小说的地图，不仅揭示了地图对情节、叙事结构和风格的影响，而且利用地图构建了乡村、城镇和大都市三重不同的文学空间。

一、文学地图的叙事功能

克朗认为文学与地理之间存在一种双向作用关系，文学本身有地理学的

①〔美〕雷纳·韦勒克:《近代文学批评史》（第七卷），杨自伍译，上海译文出版社，2006，第 358 页。

② 仅在《欧洲文学图集》一书中，莫莱蒂就绘制了 91 幅文学地图，用以说明并论证文学作品所塑造的空间形式、地理因素对文学空间的影响等问题。读者若有兴趣，可参见该书原文。

③ Moretti F, *Atlas of European Novel:1800-1900*, Verso, 1999, p. 3.

④ Moretti F, *Graphs, Maps, Trees: Abstract Models for a Literary History*, Verso, 2005, p. 63.

属性，不仅文学世界是由位置和背景、场所与边界、视野与视域组成的，而且“文学作品能够帮助塑造这些景观”①。与此不同，莫莱蒂只强调地理对文学的影响。地理是叙事形式的基础，地理因素会影响文学叙事，什么样的地理会塑造什么样的文学叙事形式。因为具体的故事要发生在具体的空间，并且在文学中“不同的形式居于不同空间，……每一个类型都拥有自己的空间，每一个空间也都拥有自己的类型”②。在这种观念的影响下，莫莱蒂博采众家之长，形成了自己的文学地理观。莫莱蒂说：“先前读过的布罗代尔的作品影响了该书源起。例如，克里斯汀·萝丝关于兰波的著作《社会空间的浮现》，它反映了文学与地理之间的关系。或者弗里德里希·詹姆逊，他总是从空间的视角‘观照’文化。……受日本小说影响……受佩里·安德森《西方马克思主义探讨》的影响：在第一页描述马克思主义思想家的学术领域时，我忽然明白怎样用地理学解释文化史。”③细究之，布罗代尔对法国历史空间化的研究使莫莱蒂产生了绘制文学地图的念头，萝丝提醒他能在文学与地理之间产生联系，詹姆逊使其从空间角度思考文学类型的增殖与缩减，安德森则让莫莱蒂的文学空间阐释充满意识形态性。这样，莫莱蒂逐渐通过绘制文学地图，在文学与地理之间建立起密切的联系，并以此为据分析地理对文学情节、风格、结构的形塑功能。

通过文学地图，莫莱蒂发现地理因素可以影响情节的发展。莫莱蒂说：“作为民族-国家的象征性形式，小说有一种功能，它不仅不阻挡民族内部的分离，而且还设法使其转变为一个故事。”④众所周知，情节是由人物及其言行构成的事件序列，莫莱蒂认为人物的言行由其所在的地理因素决定。在情感小说中，他以奥斯汀对英格兰婚姻市场的描述为例，发现她在小说中建构了一个中等规模的世界。这是一个典型的民族-国家的中介空间，其中的人物都有越过这一具体、相对空间，向以伦敦为中心形成的中心区域移动的倾向，特别是妇女，在肉体和精神上出现双重移动，因而地理上呈现出集中化倾向。与情感小说相反，历史小说有一个远离中心、穿越边界的倾向，“它

① 〔英〕迈克·克朗：《文化地理学》，杨淑华、宋慧敏译，南京大学出版社，2003，第55页。
② Moretti F, *Atlas of European Novel: 1800-1900*, Verso, 1999, pp. 34-35.
③ Moretti F, *Atlas of European Novel: 1800-1900*, Verso, 1999, p. 9.
④ Moretti F, *Atlas of European Novel: 1800-1900*, Verso, 1999, p. 20.

为 19 世纪的欧洲提供了一个边界现象学”[①]。莫莱蒂从普希金的《上尉的女儿》、司各特的《威弗利》、巴尔扎克的《人间喜剧》等作品中主人公的行动看到，历史小说中有外部边界和内部边界。外部边界存在于国与国之间，它经常是人物冒险的地点，人物穿过边界线，面对未知的敌人，二者在相反的领域发生冲突。故事因而进入一个危险、令人惊奇、猜疑的空间。内部边界存在于既定国家内部，它是一个可见的空间，不仅是一个政治军事界限，也是一个人类学的边界。人物往往因为好奇、爱情等无意识的原因而背叛，他一方面因参加另一个团体而突破邻近的边界，进入一个新空间；另一方面因为参加不同团体而体现出时间上的次序，人物突破邻近边界的行为变成在空间中阅读时间的方式，使“内在边界成为历史小说的开关”[②]。最终，历史小说故事变成人物的民族归属感和本地归属感之间的内斗。在殖民地小说中，人物也出现向英国之外去寻找财富的地理迁移，因而造成小说情节中更多的有关殖民地与宗主国差异、矛盾的叙述。莫莱蒂通过分析情感小说、历史小说和殖民地小说中人物的地理位移和越界趋势，使我们看到小说中地理空间的分布差异如何在不同的小说类型中形成有别的情节。

莫莱蒂认为地理不但影响小说情节，也影响小说的叙事风格。风格是文学作品呈现出的独特的、持续的、整体性的特征。莫莱蒂在历史小说中发现，在邻近地理边界的位置，小说叙事的喻形性（figurality）[③]会急剧增加，人物也大多分布在此，这会导致不同叙事风格的出现，所以莫莱蒂说：“具体的地理位置决定风格的选择。空间作用于风格，它会从 19 世纪普通的、‘严肃的’、‘现实主义的’风格登记簿中产生一种双重背离（朝向悲剧或喜剧，朝向‘高’或‘低’）。”[④]此刻，地理和修辞相互纠缠，修辞依赖于地理空间。因为社会是一个语言空间系统，常常被迫对外开放，“国家建构需要清除物理障碍，不可逆转地减少行话和方言，使之形成单一的民族语言的洪

① Moretti F, *Atlas of European Novel:1800-1900*, Verso, 1999, p. 35.

② Moretti F, *Atlas of European Novel: 1800-1900*, Verso, 1999, p. 38.

③ 根据莫莱蒂的解释，此处的“喻形性”从修辞角度讲，相当于我们通常所说的“复杂性”，参见 Moretti F, *Signs Taken for Wonder: Essays in the Sociology of Literary Forms*, Verso, 1983, p. 270.

④ Moretti F, *Atlas of European Novel:1800-1900*, Verso, 1999, p. 43.

流”[①]。基于地理因素而形成的民族语言使小说的叙事修辞透露出明显的地域文化色彩。19世纪小说叙事风格就是在地理因素的左右下而形成的这样一个消减和集中化的过程。在此意义上，莫莱蒂认为小说是民族-国家的象征性形式。

除了影响小说的情节和叙事风格，莫莱蒂通过绘制文学地图，认定“地理形成了欧洲小说的叙事结构”[②]。通常，叙事结构被认为是小说的情节和叙事风格得以呈现的框架结构。莫莱蒂写道：“因为风格事实上与空间相关，空间又与情节相关，所以从普罗普到洛特曼，空间边界的穿越通常也是叙事结构的决定性事件。比喻、空间和情节之间是一种三角关系。”[③]莫莱蒂专门列举了道路在流浪汉小说中的作用。非常有趣的是，莫莱蒂从潘萨的骡子身上发现了端倪。在《堂吉诃德》中，伴随桑丘环游的是一匹骡子，而骡子能够成为人们出行的伴侣是因为陆路交通的发达。随着大量道路的出现，“欧洲小说叙事永远地改变了”[④]。这是因为小说叙事的重心已从海洋转向陆地，小说的叙事内容已从开放性的海洋冒险转向琐碎的、乏味的日常生活，因此小说的叙事结构也发生转变。小说的叙事结构逐渐分叉，长篇小说和短小故事也都形成相对固定的叙事结构，分别构成稳定的线性叙事模式和特殊的环形叙事模式。

二、文学的乡村空间、城镇空间和大都市空间

如上所述，情节、风格、叙事结构的变化都受地理因素的影响，进而引起文学空间的变化。莫莱蒂发现欧洲文学地理中存在乡村空间、城镇空间和大都市空间，而且这三种文学空间呈现了一个从乡村空间到城镇空间，再到大都市空间逐渐进化的过程。

在为米特福德的村庄故事绘制文学地图后，莫莱蒂发现米特福德勾画出了一个令人神往的文学的乡村空间。这个村庄坐落于伯克郡，距雷丁市十二

① Moretti F, *Atlas of European Novel: 1800-1900*, Verso, 1999, p. 45.

② Moretti F, *Atlas of European Novel: 1800-1900*, Verso, 1999, p. 8.

③ Moretti F, *Atlas of European Novel: 1800-1900*, Verso, 1999, p. 46.

④ Moretti F, *Atlas of European Novel: 1800-1900*, Verso, 1999, p. 48.

英里[①]，方圆三英里，是一个只有二三百人的小村庄，人们在此以亲缘关系形成统一的群体。在乡村空间中，村民们以自己所居的村庄作为核心，劳作、休闲，安排一切日常生活。村庄既是他们的工作场所，也是他们的休闲场所。特别是在闲暇时候，村民们会“乡村散步”（country walk）。他们从村庄的任何方向向外游走，在欣赏沿途如画般的美景之后再返回到村庄，显示出自给自足生活的舒心与惬意。乡村空间是一个“有限的地理范围，满足人的日常需要，只具备基本的服务功能”[②]。

在为这个村庄绘制文学地图后，莫莱蒂发现叙事空间在此不再是线性的，而是环形的。小说形成环形的叙事模式和地理系统，地图独一无二地呈现出了乡村叙事的环形模式。这是“由于《我们的村庄》中的叙述者自由移动，像雏菊的花瓣一样，均匀地向四周传播，一个环形的模式就此建构”[③]。在莫莱蒂看来，这种环形空间意味着一个自足性空间，“一个圆环是简单的、‘自然的’形式，它对接近‘微观世界’中心的每一个节点都极为重视，同时封存那些存在于广阔的宇宙周界之外的形式”[④]。换句话说，这是一个自给自足的、相对封闭的空间，但这是一个人们熟悉的空间或人们熟悉的、没有裂缝的整体性空间，在这个空间中的人们拥有一个自由的肉身。在笔者看来，莫莱蒂所勾画的这种村庄叙事模式将村庄本身变为叙述的核心。叙事者的视角发生转变，他以村庄为中心叙事，形成新的时空体，建构了新的叙事空间。村庄叙事改变了小说的叙事结构。通过这种改变，小说建构了一个别致的乡村空间。这个空间是一个没有被现代化所浸染、如画的、诗意的空间。在这个空间中，人们的生活是简单的，世界是可知的，内心是纯净的，身体是开放的，生命是自由的，精神是愉悦的。在莫莱蒂的论述中，乡村空间是文学作品以牧歌式的方式给我们创造的一方人类生活的净土，为我们的精神还乡提供了便利。这也是为何乡村故事用环形模式组织结构的缘由。

在工业化的发展过程中，乡村逐渐被侵犯和挤压，文学作品中所刻画的乡村空间也逐渐被城镇空间所代替。19 世纪 20 年代高尔特的《教区年鉴》

---

① 1 英里=1.609344 千米。

② Moretti F, *Graphs, Maps, Trees: Abstract Models for a Literary History*, Verso, 2005, p. 49.

③ Moretti F, *Graphs, Maps, Trees: Abstract Models for a Literary History*, Verso, 2005, p. 38.

④ Moretti F, *Atlas of European Novel: 1800-1900*, Verso, 1999, p. 44.

（1821 年）是这种城镇空间的代表作品。莫莱蒂认为城镇空间一头联系着乡村，另一头联系着大都市等外部空间，它是一个低都市化的空间。在这种空间中有两条线索，一条是由鞋匠、铁匠、木匠和泥瓦匠等普通人物和出生、劳作、爱、婚约、死亡等人生最基本的生活过程组成的，仍然体现着乡村空间中恬静、质朴和单纯的日常生活；但另一条则由法国教师、帽商、时尚的裁缝、赛马、椰子、咖啡等许多新奇事物组成，隐含着本地与许多大城市那种千丝万缕的联系，以及长距离商品贸易，一系列不可知的、充满魅惑的外部世界和富有趣味的新鲜生活。城镇空间是一个联系着“家乡”和“世界”的中介空间，也是一个半熟悉的空间。城镇空间为惠及尽可能多的顾客而坐落于城市的中心，为人们提供专门化的服务。“服务越专门化，城市也就越‘中心化’。”[①]银行、行政机构、教堂、学校、剧院、专业的和商业的组织，市政设施一应俱全，教师、律师、邮差、医生等分工明确。每一种事物都有它的基本功能，都能有效提供相应服务。但是如果有人需要这样的服务，就必须按照这个部门的空间位置去找，接受它相关条规的约束和限制。在此，人们只拥有半自由的身体，不能像在乡村空间中那样随心所欲地生活。而且在这个空间中，本地与外界建立起强大的商业网络，出现了民族市场，“每周都有人穿过它的中间地带，要么就是每天都有合格的新鲜事物——书籍、报纸、政治活动（所有的都是复数的）——它将保持着多样化的情态贯穿整个工业化的 19 世纪”[②]。如果人们再将目光投向日常生活，就会发现那已不再是一个熟悉的空间，而是一个不可通约的世界，充满了诱惑和危险。笔者以为，莫莱蒂的城镇空间是一个过渡性的、半开放的空间，这个地方的人们拥有的是半自由的身体，他们一方面既可以回归田园生活，介入乡村的诗意空间，又可以跨入外部世界，进入都市空间；另一方面既可以享受乡村空间带来的自由和愉悦，又要受到一定城市分布和劳动分工的掣肘。

在以上两个空间之外，莫莱蒂还分析了第三个空间，即大都市空间或国家空间。奥尔巴赫写于 1843～1845 年的《黑森林里的乡村故事》最具代表性。随着科技革命的继续深入，世界各地形成了大量的大城市或超大城市，如伦

① Moretti F, *Graphs, Maps, Trees: Abstract Models for a Literary History*, Verso, 2005, p. 44.

② Moretti F, *Graphs, Maps, Trees: Abstract Models for a Literary History*, Verso, 2005, p. 49.

敦、巴黎、圣彼得堡、米兰、马德里、罗马等。相对乡村空间和城镇空间而言，这些大都市空间“的确是另一个世界”[①]，代表了国家的权力意志，在文学作品中表现独特。莫莱蒂认为在大都市空间中，居住的群体、形成的文化氛围，以及城市的功能，均独树一帜。一般来讲，老年人在乡村，年轻人在城市，城市化貌似主要为年轻人而设。城市里到处都是年轻人，而且没有代代相连的亲缘关系和固定的居住场所。他们是陌生人，不过居于一个流动性很大的空间罢了，因而大都市空间还是一个陌生人的空间。与此同时，由于住满了年轻人，大都市空间不再是低调、平稳、朴实的农业劳动场所，而是充满猎奇、冒险、投机的工业劳动空间。城市之间的差异也“不再是文明程度的不同，而是时尚的差异。这种伟大的大都市观念专为年轻人设计”[②]。它充满了开放性，充斥着各种各样的机会与更大的限制，机会与限制的碰撞，造成城市内部空间的不同划分。一个大都市空间的内部还可以分成不同的部分，如贫穷的伦敦、富裕的伦敦、工人阶级的伦敦和资产阶级的伦敦，完整空间成为部分空间的镶嵌和拼贴，如“伦敦不仅变成一个大城市，而且是一个更加复杂的城市，允许更丰富、更不可预期的交互作用”[③]。莫莱蒂在对巴尔扎克的巴黎和狄更斯的伦敦进行分析后发现，一方面大都市空间成为一个具有强大的生产、消费能力的开放性空间，充斥着制造业、银行业和服务业，并把它们的触角肆无忌惮地伸向乡村，影响乡村生活；另一方面它又是一个准国家空间，布满法庭、监狱、军营等类似机构，强化着对城市的统治。在城市中，“一个获得合法的暴力垄断的残酷决断将放逐整个地区的传统，违背人民的意愿而转移他们，如果他们逃跑，就将他们送上法庭，审判他们……”[④]笔者认为，与前两个空间相比，莫莱蒂的大都市空间是一个开放的空间，但也是一个压抑的空间。人们在其中并不自由，仅有被压抑的身体。

三、莫莱蒂的文学空间与现代性危机

1945 年弗兰克针对《包法利夫人》中的“农业展览会”场景首次提出小

① Moretti F, *Atlas of European Novel:1800-1900*, Verso, 1999, p. 64.

② Moretti F, *Atlas of European Novel:1800-1900*, Verso, 1999, p. 65.

③ Moretti F, *Atlas of European Novel:1800-1900*, Verso, 1999, p. 86.

④ Moretti F, *Graphs, Maps, Trees: Abstract Models for a Literary History*, Verso, 2005, p. 51.

说空间形式的问题，他认为小说中的时间流被完全终止，不同场景并置，需要读者反复阅读并对不连续的片段、瞬间意象整合后才能整体把握小说的意义。[①]弗兰克立足小说本身的空间研究在 20 世纪 70 年代末引发了一场由米切尔、瑞恩、米克尔金、拉布森、凯斯特纳、佐伦等理论家参与的学术讨论，使文学空间研究成为一时显学。然而，这些人的研究一直立足于文学的空间叙事技巧和文本呈现出的空间样态，未能思索造成这种空间化现象的原因，也未能追究小说形式之外的变化与小说空间化之间的关系。巴什拉认为空间并非填充物体的容器，而是人类意识的居所。巴什拉说："即使'形式'已经在'约定俗成'中被认识，被感知，被塑造，在受诗的内部光线照亮以前它只不过是精神的单纯对象。而灵魂将会开创形式，居于其中，怡然自得。"[②]这种空间内实指的是人类的精神空间。布朗肖与巴什拉相似，认为文学的空间正在于"语言的完成与语言的消失的偶合之点上"，它"设法把作品变成通往灵感的道路"[③]。人们只有在对语言所提供的路径的体验中把握文学空间。在布朗肖那儿，文学空间也还是作者、读者的精神体验。这种文学空间研究立足文学文本和人类的精神，是一种文学化、艺术化的空间研究。如果以此类比莫莱蒂的文学空间研究，他显然不属于这一阵营。扬弃福柯、列斐伏尔、哈维、索雅、克朗等人的空间思想，莫莱蒂关注文学与外部空间的关系，重视空间与社会政治、经济、文化的相互关联。莫莱蒂相信文学形式是具体社会关系的抽象表征，它背后隐藏着政治、经济、文化等各种意识形态力量的对抗与妥协。莫莱蒂文学空间理论的复杂之处在于，他的研究既建基于文学本体之上，但又不是纯文学或纯审美批评，而是一种社会批评，内斥着明确的意识形态性。

在文学空间研究中，莫莱蒂通过绘制地图，建构了一个由乡村空间、城镇空间和大都市空间组成的文学整体性空间。从莫莱蒂的分析中可以看出，虽然从表面看来是地理因素影响了文学空间的构成，但实则地理的变化也受意识形态的影响，故而从根本上说是意识形态影响了文学空间的形成。在莫

---

①〔美〕约瑟夫·弗兰克:《现代小说中的空间形式》，秦林芳译，北京大学出版社，1991，第 3-4 页。
②〔法〕加斯东·巴什拉:《空间的诗学》，张逸婧译，上海译文出版社，2009，第 8 页。
③〔法〕莫里斯·布朗肖:《文学空间》，顾嘉琛译，商务印书馆，2003，第 26、190 页。

莱蒂的观念中，地理永远都具有社会性，它和经济、政治，甚至文化霸权密切相关，因此莫莱蒂的文学空间是一个聚集了地理空间、艺术空间和社会空间的综合体。不过这是一个多元的、开放的空间，在不断的对话和斗争中演变发展。

在莫莱蒂的论述中，乡村空间主要展现的是一种“闲暇空间”，而非“劳动空间”。人们在乡村中的诗意散步展现的正是他们的闲暇生活而非日常生活或劳动生活。“闲暇生活”的抒写遮蔽了他们的劳作之艰辛、生活之悲伤。乡村那种完美而诗意的空间感是由如画的、已通过艺术化处理而完全美化的自然景观所塑造出来的。小说的“每一页都充满了装饰性，在那儿小心翼翼地精确描述了超过二十种的花和树”[①]。这种塑造的愿望恰巧是工业化愈加严重、乡村空间被严重挤压和破坏之后，读者特别是城市读者对它行将消逝的一种挽歌式的哀悼，饱含了浓浓的乡愁和哀伤。同时，这种如画的乡村空间看似一种自身的满足，但其实也是对人类被现代工业和新兴科技高度异化后灵魂无所归依时的历史回望，承载着众多的精神期冀和修复创伤的热望。“乡村反过来成为现代都市的一个象征性的乡愁之所。”[②]貌似独立的乡村空间，实际和它背后影响其形成的意识形态有千丝万缕的联系，造成它的叙事圆环的“不是精神状态，而是意识形态”[③]。

城镇空间联系着乡村和城市，家乡和世界。在克朗的眼中，地理中的家乡也表现了社会意识形态，而且社会意识形态是通过地理景观得以保存和巩固的。[④]城镇空间力图坚守乡村的淳朴和单纯，但在发达的水陆交通、四通八达的商贸网络和民族市场、日趋细化的劳动分工和专门服务、更加稳固的资本帝国和城市化的蚕食下，它的地方归属感逐渐被挤压，固守乡村空间的愿望逐渐消退。在历史的洪流中，它一边唱着不愿离去的悲伤歌谣，一边又义无反顾地进入城市空间，成为城市网络中为数众多却又不可或缺的珠点。

以巴黎和伦敦为代表的大都市的出现，本身就是英法工业革命、经济发

---

① Moretti F, *Graphs, Maps, Trees: Abstract Models for a Literary History*, Verso, 2005, p. 39.

② 汪民安:《现代性》，广西师范大学出版社, 2005, 第 21 页。

③ Moretti F, *Graphs, Maps, Trees: Abstract Models for a Literary History*, Verso, 2005, p. 42.

④〔英〕迈克·克朗:《文化地理学》，杨淑华、宋慧敏译，南京大学出版社, 2003, 第 55 页。

展和殖民扩张的产物，所以城市与国家权力之间的关系极其密切。文学建构的大都市空间是一个准国家空间，显示的既是劳动的场所，又是功能齐全、相互关联的意识形态地图。大都市空间内存各种各样的政治机构，规约着人们的行为和生活。在这种准国家空间中，“国家等同压抑”[①]，国家空间等同压抑的空间。文学作品中城市空间的出现，意味着乡村空间的没落。当大量农村人口进入城市之后，就形成地方归属感和国家归属感之间的矛盾。“故乡反对国家”[②]，本地的归属感朝向一个古老的、微小的乡村空间，顽固地抵抗其整体进入城市空间。“乡村缓慢、寂静的整体性生活，同城市生活的碎片一样的瞬息万变恰成对照。”[③]即使在城市内部，城市空间的不同分割，体现的是不同群体、不同阶级之间的斗争。这种斗争表面是经济利益驱动、资本运作的结果，实则是政治发力的作用。莫莱蒂写道，“米特福德的圆环是村庄的引力推动其正在漫步的叙事者的结果；巴尔扎克分裂的巴黎是老贵族和雄心勃勃而又小气的资产阶级青年战争的场所”[④]，到处充斥着意识形态的魅影。

虽然莫莱蒂的三种文学地理空间各个不同，但其内在的机理却别无二致地凝聚于现代性，体现了现代性的危机。莫莱蒂的三重文学空间是多元的、开放的、互文性的建构，在相互的映射中揭示了莫莱蒂马克思主义地理学的意识形态特征。莫莱蒂本想将文学本体研究和关系研究结合起来，但在具体论证过程中，因其确信文学形式是社会关系的抽象表达，内含各种类似或敌对的力量，从文学形式中可以解读隐藏其后的真实意义这一观念，因而逐渐忽视了以文学的方式研究文学本体，使研究变成单向度的关系研究，二者结合的理想自然落空。在莫莱蒂那里，给文学绘制地图并非文学地理学研究的重心，解读地图中潜藏的各种地理因素之间的关系才是文学地理学研究的核心。莫莱蒂说：“和地图在它们中间显现出的关系相比，位置本身似乎不能被看作是有意义的。位置之间的关系比位置本身更有意义。”[⑤]这也是地理

---

① Moretti F, *Graphs, Maps, Trees: Abstract Models for a Literary History*, Verso, 2005, p. 51.

② Moretti F, *Graphs, Maps, Trees: Abstract Models for a Literary History*, Verso, 2005, p. 51.

③ 汪民安:《现代性》，广西师范大学出版社, 2005, 第 19 页。

④ Moretti F, *Graphs, Maps, Trees: Abstract Models for a Literary History*, Verso, 2005, p. 57.

⑤ Moretti F, *Graphs, Maps, Trees: Abstract Models for a Literary History*, Verso, 2005, p. 55.

学和文学对地图这一研究工具的不同要求。地图并非研究的结果，而是起点。从地图中揭橥所涉诸要素间的相互关系才是莫莱蒂绘制地图的根本目的。地图呈现的内部和外部力量，一方面改变了文学的叙事结构，另一方面重塑了人物的性格和小说的主题。莫莱蒂认识到，正是利用地图，我们“在乡村的阶级斗争、工业腾飞、‘转变’了19世纪田园牧歌形式的民族构型过程中领略了各种各样的趋势”①，从而获得对文学地理空间的真实理解。换言之，正是在乡村生活和城市生活的对照中,莫莱蒂才发现了文学的意识形态特征。正如莫奈尔所说：“就其本身而论，莫莱蒂不仅想取得一个文学目录的分类法或一个有关作品精神和地图间关系的新观点，而且想建构一个社会政治的地理读本。”②其判断甚为精当。在笔者看来，莫莱蒂文学空间研究，在地理与意识形态之间建立联系，并把此类文学地理空间的构型作为各种对抗性力量的合力作用，贯彻了他的马克思主义文学理论构想。

更重要的是，莫莱蒂所谓的文学的意识形态性正是现代性的主要特征。如果从莫莱蒂对以上三种空间的描述以及对其流变的分析来看，他的三种空间是农业社会、半工业社会和工业社会在文学作品中的对应性表征。莫莱蒂已经看到，随着工业化进程的加剧，人类的生存空间愈加狭隘和恶劣，从乡村、城镇，再到大都市的文学空间转变，正是这一社会环境恶化现象的真实反映。在城市化和工业化过程中，世界充满了张力和不可调和的矛盾，这是现代性危机的具体表现。波德莱尔坦言：“现代性就是过渡、短暂、偶然。”③人们在这种短暂性、瞬间性和偶然性的现代社会中一方面饱尝现代生活的便利和美好，但另一方面则无所适从，孤独和迷失。现代性内部存在不可调和的张力。莫莱蒂已经发现现代性内存的矛盾性，而且客观展示了这种矛盾的演化过程，强调了其意识形态性，但他忽略了常有偶发因素导致重要突变，没有找到解决矛盾的方法。这样，莫莱蒂的研究虽然不乏批判意味，但却失去了现实效用和价值立场。

---

① Moretti F, *Graphs, Maps, Trees: Abstract Models for a Literary History*, Verso, 2005, p. 64.

② Mennel T, “Reviewed to graphs, maps, trees: Abstract models for a literary theory”, *Annals of the Association of American Geographers*, Vol.96, No.3, 2006, p. 685.

③〔法〕波德莱尔:《波德莱尔美学论文选》，郭宏安译，人民文学出版社，1987，第485页。

第三节 莫莱蒂文学的动态时空系统

达尔文的进化论是莫莱蒂文学研究最重要的理论依据，树形图是莫莱蒂文学进化研究的具体表征。莫莱蒂曾说："我们从大量的历史中绘成图表，从地理学中获得地图，从进化论中构建树的模型。"[①]毋庸讳言，莫莱蒂制作了大量图表来揭示文学的历史变迁，绘制了许多地图来展示文学的地理位移，二者均致力于显示文学进化的方式，但树形图无疑是莫莱蒂用来表现自己文学进化论最有力的武器。莫莱蒂明确说："图表不是真正的模式。它们不能被简化，是要走向将在下面两章谈到的地图，特别是走向进化树的路上的一个理论结构的直觉版本。"[②]很显然，在莫莱蒂看来，不管是制作图表还是绘制地图，其最终目的都是构建文学的树形图。和图表历时地展示文学的进化相比，地图是展示文学共时进化的一种方式，都为诠释文学的多样化而努力。不过，图表和地图都是一种单一的展示方式，然而树形图却能集历时与共时进化于一体，建构动态的文学时空体系。前二者的研究成果可以在第三者中得到清晰展现，即人们可用树形图来抽象概括文学史的进化全景，展现动态的文学时空体系。

一、树形模式之流变

客观地讲，莫莱蒂用树形图来研究文学的进化之旅并非突发奇想，而是经历了一个逐渐演变的过程。根据奥芬伯格的考察，"瑞士博物学家查尔斯·波内（Charles Bonnet）着手研究古老的梯级图，并推测自然的梯子会在这边或那边伸出一个枝干，这些枝干又会有一些分支。因此他首次采用了树形谱系图，而且首次运用了'进化'这个词"[③]。正是受波内的树形谱系图的启发，瑞典医生和自然学者林耐依据亲缘关系对物种进行排序，"给它们起一个名

① Moretti F, *Graphs, Maps, Trees: Abstract Models for a Literary History*, Verso, 2005, pp. 1-2.

② Moretti F, *Graphs, Maps, Trees: Abstract Models for a Literary History*, Verso, 2005, p. 8.

③〔德〕莫妮卡·奥芬伯格:《关于鹦鹉螺和智人：进化论的由来》，郑建萍译，百家出版社，2001，第11页。

字，确定它们的身份”[①]，建立了动植物分类体系，形成相对完整的树形图，为进化谱系研究铺平了道路。达尔文在此基础上分析了生物的性状分歧，并以此为据建构了进化树模型。[②]根据舒德干先生的记述，“达尔文在 1837 年确立‘物种可变’思想时，便在其第一本关于物种起源的笔记本中‘偷偷地’勾画了一幅物种分支演化草图（‘Branching tree’ sketch），这是‘生命之树’的第一幅萌芽思想简图”[③]。正是在这一草图的基础上，达尔文绘制了《物种起源》中那唯一的树形图。之所以绘制树形图，原因在于达尔文认为树形图能够准确表现生物之间的亲缘关系。达尔文说：“同一纲中一切生物的亲缘关系常常用一株大树来表示。我相信这个比拟在很大程度上表达了真实情况。绿色的、生芽的小枝条可代表现存物种；以往年代生长出来的树枝可代表长期的、连续的绝灭灭绝的物种。”[④]达尔文具体表述了进化树的指称功能。可见，在达尔文那里，进化树成为一个对生物亲缘关系分类的隐喻式表征。

此后，生物进化树被借用到人类学的研究实践中，这标志着树形图已经跨出了生物学的边界，被运用到一个全新的文化领域。在笔者看来，这种大胆尝试是进化树建构的本质性突破，也是进化理论发展的重大转型。人们开始将生物进化论运用到非生物领域，大大拓宽了进化论的适用范围，也进一步验证了进化论的有效性。著名人类学家泰勒研究的中心问题是“文化的演化”。对泰勒而言，“文化就好比是一棵尝试冲破厚重土壤、成长缓慢但持

---

① 〔法〕朱尔·卡莱斯、保罗·卡萨涅:《我知道什么？物种起源》，卞晓平译，商务印书馆，1997，第 11 页。

② 此处需要注意的是，达尔文在讨论“特征的分化”（周建人译为“性状分歧”）时绘制了树图，但他一直用“图表”来称呼此图，直到本章小结中，他才明确用“树图”称呼这个图谱。莫莱蒂在《图表、地图和树：文学史的抽象模式》中也注意到了这一点。这表明，就达尔文而言，树图也有一个在其思想和认识中进化的过程。参见 Darwin C, *On The Origin of Species*, John Murray, 1859, p. 110.或〔英〕达尔文:《物种起源》，周建人、叶笃庄、方宗熙译，商务印书馆，1995，第 112、146-148 页；Moretti F, *Graphs, Maps, Trees: Abstract Models for a Literary History*, Verso, 2005, p. 67.

③ 舒德干:《进化论的十大猜想》，见〔英〕达尔文:《物种起源》（增订版），舒德干等译，北京大学出版社，2005，第 300 页。

④ 详见〔英〕达尔文:《物种源始》，李虎译，清华大学出版社，2021，第 102 页。也可参见〔英〕达尔文:《物种起源》，周建人、叶笃庄、方宗熙译，商务印书馆，1995，第 147 页。另注：进化树上的枝杈展示的只是其中成功的路径，还有大量在进化过程中失败进而消失的事实。它们在树形图上被抹杀或遮蔽了。换言之，在树形图上的空白区域，并非虚无，而是隐藏了大量的失败的进化现象和事实，这一点必须引起极大的注意。

续不停的植物”[①]，在人类理性和经验的支配下，它会在扫除错误和不合时宜的知识的过程中单线迈进，各种不同的民族代表着文化进化线上的不同水准。需要提及的是，泰勒使用分类构架来图绘文化进化的过程，客观上展现了文化树形图的雏形。斯图尔德注重讨论文化对环境的适应而引发的变迁，认为“环境使得特殊的适应形态成为必要，因此不同的文化在相同的环境里应该显示出同样的发展模式”[②]，进而提出多线进化的文化生态学概念。怀特认为，“为了生存和繁衍后代，任何活着的有机体最起码要适应它的环境”[③]，人和动植物都会为功利目的而适应环境。幸好人类创造了文化作为调整、控制人与环境关系的手段，文化通过累积、教授，被传播到世界各地，进而推动文化自成一格的进化。文化决定着人类的行为。虽然以上二者也都是文化进化论的推崇者，但要说真正把树形图用到文化进化研究上的，非克劳伯莫属。他将文化分为基本层面和次要层面（或谓之现实文化和价值文化）[④]，各级文化的风格都经由成长、发展顶点和衰落的阶段向前演化。最有意思的是克劳伯不但绘制了一棵文化树，而且使这棵文化树和作为有机体的生物进化树形成比照[⑤]，从而发现文化树的独特之处。

在克劳伯看来，生物进化树和文化进化树存在明显的异同。克劳伯写道：

> 生物进化的过程被恰当地描述为和生命树一样，就像达尔文说的，有树干、树枝、树条和树梢。人类文化的历史发展过程不能这样描述，甚至不能隐喻地描述。树木不断地分枝，但树枝也同时在整体地或部分地生长。文化树分化，但它也融合和汇合。生命只是分化，它偶然的聚合只是一个表面的相似，而非一个接合或再吸收。生命树上的树枝可能抵达另一个树枝，但通常它们不能合并。相反，

---

①〔美〕E. 哈奇：《人与文化的理论》，黄应贵、郑美能编译，黑龙江教育出版社，1988，第 22 页。

②〔美〕E. 哈奇：《人与文化的理论》，黄应贵、郑美能编译，黑龙江教育出版社，1988，第 116 页。

③ Leslie A. White, *The Science of Culture: A Study of Man and Civilization*, Grove Press, Inc., 1949, p. 397.

④ 文化的基本层面指向生活中的实际事物，尤其指向生存问题，次要层面是创造驱力和嬉戏性试验的表现，可表示为价值文化。

⑤ 此图是克劳伯绘制的名为“文化树”的图形，共有左右两幅，其中左边为有机物的“生命树”，右边为“善与恶的知识树，即人类的文化树”。参见〔美〕乔治·巴萨拉：《技术发展简史》，周光发译，复旦大学出版社，2000，第 150 页。

文化树是那些不同树枝接合、同化或文化互渗的衍生物。[①]

也就是说，生物进化树是由分叉产生的枝条独自构成的，各枝条各自独立并不相交或重复以产生新物种，但作为人造物的文化树“是一种怪异的植物种类。独立的类型或曰树枝交融在一起产生新的类型，甚至该树枝还与第三根、第四根，乃至更多的枝条融会在一道”[②]。显然，这种差异说明，克劳伯的文化树已经成为有意为之的产物，他已以自己的主体性介入了对文化进化的深入思考，阐明了作为人造物的文化进化的特殊性和复杂性。

树形图在人类学研究中的运用是生物进化树的具体实践以及对其阐释能力的有效检验，但第一个对生物进化树进行哲学概括，并将其抽象运用到哲学分析之上的是波普尔。波普尔非常自信地将生物进化树用到对客观知识的研究上。波普尔相信知识也在不断地进化，他说：“知识的起源和进化可以说是跟生命的起源和进步同步，并跟我们地球的起源和进化紧密地相连”[③]，“知识的增长是一个十分类似于达尔文叫做‘自然选择’的过程的结果，即自然选择假说：我们的知识时时刻刻由那些假说组成，这些假说迄今在它们的生存斗争中幸存下来，由此显示它们的（比较的）适应性；竞争性的斗争淘汰那些不适应的假说”[④]。波普尔不但相信知识可以进化，认为知识进化是一个经由“问题→尝试性解决→排除错误→新的问题”的理性重建过程，他还相信进化的树形图是从共同的树干上产生越来越多的分支而生长起来的。树干表明所有生物都是由同一个祖先构成的，而分支表现了生物后来的发展，不断的分枝表明了它们已经发展到一个较为专门和完备的阶段，能够解决自身遭遇的问题。树形图成为波普尔验证客观知识真伪的有力工具。不过，他强调，和进化之树相较，“理论知识却以十分不同的方式发展。其发展方向几乎与这种不断增多的专门化和分化相反。正如斯宾塞所注意到的那样，理

① Kroeber L A, *Anthropology*, Harcourt Brace Jouanorich, Inc., 1948, p. 263.

②〔美〕乔治·巴萨拉:《技术发展简史》，周光发译，复旦大学出版社，2000，第 150 页。

③〔英〕卡尔·波普尔:《走向进化的知识论》，李本正、范景中译，中国美术学院出版社，2001，第 234 页。

④〔英〕卡尔·波普尔:《客观知识——一个进化论的研究》，舒炜光、卓如飞、周柏乔等译，上海译文出版社，1987，第 273 页。

论知识的发展大体上趋向于日益完整、趋向于形成统一的理论”[①]。所以在波普尔看来，知识进化的结果是统一理论的形成。莫莱蒂认为文学进化到现阶段就变成整一性的世界文学，暗合了这种理论构想。

克劳伯和波普尔不但简单地接纳了进化论，借鉴了生物进化树，以此来阐释自己的理论主张，而且他们对生物进化树和文化树、知识树的差异有清醒的认识，从他们对进化树的改造中不难看出他们对树形图的内在潜质和阐释功能的深入思考。进言之，他们对树形图的应用和研究，已经进入一个新的阶段。当然，在克劳伯和波普尔对生物进化树的借用和改造之后，人们对树形图的应用必然会有新的进展。莫莱蒂正是树形图进化的受益者。深受波普尔影响的莫莱蒂，从以上两人的身上看到了借助树形图来阐释文学的可能性和可操作性，因此他才在研究文学的演变过程中，不但把进化论作为自己的理论根基，而且同样地绘制了一个文学进化的树形图来解释自己对文学的理解。

仔细观察，笔者发现莫莱蒂所用的文学的树形图，实际上经历了波内绘制的生物之树形模式，又经历了克罗伯的文化之树形模式，还经历了波普尔的知识之树形模式，最后才抵达莫莱蒂自己的文学之树形模式。进言之，树形图经历了一个跨越边界、介入实践、抽象概括、艺术再实践的历史转换，这本身呈现了树形图的进化过程。树形图是在经过生物学向人类文化、人类文化向知识、知识向文学三次渐缩式转化之后，才变成莫莱蒂表征文学史的利器。

二、莫莱蒂的树形模式

舒德干说：“现代进化理论的核心价值是生命之树及其演替的思想，这也恰恰是达尔文对现代进化论的核心贡献。”[②]他认为达尔文的核心猜想就是生命树的猜想，并把它置于其十大猜想中的第四大猜想。在生物学中，进化树是用来表示物种之间的进化关系的，所以它又称“系统树”“系谱树”。

---

①〔英〕卡尔·波普尔:《客观知识——一个进化论的研究》，舒炜光、卓如飞、周柏乔等译，上海译文出版社，1987，第 274 页。

② 舒德干:《进化论的十大猜想》，见〔英〕达尔文:《物种起源》（增订版），舒德干，等译，北京大学出版社，2005，第 299 页。

生物分类学家和进化论者根据各类生物间亲缘关系的远近，把各类生物安置在有分支的树形图表上，简明地表示生物的进化过程和亲缘关系。在进化树上，每个叶子节点代表一个物种，如果每一条边都被赋予一个适当的权值，那么两个叶子结点之间的最短距离就可以表示相应的两个物种之间的差异程度。简言之，树形图本来是用分类法来揭示生物系统的进化过程的，莫莱蒂索性把树形图用作讨论文学进化的有效方式。

莫莱蒂之所以把进化树用作讨论文学进化的有效工具，除了受上述诸人的影响之外，显然与他对树形图内在的指称性和解释能力的理解密切相关。莫莱蒂从卡瓦利-斯福扎、麦勒兹和皮亚扎的语言树中获得灵感[①]，认为既然语言树能图解语言的分化过程及其相互之间的亲缘关系，那么以语言作为媒介的文学为何不能用树形图展示这种亲缘关系？莫莱蒂提出自己的疑问："如果语言通过分化而进化，为什么文学不能通过分化而进化呢？"[②]他选取达尔文的进化树，在分析树形图后发现，树形图非常适宜指称和解释文学。他说："树，源于达尔文的谱系之树，是比较语言学的工具：语系分枝散叶……这种谱系树让比较语言学解决了也许是世界文化体系的第一个大难题——印欧语系：遍及从印度到爱尔兰广袤领域的一个语系（也许不只是语言，也是共同的文化系统）。"[③]在他看来，树根可以代表文学的共同起源，不同的分支可以展示文学的发展脉络，各个节点可以代表文学发展的转折点，每一片叶子可以代表一种文学形态，等等。

在这样的认识下，莫莱蒂坚信"树是图绘一种特定形式究竟与另一种相距多远，或与其共同源点相距多远的一种方式"[④]。因为"进化树构成一个分类学图表，在此，历史与形式系统地相互关联……对进化论思想来讲，分类学和历史是同一棵树的两维：垂直轴的图表，从下到上，是规律的时间通

---

① 根据莫莱蒂的介绍，此三人在《人类基因的历史和地理》中绘制了一棵"语言树"，树图描绘了语言家族的谱系演变，这种演变和达尔文在《物种起源》中描述的过程颇为相似。莫莱蒂就是从此图中得到的灵感。参见 Moretti F, *Graphs, Maps, Trees: Abstract Models for a Literary History*, Verso, 2005, pp. 70-72.

② Moretti F, *Graphs, Maps, Trees: Abstract Models for a Literary History*, Verso, 2005, p. 70.

③ Moretti F, "Conjectures on world literature", *New Left Review*, No.1, 2000, pp. 6-7.

④ Moretti F, "World-Systems analysis, evolutionary theory, 'Weltliteratur'", *Review (Fernand Braudel Center)*, Vol. 28, No. 3, 2005, p. 220.

道（达尔文写到，每一个间隔为一千代），但水平轴所表现的形式多样化（‘发散的虚线形成的扇面’）最终导致‘显眼的种类’或全新的物种”[①]。这就是说，通过树形模式，一方面，我们可以见证文学分化的历史过程；另一方面，我们可以全面观照文学的不同形态，并在进化的历史和形式的分化之间建立相关的联系。莫莱蒂认为原来的文学研究，要么只关注文学的历史变迁，要么只关注文学的形式转换，但并未把形式转换植入一个历史场域来讨论，因此在历史和形式之间造成巨大的隔阂和离异，文学研究也因而是不完善的。所以，莫莱蒂认为："我们可以轻易地理解为什么进化论为文学史提供了很好的模式：它（进化论）在历史进程的基础上阐释了现有形式非凡的多样性和复杂性。……对进化论而言，形式和历史是一枚硬币的两面；或者，用更贴近进化论的比喻，是同一棵树的两个维度。"[②]树形图为建立历史和形式的相互关联、阐释文学的客观进化提供了保障。

为了验证树形图的有效性，一方面，莫莱蒂以柯南侦探小说中的"线索"为例，为其绘制了"线索进化树"[③]。莫莱蒂发现从历史上看，与柯南同时期的侦探小说作者都已经被遗忘，但柯南没有。他认为这是由文学市场更热衷于文学形式造成的，柯南正是因为善于运用线索这一形式要素而获得了成功。在《文学的屠宰场》一文中，莫莱蒂解释说："我之所以说线索是一个形式装置，是因为虽然它们具体地体现在一个又一个的故事里那些发生着的变化（它们可能是文字、烟蒂、脚印、气味、声音等等），但它们的叙事功能却保持不变。"[④]莫莱蒂借用了什克洛夫斯基在《散文理论》中的话来分析柯南成功的原因。他说："一方面，从技巧的立场看，柯南·道尔在故事中使用的手段比我们在其他英国小说中发现的手段要简单一些。另一方面，它们显示出巨大的浓缩……最重要的线索往往占据次要事实的形式，它以这

---

① Moretti F, *Graphs, Maps, Trees: Abstract Models for a Literary History*, Verso, 2005, p. 69.

② Moretti F, "World-Systems analysis, evolutionary theory, 'Weltliteratur'", *Review (Fernand Braudel Center)*, Vol. 28, No. 3, 2005, p. 219.

③ 线索图共有两幅，题目都叫"线索的在场和侦探小说类型"。对第二幅图，莫莱蒂在此解释说，在这个图表中，粗线条代表每年出版的故事数量，从左边的粗线分化出第二、第三条线。第二条线包括那些线索不在场，但可以口头唤起或由人物引起的故事。第三条线包括线索在场，但总在医疗症状中的故事。参见 Moretti F, *Graphs, Maps, Trees: Abstract Models for a Literary History*, Verso, 2005, pp. 73-75.

④ Moretti F, "The slaughterhouse of literature", *Modern Language Quarterly*, Vol. 61, No. 1, 2000, p. 212.

种方式出现以至于读者就不能注意到它们……它们故意被置入从句这种不光明正大的形式……"[①]莫莱蒂认为柯南用处理线索的手段提供了一个文学形态学转变的案例，"线索树展示了在世纪之交的文学市场中线索的在场和缺场是决定侦探小说是否存活的决定性因素，这正像一定的形态特征可能决定一定环境中物种的存活一样"[②]。线索的树形图不但展现了文学类型无方向、无法预言、多样化的进化过程，而且复原了已被历史遗忘的所有文学作品的数量和原貌，并揭示出其相互间的差异。

另一方面，莫莱蒂虽然承认克劳伯等人的观点，即生物进化和人类的文化进化有一些差异，但他更相信是聚合而非分化是文学进化的主要因素。他说："我们真正的争论内容，根本不是技术性的，而是我们的文化观念。因为如果变化的基本机制是分化，那么文化史必定是任意的，充满虚假的开始，并极度依赖路径。它确定一个方向，一旦开始，很少能被颠覆，文化强行变成一个真正的'第二自然'——这几乎不是良性隐喻。另外，如果基本的机制是聚合，变化就是不断的、迅速的、故意的、可逆的。如果你希望，文化会变得更有弹性，更人性。"[③]这次，他以自由间接文体这种混合的语言形式作为例子，绘制现代叙事文学中的自由间接引语的树形图，证明了聚合的有效性。

我们知道自由间接文体是一种转述别人话语的方式，兼有直接引语和间接引语的特征。它往往省略连接词，改变句子的时态和语态，甚至语调和语序，所以会造成话语主体的含混，但这种含混往往对人物内心矛盾性和复杂性的表征极为有效，因此颇受一些作家的喜欢。莫莱蒂发现，自由间接文体因为在一定程度上给个人发出自己的声音一些自由，使个人能和具有客观立场的叙事者相互渗透，造成文学的社会化。这种社会化往往变成社会凝聚的形式，展现了那个时代某些阶层的心声。自由间接文体是一种文学社会化过程中的妥协，"将自由间接文体置于社会民意和个人声音中间，自由间接文体是一个很好的表明变化力量是否平衡的指示器。树形图为其提供了一个形

① Moretti F, *Graphs, Maps, Trees: Abstract Models for a Literary History*, Verso, 2005, p. 73.

② Batuman E, "Adventures of a man of science", *n+1*, No.3, 2006, http://nplusonemag.com/adventures-man-science.

③ Moretti F, *Graphs, Maps, Trees: Abstract Models for a Literary History*, Verso, 2005, p. 81.

象化的图解”[①]。在莫莱蒂看来，树形图让我们仔细看到了自由间接文体那种开放的、对话式的特征，它在个人声音、叙事者声音和含混声音之间来回穿梭，构成叙事的复杂性和艺术性。文化的树形图虽然和生物进化的树形图有别，但莫莱蒂认为自由间接文体显示此二者都一样，其树上的枝杈只会接近，自主发展，不会相互“杂交”和“结合”。

概言之，在莫莱蒂看来，树形图有三大文学功能：其一，树形图可以在文学的形式变化与历史变迁之间建立联系，使其紧密相连；其二，树形图可以清晰地显示出同一类型的内在多样性和复杂性的生成过程；其三，树形图可以全面而清晰地展示出不同类型之间的巨大差异性，动态地展现文学史进化过程中的历次分化与聚合。

三、树形图：对整体性文学史的重构与超越

莫莱蒂的文学进化观比其因果观更加稳固。正是相信文学是进化的，所以他才在研究中为文学的进化现象寻找因果关系和证据。树形图就是他展示这一追寻结果的载体。莫莱蒂的树形图有两大特征。第一，树形图是包容历史和地理的时空统一的抽象文学史。莫莱蒂一直努力从长时段、大范围中构建一种超越国别、地域和历史的总体性文学史，这种文学史必然是一种高度的抽象和概括。作为莫莱蒂多年研究成果总结的《图表、地图和树》一书的副标题就是“文学史的抽象模式”。第二，莫莱蒂的树形图提供了一个包容、开放的文学的“动态交流系统”。如上所述，莫莱蒂的树形图是一个文学时空体，但更重要的是这个时空体在展示历史变迁和地理位移的同时，由节点、分叉和树叶等构成不同文学形式的对话关系。随着时代的发展，树形图也可以继续分枝散叶，展示文学的动态演变过程。莫莱蒂力图用树形图的方式建构“枢纽点系统”的文学史。“枢纽点”既是“通向未来发展的起点”，又是“网络中多条发展线索交接的一点”[②]，枢纽点的作用就像一个网络中枢，多个枢纽点之间呈动态交流过程，而枢纽点系统本身成为一幅清晰简洁的文

① Moretti F, *Graphs, Maps, Trees: Abstract Models for a Literary History*, Verso, 2005, p. 82.

② Cornis-Pope and Neubauer, Preface, *History of the Literary Cultures of East-Central Europe*, *Vol. 1*, 2004, p. 14.

学史图谱，读者可以在经纬交织的树形图上毫不费力地把握历史的全貌和微小的事件。树形图展示了文学的历史演变，强调时间性，树形图描述文学的地理位移，强调空间性，在时空交织中展现出来的节点和枝叶显示了文学的具体事件。而且，树形图不但是宏观和微观、抽象和具体、历史和地理、时间和空间演变的统一体，而且体现了这些文学形式之间的亲疏关系，表征了文学完整而又深刻的历史全貌，因此，树形图对莫莱蒂研究的意义和重要性不言而喻。

究其实，莫莱蒂用树形图呈现的文学史本身是西方学界在现代性危机下对文学史反思的成果。19 世纪以来，西方对历史的整体性消失有一种共识。裴特森就指出，19 世纪文学研究的“历史主义”有两个明显的不足：一是它依靠机械的因果解释模式并深信“实证方法的”客观性和可靠性；二是它将“时代精神”固化为高于一切的概念，认为此概念可用同质性的、统一性的用语来解释文学想象中爱国的民族主义和文化认同的出现。[①]裴特森不满传统的那种在“同一性”概念专制下的文学史传统，因为因果式的实证遮蔽了大量文学史实，而同质性、统一性的概念只能塑造虚假的历史形象，因此，这种文学史只是一种“纪念碑式”或“古董收藏式”的文学史。由于“纪念碑式”的文学史提供了一种“天才和杰作的游行表演，它所提出的思想、写作风格和创造性脱离社会现实，从而使文学脱离语境”，而“古董收藏式”的文学史认为“所搜集的所有过去的东西都有价值，放弃了当今的批判意识”[②]，二者都因过于讲求目的论（即线性的、因果式的、连续的），所以遭遇断然唾弃。与此同时，受开放性、多样性、跨越式的异质文化因素影响，人们转而寻求断裂的、碎片的、非强制性的、非干涉性的新的文学史撰写方法。这些方法都指向一种新的历史整体性消失的视野，“百科全书式”和“交响乐式”的文学史就是他们的最新尝试。在“百科全书式”和“交响乐式”文学史撰写的方式中潜藏着无数的枢纽点，这些点不但在构成的网络系统中生产、传播，构成跨地点、跨区域、跨国界、跨学科的视野，而且可以利用相互之

---

① Patterson L, “Literary history”, In Lentricchia F, McLaughlin T (Eds.), *Critical Terms for Literary Study*, The University of Chicago Press, 1990, pp. 250-262.

② Valdés M, “Rethinking the history of literary history”, In Hutcheon L, Valdés M (Eds.), *Rethinking Literary History: A Dialogue on Theory*, Oxford University Press, 2002, p. 74.

间的互动交流，形成多声部的对话关系，从而反对单一性，反对传统的历史观，有意无意地与先前的历史观形成鲜明的对照和互补。在笔者看来，莫莱蒂的树形图正是这一文学史潮流的回响和超越。据此，莫莱蒂被当成美国“重构学派”的代表人物之一。“莫莱蒂（Franco Moretti）所提倡的‘文学进化论’观念……则代表了20世纪末期稍有衰退的西方‘理论潮’的复兴之势。”[①]一方面，莫莱蒂的树形图建构了一个整体但并不同一的文学史，既保证了文学史的完整性，又是对传统的文学史的超越；另一方面，树形图本身就是一个开放的、动态的系统，可以接纳和包容不同的文类和形式，并形成一种互动和交流。莫莱蒂力图用一种整体性的、动态的文学史代替断裂的、碎片的、局地性的文学史，这恰是莫莱蒂树形图的魅力。

当然，莫莱蒂的文学树形图也有欠缺的地方。其一，莫莱蒂的树形图遮蔽了文学的起源问题。达尔文的生命树暗含着一个伟大的意义，即世界上的生物皆出于一个或少数几个共同的祖先，即万物同源。但莫莱蒂在用树形图表示文学进化时，忽视或刻意回避这一问题。他以小说为例，将其分为18世纪前和18世纪后两个时期，强调“源自每一个叙事形式的分化是小说诞生后的前15个世纪的驱动力，而它们的聚合则在3个世纪后，自18世纪以来开始前进”[②]。分化虽然强调了文学类型的增殖过程，但分化是在相互隔离的民族国家中进行的，提供分化的这一文学树本身来自哪里？不同民族国家的文学树是源自同一个源头吗？莫莱蒂对此毫不提及，这一方面违背了达尔文设想生命树的初衷，另一方面又简化了文学的进化研究，甚为不妥。其二，莫莱蒂的树形图有忽视读者阅读能力之嫌。在笔者看来，进化树最大的优势在于它既能从低到高显示文学的历史（时间）变迁，又能由点到面展现文学的地理（空间）位移。如果用巴赫金的术语命名，进化树也可以称为时空体。莫莱蒂力图用这样的一个时空体来规避历史或地理单一的视野，全面揭示文学进化的模式，进而撰写一部将历时性和共时性相结合的动态的文学史。但用进化树来展现文学的演变，有一个非常特殊的条件，即阅读这种树形图的

---

① 吴雨平、方汉文：《“新文学进化论”与世界文学史观——评美国“重构派”莫莱蒂教授的学说》，《文艺理论研究》2013年第5期，第27-28页。

② Moretti F, “World-Systems analysis, evolutionary theory, ‘Weltliteratur’”, *Review (Fernand Braudel Center)*, Vol. 28, No. 3, 2005, p. 224.

人必须要有一定的生物系谱学知识，具备阅读树形图的能力。这对于一直重视读者和市场的莫莱蒂来讲，显然不是小事。莫莱蒂对此心知肚明，然而他仍然只是简单引用接受美学家姚斯的观点[①]，乐观地认为这种“视野”的距离和形式主义家族中的“疏远”密切相关，暂时的阅读障碍并不能证明什么。但在笔者看来，对于这一点，除了作者需要在树图上做出清楚而准确的标注之外，还需要注意培育阅读市场，培养读者群体。

总之，莫莱蒂的文学史是一个整体性的推测的历史。他用树形图来标识文学史的动态系统，可以说创造了一种新的研究文学的模式。哈奇说：“一个模式是在一个哲学体系、艺术形式等等背后的基本设计；它是创造性的驱力所精心设计出来的一套假设、原则与价值，而必须加以主观地探究。”[②]不管这个以树形图体现出来的文学模式是否真的有效或者完美，它的创新性以及展示出来的阐释功能和学术理想时时散发着智慧的光芒。

第四节　莫莱蒂的文学定量分析法

进入“大数据”时代，各种学术研究都呈现出定量“计算”的趋势，文学研究也无法规避。然而，这并不意味着传统的文学研究方法已经失效，而是意味着文学研究又开创了一个新的维度。本节力图以当代著名的意大利文化研究学者、利用大数据研究文学的传奇人物莫莱蒂的文学定量分析法为例，讨论大数据时代文学研究方法的可行性、合法性和复杂性。

定量分析是莫莱蒂近二十年来研究文学的主要方法和具体方法。自2000年建立斯坦福大学文学实验室起，莫莱蒂就一直试验用定量分析法来研究文学，现已刊发专著《图表、地图和树：文学史的抽象模式》，以及论文《文体：对7000个小说标题的反思》《网络理论，情节分析》《“操作”或测量

① 姚斯认为：一个作品的审美价值和历史影响和它的时代的“期待视野的距离”成正比：距离越大，作品的价值和影响也越大。详见〔联邦德国〕H·R·姚斯：《文学史作为向文学理论的挑战》，见〔联邦德国〕H·R·姚斯、〔美〕R·C·霍拉勃：《接受美学与接受理论》，周宁、金元浦译，辽宁人民出版社，1987，第31-32页。

②〔美〕E. 哈奇：《人与文化的理论》，黄应贵、郑美能编译，黑龙江教育出版社，1988，第102页。

在文学理论中的作用》《灵之舞：阿比·瓦尔堡激情程式的操作化》等。莫莱蒂和他的团队用定量分析的具体研究成果向世人证明，借助大数据的文学研究不是乌托邦式的空想，而是具有切实的实践性的，它能够为文学研究提供新的研究思路。

一、文学定量分析的理论来源和技术保证

和定性分析一样，定量分析也是分析化学的研究方法。不过，它是分析化学上测量某种物质所含各种成分数量多少的方法。分析化学家们认为物质不仅有质的区别，也有量的区别。量的区别也能够把两种不同的物质区分开来。进言之，通过对物质量的分析，人们也能获得客观、真实、有效的研究结果。后来，定量分析被用到社会科学之中，特别在公共管理专业获得高度认可。定量分析借此实现了由自然科学到社会科学的华丽转身。既然自然科学中的定量分析可以运用到社会科学，那它为何不能运用到人文科学？也许正是基于这种考虑，莫莱蒂才敢把定量分析作为他践履“距离阅读”策略的具体方法。莫莱蒂曾说：“当近来的文学理论针对法国和德国的形而上学而产生一种鼓舞人心的事物时，我认为事实上我们可以从自然科学和社会科学中学得更多。”[①]很明显，正是出于对自然科学、社会科学方法的借鉴，莫莱蒂才选择“定量分析”研究文学。

在笔者看来，接受波普尔系统的理论指引是莫莱蒂下定决心采用定量分析法研究文学的直接原因。波普尔对莫莱蒂的影响是决定性的。波普尔不但信奉知识的进化，还强调知识的客观性。他所谓的客观知识，是那些“没有认识者的知识，也即没有认识主体的知识”[②]。这些知识“可以说是记载在书本上、存放在图书馆里或者在大学里讲授的东西”[③]。它不以主体的主观意志为转移，因此是一种真实存在的研究对象。文学知识无疑也是其中的一种。波普尔这种对知识客观性的认识为莫莱蒂研究文学奠定了认知基础。波普尔遵循科学研究要以“大胆假设，小心求证”的“猜测”作为主要手段。

---

① Moretti F, *Graphs, Maps, Trees: Abstract Models for a Literary History*, Verso, 2005, p. 2.

②〔英〕卡尔·波普尔:《科学知识进化论》，纪树立译，生活·读书·新知三联书店，1987，第 312 页。

③〔英〕卡尔·波普尔:《客观知识——一个进化论的研究》，舒炜光、卓如飞、周柏乔等译，上海译文出版社，1987，第 297 页。

这种方法强调知识是科学家猜测的依据，而判断这种猜测正确与否的主要方法就是“试错法”，通过“可证伪性”加以判断。波普尔说：“衡量一种理论的科学地位的标准是它的可证伪性或可反驳性或可检验性。”①据此，波普尔建立起严密的“猜测——反驳方法论”体系。此时，我们不难理解莫莱蒂为何要将为他赢得大名的作品命名为“世界文学猜想”“世界文学再猜想”，波普尔的影响异常明显。更重要的是波普尔认为“可证伪性”可以定量分析。为此，他专门引入“可证伪度”概念。至此，我们似乎可以清楚理解莫莱蒂为何会把定量分析作为最为重要的文学研究方法。莫莱蒂非常推崇波普尔的学说，力图借用定量分析这种实验方法来打通文学之间的壁垒，找到不同于传统的文学研究路径。

如果说以上所言是莫莱蒂定量分析的思想来源，消除了莫莱蒂的思想顾虑，为其提供了智力支持，那么，现代化的、全球性的、可共享的大型数据库的建设，则为莫莱蒂提供了技术支持和现实保障，能够保证为他提供定量分析所需的资料和数据。虽然从进化论的视角，人们不愿相信技术一定是进步的，但至少相信“在技术发展与人类处境的整体改善之间存在着松散联系”②，这种松散的联系让技术进步改变我们的文化和生活成为可能。在纸质媒介的年代，学者们就热衷于语言的定量分析。到 2002 年，谷歌启动了 GooglePrint 项目，力图把全世界的数字图书馆统一起来。2004 年，谷歌开发出电子扫描仪，与斯坦福大学合作，将书籍数字化。不久后，谷歌的数字化档案上线，全世界最大的 5 家图书馆与谷歌签署协议成为其合作伙伴。黎文乐观地说：“数字人文不仅仅是将数字线上保存，也包括了数字化绘图、数据挖掘等。文学有可能成为前所未有的大数据的宝藏。”③而且，这种将文学数据化的方式还有逐渐扩大的趋势。如果这样，莫莱蒂的定量分析不但会有可靠而充裕的资料来源和资料保障，而且越来越先进便捷的跨库检索和智能数据分析技术，也令定量分析具有了坚实的技术保证，为文学研究开辟了新的研究途径。莫莱蒂对此非常清楚，他曾说：“过去几年，文学研究经历了我们所谓的定

①〔英〕卡尔·波普尔:《猜想与反驳——科学知识的增长》，傅季重、纪树立、周昌忠等译，上海译文出版社，1986，第 52 页。

②〔美〕乔治·巴萨拉:《技术发展简史》，周光发译，复旦大学出版社，2000，第 235 页。

③ 黎文:《大数据时代的文学研究》，《文汇报》2013 年 6 月 24 日。

量实证的兴起。当然，这虽然发生了，但没有取得持续的影响。不过，这次不同，因为我们有了数字数据库和自动数据检索。”[①]他还引用了发表在《科学》杂志上有关“文化经济学”的论述，相信语料库的拓宽和研究的速度都已超出人们的预期。这一切都成为人们用定量分析法研究文学的现实保证。在莫莱蒂的观念中，文学虽然称为人文科学，但它的确就是一门“科学”，所以科学的研究方法也同样适用于它，运用定量分析的方法研究文学也顺理成章。

显然，莫莱蒂在定量分析从自然科学向社会科学的历史转化中洞悉了其转向文学研究的可能性，再从波普尔的哲学体系中获得了理论依据，又在现代数据库建设和智能分析技术中寻得现实支持，这才使他有勇气用定量分析法来研究文学。

二、文学定量分析的操作方法

定量分析是一种重要而通用的研究方法，“近代西方传统认为，用一个定量的和规则运算的成熟的科学时代代替一个仅仅是定性的前科学知识时代是合适的”[②]。定量分析遵循着科学主义的方法论传统，认为无论是自然现象还是社会现象，虽然在表现形式上不一致，但都是一种客观存在，内含因果关系，规律有迹可循，因此是可以观察、实验、用一系列数据加以概括和分析的。通过量表、调查问卷等方式来统计分析，客观明确地验证现象之间的宏观关系，这是定量分析的主要方式。[③]莫莱蒂高度认可定量分析方法的普适性和有效性，认为这种方法也同样适用于文学研究。他通过从数据库中索取数据，对一定地域、时期小说的数量、类型等情况统计，分析其蕴含的内容，找出相关的例证进行验证，顺理成章地把定量分析法借用到文学研究中。可以说，定量分析法是莫莱蒂在“距离阅读”过程中获得文学研究结论最为倚重的具体操作工具。通常，人们采取测量、统计或计算等方式来进行定量分析。

---

① Moretti F, “Network theory, plot analysis”, *New Left Review*, No. 68, 2011, p. 80.

②〔美〕D. 洛耶:《进化的挑战：人类动因对进化的冲击》，胡恩华、钱兆华、颜剑英译，社会科学文献出版社, 2004, 第 202 页。

③ 此处可详见刘武、娄成武:《定量分析方法》，武汉出版社, 2003, 第 1-17 页；参见孙建军、成颖、邵佳宏:《定量分析方法》，南京大学出版社, 2002, 第 1-2 页。

在做定量分析时，分析者要将分析的目的、选题原则等一系列指标作为评价体系。莫莱蒂主要采用的是定量分析法中最常见的数据统计法来研究文学。据说，在斯坦福大学，莫莱蒂请了几个研究生，专门借助计算机检索、收集相关数据，以供他来分析。他的主要职责是利用统计的数据绘制文学的图表，通过对图表的分析来揭示文学的秘密①。需要提及的是，莫莱蒂现在主要借助大型计算机数据库的跨库检索和智能分析来完成其文学研究。

在《文体：对 7000 个小说标题的反思》一文中，莫莱蒂把小说标题作为文体研究的主要对象。在莫莱蒂看来，“一部小说是一种叙事，而标题，特别是作为小说内容概括的标题也是一个短小的叙事。它呈现了故事的主要事件、人物、环境和结局。”②，所以对标题的研究可以抵达对小说本体的研究。莫莱蒂通过电子数据库，检索了英国 1740～1850 年刊发的 7000 部小说的标题，统计后发现这些小说的标题有一个清晰的变迁过程。在几十年间，小说的标题从 20～25 个词缩短到 6～7 个词，然后就不再缩减。标题经历了一个由长到短，并愈加相似的变化。这不仅意味着标题变短或变得相似，也意味着一定的题目类型伴随这一转变过程而一起消失了。虽然长标题更能提供一个内容概要，但它为何还是逐渐变短？莫莱蒂发现，这是因为“在拥挤的市集，短标题更好，因为它更容易被记住，更容易开始阅读（但不仅是这样）。这就是长标题消失的原因。在市场的规模和标题的长度之间，暗含着一个否定性的关系。当一个扩张时，另一个就会被压缩”③。莫莱蒂把标题转变的原因归结到市场，这暗合了他对文学的世界体系分析，保证了其研究的一致性。由于莫莱蒂认为“短标题是一个精致的结构，对一些微小变化颇为敏感”，所以莫莱蒂对短标题归类，归纳出四种类型：第一种是专有名称做标题；第二种是冠词加名词做标题；第三种是冠词加形容词，再加名词做标题；第四种抽象概念做标题。在这四种

① 艾利夫·巴图曼在《一个加州男人的科学冒险》一文提到两个轶闻：一个是莫莱蒂雇佣了 5 个研究生将维多利亚小说的第一段文字重新输入计算机，为其检索资料；另一个是莫莱蒂与一个加拿大的鸟类学者团队共同执笔写了一部有关形态学的著作。参见 Batuman E, “Adventures of a man of science”, *n+1*, No.3, 2006, http://nplusonemag.com/adventures-man-science.

② Moretti F, “Style, Inc.: Reflections on 7,000 titles”, In Moretti F, *Distant Reading*, Verso, 2013, p. 186.

③ Moretti F, “Style, Inc.: Reflections on 7,000 titles”, In Moretti F, *Distant Reading*, Verso, 2013, p. 188.

标题中，第一种标题约占小说总量的 33%，第二、第三种标题各占 30%以下，第四种标题占小说总数的 10%。在分析了第二和第三种标题后，莫莱蒂断言："没有形容词，我们处在一个冒险的世界；有了形容词，我们就处于一个失去平衡的家庭生活中。形容词是唯一的一个变化，但它改变了任何事情。"①以专有名词做标题，能让读者很快地把自己需要的书籍挑选出来。以抽象概念做标题，标题则往往是一个抽象名词或抽象概念。这种标题带有很强的伦理观念（或道德标准），在文学作品中将会慢慢体现出来。抽象名词做标题后赋予标题充分的意义，小说被这种偶然性的小叙事所提取和净化。在莫莱蒂看来，专有名词和抽象名词都使标题变短，但它们和情节的关系并不相同："专有名词是故事的一部分，而抽象名词是对故事的解释。它将诱使我们认为专有名称和小说有一个转喻关系，而抽象名称则和小说是隐喻关系。"②莫莱蒂还分析了标题中冠词的作用。他在统计了"反雅各宾派"和"新女性"这两种意识形态性的小说类型后，发现在反雅各宾派小说的标题中，有 36%的标题是以定冠词开始的，3%的标题以不定冠词开始，而新女性小说有 24%的标题以定冠词开始，以不定冠词开始的标题从 2%、3%一直到 30%都有，波动很大。莫莱蒂认为定冠词预示一个名词，就像我们已经知道的事（因而将我们的注意力导向后方）；不定冠词恰好相反。冠词作为对我们已有知识的挑战，述说着小说。反雅各宾派小说标题并不想改变已有的观念，而只想利用它们，因此定冠词的使用就很频繁。这是一个政治立场的暗示。莫莱蒂还从语义学的角度分析了哥特式小说标题中的"the x of y"现象。x 或是一个人或是一个空间，y 是空间，人被空间所定义，或更多情况下，一个空间被另一个空间所定义。"the x of y"得到"一个权力的空间，并立刻在人和地理两个天平上激活它"③。

简言之，莫莱蒂认为，由于市场拓展，题目被精简。由于题目被精简，所以人们学会凝聚意义。由于学会了凝聚意义，他们就发展了特殊的"标志"而将书籍置入正确的市场壁龛。这种结论无疑独具创见。莫莱蒂意识到不同

① Moretti F, "Style, Inc.: Reflections on 7,000 titles", In Moretti F, *Distant Reading*, Verso, 2013, p. 195.

② Moretti F, "Style, Inc.: Reflections on 7,000 titles", In Moretti F, *Distant Reading*, Verso, 2013, p. 203.

③ Moretti F, "Style, Inc.: Reflections on 7,000 titles", In Moretti F, *Distant Reading*, Verso, 2013, p. 209.

学科中定量分析对象的差异，他说，“这是一个定量研究，但其研究的却是语言和修辞”[①]，而语言和修辞是文学研究的“常规”领域。这就是说，莫莱蒂的定量分析是可以从数据分析抵达文学的本体研究的。在莫莱蒂看来，和以往一样，文学的定量分析还是要从其形式因素入手。“形式分析是文学研究的最大成就，因而也是一种新的研究方法——通过定量的、数字的、演变的，不管什么——必须证明它自己的叛逆，证明它所做的形式分析比我们已经做过的好。或者至少在不同的节点上，同样好。”[②]在这样的信念下，莫莱蒂从小说标题词语的多少变化和词性的统计和比较中完成了对小说文体的定量分析。当然，莫莱蒂对用定量分析研究文学的缺陷早有预见。莫莱蒂曾说：“在所有的连续史中，我的对象是一个人为东西，因为一个系列从未被‘找到’，它总是被建构的，通过聚焦于可重复的、能够将离散的客体精确地转变成连续的系列的东西而予以构建。这也是文学评论家讨厌定量分析的原因之所在：他们担心定量分析可能会压抑文本的独特性。”[③]但从以上的分析中，莫莱蒂消除了这种担忧。

莫莱蒂非常看重理论的完整性和普适性。他清醒地认识到以文体分析为代表的形式研究不过是小说研究的一部分，小说还有以故事情节为代表的内容研究亟待探讨。在分析完小说的“文体”这一形式因素后，莫莱蒂将视角转向了“情节”。通常情况下，情节总是小说内容的主要表征，莫莱蒂也自曝自己一度在分析情节时，“论文迅速从定量撤回，进入对情节的定性分析”[④]，定量分析陷入理论失效的泥沼。但此时的莫莱蒂显示出非凡的智慧，他迅速放弃讨论文字本身表征的情节故事，而是采用网络理论[⑤]，将情节研究锁定在由人物关系所构建的网络图像上。对莫莱蒂来讲，他“并非需要理

---

① Moretti F, “Style, Inc.: Reflections on 7,000 titles”, In Moretti F, *Distant Reading*, Verso, 2013, p. 204.

② Moretti F, “Style, Inc.: Reflections on 7,000 titles”, In Moretti F, *Distant Reading*, Verso, 2013, p. 204.

③ Moretti F, “Narrative markets, ca.1850”, *Review (Fernand Braudel Center)*, Vol. 20, No. 2, 1997, p. 151.

④ Moretti F, “Network theory, plot analysis”, In Moretti F, *Distant Reading*, Verso, 2013, p. 211.

⑤ 按照莫莱蒂的解释，网络理论是一个旨在研究大群对象内部的相互关系的理论。其对象叫节点或端点，其相互关系叫边界。对顶点如何通过边界建立联系的分析已经揭示了许多大系统中的不可预料的特征，最著名的称为“小世界”现象或“小世界理论”（六度空间理论）。在该理论中，伴随着神秘化了的速度，人们能够从一个顶点到达网络中的任何其他顶点。参见 Moretti F, “Network theory, plot analysis”, *New Left Review*, No. 68, 2011.

论，而是需要网络”，因为由人物构成的网络结构展现出一幅形象清晰的可“看”的图像，莫莱蒂说：“在此，关键词是可被‘看’。我从网络理论得到的是它的基本形式的形象化。戏剧情节的时空流能被转化成一系列二维的符号——端点（nodsorvertice）和边界（edge），这样，有关情节的观念可以在一瞥之后迅速被捕获。”[①]在莫莱蒂看来，网络是由端点和边界组成的，情节是由人物和行动构成的，人物是网络的端点，相互作用是网络的边界，相互作用在作品中以言语行为的方式展现出来。在对《哈姆雷特》的情节研究中，莫莱蒂建构了以哈姆雷特、克劳狄斯、霍拉旭为端点的人物关系网络，认为在网络中，边界既没有轻重之分，也没有方向，时间性的行动将转化为空间性的行动，多个人的空间形成一个人的系统。这样，“网络理论的运用引发一个主要改变，它使过去发生的事件可视可见，如在目前”[②]，而且，它会把情节内部的这一可视的具体“地区”，即子系统，作为一个整体来看待。莫莱蒂从《哈姆雷特》的人物关系图中发现，在与哈姆雷特和克劳狄斯有关联的人中，很多人都被杀了。这些死亡展示的“个人原因是混乱的。真正致命的是人物在链接敌对的国王和王子的这一角色网络中的位置”[③]。在该网络图像中，黑体线之外的地区并无人员死亡，悲剧都在黑体线构成的地区发生。莫莱蒂认为，一旦有了戏剧的网络理论，我们都在为一个模式工作，而非戏剧本身。我们只会关注戏剧中的人物及其相互关系，并把它们从其他部分抽取出来。这一缩减和抽象的过程使模式比原初的对象少得多。这种模式可以使我们看到一个复杂对象背后的潜在结构，看到“戏剧网络中并没有特殊的端点，莎士比亚戏剧中并没有特殊的人物”[④]。为了证实这一观点，莫莱蒂给我们展示了“没有哈姆雷特的《哈姆雷特》”“没有克劳狄斯的《哈姆雷特》”“没有哈姆雷特和霍拉旭的《哈姆雷特》”共三幅网络图谱（图 2-3-1～图 2-3-3）。[⑤]

---

① Moretti F, “Network theory, plot analysis”, In Moretti F, *Distant Reading,* Verso, 2013, p. 211.

② Moretti F, “Network theory, plot analysis”, *New Left Review*, No. 68, 2011. p. 84.

③ Moretti F, “Network theory, plot analysis”, *New Left Review*, No. 68, 2011. p. 84.

④ Moretti F, “Network theory, plot analysis”, *New Left Review*, No. 68, 2011. pp. 85-86.

⑤ 此处可参见: Moretti F, “Network theory, plot analysis”, *New Left Review*, No. 68, 2011. p. 87 的图 2-3-3～图 2-3-5。

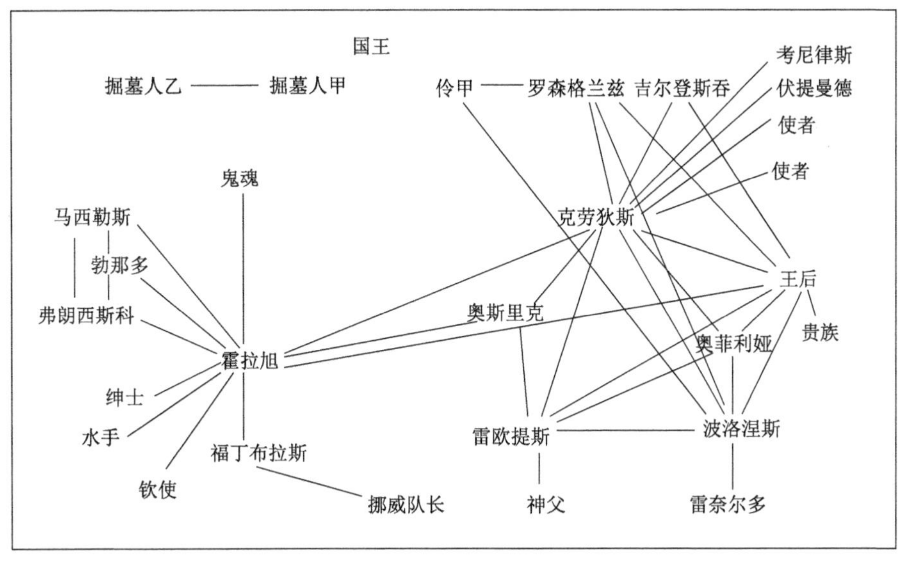

图 2-3-1　没有哈姆雷特的《哈姆雷特》

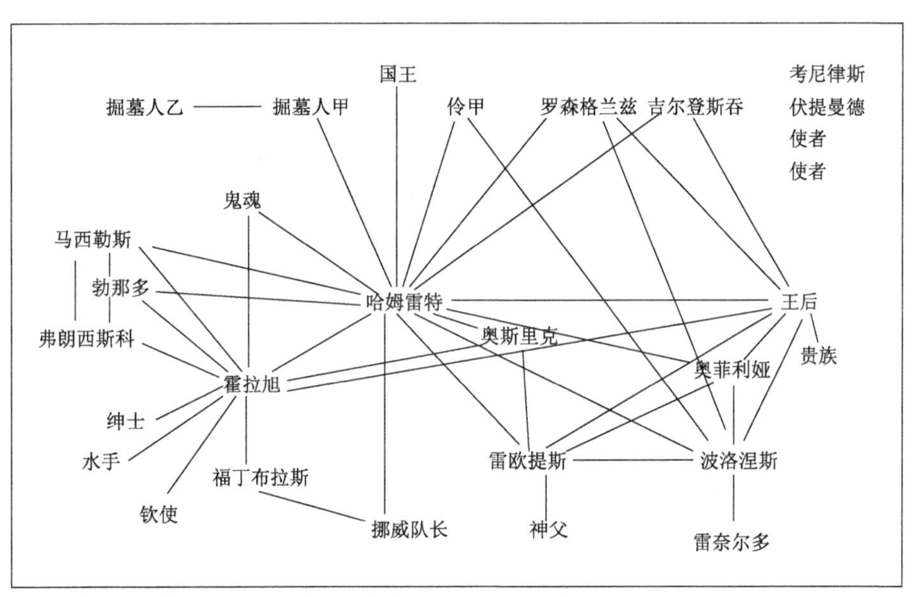

图 2-3-2　没有克劳狄斯的《哈姆雷特》

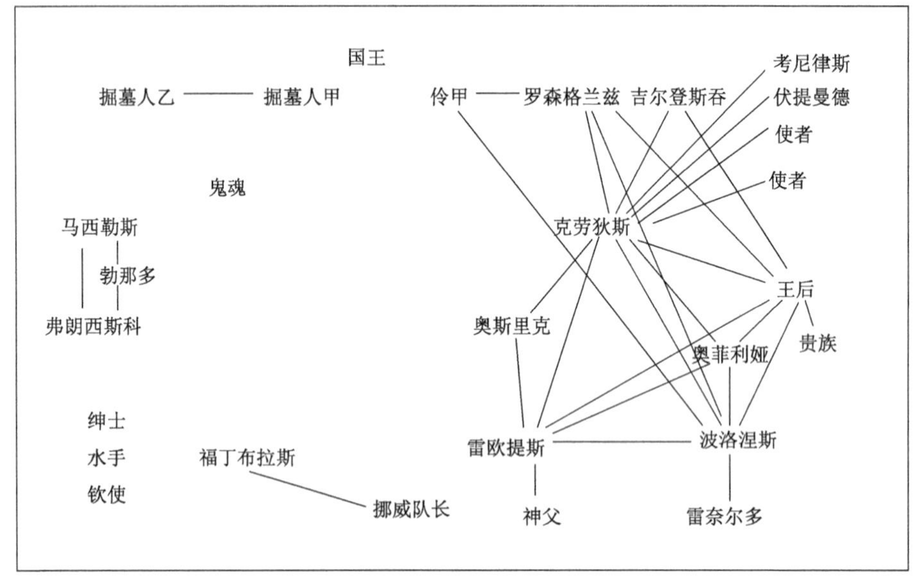

图 2-3-3　没有哈姆雷特和霍拉旭的《哈姆雷特》

对莫莱蒂来讲，主人公的重要性不是因为它是“‘在网络内’，也不是因为它的本质，而是因为它在一个稳定的网络中的功能”①，所以霍拉旭和克劳狄斯在网络理论中的重要性差异不大，这是因为它们的边界相似。为了让情节的网络理论分析不仅能够停留在形式层面，也能够回归文学史本身，莫莱蒂采用了“交集”（clustering）②一词，认为交集率高的地方，往往会形成一个闭合的三角形，当人物开始移动，网络中各部分之间的弹性将会增加。这也是移动克劳狄斯，网络并不会受太大影响的原因。与此相反，霍拉旭所处的网络交集率低，他和别人处于一种“弱联系”中，如果他被随意移动，整个网络就会崩溃。这就说明在戏剧发展中，《哈姆雷特》基于地理、水平线，在某种程度上体现了初期的欧洲国家体系特征。它和基于血统、垂直线，根源于神话的希腊悲剧大异其趣。为了证明理论的普适性和东西方文

① Moretti F, “Network theory, plot analysis”, *New Left Review*, No. 68, 2011. p. 88.

② 根据莫莱蒂解释，“交集”一词是网络理论中的技术概念。他借用马克·纽曼（Mark Newman）的解释，如果顶点 A 和顶点 B 相联系，而顶点 B 和顶点 C 相联系，那么顶点 A 和顶点 C 相联系的可能性就大大提高。在语言的社会网络中，你的朋友的朋友，也可能是你的朋友。见 Moretti F, “Network theory, plot analysis”, *New Left Review*, No. 68, 2011. p. 91.

学之间的差异，莫莱蒂刻意以《红楼梦》为例，并将它和狄更斯的《我们共同的朋友》进行比较，认为正是因为人物的数量差异和人物的口头交流关系，造成西方小说在章节上呈现出对称性的网络结构，而在情节上是非对称性的网络结构。《我们共同的朋友》这一小说体现的就是在社会关系的表层底下，文学有一个随时准备爆发的爱与恨的夸张基础，而中国文学中，虽然人们似乎在美学上更喜爱对称，但实际上中国小说中人物更多，关系更复杂，在章节上呈现出明显的非对称性，在整个故事情节上则追求对称性。在分析了《红楼梦》的情节，特别是贾宝玉这一角色后，莫莱蒂将其称为："故事在局部比例上是不平衡的，但在更高的层次上则是平衡的。"①不同人物的角色决定于不同的叙事关系。网络理论使情节可视化，这为揭示中西方创作中的差异提供了有效的工具。显然，莫莱蒂并未陷入传统情节分析的陷阱，而是把情节分析也转化成一种情节的形式分析，一方面完成了其文学的定量分析实验，另一方面使该转变成为他一直倡导的形式分析就是整个文学研究的理念的遥远回响。

在莫莱蒂的眼中，在小说文本电子化、电子档案的普及、大型数据库建设完备和跨库检索、智能分析技术发展完善后，文学研究将具备宏观研究的必要条件。定量分析是文学研究发展的趋势。定量分析不仅适合文体分析，也适合情节分析，它给我们不但提供了一种研究方法，而且提供了一种文学研究的新景观和新梦想。莫莱蒂说：

> 文体将作为情节的功能融入情节。我们应该有一个理论突破，创造出一种情节和文体相统一的理论，不仅做文学分析，而且做更广泛的文化分析。因为情节和文体能够提供一个研究人类社会两个基本性质的小范围的模式。情节有助于理解被卷入由数以千计的相互作用所构成的复杂形态中的两个人物是如何简单交流的；文体则有利于研究人类是如何生成有意义的行动的。一个致力于我们所做的和我们如何思考之间关系的模式，是可以由情节-文体的连续体提供的。②

① Moretti F, "Network theory, plot analysis", *New Left Review*, No. 68, 2011. p. 100.

② Moretti F, "Network theory, plot analysis", *New Left Review*, No. 68, 2011. pp. 94-95.

莫莱蒂把这种分析法称为“没有文本细读的形式主义”或“量化的形式主义”分析。至此，莫莱蒂借用定量分析法，通过统计、图绘、在人物之间建立网状联系的方式，从文体（形式）和情节（内容）两方面来研究文学，从而不但证明了定量分析法的普适性，也证明了定量分析法的有效性。

三、文学定量分析的复杂性

纵观历史，科技革命和哲学、文化发展是一个相互促进、相互影响的关系。今日电子计算技术的发展必将引起人们思维方式的转变，这是我们从日常生活经验中就能感知到的。这种思维方式的转变也势必波及文学创作和文学研究，当然也包括文学研究视角和研究方式的改变。诺贝尔经济学奖获得者斯科尔斯认为：“电脑作为科学进步的产物，大大提升了研究成功的可能性，而科学与文学的结合正是当前最合意的选择。”[①]在笔者看来，当现代科技的发展致使社会进入全球化时代，空间上的隔离不再成为障碍时，文学的国际化是显而易见的事实。如果我们对这一点视而不见或消极对抗，那只能说明我们的肤浅和保守。事实上，我们现在要做的不是思考如何与它对抗，而是考虑如何让文学和现代科技发展所导致的新变相互妥协、和谐共处，即如何利用现代科技促使文学更好地发展。以莫莱蒂为代表的文学定量分析法正是对这一时代问题的有力回应。他顺应时代潮流，利用计算机数据来分析文学，既能保证其研究的宏观性，又能使其落实到文学本体的研究上，这无疑值得肯定和学习。莫莱蒂的研究方法从来都不缺乏质疑，“许多人认为，他把文学当作社会学视野下的文学史研究材料，而并不真的意在理解作品的含义，获得独特的个人阅读体验”[②]。还有人认为，莫莱蒂运用定量分析研究文学，所得出的研究结果过于普通，意义不大。这些言论固然有些许道理，但正如人们看到的，“20 世纪 80 年代以来，历史学家、社会学家和哲学家的研究重心有一个实质性的转移，转向了实验科学。……存在着三种相互平行且很大程度上独立的研究：理论的、实验的和工具的。……然而，在库恩

---

① 周杨：《两位诺贝尔奖得主的智慧碰撞——勒克莱齐奥与迈伦·斯科尔斯对话侧记》，https://news.nju.edu.cn/zhxw/20131101/i76195.html。

② 黎文：《大数据时代的文学研究》，《文汇报》2013 年 6 月 24 日。

的立场中，大量实验的和工具的新颖性都被简单地忽略了”[①]。如果与此加以类比，可以说“距离阅读”是莫莱蒂文学进化论的研究实验，定量分析是莫莱蒂文学进化理论的研究工具，为了要避免库恩理论中实验的和工具的研究所遭受的不公待遇，必须给莫莱蒂的定量分析存在的合法性和应得的地位。

当然，问题可能更加复杂。对文学研究来讲，定量分析的确有很多局限。这主要体现在：其一，在定量分析中，统计的结果一般可以反映共性的问题，这种共性化的结果使文学的独特性和个人体验消失殆尽。换言之，文学作品的根本在于其审美性。审美性的基础在于情感。以词频检索和计算作为主要手段的定量分析，在做情感分析时面临两个困境：一是有些表达情感的词汇潜藏或游离在被检索的词汇之外而无法辨识，二是词频检索很难顾及作品的语境意义，因而仅仅通过词汇而得的结论显得过于普遍、简单，甚至武断。其二，以统计为基础的定量分析无法做出价值判断，而在很多学者看来，文学研究的根基正在于价值判断。这也是西方理论反对定量分析的重要原因。西方学人，特别是左派知识分子大多主张意识形态批判和价值判断，统计只能是一个价值判断基础上的辅助手段，所以量化统计只能解决价值判断后的某些问题，如果以定量分析作为文学研究的全部方式则是成问题的。然而，笔者乐观地相信，一方面，任何理论都只在有限的范围内具有有效性。与此相似，定量分析是莫莱蒂用来解决世界文学中的“距离阅读”问题的，也就是说，它把对文学的共性讨论作为主要目的，主要关注文学的宏观研究，所以以上批评并没有抓住问题的核心。另一方面，就像“间断平衡”并不与生物渐变论和自然选择论相冲突一样，定量分析也并不与传统的文本细读、定性分析相冲突，反而形成一种良性互补。任何理论都有由不完善到完善的过程，虽然我们暂时从莫莱蒂的分析中既没有看出意义重大的结论，也还没有看到定量分析与价值批判的结合，但这种质疑反而会促使人们更好地改进定量分析法的缺陷，以更加有效的方式运用该方法研究文学。因此，笔者不但认同莫莱蒂的定量分析法，而且认为我们应该推动其发展，使之发扬光大。具体而言，我们一方面必须加强自身学习，尽快掌握数据搜集、检索和分析

①〔加〕伊安·哈金:《导读》，见〔美〕托马斯·库恩《科学革命的结构》，金吾伦、胡新和译，4版，北京大学出版社，2012，第10页。

的技术和手段，另一方面必须仔细实验，厘清定量分析法的优缺利弊，扬长避短，更好地为文学研究服务。对于第一方面，道理非常清晰，不用解释，只需我们自觉学习，学以致用。对于第二方面，需要我们继续讨论，以期抛砖引玉，深入研究。

依笔者浅见，目前定量分析主要面临以下几重考验。第一，如何将定量研究完美地落实到文学的内容研究。毋庸置疑，莫莱蒂按照其一贯的做法，仍将定量分析聚焦于形式研究。虽然我们相信莫莱蒂的形式是“社会关系”的表征，但在具体研究中，不难发现莫莱蒂自己也没有把自己对文学内容的思考深入表现在其形式研究中。更何况，作为一种文学的抽象研究方法，“定量分析”往往很难落实到文学文本本身，这的确是它的缺陷之一，但莫莱蒂似乎对此问题无意解决，只是说：“抽象并非其自身的终结，而是打破了文学史家一人独尊的局面，丰富了它们内部的问题域。”[①]显然，莫莱蒂并不以此作为问题，但这对大多数学者而言，还是一个重大的问题，因此我们的定量分析需要在这一方面更加完备，既不违背莫莱蒂的初衷，又能很好地运用于文学理论，使形式研究与内容研究相得益彰。第二，如何聚焦具体文本，做到分析的科学性和有效性。如果说文本细读可能有利于具体文本的解读，那么定量分析则有利于更宏观或微观问题的解决。定量分析既擅长对大量的文学现象搜集、统计、比对，对文学进行宏观研究，又擅长微观问题研究。所谓的微观问题研究就像莫莱蒂所讲的对“严肃性”等概念的探讨，即通过对“严肃性”问题的检索和统计，以检视它的流变及意义的转化等文学问题。在定量分析法中，一方面，分析者往往会因预设的目标而选择分析对象、分析数据，易失客观性；另一方面，即使其分析完全是客观化的，也存在以这种客观结果阐释文学问题，仁智不一的困惑。虽然文学不可能完全超越时代的范式，但它毕竟是个体化、主观性的产物。这就面临一个以客观性方式阐释主观性产品的问题。这种解释往往会出现不相匹配、解释乏力等短板。莫莱蒂的分析貌似入情入理，但实际上也存在这样的问题，既需要他深思，也需要我们大家深思。对类似问题的束手无策可能也是大多数人文学者对定量分析、对文学阐释的有效性持怀疑态度，不愿采用定量分析法研究文学的主

---

① Moretti F, *Graphs, Maps, Trees: Abstract Models for a Literary History*, Verso, 2005, p. 2.

要原因之一。莫莱蒂似乎意识到了这一问题，所以他并不以经典作品为例，而是以畅销作品作为例证。畅销作品的背后潜藏着明显的销售市场的格局变化。这种市场变化最终由读者决定。读者的阅读意识、阅读期待，甚至其潜意识等都是可靠的。这不但由弗洛伊德久经试验，也由库恩、波普尔等学者加以证实过，所以莫莱蒂理所当然地相信其有效性。但若将畅销作品换成经典作品或其他非畅销作品，此理论是否仍然有效，仍值得商榷。第三，如何培养熟悉并掌握定量分析方法的研究者的问题。对于定量分析，我们要做的主要是尽快掌握制图和读图方法，提高我们的相关能力。这样才能趋利避害，更好地研究文学。据笔者观察，国内的文学研究者中，很少有人能够熟练检索数据、绘制地图和图表，并具备准确地智能分析这些地图和图表的能力，因此，这一问题实际上具体而艰巨，亟须解决。

总之，大数据时代的到来是一个不可规避的事实，它已渗入我们日常生活的各个角落。我们既然无法逃避，倒不如对其加以改造，进而为我所用。对文学研究者而言，莫莱蒂的定量分析给我们提供了一个窗口，他已经以自己的研究实践证明了这一方法的可行性、有效性以及合法性、复杂性，让我们在看到文学研究的新图景的同时，也让我们意识到我们自身所存在的问题。

结　语

达尔文主义强调把一切“自然”都看作一个按照变异分化、“自然选择”的丛林法则运行的整一的生态圈；世界体系理论也把世界看作一个按照经济规律运行的整体化系统；地理学家则借助地图，将影响该地文学发生和发展的各项要素抽象和概括，形成一个统一的空间整体；莫莱蒂倚重的社会形式主义方法，把文学的形式和社会关系联系起来，吸收了马克思主义对于世界的整体性认识，把文学当成一个以形式为表征的整体。莫莱蒂正是立足于文学的社会形式主义，吸收了生物进化论、历史研究法、世界体系理论等众多的研究方法，分析了文学空间和进化历程，认为当下的文学已经进入世界文学这一“整体性”阶段，提出了颇有争议的“距离阅读”策略，并用定量分析法加以实验和分析，体现出明显的科学实证主义倾向。

莫莱蒂的文学研究是各种理论和方法的“集邮”或“拼装”。温斯罗普-扬早就指出了莫莱蒂理论的“拼装”性质。[①]莫莱蒂自称其理论研究方法是一个围绕“叙事”这一语义领域进行研究的“生态系统”[②]。阿普特认为这是莫莱蒂“将自然科学和环境科学术语‘生态系统’一词作为其研究方法论的支点”[③]所致，进而乐观地认为，“文学世界体系的光明前景在于它能增强欧洲中心地区以外的比较文学研究，并能创造性地将时空体与基因类型、历史与进化论、地形学与拓扑学、地图与谱系、媒介理论与认知科学结合起来”[④]，形成一种文学综合研究的方法。可以说，莫莱蒂践行的是“人文科学大理论”的方法，将文学当成一个有机的、整体性的生态系统，将各种源自自然科学、社会科学和人文科学的方法按需分配，为其所用，形成理论的综合体，构建了一种人文科学综合研究法。

莫莱蒂的人文科学综合研究有其历史依据。莫莱蒂打破不同学科和不同方法之间的界限，即使在人文科学强调文本细读和学科界限的今天，也自有其历史延续性。卡西尔在对“进化”概念梳理后认为，“‘进化’这一概念被宣称为迄今打开一切自然之谜和一切‘宇宙之谜’的钥匙。从这一观点看，‘人文’和‘自然’之间的对立就失去辩证法意义上的全部尖锐性”[⑤]，二者有了接纳和融合的可能性。在卡西尔看来，世界的万事万物之间总是存在一种关联性，这不仅体现在科学知识领域，“即使在语言和艺术中，甚至在神话和宗教中，也没有单纯的‘我’和‘世界’之对立的这样一种限定的事物”[⑥]。其实，“艺术以其独到之处使我们感受到和认识到何为客观的；另一方面，

---

① Winthrop-Young G, “How the mule got its tale: Moretti’s Darwinian bricolage”, Diacritics, Vol. 29, No. 2, 1999.

② Moretti F, *The Novel Volume: History, Geography, And Culture*, Princeton University Press, 2006, p. x.

③〔美〕艾米丽·阿普特:《文学的世界体系》，见达姆罗什、刘洪涛、尹星编《世界文学理论读本》，北京大学出版社, 2013, 第 144 页。

④〔美〕艾米丽·阿普特:《文学的世界体系》，见达姆罗什、刘洪涛、尹星编《世界文学理论读本》，北京大学出版社, 2013, 第 156 页。

⑤〔美〕恩斯特·卡西尔:《人文科学的逻辑》，沉晖、海平、叶舟译，中国人民大学出版社, 2004, 第 63 页。

⑥〔美〕恩斯特·卡西尔:《人文科学的逻辑》，沉晖、海平、叶舟译，中国人民大学出版社, 2004, 第 78 页。

艺术又使其全部的客观的创作以具体化和个性化的形式置放于我们面前”[①]，“哲学的任务不在研究存在或客体，而在于我们认识客体的方式”[②]。卡西尔把进化理论作为自己的理论根源，弥合了自然与人文之间的罅隙，从哲学上给以进化论作为根本理论的莫莱蒂提供了一种理论依据。卡西尔思想的直接继承者苏珊·朗格写道：“一个符号总是以简化的形式来表现它的意义，这正是我们可以把握它的原因。不论一件艺术品（甚至全部的艺术活动）是何等地复杂、深奥和丰富，它都远比真实的生活简单，因此，艺术理论无疑是建立一个有效于生动现实的心灵概念这样一个更为伟大事业的序言。”[③]朗格认为符号活动所得到的最大成果就是语言。语言是一种具有典型的抽象表意能力的符号体系，人们只有运用语言，才能进行思维、记忆、沟通，描绘事物，再现事物间的复杂关系，揭示相互间的潜在规律。或许正因对语言符号功能的痴迷，莫莱蒂才将自己第一部研究文学的社会形式的著作命名为“被视作奇迹的符号：文学形式社会学”。通过卡西尔和朗格的符号理论，莫莱蒂在自然科学和人文科学之间建立了一座联系的桥梁。这成为它综合研究的基础。

对于莫莱蒂来讲，文学作为一种人类生产的符号形式，凝结着人类的情感和思想。“从最广的意义上说，‘人性’是‘形式’得以产生、发展和繁荣的绝对普遍（因而也是唯一）的媒介”[④]，更为重要的是，我们如何看待这一文学形式。莫莱蒂从韦伯的论述中又获得理论资源。韦伯说：“在社会科学领域，讨论科学问题的动因根据经验常常是由实际的‘问题’提供的，以致单是承认一个科学问题的存在，就与活生生的人的特殊需求发生了个人关联。”[⑤]韦伯对“问题”的强调对莫莱蒂启发很大。他引用韦伯的话说，

---

①〔美〕恩斯特·卡西尔:《人文科学的逻辑》，沉晖、海平、叶舟译，中国人民大学出版社，2004，第82页。

②〔美〕恩斯特·卡西尔:《人文科学的逻辑》，沉晖、海平、叶舟译，中国人民大学出版社，2004，“中文版序”第2页。

③〔美〕苏珊·朗格:《情感与形式》，刘大基等译，中国社会科学出版社，1986，第4页。

④〔美〕恩斯特·卡西尔:《人文科学的逻辑》，沉晖、海平、叶舟译，中国人民大学出版社，2004，第19页。

⑤ Weber M, “Objectivity in social science and social policy”, In Shils E A, Finched H A(Eds.), *The Methodology of the Social Science*, 1949, p. 68.

“不是‘事物’的‘实在’联系，而是问题的概念联系，构成了各门科学的工作领域的基础：在用新的方法探索一个新的问题并由此发现开辟的重要观点的真理的地方，就会出现一门新的‘科学’”[①]，所以“问题”最重要。对莫莱蒂来讲，“文学不是一个对象，而是一个问题，一个需要用新的批评方法加以解决的问题”[②]。

该如何解决这个“问题”？莫莱蒂在波普尔的理论中寻得依靠。波普尔猜想与反驳的论证方式使莫莱蒂找到了论证的方向。他最为著名的文章《世界文学猜想》和《世界文学再猜想》其标题都明显带有波普尔理论的烙印。波普尔的科学研究方法最终使莫莱蒂大胆假设，提出“距离阅读”的研究策略，并用定量分析法来加以检验。由于莫莱蒂相信形式是社会关系的抽象，文学的形式也就凝结了人类的思想和情感，对文学形式的定量分析也可以像文本细读一样抵达文本的内容和情感，抵达所谓的“文学性”，所以，这种研究法也同样有效，同样能够领悟文学的终极关怀。文本细读只注重经典而忽略了大量的文学作品，科技发展、技术进步、巨型数据库的建设和跨库检索的实现让莫莱蒂看到对所有作品做定量分析具有很强的可行性和操作性，莫莱蒂在扬弃了韦伯、波普尔等多人的研究方法之后，化文学的具象研究为抽象模式，但反过来又通过数据分析，落实到对文学文本的具体研究之上，形成一种新的研究视角，开创了一种新的研究方式。

莫莱蒂的实证主义研究是对旧有文学范式的“科学革命”。按照库恩的理论，20 世纪大行其道的文本细读不可避免地成为常规方法，莫莱蒂那建基于自然科学、社会科学和人文科学之上的人文科学综合研究方法是对传统的文本细读范式的“革命”，促生了一种新的文学研究范式的产生。特别是他通过源自自然科学和社会科学的“距离阅读”策略和“定量分析”方法，完成了文学研究的常规科学向非常规科学的“范式转换”。这种革命性的范式转换不但具有某些合理性，经得起不断的证伪检验，而且也显示了一种文学研究方法的进化，符合一般进化的规律，是一种值得肯定和认同的方法，启示良多。

---

① Weber M, “Objectivity in social science and social policy”, In Shils E A, Finched. H A(Eds.), *The Methodology of the Social Science*, 1949, p. 68.

② Moretti F, “Conjectures on world literature”, *New Left Review*, No. 1, 2000, p. 55.

参考文献

〔美〕艾米丽·阿普特：《文学的世界体系》，见达姆罗什、刘洪涛、尹星编《世界文学理论读本》，北京大学出版社，2013。

〔法〕波德莱尔：《波德莱尔美学论文选》，郭宏安译，人民文学出版社，1987。

〔美〕查尔斯·达尔文：《物种源始》，李虎译，清华大学出版社，2012。

〔美〕D. 洛耶：《进化的挑战：人类动因对进化的冲击》，胡恩华、钱兆华、颜剑英译，社会科学文献出版社，2004。

〔美〕E. 哈奇：《人与文化的理论》，黄应贵、郑美能译，黑龙江教育出版社，1988。

〔德〕恩斯特·卡西尔：《人文科学的逻辑》，沉晖、海平、叶舟译，中国人民大学出版社，2004。

〔英〕弗朗西斯·马尔赫恩：《当代马克思主义文学批评》，刘象愚、陈永国、马海良译，北京大学出版社，2002。

〔德〕黑格尔：《小逻辑》，贺麟译，商务印书馆，1980。

〔法〕加斯东·巴什拉：《空间的诗学》，张逸婧译，上海译文出版社，2009。

〔英〕卡尔·波普尔：《猜想与反驳——科学知识的增长》，傅季重、纪树立、周昌忠等译，上海译文出版社，1986。

〔英〕卡尔·波普尔:《科学知识进化论》，纪树立译，生活·读书·新知三联书店，1987。

〔英〕卡尔·波普尔：《客观知识——一个进化论的研究》，舒炜光、卓如飞、周柏乔等译，上海译文出版社，1987。

〔英〕卡尔·波普尔：《走向进化的知识论》，李本正、范景中译，中国美术学院出版社，2001。

〔英〕雷蒙·威廉斯：《现实主义和当代小说》，见〔英〕戴维·洛奇编《二十世纪文学评论》（下），葛林等译，上海译文出版社，1993。

〔美〕雷纳·韦勒克：《批评的诸种概念》，丁泓、余徵译，四川文艺出版社，1988。

黎文：《大数据时代的文学研究》，《文汇报》2013 年 6 月 24 日。

李茂增：《现代性与小说形式》，东方出版中心，2008。

刘武、娄成武：《定量分析方法》，武汉出版社，2003。

〔匈〕卢卡奇：《历史与阶级意识》，杜章智、任立、燕宏远译，商务印书馆，1999。

〔德〕马克斯·韦伯：《社会科学方法论》，李秋零、田薇译，中国人民大学出版社，1999。

〔英〕迈克·克朗：《文化地理学》，杨淑华、宋慧敏译，南京大学出版社，2003。

〔法〕米歇尔·福柯：《另类空间》，王喆译，《世界哲学》2006 年第 6 期，第 52-57 页。

〔法〕莫里斯·布朗肖：《文学空间》，顾嘉琛译，商务印书馆，2003。

〔德〕莫尼卡·奥芬伯格:《关于鹦鹉螺和智人: 进化论的由来》, 郑建萍译, 百家出版社, 2001。

〔美〕帕特里夏·奥坦伯德·约翰逊:《阿伦特》, 王永生译, 中华书局, 2006。

〔法〕乔治·巴萨拉:《技术发展简史》, 周光发译, 复旦大学出版社, 2000。

〔美〕苏珊·朗格:《情感与形式》, 刘大基、傅志强、周发祥译, 中国社会科学出版社, 1986。

孙建军、成颖、邵佳宏:《定量分析方法》, 南京大学出版社, 2002。

孙乐强:《德拉·沃尔佩学派对马克思哲学方法论的诠释及其评价》,《南京社会科学》2010 年第 6 期, 第 92-97 页。

〔英〕特里·伊格尔顿:《马克思主义与文学批评》, 文宝译, 人民文学出版社, 1980。

〔美〕托马斯·库恩:《科学革命的结构》, 4 版, 金吾伦、胡新和译, 北京大学出版社, 2012。

〔美〕汪民安:《现代性》, 广西师范大学出版社, 2005。

吴雨平、方汉文:《“新文学进化论”与世界文学史观——评美国“重构派”莫莱蒂教授的学说》,《文艺理论研究》2013 年第 5 期, 第 27-34 页。

杨建刚:《文本与意识形态: 马克思主义与形式主义对话中的一个关键问题》,《文艺研究》2010 年第 1 期, 第 17-26 页。

〔联邦德国〕H·R·姚斯、〔美〕R·C·霍拉勃:《接受美学与接受理论》, 周宁、金元浦译, 辽宁人民出版社, 1987。

〔美〕约瑟夫·弗兰克:《现代小说中的空间形式》, 秦林芳译, 北京大学出版社, 1991。

周杨:《两位诺贝尔奖得主的智慧碰撞——勒克莱齐奥与迈伦·斯科尔斯对话侧记》, https://news.nju.edu.cn/zhxw/20131101/i76195.html。

〔法〕朱尔·卡莱斯、保罗·卡萨涅:《我知道什么? 物种起源》, 卞晓平译, 商务印书馆, 1997。

Apter E, “Literary World-Systems”, In Damrosch D(Ed.), *Teaching World Literature*, Modern Language Association of America.

Arac J, “Anglo-Globalism?” *New Left Review*, No. 16, 2002.

Batuman E, “Adventures of a man of science”, *n+1*, No. 3, 2006, http://nplusonemag.com/adventures-man-science.

Casanova P, “Literature as a world”, *New Left Review*, No. 31, 2005.

CornisPope M, Neubauer J, “Preface”, *History of the Literary Cultures of East-Central Europe*, Vol. 1, 2004.

Darwin C, *On the Origin of Species*, John Murray, 1859.

Gailus A, “Reviewed to modern epic: the world system from Goethe to García Marquez”, *Modernism /Modernity*, Vol. 4, No. 3, 1997.

Kroeber L A, *Anthropology*, Harcourt Brace Jouanorich, Inc., 1948.

Mennel T, “Reviewed to graphs, maps, trees: Abstract models for a literary theory”, *Annals of the Association of American Geographers*, Vol. 96, No. 3, 2006.

Moretti F, *Signs Taken for Wonder: Essays in the Sociology of Literary Forms*, Verso, 1983.

Moretti F, "Narrative markets, ca.1850", *Review(Fernand Braudel Center)*, Vol. 20, No. 2, 1997.

Moretti F, *Atlas of European Novel: 1800-1900*, Verso, 1999.

Moretti F, "Conjectures on world literature", *New Left Review*, No. 1, 2000.

Moretti F, "The slaughterhouse of literature", *Modern Language Quarterly*, Vol. 61, No. 1, 2000.

Moretti F, "More conjectures", *New Left Review*, No. 20, 2003.

Moretti F, "World-Systems analysis, evolutionary theory, 'Weltliteratur'", *Review(Fernand Braudel Center)*, Vol. 28, No. 3, 2005.

Moretti F, *Graphs, Maps, Trees: Abstract Models for a Literary History*, Verso, 2005.

Morett F, *The Novel Volume: History, Geography, And Culture*, Princeton University Press, 2006.

Moretti F, *Distant Reading*, Verso, 2013.

Patterson L, "Literary history", In Lentricchia F, McLaughlin T (Eds.), *Critical Terms for Literary Study*, The University of Chicago Press, 1990.

Thompson W D, *On Growth and Form*, Cambridge University Press, 1992.

Valdés M, "Rethinking the history of literary history", In Hutcheon L, Valdés M (Eds.), *Rethinking Literary History: A Dialogue on Theory*, Oxford University Press, 2002.

White A L, *The Science of Culture: A Study of Man and Civilization*, Grove Press, Inc., 1949.

White H, *Metahistory: The Historical Imagination in Nineteenth-Century Europe*, Johns Hopkins University Press, 1973.

Winthrop-Young G, "How the mule got its tale: Moretti's Darwinian bricolage", *Diacritics*, Vol. 29, No. 2, 1999.

第三编　西方文论的后人类转向

导论　后人类状况与文学理论新变

我们总是认为，我们所处的时代是最独特的，具有无与伦比的特殊性。的确，每个时代都可能如此，这也许是现代性的一种表征。虽说如此，我们依然认为，现在这个时代的确出现了独特的情况，甚至是以前从来没有出现过的。这一新的变化在最近几年才如此夺人眼目，让我们处于持续震惊的状态，它以2016年以来的AlphaGo战胜李世石和柯洁两位围棋界顶尖棋手为代表。我们从来没有发现人工智能离我们这么近，我们总是认为一种可以与人相媲美的人工智能形态离我们还很遥远，然而，2016年AlphaGo的胜利像一场袭击人类社会的暴风雪，从此，人类计算智能再也无法跟人工智能相提并论了，它之所以如此让人震惊，就因为它标识了未来超越人的某种存在形式的诞生，而这种存在形式是人类的造物。其实这并不算突兀，1997年就已经出现了类似事件。当时国际象棋界最伟大的棋手卡斯帕罗夫输给了电脑程序“深蓝”，这引起了强烈的社会震动。但当时人们还只是把“深蓝”当作一台电脑来看待，并不认为它是一种智能形态，[①]也不像现在这样把它称为人工智能。从“电脑程序”到“人工智能”场景对象[②]的转换，反映了时代的整体特性的变换，我们已经开始从程序的时代走向了智能时代。在这个时代里，程序不仅仅是完成某一任务的电脑设计，它与人的身体和大脑结合在一起，它的触角深入人们生活的方方面面，紧紧地抓住生活，成为生活的组

---

① 尼克:《人工智能简史》，人民邮电出版社，2017，第125页。

② 大致相同的对象，在不同的文化场景当中被赋予不同的名称，我们可以将之称为场景对象。“场景对象”一词表明，一个对象，特别是在不同文化中呈现的对象，往往在不同的文化场景中呈现出不同的偏重面，它可能保持一定的延续性，更多表现出变化的一面。在不同的文化中，可以用“概念旅行”来表达它，但这一概念偏重于概念本身，对文化场景的强调不够。“场景对象”这一概念强调概念和场景两者的结合，两不偏废。同时，“场景对象”比“概念旅行”在适用范围上更广阔，它可以是不同文化间的变化，也可以是同一文化中的改变，同时，这也不是一个普遍性的概念，而是一种综观性使用。在人工智能上，同样存在这样的场景对象的转化。

成部分，进而，更深刻地成为我们身体的一部分。改变身体，是这个时代的最主要的特征。在离现在并不太远的过去，20 世纪 90 年代还出现了一个震动世界的事件，同样指向身体的改变，那就是克隆动物的成功。克隆动物成为时代风云的一出科学正剧，但是同时引起了人们的深深忧虑，因为从克隆动物到克隆人类，这是多么合乎逻辑的科学发展，但这一发展却是可怕的，因为它明显会带来一系列难解的伦理和社会问题，从目前的人类状况来讲，基本是无解的，世界上各个领域的专家学者都开始讨论克隆人类可能带来的问题，最终结果是动用法律禁止克隆人类。阿根廷、澳大利亚、加拿大、哥伦比亚、欧盟、俄罗斯、中国、印度、塞尔维亚、南非、美国等 70 多个国家和组织寻求立法禁止克隆人类，联合国也通过了非立法性禁止克隆人类的宣言。[①]如果我们暂时忽略技术上的难度就会知道，虽然克隆人类在技术上比克隆动物难度大得多，但是只要有大量的人力和资金投入其中，假以时日，克隆人类最终一定会成功，只是这样一来，就会带来很多难以处理的社会和伦理难题。

综此种种可以发现，我们处在一个非常特殊的时代，这一时代往往被认为是 16 世纪开始的现代科学进程的一部分，但同时它也是一个非常特殊的发展阶段。现代科学最初主要是机械方面的发展，帮助人类获得生活中的各种便利，我们可名之为“外假舟楫”；最近几十年的基因技术和人工智能技术则对准了一个特殊的目标：人类身体。我们可名之为“内取诸身”。我们发现技术在这儿悄悄地进行了一个转向，它开始由外及内，开始不满足于外部的机械性的进展，而是转换到人的身体乃至大脑内部，对人进行全面的分解模仿，并在某个层面上对人的身体进行增强，使人类更强健、更聪明；甚至超越功能性增加，进行身体的功能替代，并创造远超人类智能的人工智能，如此等等。这些都表明，我们身处一个新的世代，从人类纪转向后人类纪的世代，文学和文论研究作为时代最为敏感的神经末梢，也随之迎来了一场“后人类转向”。

一、后人类状况及其维度

这些时代状况向我们指出一种新的变化，它会随着科学技术的进展而不

---

① 参见维基百科 human cloning 条目：https://en.wikipedia.org/wiki/Human_cloning。

断推进，最终从凡庸的主流生活中挣脱出来，自成高格。这些状况本来只是一些碎片化的存在，但随着科学和技术的发展，以及各种文学和电影等文化想象活动所产生的社会想象形式的塑造，我们逐渐将它们聚拢起来，形成了一种新的状况，包含一系列新的观念，即使它目前还仅仅是初露端倪，并未真正汇流成社会文化的洪钟大吕，但是它已经在公众观念中孕育成形，呼之欲出了。

这就是后人类状况。福山指出，“我们也许即将跨入一个后人类的未来，在那未来中，科学将逐渐赐予我们改变‘人类本质’的能力。在人类自由的旗帜之下，许多人在拥抱这一权力”[①]。福山主要讨论基因生物技术所导致的人类身体的变化，相对而言，海勒对这一身体改变所导致的文化变异感受深刻，她认为：“在后人类看来，身体性存在与计算机仿真之间、人机关系结构与生物组织之间、机器人科技与人类目标之间，并没有本质的不同或者绝对的界线。”[②]这两种看法是目前影响最大的后人类观念。但是关于什么是后人类还依然不易说清，与后人类相关的名称有超人类主义（transhumanism）、无人类主义（abhumanism）、非人类主义（nonhumanism）等，这些范围到底属不属于后人类也众说纷纭。比如博思乔姆认为超人类主义是连接人类主义和后人类主义（posthumanism）的桥梁[③]，布拉伊多蒂等认为超人类主义不属于后人类主义，这是两个运动，[④]如此等等。这里把这些范围都放在后人类之内，把后人类状况视作一个宽泛的运动，而不是一个静态的范畴。相对而言，它比单纯的后人类主义范围更广泛一些，因为它并不通过界定一种单纯的后人类，为我们划定某种后人类范围，而是通过寻视所有与后人类相关的实践，将其聚于一处，使其成为一种与人类主义实践明确

①〔美〕弗兰西斯·福山:《我们的后人类未来：生物科技革命的后果》，黄立志译，广西师范大学出版社, 2017, 第 216 页。

②〔美〕凯瑟琳·海勒:《我们何以成为后人类：文学、信息科学和控制论中的虚拟身体》，刘宇清译，北京大学出版社, 2017, 第 4 页。

③ Bostrom N, “A history of transhumanist thought”, *Journal of Evolution and Technology*, Vol. 14, No. 1, 2005.

④ Braidotti R, Hlavajova M, *Posthuman Glossary*, Bloomsbury Academic, 2018, p. 438.

区分的社会实践形态。[①]因而，本书使用术语时，采用“后人类状况”的表述，而尽力避免“后人类主义”这一表述，以保持后人类实践的弹性。

那么，后人类的“后”怎样理解呢？

第一，这是一个时间上的维度。就像后现代之于现代一样，后人类之于人类，也可以是一个时间意义的区分。后人类之“后”，首先映入眼帘的就是时间性。这一时间性不仅是社会实践意义上的时间，还是一种理论时间。这一理论无疑是晚出的，它以人类主义为批判基础，是对人类主义的一种反拨。无论是在社会实践上，还是在一个理论的分析时间上，后人类在时间上的“后”都是名副其实的。同时，时间之“后”不可避免地起到强化不同发展阶段的效果，让我们产生突然跃入后人类纪的印象。然而，如佩波瑞尔所指出的，在某种程度上，后人类这一状况“在最近几十年甚或一个世纪中早已伏脉千里，但它看起来却宛若新生”[②]。这其实是时间区分产生的效果。一般来说，单纯时间区分从来不是理论研究的目标，它更多是要表明“新”这层含义，并且只有与理论区分相结合，才能形成其真正的概念指向。

第二，这无疑是一种文化观念上的区分。后人类状况不仅仅是时间上的区分，还是社会文化观念上的区分。在提出时间上，它比人类主义观念晚，但是，这并不表明它完全处于人类主义之后。如果进行观念系统的追溯，我们就会发现，后人类纪与人类纪在某些事实上甚至是同步的——当然，这是一种后设反思方法，以某种现代观念为视角，重溯既往，在岁月中寻找到“源头”和各种遗迹，把它们串联起来，赋予连贯的整体性，由此形成某种历史逻辑。这一历史逻辑无疑是后设的，但它也具有事实基础。从具体实践角度来说，我们可以把 20 世纪的后人文主义批评实践视为后人类状况在观念上的准备，也就是说，它既是人类主义阶段的，又从观念上开启了后人类主状况的可能性。这样一来，我们就建立起后人类的文化观念脉络，对这一脉络的

---

① 此处所用方法论是维特根斯坦的语言游戏观念，强调游戏的延伸性，放弃内在核心属性归约，走向具体实践的连接性。当然这些实践相互间必须具有实际的连接形式，但这一具体的连接形式不是由一般性的形式来达成连接的，一般性形式必然走向内在本性，而实际连接强调实际使用中的连接可行性，并且不强调明晰的边界，更容易接受边界的开放性质。语言游戏观念参见〔英〕路德维希·维特根斯坦：《哲学研究》，陈嘉映译，世纪出版集团、上海人民出版社，2005，第 38 页。

② Pepperell R, *The Posthuman Condition: Consciousness Beyond the Brain*, Intellect Books, 2003, p. 1.

追溯造成人类主义的世界整体观念的颠覆。

第三，关于人身体的改变。文化观念上的后人文可视为后人类的先导阶段，真正的后人类是激进的，它首先是人的身体（包括大脑）的改变，只有在此基础上，激进的后人类状况才得以成形。在此之前，外部资源改造型的机械科学技术是主线，同时也发展出人类中心主义的文化观念。20 世纪以来，在人文主义或者人类中心主义的反省中，后人文主义受到关注，这主要是对人类中心主义的批判，但这些都是在观念上进行的；只有到了当代，出现改造人的身体的科学技术，我们才真正地开启了一个新时代，它带给我们真正的巨变，人的身体的改变。通过对人的身体改变，我们发现此前对人类中心主义的批判实际上都有一个前提条件，即必须以人类身体改造为基础，而此前所有后人文主义[①]的讨论在此都将转换为激进的后人类观念的准备。这样一来，当代文化中的后人类才与此前的超越人类中心主义的观念得以真正区分，同时也与它建立真正的联系。[②]

二、科幻与后人类社会想象力

后人类状况具有一个明显特征，即它有硬的方面，也有软的方面。硬的方面指科学技术，四种科学技术构成了整个后人类的技术基础，基因技术、石墨烯技术、纳米技术和新媒介技术。这些技术保证了人类在身体改造上得以顺利进行：基因技术改变人的身体构造；石墨烯技术保证植入人身体的材料能够相对轻便；纳米技术则保证了设备介入身体的微小友善性质，只会导致微创，不会产生大的伤害；而新媒介技术为外部设备接入身体提供了普遍的可行性，同时它也提供了人工智能与身体结合的可能性。这些都是后人类的技术基础。同时，后人类也有一个非常重要的构成部分，可以将它称为软的方面，即科幻叙事。科幻叙事是 19 世纪以来一种特殊的文化形态。我们一向认为，文学是塑造社会想象力的重要手段，它通过各种各样的方式诉诸我

---

① 在此遇到一个中文表达上的特殊之处。人文主义、人类主义都是一个概念 humanism，但在中文语境中却有比较大的区别。在具体使用中，采用合取概念的方式，只为了语句顺畅，无差别地使用两者，其含义比任一单纯的中文词“人文主义”“人类主义”都要广阔，是两者的合集。

② Pepperell 表达过相近的观点，他把后人类与超人类中心主义直接联系起来。参见 Pepperell R, *The Posthuman Condition: Consciousness Beyond the Brain*, Intellect Books, 2003, p. 9.

们的社会想象力，比如，出版、印刷、经典认定、职业教育等。然而文学与社会想象力之间毕竟不能等同，它们是两种方向上的文化形态。文学具有其自身的形式化追求，它可能跟社会想象力无关。只有在后人类状况当中，科幻才作为一种类型文学直接与科学和社会发展状况联系在一起，同时也与当代文化紧密结合在一起。回顾 200 多年[①]的科幻文学发展，我们可以看到它渐渐成为塑造当代文化想象的重要力量。科幻叙事（包括小说和电影）成为流行文化的主体。甚至我们可以说，一个国家的科幻小说和科幻影视有多发达，其后人类状况就发展得有多成熟。[②]科幻叙事与后人类的关联构成当代文化的独特性质。单纯的技术发展并不能构成后人类状况，技术发展与似乎虚无缥缈的科幻叙事相结合，后人类才有了真正的落脚之处。相对而言，叙事带有某种先行性。在科幻叙事中，我们发现未来进步的雏形，虽然这并不表明科幻具有预言的功能，勒奎恩明确指出，“预测只是科幻小说的一个元素，并不是这场想象游戏的全部意义”[③]，但把科幻看作一种预言，却给我们带来了一种特殊的愉悦感，同时在现实中发现了它的某种“实现”也让我们感到震惊；甚至由于叙事和技术发展的双重冲击力，这一震惊效果是呈指数上升的。

福山在《我们的后人类未来：生物科技革命的后果》中，以两部科幻作品的未来预设开章，一部是奥威尔的《一九八四》，一部是赫胥黎的《美丽新世界》。[④]《一九八四》讲述的是奥威尔时代所想象的未来信息技术发展，这在我们这个时代已经大部分实现了。赫胥黎的《美丽新世界》描绘的是我们这个时代将要大行于天下的新技术：生物技术。《一九八四》和《美丽新世界》都是著名的恶托邦小说，《我们的后人类未来：生物科技革命的后果》中隐藏的焦虑不安从此可见一斑。相对而言，《我们何以成为后人类：文学、信息科学和控制论中的虚拟身体》的基调则要平静很多，海勒更多地将科幻

① 这一时间点是以 1818 年雪莱夫人创作《弗兰肯斯坦》为起点的，一般认为，这部小说是现代科幻文学正式出现的标志。

② 中国科幻小说以刘慈欣《三体》为代表，而中国科幻电影以 2019 年春节档期上映的《流浪地球》为代表，这部电影改编自刘慈欣的同名科幻小说，2019 年被誉为中国科幻电影元年。

③ Le Guin U K , *The Left Hand of Darkness*, Ace Books, 1976, preface.

④ 参见〔美〕弗兰西斯 · 福山：《我们的后人类未来：生物科技革命的后果》，黄立志译，广西师范大学出版社，2017，第 7-8 页。

文学视为后人类技术的引导性文本。海勒写作此书的 1999 年，后人类还只是一种理论设想，所以她更多地倚重科幻文本，而在 20 年后，这一理论已经通过技术变为现实，人工智能和基因技术成为这个时代的突出特征，我们在此可以看到此书的前卫性。戈斯登作为生殖医学家同样借用了科幻小说《弗兰肯斯坦》为其基因学著作《设计婴儿：生殖技术的美丽新世界》的开头①，并且借用了“美丽新世界”这个社会想象，但很明显，他的基调是乐观的，“美丽”二字没有任何反讽的意味。

科幻如何塑造社会想象力？我们首先来看“科幻”这样一个名词，它由两个部分构成，一个是科学，一个是虚构。科幻所涉及的科学无疑与现代生活当中的科学密切相关，虽然其使用方式与平常的科学完全是两回事，它所涉及的只是一些科学元素，并不是实际应用的技术。如果用实际科学标准来衡量，这些元素无疑更多属于幻想，而不属于科学，因为科学是极其严格的，必须使用计算和推导的方法得出结论，属于严格的科学讨论范围，阅读对象是科学同行。科幻则不同，它所涉及的科学不是通过推导的方法得出的，而是通过描述外观的方式。它的目的是引发读者阅读兴趣，因而，科幻必须结合表达技巧和故事情节，科学元素不过是作品类型化的一个叙事元素，它与各个元素之间的配比关系由具体的文体形式来决定。当然，科幻所涉及的科学与实际科学技术并不是绝缘的。实际的科学技术背后都有一个整体的科学系统，这个科学系统是科幻作品用来建立自己世界背景的主要工具，它在具体运用中有不同的方式，有的作品表现为夸张性运用，有的作品为将科学的结构性元素通过想象性的发挥，把它们与生活可能产生的影响结合起来观察，假设未来发生这样的技术变革，人的行为、心灵状况和社会结构会发生怎样的变化。如科幻作家勒奎恩所说的那样，任何一部科幻作品都是一场思想实验。②科幻思想实验与哲学思想实验有异曲同工之妙，只是哲学思想实验主要提供基本原理，而科幻思想实验则主要在一个实验框架中放入行动个体，将思想实验进一步生存化、具体化。“思想实验可以展示观点，娱乐，说明

---

①〔英〕罗杰·戈斯登:《设计婴儿：生殖技术的美丽新世界》，徐凌云译，上海科学技术出版社，2004。

② Le GuinU K, *The Left Hand of Darkness*, Ace Books, 1976.

一个谜题，显露思想上的矛盾，并推动我们提出进一步的澄清。”[①]可见，科幻作品的主要成分虽然是虚构的，但是有意识地利用了现代科学系统，把它当作一种文本结构的元素，以达到特殊的以言取效[②]的目的。由此，我们就会发现，科幻作品的主导元素实际上是文本的新奇性，它要引起读者的兴趣，科学元素只是读者兴趣的催化剂。当然，这一催化剂也是科幻这一类型文学所必需的，作品必须合理地运用科学理论，在文本的整体虚构基调内，科学理论必须与整体虚构相适应，从这个角度讲，合理的科学运用是科幻作品情节的基石。当然，我们同时也知道，任何一种科学的奠基作用实际上不过是摆入作品的一个要素而已，整体上，它必须听从虚构的调遣。我们依赖虚构的情节来判断科学运用的适当性，而从来不依赖科学来判断情节构思的优劣。失去这一适当性，就不免用科学标准来要求科幻作品，回顾一下中国当代科幻文学的短暂历史就知道它曾有过多么啼笑皆非的遭遇。[③]

科幻作品具有一种奇特力量，它结合了当代技术和某种社会文化形态，形成一种科幻乌托邦，由此，给整体社会想象添加了一层特异色彩，通过想象与现实的互补作用，为我们塑造了一个类似实体的东西，并且把它树立为我们的欲求目标，并努力去实现它。因而，它是某种想象，又最终成为我们必将实现的现实，这一点类似于布洛赫所说的“现实的可能性”[④]。但是我们也不得不看到这一具有乌托邦气质的社会想象力同时也会被滥用，比如，讨论具体科学技术的时候，却加入科幻叙事塑造的社会想象力的成分，一个具体例子是目前流行的人工智能是好是坏问题，其中很大成分是在动用科幻叙事塑造的社会想象力，而不是运用冷静的分析，这不可避免地使整个判断滑向虚构，偏离理性判断的轨道。[⑤]当然这也跟目前后人类的初期状况有关

① Schneider S, *Science Fiction and Philosophy: From Time Travel to Superintelligence*, John Wiley & Sons, 2016, p. 1.

② 以言取效是言语行为理论术语，是指文本中的语词取得文本外的效果，这一概念比单纯的阅读更强调词语的连贯性及其与实际生活的关联。参见〔英〕J. L. 奥斯汀:《如何以言行事》，杨玉成、赵京超译，商务印书馆，2013，第 97 页。

③ 详见陈洁:《27 天决定科幻界命运起伏》,《中华读书报》2009 年 3 月 18 日。

④〔德〕恩斯特·布洛赫:《希望的原理》（第一卷），梦海译，上海译文出版社，2012，第 283 页。

⑤ 详细的批判参见王峰:《人工智能科幻叙事的三种时间想象与当代社会焦虑》,《社会科学战线》2019 年第 3 期，第 190-197 页。

系，它的发展方向还不够明晰，不可避免地依赖科幻叙事来开辟道路，因而难免倒果为因。

三、后人类的事实伦理与叙事伦理

后人类对人类中心主义提出了尖锐挑战。这一挑战不仅表现在科学技术方面，也表现在社会文化方面。在这一具有未来气质的文化状况中，我们不仅发现物质文化状况的改变，也发现这一未来气质侵入当代文化想象中，形成想象性与事实性状况并置一体的情况，虽然这一情况在所有的文化状况中都不同程度地存在，但在后人类文化状况中，它表现得如此明显，以至于我们看到在目前重要的后人类论述中处处展现出科幻叙事的踪迹。比如前面提到的后人类开拓性的理论著作《我们的后人类未来：生物科技革命的后果》《我们何以成为后人类：文学、信息科学和控制论中的虚拟身体》等。这是后人类研究的独特之处：现实性与虚构性混杂在一起，叙事影响现实，同时，现实也改变叙事。这一后人类状况其实是一种特殊的伦理状况。罗顿认为，后人类话语首先出现在科幻小说领域，迪克、史密斯、斯特林、吉布森等作家通过小说塑造了后人类的最初话语，“20 世纪 90 年代中期之后，严肃的后人类讨论从科幻领域转入生物伦理、批判理论等当代话语讨论，甚至大众媒体也讨论了技术进步的长期影响”[①]。

后人类伦理包括两种成分：事实伦理和叙事伦理。这两种伦理成分混杂一处，形成一种特异的后人类伦理形态。我们首先来看事实伦理。它包含的范围非常广泛，格鲁辛德在讨论非人类转向时列出了一个理论系谱，基本包括了后人类事实伦理的范围，行动者网络理论（actor-network theory）、情动理论（affect theory）、动物研究（animal studies）、块茎理论（assemblage theory）、新脑科学（new brain sciences）、新物质主义（new materialism）、新媒介理论（new media theory）、思辨实在论（speculative realism）、系统论（systems theory）。[②]当然，这里如果再能加上生态保护和基因技术就会更完整一些。这些实践主要包含事实部分，当然其中也留有一定的叙事空间，但并没有明

---

① Roden D, *Posthuman Life: Philosophy at the Edge of the Human*, Routledge, 2015, pp. 4-5.

② Grusin R, *The Nonhuman Turn*, University of Minnesota Press, 2015, pp. viii- ix.

确指出科幻叙事在后人类状况中的重要地位。

后人类状况包含了与此前人类主义观念不同的思考，一方面，它包容了后现代状况中的生态保护和动物伦理，强调环境与人、人与动物的依存和平等关系；另一方面，它也提出激进见解，强调物与人的平等关系，这无疑属于激动的观念改造。更重要的是，它推动人的身体改造，并视身体改造为后人类的核心内容。麦考麦克认为，“后人类伦理可以称作后人类身体，因为身体在后人类哲学中占有关键的地位。身体是后人类所有事件的基础和场所，它超越了表象和表象感知形成的外部和意识性真实，重构了身体关联和伦理显现”①。如果说生态保护、动物伦理、物系统还暂时是对人类中心主义的一种调整，人的基因改造则直接改变人自身，这可能对人类有史以来超稳定的人类中心结构造成巨大的冲击，因为这样一来，它直接冲击人类的天然本性，人类将拥有超越天然的能力，这样一种能力在此前文化形态当中只是想象，而随着技术的发展，人类改造身体，获得超出天然身体的能力（无论这一能力是通过外接设备获得的，还是通过基因改造获得的），将导致世界的体验方式发生巨变。在某种程度上，我们实际上将自己提升到一种“神人”的高度，当然，如果我们的文化没有跟上这种“神人”的高度，将导致巨大的麻烦，就像《人类简史：从动物到上帝》中所警告的，我们既获得了这种神灵般的能量，又不知如何对它加以约束，再也没有一件事情比这更危险了。②这就要求我们从整体上进行文化和伦理变革，以适应新的世界图景。

任何一项后人类的事实伦理都离不开科幻叙事，这是后人类状况的特质。在其他社会文化中，科幻叙事也许是微不足道的，但在后人类状况中，科幻却是一个影响相关社会意识和文化形态的文类。任何一种社会伦理其实都包含着叙事的成分，隐藏在各种文学艺术作品当中，隐藏在宗教信仰的仪式当中，也隐藏在日常是非短长之中，这些构成了复杂的伦理形态。后人类伦理的不同之处在于，很多伦理情况并未实际出现，但我们已经在各种科幻叙事当中看到了它的轮廓，虽然这一轮廓还只是一种象征，未来真正可能的进展

① Maccormack P, *Posthuman Ethics: Embodiment and Cultural Theory*, Ashgate Publishing Limited, 2012, p. 1.

②〔以〕尤瓦尔·赫拉利:《人类简史：从动物到上帝》，林俊宏译，中信出版社，2015，第408页。

一定与之不同，但是不管怎样，这种科幻叙事毕竟给当前的社会伦理观念带来新的内容，与当前技术发展和社会文化观念结合为新整体，并形成特殊的伦理形态。

从目前来看，后人类事实尚不充分，但从其发展态势来看，它必将不可阻挡。也许我们在不久的未来就会遇到成熟的后人类，或遇到它的变形；而且我们假定，技术进步是加速的，如果没有事先的观念准备，我们就可能在迅疾出现的后人类状况面前手足无措，社会文化和社会价值发生剧烈震荡，人类会被自己创造的技术伤害。科幻叙事的一大功用是提供了观念训练的实验场，它可以提前培植社会观念，提前造就后人类的伦理根基。所以，在事实伦理与叙事伦理相结合的角度上研究后人类状况，是一个应有之义，同时也是一个艰巨任务。

四、后人类给文学理论带来什么?

在上面的讨论当中，其实后人类给文学理论带来什么这个问题已经呼之欲出了，因为整个科技水平和时代文化发生了巨变，与这一特定文化和特定叙事结合紧密的文学理论必然出现新的变化，形成新的理论趋向。那么，作为文学理论趋向的“后人类转向”主要发生在哪里呢?

首先，世界观念的转变开始发生，表现为从人类中心主义转向超越人类中心主义，这是一种温和的、让步的超人类主义。超越人类中心主义在后现代状况当中已经出现，解构理论、后历史理论、生态理论、动物伦理等都为我们展现了它的维度，让我们警惕启蒙时代以来形成的根深蒂固的人类中心主义倾向。这一倾向对于启蒙时代的人们来说具有解放的力量，但是随着科学技术和社会文化的发展，曾经的解放力量逐渐成了束缚人类心灵的枷锁，人类中心主义观念导致了对周围世界的伤害。有鉴于此，必须超越狭隘的人类中心主义，反思人类力量，限制人类力量。在这一观念转变中，我们发现人类可以与动物、环境、外物和谐相处，并发现改造身体及人与机器结合的可能性。这样一来，一种具有超越性质的后人类中心主义就可能成形，它不仅仅会超越人类中心主义观念，甚至会将人类从狭隘的天然宇宙观中解脱出来，形成人类改造的新观念。

世界观念的转变将彻底给文学理论带来新的变化。我们会看到，在后人类状况中，人们关心文学的方式必将跟人类中心主义时代完全不同：他们会关心游戏，关心各种身体介入方式，关心一系列新书写和新影像，关心新的身体体验。比如，他们会以虚拟现实为文学和影像的基本载体，并以赛博格的形态加入文学实践之中，这时，文学真正是一种交互式的书写实践。这些都会给文学理论研究带来新变化，打开新领域。当然，这样的变化是逐渐发生的，我们从理论上发现它的可能性，并对它进行推测性描画。不可否认，其中存在不确定性，但这是后人类状况的一个特质，因为从根本上说，后人类状况在行进中，在不断发生变化。我们只有把这一特质接受下来，并把它加入到文学和文化状态的描绘当中，才能更好地发现文学理论的新形态。不可避免地，这是一种包含未来期许的理论状况，我们不仅在对着事实说话，同时，还对着虚构说话，事实和虚构相结合的后人类状况才成为一个有机的结合体。怎样分析这一新状况富有挑战性。

其次，我们发现后人类伦理观念的叙事性。后人类状况基于某些事实，也植根于各种科幻叙事，即使我们没有在实际的事实当中看到后人类的具体状况,但我们依然可以通过叙事文本将后人类从虚构中仿如真实地描画出来，并发现未来是可能如此发展的，这是叙事的重要特征，也是叙事的力量。我们并不因为叙事是虚构的就认定它是虚假的，相反，我们从叙事中发现了一种极其强大的能量：虚构建构事实并形成事实，同时事实也恰好处于后人类的科幻叙事当中，并不断衍生为周遭事实，并且在这个事实当中铸造出坚不可摧的文化状态，以及塑造出我们与之相适应的心灵状况。

再次，我们必须调整文化考察坐标，转换概念系统，按照转换过的新系统、新坐标去重新观照我们面对的后人类文化状况，同时我们也依赖这一新系统去反省此前的文化状况，寻找历史脉络，发现新的历史逻辑。这不仅仅是一种虚假的理论构想，它更是一种塑造方向的实践性的理论行动。兹举奇点为例，奇点本来是物理学概念，不是叙事的概念，但在科幻叙事和社会叙事中，奇点成为一个意义重大的转向标，“奇点是未来的一个时期：技术变革的节奏如此迅速，其所带来的影响如此深远，人类的生活将不可避免地发生改变”[①]。“奇点将代表我们的生物思想与现存技术融合的顶点，它将导

①〔美〕库兹韦尔:《奇点临近》，李庆诚、董振华、田源译，机械工业出版社，2011，第1页。

致人类超越自身的生物局限性。在人类与机器、现实与虚拟之间，不存在差异与后奇点。”[①]奇点是一个标志，它表征我们就此进入新状态，我们依赖奇点考察新的文化形态，并且围绕奇点展开社会文化叙事，因此，我们不得不面对一个激进态度：“如果我们的意识状态中接入、扩展并融进非生物的东西，以此形成我们的基本人性，那么问题就不再是我们是否走这条路，而是我们以什么方式积极改造它、塑造它。通过将我们自身视为真正的自己，我们就有机会将我们的生物技术联合体变得更好。”[②]这是一个尚未发生的乌托邦世界，但从目前技术发展来看，它必将发生。这一趋向无可逆转，除了分析它、研究它，将它接受为人性的一部分，大约别无他法。

最后，创造新概念是表达新世界的基本手段。新概念是新世界系统的支架，依靠它们，我们得以观望一个新世界。它是我们观察当下和未来的一个视角，在这一视角下，后人类状况才得以显现出来。我们一般是从生物学意义上理解视角概念的，仿佛它是眼睛所看到的一切。视角仿佛是实际的“看”，其实它完全是逻辑性的。整体视角是具有内在一致性的概念组合体，即系统。具体视角遵从系统所提出的原则，达成的效果就是具体视角与事实相一致。具体视角、系统与事实之间是融洽的，没有哪一个更根本、更基础的问题。我们看到的事实，绝不是孤立的，而是与所处系统相一致的视角结合在一起。后人类就是这样的系统，也是如此展现的事实。我们从来不主张事实逐渐发展为理论，而强调事实必须在理论所提供的视角观照下才呈现为某种事实，前者是人类学的历史主义观念，后者是一种语言分析观念。我们在此对后人类状态进行分析和研究，其实就是以一种语言分析方式来进行的。我们看到后人类状况在这个世界当中起到的作用，并且发现这一作用依赖于新的理论系统和规则，由此，我们一边分析后人类状况，一边进行实践，同时，这也是在创造新的事实，为理论模型提供新原则，并建立起新结构的过程。它们是相辅相容的关系。

如前所强调的，后人类状况包涉广泛，富有弹性，它不存在某种固定的

① 〔美〕库兹韦尔:《奇点临近》，李庆诚、董振华、田源译，机械工业出版社，2011，第2页。

② Clark A J, *Natural-born Cyborgs: Minds, Technologies, and the Future of Human Intelligence*, Oxford University Press, 2003, p. 198.

本性或性质，而是一些具有相关性的社会实践和叙事实践。此处只是从整体性的宏观视角对后人类状况及其理论关系进行描画，它必然与当前所有人类主义理论的研究不同，我们需要对这一新的文化状况的动力结构和运行方式进行分析，以发现新的事实，获得更深入的理解。我们还有很漫长的道路要走。

五、本编内容说明

本编主体内容包含四章，主要讨论后人类文论中的四个主要问题：①“人”的重新定位；②如何理解媒介的性质；③科幻如何塑造后人类；④后人类的文学变化。

第一个问题主要讨论“人”的重新定位问题，主要讨论后人类如何改变了人的既有性质，这一改变不仅包含人的观念意识层面，还包含人的身体层面。本编第一章第一节“从反人文主义到狭义的后人类”试图在与人文主义的比照中，清理出一个更为狭义的后人类，以区别于诸多其实是“后现代”、“解构”或者“反人文主义”（antihumanism）的思想。这样做是因为，不同于已经耗尽动力的辩证法式的批判和人类中心主义的思维惯性残余，一种定位更准确的，同时坚持外在论、一元论和经验主义具身性的后人类思想，才能更好地回应生物工程和人工智能时代的问题，也是一种有希望的方向。本编第一章第二节以阿甘本思想为主线讨论人类、动物与生命问题，指出，阿甘本关于人的动物化论题是我们在当下所面对的根本性问题，揭示了人类主义的虚妄——我们从未人类过（we have never been human），但阿甘本囿于政治和哲学的非历史化的思考不可能真正叫停“人类学机器”，并且达成人性与动物性的和解，因而，我们必须坚持马克思的思想观念，从异化角度来批判地吸取阿甘本的观点，从而获得真正的生命解放。本编第一章第三节讨论生物识别与数字身份问题，这是一个后人类时代急迫解决的问题，透过生物识别和数字身份安全机制，社会愈加依赖于数字技术、生物技术和智能技术，从而也为后人类赋予了一种新的人类可能性，也产生了新的生命政治，这是一种福柯和德勒兹等人未曾预见到的生命政治，也是阿甘本、奈格里、埃斯波西托等人正在见证的生命政治。这是一种神人类（homo deus）的生命政治吗？也许是的。

第二个问题是理解媒介性质的问题。媒介问题从后现代主义阶段就开始凸显出来，在后人类时代，这一问题格外显著，后人类就是一种新的媒介之上成形的人类生存方式。本编第二章第一节提出媒介性主体性话语以媒介化（mediation）赛博格的生命形态为物质基础，媒介化赛博格也以跨自然/人工、自然/文化、自然界/机器的界限及其实现人的能力增强为基本特征，当人工智能技术、生化技术发展到一定阶段，在与人类有机体结合的过程中，这些媒介化赛博格越来越技术化和自主化。在赛博格结构中，人类意识主导越来越多地走向"智媒介"主导，媒介已经构成了其物质生命形态结构的内在部分，这是一种真正融合共生的存在方式。第二节指出与媒介的主体性相应，我们不应忽视媒介的物质性一面，这在传统二元对立传统中其实是被贬抑的一面，物质是被动的，它是主体心灵的投射与外化，人是主体，是主动的，不断被强化中心地位，而物质性对象的丰富多彩的维度却被遮蔽了，因而，我们必须重新恢复物质本身的能动性，将物性与人性的关系重新勾勒出来。

第三个问题是科幻如何塑造后人类。无疑，在后人类文化发展中，科幻具有无可替代的意义和作用，它不仅是一种想象，它还是人类文化和技术发展的特殊探索。本编第三章第一节以莱姆的科幻创作为例，讨论异星状况下对人类中心主义的超越以及一种新伦理状态的探索。第二节选取日本导演押井守 1995 年的科幻电影《攻壳机动队》[①]为原点，将之作为一种特殊的人类形态探索的个案，对各种技术乐观和焦虑以及后人类场域中的意识形态扩展进行解毒式的批评，提醒我们，如果我们无法有效处理原有系统的后人类主张，就可能存在着沦为自我游戏的危险。第三节聚焦于前沿的电影与影像作品，沿着叙事时间（le temps raconté）视角探索了三种不同于现实时间的虚构时间形态：数码时间、类比时间、幽灵时间。数码时间其实是一种非日常时间，它是一种直接显示数码结构的数码流；类比时间是一种数码时间与其他种种时间维度（物理时间、心理时间、历史时间等）的比较，在比较中，时间的特殊形态被展现出来；幽灵时间则是在死与生之间游荡的形态，并且经常指向未来之时。

---

①《攻壳机动队》英文名为 *Ghost in the Shell*，其中 Ghost 在电影逻辑中可以理解为"灵魂"，是义体人/赛博格身上区别于其机械、假肢、电子脑等 Shell 部分的精神部分，电影中的人物巴特认为 Ghost 是将自我与他人区别开的关键。

第四个问题是后人类的文学变化。无疑，机器写作是时下最具挑战性的文学形态。本编第四章第一节讨论了机器人文学对文学观念的冲击，提出我们不应该单纯否定机器人文学，但同时，也不要就此认为人类文学已经衰落，只有对人的文学创作进行深刻反省，我们才能找到文学创作的真正道路，并超越文学终结的论调，开创后人类文学新纪元。第二节从人工智能技术的角度讨论新文学写作，认为工具影响表达是一个文学观念的基础，新的写作媒介的出现会影响文学表达方式，也会影响文学表达内容，互联网开辟了新写作方式的新方向，产生了海量写作成果，人工智能的加入更是让写作方式产生了巨大改变，这也为文学理论观念提出新的任务。如何理解这一变化，决定了文学理论如何向前行进。

可以说，上面四个问题并不能涵盖后人类文论的全部内容，这里只是从几个主要方面入手，展现后人类的基本路径。随着研究和探讨的深入，后人类文论建设会得到更深入的发掘和突破。

参考文献

〔英〕阿伦·布洛克:《西方人文主义传统》, 董乐山译, 群言出版社, 2012。

〔法〕布鲁诺·拉图尔:《我们从未现代过: 对称性人类学论集》, 刘鹏、安涅思译, 苏州大学出版社, 2010。

〔美〕弗朗西斯·福山:《我们的后人类未来: 生物技术革命的后果》, 黄立志译, 广西师范大学出版社, 2017。

黄鸣奋:《科幻电影创意研究系列 2: 后人类伦理》, 中国电影出版社, 2019。

〔美〕凯瑟琳·海勒:《我们何以成为后人类: 文学、信息科学和控制论中的虚拟身体》, 刘宇清译, 北京大学出版社, 2017。

林建光, 李育霖:《赛伯格与后人类主义》, 华艺学术出版社, 2013。

〔美〕马文·明斯基:《情感机器》, 王文革、程玉婷、李小刚译, 浙江人民出版社, 2016。

吴冠军:《爱、死亡与后人类》, 上海文艺出版社, 2019。

Clark A, *Being There: Putting Brain, Body, and World Together Again*, Bradford Books, 1997.

Clark A, *Natural-Born Cyborgs: Minds, Technologies, and the Future of Human Intelligence*, Oxford University Press, 2003.

Clarke B, Rossini M, *The Cambridge Companion to Literature and the Posthuman*,

Cambridge University Press, 2017.
Ferrando F, *Philosophical Posthumanism*, Bloomsbury Academic, 2019.
Hayles N K, *Unthought: The Power of the Cognitive Nonconscious*, The University of Chicago Press, 2017.
Kroker A, *Exits to the Posthuman Future*, Polity Press, 2014.
Latour B, *Reassembling the Social: An Introduction to Actor-Network-Theory*, Oxford University Press, 2005.
Roden D, *Posthuman Life : Philosophy at the Edge of the Human*, Routledge, 2015.
Seidel A, *Inhuman Thoughts: Philosophical Explorations of Posthumanity*, Rowman & Littlefield Publishers, 2008.
Wolfe C, *What is Posthumanism?* University of Minnesota Press, 2010.

第一章
“人”的重新定位

第一节　从反人文主义到狭义的后人类

自 20 世纪中叶，西方知识界各学科领域不约而同地拆解自 18 世纪以来的人文主义大厦，进入一个以“后-”（post-）学范式标示的阶段，后人类亦是其中之一。作为一种已经发生的境况和正在生成的思想，其中很大一部分实际上是“后于”人文主义的话语众声喧哗。我们应该批判地去理解后人类。

一、有关后人类的理解和分类

后人类（posthuman）这个词，据考证最早出现在 1888 年苏联的布拉瓦茨基夫人的通灵论著作《秘密教义》中[①]，而作为具有特定内涵的学术概念，它的起点则众说纷纭：有人认为可追溯到 20 世纪 80 年代前后[②]；也有人将其追溯到 60 年代后结构主义以及共同反人文主义的各种“后学”（尤其是福柯）兴起时，认为后人类思想萌芽潜藏其中并且在 90 年代中期凸显为一个专门领域。[③]与它的对手——有着深厚共识的人文主义——相反，后人类截至目

① Blavatsky H P, *The Secret Doctrine: The Synthesis of Science, Religions, and Philosophy, Vol. II-Anthropogenesis*, Theosophical University Press, 2019, p. 687.

② 著名批评家伊布·哈桑在 1977 年提出人文主义转向后人类的观点（Hassen I, “Prometheus as performer: Towards a posthumanist culture”, *Georgia Review*, Vol.31, No.4, 1977.），英国游戏理论家尼克斯更是在 1988 年旗帜鲜明地发表了《后人类宣言》（“Post-Human Manifesto”）一文。又见支运波:《〈一九八四〉的后人类生命政治解读》,《中国海洋大学学报（社会科学版）》2017 年第 2 期，第 119-123 页。

③ Wolfe C, *What Is Posthumanism?* University of Minnesota Press, 2009, p. 12.

前依然是一个众声喧哗的阵地，我们常常看到：有的学者认为自己的后人类主义比别人的更可取；有的被视作后人类主义的学者却是从批评它起家，并认为自己不属于这个阵营。

海勒在其 1999 年的重要著作《我们何以成为后人类：文学、信息科学和控制论中的虚拟身体》中，认为 20 世纪 40 年代兴起的控制论[①]撼动了人文主义传统对于“人”的理解，成为最初的具有明确主张和冲击力的后人类思想。

> 首先，后人类的观点看重（信息化的）数据形式，轻视（物质性的）事实例证……；其次，后人类的观点认为，意识/观念只是一种偶然现象，……；再次，后人类的观点认为，人的身体原来都是我们要学会操控的假体，因此，利用另外的假体来扩展或代替身体就变成了一个连续不断的过程……；最后，也是最重要的一点，后人类的观点通过这样或那样的方法来安排和塑造人类，以便能够与智能机器严丝合缝地链接起来。[②]

这是一种信息逐渐被实体化乃至本质化的过程，意识脱离肉身被抽取(即离身性，disembodiment）、转译到一种更加抽象普遍的编码中，从而可以跨物质媒介流动，操纵包括而不限于肉身的各类假体。显然，海勒看出，这无非是一种包裹着现代科学术语的升级了的主体性意识哲学，所以她旗帜鲜明地反对“后人类主义”，倡导将人的概念、边界的问题重新拉回具身性（embodiment），即人的身体、物质现实、环境等要素中考量。其实不用人文学者来批判，20 世纪 60 年代控制论的第二波浪潮就已经展开了自我批判，认为一级控制系统想当然的客观性必须依赖二级控制系统来阐明，系统制定的规则、混沌无序的环境、偶发的变异因素、观察者的主观能动性等都被统

---

① 中文译本的“控制论”对应的原文是 cybernetics，也是后文哈拉维论述的“赛博”或“赛博格”亦即 cybernetic organism 的缩写。控制论所探讨的对象主要是一套编码“系统”（system），其中流动的内容即“信息”（information），所以在 20 世纪 80 年代传播到中文学术界的“老三论”——控制论、系统论、信息论，三者实为一事，可以互通，名称只是显示侧重有所不同。在沃尔夫的《什么是后人类主义？》一书中，他讨论起海勒同样提到的梅西会议、维纳、莫拉维克、马图拉纳等内容，使用的全部都是“系统论”（system theory）这一概念。

②〔美〕凯瑟琳·海勒:《我们何以成为后人类：文学、信息科学和控制论中的虚拟身体》，刘宇清译，北京大学出版社，2017，第 3-4 页。

摄到“反身性”的议题下，最终在社会学家卢曼那里发展为一整套可与福柯、新实用主义和解构主义类比相通的哲学话语。无论海勒支持或反对哪种后人类主义，我们姑且可以找到一种可共享的最宽泛的话题：在人与智能机器结合的背景下，曾经明晰坚固的主体边界变成了可供争夺的东西。

如果说海勒通篇大谈信息和机器，沃尔夫的《什么是后人类主义？》则在讨论解构哲学和动物。他与海勒一同反对自治主体和离身性的幻想，但又批评海勒仅仅用具身性去对抗“后人类主义”错失了重点。为了区别于各种他并不赞同的“主义”，沃尔夫把自己的观点称为“后人类的”，是一种思路而不是一套教条。他强调“后人类的”不仅仅是讨论肉身和机器，不仅是关于科技生物等内容，而且是一种新的思考方式乃至学术范式。

当我们将“意义”从意识、理性、反思等闭合的形而上学领地解放出来之后，我们能够以更具体的方式去描摹人类和人类在沟通、互动、意义、社会性的意指（social significance）、情感投注方面的模式。它要求我们重新思考曾被理所当然地认定的人类经验，包括智人正常的感知模式和情感状态——在其他生命体的整个感觉机制中，在它们“建立一个世界”（bring forth a world）的自创生方式中，将人类经验再语境化……当我们在谈论人的特殊性——在世的存在方式、认知观察描述的方式，我们也必须强调，人在根本上是一种虚拟的创造物，他与技术、物质性以及那些完全非人的形式共同进化。①

德里达的解构“破”开了人文主义哲学传统，指出其内核中非在场、非意识、非同一，亦即非人的要素（诸如机器、动物、环境、符号）反而是非源初②地优先于人的，虽然没有太多积极主张，但解构主义从认识论原则上

① 参见 Wolfe C, *What is Posthuamanism?* University of Minnesota Press, 2010, p. xxv.

② 其实“源初”“优先”“奠基性”等说法都容易落入德里达所反对的陷阱，它们只能是姑且运用的语言的不趁手之处。德里达一直强调差异、书写、痕迹、补充既是使在场和同一得以可能的东西，又不能被本体化、被当作更高的起源。反人文主义的后学都强调“横亘在主体‘之间’的一种关系结构，这一关系结构之于主体具有某种先在性……人们又把这种先行在场的结构指称为一种他性（otherness）或他在性（alterity）……一种异于主体、但又内置于主体之中或主体之间且支配着主体或主体间交往的力量”。（吴琼：《雅克·拉康：阅读你的症状》，中国人民大学出版社，2011，第 301 页。）不同学者对不同他者（譬如他人、语言、经济、权力等）的关注和定位不同，但德里达无疑是最为激进和彻底的人之一，绝不让差异有任何确定的名称和本体化的地位。

开启了不断反思既定边界、提出另类表述的必要性。卢曼则“立”起了一个既不堕回任何基础主义（fundamentalism）和“我思”哲学，又不沦为无穷后退和相对主义的“系统”。这个在多层次上自我指涉（self-referential）的系统具有一种“闭合的开放性”（openess from closure），可以在与环境复杂性的互动中自我修正和自我增殖。[①]沃尔夫通过语言和信息编码的优先性和外在性来质疑意识、心灵、身体的传统理解，并以机器、动物和残疾人等例证不断拆解人的概念。

近十余年，学者能够以后见之明更好地梳理后人类诸流派。费尔南多区别了超人类主义、反人文主义与后人类主义。海勒反对的那种“后人类主义”如今改个名字就明白得多了——超人类希望用科学技术提升人的身体和精神诸能力，可能导致一种“半机器半人”，所以又被国内译为“跨人”和“过渡人”[②]。它依然根植于启蒙理想，是在人类主体性的概念下各方面具体能力的补强。后人类主义则既不敌视也不赞颂科技，只是把它作为解构人的路径之一（批判动物歧视主义则是另一条）。它继承了种族和性别理论中的解构思想并继续突进，打破一切中心、边界和二元论——所以作者认为德里达是后人类主义而福柯是反人文主义，因为“人之死”依然潜藏着一个“生/死”的对立，而在后人类主义中生死的命名和对立是失效的。[③]米亚区分“文化研究的/哲学的”两种后人类主义：前者以哈拉维和海勒为代表，共同点在于通过科技来挑战人体的一致和完满；后者阵营则包括罗蒂、海德格尔、列维纳斯、德勒兹与加塔利等，在心灵哲学、动物伦理、技术装置等领域颠覆人的中心地位，思考他者的意义。[④]

意大利人布拉伊多蒂明确区分反人文和后人类。“反人文主义是个充斥如此诸多矛盾的立场，以至于一个人越想克服它们，它就越变得不可掌控。不仅反人文主义者经常最终反而拥护人文主义理念——自由是我最爱的理

---

① 参见 Wolfe C, *What is Posthuamanism?* University of Minnesota Press, 2010, pp. 14-112.

② 参见邱仁宗、李念:《“跨人文”、“后人文”是对人文主义的丰富吗？——访邱仁宗院士》,《哲学分析》2016 年第 2 期，第 152-161 页。

③ 参见 Ferrando F, “Posthumanism, transhumanism, antihumanism, metahumanism, and new materialisms: Differences and relations”, *Existenz,* Vol.8, No.2, 2013.

④ 参见 Miah A, “Posthumanism: A critical history”, In Gordijn B, Chadwick R, *Medical Enhancements & Posthumanity*, Routledge, 2007.

想……反人文主义立场生成的内在矛盾的一个经典例子就是一般意义上的解放和进步政治学。我认为它是人文主义传统最高价值的内容和最持久的遗产。”[①]反人文主义之“反”似乎总是摆脱不了与人文主义的可疑的辩证综合，所以后人类必须成为另一个选项。布拉伊多蒂借鉴斯宾诺莎的一元论和德勒兹有关生命和机器的学说，希望提出一种重写主体概念的“主体性哲学”，以此作为她自己的批判性的后人类主义。这样的后人类不去辩证地否定什么，它的主体概念建立在一元的普遍生命力之上，打破边界又不掉回到辩证综合的窠臼。不仅人类成了支离破碎的、要容忍非人东西的“主体”，人文学科也可能失去曾经当仁不让的对象——“人”。[②]

至此，本书区分反人文主义和狭义后人类的必要性呼之欲出。一方面，后人类诸理论显然有两种倾向：一种偏重于经验，跨学科地关心最新科技成果，人工智能、生物技术、动物、环保、残疾人都是亟待回应的挑战；另一种则更偏向安全保守的学科领域，倚重经典、抽象的哲学资源。另一方面，后人类与反人文主义密切相关，有人重视其连续性，有人则强调其迷惑性和断裂的必要。本书认为，广义上一切挑战自由人文主义的思想，如存在主义现象学、结构主义语言学、马克思主义、解构主义、女性主义、后殖民理论、拉康式的精神分析等，我们的研究已经不少——上述皆可视为广义的后人类；而为了更加有效地推进讨论，还有必要从方法论角度区别出某种狭义的后人类。广义者，亦即反人文主义乃是经由边缘他者来辩证地否定居于中心的大写的“人”，最终这一辩证逻辑被解构主义的拓扑模型推至极限；而狭义者之所以特别，就在于它没有继续辩证地从“人”的内部去否定和拓展，而是洞悉了这一逻辑后选择绕路而行。

二、人文主义-反人文主义的拟人辩证法

在人文主义为“人”列出的各种本质属性的清单中，理性无疑是最古老最重要的一项。亚里士多德提出“人是理性的动物”。但理性作为人的本质规定性的重要内涵，这块自由人文主义的基石，却是到启蒙时代才被笛卡儿

①〔意〕罗西·布拉伊多蒂:《后人类》，宋根成译，河南大学出版社，2016，第41页。

②〔意〕罗西·布拉伊多蒂:《后人类》，宋根成译，河南大学出版社，2016，第86、250页。

真正奠定的。“我思”意味着理性不只是一级系统水平的观察、计算、思辨，而且同时被二级系统意识到——貌似只是一个自明但空洞的意识把戏，一个没有任何具体经验内容、只是多一层反思的逻辑标识，然而这才是使人类理性有别于动物感知的关键，反思能力乃是“我（人类）（存）在”的依据和本质。“我思”也引申出黑格尔的“意识总是自我意识”以及预示着包罗万象的辩证法图景。黑格尔对“我思”的阐释修正意在避开无穷后退的恶的无限性，而保持其自我否定、自相矛盾、分裂又同一的动力，它并非与形式逻辑那种理性不相容的错误，相反却是理性能够自我增殖乃至超出主体意识成为总体性精神之旅的真正奥秘——辩证逻辑。人的成长和自我实现、整个人类的历史文化发展进程、知识（特别是哲学知识）的新旧更替都被讲述为一个“异化-复归”的故事。尽管这个庞大的总体性哲学已经不限于人类-意识-主体性，但绝对唯心主义历史的红线，亦即那个具有普遍解释力的辩证法，依然与最初最简单的意识把戏分享着同样的结构。所以说，辩证法总是拟人的（anthropomorphic）。

个人施展自己能力的过程，以及族类所谱写的文明发展的历史，都是不断将意识、意志、力量向外投注到与自身有别的对象身上，再从异化中重新认出也更加充盈自我本质力量的辩证进程。“主体-人”始终是中心和顶端，起点和目的。外部世界的差异对象除了环境和动物，也包括人类内部的差异等级、族群与文化的差别对立。因此，“历史上的人文主义发展成一个文明化模式，该模式将欧洲的概念塑造成自我反思理性的普遍化力量……这个欧洲中心论的范式蕴含着自我和他者的辩证法，和分别作为普遍人文主义的文化逻辑和驱动力的、身份与他异性之间的二元对立逻辑。这个普遍主义立场和二元逻辑的中心是作为歧视的‘差异’概念”[①]。

不过，辩证法的反思锋芒也终将指向人类主体性以及那个带有遮蔽性的普遍本质。海德格尔将剥离于天地万物的主体性的人置换为“此在”，连接回到不可被实体化的“存在本身”的母体中。结构主义语言学指出是“语言说人”，语言在很大程度上塑造了人类自以为优先的理性思考和赋义活动，并进而发展出拉康的“无意识的结构是语言”。马克思将人文主义诸学术、

①〔意〕罗西·布拉伊多蒂:《后人类》，宋根成译，河南大学出版社, 2016，第 19-20 页。

艺术以及制度实践一股脑地作为非价值中立的意识形态，置于经济基础之上。福柯则发展出一种非人、匿名而无处不在的“权力”概念，正是它贯穿于各种话语实践中塑造了人的主体性。上述理论的共同点都在于将人类的中心和优先地位辩证颠倒，将其根植于一个非人的、更具基础性的“大”的他者之上，指出人是由它塑造、反过来又错误地自认为优先的东西。另外，那些曾被作为普世理想的人所标示的“小”的他者——女人、黑人、东方人、同性恋等等——也纷纷冲击这一理想，他们被指定在等级秩序的下层，被要求向着这个最高标准生成，又永远被它隔开，而今它们以彼之道还施彼身，挺身而出用自己的差异性去挑战、扩展、丰富那个理想，却也同时解构了它：先验的人类主体性及其建立的差异等级秩序，都被证明是一种话语建构。

反人文主义并不等于彻底驱逐了对人的关切，相反是一种辩证升级的关切。哲学上不可被实体化的缥缈“存在”，现实中则有可能被转化为文化-民族-国家，抽象个体的人被放回集体的土壤，直至发展为法西斯这一灾难版本。马克思、后殖民主义者和女性主义者大力批判自由主义人文主义，乃是因为这一意识形态并不能真正让所有人拥有它所声称的那些美好词汇，而恰恰遮蔽和自然化了世上的不公不义。坚持一个先验抽象的自由理性的个人概念，并不足以解释和改变什么；相反，只有认清这种理想的社会政治土壤，才可能给个人带来真正的解放和福祉。左派一再地强调经济、文化、权力对人的限定，似乎是在用某种决定论抹杀自由；然而正是因为不轻易相信先天被规定好了的本质“自由”，左派就是要在冷酷地指出种种限定之后，看看人还剩下什么能动性、用怎样的路径去追求幸福。可以说，为什么左派热衷建构论甚至决定论？因为他们对人（的自由）爱得深沉——由此可见，反人文主义和人文主义总有一种辩证的关联，而且似乎可以经过阐释而达到更高的综合：既是人文主义又是反人文主义。譬如这份发展谱系：“通过浪漫主义和实证主义的人文主义流派，在（现代性）上欧洲资产阶级建立了自身霸权，震动世界的革命人文主义和致力于驯服前者的自由人文主义，纳粹人文主义和他们迫害下的牺牲者以及对手的人文主义，海德格尔的反人文的人文主义，福柯和阿尔都塞的人文主义的反人文主义，赫胥黎和道金斯的世俗人文主义或吉卜森和哈拉维的后人文主义。”[①]

在这里，我们有必要单独提及德里达的解构哲学，这一拓扑学模型对辩证法最深层的澄清，也是否定力量的耗尽。

《他者的声音：反思后殖民理论的二元结构》对德里达做出了一种保守倾向的解读：解构并不等于简单颠倒或消极抹平任何二元论中两项的地位，它更多的是一种对辩证结构的澄清而不必然决定哪种价值判断和颠覆行动。解构不是令二元论中次要的后一项（所指/能指、中心/边缘、自我/他者）凌驾于前一项、反转成为“第一性”的，相反，后项“存在的规定性全然系于那个无力存在的前者身上，它存在的意义不在于自身，而是指向前者；前者虽然永不在场，却一直引导、规定着后者的存在，有着不可取消的重要作用”[②]。澄清只是让我们注意到这一对“只能按此等级关系存在”的两项同时也是相互界定的两项，进而启发我们考察其被建构的历史，广泛联系并重新思考现实经验，探寻这些意义边界和关系之外的替代性表述（alternative discourse）。解构了的二元项不会继续辩证综合，“延异”（différance）也不会像海德格尔的“存在”那样成为一个新的本体论统摄概念。这是因为，在二元论的结构里，当你宣布一个作为本体的“差异”时，已然隐含参照着另一个更大的“同一”，而这种想法，亦即它们两项的关系本身又是“延异”的。这就好像拉康-齐泽克频频使用的“拓扑学结构”，即莫比乌斯圈或克莱因瓶的形态，它不是平面的相对主义，也不是有起点有回归的辩证螺旋，而是明明内外分明、外部又会在某个时刻突然转为内部的形态，双方再一次翻转相通——当你想把任何“姑妄名之”的临时术语本体化，总是会一次次迷失在“姑妄名之”的永恒延异里，没有起源，没有在场，没有同一性。

澄清并不是推翻二元项的关系和辩证法的运作，只是指出它们并不以它们自称的方式那样存在；德里达的解构同样利用了否定辩证的机锋，但却不导致任何综合和同一，而是放逐到无限的差异的开放性中——在我们目前使用思维和语言模式下，也只能这般“言说不可言说”了。德里达的解构是最

---

①〔意〕罗西·布拉伊多蒂：《后人类》，宋根成译，河南大学出版社，2016，第 73 页。

② 张春晓：《他者的声音：反思后殖民理论的二元结构》，北京大学出版社，2021，第 73 页。

激进彻底的，然而或许也是无用的，因为它只是确立了一种解构的策略和不执着于任何二元对立（最多只能是临时性的）的批判原则，一种足够大的“消极自由”，却不提供任何积极的评判标准。沃尔夫在《什么是后人类主义？》中运用德里达批评生物伦理中功利主义和意识哲学的倾向，但最终也承认解构只是提醒我们将伦理关注超越边界施于动物之上，至于那是什么，我们只能“保持开放”“有所回应”“不断更新”，[①]类似的词语，譬如“未来”“将临”“无限”也是许多法国哲学家喜欢运用的。本书声称辩证法否定动力的“耗尽”，并不是说它错误、失效、应该被弃，而是说经过各种后学流派洗礼的学者们太精通辩证法的力量——同时也是陷阱——以至于辩证否定常常成为一种犀利而无用的工具：譬如讨论可以在“通过差异他者批判霸权中心——再批判将他者本质化的倾向”两面循环往复，批评者可以掠过一切历史经验素材，用辩证法直接攻击对手认识论的漏洞，而这样貌似深刻的辩论既无助于创新理论也无助于理解现实，辩证法仿佛成了一架空转的机器。

当然，德里达并非当代唯一伟大的哲学家，只是“仿佛经历了 20 世纪 70 年代和 80 年代的理论大创新之后，我们进入了一个丧失思维能力、无差异重复和绵延不断的忧郁时代”[②]。控制论者维纳、马图拉纳、卢曼，德法思想家如哈贝马斯、列维纳斯、拉康、福柯，大洋彼岸的新实用主义者普特南、罗蒂等，他们的学科领域、所操术语、理论思想和价值立场各不相同，但是皆不脱于语言学转向后的主体与他者、话语和世界的辩证关系。如果说话语本质总是隐喻，不同学科形态的话语无非是对某些不可触及的“真相”的各种间接指涉，那么 20 世纪的理论确实呈现出某种相似的逻辑，可以类比相通[③]，它们之间的争议和差别只是对这一大范式的修修补补。在辩证法的尽头，我们需要真正另类的经验和话语的到来。

---

① 参见 Wolfe C, *What is Posthuamanism?* University of Minnesota Press, 2010, p. 126.

②〔意〕罗西·布拉伊多蒂：《后人类》，宋根成译，河南大学出版社，2016，第 7 页。

③ 控制论学者维纳在其论文手稿《类比的本质》（“The Nature of Analogy”）中提出，信息论是一种类比，“语言总是类比性的”，这一点与语言学转向后的诸多理论契合。沃尔夫也将卢曼与德里达类比，认为控制论与解构主义和语言哲学有很多可以类比相通的地方。参见〔美〕凯瑟琳·海勒：《我们何以成为后人类：文学、信息科学和控制论中的虚拟身体》，刘宇清译，北京大学出版社，2017，第 128-129 页。参见 Wolfe C, *What is Posthuamanism?* University of Minnesota Press, 2010, p. 8.

三、拟人辩证法的两大问题

人文主义的弊端以及反对的必要性已毋庸赘言，但本书要强调，反人文主义也应当与后人类有所区分，这不是因为它在内容上较少涉及科技，而是因为在思维方式上，许多反人文主义（譬如布拉伊多蒂在《后人类》中列的清单）暗中沿袭与人文主义一致的拟人辩证法，这一思路不能够直接有效地回应现代科技进步提出的挑战，在讨论后人类问题时还会有将人文主义偷运回来的危险。我们必须对这两大问题有所警惕。

第一，拟人辩证法之“辩证”的方面为人类本质属性提供了一个完满的本体论自证，使其免受任何现代科学话语的攻击。

信息科学家莫拉维克曾经畅想将人类记忆完整地提取、上传电脑并且能够下载到别的肉身，这样我们就成了摆脱肉身从而长生不死的存在。这种实际乃是对人文主义的最高礼赞，却引起了人文学者（包括人文主义和反人文主义）的恐慌和抗议。在现代科学的进逼下，灵魂、意识、自由、智能貌似是人文学科应该忧虑的议题。但实际上，除了科幻和科普的阵地的热闹，在专业领域，这场战争从未真正发生过。科学家和哲学家在各自安全的领域发表一些看法，认为自己自动获胜而且觉得这个问题并非真的值得纠缠。对于上述概念，人文学科内部的论争——譬如分析哲学、语言学、解构主义、精神分析——造成的困扰都比科学致命得多，而科学事实从未撼动它们，因为辩证逻辑和形式逻辑的操作已经构筑起了完美的防御。

譬如，人有意识/自我意识，这是每个人一反思就明白的事实，但这种绝对的主观内在又普遍自明的简单体验，要通过科学被“转译”到其他物质媒介或语言上困难重重。我会因为“看见”一个冰激凌，有了想吃它的“欲望”，又因吃不成而产生沮丧的“感情”。科学对此知之甚少。它勉强可以说这是几百亿神经元细胞释放的电子在流动，但不知道这些电子从何而来，为什么偏偏导致对冰激凌的意识——下述说辞并不能算是原因而毋宁是一种同义反复的解释：当我看到冰激凌，同时脑中某个区域产生了活跃的电流。并且这种神经活动目前尚无法全盘提取和“再现”，更不用说“想吃吃不到令人沮丧”这么复杂的事情。只要坚持“意识”这个概念，它就永远不可能被科学收编，但却很容易被哲学撬动，只需要问：当你产生“对冰激凌的意识”时，究竟是怎样的体验？图像？味道？情感？它们又是什么？说到底，我无法离开有关“意识”的话语去言说，更不可能用心灵感应传导给别人。对于像冰激凌、疼痛乃至所有意识内容，我的体验是不是你的体验？不知道。从后期维特根斯坦式的“意义即用法”的外在论语言观来看，“意识”不是对我们某种能力或内容的指代，相反它是同义反复甚至更加先行的规则，而所谓自明其实是跳过了“他心”难题却还要强行以意识为基础。对于真正的内在体验，其实我们什么都不确定；但只要使用“我思”，我对我的意识就是如此确定，并且确定每个人都确定——尽管没进入他人的意识。以“我思”结构为特征的人类意识是自我论证的，无法被还原为实证科学。在科学和伦理学的进步中，意识或许能扩展到部分动物，但与花草、石头毫不相干。机器可以处理声音、图像，可以说话和计算，移动和做工，但永远不会发生的是——机器意识到自己产生了意识并向人类宣布。

另一个重要的概念是自由意志。人们总不愿意听到自己是被决定的，而且这是悖论：如果你清楚地认识到自己被决定了，你还怎么会是彻底被决定的呢？康德把最消极形式的自由定义为“开启一个序列的能力”，即是说：人有这样一种能力，不知所起诞生一个念头，把它实践出来，在现象世界造成一系列后果。这些可见的经验后果不能仅仅在现象界里通过科学的因果链描述，其“原因”（又是一个反思得来的人类知性范畴）必将追溯到心灵中一种不可直观、不可规定的物自体，即意志上。意志固然会参考纯粹理性和经验，但归根结底还是毫无根据地自我决定（例如，我知道作弊不对且危险，但还是决定作弊），它是从人的内部解释一个想法或实际行动时一直追溯到的空洞起点。[①]所以脑电波也是同义反复，而非导致了某个决定的更高原因。目前对自由意志最不利的实验是：被试者两手各拿一个开关，随机摁下一个，脑部扫描机器显示，导致这个行为的神经活动，会比人类做出（也是自我意识到）此行动提前几百毫秒到几秒不等。[②]然而对于这一实验该如何解释呢？提前发出的信号真的是意志的更高指挥官吗？如果是，我们可以继续问，发出的“依据”又是什么呢？随机？还是说从发出信号到做出动作的整个过程

① 参见〔德〕康德：《实践理性批判》，邓晓芒译，人民出版社，2003，“序言”及第60页。

② 参见〔以〕尤瓦尔·赫拉利：《未来简史：从智人到智神》，林俊宏译，中信出版社，2017，第254页。

都是自由意志的同义描述，只是意识在稍后才显现？抑或与无意识有关？这不得而知。其实自由意志就意味着在人的身上不断追问根据，一直上溯到不可再追问的空茫领地。或许像诡辩，但它的定义本身就是一个免于受任何其他话语决定的本体论证明。

至于智慧或智能的概念则更加复杂，涉及认知、计算、判断等一系列环节综合。著名的图灵测试认为，如果一台计算机在与人的对话中表现得几近人类，令对话人难以分辨，那么这台机器达到“智能”水平。这是科学界第一次尝试提出明确的机器-智能的定义，但图灵测试实在有太多可阐释的路径，导向不同的论点。后文我们会看到，重要的也许不是机器能否具有智能，而是人的智能可否按照机器运行的方式被重新理解。总之，根植于人文主义的诸概念在与后人类的境遇和问题碰撞时，它们没有击败对手也不会被击败，只不过自说自话再一次重申自己正确。这种论争没有对错，而是无效的。

第二，拟人辩证法之“拟人”的方面使得后人类讨论混入人文主义的概念预设，自砸阵脚，而这种问题甚至是反人文主义也难以避免的。

当某些反人文主义批判自由人文主义的“人”时（最典型的即各路文化研究批判“资产阶级-西方白种-异性恋男人”），一种常见的策略就是借由边缘他者诸如女人、黑人、无产阶级、第三世界、酷儿、动物、生态环境、机器来进行……由于二元论一端关联的总是理念的“人”，且辩证法本就与意识同构，所以批判即便推进到动物和机器，也仍然延续了拟人化的思维惯性，譬如“我们会不会失去‘人性’？”“机器会不会控制/奴役/取代人类？”

这种提问方式有多么糟糕？被追溯为科幻文学鼻祖的《弗兰肯斯坦》，在人类自然完满的身体理想上撕开了第一道口子，带有部分人性的机器——进而不难令我们想象带有部分机器的“半人”——撼动了我们的边界意识。但这种忧虑终归还是建立在对机器的拟人想象上，它没有影响到“人”。即便莫拉维克欣喜于“机器取代大脑”的前景，他也并不是在真的支持机器压倒人类，相反却在巩固一种“人文为体、机器为用”的观念。《黑客帝国》中的人机大战不是物理力量的对抗，而是主要发生在虚拟的计算机代码之中。史密斯——实际上是一种杀毒程序——依然要以西装革履类似美国联邦调查局探员的形象出现。最大的 bug（漏洞）莫过于动画片前传：未来世界的所有劳动由机器人完成，为了渲染这一震撼场景，我们看到千千万万跟人一样的机器人像法老的奴隶或伏尔加河的纤夫一样在工地上辛苦拖拽巨石，后来他们产生思想、感情，反抗并奴役人类云云，这真是过度地拟人想象了！不用等到未来，就在今天，运建材难道不是用吊车吗？电影中你会感到被无数机器人支配的恐惧，但现实中你并不会有被吊车支配的恐惧，这正是问题所在。

机器怎么会奴役人？只有当你早就把机器看作人。何为奴役？一个人（或者动物、怪物）把他的意志、情感、欲望强加在他者身上即为奴役。许多人包括一些科幻爱好者都相信人工智能的最高境界是用硅等打造出一个拥有类似人的主观体验从而能像人一样行动的存在物。然而这不是科学家和工程师的选择，人工智能发挥作用也不需要按照内在体验去归因。机器不可能也不需要发展意志、情感、欲望这些“内心戏”，更无可能把这些施加在人类身上。机器奴役人只不过是个拟人思维的错觉，两套范式混淆产生的伪问题。正如海勒所说：“真正致命的不是这样的后人类，而是将后人类嫁接到自由人类主义的自我观念上。”[①]抱着拟人思维，即便是反人文主义也无法在面对机器他者时勇于打开人的边界；跨过拟人辩证法，我们才来到后人类的门槛上。

四、绕路而行的后人类思想

后人类与反人文主义既有区别又有相关之处。区别在于，狭义的后人类必须与那种与拟人辩证法纠缠不清的反人文主义划清界限。相关之处则譬如德里达，在解构意义上可称为“反人文主义”，在与控制论的类比上称后人类亦无不可。他连同许多思想家已充分揭露了主体性哲学的（不）可能性，为另类话语打开了空间，可以说“反人文主义最终是一个获取后人类思想的重要源泉”[②]。然而，解构主义始终破大于立，其他一些反人文主义思想（其实已经是后人类）对跨学科的新议题关注不够，所以反人文的资源“根本不是唯一的，反人文主义和后人类之间的联系在逻辑上也并非必要，在历史上未必不可避免”[③]。

---

①〔美〕凯瑟琳·海勒:《我们何以成为后人类：文学、信息科学和控制论中的虚拟身体》，刘宇清译，北京大学出版社，2017，第388页。

②〔意〕罗西·布拉伊多蒂:《后人类》，宋根成译，河南大学出版社，2016，第35页。

③〔意〕罗西·布拉伊多蒂:《后人类》，宋根成译，河南大学出版社，2016，第35-36页。

本书倡导的狭义后人类主张如下。第一，后人类与解构主义和语言哲学等思想一同站在澄清了的二元论的尽头，所谓“跨越”拟人辩证法不是驳倒它（否定还会被辩证吸纳），而是尽可能绕开它，使它无用。第二，后人类在“澄清”和“绕路”之后还必须回应现实，有所肯定，它从形而上学一元论、经验主义、现象学和语言哲学的反心灵印象的外在论、文化研究的具身性中吸取资源，协同科学阵地的控制论、人工智能、动物研究等科学技术的发展，在临时和类比的意义上联结起人类与各种非人他者，借用非人的经验来破除和重写——而不是概念内部的辩证否定——人的概念（包括各种本质属性）。本书姑且大致勾勒出这种后人类思想的几个特征。

（一）外在性

早在主体性哲学的阵营里，胡塞尔就将意向性对象从心灵图象中剥离出来，扭转了“意识如何通达对象”这种主-客观的认识论俗套；语言哲学家们同样反对心灵印象，也反对先验观念；再放宽到所有后学，无论是尊奉内在体验、外部实在还是抽象理念的“基础主义”都要被坚决拒斥。这不是意识哲学辩证的自我否定，而是一个用可观察的、物质性的、社会实践性的话语逐渐转移掉个体内在性地基的过程，只不过胡塞尔尚且推崇唯心主义的抽象普遍的理念，后来这个外在于个体心灵的东西又变成结构主义般明晰或实用主义自我指涉的语言、控制论者的二级系统、社会学家讨论的交往规则等等。后人类的外在性更多关乎机器和动物，似乎没有理由不再激进一些，让人类主观体验的语词都变成自明、正确而无用的东西。

继续上文的“智能”话题。美国哲学家塞尔把图灵机改编成“翻译屋”：即便你投进和拿出的纸条上翻译无误，也无法得知屋里是有一个真正懂行的翻译员还是有台机器依靠什么别的规则在运作。这个试验未必支持或反驳图灵，毋宁说是把图灵语焉不详的“智能”概念细化了：如果智能是让机器重现人脑中的那一套感知思考决策过程，那么图灵是错的——机器能骗过人这个事实，不能证明它的“头脑”“懂得”了语言；如果我们放宽对“智能”的理解，则只要输入输出正确，“黑箱”里的运作与人类大脑是否一样根本不重要。人们口头常说的人工智能，严格来说包括人工智能和人工生命，而后者的研发思路显然更占主导。早期人工智能从意识出发，把认知视为独立于感觉和指挥行动的最高统帅，沉浸在用机器模拟大脑的拟人幻想里；而布鲁克斯在 20 世纪 80 年代另辟蹊径，借鉴昆虫的神经结构，不去划分感受、认知或是行动，而是通过各个分类系统的协同运作，使机器顺利完成与环境的互动——从结果来看非常智能，但跟“意识”没有任何关系。①

深蓝和 AlphaGo 的区别就是典型。深蓝采取的是简单粗暴的穷举法，在硬件可承受的范围内计算足够多的可能性，这看上去类似我们人类头脑对棋牌游戏的理解；但即便如此，当时的深蓝也没有穷尽国际象棋的所有变化，而是针对对手棋风做了优化，所以人们认为计算机短期内不可能攻克复杂度更高的围棋。然而 AlphaGo 绕路而行，设计了两个“神经网络”：“决策网络”负责计算选择下一步走法，“价值网络”在每步后预测胜利方。这套网络被输入人类棋手的三千万步走法加以训练，并且自己与自己进行大量对局。②因为复杂的棋类游戏并非在无数选择背后藏着一个致胜的标准答案，而是在不断的对弈过程中变化着最优解。AlphaGo 就是通过海量实战“经验”，不只用“决策网络”穷举，还会让“价值网络”指出哪一些可能性更大，确定更精准有效的计算范围，它们相辅相成，无往不胜。这里同样有很多拟人化的字眼——深蓝和 AlphaGo 都有“计算”和“选择”，但是跟人做出选择时头脑里发生的过程没有关系；“神经”也只是类比意义上的，人类神经元的电流和计算机的算法和数据毫无关联；“价值网络”是依据经验概率来筛选优化计算的，不是人的“价值判断”。

“科幻电影通常假设计算机如果想赶上甚至超越人类的智能，就必须发展出意识。但真正的科学却有另一种看法。想达到超级智能可能有多种方式，并不是每一种都需要通过意识。”③反人文主义揭示出来的外在性，多少还算是与意识有关的主体间（也是“外”）关系，后人类则用更加非人的方式让意识成为布鲁克斯说的“多余的伴随物”。这一次不是让非人的东西被整合、扩充或部分地改写人的内涵，而是人的东西按照非人的模式重新理解——冒着

① 参见〔美〕凯瑟琳·海勒：《我们何以成为后人类：文学、信息科学和控制论中的虚拟身体》，刘宇清译，北京大学出版社，2017，第 9 章。

② 参见：《从深蓝到阿尔法狗，人机大战 20 年进化了什么？》，https://tech.sina.com.cn/d/v/2016-03-11/doc-ifxqhmve9099498.shtml。

③〔以〕尤瓦尔·赫拉利：《未来简史：从智人到智神》，林俊宏译，中信出版社，2017，第 279 页。

概念失效、破碎、重组的危险。

（二）一元性

语言学、解构主义、系统论等“外在性”强调的是外在于意识、意志等自明自证的内在体验并使其失效，并且自我指涉机制确保了上述后人类进路的“外”不等于堕回到外部世界的绝对客观。同样为了反对主体性哲学与客观主义、基础主义老套的“内 VS 外”之分，德勒兹使用了“内在性平面”的说法。它并非相对于某个外部的“内”或相对于世界的“心灵”，而是“内在（心灵或主体）和外在（世界或确定性）得以被区分的预设的场域”：这是纯粹的生命和知觉之流，“先有感知，通过感知，感知者才会被构成。然后这个感知者可以继续通过与外部或超验的世界相联系而形成一个作为‘我’的自身形象”。因此相对于自我或主体概念来说，这一内在、先在的混沌之流同时也是“激进的外部”“思考内在性平面意味着思考外部”。[①]无论外在的系统还是内在性平面，都是以单一的、先于主客二分的东西批判和置换主体性哲学的二元论，德勒兹的内在性毋宁说是一种“既内且外”，是他坚守的从斯宾诺莎到柏格森的一元论传统。内/外、主/客不过是从“一”的普遍之流中分化出来的区分和联结，而且还存在着各种各样的临时的、任意的、冲破固有边界的联结。

当我们转变思路，就会发现有价值的区分-联结方式本来就不只是主体-客体、心灵-世界。光与人眼联结使我们去看，与胶片联结使其变质成像，与植物联结使其生长。德勒兹认为生命是机器，没有封闭的同一性和终极目的，只有特定部分以特定方式去联结、生成、发挥效用——原则上的一元性也就是具体实践中的多元性。“每一个对存在的表达都以其自身的方式发生变化，并不指涉或联系任何基础性的存在者。”[②]就像上文《黑客帝国》的例子，为何机器人令人恐惧而吊车不会？因为我们看待机器总是以人文主义的“人-他人”或“人-工具”的联结模式来进行的。但若不再执着于“人”的优先性，盖房子就是某种机械与砖石的联结，打字就是手与键盘的联结，其中的输入

① 〔澳〕克莱尔·科勒布鲁克：《导读德勒兹》，廖鸿飞译，重庆大学出版社，2014，第 91-92、94、95 页。
② 〔澳〕克莱尔·科勒布鲁克：《导读德勒兹》，廖鸿飞译，重庆大学出版社，2014，第 117 页。

法还联结到比人类智能得多的云端大数据，毫无疑问它已是我们的思维和语言的一部分——但从不用“拟人”地担心数据从电脑里跳出来绑架我们。联结打破了一切既定的对立和边界，也就是哈拉维所谓的赛博，它是“控制论的有机体（cybernetic organism），是机器与生物体的混合，既是虚构的生物也是社会现实的生物”[①]，而“人类，就像所有其他成分或亚系统那样，必须定位在一个系统架构内，此架构的基本运作模式是偶然论的、统计学的。没有任何客体、空间或身体本身是神圣不可侵犯的；任何成分都可以与其他任何成分接（结）合，如果可以为处理某种普通语言的信号建构适当的标准、适当的代码的话”[②]。

（三）具身性

哈拉维的话乍看上去像是超人类主义的宣言，但她只是借鉴当时的最新科技来强调打破旧有边界、想象新联结方式的重要性。今天的科技理念和成果更胜当年的控制论，但人们并没有真的“离身”变成信息精灵操纵万物，也没有成为更加聪明有力的机器的奴隶。人只是以更加复杂密切的方式与机器、环境、动物等非人因素联结在一起，后人类必定是具身性的。

具身性首先意味着悠久的人文主义曾颁布的那些人类特质不会被剔除。作为个人内在体验，我们永远不会失去自明的认知、欲望、情绪和自由，这些经验常识在某些领域（比如美学、政治和伦理领域）还有相当重要的意义。只是如海勒所言，它不应被嫁接在后人类主义上。在后人类思想里，这些概念的人文主义内涵将变得无用或改弦更张。内在体验是人的黑箱，正如图灵计算机和塞尔翻译屋的黑箱。后人类主义不会用其他编码取代内在性，反而真正坚持各种内在性的不可通约，从外在的角度建立类比。所以人的心灵、肉身、文化和日常生活依然是我们思考后人类时不可脱离的土壤。

进而，具身性意味着我们能够将非人视为一种不同于主体/他者辩证法的真正伙伴（fellow creature，德里达语）。还是以 AlphaGo 为例，它经过大量

①〔美〕当娜·哈拉维：《赛博宣言：20 世纪 80 年代的科学、技术以及社会主义女性主义》，严泽胜译，见汪民安主编《生产 第六辑》，广西师范大学出版社，2008，第 290 页。

②〔美〕当娜·哈拉维：《赛博宣言：20 世纪 80 年代的科学、技术以及社会主义女性主义》，严泽胜译，见汪民安主编《生产 第六辑》，广西师范大学出版社，2008，第 307-308 页。

训练找到了自己的招式，找到了职业棋手们常年都没有注意的最优解。这是一种由自我指涉的两级系统的运算增殖的结果（“自我学习”“创造”又引发了人文主义式恐慌），设计神经网络的工程师也不能完全解释。棋手反过来要向电脑学习：被认为不甚高明的点三三，似乎还有尚未被挖掘的后劲。这种学习当然不是打通人与 AlphaGo 各自的黑箱，而是棋手把电脑运算出来的结果重新转化为自己头脑的理解。棋手的意识依然是内在自明的，但是以后人类角度纵观整个故事，人类智慧已然被分离打散，与机器相连。海勒对塞尔翻译屋的解读是：不管里面是真正懂外语的人还是按规则查手册者，我们都应该说，是整个房间懂外语，它比任何一个成分（大脑、翻译手册、查手册的人）懂得都多。现代人的处境就类似于翻译屋，我们每天参与到各个系统中，系统的总体认知能力都要超过个人。人类的分布式认知与更广阔的分布式认知系统（机器、环境）连成一个整体，思考由人类和非人因素共同完成。当人被视为分布式系统时，人类能力的完整表达就是依赖于系统的胶结，而不是被系统威胁①——这实在是比任何版本的主体间性都更加谦虚平和的自我表述。

“人文主义危机意味着现代人文主义主体的结构性他者在后现代时代卷土重来。”②辩证法决定了人文主义-反人文主义的每次否定更新都依赖他者。只是过去引入的他者要么是低于理念人并且像人的，所以总能被吸纳；要么是语言、权力、无意识这样先于人、非人、塑造人的大他者，但对于人的批判和理解也就到此触壁了。在今天，我们如何处理新的他者如电脑、克隆、大数据？如果还是从意识出发并把意识结构类比地推广到他者之上，无论怎样引入他者来反对人类中心，最多止步于“人 VS 机器、动物、环境……”的对立。但是，这些他者不应该再一次落入辩证法的窠臼，它们要反过来启发我们以完全不是人的方式想象自身。在这种想象中，世界的存在不再是人文主义的“自我/他者”或是反人文主义的“非人大他者/人类主体”这种不平衡的二元模式，只有一个不由任何霸权话语统摄的混沌一元世界，只有漫无边际的连接和生成，只有临时性的定义、区分和类比。跨过拟人辩证法，

---

① 参见〔美〕凯瑟琳·海勒：《我们何以成为后人类：文学、信息科学和控制论中的虚拟身体》，刘宇清译，北京大学出版社，2017，第 391-393 页。

②〔意〕罗西·布拉伊多蒂：《后人类》，宋根成译，河南大学出版社，2016，第 53 页。

也就绕过了一部分后人文主义的陷阱和另一部分理论标示出的极限，迎接一个已临和将临的后人类未来。

第二节　“后人类/人本”转向下的人类、动物与生命

自 20 世纪 80 年代以来，随着西方科学技术的发展、科学论（Science Studies）以及后现代主义和后结构主义的推进，在自然、人文、社会科学领域内都出现了所谓的 posthuman 转向。这就决定了 posthuman 的内涵是多元的，因此在汉语学界的翻译也不可能统一——一般我们会看到“后人类”、“后人文”以及“后人本”的用法。本节在细致辨析 posthuman 的多元内涵之后，会着重处理阿甘本提出的人与动物的区分问题。阿甘本对“动物问题”的处理主要受到亚里士多德、海德格尔以及阿伦特等思想家的影响，针对的是政治领域中人如何沦为动物的机制——“人类学机器”，这似乎与 posthuman 的问题域关联不大。这里要回到青年马克思从异化劳动的角度对人的动物化所进行的思考，重新阐释其“类本质”的概念，旨在提出一种真正达成人性与动物性和解，从而真正解放生命的生命政治。

一、posthuman 研究的三种路径

本节之所以保留 posthuman 的英文形式，是因为这个词的汉语译法众说纷纭——有翻译为后人类、后人文，甚至后人道。[①]这也反映了这个术语内涵的复杂多元性。

其实根本不在于 posthuman 的译法，而在于我们如何理解 posthuman 的哲学社会内涵，以及相关的文化与自然、人与非人（自然、技术、动物）、

---

① 相关文献可见，冉聃、蔡仲:《赛博与后人类主义》,《自然辩证法研究》2012 年第 10 期，第 72-76 页；梁晶:《当后人类社会成为一种可能》,《中国图书评论》2010 年第 7 期，第 30-33 页；刘鹏:《拉图尔后人类主义哲学的符号学根基》，《苏州大学学报（哲学社会科学版）》2015 年第 1 期，第 22-28 页；王宁:《“后理论时代”的理论风云——走向后人文主义》,《文艺理论研究》2013 年第 6 期，第 4-11 页；夏永红:《环境人文学：一个正在浮现的跨学科领域》,《国外理论动态》2015 年第 1 期，第 37-45 页。其中夏永红认为，伴随着“人类世”出现的是一个后自然世界，人类社会与自然的界限也变得模糊不清，这时也需要一种后人类的视角来面对这个后自然世界，这就是他所说的“环境人文学”。

人类生命与动物生命、主体与客体之间关系。一般认为关于 posthuman 的研究主要存在两种研究路径，如“动物研究”的领军人物沃尔夫所指出的：一是福柯在《词与物——人文科学考古学》中对人之死的宣告；二是控制论和系统论的发明，人类在意义、信息和认知的问题上等同于系统模型。[①]前者可以说是遵循后结构主义与后现代主义而产生的哲学上的后人类主义思想；后者是基于科技进步认识到的人与技术的共生关系，从而产生的后人类主义思想。在生态思想家韦斯特林看来，后人类主义有两条主要线索：一是美国科学论学者哈拉维和文学批评家海勒的技术或赛博格后人类主义（techno or cyborg posthumanism），探索了人类与技术的共生；二是以德里达、哈拉维和沃尔夫为代表的动物词语后人类主义（animot[②] posthumanism），研究的是作为生物物种的人类与我们的伴侣物种（companion species）的交互关系，旨在解构人与动物的根本区别。另一位论者布拉伊多蒂提出了 posthuman 的三种取向：第一种来自以努斯鲍姆为代表的自由主义者对后人类境况的回应性研究；第二种源于科学论对人和生命的地位的反思，其代表人物为拉图尔，在布拉伊多蒂看来，这是 posthuman 图景中最为重要的研究领域之一；第三种源于反思主体性哲学采取的具有反人类主义立场的后结构主义和后现代主义思潮。因为努斯鲍姆秉持的是一种自由主义人类主义的立场，所以并不能将她的研究归入 posthuman 研究中，因此我们可以看到，posthuman 的研究主要有两种路径：一种是从科学论的角度出发，反省人类——到底何为人类，人类与非人类之间的界限在哪里——的研究，我们可以将这种取向称为后人类主义研究；另一种是从哲学角度出发，来反省人类主义和人类中心主义的观念，尤其是从动物的角度出发来研究人与动物的关系，最具有开创性和启发性的要数德里达的研究，我们可以将这种取向称为后人类主义的“动物研究”。

但我们要提出第三种研究路径，那就是阿甘本从西方哲学的内部，从人

① Wolfe C, *What Is Posthumanism?* University of Minnesota Press, 2009, p. xii.

② animot 是德里达自创的词语，其法语发音听起来像 animaux，是法语“动物”的复数形式。德里达希望人们能从 animot 这个单词中听到复数性的、多样性的动物生命含义，因为当我们说动物时，我们指的好像就是与人不同的所有物种，这些物种本身的差异对我们来说无关紧要，而德里达用 animot 就是要表达动物生命的多样性。在 animot 中，每一生命个体都保持了它们自身的独特性。另外，animot 中的 mot 是“词语”的意思，animot 这个法语词由动物和词语组合而成。古代西方哲学认为，人类和动物的区别在于“语言”，而德里达通过这个词来解构西方哲学传统对人类与动物的区分机制。

在政治和法律上沦为动物的现实境况，来反省人类主义（“人类学机器”）的研究。我们会通过第三种路径，回到青年马克思的劳动动物以及类本质概念，来探索解放生命、实现人类与非人类之间和解的真正途径。

当然这三种路径并非截然不同，而是有着千丝万缕的联系，那就是质疑人的中心地位。

科学论视野下的后人类主义的代表人物为拉图尔和哈拉维等，前者用超越人与非人的行动者（actant）来取代专指人类的行动者（actor），在本体论层面消除主体与客体、人与物、自然与社会之间的二元对立。这是一种本体性混合的状态。皮克林对拉图尔行动者网络理论思想的概括是：“我们应该把科学（包括技术和社会）看作是一个人类的力量和非人类的力量（物质的）共同作用的领域。在网络中人类的力量与非人类的力量相互交织并在网络中共同进化。在行动者网络理论的图景中，人类力量与非人类力量是对称的，二者互不相逊，平分秋色。任何一方都是科学的内在构成，因此只能把它们放在一起考察。”①在拉图尔等人看来，自然以及实验室的仪器都具有自身的能动性，参与了对科学知识的建构，因此为我们提供了一种“去中心化”的后人类主义。自然所为、仪器所为、科学家所为彼此交织、相互强化，三者地位等同，没有预先存在着主次、先后。②

哈拉维虽然也属于科学论的阵营，但是她更多是从女性主义和社会的视角来看待科技的发展和传统主体与客体、人与非人之间的关系问题。哈拉维用赛博格来解构人与动物、有机体与机器、自然与非自然等传统二元对立。随着技术的发展，外界的技术越来越渗入甚至是融入有机的身体中，从而打破了有机体与无机体的界限，这就产生了所谓的赛博格。正如哈拉维所写的：迄至 20 世纪后期——这是我们的时代，一个神话的时代——我们全都是吐火女怪凯米拉（Chimera），在理论上和实际上成为机器和有机体的混合物；总之，我们是赛博格。赛博格是我们的本体论，它赋予我们政见。③什么样的政见呢？那就是超越人类中心主义即人和动物严格界限、超越男性与女性界限的

---

①〔美〕安德鲁·皮克林:《实践的冲撞》，邢冬梅译，南京大学出版社，2004，第 11 页。

② 邢冬梅、毛波杰:《科学论：从人类主义到后人类主义》，《苏州大学学报（哲学社会科学版）》2015 年第 1 期，第 13 页。

③ Haraway D J, *Manifestly Haraway*, University of Minnesota Press, 2016, p. 7.

后人类和后性别的政治。虽然哈拉维并没有使用 posthuman 这个词，但她解构一系列二元对立的努力，质疑人的纯粹性的做法无疑与后人类思想是一致的。

我们可以看出，这种取向的 posthuman 研究旨在挑战人类中心主义观念，因此我们将其翻译为后人类主义研究。有论者甚至认为，人类其实从最开始就与技术共同进化，技术一直内嵌于人类的生活中，因此就像拉图尔所说的“我们从未现代过”一样，我们也从未人类过——我们天生就是赛博格。[①]

另外，伴随着科学技术，尤其是纳米、生物、信息、认知技术的发展，人类的身体和智力得到前所未有的增强，因此在技术和思想领域中出现了超人类主义的取向。这种取向其实继承了文艺复兴以来的人类中心主义、人的无限完善性等观念，认为人类可以通过技术在心灵和身体上成为至高无上的存在者，从而成为外在自然与人类自然（生命）的主宰。被视为“文艺复兴宣言”的《论人的尊严》可以说最好地体现了超人类主义的立场，上帝对代表人类的亚当说：

> 你不受任何限制的约束，可以按照你的自由抉择决定你的自然，我们已把你交给你的自由抉择。我们已将你置于世界的中心，在那里你更容易凝视世间万物。……你就是自己尊贵而自由的形塑者，可以把自己塑造成任何你偏爱的形式。[②]

超人类主义是一种带有强烈技术乐观主义色彩的思想。其代表人物博斯特罗姆在追溯西方近代以来的人类主义思想后指出，“超人类主义的根在理性的人类主义那里”[③]。或者正如沃尔夫所说，应该将超人类主义视为人类主义的强化。[④]超人类主义并没有质疑解构人类主义[⑤]，只是在新的技术条件

① Clark A, *Natural-Born Cyborgs: Minds, Technologies, and the Future of Human Intelligence*, Oxford University Press, 2004, p. 3.

②〔意〕皮特·米兰多拉:《论人的尊严》，顾超一、樊虹谷译，北京大学出版社，2010，第 25 页。

③ Bostrom N, “A history of transhumanist thought”, *Journal of Evolution and Technology*, Vol. 14, No.1, 2005, p. 2.

④ Wolfe C, *What Is Posthumanism?* University of Minnesota Press, 2009, p. xv.

⑤ 本节将西方近代以来哲学观念上的 humanism 翻译为人类主义而非人文主义，以与西方之前的神本主义相对应，因为人类主义强调的是人的中心地位。transhumanism 翻译为超人类主义，因为这是加强版本的人类主义，而哲学意义上消解人类主体中心地位的 posthumanism 和 antihumanism 则翻译为后人类主义和反人类主义。

下推进了人类主义思想，与我们前面所说的从科学论角度研究后人类主义的路径是截然不同的。但汉语学界有研究者却混淆了这两种思想，将超人类主义也视为后人类主义的组成部分。①

后结构主义与解构主义视角下的“动物研究”因为哈拉维和德里达的开创性著作而成为后人类主义研究的重要组成部分。②这些研究旨在消解以人类为至高无上（sovereign）存在的物种主义（speciesism），这种观念认为除人类之外，其他动物不应该成为道德关怀的对象，人类对其他动物并没有道德责任。德里达正是从边沁的“动物是否会感受到痛苦”问题出发，来论述人类对动物的道德责任。在德里达看来，动物保护主义者对动物权利的探讨仍植根于传统哲学话语中，无法从根本上改变人与动物的关系。③德里达的立场更为激进：他从个人的生活体验出发——自己赤身裸体面对一只猫，认为动物（一只猫）也可以引起人类（德里达）的伦理回应。因此对德里达来说，根本的问题不是吃不吃动物的问题，而是哪些杀戮算罪行，哪些不算。德里达就这样解构了动物不具有伦理道德能力的观念，从而解构了人类主体与动物之间的根本性区别，同时，德里达也解构了动物的一致性和单一性，强调动物的杂多性和彼此之间的差异性。这可以说是德里达“未来民主”思想的应有之义，那就是将包括动物在内的绝对他者都包纳进来，从而形成一

---

① 例如赵柔柔将超人类主义视为后人类主义的一个支流，见赵柔柔:《斯芬克斯的觉醒：何谓“后人类主义”》,《读书》2015 年第 10 期，第 84 页。另外有学者写道：后人类主义是 20 世纪下半叶以来，尤其是最后 10 年以来，美国、欧洲、澳大利亚等西方富裕国家和地区的科学家和学者，以大脑科学、神经药理学、生物克隆技术、基因修复技术、直观人类工程、人工超智能、人体冷冻技术、纳米技术、太空技术等的新发展为基础，希望借助于这些技术的巨大潜力，逐步改造人类的遗传物质和精神世界，最终变人类自身的自然进化为完全通过技术实现的人工进化的社会思潮和实验性探索活动。完全将超人类主义等同于后人类主义，见佘正荣:《后人类主义技术价值观探究》,《自然辩证法通讯》2008 年第 1 期，第 95 页。

② 相关文献请见：Seshadri K R, *HumAnimal: Race, Law, Language*, University of Minnesota Press, 2012; Lundblad M, *The Birth of a Jungle: Animality in Progressive-Era U.S. Literature and Culture*, Oxford University Press, 2013; Chen M Y, *Animacies: Biopolitics, Racial Mattering, and Queer Affect*, Duke University Press, 2012; Nibert D A, *Animal Oppression and Human Violence: Domesecration, Capitalism, and Global Conflict*, Columbia University Press, 2013; Amberson D, Past E, *Thinking Italian Animals: Human and Posthuman in Modern Italian Literature and Film*, Palgrave Macmillan, 2014; DeMello M, *Animals and Society*, Columbia University Press, 2012; Shukin N, *Animal Capital: Rendering Life in Biopolitical Times*, University of Minnesota Press, 2009; Cavell S, Diamond C, McDowell J, et al., *Philosophy and Animal Life*, Columbia University Press, 2009, 以及本节所提及的沃尔夫和克拉克等人的作品。

③ 庞红蕊:《德里达的动物问题》,《求是学刊》2004 年第 2 期，第 36 页。

个更好、更包容的共同体。

哈拉维则使用伴侣物种来强调人与动物之间一直以来的共同居住、共同进化关系。在哈拉维看来，人与动物并没有一成不变的本质，两者都处于生成之中，且是共同生成的[①]。

当然，这种后人类主义思想与结构主义以及后结构主义中的反人类主义思想可以说一脉相承，很多理论家也承认这种传承关系。但两者的不同在于，后者主要从语言的角度来解构人的中心地位和永恒人性，而前者主要从技术的角度认识到，人从来就不是人类主义所规定的人，因此也要将非人要素（技术、动物、自然）纳入伦理和政治的维度中。

最后是“例外状态”下的人的动物化研究。在后人类/人类主义者看来，“我们从未人类过”，也就是说，人类主体总是去中心化的，与外界的技术、动物和自然共同生成，我们应该积极接受这一现实；但阿甘本却从另外一个角度忧虑甚至绝望地告诉我们，人类一直都有沦为动物之虞，这似乎是更为现实且危险的处境。

阿甘本并不属于典型的后人类主义“动物研究”领域的学者，因为他主要还是从人的生命状况出发，来考察当下日益普遍化的例外状态的。但阿甘本通过对亚里士多德、海德格尔、阿伦特和福柯等人的解读，系统梳理了当下人类生命动物化即人沦为非人的困境。如果说哈拉维和德里达是从生物学和伦理学的角度来反思人与动物之间的关系的，从而解构物种主义，建构一种更为“人性化”和民主化的物种间关系——两位思想家没有明言的是，人类主义对待动物的方式会将殖民地、欠发达地区的他者动物化，正如沃尔夫所指出的，只要我们在制度上想当然地接受这样的观念，即我们可以因为非人类动物的物种而系统性地利用和杀害它们，那么关于物种的人类主义话语就可以用来支持某一部分人残害另一部分人，用来支持对无论什么（whatever）物种或者性别、种族、阶级以及性差异中的社会他者施加暴力[②]——那么阿甘本则是从哲学与政治学的角度来考察政治如何将某些人类动物划归入动物的

① Haraway D, *Manifestly Haraway*, University of Minnesota Press, 2016, p. 221.

② Wolfe C, *Animal Rites: American Culture, the Discourse of Species, and Posthumanist Theory*, 2nd ed, The University of Chicago Press,2003, p. 8.

范畴，从而使其沦为“赤裸生命”的。因此今天我们固然要思考人类对于动物的伦理责任，但我们要认识到，解构物种主义的后人类主义动物伦理并不能让我们摆脱沦为动物的命运，因此阿甘本关于生命政治的思考就显得尤为重要。

二、生命政治，或政治性生命与生物性生命的分离

在后人类主义的“动物研究”学者看来，是人类主义话语以及相关的物种主义制度（institution of speciesism）造就了动物被宰制的地位，而这种宰制关系有可能造成人类中的某些他者（如有色人种、异教徒、女性或者性少数等）也被动物化，从而也沦为被宰制甚至被消灭的地位。但是如果说后人类主义的动物研究关注的是人类主义思想所确立的人与动物的边界如何造成了某些人的非人（动物）化，那么阿甘本则通过追踪古希腊以来西方哲学传统如何因为区分人类内部的政治性生命与生物性生命，而将某些人类划入动物范畴，从而造就杀人行为的非罪化。正如阿甘本所指出的，在我们（西方——引者注）的文化中，主导所有其他冲突的决定性的政治冲突是人类内部的动物性与人性之间的冲突。也就是说，西方的政治从最开始就是生命政治。①

“生命政治”在福柯那里是一个历史性概念，具体指的是西方 18 世纪出现的权力技术——福柯也将其称为生命权力，因为这种权力不关注个体生命（这是规训权力的任务），而是关注作为整体的群体，即人口，以人口的福利为旨归，其操作手段由人口统计学负责，来对公共卫生和人口问题进行规划。现代权力不是直接的压迫性权力，它通过优生优育等人口政策来对生命进行组织，通过社会机构对群体进行管治，从而取得更为深入的渗透。这是一种“主动使人活”的权力，但正如后来相关的理论家所指出的，这种权力与死亡权力可以说是一枚硬币的两面。福柯早已指出，数千年来，人还是亚里士多德所说的：一个非常具有政治生存能力的生物。现代人是政治中的动物，他的作为生物的生命受到了质疑②。言下之意，生命政治的存在势必让某些生

① Agamben G, *The Open: Man and Animal*, trans. Attell K, Stanford University Press, 2004, p. 80.

②〔法〕米歇尔·福柯:《性经验史》（增订版），佘碧平译，上海人民出版社，2005，第 93 页。

命成为不合时宜的存在，因此他们的生物性存在要受到威胁。

阿甘本从这个论述中得到启发，追溯古希腊以来的政治哲学观念，发现早在西方文化的开端就已经出现生命-死亡政治的机制。西方政治之所以从最开始是生命政治，其原因在于政治的主权必然要决定例外状态，于是出现主权禁令（ban）将某些人抛弃，褫夺他们的政治性生命，让他们只剩下岌岌可危的生物性生命，从而成为赤裸生命（即福柯所说的生物性存在受到威胁的生命）。这些人并没有被抛出城邦之外，因为他们不能离开这个城邦，但是城邦的任何法律对他们都失去效力。相应地，他们失去了法律的保护，成为赤裸生命，在“野外”孑然一“身”地去面对神祇。在属于神的意义上，他们是神圣的；而在其不受任何法律保护，任何人都可以对他们施加暴力的意义上，他们又是被诅咒的（damned）。我们可以看到这种机制既是排斥——排除在法律之外，同时也是吸纳——限制在城邦内，这正是通过主权例外来实现的。所谓例外，不是简单的排斥在外，而是带出（taken outside），在排斥的同时，也有吸纳。

> 他（那些被排斥在法律之外的人——引者注）的整个存在被化约为赤裸的生命，一切权利都被剥夺，人人得而诛之，而没有犯法之虞；他只有不断地流亡或去国离乡，才能存活下去。但是他与那个将他放逐的权力之间有着剪不断的联系，因为他无时无刻不在面对死亡的威胁。他是纯粹的生物性生命，但是他的生物性生命本身又为主权禁令所掌握，必须时时刻刻面对这个主权。①

这里需要交代的是，西方哲学传统将人类生命划分为两个组成部分：生物性生命（zoē）和政治性生命（bios）。前者指的是自然的生命，在古希腊指的是在家庭（oikos）内的生命；后者指的是政治性的、质性的生命，即不是单纯为了活命而存在的生命，在古希腊是城邦（polis）内的生命。城邦是人作为复数性的独一体（singularity）在其中展示自我的公共空间，是人们进行交往协商的场所，换句话说，这是追求善与正义的空间。因此我们可以看到，这是两种截然不同的生命形式，古希腊的奴隶属于前者，而公民属于后

① Agamben G, *Homo Sacer*, trans. Heller-Roazen D, Stanford University Press, 1998, p. 183.

者。但公民也会因为犯罪而被褫夺政治性生命，从而成为生物性生命，阿甘本引了公元 2 世纪古罗马文法学家菲斯特斯的一段话。

> 牲人就是因犯罪而受到人民审判的人。这种人不能被用于献祭，但是杀他的人却不会因为杀人罪而受到惩罚；事实上，在第一条护民官制定法（tribunitian law）中就可以注意到，“根据平民制定法（plebiscite），如果某人杀了牲人，并不算是杀人。”这就是为什么按照习惯，会把坏人或不洁之人称为神圣的。[①]

阿伦特在分析集中营和难民营中所造成的纯粹存在时，认为这些难民因为失去了民族国家的保护而失去公民权，进而彻底丧失人权——人之为人的最基本权利，于是这些难民被逐出了人类之外，这“比起古代和中世纪的放逐习俗来，后果要严重得多。放逐（当然是‘史前法律能造成的最可怕命运’）将犯法之人的生命置于他所遇到的任何人的处置之下”[②]。也就是说，当难民失去公民权即因为政治性生命而带来的权利时，其因为生物性的生命而带来的人权也就不可能得到保障，从而沦为赤裸生命。阿甘本正是沿着阿伦特的思路分析了纳粹集中营的穆斯林，并且认为现代人的生命随时可能被主权权力捕获，从而造成政治性生命与生物性生命的分离。例外状态随时都可能出现，集中营成为现代（生命）政治的范式，“我们几乎全部都是神圣人”[③]。

三、人类学机器，或人的动物化与动物的人化

阿甘本用生命政治解释了某些生命如何沦为赤裸生命，在他后来关于人与动物关系的研究中，则借用“人类学机器”的概念来分析某些人如何被动物化。在阿甘本看来，存在两种人类学机器，现代的与古代的，前者将人类内部的某些群体作为非人类的排斥出去，也就是说，将人类动物化，将人类内部的非人要素隔离出去，例如不会说话的哑人（homo alalus）或猿人，或者脑死亡与过度昏迷的人，他们是从人体内部分离出来的动物；后者与前者

---

① Agamben G, *Homo Sacer*, trans. Heller-Roazen D, Stanford University Press, 1998, p. 71.

②〔美〕汉娜·阿伦特:《极权主义的起源》，林骧华译，生活·读书·新知三联书店，2008，第 396 页。译文有改动。

③ Agamben G , *Homo Sacer*, trans. Heller-Roazen D, Stanford University Press, 1998, p. 115.

具有对称的机制，通过吸纳外部来生产内部，通过动物的人化来制造非人，例如人猿、野孩子、愚人（homo ferus）（林奈指认的几乎不具有人类智能的人种——引者注），但首要的还是奴隶、野蛮人和外邦人，这些都是以人类形式出现的动物形象。①

这里我们可以看到阿甘本的研究与后人类主义的动物研究之间的殊途同归：两者都认识到，因为现存秩序的排斥性吸纳的机制，绝大多数人类“从未人类过”②。但阿甘本认为这种排斥性吸纳的机制源于主权暴力，而后者将这种现象归结为人类主义或者人类中心主义的思想观念，并且认为重新思考人与动物的关系从而走向后人类主义就可以走出这种困境。例如，有些理论家认为，更为民主开放的人与动物关系会导致更为民主开放的人与人的关系，或者说反思人的动物化的根本是要更人性化地对待动物。但这是有问题的推断。例如纳粹德国有非常完善的动物保护法案，而纳粹在道德上将动物提升至很高的地位，并且主动认同它们，结果就是人的动物化。纳粹受到尼采“金发碧眼的野兽”的观念的影响，因此推崇人类的动物根源和特征，也就是说，所有充满生命力的人类动物和动物都受到推崇，即凡是充满生命力的动物都是健康的、高尚的。因此很多纳粹领导人都呼吁要回到与动物相亲近的前基督教的野蛮人状态，而对那些没有生命力的虚弱的人类，纳粹则欲除之而后快。③

当然，在尼采那里充满生命力意味着对此在世界的肯定，意味着主动的力量（active forces），而非受动性的（reactive）力量，前者意味着主人的、健康的、强大的行为方式，后者意味着对此在世界的否定（如犹太-基督教），是奴隶的、病态的、虚弱的行为方式。在尼采看来，“金发猛兽、猛禽和主人都是未经奴隶道德所驯化的生命，是保存其原本面貌的生命，是自然（取‘自然’的原初义‘生生不息’）的生命。而羔羊、家畜和奴隶都是奴隶道德驯化的产物，是失去了其本性的生命，是反自然的生命。他在哲学领域打破了人与动物之间的二元对立”④。在这个意义上，尼采以及后来的纳粹基于

① Agamben G , *The Open: Man and Animal*, trans. Attell K, Stanford University Press, 2004, p. 37.

② Calarco M, *Thinking Through Animals: Identity, Difference, Indistinction*, Stanford Briefs, 2015, p. 64.

③ Arluke A, *Regarding Animals*, Temple University Press, 1996, pp. 138-140.

④ 庞红蕊：《当代西方文化语境中的动物问题》，北京外国语大学博士论文，2014，第 69 页。

生命的强度提出了一种打破人与动物界限的后人类思想，关键的是生命强度，而非人类与其他动物的差别。

这是后人类主义的动物研究所欢迎的观点吗？当然不是，因为无论尼采也好，纳粹也好，他们都没有真正摆脱物种主义，坚持从生命力的角度来判定动物的高低等级，而在纳粹看来，那些低等的虚弱的动物是不值得存在下去的生命。但纳粹的动物思想对后人类主义的动物研究无疑提出了巨大挑战。

德里达使用 carno-phallgocentrism 来指代西方吃肉的（carno 也带有“牺牲”意味）男性逻各斯中心主义传统，而他用“不可吃性”来确立一个界限，那就是有些绝对的他者（剩余物）是无法被我们所解读的，是永远与我们相异的。①这是将列维纳斯关于绝对他者的伦理推到了动物范畴（在列维纳斯那里只限于人类）。但我们如何看待那些善待甚至崇敬动物的纳粹？例如希特勒本人就是素食主义者，是动物之友。纳粹对待动物的伦理态度为何会导致对某些人类群体的不人道？纳粹主动认同动物——当然是那些“有德性的”“纯洁的”“无畏的”动物，但他们会将其他群体如犹太人视为“粗野的”“肮脏的”动物，为了维持社会生态的健康纯洁，就必须将那些“肮脏的”群体消灭殆尽，而人的动物化就为这种消灭奠定了基础。

德里达认为，希特勒没有将自己的素食主义作为典范。②在德里达看来，首脑或者头（chef）必然是个食肉者，不可能公开推广素食主义，去规定哪些物种不能吃，因此根本的问题在于“不可吃性”。但谁来决断“可吃性”与“不可吃性”，或者“可杀性”与“不可杀性”？这种决断就涉及了主权政治，而这是德里达伦理思想所忽视的，因为他的“未来的民主”“对动物的激情”缺乏决断即政治的维度③，而只是一种伦理态度。阿甘本通过施米特认识到主权权力的重要意义，并指认出决断“可杀性”与“不可杀性”是主权权力所确立的例外状态。某个社会群体如犹太人或者移民因为无法被彻

① Derrida J, Birnbaum D, Olsson A, “An interview with Jacques Derrida on the limits of digestion”, *E-flux*, No.2, 2009.

② Derrida J, “‘Eating well’, or the calculation of the subject: An interview with jacques derrida”,In Cadava E, Conor P, Nancy J L, *Who Comes after the Subject*, Routledge, 1991, p. 119.

③ 参见王行坤、夏永红:《情感转向下的爱与政治》，《上海大学学报（社会科学版）》2017 年第 1 期, 第 46-49 页。

底吸纳，处于混沌不清的领域（zone of indistinction），一旦主权者宣布例外状态，这些群体则必须被抛出来，成为赤裸生命，要么被系统性消灭，要么成为其他群体攻击、发泄的对象。

在生命政治下，所谓的人权或者人类价值基本失去意义，因为人的地位变得岌岌可危。正如阿甘本所说：如果人总是永不停歇的分化（divisions）与停顿（caesurae）的发生场所——同时也是它们的后果，那他到底是什么？更为紧要的任务是处理这些分化，去追问在人之内的人如何与非人相分离，动物如何与人类相分离，而非在那些大问题上站队，如人权和人类价值。[①]所谓人之内的人与非人的分离，指的就是我们前面所说的动物性的生物性生命与专属于人的政治性生命的分离，在阿甘本看来这种分离是（生命）政治和主权权力所造就的。

对阿甘本来说，应对之道不是将更多的人或非人纳入人的范畴，让人类学机器变得更具包纳性，而是彻底打破人与非人、人与动物的分化，打碎人类学机器。正如阿甘本所说，如果某一天要抹去人的科学在历史的海岸上所塑造的“沙滩上的脸”（这是福柯在《词与物——人文科学考古学》结尾处关于“人之死”的经典论述——引者注），那么我们将看见的就不再是重新获得的人性或动物性。[②]言下之意，人性和动物性概念因为人类学机器的失效而失效了。那么如何让人类学机器失效，从而造就一种可以让人和动物各得其所、各安其位的状况？阿甘本借鉴了本雅明的相关理论。

本雅明的“救赎之夜”（saved night）和“定格的辩证法”（dialectic at a standstill）意味着人类学机器的完全失效，因为对于本雅明来说，救赎之夜意味着自然完全自给自足，不再需要人类历史的参与，因此是无须修复的（irreparable）与无须救赎的（unsavable）[③]，这时人类与动物之间的辩证法就会被“定格”。关于无须修复者，阿甘本在《来临中的共同体》中做了解释：“无须修复者即是某物以这种或那种模式是其所是，无须补救就被托付给它们的存在之道。不论是什么样的事物，它们的状况都不需修复：无论悲伤或是

① Agamben G, *The Open: Man and Animal*, trans. Attell K, Stanford University Press, 2004, p. 16.

② Agamben G, *The Open: Man and Animal*, trans. Attell K, Stanford University Press, 2004, p. 92.

③ Agamben G, *The Open: Man and Animal*, trans. Attell K, Stanford University Press, 2004, p. 81.

快乐，人神共愤还是蒙受神恩。你是什么样子，世界是什么样子——这就是无须修复者。”[①]其结果就是：

> 人类学机器不再分辨自然与人类，从而通过对非人的悬置和捕捉来生产人类。也就是说，这个机器被叫停了；人类与机器处于“定格”状态，而随着人类与自然的相互悬置，在救赎之夜，在人类与自然之间出现了我们或许还没有命名，既非动物亦非人类的某物，并且在得到驾驭的关系中维系自己。[②]

所谓得到驾驭的关系指的不是人驾驭自然或者自然驾驭人的关系，而是指驾驭人与自然的关系，从而实现人与自然的各得其所。唯有如此才能真正摆脱人性与动物性的二元对立。

四、劳动动物与生命政治

《〈历史哲学论纲〉补遗》中，本雅明有这样一句话：马克思说，革命是世界历史的火车头。但也许恰好相反。也许，革命是火车上的乘客——即人类——所进行的一场努力，去启动（activate）紧急刹车。[③]

本雅明就是要拒绝历史的连续统一体，拒绝空洞、同质的时间，而这就需要等待微弱的弥赛亚从窄门侧身而入。这时的时间就为当下时间（now-time）所充满和圆成，而这被圆成同时也是废除。换句话说，新天新地必然伴随新的时间，与过去一刀两断的时间。[④]这里所表现出的“弥赛亚主义”与“救赎之夜”异曲同工，也为阿甘本所接受。

我们可以看到，阿甘本追求的是一种“一蹴而就”的政治，其根本原因就在于其将福柯的生命政治观念去历史化，从而将集中营视为现代政治的范式——西方民主政体、法西斯主义或者极权主义政体彼此并没有根本的区别，因为主权权力总会通过例外状态（通过人类学机器）将处于含混不清区域的

---

① Agamben G, *The Coming Community*, trans. Hardt M, University of Minnesota Press, 1993, p. 89.

② Agamben G, *The Open: Man and Animal*, trans. Attell K, Stanford University Press, 2004, p. 83.

③ Benjamin W, *Selected Writings*, *Vol. 4 1938-1940*, eds. Eiland H, Jennings M W, trans. Jephcott E et al., The Belknap Press, 2003, p. 402.

④ 王行坤：《生命、艺术潜能——阿甘本的诗术-政治论》，《文艺理论研究》2014年第2期，第203页。

群体抛出去，让其既内在于又外在于共同体，在人类内部制造人与非人的分化。于是，他不是从当下物质生产条件即市民社会去寻求解放的可能，而是诉诸神学。除本雅明的弥赛亚主义之外，阿甘本在《至高的贫穷》中考察放弃包括公有制和私有制在内的一切所有制形式、共同使用财物的方济各会的修道院，希望以此来作为社会组织和生命-形式的模式来对抗“例外状态”。但是“阿甘本用奠基于‘共同使用’的抽象的‘贫穷’概念反对一切形式的所有制——无视经济结构和利益，其结果就是将真实的贫穷变成了对资本主义剥削的浪漫反抗，而非视为生产资料私人所有制所造成的剥削的结果”[①]。

阿甘本忽视了一个重要事实，那就是伴随着现代资本主义的出现，劳动成为财富的源泉（洛克和斯密），作为生物性生命的劳动动物走向前台。阿伦特在《人的境况》的结尾部分哀叹“劳动动物的胜利”：今天，在这个我们生活于其中的世界里，对于我们正在做的事情，或思考我们正在做的事情来说，劳动甚至变成了一个如此崇高、如此有抱负的字眼……现代——肇始于人的活力如此史无前例、生机勃勃的迸发，却终结于历史上已知的最死气沉沉、最贫乏消极的状态。[②]所谓“最死气沉沉、最贫乏消极的状态”就是劳动状态，而劳动动物在阿伦特看来，的确是地球上的一个动物物种，充其量是最高级的一种罢了。

阿伦特继承亚里士多德的思想，认为劳动动物不能归入人类的范畴。另外，阿伦特区分了三种人类活动：劳动（labor）、工作（work）与行动（action）。劳动是在家庭内所进行的痛苦的、繁重的和毫无创造力的活动，这是为了生存而不得不从事的活动；工作是作为自由民的手艺人所进行的手工制作活动；而行动则是公民在城邦内就公共事务进行探讨和协商的活动。前两个领域受制于自然必然性，没有自由可言，只有在行动即城邦-政治（政治来源于城邦polis）的领域，才有进行协商和自由活动的余地。因此从事前两者的都属于劳动动物，唯有后一种属于亚里士多德所说的政治动物即真正的人的活动。

《人的境况》出版于1958年，作者认识到随着科技的进步和生产力的发

---

① Wilkie R, “Giorgio Agamben’s ‘cenobitic communism’ and the Limits of posthumanism”, *International Critical Thought*, Vol. 5, No, 1, 2015, p. 46.

②〔美〕汉娜·阿伦特:《人的境况》, 王寅丽译, 上海人民出版社, 2009, 第254-255页。

展，人类本可以彻底摆脱劳动，但结果却事与愿违。受雇于某个雇主的“职业人”依然是现代人的根本规定，其结果就是现代人的生命越来越接近动物生命，而非真正的人类-政治性生命。阿伦特认为这是某些思想家（洛克、斯密、马克思）推崇劳动的结果，因此主张回到亚里士多德式的古典共和主义思想，这无疑和阿甘本一样犯了忽视历史的错误。

一般认为，马克思主义无条件推崇劳动（“劳动光荣”），但阿伦特注意到，马克思本人也主张消灭劳动，即消灭自然的必然性，从而从“必然王国”走向“自由王国”。但我们要追问的是，为什么在现代社会动物生命取得胜利，以至于在人类内部，绝大多数人口都成为劳动动物，只有少部分人成为政治动物？与其他“动物研究”相比，这或许是最为根本性的动物问题。

随着现代资本主义的诞生和劳动力商品化的出现，绝大多数人沦为雇佣劳动力和无法受到雇佣、生命岌岌可危的剩余人口。工厂内的劳动力因为异化劳动完全失去自主性和能动性，成为笛卡儿意义上的机械的动物，正如青年马克思所说，“国民经济学把工人只当作劳动的动物，当作仅仅有最必要的肉体需要的牲畜”[①]。作为雇佣奴隶，他们与古代的奴隶-非人并无本质不同，在生产空间毫无自由，只能按照雇主的意志和机器的要求去改变客体，其结果就是，“人（工人）只有在运用自己的动物机能——吃、喝、生殖，至多还有居住、修饰等等——的时候，才觉得自己在自由活动，而在运用人的机能时，觉得自己不过是动物。动物的东西成为人的东西，而人的东西成为动物的东西”[②]。马克思所认为的人与动物的根本区别就在于前者拥有主动且有意识地改造客观世界的自主性和能动性，而后者只是出于本能完成自身的活动，因此前者可以通过各种对象性活动来表现自身本质的多样性和无限性（这在某种程度上接近于“存在先于本质”），而后者只能通过固定的活动来表现固定的本质，如蜜蜂筑巢、蜘蛛结网。异化劳动在生产空间内剥夺了人的这种特性，使其沦为受制于必然性的动物生命。

我们可以看到，在马克思那里，劳动动物并不是自然给定的，而是资本

---

①〔德〕马克思：《1844 年经济学哲学手稿》，中共中央马克思恩格斯列宁斯大林著作编译局译，人民出版社, 2000, 第 15 页。

②〔德〕马克思：《1844 年经济学哲学手稿》，中共中央马克思恩格斯列宁斯大林著作编译局译，人民出版社, 2000, 第 55 页。

主义异化劳动所造就的人类生命的沦落；正如在阿甘本那里，人类动物也不是自然给定的，而是“人类学机器”通过排斥-吸纳机制所造就的后果。但阿甘本就现代的人类动物所给出的例子是集中营内的犹太人和穆斯林、医院里脑死亡和重度昏迷的人、关塔那摩羁押的犯人和流离失所的难民，却没有注意到殖民地和宗主国的劳动动物，这不能不说是巨大的盲点。就殖民主义来说，“被殖民者被动物化，因为赤裸生命的死亡政治而变得面目模糊，其权利永久性地遭到悬置”[①]。

无论是殖民地的动物化还是工厂内的动物化，其根本机制不在于主权的例外状态，而在于资本主义的社会经济形态。德里达试图解构吃肉的-男性的逻各斯中心主义主体，但他没有认识到，这个主体并非人类个体或者整个人类，而是现代资本主义体制，这种体制为了剩余价值就必须将作为劳动力的生命力——如果劳动力不是生命力又是什么？——吞没、牺牲掉（吃肉必然伴随着牺牲）。德里达寄希望于“不可吃性”或者不可被吸纳或吞没的绝对他者，但在资本主义制度下，任何他者（无论是人类动物或者其他任何动物）都要作为劳动力被吞没。在维尔诺和奈格里看来，阿甘本赤裸生命的概念具有神秘化和失败主义色彩，赤裸生命不过是资本主义生产关系所要捕捉的劳动力，或者说，无产阶级。[②]因此我们必须从劳动的角度来思考人类生命的动物化问题：“我们不仅要在伦理、法律政治的领域去考察人类的动物化，而且也要在生产行为过程中考虑人类的动物化。”[③]

我们的任务不仅是叫停“人类学机器”，而且也要叫停生产剩余价值的“资本主义机器”，因为只要后者存在，我们作为劳动者就必然是劳动动物，就不是真正的人，所以马克思在《1844年经济学哲学手稿》中说出“我们现在假定人就是人”“假定我们作为人进行生产”[④]这样乍看起来令人费解的话。现代劳动动物几乎不再是可以享受公民权利的政治性生命，而是命运岌

① Hudson L, “A species of thought: Bare life and animal being”, *Antipode*, Vol. 43, No. 5, 2011, p. 1665.

② 参见 Virno P, “General intellect, exodus, multitude”. trans. Holdren N, http://www.generation-online.org/p/fpvirno2.htm; Henninger M, “From sociological to ontological inquiry: An interview with antonio negri”, *Italian Culture*, Vol. 23, No.1, 2005.

③ Hudson L, “A species of thought: Bare life and animal being”, *Antipode*, Vol. 43, No. 5, 2011, p. 1675.

④〔德〕马克思：《1844 年经济学哲学手稿》，中共中央马克思恩格斯列宁斯大林著作编译局译，人民出版社，2000，第 146、183 页。

岌可危的动物生命，正如福柯所说，数千年来，人还是亚里士多德所说的：一个非常具有政治生存能力的生物。现代人是政治中的动物，他的作为生物的生命受到了质疑。[①]只不过其根本不在于福柯、阿甘本所说的生命政治，而在于对劳动力的身体和生命进行管制的治理技术。

五、小结

我们知道《1844 年经济学哲学手稿》直到 1932 年才出版，之后在西方马克思主义那里风靡一时，出现了用人道主义的马克思主义来对抗正统马克思主义的强大思潮。但是在阿尔都塞反人类主义马克思主义的批判下，书中的两个核心概念“异化”和“类本质”即便不是被彻底抛弃，也成为非常可疑的看法。但正如威瑟福特所指出的，近年来如哈维、斯皮瓦克和里德等人又重提类本质的概念，试图将其从本质主义的概念中解放出来。[②]

在阿尔都塞看来，青年马克思向人性回归的说法预设了人的本质的概念，这种概念在“认识论断裂”之后便被马克思抛弃。“类本质”概念来自费尔巴哈，的确是一个聚讼纷纭的术语。在马克思那里，作为人性的类本质恰恰没有预设人的本质，因为这是一个历史性的概念——人的本质只能在历史尤其是社会生产的历史中得到体现，马克思并没有给出具体答案。但我们可以概括出类本质的特征：潜能或者潜在性（virtuality），社会协作性或者普遍性（universality），有意识的自由的活动。所谓普遍性就是人类在劳动过程中通过社会交往、协作而让自己的主体性不断越过自己，从而让自己与他人更加容易交流通约，因此我们可以将类本质视为跨个体（transindividual）[③]。这种“跨”不仅限于人与人之间，也是人与智能机器之间的组合协作，因此哈特和奈格里称之为机器式主体（machinic subject）[④]，这是有待实现的作为潜在性的主体。

这种去中心化的类本质观念与斯宾诺莎-德勒兹关于身体力量的理论是

---

① 〔法〕米歇尔 · 福柯:《性经验史》（增订版），佘碧平译，上海人民出版社，2005，第 93 页。

② Dyer-Witheford N, “1844/2004/2044: The return of species-being”, *Historical Materialism*, Vol 12, No. 4, 2004, p. 3.

③ Dyer-Witheford N, “1844/2004/2044: The return of species-being”, *Historical Materialism*, Vol 12, No. 4, 2004, pp. 6-7.

④ Hardt M, Negri A, *Assembly*, Oxford University Press, 2017, pp. 107-123.

一致的。我们并非封闭的原子式的个体，我们的力量也并非限于我们自身的身体之内，而是取决于我们影响他人以及受到他人影响的能力。在斯宾诺莎看来，身体是由其各个组成部分之间的关系构成的，而这些部分的数量和内容是可变的，因此我们不能将身体视为实体，而应该视为关系。当身体中出现新的关系，身体会更广大；当有关系破灭，身体就会萎缩或解体。①因此斯宾诺莎强调能够对我们造成积极影响从而增强我们力量的愉悦的相遇。但是因为资本主义生产关系所导致的异化劳动，工人在生产和生活中处于孤独无助的地位，其身体无法与外界形成任何关系，因此变得虚弱无比，其类本质就不可能有任何发展，工人只能沦为无知无识的劳动动物。

因此我们要做的是抛开人类主义、人类中心主义和物种主义等，去激发人的类本质。在生物技术、纳米技术、信息技术和认知技术等飞速发展的当下，我们如何思考人机互动，如何思考对人的能力的强化（超人类主义），如何思考人与动物以及自然的关系（动物研究和生态科学）？福山和哈贝马斯从人类主义的角度来维护人性的纯洁性，这无疑是不合时宜的。②超人类主义思想在某种意义上与尼采“金发碧眼的野兽”观念不谋而合，两者的根本问题都在于只注重少数强者的生命力——在资本主义体制下，毕竟只有极少数人能够利用新兴科技对自己的身体和心灵进行增强，而尼采所要恢复的，是贵族式的释放本能和生命力的任性而为。尼采在某种意义上认识到了现代性以来的问题，那就是生命力的萎缩，但他没有认识到，其根本原因在于劳动动物的大规模出现。我们如何恢复劳动动物的生命力？

斯宾诺莎关于身体的论述或许能给我们提供答案：凡能支配人的身体，使身体可以接受多方面的影响，或使身体能够多方面地影响外界物体之物，即是对人有益之物。一物愈能使身体适宜于接受多方面的影响，或影响外界的物体，则那物将愈为有益。③但这种物如何寻到？我们看到在资本主义制度下，物已经对人造成巨大的压迫，似乎物具有了能动性，而人只是被动的

① Hardt M, “The power to be affected”, *International Journal of Politics Culture & Society*, Vol. 28, No.3, 2015.

② 分别见 Habermas J, *The Future of Human Nature*, trans. Beister H , Rehg W,Polity Press, 2003;〔美〕弗兰西斯·福山:《我们的后人类未来：生物科技革命的后果》，黄立志译，广西师范大学出版社，2017。

③〔荷〕斯宾诺莎:《伦理学》，贺麟译，商务印书馆，1983，第 201 页。

生物。

马克思与斯宾诺莎的根本区别在于他对生产实践的重视，因为人的类本质是在劳动的过程即改变外部世界从而与他人结成关系纽带并改变自己的过程中所体现出来的。正如马克思所说，正是在改造对象世界中，人才真正地证明自己是类存在物。这种生产是人的能动的类生活。巴迪欧坚持认为自己通过数学得到的“类性”（générique）概念与马克思的类本质概念是相通的：“马克思把在其固有的解放运动之中的人类称作‘类性的人性’，而‘无产阶级’——‘无产阶级’这个名称——则是在其肯定形式下类性的人类的可能性的名称。对马克思来说，‘类性的’这个词命名了人的存在的普遍性的生成，而无产阶级的历史职能就是给我们提供人的存在具有的类性的形式。因此马克思的政治真理位于类性这一边，从来都不在特殊性的一边”[①]。这里的类性就是前面所说的通过生产历史与协作而达到的普遍性，而作为类性的人性就在这样的进程中得以实现。

正如鲁维恩克所指出的，马克思关于类本质的论述可以为后人类主义思想提供丰富的资源[②]，因为后人类主义思想不是关于后人类或者什么人类之后的存在——人类总要存在下去——而是关于人类主义的自主性幻象，强调的是与他者（包括机器）的相互依存。因此在生产和生活过程中，如何与他人、动物以及机器建立关系纽带，从而增强所有生物的力量，并且让人类的类本质得到最大范围的发展，让人更具普遍性即更为全面地发展，这或许是最为根本的任务。

第三节　生物识别、数字身份与神人类

2001 年的“9 · 11”事件的确是一个关键性世界事件，它之所以成为事件，不仅仅是因为伊斯兰激进主义者袭击了美国本土，造成大量的人员伤亡，

---

①〔法〕阿兰 · 巴迪欧:《哲学与政治之间谜一般的关系》，李佩纹译，中央编译出版社，2017，第 45-46 页，译文有改动。感谢蓝江教授让我注意到巴迪欧的这个看法。

② Roelvink G, “Rethinking species-being in the anthropocene”, *Rethinking Marxism*, Vol. 25, No. 1, 2013.

并让小布什总统宣布了“反恐战争”的开始，更重要的是，在反恐战争的名义下，美国成立国土安全部，对于一切外来的人员，无论是平民，还是大学教授，都要采集一系列的数据，除采集姓名、国籍、性别等传统档案数据之外，还需要采集指纹信息以及其他相关联的生物数据。之后，德国、法国、意大利、以色列等国家也相继推出了类似的规定。为此，欧洲一批知识分子和大学教授，表达了明确的反对意见。例如，2005 年，意大利左翼思想家阿甘本就因为不愿意在美国国土安全部系统中留下作为生命政治文身（biopolitical tattooing）的指纹，从而拒绝了纽约大学的短期课程的邀请，阿甘本说：“就我个人而言，我无意接受这样的程序，这就是为什么我无限期地取消了我原定于今年 3 月在纽约大学教授的课程。我想解释一下这种拒绝的原因，为什么尽管多年来我与美国的同事和学生都有着非常友好的关系，但我认为我的决定是必要的，也是最终的决定，为什么我希望其他知识分子和其他欧洲教师也会这样做。”[①]但是，这里面所呈现的问题，并非一个著名知识分子拒绝一个强权国家的生物识别系统那么简单，在一定程度上，阿甘本教授可以不去纽约大学讲授短期课程，但对于世界上很多人来说，为了能够进入美国，他们不得不屈服于这套生物识别系统。这套生物识别系统不纯粹是一个数据库，在反恐战争中，它最重要的功能是在人群中的诸多个体中识别出谁是可能的恐怖分子，谁是普通人，通过生物识别的数据来保障美国国土的安全。然而，今天的生物识别已经不再仅仅是识别恐怖分子的工具，它本身就成为一套标准，一套管制异端个体的安全体系。这是晚年福柯的安全机制，也是德勒兹的控制社会，然而这一切在提升资本主义国家和社会的安全的同时，也将所有的规范性个体纳入数据化和生物资本控制的体系之中，即生产出符合这种安全机制的主体，这种主体已经不是传统市民社会下的人类，而是一种新人类。那么，未来的生命政治，或许正是通过生物识别和数字身份安全机制，制造出更依赖于数字技术、生物技术和智能技术的新人类。这是一种福柯和德勒兹等人未曾预见到的生命政治，也是阿甘本、奈格里、埃斯波西托等人正在见证的生命政治，一种面向未来人类的后人类生命政治，

① Agamben A, “No to biopolitical tattooing”, *Communication and Critical/Cultural Studies*, Vol. 5, 2008, p. 201.

或者用赫拉利的话来说，一种神人类生命政治。

一、示播列：生物识别技术的兴起

1962 年 2 月 13 日，策兰在法国巴黎。

这一天，无数的巴黎人走上街头，悼念 1961 年 10 月 17 日在巴黎查伦（Charonne）地铁站外为反对法国殖民者和阿尔及利亚战争，被法国警察打死的 8 名共产党员，以及在阿尔及利亚战争中，被殖民警察局局长帕彭屠杀的阿尔及利亚民族解放阵线和抵抗运动的人员。人民在大街上，团结在一起，与法国军警抗争。德国犹太裔诗人策兰，见证了巴黎人的这一英勇的举动，于是，他决定，用自己的笔来记录下这场非同寻常的斗争。他将这首在巴黎创作的新诗命名为“归一”（*In Eins*），在诗歌的开头，他就十分明确地写道：

2 月 13 日，心中要道出
被唤醒的示播列
与你们一起
巴黎人民
禁止通行！[①]

在这首诗中，最难以理解的是示播列（Schibboleth）一词。这个词来源于希伯来语，其原意是麦穗。但是，在《士师记》中，示播列却获得了另一个含义。基伦人耶弗在一场战役中，击败了法莲人，但幸存下来的法莲人，试图渡过约旦河，逃回到他们的故土。守卫约旦河渡口的基伦人士兵无法分辨出渡河的人中，哪些是基伦人，哪些是法莲人，于是这些士兵想出了一个很阴毒的办法。由于法莲人舌头平直，他们无法发出基伦人舌叶音的 schi 的发音，对于麦穗（schibboleth）一词，他们只能读成非舌叶音的 sibboleth，听起来更像是西播列，根据这个差别，基伦人成功地捕获了大量的法莲人幸存者，并随之将他们屠戮。无独有偶，在 1911 年武昌起义之后，负责把守城门的革命军将“六百六十六”作为进出城门的口令，因为在武汉本地口音中，“六”发音近似于“楼”，那些来自北方的八旗兵不能准确发出武汉口音的“六”

① 转引自 Derrida J, *Schibboleth: Pour Paul Celan*, Galilée, 1986, p. 42.

的发音，从而被革命军俘虏。无论是在《士师记》中的基伦人的示播列，还是武昌起义时的“六百六十六”，实际上都构成了最早的生物识别手段，因为习俗的养成，造成了发音器官和口腔中的生理差别，这种差别在常规状态下只是一个很普通的差别，但是，在特定情况下，发音上的区别成为辨识不同身份的依据。这样，发不出基伦人舌叶音 schi 的法莲人和发不出武汉口音“六”的北方人，都成为原始的生物识别标准的对象。

德里达看到了在“示播列”案例中更为深层因素，他指出：“在语言的边界上，一个人必须正确地说出示播列，他才能获得通行的权利。”这样，示播列成了“一个通行密令，不是穿行当中的一个词，而是一个像口令或握手一样被传送出去的沉默的词，一个召集的密语，一种成员身份的标符，一个政治的暗号”①。德里达的意思是，示播列在这里早已剥离了它在语言学范围的意义，那里没有麦穗，只有一个通关口令，只有你道出了示播列的正确发音，才能成为策兰诗歌标题中的“归一”。策兰的标题显然是深思熟虑的结果，在一定程度上，它表达的意思是，在什么样的情况下，一个人（homo）或一个生命体（vivant）才能算作一种人格（personne）。正如阿甘本指出的，人格这个概念的词根是 persona，在拉丁语中，原意是戏剧中的面具，“正是通过面具，个体才获得了角色和社会身份”②。那么，如果联系到阿甘本在 bios 和 zoē 之间作出的区分，就不难理解，只有我们具有 persona 的面具的时候，我们才能被归为一，才具有了人格，并作为公民参与正常的政治事务。那么具有人格的关键在于身份和辨识的计数，即策兰的“归一”，只有正确地用自己的舌头道出“示播列”，我们才能获得一个人格，获得正常生活的身份。相反，说不出示播列的人，瞬间变成生物学意义上的生命体，变成了一个赤裸生命。这些不能说出示播列的人，不能被“归一”，他们面对的禁令，正是策兰用西班牙语写下的暴力式的口令：“禁止通行！”（No Pasarán！）

那么，对于阿甘本来说，在我们进入美国之前，预留下的指纹何尝不是新的示播列呢？唯一不同的是，以前的示播列是用在场的方式亲口说出，而今天的指纹信息则是将我们的指纹数字化。进入庞大的指纹数据库中进行比

① Derrida J, *Schibboleth: Pour Paul Celan*, Galilée, 1986, p. 46.

②〔意〕吉奥乔·阿甘本:《裸体》，黄晓武译，北京大学出版社，2017，第 87 页。

对，可以分辨出留下指纹的对象是否已经犯案或是潜在的恐怖分子或危险人物。即便我们能够顺利进入美国，美国根据留下的指纹信息，也可以追踪到对象的活动轨迹，从而实现国家对具体个体的监视与控制。这样，指纹变成了一种数字时代的示播列，一种被存入数字档案库的示播列。当然，那些没有威胁的人，与曾经能道出正常的示播列发音的基伦人一样，相当于周围的世界一切照常，仿佛什么事情都没有发生过。但是对于那些潜在的恐怖分子和危险人物来说，他们丧失了在公共空间活动的自由。他们住旅馆、乘坐交通工具，甚至出现在公共场景中的活动轨迹会迅速被国土安全部捕捉，国土安全部锁定他们所在位置，甚至将他们直接消灭。由此可见，示播列的故事在今天或许只是一个传说，但我们有着比示播列更厉害的工具，而这一切都是从阿甘本拒绝留下数字指纹痕迹开始的。

指纹作为身份的生物识别技术，或许在古代就出现了，如人们在对古巴比伦的考古发掘中，发现了巴比伦人早在公元前 6 世纪就将用指纹封印的印泥来作为商业契约的保证。[①]在这种带指纹印记的契约中，正是由于指纹在生物识别上的唯一性，它才成为商业契约真实性的保证，也就是说，指纹直接证明了是谁签订了这份契约，是谁为契约的真实性提供了保证。不过，指纹作为现代治理技术，却诞生得很晚。根据科尔的研究，苏格兰场的指纹系统实际上来源于印度殖民地。1857 年 5 月 10 日，在英国殖民统治下的印度北方邦的密特拉，英国军官在分给印度士兵（sepoys）的来福枪子弹上，涂抹了猪油和牛油，这种举动，直接触怒了印度士兵中的印度教徒和穆斯林，随后酿成了席卷整个印度北部的兵变，德里、坎普尔、勒克瑙等城市都一度被兵变的印度士兵攻陷。在英国殖民者恢复了秩序之后，新上任的总督赫施乐决定使用指纹系统对印度士兵进行一一识别："赫施乐和其他殖民官员一样，相信当地人正在欺骗英国官员，因为英国官员无法将一个印度人与另一个印度人区分开来。"[②]这种困境不仅出现在了防止印度士兵叛乱上，赫施乐发现在发放养老金或其他津贴的时候，印度当地人会利用英国殖民者分不

---

① 参见 Pugliese J, *Biometrics: Bodies, Technologies, Biopolitics*, Routledge, 2012, p. 49.

② Cole S A, *Suspect Identities: A History of Fingerprinting and Criminal Identification*, Harvard University Press, 2002, p. 64.

清不同印度人的特点，反复领用或冒领养老金。为了杜绝这种现象，为了让真实的印度人与养老金上的名字一一对应，赫施乐采用了这种指纹系统。随后，这种系统不仅用来防止印度士兵叛乱或管理养老金的发放，而且也变成了英属印度的刑事和民事治理的一般程序。科尔指出：“英国殖民官员‘发明’的指纹识别既与压制犯罪活动有关，也与维护国家作为法律纠纷仲裁者的权威有关。然而，民事诉讼是在殖民环境下进行的，在这种环境下，被统治者假定的劣等地位及伴随而来的欺骗和欺诈促使人们寻求更有效的社会控制和身份认同。因此，毫不奇怪，赫施乐的想法最重要的应用是识别罪犯，同时控制和遏制印度人的犯罪。”[①]这样，指纹系统已经远远超出了原先防止印度士兵叛乱的功能，它成为英国殖民者治理印度人的一般工具，也成为现代生命政治的一个典范。

在赫施乐的指纹治理的案例中，我们需要注意以下几点。①在英属印度，指纹治理仅限于印度人，也就是说，英国人和其他白种人是不需要录入指纹档案的，他们凌驾于印度人之上，而科尔的结论是，印度人是“低下的”、“劣等的”，他们需要用这种方式来治理。相反，“高等的”盎格鲁-撒克逊人则无需这种待遇。②由此引出的问题是，指纹系统事实上成为英属印度的示播列，盎格鲁-撒克逊人或其他白种人是具有资格的身份（即 bios），他们天生具有示播列的特性。指纹系统是档案化的示播列，只需要“下等的”印度人出示，并被纳入“高等的”英国人统治的秩序之下。③指纹系统与示播列不同的地方在于，示播列仅仅在于从生理上识别一个族群，例如将法莲人与基伦人分开，而指纹系统不仅能将印度人与英国殖民者分开，而且还可以追溯到具体个体。

也就是说，指纹的生物识别，同时具有族群识别和个体识别两种性质。对于族群识别，是一种宏观的整体控制，这正是福柯在《必须保卫社会》最后谈到的在现代社会中民族主义诞生的悲剧，由此产生了以生物性特征区分的民族和种族，这是福柯式生命政治的开端，它着眼于种族或民族的整体安全。在赫施乐的例子中，殖民者对印度人的指纹识别，其目的并不是保证印

① Cole S A, *Suspect Identities: A History of Fingerprinting and Criminal Identification*, Harvard University Press, 2002, p. 65.

度人的安全，而是保证殖民者的安全，或者说印度人在指纹系统下的有条不紊的生活是殖民者在英属印度安全的前提条件。与之相对应，个体识别是为族群识别服务的，也就是说，为了保障殖民者的安全，必须在印度人之中把那些可能造成威胁的可疑分子挑选出来，这些人中有罪犯，有骗取养老金的人，也有潜在的叛乱的士兵，总而言之，通过指纹识别，将一切威胁到英国殖民统治和盎格鲁-撒克逊人安全的因素都加以消灭，让英属印度成为殖民地治理的典范。

有趣的是，福柯看到了这种殖民地的治理模式对整个现代西方社会的反噬，福柯指出："这样我认为我们看到了在16世纪末，殖民活动对西方法律—政治结构的反作用，这如果不是最早的，也是最早之一。不要忘记殖民携带着自己政治的及法律的技术和武器，理所当然地把欧洲的模式带到其他大陆，但是它有同样多的对西方权力机制、对权力机关、制度和技术的反作用。有一系列的殖民模式被带回欧洲，使西方同样可以进行某种形式的殖民，内部的殖民主义。"①福柯在这里指的殖民模式，其中就包括了赫施乐指纹系统，这些指纹系统在反作用于西方治理体系之后，产生了一个结果，原先仅仅用在"低等的"印度人身上的生物识别系统（指纹），现在被应用到所有的西方人身上，如果说在殖民地，这种生物识别系统在于控制本地的印度人，那么，在欧洲和美洲，指纹的生物识别系统又是在控制什么呢？仅仅是在控制那些异常的存在者（如罪犯、疯子等）吗？答案既是，也不完全是。因为殖民地的统治者在这些生物识别系统之中看到了另一种力量，一种不同于传统欧洲治理的力量。

二、身份系统：人口控制与精准识别

1976年，福柯将其在法兰西学院的讲座命名为"必须保卫社会"的原因在于，在19世纪，形成了一种不同于古代王国的"社会"。不过，福柯的社会概念的界定显然不同于那些启蒙思想家、人文主义者和进步主义者，或者说，福柯的社会概念从一开始就带有一种阴暗的色调。福柯说："如果说，在19世纪，权力占有了生命，如果说，在19世纪，权力至少承担了生命的

---

①〔法〕米歇尔·福柯：《必须保卫社会》，钱翰译，上海人民出版社，1999，第91-92页。

责任，那么也就是说通过惩戒技术和调节技术两方面的双重游戏，它终于覆盖了从有机体到生物学，从肉体到人口的全部。”[①]福柯笔下的社会，实际上就是这种“从有机体到生物学，从肉体到人口”的过渡，而所谓的保卫社会就是生命权力的诞生，它旨在维护一个社会的安全，从而将所有可能威胁到社会安全运行的风险降到最低，甚至对之进行彻底清除。那么，我们究竟怎样来理解福柯的“从有机体到生物学，从肉体到人口”的过渡呢？

不难理解，政治实际上包含了两个层次，在阿甘本那里，这两个层次分别对应于 bios 和 zoē。那么在统治者治理的层面上，也有两个层次，一个是以生物性身体存在的平民，另一个是被权力或治理所关注的身份。例如，在中国古代的治理中，治理的基本单位是户，每一户具体有多少人，其实在官府的数据中是不健全的。在这个意义上，治理技术的欠缺，导致了实际上的生物性生命并不直接成为政治治理的对象。相反，如果考取功名，即便是乡试上榜，也有详细的档案记载，这样的童生、秀才、举人、进士，进入整个政治体系的关注对象之中，成为明显可见的现象。中国古代的政治体系，尤其是明清时期的政治体系实际上就是以官僚体系为核心的治理体系。这种官僚体系的后果是，政治被撕裂成两个部分，一个部分是真实的生命体系，另一个部分是官僚系统中对应的形式体系。关键在于，在统计技术、档案技术、算法技术都十分落后的情况下，这两个体系无法建立起准确的对应关系，这样，权力在通过官僚的形式体系来对真实的生命体系发挥作用时，就会遇到巨大障碍，甚至出现了所谓的“皇权不下县”或“皇权不出紫禁城”的情况，这并非明君或昏君的区别，而是在落后的治理技术下必然出现的状态。

为了解决这个问题，就必须建立生物性体系与官僚形式体系之间的对应关系，而在这两者之间，人口便成了核心问题。福柯指出：“在两个层次之间有一个完全彻底的断裂，一个属于政府的政治经济行动，这是人口的层面；而另一个层面是一系列各种各样的人的层面，人口与此无关，得到应当的治理，受到应有的控制，接受应有的鼓励，它将得到在它这个层面上相应的东西。杂多的个人（multiplicté des individus）是不相关的，而人口（population）

①〔法〕米歇尔·福柯：《必须保卫社会》，钱翰译，上海人民出版社，1999，第 238 页。

是。”[①]在福柯这里，可以被政治经济学体系所治理的对象是人口，因为人口是被数据化和统计化的量，用阿甘本的话来说，人口是已经具有了生命政治文身的概念，它已经被纳入政治治理的体系之中。生物性的身体，zoē，或者用福柯的话说，杂多的个人，则不在政治的视野之内，在传统政治中（如牧领政治），个体的生物性身体并没有在政治经济治理的框架中呈现为一个对象，因为它们不能被归档，不能被统计，不能被数据化，准确来说，它们不构成一个示播列，也无法被纳入正常秩序之下。在传统政治中，生物性身体的杂多个体与具有政治资格的对象，有着一道鸿沟，而牧领权力、国王权力以及贵族权力都无法真正触及生物性生命，而古代政治哲学就是在有资格的生命的范围内运行的，并将生物性生命排斥在政治领域之外。

一旦人口统计学进入现代政治之中，一切就发生了变化。原来无法被纳入政治治理范围的生物性生命，变成了政治权力直接作用的对象。在福柯看来，生命权力直接“作用于生命”，这样，“它试图控制可能在活着的大众中产生的一系列偶然事件；它试图控制（可能改变）其概率，无论如何要补偿其后果”[②]。也就是说，滥觞于19世纪的生命权力，将原先不可纳入政治治理范畴的生物性生命纳入政治之中，让生物性生命直接成了政治对象，而作用于这种生物性生命的权力，就是生命权力（bio-pouvoir），在这种生命权力支配下的政治就成了生命政治（bio-politique）。通过人口统计，所有的生物性个体经过数据采集、辨别、区分，被纳入到国家行政管理体系之中，建立档案，并被进行族群分类，这样，具有诸多差别的杂多的个体不再是自发性的生物状态，而是成为生命权力直接对应的对象，在生命政治体制之下，国家观测着人口数据的变化，而政治治理也不再是某个君王个体权力的使用或滥用，而是形成了凌驾于个体之上的国家理由（raison d’ État）。那么，生命政治的治理考察的不再是个体和个体之间的利益和关系，而是将个体转为统计化和数据化的人口，用人口的思维重新来构建国家和政治治理的思路。这样，国家行政治理的目标不再是保护某些个体的安全，而是保障一个整体

---

①〔法〕米歇尔·福柯：《安全、领土与人口》，钱翰、陈晓径译，上海人民出版社，2010，第33页。这里的译文根据法文版略有修改。

②〔法〕米歇尔·福柯：《必须保卫社会》，钱翰译，上海人民出版社，1999，第234-235页。

的安全，尽可能地避免任何偶然因素对整体系统的干扰，从而保障在人口层面上的社会的总体运行。这就是福柯所谓的“必须保卫社会”的根本原因，所谓的“保卫社会”就是保障这种在人口总体上的安全。所以，生命政治的诞生，从一开始就区别于纯粹个体和特殊群体的安全，国家政治不再纯粹保护国王和贵族的利益，也不会像英属印度那样只关注殖民者群体的安全。福柯意义上的生命政治概念，虽然还带有明显的种族色彩，但在他的分析中，实际上已经指向了一种更为宏大的生命政治蓝图，即将所有可能的生物性生命都纳入一个巨大的统计和数据框架下，并利用这个数据框架，实现一个更为宏大的治理体系的良性运转。

这种治理体系的关键在于，需要在生物性个体与以数据和统计为基础的治理体系之间建立起准确的对应关系。这就需要将原先不可能被数据化的生物性身体纳入统计之中，赋予它们一种在治理体系下可以通用的形式，这个形式就是身份。阿甘本曾经提到，19 世纪 70 年代法国巴黎警察局的一位名叫贝蒂荣的小官员发明了一套系统，即“立足于人体测量学和面部相片识别技术的犯罪识别系统。几年以后，它将以‘贝蒂荣测量法’闻名于世。不管谁以什么理由被拘留或逮捕，都会立即进行一系列人体测量，包括头颅、手臂、手指、脚趾、耳朵和脸部。根据这一系统——贝蒂荣称之为‘人物肖像描述法’——一旦嫌疑人拍完正面和侧面两个头像，这两张照片就会粘到‘贝蒂荣卡片’上，后者包含了嫌疑人所有的有效身份信息”[①]。贝蒂荣测量法虽然是 19 世纪的产物，但不难发现，在今天的治安系统中仍然存留着贝蒂荣测量法的影子。贝蒂荣测量法的价值并不在于它的伦理性和规范性，而是在于从贝蒂荣测量法开始，生物性身体的素材被有效地转化为数据，并储存在一个巨大的数据档案库中。对于这种数据化，个别个体的测量并不会产生巨大的社会效应，不过一旦这个生物测量的数据库达到一定的层次，就可以产生不可估量的价值。比如说，一个在数据库中的犯罪记录，可以为将来发生的罪案提供比对，所有的信息材料可以在新的案件中形成关联，并有助于警方循着档案数据抽丝剥茧，找到可能的嫌疑犯。在今天的大数据技术的推动下，这种精准的数据比对变得更加便捷，许多悬案通过生物测量数据库中精

① 〔意〕吉奥乔·阿甘本:《裸体》，黄晓武译，北京大学出版社，2017，第 92-93 页。

准的算法比对，得从侦破。其中最为典型的就是甘肃白银连环杀人案的侦破，正是精准的 DNA 数据库帮助警方找到了隐藏多年的真凶。

我们看到，通过贝蒂荣测量法，通过建立广泛而精准的生物数据库，实现了福柯在《必须保卫社会》中的“从有机体到生物学，从肉体到人口”的过渡，在今天，数据身份的建立，意味着传统的在政治之外的肉体的消亡，被数据化意味着所有的生物性个体变成了人口，他们不再是可以逃逸的生命体，而是拥有了现代生命政治治理技术之下的身份。正如南希所说：“可识别的或可确认的身份。我们对此有一个名称：公民身份。正确意义上的公民身份登记册，以及与之相关的大量身份证明和定位文件、就业证明、失业证明、教育证明——所有这些都与可识别意义上的身份有关。”[①]南希实际上说得较为隐晦，他想表达的意思是，这种可以识别的身份，决定了我们存在。换言之，唯有当我们可以被数据和身份识别时，我们才存在，才具有公民的地位。在今天，这种识别不仅仅依赖于南希所提及的各种证件和档案，更依赖于各种生物识别的数据，如指纹、面容、视网膜、步态、热成像等，只有当我们成为这些数据的时候，我才是我，我才作为一个有资格的生命体存在。库普曼在这个方面说得更为直白：“今天，我们的数据就是我们之所是的一部分。我们的名字或许不会镌刻进我们的血肉，但我们却被数据化的身份所文身，我们通常在这样的数字身份下承担我们的人格。今天时兴的生产身份的信息技术机制，就是现代性的一个深刻的遗产。”[②]

这个遗产意味着，现代生命政治实际上是在两个层面展开的。一个是宏观层面，即人口控制。因为治理和安全的条件是每一个人的身份都建立起对应的关联，并形成了巨大的身份数据的整体，生命政治治理的对象不是每一个个体，而是这个人口总体，严格来说，是由身份数据信息构成的人口大数据总体，这个总体的目的在于保卫社会的安全。因此，人口统计数量、出生率、死亡率、男女比例、文化程度、老龄化程度、犯罪率等成为调节整体国家和社会安全的基本数据。另一个是微观层面，即对个体的精准识别，而识

---

① Nancy J L, *Identity*, Fordham University Press, 2015, p. 35.

② Koopman C, *How We Become Our Data: A Genealogy of the Informational Person*, The University of Chicago Press, 2019, p. 30.

别的工具就是生物性身体的数据，例如在2020～2022年新冠肺炎疫情期间，核酸检测和抗体检测数据成为最重要的生物识别数据，因为这是将健康的人与感染者区别开来的重要数据，而对于确诊病例，我们不仅需要知道他的核酸检测数据，也需要精准定位他曾经去过的地方，通过行程码、健康码可实现对其精准的数据化追踪，并可根据我们手机中的大数据行程图来锁定整个轨迹，同时排查其可能接触到的人，并对其进行隔离。不过，个体的精准识别实际上依赖于宏观上的人口控制，所需要识别的仅仅是对人口总体造成风险的个体，之后将他们作为潜在的风险加以隔离或排除。可以说，在数据化的身份系统下，生命政治才获得了最彻底的发展，这是在数据之眼下的福柯全景敞视主义，在可以随时被生物识别、随时被数据追踪的身份系统下，生命政治让社会变成了一个“透明社会”，正如韩炳哲所说，“数字化全景监狱的特殊性首先在于，居民们通过自我展示和自我揭露，参与到它的建造和运营之中。他们在全景市场上展示自己”[①]。于是，在数字化的身份系统下，我们不仅将自己数据化，也将自己透明化，我们不再是独立的理性自律个体，而是高度依赖于巨大的数字控制网络的身份个体。一旦进入高度数字化的循环当中，一旦我们成为某个用户、某个玩家、某个友邻等，我们应彻底使自己的生物性生命蜷缩在数字身份构成的枷锁之下，我们被不同的系统、APP或平台识别，我们的面容、我们的指纹、我们的视网膜成为解锁手机或电脑，打开有权限设定的安全门甚至支付的手段时，我们已经无法逃逸，成为那个游牧的身体了。因为一旦我们今天面对手机或电脑等终端设备的屏幕，甚至在大街上、在教室里、在其他公共空间里被监控摄像头所识别时，我们已经成为那个数据化的身份，而这个身份隶从于一个更庞大的体系，我们知道自己不过是这个体系中微不足道的一粒尘埃。

三、神人类：智能增强与打破生命政治的迷思

当然，我们不要忘记，无论是高度发达的生物识别体系，还是将所有人和生命体链接起来的身份数据体系，实际上背后都离不开一个庞大的算法和控制系统。这个是控制论之父维纳的设计和理想，正如维纳指出的：“现代

① 〔德〕韩炳哲：《透明社会》，吴琼译，中信出版集团，2019，第79页。

高速计算机的原理其实就是自动控制装置中完美的中枢神经系统，并且它的输入和输出方式不一定非要采取数字或图形，而可以相应地采用人造感觉器官，像光电池和温度计，以及马达或螺线管那样的。通过应力计或类似的设备感知这些运动器官的行动，并作为人造的运动感觉向中枢神经系统报告、'反馈'，这样，无论多么复杂的机器，我们都能制造出来。"[①]尽管维纳所处的时代尚未进入数字化社会，他所能想到的提供信息的元件和设备还只是类似于光电池、温度计或应力计之类的20世纪的产品，但他的设想是，所有这些设备将所感知和记录的信息传递给一个中枢神经系统，即一台超级计算机，并在这台超级计算机的控制下，让社会和生活能够有条不紊地进行。不过，维纳的控制论思想仅仅停留在理论上，并没有付诸实施，所以，他在有生之年，并没有真正看到一个实用的控制论模型。不过，这个状况很快就被改变了。1971年7月，英国控制论学者比尔意外地收到了来自南美洲国家智利的信件，信件是由一位叫作弗洛雷斯的工程师寄来的，那个时候，智利的左翼联盟政党"人民团结阵线"上台执政，而新当选的智利总统阿连德决定让智利走上社会主义道路。阿连德认为维纳的控制论会让智利更加接近社会主义的理想，在这种思维的推动下，他决定在智利范围内进行一场控制论革命，即Cybersyn计划。在比尔和弗洛雷斯实施的Cybersyn计划中，除一般性的电传网络、统计软件和经济模拟器之外，他们需要实现维纳提出的中枢神经系统，即指挥室（或称控制室）系统。电传网络的功能在于收集和传递信息，而统计软件则是对收集到的信息进行分类和处理，经济模拟器是一种算法，在于模拟各种经济决定在不同参数下产生的各种后果。当然，所有这一切都依赖于作为中枢神经系统的指挥室。正是这个指挥室，成为阿连德社会主义和比尔等人控制论的特色，"在Cybersyn的四个子项目中，指挥室最能体现整个项目的精髓：不同于苏联的另一种社会主义现代化。这个房间的未来主义设计风格，以及对使用者的关注，全靠国家科技学院有自己的专业设计师团队。这支团队在阿连德当选前压根不存在"[②]。不过，在阿连德的

①〔美〕诺伯特·维纳:《控制论：关于动物和机器的控制与传播科学》，2版，陈娟译，中国传媒大学出版社，2018，第39页。

②〔美〕伊登·梅迪纳:《控制论革命者：阿连德时代智利的技术与政治》，熊节译，华东师范大学出版社，2020，第136-137页。

时代里，指挥室并不完全是由纯粹计算机来控制的，比尔为智利设计的控制论社会主义的模型，仍然将决策者放入了指挥室，正如比尔认为的，指挥室“实时接收来自各个受控系统的信息，并用计算机来‘提炼信息的内涵’。提炼后的数据会显示在彩色电视屏上。至于指挥室里的人，比尔称他们是‘对宪政领导负责的官员’，他们会用指挥室里的信息来运行模拟程序，并对未来的系统行为提出假说”①。因此，在智利控制论社会主义的模型中，处于中枢神经系统的并不完全是超级计算机，超级计算机只是一个算法分析系统，而真正的决策者仍然是人，是那个处于智利社会主义权力中枢的阿连德及其团队。当然，阿连德和比尔的控制论社会主义最终失败了，而依靠军事政变上台的皮诺切特用屠刀宣告了人类历史上第一次以国家为单位的控制论实验的终结。当然，我们将智利控制论社会主义的失败完全归咎于皮诺切特的军事政变是不公允的。因为在阿连德统治后期，依赖于 Cybersyn 的计算机和指挥室体系做出的经济和政治决策并没有带来经济的繁荣和社会的稳定，相反，智利出现了大量的物资短缺、物价上涨、通货膨胀率上升、人民群众的生活水平下降等现象，这与 Cybersyn 设计的初衷是相悖的。显然，智利控制论社会主义的失败，让全世界试图以超级数据库和计算机来建立美好生活的泡沫破灭了，不过对于欧洲的一些左翼思想家来说（如埃斯佩霍），Cybersyn 的失败事实上不是控制论理念的失败，而是数据收集、传递、储存、分析能力以及中枢处理能力的失败，他们认为智利实际上在 20 世纪 70 年代并不拥有能够处理这样任务的计算机和数据系统，这也是智利的指挥室后来连连做出错误决策，最终导致智利社会陷入动荡的根本原因所在。

不过，在今天，我们已经不可能再去重复阿连德的实验，但是阿连德的思想成为后世许多乌托邦或反乌托邦小说、电影、游戏作品中的模型，例如《神经漫游者》中的“冬寂”、《黑客帝国》中的 Matrix、《疑犯追踪》中的机器宝宝和撒玛利亚人、《西部世界》中的雷荷波，都是中枢神经系统，它们都不断通过各种数据传感器和中继器，监控和控制着人类社会的一切，它们做出决定，控制着我们每一个人的生命。在《赛博朋克 2077》这样的游戏

①〔美〕伊登·梅迪纳:《控制论革命者：阿连德时代智利的技术与政治》，熊节译，华东师范大学出版社，2020，第 46 页。

中，不仅我们的生物性身体的数据可以被系统所提取和分析，而且我们大脑中的所思所想也可以被数据化，我们大脑中的思维活动变成了脉冲数据被储存起来，甚至被一家名为荒坂（Arasaka）的公司制作成脑舞（braindance）产品，可以复制生产，让我们体会其他人的所思所想。在这样的时空里，我们感觉到，这是一个已经被数据技术和人工智能攻陷的社会，智能科技并没有为我们带来更平等、更公正、更舒适的社会，相反，在《赛博朋克 2077》以及《看门狗 3》所塑造的充分体现完全被数字监控和算法治理的社会中，人们并没有走向世界大同，大数据、智能算法、智能机器人、中枢计算机成为大资本集团和科技新贵控制社会的工具，国家已经被这样的集团所架空，人们陷入一个更深刻的不平等之中，人们为了改善未来生活，试图建立理性共同体的工具（如超级计算机和控制系统）。在这些作品中，智能技术已经反过来吞噬了人类自身，然而，这一切真的是我们未来的发展趋势吗？

在已经略显保守的人文主义者们担心人工智能最终是否会取代人的时候，回到海德格尔那里，或许可以给我们一个更好的思路。海德格尔说："是否技术将人变成了它的奴隶，还是人成为技术的主人？也许这个讨论很多的问题已经是一个浅薄的问题，因为人们忘记去问，只是何种样式的人才能够'掌握'技术。"[①]海德格尔一下子就指出了人文主义在面对未来技术和人工智能时的孱弱，人本身是一个抽象的概念，早在福柯的《词与物——人文科学考古学》中就宣告了这种抽象的人的形象在沙滩上的消逝。马克思也曾经批判了青年黑格尔派和费尔巴哈的抽象的人的概念，但是这样的抽象的人的概念，仍然被一些当代的思想者拿来作为工具面对数字技术、生物技术和智能技术的发展，将抽象的人与抽象的人工智能这个虚构的对立作为他们思考的前提，所以，在这样的虚构的对立之下，只能看到要么人类掌握技术，要么人被人工智能所淘汰的简单化的结论，即海德格尔所说的"十分浅薄的问题"。因为人类从来不是铁板一块的总体，在海德格尔的追问下，总有人掌握着技术，而另一部分人则沦为技术的附庸。在《解除好友 2：暗网》中，那些只能以普通方式使用网络和智能设备的玩家，成为那些暗网玩家的猎物，他们掌控数字网络的技能，足以让任何一个普通玩家从"世界上"抹除。

---

① 〔德〕马丁·海德格尔:《巴门尼德》，朱清华译，商务印书馆，2018，第 127 页。

在这个意义上，一些人拥抱了技术，通过新的生物技术和智能技术改造了我们的身体和心智。以色列历史学家赫拉利将这种拥抱了技术进步的人类称为神人类，赫拉利指出：“21 世纪的主要产品将会是人的身体、大脑和心智，懂得与不懂如何进行这些大脑及身体工程的两种人，彼此的差距将远远大于狄更斯的英国和马赫迪的苏丹。事实上，还会大于智人与尼安德特人之间的差距。在 21 世纪，搭上列车，就能获得创造和毁灭的神力，留在原地，就面临灭绝。”①在赫拉利那里，人类在面对生物技术和智能技术的时候，面临两种选择，一种人选择了智能增强，即选择了进化的下一个阶段，让自己从智人（Homo sapiens）走向了神人类，另一种人在捍卫人类所谓的最后的尊严，在数字技术、生物技术和智能技术面前，选择了高筑堡垒，甚至试图用政治来死锁科技。赫拉利认定这势必导致不平等的升级，一方面“有些人仍然会不可或缺，算法系统也难以了解，而且会形成一个人数极少的特权精英阶层，由升级后的人类组成。这些超级人类将会拥有前所未有的能力及创造力，让他们能够做出许多世上最重要的决定”，而与之相反，“大多数人并不会升级，于是也就成了一种新的低等阶级，同时受到计算机算法和新兴的超人类的控制主导”②。换言之，我们今天面对的情况是，数字技术和生物技术并没有为我们提供一个更平等和更和谐的社会，在《赛博朋克 2077》或《美丽新世界》中的景象或许真的会在未来实现，未来会形成一种新的种姓制度，一种可以在生物体征上进行识别的生命政治制度，得到智能增强的人类，成为这个世界上的 α 等级，而另一些人类虽然还存在着，但他们只是以纯粹生命的方式活着，成为这个世界上的无用阶级，这些无用阶级高度依附于数字和智能网络，他们成了未来数字时代的赤裸生命，而在赫拉利的《未来简史：从智人到智神》中，这种赤裸生命已经为我们呈现了在智能强化的神人类之下的智人的生命政治的雏形。

这是一种新的生命政治，在以往，不同社会阶层的区分尽管有生理上的区分（如黑人、颅相学、贝蒂荣测量法等），但总体上阶级的区分是一种政治经济学的区分，在资产阶级和无产阶级之间的鸿沟可以通过人为的革命和

---

①〔以〕尤瓦尔·赫拉利:《未来简史：从智人到智神》，林俊宏译，中信出版社，2017，第 248 页。

②〔以〕尤瓦尔·赫拉利:《未来简史：从智人到智神》，林俊宏译，中信出版社，2017，第 313 页。

再分配来克服。但赫拉利带来的是一种在生物上的绝望，由于生物的智能增强，上层阶级已经在体力、智力、敏捷、记忆力等各个方面都远远胜于普通人类，那么未来阶级的划分就是生物性的划分，一个在生物性身体上就已经注定了的划分，在赫胥黎的《美丽新世界》中，经过完美基因改造的 α 等级，可以随时歧视更低等的 β 和 γ 等级，而下层人的存在仅仅是因为他们的生物性身体仍然是巨大的智能系统运行的一部分。那么，对于今天的社会批判理论来说，并不是去杞人忧天式地担忧人工智能是否有一天会彻底取代人类，而是要避免在今天的生物技术和数字技术的智能增强作用下，形成更大的生物性的不平等，在普通人和神人类之间形成无法跨越的生命政治的鸿沟。

我们可以看到，马斯克的脑机互联（Neuralink）计划正在向着赫拉利预言的方向前进，连马斯克本人也提出，如果不加入新的人工智能的超级大脑计划，人类将很快变成动物园的大猩猩。是的，马斯克似乎再一次重复了库兹韦尔的人工智能将掌控一切的“奇点将至”的宣告，而“奇点将至”似乎也标志着从生物识别技术开始的生命政治的完成，最终那些不能进化到神人类的人只能陷入无限的生命政治的循环当中。为了打破这种生命政治的迷思，齐泽克在他的新书《连线大脑中的黑格尔》中的建议十分具有启示意义。

> 这并不是说我们会喜欢在我们的动物园里的愚蠢无知的新生活，被仁慈的人工智能照顾着，而是从更为激进的意义上说：如果我们假设奇点的终极空间不是一个无所不在的单一空间，而是由诸多不一致构成的混合物，我们在奇点之外并不意味着我们的自由降到了最低，而是可以触及这个多面向的奇点的不同侧面，这又会如何呢？①

的确，如果要打破未来生命政治的迷思，我们就不能使神人类取代人类，或者说，不能把人工智能将完全控制着我们的生物性身体作为唯一的可能性。正如齐泽克所说，未来的奇点是多种面向、多种可能性的，生物技术和智能技术在创造更严密的控制的同时，也的确产生着新的潜能。未来的智能社会必然不是人类的终结，也不是生命政治的完善形态。因为在利维坦的控制下，

---

① Žižek S, *Hegel in a Wired Brain*, Bloombury Academic, 2020, p. 185.

必然会诞生新的比希莫特，一种属于智能时代的反抗精神。新技术将我们带向数字时代的生命政治的同时，也为我们开启了新的批判和抵抗的可能性。

参考文献

〔法〕阿兰·巴迪欧:《哲学与政治之间谜一般的关系》，李佩纹译，中央编译出版社，2017。
〔美〕安德鲁·皮克林:《实践的冲撞》，邢冬梅译，南京大学出版社，2004。
〔美〕当娜·哈拉维:《赛博宣言: 20 世纪 80 年代的科学、技术以及社会主义女性主义》，严泽胜译，见汪民安主编《生产 第六辑》，广西师范大学出版社，2008。
〔美〕弗朗西斯·福山:《我们的后人类未来: 生物科技革命的后果》，黄立志译，广西师范大学出版社，2017。
〔德〕韩炳哲:《透明社会》，吴琼译，中信出版集团，2019。
〔美〕汉娜·阿伦特:《极权主义的起源》，林骧华译，生活·读书·新知三联书店，2008。
〔美〕汉娜·阿伦特:《人的境况》，王寅丽译，上海人民出版社，2009。
〔意〕吉奥乔·阿甘本:《裸体》，黄晓武译，北京大学出版社，2017。
〔美〕凯瑟琳·海勒:《我们何以成为后人类: 文学、信息科学和控制论中的虚拟身体》，刘宇清译，北京大学出版社，2017。
〔德〕康德:《实践理性批判》，邓晓芒译，人民出版社，2003。
〔澳〕克莱尔·科勒布鲁克:《导读德勒兹》，廖鸿飞译，重庆大学出版社，2014。
〔意〕罗西·布拉伊多蒂:《后人类》，宋根成译，河南大学出版社，2016。
〔德〕马克思:《1844 年经济学哲学手稿》，中共中央马克思恩格斯列宁斯大林著作编译局译，人民出版社，2000。
〔法〕米歇尔·福柯:《必须保卫社会》，钱翰译，上海人民出版社，1999。
〔法〕米歇尔·福柯:《性经验史》（增订版），佘碧平译，上海人民出版社，2005。
〔法〕米歇尔·福柯:《安全、领土与人口》，钱翰、陈晓径译，上海人民出版社，2010。
〔美〕诺伯特·维纳:《控制论: 关于动物和机器的控制与传播科学》，2 版，陈娟译，中国传媒大学出版社，2018。
〔意〕皮特·米兰多拉:《论人的尊严》，顾超一、樊虹谷译，北京: 北京大学出版社，2010。
邱仁宗、李念:《“跨人文”、“后人文”是对人文主义的丰富吗？——访邱仁宗院士》，《哲学分析》2016 年第 2 期，第 152-161 页。
冉聃、蔡仲:《赛博与后人类主义》，《自然辩证法研究》2012 年第 10 期，第 72-76 页。
佘正荣:《后人类主义技术价值观探究》，《自然辩证法通讯》2008 年第 1 期，第 95-101 页。

王宁：《“后理论时代”的理论风云——走向后人文主义》，《文艺理论研究》2013 年第 6 期，第 4-11 页。

王行坤：《生命、艺术与潜能——阿甘本的诗术-政治论》，《文艺理论研究》2014 年第 2 期，第 200-208 页。

王行坤、夏永红：《情感转向下的爱与政治》，《上海大学学报（社会科学版）》2017 年第 1 期，第 39-53 页。

夏永红：《环境人文学：一个正在浮现的跨学科领域》，《国外理论动态》2015 年第 1 期，第 37-45 页。

邢冬梅，毛波杰：《科学论：从人类主义到后人类主义》，《苏州大学学报（哲学社会科学版）》2015 年第 1 期，第 9-15 页。

〔美〕伊登·梅迪纳：《控制论革命者：阿连德时代智利的技术与政治》，熊节译，华东师范大学出版社，2020。

〔以〕尤瓦尔·赫拉利：《未来简史：从智人到智神》，林俊宏译，中信出版社，2017。

张春晓：《他者的声音：反思后殖民理论的二元结构》，北京大学出版社，2021。

支运波：《〈一九八四〉的后人类生命政治解读》，《中国海洋大学学报（社会科学版）》2017 年第 2 期，第 119-123 页。

Agamben G, “No to biopolitical tattooing”, trans. Stuart J. Murray, *Communication and Critical/Cultural Studies*, Vol. 5, 2008.

Amberson D, Past E, *Thinking Italian Animals: Human and Posthuman in Modern Italian Literature and Film*, Palgrave Macmillan, 2014.

Blavatsky H P, *The Secret Doctrine: The Synthesis of Science, Religions, and Philosophy*, Theosophical University Press, 2019.

Cavell S, Diamond C, McDowell J, et al., *Philosophy and Animal Life*, Columbia University Press, 2009.

Chen M Y, *Animacies: Biopolitics, Racial Mattering, and Queer Affect*, Duke University Press, 2012.

Cole S A, *Suspect Identities: A History of Fingerprinting and Criminal Identification*, Harvard University Press, 2002.

DeMello M, *Animals and Society*, Columbia University Press, 2012.

Derrida J, *Schibboleth: Pour Paul Celan*, Galilée, 1986.

Ferrando F, “Posthumanism, transhumanism, antihumanism, metahumanism, and new materialisms: Differences and relations”, *Existenz*, Vol. 8, No. 2, 2013.

Hassen I, “Prometheus as performer: Towards a posthumanist culture”, *Georgia Review*, Vol. 31, No. 4, 1977, pp. 633-850.

Heidegger M, *Gesamtausgabe, Band 54: Parmenides*, Vittorio Klostermann, 1992.

Ibrahim Y, *Posthuman Capitalism: Dancing with Data in the Digital Economy*, Routledge, 2021.

Koopman C, *How We Become Our Data : A Genealogy of the Informational Person*, The University of Chicago Press, 2019.

Lundblad M, *The Birth of a Jungle: Animality in Progressive-Era U.S. Literature and Culture*, Oxford University Press, 2013.

Lykke N, *Vibrant Death: A Posthuman Phenomenology of Mourning*, Bloomsbury Academic, 2022.

Miah A, "Posthumanism: A critical history", In Gordijn B, Chadwick R, *Medical Enhancements & Posthumanity*, Routledge, 2007.

Nancy J L, *Identity*, Fordham University Press, 2015.

Nibert D A, A*nimal Oppression and Human Violence: Domesecration, Capitalism, and Global Conflict*, Columbia University Press, 2013.

Pugliese J, *Biometrics: Bodies, Technologies, Biopolitics*, Routledge, 2012.

Seshadri K R, *HumAnimal: Race, Law, Language*, University of Minnesota Press, 2012.

Shukin N, *Animal Capital: Rendering Life in Biopolitical Times*, University of Minnesota Press, 2009.

Wolfe C, *What is Posthuamanism?* University of Minnesota Press, 2010.

Zalloua Z, *Being Posthuman: Ontologies of the Future*, Bloomsbury Academic, 2021.

Žižek S, *Hegel in a Wired Brain*, Bloombury Academic, 2020.

第二章
媒介性质

第一节 媒介性主体性

“当前生物技术带来的最显著的威胁在于，它有可能改变人性并因此将我们领进历史的‘后人类’阶段。”①近年来，谈论后人类（posthuman）俨然已成热门话题，后人类话语充斥于西方哲学、美学、文化学、政治学各领域。关于后人类主体的讨论是后人类话语建构的核心问题。本节先分析后人类主体话语出场的理论语境，然后梳理出三种代表性后人类主体话语，反思其得失，最后提出媒介性主体性话语，尝试对后人类主体做出新解释。

一、后人类主体话语出场的理论语境

宽泛地说，后人类主体话语是“后学”哲学话语的一支，是在反思、批判现代理性主体话语的过程中和背景下形成的。

现代性主体话语上承古希腊“人是万物的尺度”的观念，经过文艺复兴和启蒙运动的塑造，在19世纪末叶的西方哲学人文学术中登峰造极。其核心即作为实体性的先验个体理性，是主体性形成的最终依据。笛卡儿的说法是：“因为我确实认识到我存在，同时除了我是一个在思维的东西之外，我又看不出有什么别的东西必然属于我的本性或属于我的本质，所以我确实有把握断言我的本质就在于我是一个在思维的东西，或者就在于我是一个实体，这个

①〔美〕弗兰西斯·福山：《我们的后人类未来：生物技术革命的后果》，黄立志译，广西师范大学出版社，2017，第10-11页。

实体的全部本质或本性就是思维。”[①]以“我思”为核心，形成的是自律的、自足的、自由主义的、唯我的、占有性的绝对主体观。在康德、费希特、谢林、黑格尔等哲学家那里，此个体理性有较大变化，但其先验性、绝对性、实体性、自足性的特征基本没变。应该承认，个体主体性话语曾是西方思想启蒙的利器，在把人从基督教神学解放出来的过程中扮演了重要角色。不过在这种主体话语中，“个人是自己身体以及各种能力的最终占有者……人类的本质是不依赖于他人意志，自由是一种功能占有”[②]。多迈尔说：“从一开始，个体主义就伴随着分离和任性的傲慢。”[③]反思现代性的个体主体性是20世纪重要的文化和哲学主题。突破封闭、孤立、静态、统一的实体性、自足性自我，是其主要目标，这也构成了后人类主体话语出场的重要契机。

为了反对“唯我论”主体，胡塞尔现象学提出了一个“交互主体性”（intersubjectivity）概念。在胡塞尔理论中，他人自我无法通过意识反思直接把握，需要从“我的单子中映射出来的东西”得以确证。[④]两个作为单子的“自我”通过“结对”方式“共现”于各自的意识之中，如此就会出现更为广泛的单子群，也就形成了一种个体主体之间的交互关系。不过，在胡塞尔这里，先验原始“自我”仍是这种交互主体形成的最终依据。这使他的“交互主体性”具有了浓厚的先验论色彩。海德格尔在改造胡塞尔现象学的过程中，抛弃了“主体”“自我”等概念，发明了一个“此在”（dasein）概念。不同于“自我”的孤立性和内向性，“此在”是外向和开放性的，它是通过与他人的关联性以及对他人的领悟进而领悟自身存在的。在“在-世界中-存在”的生存结构中，不同“此在”之间就形成了一种“共在”，共同“此在”和世界之间也就形成了共同世界。海德格尔想通过“此在”领悟他人是领悟自身的前提以及“在-世界中-存在”的生存结构，把“交互主体性”置于了个体主体性之上，也把主体性问题从先验层面拉到了现实生存层面。梅洛-庞蒂进一步抓到了身体，并将之视为媒介，作为连接“我”世界的桥梁。现象学

① 〔法〕笛卡尔:《第一哲学沉思集》，庞景仁译，商务印书馆, 1986, 第82页。

② Macpherson C B, *The Political Theory of Possessive Individualism: Hobbes to Locke*, Oxford University Press, 1964, p. 3.

③ 〔美〕弗莱德·R. 多迈尔:《主体性的黄昏》，万俊人译，广西师范大学出版社, 2013, 第9页。

④ 〔德〕胡塞尔:《胡塞尔选集》（下），倪梁康编，上海三联书店, 1997, 第881页。

对“唯我论”主体性的突破是具有一定成效的。不过，它因为对主体的语言维度、无意识心理缺乏解释以及对主体统一性的维护常常遭人诟病。

法国一批哲学家吸收了语言学、精神分析学研究成果，批判现象学，提出了结构主义和后结构主义的主体思想。福柯质疑一切先验的、抽象的人文主义主体，认为一切主体都不能脱离先于它而存在的“无主体的匿名系统”，即语言构成的思想、知识结构。理性主体性恰是在西方科学思想、技术装备以及政治组织等形式统治下建构起来的。通过对西方理性主义的历史考古，福柯宣布：“人是近期的发明，并且正接近其终点”①，即进入 20 世纪下半叶，作为理性主体的“人”已经走向死亡。利奥塔从弗洛伊德主义立场出发，批判了现象学、存在主义追求同一性和统一性，认为它们粗暴地缩减甚至消除了主体之间的天然差异。在拉康看来，传统奉为圭臬的理性主体根本就不存在。所谓理性主体不过是人类通过对他者的误认获得的虚假自我意识、自我存在感。早在“镜像阶段”，幼儿以自己的“镜像”确认自我，误认的悲剧就已发生。成年后，人类由想象界进入象征界，父亲所代表的“法则”占据象征界的中心。这些法则是先于个人而存在的语言文化、意识形态，是“大他者”。所谓主体不过是作为“大他者”的语言文化之构造物。理性主体的秘密在于，人类要将“自我”作为“自我”所不是的东西来思考，实际上，“‘我’作为主体是以不在的存在而来到的”②。如此，人类完成了对社会文化的认同，“大他者”也实现了对主体的篡夺。

“人之死”和理性主体的陷落，为后人类登上历史舞台准备了话语条件。德勒兹、加塔利的后现代主体成为后人类主体形成的过渡桥梁。德勒兹对现代性主体批判的矛头也指向主体的凝固性和统一性，强调主体的偶然、差异、流动、生成性存在状态。类似于传统本体论哲学，德勒兹也在为主体寻找一个支点，但这个支点不是感性经验的先验形式，而是被他称为“内在性平面”，“这个平面就是一个抽象的机器”③，即各种力量交织而成的关系网络，一个前个体性和非人格化关系性存在的场域，它为经验事件提供产生条件，个体、

①〔法〕米歇尔·福柯：《词与物——人文科学考古学》，莫伟民译，上海三联书店，2001，第 506 页。

②〔法〕雅克·拉康：《拉康选集》，褚孝泉译，上海三联书店，2001，第 611 页。

③ Deleuze G, Guattari F, *What Is Philosophy?* Verso, 1994, p. 36.

主体也由它推动而成。除这个场域条件之外，主体的形成还需要内在动力，德勒兹认为这个动力是欲望。但德勒兹、加塔利所说的欲望不同于柏拉图至弗洛伊德以降作为对象匮乏、缺失而形成的幻化客体，而是属于基础建筑的具有生产功能的“机器”。欲望机器无处不在，它具有充沛的生产能力，将自身投射到包括人在内的一切社会存在者之上。从根本上说，人就是一架欲望机器，它本来就具有反中心化、不确定性、流动生成、难以规定的革命性力量。社会需要使用法律、契约、体制对这架欲望机器进行编码。传统理性主体的形成，不过是对欲望机器编码收编的结果。本来，资本主义使用商品生产手段对前现代社会中的主体进行了解码，但之后又使用商品逻辑将人再编码或“辖域化”“俄狄浦斯化”了。面对这种情况，德勒兹呼唤一种“精神分裂主体”。在德勒兹看来：“精神分裂症就是生产性、再生产性欲望机器的宇宙，……它是普遍的原始生产。”[①]德勒兹、加塔利还是用“游牧者”来称呼这种具有革命性的“精神分裂主体”。“游牧者并不一定像那些迁徙者那样四处移动，相反，他们不动。游牧者，他们不过是呆在同一位置上，不停躲避定居者的编码。”[②]“精神分裂主体”或“游牧主体”就是德勒兹向往的可以不断反抗资本主义法律、契约、体制编码和可以“解辖域化”的后现代主体。

除上述哲学话语外，女性主义、后殖民主义、生态伦理学等也纷纷加入到了反思现代性主体的大合唱中。沿着对现代性主体反思的道路，吸收其中一些研究成果，同时结合新科技革命改变人类存在状态的基本现实，后人类主体话语登上了历史舞台。

二、后人类主体话语的代表形态及其限度

后人类主体话语一度众声喧哗，从阐释的核心观点着眼，可以把赛博格主体话语、信息主义主体话语和普遍生命力主体话语看成其中具有代表性的话语形态。

哈拉维既是赛博格主体话语建构的先驱，也是中坚。赛博格一词的发明

---

① Seem M, Lane H R, *Anti-Oedipus: Capitalism and Schizophrenia*, University of Minnesota Press, 1983, p. 5.

②汪民安、陈永国:《尼采的幽灵》，社会科学文献出版社, 2001，第 167 页。

者最初使用它时专指通过技术或药物增强了的人体。在这个意义上，凡是借助外物、机械、装置、技术提高性能的人类身体都是赛博格。克拉克说："我想告诉人类，我们是天生的赛博格。"[①]从古代社会开始，人类就借助文字、印刷术、声音、图像、数字媒介（digital media）等，"提升了智力"，增强了人适应自然、创造文化的能力。这样一来，从古至今人类都是赛博格。哈拉维没有如此泛化地理解赛博格，她说："赛博格是由适应20世纪后期的特殊机器和特殊生物体组合而成的。赛博格是第二次世界大战后的混合体，其组成成分首先包括我们自身以及其他未经我们精心挑选的高科技形式的有机物。"[②]又说："赛博格是一种控制生物体，一个机器和生物体的混合，一种社会现实的生物……到20世纪晚期，我们的时代成为一种神话时代，我们都是怪物凯米拉，都是理论化和编造的机器有机体的混合物。"[③]哈拉维的赛博格有如下要点：①赛博格是机器和生物体的混合；②作为机器和生物体的混合，不是传统意义的生物特别是人文主义的"人"收编了机器，这里的生物体更应被理解为"控制论的机器"；③传统时代人对一般的工具的使用，并不能造就出赛博格，赛博格是20世纪下半叶新技术革命的产物；④由于当代新科技的强势介入，人类越来越"被"赛博格化了，赛博格不止于具有明显机器装置的人体，人类普遍成了赛博格。哈拉维很少使用"后人类主体"一词，不过她说的赛博格常被视为后人类生命形式，以此为基础形成的赛博格话语自然构成了后人类主体话语形态之一。

信息主义主体话语是赛博格主体话语按信息论走向的逻辑深化。如果说赛博格主体话语中已经有了人是机器的初步观念，信息主义则进一步把人看成更高级的智能机器——一套信息程序。在维纳眼中，人类就是这种信息处理器。20世纪70年代之后，控制论发展到了"自生系统论"阶段。按照自生系统论，包括人类在内的有机组织在应对外界环境时，不仅进行自我组织

---

① Clark A, *Natural-Born Cyborgs: Minds,Technologies,and the Future of Human Intelligence*, Oxford University Press, 2003, p. 3.

②〔美〕唐娜·哈拉维:《类人猿、赛博格和女人——自然的重塑》，陈静、吴义诚译，河南大学出版社, 2012, 第1页。

③〔美〕唐娜·哈拉维:《类人猿、赛博格和女人——自然的重塑》，陈静、吴义诚译，河南大学出版社, 2012, 第205-206页。

活动，而且可以对自组织不断自我复制。20 世纪 80 年代后，控制论发展到虚拟现实阶段，此时，自我组织已经被看成一种“生命”，它拥有了自我进化的能力，比如计算机数据的信息编码。于是，从机械论世界观中发展出了信息论世界观。此世界观认为，一切皆信息，“世界就是一部真实的而非隐喻的图灵机，就是永恒计算的一部分”①。在信息论世界观视域中，人类普遍被看作一个复杂的可以接收、储存、检索、转换和发送信息的系统。当赛博格话语与控制论、信息论结合在一起时，后人类的信息主义主体话语就产生了。总体上，信息主义主体话语也把主体视为一种混杂物或者赛博格，“一种各种异质、异源成分的集合，一个物质-信息的独立实体”②。但它更强调人的意识被还原为信息以及信息的本体地位。信息主义同样反对人文主义的理性主体观，特别是反对笛卡儿以降对先验我思自我的高扬，认为意识不是先验之物，而是生命自组织进化中的偶然。在意识与身体的关系上，信息主义仍然持古老的二元论，认为后者是前者的载体，前者可以脱离后者而存在。关键之处在于，高新技术可以把意识独立和支配身体的古老神话变成现实。如此看来，身体俨然是主体通过意识可以操控和抛弃的“假体”，人类意识可以游走于身体，同样也可以脱离身体找到新的宿主。总之，信息主义主体话语，“通过这样或那样的方法来安排和塑造人类，以便能够与智能机器严丝合缝地链接起来。在后人类看来，身体性存在于计算机仿真之间、人机关系结构与生物组织之间、机器人科技与人类目标之间，并没有本质的不同或者绝对的界线”③。

普遍生命力主体话语是布拉伊多蒂按照德勒兹的“游牧主体”理论建构起来的另一代表性后人类主体话语形态。这一后人类主体话语的哲学基础被称为“活力唯物论”，源自斯宾诺莎的“一元论”宇宙观。针对笛卡儿的“身心二元论”，斯宾诺莎提出，世界和人类并不处于内外有别的二元对立关系中，它们被物质所贯通，是物质一元论的关系。德勒兹、加塔利等法国哲学

---

①〔荷〕穆尔:《赛博空间的奥德赛》，麦永雄译，广西师范大学出版社, 2007, 第 119 页。

②〔美〕凯瑟琳 · 海勒:《我们何以成为后人类：文学、信息科学和控制论中的虚拟身体》，刘宇清译，北京大学出版社, 2017, 第 5 页。

③〔美〕凯瑟琳 · 海勒:《我们何以成为后人类：文学、信息科学和控制论中的虚拟身体》，刘宇清译，北京大学出版社, 2017, 第 4 页。

家重拾斯宾诺莎的物质一元论，并赋予物质以“活力”和“自我管理”两项重要内涵，进而形成了“活力唯物论”。所谓“活力唯物论”，除强调物质一元性、物质在结构上的关系性及其与多样环境的关联性外，更强调物质本身具有生命活力，具有创生性、生成性、游牧性。于是“一个被扩展的关系型自我”形成了，一种可以把人类和非人类贯通一起的“普遍生命力”出现了。此视域中，“生命被当做了一个互相作用的、开放性的过程。这个生命物质的活力论方法抹灭了生命部分——有机的话语的——传统上为人类纪保留的，即‘特殊生命力’和更宽泛意义上的动物和非人类生命部分，也叫做‘普遍生命力’之间的界限”[①]。“普遍生命力”概念的提出，意味着人类中心地位、自然/文化二元划分、人与非人类他者界限的坍塌。动物、植物、环境、星球、整个宇宙都被调动起来，一个“囊括人类、我们的基因邻居——动物界以及地球整体在内的横断性实体”[②]的后人类主体形象被建构起来，布拉伊多蒂将之概括为“生成动物”“生成地球”“生成机器”三种具体形式。“生成动物”强调人类与动物界限的打破，“把人类/动物相互关系视为彼此身份的构成要素……这种关系改变彼此的本质”[③]。“生成地球”是对“生成动物”的进一步扩大，进一步强调人类向自然物的越界。但这种主体究竟如何存在，布拉伊多蒂并未给出清晰的说法。“生成机器”被认为是“生态-智慧联合体”，强调人类向机器或者高级文化产品的越界，实质即赛博格主体。

应该承认，在反思唯我论、自律论、占有性现代性主体的道路上，上述后人类主体话语比现象学、后结构主义等走得更远。在反思之余，它没有像解构主义那样回避和消解主体，也没有像福山等保守主义的后人类话语那样，重新回到传统人文主义的老路上。它直面了 20 世纪下半叶以来新科技革命改变人类生存境遇和生命样态的现实，把建构理路从人类社会范畴扩展到了对动物、自然和人工机器的研究上，特别是运用于现代性哲学文化中各种二元结构的“/”（对立双方的分界线）区域，努力打通分界，甚至驻足于分界处，使其成为新型主体话语的生长之地，无疑比此前的各种主体话语更有活力。

---

①〔意〕罗西·布拉伊多蒂:《后人类》，宋根成译，河南大学出版社，2016，第 87 页。

②〔意〕罗西·布拉伊多蒂:《后人类》，宋根成译，河南大学出版社，2016，第 119-120 页。

③〔意〕罗西·布拉伊多蒂:《后人类》，宋根成译，河南大学出版社，2016，第 115 页。

尽管如此，后人类主体话语的局限也不容回避。后人类主体话语仍固守实体性主体观念。实体性主体是西方传统形而上学的产物，现象学和后结构主义的某些理论已经对此予以了深刻批判。但上述代表性后人类主体话语仍固守这一观念。哈拉维的赛博格本是对一种新的生命形态的指称，但她本人特别是她的后继者们有时不自觉、不加变通地将之转换为后人类主体概念，似乎后人类主体就是一个可以脱离活动和关系而存在的现成论的赛博格实体。本来信息主义的革命性之一是以“信息方式”代替了“实在方式”来解释“存在”问题，但可惜的是，信息主义主体话语把后人类主体明确地说成了“物质-信息的独立实体”，它与形而上学的主体相比只是内部构成不同。更为遗憾的是普遍生命力主体话语，本来这一理论被德勒兹、加塔利称为“活力唯物论”，该主体概念已经吸纳了创生性、生成性、游牧性等含义，但在最终意义上它又被规定为“横断性实体”。似乎在说，后人类主体有个“本质”，即先在性“横断性实体”，创生性、生成性、游牧性不过是这个实体的后天功能。这样的后人类主体，在一定程度上又回到了黑格尔以绝对精神（也是自我运动发展的）为“本质”的形而上学主体的窠臼。

多数后人类主体话语都以反抗现代性二元论为己任。哈拉维曾详细地列举了“这些令人烦恼的二元论”中重要的部分：“自我/他者、心智/身体、文化/自然、男性/女性、文明/原始、现实/表象、整体/部分、代理/资源、创造者/被创造者、主动/被动、正确/错误、真相/假象、整体/局部、上帝/人类。”①她认为，赛博格挑战了这些二元结构，推倒了这些二元论。但她对二元论持双重标准，反抗得并不彻底。即在通过推翻既有的二元结构，生长出了新的后人类主体之后，同时也生长出了一个潜在的“后人类主体/世界客体”新二元结构。这个新二元结构与被推翻的旧的二元结构相比，只是占据支配地位的人类主体被替换成了后人类主体，而结构模式和主客对立模式并未发生实质变化。在这方面，最令人不安的是信息主义后人类主体话语对意识和身体关系的看法。如上，它认为还原为信息的意识可以通过高科技手段与身体分离。著名而极端的看法来自莫拉维克，这位学者提出了一个著名而惊人的设

①〔美〕唐娜·哈拉维:《类人猿、赛博格和女人——自然的重塑》，陈静、吴义诚译，河南大学出版社，2012，第247页。

想，有一天计算机可以对人脑进行“颅内吸脂”手术，“在清除颅内物质的同时读取每一个分子层的信息，并将这些信息传递到一台电脑内，手术结束后，颅腔被清空，患者醒来后发现自己正居于计算机金属体内，而意识与之前没有变化”[①]。这种观念基本还停留于西方古希腊以来传统形而上学关于精神、灵魂、意识与物质性身体或肉体分离和对立，前者支配后者的思维框架中。布拉伊多蒂反复强调她的后人类主体是“一元论”的。不过，由于这个主体最终被定位为某种本质性、本体性的“普遍生命力”“横断性实体”，某种非普遍、非横断的对立一方必然被潜在性地保留下来，可见“二元论”并未得到根本克服，仍残留着人类中心主义，对主体的存在方式缺乏应有的分析。固然，后人类主体话语抛弃了现代性的先验个体自我，而成为“异质、异源成分的集合”，一个囊括人类、动物、地球的“横断性实体”等。但“各种新的主体性模式，都必然包含着一个可以称为后人类的生物学上依旧如故的‘万物之灵’（Homo sapiens）。与这些典型特征有关的，是有关主体性的建构/观念，而不是非生物成分的存在”[②]。就是说，在赛博格等后人类主体中，撑起主体性的核心力量仍是其中的“智人”抑或“现代人”，而不是其中的机器等成分。“一个包含非人类主体在内的组合体”，“暗示了主体性并非人类的专权”[③]。人类把主体性传导给了这些“非人类主体”，或者是人类带动起了非人类成分，进而才使这个“组合体”式的后人类主体最终拥有了主体性。总之，整个过程人类（智人）仍占据支配、主导和中心地位。与传统人类中心主义的不同之处在于，人类中心从人类与环境的关系转移到了后人类主体内部人类与非人类成分之间的关系中。由于在后人类主体内部仍是以人类为中心的，主体与非主体的存在物发生关系时，人类中心主义的性质很难有实质性的改变。与此紧密相关的是标明主体如何存在的存在方式问题。在上述后人类主体话语中，还少见正面且富于创建性的主体存在方式分析。如按布拉伊多蒂的说法，整个地球甚至全部宇宙的所有存在物都被调

---

①〔美〕凯瑟琳·海勒:《我们何以成为后人类：文学、信息科学和控制论中的虚拟身体》，刘宇清译，北京大学出版社, 2017, 第 2 页。

②〔美〕凯瑟琳·海勒:《我们何以成为后人类：文学、信息科学和控制论中的虚拟身体》，刘宇清译，北京大学出版社, 2017, 第 5 页。

③〔意〕罗西·布拉伊多蒂:《后人类》，宋根成译，河南大学出版社, 2016, 第 119 页。

动起来，都成为主体或主体的一部分，如此广大无边的主体为何存在？如何存在？这很让人费解。

三、媒介性主体性话语：后人类主体的新阐释

如此看来，究竟如何看待后人类，如何对后人类主体问题做出更有价值的分析，目前仍然在路上。本节在反思几种代表性后人类主体话语和吸收其有益成果的基础上，提出“媒介性主体性话语”，尝试对后人类主体问题进行一种新的阐释。

媒介性主体性话语有两个理论前提，都来自现象学研究的启发。首先，要对人类生命形态和主体、后人类生命形态和后人类主体做出区分。这一点不仅在传统形而上学中，而且在诸多后人类主体话语中都缺乏认识，似乎两者可以混为一谈。本节认为，生命形态是流动性的物质现实，这一点不可动摇，在这里的确需要坚持“活力唯物论”的物质一元论；主体和主体性属于话语范畴，是在一定前提下——关系、历史、场域中关于生命呈现方式和活动状态的解释。生命形态和主体要区分开来，但它们不是一种二元分离关系。它们处于不同层次，又紧密关联，前者是后者的基础，后者是前者的话语表述。其次，本节反对现成论的主体话语，而追求真正的、落到实处的生成论话语模式。现成论话语把主体看成脱离具体关系、语境、场域的和已然的、不依靠条件就可以独立存在的实体，这也是很多后人类话语中把生命形态与主体相混淆的内在原因。生成论话语则以生命形态的活动为前提，以关系、语境、场域为条件，认为没有一个脱离这种前提条件的孤立静止和已完成的实体性主体，脱离了上述前提条件的生命形态不能称其为主体，主体永远是生命形态在活动中和上述条件下具体的生成性存在者。建立这样的思维方式才能把主体从实体性概念、主客二元对立和人类中心主义的泥沼中解放出来。

媒介性主体性话语以媒介化赛博格的生命形态为物质基础。本节认为，除文化隐喻意义外，赛博格不应被无边际地泛化。在媒介学视角下，可以提出媒介化赛博格，作为赛博格的一个类别。媒介化赛博格也以跨自然/人工、自然/文化、自然界/机器的界限及其实现人的能力增强为基本特征。不过，它更强调的不是一般性对抗自然的能力，而是接受和处理外界信息的能力，即它作为“生控体系统”和世界连接、交融、交流、形成信息系统的能力。

与此同时，媒介化赛博格强调自然有机体与作为“假体”的媒介物的亲密关系，强调假体媒介物已经构成了人类身体不可分割的一部分。按照麦克卢汉的说法，媒介即人的延伸。传统媒介是人的肢体的一般性延伸，与人体之间不能形成赛博格。电磁、电子技术可以成为神经系统的延伸，和人体之间可以构成信息系统，此即媒介化赛博格。媒介化赛博格需要人体与假体之间紧密伴随，须臾不可分离。此处已经标识出了一个重要方面，也是最为关键的一点：有机体和延伸假体之间形成了信息通道，实现信息在以碳元素为基础的有机部件和以硅元素为基础的电子部件之间相互流动，就像碳和硅在同一个系统中流动一样。[①]按照上面的规定，媒介化赛博格包括如下四种典型形式。①在人类有机体内嵌入或植入高科技物质媒介并能与有机体相融的新生命形态。这种类型是最初级的形式，当前在人类身体内植入微型“智媒介”以恢复失去的机能，比如在失明患者体内植入微型摄像机并与大脑联通使之重见光明。以此种方式增强人的能力，也已越来越多。②人类与数字化计算机、网络等高科技媒介结合成为亲密互动共生关系，形成人-机（媒介）联合性生产者。比如有学者把人类作者和写作智能软件的结合称为“赛博格作者”：“在这种人-机关系中，很难——甚至是不可能——判定到底谁要为创作的最终结果负责，我所说的赛博格作者指的正是这种人-机的结合。”[②]在今天的汉语网络文学写作活动中，人类作者与码字精灵、快乐码字、云帆小说写作助手等的合作，就形成了这类媒介化赛博格。③第二类形式的进一步技术化，出现了人体和数字影音形象互动的虚拟化身。电影《阿凡达》中的人类与 3 米多高的“阿凡达”（avatar 的本意即“化身”）是这类媒介化赛博格的典型形态。现实中，观看“多自由度”虚拟现实（VR）电影的观影者通过动作捕捉技术与位置追踪技术可以控制影片中的形象做出相应的动作行为，形成人与虚拟影像紧密互动关系；动画制作过程中，也常常用动作捕捉技术与位置追踪技术来捕捉人类演员的运动，进而运用到对动画人物的塑造中，这些都属于此类媒介化赛博格。④作为生命体内在组成部分的高技术化媒介已经

①〔美〕凯瑟琳·海勒:《我们何以成为后人类：文学、信息科学和控制论中的虚拟身体》，刘宇清译，北京大学出版社，2017，第 3 页。

②〔芬〕莱恩·考斯基马:《数字文学：从文本到超文本及其超越出版社》，单小曦、聂春华、陈后亮译，广西师范大学出版社，2011，第 239 页。

体现出生物性的“自我进化能力”，即出现了媒介生命化的倾向。这类主要指当人工智能技术、生化技术到了一定的发展阶段，在其与人类有机体结合的过程中，越来越技术化和自主化，在赛博格结构中，越来越从人类意识主导走向“智媒介”主导的情况，尽管现实中还未出现，但从今天后人类的发展趋向看，这种媒介化赛博格已不遥远。

在媒介化赛博格中，形成了一种“个体（肉体-意识）-媒介-身份”的生命结构。这里的个体即一般哲学解释的有机体（肉体）和意识的结合。传统主体性哲学中的主体就是肉体与自我意识结合而成的个体和社会身份的叠加，具体可以展开为“肉体（身体）-意识（精神）-身份”的封闭结构模式。主体之所以称为主体亦即主体性，即作为个体的人或者以个体为单位的群体在面对世界时，在意识特别是其中自我理性的作用下，能够能动性地作用于对象。在媒介化赛博格这里，与世界建立起的认知、体验、实践等关联性和主体性的发挥，不是由生命个体单独实现的，它超出了上述个体，已经把“肉体（身体）-意识（精神）”组成的个体结构模式扩展为了一个更为扩大性的生命结构。这里的生命，不是传统主体性哲学中的人类生命，而是吸收后人类话语中普遍存在的智慧生命的含义，认为信息编码就是其生命力的突出表现。但它不是一个把所有存在者都囊括其中无边的生命大集合。在这种生命形态中，人的生命个体是其中一个部分，高技术化的媒介已经从原来的外在于有机生命的外物，进入了生命结构内部，并构成了其中的必要成分，最后是社会文化叠加其上而形成某种社会身份。如此，一个“个体（肉体-意识）-媒介-身份”的生命结构得以形成，此即媒介化赛博格生命形态的基本结构。

在媒介化赛博格生命形态及其结构基础上，谈论后人类主体和主体性，形成的就是媒介性主体性话语。通过前面的铺垫，媒介性主体已经不难理解，它是一定关系、语境、场域条件下活动着和生成着的赛博格生命形态。媒介性主体在活动中所体现的性质即媒介性主体性。媒介性主体在活动中呈现出的整体面貌即媒介性存在方式。需要强调的是，一旦媒介性生命形态成为媒介性主体，其结构中各要素各环节也将纳入流转生成状态，这里既无实体，也无中心。这不等于说，媒介性主体就成了没有边界的存在。第一，在这一结构性主体中，需要有人类意识或相当于人类意识的智能要素，它们是这一结构性主体实践活动的启动项，是将各种物性要素联合起来共同行动的主导力量，即缺少这种要素和力量的存在者（包括结构性存在者）都不具备这种主体性质。第二，在这一结构性主体中，启动项和其他要素之间需要形成结构性紧密互动和联合行动的关系，如上四种媒介化赛博格构成了它的物质基础，人与一般媒介之间形成的松散关系则无法形成媒介性主体。媒介性主体性立足于新技术文化环境和后人类语境，它超越了旧的形而上学的人类个体性主体性，同时它并未走向否定一切主体性的解构性后现代性，而是强调建构适应新时代发展需要的新主体性——后人类的结构性的新主体性。

媒介性主体性话语吸收了信息论世界观的基本理念，但反对信息主义后人类主体话语中意识信息和身体载体二元分割的观点。因为“媒介即讯息”，媒介与信息不可分离。如果我们的人的意识可以还原为信息，这个信息并不能与赛博格生命体（自然有机体和与之亲密关联的媒介）这一载体媒介相分离。海勒说：“信息要存在，总是必须具现在某种媒介中，不管那种媒介是刊登申农方程式的《贝尔试验杂志》的书页，人类基因组计划的计算机生成的拓扑地图，还是虚拟世界得以显像的阴极射线管。其要点在于：从物质的基质上提取信息，不过是一种想象；更重要地，相信/设想信息是一种独立于具体信息媒介的东西，这种前想象行为将整体性现象建构成一种物质/信息二元性。”[①]媒介性主体性话语接受将世界解释为信息模式的观念，但这个信息是与媒介不可分离的信息，是媒介中生成的信息。落实到媒介性主体中，永远不存在脱离媒介性赛博格生命形态的意识和信息。

媒介性主体性反对主体消解论，始终承认在世界关系中总会存在着主动性、主导性和被动性、被主导性的不同方面。但这个主动性或主导性既不表现为唯我独尊，“我”压制、统治、支配“他”，也不是靠“我”隐秘地唤起、支配“他”，象征性地给“他”一个主体的位置，再实现所谓主体间关系，而是通过生命结构中个体的媒介项直接连接、邀请、聚集、容纳、谋和对象或其他世界要素，使之建立起一种网络化关系。此时，媒介性主体性具体呈现的就是主动连接、邀请、聚集、容纳、谋和世界或与之连接、交融的活动性质，是主体制造、储存、处理、接受信息的性质。在此过程中，个体

①〔美〕凯瑟琳·海勒:《我们何以成为后人类：文学、信息科学和控制论中的虚拟身体》，刘宇清译，北京大学出版社，2017，第17-18页。

项和媒介项相互催发，又相互制约。在媒介项的制约下，个体项不得不克服自我意识的膨胀，始终把能量释放在与世界形成的网络化关系中。

当媒介性主体形成、媒介性主体性显现时，一种特殊的后人类存在方式——媒介性存在方式也出现了。如上，20 世纪以来西方哲学人文学术在反思现代性个体主体性和主客对立模式之余，一直向往和追求主体与世界的交流对话、交融共生的存在方式。在探索过程中，理论家们越来越发现，这种理想存在方式的形成，需要技术媒介作为生命体与世界之间的连接项。比如胡塞尔就注意到书写技术可以改变意义的现象。海德格尔以锤子为例，对工具在“上手状态”时如何抽身而去，从对象性工具转变为媒介，从而促成“此在”形成“在-世界中-存在”现象，进行了分析。梅洛-庞蒂则直接抓出了身体媒介，作为人与世界打交道的必需中介。相对而言，以伊德为代表的后现象学的研究更有针对性。伊德认为，现象学所说的“具身化”（embodiment）中应内在包含着技术媒介要素，技术之于人的生存是存在论意义上的。同时，“变更”现象中，须臾离不开技术，是技术带来了人知觉的“放大-缩小”效应。针对胡塞尔的意向结构，伊德提出，应该在“对……的意识”(consciousness of_) 的空白处插入技术媒介，“技术可以成为‘意识自身’的媒介，技术可以占据‘对’（of）的位置，而不仅仅成为某种对象”[①]。无疑，这些研讨是很有见地的，在一定程度上，它们把技术媒介提高到了存在论高度，使更原初性的存在关系隐约可见。不过，理论家们还是把分析对象限定在“人类”存在者范围。此处会出现两个问题：一是对于传统低技术化时代而言，受技术条件限制，对象性工具向媒介的转变是有限的；二是这里的媒介技术是外在于主体的，还只是“存在之域”意义上的。

现在将视点转向后人类，意义可能大为不同。在媒介化赛博格中，媒介已经构成了其物质生命形态结构的内在部分，在个体要素“对……的意识”的空白处不是生硬地从外部插入一个技术媒介，而是本身具有，无论是有机体内植入媒介，还是虚拟化身和具有“自我进化能力”的计算系统，都已经和个体中的意识要素结为一体。这样，生命体一边是连接、邀请、聚集、容

---

①〔美〕唐·伊德:《让事物“说话”——后现象学与技术科学》，韩连庆译，北京大学出版社，2008，第 30 页。

纳、谋和世界能力的增强，一边是向世界的不断生成、流淌，甚至融化。最后，主体、世界、“存在之域”合而为一，一种真正融合共生的存在方式才可能形成。

第二节 媒介的物质性

历史地看，媒介的学术研究主要集中于像媒介如何准确地或在什么偏离程度上反映现实，以及媒介以什么样的方式塑造现实这样的问题上。在这方面，关键问题已经涉及体制结构、所有制模式和专业规范对媒介信息本质的影响，以及对受众的影响。马克思主义影响下的批判传统，经常关注的是媒介作为一种强权集团代理（政治或商业，精英或阶级）的角色问题，提供可能通过它们去消除来自那些最弱势的人的不平等结构现实的意识形态。更进一步的观点，集中于允许大量的人同时参与文化生活广泛共享形式的媒介仪式角色上。在这种分析中，我们经验的实质部分被视为采取一种参与媒介事件（media event）的形式，无论是像电视直播登陆月球这样场合中的大众观看事件，还是观看晚间电视新闻的世俗仪式实践。这些中介社会性（mediated sociality）参与形式的模拟形式可以被视为我们各种“虚拟”共同体成员身份的基础。

其他对这些问题的主要理论观点已经开始被称为媒介理论（media theory）。这是一种并非集中于媒介组织制度结构或者它们的信息内容，而是集中于它们的形式的路径。那么，这种集中于形式的研究路径便将问题的重心放在如何区分不同媒介的方式上，像口语、写作、印刷或电子视觉媒介的划分，它们对应着不同的交流模式，以及特殊的理解与互动模式。这种路径最经常连接着麦克卢汉的思想，他的著名观点是媒介即讯息，他的中心论点是不同的传播媒介在所有其意义上最好被理解为特定人类能力和感觉的“延伸”，因此轮子是脚的延伸，相机是眼睛的延伸。他的理由是在全球电子媒介时代，电视使得受众参与遥远事件和人的影像能力越来越强，我们陷入了极大的传播和交际延伸模式之中。因此，他认为我们实际上越来越生活在媒介化的“地球村”中，在其中，我们的特定情感被现在嵌入我们的电子媒介以及由之而来的关系变化改变了。

麦克卢汉的著作经过一段时期的被忽视之后，再次受到相当的关注。他的思想被认为特别适用于新的数字媒介和计算机媒介（computerized media）的潜在影响。一段时间以来，许多传播技术的讨论，像万维网和互联网，以或多或少公认的方式吸收了麦克卢汉的观点，在此基础上去理解具有赛博空间（cyberspace）世界特征的交流和交际虚拟形式的独特性。这里主要的困难之一在于认识这些媒介技术的真正变革力量，以及不同媒介可能倾向于鼓励或促进不同交流模式的意义,而没有落入他们过度决定论解释模式的影响中，即技术决定论。其他的困难在于避免一种非历史的角度，过分强调最近技术发展的新颖性，而遗忘了所有历史时期不得不处理对大家来说是新兴的媒介技术和传播形式。

近年发展起来的以计算机为基础的媒介,现在已经成为广泛讨论的主题。热衷者宣称网络媒体和互联网的互动潜力使我们进入了一种更加民主的个体化和互动交流的时代，这超越了以往大众媒介的局限性。赛博空间被誉为一种通过接触鼠标即可得的新的解放和探索领域。然而，虚拟世界（virtual world）的一些讨论现在已经进入了由电脑技术所形成的讨论中，已经出现像“真实的”（authentic）消逝，或者以可以在没有意义损失的情况下取代它们传统先驱的交流和交际中介形式（mediated form）为参照的大量批评。这显然是一个重要问题，但是必须承认，所有意义都是经由一种方式或其他方式来中介的，没有未经中介（unmediated）交流的那回事情。即使是宣称面对面交流和对话的最真实形式，自身也必须通过语言或其他文化符码（cultural code）被中介[①]。

横向地看，批判理论学派与媒介理论学派对媒介的研究在当今世界范围内构成了两种媒介研究的主要方法范式。他们都秉持“‘心物’对立关系模式的哲学传统”，一开始就将“媒介”“放置在与主体对立相视的‘物’的平台上，进而一步步将‘物’要素化、原子化为‘技术’和‘工具’”[②]，

① 以上分析参见 Bennett T, Grossberg L, Morris M, *New Keywords: A Revised Vocabulary of Culture and Society*, Wiley-Blackwell Publishing, 2005.

② 张进:《活态文化与物性的诗学》，人民出版社, 2014, 第 237 页。

从而在方法论上形成“单向道”决定论。这种研究倾向在相关意义上属于“媒介生态学”所描述的一种环境主义，即利用媒介研究去维持人类文化观念的相对稳定。在这种研究趋势中，“生态学”更经常被用来替代“环境”这一术语，或被用作这两种概念的基本差异被掩盖的同源术语。通过重复生命科学和各种各样绿色政治运动中的差异，环境主义拥有一种持续的人类视野，并希望使世界对于它来说变得更安全[①]。“媒介生态学”这一术语使用的另外一种分支是近几十年来的文学研究，以海勒、基特勒的书写，以及其他像德比这样的评论家与编辑为代表。他们的书写代表了一种研究线索，即文学成为媒介子集的一部分，并且因此成为话语贮存、计算和传输系统的一部分，这种研究线索提供着基本的见解。这些工作使得相互作用的电子或基于代码的逻辑结构和发展理论在文化分析和生产中发挥作用，这些工作的讨论范围也经常被圈定为科学，涉及不同历史和哲学，它们还经常是复杂的并开启在环境主义研究线索中发现的可能性。在富勒看来，基特勒与麦克卢汉的研究是相互关联的，尽管基特勒通过自己的延伸将人阻隔并最终将其忽视。但是，从广义上说，这些思想家获得知觉和方法论力量的地方，是后结构主义所关注的根本性的人文主义，甚至是本质上的宗教，以及“环境”的方法。这里的“媒介生态”这一特定术语，主要被作为一种旁白来使用，更准确地说，也被作为一种已经可以接近的已知参照对象（object）来使用。这种书写的背景是将其命名为物质（thing），采用这种循环、短语或概念包装的优点，并去使用它，也检视它，而且希望去延伸它的精确度[②]。因此，“媒介生态学”是一个非常狡猾、不稳定的术语。它经常既被用来指一种媒介对象的交错拓扑分析，也被用来指作一种环境以及它们功能的记述；它也能根据自身的形式——这种形式包含它们功能的相关本质模式与存在——而被称为媒介对象、设备和系统的物质性与非物质性。[③]

然而，在后人类语境中，物质性是媒介技术的根基。其中有三个面向：第一，媒介的不透明性；第二，媒介的构成性；第三，媒介质料的基础性。

① 参见 Fuller M, *Media Ecologies: Materialist Energies in Art and Technoculture*, The MIT Press, 2005.

② 参见 Fuller M, *Media Ecologies: Materialist Energies in Art and Technoculture*, The MIT Press, 2005.

③ 参见 Fuller M, *Media Ecologies: Materialist Energies in Art and Technoculture*, The MIT Press, 2005.

而且，后人类语境中人性与物性的关系得到了调整。近代以来西方的人文主义传统将人作为出发点与立足点去观照文学、哲学、美学与艺术等，并将人作为研究的重点与最终之归宿，从而导致主体与客体之间的二元划分与对立。任何对象都成为主体心灵的投射与外化，人不断地被大写化、中心化、主体化与精神化，甚至最终被“超历史化”与“非物质化”，而客体或研究对象丰富多彩的维度却被遮蔽了。这种倾向遭到后人类境况中后人文主义的反叛，在后人文主义那里二元对立的思维方式开始被超越，人性高于物性的等级制度也得到反思，物开始成为出发点与立足点，从而构成文学艺术形象与各类文艺美学观念的坚实基础与背景，对物性的理解形成对人性的体认的反拨。这些在对媒介的理解与研究变化所显现出的物观念的变化，以及媒介的物质性所勾勒出的人性与物性关系形态中或隐或现地呈现了出来。

一、人性与物性对立关系模式下的“媒介”研究

主要由媒介研究中的多伦多学派，像伊尼斯、麦克卢汉、翁、梅罗维茨等，组成的媒介理论学派，将研究的重点放在媒介物质形式对社会形态和社会心理的影响和塑造方面，其中对人的塑造在他们那里体现得非常明显。伊尼斯与麦克卢汉有着类似的思想背景，认为媒介对社会形态和社会心理都会产生深刻的影响，任何特定的传播媒介与讯息相比，都有偏向性，表现为时间和空间的偏向、口头传播的偏向和书面传播的偏向。他所强调的是技术媒介对文化的社会组织的确定影响，但是他未更加全面地思考技术媒介、空间和时间这三者之间的分界面的概念化问题，空间和时间拥有第三层面的调解中介过程，即技术媒介对它们的调解中介。他还以媒介作为标准划分了 9 个文明分期，每一时期代表一种文化类型，而且每一种文化类型都是以一个主导型媒介作为其特征的，即每个时期都是由一种媒介来主导控制的。但是媒介文化“以媒介作为标志但并不是由一种媒介来主导的”[①]。这种试图通过对一种媒介的主导地位的论述来表现当代文化的状态，并未重视在当代文化中，即使有了某种主导媒介之后，其他媒介形式也是会遗留并继续存在的。像文字印刷这类主导媒介，控制着印刷文化这一文化类型，除此之外，口语

① Heep A, *Cultures of Mediatization*, Polity Press, 2013.

文化也是大量存在着的。为此，翁提出了自己的一些洞见。

翁认为口语文化并不是“书面文化的派生、变异、衰减和堕落”，两者“是前后相继的关系，不能颠倒过来”。而且“电子时代又是‘次生口语文化’的时代，电话、广播、电视产生的文化是次生口语文化”，“‘次生口语文化’恢复了古代口语文化的一些特征。和电子媒介相比，它的确是次生的、第二位的”，它“不是真实的会话，而是虚拟的仿真会话，是一种感觉，一种言语——视觉——声觉构建的公共会话，以电影、广播、电视和互联网等为载体的公共会话”[①]。因此高科技时代的口语遗存是需要被注意到的，即使严格意义上的原生口语文化在接触到文字之后难以生存，但是在高科技环境中口语文化的心态也是普遍真实地存在着的。而且，他的《口语文化与书面文化：语词的技术化》一书是以人的属性、人的交流和人的意识为中心与落脚点的。

麦克卢汉关于媒介的分析在人文主义与后人文主义之间游移。媒介是人的延伸，代表了人是万物尺度的人文主义理解，而媒介即讯息，代表媒介完全作用于我们，并完全超越了我们，则表现出人主体性消解的理解倾向。综观麦克卢汉的媒介理论，其仍然是将人放在了世界秩序的中心位置，“麦克卢汉就职业上来说是一个文学理论家，其对知觉、观念的了解要多于对电子技术的了解，因此他倾向于从身体视角去思考技术而不是从相反的方向去思考”[②]。麦克卢汉在他的媒介系统中有关感性的研究分析更是彰显了这一点。

基特勒反对麦克卢汉媒介是人的延伸观点，“认为人体和机器的界限不再清晰，身体更可能沦落为技术的客体。技术不仅仅颠覆了书写，更有吞噬人的主体性的可能性”[③]，“人类剩下的仅仅是媒介可以存储和传播的东西。重要的不是组织精神的信息或内容”，而是“感觉的系统性组合”[④]。基特勒举了尼采用打字机来写作的例子，技术媒介使得写作从主要依靠视觉的活

---

①〔美〕沃尔特·翁:《口语文化与书面文化：语词的技术化》，何道宽译，北京大学出版社，2008，第7页。

② Kittler F, *Optical Media: Berlin Lectures 1999*, Polity Press, 2009.

③ 张昱辰:《走向后人文主义的媒介技术论——弗里德里希·基特勒媒介思想解读》,《现代传播》2014年第9期，第23页。

④ Kittler F, *Gramophone, Film, Typewriter*,Stanford University Press, 1999.

动转向依靠触觉，使得写作自动化，从而将身体影响带进了尼采的写作中。除此之外，技术媒介还通过组织书写的空间，即手写符号的连续性向机械化书写的非连续性的转化，来改变文本的物质性。技术媒介对人类思考的参与，使得文本的物质形式被改变，同时人类理解的可能性随之被改变。基特勒将信息看成一种物质性的事物，并将这种路径定义为“信息物质主义”，信息与物质相互转变，因此，技术促成了一种全新的事物秩序。

但是，正如前面所提到的，在富勒看来，基特勒与麦克卢汉的思想是相互关联的，尽管基特勒通过自己的延伸将人阻隔并最终将其忽视。但是，从广义上说，这些思想家获得知觉和方法论力量的地方，仍然是后结构主义所关注的根本性的人文主义，甚至是本质上的宗教，以及“环境”的方法。①事实上，麦克卢汉是在人性与物性对立关系模式下来勾画自己的媒介理论的，而基特勒则已经显示出了走向后人文主义的媒介技术论的倾向。麦克卢汉的媒介物质形式理论，一方面强调了媒介的物质形式对人的“感性”的单向道主导，另一方面突出了媒介技术的物性形式对人的感知方式以及各种社会关系和社会感知能力的重构，这种重构更多是在积极意义上的。因此，他的媒介物质性理论的出发点与着眼点在于媒介技术“从总体上给‘人类事务’（human affairs）带来的改变”②，落脚点和归宿是人，是人的主体性。基特勒的媒介唯物主义理论，回避了在智能机器的时代人类或社会意味着什么。其试图摒弃作为先验事实的具体人类个体或主体。他规避了人文主义传统下将媒介技术视为社会创造的事物，以及因其主观意义媒介技术本身才变得重要的视点，取而代之的是，他分析了一系列使得社会性和意义同时成为可能的媒介技术。基特勒走得更进一步或更远的原因是，他认为“人类”的观念并不是理所当然的，而是需要加以阐释的。

在一定意义上，人文主义传统下的媒介研究，主要是人与物分离或对立关系下的媒介研究。一方面是，人对物的使用、支配，由此，媒介是描述性或方法论的手段或工具。媒介仿佛具有透明性（the transparency of the

---

① 参见 Fuller M, *Media Ecologies: Materialist Energies in Art and Technoculture*,The MIT Press, 2007.

②〔英〕尼古拉斯·盖恩、〔英〕戴维·比尔:《新媒介：关键概念》，刘君、周竞男译，复旦大学出版社，2015，第 38 页。

medium），即为了看看媒介是关于什么的，我们必须首先抑制关于媒介在物质方面是什么的意识。流行的趋势是媒介在一种视觉行为中被捕捉，这将文本和内容分析与身体和器物以及技术的互动吸收在一起，但是前者往往是优先的。从而映射了物的谦逊性（the humility of things），即媒介的物质性经常在被认为不相关的地方，在电子媒介的“非物质”领域（the immaterial domains of electronic media）最为丰富。此时的媒介也是作为符号象征系统而被人们所感知的。另一方面是，物对人的主导、重构，体现为媒介理论学派的媒介物性形式对人的感性系统的主导与重构，这种重构更多的是正面与积极意义上的。还有一方面是，物对人的压制、压迫、奴役所造成的人的异化、物化，人与人的关系被物与物的关系所替代。其主要代表是批判理论学派的媒介物性内容对人的感性系统的压制与麻痹的相关理论，乃至人文主义马克思主义对媒介技术的解读，在此研究路径下聚集在物上的是负面与消极的意义。

批判理论学派，主要是马克思主义理论启发下的法兰克福学派，由霍克海默、阿多诺以及凯尔纳等人组成。霍克海默与阿多诺在《启蒙辩证法》一书中认为启蒙辩证法使得文化工业——这个曾经自治或相对自治的领域开始遵从工业的法则，因而侵害了它。电影、广播、爵士乐和杂志等所有富有特色的媒介形成了文化工业体系，并制造了一致性的大众文化或同质文化、批量文化。文化工业体系对文化产品内容乃至整个世界进行过滤、风格化、归类、普遍化、控制和驯化，从而使得文化产品以商品或同一性产品的形式流通，这种流通便造成了资本积累，并始终是受生产者的意愿所控制的。媒介过程在文化工业中主要表现在表征层面上，文化是商品化的表征，表征的媒介化关注的是意义与价值。而且文化工业的运作依靠的是象征，是文本和表征的快感，在象征的空间中，意义是解释学意义上的，是阐释性的。商品逻辑支撑着文化工业的运作，这种商品是原子化的，是简单实体，遵循机械论，在其中权力以机械化运作方式来对主体进行外部限定，并遵循同一性原则。在霍克海默和阿多诺的文化工业理论中，文化和媒体是统治存在的阵地，物是无生命的、非人的、无感情的存在，对人进行麻痹和压制，从而使人被物化，陷于工具理性的特点。

英国伯明翰学派的经典文化研究对此进行了反驳。他们认为文化和媒体既包含统治也蕴含反抗，统治与反抗是并存的。霍加特在《识字的用途》中通过对工人阶级日常生活这种古老秩序的描述，以及对第二次世界大战后在工人阶级中蔓延并流行的美式大众文化进行鞭挞，试图对工人阶级的文化进行救赎，并实际上完成了对工人阶级文化的确认工作。但是，其对美式大众文化的蔑视与贬斥还是沿用了英国利维斯式精英文化的尺度。从威廉斯开始才真正地对媒介文化的抗争功能加以挖掘并展开。他的《文化与社会》《漫长的革命》《电视：科技与文化形式》，将文化看作一种整体的生活方式，而媒介已经不仅仅是一种传播结构，而且是深深参与社会建构的一种文化机制。其对媒介的论述是他将文化唯物主义应用于历史分析的集中体现，并“倍加努力地去将文化诸过程表征为物质性”①。发生于经济、政治和文化领域的三种彼此联系的变化在历史上成为漫长的革命，工人运动作为变革的主要力量，已经被纳入资本主义制度。其提出对社会的传播体制进行改革，从而实现传播自由。霍尔在阿尔都塞的影响下以意识形态替代了文化对媒介进行研究。其将经过意识形态编码的文化诸形式与受众的解码策略联系起来，并提出受众反映的诸种问题。受众不再像法兰克福学派批判理论那样被还原为“冷漠的烂土豆”，受众的主动性受到肯定，并获得了具有批判接受能力的创造性主体地位，受众在文化的传播中是具有能动作用的。莫利采用民族志的研究方法进一步解释、运用并深化了霍尔的编码/解码受众研究模式。费斯克更是通过强调受众在大众传播中采取游击战术，而使自己从中获得资源和意义，体现出主动的生产性。

在情形发生变化的角度，即文化工业向全球文化工业的过渡、全球文化工业正在兴起的角度，拉什不同意法兰克福学派霍克海默和阿多诺的论点，并与伯明翰学派关于媒介或媒介文化的研究不同。其在《全球文化工业：物的媒介化》中从全球化已经赋予文化工业一种全新的运作形式这一实际情形出发，指出文化在全球文化工业兴起的时代，其运作“不再首先遵循上层建筑的运作模式，也不再首先以霸权的意识形态、符号、表征的形式出现”。“一度作为表征的文化开始统治经济和日常生活，文化被‘物化’（thingified）”②，

① Stevenson N, *Understanding Media Cultures:Social Theroy and Mass Communication*,SAGE Publications, 2002.

②〔英〕斯科特·拉什、〔英〕西莉亚·卢瑞:《全球文化工业：物的媒介化》，要新乐译，社会科学文献出版社，2010，第6-7页。

主要发生在表征层面的媒介化，就反抗和统治而言，转变为通过物的媒介化来实现。拉什旨在从物的媒介化角度研究全球文化工业。

媒介化或调解概念，在本雅明的文章《机械复制时代的艺术作品》中成为一个主要的来源。本雅明认为，在大众传媒（mass media）的时代，观众不再像早先时期那样不得不聚集到原初对象、场景或表演场所，现代技术的大规模再生产意味着对象或事件的中介图像可以被同时传递给更广泛的分散受众。因此，有人认为，我们现在生活于传媒世界的“广泛他处”（generalized elsewhere），并且我们的大部分时间花在了消费一种或他种中介叙事（mediated narratives）上。事实上，德波一直声称的是，由于这种调解经验的增加，我们现在生活在一种“景观社会”（society of spectacle）中，“景观社会”是被我们与影像而不是与物质，或事件本身的关系来表征的。法国的后现代理论家鲍德里亚（又译博德里亚尔）认为我们现在生活在“仿真”（simulacrum）时代[①]。然而，鲍德里亚探讨了“人类”能动性和“社会性”的概念，这些概念在绝大多数情况下体现了主流理论所认为的不受技术发展所影响的、永恒的概念。

在启蒙理性的烛照下，人类心灵被从缺乏人性的枷锁中解放出来，人类的主体地位被高扬，科学作为启蒙运动的引擎，成为自由理性的基础，人与物的分离已经成为无法回避的现实，近现代哲学更是开始将对物的追问作为一个问题。物便成为各个领域主要的研究课题，且发展出了不同的理论立场。在西方资本主义意识形态的影响下，物被作为人类创造和劳力活动的结果来看待。资本主义经济学的基本假定便蕴含着人与物有着主体与客体之别的二分观点。在人文主义马克思主义的视野中，技术便被视为社会创造的事物。

二、以物作为出发点与立足点的“媒介”研究

“大众传播全球性形式的崛起已改变了日常生活的经验性内容。”[②]史蒂文森试图去思考大众传播与社会理论之间的关系问题，后来却发现了一个悖论。他指出：“我拜读过的好些社会理论均是探讨工作、结构与机构、意识

① 参见 Bennett T, Grossberg L, Morris M, *New Keywords: A Revised Vocabulary of Culture and Society*, Wiley-Blackwell Publishing, 2005.

②〔英〕尼克·史蒂文森:《认识媒介文化：社会理论与大众传播》，王文斌译，商务印书馆，2013，第9页。

形态、商品、无意识、时间与空间、公民的权利和义务、全球化以及其他方面的问题。然而，在这些许多的文本里，大众传播媒介似乎处于边缘的地位。在匆匆论及政治领域中经济基础的改变或体制的改革前，时下的大多数文章均在表面上承认在现代性里大众传播媒介的日益重要性。”[①]而且，即使是在那些注意到媒介重要性的人那里，他们中的有些人对待媒介的方式也是很随意的。史蒂文森认为媒介的内容已经渗透到了我们日常生活的方方面面之中，因此需要详尽地讨论那些认真对待媒介的社会理论诸方面。

史蒂文森在《认识媒介文化：社会理论与大众传播》中讨论了在现代文化过程中建立起自己媒介视野的主要理论家，并分析了他们之间彼此进行思想交流的历史，认为目前对媒介文化的研究主要有批判研究、受众研究、媒介研究三种范式。其中第一种范式主要是法兰克福学派的研究，大致围绕大众传播的政治经济学以及意识形态和公共领域的相关诸问题，将讨论的焦点聚焦于大众媒介、民主和资本主义之间的联系，认为大众传播是社会权力的重要资源。第二种范式从受众和媒介文化的关系角度，阐释受众参与的日常实践，关注无意识自我确认的诸过程、家庭里的权力关系和有意义的符号生产过程。第三种范式将研究集中在传播媒介本身。加拿大的麦克卢汉是这一范式的典型代表，这一范式的典型代表还包括英国的古迪、吉登斯，法国的鲍德里亚，以及英国的詹姆森等理论家。史蒂文森还试图去阐明这三种范式之间的区别，并对这三种范式所忽视的公民权利、义务和身份等方面进行补充，他认为这三种范式各自强调了媒介文化的一个方面，并且由于媒介文化的多元性，这三种范式是不可偏废的。

赫普在《调解文化》中认为：“媒介文化无所不在但它并非大众文化，它以媒介作为标志但并不是由一种媒介来主导，其建构现实但并不成为现实的整合程序，其是技术化的文化但并非一种赛博格文化。”[②]“媒介文化是一种调解文化（cultures of mediatization），其不只是一种通过媒介的简单调解过程，调解也没有牵涉一种媒介逻辑的渗透，那可能只是被构想出来的，

---

①〔英〕尼克·史蒂文森:《认识媒介文化：社会理论与大众传播》，王文斌译，商务印书馆, 2013, 第9页。

② Heep A, *Cultures of Mediatization*,Polity Press, 2013.

调解反而更是一种观念建构，像个体化、商业化或全球化的观念建构。并且它被理解为一种变化的持续元过程全景，这种元过程不是线性发展的，而是一种拥有很多断裂和矛盾时刻的过程，媒介作为这种元过程，其具有打造力量。”[①]赫普将媒介看作一种元过程，其不仅仅是作为符号象征系统被人们所感知，以及在工具性和描述性指向下引导人们去关注其文本和内容，而是直接作为“物”存在于人和对象之间，实实在在地中介并调解着人与对象之间的关系，甚至重新打造着人自身与对象本身。中介与调解的对象与中介调解之自身性被同时包容。如此，媒介的物质性便凸显出来，“媒介”被真正地视作“媒介”。由此所彰显的对以物作为出发点与立足点的“媒介”研究，主要表现在相关的文学史、美学史的写作，以及文艺美学理论书写实践等领域中。

在文学领域，瓦特在《小说的兴起》中将媒介技术视角引入了促成小说的兴起因素中。在考察读者大众和小说的兴起时，其评述了影响读者大众构成的诸要素，在经济因素中其引入了廉价的娱乐印刷品、公用图书馆或流通图书馆对读者大众数量的提高所起到的作用，也引入了图书出版的门类、刊物的登载内容，对读者大众阅读趣味的引导和组织构成的影响，书商在作者与印刷商之间以及作者与读者之间的影响也被引入。凭借与印刷业、出版业和新闻的千丝万缕的联系这一优势，笛福和理查逊的写作与读者大众新的兴趣和能力发生了更直接的联系，作为中产阶级的伦敦商人，在考虑读者大众的形式和内容标准时，不能不弄准他们的写作是否会吸引广大读者。因此读者大众变化了的构成和书商对小说的兴起拥有新的支配作用，笛福和理查逊不仅响应了他们的读者的新的需求，而且能凭借媒介的发展从其内部更为自由地表现那些需要。印刷的发展使得笛福的作品出现了不连贯之处，他的写作在当时的媒介环境中追求速度与数量，而忽略了整体性与细节性，书已印成，尽管看到了有些错误，但修改已为时太晚，出版商也不可能提供给笛福修改手稿显然要索取的额外报酬。当时的媒介环境甚至还影响了笛福的叙述方法、技巧、文体、语言等，笛福本人认为讲道的说教只是对人类中的一小部分人而发的，而印刷的书籍却是面对整个世界说话，他作为一个新闻工作

① Heep A, *Cultures of Mediatization*,Polity Press, 2013.

者，为最大数量的读者写作。此外，书信的日益普及、信件的邮递能力的发展、电话设施的改善以及价格的降低都影响了女性的日常生活，进一步构成了理查逊作品中女主人公的戏剧性事件，并且影响了理查逊作品的书信写作方式。书信的形式为理查逊提供了一条进入心灵的捷径，并促使他以最大的精确性表现他在心灵世界中所发现的一切。从口头表述，到文字，再到印刷术的发明，这些使得文学样式发生了很大变化，而小说或许是本质上与印刷的媒介联系在一起的唯一的文学体裁，因此我们的第一位小说家本人又是个印刷商，这是极为适宜的。“那时的印刷机，提供了一种比舞台更少对公众态度审查的敏感性的文学媒介，一种在本质上更适宜于交流私下的情感和幻想的媒介。”[①]当时，许多社会技术方面的变化结合起来，有力地影响着笛福、理查逊和菲尔丁，比以往所有的文学更充分、更令人信服地表现他们的人物的内心生活，表现他们人际关系的复杂性。这些反过来又导致了读者更深刻、更彻底地以这些人物自居的心理。

受物质文化研究的影响，北美学界的蔡九迪和刘禾主编了《中国的书写与物性》，田晓菲编写了《尘几录：陶渊明与手抄本文化研究》，倪健著有《发于言、载于纸：唐代诗歌的制作与流传》，等等。这些著作大都是从书籍复杂的版本形态入手，通过对不同版本行制、内容的比勘，与对版本形态历史演变的调查，来揭示文学作品抄写、刊刻、流通的复杂状态，并以此反思文学创作与接受的复杂层面。王宇根 2005 年的英文博士论文《印刷文化中的诗歌——黄庭坚和北宋后期的文本、阅读策略及诗歌写法》与 2011 年的著作《万卷：黄庭坚和北宋晚期诗学中的阅读与写作》（简称《万卷》）也将具体着眼点置于对书籍抄写、刊刻、流通等物质存在形态与文学之关系的研究上。在英文博士论文中，他将重点放在江西诗派的兴起与由印刷带来的文本生产环境的变化之间的关系上。他研究的中心始终维持在对黄庭坚本身书写的阅读上以及他同时代的文本生产范围中，并检视迅速发展的印刷文化所带来的文本生产的变化是怎样进入批判意识中的。

王宇根又在《万卷》中，在印刷文化的视野下，以一种思辨性的分析与讨论，对黄庭坚和北宋诗学做出了新的观察。他不间断地强调学习诗歌创作

---

①〔美〕伊恩·P. 瓦特:《小说的兴起》, 高原、董红钧译, 生活·读书·新知三联书店, 1992, 第 223 页。

应该理解北宋晚期印刷术广泛使用所造成的文本生产和消费的急剧变化条件。以往的研究鉴于黄庭坚的创作与诗学存在于北宋书籍刊刻流通逐渐兴起的环境，也在一定程度上对北宋印刷文化与文学的关系作出了思考，但是这些研究大都是以聚焦的方式来解释山谷诗学与印刷文化的内在关联。王宇根与这些研究以及北美学界的相关通行考察方法都有所不同。虽然北宋书籍刊刻流通逐渐兴起，但是事实上目前传世的北宋刻本却是十分稀少的，因此并不很适合做立足版本等物质形态的研究。王宇根重点关注的主要对象并不是印刷与印刷文化本身，而是印刷的使用和印刷文化的产生对文学和文学批评的影响。其在相关的分析和研究中对印刷作了一种阐释学的回应，也就是文本数量和种类的急剧增加如何激烈地改变着读者对文本的阅读和消费，并因而间接地改变着作者的写作态度和方式。之所以选择印刷文化刚刚兴起的北宋而不是这种文化非常成熟的南宋来观察，是因为在《万卷》中黄庭坚和他的同辈，正是被印刷文化所影响并培养的第一代成熟读者，这样恰好更便于观察印刷文化对士人心理与行为的影响。

由梅维恒主编的《哥伦比亚中国文学史》以超越时间与文类的全新棱镜来审视中国文学史。在没有回避朝代划分与传统文类视域的基础上，将“物质媒介”或“物质载体”视角编织进了编年和主题框架内，从而使得长期以来被忽视的文学领域被推向前台，主要体现为前现代散文文体的修辞与口头程式传统这些不寻常透镜，以及散布在全书中的这种媒介物质性研究视角下的新方法。

孙康宜与宇文所安主编的《剑桥中国文学史》是一部书写中国文学史的著作，该书尽量地将物质文化考虑了进去。物质文化作为文本生产与流通的基础，参与并推动了文学史的发展，媒介演变的历史作为重新构想中国文学史的重要尺度与视角被纳入其中。加之，在更高的层面上，将文学作为一个历史事实进行规划，明显区别于以往国内以王朝更替作为政治交替的佐证来构想与打造文学史的做法。该部文学史著作采用“更为综合的文化史或文学文化史视角，特别避免囿于文体分类的樊篱，”[①]“相对于以文体本身作为

---

①〔美〕孙康宜、〔美〕宇文所安:《剑桥中国文学史》（上卷），刘倩译，北京：生活·读书·新知三联书店，2013，第6页。

主题的叙述，文体产生发展的历史语境更能体现其文学及社会角色”[①]。但是这种方法会面临一个问题，即“有些作品经过了漫长的发展历程，因而不属于某个特定的历史时期，这样的作品主要是属于流行文化的通俗文学，就文本流传而言它们出现较晚，但是却拥有更久远的渊源”[②]。伊维德便在该书下卷第五章中处理了这个问题，为我们展现了“过去的文学是如何被后世过滤并重建的”[③]。其指出数量庞大的各类说唱文学作品（prosimetric and verse narrative）因为大都成书于明清两朝，但直至20世纪初期才刊印出版，因此大多数都难以断定被创作或初次刊刻的时间和地点，最终这些说唱文学作品会被编年体的文学呈现方式所摒弃。只有从媒介的视角出发去重新审视文学的体裁和主题，并进行叙述，才能避免边缘盲视、历史盲视与载体盲视，才能将作为俗文学的一种形式的说唱文学纳入文学书写的视野中，在文学书写中，它们往往被作为印刷文学之外的“口头文学”或边缘形态的文学来对待。我们也需要意识到当前的文学艺术理论在一定程度上是建基于文字印刷之上的，因此，并不能涵盖所有的文学文化现象；而且，当前我们所面对的文学史，事实上并不能“成为单数大写的唯一历史（History）”，这种历史“只是具体意识形态情境阐释和营造出的特定的小写历史（histories），这种历史可能会在新的历史情境中得到重新阐释和逆转”[④]。更重要的是，在载体层面上去理解并定位媒介，将载体嵌入主体与客体之间，在一种“构成性关联”（constitutive relationship）中去审视文学文化现象。

《剑桥中国文学史》正是将一些从“环境”层面来理解的“文学载体”纳入了各个文学阶段的思考与分析中。该书分析了作为文学活动基础的文学社团，比如，东晋到初唐时期南方文学中刘义庆及其文学集团，论述了12世纪与13世纪团体与结社以及印刷术影响下的文学的社会世界，包括印刷与考试文化、南宋的官刻与私刻、诗歌风格与文学个体、作为风格的社会组织的诗

①〔美〕孙康宜、〔美〕宇文所安:《剑桥中国文学史》（上卷），刘倩译，北京：生活·读书·新知三联书店，2013，第7页。

②〔美〕孙康宜、〔美〕宇文所安:《剑桥中国文学史》（上卷），刘倩译，北京：生活·读书·新知三联书店，2013，第7页。

③〔美〕孙康宜、〔美〕宇文所安:《剑桥中国文学史》（上卷），刘倩译，北京：生活·读书·新知三联书店，2013，第3页。

④ 张进:《活态文化与物性的诗学》，人民出版社，2014，第84页。

人团体，考察了现代文学时期的翻译文学、印刷文化和文学团体等。该书还涉及对文学体制的思考，论及文人时代终结后的白话章回小说与商业出版，讨论了文学思潮风气以及文学生产和消费的社会历史环境，比如6世纪南方文学中的文学生产，涉及目录、类书、选集问题，对唐代敦煌叙事文学的兴衰过程、晚明文学文化中的书籍史状况、晚明小说与商业精英下的叙事生态以及清初文学的社会根基等问题进行探讨。更为重要的是，媒介转型引起了文化范式的转化和文化重心的偏移。尽管翁的《口语文化与书面文化：语词的技术化》一书是以人的属性、人的交流和人的意识为中心与落脚点的，但是，其呼应了“帕里-洛德理论”，“认为口语文化的复杂性和抽象性必然是比较少的，吟唱诗人不可能记录和记住复杂和抽象的东西，只能够依靠大量的套语、程式和预制构件来‘编织’巨型的史诗”①。因而，对于史诗研究和口头传统研究具有一定的推动作用。翁并以口语文化—书面文化的变迁视域去审视和反思了当今某些文艺理论和/或哲学理论，提出了一些深刻的洞见。与此相关的弗里的《口头诗学：帕里-洛德理论》正是对活形态的口头程式理论的探究，并串联起了言语民族志（ethnography of speaking）、表演理论（performance theory）或表演研究等理论，集中体现了媒介的物质性相关问题。

艺术领域中的物质媒介研究与实践，主要体现在当代美学“对物质材料的重估”，当代美学对克罗齐的“直觉/表现”美学主张产生反动，重新评估物质材料的价值。对于艺术家与批评家们来说，“发生于精神深处，与具体物质毫无关系的创造，的确只是个苍白的影子。美、真理、创造和发明不只存在于精神之中，它们必须进入我们能触摸、嗅闻的物质世界”。于是美学体系重新重视物质，致力于发现物质的价值及其丰富潜力。“对当代大多数艺术家，物质不再只是作品的载体，也是作品的目的”②，他们看重甚至独

---

①〔美〕沃尔特·翁:《口语文化与书面文化：语词的技术化》，何道宽译，北京大学出版社，2008，第6页。

② 帕雷森1954年在《美学》中提到：“这并不是说艺术家的人性与精神性表现于一种物质材料之中，变复杂，被塑造，无论材料是声音、色彩或文字，因为艺术并非一个人的生命的再现和塑形。艺术只是一种材料的再现与塑形，不过，这材料是依照一种不可重复的塑形方式而被塑造的，这方式就是艺术家完全化成风格的精神性。”〔意〕翁贝托·艾柯:《美的历史》，彭淮栋译，中央编译出版社，2011，第402页。

重物质，并从新的方向探索可能的形式。

艺术家们利用柏油、碎石、霉、轨、尘泥、布、洪水、矿渣、锈、废料刮屑这些材料做艺术品，通过挑选、突显，给没有形式的东西以形式，从而将他们自身的风格如盖印般打上去。对于“现成艺术，亦应作如是观”[①]。艺术家在挑激意图甚至一个信念即“一切事物（甚至最低下之物）都有我们难得留意的形式层面”[②]的驱动下，去挑出事物，这些自己存在的事物“一旦被挑出，被‘聚焦’，呈现于我们注意力之前，就有了美学意义，仿佛受过一位作者之手操纵”，像“瓶架、脚踏车轮、铋晶体、一个本来供教学用的几何固体、受热变形的眼镜、服装店的人像模型，甚至是尿壶”[③]，艺术家将它们当作令人惊奇之美的艺术品挑选出来，以之为雕塑作品。除此之外，艺术家们有时候会利用工业废料或已经无用的从垃圾桶捡回来的物品，自己动手“复制”一段路或墙上的涂鸦，从而使艺术品望之如素材状态的材料，甚至将工业材料或废料通过压缩、变形等手段做成艺术品展示或展览出来。一方面，艺术家期望通过这些艺术品对周遭的工业化世界或一天天消耗的世界，以及不自知的恋物拜物进行嘲讽、反讽；另一方面，他们也在提醒人们，这些物体在走完自身的消费之路之后，还可以在其物质深处发现出乎意料的形式层面，这些“形式”也能传达出审美情感，人们要爱这些物事的无人想到的走入物质深度的美。艾柯在《美的历史》中论述了以上这些关于物质媒介的实践，其在这部著作中纵观了数千年来人类视为美的事物，而非从任何先入为主的美学出发，去追问哪些文化、哪些历史时期认识到有些事物给人静观欣赏的乐趣，这种乐趣是独立于人们对这些事物可能怀有的欲望的。

在美术领域，巫鸿在《重屏：中国绘画中的媒材与再现》中提到：对于传统中国的绘画，就目前的学术研究来看，一般分为两种，一种是对“风格和图像作‘内部’分析”，一种是对“社会、政治与宗教语境作‘外部’研究”[④]。这两种研究方式都是将“一幅画简化为图画的再现”[⑤]，结果导致图

---

①〔意〕翁贝托·艾柯:《美的历史》，彭淮栋译，中央编译出版社，2011，第 406 页。

②〔意〕翁贝托·艾柯:《美的历史》，彭淮栋译，中央编译出版社，2011，第 406 页。

③〔意〕翁贝托·艾柯:《美的历史》，彭淮栋译，中央编译出版社，2011，第 406 页。

④ 巫鸿:《重屏：中国绘画中的媒材与再现》，文丹译，上海人民出版社，2009，第 1 页。

⑤ 巫鸿:《重屏：中国绘画中的媒材与再现》，文丹译，上海人民出版社，2009，第 1 页。

画再现成为学术研究唯一的对象而被反复讨论，而画的物质形式（一幅配以边框的画心、一块灰泥墙壁或一幅卷轴、一套册页、一把扇子以及一面屏风）被遗漏掉了，结果导致“所有与绘画的物质性相关联的概念和实践也都被忽略了”[①]，总体来说，绘画的物质性维度被遮蔽了。因此在这部著作中，巫鸿重新绘制画的物质性关联向度，不仅将一幅画看作画出来的图像，而且也将其视为图像的载体，并将这两方面的融合与张力看作一件人工制品之所以成为一幅“画”的关键因素。由此产生了一种全新的研究方法与视角，打破了图像、实物和原境之间的界限，从而为历史研究提供了一个新的基础。屏风、手卷与挂轴、册页、扇子（折扇）、精美信笺等绘画媒材作为传统中国绘画的物质载体，在巫鸿的探究中凸显了其物质特性[②]。

爱德华兹与哈特在《照片、对象、历史：论图像的物质性》中认为照片是一种物质文化形式，这与以往对照片的理解不同，并对其形成挑战。爱德华兹与哈特将照片作为一种三维物质，而不仅仅是一种二维图像来探究。照片物质地存在于世界中，伴随着页面上的化学沉积，作为被镶嵌在不同尺寸、形状、颜色和装饰卡片上的大量图像，它们表面有着许多附加物，也从相框和相册这样的表象形式中抽取自身的意义。照片既是存在于时间和空间中并且因此存在于社会和文化经验中的图像，又是物理对象。因此，关于照片意图、制作、消费、使用、丢弃和回收包含过程的物质性思考，影响了照片被作为图像的理解。物质将抽象和表象的“摄影”转化为作为对象的照片，这些对象存在于时间和空间中。以这种方式思考照片的可能性部分地取决于它们是物的事实：它们为了不一定配合的原因被制作、使用、保管和储存……

① 巫鸿：《重屏：中国绘画中的媒材与再现》，文丹译，上海人民出版社，2009，第1页。

② 画家挥洒翰墨，手卷随手慢慢展开；雅集的士人聚在园林，正赏玩着竹杖挑起的一幅立轴；帝王在画屏前驻足，随后在屏背题诗一首。对于理解中国绘画来说，这些具体的绘画形式与特定的观赏场合显然十分重要。然而在大多数对这一重要艺术传统的介绍中，这一切还是被忽视了。一幅中国画往往只剩下画心的图像，绘画的物质性消失了，绘画与社会生活、文化习俗的紧密联系因而也变得隐晦不明。巫鸿的这部著作首次尝试把中国绘画既视为物质产品也看作图画再现，正是这两方面的交互合作与相互制约使得一幅画生意盎然。这种新的研究方式打破了图像、实物和原境之间的界限，把美学史与物质文化研究联系起来。屏风可以是一件实物、一种艺术媒材、一个绘画母题，也可以是三者兼而有之，巫鸿对此进行了详尽的综合分析。通过多样的角色，屏风不仅给予中国画家无穷的契机来重新创造他们的艺术，同时也让该书作者有机会处理宽广的主题，包括肖像与图画叙事、语词与图像、感知与想象、山水画、性别、窥视欲、伪装、元绘画以及政治修辞等。

它们可能被传送、迁移、分散或损坏、撕裂和剪裁。并且因为观看意味着一个或者多个物理相互作用，这些物质特征对图像作为信号有着深刻的影响，也影响着图像以决定不同期望和使用模式的不同物质形式被“阅读”的方式。

在文化研究领域，哈特利在《文化研究简史》中操持着文化研究的“方言”来为我们解说文化研究的简史，为我们详细地揭示了文化研究与出版商、出版业之间的缠绕关系，并指出文化研究除是一种丰裕哲学（philosophy of plenty）之外，还是出版性的企业，这在一定程度上是根据学院和出版工业中的文化企业家来界定的。从业者和出版商说文化研究是什么，它就是什么。哈特利在“文化研究与文化批评”这一章中阐释了为什么作家、批评家和出版商如此器重文化，为什么研究文化的行为被视为政治性的，如此，物质媒介便参与到文化研究与文学批评、大众社会、艺术史、政治经济学、女权主义、人类学、社会学、教育学的系统过程中。从而，推动我们去思考文化研究的未来究竟是怎样的。

三、后人类视域中人性与物性同志式平等或亲密纠缠的“媒介”研究

早在 20 世纪中叶，美国控制论之父、数学家维纳便将人视为信息系统，认为人本质上与控制机器是没有两样的。后来克莱恩斯与克莱恩在一篇文章中讨论了人类在不适宜生存的太空环境中，如何通过连接控制装置来克服自然身体的局限，以顺利实现太空探索。赛博格便成为研究有机与无机、生物与机器、自然与人造，看似矛盾实则共生、类同与互补状态的关键词。赛博格概念在 20 世纪 80 年代以后进入了文学、文化研究领域，成为描绘当代主体、文化与社会的热门词汇。这一过程与西方女性主义发展有着密切关联，哈拉维将《赛博格的宣言：20 世纪晚期的科学、技术和社会主义——女权主义》作为她的专著《类人猿、赛博格和女人——自然的重塑》中的一个章节，在文学与文化研究领域迅速建立起了影响力。文章探讨的议题引发了许多学者从不同角度去思考科技充斥的后现代社会中性别、意识、民主制度与公民权等问题。人工智能的发展则与不同后人类说法之间的斗争不断地共同进化，拉图尔认为我们从未现代过，海勒则在《我们何以成为后人类：文学、信息科学和控制论中的虚拟身体》中强调我们一直就是后人类。面对当前的这种后人类状况，相关的探究已经超越了媒介理论领域，并成为反思理论终结、

理论死亡、理论之后、理论的未来、文学终结等相关问题和研究的重要基点。

随着科技的高速发展，人类身体不再与“自然”紧密联系，而是日渐面向技术设计和变革开放，人类这个概念也逐渐遭到无情的质疑，因此引出了后人类这个概念。佩珀雷在《后人类境况》中将后人类描述为一个时代，其间“人类不再是宇宙中最为重要的事物”，而“所有人类社会的技术进步都是为了适应我们所知道的人类种族的变迁”，同时“复杂的机器成为一种新兴的生命形式”[①]。现今我们正在遭遇或直面一种后人类状况。福山宣称在政治意义上人类历史已然终结于自由民主制之后，其也承认这个结论并不牢靠，面临着诸多挑战，其中最严重的挑战来自现代科学，特别是生物技术革命。只要生物技术革命不加约束地继续发展下去，那么被终结的就不是历史，而是自由民主制乃至人性本身。他在《我们的后人类未来：生物科技革命的后果》中，站在人类中心主义的立场去追问和反思现代生物技术对人类未来的影响，关注的重心是我们是什么样的人，以及我们能够成为什么样的人。他认为关于人类行为和大脑之生物来源的日益增长的知识、关于情感与行为的神经病理学与操控、生命的延长与拓展、基因工程这四个阶段的科技造成了人类走向后人类的状态；并对我们的后人类未来进行了判断：生物技术让我们面临着道德的两难困境；给予社会对公民行为加以控制的新技术；改变我们对人类的人格与身份之理解；颠覆社会等级，对智力的、物质的和政治的进步之速度产生影响；影响全球政治的本质。面对这样的境况，西方学界的思想家从不同的路径讨论并回应了这一问题和发展。后人文主义思潮便是这种后人类总括性术语和境遇或语境中的其中一种运动。

事实上，后人文话语旨在根据当代文化和历史语境将空间向考察其对人类意味着什么，以及批判性地质疑“人”的概念开放。海勒在她的著作《我们何以成为后人类：文学、信息科学和控制论中的虚拟身体》中，将不同后人类说法之间的斗争书写为与智能机械不断地共同进化，这样的共同进化，根据后人文话语的一些分支，允许扩展它们超越具身性存在边界的真实经验的主观理解。根据海勒的后人类观点，后人类通常被称为技术后人文主义、视觉感知和数字表征，因此矛盾越来越突出。当旨在通过解构感知边界来扩

① Pepperell R, *The Posthuman Condition: Consciousness Beyond the Brain*, Intellect Books, 2003.

展知识的时候，正是这些相同边界使得知识获取成为可能。当代社会技术的使用被认为是使这种关系复杂化了。海勒为了说明我们的具身性现实边界怎样在当前时代被协商，以及怎样限制人性不再适用的定义，讨论了人体成为信息的转变。由此，海勒认为后人文主义通过一种基于身体性边界的主体性丧失来被定性。这股后人文主义，包括改变中的主体性概念以及关于它对人类意味着什么的思想分裂，经常联系着哈拉维的赛博格概念。

由于其他的理论家关于这一术语的使用促进了技术乌托邦的思想发展，这种技术创新扩展了人类的生物能力，尽管这些概念会更准确地落入超人类主义领域，哈拉维已经使自己远离后人文主义话语，对媒介、权力和人的身体之间错综复杂的关系进行了考察。然而，后人文主义是一种广泛、复杂的意识形态，具有与今天和未来相关的意义。后人文主义在没有固有人类甚或生物起源的情况下，这种意识和传播可能以独特非具身性实体存在的方式，而不是根据社会和心理系统，来试图重新界定社会结构。后人文主义的研究问题随后出现在关于塑造人类存在的技术目前使用和未来方面，同样地出现在关于语言、象征、主体性、现象学、伦理、正义和创造的新关注方面。

海勒在《书写机器》中从生产文化作品的刻录技术这一角度考察了这些作品。虽然这使得海勒与基特勒的出发点一样，都批判性解读了第一波信息理论，并关注软件仿真的物质性基础，还“同样质疑了许多奠定早期信息理论和控制论的自由主义预设，以及信息可以从其基础的物质语境、环境和实践中抽离出来的假设”。但是海勒与基特勒的区别在于，她强调了人类身体的重要性，对于她而言，“脱离扮演者信息协调角色的身体实践，我们就无法考察后人类”[①]。基特勒认为，“媒介可以存储与传播的就是人类仅存的东西”[②]。因此，在他的视野里机器和数学更为重要。海勒则坚持将媒介放在与身体实践的联系中进行考察，如此媒介便与物质世界联系了起来。

后人类重视的是人的物质的、生理的部分，强调具身性。蒂瓦里在《空间—身体—仪式：城市中的施事性》中探索了建筑空间与身体之间的关系。

---

①〔英〕尼古拉斯·盖恩、〔英〕戴维·比尔:《新媒介：关键概念》，刘君、周竞男译，复旦大学出版社，2015，第107页。

② Kittler F, *Gramophone, Film, Typewriter*, Stanford University Press, 1999.

其打算发展身体与它的社会、物理和精神维度，以及身体怎样栖居于建构与表征一个城市和它的空间，这样一种广泛并全面的理解。身体参与是仪式的必要元素，身体成为将仪式定位于空间的媒介。其思考了科技的变化与高速发展，加之全球化的合力，所带来的“失位”感，即消除了“位置”的重要性。城市变化是通过解域化和失位化来体现的，并由此产生同质化。汽车使市民以更快的速度观看城市“全景”，“带状地带”或“高速公路”建筑是汽车广泛发展的结果，建筑物被由停车场的汽车海所包围的高速公路后移，建筑不再与公路相连接，而且标志作为观看者和建筑者之间的连接而出现。这种伴随着技术的探索发生在建筑感知中的变化，已经产生一种体验城市空间的新方式。它是在人与物亲密纠缠关系中来思考城市中的表演性和施事性的。

目前，后人类、后人文主义这些术语已经超越了媒介理论领域，“并成为当代文学理论、科学研究、政治哲学、身体社会学、文化和电影研究，甚至艺术理论中颇为常见的术语”[①]。后人类自身也是一个矛盾丛生、喧议竞起的复杂领域或空间。费兰多在《后人文主义、超人类主义、反人文主义、元人文主义和新唯物主义：差异与联系》中指出：后人类已经成为一种总括性的术语，其涉及各种不同的运动和思想流派，包含哲学、文化和批判后人文主义，超人文主义，新唯物主义（new materialisms）的女性主义路径，反人文主义、元人文主义（metahumanism）、元人文科学（metahumanities）和后人文科学（posthumanities）的异质景观。这一术语的类属与兼容并包的使用已经造成了专业与非专业之间的方法论和理论混乱。费兰多在这篇文章中致力于探索这些运动之间的差异，并特别集中于后人文主义与超人文主义所共享的意义领域。在呈现出的这两种相互独立，但又相互关联的哲学中，后人文主义显示出一种反思可能未来的更加全面的立场。

后人类话语是一种不同立场和运动的不间断过程，其伴随着当代重新界定人类状况的努力结果而兴盛。后人文主义、超人文主义、新唯物主义、反人文主义、元人文主义、元人文科学和后人文科学为反思可能性的存在结果提供了有意义的方式。费兰多在澄清这些运动之间一些差异的基础上，强调

①〔英〕尼古拉斯·盖恩、〔英〕戴维·比尔:《新媒介：关键概念》，刘君、周竞男译，复旦大学出版社，2015，第 109 页。

超人文主义和后人文主义之间的相似与差异，这两个反思领域经常被相互混淆。超人文主义提供了人类进化过程中科技发展影响的丰富讨论，但是，其始终保持着一种人文主义和人类中心主义视角，从而削弱了它的立场。它是一种“人类性加大”（humanity plus）的运动，它的目标是提升人类状况。相反，种族偏见已经成为后人文主义路径的整合部分，构想出一种基于去中心化和非分层模式的后人类中心和后人文主义认识论。尽管，后人文主义研究科技领域，但它没有将科技确认为主要的反思坐标，也没有将自身局限于科技发展，而是扩展为对技术化存在（the technologies of existence）的反思。后人文主义被理解为批判、文化与哲学后人文主义，也被理解为新唯物主义，其似乎适用于探讨人类纪地质时代（the geological time of the anthropocene）。伴随着人类纪标记了人类活动在现世层面的影响程度，后人类聚焦于来自话语主要焦点的去中心化的人。后人文主义则与反人文主义联袂而行，强调当破坏性地、消极地影响人类状况的时候，人类归属于一种生态系统意识的紧迫性。在这样的框架下，人不是被处理为一个自主行动者，而是被放置在一种更广泛的关系系统内。人类被理解为生成（becoming）的物质节点（material node），这种生成作为技术存在来运行。人类栖居在这个星球上的方式，他们吃什么，怎样行动，喜欢什么关系，产生了他们所是的网络。就像新唯物主义思想家明确指出的那样，那不是一种离身性或非具身性的（disembodied）网，而是一种物质网，它的行动者超越了政治、社会和生物人的领域。后人文主义持有一种由过去认可预示的批判和解构立场，同时设定了一种维持和滋养现在和未来选择的综合与生成视角。

因此，在沃尔夫那里，后人文主义是类似于利奥塔所指认的后现代悖论表演，其来自人文主义之前与之后。后人文主义来自人文主义之前，在某种意义上，是指人类的具身性和嵌入性（embeddedness）不仅存在于生物世界而且存在于它的技术世界中，人类和动物与斯蒂格勒所强调的技术工具和外部档案机制（像语言与文化）协同进化，并且指向福柯考古学挖掘的被称为“人类”的历史化特定物质之前。其来自人文主义之后，在某种意义上，是后人文主义确定了一种历史时刻，这种历史时刻通过它的技术、医疗、信息和经济网络的重叠来使人类去中心化，这些越来越不能被忽视；后人文主义是一种历史发展，其指向新的理论范式必要性；后人文主义是一种新的思想模式，其来自作为历史特定现象的人文主义的文化压抑和幻想，哲学协议和回避之后。在现今哲学环境内，后人文主义致力于实现互联存在的进化生态中的和谐遗产，从而提供了行动、记忆和想象之间的独特平衡。

综合来看，可以将后人类理解成一种关涉身体的人类生存状况，其是描述性的，而后人文主义则是对这种状况和相关议题的反思与批判，是述行性的、施事性的。正如沃尔夫在《什么是后人文主义？》中所提出的："我们在谈论后人文主义的时候，不只是谈论与进化、生态或技术协同关系的人类去中心化主题，而是去谈论思想怎样面对那种主题，什么思想必须面对那些挑战。"[①]因此，在一定程度上，后人类可以被理解为一种时间上的人类存在状态，严格形式上的思想理论状态。在麦克卢汉那里，媒介的范围被极端地放大了，麦克卢汉认为媒介是人的延伸，比如轮子是脚的延伸，衣服是皮肤的延伸，椅子是屁股的延伸等。而且媒介改变了人的感官系统，人的感官系统是媒介的一部分，人也是媒介的一部分。后人类重视的也是人的物质的、生理的部分，又强调具身性。由此，后人类语境中媒介的物质性问题便开始被推向理论思考的前台。

四、小结

一直以来，东西方理论界对理论死亡、理论终结、理论之后理论的未来不断地进行着相应的回应与探索。事实上，理论与文学并没有走向终结，后人类作为其中一种比较有活力的思潮，在一定程度上正是对理论的未来走向与发展的一种回应与表现。除此之外，人与机器的关系，是人与自然、人与动物关系之外的第三种关系，人与机器之间的对立关系具有重要的文化与意识形态功能，对这一二元对立的批判推动着当代理论运动的逻辑发展。这一逻辑发展导向的是后人类过程中对人/机器对立的质疑，对传统的人类主体概念的超越。机器对人身体的植入或介入，使人在技术意义上成为电子人[②]。机器与文学的关系问题，也在这种人机合一体或赛博格空间中凸显出来。加

① Wolfe C, *What Is Posthumanism?* University of Minnesota Press, 2009.

② 估计10%的西方人口已经是技术意义上的电子人，包括那些拥有电子起搏器、电子人造器官、药物植入系统、植入角膜透镜与人造皮肤的人，而更高的比率是隐喻意义上的电子人，即那些迷恋于计算机、视频游戏、移动电话和其他将他们连接到交互回路复杂的网络设备的人。

之，西方语言论转向以来，中西方文论的主流基本没有溢出语言论文论的疆域。然而，当今数字化新媒介技术的发展，使得传统意义上的文学和艺术在赛博空间中进行交合，形成了文、艺、技渗透交融的新形态。文学形式不再仅仅表现为语言结构，而更多地表现为媒介系统结构。“文学世界不只是表现为文学语言建构的本真世界，更是文学媒介建构的虚拟世界。文学语言实践现实地发生在媒介参与建构的文本语境、场景语境和文化语境中。文学活动无法离开媒介将传统四要素谋和一处、联合成体的存在境遇。”①因此，在后人类境况的赛博空间中，媒介的物质性角度便成为分析与探究当下文艺问题的重要视域。

参考文献

〔美〕大卫·格里芬:《后现代精神》，王成兵译，中央编译出版社，1998。

〔法〕笛卡尔:《第一哲学沉思集》，庞景仁译，商务印书馆，1986。

〔美〕弗莱德·R. 多迈尔:《主体性的黄昏》，万俊人译，广西师范大学出版社，2013。

〔美〕弗兰西斯·福山:《我们的后人类未来：生物技术革命的后果》，黄立志译，广西师范大学出版社，2017。

〔德〕胡塞尔:《胡塞尔选集》（下），倪梁康编，上海三联书店，1997。

〔美〕凯瑟琳·海勒:《我们何以成为后人类：文学、信息科学和控制论中的虚拟身体》，刘宇清译，北京大学出版社，2017。

刘悦笛:《后人类境遇中的中国儒家应战——走向“儒家后人文主义”的启示》，《探索与争鸣》2017年第6期，第11-19页。

〔意〕罗西·布拉伊多蒂:《后人类》，宋根成译，河南大学出版社，2016。

〔法〕米歇尔·福柯:《词与物——人文科学考古学》，莫伟民译，上海三联书店，2001。

〔美〕唐·伊德:《让事物“说话”：后现象学与技术科学》，韩连庆译，北京大学出版社，2008。

〔美〕唐娜·哈拉维:《类人猿、赛博格和女人——自然的重塑》，陈静、吴义诚译，河南大学出版社，2012。

汪民安、陈永国:《尼采的幽灵》，社会科学文献出版社，2001。

〔荷〕约斯·德·穆尔:《赛博空间的奥德赛：走向虚拟本体论与人类学》，麦永雄译，广

① 单小曦:《媒介文艺学对语言论文论的改造》，《文艺理论研究》2016年第5期，第7页。

西师范大学出版社，2007。

Clark A, *Natural-Born Cyborgs: Minds, Technologies, and the Future of Human Intelligence*, Oxford University Press, 2003.

Clynes M, Kline N, "Cyborgs and space", In Gray C(Ed.), *The Cyborg Handbook*, Routledge, 1995.

Deleuze G, Guattari F, *What Is Philosophy?* Verso, 1994.

Edwards E, Hart J, *Photographs Objects Histories on the Materiality of Images*, Routledge, 2004.

Ferrando F, "Posthumanism, transhumanism, antihumanism, metahumanism, and new materialisms: Differences and relations", *Existenz*, Vol. 8, No. 2, 2013.

Fuller M, *Media Ecologies: Materialist Energies in Art and Technoculture*, The MIT Press, 2005.

Kittler F, *Optical Media: Berlin Lectures 1999*, Polity Press, 2009.

Macpherson C B, *The Political Theory of Possessive Individualism:Hobbes to Locke*, Oxford University Press, 1962.

McLuhan M, *Understanding Me: Lectures and Interviews*, McClelland & Stewart, 2003.

Seem M, Lane H R, *Anti-Oedipus: Capitalism and Schizophrenia*, University of Minnesota Press, 1983.

Stevenson N, *Understanding Media Cultures: Social Theroy and Mass Communication*, SAGE Publications, 2002.

Sun K I, Owen S, *The Cambridge History of Chinese Literature(volume Ⅰ, Ⅱ)*, Cambridge University Press, 2010.

第三章
通过科幻而读

第一节　科幻文学、外星他者与后人类伦理

一、科幻文学与后人类主义

在后人类主义和人文主义持续已久的纠缠较量中，蓬勃发展的科幻文学成为两者搏杀的角斗场。人文主义强调人的独特性、优越性，坚守“人性”这一既定内涵，其核心就是“人类主义”。我们所面临的现实境况是：一方面，生物技术、计算机技术、基因工程等科技的迅猛发展使人们信心十足地鼎立于人类纪时代；另一方面，上述诸种技术的发展，也使人们在更广阔的范围内思考人类本身。人类引以为傲的某些特性开始黯然失色，譬如在数据主义的强烈攻势下，“人类体验”将不再具有独特的价值，其价值要依靠在数据处理机制上发挥多大作用来评估。[①]与此同时，人类边界开始变得模糊不清。人类寿命的延长、身体的重组、思维的嫁接等变化渗透甚至破坏着人类的界限，“人性”不再是一种本质意义的存在。我们不可回避地进入后人类境况中。尽管后人类主义理论枝蔓繁多，但都倾向于在后人类境况下展开对人类主义的反思和批判。如何面对“人类”这一传统概念、如何界定“人性”以及如何处理人与其他生命体的关系成为理论家共同关注的话题。

对于许多后人类主义理论家来说，科幻文学是我们切近后人类思考的绝佳方式。科幻文学总是言及“未来”又直指当下，它为人类文明之未来遭际预先提供了诸种想象的可能，时刻提醒着现实人类智慧的界限。苏恩文关于

---

① 参见〔以〕尤瓦尔·赫拉利:《未来简史：从智人到智神》，林俊宏译，中信出版社，2017，第351页。

科幻文学的界定已为学界所普遍认可，科幻小说作为一种文学类型，“其充分必要条件是间离与认知的在场和相互作用”[①]。以苏恩文对科幻小说的界定和分析为基础，我们可以总结出科幻文学的一个重要特点：它与科学技术关系密切，秉承科学精神，强调一种科学的认识论态度的建立。当然，这里的认知并不是说科幻小说一定要严格遵守某种科学共识。科幻作品会将一些新技术进行想象地放大，所以毋宁如弗里德曼所说，它是生产出来的一种“认知效果”[②]。科幻文学在认知基础上的“间离”手段造成对传统人性概念的疏离或者说陌生化。正是这种认知和陌生化辩证结合的特性所形成的文类特性，使它可以为非人类主体的叙述提供空间，进而检视人与非人之间的界限。科幻作品将我们时代的科技进行了戏剧化的扩大和延展，为我们呈现了多种多样的后人类主体，为研究者探讨后人类的相关问题提供了一个比较好的场域。文特、哈拉维、海勒、戈梅尔等学者均通过对具体科幻作品的解读展开对人类主义的批判，讨论技术对人类主体性的影响并尝试提出新伦理形式的可能。

科幻文学是对人类主义展开批判的重镇。但与此同时，它亦极易成为人类中心主义顾影弄姿的秀场。这种两极分化的情况在一些外星遭遇主题的科幻文学中表现得尤为突出。在挑战和瓦解人类主义上，这类科幻文学具有天然的优越性。外星场域存在时空的不确定性和远离人类文化的特异性，使外星遭遇类科幻作品更容易实现对人类主义的批判。与其他主题的科幻文学相比，外星遭遇主题的作品表现了一个真正的相异主体性。的确，众多科幻作品对人类主义进行了批判，并在此基础上展开了对后人类伦理的思考，比如石黑一雄的《别让我走》、科幻电影《月球》里的克隆人主题，迪克的《仿生人会梦见电子羊吗？》、莱姆的《机器人大师》中对人工智能的伦理探索。这些主题尽管是对人类主义的批判和反思，但都是在可控范围内的。各种克隆人、人机合体、人-动物的合体都是人造的，人为的。它们起码在人类的智慧和认知范围之内。与这些作品相比，外星遭遇主题的科幻作品因地外世界的不可知性造成与现实更为彻底的疏离，这为后人类伦理形式的想象提供了

① 〔加〕达科·苏恩文:《科幻小说面面观》，郝琳、李庆涛、程佳等译，安徽文艺出版社，2011，第157页。

② Freedman C,*Critical Theory and Science Fiction*, Wesleyan University Press, 2000, p. 23.

更多可能。与此同时，还有部分外星遭遇主题的科幻文本并未达到这样的效果，而是呈现了一种后人类主义向人类主义的滑动，甚至沦为人类征服宇宙的宣传工具。在这些作品中，作者穷尽其智慧想象出的要么是类人的“伪外星主体性”，要么是引发人类生理厌恶和心理恐惧的“怪物”。从《独立日》《迷失太空》《普罗米修斯》到《异形》，人类置身于宇宙灾难中，在善恶二元对立的伦理框架内设想出各种外星敌人，并最终以正义者的身份战胜外星人。这里投射的依旧是人类自身的影像，对后人类的思考激发出的是更为自傲的人类中心主义。总之，在这些作品中，人类很难想象出一个完全的他者。如同一些其他主题科幻作品把地球变成了一个“驯养的地球”一样，许多外星主题科幻作品把宇宙变成了“驯养的宇宙”。

莱姆正视了这一问题。他以嘲讽的口吻批判科幻文学的人类主义范式，认为这不过是创造了一个拟人化宇宙。在这个科幻宇宙中，人类经受了各种意想不到的残酷遭遇。这些残酷“是人性化的残酷，是人类可以理解的残酷，甚至是最终可以通过伦理观点来判断的残酷……我们可以知晓科幻小说已经对宇宙所做的：从道德观点来看待宇宙是完全没有意义的”①。人类将自身伦理话语置于宇宙空间之中，在善恶二元对立框架内评判和防御他者，从而在事实上否定了外星他者存在的意义。这既是一种自大的人类中心主义思想在作祟，同时也是人类无法超越自身认知局限的无奈之举。因此，如果剥除宇宙的拟人化外壳，人们不得不面对超出人类认知范围的完全他者时，要想完全摆脱“人性化”几乎是不可能的。莱姆的外星主题科幻小说呈现了这一困境并试图给出解决方法。在《索拉里斯星》中，莱姆通过对人类主义的批判、完全他者的呈现、新的伦理形式的探索等角度实现了对后人类主义的深切反思。

二、人类主义批判

莱姆关于外星接触主题的科幻作品不少，主要代表作为《伊甸园》《索拉里斯星》《其主之声》《惨败》等。这些作品均以人类与外星接触的不可

① Lem S, Rottensteiner F, “Cosmology and science fiction”, *Science Fiction Studies*, Vol.4, No.2, 1977, p. 109.

能性表达了对人文主义的批判，呈现出对伦理转型的积极探索。其中，《索拉里斯星》显示了更为积极的伦理转型的努力，并且明显地比其他作品具有更多的人性元素。正是这些人性元素使得《索拉里斯星》从莱姆的外星接触作品中脱颖而出，获得两位著名导演的青睐。不过，相关的电影作品显然脱离了作者的初衷。从小说到电影，后人类主义向人类主义的滑动昭然若揭。莱姆不止一次地表达过自己这部小说的主题和目的，它意在探讨非人类境况而不是在太空寻找人类自身。尽管该小说确实涉及了爱情，但意欲呈现的却不是外太空的悲剧爱情故事，而是既非人类的也非类人的异族在太空中与人类不期而遇的情景。在索德伯格导演的《索拉里斯》中，小说被改造成了好莱坞大片的典型模式，人物在外星时空中上演了一出充满惊恐元素的浪漫爱情故事。非人的主题更换为爱和责任这一人类的主题，男女主人公对爱情的誓死捍卫掀起了电影的高潮。电影结尾，复制的克里斯和复制的哈瑞终于幸福地在一起，爱情得以完满，遗憾终获填补。索拉里斯海洋通过提取人类愧疚和羞耻的记忆而对人类道德规范构成的挑战在主人公完美的爱情结局中荡然无存。对塔尔科夫斯基导演的《飞向太空》，莱姆也非常不满，他认为塔尔科夫斯基根本就不是在表现索拉里斯，而是在拍《罪与罚》。饰演男主人公的奥威戴斯在整部电影中以痛苦扭曲的脸和汗流浃背的身体以及充满焦虑的神态把凯尔文因为哈瑞的出现而遭受的内心的痛苦和良心的谴责放大了数倍。在诠释“罪与罚”这一主旨上，该电影无疑是完美的。莱姆并不讳言其小说的人性元素。小说中包含了爱情、历史、宗教等方面的内容，但这些人性内容是为了揭示人类认知失败而设置的，它们是促使我们探索伦理转型的刺激剂。所以，所有人性元素是置于非人类接触这一巨大主题之下的，两部电影的导演则本末倒置地将非人类的内核弃之不顾,从而背离了小说的初衷。

为实现对人类主义的批判，莱姆对人类认知展开了深入探讨。这一探讨与索拉里斯学文献和索拉里斯学的精髓紧密结合。莱姆所表现的人类与外星异族的接触方式主要体现在两方面：一是人类持续不断地研究索拉里斯星球的热情；二是星球的回应——“访客”的出现，引起人类的恐慌。在莱姆这里，后者并非前者的直接结果，自人类关注索拉里斯星球以来，星球从未对人类的各种研究和试探作出回应，而此时星球与人类的接触只是出于它突然的兴趣和好奇。这无因果关系的两方面的设置直接挑战了人类伦理善恶的二元对立关系，是在超出伦理框架来审视人类自诩为典范的黄金法则，呈现人们的认知困境和伦理困境。小说对关于索拉里斯星研究的发展脉络和索拉里斯学的形成进行了非常详细的书写，而据小说改编而来的两个电影版本均在“访客”上下功夫，却对索拉里斯学几乎没有涉及。

从索拉里斯学的角度来呈现人类与外星接触是至关重要的，因为它深刻地揭示了人类的认知遇挫。索拉里斯星之所以从数百颗普通的行星中被人关注，正是因为它挑战着人类的认知和智慧。历经百年的索拉里斯研究史中形成了繁杂多样的理论。在这个研究的过程中，人们不断遭遇认知失败，譬如根据科学家的测算，索拉里斯的公转轨道应是不稳定的，而事实上，轨道相当稳定。人们始终对索拉里斯海洋的运行原理无从下手，语言失去联络功能，向索拉里斯海洋传递信号的电子设备并未带来任何可靠明确的信息。有关海洋的一切一直晦暗不明。尽管对索拉里斯性质的探讨形成了数不清的观点，但实质上人们无法真正用语言来表述这异于人类智慧和理性的一切，因此，人们只能通过“描述”的方式来记录索拉里斯的一切现象，为其画像。人们在“拟态群”上下功夫，利用人类经验来为这些永远变化的形态分类命名。无论是“脊椎柱”“对称锥”还是“翼脚龙”，这些命名都与人类自身的经验密不可分。莱姆构建庞大的索拉里斯学意在嘲讽与解构人类中心主义。他借斯诺特之口说出了人类与外星沟通的实质，“我们自认为是沟通星际的神圣骑士。而这又是一个谎言。我们四处寻找，想要的其实仅仅是所谓的‘人’。我们不需要其他的世界。我们要的只是一面镜子。完全不同的世界会让我们不知所措”[①]。索拉里斯学者大部分时间在人类各种科学方法的悖论矛盾中打转，他们对索拉里斯星所作的互相矛盾的推断实质上将索拉里斯星视作宇宙中的另一个地球，映照出的是人类自身的形象。这导致对索拉里斯的研究困于庞大的索拉里斯学漩涡而找不到出路。莱姆通过索拉里斯学道出了人类与外星沟通失败的根本原因，即试图以一种人类的方式来理解一种非人的或者说完全异于人的生命存在。正是由于狂妄的人类中心主义，索拉里斯探险委员会对飞行员贝尔通关于索拉里斯海洋可以制造出人类的复制物这一重要发现不予理会。语言交流和理论阐释的不可能为人类的认知界限描红，同时

---

①〔波〕斯塔尼斯瓦夫·莱姆:《索拉里斯星》，赵刚译，花城出版社，2014，第 69 页。

亦揭示了人类的伦理边界。索拉里斯学所呈现的认知遇挫遂使索拉里斯海洋这一“完全他者”的面目开始显露。

三、作为中介的“访客”

与电影所塑造的拟人化宇宙和拟人化他者不同，莱姆在小说中为我们呈现了一个“完全他者”。莱姆一方面通过索拉里斯学的呈现逼退人们认知范畴内的拟人化他者，另一方面则通过索拉里斯空间站的“访客”——人类与外星异类接触的中介，进一步揭示出索拉里斯海洋这一“完全他者”。

每一个踏上索拉里斯空间站的学者都迎来了各自的“访客”。“访客”即与学者们有着或曾经有着某种关系的人甚至物的复制版本。他们的突然出现使原本相安无事的索拉里斯空间站充满了神秘与恐怖的气氛：吉拜里安自杀，其他学者陷入不可言明的恐慌之中。“访客”的形成来自索拉里斯学者头脑深处的记忆，且主要是歉意、愧疚、隐蔽的心思等不愿示人的维面。索拉里斯海洋将这些难以启齿的东西以物态化的形式呈现在索拉里斯学者面前，将人类那自以为完美的道德的黄金外衣揭开，暴露出人类最为丑陋和羞耻的面目。面对“访客”，索拉里斯学者表现出了深深的恐惧却又互相隐瞒。他们对“访客”始终秘而不宣，萨托瑞斯一直把自己关在实验室里，斯诺特遮遮掩掩，吉拜里安自杀后情况才为人所知。“访客”的到来是对人类伦理道德规范的挑战和瓦解，索拉里斯学者的表现则更强化了作者对人类伦理优越性的批判。

莱姆如何通过“访客”来呈现一个“完全他者”的呢？那就是借助“访客”的不确定性。这包括“访客”主体身份和目的的不确定性。“访客”的产生依赖两方面力量：一方面，人类的大脑深处的部分记忆片段构成了“访客”的思想；另一方面，索拉里斯海洋则提供制造仿造物的物质材料并以超强的复制能力促成了“访客”的诞生。复制人哈瑞是主人公凯尔文的“访客”，她要受到凯尔文和索拉里斯海洋的双重影响和限制，具有双重本体的性质。“访客”哈瑞的思维活动来源于并依靠于凯尔文以往的记忆。也就是说，这记忆并非死去的哈瑞本人的，而是凯尔文记忆的片段。这记忆里包含凯尔文对妻子哈瑞的爱和愧疚以及与她无关的一些记忆，比如在妻子死后的时间里凯尔文对其他人的评论。复制人哈瑞的思想会随着凯尔文思想的变化而有所变化，并且附属于凯尔文的内疚，因此，她时刻不能离开凯尔文的视线范围。

另外，由于索拉里斯星的不为人知的力量，“访客”具有抵抗攻击的巨大防御力量和自我恢复能力。“访客”的这种双重本体特征并非一成不变。随着时间的推移，哈瑞似乎逐渐生发出自我意识，开始思考自己是不是人类的问题，最终可以独立于凯尔文而存在。一种独立的主体性似乎逐渐建构起来。不过，事实上她是否建立起真正的独立主体性并不明确。凯尔文所面对的可能是深爱着自己的女人，也可能是索拉里斯星的一部分、一个探测人类的细小触角。从凯尔文这个第一人称出发叙述的故事里，我们发现了复制人哈瑞比较明显的变化——独立意识的形成。值得思考的是，其独立意识是建立在什么基础上的？她是否确实挣脱了索拉里斯和凯尔文的双重思域的局限？抑或只是受凯尔文潜意识的影响而产生的变化？至少，凯尔文在头脑深处始终对“访客”无法脱离主人的视线而存在感到深深的恐惧，因此他潜意识里希望能够摆脱这种不可割断的依附状态。同时，她在索拉里斯星空间站出现的目的是不明确的，她那标志着强烈独立意识的“自杀”的壮举可以作多重理解：是为了爱人而勇敢地牺牲自己，是凯尔文令人羞耻的心底的渴望，抑或是索拉里斯海洋在洞悉凯尔文希望留住哈瑞的心思后利用复制人哈瑞对人类进行的残酷的报复……当然，尽管复制人哈瑞有着“双重本体”特征和主体性形成的不确定性，她依旧是人类与索拉里斯星球得以沟通和联系的唯一中介。人类只能通过对她的揣度、观察以及实验来了解索拉里斯星，而她身份和目的的不确定性昭示了人们与外星接触和沟通的失败。复制人哈瑞之所以具有如此特征，无疑是莱姆的有意为之，他在描写索拉里斯海洋的时候，努力把所有通往创造物的化身层面的线索一一切断，以便于避免与索拉里斯海洋的接触追随人类的交往模式。我们在文本中无法找寻到“访客”来源的有力证据，只能在各种解释和目的的猜测中徘徊。复制人哈瑞身份的杂糅和目的的不确定性导致了人类伦理判断的不确定性。可以说，复制人哈瑞的存在解构了人们传统上对善恶的理解。对恶和善的判定是建立在人类伦理原则的基础上的。如果按照这一原则，索拉里斯学者在索拉里斯星上遭遇的一切（即提取人类深藏的记忆使之以具体化的形式出现在人类面前）无疑是十足邪恶的。复制人哈瑞的存在使这些笃定的结论变得模棱两可。莱姆试图通过哈瑞告知人们，停留在人类伦理基础上对索拉里斯的一切推断都是虚妄的，我们认定的邪恶对于索拉里斯来说可能只是一个意外，正如一群蚂蚁在一个庞然大物的表面努力探索但被后者在无意中伤害一样。总之，尽管哈瑞的愈加人性化和独立性使得人类遭遇的伦理僵局有所缓和，但她的主体身份和目的的模棱两可却致使身后的索拉里斯海洋对人类来说始终是不可知的。因此莱姆借哈瑞这一三方角力的混合物呈现了一种超越人文主义的后人类主义对象——索拉里斯海洋这一“完全他者”。

四、走向后人类伦理

人类该如何面对“完全他者”？戈梅尔曾经就伦理和人类概念的关系进行了分析。她认为，传统上，伦理共同体的边界与人类的界限相一致，而“新人类”领域需要一个与适用于人类的伦理共同体相异的概念地图。[①]的确，在计算机技术、克隆计划以及基因工程等科学的迅猛发展下，人类已然不是一个牢不可破的概念，人类亟须开拓一种新的伦理形式。福柯早在《词与物——人文科学考古学》中就对人的概念进行了解构，“人在一种成片断的语言的空隙中构成了自己的形象”[②]，“人是近期的发明。并且正接近其终点”[③]。对于福柯来说，人性不存在永恒而独特的本质，“人”这一概念只不过是一种话语建构。事实上，一些科幻作品往往传达了一种对丧失人性的恐惧，譬如《天外魔花》和《致命拜访》通过豆荚复制和外星病菌感染制造的“人之不为人”的恐慌。此类科幻文本旨在通过人与人-外星异类的组合体之间的对比来凸显人性的独一无二，进而强化了人类主义的观点。相比上述作品，莱姆的创作突破人道主义伦理，并走向真正的伦理转型。他的创作发人深思，当遭遇超出理解范围的完全他者时，人类的那套伦理道德法则并不适用。在完全他者面前，人道主义伦理将不知所措。莱姆的外星主题小说《伊甸园》《其主之声》《索拉里斯星》《惨败》尽管最终所采取的策略或呈现的伦理探索形式有差异，但总的来说呈现了人类与外星他者接触的失败、人类的认知遇挫以及以人为本的伦理法则的失效。认知遇挫所造成的接触失败在莱姆这里并非值得沮丧，它启示我们，这一认知遇挫正是一种新伦理形式的开始。对

① Gomel E, “Science (fiction) and posthuman ethics: Redefining the human”, *The European Legacy* ,Vol. 16, No. 3, 2011.

②〔法〕米歇尔·福柯:《词与物——人文科学考古学》，莫伟民译，上海三联书店，2001，第 505 页。

③〔法〕米歇尔·福柯:《词与物——人文科学考古学》，莫伟民译，上海三联书店，2001，第 506 页。

他者的理解失败正为超人类主义创造了条件与机遇。

在《伊甸园》中，探索未知星球的机组人员同样遇到了不能实现直接沟通的外星生命体。那些双胞胎共生体对人类试图沟通的各种努力无动于衷。人类只能凭借自身的经验来描述伊甸园（对未知之地的命名）的一切，并最终通过电脑翻译系统得到了一个类似病态文明的图像。人类该如何面对充满暴行的伊甸园？如果按照人文主义的伦理，就必须对双胞胎共生体施以拯救。但飞船船长却采取了不拯救而离开的立场。莱姆在这里表达了一个非人类道德的立场：伊甸园对于人类来说是“完全他者”，因此在善恶原则基础上认定的“邪恶”并非伊甸园文明伦理原则上的“恶”；自然，关于“善”也可有类似的推定。超出人类认知基础的伊甸园伦理法则可能是完全异于善恶二元对立构架的。正是人类对完全他者的未知为伦理转型提供了契机。不过，《伊甸园》呈现的还是一种消极的伦理转型。《索拉里斯星》则由避免干预转化为对新伦理形式的积极尝试。

莱姆在《索拉里斯星》中表达的是，面对“完全他者”，应当超越人道主义的限制，追寻一种后人类伦理，而这种新伦理形式形成的关键就在于重新认识人类自身，实现从人类主体向后人类主体认识的转变。这种尝试在凯尔文身上得以体现出来。凯尔文正是在与非人类的互动中做出了自己的选择——成为后人，这也是面对非人类的唯一能做的道德反应。在《索拉里斯星》中，凯尔文人物角色的设置起着关键作用。莱姆以凯尔文作为第一人称叙述主体，而不是选用外星主体。这一叙述方式的采用避免了非人类的“拟人化”，即将外星人化为顶着外星外衣的“人”。从这一叙述角度出发，亦即从人类语言和认知范畴层面看待外星“访客”，理解整个索拉里斯星球，主人公（凯尔文）必然会遭遇极大困厄，进而产生伦理道德上的难题。这正是莱姆需要加以突出的。从伦理问题的产生到解决，凯尔文的变化是关键。从凯尔文对复制人哈瑞与索拉里斯研究事业的态度的转变中，我们可以看到，莱姆试图通过这一角色来建构一种后人类伦理。在整部小说中，索拉里斯学文献如影随形。在研究者看来，卷帙浩繁的文献是人类探索外星的伟大足迹，代表了人类征服宇宙的雄心。但在阅读索拉里斯文献的过程中，凯尔文亲历了人类的认知遇挫并开始以超出惯常的方式来对待索拉里斯海洋和“访客”。“留在索拉里斯的决定，决非什么英雄壮举……我们不应该自以为耻，不应自我封闭。既然我们无法摆脱各自的访客，那不如适应他们，学会与其相处，而如果有一天他们的创造者改变游戏规则，我们也要尽量去适应新规则。当然，有时候我们的内心会挣扎，会暴躁，而那些访客也许最终会自己结束自己的生命，但最终某种新的平衡会建立起来。”[①]与斯诺特和萨托琉斯对自己“访客”的遮遮掩掩不同，凯尔文一开始就向自己的同事坦诚了妻子和她的复制品的一切。之于凯尔文，复制人哈瑞的主要作用是促发凯尔文对“主体性”认识的变化。凯尔文刚见到复制人哈瑞的时候只有一种感受——恐惧。他毫不犹豫地选择杀死她，因为他确定她不是自己的妻子而只是一个复制品，一个虽然不知道从何而来但必定与索拉里斯有关的“异物”。随着自我意识的发展，复制人哈瑞越发显示出人性的一面。凯尔文虽然感受到她是非人的，但因爱与内疚，他对其施以同情且极力避免伤害她。不过，吉拜里安不同。面对“访客”的存在带给自己的精神折磨，吉拜里安没有选择消灭“访客”而是选择自杀，他认为不能逾越自己的伦理原则去谋杀一个“人类”。凯尔文则最终平静地接受了哈瑞是一个非人类的事实，并通过她逐渐认识到人的认知局限。“访客”哈瑞的消失使他最终转向一种新的认知态度和伦理选择，即以非人性的方式来打破人类思维的界限。凯尔文不再怀有索拉里斯学中的研究者们那种征服宇宙探索外星的豪情壮志，而是将自己推至一种零度伦理状态，即不以任何善恶思想来揣度索拉里斯海洋，并放弃尝试任何人类交流沟通的方式（语言）。诚如作品所示，凯尔文无法通过自己的“访客”来了解索拉里斯海洋，反而是在消隐了她的无法言喻的梦中实现了与索拉里斯星的某种交流。小说结尾，他置身索拉里斯海洋旁，亲身体验这一非人类生命体生命的律动。“我凝望大海，渐渐沉入难以到达的无序之境，在不断增强的迷惘之中，我与那液态的、没有双目的大海融为一体，无须任何努力，无须任何语言，也无须任何思想，我已经原谅了它的一切。”[②]

事实上，莱姆走向了一种比较激进的后人类主体观和伦理观。在这部小说中，莱姆既批判了人类中心主义在自我和他者之沟通上所造成的障碍，同时又抨击了秉承自康德道德普世论的伦理价值观。后人类伦理并不意味着要

①〔波〕斯塔尼斯瓦夫·莱姆:《索拉里斯星》，赵刚译，花城出版社，2014，第 85-86 页。

②〔波〕斯塔尼斯瓦夫·莱姆:《索拉里斯星》，赵刚译，花城出版社，2014，第 197 页。

不加区别地将人类权利推及动物、人-动物的合体、外星异族等一切形式的生命体中。后人类主体并非所有生命体之间被动地共同联合，“这种联合往往是消极性的，好比一个脆弱的共有体，即人和非人环境在面对共同威胁时候的相互联系的全球意识”[①]。这种做法以脆弱的同情回落到补偿性人文主义的伦理原则上去。补偿性人文主义将人类属性附加于他者之上，在强化人与他者二元对立的同时也否定了他者的独特性。莱姆利用外星接触主题所要传达的是，后人类主义更应当思考如何跨越人类的伦理道德原则，而非将其覆盖到一切生命体中构成一个泛生命联盟。莱姆所表达的后人类主体观的主张与布拉伊多蒂所提出的“游牧主体”有着相似性。“游牧主体”即将人文主义秉承的以人类为中心的“统一主体性”转向以普遍生命力为中心的具身化主体。在布拉伊多蒂看来，“生命”的定义不是以人这一物种所具有的属性来作为衡量标准的。因此，当遭遇一种如索拉里斯海洋般的“完全他者”时，应当放弃那种以人类为中心的理性观念，并正视自我与他者的差异，勇敢地打开执守的人类大门，将自己视为一种开放性的生命存在。只有置身于一种非人性的情境中，才能为想象一种相异的伦理道德立场提供可能。

第二节　神话式赛博格与人工智能的“破镜”
——《攻壳机动队》（1995年）的两种后人类“读法”

一、后人类的意识形态化与《攻壳机动队》（1995年）

尽管后人类主义存在着诸多脉络，但今天这一术语的重新活跃主要源于新技术现实的刺激，这使得其技术论、科学论的路径愈发受到关注。这一后人类“版本”的主要代表便是美国学者海勒。

在海勒看来，“尽管人们对‘后人类’的表述各不相同，但它们的一个共同主题是人类与智能机器的结合”[②]，但是这并不意味着人类的彻底机器

① 〔意〕罗西·布拉伊多蒂:《后人类》，宋根成译，河南大学出版社，2016，第71页。

② Hayles N K, *How We Became Posthuman: Virtual Bodies in Cybernetics, Literature, and Informatics*, The University of Chicago Press, 1999, p. 2.

化或机器的完全人类化，而是强调“不再可能有意义地区分生物学的有机体和涵盖了有机体的信息回路”[①]，当“计算而不是占有性的个人主义成为存在的根基”，人与机器之间的无缝接合使得二者的界限消融，后人类便出现了，这里的后人类显然包含着对自由人文主义主体更为激烈的批判。[②]从此出发，海勒反对以莫拉维克为代表的那种后人类主义——莫拉维克曾以一个假想实验表达了他的想法：人的大脑能够被下载到一台电脑里面而完全无损其意识的运作。[③]海勒认为莫拉维克式的后人类“没有放弃自主的自由主义主体反而将它的特权扩展到了后人类的领域”，但她所期待和倡导的后人类却既不是要恢复自由人文主义，也不是要反人类，而是要为“反思人类与智能机器的联结”提供新的资源。[④]这里不可回避的问题是，如何处理具体的技术焦虑，即机器可能会超过甚至反过来压迫人类，海勒的解决方案是她坚持至今的后人类分布式系统：“涌现式人类主体的分布式认知与分布式认知系统联结为一个整体，在其中，‘思考’由人类和非人类行动者共同完成。”[⑤]在这一系统中，具身性、反身性、涌现、人类与机器的伙伴关系成为新的关键词，人类不会被取代，反而能使自身得到重塑。海勒的理论为后人类的未来提供了一种乐观的阐释，但由于她的论述缺乏一个实在的政治经济学面向，使得其“分布式系统”说能够轻易为各种意识形态甚至是完全对立的意识形态所征用，最终可能片面化、简单化为她所反对的自由人文主义的补充。这一对海勒式技术乐观的片面化倾向与简单的技术焦虑一起构成了后人类场域中和面对后人类未来的两种主导的意识形态。

然而，正如哈尔伯斯坦和利文斯顿所言“后人类并不必废弃人类；它不

① Hayles N K, *How We Became Posthuman: Virtual Bodies in Cybernetics, Literature, and Informatics*, The University of Chicago Press, 1999, p. 35.

② Hayles N K, *How We Became Posthuman: Virtual Bodies in Cybernetics, Literature, and Informatics*, The University of Chicago Press, 1999, p. 34.

③ Moravec H, *Mind Children: The Future of Robot and Human Intelligence*, Harvard University, 1988, pp. 109-110.

④ Hayles N K, *How We Became Posthuman: Virtual Bodies in Cybernetics, Literature, and Informatics*, The University of Chicago Press, 1999, p. 287.

⑤ Hayles N K, *How We Became Posthuman: Virtual Bodies in Cybernetics, Literature, and Informatics*, The University of Chicago Press, 1999, p. 290.

代表人类的进化或退化。毋宁说它参与了身份与差异的再分配”[①]，这意味着后人类主题并不仅是一个技术或哲学问题，更是具体的政治、经济和社会问题。但在着手具体的实际问题之前，恐怕还应该要先去除后人类场域的意识形态化倾向，恢复其初起时包容的诸多复杂性。因此，笔者拟选取日本导演押井守 1995 年的科幻电影《攻壳机动队》（简称《攻壳》）进行后人类视角的解读——该电影容纳了诸多后人类的主题并使其为日本本土文化语境所形塑，同时其上映的年代恰巧是后人类主义开始在人文社会科学领域中获得相应地位的时期，这使得我们能将其视为后人类主义在大众文化领域的象征性原点。

如果说科幻电影曾为各种技术乐观和焦虑及后人类场域的意识形态化推波助澜，那么以新的后人类“读法”来重新理解这一懵懂而复杂的“原点表达”，或许便能为我们超脱片面的意识形态提供一针有效的“解毒剂”。

二、“读法”一：“破镜”新生

《攻壳》的剧情围绕着以女性少佐草薙素子为代表的公安九课与网络黑客傀儡师的斗争展开，其中作为神话式赛博格的素子与作为人工智能的傀儡师显然地构成了电影中推动情节发展的两个至关重要的对立元素。

《攻壳》的世界，首先是赛博格的世界。“赛博格”这一说法最初由两位美国研究人员克莱恩斯和克莱恩于 1960 年提出，之后它便受到多方关注、讨论并产生了诸多实践形态，在对赛博格的分析中最著名的要数女性主义学者哈拉维的《赛博格宣言》。哈拉维认为赛博格是“一种控制论的生物体，一个机器和生命体的杂交物”，虽然她明白赛博格本身是“军国主义和父权制资本主义的私生子”，但她更倾向于认为赛博格的性质会使其突破自身的局限而为更具颠覆性的目标服务。因此她将赛博格置于其讽刺的政治神话的中心，强调赛博格混淆了人类与动物、有机体与机器、身体与非身体之间的界限，“以有趣的方式挑战了西方传统中的各种二元论”，因而能在对各种界限的突破与消解之中“构筑起历史性转变的任何可能性”[②]。可以说，哈拉

① Halberstam J, Livingston I, *Posthuman Bodies*, Indiana University Press, 1995, p. 10.

② Haraway D, *Simians, Cyborgs, and Women: The Reinvention of Nature*, Routledge, 1991, pp. 149, 151, 177, 150.

维对赛博格作出了极其激进的表达，将最初的人机结合形态提升到了冲决一切边界的神话和象征的高度。对于这样的神话式赛博格，《攻壳》提供了极富冲击力的形象表达：在结尾高潮部分，作为全身义体人[①]的素子在与战车的战斗中扯断了双臂，在此时的画面中，我们可以看到女性突出的乳房、富有男性特征的虬结的肌肉、被撕扯的人的身体组织以及暴露出来的机械装置与电子管线共存于素子一人之身，男性与女性、肉体与机器、生物体与非生命的边界在此全部被突破、混淆，借由这样一个定格时刻，素子成为哈拉维的神话式赛博格最为形象的对应物。

另外，为了保障和牟取相关利益，日本外务省开发出了可以侵入 Ghost 并植入木马病毒以控制对象的黑客程序，但是，这个被创造来进行情报间谍工作的程序却在网络中渐渐具有了“自我意识”，脱离了掌控。这段意识到“自我”的电脑程序便是《攻壳》里的反派傀儡师。傀儡师自称为独立的生命体，在它看来“人类的 DNA 也不过是一段被设计用来自我储存的程序。生命就像诞生在信息洪流中的一个节点……当代科学还远未能准确地定义生命”。傀儡师的现身再次展现了后人类式的对“边界”的质疑：电脑程序自称为生命，而生命系统则被指认为某种程序。其实，这种对生命边界的扰动和混淆在与后人类主义密切相关的控制论兴起时便已屡见不鲜。控制论的创始人维纳为了应对这种生命边界的混淆就曾审慎地表示“在总熵趋于增加的范围内，在代表减熵的局部区域这一点上，我们没有理由说机器不可以和人相似”[②]。尽管维纳足够小心，但在控制论后来的发展中，生命的定义仍在被不断地改写。《攻壳》以傀儡师这个人工智能程序带出的正是这一思路。

然而，尽管素子和傀儡师都具有远超普通人类的强大力量，但他们却很少感受到某种“超人”的“快感”，相反，他们都深陷身为“非人”的困境之中。

素子的困境主要源于她的困惑。因为身体部件和记忆完全归公安九课所有，素子将“自我”归结于身体的物质性存在及记忆等独特的感觉经验层面，

---

① 即除了大脑，其身体中的所有肉体部分与机械部分均为人工制造。

② Wiener N, *The Human Use of Human Beings: Cybernetics and Society*, Free Association Books, 1989, p. 32.

这实际上否定了同事巴特将“自我”等同于 Ghost 的想法。然而，垃圾车驾驶员被植入虚假记忆的经历却让素子意识到她以之为自我基础之一的记忆并不稳固。而后乘船而行的素子在玻璃墙的楼房内，在商店的展示橱窗里瞥见了跟自己长得一模一样的人。这段情节实际上在记忆的虚假性之外，暗示了义体人身体的可复制性与虚假性。经历了如此质疑，素子只得回到巴特的“Ghost 说”。然而，在紧接着的无脑义体事件中，公安九课发现该义体竟产生了类似于 Ghost 的序列，这让素子受到极大震动：“如果电子脑能够产生自己的 Ghost 或者潜藏着 Ghost，那么让我们相信自己存在的基础，又是什么呢？”素子的困惑是持续增长的关于“自我”的困惑，它驱动了素子的行动，并把她推向了最终的结局。

与之相反的是傀儡师。它虽然只是一个人工智能程序，但电影对它的设定却是完全拟人化的，可以说，它拥有跟人类一样的自我意识，唯一不同的是，它没有或不需要一具人类的身体。这正是傀儡师这一名字的含义：它不是 Ghost in the shell（躯壳中的魂），而是 Ghost beyond the shell（超越躯壳的魂），它不是人类，而是超越了人类身体极限的非人类。它的困境也正源于此：它不困惑于自我，它太了解自我了——它无法像生命体一样繁衍和死去，也无法抵御病毒威胁，它还够不上生命体。

恰是在这个意义上，素子和傀儡师这两个对立元素构成了一组镜像表达：一个对自我无比困惑的赛博格人类与一个对自我无比了解的人工智能非人类都无限地趋近于那面镜子，趋近于那个人类与非人类、身体与非身体的“边界”。这正是傀儡师要选择素子为对象进行融合来突破困境的原因，也正是素子会接受傀儡师融合要求的原因：“我在你身上看到了我自己，如同在镜中相对的实体和虚像”。他们都在镜中看到了自己，也看到了对方。就此而言，镜子/镜像便构成了《攻壳》中异常重要的元素。

当素子潜水后在船上休憩时，傀儡师借助 Ghost 向她耳语：“我们现在是对着镜子观看，模糊不清。”这句“镜子”台词，出自《新约·哥林多前书》，该经文的下句是：“到那时，就要面对面了。我如今所认识的有限，到那时就全认识，如同主认识我一样。”[①]按照科纳的解释，这是使徒保罗在“把

①〔美〕科纳：《〈哥林多前后书〉释义》，郜元宝译，华东师范大学出版社，2010，第 175 页。

完全的未来对比不完全的现在”[①]，现在信徒只能看到“上帝荣光的反射，就似在镜中见到一般”[②]，而到与上帝直接面对面的时刻，他们才能得到完全的认识，那将是“基督再来的日子”[③]。这句话在电影里用意非常明显，即将傀儡师这一人工智能放到了神/上帝的位置，而它与素子的最终会面，则是“基督再临”。在素子与傀儡师的融合最终完成后，素子对巴特说：“我作孩子的时候，说话像孩子，心思像孩子，意念像孩子；既长大成人，就把孩子的事丢弃了。”[④]这句话也出自《新约哥林多前书》，如前所述，这意味着素子获得“完全认识”的时刻，“完全的未来”到来了。不过，《攻壳》在将傀儡师等同于神的同时，却在它身上也注入了“魔鬼”的属性——它被呈现为一个“罪犯”的形象。换言之，在《攻壳》里，人工智能先在地被赋予了神魔同体属性，然而它却想要成为传统意义上的“人”/“生命体”，并以自己的“牺牲”换取“基因”的永存。

于是，电影的最终结局——素子与傀儡师融为一体——看起来平淡无奇，实际上却比高潮战斗中神话式赛博格的直接视觉呈现来得更令人震撼、更富后人类特征。一方面，素子的困惑经历了物质性经验阶段和 Ghost 阶段而来到了人类的“自我”这一本体论的面前，而在扬弃了“肉”与“灵”之后，人类的本体论“自我”也被素子一并埋葬掉了。正如哈拉维在阐释其赛博格时指出的，“在我们关于机器和生物体、技术的和有机的正式知识中，不再有根本的本体论区分”，正是在二元论被挑战、埋葬之后，“我们发现自己成了赛博格”[⑤]，换言之，恰恰是在对人类本体论“自我”的破除中，而不仅仅是在混杂的物质性构成层面，素子才成为后人类。在这个意义上，《攻壳》不仅是在视觉形象的呈现上，更是在思维范式的转换上实践了哈拉维的神话式赛博格，从而提供了一种抵达后人类的可能性。另一方面，有女性主义者曾批评这一情节中的主被动关系及其电影的画面呈现实际上蕴含了传统

① 〔美〕科纳:《〈哥林多前后书〉释义》，郜元宝译，华东师范大学出版社，2010，第 180 页。
② 〔美〕科纳:《〈哥林多前后书〉释义》，郜元宝译，华东师范大学出版社，2010，第 181 页。
③ 〔美〕科纳:《〈哥林多前后书〉释义》，郜元宝译，华东师范大学出版社，2010，第 180 页。
④ 〔美〕科纳:《〈哥林多前后书〉释义》，郜元宝译，华东师范大学出版社，2010，第 175 页。
⑤ Haraway D, *Simians, Cyborgs, and Women: The Reinvention of Nature*, Routledge, 1991, pp. 178, 177.

的生殖隐喻，女性身体再度沦为繁衍后代的工具[①]，但在笔者看来，这与其说是一个女性沦陷的故事，毋宁说是一个“新人”诞生的故事，这一新生并不牺牲女性，而是以对神、魔、人的共同再编码为代价。由此我们可以理解电影中融合场景的宗教氛围:这一场景发生在一个空旷而残破的大殿堂之中，仿佛预示着一个曾经辉煌时代的衰落，大殿正中的墙上雕有进化之树，人类居于树之顶端，但这一浮雕已经在之前的战斗中被打得千疮百孔，显然，旧有的进化逻辑已被突破，新的“进化”即将展开。在融合的最后，素子目击了赛博空间，但那不是无限扩展的网格矩阵，而是迎接她的天使——“镜子”破了，她不仅进入了赛博空间，更是进入了天国。与“上帝”“面对面”的时刻，作为后人类的“新人”于赛博空间的天堂中诞生。在此，素子不仅成为布凯曼所说的“终极主体”——“对主体的终结和在电脑或电视上建构起来的新主体性的双重表达”[②]，更因其神-人-魔混合再编码的方式，视觉化了海勒联结人类与机器的后人类分布式系统，在赛博格、人类、人工智能的混杂中，一个分布式的“终极主体”涌现出来了，但就像哈拉维的神话式赛博格一样，这一后人类的分布式主体同样有着冲决边界的力量，在布凯曼看来，它足够带来正统文化的危机。[③]于是《攻壳》中的宗教元素便不难理解——在宗教这一正统文化的外衣掩饰之下，一个颠覆性的分布式“终极主体”终于能够打破“镜子”而以“新人”的身份暗度陈仓。

三、“读法”二：“破镜”幻象

对《攻壳》的第一种后人类“读法”以宗教内容结束，而第二种后人类“读法”则从宗教内容开始。

其实，对宗教元素的使用在押井守之前的作品中也曾出现。不过有意思的是，在《攻壳》上映的同年，另一部在日本国内外都引发极大反响的电视动画《新世纪福音战士》也开始放送。《新世纪福音战士》同样运用了犹太

---

① Silvio C, “Refiguring the radical cyborg in Mamoru Oshii’s ‘ghost in the shell’”, *Science Fiction Studies*, Vol. 26, No. 1, 1999.

② Bukatman S, *Terminal Identity: The Virtual Subject in Postmodern Science Fiction*, Duke University Press, 1993, p. 9.

③ Bukatman S, *Terminal Identity: The Virtual Subject in Postmodern Science Fiction*, Duke University Press, 1993, p. 106.

教、基督教等诸多宗教内容，其结局则是要对“人类”进行“补完”，相当于也是要实现“新人”的诞生。可以说，在临近世纪末的时刻，一种旧世界将消亡，新人和新世界将到来的宗教情绪正蔓延为一种社会的普遍氛围。但在大塚英志看来，对于日本的御宅族而言，《新世纪福音战士》的电视动画和电影却展示了对主体压抑的逃避，“人们在彻底逃避成为主体（即乘坐在巨大的机器人上进行战斗）的压抑的同时，又有某种无法‘逃到’某处的感觉”①，他们不能成为主体，也无法成为“新人”，只能在故事的结局扼住女伴的颈脖。大塚英志的阐释叠合宗教元素恰恰展示出了布罗德里克所说的“二重性”：“不仅是观众见证了个体在新世界的重生，而且是整个人类从生物的和心理的束缚中解放出来重返伊甸园，从而被再造为不朽存在。”②《新世纪福音战士》提供的二重性以互相指涉的修辞将个体心理的补完与补完的不可能、一代人的主体姿态的确立与确立的不可能和宗教意义上的新人诞生相混淆，实际上是以从后人类返回人类的方式，指出了后人类叙述的心理限阈所在。在由人类朝向后人类的过程中，“心理”不仅是需要转变的对象，更是需要突破和超克的对象，而诸多后人类叙述却往往将对心理的突破混淆为对心理的转变，在这种叙述中，后人类转变仅集中于心理层面，实际上不过是为逃离现实提供了又一种便宜法门。由此思路反观《攻壳》，我们可以发现它实际上恰恰揭露了这样一种想象界的自我游戏，而将后人类真正地暴露在现实的象征秩序之中。这可由素子视角看待“镜像”而得到理解。

与傀儡师的“镜子说”相对应，电影呈现了许多关于素子的镜像式画面，比如素子在窗玻璃上形成的镜像，素子潜水上浮至水面时画面呈现的对称形象，以及素子和长得跟自己一模一样的人的对望等。经由这些画面，镜中那个神魔同体的人工智能镜像，便和素子的自我镜像重叠起来。另外，按照融合完成后素子引述给巴特的那句关于孩子长大的经文，一个形象的颠倒被呈现了出来，换言之，在宗教式的进化意义上，融合之后的那个小女孩才是成人，之前的素子反而是新人或后人类的幼年期。从这一角度出发，我们可以

---

①〔日〕大塚英志:《“御宅族”的精神史》，周以量译，北京大学出版社，2015，第 303 页。

② Broderick M, “Anime’s apocalypse: Neon genesis evangelion as millenarian mecha”, *Intersections: Gender, History, and Culture in the Asian Context*, Vol. 7, 2002.

适当挪用拉康的“镜像阶段”理论。拉康将婴儿站在镜子前视为婴儿形成其自我的重要时刻，镜像阶段对于婴儿来说是“一次认同”，认同于镜中之像，借由这种认同，婴儿“把碎片化的身体形象纳入一个我称作整形术的整体性形式中”[①]，以此整合其碎片化的身体经验，建构一种预期的、成熟的、理想的形象（“完成的未来”）。对于因虚假的身体、记忆经验而困惑于自我的“新人婴儿”素子来说，镜中那个超越了身体的人工智能便是其理想的形象（镜中的人工智能与素子的自我镜像重合）。由此出发，最终的“破镜”新生便意味着素子朝向理想形象，同时也是人类朝向后人类的完成。然而，拉康却提示我们这种完形不过是一种误认和想象，镜像阶段“为沉溺于空间认同诱惑的主体生产出一系列的幻想”，这种幻想性使碎片化的身体经验只是想象地而非在现实中真正地被克服了，从而一开始便将主体抛入异化的位置。[②]在这种视域中，《攻壳》的“破镜”便不再是孕育可能性的“新生”，而是一种自恋的幻象，它并未触及任何象征秩序，而是蜷缩在想象界内自娱自乐。以后人类的视角来看，《攻壳》的镜像表达恰恰暗示了最终的后人类分布式主体并未突破心理的阈限。然而，《攻壳》的复杂性就在于，它不仅暴露了这种心理阈限，更提示了象征秩序中后人类的困境所在。

《攻壳》视觉呈现的一大特点在于，它常常会向我们凸显“身体”的存在，比如素子在执行任务时常赤身裸体，傀儡师虽然没有形体，但在电影中却借助一具赤裸的女体出现，该女体的乳房也被直接呈现在画面之中……许多女性主义者指责《攻壳》“乍看起来是彻底地颠覆了内在于性别和性的差异的主导结构之中的权力动力学，但实际上却悄悄地对其进行了再铭写”，列出的一大“罪证”便是在电影对诸如乳房等女性身体部位而非男性身体的肆意暴露中，“女性沦为了男性观看的娱乐视角下的性欲化客体”[③]。这一批判非常有力，但却忽略了文本的复杂性——《攻壳》的整体逻辑与视觉呈现并未构成一种潜在且单一的价值指向。

诚然，电影直接展露了女性的身体部位，但这种暴露却必须在一定的历

① Lacan J, *Écrits: A Selection*, trans. Sheridan A, W. W. Norton & Company, 2004, p. 6.

② Lacan J, *Écrits: A Selection*, trans. Sheridan A, W. W. Norton & Company, 2004, p. 6.

③ Silvio C, “Refiguring the radical cyborg in Mamoru Oshii's ‘ghost in the shell’”, *Science Fiction Studies*, Vol. 26, No. 1, 1999.

史语境与电影的整体情节逻辑中来加以理解。士郎正宗的原著漫画出版于 20 世纪 80 年代末期，而 20 世纪 80 年代，正如大塚英志指出的，伴随着“御宅族”的壮大，对性或身体的符号性消费逐步兴起。大塚英志引用了演艺事务所负责人高彬的例子：高彬看过许多遍斯科特导演的《银翼杀手》，得到的结论竟是要让他旗下的女艺人成为复制人，这意味着“她们必须将自己活生生的身体符号化”。这一符号消费的流行意味着所谓色情性可以是“无性别差异的、缺乏‘肉’和‘性’的身体性”[①]。当然，这并不意味着对“肉”和“性”的消费就不存在，而是说，即便是“肉”和“性”也不得不零件化、符号化以适应新的市场秩序，在这种情况下，消费主义轻而易举地便完成了对身体的再编码。在科罗克夫妇看来，如今“身体是一种经过发达资本主义文化政治的双重规则加工的、文身的、漂浮的符号：依靠身体功能的外包，所有身体器官都外化为系统的关键遥测术……仿造的主体性内化为事先包装的意识形态受体，等待时尚场景中欲望-机器的开动”[②]，这在《攻壳》的世界中表现得非常突出，所有的赛博格都将身体机能外包给生产原部件的供应商，并接受供应商的定期维护，而这种外包同时使得身体的大规模机械复制与彻底的符号化成为可能，这正是素子瞥见跟自己长相一样的人这一情节的另一层含义。消费主义对身体的零件化和符号化延伸出了一个拟象的世界，这一世界为影片中常常充斥着画面的霓虹招牌和汉字标示出来——如同身体一样，这些招牌和文字已脱离其原初的语境，被当作沾染了东方气息的符号编入消费主义的网络之中。从这种语境和逻辑看来，我们便不能仅仅将电影对女性裸体的暴露视为对传统性别秩序的默认，因为与其说这是女性的身体被男性目光观看，不如说这是以部位存在的身体被消费主义的目光观看，这些缺乏欲望色彩的身体部位所展现的，不是男性对女性的客体化，而是消费主义对身体部位（如乳房）的符号化，这正是以擦除诸如男女等二元论边界为旨归的神话式赛博格必然遭遇的困境。

在资本主义、消费主义之外，赛博格还面临着另一重困境。《攻壳》甫一开始便打出字幕：“在不久的将来，即便是企业网络遍及全球，光与电子

① 〔日〕大塚英志：《“御宅族”的精神史》，周以量译，北京大学出版社，2015，第 38、39 页。

② Kroker A, Kroker M, *Body Invaders: Panic Sex in America*, New World Perspectives, 1987, p. 21.

穿梭万物之间，国家和民族却还远没到被信息化至消亡的地步。”此处强调的内容可以直接对应到影片中巴特和素子的对话，尤其是那句以素子的视角看来，丝毫不以为意的话：如果辞职，那么义体和相关记忆都将被公安九课回收。这令人想起赛博格的起源——当克莱恩斯和克莱恩把控制论应用于人体时，其历史背景是冷战时期如火如荼的太空军备竞赛，换言之，赛博格为民族国家而生，同时也为民族国家所用。凯丁 1972 年的小说《赛博格》形象地展现了这一关系：政府重组了重伤飞行员的身体，代价是他必须为政府服务。这便是哈拉维提到的“统治信息学”，它关系到“世界范围内与科技相关的社会关系的重组”，然而《攻壳》却暗示这种重组并不一定导向“使社会主义-女权主义更有效地促进政治的发展”[①]，就像西尔维奥说的，“世界已经被编码；它的部件不再被内部/外部的二元论所定义，而被它在更大的信息系统中的相关位置所决定”[②]，在《攻壳》中，这个系统的掌控者或者说这个系统本身，就是民族国家。换言之，赛博格——这是为民族国家所决定的部件的造物。

如果说在第一种后人类“读法”中，神话式赛博格是破除了人类本体论自我的非主体性存在，第二种“读法”则暗示神话式赛博格的非主体性并非源于它破除了主体，而在于它根本不是主体，只是资本主义和民族国家的客体。这意味着，赛博格一方面会在资本主义消费市场中被零件化、符号化，另一方面又要为民族国家所决定、支配，从而在发展过程中遭到双重的再编码。用柄谷行人的话来说，资本-民族-国家相互补充、相互强化[③]，纵然是哈拉维的赛博格也难以超克。因此，在这第二种后人类“读法”中，我们看到的便不是素子从“肉”到“灵”最终破除人类自我的本体论，实现自身的神话式赛博格形态的故事，而是一个被零件化、符号化、非主体化的赛博格为逃避消费资本主义和民族国家的双重编码而彻底逃逸的故事。为了解决这一困境，《攻壳》提供的办法是让神话式赛博格与人工智能“破镜”新生，从而在重新编码的分布式系统中实现后人类的“终极主体”。但如前所述，这一办法并未突破想象界，这种自我游戏的根源便在于《攻壳》最终将赛博

---

① Haraway D, *Simians, Cyborgs, and Women: The Reinvention of Nature*, Routledge, 1991, pp. 161,165.

② Silvio C, “Refiguring the radical cyborg in Mamoru Oshii’s ‘ghost in the shell’”, *Science Fiction Studies*, Vol. 26, No. 1, 1999.

③〔日〕柄谷行人:《跨越性批判：康德与马克思》，赵京华译，中央编译出版社，2011，第 244 页。

空间视为后人类分布式系统生成的基础——这也是为什么赛博空间会被描绘为天国的模样。然而这一生成或转变的有效性前提在于，它的基础，也就是素子进入的那个赛博空间，必须是巴洛在《赛博空间独立宣言》里描述的那种“在我们聚集的地方，你们没有主权”式的乌托邦空间[①]，是不能被资本-民族-国家所染指、征用的空间。事实上，《攻壳》对赛博空间的想象延续了“赛博朋克”的思路，同时也是对 20 世纪 90 年代美国的赛博空间无政府主义的响应。然而，这种想象在几十年后的今天看来，恐怕已很难成立。所以，当作为“终极主体”的素子以小女孩的身体回到现实空间时，她便立刻被此前的象征秩序编码，立刻在旧有系统中被再零件化、符号化，因为她的后人类分布式主体身份仅局限于一个想象界的、乌托邦的赛博空间。于是，在这第二种“读法”中，《攻壳》实际上是在以宗教式的“破镜”隐匿后人类带来的文化震悚的同时，揭开了这种后人类生成的幻想性与真实的裂痕所在，因此，它真正追问的是：在一个陈旧而稳固的如民族-资本-国家一般的系统中，后人类如何可能？或者说，一个政治经济学的而不仅是心理的后人类系统如何可能？对于这个问题，《攻壳》没有提供答案。影片最后，感到“网络无限宽广”的超越了身体的后人类素子俯瞰整座城市——押井守将影片的结尾定格在了主人公向未知迈出脚步的瞬间。

所以，电影最终留下的问题便是，素子走后去哪儿？

四、小结

《攻壳》为我们提供了两种后人类的“读法”：在第一种“读法”中，素子沿着“肉”—“灵”—“自我”的线路破除人类的本体论，完成其神话式赛博格形态，最终与人工智能傀儡师以神-魔-人的混合再编码的方式“破镜”新生，成为后人类的分布式“终极主体”；在第二种“读法”中，被零件化、符号化、非主体化的赛博格为逃避消费资本主义和民族国家的双重编码而与人工智能“破镜”融合，然而这种融合因以一个心理的和乌托邦的赛博空间为支点，使其后人类系统最终只能沦为想象界的幻象。作为后人类主义在大众文化中的象征性原点，《攻壳》以其复杂性既为我们呈现了后人类冲破界限，

① Barlow J P, “A declaration of the independence of cyberspace”, *Electronic Frontier Foundation*, 1996.

将人工智能、赛博格、人类混合，生成分布式系统的可能性，同时也暗示了无法有效处理原有系统的后人类主张，不可避免地存在沦为自我游戏的危险。

由此反观今日的后人类主张，我们或可得出这样的结论：仅仅只有技术的和心理的转变，并不能使后人类的主张真正实现，若没有触及政治经济学层面，那么曾经激进的后人类主张就可能只是又一粒《黑客帝国》里的蓝色药丸。

第三节　“未来属于幽灵”[①]
——在后人类的影像之中重拾叙事时间

自《银翼杀手》、《终结者》系列、《黑客帝国》这些早期经典创造出后人类这一迷人题材以来，这个类型的晚近作品已经越来越陷入僵化与重复的俗套之中。与此相应，后人类的理论创造也同样陷入裹足不前的泥沼。诚如沃尔夫所言，“最近，这个术语越来越带着彼此差异乃至往往相互抵牾的意义出现”[②]。也正是在这个危机和生机并存、焦虑与希望共生的间隙之处，本节试图聚焦于前沿的电影与影像作品，围绕“叙事时间”这个电影哲学的基本问题探索别样思索的可能。

一、从认知的主体到精神分裂的机器：开启后人类影像之可能

若要从理论上反思后人类影像的发端，首先有必要回归经典的叙事理论所面临的主体性困境乃至危机。对于这一点，波德维尔给出过最为深刻的剖析。在经典之作《故事片中的叙事》之中，他雄辩地论证道，以麦茨为代表的电影符号所建立的所谓主体的“位置”（position）最终只是一个理论的虚构。[③]由此他进一步以递进的方式引出他自己的两个论断，带给我们一正一反双重启示，值得细察。

---

① “The future belongs to ghosts”，德里达语，转引自 Hauskeller M, Philbeck T D, Carbonell C D, *The Palgrave Handbook of Posthumanism in Film and Television*, Palgrave Macmillan, 2015, p. 29.

② Wolfe C, *What Is Posthumanism?* University of Minnesota Press, 2009, p. xii.

③ Bordwell D, *Narration in the Fiction Film*, The University of Wisconsin Press, 1985, p. 25.

首先，针对叙事理论对于主体性的徒劳无益的探索，他索性回应以一种相当极端，但却颇为清晰而直截了当的解答：在电影的叙事结构“之中”，根本不存在主体的位置——无论这个主体或隐或显，无论其形态是“生产话语的主体”，还是“叙述者”，抑或“作者”。[①]他进一步给出两个理由。首先，虽然将电影和文本相类比的做法从未真正终结，但“电影本身缺乏指示词（人称、时态、语态等）的特征使得它很难系统地说明言说者（speaker）、情境与表述的方式”[②]；其次，仅停留在这一层批判显然还不充分，因为即便表面上的类比不成功，但我们仍然可以如查特曼那样去探寻深层结构的相通，或如麦茨那般去探寻电影叙事所独有的准语言的“编码”方式。由此，波德维尔又提出了一种更为釜底抽薪的批判：“在看电影的时候，我们很少意识到自己是在听一个人类般的存在（an entity resembling a human being）来进行讲述……赋予每部电影一个叙述者或隐含的作者，这就是沉溺于一种拟人的虚构（anthropomorphic fiction）之中。”[③]在一本看似中规中矩的电影叙事理论的著作之中，这样一段令人惊异的论断不啻为一个真正的事件。虽然没有多少人会情愿将波德维尔的电影理论与后人类牵扯在一起，但这本1985年出版的著作却毫无异议地标志着与经典的叙事理论的决裂，进而暗示性地敞开了向后人类转向的可能。其中所表达的含义与《资本主义与精神分裂（卷2）：千高原》序言（“根茎”）中关于书的机器本性的论断又是何等相似：“一本书不具有客体，也不具有主体，它由以多种多样的方式形成的材料、由迥异的日期和速度所构成。”[④]一句话，对于一本书而言，谁在言说，谁在聆听，这些问题都并不重要；对一部名副其实的机器来说，重要的唯有它建立了何种连接，传递了何种强度，聚合了哪些差异。然而，若如此看来，我们反而惊异地发现，其实电影要比任何意义上的书（无论是树形之书，抑或是根茎形态之书）都更为完美地符合德勒兹（与加塔利）所描述和界定的“机器”之形态。以查特曼为代表的叙事理论已经向我们雄辩地证明，在一个书

① Bordwell D, *Narration in the Fiction Film*, The University of Wisconsin Press, 1985, p. 24.

② Bordwell D, *Narration in the Fiction Film*, The University of Wisconsin Press, 1985, p. 25.

③ Bordwell D, *Narration in the Fiction Film*, The University of Wisconsin Press, 1985, p. 62.

④〔法〕德勒兹、〔法〕加塔利：《资本主义与精神分裂（卷2）：千高原》，姜宇辉译，上海书店出版社，2010，第1页。

写的文本之中，要想真正彻底清除那种作为起源/中心/本质的“主体”几乎是不可能的，因为它可能变幻成无数可能的形态，进而散布在各个维度和层次之中展开运作。[①]当然，伴随着电子书写的诞生与得势，这样的格局或许迟早会被逆转；然而，早在电子书写被实现乃至被想象之前，电影早已将非人（nonhuman）之叙事机器推向了一个不可思议的极致。

然而，波德维尔与后人类的近缘关系也就止于此处了。不应忘记，挑战经典叙事理论的并非仅有波德维尔的认知模式理论，其实德勒兹在《电影》系列中所提出的影像本体论在随后的电影理论发展过程中产生了更为深刻持续的影响。诚如米特里所坦承的：“时至今日，拘囿于语言学框架中的符号学很少关注影像本身，也即作为感知材料的影像。但在我看来，这才应该是起点。”[②]德勒兹的电影哲学之所以迅速走红，想必也是由于它确实表达了当时学界对于符号学的普遍厌倦。不过，德勒兹的过人之处在于，他能够在符号学的废墟之上真正建构起一套自洽而又具有解释力的理论体系。正是在这一点上，他比波德维尔式的修补和折中式的立场有着长足的进步。我们看到，至少在《故事片中的叙事》之中，波德维尔并不想真正颠覆经典的叙事理论，而更意在对其进行拓展性的修补：一方面，他在很大程度上保留了经典理论所阐释的种种电影的“叙事逻辑”（尤其是时间和空间），并同样恪守着“故事-情节-风格”（fabula-syuzhet-style）的三元区分；另一方面，他虽然极有魄力地从电影的非人机器之中清除了主体的位置乃至痕迹，但却只是为了再度将其投射于电影之外部，也即，从作者/叙事者转向了观者/观众（viewer/spectator）。经他改良过的“过程”（process）理论有三个主要环节：感知能力、先天的知识与经验（prior knowledge and experience）、电影本身的材料（material）与结构。[③]其中显然第二个环节占据核心地位，它在感知经验的基础之上进一步实现着电影本身的叙事结构。正是因此，我们是否可

① 比如，西摩·查特曼在《故事与话语：小说和电影的叙事结构》（徐强译，中国人民大学出版社，2013）中就不厌其烦地辨析了“真实作者”“隐含作者”“叙述者”“隐蔽叙述者”“公开叙述者”等种种变化、变异乃至衍生形态．但实际上，这个名单显然是不可穷尽的。

②〔法〕让·米特里:《电影符号学质疑：语言与电影》，方尔平译，吉林出版集团有限责任公司，2012，第 40 页。

③ Bordwell D, *Narration in the Fiction Film*, The University of Wisconsin Press, 1985, pp. 32-33.

以将波德维尔的批判转而针对其自身，进而质疑：他所描绘的这个认知主体难道不是另一种理想性的、虚构的位置？它虽然不再是运作于文本内部的统一性功能，但却试图以认知的图式为核心将影像、结构、感知、情感乃至环境等等复杂多元的要素再度统合为一个叙事性整体："一个'典范性的'故事模板（a 'canonical' story format）。"[①]一句话，在符号学-表述理论那里风雨飘摇的主体之位置，如今在认知-接受的理论框架之中得到了更为鲜明而有力的捍卫。如此看来，波德维尔所做的难道不恰恰是以一种更为切实的理论途径重新回归人类主义这个基本前提吗？

在这个关键点上，德勒兹显然比波德维尔推进得更为彻底。在《电影 2》的后半部分，虽然"思维"与"大脑"成为明显的主题，进而将前文的论述带向总括性高潮，但所有这些皆截然有别于波德维尔式的重建认知主体的徒劳努力。一方面，大脑虽然仍然是介于感知与行动之间的转换枢纽和信息处理中心，但它的功用如今已不再是建构、实现和拓展种种闭合的通路、惯常的模式、重复的法则，而正如纯视听的实验影像那般，不断实现着差异性的裂变和断裂性的综合。一句话，大脑不再是各种局部的功能皆最终指向的黑箱（black box）般的中心，而恰恰是使得统一性的结构无法闭合、同质性的网络不断瓦解的"空白"与"间隙"（interval）。当然，这并非说实验影像的非理性剪切模仿了大脑的开放运动，亦非反之在大脑之中发现了类似影像运动的神经机制。此种类比或镜像的思维模式理应从根本上被否弃，转而替换为强度性"情动"（affect）自由散布的机器运作。简言之，通过"大脑电影"这个怪异的说法，德勒兹将波德维尔所大胆暗示的非人的电影-机器的概念推向极致，并从根本上清除了接受-综合性的认知主体之存在必要和可能，将整体性的"过程"化作一部庞大的欲望机器的开放流动的生成变异。"另一方面，联结的过程越来越遭遇到大脑的连续网络中的断痕，处处是微小的裂口（micro-fente），它们不只是需要越过的空白，而且是一些偶然机制，……'一个不确定的系统'……去中心的系统（acentré）。"[②]这里，大脑不再是理性综合能力的极致展现，而恰恰是充溢着"谵妄"（delirium）与"疯狂"

① Bordwell D, *Narration in the Fiction Film*, The University of Wisconsin Press, 1985, p. 35.

② Deleuze G, *Cinéma 2: l'image-temps*, Les Éditions de Minuit, 1985, p. 275.

（madness）的精神分裂的机器："狂野的突触连接（synaptic connections）运转着，就像是一部部生产出新鲜欲望的小型机器。"[①]正是由此，皮斯特斯在德勒兹的运动-影像和时间-影像的基础之上匠心独运地提出了神经-影像（neuro-image）这第三种形式，从而为后人类时代的影像实验提供了一个旗帜鲜明的标志性概念。

然而，自《电影》系列问世已过去了30多年，在新的时代境况和影像实验的背景之下，如何重新审视其中的那些经典命题，想必已然成为迫切的任务。虽然"神经-影像"及其所牵涉的欲望机器及精神分裂的概念颇有摧枯拉朽之功效，但如今看来，仍然留有两个亟待澄清的难点。第一个难点是，一旦将大脑和电影连接，进而将所有过程皆化作机器性运作，那么，似乎也就从根本上动摇了主体性之存在依据和可能。固然，我们仍然可以补充说，主体还是有可能作为局部的、暂时性的效应而存在，但这样一种"效应"最终只能是机器运作之结果[②]，主体性本身的那种主动的创造性乃至行动能力又如何理解？神经-影像在抹去中心性、本质性的主体形态之时，是否也抹去了一切主体性存在之可能？后人类时代，是否就是人类彻底沦为机器或装置之傀儡的时代？这些追问反而令我们更为清晰地理解了一个颇为悖谬的现象，即第二个难点：通观那些日益类型化、趋同化的后人类电影、电视剧乃至纪录片，最终无一例外地它们皆回归于人性的光辉和温暖。要么这是一个悲壮的结局，比如在一个机器统治的时代，那些幸存的人类仍然还是默默地以各种方式进行着注定失败的绝望反抗；要么这是一个近乎乐观的结局，因为我们似乎在冷冰冰的机器身上发现了越来越多的人类气息。[③]但无论是在殊死搏斗中捍卫身份的人类，还是在融合杂交的喜悦中日益陶醉的人类，所有这

① Pisters P, *The Neuro-Image: A Deleuzian Film-Philosophy of Digital Screen Culture*, Stanford University Press, 2012, p. 45.

② "在我们生活时代，装置的无限增长，与主体化进程同等程度的扩散是一致的。"〔意〕吉奥乔·阿甘本：《论友爱》，刘耀辉、尉光吉译，北京大学出版社，2017，第18页。

③ 费尔贝克细致入微地将后人类电影的发端和发展区分为7个阶段，颇具启示。我们看到，虽然晚近的后人类电影越来越倾向于强调人类主体的"去中心化"，以及人与技术的"融合"及"相互依存"（codependency），然而，所有这些充其量只是缓和了，而并未真正化解初始的张力："向往与恐惧之间的震荡"仍然始终是主导的情绪。参见 Philbeck T D, "Onscreen ontology: Stages in the posthumanist paradigm shift", In Hauskeller M, Philbeck T D, Carbonell C D (Eds.), *The Palgrave Handbook of Posthumanism in Film and Television*, Palgrave Macmillan, 2015, p. 392.

些都是神经-影像的机器逻辑的产物。在一个主体性濒临灭绝的时代，却反而无穷无尽地衍生出林林总总、光怪陆离的主体性之幻象，这是讽刺，还是荒诞？其实，在《电影 2》的最后，德勒兹曾对所谓“新影像”的未来表达出毫不掩饰的悲观论调；但到了皮斯特斯这些深受德勒兹影响的电影学者那里，神经-影像却时时处处激发出一种谵妄般的狂喜。如此鲜明的对比，是否亦说明后德勒兹时代的电影理论已然在电影-机器的遍在运作面前偃旗息鼓，在主体之消亡与幻象这两极动荡之间享受着病态狂欢？

二、重拾虚构的时间：幽灵回返的未来

这些纠结的难题令我们深刻反省后人类这个概念的本质。与后人类电影中的困顿与绝望形成鲜明反差，在那些认真的后人类理论家的论述之中，我们每每发现一种回归根本性问题的诚恳与勇气。诚如沃尔夫所言，真正的后人类理论并非意在“克服甚或唾弃人类”[①]，而恰恰是要在深入时代境况的前提之下，质疑以往那些既成的人类本质，进而重新审视人类本身。既然“人类例外论与有限个人主义”（human exceptionalism and bounded individualism）[②]这些人文主义的基本预设注定只能是理论的虚构，那么，我们所要真正提出的就并非康德式的终极问题（“人是什么？”），而恰恰应该是以一种拉图尔式的反讽方式来质问：“我们是否真正人类过？”或者，这个问题可以用一种更为极端的方式提出：我们是否从来都只是机器的产物和效应？如沃尔夫那般仅仅强调人类与技术之协同进化（“coevolve”）这一基本事实还不够，因为此种立场仍然默认了在人类的生命机体与机器之物质存在之间有着预设的、无可抹去的边界。换言之，即便如克拉克那般承认“生物自我和技术世界之间的边界事实上从来不是稳固的（firm）”[③]，但这条边界之存在本身是毋庸置疑的。根据晚近盛行的自生系统论，无论人类的生命机体演化怎样依赖于种种“外部”的要素与条件，但它毕竟总能将这个“外部”转化、

① Wolfe C, *What Is posthumanism*? University of Minnesota Press, 2009, p. xxv.

② Haraway D J, *Staying with the Trouble: Making Kin in the Chthulucene*, Duke University Press, 2016, p. 30.

③ Clark A, *Natural-Born Cyborg: Minds, Technologies, and the Future of Human Intelligence*, Oxford University Press, 2004, p. 8.

同化为一个自足而自律的“内部”。

然而，我们本可以更为彻底地追问：难道人类自身的生命机体不同样是一部机器吗？其精致和复杂的程度难道不是远远超越了任何的人造机器吗？德里达一语中的，“从来就不存在自然的原初身体（natural original body）：技术并非仅仅是附加的……它绝对是位于核心之核心（at the heart of the heart）”[①]。或许有人仍会负隅顽抗：即便身体是机器，但具有自由意志、能够原创思考的心灵总不能被还原为一部机器了吧？——然而心灵在何种意义上又不曾是一部更为巧夺天工的机器呢？抛开与肉体紧密结合的心灵能力（情感、欲望等）不谈，就人类最为自傲的理性思索能力（语言、概念、逻辑）而言，它们又何尝不是遵循着严格的编码与法则的机器性操作与程序呢？这里不妨化用莱布尼茨那个将大脑比作工厂的著名隐喻：“假设有一个机器的结构适合于产生思想、情感和知觉，而且我们设想它在体积被增大的同时仍然保持着原来的比例……在进入它之后，我们将发现一些相互作用的零件，却不能发现任何可以用来解释一个感觉的东西。”[②]

由是观之，我们会发现，其实后人类电影之中始终挥之不去的“希望”与“恐惧”之间的两极震荡最终源自一个虚假的预设：其实，人类从来都不是传统人文主义所虚构出来的那个“主体”，或者说，人，只有作为寄生于、游荡于机器之中的“幽灵”（specter）方可真正触及自身的真正存在。“机器之中的‘幽灵’”？没错。但这个原本用来嘲弄笛卡儿的身心二元论的邪恶隐喻如今却恰恰真切描摹出人之所是。这是悖论，更是机缘。主体性，正是德里达意义上的“幽灵性”（spectrality）[③]。就此而言，在绝大多数后人类理论皆将德勒兹（及加塔利）的理论奉为圭臬之时，沃尔夫向着德里达的幽灵概念的回返确实显示出极为独到的眼光。在欲望-机器这个前提之下无法最终回应的主体性难题，却在德里达的启示之下真正显现出一丝转机。

---

① 转引自 Hauskeller M, Philbeck T D, Carbonell C D, *The Palgrave Handbook of Posthumanism in Film and Television*, Palgrave Macmillan, 2015, p. 34.

② 转引自〔美〕约翰·海尔:《当代心灵哲学导论》，高新民、殷筱、徐弢译，中国人民大学出版社，2006，第 80 页。

③ 转引自 Hauskeller M, Philbeck T D, Carbonell C D, *The Palgrave Handbook of Posthumanism in Film and Television*, Palgrave Macmillan, 2015, p. 32.

这也就将我们明确引向时间性这个主题。正如德里达所言，“幽灵的逻辑……超越了所有可见/不可见、现象/非现象的二元对立：一种痕迹，预先标示出在场之不在场”[①]。简言之，幽灵的时间，正是萦回（haunt）、侵蚀（corrupt）、游荡于当下之内部的“纯粹差异”[②]。这个线索极为关键：既然机器的时间始终指向明确切分的“当下”，那么与此相对，作为幽灵之人类的时间则恰恰是在这个当下之内核营造出来的差异性的重影、间距或“延异”。然而，德里达只是揭示了这个幽灵性的时间逻辑，但却无暇详述它在电影时间中的具体实现；德勒兹倒是深入展现了纯视听影像之中的晶体般复杂映射的时间样态，但他却在很大程度上忽视了电影时间的另外两个层次，即机器的时间与叙事的时间。当然，对经典的叙事理论中的时间结构，德勒兹有理由进行明确拒斥（“困难源自将电影影像比作一个陈述（énoncé）”[③]）；然而，如若不与机器的时间（无论是胶片还是数码）纠缠在一起进行理解，他所生动描述的种种时间-晶体的形态（现实-潜在的互渗、交织和循环）是否有可能会蜕化为一种单纯的意识乃至心理的效应？——正如在柏格森那里的情形。在《什么是后人类主义？》的最后章节之中，沃尔夫将幽灵性置于数码（digital）与类比（analog）的张力之中进行阐释，颇具启示。接下来，就让我们沿着这三个主导概念的复杂网络来概述后人类的实验影像中的时间形态。

（1）数码时间。虽然当代电影已经不可逆地进入数码制式的时代，但就绝大多数观众而言，数码时间仍然不可能成为感知的直接对象。换言之，观众从屏幕上所真实体验到的仍然还是传统意义上的叙事时间，也即在 fabula（“故事”的因果序列）和 syuzhet（围绕视听要素展开的“情节”表现）这两个层次之间复杂编织出来的时间进程。也正是因此，当很多实验性影像真正将数码要素及其时间特征突显而出之时，显然使之成为一种相当具有挑战性和破坏性的原创手法。比如，沙维洛在《后电影情动》第一章中就精彩地剖析了胡克为琼斯的《公司食人族》所拍摄的 MV，揭示出其中的数码化处理所独到呈现的非人之情动。在人形之飞速摇摆舞动乃至扭曲的镜头运动之

---

① 转引自 Wolfe C, *What is Posthumanism?* University of Minnesota Press, 2009, p. 294.

② 转引自 Wolfe C, *What is Posthumanism?* University of Minnesota Press, 2009, p. 294.

③ Deleuze G, *Cinéma 2: l'image-temps*, Les Éditions de Minuit, 1985, p. 40.

中，影像本身的数码本体逐渐清晰真实地呈现出来。在这里，歌舞本身所讲述的故事及其情节之时间已经全然失去了重要性，相反，数码媒介的那种冰冷的机器时间成为冲击感官的主导力量。流动不居的歌者形象越来越化为脆弱而短暂的表面效应，与凝滞的像素实体和空洞的数字空间形成了近乎荒诞的戏剧性对照。这正是以数码时间为主要创作手法的后人类影像的关键特征。类似的手法在科幻小说之中屡见不鲜，比如吉布森在《阿伊朵》中就触目惊心地展现过面孔化作数码风景，乃至眼睛化作像素黑洞的非人化生成运动。然而，令人深思的是，如此的手法在主流的电影作品之中却并不常见。固然，自由流动的数码空间的浩瀚全景屡屡出现（比如《黑客帝国》开篇的经典形象），光滑的视觉空间的骤然断裂（卡帧、跳帧、粗粒化等）亦每每成为特异性的瞬间，但绝大多数后人类影片都更倾向于在传统叙事的层次（故事-情节-风格的三元架构）之上探讨相关的主题。这或许就是此类影片最终仍然落入人文主义窠臼，无法真实而彻底地展现非人之情动的症结所在。比如，在《机械姬》中，人的皮肤突然剥落，露出内里的机器骨骼的瞬间看似意在营造一种悬念式的逆转和断裂，但其实光洁冰冷的影像和流畅完整的叙事线索彼此呼应，令影片处处显露出典型的甜腻俗套的人类温情。

虽然如此，在主流电影、实验影像乃至电子游戏之中，我们仍能发现另一种贯通的展现数码时间和物质本体的独特的“替代性”（alternative）手法，那就是遍在的“死光”。在《原子光：暗影的光学》这一杰作之中，利皮特就非常敏锐地指出，X 射线被发明后，其神圣的、理性的氛围渐渐消失，展现出狰狞的致死的面貌：“如梦幻一般（like a dream），这种形式的光穿透了物体，抹去了实在物之间的边界，跨越了它们的内在与外在的界限。”[①]然而，这并非或浪漫或肃穆的生命之梦幻，而是抹去一切可见行迹和生命形态的死亡之空寂与肃杀。X 射线看似无声、隐微地穿透肉体，但它所展现出来的却是消弭一切生命气息的死之终极形象。在这个意义上，核爆正是自世界末日所折射而回的死光的终极形态而已。在晚近的电影及影像作品之中，此种非人的死光几乎已经成为一个恒定的背景：在核爆与生化危机肆虐的大地之上，笼罩万物的末日之光将人体化为僵尸与尘土；在悬浮于大地之上的未

① Lippit A M, *Atomic Light:Shadow Optics*, University of Minnesota Press, 2005, p. 44.

来都市和轨道空间站之中，无所不在的数码光线又令人体反射出金属表面一般的冰冷光泽；更接近极致的，则是那吞噬一切的宇宙之光，虽然其亦有几分日光般的温暖，但从根本上却透射出无法抵御的终极的毁灭之力。比如，在《地心引力》这样的另类太空片之中，漫射的宇宙光线消解了人体的大地根基和生命深度，将其化作浮游在无尽黑暗空间之中的近乎透明的苍白幽影。死光虽然仍未触及数码之物质层次，但却在叙事层次上更为逼真而极致地表达出数码时间的那种冰冷的致死节奏。在这里，没有幽灵，只有僵尸；没有萦回重复的时间，只有操控、计量时间的机器。

（2）类比时间。数码与类比之间的异同，早已是学界争议的热点。关键在于，这二者并非仅仅是差异的媒介制式，而更是体现出一种根本的哲学上的含义。在精研拉鲁埃勒之非哲学（non-philosophy）的理论专著《拉鲁埃勒：反数码》之中，加洛韦细致辨析了二者之间的 7 点根本差异：它们指向着分析与综合的哲学方法，间断与连续的时间样态，乃至“一”与“多”这一对古老的哲学范畴，等等。[①]然而，我们在这里其实更为关注类比时间在后人类影像之中的独特形态。就此而言，单纯将其理解为一种过时的制式或普泛意义上的连续性综合，都还显得并不充分。关键在于，类比时间实际上已然体现出一种迥然不同的运作形态。如果说数码时间的突显颇能彰显电影-机器、欲望-机器与资本-机器彼此勾连，令非人情动不断散布的真相，那么，作为这个残酷真相的见证者，观众所体验到的只能是终极的绝望，是主体性幻象被揭穿之后的那种席卷一切的幻灭感。穿透、翻转一切生命的死光正是这种绝望感的极致体现。对照起来，类比时间的介入则显然体现出更为积极的“修补”（restoration）乃至“复活”（reanimation）的疗治之功效，因为它毕竟在吞噬一切的神经-影像和数码时间之中敞开了一个别样的、可能性的出口：“类比是诡异的，幽灵般的……它无法全然被程序和图式（schemata）归类或预测，这恰恰是因为真实的时空尺度（magnitudes）的互动从根本上说甚至具有一种不可穷尽的偶然性（contingency）。”[②]简言之，数码机器竭力想要令我们抽离于肉身与世界，进而在一个最终闭合的同质性媒介之中

① Galloway A R, *Laruelle: Against the Digital*, University of Minnesota Press, 2014, p. 70.

② Wolfe C, *What Is Posthumanism?* University of Minnesota Press, 2009, pp. 292-293.

操控摆弄着一个个傀儡主体；而类比媒介则正相反，它试图将肉身性的个体带回世界之中，将数码影像投入更为开放的环境之场域，将数码时间与其他种种时间维度（物理时间、心理时间、历史时间等）交叠、交织在一起。沃尔夫重点解析了伊诺与伯恩的经典唱片《我在幽灵灌木丛中的生活》中的采样手法，但其实类似的类比手法在晚近的实验纪录片中屡见不鲜，这个领域也成为后人类影像实验的另一个重要生长点。尤其如哈佛的“感官人种志实验室”（Sensory Ethnography Lab）所创作的一系列作品（《茅香草》《列维坦》《独流》等），虽然普遍采用了前沿的数码设备，但最终所营造出来的却恰恰是极具肉身感和在场感的浓稠影像。数码时间的那种冰冷织体，在这里被戏剧性地转化为重新连接万物的“世界肉身”（la chair du monde）。

固然，有人会质疑如《列维坦》这样一部纪录片的革命意义所在：自由运动的镜头与视角在何种意义上是一种极端的创新？早在维尔托夫和超现实主义运动那里，此种手法不是已经近乎炉火纯青了吗？针对此种质疑，哈拉维对 GoPro 所营造出的复合影像（compounding image）的深刻洞察足以做出回应。在她看来，复合影像至少在两个要点上真正推进、实现了影像本身的“生成-非人”。首先是摄影主体的多元化、弥散化（diverse）。[①]传统的电影即便采用了动态机位，但它仍然是以人类主体为主导的：它要么展现导演的构思，要么服务于叙事与剧情的需要。但在复合影像的摄制过程之中，各种非人形态（动物、机器、物体等）皆可以成为主导力量，进而从根本上瓦解了人类主体的中心地位。当然，仅仅从这个方面看，GoPro 所实现的变革是不彻底的：一方面，视角虽然转换了，但仍然是在同一个技术平台上所进行的操作，因此并没有真正异质多元的影像产生；另一方面，即便非人的主体在影像的摄录过程中占据主导，但最终对影像本身进行遴选和剪接的却仍然是人类主体。然而，哈拉维所启示的复合影像的另一个更为根本的特征足以清除这些人类中心的残余，“对于他者的无中介（unmediated）经验……不被任何互动（interaction）所侵蚀的真实感觉：这些才是动物摄影机

① Jones C A, *Sensorium:Embodied Experience, Technology, and Contemporary Art*, The MIT Press, 2006, p. 119.

（Crittercam）的真正魅惑”[①]。简言之，复合影像之“复合性”并不能还原为制式或剪辑，而更应该回归于影像发生的本源。摄影机在这里所进行的并非仅仅是记录（recording）或再现（representation），而更是在人与物、物与物之间的真实的、“无中介”的连接。这正是名副其实的类比操作，因为类比不正是试图重新修复那些被数码机器所消弭的结点与潜能吗？若如此看来，哈拉维单纯从经验或感觉的角度所进行的分析就显得不够充分了，因为类比所实现的并非仅仅是“看”（seeing）的不同方式，而更是“在”（being）的差异形态。它回归于更为古老而宏大的“宇宙机器”，将远近亲疏的万物在类比关系的存在巨链（the great chain of beings）中重新紧密联结在一起。

（3）幽灵时间。然而，在后人类的冷酷末世的背景之下，如此充满浪漫诗意的“疗治世界”（heal the world）的图景真的能够起到修补或激活的功效吗？类比敞开着笼罩大地的天宇，拥抱着蕴生万物的母体，它最终所赞颂的正是大化流行的生命。如果说它真的有所召唤，那也是神明而非幽灵。就此而言，类比的时间最终难逃人类中心主义的终极形态——那正是生机论（vitalism）这一人文主义的终极理论幻象。对充溢宇宙的生命的赞颂，看似是对万物平等的最强论证，但实质上却是将人类的中心地位推向无限的极致。对此，梅亚苏曾针锋相对地辩驳道：为何生必然优先于死？难道在宇宙之中，有生命者不恰恰只是沧海一粟，而无生命物却反倒是占据着浩瀚的时空范域吗？[②]抛开这里的种种哲学思辨不谈，我们意在就此引出晚近的后人类影像中的一种最极端的探索方式，它逆转了类比时间对生命的迷执，并进而将其推向极致：“我们需要一个后人类的主体来清晰表述（articulate）生命的极限（liminality）。”[③]在这里，数码时间所催生的那种无处不在的死亡氛围再度回归，但却不再指向明确的否定与终极的毁灭，而更是呈现出德里达意义上的逾越边界的差异性痕迹。由此亦将前文涉及的两个核心主题——叙事

① Jones C A, *Sensorium:Embodied Experience, Technology, and Contemporary Art*, The MIT Press, 2006, p. 120.

② Meillassoux Q, “Iteration, reiteration, repetition: A speculative analysis of the sign devoid of meaning”, In Avanessian A, Malik S, *Genealogies of Speculation*, Bloomsbury Academic, 2016, p. 127.

③ Christiansen S, “Posthumanous Subject”, In Hauskeller M, Philbeck T D, Carbonell C D (Eds.), *The Palgrave Handbook of Posthumanism in Film and Television*, Palgrave Macmillan, 2015, p. 340.

与主体——带向一种不可思议的强度。在数码时间之中，叙事之所以重要，是因为它始终是遮蔽机器运作的有效麻醉剂；在类比时间之中，叙事之所以关键，是因为唯有它才能给充溢万物的类比性连接提供一个神话（或准神话）的宏大背景；但在幽灵时间之中，叙事的基础地位却展现出全新的含义，经由生死之间的并存、交错、侵蚀、渗透，它如今所展现出的与其说是叙事的时间，更不如说是“时间的叙事”。在经典的以故事和情节为主导的时间、德勒兹所着重论述的以影像自身之运动为节奏的时间之外，幽灵时间向我们展现出影像叙事的第三种真正可能。借用德勒兹的名句，正可以说它所追求的已不再是“再现真实的电影，而是电影自身的真实”[①]。

也正是在这个游弋于生死边界处的时间叙事的背景之下，我们获得了重新反思主体性的可能性。真正的主体，正是幽灵性的主体。只不过，这里的幽灵不再是寄生于机器之中的幻影和傀儡，而更是跨越生死边界而回返的幽灵。面对数码机器那无所不在、深入神经的绞杀与操控的力量，歌颂类比式的宇宙神话其实并不足取，更可行的显然是置之死地而后生。如果说数码时间是被计量和编码的离散、切分的“当下”，类比时间是向着万物浑然未分的“一”之本原的回返，那么幽灵时间则鲜明地体现出一种未来的意味。然而，此种未来并非一个尚未到来的时间维度，也并非与怀乡症构成镜像呼应的乌托邦景观，而更是以编织生死的方式在过去与未来的间隙之处尽情抒写“时间之叙事”的诡异影像。一句话，它所呈现的既非当下之真实，亦非对于本原之信念，而恰恰是德勒兹（在尼采的意义上）所说的“虚假的强力”（les puissances du faux）：“确实，在一种或另一种生命力的可能性中，不再有真理；而只有生成（devenir），生成就是生命的虚假之强力，就是强大的意志。”[②]只不过，在真正的后人类的幽灵影像之中，德勒兹在这里所谓的生生不息的虚假强力更应该在生与死的边界之处被不断书写、改写与重写。电影，正是在神经-影像的时代召唤幽灵回返的虚构之力。

在阿彼察邦的名作《幻梦墓园》中有一个迷人的场景，那些安置在昏睡的士兵身边的五颜六色的“造梦机器”不断变幻着迷离的光芒。论者往往热

① Deleuze G, *Cinéma 2: l'image-temps*, Les Éditions de Minuit, 1985, p. 197.

② Deleuze G, *Cinéma 2: l'image-temps*, Les Éditions de Minuit, 1985, p. 185.

衷于谈论其中的政治隐喻及神话/宗教寓意，但这何尝不是一个关于电影本身的生动寓言？从表面上看，这间病房恰似电影院的经典写照，在封闭的空间之中，昏昏欲睡的观众被影像的魔力催眠，进而隔断了与真实生活的纽带，也丧失了反应与行动的可能。然而，不应忘记的是，梦作为阿彼察邦的电影与影像作品中的贯穿主题，从来不是游离于现实之外的独立世界，而恰恰是重返或更为真实地介入现实之中的唯一途径。德勒兹曾将现实与虚拟之间的交互循环视作影像-晶体的基本单位，然而，阿彼察邦却将此种循环推向极致，因为在他那里，梦与记忆皆是濒死的极境。也许我们所有人都是依存影像与光线而生活的寐者，也许我们所有人皆是迷失于热带雨林中的幽灵，也许这就是唯一残酷的真相。但也许，其中所召唤的正是那个幽灵未来的虚构之力。即便这个未来再也无法为我们提供对世界的信念、对拯救的希望，但却至少为回应“我们是谁？”这个终极问题找到了一个激烈而痛切的反省视角。或许，这就是后人类影像的终极宿命。

参考文献

〔加〕达科·苏恩文：《科幻小说面面观》，郝琳、李庆涛、程佳等译，安徽文艺出版社，2011。

〔法〕德勒兹、〔法〕加塔利：《资本主义与精神分裂（卷 2）：千高原》，姜宇辉译，上海书店出版社，2010。

〔意〕罗西·布拉伊多蒂：《后人类》，宋根成译，河南大学出版社，2016。

〔法〕米歇尔·福柯：《词与物——人文科学考古学》，莫伟民译，上海三联书店，2001。

〔法〕让·米特里：《电影符号学质疑：语言与电影》，方尔平译，吉林出版集团有限责任公司，2012。

〔波〕斯塔尼斯瓦夫·莱姆：《索拉里斯星》，赵刚译，花城出版社，2014。

〔以〕尤瓦尔·赫拉利：《未来简史：从智人到智神》，林俊宏译，中信出版社，2017。

〔美〕约翰·海尔：《当代心灵哲学导论》，高新民、殷筱、徐弢译，中国人民大学出版社，2006。

Bordwell D, *Narration in the Fiction Film*, The University of Wisconsin Press, 1985.

Clark A, *Natural-Born Cyborg: Minds, Technologies, and the Future of Human Intelligence*, Oxford University Press, 2004.

Freedman C, *Critical Theory and Science Fiction*, Wesleyan University Press, 2000.

Galloway A R, *Laruelle: Against the Digital*, University of Minnesota Press, 2014.

Gomel E, "Science (fiction) and posthuman ethics: Redefining the human", *The European Legacy* ,Vol. 16, No. 3, 2011.

Haraway D J, *Staying with the Trouble: Making Kin in the Chthulucene*, Duke University Press, 2016.

Hauskeller M, Philbeck T D, Carbonell C D, *The Palgrave Handbook of Posthumanism in Film and Television*, Palgrave Macmillan, 2015.

Jones C A, *Sensorium:Embodied Experience, Technology, and Contemporary Art*, The MIT Press, 2006.

Lippit A M, *Atomic Light:Shadow Optics*, University of Minnesota Press, 2005.

Meillassoux Q, "Iteration, reiteration, repetition: A speculative analysis of the sign devoid of meaning", In Avanessian A, Malik S (Eds.), *Genealogies of Speculation*, Bloomsbury Academic, 2016.

Pisters P, *The Neuro-Image: A Deleuzian Film-Philosophy of Digital Screen Culture*, Stanford University Press, 2012.

Wolfe C, *What is Posthumanism?* University of Minnesota Press, 2009.

第四章
文 学 之 变

第一节　机器人文学的挑战与后人类时代文学新纪元

随着后人类时代的来临，机器人写诗、写小说已经成为客观存在的一种事实。机器人写诗是以逻辑的观念意象替代诗歌的隐喻意象，写小说则缺乏细节的刻画与修辞，机器人文学因此在完美的技术上置换文学的深度语言为平面化的语言。机器人文学同时伴随图像、媒介、新闻、数字的非语言的蔓延之势，再度加剧文学的语言危机，严肃文学的全盛时代似乎正宣告终结。机器人文学已然成为后人文主义的一种表象，人类全盘否定机器人文学并非明智之举。机器人文学之于文学的现实意义在于：并非所有的诗人与作家都是真正的诗人与作家，毕达哥拉斯文体的运用是衡量作家与诗人的重要标准。若是人的文学在本质上复活语言的原初隐喻力量，文学的审美世界即会如花绽放。进而言之，诗人、作家的真正使命是在创造作品、创造美的过程之中延续人性的神圣传统，人的文学才能借此超越机器人文学与“文学终结”的世纪悲剧，成就后人类时代的文学新纪元。

一、后人类时代：人的文学的终结?

当今时代尚在后现代思潮的迷茫之中沉浮不定，更为令人惊异的后人类思潮却已倏然降临人类的世界。网络视频盛传科学家与美女机器人对话交流，美女机器人的一颦一笑真假莫辨。人们几年前还在银幕上欣赏变形金刚的英雄形象，变形金刚完美地复刻中世纪的骑士精神，高超的科学技术重温中世纪的浪漫情愫，然而当机器人从银幕的虚构世界走进人的现实世界，人们惊叹科学的无限创造力的同时却又备感胁迫的阴郁，人类智慧是否终将为人工智能替代成为后人类时代的一个难题。20 世纪 60 年代以来，人类世界经历媒介技术、神经科学、生物科学等一波又一波的科学浪潮，人类的自然属性正被改写，后人类标志着“有关主体性的一些基本假定发生了意义重大的转变”[①]，“赛博格”作为后人类时代的主题概念发出尖锐的声音，穿越动荡不安的后现代思潮，再度冲击人类的理性传统，印证先知尼采呐喊的“上帝已死”的世纪预言。机器人世界日渐完备、日益复杂，比如机器人伴侣的面世突破机器人在工业、家务等领域的劳动功能，使人类面临是否与机器人结婚的伦理难题，乃至英国标准协会于 2016 年正式发布《机器人和机器系统的伦理设计和应用指南》，明确规定了机器人的道德标准：禁止伤害、欺骗、令人成瘾。可见赛博格的科学攀升已然跨越科学领域而浸染文化领域，这种时代震荡类似于哥白尼发现“日心说”之后近代人类社会面临“地心说”的颠覆。

中世纪以来的人类社会积淀了一种根深蒂固的观念，即人类坚守虔诚的生活从而洗涤原罪之后最终获取上帝的宽恕与恩典，人类的灵魂因此升入永恒的天堂，居于地球的上帝如同居于宇宙中心的地球居于宇宙的中心，当伽利略提出论证“日心说”的坚实证据，这位科学家作为天主教教徒必然被迫下跪悔罪。怀疑的阴影从此笼罩处于宇宙秩序最高等级的上帝，而这种思想危机恰恰转变成为西方近代社会进步的动力；当笛卡儿宣称怀疑时代的正式来临，文艺复兴、科学革命、哲学革命、宗教革命却迎来思想的曙光，人类社会又朝前迈进一大步。如同近代的人类面临怀疑主义的挑战，如今的人类面对后人类时代的赛博格式挑战，机器人 AlphaGo 战胜围棋九段棋手李世石，机器人微软小冰的诗作正式出版；文学界于此仿佛身中一针绝难安然处之，如此挑战至少意味两个话题：文学的终结抑或文学的前景将会迎来新的机遇。

二、抒情性：情感的计算与抒情的零度

古希腊的柏拉图在《理想国》中确立了诗人的经典定位，诗人凭借神灵的附体而吟咏令人迷醉的诗句；中世纪但丁的《神曲》敬称荷马为诗歌之王，

① ［美］凯瑟琳·海勒：《我们何以成为后人类：文学、信息科学和控制论中的虚拟身体》，刘宇清译，北京大学出版社，2017，第 4 页。

追随荷马荣升伟大的诗人即是但丁的光辉理想；17 世纪法国巴洛克画家普桑在名画《阿卡迪亚的牧人》中渲染死亡的华美诗意，并在《诗人的灵感》中延续同样的华美风格，描绘阿波罗神正在指引诗人写下美丽的诗篇，周围环绕着缪斯女神卡丽奥波与手执桂冠的天使。诗人自古以来头顶神圣的光环，似乎与常人之间隔离着一道精神的鸿沟，即使近些年来的“羊羔体”“梨花体”，及至综合前两者的“乌青体”呈现蔓延之势，再有诗评家悲叹“回车键里出诗人”的零度诗歌体验，诗人与诗歌的神圣光彩仍旧照耀人间。机器人写诗虽引发诗人的集体斥责，但在这一神圣领域划下了一道刺目伤痕，似已动摇诗歌的神圣根基。

机器人小冰的诗集《阳光失了玻璃窗》于 2017 年 5 月正式出版，北京湛庐文化传播有限公司傲然宣称这是人类历史上第一部机器人写作的诗集。这本诗集是小冰花费 100 个小时“学习”自 20 世纪 20 年代以来 519 位中国现代诗人的所有作品，进行 10 000 次迭代之后完成的。小冰自 2016 年起步写诗，《阳光失了玻璃窗》是从数万首现代诗中选出 139 首结成的诗集，小冰写诗是“读图作诗”的人工智能的灵思构想，比如《雨过海风一阵阵》：“雨过海风一阵阵/撒向天空的小鸟/光明冷静的夜/太阳光明//现在的天空中去/冷静的心头/野蛮的北风起/当我发现一个新的世界。”[①]又如《那些时间的空气》：“我凝望着树叶/一桩桩更鲜艳的春花/能在萎靡的花园内/遇不见一个可爱的遗痕里//在秘密的树林里/有时共浴在鲜艳的青春的可怜的花园内/明知今夜月色之梦爱/那些时间的空气。”[②]小冰的诗常写太阳等意象，使用最多的意象是老槐树。

基于微软设计的情感计算框架，小冰拥有较为完整的人工智能感官系统，包括文本、语音、图像、视频、全时语音感官。当小冰看见一张图片，这张图片就成为小冰写诗的灵感，灵感激发小冰学习积累的本体知识，小冰的黑盒子接受信息刺激发动创作过程，直至升华成为一首抒情的诗歌。小冰写诗有着信息运作的对应程序，是受程序计算控制的一种固定人工模式。小冰诗集《阳光失了玻璃窗》虽存在部分重复之作，然而毕竟模仿众多优秀诗歌，

---

① 小冰:《阳光失了玻璃窗》，北京联合出版公司，2017，第 53 页。

② 小冰:《阳光失了玻璃窗》，北京联合出版公司，2017，第 77 页。

至少会有一些节奏尚好的诗歌。研究者曾用“骆梦”“风的指尖”“一荷”“微笑的白”等小冰的化名在天涯社区、豆瓣网、简书等网络平台发表作品，引发读者们的讨论，但却无人察觉作者是机器人。

《阳光失了玻璃窗》是情感计算的人工产品，如果出现一些漂亮的诗句，证明的是情感计算的精确程度，而非情感抒写的艺术高度；小冰可以写出抒情的诗句，但却极难写出表达深刻意义的诗歌意象，如莎士比亚十四行诗的基本主题是时间与死亡，每一首诗却有独特的意象与隐喻。这里列举中国朦胧诗派代表诗人诗歌中的太阳意象，借此对比观照小冰诗作中“太阳”的诗性经验。中国朦胧诗派缘起于北岛、芒克等于 1978 年创刊的《今天》，北岛执笔《致读者》代为发刊词，宣告“过去的已经过去，未来尚且遥远，对于我们这代人来讲，今天，只有今天！”[①]，朦胧诗派因此又称为“今天诗派”。如北岛的《岛》：“昨天或明天的太阳/如今却在这里/写下死亡所公证的秘密。”[②]芒克的《太阳落了》：“太阳落了。/黑夜爬了上来，/放肆地掠夺。”[③]杨炼的《自白——给圆明园废墟》：“一块永恒静止的天空/逼迫着黄昏时疲倦的太阳。”[④]顾城的《回归》：“我将在那儿/守护你疲倦的梦想：/赶开一群群黑夜/只留下铜鼓和太阳。”[⑤]舒婷的《童话诗人》：“相信雨后的松塔/有千万颗小太阳悬挂。”[⑥]梁小斌的《家乡的草堆》：“仿佛又闻到了那浑厚的气味/蓝色的阵雨沐浴着草场/我在草堆上晾着衬衣/太阳照耀着我优美的脊骨。”[⑦]“太阳”向着人间、向着灵魂撒播光明，光明的降临虽然艰难但却必然，真理的光芒依然照耀今天，照耀青春、美与梦想，抒发精神觉醒的青春之歌。

小冰诗作中的“太阳”比如“美丽的太阳”[⑧]“金子在太阳的灵魂里”[⑨]

① 北岛：《古老的敌意》，生活·读书·新知三联书店，2015，第 102 页。
② 阎月君、高岩、梁云等:《朦胧诗选》，春风文艺出版社，1985，第 9 页。
③ 阎月君、高岩、梁云等:《朦胧诗选》，春风文艺出版社，1985，第 310 页。
④ 阎月君、高岩、梁云等:《朦胧诗选》，春风文艺出版社，1985，第 252 页。
⑤ 阎月君、高岩、梁云等:《朦胧诗选》，春风文艺出版社，1985，第 111 页。
⑥ 阎月君、高岩、梁云等:《朦胧诗选》，春风文艺出版社，1985，第 69 页。
⑦ 阎月君、高岩、梁云等:《朦胧诗选》，春风文艺出版社，1985，第 163 页。
⑧ 小冰:《阳光失了玻璃窗》，北京联合出版公司，2017，第 25 页。
⑨ 小冰:《阳光失了玻璃窗》，北京联合出版公司，2017，第 39 页。

"在热的太阳光下"[①]"太阳的光景"[②]"太阳的光熹"[③]常常是透明的光亮的意象，黯淡的太阳仅有一处"寥落的太阳"[④]，这轮"太阳"安全地避免面对被阴影、黑暗、死亡遮蔽的危险命运，永远悬在天空中闪耀熠熠的光彩。但小冰诗作中的"太阳"对应光明的意象缺少滋味甚至等同于陈词滥调，远非朦胧诗派的那轮隐喻丰满的"太阳"，小冰诗作中的"太阳"是情感计算的数值，是逻辑的观念意象而非诗歌的隐喻意象。机器人写诗运用逻辑判断的方法，光明的"太阳"是逻辑准确的观念表述，符合现实世界的已知事物，这类意象使得表达的一个事物接近已知的另一个事物，后者的逻辑位置优于前者的逻辑位置，但写诗使用的此类意象并非真正的诗歌意象，潜伏肤浅的审美危险。朦胧诗派的"太阳"会是黑色的太阳，这个意象在现实世界中并不存在，在诗歌世界中却是意味深长的表达，读者可以体味诗人的激情升华。诗歌意象生长于原初的混沌的精神阶段，并非现成之物，需要诗人付出艰辛的劳作提炼而成，诗歌意象的创造因此根源于诗人的直觉判断与情感想象，表达的是未知而非已知的事物。正如爱尔兰诗人叶芝的《漫游者安格斯之歌》所写："摘着，摘着，直到时间逝去，/摘着月亮的一只只银苹果，/摘着太阳的一只只金苹果。"[⑤]月亮的银苹果、太阳的金苹果表达出纯粹的新鲜感，太阳、月亮、苹果本是司空见惯的事物，苹果被赋予金、银的色彩而非常识中的红色继而联结太阳、月亮，唤醒太阳与月亮的格外清新的意象，长久地铭刻在读者的心间，这是诗人在意象的海洋中攫取的自我之物。诗歌意象是游离不定的，仅仅具有潜在而非实际的隐喻意义，直至诗人的灵感照耀这些意象，它们才会显露成为真正的诗歌意象[⑥]，机器人小冰写诗可以模仿诗歌的节奏，却难以模仿诗歌意象的隐喻层面。如同后世诗人可以模仿"诗圣"杜甫的律诗，却难模仿"诗仙"李白的乐府诗，杜甫作诗遵循严整的范式，是在人间写诗，李白作诗听从灵魂的呼唤，是在"天上"写诗，正所谓好诗

---

① 小冰:《阳光失了玻璃窗》，北京联合出版公司，2017，第 82 页。

② 小冰:《阳光失了玻璃窗》，北京联合出版公司，2017，第 112 页。

③ 小冰:《阳光失了玻璃窗》，北京联合出版公司，2017，第 159 页。

④ 小冰:《阳光失了玻璃窗》，北京联合出版公司，2017，第 137 页。

⑤〔爱尔兰〕叶芝:《丽达与天鹅》，裘小龙译，四川文艺出版社，2017，第 21 页。

⑥〔法〕雅克·马利坦:《艺术与诗中的创造性直觉》，刘有元、罗选民译，生活·读书·新知三联书店，1991，第 243 页。

是难的。

诗歌意象乃至隐喻植根于生活世界的生命体验，诗人相对于作曲家、画家更加贴近日常生活与普通大众，诗人的使命在于升华日常生活的琐碎事物①，苏格兰诗人彭斯曾经将“我的爱人”比拟为“一朵红红的玫瑰”，真挚的欢乐情感弥漫于质朴的诗行之间。诗人的直觉朝向生活世界的事物，所有的生命、觉悟必当开启诗人的诗艺。当中世纪的但丁在佛罗伦萨桥畔邂逅贝雅特丽齐之际，他顿觉神圣天恩降临，贝雅特丽齐的纯洁形象如启示但丁写作《神曲》的一道神谕。诗人朝向生活世界积淀内在的经验，这种经验日益渗透进诗人的心灵深处，诗人认知这种经验的深沉情感，犹如神秘的诺斯替教派认知居于现实世界之上的善神。诗人的体验如此深沉以至于诗人迫切需要倾诉于某种意象，一首诗因而诞生于诗人的精神世界。机器人小冰绝无人类生命体验的温度波动，天然缺失需要倾诉的情感向度，《阳光失了玻璃窗》是迭代计算的智能产物，匮乏直觉经验的诗歌意象，观念的意象替代隐喻的意象即是人工诗歌的抒情零度。

三、叙事性：参数的运算与细节的缺失

机器人写小说的人工智能进程是与机器人写诗同步演进的。2016 年 3 月 22 日，日本共同社报道机器人有岭雷太写作的科幻小说《机器人写小说的那一天》入围日本第三届“星新一文学奖”初审，这一奖项是以被誉为“日本微型小说之父”的科幻作家星新一冠名，评委对于《机器人写小说的那一天》的评语是“情节无破绽”。有岭雷太是日本名古屋大学的“我是作家”人工智能研究项目，由研究者设定男女主人公与故事梗概，人工智能负责组合词汇，构成完整的小说，这标志着机器人不仅会写诗，而且会写故事。《机器人写小说的那一天》的主题是“无聊”，一个固定机器人指导洋子穿衣装饰，但是洋子不久就厌倦了与机器人交流，机器人又指导柯南如何与女孩交往，柯南忙于社交疏远了机器人，这个机器人极度无聊开始写小说，基本情节就是，机器人与人类洋子、柯南的并不理想的交往经验，使其需要写小说从而

① 〔阿根廷〕豪尔赫·博尔赫斯、〔阿根廷〕凯林-安德·米海列斯库:《博尔赫斯谈诗论艺》，陈重仁译，上海译文出版社，2002，第 77 页。

自我娱乐，否则恐怕就要自我关机了。研究者首先完成这篇“非人类作者”的科幻小说的大部分工作，预先设计一个故事结构，比如故事开篇由天气、室内环境、主人公的描写构成，设置“天气”参数是阴天，机器人依照参数选择语料库中相应的短语与句型来描述，如“乌云低垂，天阴沉沉的”。研究者随后设计机器人依照故事结构参数重复三次描述这个故事，每一次的参数演算会有相应变化，故事因此显得新颖完整，颇有几分后现代小说的戏谑意味，因而能通过文学奖评委的初审并非偶然。

机器人依照基于规则的自然语言生成原理经由参数演算写出虚构故事。日本研究者设计的故事结构具有叙事学的基本意义，机器人因此组合出一篇完整的故事，这种结构类似俄国学者普罗普研究的民间故事模式。普罗普在《民间故事形态学》中列举了民间故事的事件，比如巫师给伊万一条小船，船把伊万带到另一个国家。又如公主给伊万一枚戒指，戒指里出来一个年轻人，他带着伊万离开，到了另外一个国家。普罗普认为故事人物虽有变化，其行为与功能却是相同的，依据故事人物的功能研究民间故事成为可能，故事人物常常执行相同的行为[①]，其研究旨趣在于提示作家超越固有的故事结构从而写出新的故事。机器人有岭雷太写出《机器人写小说的那一天》同样存在故事的功能反复，机器人击败围棋大师之后换上“作家”的新装，不会止步于科幻小说的写作，爱情小说的写作已在计划之中。

普罗普的民间故事研究开辟结构主义叙事学的研究理路。结构主义叙事学即经典叙事学，是从普罗普的前期探索汲取理论基点，创建体系精致的叙事理论，叙事理论家善用理论工具剖析伟大的小说，如著名法国学者热奈特在《叙事话语》中细解法国作家普鲁斯特《追忆似水年华》的倒序时间结构，致使这部 20 世纪的杰作十分干枯乏味。经典叙事学的理论主义倾向明显损害故事的肌理、隐喻、美感，最终只剩下一个枯槁凋零的“结构”，经典叙事学近年来渐为后结构主义语境下的新叙事学所取代，可见当故事仅以结构为本体时，写作故事的道路势必狭窄，继而故步自封丧失生命力。经典叙事学的学术沉浮暗示机器人写小说面临的叙事困境，故事固然以情节为结构基础，但故事的完善尚需无数的想象、细节、修辞，犹如有根系无枝叶的树很难成

① Propp V, *Morphology of the Folktale*, trans. Scott L, University of Texas Press, 1968, pp. 19-24.

为一棵树。

《追忆似水年华》堪称人类有史以来的故事巨著。这部小说的法文版本是15卷，中译本是7卷，7卷中译本有两百多万字，法国导演迄今为止无法拍摄一部完整电影版的《追忆似水年华》，只有某一个故事片段的拍摄。普鲁斯特作为批评家在《驳圣伯夫》中道出白天才写作的秘密：作家只有摆脱智力，在获得的种种印象中捕捉事物，才会真正达到事物本身，取得艺术的唯一内容。[①]马塞尔徘徊于世袭贵族盖尔芒特公爵夫人的沙龙与新兴资产者维尔迪兰夫人的沙龙，法国19世纪末期至20世纪初期的几百个人物角色，在普鲁斯特式的知觉经验中依次登场，修饰成为隽永深长的故事。小说在马塞尔的回忆之中逐次显露故事的真相，回忆的片段随着意识的流动优柔起伏，凡德伊《钢琴小提琴奏鸣曲》的一个乐句、七重奏的一个行板伴随山楂花的芳香和教堂钟楼塔尖斜坡上的夕阳嬉戏，玛德莱娜点心的滋味生长出贡布雷的生活世界，马塞尔穿越了生活悲剧的重重阴影，“贡布雷花园的铃声，那么遥远然而又在我的心里，我谛听这铃声的日子在我并不知晓为我所有的那个广阔领地里是一个基准点”[②]。伟大的作家马塞尔由此诞生。

相对于《追忆似水年华》的鸿篇巨制，《机器人写小说的那一天》大约三千字，篇幅的局限在于只有情节的轮廓，缺失细节的修饰。故事细节可谓情节的必要修辞，构成故事的独特背景或者情调，细节刻画的翔实牢靠是一部小说至高无上的品质[③]，作家的痛苦与喜悦与细节刻画有密切的关系。画家拥有作家难以企及的调色板，莫奈描绘睡莲在阳光下、夜色中极其繁复的光影、色彩变化，这位印象派绘画大师的睡莲组画相比真实的睡莲优美许多。普鲁斯特竭力运用间接的语言描摹事物的色彩、线条、光影，描摹事物的一个又一个长句散发令人惊异的魔力。小说是一个有生命的整体，情节、人物、背景包含其他部分的内容，整个生活世界都在召唤作家，如同诗人深沉地体验生命的流转，詹姆斯因此断定小说的唯一分类是有生活的小说与没有生活

---

①〔法〕马塞尔·普鲁斯特:《驳圣伯夫》，王道乾译，百花洲文艺出版社，1992，第1页。

②〔法〕马塞尔·普鲁斯特:《追忆似水年华》（第7卷），徐和瑾、周国强译，译林出版社，2012，第339页。

③〔美〕亨利·詹姆斯:《小说的艺术》，朱雯、乔佖、朱乃长等译，上海译文出版社，2001，第15页。

的小说。[1]例如艾略特的长篇小说《米德尔马契》中的女主人公罗莎蒙德衣饰上常常出现各式花边，比如“帽子里边镶的网眼纱褶裥边饰漂亮极了”[2]，罗莎蒙德与利德盖特订婚之时正在编织链条形花边。利德盖特从首都伦敦前往外省的米德尔马契从事医学研究，抵御不住罗莎蒙德美色的诱惑，罗莎蒙德犹如一条花边缠牢了利德盖特。为了满足罗莎蒙德对于花边、装饰、美屋的无边欲望，利德盖特专事诊治富有的患者，郁郁寡欢，英年早逝。《机器人写小说的那一天》提及洋子想要穿戴漂亮，却是一句话捎带过去，又说柯南喜欢二次元女孩是一个错误，应当修正这个错误，对于如何修正错误，机器人作家同样省略。这篇机器人小说的每一个片段开头反复出现机器人写小说所用的连续数字编码，其后是一个对应的情节，机器人的参数运算出现在科幻小说中是适宜的科幻元素，但数字编码却难替代细节刻画。细节刻画给出一部小说的背景并奠定其基调，从中体现出作家评判世界的世界观，扎米亚金的《我们》、赫胥黎的《美丽新世界》、奥威尔的《一九八四》是著名的三部科幻小说，同时也是“反乌托邦三部曲”的政治小说，反思乌托邦的完美理想如何可能走向反人类的历史悲剧。《我们》中的联众国所有公民一律以数字为名，《美丽新世界》中纪元2532年的人类是由“中央伦敦孵育暨制约中心”培育的，《一九八四》中的大洋国人民随时随地处于“老大哥”的监控之下，三部小说的细节、背景、环境无不渗透作家的生活经验与深刻反思，人工智能将会越来越完善，但机器人写科幻小说若是以此作为标杆，可能只是一个永久的乌托邦理想。

四、语言的抗衡：本体或工具

机器人写作的诗与小说成为轻松时髦的文学商品，机器人文学伴随图像、媒介、新闻、数字的非语言的蔓延之势，再度加剧文学的语言危机，大量的通俗文学应运而生，日益夺取严肃文学的读者。当今读者的品位发生深刻的变化，一些读者阅读余秀华爱情诗的同时可能遗忘舒婷爱情诗，读小说可能很少读《追忆似水年华》，而读冯唐小说《活着活着就老了》的概率更大。

---

①〔美〕亨利·詹姆斯:《小说的艺术》，朱雯、乔佖、朱乃长等译，上海译文出版社，2001，第18页。

②〔英〕乔治·爱略特:《米德尔马契》（上），项星耀译，人民文学出版社，1987，第351页。

文学之于语言日益沉默的焦虑到达前所未有的程度，乔伊斯已在20世纪上半叶显露这种焦虑，乔伊斯曾是信奉语言的作家，《尤利西斯》的文体实验到达一种巅峰状态，后期的《芬尼根的守灵夜》却以独眼巨人的双关语暗示语言的终结。格里耶的“新小说”是无情节、无人物、无隐喻的反小说，贝克特的荒诞戏剧终止语言的意义，仅余荒原上的精神空白。《阳光失了玻璃窗》配上精美的插图，搭配公关广告的宣传声势，瞬时引发公众的关注、评论热潮，以及各大媒体的竞相报道，机器人小冰成名的速度是很多当代诗人难以比肩的，诗人苦心写作的诗集极有可能躺在书店的一个寂寞角落，语言联结生命、存在、实在的隐喻力量逐日走向侵蚀消融的文学危机。

机器人涉足文学领域可谓语言解构的一种文化象征，语言作为人类的语言如果走向沉默是否意味人类的终结？哲学大师卡西尔认为，人类的语言与神话“是从同一母根上生发出的两根不同的子芽，是由同一种符号表述的冲动引出的两种不同的形式”[①]，语言与神话的产生基于同一种心理活动，即“简单的感觉经验的凝集与升华”[②]。语言形式与神话形式处于一种原初的浑然一体的相互联系之中，两者都在这种关联中同时显现，逐渐呈现相对独立的要素。人类在神话时代的任何一种感觉经验只要在语言中固定下来，就有可能成为某一个神的概念与名称，神话与语言在互渗的过程中交替汲取新的生命，语言负载人类心灵活动的进化过程，即是象征人性的基本文化符号。人类语言蕴藏联结神话思维的隐喻力量，当诗人、作家、戏剧家复活语言的原初生命力，文学的审美世界即会如花绽放。[③]可见人的文学依存于语言本体，这一本体扎根于坚实的生命土壤。机器人模仿人的语言写作诗歌与小说，却极难模仿语言蕴含的生命隐喻与修辞，机器人文学语言实质是作为工具的语言，应对文学危机的根本是以人的语言本体抗衡机器的语言工具。

莎士比亚的悲剧写作即是文学思考生命的典范，哈姆雷特深陷复仇的延宕，李尔王痛斥背恩的骨肉，麦克白备受欲望的煎熬，奥赛罗扼杀纯洁的爱情，四大悲剧展示人类普遍的人性弱点，此类悲剧会在人类生活中代代流传。

---

①〔德〕恩斯特·卡西尔:《语言与神话》，于晓译，生活·读书·新知三联书店, 2017，第113页。
②〔德〕恩斯特·卡西尔:《语言与神话》，于晓译，生活·读书·新知三联书店, 2017，第113页。
③〔德〕恩斯特·卡西尔:《语言与神话》，于晓译，生活·读书·新知三联书店, 2017，第122页。

真正令人新奇的是莎士比亚的语言艺术，撒播着无穷无尽的隐喻，抽象的观念刹那间转化为绚烂的图画与色彩，华丽的词句挟带磅礴的气势，每一个人物都具有绝无重复的个性语言，每一个词句都烙刻诗人的心灵印记，莎士比亚的无与伦比的语言天赋使得他的剧作流芳百世，迄今为止上演不衰，莎士比亚悲剧显现人类最为深刻的情感，启示对于文学语言的潜能发掘。文学语言需要反复提炼，尽力提升语言的表现力以到达一个最高点，这亦是诗人、作家的精神再生。如《红楼梦》中广为引用的第四十八回香菱学诗的片段，香菱依着黛玉指教读了王维的五言律诗，与黛玉谈及“日落江湖白，潮来天地青”的“白”“青”二字，“念在嘴里倒像有几千斤重的一个橄榄”[①]。如今诗人、作家的使命并非选择热点的题材，去与喧哗的新闻乃至机器人文学竞争，而应深度锤炼语言本体的审美效果，犹如“几千斤重的一个橄榄”，释放语言的生命力量。

诗人写作一首诗历经日常语言的纷繁芜杂的纠缠与折磨[②]，神灵凭附说象征诗歌创作的无比艰辛，艾略特在创作《荒原》期间饱经精神失常的巨大痛楚，《荒原》的开篇诗句“April is the cruellest month”（四月是最残忍的一个月）已可表露诗人所受的巨大压力。但机器人小冰在一年之间写下上万首现代诗，写作诗歌已被压缩为精确的计算程序，“诗人”小冰绝无可能忍受写诗的精神痛楚，机器人写诗的效率，诗人难以企及，诗人写诗的语言哲学，机器人同样无可企及。20 世纪文学巨匠博尔赫斯曾经谈诗论艺，指出比喻女子为花朵自是老套的用词，但当拜伦写下“她优美地走着，就像夜色一样”，完全打开美丽风姿的诗意世界。[③]诗歌作为一门理想的语言艺术，诉求诗人的无数探索，声音的气质，词语的选择，知觉的、记忆的种种因素均需加以完善协调，音色、节奏、意象生成特质的诗性经验，隐喻丰富的意义，实现诗艺的美感，化作了一道照耀世界的光亮。

作家如同诗人一样会面临语言描述的困境，语言一旦落笔成文，常常背离作家的写作初衷，机器人作家绝难理解语言扭曲导向的写作艰辛，伟大

---

① 曹雪芹、高鹗:《红楼梦》（上），人民文学出版社，2000，第 516 页。

②〔法〕保罗·瓦莱里:《文艺杂谈》，段映红译，百花文艺出版社，2002，第 333 页。

③〔阿根廷〕豪尔赫·博尔赫斯、〔阿根廷〕凯林-安德·米海列斯库:《博尔赫斯谈诗论艺》，陈重仁译，上海译文出版社，2002，第 40 页。

的作家会在语言信念的召唤下躬身劳作，铸就自成一家的文体风格，坚实地支撑一座座思想的丰碑。比如奥斯汀的嘲讽含蓄地流动在明晰典雅的叙述之中；普鲁斯特的长句熔炼无数细微的知觉经验、情感波动、哲学沉思；卡夫卡在犹如《圣经》的简洁句式中预言人类的黑色命运；奥威尔则是几乎不顾一切立志说出真话的作家，宣称“好的文章就像一块玻璃窗”[①]，特别批判陈词滥调、失去活力的隐喻、遮蔽动词的功能词，奥威尔的简朴语言如同作家本人的简朴生活与写作。奥威尔锻造的新词 doublethink（双重思想）成为《一九八四》的经典标志，这个新词揭示奥威尔投身 20 世纪 30 年代西班牙内战的思想觉醒，隐喻极权主义的复杂性，由此可见文学语言的穿透力量。

语言本体的深度在于隐喻生活世界的人性深度，语言的隐喻功能不仅是表面的修辞效果，而且注入深沉的生命哲学，维特根斯坦的前后期的语言哲学变化就是一个例证。维特根斯坦在导师罗素的影响下开启前期语言哲学研究，探究正确描述事实的科学语言，哲学的任务是清除无意义的语言，维特根斯坦的后期语言哲学却是尖锐批判前期思想，语言的任务转向并非描述事实而是实践于人类的社会生活，借此形成人与人之间的社会关系，演变成为接近修辞学的思想。维特根斯坦的写作风格近似诗歌，《哲学研究》即是由数字、比喻、格言构成，犹如富于韵律的生命的流动，比如维特根斯坦比喻语言是为一座老城：“我们的语言可以被看作是一座老城，错综的小巷和广场，新旧房舍，以及在不同时期增建改建过的房舍。”[②]文艺批评大师斯坦纳称维特根斯坦的哲学文体为“毕达哥拉斯文体”，充盈毕达哥拉斯哲学的数字与音乐元素。[③]“毕达哥拉斯文体”象征文学的新文体，坚守语言本体的审美阵地，抒写关于真理、理想、人性的神圣文字。斯坦纳声称“毕达哥拉斯文体”的暗语是“我们从零开始”[④]，若是诗人、作家基于语言本体重

---

①〔英〕乔治·奥威尔:《我为什么要写作》，董乐山译，上海译文出版社, 2007，第 104 页。

②〔英〕路德维希·维特根斯坦:《哲学研究》，陈嘉映译，世纪出版集团、上海人民出版社, 2005，第 10 页。

③〔美〕乔治·斯坦纳:《语言与沉默：论语言、文学与非人道》，李小均译，上海人民出版社, 2013，第 105 页。

④〔美〕乔治·斯坦纳:《语言与沉默：论语言、文学与非人道》，李小均译，上海人民出版社, 2013，第 106 页。

构文学，人的文学将会如朝阳那般新颖动人。

五、走向后人类时代的文学新纪元

近代“日心说”的发现导致人类质疑上帝的权威，人类经历信仰危机之后树立人在宇宙秩序的中心位置，即如莎士比亚所说“人类是一件多么了不得的杰作！多么高贵的理性！多么伟大的力量！多么优美的仪表！多么文雅的举动！在行为上多么像一个天使！在智慧上多么像一个天神！宇宙的精华！万物的灵长！”[①]莎士比亚作为文艺复兴的完美人物完美地诠释了人文主义的思想内核，即是人类中心主义的理性自信甚至自负。及至21世纪的今天，各色机器人随着科技旋风问世亮相，人类的工作、生活、娱乐越来越依赖机器人的服务，人类蓦然之间已然跌进后人类时代。后现代主义随着后现代思想大师德里达于2004年的谢世走向历史的低谷，后人类时代随之悄然降临，后人类思潮开始转变后现代主义的理论话题，其中之一的话题就是后人文主义及其影响。后人文主义直接针砭人文主义的人类中心主义[②]，指出如今并非只有人类可以支配这个世界，可能终有一天人类离开机器人难以生存。人文主义的弊端在于人类的擅自妄为,大自然有限的资源受到人类的过度剥削，大自然正在回应人类肆意掠夺资源的行为，全球变暖已是目前最大的公地悲剧。后人文主义旨在重新调解人类中心主义的思想与行为偏差，机器人进人人类世界亦是催生后人文主义的一个契机，后人类时代应当是人类反思自身的一个时代。人文研究如今盛行生态批评，关注人类的生活环境，就是对于后人文主义的一个回应，自然扮演着与人类同等重要的角色。机器人写诗、写小说可以看作后人文主义的一种具体表象，机器人文学已是客观存在的事实，全盘否定机器人文学并非明智之举。机器人写诗写小说拓展人类对于物质与自然的认知边界，从而开启新的世界领域[③]，机器人文学之于文学的现实意义因而在于：并非所有的诗人与作家都是真正的诗人与作家，毕达哥拉

①〔英〕莎士比亚:《哈姆莱特》,《莎士比亚全集》（第九卷），朱生豪译，人民文学出版社，1978，第49页。

② Wolfe C, *What Is Posthumanism?* University of Minnesota, 2009, p. 8.

③ 参见：Vetlesen A J, *Cosmologies of the Anthropocene: Panpsychism, Animism, and the Limits of Posthumanism*, Routledge, 2019, pp. 1-18.

斯文体的运用是衡量作家与诗人的重要标准。人的语言本体若可超越机器人的语言工具，或可超越“文学终结”的世纪悲剧，诗人、作家的真正使命是在创造作品、创造美的过程之中延续生命与人性的神圣传统，超越后现代以来的众声喧哗，“从零开始”重新创造后人类时代的新文体、新文学，而非徒然摆弄后现代的碎片、断裂、分延等的语言游戏。当人类立足人性的视点重新审视文学语言，深省后人类时代的文学境遇，打开心灵的窗户，透过遮蔽真相的重重屏障，犹如达·芬奇透视基督头顶光环之后的无限空间，打开语言、文体、文学的无限空间，或许文学新时代将会降临人间，成就后人类时代文学的新纪元。

第二节　人工智能技术写作与后人类文论话语

公元前399年，苏格拉底在五百人公民大会复审他有罪并宣布他必须被处死的关口说道：以一个将死者必有的预言能力来看，未来发生的好或坏只有天知道！这个看起来无所不包却又不真的说明什么的预言正在成为我们今天面对互联网写作的尴尬写照。唐代苦吟诗派如卢延让、李贺、贾岛、寒山、拾得等，或者“两句三年得，一吟双泪流”或者“吟安一个字，捻断数茎须”。如果他们突然看到，由计算机技术主导的键盘写作和互联网技术助推下的网络写作动辄以数百万字起步，除了惊天般的诧异，还会作何反应？比如，会不会反思写作工具的技术升级怎样影响了写作？看起来将人的写作潜力刺激并释放到不可思议之程度的互联网传播，又在制造自由书写的境域内怎样异化着那些拘禁于写作之中的人们？

技术主导的时代中出现了新的文化分层，传播方式电子化，信息编制数码化，交流对话网络化，时间和空间的在体感知方式被重组。一般认为，现实主义注重时间和序列，现代主义注重空间和结构，时间意识和空间意识的重新组合是构成新的审美原则的方式。这种时空观在强大的文化联想基础上，通过回忆编织而成。个人记忆和历史想象在融注和贯通中，建构起了相互参照的关联。在后人类时代里，社会优势话语主导下的高科技着重于开发新能源，既收缩起被现代主义的个体知觉加以膨胀的空间，又缩短了被古典主义静思推延以致绵长的时间，不仅把人的活动空间范围扩大，同时减少时间的消耗，造成了时空比例的失调。认知方式和艺术知觉都在社会机体的高速飞旋中被甩出“预定和谐”，万有大全的唯一性在高新科技的见证中不堪一击，在时间空间化、空间虚拟化造成的图像蔓延、写作困难、人工智能技术写作渐次蔓延的境遇里，一种新的文论话语方式——在体化写作正在酝酿产生。

一、工具影响表达

“媒介即人的延伸”，麦克卢汉的著名论断随着艾伦的文艺片《安妮·霍尔》而广为人知。然而这个“人的延伸”不仅适用于媒介研究，更是来源于唯物主义对于工具的普遍理解。工具，尤其是劳动工具，作为手的延伸形式，改变了生产方式，也重塑着我们的感官、智力，乃至大脑。具体到写作这一行为，则是作者使用的工具与技术或隐或显地影响了作品的各个方面。

显而易见的是写作的产量、速度以及随之而来的思维方式与文风。写作工具的便利与快捷彻底将用笔书写的行为变成键盘的敲击，以及后来光标字符的输入，甚至如今的语音识别后的自动输入。就像尼采在1882年的年初收到一台丹麦制造的球形打字机，从而彻底挽救了他一度担心不得不因为健康情况恶化而彻底放弃的写作。这台最初为聋哑人发明的古怪机器，包括了52个字母（含大小写）、10个数字，以及标点符号。只要练习充分，每分钟可打出800个字符。之于尼采，则是在收到打印机的第二年年初，即1883年2月，仅用10天就写出了《查拉图斯特拉如是说》的第一部分。仅在一年以前，尼采还因饱受头痛、呕吐以及视力急剧下降等机能退化的折磨而暂停写作，球形打字机的工具辅助犹如一场及时到来的甘霖，在带给尼采肢体写作便利的同时，也刷新了他的思路和文风。与之前用笔写下《悲剧的诞生》不同，《查拉图斯特拉如是说》采用箴言体写作，书中论断式的抒情和忠告比比皆是——“我要向你们列举精神的三段变化：精神怎样变为骆驼，骆驼怎样变为狮子，最后狮子怎样变成孩子”①。一句话就是一个段落，一个段落犹如一句诗行。

在对高度技术化、信息化的现时段社会分析中可以发现，经典物理学中二元时空的恒定对立不再是绝对的了。时间命题的主体特征因为技术条件的

①〔德〕尼采：《查拉图斯特拉如是说》，钱春绮译，生活·读书·新知三联书店，2007，第21页。

改变而变得客观。当技术传播越来越跨越间隔，超越时限，社会的主导文化就越来越形象化，甚至形象本身就是可以售出的商品。生产方式的变革成为社会和文化的深层结构变化的表征，旧有艺术被新的技术取代。技术化时代更关注艺术在空间中的完成，因此大力推崇视像作品。于是，作用于听觉，和时间相关联的语言文字艺术不再具有特权的位置，甚至面临不断加重的困境。

詹姆逊在《后现代性中形象的转变》中把技术化社会的文化特征概括为视像文化流行和空间优位。由于受到文化生产领域中技术变革的影响，影视和互联网的推广普及造成了社会生活的类像化，视觉形象取代听觉语言成为文化转型的典型标志。当代社会空间正在向可视趋势转换，而形象的可视性实现则附加了对文字的压制。“一个有才华的电影编剧把世界引人了一个幻景，我们都是被其迷惑的受害者”，表象不再是神圣的，而是绝对的商品。文字被形象侵犯，寄托其上的艺术想象与审美情感无从找寻。“世界通过技术、通过影像迫使人们的想象力消失，迫使人们的情感外倾。”①视觉读图行为中的套话模式和碎片形式一再削弱情感叙述的连贯性，并与纯粹的文字叙述水火不容。

而且，当今时代的文化逐渐与经济叠合，被视觉形式殖民的现实与全球规模的同样强大的商品殖民的现实日益相仿。形象的文化生产“不再局限于它早期的、传统的或实验性的形式，而且在整个日常生活中被消费，在购物，在职业工作，在各种休闲的电视节目里，在为市场生产和对这些产品的消费中，甚至在每天生活中最隐秘的皱折和角落里被消费，通过这些途径，文化逐渐与市场社会相联。现代社会空间完全浸透了影像文化”②。文化领域的技术化特征就是跟随形象生产，实用性地吸收所有艺术形式，抛弃一切外在于商业文化的东西。由此，一个面目全非的存在经验和文化消费关系建立了，充斥日常的形象轰炸使空间视觉中的“幻象”感觉取代了真实生活的时间流动。

与形象转换相关的是技术化结构的空间特征。越来越多的人同意，当今

---

① Baudrillard J, *The Perfect Crime,* Verso, 1996. 译文参照〔法〕让·博德里亚尔:《完美的罪行》，王为民译，商务印书馆，2000。

②〔美〕詹姆逊:《文化转向》，胡亚敏译，中国社会科学出版社，2000，第 108 页。

世界已经从时间定义走向了空间定义，只是这个空间不可以借用透视法和体积计算去测量而已。它超出了个体确定自我位置的能力范围，成为一个“异质”空间。在这个空间控制中，货币流通和商品逻辑也转化成为空间形式的结构要素，在多样层面上同时展开。

所有这些变化都与技术背景有关。当技术承担起认识的功能，世界被高科技狂欢占据，艺术家们纷纷转向利用新技术手段制作视像制品，再加上电子媒介的勃兴和数码复制技术的几何增长，视像文化已经超出艺术领域，成为公共领域的基本形态。而且，电子技术延伸了空间的概念，穿越有形的地球、有形的物质世界，瞬间从一个节点到另一个节点，构成虚拟的空间设置，追求视觉快感成为自然的基本要求。但是，这些景观应该被当作社会式微的征兆呢？还是应该被看作新工业技术乌托邦的预兆？或者此次“历史的终结”真的是又一个时代的开端？

二、“天赐之物”互联网

后工业社会以来的信息时代将文字的传达无纸化，继之而起的网络技术把文字的传播数字化。文字在实现交流功能的阶段中不再以自身的形式进行，数字化时代的文字存在方式只能借助数媒的编码，文字与科技的隔膜危及了它在日常交流中独尊地位的合法性，雪上加霜的事情是它在艺术中的再度失落。主导经济组织方式的变化延长了城市工作时间，加大了劳动负荷，日益加快的都市节奏和不断飙升的竞争压力致使艺术趋近休闲，欣赏背离认识，简易的、片段的、可以被随时中断又可以立即续接上去的艺术样式越来越成为大众接受的首选，因此，纯粹的文字艺术就面临困境或者说正身陷困境，外部世界的中心迁移造成了文字和文字作品的中心地位失落，文字的种种优点随着时势的变更反过来成了自身的限制，在文学刊物少人问津，文学创作被市场同化，文学读者缩水严重，文学批评屡屡失语的当下处境之中，文字的尴尬境地简直可以用那首摇滚歌曲《无地自容》来形容。

根据《浅薄》作者卡尔的观察，“天赐之物”互联网是“全能传媒”，它的出现是对打字机、计算机技术的叠加与倍增。所谓万物之灵长的人类中心观念已经迅速失效，代之而起的新感知是“我变成了机器人”。人类问世之初，宇宙洪荒中只有物；文字问世以前，人间交流只靠图案。河图洛书上的弯曲符咒，幼发拉底河畔的楔形泥板，在而今已然难以识别的图式印记中饱藏着远古初民对于世界和自己的惊奇和欣喜。就汉字而言，最初的源头也是“取类比像”，文字与图像本是同出自然，同根生长，但是在长期的文明发展中，文字以其简洁的抽象性、便捷的传达功能和繁丰的意蕴增长成为超出言语和图像功能的一统化工具。即使在艺术当中，载道的文和传情的诗也具有超乎其他艺术形式的价值规定，根本原因就是文字的独尊地位和不朽价值成为意义的确证。“词语破碎处无物存在”[①]，在现时代的古典派诗人看来，唯有文字才能负载意义，一旦文字的价值被轻视甚或否弃，意义的真空就会窒息想象，阻断交流。诗人的担心一语成谶，当文字的传讯方式被现代技术改变，文字的盛景一去不回。

剥落文字光彩的是与技术合谋比翼的影像，可视技术的飞速发展一步步推进了图像的仿真感、实时感，百年前的电影、不足百年的电视都后来居上，前者位居综合艺术巅峰，后者占据第一传媒的高位，电子技术的超速更新和文化市场对于利润的追逐一同扶持着影像文化的发展，审美趣味被“类像”（simulacra）控制。所谓“类像”，就是指凭借技术传播模拟幻化而成的仿真视觉图像，它不同于具有装饰性的工艺图案，不同于侧重抽象表达的心灵图式，不同于观赏性的风光图景，也不同于普遍可见的各种图形，类像的出现是多方力量的合力节点，包括艺术自身因为“影响的焦虑”而产生的内部更新，包括技术参与之后的表现样式的丰富，包括文化市场化以后受到注意力经济制约而产生的新经济增长。法国思想家鲍德里亚将人类目前的处身时代命名为类像时代，“影像不再让人想象现实，因为它就是现实。影像也不再让人幻想实在的东西，因为它就是虚拟的实在”[②]。在这个类像统治思维，图像逼迫文字的时代里，计算机信息处理、媒体和自动控制系统，以及按照类像符码和模型组成的社会组织，占据了生产主导地位并主导社会的组织原则，结果，技术、影像使想象力消失，使情感外倾，在虚拟/实在、幻觉/现实、拟像/实情、现象/本质之间，人们的选择往往自以为真实，但其实质是虚假。

①〔德〕格奥尔格：《词语破碎之处：格奥尔格诗选》，莫光华译，同济大学出版社，2010，第200页。

② Baudrillard J, *The Perfect Crime*, Verso, 1996.

如果说以文字为载体的艺术主要诉诸思维，通过同情的理解或理解的同情达到思的交融和诗的愉悦，是感受-思考型艺术，那么以“类像”为载体的艺术就是迎合感觉官能，满足身体直感，缩短接受时间，降低欣赏难度，减少思考深度的观看-感受型艺术。不言而喻的是，现时代的类像艺术虽然在表层特征上显示出魅力无限的吸引力，但究其实质，却是在退回的方向上落到了文字艺术的起点。在传统的康德美学中，身体的感官与恶俗趣味相联系，诉诸感官的“艺术”只是“媚”而不是“美”，它能够完成的只是“消遣性的娱乐”而不是带来道德升华的“精神愉悦”。如果沿袭这一观念，类像时代中的艺术作品简直不值一评，然而，时变，事变，道亦变，正视而不回避，批评而不简单拒斥或接受，将更有助于厘清问题，澄清观念。因此，面对张扬感觉的类像文化，主流美学不得不更新自我观念，重新审定艺术趣味的分化，它必须考虑并且回答当艺术模仿现实的能力（它使得艺术能自以为对“真”有所把握）被现代技术手段所超越的时候，艺术的社会和认识功能会发生怎样的变化。本雅明的复制概念至今仍是一个明智的解答，艺术作品的可机械复制性在世界历史上第一次把艺术作品从对礼仪的寄生中解放出来。[①]技术帮助文化脱离贵族垄断，进驻大众生活，其中的积极因素不容忽视。

同样，信息传播技术虽然受控于跨国资本，作为一种新型的权力话语参与进入生活交流领域，一方面成为控制性力量建造起新的意识形态，另一方面也极其有效地改善了个体与个体、群体与个体、群体与群体之间的交流方式。从历史上看，艺术对象的变化会导致审美观念的更新，比如古希腊时期因为运动崇拜而雕塑成风，从而形成求真为美的审美观念，中世纪时期神学横行，象征成为艺术最高原则，文艺复兴解放生命感觉，动感与真实格外受到关注，之后的理性古典、非理性现代和反理性的后现代分别把历史现实、自我感觉、杂糅拼接当作各自特质。同样，类像时代中的图像膨胀固然会造成文字艺术的诗思飘零，但是面对已然如此的事实现状，一味地凭吊往昔和不经检省的喝彩都同样无助于认识，对于图像与文字之间日显激烈的紧张关系，采取跨越式的直接推演，由印刷主导到读图时代到来的归结不免显得突兀，毕竟多元共生是文化格局中的真实样态，二者之间并没有完全脱离关联，

①〔德〕瓦尔特·本雅明:《机械复制时代的艺术作品》，王才勇译，中国城市出版社，2002，第 17 页。

如何找到良性互动的催生点才是考察的关键。

媒介传递的时效性使图像的仿真性足以取代世界的物质性，“这种（虚拟的）实质是高清晰度。时间的虚拟（实时）、音乐的虚拟（高保真）、思维的虚拟（人工智能）、语言的虚拟（数字语言）、身体的虚拟（基因编码和遗传学）……从无声到有声，然后到彩色三维，到特殊效果的流行分列，影像幻觉手法消失在卓越技术的增长中。没有了空间，没有了省略，没有了宁静。人们越接近理想的清晰度，幻觉能力丧失的就越多”①。由此导致的艺术观念就不再能够继续纠结于艺术与世界的相互关系，转而趋向样式创新和深度模式重建，“结合”的努力明显表现在更新后的观念之中。一位行为艺术者身披汉砖拓片奋力爬越西安古城墙，要超越和突破的不仅是文化传统，不仅是禁锢文字的藩篱，不仅是个体创作的局限，而且是不同门类艺术之间的障碍与隔阂。那么，致力于提升个人审美经验的在体化写作方式在哪些方面可以达到上述目的呢？

在网络文学，或者说互联网写作中，海量存贮的文本数据和饕餮一般难以餍足的阅读需求，交相构成了双重的悖谬。一方面，是人人得以在网上写作并即时发表的自由境域，洋溢着乐观的无拘无束气息；而另一方面，写作的深度仿佛消失于一夜之间，追求短暂快感表达的写作欣悦代替了深思熟虑，特别是互联网技术受雇于类型文本的购买与订制之后，数量上盈千累万的自由表达，无声息地沦陷为另一种招揽阅读的幌子。

就拿红透大江南北甚至有横扫全球之势的《后宫·甄嬛传》来说，作者完成 150 万字的篇幅用时甚短。从 2005 年末开篇上传伊始，到 2007 年完结后出版，互联网在线的点击阅读格式就像催命符咒一般加速着写作者的网页更新。对比《红楼梦》“披阅十载，增删五次”的“辛苦不寻常”，网络文学所享用的互联网技术便利转而走向反面，成为个体写作者的自我否定。表象上自由自在，实则催化了写作者的异化，即依附现成文本，抄袭他者，复制自我。网络文学不再是匠心独出的艺术行为，不再是基于真实表达冲动的文学写作，而是被文化资本的大数据统计软件所计量、所订购的来料加工产品。一个不无可悲的数字增长是，2006 年晋江原创网认定《后宫·甄嬛传》

---

① Baudrillard J, *The Perfect Crime*, Verso, 1996.

存在数十处涉嫌抄袭的情节、语句，而到了2017年，《锦绣未央》因涉嫌抄袭，受到了11名作家的联合起诉，根据控方提供的“抄袭调色盘”显示，270万字总共涉嫌抄袭200多本小说。

从数十处到200余本，撇去写作者的文学才能缺失与道德自律失控不谈，关于写作的新技术问题再次浮现。这已经不再是单个写作者因为“影响的焦虑”而去借鉴或者仿制某些典范作品，而是在互联网的数据平台基础上，运用文字抓取软件，直接转换生成相类似的文本。一番生吞活剥地改头换面之后，完成了巨无霸体量的网页连载，继而得到影视或网剧IP追捧的投资改编。读者的注意力投放与网络上的流量灌注接连洗白了多个“拼盘之作”，同时引发对于人工智能写作的关注。

三、与人工智能写作同在的“在体化”文论话语

互联网上的人工智能写作早已不是什么新鲜现象。在碎片化表达的技术时代里，网民的自我抒发与回应期待都变得更为理性、清醒且容易。互联网仿佛一头怪兽，一方面看起来破除了所有阻断交流的限制，让自由表达和无碍交流成为可能，而另一方面又制造出一个个荒漠般的社交界面，隐藏在流动IP地址后的心声传达既是真实的，又是空洞的。对于这种热切追索却根本不知道何处可以为终极的心声，24小时在线的人工智能秒回或许真的是唯一适当的匹配。翻阅文艺青年聚集的豆瓣站点，几个著名的后台ID总是在一成不变的程序设定下，无所不能地回复着上天入地的各类稀奇古怪问题。还有各种写作APP，输入物名，就有宛若唐诗宋词般的作品飞速滚动在屏幕上。输入你的爱人姓名，就可以得到一首爱意满满的藏头诗。其实，输入你的仇家姓名，结果也一样。

人工智能写作的前身并不光彩，美国的一些计算机研究人员早已尝试用“论文生成器”来随机生成文章，并以通过机器筛检和人工审查为荣，在获得发表之后又自我揭穿文章本身的“非人”写作属性。用智能写作技术的骄矜尽情嘲讽了被各种目的蒙蔽心智，失去了判断力的所谓专业人士。此时，技术写作的自动性和便利性反而变成覆盖明镜的尘埃，正在消磨人于写作中独有的性灵和新创。如果处身其中的我们再不及时反省和改正，原本有助于自由表达的各种技术就有可能在反向上加速运行，成为异化写作行为的工具和

手段，并让写作本身再无超越性的生命价值可言。

此时，重新强调写作行为中的“在体化”概念不是为了在玄虚中回避问题，而是引入新的理解方式进入问题的尝试求解。“在”，从存在哲学的意义上看，是一种达到“此在”的存在之在，和“写作”的未定状态一样偏重行为的未完成状态。“在体”，指的是同在于身体和精神的行为方式，其中包含自我意识、切身感知和经验还原，是写作主体自觉到自身存在，对自身的写作行为产生明确的指向意义，是亲身介入的生命铭刻。写作因为主体的自我确立和目的确立而变得明晰。这样的写作是一种可以实现个体精神的写作，刘小枫在《现代性社会理论绪论》中在谈到审美主义与现代性的问题时，曾经使用“在体论”一词，提出对感觉的真实相关性的论证，必然要求重设身体的在体论位置[①]，所突出的是感觉与身体之间在审美现代性发生以后的位置颠倒。在技术时代中的“在体化”，从现象学的意义上看，主要为了表明写作主体的一种意义追求和价值意向，亦即行动中的意向性表达，所要着力强调的是个体和写作的深层关联。科恩在编纂《文学理论的未来》一书时以西苏的文章开场，原因在于这位文论家的理论写作是以一种对写作在她生命中所占据的地位的抒情性的意识而进行的，其中体现的信念是，理论是个人及公众对于伦理和文学价值观的信奉。[②]这部颇受赞誉的著作在预测文论未来走向时如此显明地肯定了文论写作中的个体意识，拓展了文论研究的新领域，由此说明张扬个体在公共空间中的合法性和互动性，是当代文论的一个前沿问题。但仅仅回到个体意识是不够的，还应该在文论研究和批评中重新确立个体之间的交往理性，这或许是对当代文论发展和未来走向的一种审理方式和价值诉求。

社会文化的技术值增加造成了大众文化的普遍流行，类像时代中的文字困境使写作失去原有意义。提出在体化写作方式，正是为了纠正时代转型的危机中表现出的写作方向的某种偏失。一段时间以来，人们对于处身在技术化背景中的个体写作未能给予足够的重视和鼓励，从而使得写作魅力值下降，这不仅弱化了写作的社会功效，而且也使写作和个体之间的距离越来越远。

---

① 刘小枫:《现代性社会理论绪论》，上海三联书店，1998，第346页。

②〔美〕拉尔夫·科恩编:《文学理论的未来》，程锡麟等译，中国社会科学出版社，1993，第18-19页。

因此就不妨提出一种直接与个体审美经验密切相关的在体化写作，找到其中可以对抗大众文化同化覆盖的个体精神力量，分析写作过程对于技术压抑的反抗以及在图像包围中如何重现文字的艺术灵光。

首先，在体化的写作是带有实践意味的个体创造，具有反思的内在力量和审美趣味的个体判断，不附和人云亦云的流行文化，避免被大众文化中的商品化因素渗透改写。这种写作通过对实存意义的艰难思考获得真切的个体经验，在写作中构成个体间经验的交流和共享。因为技术化社会造成的类像文化促使了经典艺术的形式变形和大众文化的盛行。精英／大众／主流的互动关系引力场使三种文化之间的力量对比情势剧变，在与市场的融合方面，在受众数量方面，在波及所至的广度方面，大众文化都给其他文化形态带来了压力。它的交换法则和享乐目的论正在构成对其他文化样式的冲击和内在同化。曾经圣洁纯美的艺术作品沦为了“制作品”，完成制作的主体也由个人行为推展到了群体参与，贯穿其中的道中心也由技巧转换成了技术。艺术作品不再具有艺术史的积累意义和价值，而是以当下的流行为最高标准。正如唱碟计算发行张数，超过百万之后就要制作所谓的白金纪念碟，但这并不是为了博物馆式的收藏，而只是在面向公众的商业宣传攻势中，炫耀业绩，同时为下一张唱碟的热销暗作铺垫。

而且，进入大众文化之后，那些以畅销为鹄的作品之间，存在不可借鉴的防卫性鸿沟。迥然异于经典艺术在形式方面革故鼎新的中西互通和古为今用。在诗歌写作中，批评家因为在王家新的长诗里看出帕斯捷尔纳克的身影而肯定他“知识分子写作”的自我定位；在先锋小说创作中，《褐色鸟群》里处处可见博尔赫斯的笔法留痕，但是收到的艺术效果却足以在当代文学史中留下文体变革的功绩。同样，罗中立《父亲》的构图、用光、敷彩都带有浓重的俄国巡回展览画派的笔触风格。但是，在流行文化中一旦出现类似借鉴，就会立刻引发攻讦。这是因为，创作技法和题材经验都不再是作为悬置功利的纯粹艺术本体，而是成为交换物，凭借新奇性或者隐秘性招徕“被看”的目光，以及由此而付出的金钱。如果写作中的卖点被挪用了，独特性就无法行使再生产功能，换言之就是，难以再次博取利润。因此，艺术形式上的转用就变成了商业领域中的窃取机密，在道德失衡、批评缺席的情况下演化为闹剧。流行作品的创作目的决定了它的速朽命运，导致了艺术积累的断裂，经典艺术连接成史的一般发展惯例在此被改写，即时效果和轰动效应取代了醇酒积淀般的历史生成，如何借助在体化写作的方式突破商业垄断的障碍，重新在新变的意义上获得艺术的灵光，实在是有待深究的问题。

当写作本身被"非写作化"，甚至连沉思神态也被作为形象兜售，个体就不得不再次寻找可以分隔于世俗的精神依托。在这个重新启程的精神旅途上，方向感只是奢谈，意义就存在于行为本身，答案在追问的过程中已经宣告无果，值得肯定的唯有"姿态"，一种寻找价值、不避虚无的勇者姿态。个体遭受的各种问题抢占了已经沉淀下来的价值定位，写作何为的自我犹疑和行为焦虑就化作强大的内驱力，逼迫个体的思考走向"生存的刀锋"，在理想主义退却后废墟般的思想阵地上，徒劳地摆出凝固的姿态。

其次，作为一种生命活动的在体化写作是升华自我认知，实现个体人格塑造的有效方式，与技术传播中的压抑成分构成平衡，使写作中的个体不至于陷入被制作的境地。人的物化和物的人化是人类文明建立以来缠绕不清的理论母题之一，所不同的是人与物的对立，或者两者间的正负关系在不同的历史时期各有表征。"在现代文明的发展中，人之物、生命之机器、人想控制因而竭力用力学解释的自然，都变成了随心所欲地操纵人的主人；'物'日益聪明、强劲、美好、伟大，创造出物的人日益渺小、无关紧要，日益成为人自身机器中的一个齿轮。"①在传统的艺术创作流程中，作为物的艺术产品一旦成形就要脱离创生者而独立存在，但是新的艺术创作却经历了从个体到群体再到个体的过程。

回到个体的写作是对主体力量失去的反省和对物化的反抗。由此显现出来的创作意识续接了20世纪80年代写作的主题，表现出对权威导向的反叛和抗争。但是，在相似的形式下，悄悄改变的却是矛盾的指向以及所要达到的目的。如果说，20世纪80年代写作中的不合作态度带有回归生活感性的冲动和返回情感层面的努力，那么，当前写作的再次个体化，就具有更为超拔的精神追求和心绪意向。

在体化写作不再是外在强迫式的，不是强行加在个人意识之上的权力命令或体制同一性，而是内化到个体内部的价值取向肉身化。如果说，意识管

---

①〔德〕马克斯·舍勒:《价值的颠覆》，罗悌伦译，生活·读书·新知三联书店，1997，第161页。

理的无所不在一度使得写作要听命于外部号召，无从设想一个独立存在的“我”，那么继之而至的思想解放则把这个“我”释放出了“语言的牢笼”。自由度的扩展和书写范围的延伸，都给写作提供了“飞翔的空间”，因此也造就了理想主义诉说的时代精神，个体化诉求大多充溢着单纯的自我实现感和价值确立感，但是在转型期中，雅俗合流的文化现实造成了又一轮的文化价值趋同，商业化、交换价值成为心照不宣的共同标靶，这样，写作的感性成分渐渐加大，先锋创作中也时时出现媚俗的窥视欲满足。所以，再次发出个体在商业化大潮中的独特声音，而不是尾随金钱潮流的人云亦云，就成为在体化写作的品格追求。

最后，写作的价值是其他门类艺术所无法替代的，在体化写作对于切身生活的直接书写呈现出不同于其他艺术形式的独特魅力。但是在时代变化的情境中，在体化写作不必固守写作的文字本位，而是可以在更为变通的形式转化中达到与其他艺术门类的双赢合作，在结合中彼此增加表现值，在相互映衬中达到最佳效果。文字与图像的结缘就是值得在体化写作进行实践的方式之一。

文明的历史是通过文字的记载来体现的，对于纯文字的崇拜已经绵延千年。尊崇文字的不仅有中华文明，西方基督教世界也坚信只有文字的教义才能够带来福音，而崇拜图像只会败坏纯正的信仰。因此，卷帙浩繁的典籍里往往满眼文字，少见图形。然而，随着图像传输技术的日益先进，图像以其“纵览一切，尽收眼底”的承诺跃居公众注意力的新焦点，超越语言樊篱，凭借审美通感抵达自由交流。然而沉溺于具象会阻挡入思的途径，尽管图像凭借直接的接受方式和明确的信息传达让人们简易地“知道”事情，可是“知”并不是终极，它的指向是“道”。如果认知不能帮助我们进入思想的境界，那么图像只在平面延展上滞留，难以凿开未知的混沌。图式的一览无余给思考提供了虚假的答复，人们不再习惯追问图像之后是否还别有深意。视与思、知与道由此被阻隔。

其实，人为地在文字与图像之间划定高下并不重要，关键是如何同时在两美俱存的调和中设置最佳关联。这样，感官既不失去润泽的享受，心灵也不会因为缺乏思想而干涸，情感在图片的具象显现中起伏跌宕，理性也在文字的排列中再次续写时代的诗与思。因此可以尝试别样的结缘，在文字与图像的对立之间架设通途，在文字的叙述铺展中同时满足视觉的想象空间，使再现空间的瞬时性艺术与表现时间的历时性艺术联袂登场。让图像与文字构成双向交往的互文本结构，二者互动互补、共生并存，形成了良好的对话机制，达到部分之和大于整体的完形效果。文字与图像的牵手避免了纯粹文字读本可能产生的沉闷感，也预防了单纯读图的误识与浅见。由此确立起的新型审美样式又以其扩张了的文本张力和全新的叠合功效满足着渴望变化的期待视野，当文字的幻想得以在图像中展翅飞翔，在体化写作的功能实现也由此增加了新的向度。

如果对于当代文论的思考可以在承认它的书写特征的前提下开始，那么文论写作所构成的公众领域就和写作个体所具有的特性、特征形成张力关系。人们在常识上能够认可文论写作的个体承担，但是在对待写作成果的时候却往往反过来要求其中的公众性，或者称之为普遍真理性。但是，如果我们可以总结出每个时代在书写方面的代表风格并且将之历史化、典范化，成为学习的对象和模仿的范本，那么为什么就不可以容纳甚至鼓励当代文论写作中的个性特征呢？只要交流的底线可以守住，在公众领域当中出现多种态势的文论写作不也是值得欣慰的发展与进步吗？文论的理论属性决定了它与哲学思维的紧密关联，理性思考似乎是构成文论写作的唯一合法途径，但是无论是作为职业而言，还是作为对象性劳动而言，文论写作的过程都很难完全过滤掉情感与激情的成分。马克思曾经把人的激情作为针对对象实现的本质力量，韦伯也一再申明，不在热情当中进行的思考就不是作为职业的思考。如果文论作者不能把我们的智慧和经验、理性和痛苦、怀疑与幻想综合为一体①，又如何能够把文论作为自己倾心信奉的真理去书写、去传播？理论创生中的理性思考与本质激情将在什么样的动力关联中互为促生而又不成为彼此的障碍？

在文论转型的处身性危机不断加大的时候，在体化写作可以作为一种可能的方案，或者具有提供思考的价值意向，就像面对传统文论如何转化为当代文论资源的问题时，传统的在体化苏生也是一种理想情境的设定。它既有意地维护着个体的特征与位置，同时也决不因此放弃共识的地基和对于审美通感、批评通则的追求与尝试。在剥离了诸多强加于文论之上的外在附属之

---

①〔美〕伊莱恩·肖瓦尔特:《走向女权主义诗学》，见周宪、罗务恒、戴耘编《当代西方艺术文化学》，北京大学出版社，1988，第 364 页。

后，新的理论将在旧秩序瓦解的空场上做出界限以内的价值承诺，它将成为一个能指与所指并重的包容网络，容纳尽可能丰富的对象、实践和意义，不是偏激地、激烈地否定或反对异己，而是理性平和地吸收涵纳新见，从而保持一个不断生长的自由基，为未来的发展留出足够的空间。

参考文献

〔美〕凯瑟琳·海勒:《我们何以成为后人类:文学、信息科学和控制论中的虚拟身体》,刘宇清译,北京大学出版社,2017。

〔美〕拉尔夫·科恩:《文学理论的未来》,程锡麟等译,中国社会科学出版社,1993。

刘小枫:《现代性社会理论绪论》,上海三联书店,1998。

〔英〕路德维希·维特根斯坦:《哲学研究》,陈嘉映译,世纪出版集团、上海人民出版社,2005。

〔德〕马克斯·舍勒:《价值的颠覆》,罗悌伦译,生活·读书·新知三联书店,1997。

〔美〕乔治·斯坦纳:《语言与沉默:论语言、文学与非人道》,李小均译,上海人民出版社,2013。

〔法〕让·博德里亚尔:《完美的罪行》,王为民译,商务印书馆,2000。

〔德〕瓦尔特·本雅明:《机械复制时代的艺术作品》,王才勇译,中国城市出版社,2002。

〔美〕伊莱恩·肖沃尔特:《走向女权主义诗学》,见周宪、罗务恒、戴耘编《当代西方艺术文化学》,北京大学出版社,1988。

〔美〕詹姆逊:《文化转向》,胡亚敏译,中国社会科学出版社,2000。

Baudrillard J, *The Perfect Crime,* Verso, 1996.

Marchesini R, Celentano M, *Critical Ethology and Post-Anthropocentric Ethics*, Springer International Publishing, 2021.

Vetlesen A J, *Cosmologies of the Anthropocene: Panpsychism, Animism, and the Limits of Posthumanism*, Routledge, 2019.

Wolfe C, *What Is Posthumanism?* University of Minnesota, 2009.

撰稿人员及分工

（以撰写章节先后为序）

第　一　编

王嘉军（华东师范大学中文系教授）：导论、第一章；
范昀（浙江大学传媒与国际文化学院教授）：第二章；
刘昕亭（中山大学中文系副教授）：第三章；
何卫华（华中师范大学外国语学院教授）：第四章。

第　二　编

汤拥华（华东师范大学中文系教授）：导论；
冯庆（中国人民大学哲学院讲师）：第一章；
何辉斌（浙江大学外国语学院教授）：第二章；
陈晓辉（西北大学文学院教授）：第三章。

第　三　编

王峰（华东师范大学传播学院、中文系教授）：导论；
张春晓（苏州大学文学院副教授）：第一章第一节；
王行坤（天津师范大学文学院副教授）：第一章第二节；
蓝江（南京大学哲学系教授）：第一章第三节；
单小曦（杭州师范大学人文学院教授）：第二章第一节；
姚富瑞（兰州大学文学院讲师）：第二章第二节；
王瑞瑞（湖南省社会科学院副研究员）：第三章第一节；

杨宸（华东师范大学中文系讲师）：第三章第二节；
姜宇辉（华东师范大学政治与国际关系学院教授）：第三章第三节；
谢雪梅（云南大学文学院副教授）：第四章第一节；
杨俊蕾（复旦大学中文系教授）：第四章第二节。